无障碍阅读版

三侠五义

石玉昆 著

注音解词释疑
无障碍读原著

長春出版社
国家一级出版社
全国百佳图书出版单位

图书在版编目(CIP)数据

三侠五义 ： 无障碍阅读版 / （清） 石玉昆著. — 长春 ： 长春出版社， 2018.1 （2020.1重印）

ISBN 978-7-5445-5057-4

Ⅰ. ①三… Ⅱ. ①石… Ⅲ. ①侠义小说－中国－清代 Ⅳ. ①I242.4

中国版本图书馆 CIP 数据核字 （2017） 第 277270 号

三侠五义

注 释 者：张 林 许文畅 杨 旭
责任编辑：杜 菲
封面设计：王国擎
封 面 画：邹育轩 刘 利

出版发行：長春出版社 总编室电话：0431—88563443
地 址：吉林省长春市建设街 1377 号 发 行 电 话：0431—88561180
邮 编：130061
网 址：www.cccbs.net
制 版：长春市大航图文制作有限公司
印 刷：延边星月印刷有限公司
经 销：新华书店

开 本：880 毫米×1230 毫米 1/32
字 数：700 千字
印 张：19.875
版 次：2018 年 1 月第 1 版
印 次：2020 年 1 月第 2 次印刷
定 价：39.80 元

前　言

《三侠五义》是中国古典长篇侠义公案小说的经典之作，也是第一部较为成熟的武侠小说。书中很多脍炙人口的故事对近代评书曲艺、武侠小说乃至文学艺术产生了深远的影响。作品中的“三侠”是指北侠欧阳春、南侠展昭及双侠丁兆兰、丁兆蕙兄弟；“五义”是指钻天鼠卢方、彻地鼠韩彰、穿山鼠徐庆、翻江鼠蒋平、锦毛鼠白玉堂。这些侠客义士的盖世武功和侠义风范，给读者留下了极为深刻的印象。鲁迅先生对此也给予了高度评价：“独于草野豪杰，辄奕奕有神，间或衬以世态，杂以诙谐，亦每令莽夫分外生色。”这也正是《三侠五义》流行一百多年来始终深受各阶层人士，尤其是平民百姓喜爱的主要原因。

原创者石玉昆，堪称中国武侠小说的开山鼻祖。其生卒年不详，大概生活在清道光至咸丰年间，字振之，号问竹主人。他擅长评话，尤其善讲《忠烈侠义传》，后经人改编为系列小说，其中《三侠五义》一百二十回，《小五义》一百二十四回，《续小五义》一百二十四回。《三侠五义》又经晚清鸿儒俞樾改编，名为《七侠五义》。

《三侠五义》一百二十回可分为两部分。第一部分主要叙写北宋名臣包拯在众多侠义之士的辅佐下，审奇案、平冤狱，其中穿插众侠义除暴安良、扶危济困的故事。北宋仁宗年间，包拯参加会试，巧遇侠士展昭，共除金龙寺恶僧，协助李员外除歹徒。包拯经殿试中进士，点翰林，出任定远县令，后执掌开封府，奉皇命到陈州放粮赈灾，带来三口御赐铜铡刑具。安乐侯庞昱派人刺杀包公，多亏展昭暗中保护，使包公得以刀铡国舅，除暴安良。随后，包公又查清了多年前的皇宫

“狸猫换太子”案，使仁宗与李娘娘母子二人得以团聚。展昭因多次救包公，耀武楼献艺被皇帝封为“御猫”，引发“五鼠闹东京”的故事，后来“五义”同归朝廷供职开封府，其间穿插韩彰、蒋平等人捉拿采花贼花蝴蝶的故事，包公的门生倪继祖在北侠欧阳春、黑妖狐智化、小侠艾虎等人的帮助下铲除霸王庄恶霸马强的故事。第二部分主要讲述包公的门生颜查散和白玉堂等人，治理洪泽湖水患、收复军山、剪除襄阳王赵珏党羽的事迹。

《三侠五义》大量使用悬念的手法，使情节更加迂曲、变幻、起伏。随着情节的展开，作者不断地制造悬念，而小说也就在这一系列大大小小的悬念中吸引着读者不停地看下去。悬念的产生和揭开是由前后相关的一系列事件构成的，而这些事件往往是接连叙述的，但也有突然中断另叙他事，等到适当的时候再接着讲述前事。毛宗岗在《演〈三国志〉法》中将其称为“横云断岭”。这种叙事方法推迟了揭晓悬念的进程，不断地调动着读者的阅读兴趣。这种笔法在《三侠五义》等书中得到了较好的运用。

《三侠五义》虽由评话改编，但由于是清代作品，尤其是文中的一些方言、典故和行文方式，对普通读者来说仍存在一定的阅读难度。为此，我们对小说中的生僻字词及典故做了注音、解词、释典，必要时加以简要的串讲。本书的注释，吸收了前人的研究成果，在此表示谢忱！由于注释者能力有限，失误之处在所难免，恳请读者批评指正。

目　录

第一回 设阴谋临生换太子 奋侠义替死救皇娘

诗曰：

纷纷五代乱离间，一旦云开复见天。
草木百年新雨露，车书万里旧江山。
寻常巷陌陈罗绮[①]，几处楼台奏管弦。
天下太平无事日，莺花无限日高眠。

话说宋朝自陈桥兵变，众将立太祖为君，江山一统。相传至太宗，又至真宗，四海升平，万民乐业，真是风调雨顺，君正臣良。

一日早朝，文武班齐，有西台御史（即御史，西台是御史台的通称。御史是御史台的工作人员，其职责主要是监察百官）兼钦天监（官署名，掌观察天象、推算节气、制定历法）文彦博出班奏道："臣夜观天象，见天狗星（即天狼星。古代认为，看见天狗星吉少逆多，会有血光之灾）犯阙（指举兵侵犯朝廷，此处泛指天象于储君不利），恐于储君（指王位或皇位的继承人）不利。恭绘形图（图像，图画）一张，谨呈御览。"承奉接过，陈于御案之上。天子看罢，笑曰："朕观此图，虽则是上天垂象（显示征兆。古人迷信，把自然现象附会人事，认为是预示人间祸福吉凶的迹象），但朕并无储君，有何不利之处？卿且归班，朕自有道理。"早朝已毕，众臣皆散。转向宫内，真宗闷闷不乐，暗自忖（cǔn，揣度，细想）道："自御妻薨（hōng，君主时代称诸侯或大官等的死）后，正宫之位久虚，幸有李、刘二妃现今俱各有娠（shēn，怀孕），难道上天垂象就应于他二人身上不成？"才要宣召二妃见驾，谁想二妃不宣而至。参见已毕，跪而奏曰："今日乃中秋佳节，妾妃等已将酒宴预备在御园之内，特请圣驾今夕赏月，作个不夜之欢。"天子大喜，即同二妃来到

① 罗绮：此处即罗和绮，多借指丝绸衣裳。又有用"罗绮"来代指衣着华贵的女子。

园中，但见秋色萧萧，花香馥馥（fùfù，香气很浓），又搭着金风瑟瑟，不禁心旷神怡。

真宗玩赏，进了宝殿，归了御座，李、刘二妃陪侍。宫娥献茶已毕，天子道："今日文彦博具奏，他道现时天狗星犯阙，主（掌管）储君不利。朕虽乏嗣（sì，子孙），且喜二妃俱各有孕，不知将来谁先谁后，是男是女。上天既然垂兆（显示征兆），朕赐汝（rǔ，你）二人玉玺龙袱（宫中所用绣着龙的包袱）各一个，镇压天狗冲犯。再朕有金丸一对，内藏九曲珠子一颗，系上皇所赐无价之宝，朕幼时随身佩带，如今每人各赐一枚，将妃子等姓名、宫名刻在上面，随身佩带。"李、刘二妃听了，望上谢恩。天子即将金丸解下，命太监陈林拿到尚宝监（明宦官官署名，"十二监"之一，主要职责为掌宝玺、敕符、将军印信。此处是将明朝官署附会至宋朝），立时刻字去了。

这里二位妃子吩咐摆酒，安席进酒。登时鼓乐迭奏，彩戏俱陈，皇家富贵自不必说。到了晚间，皓魄（明月。有时又指明亮的月光）当空，照得满园如同白昼，君妃快乐，共赏冰轮（指明月），星斗齐辉，觥筹交错（酒杯和酒筹交叉错杂，形容许多人相聚饮酒的热闹场面。觥，gōng，酒器）。天子饮至半酣（半醉），只见陈林手捧金丸，跪呈御前。天子接来细看，见金丸上面，一个刻着"玉宸（chén）宫李妃"，一个刻着"金华宫刘妃"，镌的甚是精巧。天子深喜，即赏了二妃。二妃跪领，钦遵佩带后，每人又各献金爵（金制酒器，此处借指酒）三杯。天子并不推辞，一连饮了，不觉大醉，哈哈大笑道："二妃子如有生太子者，立为正宫（皇后居住的宫室，此处指皇后）。"二妃又谢了恩。

天子酒后说了此话不知紧要，谁知生出无限风波。你道为何？皆因刘妃心地不良，久怀嫉妒之心，今一闻此言，惟恐李妃生下太子，立了正宫，何况正宫李妃居左，自己在右（"左""右"在古代是地位尊卑的体现。周、秦、西汉时，以右为尊，东汉至隋唐、两宋，以左为尊）。自那日归宫之后，便与总管都堂（朝廷机构中，尚书省统辖吏、户、礼、兵、刑、工六部，称为都省，其总办公处称为都堂。这里指官职）郭槐暗暗铺谋定计，要害李妃。谁知一旁有个宫人名唤寇珠，乃刘妃承御（侍奉皇帝的妃子，是嫔妃中最低级的妃子）的宫人。此女虽是刘妃心腹，他却为人正直，素怀忠义，见刘妃与郭槐计议，好生不乐。从此后各处留神，悄地窥探。

单言郭槐奉了刘妃之命，派了心腹亲随，找了个守喜婆（接生婆）尤氏，他就屁滚尿流，又把自己男人托付郭槐，也做了添喜郎（伺候女人生产的人）了。一日，郭槐与尤氏密密商议，将刘妃要害李妃之事，细细告诉。奸婆听了，始而为难。郭槐道："若能办成，你便有无穷富贵。"婆子闻听，不由满心欢喜，眉头一皱，计上心来，便对郭槐道如此如此，这般这般。郭槐闻听，说："妙！妙！真能办成，将来刘妃生下太子，你真有不世之功。"又嘱咐临期不要误事，又给了好些东西。婆子欢喜而去。郭槐进宫，将此事回明。刘妃欢喜无限，专等临期行事。

光阴迅速，不觉的到了三月，圣驾至玉宸宫看视李妃。李妃参驾，天子说："免参。"当下闲谈，忽然想起明日乃是南清宫（宋代八贤王赵德芳的住处）八千岁的寿辰，便特派首领陈林前往御园办理果品，来日与八千岁祝寿。陈林奉旨去后，只见李妃双眉紧蹙（cù，皱眉），一时腹痛难禁（jīn，坚持）。天子着惊，知是要分娩了，立刻起驾出宫，急召刘妃带领守喜婆前来守喜。刘妃奉旨，先往玉宸宫去了。郭槐急忙告诉尤氏。尤氏早已备办停当，双手捧定大盒，交付郭槐，一同齐至玉宸宫而来。

你道此盒内是甚么东西？原来就是二人定的奸计，将狸猫剥去皮毛，血淋淋，光油油，认不出是何妖物，好生难看。二人来至玉宸宫内，别人以为吃食之物，那知其中就里（即"个中""内中"，内部情况）。恰好李妃临蓐（指孕妇分娩前的一段时间。蓐，rù），刚然（刚刚）分娩，一时血晕，人事不知。刘妃、郭槐、尤氏做就活局，趁着忙乱之际，将狸猫换出太子，仍用大盒将太子就用龙袱包好装上，抱出玉宸宫，竟奔金华宫而来。刘妃即唤寇珠提藤篮暗藏太子，叫他到销金亭用裙绦（tāo，用丝纺织成的带子）勒死，丢在金水桥下。寇珠不敢不应，惟恐派了别人，此事更为不妥，只得提了藤篮，出凤右门，至昭德门外，直奔销金亭上，忙将藤篮打开，抱出太子。且喜有龙袱包裹，安然无恙。抱在怀中，心下暗想："圣上半世乏嗣，好容易李妃产生太子，偏遇奸妃设计陷害。我若将太子谋死，天良何在？也罢！莫若抱着太子一同赴河，尽我一点忠心罢了。"刚然出得销金亭，只见那边来了一人，即忙抽身，隔窗细看。见一个公公打扮，踏过引仙桥，手中抱定一个宫盒，穿一件紫罗袍绣立蟒，粉底乌靴，胸前悬一挂念珠，斜插一个拂尘儿（是一种于手柄前端附上兽毛或丝状麻布的工具或器物，一般用作扫除尘迹或驱赶蚊蝇）于项左，生的白面皮，精神好，一双目把神光显。这寇承御一见，满心欢喜，暗暗的念佛说："好了！得此人来，太子有了救了！"原来此人不是别人，就是素怀忠义、首领陈林。只因奉旨到御园采办果品，手捧着金丝砌就龙妆盒（妇女放置梳妆用品的盒子），迎面而来。一见寇宫人怀抱小儿，细问情由。寇珠将始末根由，说了一回。陈林闻听，吃惊不小，又见有龙袱为证。二人商议，即将太子装入盒内，刚刚盛得下。偏偏太子啼哭，二人又暗暗的祷告。祝赞已毕，哭声顿止。二人暗暗念佛，保佑太子平安无事，就是造化（福分）。二人又望空叩首罢，寇宫人急忙回宫去了。

陈林手捧妆盒，一腔忠义，不顾死生，直往禁门而来。才转过桥，走至禁门，只见郭槐拦住道："你往那里去？刘娘娘宣你，有话面问。"陈公公闻听，只得随往进宫，却见郭槐说："待我先去启奏。"不多时，出来说："娘娘宣你进去。"陈公公进宫，将妆盒放在一傍，朝上跪倒，口尊："娘娘，奴婢陈林参见，不知娘娘有何懿旨（皇太后或皇后的命令，此处应是奉承之语，因刘妃并未成为皇后）？"刘妃一言不发，手托茶杯，慢慢吃茶，半晌，方才问道："陈林，你提这盒子往那里去？上有皇封，是何缘故？"陈林奏道："奉旨前往御园采拣果品，与南清宫八大王（八王爷，被人尊称"八贤王"，也见于《杨家将传》《杨家府演义》《万花楼》中）上寿，故有皇封（旧时皇帝赏赐的茶、酒等，因外加封口，故称）封定。非是奴婢擅敢自专（一任己意，独断专行）的。"刘妃听了，瞧瞧妆盒，又看看陈林，复又说道："里面可有夹带（偷带，指藏入其他物品）？从实说来！倘有虚伪，你吃罪不起。"陈林当此之际，把死付于度外，将心一横，不但不怕，反倒从容答道："并无夹带。娘娘若是不信，请去皇封，当面开看。"说着话，就要去揭皇封。刘妃一见，连忙拦住道："既是皇封封定，谁敢私行开看！难道你不知规矩么？"陈林叩头说："不敢，不敢！"刘妃沉吟半晌，因明日果是八千岁（是作者杜撰的人物，即"八大王"）寿辰，便说："既是如此，去罢。"陈林起身，手提盒子，才待转身，忽听刘妃说："转来！"陈林只得转身。刘妃又将陈林上下打量一番，见他面上颜色丝毫不漏，方缓缓的说道："去罢。"陈林这才出宫，倒觉的心中乱跳。这也是一片忠心，至诚感格（此处指陈林忠诚之至，感动上天。感格，指感于此而达于彼），始终瞒过奸妃，脱了这场大难。

出了禁门，直奔南清宫内，传：“旨意到。”八千岁接旨入内殿，将盒供奉上面，行礼已毕。因陈林是奉旨钦差，才要赐座，只见陈林扑簌簌（形容眼泪纷纷落下的样子。簌，sù）泪流满面，双膝跪倒，放声大哭。八千岁一见，唬得惊疑不止，便问道：“伴伴（古代对年老太监的别称），这是何故？有话起来说。”陈林目视左右。贤王心内明白，便吩咐：“左右回避了。”陈林见没人，便将情由细述一遍。八千岁便问：“你怎么就知道必是太子？”陈林说：“现有龙袱包定。”贤王听罢，急忙将妆盒打开，抱出太子一看，果有龙袱。只见太子哇的一声，竟痛哭不止，好仿佛诉苦的一般，真是圣天子百灵相助（古俗语，常与“大将军八面威风”合用。旧指天子和大将出行威风十足，遇事常有人前来相助）。贤王爷急忙抱入内室，并叫陈林随入里面，见了狄娘娘，又将原由说了一遍。大家商议，将太子暂寄南清宫抚养，候朝廷诸事安顿后，再做道理。陈林告别，回朝覆命。

谁知刘妃已将李妃生产妖孽，奏明圣上。天子大怒，立将李妃贬入冷宫下院，加封刘妃为玉宸宫贵妃。可怜无辜的李妃受此不白之冤，向谁申诉？幸喜吉人天相，冷宫的总管姓秦名凤，为人忠诚，素与郭槐不睦，已料此事必有奸谋。今见李妃如此，好生不忍，向前百般安慰。又吩咐小太监余忠：“好生服侍娘娘，不可怠慢。”谁知余忠更有奇异之处，他的面貌酷肖（极其相像）李妃的玉容，而且素来做事豪侠，往往为他人奋不顾身，因此秦凤更加疼爱他，虽是师徒，情如父子。他今见娘娘受此苦楚，恨不能以身代之，每欲设计救出，只是再也想不出法子来，也只得罢了。

且说刘妃此计已成，满心欢喜，暗暗的重赏了郭槐与尤氏，并叫尤氏守自己的喜（“守喜”，接生的意思）。到了十月满足，恰恰也产了一位太子，奏明圣上。天子大喜，即将刘妃立为正宫，颁行天下。从此人人皆知国母是刘后了。待郭槐犹如开国的元勋一般，尤氏就为掌院，寇珠为主宫承御。清闲无事。

谁想乐极生悲，过了六年，刘后所生之子竟至得病，一命呜呼。圣上大痛，自叹半世乏嗣，好容易得了太子，偏又夭亡（夭折，早死。夭，yāo），焉有不动心的呢？因此伤心过度，竟自连日未能视朝。这日八千岁进宫问安。天子召见八千岁，奏对（臣属当面回答皇帝提出的问题）之下，赐座闲谈，问及世子（古代帝王和诸侯的儿子中确定继承王位或爵位的）共有几人，年纪若干。八千岁一一奏对，说至三世子，恰与刘后所生之子岁数相仿。天子闻听，龙颜大悦，立刻召见，进宫见驾。一见世子，不由龙心大喜，更奇怪的，是形容（形体和容貌）态度与自己分毫不差，因此一乐，病就好了。即传旨将三世子承嗣（把兄弟等的儿子做自己的儿子），封为东宫守缺太子。便传旨叫陈林带往东宫参见刘后，并往各宫看视。

陈林领旨，引着太子，先到昭阳正院朝见刘后，并启奏说："圣上将八千岁之三世子封为东宫太子，命奴婢引来朝见。"太子行礼毕，刘后见太子生的酷肖天子模样，心内暗暗诧异。陈林又奏，还要到各宫看视。刘后说："既如此，你就引去，快来见我，还有话说呢。"陈林答应着，随把太子引往各宫去。

路过冷宫，陈林便向太子说："这冷宫是李娘娘因产生妖物，圣上将李娘娘贬入冷宫。若说这位娘娘，是最贤德的。"太子闻听产生妖物一事，心中就有几分不信。这太子乃一代帝王，何等天聪，如何信这怪异之事？可也断断想不到就在自己身上，便要进去看视，恰好秦凤走出宫来。陈林素与秦凤最好，已将换太子之事悄悄说明："如今八千岁的世子就是抵换的太子。"秦凤听了大喜。先参见了太子，便转身进宫奏明李娘娘。不多时，出来说道："请太子进宫。"陈林一同引进。见了娘娘，他不由得泪流满面。这正是母子天性攸关（关系到人先天具有的品质和性情。攸，yōu，所）。陈林一见，心内着忙，急将太子引出，仍回正宫去了。

刘后正在宫中闷坐细想，忽见太子进宫，面有泪痕，追问何故啼哭。太子又不敢隐瞒，便说："适从冷宫经过，见李娘娘形容憔悴，心实不忍，奏明情由，还求母后遇便在父王跟前解劝解劝，使脱了沉埋，以慰孩儿凄惨之忱（chén，情意）。"说着，便跪下去了。刘后闻听，便心中一惊，假意连忙搀起，口中夸赞道："好一个仁德的殿下！只管放心，我得便就说便了。"太子仍随着陈林上东宫去了。

太子去后，刘后心中那里丢得下此事，心中暗想："适才太子进宫，猛然一见，就有些李妃形景；何至见了李妃之后，就在哀家跟前求情？事有可疑。莫非六年前叫寇珠抱出宫去，并未勒死，不曾丢在金水桥下？"因又转想："曾记那年有陈林手提妆盒从御园而来，难道寇珠擅敢将太子交与陈林，携带出去不成？若要明白此事，须拷问寇珠这贱人，便知分晓。”越想愈觉可疑，即将寇珠唤来，剥去衣服，细细拷问，与当初言语一字不差。刘后更觉恼怒，便召陈林当面对证，也无异词。刘后心内发焦，说：“我何不以毒攻毒，叫陈林掌刑追问。他二人做的事，如今叫一人受苦，焉有不说的道理？”便命陈林掌刑，拷问寇珠。刘后虽是如此心毒，那知横了心的寇珠，视死如归。可怜他柔弱身躯，只打得身无完肤，也无一字招承。正在难分难解之时，见有圣旨来宣陈林。刘后惟恐耽延工夫，露了马脚，只得打发陈林去了。寇宫人见陈林已去，“大约刘后必不干休，与其零碎受苦，莫若寻个自尽。”因此触槛（门槛）而死。刘后吩咐将尸抬出，就有寇珠心腹小宫人偷偷埋在玉宸宫后。刘后因无故打死宫人，威逼自尽，不敢启奏，也不敢追究了。刘后不得真情（真实的情况），其妒愈深，转恨李妃不能忘怀，悄与郭槐商议，密访李妃嫌隙（因猜疑或不满而产生的恶感，此处指做的坏事），必须置之死地方休。也是合当有事。

且说李妃自见太子之后，每日伤感，多亏秦凤百般开解，暗将此事一一奏明。李妃听了，如梦方醒，欢喜不尽，因此每夜烧香，祈保太子平安。被奸人访着，暗在天子前启奏，说：“李妃心下怨恨，每夜降香（烧香拜祭神灵）诅咒，心怀不善，情实难宥（yòu，宽恕，原谅）。”天子大怒，即赐白绫七尺（白绫是一种布料，是古代君王赐予罪臣自裁用的。一般说三尺或七尺，但并非真正是三尺或七尺，“三”“七”只是惯称），立时赐死。

谁知早有人将信暗暗透于冷宫。秦凤一闻此言，胆裂魂飞，忙忙奏知李娘娘。李娘娘闻听，登时（立刻）昏迷不醒。正在忙乱，只见余忠赶至面前，说道：“事不宜迟，快将娘娘衣服脱下，与奴婢穿了。奴婢情愿自身替死。”李妃苏醒过来，一闻此言，只哭得哽气倒噎，如何还说得出话来。余忠不容分说，自己摘下花帽，扯去网巾（用丝结成的网状的头巾，用来拢住头发），将发散开，挽了一个绺（一束。绺，liǔ）儿；又将自己衣服脱下，放在一傍，只求娘娘早将衣服赐下。秦凤见他如此忠烈，又是心疼，又是羡慕，只得横了心在傍催促更衣。李妃不得已将衣脱下，与他换了，便哭说道：“你二人是我大恩人了！”说罢，又昏过去了。秦凤不敢耽延，忙忙将李妃移至下房，装作余忠卧病在床。刚然收拾完了，只见圣旨已到，钦派孟彩嫔（pín）验看。秦凤连忙迎出，让至偏殿暂坐。“俟（sì，等待）娘娘归天后，请贵人验看就是了。”孟彩嫔一来年轻，不敢细看；二来感念李妃素日恩德，如今遭此凶事，心中悲惨，如何想的到是别人替死呢。不多时，报道：“娘娘已经归天了，请贵人验看。”孟彩嫔闻听，早已泪流满面，那里还忍近前细看，便道：“我今回复圣旨去了。”此事若非余忠与娘娘面貌仿佛（相似），如何遮掩的过去？于是按礼埋葬。

此事已毕，秦凤便回明余忠病卧不起。郭槐原与秦公公不睦，今闻余忠患病，又去了秦凤膀臂，正中心中机关，便不容他调养，立刻逐出，回籍为民。因此秦凤将假余忠抬出，特派心腹人役送至陈州家内去了。后文再表。从此秦凤踽踽（jǔjǔ，形容一个人走路孤零零的样子）凉凉（形容冷冷清清的样子），凄凄惨惨，时常思念徒儿死的可怜又可敬，又惦记着李娘娘在家中怕受了委曲（即委屈）。这日晚间正在伤心，只见本宫四面火起。秦凤一见已知是郭槐之计，一来要斩草除根，二来是公报私仇。“我总然逃出性命，也难免失火之罪；莫若自焚，也省的与他做对。”于是秦凤自己烧死冷宫之内。此火果然是郭槐放的。此后刘后与郭槐安心乐意，以为再无后患了。就是太子也不知其中详细，谁也不敢泄漏。又奉旨钦派陈林督管东宫，总理一切，闲杂人等不准擅入。这陈林却是八千岁在天子面前保举的，从此太平无事了。如今将仁宗的事已叙明了，暂且搁起，后文自有交代。

便说包公降生，自离娘胎，受了多少折磨，较比仁宗，坎坷更加百倍，正所谓“天将降大任”（上天对此人将降下重大的使命。语出《孟子·告子下》。孟子曰：“天降大任于斯人也，必先苦其心志，劳其筋骨，饿其体肤，空乏其身……”）之说。闲言少叙。

单表江南庐州府合肥县内有个包家村，住一包员外，名怀，家富田多，骡马成群，为人乐善好施，安分守己，因此人人皆称他为“包善人”，又曰“包百万”。包怀原是谨慎之人，既有百万之称，自恐担当不起。他又难以拦阻众人，只得将包家村改为包村，一是自己谦和，二免财主名头。院君（本为对有封号的妇女的称呼，后来一般富户的妻子也称“院君”）周氏。夫妻二人皆四旬（四十）以外。所生二子，长名包山，娶妻王氏，生了一子，尚未满月；次名包海，娶妻李氏，尚无儿女。他弟兄二人虽是一母同胞，却大不相同：大爷包山为人忠厚老诚，正直无私，恰恰娶了王氏，也是四德三从的人；二爷包海为人尖酸刻薄，奸险阴毒，偏偏娶了李氏，也是心地不端。亏得老员外治家有法，规范严肃；又喜大爷凡事宽和，诸般逊让（谦让）兄弟，再也叫二爷说不出话来。就是妯娌（zhóu li，哥哥的妻子和弟弟的妻子的合称）之间，王氏也是从容和蔼，在小婶前毫不较量，李氏虽是刁悍，他也难以施展。因此一家尚为和睦，每日大家欢欢喜喜。父子兄弟春种秋收，务农为业，虽非诗书门第，却是勤俭人家。

不意老院君周氏安人（犹夫人，对妇人的尊称）年已四旬开外，忽然怀孕。员外好不乐意，终日忧愁。你说这是甚么意思呢？老来得子是快乐，包员外为何不乐？只因夫妻皆是近五旬的人了，已有两个儿子，并皆娶媳生子，如今安人又养起儿女来了。再者院君偌（ruò，如此，这么）大年纪，今又生产，未免受伤；何况乳哺三年更觉勤劳，如何禁得起呢？因此每日忧烦，闷闷不乐，竟自时刻不能忘怀。这正是：

家遇吉祥反不乐，时逢喜事顿添愁。

未审后事如何，且听下回分解。

第二回 奎星①兆梦忠良降生 雷部宣威狐狸避难

且说包员外终日闷闷，这日独坐书斋，正踌躇（chóu chú，思量）此事，不觉双目困倦，伏几（小或矮的桌子）而卧。朦胧之际，只见半空中祥云缭绕，瑞气氤氲（yīn yūn，形容烟或云气浓郁）。猛然红光一闪，面前落下个怪物来，头生双角，青面红发，巨口獠牙（露在嘴外的长牙。獠，liáo），左手拿一银锭，右手执一朱笔（蘸红色颜料的毛笔，用以批公文、校古书等），跳舞着奔落前来。员外大叫一声，醒来却是一梦，心中尚觉乱跳。正自出神，忽见丫鬟掀帘而入，报道："员外，大喜了！方才安人产生一位公子，奴婢特来禀知。"员外闻听，抽了一口凉气，只唬得惊疑不止。

① 奎（kuí）星：二十八宿之一，主宰天下文运的吉星。

怔了多时，咳了一声，道："罢了，罢了。家门不幸，生此妖邪，真是冤家到了。"急忙立起身来，一步一咳，来至后院看视。幸安人无恙，略问了几句话，连小孩也不瞧，回身仍往书房来了。这里服侍安人的，包裹小孩的，殷实之家自然俱是便当的，不必细表。

单说包海之妻李氏抽空儿回到自己房中，只见包海坐在那里发呆。李氏道："好好儿的'二一添作五'（原本是珠算的口诀，引申为平分的意思）的家当，如今弄成'三一三十一'（珠算口诀之一，后借用为平均分配为三之意）了。你到底想个主意呀。"包海答道："我正为此事发愁。方才老当家的将我叫到书房，告诉我梦见一个青脸红发的怪物，从空中掉将下来，把老当家的唬醒了，谁知就生此子。我细细想来，必是咱们东地里西瓜成了精了。"李氏闻听，便撺掇（cuān duo，在一旁鼓动别人做某事）道："这还了得！若是留在家内，他必做耗（即"作耗"，作乱）。自古书上说，妖精入门，家败人亡的多着呢。如今何不趁早儿告诉老当家的，将他抛弃在荒郊野外，岂不省了担着心？就是家私也省了'三一三十一'了。一举两得，你想好不好？"这妇人一套话，说得包海如梦初醒，连忙立身来到书房，一见员外，便从头至尾的把话说了一遍，止于不提起家私一事。谁知员外正因此烦恼，一闻包海之言，恰合了念头，连声说好："此事就交付于你，快快办去。将来你母亲若问时，就说落草（指胎儿出生）不多时就死了。"

包海领命，回身来至卧房，托言公子已死，急忙抱出，用茶叶篓子装好，携至锦屏山后，见一坑深草，便将篓子放下。刚要摺出小儿，只见草丛里有绿光一闪，原来是一只猛虎眼光射将出来。包海一见，只唬得魂不附体，连尿都唬出来了，连篓带小孩一同抛弃，抽身跑将回来，气喘吁吁，不顾回禀员外，跑到自己房中，倒在炕上，连声说道："唬杀我也！唬杀我也！"李氏忙问道："你这等见神见鬼的，不是妖精作了耗了？"包海定了定神，答道："利害！利害！"一五一十，说与李氏道："你说可怕不可怕？只是那茶叶篓子没有拿回来。"李氏笑道："你真是'整篓洒油，满地捡芝麻——大处不算小处算'咧。一个篓能值几何？一分家私省了，岂不乐吗？"包海笑嘻嘻道："果然是'表壮不如里壮'（指外表好看，不如里面结实），这事多亏贤妻你巧咧。这孩子这时候管保叫虎吧嗒（形容吃东西发出的声音，此处是吃的意思）咧！"

谁知他二人在屋内说话，不防窗外有耳。恰遇贤人王氏从此经过，一一听去，急忙回至屋中。细想此事好生残忍，又着急，又心痛，不觉落下泪来。正自悲泣，大爷包山从外边进来，见此光景，便问情由。王氏将此事一一说知。包山道："原来有这等事。不要紧，锦屏山不过五六里地，待我前去看看，再做道理。"说罢，立刻出房去了。王氏自丈夫去后，担惊害怕，惟恐猛虎伤人，又恐找不着三弟，心中好生委决（决定）不下。

且言包山急急忙忙奔到锦屏山后，果见一片深草，四下找寻，只见茶叶篓子横躺在地，却无三弟。大爷着忙，连说："不好，大约是被虎吃了。"又往前走了数步，只见一片草俱各倒卧在地，足有一尺多厚，上爬着个黑漆漆、亮油油、赤条条的小儿。大爷一见，满心欢喜，急忙打开衣服，将小儿抱起，揣在怀内，转身竟奔家来，悄悄的归到自己屋内。

王氏正在盼望之际，一见丈夫回来，将心放下。又见抱了三弟回来，喜不自胜，连忙将自己衣襟解开，接过包公，以胸膛偎（wēi，紧挨着，亲热地靠着）抱。谁知包公到了贤人怀内，天生的聪俊，将头乱拱，仿佛要乳食吃的一般。贤人即将乳头放在包公口内，慢慢的喂哺。包山在旁，便与贤人商议："如今虽将三弟救回，但我房中忽然有了两个小孩，别人看见，岂不生疑么？"贤人闻听，道："莫若将自己才满月的儿另寄别处，寻人抚养。妾身单单乳哺三弟，岂不两全呢？"包山闻听大喜，便将自己孩儿偷偷抱出，寄于他处厮养。

可巧就有本村的乡民张得禄，因妻子刚生一子，未满月已经死了，正在乳旺之时，如今得了包山之子，好生欢喜。这也是大爷夫妻一点至诚感格，故有此机会。可见"人有喜念，天必从之；人怀恶意，天必诛之"。李氏他陷害包公，将来也必有报应的。

且说由春而夏，自秋徂（cú，往，到）冬，光阴迅速，转瞬过了六个年头。包公已到七岁，总以兄嫂呼为父母，起名就叫黑子。最奇怪的是从小至七岁未尝哭过，也未尝笑过，每日里哭丧着小脸儿不言不语；就是人家逗他，他也不理。因此人人皆嫌，除了包山夫妻百般护持（爱护照料）外，人皆没有爱他的。

一日，乃周氏安人（犹夫人，对妇人的尊称）生辰，不请外客，自家家宴。王氏贤人带领黑子与婆婆拜寿。行礼已毕，站立一旁。只见包黑跑到安人跟前，双膝跪倒，恭恭敬敬也磕了三个头。把个安人喜的眉开眼笑，将他抱在怀中，因说道："曾记六年前产生一子，正在昏迷之时，不知怎么落草就死了。若是活着，也与他一般大了。"王氏闻听，见旁边无人，连忙跪倒，禀道："求婆婆恕媳妇胆大之罪，此子便是婆婆所生。媳妇恐婆婆年迈，乳食不足，担不得乳哺操劳，故此将此子暗暗抱至自己屋内抚养，不敢明言。今因婆婆问及，不敢不以实情禀告。"贤人并不题（通"提"，说起）起李氏夫妻陷害一节。周氏老安人连忙将贤人扶起，说道："如此说来，吾儿多亏媳妇抚养，又免我劳心，真是天下第一贤德人了。但只一件，我那小孙孙现在何处？"王氏禀道："现在别处斯养。"安人闻听，立刻叫将小孙孙领来。面貌虽然不同，身量却不甚分别。急将员外请至，大家言明此事。员外心中虽乐，然而想起从前情事对不过安人，如今事已如此，也就无可奈何了。从此包黑认过他父母，改称包山夫妻仍为兄嫂。安人是年老惜子，百般珍爱，改名三黑；又有包山夫妻照应，各处留神，总然包海夫妻暗暗打算，也是不能凑手（手头方便，此处形容方便下手）。

转眼之间，又过了二年，包公到了九岁之时，包海夫妇心心念念要害包公。这一日，包海在家，便在员外跟前下了谗言，说："咱们庄户人总以勤俭为本，不宜游荡。将来闲的好吃懒做的，如何使得？现今三黑已九岁了，也不小了，应该叫他跟着庄村牧童，或是咱家的老周的儿子长保儿学习牧放牛羊，一来学本事，二来也不吃闲饭。"一片话说得员外心活，便与安人说明，犹如三黑天天跟着闲逛的一般。安人应允，便嘱长工老周加意照料。老周又嘱咐长保儿："天天出去牧放牛羊，好好儿哄着三官人顽耍；倘有不到之处，我是现打不赊（犹言立即惩处）的。"因此三公子每日同长保出去牧放牛羊，或在村外，或在河边，或在锦屏山畔，总不过离村五六里之遥，再也不肯远去。

一日，驱逐牛羊来至锦屏山鹅头峰下，见一片青草，将牛羊就在此处牧放。乡中牧童彼此顽耍。独有包公一人或观山水，或在林木之下席地而坐，或在山环之中枕石而眠，却是无精打彩，仿佛心有所思的一般。正在山环之中石上歇息，只见阴云四合，雷闪交加，知道必有大雨，急忙立起身来，跑至山窝古庙之中。才走至殿内，只听得忽喇喇霹雳一声，风雨骤至。包公在供桌前盘膝端坐，忽觉背后有人一搂，将腰抱住。包公回头看时，却是一个女子，羞容满面，其惊怕之态令人可怜。包公暗自想道："不知谁家女子从此经过，遇此大雨，看他光景想来是怕雷。慢说此柔弱女子，就是我三黑闻此雷声，也觉胆寒。"因此索性将衣服展开，遮护女子。外边雷声愈急，不离顶门。约有两三刻的工夫，雨声渐小，雷始止声。不多时，云散天晴，日已夕晖，回头看时，不见了那女子。心中纳闷，走出庙来，找着长保，驱赶牛羊。

刚才到村头，只见服侍二嫂嫂的丫鬟秋香手托一碟油饼，说道："这是二奶奶给三官人做点心吃的。"包公一见，便说道："回去替我给嫂嫂道谢。"说着，拿起要吃，不觉手指一麻，将饼落在地下。才待要捡，从后来了一只癞（lài）犬，竟自衔（xián，用嘴含）饼去了。长保在旁，便说："可惜一张油饼，却被它吃了。这是我家癞犬，等我去赶回来。"包公拦住，道："它既衔去，总然（纵然，即使）拿回，也吃不得了。咱们且交代牛羊要紧。"说着说着，来到老周屋内。长保将牛羊赶入圈中，只听他在院内嚷道："不好了！怎么癞狗七孔流血了？"老周闻听，同包公出得院来，只见犬倒在地，七窍流血。老周看了诧异，道："此犬乃服毒而死的。不知他吃了甚么了？"长保在旁插言："刚才二奶奶叫秋香送饼与三官人吃，失手落地，被咱们的癞狗吃了。"老周闻听，心下明白，请三官人来至屋内，暗暗的嘱咐："以后二奶奶给的吃食，务要留神，不可堕入术中。"包公闻听，不但不信，反倒嗔怪（对别人的言语或行动表示不满。嗔，chēn）他离间叔嫂不和，赌气别了老周回家，好生气闷。

过了几天，只见秋香来请，说二奶奶有要紧的事。包公只得随他来至二嫂屋内。李氏一见，满面笑容说："秋香昨日到后园，忽听枯井内有人说话，因在井口往下一看，不想把金簪（zān，即簪子，别住发髻的条状物）掉落井中，恐怕安人见怪。若叫别人打捞，井口又小，下不去，又恐声张出来。没奈何，故此叫他急请三官人来。"问包公道："三叔，因你身量又小，下井将金簪摸出，以免嫂嫂受责。不知三叔你肯下井去么？"包公道："这不打紧！待我下去，给嫂嫂摸出来就是了。"于是李氏呼秋香拿绳子，同包公来到后园井边。包公将绳拴在腰间，手扶井口，叫李氏同秋香慢慢的放松。刚才系到多一半，只听上面说：“不好！揪不住了！”包公觉得绳子一松，身如败絮（破烂的棉絮）一般，扑通一声，竟自落在井底。且喜是枯井无水，却未摔着。心中方才明白，暗暗思道：“怪不得老周叫我留神，原来二嫂嫂果有害我之心。只是如今既落井中，别人又不知道，我却如何出得去呢？”

正在闷闷之际，只见前面忽有光明一闪。包公不知何物，暗忖（cǔn，思量，揣度）道：“莫非果有金钗放光么？”向前用手一扑，并未扑着，光明又往前去。包公诧异（觉得奇怪），又往前赶，越扑越远，再也扑他不着。心中焦躁，满面汗流，连说：“怪事，怪事，井内如何有许多路径呢？”不免尽力追去，看是何物。因此扑赶有一里之遥，忽然光儿不动。包公急忙向前扑住，看时却是古镜一面。翻转细看，黑暗之处再也瞧不出来。只觉得冷气森森，透人心胆。正看之间，忽见前面明亮，忙将古镜揣起，爬将出来看时，乃是场院后墙以外地沟，心内自思道：“原来我们后园枯井竟与此道相通。不要管他，幸喜脱了枯井之内，且自回家便了。”

走到家中，好生气闷。自己坐着，无处发泄这口闷气，走到王氏贤人屋内，撅（juē，同“噘”）着嘴发怔（发呆。怔，zhèng）。贤人问道：“老三，你从何处而来？为着何事，这等没好气？莫不有人欺负你了？”包公说：“我告诉嫂嫂，并无别人欺我。皆因秋香说二嫂嫂叫我，赶着去见，谁知他叫我摸簪……”于是将赚（zuàn，骗）入枯井之事，一一说了一回。王氏闻听，心中好生不平，又是难受，又无可奈何，只得解劝安慰，嘱咐以后要处处留神。包公连连称是。说话间，从怀中掏出古镜交与王氏，便说：“是从暗中得来的，嫂嫂好好收藏，不可失落。”

包公去后，贤人独坐房中，心里暗想：“叔叔婶婶所作之事，深谋密略，莫说三弟孩提（指幼儿时期）之人难以揣度（揣测。度，duó），就是我夫妻二人也难测其阴谋。将来倘若弄出事端，如何是好？可笑他二人只为家私，却忘伦理。”正在嗟叹，只见大爷包山从外而入，贤人便将方才之话，说了一遍。大爷闻听，连连摇首，道：“岂有此理！这必是三弟淘气，误掉入枯井之中，自己恐怕受责，故此捏造出这一片谎言，不可听他。日后总叫他时时在这里就是了，可也免许多口舌。”大爷口虽如此说，心中万分难受，暗自思道：“二弟从前做的事体我岂不知，只是我做哥哥的焉能认真，只好含糊罢了。此事若是明言，一来伤了手足的和气，二来添妯娌疑忌。”沉吟半晌，不觉长叹一声，便向王氏说：“我看三弟气宇不凡，行事奇异，将来必不可限量。我与二弟已然耽搁，自幼不曾读书，如今何不延师（即聘请老师。延，聘请，邀请）教训（教诲训诫。教，jiào）三弟？倘上天怜念，得个一官半职，一来改换门庭，二来省受那赃官污吏的闷气。你道好也不好？”贤人闻听，点头连连称是，又道：“公公之前须善为说词（很会讲话）方好。”大爷说：“无妨，我自有道理。”

次日，大爷料理家务已毕，来见员外，便道：“孩儿面见爹爹，有一事要禀。”员外问道：“何事？”大爷说：“只因三黑并无营生（职业，工作），与其叫他终日牧羊，在外游荡，也学不出好来，何不请个先生教训教训呢？就是孩儿等自幼失学，虽然后来补学一二，遇见为难的帐目，还有念不下去的，被人欺哄。如今请个先生，一来教三黑些书籍；二来有为难的字帖，亦可向先生请教；再者三黑学会了，也可以管些出入帐目。”员外闻听可管些帐目之说，便说：“使得。但是一件，不必请饱学先生，只要比咱们强些的就是了，教个三年两载，认得字就是了。”大爷闻听员外允了，心中大喜，即退出来，便托乡邻延请饱学先生，是必要叫三弟一举成名。看官，这非是包山故违父命，只因见三弟一表非凡，终成大器，故此专要请一名儒教训，以为将来显亲扬名，光宗耀祖。闲言少叙。

且表众乡邻闻得包百万家要请先生，谁不献勤？这个也来说，那个也来荐。谁知大爷非名儒不请。可巧隔村有一宁老先生，此人品行端正，学问渊深，兼有一个古怪脾气，教徒弟有三不教：笨了不教；到馆中只要书童一个，不许闲人出入；十年之内只许先生辞馆，不许东家辞先生。有此三不教，束脩（捆成一捆的干肉，是古时候学生送给教师的报酬。脩，xiū）不拘多少，故此无人敢请。

一日，包山访听明白，急亲身往谒（yè，拜见），见面叙礼。包山一见，真是好一位老先生，满面道德，品格端方，即将延请之事说明，并说：“老夫子三样规矩，其二其三，小子俱是敢应的。只是恐三弟笨些，望先生善导为幸。”当下言明，即择日上馆。是日备席延请，递贽敬（旧时学生拜见老师时所持的贽金。贽，zhì）束脩，一切礼仪自不必说。即领了包公，来至书房，拜了圣人（专指孔子），拜了老师。这也是前身缘分，师徒一见，彼此对看，爱慕非常。并派有伴童包兴，与包公同岁，一来伺候书房茶水，二来也叫他学几个字儿。这正是：

英才得遇春风人，俊杰来从喜气生。

未审后事如何，下回分解。

第三回 金龙寺英雄初救难 隐逸村狐狸三报恩

且说当下开馆，节文（礼节，仪式）已毕，宁老先生入了师位，包公呈上《大学》（原是《小戴礼记》第四十二篇，相传为曾子所作，实为秦汉时儒家作品，是一部中国古代讨论教育理论的重要著作）。老师点了句断［句读（dòu），古时称文辞停顿的地方］，教道："大学之道。"包公便说："在明明德。"老师道："我说的是'大学之道'。"包公说："是。难道下句不是'在明明德'么？"老师道："再说。"包公便道："在新民，在止于至善。"老师闻听，甚为诧异，叫他往下念，依然丝毫不错；然仍不大信，疑是在家中有人教他的，或是听人家念，学就了的，尚不在怀。谁知到后来，无论甚么书籍俱是如此，教上句便会下句，有如温熟书的一般，真是把个老先生喜的乐不可支，自言道："天下聪明子弟甚多，未有不教而成者，真是生就的神童、天下奇才，将来不可限量。哈哈！不想我宁某教读半世，今在此子身上成名。这正是孟子有云：'得天下英才而教育之，一乐也。'"遂乃给包公起了官印一个"拯"字，取意将来可拯民于水火之中；起字"文正"，取其意"文"与"正"，岂不是"政"字么？言其将来理国政，必为治世良臣之意。

不觉光阴荏苒（rěn rǎn，时间渐渐过去，多形容时光易逝），早过了五个年头，包公已长成十四岁，学得满腹经纶（一肚子学问和才干，形容人很有政治才能或才学。经纶，整理过的蚕丝，比喻规划、治理国家大事的才能）诗文之佳自不必说。先生每每催促递名送考，怎奈那包员外是个勤俭之人，恐怕赴考有许多花费。从中大爷包山不时在员外跟前说道："叫三黑赴考，若得进一步也是好的。"无奈员外不允。大爷只好向先生说："三弟年纪太小，恐怕误事，临期反为不美。"于是又过了几年，包公已长成十六岁了。

这年又逢小考（旧时童生应县试、生员应学政府考的俗称）。先生实在忍耐不住，急向大爷包山说道："此次你们不送考，我可要替你们送了。"大爷闻听，急又向员外跟前禀说道："这不过先生要显弄他的本领，莫若叫三黑去这一次。若是不中，先生也就死心塌地了。"大爷说的员外一时心活，就便允了。大爷见员外已应允许考，心中大喜，急来告知先生。先生当时写了名字报送。即到考期，一切全是大爷张罗。员外毫不介意，大爷却是殷殷盼望。

到了揭晓之期，天尚未亮，只听得一阵喧哗，老员外以为必是本县差役前来，不是派差，就是拿车。正在游疑之际，只见院公进来报喜，道："三公子中了生员（科举考试称通过最低一级考试得以在府、州、县学读书的人，生员有应乡试的资格，通称秀才）了！"员外闻听，倒抽了一口气，说道："罢了，罢了。我上了先生的当了。这也是家运使然，活该是冤孽，再也躲不开的。"因此一烦，自己藏于密室，连亲友前来贺他也不见，就是先生他也不致谢一声。多亏了大爷一切周旋，方将此事完结。

惟有先生暗暗地想道："我自从到此课读（进行教学活动）也有好几年了，从没见过本家老员外。如今教的他儿子中了秀才，何以仍不见面？连个谢字也不道，竟有如此不通情理之人，实实令人纳闷了。又可气，又可恼！"每每见了包山，说了好些嗔怪的言语。包山连忙陪罪，说道："家父事务冗繁（繁杂。冗，rǒng），必要定日相请，恳求先生宽恕。"宁公是个道学之人，听了此言，也就无可说了。亏得大爷暗暗求告太爷，求至再三，员外方才应允，定了日子，下了请帖，设席与先生酬谢。

是日，请先生到待客厅中，员外迎接，见面不过一揖（古代的拱手礼），让至屋内，分宾主坐下。坐了多时，员外并无致谢之辞。然后摆上酒筵，将先生让至上座，员外在主位相陪。酒至三巡，菜上五味，只见员外愁容满面，举止失措，连酒他也不吃。先生见此光景，忍耐不住，只得说道："我学生在贵府打搅了六七年，虽有微劳开导指示，也是令郎天分聪明，所以方能进此一步。"员外闻听，呆了半晌，方才说道："好。"先生又说道："若论令郎刻下（目前）学问，慢说是秀才，就是举人（科举考试中称乡试考取的人）、进士（科举考试中称会试考取的人），也是绰绰有余（形容宽裕，用不完。绰，chuò）的了，将来不可限量。这也是尊府上德行。"员外听说至此，不觉双眉紧蹙（cù，皱），发恨道："甚么德行！不过家门不幸，生此败家子。将来但能保得住不家败人亡，就是造化了。"先生闻听，不觉诧异，道："贤东（对他人主人的敬称）何出此言？世上那有不望儿孙中会作官之理呢？此话说来，真真令人不解。"

员外无奈，只得将生包公之时所作噩梦，说了一遍，"如今提起，还是胆寒。"宁公原是饱学之人，听见此梦之形景，似乎奎星（是二十八宿之一，是主宰天下文运的大吉星）；又见包公举止端方，更兼聪明过人，就知是有来历的，将来必是大贵，暗暗点头。员外又说道："以后望先生不必深教小儿，就是十年束脩断断不敢少的，请放心！"一句话将个正直宁公说得面红过耳，不悦道："如此说来，令郎是叫他不考的了？"员外连声道："不考了！不考了！"先生不觉勃然大怒，道："当初你的儿子叫我教，原是由得你的；如今我的徒弟叫他考，却是由得我的。以后不要你管，我自有主张罢了。"怒冲冲不等席完，竟自去了。

你道宁公为何如此说？他因员外是个愚鲁（愚蠢粗鲁）之人，若是谏劝（直言规劝），他决不听，而且自己徒弟又得保必作脸。莫若自己拢来，一则不至误了包公，二则也免包山跟着为难。这也是他读书人一片苦心。因至乡试年头，全是宁公作主，与包山一同商议，硬叫包公赴试，叫包山都推在老先生身上。到了挂榜（张挂公布科举考试考中的名单）之期，谁知又高高的中了乡魁（科举考试中乡试第一名。魁，kuí，第一）。包山不胜欢喜，惟有员外愁个不了，仍是藏着不肯见人。大爷备办筵席（酒席。筵，yán），请了先生坐了上席，所有贺喜的乡亲两边相陪，大家热闹了一天。诸事已毕，便商议叫包公上京会试，禀明员外。员外到了此时，也就没的说了，只是不准多带跟人，惟恐耗费了盘川（旅费），就带伴童包兴一人。

包公起身之时，拜别了父母，又辞了兄嫂。包山暗与了盘川。包公又到书房参见了先生。先生嘱咐了多少言语，又将自己的几两脩金（旧时送给老师的薪金。脩，xiū）送给了包公。包兴备上马，大爷包山送至十里长亭。兄弟留恋多时，方才分手。

包公认镫（脚踏马镫，指上马）乘骑，带了包兴，竟奔京师。一路上少不得饥餐渴饮，夜宿晓行。一日，到了座镇店，主仆两个找了一个饭店。包兴将马接过来，交与店小喂好。找了一个座儿，包公坐在正面，包兴打横（指围着方桌坐时，坐在末座）。虽系主仆，只因出外，又无外人，爷儿两个就在一处吃了。堂官过来安放杯筷，放下小菜。包公随便要一角（酒器）酒、两样菜。包兴斟（zhēn，往碗或杯子里倒）上酒，包公刚才要饮，只见对面桌上来了一个道人，坐下要了一角酒，且自出神，拿起壶来不向杯中斟，花喇喇倒了一桌子。见他嗐声叹气，似有心事的一般。包公正在纳闷，又见从外进来一人，武生打扮，叠暴（人激动时筋一根一根地鼓起来。这里指"散发"）着英雄精神，面带着侠气。道人见了，连忙站起，只称："恩公请坐。"那人也不坐下，从怀中掏出一锭（dìng）大银，递给道人，道："将此银暂且拿去，等晚间再见。"那道人接过银子，爬在地下，磕了一个头，出店去了。

包公见此人年纪约有二十上下，气宇轩昂，令人可爱，因此立起身来，执手当胸，道："尊兄请了。能不弃嫌，何不请过来彼此一叙？"那人闻听，将包公上下打量了一番，便笑容满面，道："既承错爱（表示感谢对方的爱护和关心），敢不奉命。"包兴连忙站起，添分杯筷，又要了一角酒、二碟菜，满满斟上一杯。包兴便在一旁侍立，不敢坐了。包公与那人分宾主坐了，便问："尊兄贵姓？"那人答道："小弟姓展名昭，字熊飞。"包公也通了名姓。二人一文一武，言语投机，不觉饮了数角。展昭便道："小弟现有些小事情，不能奉陪尊兄，改日再会。"说罢，会（付）了钱钞。包公也不谦让。包兴暗道："我们三爷嘴上抹石灰（指白吃）。"那人竟自作别去了。包公也料不出他是甚么人。

吃饭已毕，主仆乘马登程。因店内耽误了工夫，天色看看已晚，不知路径。忽见牧子归来，包兴便向前问道："牧童哥，这是甚么地方？"童子答道："由西南二十里方是三元镇，是个大去处。如今你们走差了路了。此是正西，若要绕回去，还有不足三十里之遥呢。"包兴见天色已晚，便问道："前面可有宿处么？"牧童道："前面叫做沙屯儿，并无店口，只好找个人家歇了罢。"说罢，赶着牛羊去了。

包兴回复包公，竟奔沙屯儿而来。走了多时，见道傍有座庙宇，匾上大书"敕（chì，皇帝的诏令）建护国金龙寺"。包公道："与其在人家借宿，不若在此庙住宿一夕。明日布施些香资（香钱），岂不方便？”包兴便下马，用鞭子前去扣门。里面出来了一个僧人，问明来历，便请进了山门。包兴将马拴好，喂在槽上。和尚让至云堂小院，三间净室，叙礼归座，献罢茶汤。和尚问了包公家乡姓氏，知是上京的举子（科举时代被推荐参加考试的读书人）。包公问道：“和尚上下（问谢世者或释家名讳）？”回说：“僧人法名叫法本，还有师弟法明，此庙就是我二人住持。”说罢，告辞出去。

一会儿，小和尚摆上斋来，不过是素菜素饭。主仆二人用毕，天已将晚，包公即命包兴将家伙送至厨房，省得小和尚来回跑。包兴闻听，急忙把家伙拿起。因不知厨房在那里，出了云堂小院，来至禅院，只见几个年轻的妇女花枝招展，携手嘻笑，说道：“西边云堂小院住下客了，咱们往后边去罢。”包兴无处可躲，只得退回，容他们过去，才将家伙找着厨房送去，急忙回至屋内，告知包公，恐此庙不大安静。

正说话间，只见小和尚左手拿一只灯，右手提一壶茶，走进来贼眉贼眼，将灯放下，又将茶壶放在桌上，两只贼眼东瞧西看，连话也不说，回头就走。包兴一见，连说：“不好！这是个贼庙！”急来外边看时，山门已经倒锁了，又看别处竟无出路，急忙跑回。包公尚可自主，包兴张口结舌说：“三爷，咱们快想出路才好。”包公道：“门已关锁，又无别路可出，往那里走？”包兴着急，道：“现有桌椅，待小人搬至墙边，公子赶紧跳墙逃生。等凶僧来时，小人与他拚命。”包公道：“我自小儿不会登梯爬高。若是有墙可跳，你赶紧逃生，回家报信，也好报仇。”包兴哭道：“三官人说那里话来，小人至死，再也离不了相公的。”包公道：“既是如此，咱主仆二人索性死在一处。等那僧人到来再作道理，只好听命由天罢了。”包公将椅子挪在中间门口，端然正坐。包兴无物可拿，将门闩（门关上后，插在门内使门推不开的木棍或铁棍。闩，shuān）擎（qíng，举）在手中，在包公之前，说：“他若来时，我将门闩尽力向他一杵（chǔ，戳，捅），给他个冷不防。”两只眼直勾勾的嗔（chēn，发怒，生气）瞅着板院门。

正在凝神，忽听门外了吊唿哧一声，仿佛砍吊一般，门已开了，进来一人。包兴唬了一跳，门闩已然落地，浑身乱抖，堆缩在一处。只见那人浑身是青，却是夜行打扮。包公细看，不是别人，就是白日在饭店遇见的那个武生。包公猛然省悟，他与道人有晚间再见一语，此人必是侠客。

原来列位不知，白日饭店中那道人也是在此庙中的。皆因法本、法明二人抢掠妇女，老和尚嗔责（对某人不满而加以责怪）。二人不服，将老僧杀了。道人惟恐干连（牵连），又要与老和尚报仇，因此告至当官。不想凶僧有钱，常与书吏差役人等接交，买嘱通了，竟将道人重责二十大板，作为诬告良人，逐出境外。道人冤屈无处可伸，来到林中欲寻自尽，恰遇展爷行到此间，将他救下，问得明白，叫他在饭店等候。他却暗暗采访实在，方赶到饭店之内，赠了道人银两。不想遇见包公，同饮多时，他便告辞先行，回到旅店歇息。至天交初鼓（即一更），改扮行装，施展飞檐走壁之能，来至庙中，从外越墙而入，悄地行藏，飞至宝阁。只见阁内有两个凶僧，旁列四五个妇女，正在饮酒作乐，又听得说："云堂小院那个举子，等到三更时分再去下手不迟。"展爷闻听，暗道："我何不先救好人，后杀凶僧，还怕他飞上天去不成。"因此来到云堂小院，用巨阙（古代名剑，相传为春秋时期铸剑名匠欧冶子所铸。阙，quē）宝剑削去了吊铁环，进来看时，不料就是包公。真是主仆五行有救。展爷上前拉住包公，携了包兴道："尊兄随我来。"出了小院，从傍边角门来至后墙，打百宝囊中掏出如意索来，系在包公腰间，自己提了绳头，飞身一跃上了墙头，骑马势蹲住，将手轻轻一提，便将包公提在墙上，悄悄附耳说道："尊兄下去时，便将绳子解开，待我再救尊管。"说罢，向下一放。包公两脚落地，急忙解开绳索，展爷提将上去，又将包兴救出，向外低声道："你主仆二人就此逃走去罢。"只见身形一晃，就不见了。

包兴搀扶着包公那敢消停，深一步，浅一步，往前没命的好跑。好容易奔到一个村头，天已五鼓（五更），远远有一灯光。包兴说："好了！有人家了。咱们暂且歇息歇息，等到天明再走不迟。"急忙上前叫门。柴扉开处，里面走出一个老者来，问是何人。包兴道："因我二人贪赶路程，起得早了，辨不出路径，望你老人家方便方便，俟（sì，等待）天明便行。"老者看了包公是一儒流，又看了包兴是个书童打扮，却无行李，只当是近处的，便说道："既是如此，请到里面坐。"

主仆二人来至屋中，原来是连舍三间，两明一暗。明间安一磨盘，并方屉罗桶等物，却是卖豆腐生理（生意）。那边有小小土炕，让包公坐下。包兴问道："老人家贵姓？"老者道："老汉姓孟，还有老伴，并无儿女，以卖豆腐为生。"包兴道："老人家，有热水讨一杯吃。"老者道："我这里有现成的豆腐浆儿，是刚出锅的。"包兴道："如此更好。"孟老道："待我拿个灯儿，与你们盛浆。"说罢，在壁子里拿出一个三条腿的桌子放在炕上，又用土坯（把黏土和成泥放在模型里制成的土块。坯，pī）将那条腿儿支好。掀开旧布帘子，进里屋内，拿出一个黄土泥的蜡台。又在席篓子里摸了半天，摸出一只半截的蜡来，向油灯点着，安放在小桌上。包兴一傍道："小村中竟有胳膊粗的大蜡。"细看时，影影绰绰（模模糊糊。绰，chuò），原来是绿的，上面尚有"冥路"二字，方才明白是吊祭用过，孟老得来，舍不得点，预备待客的。只见孟老从锅台上拿了一个黄砂碗，用水洗净，盛了一碗白亮亮、热腾腾的浆递与包兴。包兴捧与包公喝时，其香甜无比。包兴在傍看着，馋的好不难受。只见孟老又盛一碗递与包兴。包兴连忙接过，如饮甘露一般。他主仆劳碌了一夜，又受惊恐，今在草房之中如到天堂，喝这豆腐浆不亚如饮玉液琼浆。不多时，大豆腐得了。孟老化了盐水，又与每人盛了一碗。真是饥渴之下，吃下去肚内暖烘烘的，好生快活。又与孟老闲谈，问明路途，方知离三元镇尚有不足二十里之遥。

正在叙话之间，忽见火光冲天。孟老出院看时，只看东南角上一片红光，按方向好似金龙寺内走火。包公同包兴也到院中看望，心内料定必是侠士所为，只得问孟老："这是何处走火？"孟老道："二位不知，这金龙寺自老和尚没后，留下这两个徒弟无法无天，时常谋杀人命，抢掠妇女。他比杀人放火的强盗还利害呢！不想他也有今日！"说话之间，又进屋内。歇了多时，只听鸡鸣茅店，催客前行。主仆二人深深致谢了孟老，改日再来酬报（酬谢）。孟老道："些小微意，何劳齿及（谈到，提到）。"送至柴扉（fēi，门），又指引了路径："出了村口，过了树林，便是三元镇的大路了。"包兴道："多承指引了。"

主仆执手告别，出了村口，竟奔树林而来。又无行李马匹，连盘川银两俱已失落。包公却不着意，觉得两腿酸痛，步履艰难，只得一步捱一步，往前款款（慢慢地）行走。爷儿两个一壁（一边）走着，说着话。包公道："从此到京尚有几天路程，似这等走法，不知道多久才到京中？况且又无盘川，这便如何是好？”包兴听了此言，又见相公形景可惨，恐怕愁出病来，只得要撒谎安慰，便道：“这也无妨。只要到了三元镇，我那里有个舅舅，向他借些盘川，再叫他备办一头驴子与相公骑坐，小人步下跟随，破着十天半月的工夫，焉有不到京师之理？”包公道：“若是如此，甚好了。只是难为了你了。”包兴道：“这有甚么要紧。咱们走路，仿佛闲游一般，包管就生出乐趣，也就不觉苦了。”这虽是包兴宽慰他主人，却是至理。

主仆就说着话儿，不知不觉，已离三元镇不远了。看看天气已有将午，包兴暗暗打算：“真是，我那里有舅舅？已到镇上，且同公子吃饭，先从我身上卖起。混一时是一时，只不叫相公愁烦便了。”一时来到镇上，只见人烟稠密，铺户繁杂。包兴不找那南北碗菜应时小卖的大馆，单找那家常便饭的二荤铺，说：“相公，咱爷儿俩在此吃饭罢。”包公却分不出那是贵贱，只不过吃饭而已。

主仆二人来到铺内，虽是二荤铺，俱是连脊的高楼。包兴引着包公上楼，拣了个干净座儿，包公上座，包兴仍是下边打横（围着方桌坐时，坐在末座）。跑堂的过来放下杯筷，也有两碟小菜，要了随便的酒饭。登时间，主仆饱餐已毕，包兴立起身来，向包公悄悄的道：“相公在此等候别动，小人去找找舅舅就来。”包公点头。

包兴下楼出了铺子，只见镇上热闹非常，先抬头认准了饭铺字号，却是望春楼，这才迈步。原打算来找当铺。到了暗处，将自己内里青绸夹袍（双层无棉絮的长袍）蛇退皮脱下来，暂当几串铜钱，雇上一头驴，就说是舅舅处借来的，且混上两天再作道理。不想四五里地长街，南北一直，再没有一个当铺。及至问人时，原有一个当铺，如今却是止当候赎了。包兴闻听，急的浑身是汗，暗暗说道：“罢咧，这便如何是好？”

正在为难，只见一簇人围绕着观看。包兴挤进去，见地下铺一张纸，上面字迹分明。忽听傍边有人侉声侉气（语音不正，特指口音与本地语音不同。侉，kuǎ）说道：“告白……”又说：“白老四是我的朋友，为甚么告他呢？”包兴闻听，不由笑道：“不是这等，待我念来。上面是：‘告白四方仁人君子知之，今有隐逸村内李老大人宅内小姐被妖迷住，倘有能治邪捉妖者，谢纹银（旧时称成色最好的银子，因表面有皱纹，所以叫纹银）

三百两，决不食言。谨此告白。'" 包兴念完，心中暗想道："我何不如此如此。倘若事成，这一路上京便不吃苦了。即或不成，混他两天吃喝也好。"想罢，上前。这正是：

难里巧逢机会事，急中生出智谋来。

未审后事如何，下回分解。

第四回 除妖魅包文正联姻 受皇恩定远县赴任

且说包兴见了告白，急中生出智来。见傍边站着一人，他即便向那人道："这隐逸村离此多远？"那人见问，连忙答道："不过三里之遥。你却问他怎的？"包兴道："不瞒你们说，只因我家相公惯能驱逐邪祟，降妖捉怪，手到病除。只是一件，我们原是外乡之人，我家相公虽有些神通，却不敢露头，惟恐妖言惑众，轻易不替人驱邪，必须来人至诚恳求。相公必然说是不会降妖，越说不会，越要恳求。他试探了来人果是真心，一片至诚，方能应允。"那人闻听，说："这有何难。只要你家相公应允，我就是赴汤投火（比喻不避艰险，奋不顾身）也是情愿的。"包兴道："既然如此，闲话少说。你将这告白收起，随了我来。"两傍看热闹之人，闻听有人会捉妖的，不由的都要看看，后面就跟了不少的人。

包兴带领那人来在二荤铺门口，便向众人说道："众位乡亲，倘我家相公不肯应允（答应），欲要走时，求列位拦阻拦阻。"那人也向众人说道："相烦众位高邻（对邻居的敬称），倘若法师不允，奉求帮衬（帮助）帮衬。"包兴将门口儿埋伏了个结实，进了饭店，又向那人说道："你先到柜上将我们钱会（付账）了，省得回来走时，又要耽延工夫。"那人连连称是，来到柜上，只见柜内俱各执手相让，说："李二爷请了，许久未来到小铺。"谁知此人姓李名保，乃李大人宅中主管。李保连忙答应道："请了。借重（借他人的名望、地位以自重），借重。楼上那位相公、这位管家吃了多少钱文，写在我帐上罢。”掌柜的连忙答应，暗暗告诉跑堂的知道。包兴同李保来至楼梯之前，叫李保听咳嗽为号，急便上楼恳求。李保答应，包兴方才上楼。

谁知包公在楼上等的心内焦燥，眼也望穿了，再也不见包兴回来，满腹中胡思乱想。先前犹以为见他母舅必有许多的缠绕，或是借贷不遂，不好意思前来见我。后又转想：“从来没听见他说有这门亲戚，别是他见我行李盘费皆无，私自逃走了罢？或者他年轻幼小，错走了路头，也未可知。”疑惑之间，只见包兴从下面笑嘻嘻的上来。包公一见，不由的动怒，嗔道：“你这狗才往那里去了？叫我在此好等！”包兴上前悄悄地道：“我没找着我母舅。如今倒有一事……”便将隐逸村李宅小姐被妖迷住、请人捉妖之事，说了一遍。“如今请相公前去混他一混。”包公闻听，不由的大怒，说：“你这狗才！”包兴不容分说，在楼上连连咳嗽。

只见李保上得楼来，对着包公双膝跪倒，道：“相公在上。小人名叫李保，奉了主母之命，延请（邀请）法官以救小姐。方才遇见相公的亲随，说相公神通广大，法力无边，望祈搭救我家小姐才好。”说罢磕头，再也不肯起来。包公说道：“管家休听我那小价（对人谦称自己的仆人）之言，我是不会捉妖的。”包兴一傍插言道：“你听见了？说出不会来了。快磕头罢！”李保闻听，连连叩首，连楼板都碰了个山响。包兴又道：“相公，你看他一片诚心，怪可怜的。没奈何，相公慈悲慈悲罢。”包公闻听，双眼一瞪，道：“你这狗才，满口胡说！”又向李保道：“管家你起来，我还要赶路呢。我是不会捉妖的。”李保那里肯放，道：“相公如今是走不的了。小人已哀告众位乡邻，在楼下帮衬着小人拦阻。再者众乡邻皆知相公是法官（此处指对施法除妖人的尊称），相公若是走了，倘被小人主母知道，小人实实吃罪不起。”说罢，又复叩首。包公被缠不过，只是暗恨包兴。复又转想道：“此事终属妄言，如何会有妖魅？我包某以正胜邪，莫若随他看看，再作脱身之计便了。”想罢，向李保道：“我不会捉妖，却不信邪。也罢，我随你去看看就是了。”李保闻听包公应允，满心欢喜，磕了头，站起来，在前引路。

包公下得楼来，只见铺子门口人山人海，俱是看法官的。李保一见，连忙向前，说道：“有劳列位乡亲了。且喜我李保一片至诚，法官业已应允，不劳众位拦阻。望乞（乞求）众位闪闪，让开一条路，实为方便。”说罢，奉了一揖。众人闻听，往两傍一闪，当中让出一条胡同来。仍是李保引路，包公随着，后面是包兴。只听众人中有称赞的道：“好相貌！好神气！怪道有此等法术。只这一派的正气，也就可以避邪了。”其中还有好细儿的，不辞劳苦，跟随到隐逸村的也就不少。不知不觉进了村头，李保先行禀报去了。

且说这李大人不是别人，乃吏部天官（又称吏部尚书）李文业，告老退归林下。就是这隐逸村名，也是李大人起的，不过是退归林下之意。夫人张氏，膝下无儿，只生一位小姐。因游花园，偶然中了邪祟（xié suì，指邪恶而作祟的事物），原是不准声张。无奈夫人疼爱女儿的心盛，特差李保前去各处，觅请法师退邪。李老爷无可奈何，只得应允。这日正在卧房，夫妻二人讲论小姐之病，只见李保禀道：“请到法师，是个少年儒流。”老爷闻听，心中暗想：“既是儒流，读圣贤之书，焉有攻乎异端（语出《论语·为政》：“子曰：‘攻乎异端，斯害也已。’”）之理？待我出去责备他一番。”想罢，叫李保请至书房。

李保回身来至大门外，将包公主仆引至书房。献茶后，复进来说道：“家老爷出见。”包公连忙站起。从外面进来一位须发（胡须和头发的统称）半白、面若童颜（指面色如儿童般红润）的官长。包公见了，不慌不忙，向前一揖（yī，拱手行礼），口称：“大人在上，晚生拜揖。”李大人看见包公气度不凡，相貌清奇，连忙还礼，分宾主坐下，便问：“贵姓？仙乡（敬辞，对别人家乡的敬称）？因何来到敝处？”包公便将上京会试、路途遭劫，毫无隐匿，和盘说出。李大人闻听，原来是个落难的书生。“你看他言语直爽，倒是忠诚之人，但不知他学问如何？”于是攀话（互相闲谈；交谈）之间，考问多少学业。包公竟是问一答十，就便是宿儒（老成博学的读书人）名流，也不及他的学问渊博。李大人不胜欢喜，暗想道：“看此子骨格清奇，又有如此学问，将来必为人上之人。”谈不多时，暂且告别，并吩咐李保：“好生服侍包相公，不可怠慢。晚间就在书房安歇。”说罢，回内去了。所有捉妖之事，一字却也未提。

谁知夫人暗里差人告诉李保，务必求法官到小姐屋内捉妖，如今已将小姐挪至夫人卧房去了。李保便问：“法官应用何物？趁早预备。”包兴便道：“用桌子三张、椅子一张，随围桌椅披，在小姐室内设坛。

所有朱砂新笔（朱砂是无机化合物硫化汞的俗称，呈红色或棕红色，可作为颜料。朱砂笔是沾有朱砂液的毛笔，在古代用于圈点及批阅公文、点评文章，以区别于黑色的毛笔字）、黄纸宝剑、香炉烛台俱要洁净的，等我家相公定性养神，二鼓（二更）上坛便了。”李保答应去了。不多时，回来告诉包兴道：“俱已齐备。”包兴道：“既已齐备，叫他们拿到小姐绣房（旧时多指青年女子住的房间）。大家帮着，我设坛去。”李保闻听，叫人抬桌搬椅，所有软片东西俱是自己拿着，请了包兴，一同引至小姐卧房。只闻房内一股幽香。就在明间堂屋，先将两张桌子并好，然后搭了一张搁在前面桌子上，又把椅子放在后面桌子上，系好了围桌，搭好了椅披，然后设摆香炉烛台，安放墨砚（yàn，砚台）纸笔宝剑等物。设摆停当，方才同李保出了绣房，竟奔书房而来。叫李保不可远去，听候呼唤，即便前来。李保连声答应。

包兴便进了书房，已有初更（晚上七时至九时）的时候。谁知包公劳碌了一夜，又走了许多路程，困乏已极，虽未安寝（qǐn，睡），已经困的前仰后合。包兴一见，说：“我们相公吃饱了就困，也不怕存住食。”便走到跟前，叫了一声“相公”。包公惊醒，见包兴，说：“你来的正好，服侍我睡觉罢。”包兴道：“相公就是这么睡觉，还有甚么说的？咱们不是捉妖来了吗？”包公道：“那不是你这狗才干的？我是不会捉妖的。”包兴悄悄道：“相公也不想想，小人费了多少心机，给相公找了这样住处，又吃那样的美馔（zhuàn，饮食），喝那样好陈绍酒（黄酒，绍兴人称为花雕），又香又陈。如今吃喝足了，就要睡觉。俗语说：‘无功受禄，寝食不安。’相公也是这么过意的去么？咱们何不到小姐卧房看看？凭着相公正气，或者胜了邪魅，岂不两全其美呢？”一席话说的包公心活；再者自己也不信妖邪，原要前来看看的，只得说道：“罢了，由着你这狗才闹罢了。”包兴见包公立起身来，急忙呼唤：“快掌灯（指点灯）呀！”只听外面连声答应：“伺候下了。”

包公出了书房，李保提灯，在前引道，来至小姐卧房一看，只见灯烛辉煌，桌椅高搭，设摆的齐备，心中早已明白是包兴闹的鬼。迈步来到屋中，只听包兴吩咐李保道：“所有闲杂人等俱各回避。最忌的是妇女窥探。”李保闻听，连忙退出，藏躲去了。包兴拿起香来，烧放炉内，爬在地下，又磕了三个头。包公不觉暗笑。只见他上了高桌，将朱砂墨研好，蘸了新笔，又将黄纸撕了纸条儿。刚才要写，只觉得手腕一动，仿佛有人把着的一般。自己看时，上面写的："淘气，淘气！该打，该打！"包兴心中有些发毛，急急在灯上烧了，忙忙地下了台。只见包公端坐在那边。包兴走至跟前，道："相公与其在这里坐着，何不在高桌上坐着呢？"包公无奈，只得起身，上了高台，坐在椅子上；只见桌子上放着宝剑一口，又有朱砂黄纸笔砚等物。包公心内也暗自欢喜："难为他想的周到。"因此不由的将笔提起，蘸了朱砂，铺下黄纸。刚才要写，不觉腕随笔动，顺手写将下去。才要看时，只听得外面嗳呀了一声，咕咚栽倒在地。

包公闻听，急忙提了宝剑，下了高台，来至卧房外看时，却是李保。见他惊惶失色，说道："法官老爷，吓死小人了！方才来至院内，只见白光一道冲户而出，是小人看见，不觉失色栽倒。"包公也觉纳闷，进得屋来，却不见包兴。与李保寻时，只见包兴在桌子底下缩作一堆，见有人来，方敢出头。却见李保在旁，便遮饰（使用手法来掩盖缺点、错误等）道："告诉你们，我家相公作法不可窥探，连我还在桌子底下藏着呢。你们何得不遵法令？幸亏我家相公法力无边。"一片谎言说的狠（同"很"）像，这也是他的聪明机变的好处。李保方才说道："只因我家老爷夫人惟恐相公深夜劳苦，叫小人前来照应，请相公早早安歇。"包公闻听，方叫包兴打了灯笼，前往书房去了。

李保叫人来拆了法台（道教举行斋醮仪式的台桌），见有个朱砂黄纸字帖，以为法官留下的镇压符咒，连宝剑一同拿起，回身来到内堂，禀道："包相公业已安歇了。这是宝剑，还有符咒，俱各交进。"丫鬟接进来。李保才待转身，忽听老爷说道："且住！拿来我看。"丫鬟将黄纸字帖呈上。李老爷灯下一阅，原来不是符咒，却是一首诗句，道：

避劫山中受大恩，欺心毒饼落于尘。
寻钗井底将君救，三次相酬结好姻。

李老爷细看诗中隐藏事迹，不甚明白，便叫李保暗向包兴探问其中事迹，并打听娶亲不曾，明日一早回话。李保领命。

你道李老爷为何如此留心？只因昨日书房见了包公之后，回到内宅，见了夫人，连声夸奖说："包公人品好，学问好，将来不可限量。"张氏夫人闻听，道："既然如此，他若将我孩儿治好，何不就与他结为秦晋之好（春秋时，秦、晋两国国君几代都互相通婚，后用"秦晋"指两姓联姻）呢？"老爷道："夫人之言，正合我意。且看我儿病体何如，再作道理。"所以老两口儿惦记此事。又听李保说二鼓（二更）还要上坛捉妖，因此不敢早眠。天交二鼓，尚未安寝，特遣李保前来探听。不意李保拿了此帖回来，故叫他细细的访问。

到了次日，谁知小姐其病若失，竟自大愈，实是奇事。老爷夫人更加欢喜，急忙梳洗已毕，只见李保前来回话："昨晚细问包兴，说这字帖上的事迹，是他相公自幼儿遭的魔难，皆是逢凶化吉，并未遇害。并且问明尚未定亲。"李老爷闻听，满心欢喜，心中已明白是狐狸报恩，成此一段良缘，便整衣襟来至书房。李保通报，包公迎出。只见李老爷满面笑容，道："小女多亏贤契（长辈对子侄辈或先生对门生弟子的敬称。契，qì）救拔（拯救，解救），如今沉疴（长久而严重的病。疴，kē，病）已愈，实为奇异。老夫无儿，只生此女，尚未婚配，意欲奉为箕帚（从事家内洒扫之事。谓充当妻室），不知贤契意下如何？"包公答道："此事晚生实实不敢自专（一任己意，独断专行），须要禀明父母兄嫂，方敢联姻。"李老爷见他不肯应允，便笑嘻嘻从袖中掏出黄纸帖儿，递与包公，道："贤契请看此帖便知，不必推辞了。"包公接过一看，不觉面红过耳，暗暗思道："我晚间恍惚之间，如何写出这些话来？"又想道："原来我小时山中遇雨，见那女子竟是狐狸避劫，却蒙他累次救我，他竟知恩报恩。"包兴在傍着急，恨不得赞成相公应允此事，只是不敢插口。李老爷见包公沉吟不语，便道："贤契不必沉吟。据老夫看来，并非妖邪作祟，竟为贤契来作红线来了，可见凡事自有一定道理，不可过于迂阔（不切合实际）。"包公闻听，只得答道："既承大人错爱，敢不从命。只是一件，须要禀明：候晚生会试以后，回家禀明父母兄嫂，那时再行纳聘（旧俗定亲时男家给女家聘礼）。"李老爷见包公应允，满心欢喜，便道："正当如此。大丈夫一言为定，谅贤契绝不食言。老夫静候佳音便了。"

说话之间，排开桌椅，摆上酒饭，老爷亲自相陪。饮酒之间，又谈论些齐家治国之事。包公应答如流，说的有经有纬（条理清晰），把个李老爷乐的再不肯放他主仆就行，一连留住三日，又见过夫人。三日后备得行囊马匹、衣服盘费（路费，旅费），并派主管李保跟随上京。包公拜别了李老爷后，又嘱咐一番。包兴此时欢天喜地，精神百倍，跟了出来。只见李保牵马坠镫（向下拉正马镫，侍候尊长上马），包公上了坐骑，李保小心伺候，事事精心。一日，来到京师，找寻了下处，所有吏部投文之事全不用包公操心，竟等临期下场而已。

且说朝廷国政，自从真宗皇帝驾崩，仁宗皇帝登了大宝（指皇位），就封刘后为太后，立庞氏为皇后，封郭槐为总管都堂，庞吉为国丈加封太师（官职名，三公之首，为辅弼国君之官）。这庞吉原是个谗佞（chán nìng，说人坏话和用花言巧语巴结人的人）之臣，倚了国丈之势，每每欺压臣僚。又有一班趋炎附势之人，结成党羽，明欺圣上年幼，暗有擅自专权之意。谁知仁宗天子自幼历过多少磨难，乃是英明之主。先朝元老左右辅弼（辅佐，辅助。弼，bì），一切正直之臣照旧供职，就是庞吉也奈何不得。因此朝政法律严明，尚不至紊乱（杂乱，纷乱。紊，wěn）。只因春闱（科举时代会试于春季举行，称为"春闱"。闱，wéi）在迩（ěr，近，接近），奉旨钦点太师庞吉为总裁。因此会试举子就有走门路的、打关节（勾通官吏，暗中行贿请托）的，纷纷不一。惟有包公自己仗着自己学问。考罢三场，到了揭晓之期，因无门路，将包公中了第二十三名进士，翰林无分，奉旨榜下即用知县，得了凤阳府定远县（今安徽省东部定远县）知县。包公领凭（领取凭证）后，收拾行李，急急出京，先行回家拜见父母兄嫂，禀明路上遭险，并与李天官结亲一事。员外安人又惊又喜，择日祭祖，叩谢宁老夫子。过了数日，拜别父母兄嫂，带了李保、包兴起身赴任。将到定远县地界，包公叫李保押着行李慢慢行走，自己同包兴改装易服，沿途私访。

有话即长，无话即短。一日，包公与包兴暗暗进了定远县，找了个饭铺打尖（旅途中休息下来吃点儿东西）。正在吃饭之时，只见从外面来了一人。酒保见了，让道："大爷少会呀！"那人拣个座儿坐下。酒保转身提了两壶酒，拿了两个盅（zhōng，喝茶或饮酒等用的没有把儿的杯子）子过来。那人便问："我一人如何要两壶酒、两个盅子呢？"酒保答道："方才大爷身后面有一个人一同进来，披头散发，血渍模糊。我只打量你是劝架，给人和息事情，怎么一时就不见了？或者是我恍惚（精神不集中，神志不清）了，也未可知。"不知那人闻听如何，且听下回分解。

第五回 墨斗剖明皮熊犯案 乌盆诉苦别古鸣冤

且说酒保回答那人说："方才还有一人披头散发，血渍满面，跟了进来，一时就不见了。"说了一遍。只见那人一闻此言，登时惊慌失色，举止失宜，大不像方才进来之时那等骄傲之状。只见坐不移时（一会儿），发了回怔（"发怔"，发呆。怔，zhèng），连那壶酒也未吃完，便匆匆会（付账）了钱钞而去。

包公看此光景，因问酒保道："这人是谁？"酒保道："他姓皮名熊，乃二十四名马贩之首。"包公记了姓名，吃完了饭，便先叫包兴到县传谕，就说老爷即刻到任。包公随后就出了饭铺，尚未到县，早有三班衙役、书吏人等迎接上任。到了县内，有署印的官交了印信，并一切交代，不必细说。

包公便将秋审（古代复审死刑案件的一种制度。因于秋季举行，故称秋审）册籍细细稽察，见其中有个沈清伽蓝殿（是寺院道场的通称。伽蓝，qié lán，梵语"僧伽蓝摩"的略称，译为"僧院"，后称佛寺为"伽蓝"）杀死僧人一案，情节支离。便即传出谕（yù，告诉，吩咐。用于上级对下级或长辈对晚辈）去，立刻升堂审问沈清一案。所有三班衙役早知消息，老爷暗自一路私访而来，就知这位老爷的利害（厉害），一个个兢兢业业，早已预备齐全。一闻传唤，立刻一班班进来，分立两傍，喊了堂威（旧时官府升堂时衙役大声吆喝，谓之"喊堂威"）。包公入座，标了禁牌，便吩咐："带沈清。"不多时，将沈清从监内提出，带至公堂，打去刑具，朝上跪倒。包公留神细看，只见此人不过三旬（三十岁）年纪，战战兢兢，匍匐在尘埃（地上），不像个行凶之人。包公看罢，便道："沈清，你为何杀人？从实招来。"沈清哭诉道："只因小人探亲回来，天气太晚，那日又蒙蒙下雨，地下泥泞，实在难行。素来又胆小，又不敢夜行，便在这县南三里多地有个古庙，暂避风雨。谁知次日天未明，有公差在路，见小人身后有血迹一片。公差便问小人从何而来，小人便将昨日探亲回来，天色太晚，在庙内伽蓝殿上存身（安身）的话，说了一遍。不想公差拦住不放，务要同小人回至庙中一看。嗳呀！太爷呀!小人同差役到庙看时，见佛爷之傍有一杀死的僧人。小人实是不知僧人是谁杀的。因此二位公差将小人解（jiè，押送）至县内，竟说小人谋杀和尚。小人真是冤枉！求青天大老爷照察（明察）！”包公闻听，便问道：“你出庙时，是甚么时候？”沈清答道：“天尚未明。”包公又问道：“你这衣服，因何沾了血迹？”沈清答道：“小人原在神橱之下，血水流过，将小人衣服沾污了。”老爷闻听点头，吩咐带下，仍然收监。立刻传轿，打道伽蓝殿。包兴伺候主人上轿，安好伏手。包兴乘马跟随。

包公在轿内暗思：“他既谋害僧人，为何衣服并无血迹，光有身后一片呢？再者虽是刀伤，彼时并无凶器。”一路盘算，来到伽蓝殿。老爷下轿，吩咐跟役人等不准跟随进去，独带包兴进庙。至殿前，只见佛像残朽败坏，两傍配像俱已坍塌（tān tā，建筑物等倒下来）。又转到佛像背后，上下细看，不觉暗暗点头。回身细看神橱之下，地上果有一片血迹迷乱。忽见那边地下放着一物，便捡起看时，一言不发，拢入袖中，即刻打道回衙。来至书房，包兴问茶，回道：“李保押着行李来了。”包公闻听，叫他进来。李保连忙进来，给老爷叩头。老爷便叫包兴传该值（值班）的头目进来。包兴答应。去不多时，带了进来，朝上跪倒：“小人胡成给老爷叩头。”包公问道：“咱们县中可有木匠么？”胡成应道：“有。”包公道：“你去多叫几名来，我有紧要活计要做的，明早务（一定）要俱各传到。”胡成连忙答应，转身去了。

到了次日，胡成禀道：“小人将木匠俱已传齐，现在外面伺候。”包公又吩咐道：“预备矮桌数张，笔砚数分（fèn，份），将木匠俱带至后花厅，不可有误。去罢。”胡成答应，连忙备办去了。这里包公梳洗已毕，即同包兴来至花厅，吩咐木匠俱各带进来。只见进来了九个人，俱各跪倒，口称：“老爷在上，小的叩头。”包公道：“如今我要做各样的花盆架子，务要新奇式样。你们每人画他一个，老爷拣好的用，并有重赏。”说罢，吩咐拿矮桌笔砚来。两傍答应一声，登时（马上，立刻）齐备。

只见九个木匠分在两旁，各自搜索枯肠，谁不愿新奇讨好呢！内中就有使惯了竹笔，拿不上笔来的；也有怯官的，战战哆嗦画不像样的；竟有从容不迫，一挥而就的。包公在座上，往下细细留神观看。不多时，俱各画完，挨次呈递。老爷接一张，看一张，便问道："你叫甚么名字？"那人道："小的叫吴良。"包公便向众木匠道："你们散去，将吴良带至公堂。"左右答应一声，立刻点鼓升堂。

包公入座，将惊堂木（旧时官吏庭审时用来拍打桌面以显示声威的长方形木块）一拍，叫道："吴良，你为何杀死僧人？从实招来！免得皮肉受苦。"吴良听说，吃惊不小，回道："小人以木匠做活为生，是极安分的，如何敢杀人呢？望乞老爷详察。"老爷道："谅你这厮决不肯招。左右，尔等立刻到伽蓝殿将伽蓝神好好抬来。"左右答应一声，立刻去了。不多时，将伽蓝神抬至公堂。百姓们见把伽蓝神泥胎抬到县衙听审，谁不要看看新奇的事，都来。只见包公离了公座，迎将下来，向伽蓝神似有问答之状。左右观看，不觉好笑。连包兴也暗说道："我们老爷这是装甚么腔儿呢？"只见包公从新（即"重新"）入座，叫道："吴良，适才神圣（神灵）言道，你那日行凶之时，已在神圣背后留下暗记。下去比来。"左右将吴良带下去。只见那神圣背后肩膀以下，果有左手六指儿的手印。谁知吴良左手却是六指儿，比上时丝毫不错。吴良唬的魂飞胆裂。左右的人无不吐舌，说："这位太爷真是神仙，如何就知是木匠吴良呢？"殊不知包公那日上庙验看时，地下捡了一物，却是个墨斗（木工用来打直线的工具）；又见那伽蓝神身后有六指手的血印，因此想到木匠身上。

左右又将吴良带至公堂跪倒。只见包公把惊堂木一拍，一声断喝，说："吴良，如今真赃实犯，还不实说么？"左右复又威吓，说："快招！快招！"吴良着忙道："太爷不必动怒，小人实招就是了。"案房书吏（承办文书的吏员）在一傍写供。吴良道："小人原与庙内和尚交好。这和尚素来爱喝酒，小人也是酒鬼。因那天和尚请我喝酒，谁知他就醉了。我因劝他收个徒弟，以为将来的收缘结果。他便说：'如今徒弟实在难收。就是将来收缘结果，我也不怕。这几年的工夫，我也积攒了有二十多两银子了。'他原是醉后无心的话。小人便问他：'你这银子收藏在何处呢？若是丢了，岂不白费了这几年的工夫么？'他说：'我这银子是再丢不了的，放的地方人人再也想不到的。'小人就问他：

'你到底搁在那里呢？' 他就说：'咱们俩这样相好，我告诉你，你可不许告诉别人。' 他方说出将银子放在伽蓝神脑袋以内。小人一时见财起意，又见他醉了，原要用斧子将他劈死了。回老爷，小人素来拿斧子劈木头惯了，从来未劈过人。乍乍儿的劈人，不想手就软了，头一斧子未劈中。偏遇和尚泼皮要夺我斧子。我如何肯让他？又将他按住，连劈几斧，他就死了。闹了两手血。因此上神桌，便将左手扶住神背，右手在神圣的脑袋内掏出银子，不意留下了个手印子。今被太爷神明断出，小人实实该死。" 包公闻听所供是实，又将墨斗拿出，与他看了。吴良认了是自己之物，因抽斧子落在地下。包公叫他画供，上了刑具，收监。沈清无故遭屈，赏官银十两，释放。

刚要退堂，只听有击鼓喊冤之声，包公即着带进来。但见从角门进来二人，一个年纪二十多岁，一个有四十上下。来到堂上，二人跪倒。年轻的便道："小人名叫匡（kuāng）必正。有一叔父开缎（duàn，绸缎）店，名叫匡天佑。只因小人叔父有一个珊瑚扇坠（扇柄下端系的装饰物，多用玉石制成），重一两八钱，遗失三年未有下落。不想今日遇见此人，他腰间佩的正是此物。小人原要借过来看看，怕的是认错了。谁知他不但不借给看，开口就骂，还说小人讹（é，敲诈）他，扭住小人不放。太爷详察。" 又只见那人道："唔（wú，方言，我）么是江苏人，姓吕名佩。今日狭路相逢，遇见这个后生，将我拦住，硬说唔腰间佩的珊瑚坠子是他的。青天白日，竟敢拦路打抢，这后生实实可恶！求太爷与我判断。"

包公闻听，便将珊瑚坠子要来一看，果然是真的，淡红，光润无比，便向匡必正道："你方才说此坠重够多少？" 匡必正道："重一两八钱。倘若不对，或者东西一样的极有，小人再不敢讹人。" 包公又问吕佩道："你可知道此坠重够多少？" 吕佩道："此坠乃友人送的，并不晓得多少分两。" 包公回头，叫包兴取戥子（一种称金银、药品等的小型秤。戥，děng）来。包兴答应，连忙取戥平了，果然重一两八钱。包公便向吕佩道："此坠若按分两，是他说的不差，理应是他的。" 吕佩着急，道："嗳呀！太爷呀！此坠原是我的，好朋友送唔的，又平甚么分两呢？吾们江苏人是不敢撒谎的。" 包公道："既是你相好朋友送的，他叫甚么名字？实说！" 吕佩道："唔这朋友姓皮名熊，他是马贩头儿，人所共知。”包公猛然听“皮熊”二字，触动心事，吩咐将他二人带下去，立刻出签，传皮熊到案。包公暂且退堂，用了酒饭。

不多时，人来回话：“皮熊传到。”包公复又升堂：“带皮熊。”皮熊上堂跪倒，口称：“太爷在上，传小人有何事故？”包公道：“闻听你有珊瑚扇坠，可是有的？”皮熊道：“有的。那是三年前小人捡的。”包公道：“此坠你可送过人么？”皮熊道：“小人不知何人失落，如何敢送人呢？”包公便问：“此坠尚在何处？”皮熊道：“现在小人家中。”包公吩咐将皮熊带在一边，叫把吕佩带来。包公问道：“方才问过皮熊，他并未曾送你此坠，此坠如何到了你手？快说！”吕佩一时慌张，方说出是皮熊之妻柳氏给的。包公就知话内有因，连问道：“柳氏他如何给你此坠呢？实说！”吕佩便不言语。包公吩咐：“掌嘴！”两旁人役刚要上前，只见吕佩摇手，道：“唔呀，老爷不必动怒，唔说就是了。”便将与柳氏通奸、是柳氏私赠此坠的话，说了一遍。皮熊在旁听见他女人和人通奸，狠觉不够瞧的。包公立刻将柳氏传到。谁知柳氏深恨丈夫在外宿奸（一贯奸猾的人），不与自己一心一计，因此来到公堂，不用审问，便说出丈夫皮熊素与杨大成之妻毕氏通奸，“此坠从毕氏处携来，交与小妇人收了二三年。小妇人与吕佩相好，私自赠他的。”包公立刻出签，传毕氏到案。

正在审问之际，忽听得外面又有击鼓之声。暂将众人带在一傍，先带击鼓之人上堂。只见此人年有五旬（五十岁），原来就是匡必正之叔匡天佑，因听见有人将他侄儿扭结到官，故此急急赶来，禀道：“只因三年前不记日子，托杨大成到缎店取缎子，将此坠做为执照（证据，证明）。过了几日，小人到铺问时，并未见杨大成到铺，也未见此坠，因此小人到杨大成家内。谁知杨大成就是那日晚间死了，也不知此坠的下落，只得隐忍不言（把事情藏在心里不说出来。隐忍，勉强忍耐）。不料小人侄儿今日看见此坠，被人告到太爷台前。惟求太爷明镜高悬，伸此冤枉！”说罢，磕下头去。

包公闻听，心下明白，叫天佑下去，即带皮熊、毕氏上堂，便问毕氏：“你丈夫是何病死的？”毕氏尚未答言，皮熊在旁答道：“是心疼病死的。”包公便将惊堂木一拍，喝声：“该死的狗才！他丈夫心疼病死的，你如何知道？明是因奸谋命。快把怎生谋害杨大成致死情由，从实招来！”两傍一齐威吓：“招！招！招！”皮熊惊慌说道：“小人与毕氏通奸是实，并无谋害杨大成之事。”包公闻听，说：“你这刁嘴的奴才！曾记得前在饭店之中，你要吃酒，后面跟着带血之人，酒保说出，唬的你酒也未敢吃，立时会了钱钞而去。今日公堂之上，还敢支吾！左右，抬上刑来！”皮熊只唬得哑口无言，暗暗自思道：“这位太爷连喝酒之事俱已知道，别的谅也瞒不过他去，莫若实说，也免得皮肉受苦。”想罢，连连叩头，道：“太爷不必动怒，小人愿招。”包公道：“招来！”皮熊道：“只因小人与毕氏通奸，情投意合，惟恐杨大成知道，将我二人拆散。因此定计，将他灌醉，用刀杀死，暗用棺木盛殓（把尸体装入棺材。殓，liàn），只说心疼暴病而死。彼时因见珊瑚坠，小人拿回家去，交付妻子收了。即此便是实情。”包公闻听，叫他画供。即将毕氏定了凌迟（古代一种残酷的死刑，零割犯人肉体致其死亡），皮熊定了斩决（以斩首的方式执行死刑），将吕佩责四十板释放，柳氏官卖，匡家叔侄将珊瑚坠领回无事。因此人人皆知包公断事如神，各处传扬，就传到了行侠尚义的一个老者耳内。

且说小沙窝内有一老者姓张，行三，为人梗直（即“耿直”，正直），好行侠义，因此人都称他为“别古”。与众不同谓之“别”，不合时宜谓之“古”。原是打柴为生，皆因他有了年纪，挑不动柴草，众人就叫他看着过秤，得了利息大家平分。这也是他素日为人拿好儿换来的。一日，闲暇无事，偶然想起：“三年前，东塔洼赵大欠我一担柴钱四百文，我若不要了，有点对不过众伙计们；他们不疑惑我使了，我自己居心实在的过意不去。今日无事，何不走走呢。”于是拄了竹杖，锁了房门，竟往东塔洼而来。

到了赵大门首，只见房舍焕然一新，不敢敲门，问了问邻右之人，方知赵大发财了，如今都称“赵大官人”了。老头子闻听，不由心中不悦，暗想道：“赵大这小子，长处掐，短处捏，那一种行为，连柴火钱都不想着还。他怎么配发财呢？”转到门口，便将竹杖敲门，口中道：“赵大，赵大。”只听里面答应道：“是谁，这么赵大、赵二的？”说话间，门已开了。张三看时，只见赵大衣冠鲜明（色彩明亮），果然不是先前光景。赵大见是张三，连忙说道：“我道是谁，原来是张三哥么。”张三道：“你先少合我论哥儿们。你欠我的柴火钱，也该给我了。”赵大闻听，道：“这有甚么要紧。老弟老兄的，请到家里坐。”张三道：“我不去，我没带着钱。”赵大说：“这是甚么话？”张三道：“正经话。我若有钱，肯找你来要帐吗？”正说着，只见里面走出一个妇人来，打扮的怪模怪样的，问道：“官人，你同谁说话呢？”张三一见，说：“好呀！赵大，你干这营生呢，怨的发财呢！”赵大道：“休得胡说，这是你弟妹小婶。”又向妇人道：“这不是外人，是张三哥到了。”妇人便上前万福（古代妇女行的礼，两手松松抱拳重叠在胸前右下侧，上下移动，同时略做鞠躬的姿势，口中称“万福”）。张三道：“恕我腰疼，不能还礼。”赵大说：“还是这等爱顽。还请里面坐罢。”张三只得随着进来，到了屋内，只见一路一路的盆子堆的不少。彼此让坐。赵大叫妇人倒茶。张三道：“我不喝茶。你也不用闹酸款（摆文绉绉的架子），欠我的四百多钱总要还我的，不用闹这个软局子（以款待等手段行骗的骗局）。”赵大说：“张三哥，你放心，我那就短了你四百文呢。”说话间，赵大拿了四百钱递与张三。张三接来揣在怀内，站起身来，说道：“不是我爱小便宜，我上了年纪，夜来时常爱起夜（夜间起来小便）。你把那小盆给我一个，就算折了欠我的零儿（零钱）罢。从此两下开交，彼此不认得，却使得？”赵大道：“你这是何苦！这些盆子俱是挑出来的，没沙眼，拿一个就是了。”张三挑了一个黢黑（指很黑。黢，qū）的乌盆，挟在怀中，转身就走，也不告别，竟自出门去了。

这东塔洼离小沙窝也有三里之遥。张三满怀不平，正遇着深秋景况、夕阳在山之时，来到树林之中，耳内只听一阵阵秋风飒飒（sà sà，形容风声或雨声），败叶飘飘。猛然间滴溜溜一个旋风，只觉得汗毛眼里一冷。老头子将脖子一缩，腰儿一躬，刚说一个“好冷”，不防将怀中盆子掉在尘埃（地上），在地下咕噜噜乱转，隐隐悲哀之声，说：“摔了我的腰了。”张三闻听，连连唾了两口，捡起盆子往前就走。有年纪之人如何跑的动，只听后面说道：“张伯伯，等我一等。”回头又不见人，自己怨恨，道：“真是‘时衰鬼弄人’（“年衰鬼弄人”的变体，原句为“世乱奴欺主，年衰鬼弄人”，是唐人杜荀鹤的诗句，意为世道乱时奴仆欺负主人，时运不济连鬼都捉弄人）。我张三生平不做亏心之事，如何白日就会有鬼？想是我不久于人世了。”一边想，一边走，好容易奔至草房，急忙放下盆子，撂（liào，放，搁）了竹杖；开了锁儿，拿了竹杖，拾起盆子，进得屋来将门顶好，觉得困乏已极，自己说："管他甚么鬼不鬼的，且梦周公（指做梦。周公是孔子崇敬的人物，孔子常梦见周公。在儒家长期统治的封建社会中，周公自然与梦联系起来）。"

刚才说完，只听得悲悲切切，口呼："伯伯，我死的好苦也！"张三闻听，道："怎么的竟自把鬼关在屋里了？"别古秉性忠直，不怕鬼邪，便说道："你说罢，我这里听着呢。"隐隐说道："我姓刘名世昌，在苏州阊门（苏州古城的西门。阊，chāng）外八宝乡居住。家有老母周氏，妻子王氏，还有三岁的孩子，乳名百岁。本是缎行生理。只因乘驴回家，行李沉重，那日天晚，在赵大家借宿。不料他夫妻好狠，将我杀害，谋了资财，将我血肉和泥焚化。到如今闪了老母，抛却妻子，不能见面。九泉之下，冤魂不安，望求伯伯替我在包公前伸明此冤，报仇雪恨。就是冤魂在九泉之下，也感恩不尽。"说罢，放声痛哭。

张三闻听他说的可怜，不由的动了他豪侠的心肠，全不畏惧，便呼道："乌盆。"只听应道："有呀，伯伯。"张三道："虽则替你鸣冤，惟恐包公不能准状，你须跟我前去。"乌盆应道："愿随伯伯前往。"张三见他应叫应声，不觉满心欢喜，道："这去告状，不怕包公不信。言虽如此，我是上了年纪之人，记性平常，必须将他姓名住处记清背熟了方好。"于是从新背了一回，样样记明。

老头儿为人心热，一夜不曾合眼，不等天明，爬起来，挟了乌盆，拄起竹杖，锁了屋门，竟奔定远县而来。出得门时，冷风透体，寒气逼人，又在天亮之时。若非张三好心之人，谁肯冲寒冒冷，替人鸣冤。及至到了定远县，天气过早，尚未开门；只冻他哆哆嗦嗦，找了个避风的所在，席地而坐，喘息多时，身上觉得和暖。老头儿又高兴起来了，将盆子扣在地下，用竹杖敲着盆底儿，唱起什不闲（旧时民间曲艺的一种，用锣、鼓、铙、钹等多种打击乐器伴奏来演唱故事）来了。刚唱一句"八月中秋月照台"，只听的一声响，门分两扇，太爷升堂。

张三忙拿起盆子，跑向前来喊："冤枉。"就有该值（值班）的回禀，立刻带进。包公座上问道："有何冤枉？诉上来。"张三就把东塔洼赵大家讨帐、得了一个黑盆、遇见冤魂自述的话，说了一遍，"现有乌盆为证。"包公闻听，便不以此事为妄谈，就在座上唤道："乌盆。"并不见答应。又连唤两声，也无影响（影子和声响，引申为踪迹）。包公见别古年老昏愦（今作“昏聩”，眼花耳聋，形容头脑糊涂。愦，kuì），也不动怒，便叫左右撵去便了。

张老出了衙门，口呼：“乌盆。”只听应道：“有呀，伯伯。”张老道：“你随我诉冤，你为何不进去呢？”乌盆说道：“只因门上门神拦阻，冤魂不敢进去，求伯伯替我说明。”张老闻听，又嚷“冤枉”。该值的出来，嗔（chēn，生气）道：“你这老头子还不走！又嚷的是甚么？”张老道：“求爷们替我回覆一声：‘乌盆有门神拦阻，不敢进见。’”该值的无奈，只得替他回禀。包公闻听，提笔写字一张，叫该值的拿去门前焚化，仍将老头子带进来，再讯二次。

张老抱着盆子，上了公堂，将盆子放在当地，他跪在一傍。包公问道：“此次叫他可应了？”张老说：“是。”包公吩咐：“左右，尔等（你们）听着。”两边人役应声，洗耳静听。只见包公座上问道：“乌盆。”不见答应。包公不由动怒，将惊堂木一拍：“我骂你这狗才！本县念你年老之人，方才不加责于你，如今还敢如此。本县也是你愚弄的吗？”用手抽签，吩咐打责了十板，以戒下次。两傍不容分说，将张老打了十板。闹得老头儿呲牙咧嘴（张着嘴巴，露出牙齿。呲，同“龇”，zī，露），一拐一拐的，挟了乌盆，拿了竹杖，出衙去了。

转过影壁（指大门内或屏门内做屏蔽的墙壁），便将乌盆一扔，只听得“嗳呀”一声，说：“倭了我脚面了！”张老道：“奇怪！你为何又不进去呢？”乌盆道：“只因我赤身露体，难见星主（旧时指异于常人的人，这种人常是上界重要星宿转世）。没奈何，再求伯伯替我申诉明白。”张老道：“我已然为你挨了十大板，如今再去，我这两条腿不用长着咧。”乌盆又苦苦哀求。张老是个心软的人，只得拿起盆子。他却又不敢伸冤，只得从角门溜溜秋秋往里便走。只见那边来了一个厨子，一眼看见，便叫：“胡头儿，胡头儿，那老头儿又来了。”胡头正在班房谈论此事说笑，忽听老头子又来了，连忙跑出来要拉。张老却有主意，就势坐在地下，叫起屈来了。

包公那里也听见了，吩咐带上来，问道：“你这老头子为何又来？难道不怕打么？”张老叩头道：“方才小人出去又问乌盆，他说赤身露体，不敢见星主之面。恳求太爷赏件衣服遮盖遮盖，他才敢进来。”包公闻听，叫包兴拿件衣服与他。包兴连忙拿了一件袷袄（即夹袄），交与张老。张老拿着衣服出来，该值的说：“跟着他，看他是拐子！”只见他将盆子包好，拿起来，不放心，又叫道：“乌盆，随我进来。”只听应道：“有呀，伯伯，我在这里。”张老闻听他答应，这一回留上心了，便不住叫着进来。到了公堂，仍将乌盆放在当中，自己在一傍跪倒。包公又吩咐两边仔细听着，两边答应：“是。”此所谓上命差遣，概不由己（指一切不能由自己做主）。有说老头子有了病了的，有说太爷好性儿的，也有暗笑的。连包兴在傍也不由的暗笑：“老爷今日叫疯子磨住了。”只见包公座上呼唤：“乌盆。”不想衣内答应说：“有呀，星主。”众人无不诧异。只见张老听见乌盆答应了，他便忽的跳将起来，恨不能要上公案桌子。两傍众人吆喝，他才复又跪下。包公细细问了张老。张老仿佛背书的一般：他姓甚名谁，家住那里，他家有何人，作何生理，怎么遇害，是谁害的，滔滔不断说了一回，清清楚楚。两傍听的无不叹息。包公听罢，吩咐包兴取十两银子来，赏了张老，叫他回去听传。别古千恩万谢地去了。

包公立刻吩咐书吏办文一角，行到苏州，调取尸亲前来结案。即行出签，拿赵大夫妇，登时拿到，严加讯问，并无口供。包公沉吟半晌，便吩咐：“赵大带下去，不准见刁氏。”即传刁氏上堂。包公说：“你丈夫供称陷害刘世昌，全是你的主意。”刁氏闻听，恼恨丈夫，便说出赵大用绳子勒死的，并言现有未用完的银两。即行画招，押了手印。立刻派人将赃银起来。复又带上赵大，叫他女人质对（对质）。谁知这厮好狠，横了心再也不招，言银子是积攒的。包公一时动怒，请了大刑，用夹棍套了两腿，问时仍然不招。包公一声断喝，说了一个“收”字。不想赵大不禁夹，就呜呼哀哉了。包公见赵大一死，只得叫人搭下去，立刻办详，禀了本府，转又行文上去，至京启奏去了。

此时尸亲已到。包公将未用完的银子，俱叫他婆媳领取讫（qì，完结）。并将赵大家私奉官折变，以为婆媳养赡（供给生活所需。赡，shàn）。婆媳感念张老替他鸣冤之恩，愿带到苏州养老送终。张老也因受了冤魂的嘱托，亦愿照看孀居（守寡）孤儿。因此商量停当，一同起身往苏州去了。要知后事如何，且听下回分解。

第六回 罢官职逢义士高僧 应龙图审冤魂怨鬼

且说包公断明了乌盆，虽然远近闻名，这位老爷正直无私，断事如神，未免犯了上司之嫉，又有赵大刑毙，故此文书到时，包公例应革职（罢官，撤职）。包公接到文书，将一切事宜交代署印之人，自己住庙。李保看此光景，竟将银两包袱收拾收拾，逃之夭夭了。

包公临行，百姓遮道（犹拦路。指地方上挽留官吏）哭送。包公劝勉了一番，方才乘马，带着包兴，出了定远县，竟不知投奔何处才好。包公在马上自己叹息，暗里思量道："我包某命运如此淹蹇（yān jiǎn，谓艰难窘迫，坎坷不顺），自幼受了多少的颠险，好容易蒙兄嫂怜爱，聘请恩师，教诲我一举成名。不想妄动刑具，致毙人命。虽是他罪应如此，究竟是粗心浮躁，以至落了个革职，至死也无颜回家。无处投奔，莫若仍奔京师，再作计较。"只顾马上嗟叹（jiē tàn，叹息）。包兴跟随，明知老爷为难，又不敢问。信马由缰（骑着马不拉缰绳，任其自由行动，比喻无目的地闲逛。信，由，听任），来至一座山下，虽不是峻岭高峰，也觉得凶恶。正在观看之际，只听一棒锣响，出来了无数的喽兵，当中一个矮胖黑汉，赤着半边身的胳膊，雄赳赳，气昂昂，不容分说，将主仆二人拿下捆了，送上山去。谁知山中尚有三个大王，见缚了二人前来，吩咐绑在两边柱子上，等四大王到来，再行发落。不一时，只见四大王慌慌张张，喘吁吁跑了来，嚷道："不好了！山下遇见一人好本领，强小弟十倍，才一交手，我便倒了。幸亏跑得快，不然吃大亏了。那位哥哥去会会他？"只见大大王说："二弟，待劣兄（愚兄。自谦之词）前往。"二大王说："小弟奉陪。"于是二人下山，见一人气昂昂在山坡站立。大大王近前一看，不觉哈哈大笑，道："原来是兄长，请到山中叙话。"

你道此山何名？名叫土龙岗，原是山贼窝居之所。原来张龙、赵虎误投庞府，见他是权奸之门，不肯逗留，偶过此山，将山贼杀走，他二人便作了寨主。后因王朝、马汉科考武场，亦被庞太师逐出，愤恨回家，路过此山，张、赵两个即请到寨，结为兄弟。王朝居长，马汉第二，张龙第三，赵虎第四。王、马、张、赵四人已表明来历。

且说马汉同定那人来至山中，走上大厅，见两傍柱上绑定二人，走近一看，不觉失声道："嗳呀！县尊为何在此？"包公睁眼看时，说道："莫不是恩公展义士么？"王朝闻听，连忙上前解开，立刻让至厅上，坐定了。展爷问及，包公一一说了。大家俱各叹息。展爷又叫王、马、张、赵给包公陪了罪，分宾主坐下。立时摆酒，彼此谈心，甚是投机。包公问道："我看四位俱是豪杰，为何作这勾当？"王朝道："我等皆为功名未遂（suì，顺，如意），亦不过暂借此安身，不得已而为之。"展爷道："我看众弟兄皆是异姓骨肉。今日恰逢包公在此，虽则目下革职，将来朝廷必要擢用（提拔任用。擢，zhuó）。那时众位弟兄何不弃暗投明，与国出力，岂不是好？"王朝道："我等久有此心。老爷倘蒙朝廷擢用，我等俱愿效力。"包公只得答应："岂敢，岂敢。"大家饮至四更方散。至次日，包公与展爷告辞。四人款留（诚恳地挽留）不住，只得送下山来。王朝素（一向）与展爷相好，又远送几里。包公与展爷恋恋不舍，无奈分别而去。

单言包公主仆乘马竟奔京师。一日，来至大相国寺门前，包公头晕眼花，竟从马上栽将下来。包兴一见，连忙下马看时，只见包公二目双合，牙关紧闭，人事不知。包兴叫着不应，放声大哭。惊动庙中方丈，乃得道高僧，俗家复姓诸葛，名遂，法号了然，学问渊深，以至医卜星相，无一不精，闻得庙外人声，来到山门以外，近前诊了脉息，说："无妨，无妨。"又问了方才如何落马的光景，包兴告诉明白。了然便叫僧众帮扶抬到方丈（佛寺或道观中住持住的房间）东间，急忙开方抓药。包兴精心用意煎好。吃不多时，至二鼓（二更）天气，只听包公嗳呀一声，睁开二目，见灯光明亮，包兴站在一傍，那边椅子上坐着个僧人。包公便问："此是何处？"包兴便将老爷昏过多时、亏这位师傅慈悲用药救活的话，说了一回。包公刚要扎挣起来致谢，和尚过来按住，道："不可劳动，须静静安心养神。"过了几日，包公转动如常，才致谢和尚。以至饮食用药调理，俱已知是和尚的，心中不胜感激。了然细看包公气色，心下明白，便问了年命，细算有百日之难，过了日子就好了，自有机缘，便留住包公在庙内居住。于是将包公改作道人打扮，每日里与了然不是下棋，便是吟诗，彼此爱慕。

将过了三个月。一日，了然求包公写“冬季唪（fěng，大声吟诵）经祝国裕民”八字，叫僧人在山门两边粘贴。包公无事，同了然出来，一傍观看。只见那壁厢（那边）来了一个厨子，手提菜筐，走至庙前，不住将包公上下打量，瞧了又瞧，看了又看，直瞅着包公进了庙，他才飞也似地跑了。包公却不在意，回庙去了。你道此人是谁？他乃丞相府王芑（qǐ）的买办厨子。只因王老大人面奉御旨，赐图像一张，乃圣上梦中所见，醒来时宛然在目（好像真的在眼前一般），御笔亲画了形像，特派王老大人暗暗密访此人。丞相遵旨回府，又叫妙手丹青（指优秀的画家。妙手，技能高超的人；丹青，绘画的颜料，比喻绘画的艺术）照样画了几张，吩咐虞候（低级武官名称）、伴当、执事人员各处留神，细细访查，不想这日买办从大相国寺经过，恰遇包公，急忙跑回相府，找着该值（值班）的虞候，便将此事，说了一遍。虞候闻听，不能深信，亦不敢就回，即同买办厨子暗到庙中，闲游的一般，各处瞻仰（恭敬地看）。后来看到方丈，果见有一道人与老僧下棋，细看相貌，正是龙图之人，心中不胜惊骇（惊慌害怕），急忙赶回相府，禀知相爷。

王大人闻听，立刻传轿，到大相国寺拈香（信神佛的人到寺庙里烧香）。一是王大人奉旨所差之事，不敢耽延（耽搁、延误）；二是老大人为国求贤，一番苦心。不多时，来到庙内。小沙弥（初出家的小和尚）闻听，急忙跑至方丈室内，报与老和尚知道。只见了然与包公对弈（下棋。弈 yì），全然不理。倒是包公说道：“吾师也当迎接。”了然道：“老僧不走权贵之门，迎他则甚（做甚，做什么）？”包公道：“虽然如此，他乃是个忠臣，就是迎他，也不至于沾碍（牵连又妨碍）老师。”了然闻听，方起身道：“他此来与我无沾碍，恐与足下有些瓜葛（牵连）。”说罢，迎出去了。

接至禅堂，分宾主坐了。献茶已毕，便问了然：“此庙有多少僧众？多少道人？老夫有一心愿，愿施僧鞋僧袜，每人各一双，须当面领去。”了然明白，即吩咐僧道领取，一一看过，并无此人。王大人问道：“完了么？你庙中还有人没有？”了然叹道：“有是还有一人，只是他未必肯要大人这一双鞋袜。如要见这人，大概还须大人以礼相见。”王丞相闻听，忙道：“就烦长老引见引见何如？”了然答应，领至方丈。

包公隔窗一看，也不能回避了，只得上前一揖（yī，古代的拱手礼），道："废员（官员被免职者）参见了。"王大人举目细看形容，与圣上御笔画的龙图分毫不差，不觉大惊，连忙让坐，问道："足下何人？"包公便道："废员包拯，曾任定远县。"因断乌盆革职的话，说了一遍。王大人道："此案终属妄诞（虚妄不实），老夫实难凭信。"包公不觉正色答道："虽则理之所无，却是事之必有。自古负屈含冤之魂、凭物伸诉者不可枚举，难道都是妄诞么？只要自己秉公断理民情，焉肯以'妄诞'二字就置之不问，岂不使怨鬼含冤于泉下乎？何况废员非攻乎异端之人，此事亦非攻乎异端之案。"王大人见包公说话梗直（即"耿直"，正直），忠正严肃，不觉满心欢喜，立刻备马，请包公随至相府。进了相府，大家看大人轿后一个道士，不知甚么缘故。当下留在书房安歇。

次日早朝，仍将包公换了县令服色，先在朝房伺候。净鞭（即"静鞭"，古代帝王驾临时，鸣鞭使人肃静）三下，天子升殿。王芑出班奏明仁宗。天子大喜："立刻宣召见朕。"包公步上金阶（帝王宫殿的台阶）跪倒，三呼（封建时代臣子祝颂皇帝的一种礼节，叩头高呼"万岁"三次）已毕。天子闪龙目一看，果是梦中所见之人，满心欢喜，便问为何罢职。包公便将断乌盆将人犯刑毙身死情由，毫无遮饰，一一奏明。王芑在班中着急，恐圣上见怪。谁知天子不但不怪，反喜道："卿家既能断乌盆负屈之冤魂，必能镇皇宫作祟之邪。今因玉宸宫内每夕有怨鬼哀啼，甚属不净，不知是何妖邪，特派卿前往镇压一番。"即着王芑在内阁听候。钦派太监总管杨忠带领包公，至玉宸宫镇压。

这杨忠素来好武，胆量甚好，因此人皆称他为"杨大胆"。奉旨赐他宝剑一口，每夜在内巡逻。今日领包公进内。他那里瞧得起包公呢，先问了姓，后又问了名，一路称为老黑，又叫老包。来到昭德门，说道："进了此门，就是内廷了。想不到你七品前程如此造化！今日对了圣心，派你入宫，将来回家，到乡里说古（讲历史故事。此处指包公入宫的故事在乡里传颂）去罢。是不是？老黑呀！怎么我合你说话，你怎么纺丝吊面里儿（即歇后语"纺丝吊面——布里儿"，"布里"与"不理"谐音，不予理睬的意思）呢？"包公无奈，答道："公公说的是。"杨忠又道："你别合我闹这个整脸儿。我是好顽好乐的。这就是你，别人还巴结不上呢。"说着话，进了凤右门，只见有多少内侍垂手侍立。内中有一个头领，上前执手，道："老爷今日有何贵干？"杨忠说："辛苦，辛苦！咱家奉旨带领此位包先生前到玉宸宫镇邪。此乃奉旨官差。我们完差之时，不定三更五更回来，可就不照门了，省得又劳动你们。请罢，请罢！"说罢，同了包公，竟奔玉宸宫。只见金碧交辉，光华烂漫，到了此地，不觉肃然起敬。连杨忠爱说爱笑，到了此地，也就哑口无言了。

来至殿门，杨忠止步，悄向包公道："你是钦奉谕旨，理应进殿除邪。我就在这门槛上照看便了。"包公闻听，轻移慢步，侧身而入，来至殿内，见正中设立宝座，连忙朝上行了三跪九叩（双膝跪地三次，磕九个头，这是最敬重的行礼方式）之礼。又见傍边设立座位，包公躬身入座。杨忠见了，心下暗自佩服道："瞧不得小小官儿，竟自颇知国礼。"又见包公如对君父一般，秉正（持心公正）端坐，凝神养性，二目不往四下观瞧，另有一番凛然（严肃而可敬畏的样子）难犯的神色，不觉的暗暗夸奖道："怪不得圣上见了他喜欢呢。"正在思想之际，不觉的谯楼（指城门上的瞭望楼。古代用于报时的地方，楼上设有鼓，每隔一定时间击鼓数下，用于报时。谯，qiáo）漏下矣。猛然间听的呼呼风响，杨忠觉的毛发皆竖，连忙起身，手掣（chè，抽）宝剑，试舞一回。要不了几路已然气喘，只得归入殿内，锐气已消，顺步坐在门槛子上。包公在座上，不由的暗暗发笑。

杨忠正自发怔，只见丹墀（古时官殿前的台阶，因其以红色涂饰，故名丹墀。墀，chí）以下起了一个旋风，滴溜溜在竹丛里团团乱转，又隐隐的听得风中带着悲泣之声。包公闪目（睁眼）观瞧，只见灯光忽暗，杨忠在外扑倒。片刻工夫，见他复起，袅袅婷婷（形容女子走路姿态轻盈柔美。袅，niǎo），走进殿来，万福跪下。此时灯光复又明亮。包公以为杨忠戏要，便以假作真，开言问道："你今此来，有何冤枉？诉上来。"只听杨忠娇滴滴声音，哭诉道："奴婢寇珠原是金华宫承御（古代宫中侍奉君王后妃的女子），只因救主遭屈，含冤地府，于今廿（niàn，二十）载，专等星主来临，完结此案。"便将当初定计陷害的原委，哭诉了一遍。"因李娘娘不日难满，故特来泄机由。星主细细搜查，以报前冤，千万不可泄漏。"包公闻听点头，道："既有如此沉冤，包某必要搜查。但你必须隐形藏迹，恐惊主驾，获罪不浅。"冤魂说道："谨遵星主台命。"叩头站起，转身出去，仍坐在门槛子上。

不多时，只见杨忠张牙欠嘴，仿佛睡醒的一般，瞧见包公仍在那边端坐，不由悄悄地道：“老黑，你没见甚么动静，咱家怎生回覆（回复）圣旨？”包公道：“鬼已审明，只是你贪睡不醒，叫我在此呆等。”杨忠闻听诧异（觉得奇怪。诧，chà），道：“甚么鬼？”包公道：“女鬼。”杨忠道：“女鬼是谁？”包公道：“名叫寇珠。”杨忠闻听，只唬得惊异不止，暗自思道：“寇珠之事算来将近二十年之久，他竟如何知道？”连忙陪笑，道：“寇珠他为甚么事在此作祟呢？”包公道：“你是奉旨，同我进宫除邪，谁知你贪睡。我已将鬼审明，只好明日见了圣上，我奏我的，你说你的便了。”杨忠闻听，不由着急，道：“嗳呀！包……包先生，包……包老爷，我的亲亲的包……包大哥，你这不把我毁透了吗？可是你说的，圣上命我同你进宫；归齐我不知道，睡着了，这是甚么差使眼儿呢？怎的了！可见你老人家就不疼人了。过后就真没有用我们的地方了？瞧你老爷们这个劲儿，立刻给我个眼里插棒槌（歇后语，受不了），也要我们搁的住吓！好包先生，你告诉我，我明日送你个小巴狗儿，这么短的小嘴儿。”包公见他央求可怜，方告诉他道：“明日见了圣上，就说：‘审明了女鬼，系金华宫承御寇珠含冤负屈，来求超度他的冤魂。臣等业已（已经）相许，以后再不作祟。’”杨忠听毕，记在心头，并谢了包公，如敬神的一般。他也不敢言语亵渎（xiè dú，轻慢，不尊敬）了。

出了玉宸宫，来至内阁，见了丞相王芑，将审明的情由，细述明白。少时圣上临朝，包公合杨忠一一奏明，只说冤魂求超度，却不提别的。圣上大悦，愈信乌盆之案，即升用开封府府尹（宋朝的官职名，位在尚书之下、侍郎之上，一般是从一品或二品官衔）、阴阳学士。包公谢恩。加封“阴阳”二字，从此人传包公善于审鬼，白日断阳，夜间断阴，一时哄传遍了。

包公先拜了丞相王芑，爱慕非常。后谢了了然。又至开封府上任，每日查办事件。便差包兴回家送信，并具禀替宁老夫子请安；又至隐逸村投递书信，一来报喜，二来求婚毕姻（泛指男女结婚）。包兴奉命，即日起身，先往小包村去了。未知后事如何，且听下回分解。

第七回 得古今盆完婚淑女 收公孙策密访奸人

且说包兴奉了包公之命寄信回家，后又到隐逸村。这日包兴回来，叩见包公，呈上书信，言："太老爷太夫人甚实康健，听见老爷得了府尹，欢喜非常，赏了小人五十两银子。小人又见大老爷大夫人，欢喜自不必说，也赏了小人三十两银子。惟有大夫人给小人带了个薄薄儿包袱，嘱咐小人好好收藏，到京时交付老爷。小人接在手中，虽然有些分两，不知是何物件，惟恐路上磕碰。还是大夫人见小人为难，方才说明此包内是一面古镜，原是老爷井中捡的。因此镜光芒生亮，大夫人挂在屋内。有一日，二夫人使唤的秋香走至大夫人门前滑了一跤，头已跌破，进屋内就在挂镜处一照。谁知血滴镜面，忽然云翳（阴影。翳，yì）开豁（疏散，消散。豁，huò）。秋香大叫一声，回头跑在二夫人屋内，冷不防按住二夫人，将右眼挖出；从此疯癫（精神失常），至今锁禁，犹如活鬼一般。二夫人死去两三番，现在延（邀请）医调治，尚未痊愈。小人见二老爷，他无精打彩的，也赏了小人二两银子。"说着话，将包袱呈上。包公也不开看，吩咐好好收讫（qì，完结）。包兴又回道："小人又见宁师老爷看了书信，十分欢喜，说叫老爷好好办事，尽忠报国，还教导了小人好些好话。小人在家住了一天，即到隐逸村报喜投书。李大人大喜，满口应承，随后便送小姐前来就亲（完婚，成亲）。赏了小人一个元宝、两匹尺头，并回书一封。"即将信呈上。包公接书看毕，原来是张氏夫人同着小姐，于月内便可来京。立刻吩咐预备住处，仍然派人前去迎接。便叫包兴暂且歇息，次日再商量办喜事一节。

不多几日，果然张氏夫人带领小姐俱各到了。一切定日迎娶事务，俱（全，都）是包兴尽心备办妥当。到了吉期，也有多少官员前来贺喜，不必细表。

包公自毕姻后，见李氏小姐幽闲（即"幽娴"，指女子安详文雅）贞静（端庄娴静)，体态端庄，诚不失大家模范，满心欢喜。而且妆奁（女子梳妆用的镜匣，借指嫁妆）中有一宝物名曰“古今盆”，上有阴阳二孔，堪称希世奇珍。包公却不介意，过了三朝满月，张氏夫人别女回家，临行又将自己得用的一个小厮名唤李才，留下服侍包公，与包兴同为内小厮心腹。

一日，放告坐堂，见有个乡民年纪约有五旬上下，口称“冤枉”，立刻带至堂上。包公问道：“你姓甚名谁？有何冤枉？诉上来。”那人向上叩头，道：“小人姓张名致仁，在七里村居住。有一族弟名叫张有道，以货郎为生，相离小人不过数里之遥。有一天，小人到族弟家中探望，谁知三日前竟自死了！问我小婶刘氏是何病症？为何连信也不送呢？刘氏回答是心疼病死的，因家中无人，故此未能送信。小人因有道死的不明，在祥符县申诉情由，情愿开棺检验。县太爷准了小人状子。及至开棺检验，谁知并无伤痕。刘氏他就放起刁来，说了许多诬赖的话。县太爷将小人责了二十大板，讨保回家。越想此事，实实张有道死的不明。无奈何投到大老爷台前，求青天与小人作主。”说罢，眼泪汪汪，匍匐在地。包公便问道：“你兄弟素来有病么？”张致仁说：“并无疾病。”包公又问道：“你几时没见张有道？”致仁道：“素来弟兄和睦，小人常到他家，他也常来小人家。五日前尚在小人家中。小人因他五六天没来，因此小人找到他家，谁知三日前竟自死了。”包公闻听，想到五日前尚在他家，他第六天去探望，又是三日前死的，其中相隔一两天，必有缘故。包公想罢，准了状词，立刻出签，传刘氏到案。暂且退了堂，来至书房，细看呈子，好生纳闷。包兴与李才傍边侍立。

忽听外边有脚步声响。包兴连忙迎出，却是外班，手持书信一封，说：“外面有一儒流（儒士之辈）求见。此书乃了然和尚的。”包兴闻听，接过书信，进内回明，呈上书信。包公是极敬了然和尚的，急忙将书拆阅，原来是封荐函，言此人学问品行。包公看罢，即命包兴去请。包兴出来看时，只见那人穿戴的衣冠，全是包公在庙时换下衣服，又肥又长，勒里勒得（今作“肋里肋脦”，指衣服不整洁，不利落。肋脦，lē de）的，并且帽子上面还捏着指儿。包兴看罢，知是当初老爷的衣服，必是了然和尚与他穿戴的，也不说明，便向那人说道：“我家老爷有请。”只见那人斯斯文文，随着包兴进来。到了书房，包兴掀帘。只见包公立起身来，那人向前一揖，包公答了一揖，让坐。包公便问："先生贵姓？"那人答道："晚生复姓公孙，名策，因久困场屋（科举考试的地方，又称科场），屡（lǚ，多次）落孙山，故流落在大相国寺。多承了然禅师优待，特具（准备）书信前来，望祈老公祖推情（斟酌情理）收录。"包公见他举止端详，言语明晰，又问了些书籍典故，见他对答如流，学问渊博，竟是个不得第（科举考试取中须评定等第，因称中式为得第）的才子。包公大喜。

正谈之间，只见外班禀道："刘氏现已传到。"包公吩咐伺候，便叫李才陪侍公孙先生，自己带了包兴，立刻升堂，入了公座，便叫："带刘氏。"应役之人接声喊道："带刘氏，带刘氏。"只见从外角门进来一个妇人，年纪不过二十多岁，面上也无惧色，口中尚自言自语，说道："好端端的人，死了叫他翻尸倒骨的，不知前生作了甚么孽了！如今又把我传到这里来，难道还生出甚么巧招儿来吗？"一边说，一边上堂，也不东瞧西看，他便袅袅婷婷朝上跪倒，是一个久惯打官司的样儿。包公便问道："你就是张刘氏么？"妇人答道："小妇人刘氏，嫁与货郎张有道为妻。"包公又问道："你丈夫是甚么病死的？"刘氏道："那一天晚上，我丈夫回家，吃了晚饭，一更之后便睡了。到了二更多天，忽然说心里怪疼的。小妇人唬得了不得，急忙起来。便嚷疼得利害，谁知不多一会就死了。害的小妇人好不苦也！"说罢，泪流满面。包公把惊堂木一拍，喝道："你丈夫到底是甚么病死的？讲来！"站堂喝道："快讲！"刘氏向前跪爬半步，说道："老爷，我丈夫实是害心疼病死的，小妇人焉敢撒谎。"包公喝道："既是害病死的，你为何不给他哥哥张致仁送信？实对你说，现在张致仁在本府堂前已经首告（出面告发）。实实招来，免得皮肉受苦！"刘氏道："不给张致仁送信，一则小妇人烦（烦劳，麻烦）不出人来，二则也不敢给他送信。"包公闻听，道："这是为何？"刘氏道："因小妇人丈夫在日，他时常到小妇人家中，每每见无人，他言来语去，小妇人总不理他。就是前次他到小妇人家内，小妇人告诉他兄弟已死，不但不哭，反倒向小妇人胡说八道，连小妇人如今直学不出口来。当时被小妇人连嚷带骂，他才走了。谁知他恼羞成怒，在县告了，说他兄弟死的不明，要开棺检验。后来太爷到底检验了，并无伤痕，才将他打了二十板。不想他不肯歇心，如今又告到老爷台前。可怜小妇人丈夫死后，受如此罪孽，小妇人又担如此丑名，实实冤枉！恳求老青天与小妇人作主呵！”说着说着，就哭起来了。

包公见他口似悬河，牙如利剑，说的有情有理，暗自思道：“此妇听他言语，必非善良。若与张致仁质对（对质），我看他那诚朴老实形景，必要输与妇人口角（争吵）之下。须得查访实在情形，妇人方能服输。”想罢，向刘氏说道：“如此说来，你竟是无故被人诬赖了。张致仁着实可恶。我自有道理，你且下去，三日后听传罢了。”刘氏叩头下去，似有得色（得意的神色）。包公更觉生疑。

退堂之后，来到书房，便将口供呈词与公孙策观看。公孙策看毕，躬身说道：“据晚生看此口供，张致仁疑的不差。只是刘氏言语狡猾，必须探访明白，方能折服妇人。”不料包公心中所思主见，公孙策一言道破，不觉欢喜，道：“似此如之奈何（怎么办）？”公孙策正欲作进见之礼，连忙立起身来，道：“待我晚生改扮行装，暗里访查访查。如有机缘（机会和缘分），再来禀复。”包公闻听，道：“如此说，有劳先生了。”叫包兴：“将先生盘川（旅费）并要何物件，急忙预备，不可误了。”包兴答应，跟随公孙策来至书房。公孙策告诉明白，包兴连忙办理去了。不多时，俱各齐备。原来一个小小药箱儿，一个招牌，还有道衣丝绦（丝编的带子。绦，tāo，带子）鞋袜等物。公孙策通身换了，背起药箱，连忙从角门暗暗溜出，到七里村查访。

谁知乘兴而来，败兴而返，闹了一天并无机缘可寻。看看天晚，又觉得腹中饥饿，只得急忙且回开封府再做道理。不料忙不择路，原是往北，他却往东南岔（chà，离开原来的方向而偏到一边儿）下去了。多走数里之遥，好容易奔至镇店，问时知是榆林镇，找了兴隆店投宿，又乏又饿。正要打算吃饭，只见来了一群人，数匹马，内中有一黑矮之人，高声嚷道：“恁他是谁，快快与我腾出！若要惹恼了你老爷的性儿，连你这店俱各给你拆了。”傍有一人说道：“四弟不可。凡事有个先来后到，就是叫人家腾挪也要好说，不可如此的罗唣（吵闹寻事。唣，zào）。”又向店主人道：“东人（主人），你去说说看。皆因我们人多，两下住着不便，奉托（敬辞，犹拜托）！奉托！”店东无奈，走到上房，向公孙策说道：“先生没有甚么说的，你老将就将就我们！说不得屈尊你老，在东间居住，把外间这两间让给我们罢！”说罢，深深一揖。公孙策道：“来时原不要住上房，是你们小二再三说，我才住此房内。如今来的客既是人多，我情愿将三间满让。店东给我个单房我住就是了。皆是行路，纵有大厦千间，不过占七尺眠，何必为此吵闹呢。”正说之间，只见进来了黑凛凛（色黑而有威严。凛，lǐn）一条大汉，满面笑容，道：“使不得！使不得！老先生请自尊便罢。这外边两间承情让与我等，足已够了。我等从人俱叫他们下房居住，再不敢劳动了。”公孙策再三谦逊，那大汉只是不肯，只得挪在东间去了。

那大汉叫从人搬下行李，揭下鞍辔（ān pèi，鞍子和驾驭牲口的嚼子、缰绳），俱各安放妥协。又见上人却是四个，其余五六个俱是从人，要净面水，唤开水壶，吵嚷个不了。又见黑矮之人先自呼酒要菜。店小二一阵好忙，闹的公孙策竟喝了一壶空酒，菜总没来，又不敢催。忽听黑矮人说道：“我不怕别的，明日到了开封府，恐他记念前仇，不肯收录，那却如何是好？”又听黑脸大汉道：“四弟放心，我看包公决不是那样之人。”公孙策听至此处，不由站起身来，出了东间，对着四人举手道：“四位原是上开封的，小弟不才，愿作引进之人。”四人听了，连忙站起身来。仍是那大汉说道：“足下何人？请过来坐，方好讲话。”公孙策又谦逊再三，方才坐下。各通姓名。

原来这四人正是土龙岗的王朝、马汉、张龙、赵虎四条好汉。听说包公作了府尹，当初原有弃暗投明之话，故将山上喽罗粮草金银俱各分散，只带了得用伴当（旧时指跟随着做伴的仆人或伙伴）五六人，前来开封府投效（自请效力），以全信行。他们又问公孙策，公孙策答道：“小可现在开封府。因目下有件疑案，故此私行暗暗查访。不想在此得遇四位，实实三生有幸了。”彼此谈论多时，真是文武各尽其妙。大家欢喜非常。惟独赵四爷粗俗，却有酒量颇豪。王朝恐怕他酒后失言，叫外人听之不雅，只得速速要饭。大家吃毕，闲谈饮茶。天到二更以后，大家商议，今晚安歇后，明日可早早起来，还行路呢。这正是：

只因清正声名远，致使英雄跋涉来。

未审明日王、马、张、赵投奔开封府如何，且听下回分解。

第八回 救义仆除凶铁仙观 访疑案得线七里村

且说四爷赵虎因多贪了几杯酒，大家闲谈，他连一句也插不上，一傍前仰后合，不觉的瞌睡起来。困因酒后，酒因困魔，后来索性放倒头，酣睡（熟睡。酣，hān，酣畅）如雷，因打呼，方把大家提醒。王朝说："只顾说话儿，天已三更多了。先生也乏了，请安歇罢。"大家方才睡下。谁知赵四爷心内惦着上开封府，睡的容易，醒的剪绝（干净利落，这里形容快）。外边天气不过四鼓（即四更）之半，他便一咕噜身爬起来，乱嚷道："天亮了！快些起来赶路！"又叫从人备马捎行李，把大家吵醒。谁知公孙策心中有事尚未睡着，也只得随大家起来，这老先生算烟袋铺铁丝儿——通了杆了。只见大爷将从人留下一个，腾出一匹马叫公孙策乘坐。叫那人将药箱儿招牌，"俟（sì，等待）天亮时背至开封府，不可违误。"吩咐已毕，叫店小二开了门，大家乘马，趁着月色，迤逦（yǐ lǐ，曲折连绵）而行。天气尚未五更。

正走之间，过了一带林子，却是一座庙宇。猛见墙角边人影一晃。再细看时，却是一个女子，身穿红衣，到了庙门挨身而入。大家看的明白，口称"奇怪"。张龙说："深夜之间，女子入庙，必非好事。天气尚早，咱们何不到庙看看吗？"马汉说："半夜三更，无故敲打山门，见了僧人怎么说呢？"王朝说道："不妨，就说贪赶路程，口渴之甚，讨杯茶吃，有何不可。"公孙策道："既如此，就将马匹行李叫从人在树林等候，省得僧人见了兵刃生疑。"大家闻听，齐说："有理，有理。"于是大家下马，叫从人在树林看守。从人答应。五位老爷迈步竟奔山门而来。

到了庙门，趁着月光，看的明白，匾上大书"铁仙观"。公孙策道："那女子挨身而入，未听见他插门，如何是关着呢？"赵虎上前，抡起拳头，在山门上就是嘡（tāng，象声词，形容打鼓、敲锣一类的声音）、嘡、嘡的三拳，口中嚷道："道爷开门来！"口中嚷着，随手又是三拳，险些儿把山门砸掉。只听里面道："是谁？是谁？半夜三更怎么说！"只听哗啦一声，山门开处，见个道人。公孙策连忙上前施礼，道："道爷，多有惊动了。我们一行人贪赶路程，口渴舌干，欲借宝刹（敬辞，称僧尼所在的寺庙。刹，chà）歇息歇息，讨杯茶吃，自有香资奉上，望祈方便方便。"那道人闻听，便道："等我禀明白了院长，再来相请。"正说之间，只见走出一个浓眉大眼、膀阔腰粗、怪肉横生的道士来，说道："既是众位要吃茶，何妨请进来。"王朝等闻听，一拥而入，来至大殿，只见灯烛辉煌。彼此逊坐（让座）。见道人凶恶非常，并且酒气喷人，已知是不良之辈。

张龙、赵虎二人悄地出来寻那女子，来至后面，并无踪迹。又到一后院，只见一口大钟，并无别物。行至钟边，只听有人呻吟之声。赵虎说："在这里呢。"张龙说："贤弟，你去掀钟，我拉人。"赵虎挽挽袖子，单手抓住钟上铁爪，用力向上一掀。张龙说："贤弟且住劲，不可悬手！等我把住底口。"往上一挺，就把钟内之人露将出来。赵爷将手一松，仍将钟扣在那边。仔细看此人时，却不是女子，是个老者，捆做一堆，口内塞着棉花，急忙掏出，松了捆绑。那老者干呕（ǒu，吐）做一团，定了定神，方才说："哎哟！苦死我也！"张龙便问："你是何人？因何被他们扣在钟下？"那老头儿道："小人名唤田忠，乃陈州人氏。只因庞太师之子安乐侯庞昱（yù）奉旨前往赈济（用财物救济），不想庞昱到了那里，并不放赈（向灾民或贫民发放救济物资），在彼盖造花园，抢掠民间女子。我主人田起元，主母金氏玉仙因婆婆染病，割肉煎药。老太太病好，主母上庙了愿，不意被庞昱窥见，硬行抢去。又将我主人送县监禁。老太太一闻此信时，生生唬死。是我将老主母埋葬已毕。想此事一家被害，非上京控告不可。因此贪赶路程，过了宿头，于四更后投至此庙，原为歇息。谁知道人见我行李沉重，欲害小人。正在动手之时，忽听众位爷们敲门，便将小人扣在钟下，险些儿伤了性命。"正在说话间，只见那边有一道人探头缩脑。赵四爷急忙赶上，兜的一脚，踢翻在地，将拳向面上一晃："你嚷，我就是一拳！"那贼道看见柳斗大的皮锤，那里还有魂咧。赵四爷便将他按住在钟边。

不想这前边凶道名唤萧道智，在殿上张罗烹茶，不见了张、赵二人，叫道人去请也不见回来，便知事有不妥，悄悄的退出殿来，到了自己屋内，将长衣甩去，手提一把明亮亮的朴刀（是一种刀身窄长、刀柄较短的刀。朴，pō），竟奔后院而来。恰入后门，就瞧见老者已放，赵虎按着道人，不由心头火起，手举朴刀，杀向张龙。张爷手急眼快，斜刺里（侧斜的方向）就是一腿。道人将将躲过，一刀照定张龙面门削来。张爷手无寸铁，全仗步法巧妙，身体灵便，一低头将刀躲过，顺手就是一掌。恶道惟恐是暗器，急待侧身时，张爷下边又是一扫堂腿。好恶道！金丝绕腕（wàn，手腕）势躲过，回手反背又是一刀。究竟有兵刃的气壮，无家伙的胆虚，张龙支持了几个照面，看看不敌。

正在危急之际，只见王朝、马汉二人见张龙受敌，王朝赶近前来，虚晃一掌，左腿正奔肋下。恶道闪身时，马汉后边急急又是一拳，打在背后。恶道往后一扑，急转身，伸手就是一刀。亏得马汉眼快，将身一闪，刚然（刚刚）躲过，恶道倒奔势又奔了王朝而来。三个人赤着手，刚刚敌的住——就是防他的刀便了。王朝见恶道奔了自己，他便推月势，等刀临切近，将身一撤。恶道把身使空，身往傍边一闪，后面张龙照腰就是一脚。恶道觉得后面有人，趁着月影也不回头，伏身将脚往后一蹬。张龙脚刚落地，恰被恶道在迎面骨上蹬了一脚，力大势猛，身子站立不住，不由的跌倒在地。赵虎在傍看见，连忙叫道："三哥，你来挡住那个道人。"张龙连忙起来挡住道人。只见赵虎站起来，竟奔东角门前边去了。张龙以为四爷必是到树林取兵刃去了。

迟了不多时，却见赵虎从西角门进来。张龙想道："他取兵刃不能这么快，他必是解了解手儿回来了。"眼瞧着他迎面扑了恶道，将左手一扬，是个虚晃架式，右手对准面门一摔，口中说："恶道，看我的法宝取你！"只见白扑扑一股稠云打在恶道面上，登时二目难睁，鼻口倒噎，连气也喘不过来。马汉又在小肚上尽力的一脚，恶道站立不住，咕咚栽倒在地，将刀扔在一边。赵虎赶进一步，一跪腿，用磕膝盖按住胸膛，左手按膀背，将右袖从新向恶道脸上一路乱抖。原来赵虎绕到前殿，将香炉内香灰装在袖内。俗语说的好："光棍眼内揉不下沙子去。"何况是一炉香灰，恶道如何禁得起。四个人一齐动手，将两个道人捆缚，预备送到祥符县去。此系祥符地面之事，由县解（jiè，遣送，押送）府，按劫掠杀命定案。四人复又搜寻，并无人烟。后又搜至旁院之中，却是菩萨殿三间，只见佛像身披红袍。大家方明白，红衣女子乃是菩萨现化。此时公孙策已将树林内伴当（旧时指跟随着做伴的仆人或伙伴）叫来，拿获道人。便派从人四名，将恶道交送县内。立刻祥符县申报到府。大家带了田忠，一同出庙，此时天已大亮，竟奔开封府而来。暂将四人寄在下处。

公孙策进内参见包公，言访查之事尚无确实，今有土龙岗王、马、张、赵四人投到，并铁仙观救了田忠、捉拿恶道交祥符县、不日解到的话，说了一遍。复又立起身来，说："晚生还要访查刘氏案去。"当下辞了包公，至茶房。此时药箱招牌俱已送到。公孙策先生打扮停当，仍从角门（旁门，边门）去了。

且说包公见公孙策去后，暗叫包兴将田忠带至书房，问他替主明冤一切情形，叫左右领至茶房居住，不可露面，恐走漏了风声，庞府知道。又吩咐包兴将四勇士暂在班房居住，俟有差听用。

且说公孙策离了衙门，复至七里村沿途暗访，心下自思："我公孙策时乖运蹇（时运不好，命运不佳。乖，不顺利；蹇，jiǎn，一足偏废，引申为不顺利），屡试不第（多次参加科举考试都没有考取）。幸亏了然和尚一封书信荐至开封府，偏偏头一天到来就遇见这一段公案，不知何日方能访出。总是我的运气不好，以致诸事不顺。"越思越想，心内越烦，不知不觉出了七里村。忽然想起，自己叫着自己说："公孙策，你好呆！你是作甚么来了？就是这么走着，有谁知你是医生呢？既不知道你是医生，你又焉能打听出来事情呢？实实呆的可笑！"原来公孙策只顾思索，忘了摇串铃了。这时想起，连忙将铃儿摇起，口中说道："有病早来治，莫要多延迟。养病如养虎，虎大伤人的。凡有疑难大症，管保手到病除。贫不计利。"正在念诵，可巧那一边一个老婆子唤道："先生，这里来，这里来。"公孙策闻听，向前问道："妈妈唤我么？"那婆子道："可不是。只因我媳妇身体有病，求先生医治医治。"公孙策闻听，说："既是如此，妈妈引路。"

那婆子引进柴扉（fēi，门），掀起了蒿子（一种植物。蒿，hāo）杆的帘子，将先生请进。看时，却是三间草房，一明两暗。婆子又掀起西里间单布帘子，请先生土炕上坐了。公孙策放了药箱，倚了招牌，刚然坐下，只见婆子搬了个不带背、三条腿椅子在地下相陪。婆子便说道：

“我姓尤，丈夫早已去世。有个儿子名叫狗儿，在大户陈应杰家做长工。只因我的儿媳妇得病，有了半月了。他的精神短少（不足），饮食懒进，还有点午后发烧。求先生看看脉（中医诊视脉搏以判断病情），吃点药儿。”公孙策道：“令媳现在那屋？”婆子道：“在东屋里呢，待我告诉他。”说着站起，往东屋里去了。只听说道：“媳妇，我给你请个先生来，求他老看看，管保就好咧。”只听妇人道：“母亲，不看也好，一来我没有甚么大病，二来家无钱钞，何苦妄费钱文。”婆子道：“嗳哟！媳妇呵！你没听见先生说么，‘贫不计利’；再者‘养病如养虎’。好孩子，请先生瞧瞧罢。你早些好了，也省得老娘悬心。我就是倚靠你，我那儿子也不指望他了！”说至此，妇人便道：“母亲，请先生过来看看就是了。”婆子闻听，说：“还是我这孩子听说。好个孝顺的媳妇！”一边说着，便来到西屋，请公孙策。公孙策跟定婆子来至东间，与妇人诊脉。

原来医者有“望”“闻”“问”“切”四条，但给右科（这里指给妇人看病）看病，也不可不望，不过一目了然。又道：“医者易也，易者移也。”故有移重就轻之法。假如给老年人看准脉息不好，必要安慰，说道：“不要紧，立个方儿，吃与不吃均可。”后至出来，方向本家说道：“老人家脉息不好得狠，赶紧预备后事罢。”本家问道：“先生，你为何方才不说？”医家道：“我若不开导着说，上年纪的人听说利害，痰向上一涌，那不登时（顿时，马上）交代了么？”此是移重就轻之法。闲言少叙。

且说公孙策与妇人看病，虽是私访，他素来原有实学，所有医理，先生尽皆知晓。诊完脉息，已知病源。站起身来，仍然来至西间坐下，说道：“我看令媳之脉，乃是双脉（脉象之一，多为大惊或大恐所引起，也为怀孕的征兆）。”尤氏闻听，道：“嗳哟！何尝不是。他大约有四五个月没见……”公孙策忙又道：“据我看来，病源因气恼所致，郁闷不舒，竟是个气裹胎了。若不早治，恐人痨症。必须将病源说明，方好用药。”婆子闻听，不由的吃惊：“先生真是神仙，谁说不是气恼上得的呢！待我细细告诉先生。只因我儿子在陈大户家做长工，素日多亏大户帮些银钱。那一天，忽然我儿子拿了两个元宝回来……”说至此处，只听东屋妇人道：“此事不必说了。”公孙策忙说道：“用药必须说明，我听的确，下药方能见效。”婆子道：“孩子，你养你的病，这怕甚么？”又说道："我见元宝不免生疑，便问这元宝从何而来。我儿子说，只因大户与七里村张有道之妻不大清楚。这一天陈大户到张家去了，可巧叫他男人撞见，因此大户要害他男人，给我儿两个元宝。"说至此，东屋妇人又道："母亲不消说（不必说）了，此事如何说得！"婆子道："儿呀，先生也不是外人，说明了好用药呀。"公孙策道："正是，正是，若不说明，药断不灵。"婆子接说："给我儿两个元宝，正叫他找甚么东西的。原是我媳妇劝他不依，后来跪在地下央求。谁知我不肖的儿子不但不听，反将媳妇踢了几脚，揣起元宝，赌气走了未回。后来果然听说张有道死了。又听见说接三（旧时死了人，三天之夕必须"接三"。说人死三天其亡灵就要到阴曹地府去了，接三之日，要举行奏吹鼓乐、迎亲朋吊唁、焚纸糊车马等活动）的那日，晚上棺材里连响了三阵，仿佛乍尸（即"诈尸"。古代民间称：人死时有时胸中还残留一口气，如果被猫狗等冲了就会假复活，动物灵魂附体到尸体上，即通常所说的"诈尸"）的一般，连和尚都唬跑了，因此我媳妇更加忧闷。这便是得病的原由。"

公孙策听毕，提起笔来写了一方，递与婆子。婆子接来一看，道："先生，我看别人方子有许多的字，怎么先生的方儿只一行字呢？"公孙策答道："药用当而通神。我这方乃是独门奇方。用红锦一张，阴阳瓦（小青瓦）焙（bèi，用微火烘烤）了，无灰老酒（酒初熟时，放入石灰水少许，使之澄清，所得之清酒称"灰酒"。"无"与"有"相对，"无灰酒"就是不放石灰的酒）冲服，最是安胎活血的。"婆子闻听，记下。公孙策又道："你儿子做成此事，难道大户也无谢礼么？"公孙策问及此层，他算定此案一明，尤狗儿必死，婆媳二人全无养赡，就势要给他婆媳二人想出个主意。这也是公孙策文人妙用。话已说明。且说婆子说道："听说他许给我儿子六亩地。"先生道："这六亩地可有字样么？"婆子道："那有字样呢，还不定他给不给呢。"先生道："这如何使得！给他办此大事，若无字据，将来你如何养赡呢？也罢，待我替你写张字儿，倘若到官时，即以此字合他要地。"真是乡里人好哄。当时婆子乐极了，说："多谢先生！只是没有纸，可怎么好呢？"公孙策道："不妨，我这里有纸。"打开药箱，拿出一大张纸来，立刻写就，假画了中保，押了个花押（旧时公文契约上的草书签名或代替签名的特定符号），交给婆子。婆子深深谢了。先生背起药箱，拿了招牌，起身便走。婆子道："有劳先生！又无谢礼，连杯茶也没吃，叫婆子好过意不去。”公孙策道：“好说，好说。”出了柴扉（柴门。也指贫寒的家园），此时精神百倍，快乐非常。原是屡试不第，如今仿佛金榜标了名似的，连乏带饿全忘了，两脚如飞，竟奔开封府而来。这正是：

心欢访得希奇事，意快听来确实音。

未审后事如何，下回分解。

第九回 断奇冤奏参封学士 造御刑查赈赴陈州

且说公孙策回到开封府，仍从角门悄悄而入，来至茶房，放下药箱招牌，找着包兴，回了包公。立刻请见。公孙策见礼已毕，便将密访的情由，如此如此，这般这般，细细述了一遍。包公闻听欢喜，暗暗想：“此人果有才学，实在难为他访查此事。”便叫包兴与公孙策更衣，预备酒饭，请先生歇息。又叫李才将外班传进，立刻出签（宋代指审案公堂上放置的红、绿头签。绿头签是捕签，用来抓捕犯人；红头签是刑签，下令动刑。此处是指派衙役去捕人），拿尤狗儿到案。外班答应。去不多时，前来回说：“尤狗儿带到。”

老爷点鼓升堂（即击鼓升堂，古代官府断案升堂的一种仪式），叫带尤狗儿，上堂跪倒。包公问道：“你就是尤狗儿么？”回道：“老爷，小人叫驴子。”包公一声断喝：“唗（dōu，怒斥声）！你明是狗儿，你为何叫驴子呢？”狗儿回道：“老爷，小人原叫狗儿来着。只因他们说狗的个儿小，改叫驴子，岂不大些儿呢？因此就改了叫驴子。老爷若不爱叫驴子，还叫狗儿就是了。”两傍喝道：“少说！少说！”包公叫道：“狗儿。”应道：“有。”“只因张有道的冤魂告到本府台前，说你与陈大户主仆定计，将他谋死。但此事皆是陈大户要图谋张有道的妻子刘氏，你不过是上人（地位高的人，这里指主人）差遣，概不由己（一切不能由自己做主）；虽然受了两个元宝，也是小事。你可要从实招来，自有本府与你作主，出脱你的罪名便了。你不必忙，慢慢的讲来。”

狗儿听见冤魂告状，不由的心中害怕。后又见老爷和颜悦色的出脱他的罪名，与他作主，放了心了，即向上叩头，道：“老爷既施天恩，与小人作主，小人只得实说。因小犬当家的与张有道的女人有交情，可和张有道没有交情。那一天被张有道撞见了，他跑回来就病了，总想念刘氏，他又不敢去。因此想出一个法子来，须得将张有道害了，他或上刘氏家去，或将刘氏娶到家里来，方才遂心（合自己的心意。遂，suì）。故此将小人叫到跟前说：‘我托付你一宗事情。’我说：‘当家的，有甚么事呢？’他说：‘这宗事情不容易，你须用心搜寻才有。’我就问：‘找甚么呢？’他说：‘这宗东西叫尸龟，仿佛金头虫儿，尾巴上发亮，有蠖（huò）虫大小。’我就问：‘这宗东西出在那里呢？’他说：‘须在坟里找。总要尸首肉都化了，独有脑子未干，才有这虫儿。’小人一听，就为了难了，说：‘这可怎么找法呢？’他见小人为难，便给小人两个元宝，叫小人且自拿着，‘事成之后，我给你六亩地。不论日子，总要找了来。白日也不做活，养着精神，夜里好找。’可是老爷说的‘上人差遣，概不由己’。又说‘受人之托，当忠人之事’。因此小人每夜出去刨坟，刨到第十七个，好容易得了此虫，晒成干，研了末，或茶或饭洒上，必是心疼而死，并无伤痕。惟有眉攒（两眉中间。攒，cuán）中间有小小红点，便是此毒。后来听见张有道死了，大约就是这宗东西害的。求老爷与小人作主。”包公听罢此话，大约无甚虚假。书吏将供单呈上，包公看了，拿下去，叫狗儿画了招。立刻出签，将陈应杰拿来。老爷又吩咐狗儿道：“少时（不大一会儿）陈大户到案，你可要当面质对（对质，对证），老爷好与你作主。”狗儿应允。包公点头，吩咐：“带下去。”

只见差人当堂跪倒，禀道：“陈应杰拿到。”包公又吩咐传刘氏并尤氏婆媳。先将陈大户带上堂来，当堂上了刑具。包公问道：“陈应杰，为何谋死张有道？从实招来！”陈大户闻听，唬得惊疑不止，连忙说道：“并无此事呀，青天老爷！”包公将惊堂木一拍，道：“你这大胆的奴才！在本府堂前还敢支吾（用含混的话搪塞）么？左右，带狗儿。”立刻将狗儿带上堂来，与陈应杰当面对证。大户只吓得抖衣而战，半晌，方说道：“小人与刘氏通奸是实情，并无谋死有道之事。这都是狗儿一片虚词，老爷千万莫信。”包公大怒，吩咐：“看大刑伺候！”左右一声喊，将三木往堂上一撂（liào，放，搁），把陈大户唬的胆裂魂飞，连忙说道："愿招！愿招！"便将狗儿找寻尸龟，悄悄交与刘氏，叫或茶或饭洒上，立刻心疼而死，并告诉他放心，并无一点伤痕，连血迹也无有，从头至尾，说了一遍。包公看了供单，叫他画了招。

只见差役禀道："刘氏与尤氏婆媳俱各传到。"包公吩咐先带刘氏。只见刘氏仍是洋洋得意，上得堂来，一眼瞧见陈大户，不觉朱颜更变，形色张皇（惊慌，慌张），免不得向上跪倒。包公却不问他，便叫陈大户与妇人当面质对。陈大户对着刘氏哭道："你我于此事，以为机密，再也无人知道，谁知张有道冤魂告到老爷台前。事已败露，不能不招，我已经画招。你也画了罢，免得皮肉受苦。"妇人闻听，骂了一声："冤家，想不到你如此脓包（讥称无能或无用的人），没能为！你今既招承，我又如何推托呢？"只得向上叩首，道："谋死亲夫张有道情实，再无别词。就是张致仁调戏一节，也是诬赖他的。"包公也叫画了手印。

又将尤氏婆媳带上堂来。婆子哭诉前情，并言毫无养赡，"只因陈大户曾许过几亩地，婆子恐他诬赖，托人写了一张字儿。"说着话，从袖中将字儿拿出呈上。包公一看，认得是公孙策的笔迹，心中暗笑道："说不得，这可要讹（é，敲诈）陈大户了。"便向陈大户道："你许给他地亩，怎不拨给他呢？"陈大户无可奈何，并且当初原有此言，只得应许拨给几亩地与尤氏婆媳。包公便饬（chì，旧时公文中上级命令下级）发该县办理。

包公又问陈大户道："你这尸龟的方子，是如何知道的？"陈大户回道："是我家教书的先生说的。"包公立刻将此先生传来，问他如何知道的，为何教他这法子。先生费士奇回道："小人素来（向来）学习些医学，因知药性。或于完了功课之时，或刮风下雨之日，不时和东人（东家，主人）谈谈论论。因提及此药不可乱用，其中有六脉八反，乃是最毒之物。才提到尸龟。小人是无心闲谈，谁知东家却是有心记忆，故此生出事来。求老爷详察。"包公点头，道："此语虽是你无心说出，只是不当对匪人（行为不端正的人）言论此事，亦当薄薄有罪，以为妄谈之戒。"即行办理文书，将他递解还乡。刘氏定了凌迟（古代一种残酷的死刑，将人的身体割成许多块），陈大户定了斩立决（古代的一种刑罚，指判处斩刑后不经秋审、朝审核定而立刻执行），狗儿定了绞监候（简称"绞候"，即绞刑的缓刑，指判处绞刑后不立即执行，暂时在狱中监禁，待到朝审、秋审时再决定是否处以绞刑），原告张致仁无事。

包公退了堂，来至书房，即打了摺底（奏折的底稿。摺，即“折”），叫公孙策誊（téng，抄写）清。公孙策刚然（刚刚）写完，包兴进来，手中另持一纸，向公孙策道：“老爷说咧，叫把这个誊清夹在摺内，明早随着摺子一同具奏。”先生接过一看，不觉目瞪神痴，半晌方说道：“就照此样写么？”包兴道：“老爷亲自写的，叫先生誊清，焉有不照样写的理呢？”公孙策点头，说：“放下，我写就是了。”心中好不自在。原来这个夹片是为陈州放粮，不该信用椒房（汉代后妃所住的宫殿，用椒和泥涂壁，取其温暖有香气。这里代指皇后嫔妃）宠信之人，直说圣上用人不当，一味顶撞言语。公孙策焉有不担惊之理呢？“写只管写了，明日若递上去，恐怕是辞官表一道。总是我公孙策时运不顺，偏偏遇的都是这些事，只好明日听信儿再为打算罢。”

至次日五鼓，包公上朝。此日正是老公公陈伴伴（对老太监的别称）接摺子，递上多时，就召见包公。原来圣上见了包公摺子，初时龙心甚为不悦。后来转又一想，此乃直言敢陈，正是忠心为国，故尔转怒为喜，立刻召见包公。奏对之下，明系陈州放赈恐有情弊，因此圣上加封包公为龙图阁大学士（官职名。宋代龙图阁奉藏太宗御书、御制文集及典籍、图画、宝瑞之物，龙图阁学士可以说代表最有学问的职位，是虚职，无实权），仍兼开封府事务，前往陈州稽察放赈之事，并统理民情。包公并不谢恩，跪奏道：“臣无权柄，不能服众，难以奉诏。”圣上因此又赏了御札（帝王的书札、手诏。札，zhá，古时写字用的木片）三道。包公谢恩，领旨出朝。

且说公孙策自包公入朝后，他便提心吊胆，坐立不安，满心要打点行李起身，又恐谣言惑众，只得忍耐。忽听一片声喊，以为事体不妥。正在惊惶之际，只见包兴先自进来告诉：“老爷圣上加封龙图阁大学士，派往陈州查赈。”公孙策闻听，这一乐真是喜出望外。包兴道：“特派我前来与先生商议，打发报喜人等，不准他们在此嘈杂。”公孙策欢欢喜喜，与包兴斟酌妥协，赏了报喜的去后，不多时包公下朝。大家叩喜已毕。便对公孙策道：“圣上赐我御札三道，先生不可大意。你须替我仔细参详，莫要辜负圣恩。”说罢，包公进内去了。

这句话把个公孙策打了个闷葫芦，回至自己屋内，千思万想，猛然省悟，说：“是了！这是逐客之法，欲要不用我，又赖不过了然的情面，故用这样难题目。我何不如此如此鬼混一番，一来显显我胸中的抱负，二来也看看包公胆量。左右是散伙罢咧！”于是研墨蘸笔，先度量了尺寸，注写明白。后又写了做法，并分上、中、下三品，龙、虎、狗的式样。他用笔画成三把铡刀，故意的以“札”字做“铡”字，看包公有何话说。画毕，来至书房。包兴回明了包公，请进。公孙策将画单呈上，以为包公必然大怒，彼此一拱手就完了。谁知包公不但不怒，将单一一看明，不由春风满面，口中急急称赞：“先生真天才也！”立刻叫包兴传唤木匠。“就烦先生指点，务必连夜荡出样子来，明早还要恭呈御览。”公孙策听了此话，愣呵呵（形容一个人发呆的样子）的连话也说不出来。此时就要说这是我画着玩的，也改不过口来了。

又见包公连催外班快传匠役。公孙策见真要办理此事，只得退出，从新将单子细细的搜求，又添上如何包铜叶子（薄铜制器，状如莲花），如何钉金钉子，如何安鬼王头，又添上许多样色。不多时，匠役人等来到。公孙策先叫看了样子，然后教他做法。众人不知有何用处，只得按着吩咐的样子荡起，一个个手忙脚乱，整整闹了一夜，方才荡得。包公临上朝时，俱各看了，吩咐用黄箱盛上，抬至朝中，预备御览。

包公坐轿来至朝中，三呼已毕，出班奏道：“臣包拯昨蒙圣恩赐臣御札三道，臣谨遵旨，拟得式样，不敢擅用，谨呈御览。”说着话，黄箱已然抬到，摆在丹墀（指古时宫殿前的石阶，因其以红色涂饰，故称。墀，chí）。圣上闪目观瞧，原来是三口铡刀的样子，分龙、虎、狗三品。包公又奏：“如有犯法者，各按品级行法。”圣上早已明白包公用意，是借“札”字之音改作“铡”字，做成三口铡刀，以为镇唬外官之用，不觉龙颜大喜，称羡包公奇才巧思，立刻准了所奏：“不必定日请训，俟（sì，等待）御刑造成，急速起身。”

包公谢恩，出朝上轿，刚到街市之上，见有父老十名一齐跪倒，手持呈词。包公在轿内看得分明，将脚一跺轿底，这是暗号，登时轿夫止步打杵（chǔ，木棒的一种）。包兴连忙将轿帘微掀，将呈子递进。不多时，包公吩咐掀起轿帘。包兴连忙将轿帘掀起。只见包公嗤（chī）、嗤将呈子撕了个粉碎，掷（zhì，扔）于地下，口中说道：“这些刁民！焉有此事？叫地方将他们押去城外，惟恐在城内滋生是非。”说罢，起轿竟自去了。这些父老哭哭啼啼，抱抱怨怨，说道：“我们不辞辛苦奔至京师，指望伸冤报恨。谁知这位老爷也是怕权势的，真是闻名不如见面。我等冤枉再也无处诉了。”说罢，又大哭起来。傍边地方（地保）催促，道：“走罢，别叫我们受热。大小是个差使，哭也无益，何处没有屈死的呢？”众人闻听，只得跟随地方出城。

刚到城外，只见一骑马飞奔前来，告诉地方道：“送他们出城，你就不必管了，回去罢！”地方连忙答应，抽身便回去了。来人却是包兴，跟定父老，到无人处，方告诉他们道：“老爷不是不准呈子，因市街上耳目过多，走漏风声，反为不美。老爷吩咐，叫你们俱不可散去，且找幽僻之处藏身，暗暗打听老爷多攒（同“多咱”，什么时候）起身时，叫你们一同随去。如今先叫两个有年纪的，悄悄跟我进城，到衙门有话问呢。”众人闻听，俱各欢喜。其中单叫两个父老，远远跟定包兴，到了开封府。包兴进去回明，方将两个父老带至书房。包公又细细问了一遍。原来是十三家，其中有收监的，有不能来的。包公吩咐：“你们在外不可声张，俟我起身时一同随行便了。”二老者叩头谢了，仍然出城而去。

且说包公自奏明御刑之后，便吩咐公孙策督工监造，务要威严赫耀，更要纯厚结实。便派王、马、张、赵四勇士服侍御刑：王朝掌刀，马汉卷席捆人，张龙、赵虎抬人入铡。公孙策每日除监造之外，便与四勇士服侍御刑，操演规矩，定了章程礼法，不可紊乱（纷乱，杂乱。紊，wěn）。

不数日光景，御刑打造已成。包公具摺请训，便有无数官员前来饯行（设酒食送行。饯，jiàn）。包公将御刑供奉堂上，只等众官员到齐，同至公堂之上，验看御刑。众人以为新奇，正要看看是何制度。不多时，俱到公堂，只见三口御铡上面俱有黄龙袱套，四位勇士雄赳赳，气昂昂，上前抖出黄套，露出刑外之刑，法外之法。真是：

> 光闪闪，令人毛发皆竖；冷飕飕（形容风很冷或寒气逼人。飕，sōu），使人心胆俱寒。正大君子看了尚可支持，奸邪小人见了魂魄应飞。真算从古至今未有之刑也！

众人看毕，也有称赞的，也有说奇的，就有暗说过苛的，并有暗说多事的，纷纷议论不一。大家只得告别，包公送至仪门（旧时官衙、府第的大门内的第二重正门），回归后面。所有内外执事人等忙忙乱乱，打点起身。包公又暗暗吩咐，叫田忠跟随公孙策同行。到了起行之日，有许多同僚在十里长亭（秦汉时每十里设置一亭，供行人休息或亲友远行送别的地方，称为长亭。后每五里设一亭，称为短亭）送别，也不细表。沿途上叫告状的父老也暗暗跟随。

这日包公走至三星镇，见地面肃静，暗暗想道："地方官制度有方。"正自犯想，忽听喊冤之声，却不见人。包兴早已下马，顺着声音找去，原来在路旁空柳树里。及至露出身来，却又是个妇人，头顶呈词，双膝跪倒。包兴连忙接过呈子，此时轿已打杵，上前将状子递入轿内。包公看毕，对那妇人道："你这呈子上言家中无人，此呈却是何人所写？"妇人答道："从小熟读诗书，父兄皆是举贡（举人和贡生的通称），嫁得丈夫也是秀才（生员的通称），笔墨常不释手。"包公将轿内随行纸墨笔砚，叫包兴递与妇人另写一张。只见不加思索，援笔立就（拿起笔立刻写完。形容才思敏捷。援笔，拿笔；就，完成），呈上。包公接过一看，连连点头，道："那妇人，你且先行回去听传。待本阁到了公馆，必与你审问此事。"那妇人磕了一个头，说："多谢青天大人！"当下包公起轿，直投公馆去了。未识后事如何，且听下回分解。

第十回 买猪首书生遭横祸[①] 扮化子勇士获贼人

且说包公在三星镇接了妇人的呈子。原来那妇人娘家姓文，嫁与韩门为妻。自从丈夫去世，膝下只有一子，名唤瑞龙，年方一十六岁。在白家堡租房三间居住。韩文氏做些针指（即"针黹"，针线活。黹，zhǐ），训教儿子读书。子在东间读书，母在西间做活。娘儿两个将就度日，并无仆妇下人。

一日晚间，韩瑞龙在灯下念书，猛回头见西间帘子一动，有人进

① 横（hèng）祸：意外的祸患。

入西间，是葱绿衣衿（即衣襟，上衣、袍子前面的部分。衿，jīn），大红朱履（lǚ，鞋），连忙立起身赶入西间，见他母亲正在灯下做活。见瑞龙进来，便问道："吾儿，晚上功课完了么？"瑞龙道："孩儿偶然想起个典故，一时忘怀，故此进来找书查看查看。"一壁说着，奔了书箱。虽则找书，却暗暗留神，并不见有甚么，只得拿一本书出来，好生纳闷；又怕有贼藏在暗处，又不敢声张，恐怕母亲害怕，一夜也未合眼。到了次日晚间读书，到了初更（晚上七点至九点）之后，一时恍惚，又见西间帘子一动，仍是见朱履绿衫之人进入屋内。韩生连忙赶至屋中，口叫"母亲"。只这一声，倒把个韩文氏唬了一跳，说道："你不念书，为何大惊小怪的？"韩生见问，一时不能答对，只得实诉道："孩儿方才见有一人进来，及至赶入屋内，却不见了。昨晚也是如此。"韩文氏闻听，不觉诧异（惊异。诧，chà）："倘有歹人窝藏，这还了得！我儿持灯照看照看便了。"韩生接过灯来，在床下一照，说："母亲，这床下土为何高起许多呢？"韩文氏连忙看时，果是浮土，便道："且把床挪开细看。"娘儿两个抬起床来，将浮土略略扒开，却露出一只箱子，不觉心中一动，连忙找了铁器将箱盖一开，不看则可，只因一看便是时衰鬼弄人了。韩生见里面满满的一箱子黄白之物，不由满心欢喜，说道："母亲，原来是一箱子金银，敢则（莫非）是财来找人。"文氏闻听，喝道："胡说！焉有此事！总然是财，也是无义之财，不可混动。"无奈韩生年幼之人，见了许多金银，如何割舍得下；又因母子狠窘（jiǒng，穷困），便对文氏道："母亲，自古掘土得金的不可枚举。况此物非是私行窃取的，又不是别人遗失捡了来的，何以谓之不义呢？这必是上天怜我母子孤苦，故尔才有此财发现，望乞母亲详察。"文氏听了，也觉有理，便道："既如此，明早买些三牲（指古代用于祭祀的牛、羊、猪）祭礼，谢过神明之后，再做道理。"韩生闻听母亲应允，不胜欢喜，便将浮土仍然掩上，又将木床暂且安好。母子各自安寝（qǐn，睡）。

韩生那里睡得着，翻来覆去，胡思乱想，好容易心血来潮，入了梦乡，总是惦念此事。猛然惊醒，见天发亮，急忙起来禀明母亲，前去办买三牲祭礼。谁知出了门一看，只见月明如昼，天气尚早，只得慢慢行走。来至郑屠铺前，见里面却有灯光，连忙敲门，要买猪头。忽然灯光不见了，半晌，毫无人应，只得转身回来。刚走了几步，只听郑屠门响。回头看时，见灯光复明，又听郑屠道："谁买猪头？"韩生应道："是我，赊个猪头。"郑屠道："原来是韩相公。既要猪头，为何不拿个家伙来？"韩生道："出门忙了就忘了，奈何？"郑屠道："不妨，拿一块垫布包了，明日再送来罢。"因此用垫布包好，交付韩生。韩生两手捧定，走不多时，便觉乏了；暂且放下歇息，然后又走。迎面恰遇巡更人来，见韩生两手捧定带血布包，又累得气喘吁吁，未免生疑，便问："是何物件？"韩生答道："是猪头。"说话气喘，字儿不真。巡更人更觉疑心，一人说话，一人弯腰打开布包验看，明月之下，又有灯光照得真切，只见里面是一颗血淋淋发髻（jì，在头顶或脑后盘成各种形状的头发）蓬松女子人头。韩生一见，只唬得魂飞魄散。巡更人不容分说，即将韩生解（jiè，押送）至邺（yè，古地名）县，俟（sì，等待）天亮禀报。

县官见是人命，立刻升堂，带上韩生一看，却是个懦弱书生，便问道："你叫何名？因何杀死人命？"韩生哭道："小人叫韩瑞龙，到郑屠铺内买猪头，忘拿家伙，是郑屠用布包好递与小人。后遇巡更之人追问，打开看时，不想是颗人头。"说罢，痛哭不止。县官闻听，立刻出签，拿郑屠到案。谁知郑屠拿到，不但不应，他便说连买猪头之事也是没有的。又问他："垫布不是你的么？"他又说："垫布是三日前韩生借去的，不想他包了人头移祸于小人。"可怜年幼的书生，如何敌的过这狠心屠户！幸亏官府明白，见韩生不像杀人行凶之辈，不肯加刑，连屠户暂且收监（关进监狱），设法再问。

不想韩文氏在三星镇递了呈词，包公准状。及至来到公馆，县尹（一县的长官。尹，yǐn）已然迎接，在外伺候。包公略为歇息，吃茶，便请县尹相见，即问韩瑞龙之案。县官答道："此案尚在审讯，未能结案。"包公吩咐："将此案人证俱各带至公馆听审。"少刻带到。包公升堂入座，先带韩瑞龙上堂，见他满面泪痕，战战兢兢，跪倒堂前。包公叫道："韩瑞龙，因何谋杀人命？诉上来。"韩生泪涟涟（lián lián，泪流不止的样子）道："只因小人在郑屠铺内买猪头，忘带家伙，是他用垫布包好递给小人，不想闹出这场官司。"包公道："住了。你买猪头，遇见巡更之人，是甚么时候？"韩生道："天尚未亮。"包公道："天未亮，你就去买猪头何用？讲！"韩生到了此时不能不说，便一五一十，回明堂前，放声大哭，"求大人超生草命。"包公暗暗点头道："这小孩子家贫，贪财心胜。看此光景，必无谋杀人命之事。”吩咐：“带下去。”便对县官道：“贵县，你带人役到韩瑞龙家相验板箱，务要搜查明白。”县官答应，出了公馆乘马，带了人役去了。

这里包公又将郑屠提出，带上堂来，见他凶眉恶眼，知是不良之辈，问他时，与前供相同。包公大怒，打了二十个嘴巴，又责了三十大板。好恶贼！一言不发，真会挺刑（指不屈服于受刑罚）。吩咐：“带下去。”

只见县官回来，上堂禀道：“卑职奉命前去韩瑞龙家验看板箱，打开看时里面虽是金银，却是冥资（为死人焚化的纸财宝。冥，míng）锭纸（钱纸）；又往下搜寻，谁知有一无头死尸，却是男子。”包公问道：“可验明是何物所伤？”一句话把个县尹问了个怔，只得禀道：“卑职见是无头之尸，未及验看是何物所伤。”包公嗔（chēn，生气）道：“既去查验，为何不验看明白？”县尹连忙道：“卑职粗心，粗心。”包公吩咐：“下去。”县尹连忙退出，唬了一身冷汗，暗自说：“好一位利害钦差大人，以后诸事小心便了。”

再说包公吩咐再将韩瑞龙带上来，便问道：“韩瑞龙，你住的房屋是祖积（祖上积蓄下来的）？还是自己盖造的呢？”韩生回道：“俱不是，乃是租赁（lìn，租）居住的，并且住了不久。”包公又问：“先前是何人居住？”韩生道：“小人不知。”包公听罢，叫将韩生并郑屠寄监（暂时关押在监狱中）。

老爷退堂，心中好生忧闷，叫人请公孙先生来，彼此参详此事：一个女子头，一个男子身，这便如何处治？公孙先生又要暗访。包公摇头道：“得意不宜再往，待我细细思索便了。”公孙退出，与王、马、张、赵大家参详此事，俱各无有定见。公孙先生自回下处。

楞爷赵虎便对三位哥哥言道：“你我投至开封府，并无寸进之功。如今遇了为难的事，理应替老爷分忧，待小弟暗访一番。”三人听了，不觉大笑，说：“四弟，此乃机密细事，岂是你粗鲁之人干得的？千万莫要留个话柄！”说罢，复又大笑。四爷脸上有些下不来，搭搭讪讪的回到自己屋内，没好谤气的。倒是跟四爷的从人有机变，向前悄悄对四爷耳边说：“小人倒有个主意。”四爷说：“你有甚么主意？”从人道：“他们三位不是笑话你老吗？你老倒要赌赌气，偏去私访，看是如何。然而必须巧妆打扮，叫人认不出来。那时若是访着了，固然是你老的功劳；就是访不着，悄悄儿回来，也无人知觉，也不至于丢人。你老想好不好？”楞爷闻听大喜，说：“好小子！好主意！你就替我办理。”从人连忙去了，半晌，回来道：“四爷，为你老这宗事好不费事呢，好容易才找了来了。花了十六两五钱银子。”四爷说：“甚么多少，只要办的事情妥当就是了。”从人说：“管保妥当。咱们找个僻静的地方，小人就把你老打扮起来，好不好？”

四爷闻听，满心欢喜，跟着从人出了公馆，来至静处。打开包袱，叫四爷脱了衣衿。包袱里面却是锅烟子，把四爷脸上一抹，身上手上俱各花花答答（形容大小、疏密不一致）的抹了；然后拿出一顶半零不落的开花儿的帽子，与四爷戴上；又拿上一件滴零搭拉的破衣，与四爷穿上；又叫四爷脱了裤子鞋袜，又拿条少腰没腿的破裤叉儿，与四爷穿上；腿上给四爷贴了两贴膏药，唾了几口吐沫，抹了些花红柳绿的，算是流的脓血；又有没脚跟的榨板鞋，叫四爷他拉上；余外有个黄瓷瓦罐，一根打狗棒，叫四爷拿定，登时把四爷打扮了个花铺盖相似。这一身行头别说十六两五钱银子，连三十六个钱谁也不要。他只因四爷大秤分金，扒堆使银子，那里管他多少；况且又为的是官差私访，银子上更不打算盘了。临去时，从人说：“小人于起更时，仍在此处等候你老。”四爷答应，左手提罐，右手拿棒，竟奔前村而去。

走着，走着，觉得脚趾扎的生疼。来到小庙前石上坐下，将鞋拿起一看，原来是鞋底的钉子透了。抡起鞋来在石上拍搭、拍搭紧摔，好容易将钉子摔下去。不想惊动了庙内的和尚，只当有人敲门，及至开门一看，是个叫化子在那里摔鞋。四爷抬头一看，猛然问和尚：“你可知女子之身、男子之头，在于何处？”和尚闻听，道：“原来是个疯子。”并不答言，关了山门进去了。四爷忽然省悟，自己笑道：“我原来是私访，为何顺口开河？好不是东西！快些走罢。”自己又想道：“既扮做化子，应当叫化才是。这个我可没有学过，说不得到那里说那里，胡乱叫两声便了。”便道：“可怜我一碗半碗，烧的黄的都好！”先前还高兴，以为我是私访；到后来见无人理他，自想似此如何打听得事出来，未免心中着急。又见日色西斜，看看的黑了。幸喜是月望（指农历每月十五日）之后，天色虽然黑了，东方却是一轮明月。

走至前村。也是事有凑巧，只见一家后墙有个人影往里一跳。四爷心中一动，暗说：“才黑如何便有偷儿？不要管他，我也跟进去瞧瞧。”想罢，放下瓦罐，丢了木棒，摔了破鞋，光着脚丫子，一伏身往上一纵。纵上墙头，看墙头有柴火垛（duò）一堆，就从柴垛顺溜下去。留神一看，见有一人爬伏在那里。楞爷便上前伸手按住。只听那人嗳哟了一声。四爷说：“你嚷，我就捏死你！”那人道：“我不嚷！我不嚷！求爷爷饶命。”四爷道：“你叫甚么名字？偷的甚么包袱？放在那里？快说！”只听那人道：“我叫叶阡（qiān）儿，家有八十岁老母。因无赡养，我是头次干这营生吓，爷爷！”四爷说：“你真没偷甚么？”一面问，一面检查细看，只见地下露着白绢条儿。四爷一拉，土却是松的，越拉越长，猛力一抖，见是一双小小金莲（旧指缠足妇女的脚）；复又将腿攥（zuàn，握）住，尽力一掀，原来是一个无头的女尸。四爷一见，道：“好吓！你杀了人，还合我闹这个腔儿呢。实对你说，我非别个，乃开封府包大人阁下赵虎的便是。因为此事，特来暗暗私访。”叶阡儿闻听，只唬的胆裂魂飞，口中哀告道：“赵爷，赵爷！小人作贼情实，并没有杀人。”四爷说：“谁管你！且捆上再说。”就拿白绢条子绑上，又恐他嚷，又将白绢条子撕下一块，将他口内塞满，方才说：“小子，好好在这里，老爷去去就来。”四爷顺着柴垛，跳出墙外，也不顾瓦罐木棒与那破鞋，光着脚奔走如飞，直向公馆而来。

此时天交初鼓，只见从人正在那里等候，瞧着像四爷，却听见脚底下呱咭（guā ji）、呱咭的山响，连忙赶上去说：“事体如何？”四爷说：“小子，好兴头得狠！”说着话，就往公馆飞跑。从人看此光景，必是闹出来了，一壁也就随着跟来。谁知公馆之内，因钦差在此，各处俱有人把门，甚是严整。忽然见个化子从外面跑进，连忙上前拦阻，说道：“你这人好生撒野，这是甚么地方！”话未说完，四爷将手向左右一分，一个个一溜歪斜，几乎栽倒。四爷已然进去。众人才待再嚷，只见跟四爷的从人进来，说道：“别嚷，那是我们四老爷。”众人闻听，各皆发怔，不知甚么原故。

这位楞爷跑到里面，恰遇包兴，一伸手拉住，说：“来得甚好！”把个包兴唬了一跳，连忙问道：“你是谁？”后面从人赶到，说：“是我们四爷。”包兴在黑影中看不明白，只听赵虎说：“你替我回禀回禀大人，就说赵虎求见。”包兴方才听出声音来：“嗳哟！我的楞爷，你唬杀我咧！”一同来至灯下，一看四爷好模样儿，真是难画难描，不由得好笑。四爷着急，道：“你先别笑，快回老爷！你就说我有要紧事求见。快着！快着！”包兴见他这般光景，必是有甚么事，连忙带着赵爷到了包公门首。包兴进内回禀，包公立刻叫：“进来。”见了赵虎这个样子，也觉好笑，便问：“有甚么事？”赵虎便将如何私访，如何遇着叶阡儿，如何见了无头女尸之话，从头至尾，细述一回。包公正因此事没有头绪，今闻此言，不觉满心欢喜。未知如何，且听下回分解。

第十一回 审叶阡儿包公断案 遇杨婆子侠客挥金

且说包公听赵虎拿住叶阡儿，立刻派差头四名，着两个看守尸首，派两人急将叶阡儿押来。吩咐去后，方叫赵虎后面更衣，又极力夸说他一番。赵虎洋洋得意，退出门来。从人将净面水、衣服等，俱各预备妥协（停当，完毕）。四爷进了门，就赏了从人十两银子，说：“好小子！亏得你的主意，老爷方能立此功劳。”楞爷好生欢喜，慢慢的梳洗，安歇安歇。

且言差头去不多时，将叶阡儿带到，仍是捆着。大人立刻升堂，带上叶阡儿，当面松绑。包公问道：“你叫何名？为何无故杀人？讲来！”叶阡儿回道：“小人名叫叶阡儿，家有老母。只因穷苦难当，方才作贼，不想头一次就被人拿住，望求老爷饶命。”包公道：“你作贼已属不法，为何又去杀人呢？”叶阡儿道：“小人作贼是真，并未杀人。”包公将惊堂木一拍：“好个刁恶奴才！束手问你，断不肯招。左右，拉下去，打二十大板。”只这二十下子，把个叶阡儿打了个横迸（横流，涕泪交流。迸，bèng），不由着急，道：“我叶阡儿怎么这们时运不顺，上次是那么着，这次又这么着，真是冤枉冤哉！”包公闻听话里有话，便问道：“上次是那们着？快讲！”叶阡儿自知失言，便不言语。

包公见他不语，吩咐：“掌嘴，着实的打！”叶阡儿着急，道：“老爷不要动怒，我说，我说。只因白家堡有个白员外，名叫白熊。他的生日之时，小人便去张罗，为的是讨好儿。事完之后，得些赏钱，或得点子吃食。谁知他家管家白安比员外更小气刻薄，事完之后，不但没有赏钱，连杂烩（huì）菜也没给我一点，因此小人一气，晚上就偷他去了。”包公道：“你方才言道是头次作贼，如今是第二次了。”叶阡儿回道：“偷白员外是头一次。”包公道：“偷了怎么？讲！”叶阡儿道：“他家道路小人是认得的，就从大门溜进去，竟奔东屋内隐藏。这东厢房便是员外的妾名玉蕊住的。小人知道他的箱柜东西多呢。正在隐藏之时，只听得有人弹槅扇（在房屋内部起隔开作用的一扇一扇的木板墙。槅，gé）响。只见玉蕊开门，进来一人，又把槅扇关上。小人在暗处一看，却是主管白安，见他二人笑嘻嘻的进了帐子。不多时，小人等他二人睡了，便悄悄的开了柜子，一摸摸着木匣子，甚是沉重，便携出，越墙回家。见上面有锁，傍边挂着钥匙，小人乐得了不得。及至打开一看，罢咧！谁知里面是个人头！这次又遇着这个死尸。故此小人说‘上次是那们着，这次是这们着’。这不是小人时运不顺么？”

包公便问道：“匣内人头是男是女？讲来！”叶阡儿回道：“是个男头。”包公道：“你将此头是埋了？还是报了官了呢？”叶阡儿道：“也没有埋，也没有报官。”包公道：“既没埋，又没报官，你将这人头丢在何处了呢？讲来！”叶阡儿道：“只因小人村内有个邱老头子，名叫邱凤，因小人偷他的倭瓜（方言，南瓜。倭，wō）被他拿住，……”包公道：“偷倭瓜！这是第三次了！”叶阡儿道：“偷倭瓜才是头一次呢。这邱老头子恨急了，将井绳蘸（zhàn，在液体或糊状的东西里沾一下就拿出来）水，将小人打了个结实，才把小人放了。因此怀恨在心，将人头掷（zhì，扔）在他家了。”包公便立刻出签两枝，差役四名，二人拿白安，二人拿邱凤，俱于明日听审。将叶阡儿押下去寄监。

至次日，包公正在梳洗，尚未升堂，只见看守女尸的差人回来一名，禀道：“小人昨晚奉命看守死尸，至今早查看，谁知这院子正是郑屠的后院，前门封锁，故此转来禀报。”包公闻听，心内明白，吩咐：“知道了。”那人仍然回去。

包公立刻升堂，先带郑屠，问道：“你这该死的奴才！自己杀害人命，还要脱累他人。你既不知女子之头，如何你家后院埋着女子之尸？

从实招来。讲！”两傍威喝：“快说！快说！”郑屠以为女子之尸，必是老爷派人到他铺中搜出来的，一时惊的木塑相似（像木头一般），半晌，说道：“小人愿招。只因那天五鼓起来，刚要宰猪，听见有人扣门求救。小人连忙开门放人。又听得外面有追赶之声，口中说道：‘既然没有，明早细细搜查，大约必是在那里窝藏下了。’说着话，仍归旧路回去了。小人等人静后，方才点灯一看却是个年幼女子。小人问他因何夤夜（深夜。夤，yín）逃出，他说：‘名叫锦娘。只因身遭拐骗，卖人烟花。我是良家女子，不肯依从。后来有蒋太守之子，倚仗豪势，多许金帛（黄金和丝绸。泛指钱物。帛，bó），要买我为妾。我便假意殷勤，递酒献媚，将太守之子灌得大醉，得便脱逃出来。’小人见他美貌，又是满头珠翠，不觉邪心顿起。谁知女子嚷叫不从。小人顺手提刀，原是威唬（威胁吓唬）他，不想刀才到脖子上，头就掉了。小人见他已死，只得将外面衣服剥下，将尸埋在后院。回来正拔头上簪环，忽听有人叫门，买猪头。小人连忙把灯吹灭了。后来一想，我何不将人头包了，叫他替我抛了呢？总是小人糊涂慌恐，不知不觉就将人头用垫布包好，从新点上灯，开开门，将买猪头的叫回来就是韩相公。可巧没拿家伙，因此将布包的人头递与他，他就走了。及至他走后，小人又后悔起来，此事如何叫人掷的呢？必要闹出事来。复又一想，他若替我掷了也就没事；倘若闹出事来，总给他个不应就是了。不想老爷明断，竟把个尸首搜出来。可怜小人杀了回子人，所有的衣服等物动也没动，就犯了事了。小人冤枉！”包公见他俱各招认，便叫他画招。

刚然（刚刚）带下去，只见差人禀道：“邱凤拿到。”包公吩咐带上来，问他何故私埋人头。邱老儿不敢隐瞒，只得说：“那夜听见外面咕咚一响，怕是歹人偷盗，连忙出屋看时，见是个人头，不由害怕，因叫长工刘三拿去掩埋。谁知刘三不肯，合小人要一百两银子。小人无奈，给了他五十两银子，他才肯埋了。”包公道：“埋在何处？”邱老说：“问刘三便知分晓。”包公又问：“刘三在何处？”邱老儿说：“现在小人家内。”包公立刻吩咐县尹带领差役，押着邱老，找着刘三，即将人头刨来。

刚然去后，又有差役回来禀道：“白安拿到。”立刻带上堂来。见他身穿华服，美貌少年。包公问道：“你就是白熊的主管白安么？”应道："小人是。""我且问你，你主人待你如何？"白安道："小人主人待小人如同骨肉，实在是恩同再造（形容恩惠极大，如同重新给予生命。再造，再生）。"包公将惊堂木一拍："好一个乱伦的狗才！既如此说，为何与你主人侍妾通奸？讲！"白安闻听，不觉心惊，道："小人素日奉公守法，并无此事吓。"包公吩咐："带叶阡儿。"叶阡儿来至堂上，见了白安，说："大叔不用分辨了，应了罢，我已然替你回明了。你那晚弹槅扇与玉蕊同进了帐子，我就在那屋里来着。后来你们睡了，我开了柜，拿出木匣，以为发注财，谁知里面是个人脑袋。没甚么说的，你们主仆作的事儿，你就从实招了罢。大约你不招，也是不行的。"一席话说的白安张口结舌（张着嘴说不出话来，形容理屈或害怕），面目变色。包公又在上面催促，说："那是谁的人头？从实说来！"白安无奈，爬半步道："小人招就是了。那人头乃是小人家主的表弟，名叫李克明。因家主当初穷时，借过他纹银五百两，总未还他。那一天李克明到我们员外家，一来看望，二来讨取旧债。我主人相待酒饭。谁知李克明酒后失言，说他在路上遇一疯颠和尚，名叫陶然公，说他面上有晦气，给他一个游仙枕，叫他给与星主。他又不知星主是谁，问我主人。我主人也不知是谁，因此要借他游仙枕（传说中的枕头名）观看。他说里面阆苑（传说中神仙居住的地方。阆，làng）琼楼，奇花异草，奥妙非常。我主人一来贪着游仙枕，二来又省还他五百两银子，因此将他杀死，叫我将尸埋在堆货屋子里。我想我与玉蕊相好，倘被主人识破，如何是好；莫若将人头割下，灌下水银，收在玉蕊柜内，以为将来主人识破的把柄。谁知被他偷去此头，今日闹出事来。"说罢，往上叩头。包公又问道："你埋尸首之屋，在于何处？"白安道："自埋之后，闹起鬼来了，因此将这三间屋子另行打出，开了门，租与韩瑞龙居住。"包公听说，心内明白，叫白安画了招，立刻出签，拿白熊到案。

此时县尹已回，上堂来禀道："卑职押解邱凤，先找着刘三，前去刨头，却在井边。刘三指地基时，里面却是个男子之尸，验过额角是铁器所伤。因（于是）问刘三，刘三方说道：'刨错了，这边才是埋人头的地方。'因此又刨，果有人头，系用水银灌过的男子头。卑职不敢自专，将刘三一干人证带到听审。"包公闻听县尹之言，又见他一番谨慎，不似先前的荒唐，心中暗喜，便道："贵县辛苦，且歇息歇息去。"

叫带刘三上堂。包公问道："井边男子之尸从何而来？讲！"两边威唬："快说！"刘三连忙叩头，说："老爷不必动怒，小人说就是了。回老爷，那男子之尸不是外人，是小人的叔伯兄弟刘四。只因小人得了当家的五十两银子，提了人头刚要去埋，谁知刘四跟在后面。他说：'私埋人头，应当何罪？'小人许了他十两银子，他还不依；又许他对半平分，他还不依。小人问他：'要多少呢？'他说：'要四十五两。'小人一想，通共才五十两，小人才得五两剩头，气他不过。小人于是假应，叫他帮着刨坑，要深深的。小人见他毛腰撮（cuō，用簸箕等把散碎的东西收集起来）土，小人就照着太阳上一锹（qiāo）头，就势儿先把他埋了；然后又刨一坑，才埋了人头，不想今日阴错阳差。"说罢，不住叩头。包公叫他画了招，且自带下去。

此时白熊业已传到，所供与白安相符，并将游仙枕呈上。包公看了，交与包兴收好，即行断案；郑屠与女子抵命，白熊与李克明抵命，刘三与刘四抵命，俱各判斩；白安以小犯上，定了绞监候（绞刑的缓刑。犯人被判处绞刑后不立即执行，暂时在狱中监禁，等到秋天朝审、秋审时再决定是否处绞刑）；叶阡儿充军；邱老儿私埋人头，畏罪行贿，定了徒罪（徒刑之罪，泛指刑罚）；玉蕊官卖；韩瑞龙不听母训，贪财生事，理当责处，姑念年幼无知，释放回家，孝养孀母，上进攻书（读书）；韩文氏抚养课读（传授知识），见财思义，教子有方，着县尹赏银二十两以为旌表（封建统治者用立牌坊或挂匾额等表扬遵守封建礼教的人。旌，jīng）；县官理应奏参，念他勤劳办事，尚肯用心，照旧供职。包公断明此案，声名远振。歇息一天，再起身赴陈州便了。

且言常州府武进县遇杰村南侠展昭，自从土龙岗与包公分手，独自遨游名山胜迹，到处玩赏。一日归家，见了老母甚好。多亏老家人展忠料理家务，井井有条，全不用主人操一点心。为人耿直，往往展爷常被他抢白几句。展爷念他是个义仆，又是有年纪的人，也不计较他。惟有在老母跟前，晨昏定省（晚间服侍就寝，早上省视问安。旧时侍奉父母的日常礼节），克尽孝道。一日，老母心内觉得不爽。展爷赶紧延（邀请）医调治，衣不解带，昼夜侍奉。不想桑榆暮景（落日的余晖照在桑树、榆树的树梢上，比喻老年的时光），竟是一病不起，服药无效，一命归西去了。展爷呼天抢地，痛哭流涕，所有丧仪一切，全是老仆展忠办理，风风光光将老太太殡葬（出殡和安葬。殡，bìn）了。展爷在家守制遵礼。

到了百日服满，他仍是行侠作义，如何肯在家中。一切事体俱交与展忠照管，他便只身出门，到处游山玩水，遇有不平之事，便与人分忧解难。有一日，遇一群逃难之人揣男抱女，哭哭啼啼，好不伤心惨目。展爷便将钞包银两分散众人，又问他们从何处而来。众人同声回道："公子爷再休提起。我等俱是陈州良民，只因庞太师之子安乐侯庞昱（yù）奉旨放赈，到陈州原是为救饥民。不想他倚仗太师之子，不但不放赈，他反将百姓中年轻力壮之人挑去造盖花园，并且抢掠民间妇女，美貌的作为姬妾，蠢笨者充当服役。这些穷民本就不能活，这一荼毒（毒害，残害。荼，tú）岂不是活活要命么？因此我等往他方逃难去，以延残喘。"说罢，大哭去了。展爷闻听，气破英雄之胆，暗说道："我本无事，何妨往陈州走走。"主意已定，直奔陈州大路而来。

这日正走之间，看见一座坟茔（坟地，墓地。茔，yíng），有个妇人在那里啼哭，甚是悲痛，暗暗想道："偌大年纪，有何心事，如此悲哀？必有古怪。"欲待上前，又恐男女嫌疑。偶见那边有一张烧纸，连忙捡起作为因由，便上前道："老妈妈不要啼哭，这里还有一张纸没烧呢。"那婆子止住悲声，接过纸去，归入堆中烧了。展爷便搭搭讪讪问道："妈妈贵姓？为何一人在此啼哭？"婆子流泪道："原是好好的人家，如今闹的剩了我一个，焉有不哭！"展爷道："难道妈妈家中，俱遭了不幸了么？"婆子道："若都死了，也觉死心塌地了，惟有这不死不活的更觉难受。"说罢，又痛泪如梭（痛苦的眼泪流得快。梭，suō，织布的工具）。展爷见这婆子说话拉杂（零乱，无条理），不由心内着急，便道："妈妈有甚为难之事，何不对我说说呢？"婆子拭（shì，擦）拭眼泪，又瞧了展爷是武生打扮，知道不是歹人，便说道："我婆子姓杨，乃是田忠之妻。"便将主人田起元夫妻遇害之事，一行鼻涕两行泪，说了一遍，又说："丈夫田忠上京控告，至今杳无音信（没有一点儿消息。杳，yǎo）。现在小主在监受罪，连饭俱不能送。"展爷闻听，这英雄又是凄惶，又是愤恨，便道："妈妈不必啼哭。田起元与我素日最相好。我因在外访友，不知他遭了此事。今既饔飧不济（一日三餐不能自给。饔飧，yōng sūn，早餐和晚餐），我这里有白银十两，暂且拿去使用。"说罢，抛下银两，竟奔皇亲花园而来。未知如何，且听下回分解。

第十二回　展义士巧换藏春酒　庞奸侯设计软红堂

且说展爷来至皇亲花园，只见一带簇新（极新。簇，cù）的粉墙，露出楼阁重重。用步丈量了一番，就在就近处租房住了。到了二更时分，英雄换上夜行的衣靠，将灯吹灭，听了片时，寓所已无动静，悄悄开门，回手带好，仍然放下软帘，飞上房，离了寓所，来到花园（白昼间已然丈量过了）。约略远近，在百宝囊中掏出如意绦（tāo，用丝纺织成的带子）来，用力往上一抛（是练就准头），便落在墙头之上，用脚尖登住砖牙，飞身而上。到了墙头，将身爬伏。又在囊中取一块石子轻轻抛下，侧耳细听。（此名为"投石问路"。下面或是有沟，或是有水，就是落在实地，再没有听不出来的。）又将钢抓转过，手搂丝绦，顺手而下。两脚落在实地，脊背贴墙，往前面与左右观看一回，方将五爪丝绦往上一抖，收下来装在百宝囊中。蹑足潜踪（形容走路时脚步放得很轻），脚尖儿着地，真有鹭（lù，鸟类的一种）浮鹤行之能。来至一处，见有灯光，细细看时，却是一明两暗，东间明亮，窗上透出人影，乃是一男一女，二人饮酒。展爷悄立窗下，只听得男子说道："此酒吓，娘子只管吃的，是无妨的；外间案上那一瓶，断断动弗得（动不得）哉。"又听妇人道："那个酒叫甚么名儿呢？"男子道："叫作藏春酒。若是妇人吃了，欲火烧身，无不依从。只因侯爷抢了金玉仙来，这妇人至死不从，侯爷急得没法，是我在傍说道：'可以配药造酒，管保随心所欲。'侯爷闻听，立刻叫吾配酒。我说：'此酒大费周折，须用三百两银子。'"那妇人便道："甚么酒费这许多银子？"男子道："娘子，你不晓得，侯爷他恨不能妇人一时到手，吾不趁此时赚他的银两，如何发财呢？吾告诉你说，配这酒不过高高花上十两头。这个财是发定了！"说毕，哈哈大笑。又听妇人道："虽然发财，岂不损德呢！况且又是个贞烈之妇，你如何助纣为虐（比喻帮坏人干坏事。纣，zhòu，商朝的最后一个王，是暴君）呢？"

男子说道："吾是为穷困所使，不得已而为之。"

正在说话间，只听外面叫道："臧（zāng，姓）先生，臧先生。"展爷回头，见树梢头露出一点灯光，便闪身进入屋内，隐在软帘之外。又听男子道："是那位？"一壁（一边）起身，一壁说："娘子，你还是躲在西间去，不要抛头露面的。"妇人往西间去了。臧先生走出门来。

这时展爷进入屋内，将酒壶提出，见外面案上放着一个小小的玉瓶；又见那边有个红瓶，忙将壶中之酒倒在红瓶之内，拿起玉瓶的藏春酒倒入壶中，又把红瓶内的好酒倾入玉瓶之内。提起酒壶，仍然放在屋内。悄地出来，盘柱而上，贴住房檐，往下观看。

原来外面来的是跟侯爷的家丁庞福，奉了主人之命，一来取藏春酒，二来为合臧先生讲帐。这先生名唤臧能，乃是个落第的穷儒，半路儿看了些医书，记了些偏方，投在安乐侯处作帮衬（在人力或财力上帮助）。当下出来，见了庞福，问道："主管到此何事？"庞福说："侯爷叫我来取藏春酒，叫你亲身拿去，当面就兑银子。可是先生，白花花的三百两，难道你就独吞吗？我们辛辛苦苦，白跑不成？多少不拘，总要染染手儿（沾点儿光）呀。先生，你说怎么样？"臧能道："当得，当得，再也白弗得的。倘若银子到手，必要请你吃酒的。"庞福道："先生真是明白爽快人。好的，咱们倒要交交咧。先生取酒去罢。"臧能回身进屋，拿了玉瓶关上门，随庞福去了，直奔软红堂。那知南侠见他二人去后，盘柱而下，暗暗的也就跟将下去了。

这里妇人从西间屋内出来，到了东间，仍然坐在旧处，暗自思道："丈夫如此伤害天理，作的都是不仁之事。"越思越想，好不愁烦，不由得拿起壶来斟了一杯，慢慢的独酌（zhuó，饮酒）。谁知此酒入腹之后，药性发作，按纳不住（克制不住）。正在胡思乱想之际，只听有人叩门，连忙将门开放，却是庞禄（lù），怀中抱定三百两银子送来。妇人让至屋内。庞禄将银子交代明白，回身要走，倒是妇人留住，叫他坐下，便七长八短地说。正在说时，只听外面咳嗽，却是臧能回来了。庞禄出来迎接着，张口结舌说道："这三……三百两银子，已交付大嫂子了。"说完，抽身就走。

臧能见此光景，忙进屋内一看，只见他女人红扑扑的脸，仍是坐在炕上发怔（发愣），心中好生不乐："吾呀，这是怎么了？"说罢，在对面坐了。这妇人因方才也是一惊，一时心内清醒，便道："你把别人的妻子设计陷害，自己老婆如此防范。你拍心想想，别人恨你不恨？"一句话问的臧能闭口无言，便拿起壶来，斟上一杯，一饮而尽。不多时，坐立不安，心痒难抓，便道："弗好哉！奇怪得狠！"拿起壶来一闻，忙道："了弗得！了弗得！快拿凉水来！"自己等不得，立起身来，急找凉水吃下，又叫妇人吃了一口，方问道："你才吃这酒来么？"妇人道："因你去后，我刚吃得一杯酒，……"将下句咽下去了。又道："不想庞禄送银子来，才进屋内，放下银子，你就回来了。"臧能道："还好，还好！佛天保佑！险些儿把个绿头巾戴上。只是这酒在小玉瓶内，为何跑在这酒壶里来了？好生蹊跷（qī qiao，奇怪，可疑）！"妇人方明白，才吃的是藏春酒，险些儿败了名节，不由的流泪道："全是你安心不善，用尽机谋，害人不成，反害了自己。可见天理昭彰（zhāo zhāng，明显，显著），报应不爽（不差，没有差错）。"臧能道："弗用说了，我竟是个混帐东西！看此地也弗是久居之地，如今有了这三百两银子，待明早托个事故（理由，借口），回咱老家便了。"

再说展爷随至软红堂，见庞昱（yù）叫使女掌灯，自己手执白玉瓶，前往丽芳楼而去。南侠到了软红堂，见当中鼎内焚香，上前抓了一把香灰；又见花瓶内插着蝇刷，拿起来插在领后，穿香径先至丽芳楼，隐在软帘后面。只听得众姬妾正在那里劝慰金玉仙，说："我们抢来，当初也是不从。到后来弄的不死不活的，无奈顺从了。倒得好吃好喝的，……"金玉仙不等说完，口中大骂："你们这一群无耻贱人！我金玉仙有死而已！"说罢，放声大哭。这些侍妾被他骂的闭口无言。正在发怔，只见丫鬟二名引着庞昱上得楼来，笑容满面，道："你等劝他，从也不从？既然不从，我这里有酒一杯，叫他吃了，便放他回去。"说罢，执杯上前。金玉仙惟恐恶贼近身，劈手夺过，掷于楼板之上。庞昱大怒，便要吩咐众姬妾一齐下手。

只听楼梯山响，见使女杏花上楼，喘吁吁禀道："刚才庞福叫回禀侯爷，太守（宋代指某一城市的最高长官）蒋完有要紧的话回禀，立刻求见，现在软红堂恭候着呢。"庞昱闻听太守黑夜而来，必有要紧之事，回头吩咐众姬妾："你们再将这贱人开导开导，再要扭性，我回来定然不饶！"说着话，站起身来，直奔楼梯。刚下到一层，只见毛哄哄一拂，脑后灰尘飞扬，脚底下觉得一绊，站立不稳，咕噜噜滚下楼去。后面两个丫鬟也是如此。三个人滚到楼下，你拉我，我拉你，好容易才立起身来，奔至楼门。庞昱说道：“唬杀我也！唬杀我也！甚么东西毛哄哄的？好怕人也！”丫鬟执起灯一看，只见庞昱满头的香灰。庞昱见两个丫鬟也是如此，大叫道：“不好了！不好了！必是狐仙见了怪了，快走罢！”两个丫鬟那里还有魂咧！三个人不管高低，深一步，浅一步，竟奔软红堂而来。

迎头遇见庞福，便问道：“有甚么事？”庞福回道：“太守蒋完说紧急之事，要立刻求见，在软红堂恭候。”庞昱连忙掸（dǎn）去香灰，整理衣衿，大摇大摆，步入软红堂来。太守参见已毕，在下座坐了。庞昱问道：“太守深夜至此，有何要事？”太守回道：“卑府（州、县等官在上司面前的自称）今早接得文书，圣上特派龙图阁大学士包公前来查赈，算来五日内必到。卑府一闻此信，不胜惊惶，特来禀知侯爷，早为准备才好。”庞昱道：“包黑子乃吾父门生，谅不敢不回避我。”蒋完道：“侯爷休如此说。闻得包公秉正无私，不畏权势，又有钦差御赐御铡三口，甚属可畏。”又往前凑了一凑，道：“侯爷所作之事，难道包公不知道么？”庞昱听罢，虽有些发毛，便硬着嘴道：“他知道，便把我怎么样吗？”蒋完着急，道：“‘君子防患未然。’这事非同小可，除非是此时包公死了，万事皆休。”这一句话提醒了恶贼，便道：“这有何难！现在我手下有一个勇士名唤项福，他会飞檐走壁之能，即可派他前往两三站去路上行刺，岂不完了此事？”太守道：“如此甚好。必须以速为妙。”庞昱连忙叫庞福，去唤项福立刻来至堂上。恶奴去不多时，将项福带来，参过庞昱，又见了太守。

此时南侠早在窗外窃听，一切定计话儿俱各听得明白了。因不知项福是何等人物，便从窗外往里偷看，见果然身体魁梧（kuíwu，身体高大强壮），品貌雄壮，真是一条好汉，可惜错投门路。只听庞昱说：“你敢去行刺么？”项福道：“小人受侯爷大恩，别说行刺，就是赴汤投火也是情愿的。”南侠外边听了，不由骂道：“瞧不得这么一条大汉，原来是一个谄谀（chǎn yú，谄媚阿谀）的狗才。可惜他辜负了好胎骨！”正自暗想，又听庞昱说：“太守，你将此人领去，应如何派遣吩咐，务必妥协（恰当协调；合适）机密为妙。”蒋完连连称是，告辞退出。

太守在前，项福在后，走不几步，只听项福说："太守慢行，我的帽子掉了。"太守只得站住。只见项福走出好几步，将帽子拾起。太守道："帽子如何落得这么远呢？"项福道："想是树枝一刮，蹦出去的。"说罢，又走几步，只听项福说："好奇怪！怎么又掉了？"回头一看，又没人。太守也觉奇怪。一同来至门首，太守坐轿，项福骑马，一同回衙去了。

你道项福的帽子连落二次，是何原故？这是南侠试探项福学业何如。头次从树旁经过，即将帽子从项福头上提了抛去，隐在树后，见他毫不介意；二次走至太湖石畔，又将帽子提了抛去，隐在石后，项福只回头观看，并不搜查左右。可见粗心，学艺不精，就不把他放在心上，且回寓所歇息便了。未识如何，且听下回分解。

第十三回　安平镇五鼠单行义　苗家集双侠对分金

且说展爷离了花园，暗暗回寓，天已五更，悄悄地进屋，换下了夜行衣靠，包裹好了，放倒头便睡了。至次日，别了店主，即往太守衙门前私自窥探。影壁前拴着一匹黑马，鞍辔（ān pèi，驾驭牲口用的嚼子和缰绳）鲜明；后面梢绳上拴着一个小小包袱，又搭着个钱褡裢（dā lian，长方形的口袋，中央开口，两端各成一个袋子，装钱物用，一般分大小两种，大的可以搭在肩上，小的可以挂在腰间），有一个人拿着鞭子席地而坐。便知项福尚未起身，即在对过酒楼之上，自己独酌眺望。不多一会，只见项福出了太守衙门。那人连忙站起，拉过马来，递了马鞭子。项福接过，认镫（dèng，马鞍子两旁的脚踏）乘上，加了一鞭，便往前边去了。

南侠下了酒楼，悄地跟随。到了安平镇地方，见路西也有一座酒楼，匾额上写着"潘家楼"。项福拴马，进去打尖（旅途中休息下来吃点儿东西）。南侠跟了进去，见项福坐在南面座上，展爷便坐在北面，拣了一个座头坐下。跑堂（旧时指饭馆中的服务员）的擦抹桌面，问了酒菜。展爷随便要了，跑堂的传下楼去。展爷复又闲看，见西面有一老者昂然而坐，仿佛是个乡宦（旧称乡村中做过官又回乡的人。宦，huàn），形景可恶，俗态不堪。不多时，跑堂的端了酒菜来，安放停当。展爷刚然（刚刚）饮酒，只听楼梯声响，又见一人上来，武生打扮，眉清目秀，年少焕然（形容有光彩）。展爷不由的放下酒杯，暗暗喝采；又细细观看一番，好生的羡慕。那人才要拣个座头，只见南面项福连忙出席，向武生一揖，口中说道："白兄久违了！"那武生见了项福，还礼不迭，答道："项兄，阔别多年，今日幸会。"说着话，彼此谦逊，让至同席。项福将上座让了那人。那人不过略略推辞，即便坐了。展爷看了，心中好生不乐，暗想道："可惜这样一个人，却认得他，他俩真是天渊之别（形容差别极大）。"一壁（一边）细听他二人说些甚么。只听项福说道："自别以来，今已三载有余。久欲到尊府拜望，偏偏的小弟穷忙。令兄可好？"那武生听了，眉头一皱，叹口气，道："家兄已去世了！"项福惊讶，道："怎么大恩人已故了！可惜，可惜！"又说了些欠情短礼没要紧的言语。

你道此人是谁？他乃陷空岛五义士，姓白名玉堂，绰号锦毛鼠的便是。当初项福原是耍拳棒、卖膏药的，因在街前卖艺，与人角持（角逐争持），误伤了人命。多亏了白玉堂之兄白锦堂，见他像个汉子，离乡在外，遭此官司，甚是可怜，因此将他极力救出，又助了盘川（旅费），叫他上京求取功名。他原想进京寻个进身之阶，可巧路途之间遇见安乐侯上陈州放赈。他打听明白，先婉转结交庞福，然后方荐与庞昱。庞昱正要寻觅一个勇士，助己为虐，把他收留在府内，他便以为荣耀已极。似此行为，便是下贱不堪之人了。闲言少叙。

且说项福正与玉堂说话，见有个老者上得楼来，衣衫褴褛（lán lǚ，衣服破烂），形容（形体和容貌）枯瘦，见了西面老者紧行几步，双膝跪倒，二目滔滔落泪，口中苦苦哀求。那老者仰面摇头，只是不允。展爷在那边看着，好生不忍。正要问时，只见白玉堂过来，问着老者道："你为何向他如此？有何事体？何不对我说来？"那老者见白玉堂这番形景，料非常人，口称："公子爷有所不知，因小老儿欠了员外的私债，员外要将小女抵偿，故此哀求员外，只是不允。求公子爷与小老儿排解排解。"白玉堂闻听，瞅了老者一眼，便道："他欠你多少银两？"那老者回过头来，见白玉堂满面怒色，只得执手答道："原欠我纹银五两，三年未给利息，就是三十两，共欠银三十五两。”白玉堂听了冷笑，道：“原来欠银五两！”复又向老者道：“当初他借时，至今三年，利息就是三十两。这利息未免太轻些！”一回身，便叫跟人平三十五两，向老者道：“当初有借约没有？”老者闻听立刻还银子，不觉立起身来，道：“有借约。”忙从怀中掏出，递与玉堂。玉堂看了。从人将银子平来，玉堂接过，递与老者道：“今日当着大众，银约两交，却不该你的了。”老者接过银子，笑嘻嘻答道：“不该了！不该了！”拱拱手儿，即刻下楼去了。玉堂将借约交付老者，道：“以后似此等利息银两，再也不可借他的了。”老者答道：“不敢借了。”说罢，叩下头去。玉堂搀起，仍然归座。那老者千恩万谢而去。

刚走至展爷桌前，展爷说：“老丈不要忙。这里有酒，请吃一杯压压惊，再走不迟。”那老者道：“素不相识，怎好叨扰（tāo rǎo，打扰）？”展爷笑道：“别人费去银子，难道我连一杯水酒也花不起么？不要见外，请坐了。”那老者道：“如此承蒙抬爱了。”便坐于下首。展爷与他要了一角（古代酒器）酒吃着，便问：“方才那老者姓甚名谁？在那里居住？”老儿说道：“他住在苗家集，他名叫苗秀。只因他儿子苗恒义在太守衙门内当经承（各部院衙门承担书写文稿等事吏人的总称），他便成了封君（泛指拥有爵位和封地的人）了，每每的欺负邻党，盘剥重利。非是小老儿受他的欺侮，便说他这些忿恨之言。不信，爷上打听，就知我的话不虚了。”展爷听在心里。老者吃了几杯酒，告别去了。

又见那边白玉堂问项福的近况如何。项福道：“当初多蒙令兄抬爱，救出小弟，又赠银两，叫我上京求取功名。不想路遇安乐侯，蒙他另眼看待，收留在府。今特奉命前往天昌镇，专等要办宗要紧事件。”白玉堂闻听，便问道：“那个安乐侯？”项福道：“焉有两个呢，就是庞太师之子安乐侯庞昱。”说罢，面有得色。玉堂不听则可，听了登时怒气嗔嗔（chēn chēn，形容生气的样子），面红过耳，微微冷笑，道：“你敢则（莫非）投在他门下了？好！”急唤从人会（付钱）了帐，立起身来，回头就走，一直下楼去了。

展爷看的明白，不由暗暗称赞道：“这就是了。”又自忖（cǔn，揣度，思量）道：“方才听项福说，他在天昌镇专等，我曾打听包公还得等几天到天昌镇。我何不趁此时，且至苗家集走走呢？”想罢，会钱下楼去了。真是行侠作义之人，到处随遇而安。非是他务必要拔树搜根（比喻追究到底，彻底查问），只因见了不平之事，他便放不下，仿佛与自己的事一般，因此才不愧那个“侠”字。闲言少叙。

到了晚间初鼓之后，改扮行装，潜入苗家集，来到苗秀之家。所有窜房越脊，自不必说。展爷在暗中见有待客厅三间，灯烛明亮，内有人说话。蹑足潜踪，悄立窗下，细听正是苗秀问他儿子苗恒义道：“你如何弄了许多银子？我今日在潘家集也发了个小财，得了三十五两银子。”便将遇见了一个俊哥替还银子的话，说了一遍，说罢大笑。苗恒义亦笑道：“爷爷除了本银，得了三十两银子的利息；如今孩儿一文不费，白得了三百两银子。”苗秀笑嘻嘻地问道：“这是甚么缘故呢？”苗恒义道：“昨日太守打发项福起身之后，又与侯爷商议一计，说项福此去成功便罢，倘不成功，叫侯爷改扮行装，私由东皋（gāo）林悄悄入京，在太师府内藏躲，候包公查赈之后有何本章，再作道理。又打点细软箱笼并抢来女子金玉仙，叫他们由观音庵岔路上船，暗暗进京。因问本府：‘沿路盘川所有船只，须用银两多少？我好打点。’本府太爷那里敢要侯爷的银子呢，反倒躬身说道：‘些须小事，俱在卑府身上。’因此回到衙内，立刻平了三百两银子，交付孩儿，叫我办理此事。我想侯爷所行之事，全是无法无天的。如今临走，还把抢来的妇人暗送入京。况他又有许多的箱笼。到了临期，孩儿传与船户：他只管装去，到了京中费用多少，合他那里要；他若不给，叫他把细软留下，作为押帐（即“押账”，借钱时用某种物品做抵押）当头（dàng tou，当铺借钱时所用的抵押品）。爷爷，想侯爷所作的俱是暗昧之事，一来不敢声张，二来也难考查。这项银两原是本府太爷应允，给与不给，侯爷如何知道。这三百两银子，难道不算白得吗？”

展爷在窗外听至此，暗自说道：“真是‘恶人自有恶人磨’，再不错的。”猛回头见那边又有一个人影儿一晃，及至细看，仿佛潘家楼遇见的武生，就是那替人还银子的俊哥儿，不由暗笑道：“白日替人还银子，夜间就讨帐来了。”忽然远远的灯光一闪。展爷惟恐有人来，一伏身盘柱而上，贴住房檐，往下观看，却又不见了那个人，暗道：“他也躲了。何不也盘在那根柱子上，我们二人闹个‘二龙戏珠’呢。”正自暗笑，忽见丫鬟慌慌张张跑至厅上，说：“员外，不好了！安人（犹夫人，对妇人的尊称）不见了！”苗秀父子闻听，吃了一惊，连忙一齐往后面跑去了。南侠急忙盘柱而下，侧身进入屋内，见桌上放着六包银子，外有一小包。他便揣起了三包，心中说道：“三包、一小包留下给那花银子的，叫他也得点利息。”抽身出来，暗暗到后边去了。

原来那个人影儿，果是白玉堂。先见有人在窗外窃听，后见他盘柱而上，贴立房檐，也自暗暗喝采，说此人本领不在他下。因见灯光，他便迎将上来，恰是苗秀之妻同丫鬟执灯前来登厕（入厕）。丫鬟将灯放下，回身取纸。玉堂趁空，抽刀向着安人一晃，说道：“要嚷，我就是一刀！”妇人唬的骨软筋酥，那里嚷得出来。玉堂伸手将那妇人提出了茅厕，先撕下一块裙子塞住妇人之口。好狠玉堂！又将妇人削去双耳，用手提起掷在厕旁粮食囤（dùn，用竹篾、荆条等编织成的存放粮食的器物）内。他却在暗处偷看，见丫鬟寻主母不见，奔至前厅报信，听得苗秀父子从西边奔入，他却从东边转至前厅。此时南侠已揣银走了。玉堂进了屋内一看，桌上只剩了三封银子，另一小包，心内明知是盘柱之人拿了一半，留下一半。暗暗承他的情，将银子揣起，也就走之乎也。

这里苗家父子赶至后面，一面追问丫鬟，一面执灯找寻。至粮囤旁，听见呻吟之声，却是妇人；连忙搀起细看，浑身是血，口内塞着东西，急急掏出。苏醒了，半晌，方才“嗳哟”出来，便将遇害的情由，说了一遍，这才瞧见两个耳朵没了。忙差丫鬟仆妇搀入屋内，喝了点糖水。苗恒义猛然想起待客厅上还有三百两银子，连说：“不好！中了贼人调虎离山之计了。”说罢，向前飞跑。苗秀闻听，也就跟在后面。到了厅上一看，那里还有银子咧！父子二人怔了多时，无可如何（没有什么办法），惟有心疼怨恨而已。未知端底（始末，底细），且听下回分解。

第十四回　小包兴偷试游仙枕　勇熊飞助擒安乐侯

且说苗家父子丢了银子，因是暗昧（不光明，不可告人）之事，也不敢声张，竟吃了哑叭亏了。白玉堂揣着银子自奔前程。展爷是拿了银子，一直奔天昌镇去了。这且不言。

单说包公在三星镇审完了案件，歇马，正是无事之时。包兴记念着游仙枕，心中想道：“今晚我悄悄的睡睡游仙枕，岂不是好？”因此到晚间伺候包公安歇之后，便嘱咐李才说：“李哥，你今晚辛苦一夜。我连日未能歇息，今晚脱个空儿。你要警醒些，老爷要茶水时，你就伺候。明日我再替你。”李才说：“你放心去罢，有我呢。彼此都是差使，何分你我。”

包兴点头一笑，即回至自己屋内，又将游仙枕看了一番，不觉困倦，即将枕放倒。头刚着枕，便入梦乡。出了屋门，见有一匹黑马，鞍鞯（ān jiān，马鞍子和垫在马鞍子下面的东西）俱是黑的，两边有两个青衣，不容分说，搀上马去。迅速非常，来到一个所在，似开封府大堂一般。下了马，心中纳闷：“我如何还在衙门里呢？”又见上面挂着一匾，写着“阴阳宝殿”。正在纳闷，又见来了一个判官，说道：“你是何人？擅敢假充星主，前来鬼混！”喝声：“拿下！”便出来了一个金甲力士，一声断喝，将包兴唬醒，出了一身冷汗。暗自思道：“凡事皆有生成的造化（福气，运气）。我连一个枕头都消受不了。判官说我假充星主；将来此枕，想是星主才睡得呢。怪不得李克明要送与星主。”左思右想，那里睡得着呢，赌气起来，听了听方交四鼓，急忙来至包公住的屋内。只见李才坐在椅子上，前仰后合在那里打盹。又见灯花结了个如意儿烧了多长，连忙用烛剪剪了一剪。只见桌上有个字帖儿，拿起一看，不觉失声道：“这是那里来的？”一句话将李才唬醒，连忙说道：“我没有睡呀。”包兴说：“没睡，这字帖儿打那里来的？”李才尚未答言，只听包公问道：“甚么字帖？拿来我看。”包兴执灯，李才掀帘，将字帖呈上。包公接来一看，便问道：“天有甚么时候了？”包兴举灯向表上一看，说：“才交寅刻（凌晨三点至五点。寅，yín）。”包公道：“也该起来了。”

二人服侍包公穿衣净面时，包公便叫李才去请公孙先生。不多时，公孙先生来到。包公便将字帖与他观看。公孙策接来，只见上面写道：“明日天昌镇，紧防刺客凶。分派众人役，分为两路行：一路东皋（gāo）林，捉拿恶庞昱（yù）；一路观音庵，救活烈妇人。要紧，要紧！”旁有一行小字："烈妇人即金玉仙。"公孙策道："此字从何而来呢？"包公道："何必管他的来历。明日到天昌镇严加防范。再派人役，先生吩咐他们在两路稽查（检查，盘查。稽，jī）便了。"公孙策连忙退出，与王、马、张、赵四勇士商议，大家俱各小心留神。

你道此字从何而来？只因南侠离了苗家集奔至天昌镇，见包公尚未到来，心中一想："恐包公促忙来至，不及提防。莫若我迎将上去，遇便泄漏机关，包公也好早作准备。"好英雄！不辞辛苦，他便赶至三星镇。恰好三更，来至公馆，见李才睡着，也不去惊动他，便溜进去将纸条儿放下，仍回天昌镇等候去了。

且说次日包公到了天昌镇，进了公馆，前后左右搜查明白。公孙策暗暗吩咐马快、步快（均为旧时衙门里侦缉逮捕罪犯的差役）两个头儿，一名耿春，一名郑平，二人分为左右，稽查出入之人；叫王、马、张、赵四人围住老爷的住所，前后巡逻；自己同定包兴、李才护持包公。"倘有动静，大家知会，一齐动手。"分派已定，看看到了掌灯之时，处处灯烛照如白昼，外面巡更之人往来不断。别人以为是钦差大人在此居住，那里知道是提防刺客呢。内里王、马、张、赵四人磨拳擦掌，暗藏兵器，百倍精神，准备捉拿刺客。真是防范的严谨！

到了三更之后，并无动静。只见外面巡更的，灯光明亮，照澈（即"照彻"，照亮，照耀）墙头。里面赵虎仰面各处里观瞧，顺着墙外灯光，走至一株大榆树下。赵虎忽然往上一看，便嚷道："有人了！"只这一声，王、马、张三人亦皆赶到，外面巡更之人也止住步了。掌灯一齐往树上观看，果然有个黑影儿。先前仍以为是树影；后来树上之人见下面人声嘶喊，灯火辉煌，他便动手动脚的。大家一见，更觉鼎沸起来。只听外面人道："跳下去了，里面防范着！"谁知树上之人趁着这一声，便攥（zuàn，握）住树梢，将身悠起，趁势落在耳房上面，一伏身往起一纵，便到了大房前坡。赵虎嚷道："好贼！那里走？"话未说完，迎面飞下一垛（duò，量词，用于堆砌起来的东西）瓦来。楞爷急闪身，虽则躲过，他用力太猛，闹了个跟头。房上之人趁势扬腿，刚要越过屋脊，只听嗳哟一声，咕噜噜从房上滚将下来，恰落在四爷旁边。四爷一翻身，急将他按住。大家上前，先拔出背上的单刀（一种短柄的砍刀），方用绳子捆了，推推拥拥，来见包公。

此时包公、公孙策便衣便帽，笑容满面，道："好一个雄壮的勇士！堪称勇烈英雄。"回头对公孙策道："先生，你替我松了绑。"公孙先生会意，假作吃惊，道："此人前来行刺，如何放得？"包公笑道："我求贤若渴，见了此等勇士，焉有不爱之理？况我与壮士又无仇恨，他如何肯害我，这无非是受小人的捉弄。快些松绑。"公孙策对那人道："你听见了？老爷待你如此大恩，你将何以为报？"说罢，吩咐张、赵二人与他松了绑。王朝见他腿上钉着一枝袖箭，赶紧替他拔出。包公又吩咐包兴："看座。"

那人见包公如此光景，又见王、马、张、赵分立两旁，虎势昂昂，不由良心发现，暗暗夸道："闻听人说，包公正直，又目识英雄，果不虚传。"一翻身扑倒在地，口中说道："小人冒犯钦差大人，实实小人该死。"包公连忙说道："壮士请起，坐下好讲。"那人道："钦差大人在此，小人焉敢就座。"包公道："壮士只管坐了，何妨。"那人只得鞠躬坐了。包公道："壮士贵姓尊名？到此何干？"那人见包公如此看待，不因不由（犹无意之中）的就顺口说出来了，答道："小人名唤项福，只因奉庞昱所差，……"便一五一十，说了一遍。"不想大人如此厚待，使小人愧怍（kuì zuò，惭愧）无地。"包公笑道："这却是圣上隆眷（特别的看重）过重，使我声名远播于外，故此招忌，谤我者极多。就是将来与安乐侯对面时，壮士当面证明，庶不失我与太师师生之谊。"项福连忙称是。包公便吩咐公孙策与壮士好好调养箭伤。公孙策领项福去了。

包公暗暗叫王朝来，叫他将项福明是疏放（释放），暗地拘留。王朝又将袖箭呈上，说此乃南侠展爷之箭。包公闻听，道："原来展义士暗中帮助。前日三星镇留下字柬（信件、名片、帖子等的泛称），必也是义士所为。"心中不胜感羡之至。王朝退出。此时公孙先生已分派妥当，叫马汉带领马步头目耿春、郑平前往观音庵，截救金玉仙；又派张龙、赵虎前往东皋林，捉拿庞昱。

单说马汉带着耿春、郑平竟奔观音庵而来，只见驼轿（即驮轿，由骡马等驮着的轿子）一乘直扑庙前去了。马汉看见，飞也似的赶来。及至赶到，见傍有一人叫道："贤弟为何来迟？"马汉细看，却是南侠，便道："兄，此轿何往？"展爷道："劣兄（愚兄）已将驼轿截取，将金玉仙安顿在观音庵内。贤弟来得正好，咱二人一同到彼。”说话间，耿春、郑平亦皆赶到，围绕着驼轿来至庙前，打开山门，里面出来一个年老的妈妈，一个尼姑。这妈妈却是田忠之妻杨氏。众人搭下驼轿，搀出金玉仙来。主仆见面，抱头痛哭。原来杨氏也是南侠送信，叫他在此等候。又将轿内细软俱行搬下。南侠对杨氏道：“你主仆二人就在此处等候，候你家相公官司完了时，叫他到此寻你。”又对尼姑道：“师傅用心服侍，田相公来时必有重谢。”吩咐已毕，便对马汉道：“贤弟回去，多多拜上老大人，就说：‘展昭另日再为禀见，后会有期。’将金玉仙下落禀复明白。他乃贞烈之妇，不必当堂对质。拜托，拜托！请了！”竟自扬长而去。马汉也不敢挽留，只得同耿春、郑平二人回归旧路，去禀知包公。这且不言。

再说张、赵二人到了东皋林，毫不见一点动静。赵虎道：“难道这厮先过去了不成？”张爷道：“前面一望无际，并无人行，焉有过去之理。”正说间，只见远远有一伙人乘马而来。赵爷一见，说：“来咧，来咧！哥，你我如此如此，庶（大概）不致于舛错（错误，差错。舛，chuǎn）。”张龙点头，带领差役隐在树后。众人催马，刚到此地，赵虎从马前一过，栽倒在地。张爷从树后转出来，便乱喊道：“不好了！不好了！撞死人了！”上前将庞昱马环（勒在马口里的小铁链，借以控制马的活动）揪住，道：“你撞了人，还往那里去？”众差役一齐拥上。众恶奴发话道：“你这些好大胆的人，竟敢拦挡侯爷不放。”张龙道：“谁管他侯爷公爷的，只要将我们的人救活了便罢。”众恶奴道：“好生撒野！此乃安乐侯、太师之子，改扮行装，出来私访。你们竟敢拦住去路，真是反了天了！”赵爷在地下听准是安乐侯，再无舛错，一咕噜爬起身来，先照着说话的劈面一掌，喊道：“我们反了天了！我们竟等着反了天的人呢！”说罢，先将庞昱拿下马来，差役掏出锁来锁上。众恶奴见事不祥，个个加上一鞭，嗯的一声，俱各逃之夭夭了。张、赵追他不及，只顾庞昱，连追也不追。众人押解着奸侯，竟奔公馆而来。要知端的（底细），且听下回分解。

第十五回 斩庞昱初试龙头铡 遇国母晚宿天齐庙

且说张、赵二人押解庞昱到了公馆，即行将庞昱带上堂来。包公见他项带铁锁，连忙吩咐道："你等太不晓事，侯爷如何锁得？还不与我卸去！"差役连忙上前，将锁卸下。庞昱到了此时，不觉就要屈膝。包公道："不要如此。虽则不可以私废公，然而我与太师有师生之谊，你我乃年家弟兄，有通家之好（世代交好），不过因有此案，要当面对质对质，务要实实说来，大家方有个计较。千万不要畏罪回避。"说毕，叫带上十父老并田忠、田起元及抢掠的妇女，立刻提到。包公按呈子（旧时指百姓给官府的呈文）一张一张讯问。庞昱因见包公方才言语，颇有护他的意思；又见和容悦色，一味地商量，"必要设法救我，莫若我从实应了，求求包黑，或者看爹爹面上往轻里改正改正，也就没了事了。"想罢，说道："钦差大人不必细问，这些事体俱是犯官一时不明作成，此时后悔也是迟了。惟求大人笔下超生，犯官感恩不尽！"包公道："这些事既已招承，还有一事，项福是何人所差？"恶贼闻听，不由的一怔，半晌，答道："项福乃太守蒋完差来，犯官不知。"包公吩咐："带项福。"只见项福走上堂来，仍是照常形色（形体和容貌），并非囚禁的样子。包公道："项福，你与侯爷当面质对（对质）。"项福上前，对恶贼道："侯爷不必隐瞒，一切事体，小人已俱回明大人了。侯爷只管实说了，大人自有主见。"恶贼见项福如此，也只得应了是自己派来的。包公便叫他画供。恶贼此时也不能不画了。

画招后，只见众人证俱到。包公便叫各家上前厮认（相互见面），也有父认女的，也有兄认妹的，也有夫认妻的，也有婆认媳的，纷纷不一，嚎哭之声不堪入耳。包公吩咐，叫他们在堂阶两边听候判断。又派人去请太守速到。包公便对恶贼道："你今所为之事，理应解（jiè，押送）京。我想道途遥远，反受折磨。再者到京必归三法司（指大理寺、刑部、御史台三个司法机关的合称）判断，那时难免皮肉受苦。倘若圣上大怒，必要从重治罪。那时如何辗转？莫若本阁在此发放了，倒觉得爽快。你想好不好？”庞昱道：“但凭大人作主，犯官安（怎么）敢不遵？”

包公登时（顿时）把黑脸放下，虎目一瞪，吩咐：“请御刑！”只这三个字，两边差役一声喊，堂威震吓。只见四名衙役将龙头铡抬至堂上，安放周正。王朝上前抖开黄龙套，露出金煌煌、光闪闪、惊心落魄的新刑。恶贼一见，胆裂魂飞，才待开言，只见马汉早将他丢翻在地。四名衙役过来，与他口内衔了木嚼（旧时行刑前塞在犯人嘴里的木制物），剥去衣服，将芦席铺放，恶贼那里还能扎挣，立刻卷起，用草绳束（捆扎）了三道。张龙、赵虎二人将他抬起，走至铡前，放入铡口，两头平均。此时大汉王朝黑面向里，左手执定刀靶（即刀把儿），右手按定刀背，直瞅座上。包公将袍袖一拂，虎项一扭，口说“行刑”二字。王朝将彪躯一纵，两膀用力，只听吭嚓一声，将恶贼登时腰斩，分为两头一边齐的两段。四名差役连忙跑上堂去，各各腰束白布裙，跑至铡前，有前有后，先将尸首往上一扶，抱将下去。张、赵二人又用白布擦抹铡口的血迹。堂阶之下，田起元主仆以及父老并田妇村姑见铡了恶贼庞昱，方知老爷赤心为国，与民除害，有念佛的，有趁愿的，也有胆小不敢看的。

包公上面吩咐：“换了御刑，与我拿下！”听了一个“拿”字，左右一伸手便将项福把住。此时这厮见铡了庞昱，心内已然突突乱跳；今又见拿他，不由的骨软筋酥，高声说道：“小人何罪？”包公一拍堂木，喝道：“你这背反的奴才！本阁乃奉命钦差，你擅敢前来行刺。行刺钦差，即是叛朝廷，还说无罪？尚敢求生么？”项福不能答言。左右上前，照旧剥了衣服，带上木嚼，拉过一领粗席卷好。此时狗头铡已安放停当。将这无义贼行刑过了，擦抹御铡，打扫血迹，收什已毕。

只见传知府之人上堂跪倒，禀道：“小人奉命前去传唤知府，谁知蒋完畏罪，自缢（上吊自杀。缢，yì）身死。”包公闻听，道：“便宜了这厮。”另行委员前去验看。又吩咐将田起元带上堂来，训诲一番：不该放妻子上庙烧香，以致生出此事，以后家门务要严肃，并叫他上观音庵接取妻子；老仆田忠替主鸣冤，务要好好看待他；从此努力攻书，以求上进。所有驼轿内细软，必系私蓄，勿庸验看，俱着田忠领讫（qì，完结，终了）。又吩咐父老："各将妇女带回，好好安分度日。本阁还要按户稽查花名，秉公放赈（向灾民或贫民发放救济物资），以抒民困，庶不负圣上体恤之鸿恩。"众人一齐叩头，欢欢喜喜而散。老爷立刻叫公孙策打了摺底看过，并将原呈招供一齐封妥，外边夹片一纸，请旨补放知府一缺，即日拜发，赍（jī，带着）京启奏去了。一面出示委员稽查户口，放赈，真是万民感仰，欢呼载道。

一日，批摺回来，包公恭接。叩拜毕，打开一看，见朱批甚属夸奖："至公无私，所办甚是。知府一缺，即着拣员补放。"包公暗自沉吟道："圣上纵然隆眷优渥（优厚。渥，wò），现有老贼庞吉在京，见我铡了他的爱子，他焉有轻轻放过之理。这必是他别进谗言，安慰妥了，候我进京时他再摆布于我。一定是这个主意。老贼呀，老贼！我包某秉正无私，一心为国，焉怕你这鬼鬼祟祟。如今趁此权衡（权力）未失，放完赈后，偏要各处访查访查，要作几件惊天动地之事，一来不负朝廷，二来与民除害，三来也显显我包某胸中的抱负。"谁知老爷想到此地，下文就真生出一件惊天动地的事来。

你道是何事件？自从包公秉正放赈已完，立意要各处访查，便不肯从旧路回来，特由新路而归。一日，来至一个所在，地名草州桥东，乘轿慢慢而行。猛然听的咯吱一阵乱响，连忙将轿落平。包兴下马仔细看时，双杆皆有裂纹，幸喜落平实地，险些儿双杆齐折。禀明包公，吩咐带马。将马带过，老爷刚然（刚刚）扳鞍上去，那马咴的一声往傍一闪，幸有李才在外首坠镫，连忙拢住。老爷从新（重新）搂搂扯手（指缰绳），翻身上马。虽然骑上，他却不走，尽在那里打旋转圈。老爷连加两鞭，那马鼻翅一搧（shān，同"扇"），反倒往后退了两步。老爷暗想："此马随我多年。他有三不走：遇歹人不走，见冤魂不走，有刺客不走。难道此处有事故不成？"将马带住，叫包兴唤地方（甲长，地保）。

不多时，地方来到马前，跪倒。老爷闪目观瞧，见此人年有三旬（三十岁）上下，手提一根竹竿，口称："小人地方范宗华，与钦差大人叩头。"包公问道："此处是何地名？"范宗华道："不是河，名叫草州桥。虽然有个平桥，却没有桥，也无有草。不知当初是怎么起的这个名儿，连小人也闹的纳闷儿。"两旁吆喝："少说！少说！"老爷又问道："可有公馆没有？"范宗华道："此处虽是通衢（四通八达的道路。衢，

qú）大道，却不是镇店马头，也不过是荒凉幽僻的所在，如何能有公馆呢？再者也不是站头，……”包兴在马上着急，道：“没公馆，你就说没公馆就完了，何必这许多的话？”老爷在马上用鞭指着，问道：“前面高大的房子是何所在？”范宗华回道：“那是天齐庙。虽然是天齐庙，里面是菩萨殿、老爷殿、娘娘殿俱有，傍边跨所还有土地祠。就只老道看守，因没有甚么香火，也不能多养活人。”包兴道：“你太唠叨了！谁问你这些？”老爷吩咐：“打道天齐庙。”两傍答应。老爷将马一带，驯驯顺顺的，竟奔天齐庙。他也不闹了，马通灵性，真也奇怪。

包兴上马一抖丝缰，先到天齐庙，撵开闲人，并告诉老道：“钦差大人打此经过，一概茶水不用。你们伺候完了香，连忙躲开。我们大人是最爱清静的。”老道连连答应是。正说间，包公已到。包兴连忙接马。包公进得庙来，便吩咐李才在西殿廊下设了公座。老爷带包兴直奔正殿。老道已将香烛预备齐全，伺候焚香已毕，包兴使个眼色，老道连忙回避。包公下殿，来至西廊，入了公位，吩咐众人俱在庙外歇息，独留包兴在傍，暗将地方叫进来。

包兴悄悄把范宗华叫到。他又给包兴打了个千儿（“打千儿”，旧时的敬礼，上体稍向前俯，右手下垂，左腿向前屈膝，右腿略弯曲）。包兴道：“我瞧你狠机灵，就是话太多了。方才大人问你，你就拣近的说就完咧。甚么枝儿叶儿的，闹一大郎当，作甚么？”范宗华连忙笑着说：“小人惟恐话回的不明白，招大人嗔怪（对别人的言语或行动表示不满。嗔，chēn），故此要往清楚里说。谁知话又多了。没甚么说的，求二太爷担待小人罢！”包兴道：“谁来怪你？不过告诉你，恐其话太多，反招大人嗔怪。如今大人又叫你呢。你见了大人，问甚么答应甚么，不必唠叨了。”

范宗华连连答应，跟包兴来至西廊，朝上跪倒。包公问道：“此处四面可有人家没有？”范宗华禀道：“南通大道，东有榆树林，西有黄土岗，北边是破窑，共有不足二十家人家。”老爷便着地方扛了高脚牌（长方形木牌，用以张贴告示等），上面写“放告”二字，叫他知会各家，如有冤枉前来天齐庙申诉。范宗华应是，即扛了高脚牌，奔至榆树林，见了张家，便问：“张大哥，你打官司不打？”见了李家，便问：“李老二，你冤枉不冤枉？”招的众人无不大骂：“你是地方，总盼人家打官司，你好讹（é，敲诈）钱！我们过的好好清静日子，你找上门来叫打官司。没有甚么说的，要打官（观）音寺儿，就合你打。甚么东西！趁早儿滚开！真他妈的丧气（倒霉，不吉利）！你怎么配当地方呢？我告诉你，马二把打嘎，你给我走毬（歇后语，“滚蛋”的意思。嘎，gá；毬，qiú）罢！”范宗华无奈，又到黄土岗，也是如此，被人痛骂回来了。他却不怕骂，不辞辛苦，来到破窑地方，又嚷道：“今有包大人在天齐庙宿坛放告，有冤枉的没有？只管前去伸冤。”一言未了，只听有人应道：“我有冤枉，领我前去。”范宗华一看，说道：“嗳哟！我的妈呀！你老人家有甚么事情，也要打官司呢？”

谁知此位婆婆，范宗华他却认得，可不知底里（底细），只知道是秦总管的亲戚，别的不知。这是甚么缘故呢？只因当初余忠替了娘娘殉难，秦凤将娘娘顶了余忠之名抬出宫来。派亲信之人送到家中，吩咐与秦母一样侍奉。谁知娘娘终日思想储君（即皇太子），哭的二目失明。那时范宗华之父名唤范胜，当时众人俱叫他“剩饭”，正在秦府打杂，为人忠厚老实好善。娘娘因他爱行好事，时常周济赏赐他，故此范胜受恩极多。后来秦凤自焚（fén，烧）身死，秦母亦相继而亡，所有子孙不知娘娘是何等人。所谓“人在人情在，人亡两无交”。娘娘在秦宅存身不住，故此离了秦宅，无处栖身（居住）。范胜欲留他在家，娘娘决意不肯。幸喜有一破窑，范胜收什（即收拾）了收什，搀扶娘娘居住。多亏他时常照拂，每遇阴天下雨，他便送了饭来。又恐别人欺负她，叫儿子范宗华在窑外搭了个窝铺，坐冷子看守。虽是他答报受德受恩之心，那里知道此位就是落难的娘娘。后来范胜临危，还告诉范宗华道：“破窑内老婆婆，你要好好侍奉他，当初是秦总管派人送到家中。此人是个有来历的，不可怠慢。”这也是他一生行好，竟得了一个孝顺的儿子。范宗华自父亡之后，真是遵依父训，侍奉不衰。平时即以老太太呼之，又叫妈妈。

现今娘娘要告状，故问：“你老人家有甚么事情，也要告状呢？”娘娘道：“为我儿子不孝，故要告状。”范宗华道：“你老人家可是悖悔（糊涂。悖，bèi）了。这些年也没见你老人家说有儿子，今儿虎拉巴（形容傻）的又告起儿子来了。”娘娘道：“我这儿了，非好官不能判断。我常听见人说，这包公老爷善于剖断阴阳，是个清正官儿，偏偏他总不从此经过，故此耽延了这些年。如今他既来了，我若不趁此时伸诉，还要等待何时呢？”范宗华听罢，说：“既是如此，我领了你老人家去。到了那里，我将竹杖儿一拉，你可就跪下，好歹别叫我受热。”说着话，拉着竹杖，领到庙前。先进内回禀，然后将娘娘领进庙内。

到了公座之下，范宗华将竹杖一拉，娘娘连理也不理。他又连拉了几拉，娘娘反将竹杖往回里一抽。范宗华好生的着急。只听娘娘说道：“大人吩咐左右回避，我有话说。”包公闻听，便叫左右暂且退出。座上方说道：“左右无人，有甚么冤枉，诉将上来。”娘娘不觉失声道：“嗳哟！包卿！苦煞哀家（古时皇后或太后在丈夫死后的自称）了！”只这一句，包公座上不胜惊讶。包兴在傍，急泠泠打了个冷战。登时包公黑脸也黄了，包兴唬的也出了恭（排泄大小便）了，暗说：“我……我的妈呀！闹呵，审出哀家来咧！我看这事怎么好呢？”未识如何，且听下回分解。

第十六回 学士怀忠假言认母 夫人尽孝祈露医睛

且说包公见贫婆口呼包卿，自称哀家，平人如何有这样口气。只见娘娘眼中流泪，便将已往之事，滔滔不断，述说一番。包公闻听，唬的惊疑不止，连忙立起身来，问道：“言虽如此，不知有何证据？”娘娘从里衣内，掏出一个油渍渍的包儿。包兴上前，不敢用手来接，撩（liāo，把东西垂下的部分掀起来）起衣襟，向前兜住，说道：“松手罢。”娘娘放手，包儿落在衣襟。包兴连忙呈上。千层万裹，里面露出黄缎袱子来。打开袱子一看，里面却是金丸一粒，上刻着“玉宸宫”字样并娘娘名号。包公看罢，急忙包好，叫包兴递过，自己离了座位。包兴会意，双手捧过包儿，来至娘娘面前，双膝跪倒，将包儿顶在头上，递将过去，然后一拉竹杖，领至上座。入了座位，包公秉正参拜。娘娘吩咐：“卿家平身。哀家的冤枉，全仗卿家了。”包公奏道：“娘娘但请放心。臣敢不尽心竭力以报君乎？只是目下（眼下）耳目众多，恐有泄漏，实属不便；望祈娘娘赦（shè，赦免）臣冒昧之罪，权且认为母子，庶免众口纷纷，不知凤意如何？”娘娘道：“既如此，但凭吾儿便了。”包公又往上叩头谢恩，连忙立起，暗暗吩咐包兴，如此如此。

包兴便跑至庙外，只见县官正在那里吆喝地方呢：“钦差大人在此宿坛，你为何不早早禀我知道？”范宗华分辩道：“大人到此问这个，又问那个，又派小人放告，多少差使，连一点空儿无有，难道小人还有甚么分身法不成？”一句话惹恼了县官，一声断喝：“好奴才！你误了差使，还敢强辩？就该打了你的狗腿！”说至此，恰好包兴出来，便说道：“县太爷算了罢，老爷自己误了，反倒怪他。他是张罗不过来吓。”县官听了，笑道：“大人跟前，须是不好看。”包兴道：“大人也不嗔怪（对别人的言语或行动表示不满。嗔，chēn），不要如此了。大人吩咐咧，立刻叫贵县备新轿一乘，要伶俐丫鬟二名，并上好衣服簪环一分，急速办来，立等立等！再者公馆要分内外预备。所有一切用度花费的银两，叫太爷务必开清，俟（sì，等待）到京时再为奉还。”又向范宗华笑道：“你起来罢，不用跪着了。方才你带来的老婆婆，如今与大人母子相认了。老太太说你素日（平日）狠（很）照应，还要把你带进京去呢！你就是伺候老太太的人了。”范宗华闻听，犹如入云端的一般，乐的他不知怎么样才好。包兴又对县官道：“贵县将他的差使止了罢：大人吩咐，叫他随着上京，沿途上伺候老太太，怎么把他也打扮打扮才好。这可打老爷个秋丰（即“打秋风”，旧时指假借各种名义向人索取财物）罢。”县官连连答应道：“使得，使得。”包兴又道：“方才分派的事，太爷赶紧就办了罢。并将他带去，就叫他押解前来就是了。务必先将衣服首饰丫鬟，速速办来。”县官闻听，赶忙去了。

包兴进庙禀复了包公，又叫老道将云堂小院打扫干净。不多时，丫鬟二名并衣服首饰一齐来到，服侍娘娘在云堂小院沐浴更衣，不必细说。包公就在西殿内安歇，连忙写了书信，密密封好，叫包兴乘马先行进京，路上务要小心。

包兴去后，范宗华进来与包公叩头，并回明轿马齐备、县官沿途预备公馆等事。包公见他通身换了服色，真是人仗衣帽，却不似先前光景。包公便吩咐他一路小心伺候，“老太太自有丫鬟服侍，你无事不准入内。”范宗华答应退出。他却狠知规矩，以为破窑内的婆婆如今作了钦差的母亲，自然非前可比。他那里知道，那婆婆便是天下的国母呢！

至次日，将轿抬至云堂小院的门首，丫鬟服侍娘娘上轿。包公手扶轿杆，一同出庙。只见外面预备停当，拨了四名差役跟随老太太，范宗华随在轿后，也有匹马。县官又派了官兵四名护送。包公步行有一箭多地，便说道："母亲先进公馆，孩儿随后即行。"娘娘说道："吾儿在路行程，不必多礼。你也坐轿走罢。"包公连连称是，方才退下。众人见包公走后，一个个方才乘马，也就起了身了。

这样一宗大事别人可瞒过，惟有公孙先生心下好生疑惑，却又猜不出是甚么底细。况且大人与包兴机密至甚，先差包兴入京送信去了。想来此事重大，不可泄漏的，因此更不敢问，也不向王、马、张、赵提起，惟有心中纳闷而已。

单说包兴揣了密书，连夜赶到开封。所有在府看守之人，俱各相见，众人跪了老爷的钧安（与尊长或上级通信时问安的敬语）。马夫将马牵去喂养刷溜，不必细表。包兴来到内衙，敲响云牌（即"云板"，一种两端做成云头形的铁质或木质响器。旧时官府、富贵人家和寺院用作报事、报时或集众的信号）。里面妇女出来问明，见是包兴，连忙告诉丫鬟，禀明李氏诰命（封建时代指受过封号的妇女。诰，gào）。诰命正因前次接了报擂，知道老爷已将庞昱铡死，惟恐太师怀恨，欲生奸计，每日提心吊胆。今日忽见包兴独自回来，不胜惊骇（震惊。骇，hài），急忙传进。

见面，夫人先问了老爷安好。包兴急忙请安，答道："老爷甚是平安。先打发小人送来密书一封。"说罢，双手一呈。丫鬟接过，呈与夫人。夫人接来，先看皮面上写着"平安"二字，即将外皮拆去，里面却是小小封套，正中签上写着"夫人密启"。夫人忙用金簪挑开封套，抽出书来一看，上言在陈州认了太后李娘娘，假作母子，即将佛堂东间打扫洁净，预备娘娘住宿。夫人以婆媳礼相见，遮掩众人耳目，千万不可走漏风声。后写着："看后付丙（用火烧掉）。"诰命（此处代指包拯夫人李氏）看完，便问包兴："你还回去么？"包兴回道："老爷吩咐小人，面递了书信，仍然迎着回去。"夫人道："正当如此。你回去迎着老爷，就说我按着书信内所云，俱已备办了。请老爷放心。这也不便写回信。"叫丫鬟拿二十两银子赏他。包兴连忙谢赏，道："夫人没有甚么吩咐，小人喂喂牲口也就赶回去了。"说罢，又请了一个禀辞的安。夫人点头，说：“去罢，好好的伺候老爷。你不用我嘱咐。告诉李才，不准懒惰。眼看差竣（jùn，完毕）就回来了。”包兴连连应是，方才退出。

自有相好众人约他吃饭。包兴一壁（一边）道谢，一壁擦面。然后大家坐下吃饭，未免提了些官事：路上怎么防刺客，怎么铡庞昱。说至此，包兴便问：“朝内老庞没有甚么动静吓？”伙伴答道：“可不是。他原参奏来着。上谕甚怒，将他儿子招供摔下来了。他瞧见，没有甚么说的了，倒请了一回罪。皇上算是恩宽，也没有降不是。大约咱们老爷这个毒儿种得不小，将来总要提防便了。”包兴听罢，点了点头儿。又将陈州认母一节略说大概，以安众心。惟恐娘娘轿来，大家盘诘（盘问，仔细追问。诘，jié）之时不便。说罢，急忙吃毕。马夫拉过马来，包兴上去，拱拱手儿，加上一鞭，他便迎下包公去了。

这里诰命照书信预备停当，每日志志诚诚（真心实意），敬候凤驾。一日，只见前拨差役来了二名，进内衙敲响云牌，回道：“太夫人已然进城，离府不远了。”诰命忙换了吉服，带领仆妇丫鬟在三堂后恭候。不多时，大轿抬至三堂落平，役人轿夫退出，掩了仪门，诰命方至轿前。早有丫鬟掀起轿帘，夫人亲手去下扶手，双膝跪倒，口称：“不孝媳妇包拯之妻李氏接见娘亲，望婆婆恕罪。”太后伸手。李氏诰命忙将双手递过，彼此一拉。娘娘说道：“媳妇吾儿起来。”诰命将娘娘轻轻扶出轿外，搀至佛堂净室。娘娘入座，诰命递茶，回头吩咐丫鬟等，将跟老太太的丫鬟让至别室歇息。诰命见屋内无人，复又跪下，方称：“臣妾李氏，愿娘娘千岁，千千岁。”太后伸手相搀，说道：“吾儿千万不可如此，以后总以婆媳相称就是了。惟恐拘了国礼，倘有泄漏，反为不美。俟（sì，等待）包卿回来再作道理。况且哀家姓李，媳妇你也姓李，咱娘儿就是母女。你不是我媳妇，是我女儿了。”诰命连忙谢恩。娘娘又将当初遇害情由，悄悄诉说一番，不觉昏花二目又落下泪来，自言：“二目皆是思君想子哭坏了，到如今诸物莫睹（dǔ，看见），只于透的三光，这可怎么好？”说罢，又哭起来。

诰命在旁流泪，猛想起一物善能治目，“我何不虔诚祷告，倘能天露将娘娘凤目治好，一来是尽我一点忠心，二来也不辜负了此宝。”欲要奏明，惟恐无效；若是不奏，又恐娘娘临期不肯洗目。想了多时，只得勉强奏道：“臣妾有一古今盆（传说与阴阳镜、游仙枕合称包大人的“三宝”，凭此“三宝”，包大人可明察秋毫），上有阴阳二孔，取接天露，便能医目重明。待今晚臣妾叩求天露便了。”娘娘闻听，暗暗说道：“好一个贤德的夫人！他见我痛伤人心，就如此的宽慰于我，莫要负他的好意。”便道：“我儿，既如此，你就叩天求露，倘有至诚（极为诚恳）格天（感通上天），二目复明，岂不大妙呢！”诰命领了懿旨（皇太后或皇后的命令。懿，yì），又叙了一回闲语。伺候晚膳已毕，诸事分派妥当，方才退出。

看看掌灯以后，诰命洗净了手，方将古今盆拿出，吩咐丫鬟秉烛来至园中，至诚焚香，祷告天地；然后捧定金盆，叩求天露。真是忠心感动天地。一来是诰命至诚，二来是该国母的难满。起初盆内潮润，继而攒（cuán，聚）聚露珠，犹如哈气一般。后来渐渐大了，只见滴溜溜满盆乱转，仿佛滚盘珠相似，左旋右转，皆流入阴阳孔内，便不动了。诰命满心欢喜，手捧金盆，擎（qíng，举）至净室，只累得两膀酸麻，汗下如雨。

恰好娘娘尚未安寝，诰命捧上金盆。娘娘伸玉腕蘸露洗目，只觉冷泠泠（形容清凉。泠，líng）通澈心腑，香馥馥透入泥丸，登时两额角微微出了点香汗，二目中稍觉转动。闭目息神，不多时，忽然心花开朗，胸膈畅然。眼乃心之苗，不由的将二目一睁，那知道云翳（阴影。翳，yì）早退，瞳子（瞳孔）重生，已然黑白分明，依旧的盈盈秋水了。娘娘这一欢喜，真是非常之乐。诰命更觉欢喜。娘娘把手一拉诰命，方才细细看了一番。只见两傍有多少丫鬟，只得说道：“亏我儿至诚感格，将老身二目医好，都是出于媳妇孝心。”说着，说着，不由的一阵伤惨。诰命一见，连忙劝慰，道：“母亲此病原因伤心过度，如今初愈，只有欢喜的，不要悲伤。”娘娘点头，道：“此言甚是。我如今俱各看见了，再也不伤心了。我的儿，你也歇息去罢，有话咱们母女明日再说罢。可是你说的，我二目甫（fǔ，刚刚，才）愈，也该闭目养养神。”夫人见如此说，方才退出。叫丫鬟携了金盆，并嘱咐众人好生服侍，又派两个得用的丫鬟前来帮替。吩咐已毕，慢慢回转卧室去了。

次日，忽见包兴前来，禀道：“老爷已然在大相国寺住了，明日面了圣，方能回署。”夫人说：“知道了。”包兴退出。未知如何，且听下回分解。

第十七回 开封府总管参包相 南清宫太后认狄妃

且说李太后自凤目重明之后，多亏了李诰命每日百般劝慰，诸事遂心，以致饮食起居无不合意，把个老太后哄的心儿里喜欢，已觉玉容焕发，精神倍长，迥（jiǒng，远）不是破窑的形景了。惟有这包兴回来说："老爷在大相国寺住宿，明日面圣。"诰命不由的有些悬心，惟恐见了圣上，提起庞昱之事，奏对抗直（刚直不屈），致干（触犯，冒犯）圣怒，心内好生放心不下。

谁知次日，包公入朝见驾，奏明一切。天子甚夸办事正直，深为嘉赏，钦赐五爪蟒袍一袭、攒珠宝带一条、四喜白玉扳指（戴在拇指上的玉石指环。扳，bān）一个、珊瑚豆大荷包一对。包公谢恩。早朝已毕，方回至开封府。所有差役人等叩安。老爷连忙退入内衙，照旧穿着朝服。诰命迎将出来。彼此见礼后，老爷对夫人说道："欲要参见太后，有劳夫人代为启奏。"夫人领命，知道老爷必要参见，早将仆妇丫鬟吩咐不准跟随，引至佛堂静室。

夫人在前，包公在后，来至明间，包公便止步。夫人掀帘入内，跪奏："启上太后，今有龙图阁大学士兼理开封府臣夫包拯，差竣回京，前来参叩凤驾。"太后闻听，便问："吾儿在那里？"夫人奏道："现在外间屋内。"太后吩咐："快宣来。"夫人掀帘，早见包公跪倒尘埃（地上），口称："臣包拯参见娘娘，愿娘娘千岁，千千岁。臣荜室（谦称自己的屋子简陋。荜，同"筚"，bì，用荆条、竹子等编成的遮蔽物）狭隘，有屈凤驾，伏乞赦宥（shè yòu，赦免、宽恕）。"说罢，匍匐在地。太后吩咐："吾儿抬起头来。"包公秉正跪起。娘娘先前不过闻声，如今方才见面。见包公方面大耳，阔口微须，黑漆漆满面生光，闪灼灼双睛暴露，生成福相，长成威颜，跪在地下，还有人高。真乃是"丹心耿耿冲霄汉，黑面沉沉镇鬼神"。太后看罢，心中大喜，以为仁宗有福，方能得这样能臣。又转想自己受此沉冤，不觉得滴下泪来，哭道：“哀家多亏你夫妇这一番的尽心。哀家之事，全仗包卿了。”包公叩头，奏道：“娘娘且免圣虑，微臣相机而作，务要秉正除奸，以匡（纠正）国典（国家的典章制度）。”娘娘一壁拭（shì，擦）泪，一壁点头，说道：“卿家平身，歇息去罢。”包公谢恩，鞠躬退出。诰命仍将软帘放下，又劝娘娘一番。外面丫鬟见包公退出，方敢进来伺候。娘娘又对诰命说：“媳妇吓，你家老爷刚然（刚刚）回来，你也去罢，不必在此伺候了。”这原是娘娘一片爱惜之心，谁知反把个诰命说得不好意思，满面通红起来，招的娘娘也笑了。丫鬟掀帘，夫人只得退出，回转卧室。

只见外面搬进行李，仆妇丫鬟正在那里接收。诰命来至屋内，只见包公在那里吃茶，放下茶杯，立起身来，笑道：“有劳夫人传宣，官差完了。”夫人也笑了，道了鞍马劳乏。彼此寒暄（见面时谈天气冷暖之类的应酬话。暄，xuān）一番，方才坐下。夫人便问一路光景。“为庞昱一事，妾身好生担心。”又悄悄问如何认了娘娘。包公略略述说一番，夫人也不敢细问。便传饭，夫妻共桌而食。食罢，吃茶，闲谈几句。

包公到书房料理公事。包兴回道：“草州桥的衙役回去，请示老爷有甚么分派？”包公便问：“在天齐庙所要衣服簪环，开了多少银子？就叫他带回。叫公孙先生写一封回书道谢。”皆因老爷今日才下马，所有事件暂且未回。老爷也有些劳乏，便回后歇息去了。一宿不题。

至次日，老爷正在卧室梳洗，忽听包兴在廊下轻轻咳了一声。包公便问：“甚么事？”包兴隔窗禀道：“南清宫宁总管特来给老爷请安，说有话要面见。”包公素来从不接交内官（宦官，太监），今见宁总管忽然亲身来到，未免将眉头一皱，说道：“他要见我作甚么？你回复他，就说我办理公事不能接见。如有要事，候明日朝房再见罢。”包兴刚要转身，只听夫人说：“且慢！”包兴只得站住，却又听不见里面说些甚么。迟了多时，只听包公道：“夫人说的也是。”便叫包兴：“将他让在书房待茶，说我梳洗毕，即便出迎。”包兴转身出去了。

你道夫人适才与包公悄悄相商，说些甚么？正是为娘娘之事，说：“南清宫现有狄娘娘。知道宁总管前来，为着何事呢？老爷何不见他，问问来历。倘有机缘，娘娘若能与狄后见面，那时便好商量了。”包公方肯应允，连忙梳洗冠带，前往书房而来。

单说包兴奉命来请宁总管，说："我们老爷正在梳洗，略为少待，便来相见。请太辅（对总管太监的尊称）书房少坐。"老宁听见"相见"二字，乐了个眉开眼笑，道："有劳管家引路。我说咱家既来了，没有不赏脸的。素来的交情，焉有不赏见之理呢。"说着说着，来至书房。李才连忙赶出掀帘。宁总管进入书房，见所有陈设毫无奢华俗态，点缀而已，不觉的啧啧称羡（啧啧连声地表示羡慕。啧啧，zé zé，咂嘴声，表示赞叹）。包兴连忙点茶让坐，且在下首相陪。宁总管知道是大人的亲信，而且朝中时常见面，亦不敢小看于他。

正在攀话之际，忽听外面老爷问道："请进来没有？"李才回道："已然请至。"包兴连忙迎出，已将帘子掀起，包公进屋。只见宁总管早已站立相迎，道："咱家（我。咱，zá）特来给大人请安。一路劳乏，辛辛苦苦。原要昨日就来，因大人乏乏的身子不敢起动，故此今早前来，惟恐大人饭后有事。大人可歇过乏来了？"说罢，倒地一揖。包公连忙还礼，道："多承太辅惦念。未能奉拜，反先劳驾，心实不安。"说罢让坐，从新点茶。

包公便道："太辅降临，不知有何见教？望祈明示。"宁总管嘻嘻笑道："咱家此来，不是甚么官事。只因六合王爷深敬大人忠正贤能，时常在狄娘娘跟前提及。娘娘听了，甚为欢喜。新近大人为庞昱一事，先斩后奏，更显得赤心为国，不畏权奸。我们王爷下朝，就把此事奏明娘娘，把个娘娘乐得了不得，说：'这才是匡扶（匡正扶持。匡，kuāng）社稷（国家。稷，jì）治世的贤臣呢！'却又教导了王爷一番，说我们王爷年轻，总要跟着大人学习，作一个清心正直的贤王呢，庶（shù，但愿）不负圣上洪恩。我们王爷也是羡慕大人得狠呢，只是无故的又不能亲近。咱家一想，目下就是娘娘千秋华诞（敬辞，称人的生日），大人何不备一份水礼（称酒食之类的普通食物，相对于贵重礼物而言）前去庆寿？从此亲亲近近，一来不辜负娘娘一番爱喜之心，二来我们王爷也可以由此跟着大人学习些见识，岂不是件极好的事呢？故此今日我特来送此信。"

包公闻听，暗自沉吟道："我本不接交朝内权贵，奈因目下有太后之事。当今（指皇上）就知狄后是生母，那里知道生母受如此之冤。莫如将计就计，如此如此，倘有机缘，倒省了许多曲折。再者六合王亦是贤王，就是接交他，也不玷辱（使蒙受耻辱。玷，diàn）于我。"想罢，便问道："但不知娘娘圣诞，在于何时？"宁总管道："就是明日寿诞，后日生辰。不然，我们怎么赶獐（zhāng，獐子）的似的呢？只因事在临迩（ěr，近），故此特来送信。"包公道："多承太辅指教挂心，敢不从命。还有一事，我想娘娘圣诞，我们外官是不能面叩的。现在家慈（谦辞，对人称自己的母亲）在署，明日先送礼，后日正期，家慈欲亲身一往，岂不更亲近么？未知可否？"

宁总管闻听："嗳哟！怎么老太太到了？如此更好，咱家回去，就在娘娘前奏明。"包公致谢，道："又要劳动太辅了。"老宁道："好说，好说！既如此，咱家就回去了。先替我在老太太前请安罢。等后日我在宫内，再接待他老人家便了。"包公又托咐了一回："家慈到宫时，还望照拂（照顾，照料）。"宁总管笑道："这还用着大人吩咐？老人家前当尽心的，咱们的交情要紧。不用送，请留步罢。"包公送至仪门。宁总管再三拦阻，方才作别而去。

包公进内，见了夫人，细述一番，就叫夫人将方才之事，暗暗奏明太后。夫人领命，往静室去了。包公又来到书房，吩咐包兴备一份寿礼，明日送往南清宫去；又嘱他好好看待范宗华，事毕自有道理，千万不可泄漏底里与他。包兴也深知此事重大。漫说范宗华，就是公孙先生、王、马、张、赵诸人也被他瞒个结实。

至次日，包兴已办成寿礼八色（八样），与包公过了目，也无非是酒、烛、桃、面等物。先叫差役挑往南清宫，自己随后乘马来至南清宫横街，已见人夫轿马，送礼物的，抬的抬，扛的扛，人声嘈杂，拥挤不开，只得下马，吩咐人役："俟（sì，等待）这些人略散散时，再将马溜至王府。"自己步行至府门，只见五间宫门，两边大炕上坐着多少官员。又见各处送礼的俱是手捧名帖，低言回话，那些王府官们还带理不理的。

包兴见此光景，只得走上台阶，来至一位王官的跟前，从怀中掏出帖来，说道："有劳老爷们，替我回禀一声。"才说至此，只见那人将眼一翻，说："你是那的？"包兴道："我乃开封府……"才说了三个字，忽见那人站起来，说："必是包大人送礼来的。"包兴道："正是。"那人将包兴一拉，说："好兄弟，辛苦辛苦。今早总管爷就传出谕来，说大人那里今日必送礼来，我这里正等候着呢。请罢，咱们里面坐着。”回头又吩咐本府差役：“开封府包大人的礼物在那里？你们倒是张罗张罗呀！”只听见有人早已问下去：“那是包大人礼物？挑往这里来。”

此时那王府官已将包兴引至书房，点茶陪坐，说道：“我们王爷今早就吩咐了，说道：‘大人若送礼来，赶紧回禀。’兄弟既来了，还是要见王爷？还是不见呢？”包兴答道：“既来了，敢则是见见好。只是又要劳动大老爷了。”那人闻听，道：“好兄弟，以后把老爷收了，咱们都是好兄弟。我姓王行三，我比兄弟齿（年龄）长几岁。你就叫我三哥。兄弟再来时，你问秃王三爷就是我。皆因我卸顶太早，人人皆叫我王三秃子，我可不会唱打童。”说罢，一笑。只见礼物挑进，王三爷俱瞧过了，拿上帖，辞了包兴，进内回话去了。

不多时，王三爷出来，对包兴道：“王爷叫在殿上等着呢。”包兴连忙跟随王三来至大殿，步上玉阶，绕走丹墀（古时宫殿前的石阶，因其以红色涂饰，故称。墀，chí），至殿门以外。但见高卷帘栊（泛指门窗的帘子。栊，lóng），正面一张太师椅上，坐着一位束发金冠、蟒袍玉带的王爷，两边有多少内辅（太监）伺候。包兴连忙叩头。只听上面说道：“你回去上覆你家老爷，说我问好。如此费心多礼，我却领了。改日朝中面见了，再谢。”又吩咐内辅：“将原帖璧回（即“璧还”，归还原物或辞谢赠品）。给他谢帖，赏他五十两银子。”内辅忙忙交与王三。王三在旁悄悄说：“谢赏。”包兴叩头站起，仍随王三爷。

才下银安殿，只见那旁宁总管笑嘻嘻迎来，说道：“主管，你来了么？昨日叫你受乏。回去见了大人，就提我已在娘娘前奏明了，明日请老太太只管来。老娘娘说了，不在拜寿，为的是说说话儿。”包兴答应。宁总管说：“恕我不陪了。”包兴回说：“太辅请治事罢。”方随着王三爷出来，仍要让至书房，包兴不肯。王三爷将帖子银两交与包兴。包兴道了乏，直至宫门，请王三爷留步。王三爷务必瞅着包兴上马。包兴无奈，道：“恕罪。”下了台阶，马已拉过。包兴认镫上马，口道：“磕头了，磕头了。”加鞭前行，心内思想：“我们八色水礼才花了二十两银子，王爷倒赏了五十两，真是待下恩宽。”

不多时，来至开封府，见了包公，将话一一回禀。包公点头，来在后面，便问夫人：“见了太后，启奏的如何？”夫人道：“妾身已然回明。先前听了为难，说：‘我去穿何服色？行何礼节？’妾身道：‘娘娘暂屈凤体，穿一品服色。到了那里，大约狄娘娘断没有居然受礼之理。事到临期，见景生情，就混过去了。倘有机缘，泄漏实情，明是庆寿，暗里却是进宫之机会。不知凤意如何？’娘娘想了一想，方才说：‘事到临头，也不得不如此了。只好明日前往南清宫便了。’”包公听见太后已经应允，不胜欢喜，便告诉夫人派两个伶俐丫鬟跟去，外面再派人护送。

至次日，仍将轿子搭至三堂之上上轿，轿夫退出，掩了仪门。此时诰命已然伺候娘娘，梳洗已毕。及至换了服色之时，娘娘不觉泪下。诰命又劝慰几句，总以大义为要，方才换了。收什已完，夫人吩咐丫鬟等：“俱在三堂伺候去罢。”众人散出。诰命从新叩拜。此一拜不甚紧要，漫说娘娘，连诰命夫人也止不住扑簌簌（形容眼泪向下掉的样子。簌，sù）泪流满面。娘娘用手相搀，哽噎的连话也说不出来。还是诰命强忍悲痛，切嘱道：“娘娘此去，关乎国典礼法，千万别见景生情，透了真实。不可因小节误了大事。”娘娘点头，含泪道：“哀家二十载沉冤，多亏了你夫妇二人！此去若能重入宫闱（宫廷。闱，wéi），那时宣召我儿，再叙心曲便了。”夫人道：“臣妾理应朝贺，敢不奉召。”说罢，搀扶娘娘出了门，慢慢步至三堂之上。诰命伺候娘娘上轿坐稳，安好扶手。丫鬟放下轿帘。只听太后说：“媳妇我儿，回去罢。”其声甚惨。诰命答应，退入屏后。外面轿夫进来，将轿抬起，慢慢地出了仪门。却见包公鞠躬伺候，上前手扶轿杆，跟随出了衙署（古代官吏办理公务的场所）。娘娘看得明白，吩咐：“我儿回去罢，不必远送了。”包公答应是，止住了步，看轿子落了台阶。又见那壁厢（那边）范宗华远远对着轿子，磕了一个头。包公暗暗点首，道：“他不但有造化，并且有规矩。真乃福至心灵，不错的。”只见包兴打着顶马，后面拥护多人，围随着去了。

包公回身进内，来到后面，见夫人眼睛哭的红红儿的，知是方才与娘娘作别未免伤心，也不肯细问，不过悄悄的又议论一番：“娘娘此去，不知见了狄后，是何光景？且自静听消息便了。”安拟多时，又与诰命谈了些闲话。夫人又言道：“娘娘慈善，待人厚道，不想竟受此大害，这也是前生造定。”包公点头叹息，仍来至书房，料理官事。不知娘娘此去如何，且听下回分解。

第十八回 奏沉疴[1]仁宗认国母 宣密诏良相审郭槐

且说包兴跟随太后，在前打着顶马（谓骑马前导），来到南清宫。今日比昨日更不相同，多半尽是关防轿，所有嫔妃、贵妃、王妃以及大员的命妇，往来不绝。包兴却懂规矩，预先催马来至王府门前下马，将马拴在桩上，步上宫门。恰见秃王三爷在那里，忙执手上前道："三老爷，我们老太太到了。"王三爷闻听，飞跑进内。不多时，只见里面出来了两个内辅（太监），对着门上众人说道："回事的老爷们听着：娘娘传谕，所有来的关防俱各道乏，一概回避，单请开封府老太太会面。"众人连声答应。包兴闻听，即催本府的轿夫抬至宫门，自有这两个内辅引进去了。然后王三爷出来张罗包兴，让至书房吃茶。今日见了，比昨日更觉亲热。

单说娘娘大轿抬至二门，早见出来了四个太监，将轿夫换出；又抬至三门，过了仪门，方才落平。早有宁总管来至轿前，揭起帘子，口中说道："请太夫人安。"忙去了扶手，自有跟来的丫鬟搀扶下轿。娘娘也瞧了瞧宁总管，也回问了一声："公公好。"宁总管便在前引路，来至寝宫。只见狄娘娘已在门外接待，远远地见了太夫人，吃了一惊，不觉心里犯想，觉得面善，熟识得很，只是一时想不起来。娘娘来至跟前，欲行参拜之礼。狄后连忙用手拦住，说："免礼。"娘娘也就不谦让了。彼此携手，一同入座。娘娘看狄后，比当时面目苍老了许多。狄后此时对面细看，忽然想起好像李妃，因已赐死，再也想不到却是当今国母，只是心里总觉不安。献茶已毕，叙起话来，问答如流，气度从容，真是大家风范，把个狄后乐个不得了，甚是投缘，便留太夫人在宫住宿，多盘桓（逗留。桓，huán）几天。此一留正合娘娘之心，即便应允。遂叫内辅传出："所有轿马人等不必等候了，娘娘留太夫人多住

① 沉疴（kē）：长久而严重的病。

几日呢。跟役人等俱各照例赏赐。”早有值日的内辅连声答应，传出去了。

这里传膳（shàn，饭食）。狄后务要与太夫人并肩坐了，为的是接谈便宜。娘娘也不过让，更显得直爽大方。狄后尤其欢喜非常。饮酒间，狄后盛称包公忠正贤良，“这皆是夫人教训之德。”娘娘略略谦逊。狄后又问太夫人年庚（泛指人出生的年、月、日、时。庚，gēng）。娘娘答言：“四十二岁。”又问：“令郎年岁几何？”一句话把个娘娘问的闭口无言，登时（马上，顿时）急的满面通红，再也答对不来。狄后看此光景，不便追问，即以酒的冷暖遮饰过去。娘娘也不肯饮酒了。便传饭吃毕，散坐闲谈。又到各处瞻仰一番，皆是狄后相陪。越瞧越像去世的李妃，心中好生的犯疑，暗暗想道：“方才问他儿子的岁数，他如何答不上来？竟会急的满面通红！世间那有母亲不记得儿子岁数之理呢？其中实有可疑。难道他竟敢欺哄我不成？也罢，既已将他留下，晚间叫他与我同眠，明是与他亲热，暗里再细细盘诘（追问。诘，jié）他便了。”心中这等犯想，眼睛却不住地看，见娘娘举止动作益发（越发）是李妃无疑，心内更自委决不下（迟疑而决定不下来）了。

到了晚间，吃毕晚膳，仍是散坐闲话。狄后吩咐：“将静室打扫干净，并将枕衾（枕头和被子。衾，qīn，被子）也铺设在静室之中，我还要与夫人谈心，以消永夜（来消磨长夜）。”娘娘见此光景，正合心意。

及至归寝之时，所有承御之人连娘娘丫鬟自有安排，非呼唤不敢擅入。狄后因惦念着为何不知儿子的岁数呢，便从此追问，即言：“夫人有意欺哄，是何道理？”语语（句句）究的甚是紧急。娘娘不觉失声答道：“皇姐，你难道不认得哀家了么？”虽然说出此语，已然悲不成音。狄后闻听，不觉大惊，道：“难道夫人是李后娘娘么？”娘娘泪流满面，那里还说的出话来。狄后着急，催促道：“此时房内无人，何不细细言来？”娘娘止住悲声，方将当初受害，怎么余忠替死，怎么送往陈州，怎么遇包公假认为母，怎么在开封府静室居住，多亏李氏诰命叩天求露，洗目重明，今日来给皇姐祝寿，为的是吐露真情的话，细细说了一遍，险些儿没有放声哭出来。

狄后听了，目瞪痴呆，不觉也落下泪来。半晌，说道：“不知有何证据？”娘娘即将金丸取出，递将过去。狄后接在手中，灯下验明，连忙战兢兢将金丸递过，便双膝跪倒，口中说道：“臣妃不知凤驾降临，实属多有冒犯，望乞太后娘娘赦宥（shè yòu，赦免、宽恕）！”李太后连忙还礼相搀，口称：“皇姐，不要如此。如何能叫圣上知道方好？”狄后谢道：“娘娘放心，臣妃自有道理。”便将当日刘后与郭槐定计，用狸猫换出太子，多亏承御寇珠抱出太子交付陈林，用提盒送至南清宫抚养；后来刘后之子病夭，方将太后太子补了东宫之缺；因太子游宫，在寒宫见了娘娘，母子天性，面带泪痕；刘后生疑，拷问寇珠；寇珠怀忠，触阶而死；因此刘后在先皇前进了谗言，方将娘娘赐死情由也说了一遍，李太后如梦方醒，不由伤心。狄后再三劝慰，太后方才止泪，问道：“皇姐，如何叫皇儿知道，使我母子重逢呢？”狄后道：“待臣妃装起病来，遣宁总管奏知当今，圣上必然亲来。那时臣妃吐露真情便了。”娘娘称善。一宿不提。

到了次日清晨，便派宁总管上朝奏明圣上，说：“狄后娘娘夜间偶然得病，甚是沉重。”宁总管不知底里（底细），不敢不去，只得遵懿旨上朝去了。狄后又将此事告知六合王。

谁知圣上夜间得一奇梦，见彩凤一只，翎（líng，鸟的翅膀和尾巴上的长而硬的羽毛）毛不全，望圣上哀叫三声。仁宗从梦中惊醒，心里纳闷，不知是何缘故。及至五鼓，刚要临朝，只见仁寿宫总管前来启奏，说：“太后夜间得病，一夜无眠。”天子闻听，以为应了梦兆，即先至仁寿宫请安，便悄悄吩咐不可声张，恐惊了太后。轻轻迈步，进了寝殿，已听见有呻吟之声。忽听见太后说：“寇宫人，你竟敢如此无理！”又听“嗳哟”一声。此时宫人已将绣帘揭起。天子侧身进内，来至御榻（tà，泛指床）之前。刘后猛然惊醒，见天子在旁，便说：“有劳皇儿挂念。哀家不过偶受风寒，没有甚么大病，且请放心。”天子问安已毕，立刻传御医调治。惟恐太后心内不耐烦，略略安慰几句，即便退出。

才离了仁寿宫，刚至分宫楼，只见南清宫总管跪倒，奏道：“狄后娘娘夜间得病甚重，奴婢特来启奏。”仁宗闻听，这一惊非同小可，立刻吩咐亲临南清宫。只见六合王迎接圣上。先问了狄后得病的光景。六合王含糊奏对：“娘娘夜间得病，此时略觉好些。”圣上心内稍觉安慰，便吩咐随侍的俱各在外伺候，单带陈林跟随。

此旨一下，暗合六合王之心，侧身前引，来至寝宫以内，但见静悄悄寂寞无声，连个承御（侍奉帝王的宫女）丫鬟一个也无有。又见御榻之上锦帐高悬，狄后面里而卧。仁宗连忙上前问安。狄后翻转身来，猛然间问道："陛下，天下至重至大者，以何为先？"天子答道："莫过于孝。"狄后叹了一口气，道："既是孝字为先，有为人子不知其母存亡的么？又有人子为君而不知其母在外飘零的么？"这两句话问的个天子茫然不懂，犹以为是狄后病中谵语（胡话。谵，zhān）。狄后又道："此事臣妃尽知底蕴，惟恐陛下不信。"仁宗听狄后自称臣妃，不觉大惊，道："皇娘何出此言？望乞明白垂训。"狄后转身，从帐内拉出一个黄匣来，便道："陛下可知此物的来由么？"仁宗接过，打开一看，见是一块玉玺龙袱，上面有先皇的亲笔御记。（镇压天狗冲犯，故此用上宝印。）仁宗看罢，连忙站起。

谁知老伴伴（公公）陈林在傍，睹物伤情，想起当年，早已泪流满面。天子猛回头见陈林啼哭，更觉诧异，便追问此袱的来由。狄后方才说起郭槐与刘后图谋正宫，设计陷害李后。"其中多亏了两个忠义之人，一个是金华宫承御寇珠，一个是陈林。寇珠奉刘后之命将太子抱出宫来，那时就用此袱包裹，暗暗交付陈林。"仁宗听至此，又瞅了陈林一眼。此时陈林已哭的泪人一般。狄后又道："多亏陈林经了多少颠险，方将太子抱出，入南清宫内，在此抚养六年。陛下七岁时承嗣与先皇，补了东宫之缺。千不合，万不合，陛下见了寒宫母亲落泪，才惹起刘后疑忌，生生把个寇珠处死，又要赐死母后。其中又多亏了两个忠臣，一个小太监余忠情愿替太后殉难，秦凤方将母后换出，送往陈州。后来秦凤自焚，家中无主，母后不能存留，只落得破窑乞食。幸喜包卿在陈州放粮，由草桥认了母后，假称母子，以掩耳目。昨日与臣妃作寿，方能与国母见面。"仁宗听罢，不胜惊骇，泪如雨下，道："如此说来，朕的皇娘现在何处？"只听得照壁后悲声切切，出来了一位一品服色的夫人。仁宗见了发怔。

太后恐天子生疑，连忙将金丸取出，付与仁宗。天子接来一看，正与刘后金丸一般，只是上面刻的是"玉宸宫"，下书娘娘名号。仁宗抢行几步，双膝跪倒，道："孩儿不孝，苦煞（shà，极，很）皇娘了！"说至此，不由放声大哭。母子抱头，悲痛不已。只见狄后已然下床来，跪倒尘埃，匍匐请罪。连六合王及陈林俱各跪倒在傍，哀哀相劝。母子伤感多时。天子又叩谢了狄妃，搀扶起来；复又拉住陈林的手，哭道："若不亏你忠心为国，焉有朕躬！"陈林已然说不出话来，惟有流泪谢恩而已。大家平身。仁宗又对太后说道："皇娘如此受苦，孩儿枉为天子，何以对满朝文武？岂不得罪于天下乎？"说至此，又怨又愤。狄后在旁劝道："圣上还朝降旨，即着郭槐、陈林一同前往开封府宣读，包学士自有办法。"这却是包公之计，命李诰命奏明李太后；太后告诉狄后，狄后才奏的。

当下仁宗准奏，又安慰了太后许多言语，然后驾转回宫，立刻御笔草诏，密密封好，钦派郭槐、陈林往开封府宣读。郭槐以为必是加封包公，欣然同定陈林，竟奔开封府而来。

且说包公自昨日伺候娘娘去后，迟不多时，包兴便押空轿回来，说："狄后将太夫人留下，要多住几日。小人押空轿回来。那里赏了跟役人等二十两银子，赏了轿上二十吊钱。"包公点头，吩咐道："明日五鼓，你到朝房打听，要悄悄的。如有甚么事，急忙回来，禀我知道。"包兴领命。至次日黎明时，便回来了。知道包公尚在卧室，连忙进内，在廊下轻轻咳嗽。包公便问："你回来了？打听有甚么事没有？"包兴禀道："打听得刘后夜间欠安，圣上立刻驾至仁寿宫请安；后来又传旨，立刻亲临南清宫，说狄后娘娘也病了。大约此时圣驾还未回宫呢。"包公听毕，说："知道了。"包兴退出。包公与夫人计议道："这必是太后吐露真情，狄后设的计谋。"夫妻二人暗暗欢喜。

才用完早饭，忽报圣旨到了。包公忙换朝服，接入公堂之上，只见郭槐在前，陈林在后，手捧圣旨。郭槐自以为是都堂（尚书省长官），应宣读圣旨，展开御封。包公三呼（封建时代对皇帝的祝颂仪式，叩头高呼"万岁"三次）已毕，郭槐便念道："奉天承运，皇帝诏曰：'今有太监郭……'"刚念至此，他看见自己的名字，便不能向下念了。傍边陈林接过来，宣读道："'今有太监郭槐谋逆不端，奸心叵测（不可推测。叵，pǒ）。先皇乏嗣（sì，子孙），不思永祚（zuò，福）之忠诚；太后怀胎，遽（jù，突然，仓促）遭兴妖之暗算。怀抱龙袱，不遵凤诏，寇宫人之志可达天；离却北阙（què，宫殿），竟赴南清，陈总管之忠堪贯日。因泪痕，生疑忌，将明朗朗初吐宝珠，立毙杖下。假诅咒，进谗言，把气昂昂一点余忠，替死梁间。致令堂堂国母，廿（niàn，二十）载沉冤，受尽了背井离乡之苦。

若非耿耿包卿一腔忠赤，焉得有还珠返璧（谓宝物失而复得）之期。似此灭伦悖理（违背天理。悖，bèi），理当严审细推。按诏究出口供，依法剖其心腹。事关国典，理重君亲。钦交开封府严加审讯。上命钦哉！’望诏谢恩。”

包公口呼“万岁”，立起身来，接了圣旨，吩咐一声：“拿下！”只见楞爷赵虎竟奔了贤伴伴陈林，伸手就要去拿。包公连忙喝住：“大胆！还不退下。”赵爷发愣。还是王朝、马汉将郭槐衣服冠履打去，提到当堂，向上跪倒。上面供奉圣旨。包公向左设了公座，傍边设一侧座，叫陈林坐了。当日包公入了公位，向郭槐说道：“你快将已往之事，从实招来！”未识郭槐招与不招，且听下回分解。

第十九回 巧取供单郭槐受戮 明颁诏旨李后还宫

且说包公将郭槐拿下，喊了堂威（旧时官府升堂时衙役大声吆喝，谓之“喊堂威”），入了公座，傍边又设了个侧座叫陈林坐了。包公便叫道：“郭槐，将当初陷害李后怎生抵换太子，从实招来！”郭槐说：“大人何出此言？当初系李妃产生妖孽，先皇震怒，才贬冷宫，焉有抵换之理呢？”陈林接着说道：“既无有抵换，为何叫寇承御抱出太子，用裙绦勒死，丢在金水桥下呢？”郭槐闻听，道：“陈总管，你为何质证起咱家（我）来？你我皆是进御之人，难道太后娘娘的性格，你是不知道的么？倘然回来太后懿旨到来，只怕你也吃罪不起。”包公闻听，微微冷笑，道：“郭槐，你敢以刘后欺压本阁（自称）么？你不提刘后便罢，既已提出，说不得可要得罪了。”吩咐：“拉下去，重责二十板。”左右答应，一声呐喊，将他翻倒在地，打了二十。只打得皮开肉绽，呲牙咧嘴（张着嘴巴，露出牙齿。呲，同“龇”，zī），哀声不绝。

包公问道：“郭槐，你还不招认么？”郭槐到了此时，岂不知事关重大，横了心再也不招，说道：“当日原是李妃产生妖孽，自招愆尤

（罪过，过失。愆，qiān），与我郭槐甚么相干！”包公道：“既无抵换之事，为何又将寇承御处死？”郭槐道：“那是因寇珠顶撞了太后，太后方才施刑。”陈林在旁又说道：“此话你又说差了。当初拷问寇承御，还是我掌刑杖。刘后谆谆（zhūn zhūn，絮絮不休的样子）追问着他，将太子抱出置于何地，你如何说是顶撞呢？”郭槐闻听，将双眼一瞪，道：“既是你掌刑，生生是你下了毒手，将寇承御打的受刑不过，他才触阶而死，为何反来问我呢？”包公闻听，道：“好恶贼！竟敢如此的狡赖！”吩咐：“左右，与我拶（zǎn，旧时的一种酷刑，使用木棍或类似物体夹犯人的手指）起来！”左右又一声喊，将郭槐双手并齐，套上拶子，把绳往左右一分。只闻郭槐杀猪也似的喊起来。包公问道：“郭槐，你还不招认么？”郭槐咬定牙根，道：“没有甚么招的哟。”见他汗似蒸笼，面目更色，包公吩咐卸刑，松放拶子。郭槐又是哀声不绝，神魂不定，只得暂且收监（关进监狱），明日再问。先叫陈林将今日审问的情由，暂且覆旨。

包公退堂，来至书室，便叫包兴请公孙先生。不多时，公孙策来到，已知此事的底里（内部的实情），参见包公已毕，在侧坐了。包公道：“今日圣旨到来宣读之时，先生想来已明白此事了，我也不用再说了。只是郭槐再不招认。我见拶他之时，头上出汗，面目更改，恐有他变。此乃奉旨的钦犯，他又携不住大刑，这便如何是好？故此请了先生来，设想一个法子，只伤皮肉，不动筋骨，要叫他招承方好。”公孙策道：“待晚生思索了，画成式样，再为呈阅。”说罢，退出，来到自己房内。

筹思多时，偶然想起，急忙提笔画出，又拟了名儿，来到书房回禀包公。包公接来一看，上面注明尺寸，仿佛大熨斗相似，却不是平面，上面皆是垂珠圆头钉儿，用铁打就；临用时将炭烧红，把犯人肉厚处烫炙（zhì，烤），再也不能损伤筋骨，止于皮肉受伤而已。包公看了，问道：“此刑可有名号？”公孙策道：“名曰‘杏花雨’，取其落红点点之意。”包公笑道：“这样恶刑却有这等雅名，先生真才人也！”即着公孙策立刻传铁匠打造。次日隔了一天，此刑业已（已经）打就。到了第三日，包公便升堂提审郭槐。

且说郭槐在监牢之中，又是手疼，又是板疮（chuāng，皮肤上肿烂溃疡的病），呻吟不绝，饮食懒进，两日光景，便觉形容（形体和容貌）憔悴。他心中却暗自思道：“我如今在此三日，为何太后懿旨还不见到来呢？”

猛然又想起："太后欠安，想来此事尚未得知。我是咬定牙根，横了心再不招承。既无口供，包黑他也难以定案。只是圣上忽然间为何想起此事来呢？真真令人不解。"正在犯想之际，忽然一提牢（官职名，负责掌管监狱、稽核罪囚）前来，说道："老爷升堂，请郭总管呢。"郭槐就知又要审讯了，不觉的心内突、突的乱跳，随着差役上了公堂。只见红焰焰的一盆炭火内里烧着一物，却不知是何作用，只得朝上跪倒。

只听包公问道："郭槐，当初因何定计害了李后？用物抵换太子？从实招来，免得皮肉受苦。"郭槐道："实无此事，叫咱家从何招起？若果有此事，慢说迟滞这些年，管保早已败露了，望祈大人详察。"包公闻听，不由怒发冲冠，将惊堂木一拍，道："恶贼！你的奸谋业已败露，连圣上皆知，尚敢推诿（推卸责任。诿，wěi），其实可恶！"吩咐："左右，将他剥去衣服。"上来了四个差役，剥去衣服，露出脊背，左右二人把住。只见一人用个布帕连发将头按下去；那边一人从火盆内攥起木把，拿起杏花雨，站在恶贼背后。只听包公问道："郭槐，你还不招么？"郭槐横了心，并不言语。包公吩咐用刑，只见杏花雨往下一落，登时皮肉皆焦，臭味难闻。只疼得恶贼浑身乱抖，先前还有哀叫之声，后来只剩得发喘了。包公见此光景，只得吩咐："住刑，容他喘息再问。"左右将他扶住，郭槐那里还扎挣得来呢，早已瘫在地下。包公便叫搭下去。公孙策早已暗暗吩咐差役，叫搭在狱神庙内。

郭槐到了狱神庙，只见提牢手捧盖碗（带盖儿的茶碗），笑容满面，到跟前悄悄的说道："太辅老爷，多有受惊了。小人无物可敬，觅（mì，寻找）得定痛丸药一服，特备黄酒一盅，请太辅老爷用了，管保益气安神。"郭槐见他劝慰殷勤，语言温和，不由的接过来，道："生受（麻烦）你了。咱家倘有出头之日，再不忘你便了。"提牢道："老爷何出此言。如若离了开封，那时求太辅老爷略一伸手，小人便受携带多多矣。"一句话奉承得恶贼满心欢喜，将药并酒服下，立时觉得心神俱安，便问道："此酒尚有否？"提牢道："有，有，多着呢。"便叫人急速送酒来。自己接过，仍叫那人退了，又恭恭敬敬的给恶贼斟上。郭槐见他如此光景，又精细，又周到，不胜欢喜，一壁（一边）饮酒，一壁问道："你这几日可曾听见朝中有甚么事情没有呢？"提牢道："没有听见甚么咧。听见说太后欠安，因寇宫人作祟，如今痊愈了。圣上天天在仁寿宫请安。大约不过迟一二日，太后必然懿旨到来，那时太辅老爷必然无事。就是我们大人，也不敢违背懿旨。”郭槐听至此，心内畅然，连吃了几杯。

谁知前两日肚内未曾吃饭，今日一连喝了几碗空心酒，不觉的面赤心跳，二目朦胧，登时醉醺醺（喝醉了酒的样子。醺，xūn）起来，有些前仰后合。提牢见此光景，便将酒撤去，自己也就回避了。只落得恶贼一人，踽踽（形容一个人走路孤零零的样子。踽，jǔ）凉凉（形容冷冷清清的样子），虽然多饮，心内却牵挂此事，不能去怀，暗暗踌躇道：“方才听提牢说太后欠安，却因寇宫人作祟；幸喜如今痊愈了，太后懿旨不一日也就下来了。”又想：“寇宫人死的本来冤枉，难怪他作祟。”

正在胡思乱想，觉得一阵阵凉风习习，尘沙簌簌，落在窗棂（旧式窗户的窗格子。棂，líng）之上。而且又在春暮之时，对此凄凄惨惨的光景，猛见前面似有人形，若近若远，咿咿唔唔声音。郭槐一见，不由的心中胆怯起来。才要唤人，只见那人影儿来至面前，说道：“郭槐，你不要害怕。奴非别人，乃寇承御，特来求太辅质对一言。昨日与太后已在森罗殿（迷信传说指阎罗居住的殿堂）证明，太后说此事皆是太辅主裁，故此放太后回宫。并且查得太后与太辅尚有阳寿一纪（十二年），奴家不能久在幽冥（指阴间），今日特来与太辅辩明当初之事，奴便超生去也。”郭槐闻听，毛骨悚然（汗毛竖起，脊梁骨发冷，形容很害怕的样子。悚，sǒng）。又见面前之人披发，满面血痕，惟闻得嗓声细气，已知是寇宫人显魂，正对了方才提牢之话，不由的答道：“寇宫人，真正委屈死你了。当初原是我与尤婆定计，用剥皮狸猫换出太子，陷害李后。你彼时并不知情，竟自含冤而死。如今我既有阳寿一纪，倘能出狱，我请高僧高道超度你便了。”又听女鬼哭道：“郭太辅，你既有此好心，奴家感谢不尽。少时到森罗殿，只要太辅将当初之事说明，奴家使得超生，何用僧道超度；若忏悔不至诚，反生罪孽。”

刚言至此，忽听鬼语啾啾，出来了两个小鬼，手执追命索牌，说：“阎罗天子升殿，立召郭槐的生魂，随屈死的冤鬼前往质对。”说罢，拉了郭槐就走。恶贼到了此时，恍恍忽忽，不因不由（无意之中）跟着。弯弯曲曲，来到一座殿上，只见黑凄凄，阴惨惨，也辨不出东南西北。忽听小鬼说道：“跪下！”恶贼连忙跪倒。便听叫道：“郭槐，你与刘后所作之事，册籍业已注明，理应堕入轮回；奈你阳寿未终，必当回生阳世。惟有寇珠冤魂，地府不便收此游荡女鬼。你须将当初之事诉说明白，他便从此超生。事已如此，不可隐瞒了。”郭槐闻听，连忙朝上叩头，便将当初刘后图谋正宫、用剥皮狸猫抵换太子、陷害了李妃的情由，述说一遍。忽见灯光明亮，上面坐着的正是包公，两旁衙役罗列，真不亚如森罗殿一般。早有书吏将口供呈上；又有狱神庙内书吏一名，亦将郭槐与女鬼说的言语一并呈上。包公一同看了，吩咐：“拿下去，叫他画供。”恶贼到了此时无奈，已知落在圈套，只得把招画了。

你道女鬼是谁？乃是公孙策暗差耿春、郑平，到勾栏院将妓女王三巧唤来。多亏公孙策谆谆教演，便假扮女鬼套出真情，赏了他五十两银子，打发他回去了。

此时包公仍将郭槐寄监（暂时关押在监狱中），派人好生看守。等次日五鼓上朝，奏明仁宗，将供招谨呈御览。仁宗袖了供招，朝散回宫，便往仁寿宫而来，见刘后昏沉之间手舞足蹈，似有招架之态。猛然醒来，见天子立在面前，便道：“郭槐系先皇老臣，望皇儿格外赦宥（shè yòu，赦免宽恕）。”仁宗闻听，也不答言，从袖中将郭槐的供招向刘后前一掷。刘后见此光景，拿起一看，登时（顿时）胆裂魂飞，气堵咽喉。久病之人，如何禁得住罪犯天条，一吓竟自呜呼哀哉（指死了）了。仁宗吩咐将刘后抬入偏殿，按妃礼殡殓（bìn liàn，入殓和出殡）了，草草奉移而已。传旨即刻打扫宫院。

次日升殿，群臣三呼已毕。圣上宣召包公：“刘后惊惧而亡，就着包卿代朕草诏颁行天下，匡正国典。”从此黎民内外臣宰，方知国母太后姓李，却不姓刘。当时圣上着钦天监（官署名，掌观察天象、推算节气、制定历法）拣了吉日，斋戒沐浴，告祭各庙；然后排了銮舆（luán yú，皇帝的车驾），带领合朝文武，亲诣（yì，到）南清宫迎请太后还宫。所有礼节自有仪典，不必细表。

太后娘娘乘了御辇，狄后贤妃也乘了宝舆（yú，车），跟随入宫。仁宗天子请了太后之后，先行回銮，在宫内伺候。此时王妃命妇俱各入朝，排班迎接凤驾。太后入宫，升座受贺已毕，起身更衣，传旨宣召龙图阁大学士包拯之妻李氏夫人进宫。太后与狄后仍以姐妹之礼相见，重加赏赐。仁宗也有酬报。不必细表。

外面众臣朝贺已毕。天子传旨，将郭槐立剐（guǎ，割肉离骨，指封建时代的凌迟刑）。此时尤婆已死，照例戮尸（古代的一种酷刑。为惩罚死者生前的行为，挖坟开棺，将尸体枭首示众。戮，lù）。又传旨在仁寿宫寿山福海地面丈量妥协，左边敕（chì，皇帝的命令）建寇宫人祠堂，名曰“忠烈祠”；右边敕建秦凤、余忠祠堂，名曰“双义祠”。工竣（jùn，完毕），亲诣（yì，到）拈香。

一日，老丞相王芑（qǐ）递了一本，因年老力衰，情愿告老休致（官吏年老去职）。圣上怜念元老，仍赏食全俸，准其养老。即将包公加封为首相（首席宰相的简称）。包公又奏明公孙策与四勇士累有参赞功绩。仁宗于是封公孙策为主簿，四勇士俱赏六品校尉，仍在开封府供职。又奉太后懿旨，封陈林为都堂，范宗华为承信郎；将破窑改为庙宇，钦赐白银千两，香火地十顷，就叫范宗华为庙官（管理道教庙宇的道官），春秋两祭，永垂不朽。未知如何，且听下回分解。

第二十回　受魇魔[①]忠良遭大难　杀妖道豪杰立奇功

且说包公自升为首相，每日勤劳王事，不畏权奸，秉正（秉持公正）条陈（分条陈述），圣上无有不允。就是满朝文武，谁不钦仰（敬重，景仰）？纵然素有仇隙之人，到了此时，也奈何他不得。

一日，包公朝罢，来到开封，进了书房，亲自写了一封书信，叫包兴备厚礼一份，外带银三百两，选了个能干差役前往常州府武进县遇杰村，聘请南侠展熊飞；又写了家信，一并前去。刚然（刚刚）去后，只见值班头目向上跪倒：“启上相爷，外面有男女二人，口称‘冤枉’，前来申诉。”包公吩咐，点鼓升堂。立刻带至堂上。包公见男女二人皆有五旬（五十岁。一旬即十岁）年纪，先叫将婆子带上来。婆子上前跪倒，诉说道：“婆子杨氏。丈夫姓黄，久已去世。有两个女儿，长名金香，

①魇（yǎn）魔：用法术使人受祸或神智迷糊。

次名玉香。我这小女儿原许与赵国盛之子为妻。昨日他家娶去，婆子因女儿出嫁，未免伤心。及至去了之后，谁知我的大女儿却不见了。婆子又忙到各处寻找，再也没有，急得婆子要死。老爷想，婆子一生就仗着女儿。我寡妇失业的，原打算将来两个女婿，有半子之劳（俗称女婿是半子，故女婿应尽半个儿子的责任），可以照看寡妇。如今把个大女儿丢了，竟是不知去向。婆子又是急，又是伤心，正在啼哭之时，不想我们亲（qìng）家赵国盛找了我来，合我不依，说我把女儿抵换了。彼此分争不清，故此前来，求老爷替我们判断判断，找找我的女儿才好。”包公听罢，问道：“你家可有常来往的亲眷没有？”杨氏道：“漫说亲眷，就是街坊邻舍，无事也是不常往来的，婆子孤苦的狠呢！”说至此，就哭起来了。

包公吩咐把婆子带下去，将赵国盛带上来。赵国盛上前跪倒，诉道：“小人赵国盛原与杨氏是亲家。他有两个女儿，大的丑陋，小的俊俏，小人与儿子定的是他小女儿。娶来一看，却是他大女儿。因此急急赶到他家，与他分争为何抵换。不料杨氏他倒不依，说小人把他两个女儿都娶去了，欺负他孀居（守寡。孀，shuāng）寡妇了。因此到老爷台前，求老爷判断判断。”包公问道：“赵国盛，你可认明是他大女儿么？”赵国盛道：“怎么认得不明呢？当初有我们亲家在日，未作亲时，他两个女儿小人俱是见过的，大的极丑，小的甚俊。因小人爱他小女，才与小人儿子定了亲事。那个丑的，小人断不要的。”包公听罢，点了点头，便叫：“你二人且自回去，听候传讯。”

老爷退堂，来至书房，将此事揣度（估量，推测。度，duó）。包兴倒过茶来，恭恭敬敬，送至包公面前。只见包公坐在椅上身体乱晃，两眼发直，也不言语，也不接茶。包兴见此光景，连忙放下茶杯，悄悄问道：“老爷怎么了？”包公忽然将身子一挺，说道：“好血腥气吓！”往后便倒，昏迷不醒。包兴急急扶着，口中乱叫：“老爷，老爷！”外面李才等一齐进来，彼此搀扶，抬至床榻之上。一时传到里面。李氏诰命闻听，唬得惊疑不止，连忙赶至书房看视。李才等急回避。只见包公躺在床上，双眉紧皱，二目难睁，四肢全然不动，一语也不发。夫人看毕，不知是何缘故。正在纳闷，包兴在窗外道：“启上夫人，公孙主簿前来与老爷诊脉。”夫人闻听，只得带领丫鬟回避。

包兴同着公孙先生来至书房榻前。公孙策细细搜求病源，诊了左脉，连说："无妨。"又诊右脉，便道："怪事！"包兴在旁问道："先生看相爷是何病症？"公孙策道："据我看来，相爷六脉平和，并无病症。"又摸了摸头上并心上，再听气息亦顺，仿佛睡着的一般。包兴将方才的形景，述说一遍。公孙策闻得便觉纳闷，并断不出病从何处起的。只得先叫包兴进内安慰夫人一番，并禀明须要启奏。自己便写了告病摺子（奏折），来日五鼓（五更），上朝呈递。

天子闻奏，钦派御医到开封府诊脉，也断不出是何病症。一时太后也知道了，又派老伴伴（指老太监）陈林前来看视。此时开封府内外上下人等，也有求神问卜的，也有说偏方的。无奈包公昏迷不省，人事不知，饮食不进，止于酣睡而已。幸亏公孙先生颇晓医理，不时在书房诊脉照料。至于包兴、李才，更不消说了，昼夜环绕，不离左右。就是李氏诰命，一日也是要到书房几次。惟有外面公孙策与四勇士，个个急的擦拳磨掌，短叹长吁，竟自无法可施。谁知一连就是五天。

公孙策看包公脉息，渐渐的微弱起来，大家不由的着急。独包兴与别人不同，他见老爷这般光景，因想当初罢职之时，曾在大相国寺得病，与此次相同，那时多亏了然和尚医治。偏偏他又云游去了。由此便想起，当初经了多少颠险，受了多少奔波，好容易熬到如此地步。不想旧病复发，竟自不能医治。越想越愁，不由得泪流满面。正在悲泣之际，只见前次派去常州的差役回来，言："展熊飞并未在家。老仆说：'我家官人若能早晚回来，必然急急的赶赴开封，决不负相爷大恩。'"又说："家信也送到了，现有带来的回信。老爷府上俱各平安。"差人说了许多的话。包兴他止于出神点头而已，把家信接过，送进去了。信内无非是"平安"二字。

你道南侠那里去了？他乃行义之人，浪迹萍踪（形容踪迹漂泊不定，就像流水和浮萍一样），原无定向。自截了驼轿，将金玉仙送至观音庵，与马汉分别之后，他便朝游名山，暮宿古庙。凡有不平之事，他不知又作了多少。每日闲游，偶闻得人人传说，处处讲论，说当今国母原来姓李，却不姓刘，多亏了包公访查出来。现今包公入阁，拜了首相。当作一件新闻，处处传闻。南侠听在耳内，心中暗暗欢喜道："我何不前往开封探望一番呢。"

一日午间，来至榆林镇，上酒楼独坐饮酒。正在举杯要饮，忽见面前走过一个妇人来，年纪约有三旬上下，面黄肌瘦，形容憔悴，却有几分姿色。及至看他身上穿着，虽是粗布衣服，却又极其干净。见他欲言不言，迟疑半晌，羞的面红过耳，方才说道："奴家王氏，丈夫名叫胡成，现在三宝村居住。因年荒岁旱，家无生理（生计），不想婆婆与丈夫俱各病倒，万分出于无奈，故此小妇人出来抛头露面，沿街乞化，望乞贵君子周济一二。"说罢，深深万福（旧时妇女行的礼，双手松松抱拳在胸前右下侧，上下移动，同时略做鞠躬的姿势，口中称"万福"），不觉落下泪来。展爷见他说的可怜，一回手在兜肚中摸出半锭银子，放在桌上，道："既是如此，将此银拿去，急急回家赎帖药饵（药物。饵，ěr），余者作为养病之资，不要沿街乞化了。"妇人见是一大半锭银子，约有三两多，却不敢受，便道："贵客方便，赐我几文钱足矣。如此厚赐，小妇人实不敢领的。"展爷道："岂有此理！我施舍于你，你为何拒而不纳呢？这却令人不解。"妇人道："贵客有所不知，小妇人求乞，全是出于无奈。今日但将此银拿回家去，惟恐婆婆丈夫反生疑忌，那时恐负贵客一番美意。"展爷听罢，甚为有理。谁知堂官在旁插言道："你只管放心。这位既言施舍，你便拿回。若你婆婆丈夫嗔怪时，只管叫你丈夫前来见我，我便是个证见。难道你还不放心么？"展爷连忙称是，道："你只管拿去罢，不必疑惑了。"妇人又向展爷深深万福，拿起银子下楼。跑堂又替展爷添酒要菜，也下楼去了。

不料那边有一人，他见展爷给了那妇人半锭银子，便微微的说笑。此人名唤季娄（lóu）儿，为人谲诈（jué zhà，奸诈）多端，极是个不良之辈。他向展爷说道："客官不当给这妇人许多银子，他乃故意作生理的。前次有个人赠银与他，后来被他丈夫讹诈，说调戏他女人了，逼索遮羞银一百两，方才完事。如今客官给他银两，惟恐少时他丈夫又来要讹诈呢。"展爷闻听，虽不介意，不由的心中辗转道："若依此人所说，天下人还敢有行善的么？他要果真讹诈，我却不怕他，惟恐别人就要入了他的骗局了。细细想来，似这样人也就好生可恶呢！也罢，我原是无事，何不到三宝村走走。若果有此事，将他处治一番，以戒下次。"想罢，吃了酒饭，会钱（付钱）下楼，出门向人问明三宝村而来。相离不远，见天色甚早，路旁有一道士庙，叫作通真观。展爷便在此庙作了下处。因老道邢吉有事拜坛去，观内只见两个小道士，名唤谈明、谈月，就在庙二门外西殿内住下。

天交初鼓，展爷换了夜行衣服，离了通真观，来到三宝村胡成家内，早已听见婆子嘈声，男子恨怨，妇人啼哭，嘈嘈不休。忽听婆子道："若非有外心，何以有许多银子呢？"男子接着说道："母亲不必说了，明日叫他娘家领回就是了。"并不听见妇人折辩（争辩），惟有呜呜的哭泣而已。南侠听至此，想起白日妇人在酒楼之言，却有先见之明，叹息不止。猛抬头忽见外有一人影，又听得高声说道："既拿我的银子，应了我的事，就该早些出来。如今既不出来，必须将银子早早还我。"

南侠闻听，气冲牛斗（形容气势或怒气很盛。牛斗，即牵牛星和北斗星），赶出篱门，一伸手把那人揪住，仔细看时，却是季娄儿。季娄儿害怕，哀告道："大王爷饶命！"南侠也不答言，将他轻轻一提，扭至院内，也就高声说道："吾乃夜游神是也。适（恰好）遇日游神，曾言午间有贤孝节妇，因婆婆丈夫染病，含羞乞化（行乞），在酒楼上遇正直君子，怜念孝妇，赠银半锭。谁知被奸人看见，顿起不良之心，夜间前来讹诈。吾神在此，岂容奸人陷害！且随吾神到荒郊之外，免得连累良善之家。"说罢，提了季娄儿出篱门去了。胡家母子听了，方知媳妇得银之故，连忙安慰王氏一番，深感贤妇，不提。

且说南侠将季娄儿提至旷野，拔剑斩讫（qì，完结）。见斜刺里（侧斜的方向）有一蜿蜒小路，以为从此可以奔至大路，信步行去。见面前一段高墙，细细看来，原来是通真观的后阁，不由得满心欢喜，自己暗暗道："不想倒走近便了。我何不从后面而人，岂不省事？"将身子一纵，上了墙头，翻身躯轻轻落在里面，蹑步悄足行来。偶见跨所内灯光闪灼，心中想道："此时已交三鼓之半，为何尚有灯光？我何不看看呢。"用手推门，却是关闭，只得飞身上了墙头。见人影照在窗上，仿佛小道士谈月光景。忽又听见妇人说道："你我虽然定下此计，但不知我姐姐顶替去了，人家依与不依。"又听得小道士说："他纵然不依，自有我那岳母答覆他，怕他怎的！你休要多虑，趁此美景良宵，且自同赴阳台（古代指男女幽会之地）要紧。"说着，便立起身来。展爷听到此处，心中暗道："原来小道士作此暗昧之事，也就不是出家的道理了！且待明日再作道理。”大凡夜行人最忌的是采花，又忌的是听。展爷刚转身，忽又听见妇人说道：“我问问你，你说庞太师暗害包公，此事到底是怎么样了？”展爷听了此句，连忙缩脚侧听。只听谈月道：“你不知道，我师傅此法百发百中，现今在庞太师花园设坛，如今业已五日了；赶到七日，必然成功。那时得谢银一千两，我将此银偷出，咱们远走高飞，岂不是长久夫妻么？”

展爷听了，登时惊疑不止，连忙落下墙来，赶到前面殿内，束束包裹，并不换衣，也不告辞，竟奔汴梁（宋都城，今河南开封。汴，biàn）城内而来。不过片时工夫，已至城下，见满天星斗，听了听正打四更。展爷无奈何，绕过护城河，来至城下，将包袱打开，把爬城索取出，依法安好，一步一步上得城来，将爬城索取上，上面安好，坠城而下。脚落实地，将索抖下，收入包袱内，背在肩上，直奔庞太师府而来。来至花园墙外，找了棵小树将包袱挂上，这才跳进花园。只见高结法台，点烛焚香，有一老道披着发在上面作法。展爷暗暗步上高台，在老道身后，悄悄的抽出剑来。不知老道性命如何，且听下回分解。

第二十一回　掷人头南侠惊佞党①　除邪祟学士审虔婆②

且说邢吉正在作法，忽听得脑后寒光一缕，急将身体一闪，已然看见展爷目光炯炯（形容目光明亮。炯，jiǒng），煞气腾腾，一道阳光直奔瓶上。所谓“邪不侵正”，只听得“拍”的一声响亮，将个瓶子炸为两半。老道见他法术已破，不觉嗳哟了一声，栽下法台。展爷恐他逃走，翻身赶下台来。老道刚然（刚刚）爬起要跑，展爷抽后就是一脚。老道往前一扑，爬在地下。展爷即上前从脑后手起剑落，已然身首异处。展爷斩了老道，重新上台来细看，见桌上污血狼藉，当中有一个木头人儿。连忙轻轻提出，低头一看，见有围桌，便扯了一块，将木头人儿

① 佞（nìng）党：奸党。② 虔（qián）婆：骂人的话，犹“贼婆”。

包裹好了，揣在怀内。下得台来，提了人头，竟奔书房而来。此时已有五鼓（五更）之半。

且说庞吉正与庞福在书房，说道："今日天明已是六日，明日便可成功。虽然报了杀子之仇，只是便宜他全尸而死。"刚说至此，只听得咔嚓的一声，把窗户上大玻璃打破，掷进一个毛茸茸、血淋淋的人头来。庞吉猛然吃这一吓，几乎在椅子上栽倒。傍边庞福吓得缩作一团。迟了半晌，并无动静，庞贼主仆方才仗着胆子，掌灯看时，却是老道邢吉的首级。庞吉忽然省悟："这必是开封府暗遣能人，前来破了法术，杀了老道。"即叫庞福传唤家人四下里搜寻，那里有个人影。只得叫人打扫了花园，埋了老道尸首，撤去法台，忿忿悔恨而已。

且说南侠离了花园，来至墙外树上，将包裹取下，拿了大衫披在身上，直奔开封。只见内外灯烛辉煌，俱是守护相爷，连忙叫人通报。公孙先生闻听展爷到来，不胜欢喜，便同四勇士一并迎将出来。刚然见面，不及叙寒温，展爷便道："相爷身体欠安么？"公孙先生诧异，道："吾兄何以知之？"展爷道："且到里面，再为细讲。"大家拱手来至公所，将包裹放下。彼此逊坐，献茶已毕。公孙策便问展爷："何以知道相爷染病？请道其详。"南侠道："说起来话长。众位贤弟且看此物，便知分晓。"说罢，怀中掏出一物，连忙打开，却是一块围桌片儿，里面裹定一个木头人儿。公孙策接来，与众人在灯下仔细端详，不解其故。公孙策又细细看出，上面有字，仿佛是包公的名字与年庚（指人出生的年、月、日、时），不觉失声道："嗳哟！这是使的魇魔法儿罢。"展爷道："还是老先生大才，猜的不错。"众人便问展爷："此物从何处得来？"展爷才待要说，只见包兴从里跑出来道："相爷已然醒来，今已坐起，现在书房喝粥呢。派我出来，说与展义士一同来的，叫我来请进书房一看。不知展爷来也不曾？"大家听了，各各欢喜。原是灯下围绕着看木头人儿，包兴未看见展爷，倒是展爷连忙站起，过来见了包兴。包兴只乐得心花开放，便道："果然展爷来了。请罢，我们相爷在书房恭候呢。"

此时公孙先生同定展爷立刻来至书房，参见包公。包公连忙让坐。展爷告坐，在对面椅子上坐下。公孙主簿在侧首下位相陪。只听包公道："本阁屡叨（多次打扰。叨，tāo）义士救护，何以酬报？即如今若非义士，我包某几乎一命休矣！从今后务望义士常在开封，扶助一二，庶不负渴想之诚。”展爷连说：“不敢，不敢。”公孙策在傍答道：“前次相爷曾差人去到尊府聘请吾兄，恰值公出未回，不料吾兄今日才到。”展爷道：“小弟萍踪（像浮萍那样漂泊不定的行踪）无定。因闻得老爷拜了相，特来参贺。不想在通真观闻得老爷得病原由，故此连夜赶来。果然老爷病体痊愈，在下方能略尽微忱（情意）。这也是相爷洪福所致。”包公与公孙策闻听展爷之言，不甚明白，问：“通真观在那里？如何在那里听得信呢？”展爷道：“通真观离三宝村不远……”便将夜间在跨所听见小道士与妇人言语，“因此急急赶到太师的花园，正见老道拜坛，瓶子炸了，将老道杀死，包了木人前来。”滔滔不断，述说了一遍。

包公闻听，如梦方醒。公孙策在旁道：“如此说来，黄寡妇一案也就好办了。”一句话提醒包公，说：“是呀，前次那婆子他说不见了女儿，莫非是小道士偷拐去了不成？”公孙策连忙称：“是，相爷所见不差。”复又站起身来，将递摺子告病、圣上钦派陈林前来看视并赏御医诊视，一并禀明。包公点头，道：“既如此，明日先生办一本参奏的摺子，一来恭请圣安，销假谢恩；二来参庞太师善用魇魔妖法，暗中谋害大臣，即以木人并杀死的老道邢吉为证。我于后日五鼓上朝呈递。”包公吩咐已毕，公孙策连忙称是。只见展爷起身告辞，因老爷初愈，惟恐劳了神思。包公便叫公孙策好生款待。二人作别，离了书房。

此时天已黎明，包公略为歇息，自有包兴、李才二人伺候。外面公所内，展爷与公孙先生、王、马、张、赵等各叙阔别（长时间地分别）之情。展爷又将得闻相爷欠安的情由，述说一遍。大家闻听，方才省悟，不胜欢喜。虽然熬了几夜未能安眠，到了此时，各各精神焕发，把乏困俱各忘在九霄云外了。所谓“人逢喜事精神长”，是再不能错的。彼此正在交谈，只见伴当（旧时指跟随着做伴的仆人或伙伴）人等安放杯筷，摆上酒肴，极其丰盛。却是四勇士于展爷见包公之时，便吩咐厨房赶办肴馔（yáo zhuàn，丰盛的饭菜），一来与展爷接风掸尘，彼此大家庆贺。因这些日子相爷欠安，闹的上下沸腾，各各愁烦焦躁，谁还拿饭当事呢！不过是喝几杯闷酒而已。今日这一畅快，真是非常之乐，换盏传杯，高谈阔论，说到快活之时、投机之处，不由的哈哈大笑，欢呼振耳。惟有四爷赵虎比别人尤其放肆，杯杯净，盏盏干，乐的他手舞足蹈。

包兴忽然从外面进来，大家彼此让坐。包兴满面笑容，道："我奉相爷之命出来派差，抽空特来敬展爷一二杯。"展爷忙道："岂敢，岂敢。适才酒已过量，断难从命。"包兴那里肯依。赵虎在旁撺掇（cuān duo，鼓动，怂恿），定要叫展爷立饮三杯。还是王朝分解，叫包兴满满斟上了一盏敬展爷。展爷连忙接过，一饮而尽。大家又让包兴坐下。包兴道："我是不得空儿的，还要覆命相爷。"公孙策问道："此时相爷又派出甚么差使呢？"包兴道："相爷方才睡醒，喝了粥，吃了点心，便立刻出签，叫往通真观捉拿谈明、谈月合那妇人，并传黄寡妇、赵国盛一齐到案。大约传到，就要升堂办事。可见相爷为国为民，时刻在念，真不愧首相之位，实乃国家之大幸也！"包兴告辞，上书房回话去了。

这里众人听见相爷升堂，大家不敢多饮。惟有赵虎已经醉了，连忙用饭已毕，公孙策便约了展爷来至自己屋内，一壁（一边）说话，一壁打算参奏的摺底。

此时已将谈明、谈月并金香、玉香以及黄寡妇、赵国盛，俱各传到。包公立刻升堂。喊了堂，入了座，便吩咐先带谈明。即将谈明带上堂来，双膝跪倒。见他有三旬以上，形容枯瘦，举止端详，不像个作恶之人。包公问道："你就是叫谈明的么？快将所作之事报上来。"谈明向上叩头，道："小道士谈明，师傅邢吉，在通真观内出家。当初原是我师徒二人，我师傅邢吉每每作些暗昧之事，是小道时常谏劝，不但不肯听劝，反加责处，因此小道忧思成病。不料后来小道有一族弟（共高祖不共曾祖而年幼于自己的平辈），他来看视小道。因他赌博宿娼，无所不为，闹的甚是狼狈，原是探病为由，前来借贷。小道如何肯理他呢？他便哀求啼哭。谁知被师傅邢吉听见，将他叫去，不知怎么三言两语，也出了家了。登时换了衣服鞋袜，起名叫作谈月。嗳哟！老爷呀！自谈月到了庙中，我师傅如虎生翼。他二人作的不尴不尬之事，难以尽言。后来我师傅被庞太师请去，却是谈月跟随，小道在庙看守。忽见一日夜间，有人敲门，小道连忙开了山门一看，只见谈月带了个少年小道士一同进来。小道以为是同道。不然，又不知是他师徒行的甚么鬼祟。小道也不敢管，关了山门，便自睡了。至次日，小道因谈月带了同道之人，也应当见礼。小道便到跨所，进去一看，就把小道吓慌了。谁知不是道士，却是个少年女子，在那里梳头呢。小道才要抽身，却见谈月小解回来，便道：‘师兄既已看见，我也不必隐瞒，此女乃是我暗里带来。无事便罢，如要有事，自有我一人承当，惟求师兄不要声张就是了。’老爷想，小道素来受他的挟制（依仗势力或抓住别人的弱点，强使服从。挟，xié），他如此说，小道还能管他么？只得诺诺（连声应诺。表示顺从，不加违逆）退去，求其不加害于我，便是万幸了。自那日起，他每日又到庞太师府中去，出去时便将跨所封锁；回来时，便同那女子吃喝要笑。不想今日他刚要走，就被老爷这里去了多人，将我等拿获。这便是实在事迹。小道敢作证见，再不敢撒谎的。”老爷听罢，暗暗点头道：“看此道不是作恶之人，果然不出所料。”便吩咐带在一傍。

便带谈月。只见谈月上堂跪倒。老爷留神细看，见他约有二旬年岁，生得甚是俏丽，两个眼睛滴溜嘟噜的乱转，已露出是个不良之辈了。又见他满身华裳，更不是出家的形景。老爷将惊堂木一拍，道：“奸人妇女，私行拐带，这也是你出家人作的么？讲！”谈月才待开言，只见谈明在傍厉声道：“谈月，今日到了公堂之上，你可要从实招上去。我方才将你所作所为，俱各禀明了。”一句话把个谈月噎的倒抽了一口气，只得据实招道：“小道谈月，因从那黄寡妇门口经过，只见有两个女子，一个极丑，一个狠俊，小道便留心。后来一来二去，渐渐的熟识。每日见那女子门前站立，彼此俱有眷恋之心，便暗定私约，悄从后门出入。不想被黄寡妇撞见，是小道多用金帛（黄金和丝绸，泛指财物。帛，bó）买嘱黄寡妇，便应允了。谁知后来赵家要迎娶，黄寡妇着了急了，便定了计策。就那日迎娶的夜里，趁着忙乱之际，小道算是俗家的亲戚，便将玉香改妆，私行逃走。彼时已与金香说明。他原是长的丑陋，无人聘娶，莫若顶替去了。到了那里，生米已成熟饭，他也就反悔不来了。心想是个巧宗儿。谁知今日犯在当官。”说罢，往上磕头。

包公问道：“你用多少银子买嘱了黄寡妇？”谈月道：“纹银三百两。”包公问道：“你一个小道士，那里有许多银子呢？”谈月道：“是偷我师傅的。”包公道：“你师傅那有许多银子呢？”谈月道：“我师傅原有魇魔神法，百发百中。若要害人，只用桃木做个人儿，上面写着名姓年庚，用污血装在瓶内。我师傅作起法来，只消七日，那人便气绝身亡。只因老包……”说至此，自己连忙啐（cuì，用力吐出来）了一口，“呸！呸！只因老爷有杀庞太师之子之仇，庞太师怀恨在心，将我师傅请去，言明作成此事，谢银一千五百两。找师傅先要五百两，下欠一千两，等候事成再给。”包公听罢，便道：“怪得你还要偷你师傅一千两，与玉香远走高飞，作长久夫妻呢！这就是了。”谈月听了此言，吃惊不小：“此话是我与玉香说的，老爷如何知道呢？必是被谈明悄悄听去了。”他那里知道，暗地里有个展爷与他泄了底呢。先将他二人带将下去，吩咐带黄寡妇母女上堂。不知如何审办，且听下回分解。

第二十二回 金銮殿包相参太师 耀武楼南侠封护卫

且说包公审明谈月，吩咐将黄寡妇母女三人带上来。只见金香果然丑陋不堪，玉香虽则俏丽，甚是妖淫。包公便问黄寡妇：“你受了谈月三百两，在于何处？”黄寡妇已知谈月招承，只得吐实，禀道：“现藏在家中柜底内。”包公立刻派人前去起赃。将他母女每人拶（zǎn，用拶子夹手指）了一拶，发在教坊司（中国古代宫廷音乐机构，专门管理宫廷俗乐的教习和演出事宜）：母为虔婆（旧时妓院的鸨母），暗合了贪财卖奸之意；女为娼妓，又随了倚门卖俏之心。金香自惭貌陋，无人聘娶，情愿身入空门为尼。赃银起到，偿了赵国盛银五十两，着他另外择娶。谈明素行谨慎，即着他在通真观为观主。谈月定了个边远充军，候参奏下来，质对明白，再行起解。审判已明，包公退堂，来至书房。此时公孙先生已将摺底办妥，请示。包公看了，又将谈月的口供叙上了几句，方叫公孙策缮写（抄写。缮，shàn），预备明日五鼓参奏。

至次日，天子临轩（天子御临正殿前面的平台）。包公出班，俯伏金阶。仁宗一见包公，满心欢喜，便知他病体痊愈，急速宣上殿来。包公先谢了恩，然后将摺子高捧，谨呈御览。圣上看毕，又有桃木人儿等作证，不觉心中辗转道：“怪道包卿得病，不知从何而起，原来暗中有人陷害。”又一转想：“庞吉你乃堂堂国戚，如何行此小人暗昧之事？岂有此理！”想至此，即将庞吉宣上殿来，仁宗便将参摺掷下。庞吉见龙颜带怒，连忙捧读，不由的面目更色，双膝跪倒，惟有俯首伏罪而已。圣上痛加申饬（告诫，斥责。饬，chì），念他是椒房之戚（指皇帝的姻亲，指外戚。椒房，后妃的居住的宫室），着从宽罚俸三年。天子又安慰了包公一番，立时叫庞吉当面与包公陪罪。庞贼遵旨，不敢违背，只得向包公跟前谢过。包公亦知他是国戚，皇上眷顾（关心照顾。眷，juàn），而且又将他罚俸，也就罢了。此事幸亏和事的天子，才化为乌有。二人重新又谢了恩。大家朝散，天子还宫。

包公五六日未能上朝，便在内阁料理这几日公事。只见圣上亲派内辅（太监）出来宣旨道："圣上在修文殿宣召包公。"包公闻听，即随内辅进内，来至修文殿，朝了圣驾。天子赐座，包公谢恩。天子便问道："卿六日未朝，朕如失股肱（gǔ gōng，大腿和胳膊，比喻左右辅佐之臣），不胜郁闷。今日见了卿家，方觉畅然。"包公奏道："臣猝然（突然）遘疾（染病。遘，gòu，遇，逢），有劳圣虑，臣何以克当（能承当）。"天子又问道："卿参摺上义士展昭，不知他是何如人？"包公奏道："此人是个侠士，臣屡蒙此人救护。"便说："当初赶考时路过金龙寺，遇凶僧陷害，多亏了展昭将臣救出；后来奉旨陈州放赈，路过天昌镇擒拿刺客项福，也是此人；即如前日在庞吉花园破了妖魔，也是此人。"天子闻听，龙颜大悦，道："如此说来，此人不独与卿有恩，他的武艺竟是超群的了。"包公奏道："若论展昭武艺，他有三绝：第一，剑法精奥；第二，袖箭（藏在衣袖里暗中射出的箭）百发百中；第三，他的纵跃法，真有飞檐走壁之能。"天子听至此，不觉鼓掌大笑，道："朕久已要选武艺超群的，未得其人。今听卿家之言，甚合朕意。此人可现在否？"包公奏道："此人现在臣的衙内。"天子道："既如此，明日卿家将此人带领入朝，朕亲往耀武楼试艺。"

包公遵旨，叩辞圣驾，出了修文殿，又来到内阁。料理官事已毕，乘轿回至开封，至公堂落轿，复将官事料理一番。退堂，进了书房。包兴递茶。包公叫："请展爷。"不多时，展爷来到书房。包公便将今日圣上旨意，一一述说。"明早就要随本阁入朝，参见圣驾。"展爷到了此时虽不愿意，无奈包公已遵旨，只是谦逊了几句："惟恐艺不惊人，反要辜负了相爷一番美意。"彼此又叙谈了多时，方才辞了包相，来到公所之内。此时公孙策与四勇士俱已知道展爷明日引见，一个个见了，未免就要道喜。大家又聚饮一番。

至次日五鼓，包公乘轿，展爷乘马，一同入朝伺候。驾幸耀武楼，合朝文武扈从（随从，跟随。扈，hù）。天子来至耀武楼，升了宝座。包公便将展昭带至丹墀（宫殿前的台阶，因其以红色涂饰，故称。墀，chí），跪倒参驾。圣上见他有三旬以内年纪，气宇不凡，举止合宜，龙心大悦。略问了问家乡籍贯。展昭一一奏对，甚是明晰。天子便叫他舞剑，展爷谢恩，下了丹墀。早有公孙策与四勇士俱各暗暗跟来，将宝剑递过。展爷抱在怀中，步上丹墀，朝上叩了头，将袍襟略为掖了一掖，先有个开门式，只见光闪闪，冷森森，一缕银光翻腾上下。起初时身随剑转，还可以注目留神；到后来竟使人眼花缭乱。其中的削砍劈剁，勾挑拨刺，无一不精。合朝文武以及丹墀之下众人，无不暗暗喝采。惟有四勇士更为关心，仰首翘望（抬起头来望），捏着一把汗，在那里替他用力，见他舞到妙处，不由的甘心佩服："真不愧'南侠'二字。"展爷这里施展平生学艺，招招用意，处处留心，将剑舞完，仍是怀中抱月的架式收住，复又朝上磕头。见他面不更色，气不发喘。

天子大乐，便问包公道："真好剑法！怪不得卿家夸奖。他的袖箭又如何试法？"包公奏道："展昭曾言，夜间能打灭香头之火。如今白昼，只好用较射的木牌，上面糊上白纸，圣上随意点上三个朱点，试他的袖箭。不知圣意若何？"天子道："甚合朕意。"谁知包公早已吩咐预备下了，自有执事人员将木牌拿来。天子验看，上面糊定白纸，连个黑星皱纹一概没有，由不得提起朱笔，随意点了三个大点，叫执事人员随展昭去，该立于何处任他自便。因袖箭乃自己炼就的步数远近，与别人的兵刃不同。展昭深体圣意，随执事人员下了丹墀，斜行约二三十步远近，估量圣上必看得见，方叫人把木牌立稳。左右俱各退后。展昭又在木牌之前，对着耀武楼遥拜。拜毕，立起身来，看准红点，翻身竟奔耀武楼。跑来约有二十步，只见他将左手一扬，右手便递将出去，只听木牌上"拍"的一声；他便立住脚，正对了木牌，又是一扬手，只听那边木牌上又是一声"拍"；展爷此时却改了一个卧虎势，将腰一躬，脖项一扭，从胳肢窝内将右手往外一推，只听得"拍"，将木牌打的乱晃。展爷一伏身，来到丹墀之下，往上叩头。此时已有人将木牌拿来，请圣上验看。见三枝八寸长短的袖箭，俱各钉在朱红点上，惟有末一枝已将木牌钉透。天子看了，甚觉罕然（罕见），连声称道："真绝技也！"

包公又奏："启上吾主，展昭第三技乃纵跃法，非登高不可，须脱去长衣方能灵便。就叫他上对面五间高阁，我主可以登楼一望，看的始能真切。"天子道："卿言甚是。"圣上起身，刚登扶梯，便传旨："所有大臣俱各随朕登楼，余者俱在楼下。"便有随事内监回身传了圣旨。包公领班，慢慢登了高楼。天子凭栏入座，众臣环立左右。

展昭此时已将袍服脱却，扎缚停当。四爷赵虎不知从何处暖了一杯酒来，说道："大哥且饮一杯助助兴，提提气。"展爷道："多谢贤弟费心。"接过一饮而尽。赵爷还要斟时，见展爷已走出数步。楞爷却自己悄悄的饮了三杯，过来翘着脚儿，往对面阁上观看。

单说展爷到了阁下，转身又向耀武楼上叩拜。立起来，他便在平地上鹭伏鹤行，徘徊了几步。忽见他身体一缩，腰背一躬，"嗖"的一声，犹如云中飞燕一般，早已轻轻落在高阁之上。这边天子惊喜非常，道："卿等看他，如何一转眼间就上了高阁呢？"众臣宰齐声夸赞。此时展爷显弄本领，走到高阁柱下，双手将柱一搂，身体一飘，两腿一飞，嗤、嗤、嗤、嗤顺柱倒爬而上。到了柁（tuó，房架前后两个柱子之间的大横梁）头，用左手把住，左腿盘在柱上，将虎体一挺，右手一扬，作了个探海势。天子看了，连声赞好。群臣以及楼下人等无不喝采。又见他右手抓住椽（chuán，放在檩上架着屋顶的木条）头，滴溜溜身体一转，把众人唬了一跳。他却转过左手，找着椽头，脚尖儿登定檩（lǐn，架在屋架或山墙上面用来支持椽子或屋面板的长条形构件）方，上面两手倒把，下面两脚拢步，由东边串到西边，由西边又串到东边。串来串去，串到中间，忽然把双脚一拳，用了个卷身势往上一翻，脚跟登定瓦陇，平平的将身子翻上房去。天子看至此，不由失声道："奇哉！奇哉！这那里是个人，分明是朕的御猫一般。"谁知展爷在高处业已听见，便在房上与圣上叩头。众人又是欢喜，又替他害怕。只因圣上金口说了"御猫"二字，南侠从此就得了这个绰号，人人称他为"御猫"。此号一传不知紧要，便惹起了多少英雄好汉，人人奇材，个个豪杰。也是大宋洪福齐天，若非这些异人出仕，如何平定襄阳的大事。后文慢表。

当下仁宗天子亲试了展昭的三艺，当日驾转还宫，立刻传旨："展昭为御前四品带刀护卫，就在开封府供职。”包公带领展昭望阙（què，皇帝居处）叩头谢恩。诸事已毕，回转开封。包公进了书房，立刻叫包兴备了四品武职服色送与展爷。展爷连忙穿起，随着包兴来到书房，与包公行礼。包公那里肯受，逊让多时，只受了半礼。展爷又叫包兴进内在夫人跟前代白（陈述），就说展昭与夫人磕头。包兴去了多时，回来说道：“夫人说，老爷屡蒙展老爷护救，实实感谢不尽。日后还要求展老爷时时帮助相爷。给展老爷道喜，礼是不敢当的。”展爷恭恭敬敬，连连称是。包公又告诉他：“明早具公服上朝，本阁替你代奏谢恩。”展爷谢道：“卑职谨依钧命。”说罢，退出，来到公所。

公孙策与四勇士俱各上前道喜。彼此逊让一番，大家入座。不多时，摆上丰盛酒肴（yáo，鱼肉等荤菜）。这是众人与展爷贺喜的。公孙策为首，便要安席敬酒，展爷那里肯依，便道：“你我皆知己弟兄，若如此，便是拿我当外人看了。”大家见展爷如此，公议共敬三杯。展爷领了，谢过众人，彼此就座。饮酒之间，又提起今日试艺，大家赞不绝口。展爷再三谦逊，毫无自满之意，大家更为佩服。

正在饮酒之际，只见包兴进来，大家让坐。包兴道：“实实不能相陪，相爷叫我来请公孙先生来了。”众人便问何事。包兴道：“方才老爷进内，吃了饭出来，便到书房，叫请公孙先生。不知为着何事。”公孙策暂向众人告辞，同包兴进内，往书房去了。这里众人纳闷，再也测度不出是为甚么事来。

不多一会，只见公孙策出来，大家便问：“相爷呼唤，有何台谕？”公孙策道：“不为别的，一来给展大哥办理谢恩摺子；二来为前在修文殿召见之时，圣上说了一句几天没见咱家相爷如失股肱，相爷因想起国家总以选拔人才为要。况有太后入宫大庆之典礼，宜加一科，为国求贤。叫我打个条陈摺底儿，请开恩科（宋代科举承袭五代后晋的制度，凡是士子乡试合格后，礼部试或廷试多次不采取的，遇皇帝亲试士时，特别立名册以奏，经过特许附试，称为特奏名。凡是特奏名的士人，一般都能考中，因此称为恩科）。”展爷道：“这也是一件极好的事。既如此，咱们吃饭罢，不可耽搁了贤弟正事。”公孙策道：“一个摺底也甚容易，何必太忙。”展爷道：“虽则如此，相爷既然吩咐，想来必是等着看呢。你我朝夕聚首，何争此一刻呢？”公孙策听展爷说得有理，只得要饭来。大家用毕，离席，散坐吃茶。公孙先生得便来到自己屋内，略为思索，提笔一挥而就，交包兴请示相爷看过，立刻缮写（誊写，抄写。缮，shàn）清楚，预备明日呈递。

至次日五鼓，包公带领展爷到了朝房，伺候谢恩。众人见了展爷，无不悄悄议论夸赞的。又见展爷穿着簇新（极新。簇，cù）的四品武职服色，越显得气宇昂昂，威风凛凛，真真令人羡慕之中可畏可亲。及至圣上升殿，展爷谢过恩后，包公便将加恩科的本章递上。天子看了甚喜，朱批依议，发到内阁，立刻出抄，颁行各省。所有各处文书一下，人人皆知。不识后文如何，且听下回分解。

第二十三回　洪义赠金夫妻遭变　白雄打虎甥舅[1]相逢

且说恩科文书行至湖广，便惊动了一个饱学之人。你道此人姓甚名谁？他乃湖广武昌府江夏县南安善村居住，姓范名仲禹，妻子白氏玉莲，孩儿金哥年方七岁，一家三口度日。他虽是饱学名士，却是一个寒儒，家道艰难，止于糊口。一日，会文（文人聚会，切磋诗文）回来，长吁短叹，闷闷不乐。白氏一见，不知丈夫为着何事，或者与人合了气了，便向前问道："相公今日会文回来，为何不悦呢？"范生道："娘子有所不知，今日与同窗会文，却未作课，见他们一个个装束行李，张罗起身。我便问他：'如此的忙迫（忙碌紧张），要往那里去？'同窗朋友道：'怎么？范兄你还不知道么？如今圣上额外的旷典（前所未有的典制），加了恩科，文书早已行到本省。我们尚要前去赴考，何况范兄呢？范兄若到京时，必是鳌头独占了。'是我听了此言，不觉扫兴而归。娘子，你看家中一贫如洗，我学生焉能到得京中赴考呢？"说罢，不觉长叹了一声。白氏道："相公，原来如此。据妾身想来，此事也是徒愁无益。妾身也久有此意。我自别了母亲，今已数年之久，原打算相公进京赴考时，妾身意欲同相公一同起身，一来相公赴考，二来妾身也可顺便

① 甥（shēng）舅：外甥和舅舅。

探望母亲。无奈事不遂心，家道艰难，也只好置之度外了。”白氏又劝慰了丈夫许多言语，范生一想，原是徒愁无益之事，也就只好丢开。

至次日清晨，正在梳洗，忽听有人叩门。范生连忙出去，开门一看，却是个知己的老朋友刘洪义，不胜欢喜。二人携手，进了茅屋。因刘洪义是个年老之人，而且为人忠梗（忠诚正直。梗，同“耿”），素来白氏娘子俱是不回避的，便上前与伯伯见礼。金哥也来拜揖。刘老者好生欢喜。逊坐（让座）烹茶。刘老者道：“我今来特为一事，与贤弟商议。当今额外旷典，加了恩科，贤弟可知道么？”范生道：“昨日会文去方知。”刘老者道：“贤弟既已知道，可有甚么打算呢？”范生叹道：“别人可瞒，似老兄跟前，小弟焉敢撒谎。兄看室如悬磬（屋里就像挂着石磬一样。形容穷得什么也没有。磬，qìng，古代用石、玉制成的打击乐器），叫小弟如之奈何（怎么办）？”说罢，不觉惨然。刘老一见，便道：“贤弟不要如此。但不知赴京费用可得多少呢？”范生道：“此事说来，尤其叫人为难。”便将昨日白氏欲要顺便探母的话，说了一遍。刘老者闻听，连连点头：“人生莫大于孝，这也是该当的。如此算来，约用几何呢？”范生答道：“昨日小弟细细盘算，若三口人一同赴京，一切用度至少也得需七八十两。一时如何措办（筹集）的来呢？也只好丢开罢了。”刘老者闻听，沉吟了半晌，道：“既如此，待我与你筹划筹划去。倘得事成，岂不是件好事呢？”范生连连称谢。刘老者立起身来要走。范生断不肯放，是必留下吃饭。刘老者道：“吃饭是小事，惟恐耽误了正事。容我早早回去，张罗张罗事情要紧。”范生便不肯紧留，送出柴门。分别时，刘老者道：“就是明日罢，贤弟务必在家中听我的信息。”说罢执手，扬长而去。

范生送了刘老者回来，心中又是欢喜，又是浩叹（大声叹息）：欢喜的是，事有凑巧；浩叹的是，自己艰难却又赘累（牵连，连累。赘，zhuì）朋友。又与白氏娘子望空扑影的盘算了一回。

到了次日，范生如坐针毡一般，坐立不安，时刻盼望。好容易天将交午（中午），只听有人叩门，范生忙将门开了。只见刘老者拉进一头黑驴，满面是汗，喘吁吁地进来，说道：“好黑驴！许久不骑他，他就闹起手来了。一路上累的老汉通身是汗。”说着话，一同来到屋内坐下，说道：“幸喜事已成就，竟是贤弟的机遇。”一壁（一边）说着，将驴上的钱靫儿（装钱的长方形大口袋。靫，chá）从外面拿下来，放在屋内桌上，掏出两封银子，又放在床上，说道："这是一百两银子。贤弟与弟妇带领侄儿可以进京了。"范生此时真是喜出望外，便道："如何用的了这许多呢？再者不知老兄如何借来，望乞明白指示。"刘老者笑道："贤弟不必多虑。此银也是我相好借来的，并无利息；纵有利息，有我一面承管。再者银子虽多，贤弟只管拿去。俗语说的好：'穷家富路。'我又说句不吉祥的话儿，倘若贤弟落了孙山（即名落孙山，指考试或选拔时落选），就在京中居住，不必往返跋涉（爬山涉水。跋，bá）。到了明年又是正科，岂不省事？总是敷余（余留，余下）些好。"范生听了此言有理，知道刘老为人豪爽，也不致谢，惟有铭感（感激）而已。刘老又道："贤弟起身应用何物，也当办理。"范生道："如今有了银子，便好办了。"刘老者道："既如此，贤弟便计虑明白。我今日也不回去了，同你上街办理行装。明日极好的黄道日期（迷信人认为宜于办事的好日子），就要起身才好。"范生便同刘老者牵了黑驴，出柴门，竟奔街市制办行装。白氏在家中，也收拾起身之物。到了晚间，刘老与范生回来，一同收拾行李，直闹到三鼓（三更）方歇。所有粗使的家伙以及房屋，俱托刘老者照管。刘老者上了年纪之人，如何睡的着；范生又惦念着明日行路，也是不能安睡。二人闲谈，刘老者便嘱咐了多少言语，范生一一谨记。

刚到黎明，车子便来，急将行李装好。白氏拜别了刘伯伯，不觉泪下。母子二人上车。刘老者便道："贤弟，我有一言奉告。"指着黑驴道："此驴乃我蓄养多年，因他是个孤蹄，恐妨主人。我今将此驴奉送，贤弟遇便将他卖了，另买一头骑上京去便了。"范生道："既蒙兄赐，不敢推辞。卖是断断不卖的。人生穷通有命，显晦因时，皆有定数，岂在一畜？未闻有畜类而能妨人者。兄勿多疑。"刘老听了欢喜，道："吾弟真达人也。"范生拉了黑驴出柴门。二人把握，难割难舍，不忍分离。范生哭的连话也说不出来。还是刘老者硬着心肠，道："贤弟请乘骑，恕我不远送了。"说罢，竟自进了柴门。范生只得含悲去了。这里刘老者封锁门户，照看房屋。这且不表。

单言范生一路赴京，无非是晓行夜宿，饥餐渴饮，却是平平安安地到了京都，找了住所，安顿家小。范生就要到万全山寻找岳母去，倒是白氏拦住，道："相公不必太忙。原为的是科场而来，莫若场后诸事已毕，再去不迟。一来别了数年，到了那里，未免有许多应酬，又要分心。目下且养心神，候场务完了，我母子与你同去。二来相别许久，何争此一时呢？”范生听白氏说的有理，只得且料理科考，投文投卷。

到场期已近，却是奉旨钦派包公首相的主考，真是至正无私，利弊全消。范生三场完竣（jùn，完毕），甚是得意，因想：“妻子同来，原为探望岳母。场前贤妻体谅于我，恐我分心劳神。迟到如今，我若不体谅贤妻，他母子分别数载之久，今离咫尺（比喻相距很近。咫，zhǐ），不能使他母子相逢，岂不显得我过于情薄么？”于是备上黑驴，觅了车辆，言明送至万全山即回。夫妻父子三人，锁了寓所的门，一直竟奔万全山而来。

到了万全山，将车辆打发回去，便同妻子入山寻找白氏娘家，以为来到便可以找着，谁知问了多少行人，俱各不知。范生不由的烦躁起来，后悔不该将车打发回去。原打算既到了万全山，总然再有几里路程，叫妻子乘驴抱了孩儿，自己也可以步行，他却如何料得到竟会找不着呢。因此便叫妻子带同孩儿在一块青石之上歇息，将黑驴放青（把牲畜放在青草地上吃草）啃草，自己便放开脚步，一直出了东山口，逢人便问，并无有一个知道白家的。心中好生气闷，又记念着妻子，更搭着两腿酸疼，只得慢慢踱（duó，慢慢行走）将回来。及至来到青石之处，白氏娘子与金哥俱各不见了。这一惊非同小可，只急得眼似銮铃（旧时车马上系的铃铛），四下瞭望，那里有个人儿呢。到了此时，不觉高声呼唤，声音响处，山鸣谷应，却有谁来答应？唤够多时，声哑口干，也就没有劲了。他就坐在石上，放声大哭。

正在悲恐之际，只见那边来个年老的樵人（打柴的人。樵，qiáo），连忙上前问道：“老丈，你可曾见有一妇人带领个孩儿么？”樵人道：“见可见个妇人，并没有小孩子。”范生即问道：“这妇人在那里？”樵人摇首，道：“说起来凶的狠呢。足下，你不晓得离此山五里远，有一村名唤独虎庄，庄中有个威烈侯名叫葛登云。此人凶悍非常，抢掠民间妇女。方才见他射猎回来，马上驮一个啼哭的妇人，竟奔他庄内去了。”范生闻听，忙忙问道：“此庄在山下何方？”樵人道：“就在东南方。你看那边远远一丛树林，那里就是。”范生听了一看，也不作别，竟飞跑下山，投庄中去了。

你道金哥为何不见？只因葛登云带了一群豪奴，进山搜寻野兽，不想从深草丛中赶起一只猛虎。虎见人多，各执兵刃，不敢扬威，他便跑下山来。恰恰从青石经过，他就一张口把金哥叼去，就将白氏吓的昏晕过去。正遇葛登云赶下虎来，一见这白氏，他便令人驮在马上，回庄去了。那虎往西去了，连越两小峰。不防那边树上有一樵夫正在伐柯（砍取做斧柄的木料），忽见猛虎衔（xián，用嘴叼）一小孩，也是急中生智，将手中板斧照定虎头抛击下去，正打在虎背之上。那虎猛然被斧击中，将腰一塌，口一张，将小儿便落在尘埃（地上）。樵夫见虎受伤，便跳下树来，手疾眼快，拉起扁担照着虎的后胯就是一下，力量不小。只听吼的一声，那虎蹿过岭去。樵夫忙将小儿扶起，抱在怀中，见他还有气息，看了看虽有伤痕，却不甚重；呼唤多时，渐渐的苏醒过来，不由得满心欢喜。又恐再遇野兽，不是当要的，急急搂定小儿，先寻着板斧，掖（yē，塞进衣袋或夹缝里）在腰间；然后提了扁担步下山来，一直竟奔西南，进了八宝村。走不多会，到了自己门首，便呼道："母亲开门，孩儿回来了。"只见里面走出一个半白头发的婆婆来，将门开放，不觉失声道："嗳哟！你从何处抱了个小儿回来？"樵夫道："母亲，且到里面再为细述。"婆婆接过扁担，关了门户。樵夫进屋，将小儿轻轻放在床上，自己拔去板斧，向婆婆道："母亲，可有热水取些来？"婆婆连忙拿过一盏。樵夫将小儿扶起，叫他喝了点热水，方才转过气来，"嗳哟"一声，道："唬死我了！"

此时那婆婆也来看视，见他虽有尘垢（尘土和污垢），却是眉清目秀，心中疼爱的不知要怎么样才好。那樵夫便将从虎口救出之话，说了一回。那婆婆听了，又不胜惊骇，便抚摸着小儿，道："你是虎口余生，将来造化不小，富贵绵长。休要害怕，慢慢的将家乡住处告诉于我。"小儿道："我姓范名叫金哥，年方七岁。"婆婆见他说话明白，又问他："可有父母没有？"金哥道："父母俱在。父名仲禹，母亲白氏。"婆婆听了，不觉诧异，道："你家住那里？"金哥道："我不是京都人，乃是湖广武昌府江夏县安善村居住。"婆婆听了，连忙问道："你母亲莫非乳名叫玉莲么？"金哥道："正是。"婆婆闻听，将金哥一搂，道："嗳哟！我的乖乖呀！你可疼煞我也！"说罢，就哭起来了。金哥怔（zhèng，发呆）了，不知为何。旁边樵夫道："我告诉你，你不必发怔。我叫白雄。方才提的玉莲，乃是我的同胞姐姐。这婆婆便是我的母亲。”金哥道：“如此说来，你是我的母舅，他便是我的外祖母了。”说罢，将小手儿把婆婆一搂，也就痛哭起来。要知如何，且听下回分解。

第二十四回 受乱棍范状元疯癫 贪多杯屈胡子丧命

且说金哥认了母舅，与外祖母搂着痛哭。白雄含泪劝慰多时，方才住声。白老安人（夫人，对妇人的尊称）道：“既是你父母来京，为何不到我这里来？”金哥道：“皆因为寻找外祖母，我才被虎叼去。”便将父亲来京赴考、母亲顺便探母，“是我父母商议定于场后寻找外祖母，故此今日来至万全山下。谁知问人俱各不知，因此我与母亲在青石之上等侯，爹爹出东山口找寻去了。就在此时，猛然出来一只老虎就把我叼着走了，我也不知道了，不想被母舅救到此间。只是我父母不知此时哭到甚么地步，岂不伤感坏了呢！”说罢，又哭起来了。白雄道：“此处离万全山有数里之遥，地名八宝村。你等在东山口找寻，如何有人知道呢？外甥不必啼哭。今日天气已晚，待我明日前往东山口找寻你父母便了。”说罢，忙收拾饭食。又拿出刀伤药来。白老安人与他掸（dǎn，用掸子或别的东西轻轻地拂或抽，去掉灰尘等）尘梳洗，将药敷了伤痕。又怕他小孩子家想念父母，百般的哄他。

到了次日黎明，白雄掖了板斧，提着扁担，竟奔万全山而来。到了青石之傍，左右顾盼，那里有个人影儿。正在瞭望，忽见那边来了一人，头发蓬松，血渍满面，左手提着衣襟，右手执定一只朱履（红色的鞋），慌慌张张，竟奔前来。白雄一见，才待开言，只见那人举起鞋来，照着白雄就打，说道：“好狗头呀！你打得老爷好！你杀得老爷好！”白雄急急闪过，仔细一看，却像姐丈范仲禹模样。及至问时，却是疯癫的，言语并不明白。白雄忽然想起：“我何不回家背了外甥来叫他认认呢？”因（于是）说道：“那疯汉，你在此略等一等，我去去便来。”他就直奔八宝村去了。

你道那疯汉是谁？原来就是范仲禹。只因听了老樵人之言，急急赶到独虎庄，硬向威烈侯门前要他的妻子。可恨葛贼暗用稳军计留下范生，到了夜间，说他无故将他家人杀害，一声喝令，一顿乱棍将范生打的气绝而亡。他却叫人弄个箱子，把范生装在里面，于五鼓时抬至荒郊抛弃。不想路上遇见一群报录（科举时代向考中者报告中榜喜讯）的人，将此箱劫去。这些报录的，原是报范生点了头名状元的，因见下处无人，封锁着门，问人时，说范生合家俱探亲往万全山去了，因此他等连夜赶来。偶见二人抬定一只箱子，以为必是夤夜（深夜。夤，yín）窃来的，又在旷野之间，倚仗人多，便将箱子劫下。抬箱子人跑了。众人算发了一注外财，抽出绳杠，连忙开看。不料范生死而复苏，一挺身跳出箱来，拿定朱履就是一顿乱打。众人见他披发带血，情景可怕，也就一哄而散。他便踉踉跄跄，信步来至万全山，恰与白雄相遇。

再说白雄回到家中，对母亲说知，背了金哥，急往万全山而来。及至来到，疯汉早已不知往那里去了。白雄无可如何（没有办法），只得背了金哥回转家中。他却不辞辛苦，问明了金哥在城内何方居住。从八宝山村要到城中，也有四十多里，他那管远近，一直竟奔城中而来。到了范生下处一看，却是仍然封锁，真是“乘兴而来，败兴而返”。忽听街市之上，人人传说新科状元范仲禹不知去向。他一听见满心欢喜，暗道：“他既已中了状元，自然有在官人役访查找寻，必是要有下落的了。且自回家，报了喜信，我再细细盘问外甥一番便了。”白雄自城内回家，见了母亲，备述一切。金哥闻听父母不知去向，便痛哭起来。白老安人劝慰多时，方才住声。白雄便细细盘问外甥。金哥便将母子如何坐车，父亲骑驴到了山下，如何把驴放青啃草，母子如何在青石之上等候，父亲如何出东山口打听，此时就被虎叼了去的话，说了一遍。白雄都一一记在心间，等次日再去寻找便了。

你说白雄这一天辛苦，来回跑了足有一百四五十里，也真难为他。只顾说他这一边的辛苦，就落了那一边的正文。野史有云“一张口难说两家话”，真是果然。就是他辛苦这一天，便有许多事故在内。

你道何事？原来城中鼓楼大街西边有座兴隆木厂，却是山西人开张。弟兄二人，哥哥名叫屈申，兄弟名叫屈良。屈申长的相貌不扬，又搭着一嘴巴扎煞（zhā sha，张开，伸张）胡子，人人皆称他为“屈胡子”。他最爱杯中之物，每日醺醺，因此又得了个外号儿，叫“酒曲子”（酿酒用的曲）。他虽然好喝，却与正事不误，又加屈良帮助，把个买卖作了个铁桶相似，甚为兴旺。因为万全山南，便是木商的船厂。

这一天，屈申与屈良商议，道：“听说新货已到，乐（老）子要到那里看看。如若对劲儿，咱倒批下些，岂不便宜呢？”屈良也甚愿意，便拿褡裢（dā lian，长方形口袋，中间开口，两端各做成一个袋子，装钱物用）钱靫子（装钱的袋子。靫，chá）装上四百两纹银，备了一头酱色（深赭色）花白的叫驴。此驴最爱赶群：路上不见驴，他不好生走；若见了驴，他就追，也是惯了的毛病儿。屈申接过银子褡裢，搭在驴鞍上面，乘上驴，竟奔万全山南。

到了船厂，木商彼此相熟。看了多少木料，行市全然不对。买卖中的规矩，交易不成仁义在。虽然木料没批，酒肴是要预备的。屈申一见了酒，不觉勾起他的馋虫来了，左一杯，右一杯，说也有，笑也有，竟自乐而忘归。猛然一抬头，看了看日色已然平西（指太阳落山）了，他便忙了，道：“乐子含（还）要净（进）沉（城）呢，天万（晚）拉（咧），天晚咧。”说着话，便起身作揖拱腰儿，连忙拉了酱色花驴，竟奔万全山而来。

他越着急，驴越不走，左一鞭，右一鞭，骂道：“洼八日的臭屎蛋！‘养军千日，用在一朝’。老阳儿眼看着没拉，你含（合）我喤喤呢！”话未说完，忽见那驴两耳一支楞，“吗”的一声就叫起来，四个蹄子乱窜飞跑。屈申知道他的毛病，必是听见前面有驴叫唤，他必要追。因此拢住扯手由他跑去，到底比闹喤喤强。谁知跑来跑去，果见前面有一头驴。他这驴一见，便将前蹄扬起，连蹦带跳。屈申坐不住鞍心，顺着驴屁股掉将下来。连忙爬起，用鞭子乱打一回，只得揪住嚼子，将驴带转，拴在那边一株小榆树上。过来一看，却是一头黑驴，鞍鞯（ān jiān，马鞍和马鞍下面的垫子）俱全。这便是昨日范生骑来的黑驴，放青啃草，迫促之际，将他撇下。黑驴一夜未吃麸（fū，小麦磨成面筛过后剩下的麦皮和碎屑）料，信步由缰，出了东山口外，故在此处仍啃青（牲畜吃青苗）。屈申看了多时，便嚷道：“这是谁的黑驴？”连嚷几声，并无人应，自己说道：“好一头黑驴！”又瞧了瞧口，才四个牙，膘满肉肥，而且鞍韂鲜明，暗暗想道："趁着无人，乐子何不换他娘的。"即将钱褡子拿过来，搭在黑驴身上，一扯扯手，翻身上去。只见黑驴迤迤迤迤，却是飞快的好走儿。屈申心中欢喜，以为得了便宜。

忽然见天气改变，狂风骤起，一阵黄沙打的二目难睁。此时已有掌灯时候，屈申心中踌躇道："这官（光）景，城是进不去了。我还有四百两营（银）子，这可咱（怎）的好？前面万全山若遇见个打梦（闷）棍的，那才是早（糟）儿糕呢！只好找个仍（人）家借个休（宿）儿。"心里想着，只见前面有个褡裢坡儿，南上坡忽有灯光。屈申便下了黑驴，拉到上坡，来到门前。

忽听里面有妇人说道："嫁汉嫁汉，穿衣吃饭。有把老婆饿起来的么？"又听男子说话道："你饿着，谁又吃甚么来呢？"妇人接着说道："你没吃甚么，你倒灌黄汤了。"男子又道："谁不叫你也喝呢？"妇人道："我要会喝，我早喝了。既弄了来，不知籴（dí，买进）柴米，你先张罗你的酒。"男子道："这难说，也是我的口头福儿。"妇人道："既爱吃现成儿的，索性明儿我挣了你吃爽利，叫你享享福儿。"男子道："你别胡说。我虽穷，可是好朋友。"妇人道："街市上那有你这样的好朋友呢？"屈申听至此，欲待不敲门，看了看四面黑，别处又无灯光，只得用鞭子敲户，道："借官（光）儿，寻个休儿。"里面却不言语了。

屈申又叫了半天，方听妇人问道："找谁的？"屈申道："我是行路的，因天贺（黑）了，借官（光）儿，寻个休儿。明儿重礼相谢。"妇人道："你等等。"又迟了半天，方见有个男子出来，打着一个灯笼，问道："作甚么的？"屈申作个揖，道："我是个走路儿的。因天万（晚）咧（啦），难以行走，故此惊动，借个休儿。明儿重礼相谢。"男子道："原来如此。这有甚么呢，请到家里坐。"屈申道："我还有一头驴。"男子道："只管拉进来。"将驴拴在东边树上，便持灯引进来，让至屋内。

屈申提了钱褡子，随在后面。进来一看，却是两明一暗，三间草房。屈申将褡子放在炕上，重新与那男子见礼。那男子还礼，道："茅屋草舍，掌柜的不要见笑。"屈申道："好说。"男子便问："尊姓？在那里发财？"屈申道："姓屈名叫屈申，在沉（城）里故（鼓）楼大该（街）开着个心（兴）伦（隆）木厂。我含（还）没吝（领）教你老贵信（姓）？"男子道："我姓李名叫李保。"屈申道："原来是李大过

（哥），失敬，失敬。”李保道：“好说，好说。屈大哥，久仰，久仰。”

你道这李保是谁？他就是李天官派了跟包公上京赴考的李保。后因包公罢职，他以为包公再没有出头之日，因此将行李银两拐去逃走。每日花街柳巷，花了不多的日子，便将行李银两用尽，流落至此，投在李老头店中。李老儿夫妻见他勤谨小心，膝下又无儿子，只有一女，便将他招赘（招女婿。赘，zhuì），作了养老的女婿。谁知他旧性不改，仍是嫖赌吃喝，生生把李老儿夫妻气死。他便接过店来，更无忌惮，放荡自由，加着李氏也是个好吃懒做的女人，不上一二年便把店关了。后来闹的实在无法，就将前面家伙等项典卖与人，又将房屋拆毁卖了折货（换作货物），只剩了三间草房，到今日落得一贫如洗。偏偏遇见倒运的屈申前来投宿。

当日李保与他攀话（互相闲谈），见灯内无油，立起身来向东间，掀起破布帘子，进内取油。只见他女人悄悄问道：“方才他往炕上一放，咕咚一声，是甚么？”李保道：“是个钱褡子。”妇人欢喜，道：“活该咱家要发财。”李保道：“怎见得？”妇人道：“我把你这傻兔子！他单单一个钱褡子而且沉重，那必是硬头货了。你如今问他，会喝不会喝？他若会喝，此事便有八分了。有的是酒，你尽力的将他灌醉了，自有道理。”

李保会意，连忙将油罐子拿出来，添上灯，拨的亮亮儿的。他便大哥长、大哥短的问话，说到热闹之间，便问：“屈大哥，你老会喝不会？”一句话问的个屈申口角流涎（xián，唾沫，口水），馋不可解，答道：“这们半夜三更的，那里讨酒哈（喝）呢？”李保道：“现成有酒。实对大哥说，我是最爱喝的。”屈申道：“对悸（劲）儿！我也是爱喝的。咱两个竟是知己的好盆（朋）友了。”李保说着话，便温起酒来，彼此对坐。一来屈申爱喝，二来李保有意，一让两让连三让，便把个屈申灌的酩酊大醉（形容醉得很厉害。酩酊，mǐng dǐng），连话也说不出来了，前仰后合。他把钱褡子往里一推，将头刚然（刚刚）上枕，便呼呼酣睡。

此时李氏已然出来。李保悄悄说道：“他醉是醉了，只是有何方法呢？”妇人道：“你找绳子来。”李保道：“要绳子作甚么？”妇人道：“我把你这呆爪日的！将他勒死，就完了事咧。”李保摇头，道：“人命关天，不是玩的。”妇人发怒，道：“既要发财，却又胆小。松王八！

难道老娘就跟着你挨饿不成？”李保到了此时，也顾不得国法，便将绳子拿来。妇人已将破炕桌儿挪开，见李保颤颤哆嗦，知道他不能下手。恶妇便将绳子夺过来，连忙上炕，绕到屈申里边，轻轻儿的从他枕的钱褡之下，递过绳头，慢慢拴过来紧了一扣。一招手将李保叫上炕来，将一头递给李保，拢住了绳头，两个人往两下里一勒，妇人又将脚一登。只见屈申手脚扎煞。李保到了此时，虽然害怕，也不能不用力了。不多时，屈申便不动了，李保也就瘫了。这恶妇连忙将钱褡子抽出，伸手掏时，见一封一封的却是八包，满心欢喜。未知如何，且听下回分解。

第二十五回　白氏还魂阳差阴错　屈申附体醉死梦生

且说李保夫妇将屈申谋害。李氏将钱褡（chá）子抽出，伸手一封一封的掏出，携灯进屋，将炕面揭开，藏于里面。二人出来，李保便问：“尸首可怎么样呢？”妇人道：“趁此夜静无人，背至北上坡，抛放庙后，又有谁人知晓？”李保无奈，叫妇人仍然上炕，将尸首扶起，李保背上。才待起身，不想屈申的身体甚重，连李保俱各栽倒。复又站起来，尽力的背。妇人悄悄的开门，左右看了看，说道：“趁此无人，快背着走罢。”李保背定，竟奔北上坡而来。

刚然走了不远，忽见那边有个黑影儿一晃。李保觉得眼前金花乱迸，汗毛皆乍（张开），身体一闪，将死尸掷于地上，他便不顾性命的往南上坡跑来。只听妇人道：“在这里呢！你往那里跑？”李保喘吁吁地道：“把我吓糊涂了。刚然到北上坡不远，谁知那边有个人，因此将尸首掷于地上，就跑回来了。不想跑过去了。”妇人道：“这是你‘疑心生暗鬼’。你忘了北上坡那棵小柳树儿了，你必是拿他当作人了。”李保方才省悟（觉醒，明白），连忙道：“快关门罢。”妇人道：“门且别关，还没有完事呢。”李保问道：“还有甚么事？”妇人道：“那头驴怎么样？留在家中，岂不是个祸胎么？”李保道：“是呀！依你怎么样？”妇人道：“你连这么个主意也没有，把它轰出去就完了。”李保道：“岂不可惜了的？”妇人道：“你发了这么些财，还稀罕这个驴？”李保闻听，连忙到了院里，将偏缰解开，拉着往外就走。驴子到了门前，再不肯走。好狠妇人！提起门闩，照着驴子的后胯就是一下。驴子负痛，往外一窜。李保顺手一撒，妇人又将门闩从后面一戳，那驴子便跑下坡去了。

恶夫妇进门，这才将门关好。李保总是心跳不止，倒是妇人坦然自得，并教给李保：“明日依然照旧，只管井边汲水（从下往上打水。汲，jí）。倘若北上坡有人看见死尸，你只管前去看看，省得叫别人生疑心。候事情安静之后，咱们再慢慢受用。你说这件事情，作的干净不干净，严密不严密？”妇人一片话说的李保也壮起胆来。说着话，不觉的鸡已三唱（鸡叫过三遍，指天快亮了），天光发晓，路上已有行人。

有一人看见北上坡有一死尸，便慢慢的积聚多人。就有好事的给地方（甲长，地保）送信，地方听见本段有了死尸，连忙跑来，见脖项有绳子一条，却是极松的，并未环扣。地方看了，道：“原来是被勒死的。众位乡亲，大家照看些，好歹别叫野牲口嚼了。我找我们伙计去，叫他看着，我好报县。”地方嘱托了众人，他就往西去了。

刚然走了数步，只听众人叫道：“苦头儿，苦头儿，回来，回来。活咧！活咧！”苦头儿回头道：“别顽笑吓！我是烧心的事，你们这是甚么劲儿呢？还打我的糠登子。”众人道：“真的活咧！谁和你顽笑呢？”苦头听了，只得回来，果见尸首拳手拳脚动弹，真是苏醒了。连忙将他扶起，盘上双腿。迟了半晌，只听得嗳哟一声，气息甚是微弱。苦头儿在对面蹲下，便问道：“朋友，你苏醒苏醒，有甚么话，只管对我说。”只见屈申微睁二目，看了看苦头儿，又瞧了瞧众人，便道：“吓！你等是甚么人？为何与奴家对面交谈？是何道理？还不与我退后些！”说罢，将袖子把面一遮，声音极其娇细。众人看了，不觉笑将起来，说道：“好个奴家！好个奴家！”苦头儿忙拦道：“众位乡亲别笑，这是他刚然苏醒，神不守舍之故。众位压静，待我细细地问他。”众人方把笑声止住。苦头儿道：“朋友，你被何人谋害？是谁将你勒死的？只管对我说。”只见屈申羞羞惭惭地道：“奴家是自己悬梁自尽的，并不是被人勒死的。”众人听了，乱说道：“这明是被人勒死的，如何说是吊死的？既是吊死，怎么能够项带绳子，躺在这里呢？”苦头儿道：“众位不要多言，待我问他。”便道：“朋友，你为甚么事上吊呢？”只听屈申道：“奴家与丈夫儿子探望母亲，不想遇见甚么威烈侯将奴家抢去，藏闭在后楼之上，欲行苟且。奴假意应允，支开了丫鬟，自尽而死。”苦头儿听了，向众人道：“众位听见了？”便伸出个大拇指头来。“其中又有这个主儿，这个事情怪呀！看他的外面，与他所说的话，有点底脸儿不对呀。”

正在诧异，忽听脑后有人打了一下子。苦头儿将手一摸，嗳哟道：“这是谁呀？”回头一看，见是个疯汉，拿着一只鞋在那里赶打众人。苦头儿埋怨，道：“大清早起，一个倒卧闹不清，又挨了一鞋底子，好生的晦气！”忽见屈申说道：“那拿鞋打人的，便是我的丈夫，求众位爷们将他拢住。”众人道：“好朋友！这个脑袋样儿，你还有丈夫呢？”

正在说笑，忽见有两个人扭结在一处，一同拉着花驴，高声乱喊：“地方！地方！我们是要打定官司了。”苦头儿发恨，道：“真他妈的！我是甚么时气儿，一宗不了又一宗。”只得上前说道：“二位松手，有话慢慢的说。”

你道这二人是谁？一个是屈良，一个是白雄。只因白雄昨日回家一日，黎明又到万全山，出东山口各处找寻范爷。忽见小榆树上拴着一头酱色花驴，白雄以为是他姐夫的驴子。只因金哥没说是黑驴，他也没问是甚么毛片。有了驴子，便可找人，因此解了驴子牵着正走，恰恰地遇见屈良。屈良因哥哥一夜未回，又有四百两银子，甚不放心，因此等城门一开，急急的起来，要到船厂询问。不想遇见白雄拉着花驴，正是他哥哥屈申骑坐的，他便上前一把揪住，道：“你把我们的驴拉着到那里去？我哥哥呢？我们的银子呢？”白雄闻听，将眼一瞪，道：“这是我亲戚的驴子。我还问你要我的姐夫姐姐呢！”彼此扭结不放，是要找地方打官司呢。

恰好巧遇地方。他只得上前说道：“二位松手，有话慢慢地说。”不料屈良他一眼瞧见他哥哥席地而坐，便嚷道：“好了！好了！这不是我哥哥么？”将手一松，连忙过来，说道：“哥哥，你怎的在此呢？脖子上怎的又拴着绳子呢？”忽听屈申道：“哇（dōu，怒斥声）！你是甚等样人，竟敢如此无礼，还不与我退后！”屈良听他哥竟是妇人声音，也不是山西口气，不觉纳闷道：“你这是怎的了呢？咱们山西人是好朋友。你这个光景，以后怎的见人呢？”忽见屈申向着白雄道：“你不是我兄弟白雄么？嗳哟！兄弟呀！你看姐姐好不苦也！”倒把个白雄听了一怔（zhèng，发呆）。

忽然又听众人说道：“快闪开，快闪开，那疯汉又回来了。”白雄一看，正是前日山内遇见之人。又听见屈申高声说道：“兄弟，那边是你姐夫范仲禹，快些将他拢住。”白雄到了此时，也就顾不得了，将花驴偏缰递给地方，他便上前将疯汉揪了个结实，大家也就相帮，才拢住。苦头儿便道：“这个事情我可闹不清。你们二位也不必分争，只好将你们一齐送到县里，你们那里说去罢。”

刚说至此，只见那边来人。苦头儿便道：“快来罢！我的大爷，你还慢慢的蹭呢。”只听那人道：“我才听见说，赶着就跑了来咧。”苦头儿道：“牌头，你快快地找两辆车来。那个是被人谋害的不能走，这个是个疯子，还有他们两个俱是事中人。快快去罢。”老牌头听了，连忙转去。不多时，果然找了两辆车来，便叫屈申上车。屈申偏叫白雄搀扶，白雄却又不肯。还是大家说着，白雄无奈，只得将屈申搀起。见他两只大脚儿，仿佛是小小金莲一般，扭扭捏捏，一步挪不了四指儿的行走，招的众人大笑。屈良在旁看着，实在脸上磨不开，惟有嗐声叹气而已。屈申上了车，屈良要与哥哥同车，反被屈申叱（chì，大声责骂）下车来，却叫白雄坐上。屈良只得与疯汉同车，又被疯汉脑后打了一鞋底子，打下车来。及至要骑花驴，地方又不让，说：“此驴不定是你的，不是你的，还是我骑着为是。”屈良无可奈何，只得跟着车在地下跑，竟奔祥符县而来。

正走中间，忽见来了个黑驴，花驴一见就追。地方在驴上紧勒扯手，那里勒得住。幸亏屈良步行，连忙上前将嚼子揪住，道：“你不知道这个驴子的毛病儿，他见驴就追。”说着话，见后面有一黑矮之人，敞着衣襟，跟着一个伴当（旧时指跟着做伴的仆人和伙伴），紧跟那驴往前去了。

你道此人是谁？原来是四爷赵虎。只因包公为新科状元遗失，入朝奏明天子，即着开封府访查。刚才下朝，只听前面人声聒耳（嘈杂刺耳。聒，guō），包公便脚踩轿底，立刻打杵，问：“前面为何喧嚷？”包兴等俱各下马，连忙跑去问明，原来有个黑驴鞍辔俱全，并无人骑着，竟奔大轿而来，板棍击打不开。包公听罢，暗暗道："莫非此驴有些冤枉么？"吩咐："不必拦阻，看他如何。"两旁执事左右一分。只见黑驴奔至轿前，可煞作怪，他将两只前蹄一屈，望着轿将头点了三点。众人道"怪"。包公看的明白，便道："那黑驴你果有冤枉，你可头南尾北，本阁便派人跟你前去。"包公刚才说完，那驴便站起转过身来，果然头南尾北。包公心下明白，即唤了声"来"。谁知道赵虎早已欠着脚儿静听，估量着相爷必要叫人，刚听个"来"字，他便赶至轿前。包公即吩咐："跟随此驴前去，查看有何情形异处，禀我知道。"

赵爷奉命下来，那驴便在前引路，楞爷紧紧跟随。刚才出了城，赵爷已跑的吁吁带喘，只得找块石头，坐在上面歇息。只见自己的伴当从后面追来，满头是汗，喘着说道："四爷要巴结差使，也打算打算。两条腿跟着四条腿跑，如何赶得上呢？黑驴呢？"赵爷说："它在前面跑，我在后面追。不知它往那里去了？"伴当道："这是甚么差使呢？没有驴子，如何交差呢？"正说着，只见那黑驴又跑回来了。四爷便向黑驴道："呀，呀，呀！你果有冤枉，你须慢着些儿走，我老赵方能赶得上。不然，我骑你几步，再走几步如何？"那黑驴果然抿耳（犹帖耳，驯服、顺服的样子）攒蹄（四蹄并拢。攒，cuán）的不动。四爷便将它骑上，走了几里，不知不觉，就到万全山的褡裢坡，那驴一直奔了北上坡去了。四爷走热了，敞开衣襟，跟定黑驴，也到万全山，见是庙的后墙，黑驴站着不动。此时伴当已来到了。四面观望，并无形迹可疑之处，主仆二人心中纳闷（因疑惑而发闷）。

忽听见庙墙之内，喊叫"救人"。四爷听见，便叫伴当蹲伏着身子，四爷登定肩头。伴当将身往上长，四爷把住墙头将身一纵，上了墙头，往里一看，只见有一口薄木棺材，棺盖倒在一旁；那边有一个美貌妇人，按着老道厮打。四爷不管高低，便跳下去，赶至跟前，问道："你等'男女授受不亲'，如何混缠厮打？"只听妇人说道："乐子被人谋害，图了我的四百两银子。不知怎的，乐子就跑到这棺材里头来了。谁知老道他来打开棺材盖，不知他安着甚么心，我不打他怎的呢？"赵虎道："既如此，你且放他起来，待我问他。"那妇人一松手，站在一旁。老道爬起，向赵爷道："此庙乃是威烈侯的家庙。昨日抬了一口棺材来，说是主管葛寿之母病故，叫我即刻埋葬。只因目下禁土（旧时迷信，禁忌在某日兴建动土），暂且停于后院。今日早起忽听棺内乱响，是小道连忙将棺盖撬开。谁知这妇人出来，就将我一顿好打，不知是何缘故？”赵爷听老道之言，又见那妇人虽是女形，却是像男子的口气，而且又是山西口音，说的都是图财害命之言。四爷听了，不甚明白，心中有些不耐烦，便道：“俺老赵不管你们这些闲事。我是奉包老爷差遣前来，寻踪觅迹，你们只好随我到开封府说去。”说罢，便将老道束腰丝绦（tāo，带子）解下，就将老道拴上，拉着就走。叫那妇人后面跟随。绕到庙的前门，拔去插闩，开了山门。此时伴当已然牵驴来到。不知出得庙门有何事体，且听下回分解。

第二十六回　聆音察理贤愚立判　鉴貌辨色男女不分

且说四爷赵虎出了庙门，便将老道交与伴当，自己接过驴来。忽听后面妇人说道：“那南上坡站立那人，仿佛是害我之人。”紧行数步，口中说道：“何尝不是他！”一直跑至南上坡，在井边揪住那人，嚷道：“好李保吓！你将乐子勒死，你把我的四百两银子藏在那里？乐子是贪财不要命的，你趁早儿还我就完了。”只听那人说道：“你这妇人好生无理！我与你素不相识，谁又拿了你的银子咧？”妇人更发急，道：“你这个忘八（王八）日的！图财害命，你还合乐子闹这个腔儿呢！”赵爷听了，不容分说，便叫从人将拴老道的丝绦那一头儿，也把李保儿拴上，带着就走，竟奔开封府而来。

此时祥符县因有状元范仲禹，他不敢质讯（质对讯问），亲将此案的人证解（jiè，押送）到开封府，略将大概情形回禀了包公。包公立刻升堂，先叫将范仲禹带上堂来，差役左右护持。只见范生到了公堂，嚷道：“好狗头们吓！你们打得老爷好！你们杀得老爷好！”说罢，拿着鞋就要打人。却是作公人手快，冷不防将他的朱履（红色的鞋）夺了过来。范仲禹便胡言乱语说将起来。公孙主簿（官名，是各级主官属下掌管文书的佐吏）在旁，看出他是气迷疯痰之症，便回了包公，必须用药调理于他。包公点头应允，叫差役押送至公孙先生那里去了。

包公又叫带上白雄来。白雄朝上跪倒。包公问道："你是甚么人？作何生理（生意）？"白雄禀道："小人白雄，在万全山西南八宝村居住，打猎为生。那日从虎口内救下小儿，细问姓名家乡住处，才知是自己的外甥。因此细细盘问，说我姐夫乘驴而来，故此寻至东山口外，见小榆树上拴着一花驴，小人以为是我姐夫骑来的。不料路上遇见个山西人，说此驴是他的，还合小人要他哥哥并银子，因此我二人去找地方（甲长，地保）。却见众人围着一人，这山西人一见说是他哥哥，向前相认。谁知他哥哥却是妇人的声音，不认他为兄弟，反将小人说是他的兄弟。求老爷与小人作主。"包公问道："你姐夫叫甚么名字？"白雄道："小人姐夫叫范仲禹，乃湖广武昌府江夏县（今湖北省武汉市江夏区）人氏。"包公听了，正与新科状元籍贯相同，点了点头，叫他且自下去。

带屈良上来。屈良跪下，禀道："小人叫作屈良，哥哥叫屈申，在鼓楼大街开一座兴隆木厂。只因我哥哥带了四百两银子上万全山南批木料，去了一夜没有回来。是小人不放心，等城门开了，赶到东山口外，只见有个人拉着我哥哥的花驴。小人问他要驴，他不但不给驴，还合小人要他的甚么姐夫，因此我二人去找地方，却见我哥哥坐在地下。不知他怎的改了形景，不认小人是他兄弟，反叫姓白的为兄弟。求老爷与我们明断明断。"包公问道："你认明花驴是你的么？"屈良道："怎的不认得呢！这个驴子有毛病儿，他最爱闹骚儿。"

包公叫他也暂且下去，叫把屈申带上来。左右便道："带屈申！带屈申！"只见屈胡子他却不动。差役只得近前说道："大人叫你上堂呢！"只见他羞羞惭惭，扭扭捏捏，走上堂来，临跪时先用手扶地，仿佛袅娜（niǎo nuó，形容女子体态优美）的了不得。两边衙役看此光景，由不得要笑，又不敢笑。只听包公问道："你被何人谋害？诉上来。"只见屈申禀道："小妇人白玉莲，丈夫范仲禹，上京科考。小妇人同定丈夫来京，顺便探亲。就于场后带领孩儿金哥，前往万全山寻问我母亲住处。我丈夫便进山访问去了，我母子在青石之上等候。忽然来了一只猛虎，将孩儿叼去。小妇人正在昏迷之际，只见一群人内有一官长，连忙说‘抢’，便将小妇人拉拽(zhuài，拉，牵引)上马，到他家内，闭于楼中。是小妇人投缳自尽(上吊自杀。缳，huán，绳索结成的环套)。恍惚之间，觉得凉风透体。睁眼看时，见围绕多人，小妇人改变了这般模样。”

包公看他形景，听他言语，心中纳闷，便将屈良叫上堂来，问道：“你可认得他么？”屈良道：“是小人的哥哥。”又问屈申道：“你可认得他么？”屈申道：“小妇人并不认得他是甚么人。”包公叫屈良下去，又将白雄叫上堂来，问道：“你可认得此人么？”白雄回道：“小人并不认得。”忽听屈申道：“我是你嫡亲(指血统关系最接近的亲属)姐姐，你如何不认得？岂有此理！”白雄惟有发怔而已。包公便知是魂错附了体了。只是如何办理呢？只得将他们俱各带下去。

只见愣爷赵虎上堂，便将跟了黑驴查看情形，述说了一遍。所有一干人犯，俱各带到。包公便叫将道士带上来。道士上堂跪下，禀道：“小道乃是给威烈侯看家庙的，姓叶名苦修。只因昨日侯爷府中抬了口薄皮材来，说是主管葛寿的母亲病故，叫小道即刻埋葬。小道因目下(眼下，当前)禁土，故叫他们将此棺放在后院里。”包公听了，道：“你这狗头满口胡说！此时是甚么节气，竟敢妄言禁土！左右，掌嘴！”那道士忙了，道：“老爷不必动怒，小道实说，实说。因听见是主管的母亲，料他棺内必有首饰衣服。小道一时贪财心胜，故谎言禁土，以便撬开棺盖，得些东西。不料刚将棺盖开起，那妇人他就活了，把小道按住一顿好打。他却是一口的山西话，并且力量狠大。小道又是怕又是急，无奈喊叫‘救人’，便见有人从墙外跳进来，就把小道拴了来了。”包公便叫他画了招，立刻出签，拿葛寿到案。道士带下去。

叫带妇人。左右一叠连声道：“带妇人！带妇人！”那妇人却动也不动。还是差役上前，说道：“那妇人，老爷叫你上堂呢！”只听妇人道：“乐子是好朋友，谁是妇人？你不要顽笑呀！”差役道：“你如今是个妇人，谁和你顽笑呢！你且上堂说去。”妇人听了，便大叉步儿走上堂来，咕咚一声跪倒。包公道：“那妇人，你有何冤枉？诉上来。”妇人道：“我不是妇人，我名叫屈申。只因带着四百两银子到万全山批木头去，不想买卖不成。因回来晚咧，在道儿上见个没主儿的黑驴，又是四个牙儿，因此我就把我的花驴拴在小榆树儿上，我就骑了黑驴，以为是个便宜。谁知刮起大风来了，天又晚了，就在南坡上一个人家寻休儿。这个人名叫李保儿，他将我灌醉了，就把我勒死了。正在缓不过气儿来之时，忽见天光一亮，却是一个道士撬开棺盖。我也不知怎么跑到棺材里面去了。我又不见了四百两银子，因此我才把老道打了。不想刚出庙门，却见南坡上有个汲水（从下往上打水。汲，jí）的，就是害我的李保儿。我便将他揪住，一同拴了来了。我们山西人千乡百里，也非容易。乐子是要定了四百两银子咧！弄的我这个样儿，这是怎么说呢？”

包公听了，叫把白雄带上来，道：“你可认得这个妇人么？”白雄一见，不觉失声道：“你不是我姐姐玉莲么？”刚要向前厮认（见面，认识），只听妇人道：“谁是你姐姐？乐子是好朋友哇！”白雄听了，反倒唬了一跳。包公叫他下去。把屈良叫上来，问妇人道：“你可认得他么？”此话尚未说完，只听妇人说道：“嗳哟！我的兄弟呀！你哥哥被人害了，千万想着咱们的银子要紧。”屈良道：“这是怎的了？我多咱有这样儿的哥哥呢？”包公吩咐一齐带下去，心中早已明白是男女二魂错附了体了，必无疑矣。

又叫带李保上堂来。包公一见正是逃走的恶奴，已往不究（过去了就不再追究），单问他为何图财害命。李保到了此时，看见相爷的威严，又见身后包兴、李才俱是七品郎官的服色，自己悔恨无地，惟求速死，也不推辞，他便从实招认。包公叫他画了招，即差人前去起赃，并带李氏前来。

刚然去后，差人禀道：“葛寿拿到。”包公立刻吩咐带上堂来，问道：“昨日抬到你家主的家庙内那一口棺材，死的是甚么人？”葛寿一闻此言，登时（立刻）惊慌失色，道：“是小人的母亲。”包公道：“你在侯爷府中当主管，自然是多年可靠之人。既是你母亲，为何用薄皮材盛殓？你即或不能，也当求求家主赏赐，竟是忍心，如此潦草完事。你也太不孝了！来！”“有！”“拉下去，先打四十大板。”两旁一声答应，将葛寿重责四十，打的满地乱滚。包公又问道：“你今年多大岁数了？”葛寿道：“今年三十六岁。”包公又问道：“你母亲多大年纪了？”一句话问的他张口结舌，半天说道：“小人不……不记得了。”包公怒道：“满口胡说！天下那有人子不记得母亲岁数的道理！可见你心中无母，是个忤逆（不孝顺父母。忤，wǔ）之子。来！”“有！”“拉下去，再打四十大板。”葛寿听了，忙道：“相爷不必动怒，小人实说，实说。”包公道：

"讲！"左右公人催促："快讲！快讲！"恶奴到了此时，无可如何（没有办法），只得说道："回老爷，棺材里那个死人，小人却不认得。只因前日我们侯爷打围（打猎）回来，在万全山看见一个妇人在那里啼哭，颇有姿色。旁边有个亲信之人，他叫刁三，就在侯爷跟前献勤，说了几句言语，便将那妇人抢到家中，闭于楼上，派了两仆妇劝慰于他。不想后来有个姓范的找他的妻子。也是刁三与侯爷定计，将姓范的请到书房好好看待，又应许给他找寻妻子。"包公便问道："这刁三现在何处？"葛寿道："就是那天夜里死的。"包公道："想是你与他有仇，将他谋害了。来！""有！""拉下去打。"葛寿着忙道："小人不曾害他，是他自己死的。"包公道："他如何自己死的呢？"葛寿道："小人索性说了罢。因刁三与我们侯爷定计，将姓范的留在书房。到三更时分，刁三手持利刃，前往书房，杀姓范的去。等到五更未回。我们侯爷又派人去查看，不料刁三自不小心，被门槛子绊了一跤，手中刀正在咽喉穿透而死。我们侯爷便另差家丁一同来到书房，说姓范的无故谋杀家人，一顿乱棍就把他打死了。又用一个旧箱子将尸首装好，趁着天未亮，就抬出去抛于山中了。"包公道："这妇人如何又死了呢？"葛寿道："这妇人被仆妇丫鬟劝慰的，却应了。谁知他是假的，眼瞅不见，他就上了吊咧。我们侯爷一想，未能如意，枉自害了三条性命，因用棺木盛好女尸，假说是小人之母，抬往家庙埋葬。这是已往从前之事，小人不敢撒谎。"包公便叫他画了招，所有人犯俱各寄监（暂时关押在监狱中）。惟白氏女身男魂，屈申男身女魂，只得在女牢分监，不准亵渎（xiè dú，轻慢，不恭敬）相戏。又派王朝、马汉前去，带领差役捉拿葛登云，务于明日当堂听审。分派已毕，退了堂，大家也就陆续散去。

此时惟有地方苦头儿最苦。自天亮时整整儿闹了一天，不但挨饿，他又看着两头驴，谁也不理他。此时有人来，他便搭讪（为了想跟人接近或把尴尬局面敷衍过去而找话说。讪，shàn）着给人道辛苦，问："相爷退了堂了没有？"那人应道："退了堂了。"他刚要提那驴子，那人便走了。一连问了多少人，谁也不理他，只急的抓耳挠腮，嗐声叹气。好容易等着跟四爷的人出来，他便上前央求。跟四爷的人见他可怜，才叫他拉了驴到马号里去，偏偏的花驴又有毛病儿不走。还是跟四爷的人帮着他拉到号中，见了管号的交代明白，就在号里喂养，方叫地方回去，叫他明儿早早来听着。地方千恩万谢而去。

且说包公退堂用了饭，便在书房思索此案，明知是阴错阳差，却想不出如何办理的法子来。包兴见相爷双眉紧蹙（cù，皱），二目频翻，竟自出神，口中嘟哝嘟哝，说道："阴错阳差，阴错阳差，这怎么办呢？"包兴不由得跪下，道："此事据小人想来，非到阴阳宝殿查去不可。"包公问道："这阴阳宝殿在于何处？"包兴道："在阴司地府。"包公闻听，不由的大怒，断喝一声："呔（dōu，怒斥声）！好狗才！为何满口胡说？"未知如何，且听下回分解。

第二十七回 仙枕示梦古镜还魂 仲禹抡元[①]熊飞祭祖

且说包公听见包兴说在阴司地府，便厉声道："你这狗才，竟敢胡说！"包兴道："小人如何敢胡说。只因小人去过，才知道的。"包公问道："你几时去过？"包兴便将白家堡为游仙枕害了他表弟李克明，后来将此枕当堂呈缴，因相爷在三星镇歇马，小人就偷试此枕，到了阴阳宝殿，说小人冒充星主之名，被神赶了回来的话，说了一遍。包公听了"星主"二字，便想起："当初审乌盆，后来又在玉宸宫审鬼冤魂，皆称我为星主。如此看来，竟有些意思。"便问："此枕现在何处？"包兴道："小人收藏。"连忙退出。

不多时，将此枕捧来。包公见封固甚严，便叫："打开我看。"包兴打开，双手捧至面前。包公细看了一回，仿佛一块朽木，上面有蝌蚪文字（也叫"蝌蚪书""蝌蚪篆"，是在于笔画起止均以尖锋来写，其特点是头粗尾细），却也不甚分明。包公看了，也不说用，也不说不用，只是点了点头。包兴早已心领神会，捧了仙枕，来到里面屋内，将帐钩挂起，把仙枕安放周正，回身出来，又递了一杯茶。包公坐了多时，便立起身来。包兴连忙执灯，引至屋内。包公见帐钩挂起，游仙枕已安放周正，暗暗

① 抡元：科举考试中选第一名。

合了心意，便上床和衣而卧。包兴放下帐子，将灯移出，寂寂无声，在外伺候。

包公虽然安歇，无奈心中有事，再也睡不着，不由翻身向里。头刚着枕，只觉自己在丹墀（古时宫殿前的石阶，因其以红色涂饰，故称。墀，chí）之上，见下面有二青衣牵着一匹黑马，鞍辔（ān pèi，鞍子和驾驭牲口的嚼子、缰绳）俱是黑的。忽听青衣说道："请星主上马。"包公便上了马，一抖丝缰。谁知此马迅速如飞，耳内只听风响。又见所过之地，俱是昏昏惨惨，虽然黑暗，瞧的却又真切。只见前面有座城池，双门紧闭，那马竟奔城门而来。包公心内着急，说是不好，必要碰上。一转瞬间，城门已过，进了个极大的衙门。到了丹墀，那马便不动了。只见有两个红、黑判官迎出来，说道："星主升堂。"包公便下了马，步上丹墀，见大堂之上有匾，大书"阴阳宝殿"四字，又见公位桌椅等项俱是黑的。包公不暇细看，便入公座。只听红判官道："星主必是为阴错阳差之事而来。"便递过一本册子。包公打开看时，上面却无一字。才待要问，只见黑判官将册子拿起，翻上数篇，便放在公案之上。包公仔细看时，只见上面写着恭恭正正八句粗话，起首云："原是丑（地支的第二位）与寅（yín，地支的第三位），用了卯（mǎo，地支的第四位）与辰（chén，地支的第五位）。上司多误事，因此错还魂。若要明此事，井中古镜存。临时滴血照，磕破中指痕。"当下包公看了，并无别的字迹。刚然要问，两判官拿了册子而去，那黑马也没有了。

包公一急，忽然惊醒，叫人。包兴连忙移灯近前。包公问道："甚么时候了？"包兴回道："方交三鼓。"包公道："取杯茶来。"忽见李才进来，禀道："公孙主簿求见。"包公便下了床，包兴打帘，来至外面。只见公孙策参见，道："范生之病，晚生已将他医好。"包公听了大悦，道："先生用何方医治好的？"公孙回道："用五木汤。"包公道："何为五木汤？"公孙道："用桑、榆、桃、槐、柳五木熬汤，放在浴盆之内，将他搭在盆上趁热烫洗；然后用被盖严，上露着面目，通身见汗为度。他的积痰瘀血化开，心内便觉明白，现在惟有软弱而已。"包公听了，赞道："先生真妙手奇方也！即烦先生，好好将他调理便了。"公孙领命，退出。

包兴递上茶来。包公便叫他进内取那面古镜，又叫李才传外班在二堂伺候。包兴将镜取来。包公升了二堂，立刻将屈申并白氏带至二堂。此时包兴已将照胆镜悬挂起来，包公叫他二人分男左女右，将中指磕破，把血滴在镜上，叫他们自己来照。屈申听了，咬破右手中指，以为不是自己指头，也不心疼，将血滴在镜上。白氏到了此时，也无可如何，只得将左手中指咬破些须，把血也滴在镜上。只见血到镜面，滴溜溜乱转，将云翳（阴影。翳，yì）俱各赶开，霎时（形容极短的时间）光芒四射，照的二堂之上，人人二目难睁，各各心胆俱冷。包公吩咐男女二人，对镜细看。二人及至看时，一个是上吊，一个是被勒，正是那气堵咽喉、万箭攒心（像万支箭聚集在心上。形容万分伤痛。攒，cuán，聚集）之时，那一番的难受，不觉气闷神昏，登时一齐跌倒。但见宝镜光芒渐收，众人打了个冷战，却仍是古镜一面。

包公吩咐将古镜、游仙枕并古今盆，俱各交包兴好好收藏。再看他二人时，屈申动手动脚的，猛然把眼一睁，说道："好李保吓！你偷我四百两银子，我合你要定咧！"说着话，他便自己上下瞧了瞧。想了多时，忽把自己下巴一摸，欢喜道："唔！是咧，是咧，这可是我咧！"便向上叩头："求大人与我判判。银子是四百两呢，不是顽的咧！"此时白氏已然苏醒过来，便觉羞容凄惨。包公吩咐将屈申交与外班房，将白氏交内茶房婆子好生看待。包公退堂歇息。

至次日清晨起来，先叫包兴："问问公孙先生，范生可以行动么？"去不多时，公孙便带领范生慢慢而来。到了书房，向前参见，叩谢大人再造（再生）之恩。包公连忙拦阻，道："不可，不可。"看他形容（形体和容貌）虽然憔悴，却不是先前疯癫之状。包公大喜，吩咐看座。公孙策与范生俱告了坐，略述梗概。又告诉他妻子无恙，只管放心调养，叫他无事时将场内文字抄录出来，"待本阁具本题奏，保你不失状元就是了。"范生听了，更加欢喜，深深地谢了。包公又嘱咐公孙，好好将他调理。二人辞了包公，出外面去了。

只见王朝、马汉进来，禀道："葛登云今已拿到。"包公立刻升堂讯问。葛登云仗着势力人情，自己又是侯爷，就是满招了，谅包公也无可如何。他便气昂昂的一一招认，毫无推辞。包公叫他画了招。相爷登时把黑脸沉下来，好不怕人，说一声："请御刑！"王、马、张、赵早已请示明白了，请到御刑，抖去龙袱，却是虎头铡。此铡乃初次用，想不到拿葛登云开了张了。此时葛贼已经面如土色，后悔不来，竟死于铡下。又换狗头铡，将李保铡了。葛寿定了斩监候；李保之妻李氏定了绞监候；叶道士盗尸，发往陕西延安府充军；屈申、屈良当堂将银领去，因屈申贪便宜换驴，即将他的花驴入官；黑驴申冤有功，奉官喂养。范生同定白氏玉莲当堂叩谢了包公，同白雄一齐到八宝村居住，养息身体，再行听旨。至于范生与儿子相会，白氏与母亲见面，自有一番悲痛欢喜。不必细表。

且说包公完结此案，次日即具摺（zhé，折子，奏折）奏明：威烈侯葛登云作恶多端，已请御刑处死；并声明新科状元范仲禹因场后探亲，遭此冤枉，现今病未痊愈，恳恩展限十日，着一体金殿传胪（科举时代，殿试揭晓唱名的一种仪式。殿式公布名次之日，皇帝至殿宣布，由阁门承接，传于阶下，卫士齐声传名高呼。胪，lú），恩赐琼林筵宴（即琼林宴，是为殿试后新科进士举行的宴会。筵，yán）。仁宗天子看了摺子，甚是欢喜，深嘉包公秉正除奸，俱各批了依议。又有个夹片，乃是御前四品带刀护卫（官职名，指在皇帝面前可以佩刀）展昭因回籍祭祖，告假两个月。圣上也准了他的假。凡是包公所奏的，圣上无有不依从，真是君正臣良，太平景象。

且说南侠展爷既已告下假来，他便要起身。公孙策等给他饯行（设酒食送行。饯，jiàn），又留住几日，才束装出了城门，到了幽僻之处，依然改作武生打扮，直奔常州府武进县遇杰村而来。到了门前，刚然（刚刚）击户，听得老仆在内说道："我这门从无人敲打的。我不欠人家帐目，又不与人通来往，是谁这等敲门呢？"及至将门开放，见了展爷，他又道："原来大官人回来了。一去就不想回来，也不管家中事体如何，只管叫老奴经理。将来老奴要来不及了，那可怎么样呢？嗳哟！又添了浇裹（方言，日常生活开支）了。又是跟人，又是两匹马，要买去也得一百五六十两银子。连人带牲口，这一天也耗费好些呢。"唠唠叨叨，聒絮（唠叨，啰唆）不休。南侠也不理他，一来念他年老；二来爱他忠义持家；三来他说的句句皆是好话，又难以驳他。只得拿话岔他，说道："房门可曾开着么？"老仆道："自官人去后，又无人来，开着门预备谁住呢？老奴怕的丢了东西，莫若把它锁上，老奴也好放心。如今官人回来了，说不得书房又要开了。"又向伴当（旧时跟随着做伴的仆人或伙伴）道："你年轻，腿脚灵便，随我进去取出钥匙，省得我奔波。"说着话，往里面去了。伴当随进，取出钥匙，开了书房。只见灰尘满案，积土多厚。伴当连忙打扫，安放行囊。

展爷刚然坐下，又见展忠端了一碗热茶来。展爷吩咐伴当接过来，口内说道："你也歇歇去罢。"原是怕他说话的意思。谁知展忠说道："老奴不乏。"又说道："官人也该务些正事了。每日在外闲游，又无日期归来，耽误了多少事体。前月开封府包大人那里打发人来请官人，又是礼物，又是聘金。老奴答言官人不在家，不肯收礼。那人那里肯依，他将礼物放下，他就走了。还有书子一封。"说罢，从怀中掏出，递过去道："官人看看，作何主意？俗语说的好：'无功受禄，寝食不安。'也该奋志才是。"南侠也不答言，接过书来拆开，看了一遍，道："你如今放心罢，我已然在开封府作了四品的武职官了。"展忠道："官人又来说谎了，做官如何还是这等服色呢？"展爷闻听，道："你不信，看我包袱内的衣服就知道了。我告诉你说，只因我得了官，如今特特（特意）的告假回家祭祖。明日预备祭礼，到坟前一拜。"此时伴当已将包袱打开。展忠看了，果有四品武职服色，不觉欢喜非常，笑嘻嘻道："大官人真个作了官了，待老奴与官人叩喜头。"展爷连忙搀住，道："你乃是有年纪之人，不要多礼。"展忠道："官人既然作了官，总以接续香烟（祭祖时所燃的烟香。旧时比喻生养子孙，使家族繁衍不断）为重，从此要早毕婚姻，成立家业要紧。"南侠趁机道："我也是如此想。前在杭州有个朋友，曾提过门亲事，过了明日，后日我还要往杭州前去联姻呢。"展忠听了，道："如此甚好，老奴且备办祭礼去。"他就欢天喜地去了。

到了次日，便有多少乡亲邻里前来贺喜帮忙，往坟上搬运祭礼。及至展爷换了四品服色，骑了高头大马到坟前，便见男女老少俱是看热闹的乡党。展爷连忙下马步行，伴当接鞭，牵马在后随行。这些人看见展爷衣冠鲜明，像貌雄壮，而且知礼，谁不羡慕，谁不欢喜。

你道如何有许多人呢？只因昨日展忠办祭礼去，乐的他在路途上逢人便说，遇人便讲，说："我们官人作了皇家四品带刀的御前侍卫了，如今告假回家祭祖。"因此一传十，十传百，所以聚集多人。

且说展爷到了坟上，展拜（行跪拜之礼）已毕，又细细周围看视了一番，见坟冢（坟墓。冢，zhǒng）树木俱各收拾齐整，益信老仆的忠义持家；留恋多时，方转身乘马回去，便吩咐伴当帮着展忠，张罗这些帮忙乡亲。展爷回家后，又出来与众人道乏。一个个张口结舌，竟有想不出说甚么话来的；也有见过世面的，展老爷长、展老爷短，尊敬个不了。

展爷在家一天，倒觉的分心劳神，定于次日起身上杭州，叫伴当收拾行李。到第二日，将马扣备停当，又嘱托了义仆一番，出门上马，竟奔杭州而来。未知如何，且听下回分解。

第二十八回 许约期湖亭欣慨助 探底细酒肆[1]巧相逢

且说展爷他那里是为联姻。皆因游过西湖一次，他时刻在念，不能去怀（放弃思念。去，丢掉；怀，思念），因此谎言，特为赏玩西湖的景致。这也是他性之所爱。一日，来至杭州，离西湖不远，将从者马匹寄在五柳居，他便慢慢步行至断桥亭上，徘徊瞻眺（zhāo tiào，远望，观看），真令人心旷神怡（心情舒畅，精神愉快。怡，yí）。正在畅快之际，忽见那边堤岸（堤和坝，泛指防水、挡水的建筑物。堤，dī）上有一老者将衣搂起，把头一蒙，纵身跳入水内。展爷见了，不觉失声道："嗳哟！不好了！有人投了水了！"自己又不会水，急的他在亭子上搓手跺脚，无法可施。猛然见有一只小小渔舟，犹如弩箭（用弩弓发射的箭。弩，nǔ）一般，飞也似赶来。到了老儿落水之处，见个少年渔郎把身体向水中一顺，仿佛把水刺开的一般，虽有声息，却不咕咚。展爷看了，便知此人水势精通，不由的凝眸（móu，眼中瞳仁，泛指眼睛）注视。不多时，见少年渔郎将老者托起身子，浮于水面，荡悠悠竟奔岸边而来。展爷满心欢喜，下了亭子，绕在那边堤岸之上，见少年渔郎将老者两足高高提起，头向下，控出多少水来。展爷且不看老者性命如何，他细细端详渔郎，见他年纪不过二旬光景（二十岁左右），英华满面，气度不凡，心中暗暗称羡。又见少年渔郎将老者扶起，盘上双膝，在对面慢慢唤道："老丈醒来，老丈醒来。"此时展爷方看老者，见他白发苍髯（rán，两腮的胡子，泛指胡子），

① 酒肆（sì）：酒馆。

形容（形体和容貌）枯瘦，半日，方哼了一声，又吐了好些清水。嗳哟了一声，苏醒过来，微微把眼一睁，道："你这人好生多事，为何将我救活？我是活不得的人了。"

此时已聚集许多看热闹之人，听老者之言，俱各道："这老头子竟如此无礼，人家把他救活了，他倒抱怨。"只见渔郎儿并不动气，反笑嘻嘻地道："老丈不要如此，蝼蚁（lóu yǐ，即蝼蛄和蚂蚁）尚且贪生，何况是人呢！有甚么委曲，何不对小可（对人谦称自己）说明？倘若真不可活，不妨我再把你送下水去。"傍人听了，俱悄悄道："只怕难罢，你既将他救活，谁又眼睁睁地瞅着，容你把他又淹死呢？"

只听老者道："小老儿姓周名增，原在中天竺开了一座茶楼。只因三年前冬天大雪，忽然我铺子门口卧倒一人。是我慈心一动，叫伙计们将他抬至屋中，暖被盖好，又与他热姜汤一碗。他便苏醒过来，自言姓郑名新，父母俱亡，又无兄弟。因家业破落，前来投亲，偏又不遇。一来肚内无食，遭此大雪，故此卧倒。老汉见他说的可怜，便将他留在铺中，慢慢地将养好了。谁知他又会写，又会算，在柜上帮着我办理，颇觉殷勤。也是老汉一时错了主意。老汉有个女儿，就将他招赘（招女婿。赘，zhuì）为婿，料理买卖颇好。不料去年我女儿死了，又续娶了王家姑娘，就不像先前光景，也还罢了。后来因为收拾门面，郑新便向我说：'女婿有半子之劳。惟恐将来别人不服，何不将"周"字改个"郑"字，将来也免得人家讹赖（讹诈）。'老汉一想，也可以使得，就将周家茶楼改为郑家茶楼。谁知自改了字号之后，他们便不把我看在眼内了。一来二去，言语中渐渐露出说老汉白吃他们，他们倒养活我，是我赖他们了。一闻此言，便与他分争。无奈他夫妻二人口出不逊，就以周家卖给郑家为题，说老汉讹了他。因此老汉气忿不过，在本处仁和县将他告了一状。他又在县内打点通了，反将小老儿打了二十大板，逐出境外。渔哥你想，似此还有个活头儿么？不如死了，在阴司把他再告下来，出出这口气。"

渔郎听罢笑了，道："老丈，你错打了算盘了。一个人既断了气，可还能出出气呢？再者他有钱使得鬼推磨，难道他阴司就不会打么？依我倒有个主意，莫若活着和他赌气，你说好不好？"周老道："怎么和他赌气呢？"渔郎说："再开个周家茶楼气气他，岂不好么？"周老者闻听，把眼一睁，道："你还是把我推下水去。老汉衣不遮体，食不充饥，如何还能够开茶楼呢？你还是让我死了好。"渔郎笑道："老丈不要着急。我问你，若要开这茶楼，可要用多少银两呢？"周老道："纵省俭，也要耗费三百多银子。"渔郎道："这不打紧。多了不能，这三四百银子，小可还可以巴结（勉强；凑合）得来。"

展爷见渔郎说了此话，不由心中暗暗点头，道："看这渔郎好大口气，竟能如此仗义疏财，真正难得。"连忙上前，对老丈道："周老丈，你不要狐疑。如今渔哥既说此话，决不食言。你若不信，在下情愿作保，如何？"只见那渔郎将展爷上下打量了一番，便道："老丈，你可曾听见了？这位公子爷，谅也不是谎言的。咱们就定于明日午时，千万千万，在那边断桥亭子上等我，断断不可过了午时。"说话之间，又从腰内掏出五两一锭（dìng，量词）银子来，托于掌上，道："老丈，这是银子一锭，你先拿去作为衣食之资。你身上衣服皆湿，难以行走。我那边船上有干净衣服，你且换下来。待等明日午刻，见了银两，再将衣服对换，岂不是好？"周老儿连连称谢不尽。那渔郎回身一点手，将小船唤至岸边，便取衣服，叫周老换了。把湿衣服抛在船上，一拱手道："老丈请了。千万明日午时，不可错过！"将身一纵，跳上小船，荡荡悠悠，摇向那边去了。周老攥（zuàn，握）定五两银子，向大众一揖，道："多承众位看顾，小老儿告别了。"说罢，也就往北去了。

展爷悄悄跟在后面，见无人时，便叫道："老丈明日午时，断断不可失信。倘那渔哥无银时，有我一面承管，准准地叫你重开茶楼便了。"周老回身作谢，道："多承公子爷的错爱（谦辞，表示感谢对方的爱护、培养），明日小老儿再不敢失信的。"展爷道："这便才是。请了。"急回身，竟奔五柳居而来，见了从人，叫他连马匹俱各回店安歇。"我因遇见知己邀请，今日不回去了。你明日午时在断桥亭接我。"从人连声答应。

展爷回身，直往中天竺，租下客寓，问明郑家楼，便去踏看门户路径。走不多路，但见楼房高耸，茶幌（huǎng，幌子，商店门外表明所卖商品的标志物）飘扬。来至切近，见匾额上写，一边是"兴隆斋"，一边是"郑家楼"。展爷便进了茶铺，只见柜堂竹椅上坐着一人，头戴摺巾（古人用于扎头发的方巾。摺，zhé），身穿华氅（华丽的外套。氅，chǎng），一手扶住磕膝，一手搭在柜上；又往脸上一看，却是形容瘦弱，尖嘴缩腮，一对眯缝眼，两个扎煞（张开，伸张）耳朵。他见展爷瞧他，他便连忙站起执手，道："爷上欲吃茶，或请登楼，又清净，又豁亮（阔敞明亮。豁，huò）。"展爷一执手，道："甚好，甚好。"便手扶栏杆，慢登楼梯。来至楼上一望，见一溜五间楼房，甚是宽敞，拣个座儿坐下。

茶博士（茶馆的伙计）过来，用代手擦抹桌面。且不问茶问酒，先向那边端了一个方盘，上面蒙着纱罩。打开看时，却是四碟小巧茶果，四碟精致小菜，极其齐整干净。安放已毕，方问道："爷是吃茶？是饮酒？还是会客呢？"展爷道："却不会客，是我要吃杯茶。"茶博士闻听，向那边摘下个水牌（临时登记账目或记事用的漆成白色或黑色的木板）来，递给展爷道："请爷吩咐，吃甚么茶？"展爷接过水牌，且不点茶名，先问茶博士何名。茶博士道："小人名字，无非是'三槐''四槐'，若遇客官喜欢，'七槐''八槐'都使得。"展爷道："少了不好，多了不好，我就叫你'六槐'罢。"茶博士道："'六槐'极好，是最合乎中的。"展爷又问道："你东家姓甚么？"茶博士道："姓郑。爷没看见门上匾额么？"展爷道："我听见说，此楼原是姓周，为何姓郑呢？"茶博士道："以先原是周家的，后来给了郑家了。"展爷道："我听见说，周、郑二姓还是亲戚呢。"茶博士道："爷上知道底细。他们是翁婿（岳父和女婿），只因周家的姑娘没了，如今又续娶了。"展爷道："续娶的可是王家的姑娘么？"茶博士道："何曾不是呢。"展爷道："想是续娶的姑娘不好。但凡好么，如何他们翁婿会在仁和县打官司呢？"茶博士听至此，却不答言，惟有瞅着展爷而已。又听展爷道："你们东家住于何处？"茶博士道："就在这后面五间楼上。此楼原是钩连搭十间，在当中隔开。这面五间作客座，那面五间作住房，差不多的都知道离住房狠近，承赐顾者到了楼上，皆不肯胡言乱道。"展爷道："这原是理当谨言（小心说话）。但不知他家内还有何人？"茶博士暗想道："此位是吃茶来咧？还是私访来咧？"只得答道："家中并无多人，惟有东家夫妻二人，还有个丫鬟。"展爷道："方才进门时，见柜前竹椅儿上坐的那人，就是你们东家么？"茶博士道："正是，正是。"展爷道："我看他满面红光，准要发财。"茶博士道："多谢老爷吉言。"展爷方看水牌，点了雨前茶（谷雨之前采摘的茶叶）。茶博士接过水牌，仍挂在原处。

方待下楼去泡一壶雨前茶来，忽听楼梯响处，又上来一位武生公子，衣服鲜艳，相貌英华，在那边拣一座，却与展爷斜对。茶博士不敢怠慢，显机灵，露熟识，便上前擦抹桌子，道："公子爷一向总没来，想是公忙。"只听那武生道："我却无事，此楼我是初次才来。"茶博士见言语有些不相合，也不言语，便向那边也端了一方盘，也用纱罩儿蒙着，依旧是八碟，安放妥当。那武生道："我茶酒尚未用着，你先弄这个作甚么？"茶博士道："这是小人一点敬意。公子爷爱用不用，休要介怀（介意，在意）。请问公子爷是吃茶？是饮酒？还是会客呢？"那武生道："且自吃杯茶，我是不会客的。"茶博士便向那边摘下水牌来，递将过去。

忽听下边说道："雨前茶泡好了。"茶博士道："公子爷先请看水牌，小人与那位取茶去。"转身不多时，擎（qíng，向上托，举）了一壶茶，一个盅子，拿至展爷那边，又应酬了几句。回身又仍到武生桌前，问道："公子爷吃甚么茶？"那武生道："雨前罢。"茶博士便吆喝道："再泡一壶雨前来！"

刚要下楼，只听那武生唤道："你这里来。"茶博士连忙上前，问道："公子爷有甚么吩咐？"那武生道："我还没问你贵姓？"茶博士道："承公子爷一问，足已够了，如何担得起'贵'字？小人姓李。"武生道："大号呢？"茶博士道："小人岂敢称大号呢，无非是'三槐''四槐'，或'七槐''八槐'，爷们随意呼唤便了。"那武生道："多了不可，少了也不妥，莫若就叫你'六槐'罢。"茶博士道："'六槐'就是'六槐'，总要公子爷合心（合意）。"说着话，他却回头望了望展爷。

又听那武生道："你们东家原先不是姓周么？为何又改姓郑呢？"茶博士听了，心中纳闷道："怎么今日这二位吃茶，全是问这些的呢？"他先望了望展爷，方对武生说道："本是周家的，如今给了郑家了。"那武生道："周、郑两家原是亲戚，不拘谁给谁都使得。大约续娶的这位姑娘有些不好罢？"茶博士道："公子爷如何知道这等详细？"那武生道："我是测度（揣测。度，duó）。若是好的，他翁婿如何会打官司呢？"茶博士道："这是公子爷的明鉴（明察）。"口中虽如此说，他却望了望展爷。那武生道："你们东家住在那里？"茶博士暗道："怪事！我莫若告诉他，省得再问。"便将后面还有五间楼房、并家中无有多人、只有一个丫鬟，合盘的全说出来。说完了，他却望了望展爷。那武生道：

“方才我进门时，见你们东家满面红光，准要发财。”茶博士听了此言，更觉诧异，只得含糊答应，搭讪着下楼取茶。他却回头，狠狠的望了望展爷。未知后文如何，且听下回分解。

第二十九回 丁兆蕙茶铺偷郑新 展熊飞湖亭会周老

且说那边展爷自从那武生一上楼时，看去便觉熟识。后又听他与茶博士说了许多话，恰与自己问答的一一相对。细听声音，再看面庞，恰就是救周老的渔郎，心中踌躇（chóu chú，思量，考虑）道：“他既是武生，为何又是渔郎呢？”一壁（一边）思想，一壁擎（qíng，举）杯，不觉出神，独自呆呆的看着那武生。忽见那武生立起，向着展爷一拱手，道：“尊兄请了。”展爷连忙放下茶杯，答礼道：“兄台请了。若不弃嫌，何不屈驾这边一叙？”那武生道：“既承雅爱（敬辞，厚爱），敢不领教。”于是过来，彼此一揖。展爷将前首座儿让与武生坐了，自己在对面相陪。

此时茶博士将茶取过来，见二人坐在一处，方才明白他两个敢是一路同来的，怨不得问的话语相同呢！笑嘻嘻将一壶雨前茶、一个茶杯也放在那边。那边八碟儿外敬，算他白安放了。刚然（刚刚）放下茶壶，只听武生道：“六槐，你将茶且放过一边。我们要上好的酒，拿两角来。菜蔬不必吩咐，只要应时配口的，拿来就是了。”六槐连忙答应，下楼去了。

那武生便问展爷道：“尊兄贵姓？仙乡何处？”展爷道：“小弟常州府武进县姓展名昭，字熊飞。”那武生道：“莫非新升四品带刀护卫、钦赐‘御猫’、人称南侠展老爷么？”展爷道：“惶恐，惶恐。岂敢，岂敢。请问兄台贵姓？”那武生道：“小弟松江府茉花村，姓丁名兆蕙（huì）。”展爷惊道：“莫非令兄名兆兰，人称为双侠丁二官人么？”丁二爷道：“惭愧，惭愧，贱名何足挂齿。”展爷道：“久仰尊昆仲（对别人兄弟的称呼）名誉，屡欲拜访。不意今日邂逅（xiè hòu，不期而遇，偶然相遇），实为万幸。”丁二爷道：“家兄时常思念吾兄，原要上常州地面，未得其便。后来又听得吾兄荣升，因此不敢仰攀。不料今日在此幸遇，实慰渴想（十分的想念）。”展爷道：“兄台再休提那封职，小弟其实不愿意。似乎你我弟兄疏散惯了，寻山觅水，何等的潇洒。今一旦为官羁绊（束缚，缠住不能脱身。羁，jī），反觉心中不能畅快，实实出于不得已也。”丁二爷道：“大丈夫生于天地之间，理宜与国家出力报效。吾兄何出此言？莫非言与心违么？”展爷道：“小弟从不撒谎。其中若非关碍着包相爷一番情意，弟早已的挂冠远隐（指辞官隐退）了。”

说至此，茶博士将酒馔（zhuàn，饭食）俱已摆上。丁二爷提壶斟酒，展爷回敬，彼此略为谦逊，饮酒畅叙。展爷便问：“丁二兄，如何有渔郎装束？”丁二爷笑道：“小弟奉母命上灵隐寺进香，行至湖畔，见此名山，对此名泉，一时技痒，因此改扮了渔郎，原为遣兴作耍，无意中救了周老，也是机缘凑巧。兄台休要见笑。”

正说之间，忽见有个小童上得楼来，便道：“小人打量二官人必是在此，果然就在此间。”丁二爷道：“你来作甚么？”小童道：“方才大官人打发人来请二官人早些回去，现有书信一封。”丁二爷接过来看了，道：“你回去告诉他说，我明日即回去。”略顿了一顿，又道：“你叫他暂且等等罢。”展爷见他有事，连忙道：“吾兄有事，何不请去。难道以小弟当外人看待么？”丁二爷道：“其实也无甚么事。既如此，暂告别。请吾兄明日午刻，千万到桥亭一会。”展爷道：“谨当从命。”丁二爷便将六槐叫过来，道：“我们用了多少，俱在柜上算帐。”展爷也不谦逊，当面就作谢了。丁二爷执手告别，下楼去了。

展爷自己又独酌了一会，方慢慢下楼，在左近处找了寓所。歇至二更以后，他也不用夜行衣，就将衣襟拽了一拽，袖子卷了一卷，佩了宝剑，悄悄出寓所，至郑家后楼，见有墙角纵身上去。绕至楼边，又一跃到了楼檐之下，见窗上灯光有妇人影儿，又听杯箸（zhù，筷子）声音。忽听妇人问道：“你请官人，如何不来呢？”丫鬟道：“官人与茶行兑（duì，凭票据支付或领取现款）银两呢，兑完了也就来了。”又停一会，妇人道：“你再去看看。天已三更，如何还不来呢？”丫鬟答应下楼。猛又听得楼梯乱响，只听有人唠叨道：“没有银子，要银子。及至有了银子，他又说夤夜（深夜。夤，yín）之间难拿，暂且寄存，明日再拿罢。

可恶的狠！上上下下，叫人费事。”说着话，只听唧叮咕咚一阵响，是将银子放在桌子上的光景。

展爷便临窗牖（窗户。牖，yǒu）偷看，见此人果是白昼在竹椅上坐的那人；又见桌上堆定八封银子，俱是西纸包妥，上面影影绰绰（模模糊糊，不真切。绰，chuò）有花押（旧时公文契约上的草书签名或代替签名的特定符号）。只见郑新一壁说话，一壁开那边的假门儿，口内说道：“我是为交易买卖。娘子又叫丫鬟屡次请我，不知有甚么紧要事？”手中却一封一封将银收入槅（gé）子里面，仍将假门儿扣好。只听妇人道：“我因想起一宗事来，故此请你。”郑新道：“甚么事？”妇人道：“就是为那老厌物，虽则逐出境外，我细想来，他既敢在县里告下你来，就保不住他在别处告你：或府里，或京控（旧时官民有冤屈，经地方最高级官署审判仍不能解决时，可赴京向都察院及步军统领衙门控诉，谓之“京控”），俱是不免的。那时怎么好呢？”郑新听了，半晌，叹道：“若论当初，原受过他的大恩。如今将他闹到这步田地，我也就对不过我那亡妻了！”说至此，声音却甚惨切。展爷在窗外听，暗道：“这小子尚有良心。”忽听有摔筷箸、墩（dūn，同“蹾”，重重地往下放）酒杯之声；再细听时，又有抽抽噎噎之音，敢则是妇人哭了。只听郑新说道：“娘子不要生气，我不过是那么说。”妇人道：“你既惦着前妻，就不该叫他死吓！也不该又把我娶来吓！”郑新道：“这原是因话提话。人已死了，我还惦记作甚么？再者他要紧，你要紧呢？”说着话，便凑过妇人那边去，央告道：“娘子，是我的不是，你不要生气。明日再设法出脱那老厌物便了。”又叫丫鬟烫酒，“与你奶奶换酒。”一路紧央告，那妇人方不哭了。

大凡妇人，晓得三从四德，不消说，那便是贤德的了。惟有这不贤之妇，他不晓三从为何物，四德为何事。他单有三个字的诀窍，是那三个字呢？乃“惑”“触”“吓”也。一进门时，尊敬丈夫，言语和气。丈夫说“这个好”，他便说“妙不可言”；丈夫说“那个不好”，他便说“断不可用”，真是百依百顺，随哄的丈夫心花俱开。趁着欢喜之际，他便暗下针砭（比喻发现错误或指出错误，以求改正。砭，biān，古代治病用的石针），这就用着蛊惑（毒害使迷惑。蛊，gǔ）了。说那个不当，这么着说这个不当，那么着看丈夫的光景：若是有主意的男子，迎头拦住，他这“惑”字便用不着，只好另打主意。若遇无主意的男子，听了那蛊惑之言，渐渐地心地就贴服了妇人。妇人便大施神威，处处全以“惑”字当先，管保叫丈夫再也逃不出这“惑”字圈儿去，此是第一绝窍。算用着了，将丈夫的心笼络住了，他便渐渐地放肆起来，稍有不合心意之处，不是墩摔，就是嚷闹，故意的触动丈夫之怒，看丈夫能受不能受：若刚强的男子，便怒上加怒，不是喝骂，就是殴打，见他“触”字不能行，他便敛声息气，赶早收起来。偏有一等不做脸儿男子，本是自己生气，夹着忍，见妇人一闹，他不但没气，反倒笑了，只落得妇人聒絮（唠叨，啰唆）不休。那男子竟会无言可对，从此后，再要想他不触而不可得。至于“吓”又是从“触”中生出来的变格文字，今日也触，明日也触，触得丈夫全然不知不觉，习惯成自然了。他又从“触”字之余波改成了“吓”字之机变，三行鼻涕两行泪，无故的关门不语，呼之不应，平空的嘱托后事，仿佛是临别赠言。更有一等可恶者，寻刀觅剪，明说大卖，就犹如明火执仗的强盗相似，弄得男人抿耳（犹帖耳，驯服的样子）攒蹄（四蹄并拢。攒，cuán），束手待毙，恨不得歃血盟誓（泛指发誓订盟。歃血，古代举行会盟时饮牲畜的血或把牲畜的血涂在嘴唇上，表示诚意。歃，shà），自朝至夕，但得承一时之欢，颜不亚如放赦的一般。家庭之间，若真如此，虽则男子的乾刚不振，然而妇人之能为从此已毕矣。即如郑新之妇，便是用了三绝艺，已至了“惑”“触”之局中，尚未用“吓”字之变格。

且说丫鬟奉命温酒，刚然下楼，忽听嗳哟一声，转身就跑上楼来，只唬得他张口结舌，惊慌失措。郑新一见，便问道：“你是怎么样了？”丫鬟喘吁吁，方说道：“了……了不得，楼……楼底下火……火球儿乱……乱滚。”妇人听了，便接言道：“这也犯得上唬的这个样儿。这别是财罢？想来是那老厌物攒（zǎn，积聚）下的私蓄，埋藏在那里罢。我们何不下去瞧瞧，记明白了地方儿，明日慢慢的再刨。”一席话说的郑新贪心顿起，忙叫丫鬟点灯笼。丫鬟他却不敢下楼取灯笼，就在蜡台上见有个蜡头儿，在灯上对着，手里拿着，在前引路。妇人后面跟随，郑新也随在后，同下楼来。

此时窗外展爷满心欢喜，暗道：“我何不趁此时撬窗而入，偷取他的银两呢？”刚要抽剑，忽见灯光一晃，却是个人影儿，连忙从窗牖孔中一望，只乐了个事不有余（谓达到极点）。原来不是别人，却是救周老儿的渔郎到了，暗暗笑道："敢则他也是向这里挪借来了！只是他不知放银之处，这却如何能告诉他呢？"心中正自思想，眼睛却望里留神。只见丁二爷也不东瞧西望，他竟奔假门而来。将手一按，门已开放，只见他一封一封往怀里就揣。屋里在那里揣，展爷在外头记数儿，见他一连揣了九次，仍然将假门儿关上。展爷心中暗想："银子是八封，他却揣了九次，不知那一包是甚么？"正自揣度（chuǎi duó，估量，推测），忽听楼梯一阵乱响，有人抱怨道："小孩子家看不真切，就这么大惊小怪的。"正是郑新夫妇，同着丫鬟上楼来了。

展爷在窗外，不由的暗暗着急，道："他们将楼门堵住，我这朋友，他却如何脱身呢？他若是持刀威吓，那就不是侠客的行为了。"忽然跟前一黑，再一看时，屋内已将灯吹灭了。展爷大喜，暗暗称妙。忽听郑新嗳哟道："怎么楼上灯也灭了。你又把蜡头儿掷了，灯笼也忘了捡起来，这还得下楼取火去。"展爷在外听的明白，暗道："丁二官人真好灵机（机灵），借着灭灯他就走了，真正的爽快。"忽又自己笑道："银两业已到手，我还在此作甚么？难道人家偷驴，我还等着拔橛（jué，短木桩）儿不成？"将身一顺，早已跳下楼来，复又上了墙角落，到了外面，暗暗回到下处。真是神安梦稳，已然睡去了。

再说郑新叫丫鬟取了火来一看，槅子门仿佛有人开了，自己过去开了一看，里面的银子一封也没有了，忙嚷道："有了贼了！"他妻子便问："银子失了么？"郑新道："不但才拿来的八封不见了，连旧存的那一包二十两银子也不见了。"夫妻二人又下楼寻找了一番，那里有个人影儿！两口子就只齐声叫苦。这且不言。

展熊飞直睡至次日红日东升，方才起来梳洗，就在客寓吃了早饭，方慢慢往断桥亭来。刚至亭上，只见周老儿坐在栏杆上打盹儿呢。展爷悄悄过去，将他扶住了，方唤道："老丈醒来，老丈醒来。"周老猛然惊醒，见是展爷，连忙道："公子爷来了，老汉久等多时了。"展爷道："那渔哥还没来么？"周老道："尚未来呢。"展爷暗忖（cǔn，细想）道："看他来时，是何光景？"正犯想间，只见丁二爷带着仆从二人，竟奔亭上而来。展爷道："送银子的来了。"周老儿看时，却不是渔郎，也是一位武生公子。及至来到切近，细细看时，谁说不是渔郎呢！周老者怔了一怔，方才见礼。丁二爷道："展兄早来了么？真信人也！"

又对周老道："老丈，银子已有在此。不知你可有地基么？"周老道："有地基，就在郑家楼前一箭之地，有座书画楼，乃是小老儿相好孟先生的。因他年老力衰，将买卖收了，临别时就将此楼托付我了。"丁二爷道："如此甚好。可有帮手么？"周老道："有帮手，就是我的外甥乌小乙。当初原是与我照应茶楼，后因郑新改了字号，就把他撵了。"丁二爷道："既如此，这茶楼是开定了，这口气也是要赌准了。如今我将我的仆人留下，帮着与你料理一切事体。此人是极可靠的。"说罢，叫小童将包袱打开。展爷在傍细细留神。不知改换的如何，且听下回分解。

第三十回 济弱扶倾资助周老 交友投分邀请南侠

且说丁二爷叫小童打开包袱。仔细一看，却不是西纸，全换了桑皮纸，而且大小不同，仍旧是八包。丁二爷道："此八包分量不同，有轻有重，通共是四百二十两。"展爷方明白，晚间揣了九次，原来是饶（别外添）了二十两来。周老儿欢喜非常，千恩万谢。丁二爷道："若有人问你银子从何而来，你就说镇守雄关总兵之子丁兆蕙给的，在松江府茉花村居住。"展爷也道："老丈，若有人问谁是保人，你就说常州府武进县遇杰村姓展名昭的保人。"周老一一记了。又将昨日丁二爷给的那一锭银子拿出来，双手捧与丁二爷道："这是昨日公子爷所赐，小老儿尚未敢动，今日奉还。"丁二爷笑道："我晓得你的意思了。昨日我原是渔家打扮，给你银两，你恐使了被我讹诈。你如今放心罢。既然给你银两，再没有又收回来的道理。就是这四百多两银子，也不合你要利息。若日后有事到了你这里，只要好好的预备一碗香茶，那便是利息了。"周老儿连声应道："当得，当得。"丁二爷又叫小童将昨日的渔船唤了来，将周老的衣服业已洗净晒干，叫他将渔衣换了。又赏了渔船上二两银子。就叫仆从帮着周老儿拿着银两，随去料理。周老儿便要跪倒叩头。丁二爷与展爷连忙搀起，又嘱咐道：“倘若茶楼开了之后，再不要粗心改换字号。”周老儿连说：“再不改了！再不改了！”随着仆人，欢欢喜喜而去。

此时展爷从人已到，拉着马匹，在一边伺候。丁二爷问道：“那是展兄的尊骑么？”展爷道：“正是。”丁二爷道：“昨日家兄遣人来唤小弟。小弟叫来人带信回禀家兄，说与吾兄巧遇。家兄欲见吾兄，如渴想浆。弟要敦请（诚恳地邀请）展兄到敝庄盘桓（逗留。桓，huán）几日，不知肯光顾否？”展爷想了一想：“自己原是无事，况假满尚有日期，趁此何不会会知己，也是快事。”便道：“小弟久已要到宝庄奉谒（拜见。谒，yè），未得其便。今既承雅爱（敬辞，厚爱），敢不从命。”便叫过从人来，告诉道：“我上松江府茉花村丁大员外、丁二员外那里去了。我们乘舟，你将马匹俱各带回家去罢。不过五六日，我也就回家了。”从人连连答应。刚要转身，展爷又唤住，悄悄的道：“展忠问时，你就说为联姻之事去了。”从者奉命，拉着马匹，各自回去，不提。

且说展爷与丁二爷带领小童，一同登舟，竟奔松江府，水路极近。丁二爷乘舟惯了，不甚理会；惟有展爷今日坐在船上，玩赏沿途景致，不觉的神清气爽，快乐非常，与丁二爷说说笑笑，情投意合。彼此方叙明年庚（指人出生的年、月、日、时），丁二爷小，展爷大两岁，便以大哥呼之，展爷便称丁二爷为贤弟。因叙话间，又提起周老儿一事。展爷问道：“贤弟奉伯母之命，前来进香，如何带许多银两呢？”丁二爷道：“原是要买办东西的。”展爷道：“如今将此银赠了周老，又拿甚么买办东西呢？”丁二爷道：“弟虽不才，还可以借得出来。”展爷笑道：“借得出来更好；他若不借，必然将灯吹灭，便可借来。”丁二爷听了，不觉诧异，道：“展大哥，此话怎讲？”展爷笑道：“莫道人行早，还有早行人。”便将昨晚之事说明。二人鼓掌大笑。

说话间，舟已停泊，搭了跳板，二人弃舟登岸。丁二爷叫小童先由捷径送信，他却陪定展爷慢慢而行。展爷见一条路径俱是三合土叠成，一半是天然，一半是人工，平平坦坦，干干净净。两边皆是密林，树木丛杂，中间单有引路树。树下各有一人，俱是浓眉大眼，阔腰厚背；头上无网巾，发挽高绺，戴定芦苇编的圈儿，身上各穿着背心，赤着双膊，青筋暴露，抄手而立；却赤着双足，也有穿着草鞋的，俱将裤腿卷在膝盖之上，不言不语。一对树下有两个人。展爷往那边一望，一对一对的实在不少，心中纳闷，便问丁二爷道："贤弟，这些人俱是做甚么的？"丁二爷道："大哥有所不知，只因江中有船五百余只，常常械斗伤人。江中以芦花荡为界，每边各管船二百余只，十船一小头目，百船一大头目，又各有一总首领。奉府内明文，芦花荡这边俱是我弟兄二人掌管。除了府内的官用鱼虾，其下定行市开秤，惟我弟兄命令是从。这些人俱是头目，特来站班朝面的。"展爷听罢，点了点头。

走过土基的树林，又有一片青石鱼鳞路，方是庄门。只见广梁大门，左右站立多少庄丁伴当（旧时跟随着做伴的仆人或伙伴）。台阶之上，当中立着一人，后面又围随着多少小童执事之人。展爷临近，见那人降阶迎将上来，倒把展爷唬了一跳。原来兆兰弟兄乃是同胞双生，兆兰比兆蕙大一个时辰，因此面貌相同。从小儿兆蕙就淘气。庄前有卖吃食的来，他吃了不给钱，抽身就走。少时卖吃食的等急了，在门前乱嚷。他便同哥哥兆兰一齐出来，叫卖吃食的厮认。那卖吃食的竟会认不出来是谁吃的。再不然，他弟兄二人倒替着吃了，也竟分不出是谁多吃，是谁少吃。必须卖吃的着急央告，他二人方把钱文付给，以博一笑而已。如今展爷若非与丁二官人同来，也竟分不出是大爷来。

彼此相见，欢喜非常，携手刚至门前，展爷便从腰间把宝剑摘下来，递给旁边一个小童。一来初到友家，不当腰悬宝剑；二来又知丁家弟兄有老伯母在堂，不宜携带利刃，这是展爷细心处。三个人来至待客厅上，彼此又重新见礼。展爷与丁母太君请安。丁二爷正要进内请安去，便道："大哥暂且请坐，小弟必替大哥在家母前禀明。"说罢，进内去了。厅上丁大爷相陪。又嘱咐预备洗面水，烹茗（míng，茶）献茶。彼此畅谈。

丁二爷进内，有二刻的工夫，方才出来说："家母先叫小弟问大哥好。让大哥歇息歇息，少时还要见面呢。"展爷连忙立起身来，恭敬答应。只见丁二爷改了面皮（脸面），不是路上的光景，嘻嘻笑笑，又是顽戏，又是刻薄，竟自放肆起来。展爷以为他到了家，在哥哥的面前娇痴惯了，也不介意。

丁二爷便问展爷道："可是吓，大哥，包公待你甚厚，听说你救过他多少次，是怎么件事情呀？小弟要领教。何不对我说说呢！"展爷道："其实也无要紧。"便将金龙寺遇凶僧、土龙岗逢劫夺、天昌镇拿刺客以及庞太师花园冲破邪魔之事，滔滔说了一回，道："此事皆是你我行侠之人当作之事，不足挂齿。"二爷道："也倒有趣，听着怪热闹的。"又问道："大哥又如何面君呢？听说耀武楼试三绝技，敕赐'御猫'的外号儿，这又是甚么事情呢？"展爷道："此事便是包相爷的情面了。"又说包公如何递摺，圣上如何见面。"至于演试武艺，言之实觉可愧；无奈皇恩浩荡，赏了'御猫'二字，又加封四品之职。原是个潇洒的身子，如今倒弄的被官拘束住了。"二爷道："大哥休出此言。想来是你的本事过的去，不然圣上如何加恩呢？大哥提起舞剑，请宝剑一观。"展爷道："方才交付盛价了。"丁二爷回首，道："你们谁接了展老爷的剑了？拿来我看。"只见一个小童将宝剑捧过来呈上。二爷接过来，先瞧了瞧剑鞘（qiào，装刀剑的套子），然后拢住剑靶，将剑抽出，隐隐有钟磬（古代礼乐器。磬，qìng）之音，连说："好剑，好剑！但不知此剑何名？"展爷暗道："看他这半天，言语嘻笑于我。我何不叫他认认此宝，试试他的目力如何。"便道："此剑乃先父手泽（先人的遗物或手迹），劣兄（愚兄）虽然佩带，却不知是何名色，正要在贤弟跟前领教。"二爷暗道："这是难我来了，倒要细细看看。"瞧了一会，道："据小弟看，此剑仿佛是'巨阙'（古代名剑，相传为春秋时铸剑名匠欧冶子所铸）。"说罢，递与展爷。展爷暗暗称奇道："真好眼力！不愧他是将门之子。"便道："贤弟说是'巨阙'，想来是'巨阙'无疑了。"便要将剑入鞘。二爷道："好哥哥，方才听说舞剑，弟不胜钦仰。大哥何不试舞一番，小弟也长长学问。"展爷是断断不肯，二爷是苦苦相求。丁大爷在傍，却不拦挡，止于说道："二弟不必太忙，让大哥喝盅酒助助兴，再舞不迟。"说罢，吩咐道："快摆酒来。"左右连声答应。

展爷见此光景不得不舞，再要推托，便是小家气了。只得站起身来，将袍襟掖（yē，把东西塞在衣袋或夹缝里）了一掖，袖子挽了一挽，说道："劣兄剑法疏略（粗疏简略），倘有不到之处，望祈二位贤弟指教为幸。"大爷、二爷连说："岂敢，岂敢。"一齐出了大厅，在月台之上，展爷便舞起剑来。丁大爷在那边恭恭敬敬，留神细看。丁二爷却靠着厅柱，跐（cǐ，踩，踏）着脚儿观瞧，见舞到妙处，他便连声叫好。展爷舞了多时，煞住脚步，道："献丑，献丑！二位贤弟看看如何？"丁大爷连声道好称妙。二爷道："大哥剑法虽好，惜乎此剑有些押手。弟有一剑，管保合式（即"合适"）。"说罢，便叫过一个小童来，密密吩咐数语。小童去了。

此时丁大爷已将展爷让进厅来。见桌前摆列酒肴，丁大爷便执壶斟酒，将展爷让至上面，弟兄左右相陪。刚饮了几杯，只见小童从后面捧了剑来。二爷接过来噌愣（象声词）一声，将剑抽出，便递与展爷，道："大哥请看，此剑也是先父遗留，弟等不知是何名色（名称）。请大哥看看，弟等领教。"展爷暗道："丁二真正淘气，立刻他就报仇，也来难我了，倒要看看。"接过来，弹了弹，颠了颠，便道："好剑！此乃'湛卢'（古代宝剑名，相传为春秋时铸剑名匠欧冶子所铸）也。未知是与不是？"丁二爷道："大哥所言不差。但不知此剑舞起来，又当何如？大哥尚肯赐教么？"展爷却瞧了瞧丁大爷，意思叫他拦阻。谁知大爷乃是个老实人，便道："大哥不要忙，先请饮酒助助兴，再舞未迟。"展爷听了，道："莫若舞完了，再饮罢。"出了席，来至月台，又舞一回。丁二爷接过来，道："此剑大哥舞着，吃力么？"展爷满心不乐，答道："此剑比劣兄的轻多了。"二爷道："大哥休要多言。轻剑即是轻人。此剑却另有个主儿，只怕大哥惹他不起！"一句话激恼了南侠，便道："老弟，你休要害怕。任凭是谁的，自有劣兄一面承管，怕他怎的？你且说出这个主儿来。"二爷道："大哥悄言，此剑乃小妹的。"展爷听了，瞅了二爷一眼，便不言语了。大爷连忙递酒。

忽见丫鬟出来，说道："太君（封建时代官员母亲的封号）来了。"展爷闻听，连忙出席，整衣向前参拜。丁母略略谦逊，便以子侄礼相见毕。丁母坐下。展爷将座位往侧座挪了一挪，也就告坐。此时丁母又细细留神，将展爷相看了一番，比屏后看的更真切了。见展爷一表人材，不觉满心欢喜，开口便以贤侄相称。这却是二爷与丁母商酌明白的：若老太太看了中意，就呼为贤侄；倘若不愿意，便以贵客呼之。再者男婚女配两下愿意，也须暗暗通个消息，妹子愿意方好。二爷见母亲称呼展爷为贤侄，就知老太太是愿意了，他便悄悄儿溜出，竟往小姐绣户（闺房，女子的住所）而来。未知说些甚么，且听下回分解。

第三十一回 展熊飞比剑定良姻 钻天鼠夺鱼甘陪罪

且说丁二爷到了院中，只见丫鬟抱着花瓶，换水插花。见了二爷进来，丫鬟扬声道："二官人进来了。"屋内月华小姐答言："请二哥哥屋内坐。"丁二爷掀起绣帘，来至屋内，见小姐正在炕上针黹（缝纫、刺绣等针线活。黹，zhǐ）呢。二爷问道："妹子做甚么活计？"小姐说："锁镜边上头口儿呢。二哥，前厅有客，你怎么进了里面来了呢？"丁二爷佯（yáng，假装）问道："妹子如何知道前厅有客呢？"月华道："方才取剑，说有客要领教，故此方知。"丁二爷道："再休提剑。只因这人乃常州府武进县遇杰村姓展名昭，表字熊飞，人皆称他为南侠，如今现作皇家四品带刀的护卫。哥哥久已知道此人，但未会面。今日见了，果然好人品，好相貌，好本事，好武艺；未免才高必狂，艺高必傲，竟将咱们家的湛卢剑贬的不成样子。哥哥说此剑是另有个主儿的，他问是谁，哥哥就告诉他是妹子的，他便鼻孔里一笑，道：'一个闺中弱秀，焉有本领！'"月华听至此，把脸一红，眉头一皱，便将活计放下了。丁二爷暗说："有因，待我再激他一激。"又说道："我就说：'我们将门中岂无虎女？'他就说：'虽是这么说哟，未必有真本领。'妹子，你真有胆量，何不与他较量较量呢？倘若胆怯，也只好由他说去罢。现在老太太也在厅上，故此我来对妹妹说说。"小姐听毕，怒容满面，道："既如此，二哥先请，小妹随后就到。"

二爷得了这个口气，便急忙来到前厅，在丁母耳边悄悄说道："妹子要与展哥比武。"话刚然（刚刚）说完，只见丫鬟报道："小姐到。"丁母便叫过来与展爷见礼。展爷心中纳闷道："功勋世胄（世家子弟；贵族后裔。胄，zhòu），如此家风？"立起身来一揖，小姐还了万福（古代妇女行的敬礼，两手松松抱拳在胸前右下侧，上下移动，同时略做鞠躬的姿势，口中称"万福"）。展爷见小姐庄静秀美，却是一脸的怒气。又见丁二爷转身过来，悄悄的道："大哥，都是你褒贬（评论好坏）人家剑，如今小妹出来，不依来了。"展爷道："岂有此理？"二爷道："甚么理不理的。我们将门虎女，焉有怕见人的理呢！"展爷听了，便觉不悦。丁二爷却又到小姐身后，悄悄道："展大哥要与妹子较量呢。"小姐点头首肯（点头表示同意）。二爷又转到展爷身后，道："小妹要请教大哥的武艺呢。"展爷此时更不耐烦了，便道："既如此，劣兄奉陪就是了。"

谁知此时小姐已脱去外面衣服，穿着绣花大红小袄，系定素罗百摺单裙，头罩五色绫帕，更显得妩媚娉婷（pīng tíng，形容女子姿态美好的样子）。丁二爷已然回禀丁母，说："不过是虚耍假试，请母亲在廊下观看。"先挪出一张圈椅，丁母坐下。月华小姐怀抱宝剑，抢在东边上首站定。展爷此时也无可奈何，只得勉强掖袍挽袖。二爷捧过宝剑，展爷接过，只得在西边下首站了。说了一声"请"，便各拉开架式。兆兰、兆蕙在丁母背后站立。才对了不多几个回合，丁母便道："算了罢，剑对剑俱是锋芒，不是顽的。"二爷道："母亲放心，且再看看，不妨事的。"

只见他二人比并（比试较量。多指比武）多时，不分胜负。展爷先前不过搪塞（táng sè，敷衍塞责）虚架，后见小姐颇有门路（形容做事的诀窍、方法），不由暗暗夸奖，反倒高起兴来，凡有不到之处俱各点到，点到却又抽回，来来往往。忽见展爷用了个垂花势，斜刺里将剑递进，即便抽回，就随着剑尖滴溜溜落下一物。又见小姐用了个风吹败叶势，展爷忙把头一低将剑躲过。才要转身，不想小姐一翻玉腕，又使了个推窗撵月势，将展爷的头巾削落。南侠一伏身跳出圈外，声言道："我输了，我输了！"丁二爷过来，拾起头巾，掸去尘土。丁大爷过来，捡起先落的物一看，却是小姐耳上之环，便上前对展爷道："是小妹输了，休要见怪。"二爷将头巾交过。展爷挽发整巾，连声赞道："令妹真好剑法也！"丁母差丫鬟即请展爷进厅。小姐自往后边去了。

丁母对展爷道："此女乃老身侄女，自叔叔婶婶亡后，老身视如亲生儿女一般。久闻贤侄名望，就欲联姻，未得其便。不意贤侄今日降临寒舍，实乃彩丝系足（千里姻缘一线牵的意思），美满良缘。又知贤侄此处并无亲眷，又请谁来相看，必要推诿（推托。诿，wěi），故此将小女激诱出来比剑，彼此一会，令贤侄放心。非是我世胄人家，毫无规范也。"丁大爷也过来道："非是小弟在傍不肯拦阻，皆因弟等与家母已有定算，故此多有亵渎（xiè dú，轻慢，不恭敬）。”丁二爷也陪罪，道：“全是小弟之过。惟恐吾兄推诿，故用此诡计诓（kuāng，欺骗）哄仁兄，望乞恕罪。”展爷到此时方才明白。也是姻缘，更不推辞，慨然允许。便拜了丁母，又与兆兰、兆蕙彼此拜了，就将巨阙、湛卢二剑彼此换了，作为定礼。

二爷手托耳环，提了宝剑，一直来到小姐卧室。小姐正自纳闷：“我的耳环何时削去，竟不知道，也就险的狠呢。”忽见二爷笑嘻嘻的手托耳环，道：“妹子耳环在这里。”掷在一边。又笑道：“湛卢剑也被人家留下了。”小姐才待发话，二爷连忙说道：“这都是太太的主意，妹子休要问我，少时问太太便知。大约妹子是大喜了。”说完，放下剑，笑嘻嘻的就跑了。小姐心下明白，也就不言语了。

丁二爷来至前厅，此时丁母已然回后去了。他三人重新入座，彼此说明，仍论旧交，不论新亲。大爷、二爷仍呼展爷为兄，脱了俗套，更觉亲热。饮酒吃饭，对坐闲谈。不觉展爷在茉花村住了三日，就要告别。丁氏昆仲那里肯放。展爷再三要行。丁二爷说：“既如此，明日弟等在望海台设一席。你我弟兄赏玩江景，畅叙一日。后日大哥再去如何？”展爷应允（答应、允许）。

到了次日早饭后，三人出了庄门，往西走了有一里之遥，弯弯曲曲，绕到土岭之上，乃是极高的所在，便是丁家庄的后背。上面盖了高台五间，甚是宽阔。遥望江面一带，水势茫茫，犹如雪练（洁白的绢帛，比喻明洁的水流）一般。再看船只往来，络绎不绝。郎舅三人观望江景，实实（的确，实在）畅怀。不多时，摆上酒肴，慢慢消饮。正在快乐之际，只见来一渔人在丁大爷旁边悄语数言。大爷吩咐：“告诉头目办去罢。”丁二爷也不理会。展爷更难细问，仍然饮酒。迟不多时，又见来一渔人，甚是慌张，向大爷说了几句。此次二爷却留神，听了一半，就道：“这还了得！若要如此，以后还有个规矩么？”对那渔人道：“你把他叫来我瞧瞧。”

展爷见此光景，似乎有事，方问道：“二位贤弟，为着何事？”丁二爷道：“我这松江的渔船原分两处，以芦花荡（浅水湖）为界。荡南有一个陷空岛，岛内有一个卢家庄。当初有卢太公在日，乐善好施，家中巨富。待至生了卢方，此人和睦乡党，人人钦敬，因他有爬杆之能，大家送了他个绰号，叫做钻天鼠。他却结了四个朋友，共成五义：大爷就是卢方。二爷乃黄州人，名叫韩彰，是个行伍（旧时称军队的行列，泛指军中。古时兵制，五人为伍，二十五人为行）出身，会做地沟地雷，因此他的绰号儿叫做彻地鼠。三爷乃山西人，名叫徐庆，是个铁匠出身，能探山中十八孔，因此绰号叫穿山鼠。至于四爷，身材瘦小，形如病夫，为人机巧伶便，智谋甚好，是个大客商出身，乃金陵人，姓蒋名平，字泽长，能在水中居住，开目视物，绰号人称翻江鼠。惟有五爷少年华美，气宇不凡，为人阴险狠毒，却好行侠作义，就是行事太刻毒，是个武生员，金华人氏，姓白名玉堂，因他形容秀美，文武双全，人呼他绰号为锦毛鼠。”展爷听说白玉堂，便道：“此人我却认得，愚兄正要访他。”丁二爷问道：“大哥如何认的他呢？”展爷便将苗家集之事，述说一回。

正说时，只见来了一伙渔户。其中有一人怒目横眉，伸出掌来，说道：“二位员外看见了。他们过来抢鱼，咱们拦阻，他就拒起来捕了。抢了鱼不算，还把我削去四指，光光的剩了一个大拇指头。这才是好朋友呢！”丁大爷连忙拦道：“不要多言。你等急唤船来，待我等亲身前往。”众人一听员外要去，嗯的一声，俱各飞跑去了。展爷道：“劣兄无事，何不一同前往？”丁二爷道：“如此甚好。”三人下了高台，一同来至庄前，只见从人伴当伺候多人，各执器械。丁家兄弟、展爷俱各佩了宝剑，来至停泊之处。只见大船两只是预备二位员外坐的。大爷独上了一只大船，二爷同展爷上了一只大船，其余小船，纷纷乱乱，不计其数，竟奔芦花荡而来。

才至荡边，见一队船皆是“荡南”的字号，便知是抢鱼的贼人了。大爷催船前进，二爷紧紧相随。来至切近，见那边船上立着一人，凶恶非常，手托七股鱼叉，在那里静候厮杀。大爷的大船先到，便说：“这人好不晓事。我们素有旧规，以芦花荡为交界。你如何擅敢过荡，抢了我们的鱼，还伤了我们的渔户，是何道理？”那边船上那人道：“甚么交界不交界，咱全不管。只因我们那边鱼少，你们这边鱼多，今日暂且借用。你若不服咱，就比试比试。”丁大爷听了这话，有些不说理，便问道：“你叫甚么名字？”那人道：“咱叫分水兽邓彪。你问咱怎的？”丁大爷道：“你家员外那个在此？”邓彪道：“我家员外俱不在此，此一队船只就是咱管领的。你敢与咱合气么？”说着话，就要把七股叉刺来。丁大爷才待拔剑，只见邓彪翻身落水，这边渔户立刻下水，将邓彪擒住，托出水面，交到丁二爷船上。二爷却跳在大爷船上，前来帮助。

你道邓彪为何落水？原来大爷问答之际，丁二爷船已赶到，见他出言不逊，却用弹丸（弹弓发射用的泥丸、石丸、铁丸）将他打落水中。你道甚么弹丸？这是二爷自幼练就的。用竹板一块，长够一尺八寸，宽有二寸五分，厚五分，上面有个槽儿，用黄蜡搀（即“掺”）铁渣子团成核桃大小，临用时安上。在数步中打出，百发百中。又不是弹弓，又不是弩弓，自己纂（编撰）名儿叫做竹弹丸。这原是二爷小时顽耍的小顽艺儿，今日偌大的一个分水兽，竟会叫英雄的一个小小铁丸打下水去咧。可见本事不是吹的，这才是真本领呢。

且言邓彪虽然落水，他原是会水之人，虽被擒，不肯服气，连声喊道：“好吓，好吓！你敢用暗器伤人，万不与你们干休！”展爷听至此句说用暗器伤人，方才留神细看，见他眉攒（两眉之间。攒，cuán）里肿起一个大紫包来，便喝道：“你既被擒，还喊甚么！我且问你，你家五员外他可姓白么？”邓彪答道：“姓白怎么样？他如今已下山了。”展爷问道：“往那里去了？”邓彪道：“数日之前上东京，找甚么‘御猫’去了。”展爷闻听，不由的心下着忙。

只听得那边一人嚷道：“丁家贤弟呀！看我卢方之面，恕我失察之罪，我情愿认罚呀！”众人抬头，只见一只小船飞也似赶来，嚷的声音渐近了。展爷留神细看来人，见他一张紫面皮，一部好胡须，面皮光而生亮，胡须润而且长，身量魁梧，气宇轩昂。丁氏兄弟也执手，道：“卢兄请了。”卢方道：“邓彪乃新收头目，不遵约束，实是劣兄之过。违了成约，任凭二位贤弟吩咐。”丁大爷道：“他既不知，也难谴责。此次乃无心之过也。”回头吩咐将邓彪放了。这边渔户便道：“他们还抢了咱们好些鱼罟（渔网。罟，gǔ）呢。”丁二爷连忙喝住：“休要多言！”卢方听见，急急吩咐：“快将那边鱼罟，连咱们鱼罟俱给送过去。”这边送人，那边送罟。卢方立刻将邓彪革去头目，即差人送往府里究治。丁大爷吩咐：“是咱们鱼罟收下，是那边的俱各退回。”两下里又说了多少谦让的言语，无非论交情，讲过节，彼此方执手，各自归庄去了。未知后事如何，且听下回分解。

第三十二回 夜救老仆颜生赴考 晚逢寒士金客扬言

且说丁氏兄弟同定展爷来至庄中，赏了削去四指的渔户十两银子，叫他调养伤痕。展爷便题起："邓彪说白玉堂不在山中，已往东京找寻劣兄（犹愚兄）去了。刻下还望二位仁弟备只快船，我须急急回家，赶赴东京方好。"丁家兄弟听了展爷之言，再也难以阻留，只得应允。便于次日备了饯行（设酒食送行。饯，jiàn）之酒，殷勤送别，反觉得恋恋不舍。展爷又进内叩别了丁母。丁氏兄弟送至停泊之处，瞧着展爷上船，还要远送。展爷拦之再三，只得罢了，送至大路，方才分手作别。

展爷真是归心似箭。这一日天有二鼓（二更），已到了武进县，以为连夜可以到家。刚走到一带榆树林中，忽听有人喊道："救人吓！了不得了！有了打杠子（用棍子打人，指拦路抢劫）的了！"展爷顺着声音，迎将上去，却是个老者背着包袱，喘的连嚷也嚷不出来。又听后面有人追着，却喊得洪亮道："了不得！有人抢了我的包袱去了！"展爷心下明白，便道："老者，你且隐藏，待我拦阻。"老者才往树后一隐，展爷便蹲下身去。后面赶的只顾往前，展爷将腿一伸，那人来的势猛，噗哧的一声，闹了个嘴吃屎。展爷赶上前按住，解下他的腰间搭包，寒鸦儿拂水的将他捆了。见他还有一根木棍，就从腰间插入，斜担的支起来。将老者唤出，问道："你姓甚名谁？家住那里？慢慢讲来。"老者从树后出来，先叩谢了。此时喘已定了，道："小人姓颜名叫颜福，在榆林村居住。只因我家相公要上京投亲，差老奴到窗友（旧时指同学、同窗）金必正处借了衣服银两。多承金相公一番好意，留下小人吃饭，临走又交付老奴三十两银子，是赠我家相公作路费的。不想年老力衰，又加目力（视力）迟钝，因此来路晚了。刚走到榆树林之内，便遇见这人，一声断喝，要甚么买路钱。小人一听，那里还有魂咧！一路好跑，喘的气也换不上来，幸亏大老爷相救，不然我这老命必丧于他手。"展爷听了，便道："榆林村乃我必由之路，我就送你到家如何？"颜福复又叩谢。

展爷对那人道："你这厮夤夜（深夜。夤，yín）劫人，你还嚷人家抢了你的包袱去了。幸遇某家，这也是你昭彰报应，我也不加害于你，你就在此歇歇，再等个人来救你便了。"说罢，叫老者背了包袱，出了林子，竟奔榆林村。到了颜家门首，老者道："此处便是，请老爷里面待茶。"一壁（一边）说话，用手叩门。只听里面道："外面可是颜福回来了么？"展爷听的明白，便道："我不吃茶了，还要赶路呢。"说毕，迈开大步，竟奔遇杰村而来。

单说颜福听得是小主人的声音，便道："老奴回来了。"开门处，颜福提包进来，仍然将门关好。你道这小主人是谁？乃是姓颜名查散，年方二十二岁。寡母郑氏，连老奴颜福，主仆三口度日。因颜老爷在日为人正直，作了一任县尹（一县的长官。尹，yǐn），两袖清风，一贫如洗，清如秋水，严似寒霜。可惜一病身亡，家业零落。颜生素有大志，总要克绍（能够继承）书香，学得满腹经纶，屡欲赴京考试。无奈家道寒难，不能如愿。因明年就是考试的年头，还是郑氏安人（犹夫人，对妇人的一种尊称）想出个计较来，便对颜生道："你姑母家道丰富，何不投托在彼？一来可以用功，二来可以就亲，岂不两全其美呢？"颜生道："母亲想的虽是，但姑母处已有多年不通信息。父亲在日还时常寄信问候，自父亲亡后遣人报信，并未见遣一人前来吊唁（祭奠死者并慰问其亲属。唁，yàn），至今音梗信杳（音信全无。梗，阻塞；杳，yǎo，远得看不见踪影）。虽是老亲，又是姑舅结下新亲；奈目下孩儿功名未成，如今时势，恐到那里也是枉然。再者孩儿这一进京，母亲在家也无人侍奉；二来盘费短少，也是无可如何（没有办法）之事。"母子正在商议之间，恰恰的颜生窗友金生名必正特来探访。彼此相见，颜生就将母亲之意对金生说了。金生一力担当，慨然允许，便叫颜福跟了他去，打点进京的用度。颜生好生喜欢，即禀明老人家。安人闻听，感之不尽。母子又计议了一番。郑氏安人亲笔写了一封书信，言言哀恳，大约姑母无有不收留侄儿之理。娘儿两个呆等颜福回来。天已二更，尚不见到。颜生劝老母安息，自己把卷独对青灯，等到四更，心中正自急躁，颜福方回来了，交了衣服银两。颜生大悦，叫老仆且去歇息。颜福一路劳乏，又受惊恐，已然支持不住，有话明日再说，也就告退了。

到了次日，颜生将衣服银两与母亲看了，正要商酌（商量斟酌）如何进京，只见老仆颜福进来，说道："相公进京，敢则（莫非）是自己去么？"颜生道："家内无人，你须好好侍奉老太太，我是自己要进京的。"老仆道："相公若是一人赴京，是断断去不得的。"颜生道："却是为何？"颜福便将昨晚遇劫之事，说了一遍。郑氏安人听了颜福之言，说："是吓，若要如此，老身（早期白话中老年妇女的自称）是不放心的！莫若你主仆二人同去方好。"颜生道："孩儿带了他去，家内无人，母亲叫谁侍奉？孩儿放心不下。"

正在计算为难，忽听有人叩门，老仆答应。开门看时，见是一个小童，一见面就说道："你老人家昨晚回来好吓？也就不早了罢？"颜福尚觑（qū，把眼睛合成一条细缝儿看）着眼儿瞧他，那小童道："你老人家瞧甚么？我是金相公那里的，昨日给你老人家斟酒，不是我么？"颜福道："哦，哦！是，是！我倒忘了。你到此何事？"小童道："我们相公打发我见颜相公来了。"老仆听了，将他带至屋内，见了颜生，又参拜了安人。颜生便问道："你做甚么来了？你叫甚么？"小童答道："小人叫雨墨。我们相公知道相公无人，惟恐上京路途遥远不便，叫小人特来服侍相公进京。又说这位老主管有了年纪，眼力不行，可以在家伺候老太太，照看门户，彼此都可以放心。又叫小人带来十两银子，惟恐路上盘川（盘缠，路费）不足，是要富余些个好。"安人与颜生听了，不胜欢喜，不胜感激。连颜福俱乐的了不得。

安人又见雨墨说话伶俐（干脆利落）明白，便问："你今年多大了？"雨墨道："小人十四岁了。"安人道："你小儿家能够走路吗？"雨墨笑道："回禀老太太得知，小人自八岁上，就跟着小人的父亲在外贸易。漫说走路，甚么处儿的风俗，遇事眉高眼低，那算瞒不过小人的了。差不多的道儿，小人却认得。至于上京，更是熟路了。不然，我们相公会派我来跟相公么？"安人闻听，更觉欢喜放心。

颜生便拜别老母，安人未免伤心落泪，将亲笔写的书信交与颜生，道："你到京中祥符县问双星巷，便知你姑父的居址了。"雨墨在旁道："祥符县南有个双星巷，又名双星桥，小人认得的。"安人道："如此甚好。你要好好服侍相公。"雨墨道："不用老太太嘱咐，小人知道。"颜生又吩咐老仆颜福一番，暗暗将十两银子交付颜福，供养老母。雨墨已将小小包裹背起来。主仆二人出门上路。

颜生是从未出过门的，走了一二十里，便觉两腿酸疼，问雨墨道："咱们自离家门，如今走了也有五六十里路了罢？"雨墨道："可见相公没有出过门。这才离家有多大工夫，就会走了五六十里？那不成飞腿了么？告诉相公说，共总走了没有三十里路。"颜生吃惊，道："如此说来，路途遥远，竟自难行的狠呢！"雨墨道："相公不要着急。走道儿有个法子：越不到越急，越走不上来；必须心平气和，不紧不慢，仿佛游山玩景的一般。路上虽无景致，拿着一村一寺皆算是幽景奇观，遇着一石一木也当做点缀的美景。如此走来走去，心也宽了，眼也亮了，乏也就忘了，道儿也就走的多了。"颜生被雨墨说的高起兴来，真果沿途玩赏。不知不觉，又走了一二十里，觉得腹中有些饥饿，便对雨墨道："我此时虽不觉乏，只是腹中有点空空儿的，可怎么好？"雨墨用手一指，说："那边不是镇店么？到了那里，买些饭食，吃了再走。"

又走了多会，到了镇市。颜相公见个饭铺，就要进去。雨墨道："这里吃不现成，相公随我来。"把颜生带到二荤铺里去了。一来为省事，二来为省钱，这才透出他是久惯出外的油子手儿来了呢。主仆二人用了饭，再往前走了十多里，或树下，或道旁，随意歇息歇息再走。

到了天晚，来到一个热闹地方，地名双义镇。雨墨道："相公，咱们就在此处住了罢。再往前走，就太远了。"颜生道："既如此，就住了罢。"雨墨道："住是住了。若是投店，相公千万不要多言，自有小人答覆他。"颜生点头应允。

及至来到店门，挡槽儿（旧时饭馆中的伙计）的便道："有干净房屋。天气不早了，再要走，可就太晚了。"雨墨便问道："有单间厢房（在正房前面两旁的房屋）没有？或有耳房（跟正房相连的两侧的小屋，也指厢房两旁的小屋）也使得。"挡槽儿的道："请升进去看看就是了。"雨墨道："若是有呢，我们好看哪；若没有，我们上那边住去。"挡槽儿的道："请进去看看何妨。不如意，再走如何？"颜生道："咱们且看看就是了。"雨墨道："相公不知，咱们若进去，他就不叫出来了。店里的脾气我是知道的。"

正说着，又出来了一个小二（指客栈、酒馆中的跑堂伙计）道："请进去，不用游疑（游移迟疑），讹（é，敲诈，欺骗）不住你们二位。”颜生便向里走，雨墨只得跟随。只听店小二道：“相公请看，狠好的正房三间，裱糊（用纸糊房间的顶棚或墙壁等。裱，biǎo）的又干净，又豁亮（宽敞明亮。豁，huò）。”雨墨道：“是不是？不进来你们紧让，及至进来就是上房三间。我们爷儿两个又没有许多行李，住三间上房，你这还不讹了我们呢！告诉你，除了单厢房或耳房，别的我们不住。”说罢，回身就要走。小二一把拉住，道：“怎的了！我的二爷。上房三间，两明一暗。你们二位住那暗间，我们算一间的房钱，好不好？”颜生道：“就是这样罢。”雨墨道：“咱们先小人，后君子。说明了，我可就给一间的房钱。”小二连连答应。

主仆二人来至上房，进了暗间，将包裹放下。小二便用手擦外间桌子，道：“你们二位在外间用饭罢，不宽阔么？”雨墨道：“你不用诱。就是外间吃饭，也是住这暗间，我也是给你一间的房钱。况且我们不喝酒。早起吃的，这时候还饱着呢，我们不过找补点就是了。”小二听了，光景没有甚么大来头，便道：“闷一壶高香片茶来罢？”雨墨道：“路上灌的凉水，这时候还满着呢，不喝。”小二道：“点个烛灯罢？”雨墨道：“怎么你们店里没有油灯吗？”小二道：“有啊！怕你们二位嫌油灯子气，又怕油了衣服。”雨墨道：“你只管拿来，我们不怕。”小二才回身，雨墨便道：“他倒会顽。我们花钱买烛，他却省油，敢则是里外里。”小二回头瞅了一眼，取灯取了半天，方点了来，问道：“二位吃甚么？”雨墨道：“说了找补吃点。不用别的，给我们一个烩锅炸，就带了饭来罢。”店小二估量着，没有甚么想头，抽身就走了，连影儿也不见了。等的急催他，他说：“没得。”再催他，他说：“就得，已经下了杓（sháo，同“勺”）了。就得，就得。”

正在等着，忽听外面嚷道：“你这地方就敢小看人么？小菜碟儿一个大钱，吾是照顾你，赏你们脸哪。你不住我，还要凌辱斯文。这等可恶！吾将你这狗店用火烧了。”雨墨道：“该！这倒替咱们出了气了。”又听店东道：“都住满了，真没有屋子了。难道为你现盖吗？”又听那人更高声道：“放狗屁不臭！满口胡说！你现盖？现盖也要吾等得吓！你就敢凌辱斯文（是说对文化人不尊敬，或者是欺负有文化的人。斯文，指文化人或文人）。你打听打听，念书的人也是你敢欺负得的吗？”颜生听至此，不由的出了门外。雨墨道：“相公别管闲事。”刚然拦阻，只见院内那人向着颜生道："老兄，你评评这个理。他不叫吾住使得，就将我这等一推，这不岂有此理么？还要与我现盖房去。这等可恶！"颜生答道："兄台若不嫌弃，何不将就在这边屋内同住呢？"只听那人道："萍水相逢，如何打搅呢？"雨墨一听，暗说："此事不好，我们相公要上当。"连忙迎出，见相公与那人已携手登阶，来至屋内，就在明间，彼此坐了。未知如何，且听下回分解。

第三十三回 真名士初交白玉堂 美英雄三试颜查散

且说颜生同那人进屋坐下。雨墨在灯下一看，见他头戴一顶开花儒巾（古时读书人戴的一种头巾），身上穿一件零碎蓝衫，足下穿一双无根底破皂靴头儿，满脸尘土，实在不像念书之人，倒像个无赖子。正思想却他之法，又见店东亲来陪罪。那人道："你不必如此。大人不记小人过，饶恕你便了。"

店东去后，颜生便问道："尊兄贵姓？"那人道："吾姓金名懋（mào）叔。"雨墨暗道："他也配姓金？我主人才姓金呢，那是何等体面仗义。像他这个穷样子，连银也不配姓吓！常言说：'姓金没有金，一定穷断筋。'我们相公是要上他的当的。"又听那人道："没领教兄台贵姓？"颜生也通了姓名。金生道："原来是颜兄，失敬，失敬。请问颜兄，用过饭了没有？"颜生道："尚未。金兄可用过了？"金生道："不曾。何不共桌而食呢？叫小二来。"

此时店小二拿了一壶香片茶来，放在桌上。金生便问道："你们这里有甚么饭食？"小二道："上等饭食八两，中等饭六两，下等饭……"刚说至此，金生拦道："谁吃下等饭呢？就是上等饭罢。吾且问你，这上等饭是甚么肴馔（yáo zhuàn，丰盛的饭菜）？"小二道："两海碗（大碗，巨碗），两镟子（一种金属器具，像盘而较大。镟，xuàn），六大碗，四中碗，还有八个碟儿。无非鸡鸭鱼肉、翅子海参等类，调度的总要合心配口。"

金生道："这鱼是包鱼吓还是漂儿呢？"小二道："是漂儿。"金生道："你说是漂儿，那就是包鱼。可有活鲤鱼么？"小二道："要活鲤鱼是大的，一两二钱银子一尾。"金生道："既要吃，不怕花钱。吾告诉你，鲤鱼不过一斤的叫做'拐子'，过了一斤的才是鲤鱼。不独要活的，还要尾巴像那胭脂瓣儿相似，那才是新鲜的呢。你拿来吾看。"又问："酒是甚么酒？"小二道："不过随便常行酒。"金生道："不要那个。吾要喝陈年女贞陈绍。"小二道："有十年蠲下（积存下来。蠲，juān）的女贞陈绍（绍兴黄酒，也叫"花雕"。酒店里常写着"女贞陈绍，远年花雕"来介绍这个绍兴名酒），就是不零卖，那是四两银子一坛。"金生道："你好贫哪！甚么四两五两，不拘多少，你搭一坛来当面开开，吾尝就是了。吾告诉你说，吾要那金红颜色浓浓香，倒了碗内要挂碗，犹如琥珀一般，那才是好的呢。"小二道："搭一坛来当面锥尝，不好不要钱，如何？"金生道："那是自然。"

说话间，已然掌上两支灯烛。此时店小二欢欣非常，小心殷勤，自不必说。少时端了一个腰子形儿的木盆来，里面欢蹦乱跳、足一斤多重的鲤鱼，说道："爷上请看，这尾鲤鱼何如？"金生道："鱼却是鲤鱼。你务必用这半盆水叫那鱼躺着，一来显大，二来水浅，他必扑腾，算是活跳跳的，卖这个手法儿。你不要拿着走，就在此处开了膛，省得抵换。"店小二只得当面收拾。金生又道："你收拾好了，把他鲜汆（tǔn，把食物放在开水里煮一煮）着。可是你们加甚么佐料？"店小二道："无非是香蕈（即香菇。蕈，xùn）口蘑（真菌的一种，有白色肥厚的菌盖，属野生蘑菇），加些紫菜。"金生道："吾是要尖上尖的。"小二却不明白。金生道："怎么你不晓得？尖上尖就是那青笋尖儿上头的尖儿，总要嫩切成条儿，要吃那们咯吱、咯吱的才好。"店小二答应。

不多时，又搭了一坛酒来，拿着锥子倒流儿，并有个磁盆。当面锥透，下上倒流儿，撒出酒来，果然美味真香。先舀一盅（zhōng，饮酒或喝茶用的没有把儿的杯子）递与金生，尝了尝，道："也还罢了。"又舀了一盅递与颜生，尝了尝，自然也说好。便倒了一盆灌入壶内，略烫一烫，二人对面消饮。小二放下小菜，便一样一样端上来。金生连箸（zhù，筷子）也不动，只是就佛手疙疸（gēda，同"疙瘩"）慢饮，尽等吃活鱼。二人饮酒闲谈，越说越投机。颜生欢喜非常。

少时用大盘盛了鱼来。金生便拿起箸子来，让颜生道："鱼是要吃热的，冷了就要发腥了。"布了颜生一块，自己便将鱼脊背拿筷子一划，要了姜醋碟。吃一块鱼，喝一盅酒，连声称赞："妙哉，妙哉！"将这面吃完，筷子往鱼腮里一插，一翻手就将鱼的那面翻过来。又布了颜生一块，仍用筷子一划，又是一块鱼，一盅酒，将这面也吃了。然后要了一个中碗来，将蒸食双落一对掰在碗内，一连掰了四个。舀了鱼汤，泡了个稀糟，啯喽（象声词。啯，guó）、啯喽吃了。又将碟子扣上，将盘子那边支起，从这边舀了三匙汤喝了，便道："吾是饱了，颜兄自便，莫拘（不要拘束）莫拘。"颜生也饱了。二人出席。金生吩咐："吾们就只一小童，该蒸的，该热的，不可与他冷吃。想来还有酒，他若喝时，只管给他。"店小二连连答应。说着说着话，他二人便进里间屋内去了。

雨墨此时见剩了许多东西全然不动，明日走路又拿不得，瞅着又是心疼。他那里吃得下去，止于喝了两盅闷酒就算了，连忙来到屋内，只见金生张牙欠口，前仰后合，已有困意。颜生道："金兄既已乏倦，何不安歇呢？"金生道："如此，吾就要告罪了。"说罢，往床上一躺，呱哒一声，皂靴（黑色高帮白色厚底的鞋子，旧时官绅所穿）头儿掉了一只。他又将这条腿向膝盖一敲，又听噗哧一声，把那只皂靴头儿扣在地下。不一会，已然呼声震耳。颜生使眼色叫雨墨将灯移出，自己也就悄悄睡了。

雨墨移出灯来，坐在明间，心中发烦，那里睡得着。好容易睡着，忽听有脚步之声，睁眼看时，天已大亮。见相公悄悄从里间出来，低言道："取脸水去。"雨墨取来，颜生净了面。

忽听屋内有咳嗽之声，雨墨连忙进来，见金生伸懒腰，打哈声，两只脚却露着黑漆漆的底板儿，敢则是没袜底儿。忽听他口中念道："大梦谁先觉？平生我自知。草堂春睡足，窗外日迟迟。"念完，一咕噜爬起来，道："略略歇息，天就亮了。"雨墨道："店家给金相公打脸水。"金生道："吾是不洗脸的，怕伤水。叫店小二开开我们的帐，拿来吾看。"雨墨暗道："有意思，他竟要会帐（付账）。"只见店小二开了单来，上面共银十三两四钱八分。金生道："不多，不多！外赏你们小二、灶上连打杂的二两。"店小二谢了。金生道："颜兄，吾也不闹虚（假客气）了。咱们京中再见，吾要先走了。"他拉、他拉竟自出店去了。

这里颜生便唤："雨墨，雨墨。"叫了半天，雨墨才答应："有。"颜生道："会了银两走路。"雨墨又迟了多会，答应："哦。"赌气拿了银子，到了柜上，争争夺夺，连外赏给了十四两银子，方同相公出了店。来到村外，到无人之处，便说："相公，看金相公是个甚么人？"颜生道："是个念书的好人咧。"雨墨道："如何？相公还是没有出过门，不知路上有许多奸险呢。有诓（kuāng，骗）嘴吃的，有拐东西的，甚至有设下圈套害人的，奇奇怪怪的样子多着呢。相公如今拿着姓金的当好人，将来必要上他的当。据小人看来，他也不过是个篾片（旧时称在豪门富家帮闲凑趣的人）之流。"颜生正色嗔怪（对别人的言语或行动表示不满。嗔，chēn），道："休得胡说！小小的人造这样的口过（言语的过失）。我看金相公斯文中含着一股英雄的气概，将来必非等闲之人。你不要管，纵然他就是诓嘴，也无非多花几两银子，有甚要紧？你休再来管我。"雨墨听了相公之言，暗暗笑道："怪道人人常言'书呆子'，果然不错。我原来为好，倒嗔怪起来。只好暂且由他老人家，再做道理罢了。"

走不多时，已到打尖（旅途中休息下来吃点儿东西）之所。雨墨赌气，要了个热闹锅炸。吃了早饭又走。到了天晚，来到兴隆镇又住宿了，仍是三间上房，言给一间的钱。这个店小二比昨日的，却和气多了。刚然（刚刚）坐了未暖席，忽见店小二进来，笑容满面，问道："相公是姓颜么？"雨墨道："不错，你怎么知道？"小二道："外面有一位金相公找来了。"颜生闻听，道："快请，快请。"雨墨暗暗道："这个得了！他是吃着甜头儿了。但只一件，我们花钱，他出主意，未免太冤。今晚我何不如此如此呢？"想罢，迎出门来，道："金相公来了，狠好，我们相公在这里恭候着呢。"金生道："巧极，巧极！又遇见了。"颜生连忙执手相让，彼此就座，今日更比昨日亲热了。

说了数语之后，雨墨在旁道："我们相公尚未吃饭，金相公必是未曾，何不同桌而食，叫了小二来先商议，叫他备办去呢？"金生道："是极，是极。"正说时，小二拿了茶来，放在桌上。雨墨便问道："你们是甚么饭食？"小二道："等次不同。上等饭是八两，中等饭六两，下……"刚说了一个"下"字，雨墨就说："谁吃下等饭呢？就是上等罢。我也不问甚么肴馔（yáo zhuàn，丰盛的饭菜），无非鸡鸭鱼肉、翅子海参等类。你们这鱼是包鱼吓，是漂儿呢？必然是漂儿，漂儿就是包鱼。我问你，有活鲤鱼没有呢？"小二道："有，不过贵些。"雨墨道："既要吃，还怕花钱吗？我告诉你，鲤鱼不过一斤叫‘拐子’，总得一斤多那才是鲤鱼呢。必须尾巴要像胭脂瓣儿相似，那才新鲜呢。你拿来我瞧就是了。还有酒，我们可不要常行酒，要十年的女贞陈绍，管保是四两银子一坛。”店小二说：“是，要用多少？”雨墨道：“你好贫吓！甚么多少，你搭一坛来当面尝。先说明，我可要金红颜色，浓浓香的，倒了碗内要挂碗，犹如琥珀一般。错过了，我可不要。”小二答应。

不多时，点上灯来。小二端了鱼来。雨墨上前，便道：“鱼可却是鲤鱼。你务必用半盆水躺着，一来显大，二来水浅，他必扑腾，算是欢蹦乱跳，卖这个手法儿。你就在此处开膛，省得抵换。把他鲜汆着。你们佐料不过香菌口蘑紫菜，可有尖上尖没有？你管保不明白。这尖上尖就是青笋尖儿上头的尖儿，可要嫩切成条儿，要吃那们咯吱、咯吱的。”小二答应。又搭了酒来锥开。雨墨舀了一盅，递给金生，说道：“相公尝，管保喝的过。”金生尝了，道：“满好个，满好个。”雨墨也就不叫颜生尝了，便灌入壶中，略烫烫，拿来斟上。只见小二安放小菜，雨墨道：“你把佛手疙疸放在这边，这位相公爱吃。”金生瞅了雨墨一眼，道：“你也该歇歇了，他这里上菜，你少时再来。”雨墨退出，单等鱼来。小二往来端菜。

不一时（不一会儿），拿了鱼来。雨墨跟着进来，道：“带姜醋碟儿。”小二道：“来了。”雨墨便将酒壶提起，站在金生旁边，满满斟了一盅，道：“金相公，拿起筷子来。鱼是要吃热的，冷了就要发腥了。”金生又瞅了他一眼。雨墨道：“先布我们相公一块。”金生道：“那是自然的。”果然布过一块。刚要用筷子再夹，雨墨道：“金相公，还没有用筷子一划呢。”金生道：“吾倒忘了。”重新打鱼脊背上一划，方夹到醋碟一蘸，吃了。端起盅来，一饮而尽。雨墨道：“酒是我斟的，相公只管吃鱼。”金生道：“极妙，极妙！吾倒省了事了。”仍是一盅一块。雨墨道：“妙哉，妙哉！”金生道：“妙哉的狠，妙哉的狠！”雨墨道：“又该把筷子往腮里一插了。”金生道：“那是自然的了。”将鱼翻过来。“吾还是布你们相公一块，再用筷子一划，省得你又提拨（提醒，指点）吾。”雨墨见鱼剩了不多，便叫小二拿一个中碗来。小二将碗拿到，雨墨说：“金相公，还是将蒸食双落儿掰上四个，泡上汤？”金生道：“是的，是的。”泡了汤，啯喽之时，雨墨便将碟子扣在那盘子上，那边支起来，道："金相公，从这边舀三匙汤喝了，也就饱了，也不用陪我们相公了。"又对小二道："我们二位相公吃完了，你瞧该热的，该蒸的，拣下去，我可不吃凉的。酒是有在那里，我自己喝就是了。"小二答应，便往下拣。忽听金生道："颜兄这个小管家，叫他跟吾倒好，吾倒省话。"颜生也笑了。

今日雨墨可想开了，倒在外头盘膝稳坐，叫小二服侍，吃了那个，又吃这个。吃完了来到屋内，就在明间坐下，竟等呼声。少时闻听呼声震耳，进里间将灯移出，也不愁烦，竟自睡了。

至次日天亮，仍是颜生先醒，来到明间，雨墨伺候净面水。忽听金生咳嗽，连忙来到里间，只见金生伸懒腰打哈声。雨墨急念道："大梦谁先觉？平生我自知。草堂春睡足，窗外日迟迟。"金生睁眼道："你真聪明，都记得。好的，好的！"雨墨道："不用给相公打脸水了，怕伤了水。"叫店小二开了单来，算帐。一时开上单来，共用银十四两六钱五分。雨墨道："金相公，十四两六钱五分不多罢？外赏他们小二、灶上、打杂的二两罢。"金生道："使得的，使得的。"雨墨道："金相公，管保不闹虚了。京中再见罢，有事只管先请罢。"金生道："说的是，说的是，吾就先走了。"便对颜生执手告别，他拉、他拉出店去了。雨墨暗道："一斤肉包的饺子——好大皮子〔歇后语，指脸皮厚、不讲理，又什么都不怕的痞子（皮子）〕！我打算今个扰他呢，谁知反被他扰去。"正在发笑，忽听相公呼唤。未知如何，且听下回分解。

第三十四回　定兰谱颜生识英雄　看鱼书柳老嫌寒士

且说颜生见金生去了，便叫雨墨会帐。雨墨道："银子不够了，短的不足四两呢！我算给相公听，咱们出门时共剩了二十八两。两天两顿早尖（指旅客早上的用饭与休息）连零用，共费了一两三钱。昨晚吃了十四两，再加今晚的十六两六钱五分，共合银三十一两九钱五分。岂不是短了不足四两么？”颜生道：“且将衣服典当几两银子，还了帐目，余下的作盘费（路费，旅费）就是了。”雨墨道：“刚出门两天就当当。我看除了这几件衣服，今日当了，明日还有甚么？”颜生也不理他。

雨墨去了多时，回来道：“衣服共当了八两银子，除还饭帐，下剩四两有零。”颜生道：“咱们走路罢。”雨墨道：“不走还等甚么呢？”出了店门，雨墨自言道：“轻松灵便，省得有包袱背着，怪沉的。”颜生道：“你不要多说了。事已如此，不过多费去些银两，有甚要紧。今晚前途，任凭你的主意就是了。”雨墨道：“这金相公也真真的奇怪。若说他是诓嘴吃的，怎的要了那些菜来，他连筷子也不动呢？就是爱喝好酒，也犯不上要一坛来，却又酒量不很大，一坛子喝不了一零儿，就全剩下了，白便宜了店家。就是爱吃活鱼，何不竟要活鱼呢？说他有意要冤咱们，却又素不相识，无仇无恨。饶白吃白喝，还要冤人，更无此理。小人测不出他是甚么意思来。”颜生道：“据我看来，他是个潇洒儒流（儒士之辈），总有些放浪形骸（行为放纵，不受世俗礼法的束缚。骸，hái）之外。”主仆二人途次（途中停留）闲谈，仍是打了早尖，多歇息歇息，便一直赶到宿头（借宿之处）。雨墨便出主意道：“相公，咱们今晚住小店吃顿饭，每人不过花上二钱银子，再也没的耗费了。”颜生道：“依你，依你。”主仆二人竟投小店。

刚刚就座，只见小二进来道：“外面有位金相公找颜相公呢。”雨墨道：“狠好，请进来。咱们多费上二钱银子，这个小店也没有甚么主意出的了。”说话间，只见金生进来道：“吾与颜兄真是三生有幸，竟会到那里，那里就遇得着。”颜生道：“实实小弟与兄台缘分不浅。”金生道：“这么样罢。咱们两个结盟，拜把子罢。”雨墨暗道：“不好！他要出矿。”连忙上前，道：“金相公要与我们相公结拜，这个小店备办不出祭礼来，只好改日再拜罢。”金生道：“无妨，隔壁太和店是个大店口，甚么俱有。漫说是祭礼，就是酒饭，回来也是那边要去。”雨墨暗暗顿足（以脚跺地。多形容情绪激昂或极其悲伤、着急），道：“活该，活该！算是吃定我们爷儿们了。”

金生也不唤雨墨，就叫本店的小二将隔壁太和店的小二叫来。他便吩咐如何先备猪头三牲（古代用于祭祀的牛、羊、猪）祭礼，立等要用；又如何预备上等饭，要鲜氽（tǔn，把食物放在开水里煮一煮）活鱼；又如何搭一坛女贞陈绍：仍是按前两次一样。雨墨在旁，惟有听着而已。又看见颜生与金生说说笑笑，真如异姓兄弟一般，毫不介意。雨墨暗道："我们相公真是书呆子，看明早这个饥荒（债）怎么打算？"

不多时，三牲祭礼齐备，序齿（按照年龄大小排定次序）烧香。谁知颜生比金生大两岁，理应先焚香。雨墨暗道："这个定了，把弟吃准了把兄咧！"无奈何，在旁服侍。结拜完了，焚化钱粮后，便是颜生在上首坐了，金生在下面相陪。你称仁兄，我称贤弟，更觉亲热。雨墨在旁听着，好不耐烦。少时，酒至菜来，无非还是前两次的光景。雨墨也不多言，只等二人吃完，他便在外盘膝坐下，道："吃也是如此，不吃也是如此，且自乐一会儿是一会儿。"便叫："小二，你把那酒抬过来，我有个主意。你把太和店的小二也叫了来，有的是酒，有的是菜，咱们大伙儿同吃，算是我一点敬意儿。你说好不好？"小二闻听，乐不可言，连忙把那边的小二叫了来。二人一壁（一边）服侍着雨墨，一壁跟着吃喝，雨墨倒觉得畅快。吃喝完了，仍然进来等着，移出灯来也就睡了。

到了次日，颜生出来净面。雨墨悄悄道："相公昨晚不该与金相公结义。不知道他家乡住处，知道他是甚么人？倘若要是个篾片（旧时称在豪门富家帮闲凑趣的人），相公的名头不坏了么？"颜生忙喝道："你这奴才，休得胡说！我看金相公行止奇异，谈吐豪侠，决不是那流人物。既已结拜，便是患难相扶的弟兄了。你何敢在此多言！别的罢了，这是你说的吗？"雨墨道："非是小人多言。别的罢了，回来店里的酒饭银两，又当怎么样呢？"

刚说至此，只见金生掀帘出来。雨墨忙迎上来，道："金相公，怎么今日伸了懒腰，还没有念诗就起来呢？"金生笑道："吾要念了，你念甚么？原是留着你念的，不想你也误了，竟把诗句两耽搁了。"说罢，便叫："小二，开了单来吾看。"雨墨暗道："不好！他要起翅。"只见小二开了单来，上面写着连祭礼共用银十八两三钱。雨墨递给金生。金生看了，道："不多，不多，也赏他二两。这边店里没用甚么，赏他一两。"说完，便对颜生道："仁兄吓！……"傍边雨墨吃这一惊不小，暗道："不好，他要说'不闹虚了'。这二十多两银子又往那里弄去？"谁知金生今日却不说此句，他却问颜生道："仁兄吓！你这上京投亲，就是这个样子，难道令亲那里就不憎嫌（厌恶）么？”颜生叹气，道：“此事原是奉母命前来，愚兄却不愿意。况我姑父姑母又是多年不通音信的，恐到那里未免要费些唇舌呢。”金生道：“须要打算打算方好。”

雨墨暗道：“真关心吓！结了盟，就是另一个样儿了。”正想着，只见外面走进一个人来。雨墨才待要问：“找谁的？”话未说出，那人便与金生磕头，道：“家老爷打发小人前来，恐爷路上缺少盘费，特送四百两银子，叫老爷将就用罢。”此时颜生听的明白。见来人身量高大，头戴雁翅大帽，身穿皂布短袍，腰束皮带，足下登一双大曳拔靸鞋（一种鞋帮纳得很密的布鞋。靸，sǎ），手里还提着个马鞭子。只听金生道：“吾行路，焉用许多银两。既承你家老爷好意，也罢，留下二百两银子，下剩仍然拿回去。替吾道谢。”那人听了，放下马鞭子，从褡裢（dā lian，长方形的口袋，中间开口，两端各成一个袋子，装钱物用，一般分大小两种，大的可以搭在肩上，小的可以挂在腰带上）靫子（装钱的袋子。靫，chá）里一封一封掏出四封，摆在桌上。金生便打开一包，拿了两个锞子，递与那人，道：“难为你大远的来，赏你喝茶罢。”那人又趴在地下，磕了个头，提了褡裢马鞭子。

才要走时，忽听金生道：“你且慢着，你骑了牲口来了么？”那人道：“是。”金生道：“狠好。索性‘一客不烦二主’，吾还要烦你辛苦一趟。”那人道：“不知爷有何差遣？”金生便对颜生道：“仁兄，兴隆镇的当票子放在那里？”颜生暗想道：“我当衣服，他怎么知道了？”便问雨墨。雨墨此时看的都呆了，心中纳闷道：“这么个金相公，怎么会有人给他送银子来呢？果然我们相公眼力不差。从今我倒长了一番见识。”正在呆想，忽听颜生问他当票子。他便从腰间掏出一个包儿来，连票子和那剩下的四两多银子俱搁在一处，递将过来。金生将票子接在手中，又拿了两个锞子，对那人道：“你拿此票到兴隆镇，把他赎回来。除了本利，下剩的你作盘费就是了。你将这个褡裢子放在这里，回来再拿。吾还告诉你，你回时不必到这里了，就在隔壁太和店，吾在那里等你。”那人连连答应，竟拿了马鞭子出店去了。

金生又重新拿了两锭银子，叫雨墨道：“你这两天多有辛苦，这银子赏你罢。吾可不是篾片了？”雨墨那里还敢言语呢，只得也磕头谢了。金生对颜生道："仁兄吓！咱们上那边店里去罢。"颜生道："但凭贤弟。"金生便叫雨墨抱着桌子上的银子。雨墨又腾出手来，还要提那褡裢，金生在傍道："你还拿那个，你不傻了么？你拿的动么？叫这店小二拿着，跟咱们送过那边去呀。你都聪明，怎么此时又不聪明了？"说的雨墨也笑了。便叫了小二拿了褡裢，主仆一同出了小店，来到太和店，真正宽阔。雨墨也不用说，竟奔上房而来，先将抱着的银子放在桌上，又接了小二拿的褡裢。颜生与金生在迎门两边椅子上坐了。这边小二殷勤沏了茶来。金生便出主意，与颜生买马，治簇新（极新。簇，cù）的衣服靴帽，全是使他的银子。颜生也不谦让。到了晚间，那人回来，将当交明，提了褡裢去了。

这一天吃饭饮酒，也不像先前那样，止于拣可吃的要来。吃剩的，不过将够雨墨吃的。到了次日，这二百两银子，除了赏项（赏赐）、买马、赎当、治衣服等，并会（付账）了饭帐，共费去银八九十两，仍余下一百多两，金生便都赠了颜生。颜生那里肯受。金生道："仁兄只管拿去。吾路上自有相知应付吾的盘费，吾是不用银子的。还是吾先走，咱们京都再会罢。"说罢，执手告别，他拉、他拉出店去了。颜生倒觉得依恋不舍，眼巴巴的睁睁的目送出店。

此时雨墨精神百倍，装束行囊，将银两收藏严密，只将剩的四两有余带在腰间，叫小二把行李搭在马上，扣备停当，请相公骑马，登时（顿时）阔起来了。雨墨又把雨衣包了，小小包袱背在肩头，以防天气不测。颜生也给他雇了一头驴，沿路盘脚。一日，来至祥符县，竟奔双星桥而来。到了双星桥，略问一问柳家，人人皆知，指引门户。主仆来到门前一看，果然气象不凡，是个殷实人家。

原来颜生的姑父名叫柳洪，务农为业，为人固执，有个悭吝（qiān lìn，吝啬）毛病，处处好打算盘，是个顾财不顾亲的人。他与颜老爷虽是郎舅，却有些冰火不同炉。只因颜老爷是个堂堂的县尹，以为将来必有发迹，故将自己的女儿柳金蝉自幼儿就许配了颜查散。不意后来颜老爷病故，送了信来，他就有些后悔，还关碍着颜氏安人不好意思。谁知三年前，颜氏安人又一病呜呼了，他就绝意的要断了这门亲事，因此连信息也不通知。他续娶冯氏，又是个面善心毒之人。幸喜他很疼爱小姐。他疼爱小姐，又有他的一番意思。只因员外柳洪每每提起颜生，便嗐声叹气，说当初不该定这门亲事，已露出有退婚之意。冯氏便暗怀着鬼胎。因他有个侄儿名唤冯君衡，与金蝉小姐年纪相仿。他打算着把自己侄儿作为养老的女婿，就是将来柳洪亡后，这一份家私也逃不出冯家之手，因此他却疼爱小姐，又叫侄儿冯君衡时常在员外跟前献些殷勤。员外虽则喜欢，无奈冯君衡的相貌不扬，又是一个白丁，因此柳洪总未露出口吻来。

一日，柳洪正在书房，偶然想起女儿金蝉年已及笄（指女子满十五岁。古代女子满十五岁时把头发绾起来，戴上簪子，也指到了结婚的年龄。笄，jī），颜生那里杳无音信（一点儿消息也没有。杳，yǎo，远得看不见踪影），闻得他家道艰窘（艰难穷困。窘，jiǒng），难以度日，惟恐女儿过去受罪，怎么想个法子，退了此亲方好。正在烦思，忽见家人进来禀道："武进县的颜姑爷来了。"柳洪听了，吃惊不小，登时就会没了主意，半天，说道："你就回覆他，说我不在家。"那家人刚然回身，他又叫住，问道："是甚么形相来的？"家人道："穿着鲜明的衣服，骑着高头大马，带着书僮，甚是齐整。"柳洪暗道："颜生必是发了财了，特来就亲。幸亏细心一问，险些儿误了大事。"忙叫家人"快请"，自己也就迎了出来。

只见颜生穿着簇新大衫，又搭着俊俏的容貌，后面又跟着个伶俐小童，拉着一匹润白大马，不由的心中羡慕，连忙上前相见。颜生即以子侄之礼参拜。柳洪那里肯受，谦让至再至三（一而再，再而三），才受半礼。彼此就座，叙了寒暄（见面时谈天气冷暖之类的应酬话。暄，xuān），家人献茶已毕。颜生便渐渐的说到家业零落，"特奉母命投亲，在此攻书，预备明年考试，并有家母亲笔书信一封。"说话之间，雨墨已将书信拿出来，交与颜生。颜生呈与柳洪，又奉了一揖。此时柳洪却把那黑脸面放下来，不是先前那等欢喜。无奈何将书信拆阅已毕，更觉烦了，便吩咐家人，将颜相公送至花园幽斋居住。颜生还要拜见姑母，老狗才道："拙妻（对自己妻子的谦称）这几日有些不大爽快，改日再见。"颜生看此光景，只得跟随家人上花园去了。幸亏金生打算替颜生治办衣服马匹，不然老狗才绝不肯纳，可见金生奇异。殊不知柳洪是何主意，且听下回分解。

第三十五回　柳老赖婚狼心难测　冯生联句狗屁不通

话说柳洪便袖了书信来到后面，忧容满面。冯氏问道："员外为着何事，如此的烦闷？"柳洪便将颜生投亲的原由，说了一遍。冯氏初时听了也是一怔，后来便假意欢喜，给员外道喜，说道："此乃一件好事，员外该当做的。"柳洪闻听，不由的怒道："甚么好事！你往日明白，今日糊涂了。你且看书信，他上面写着叫他在此读书，等到明年考试。这个用度须耗费多少。再者若中了，还有许多的应酬；若不中，就叫我这里完婚。过一月后，叫我这里将他小两口儿送往武进县去。你自打算打算，这注财要耗费多少银子？归齐（结果）我落个人财两空，你如何还说做得呢？这不岂有此理么？"冯氏趁机便探柳洪的口气，道："若依员外，此事便怎么样呢！"柳洪道："也没有甚么主意，不过是想把婚姻退了，另找个财主女婿，省得女儿过去受罪，也免得我将来受累。"冯氏见柳洪吐出退婚的话来，他便随机应变，冒出坏包来了。对柳洪道："员外既有此心，暂且将颜生在幽斋冷落几天。我保不出十日，管叫他自己退婚，叫他自去之计。"柳洪听了，喜道："安人（犹夫人，对妇人的一种尊称）果能如此，方去我心头大病。"

两个人在屋中计议，不防被跟小姐的乳母田氏从窗外经过，将这些话一一俱各听了去。他急急的奔到后楼，来到香闺，见了小姐，一五一十，俱各说了，便道："小姐不可为俗礼所拘，仍作闺门之态。一来解救颜姑爷，二来并救颜老母。此事关系非浅，不可因小节而坏大事。小姐早早拿个主意。"小姐道："总是我那亲娘去世，叫我向谁申诉呢？"田氏道："我倒有个主意。他们商议原不出十天，咱们就在这三五日内，小姐与颜相公不论夫妻，仍论兄妹，写一字柬叫绣红约他在内书房夜间相会。将原委告诉明白了颜相公，小姐将私蓄赠些与他，叫他另寻安身之处。俟（sì，等待）科考后功名成就，那时再来就亲，大约员外无有不允之理。”小姐闻听，尚然不肯。还是田氏与绣红百般开导解劝，小姐无奈，才应允了。

大凡为人各有私念。似乳母丫鬟这一番私念，原是为顾惜颜生，疼爱小姐，是一片好心，这个私念理应如此。竟有一等人无故一心私念，闹的他自己亡魂失魄，仿佛热地蚂蚁一般，行踪无定，居止不安：就是冯君衡这小子。自从听见他姑妈有意将金蝉小姐许配于他，他便每日跑破了门，不时的往来。若遇见员外，他便卑躬下气，假作斯文。那一宗胁肩谄笑（耸起肩膀，装出笑脸。形容谄媚的丑态。谄，chǎn），便叫人忍耐不得。员外看了，总不大合心。若是员外不在跟前，他便和他姑妈讪皮讪脸（嬉皮笑脸），百般的央告，甚至于屈膝，只要求冯氏早晚在员外跟前玉成（敬辞，成全）其事。偏偏的有一日凑巧，恰值金蝉小姐给冯氏问安。娘儿两个正在闲谈，这小子他就一步儿跑进来了。小姐躲闪不及。冯氏便道：“你们是表兄妹，皆是骨肉，是见得的。彼此见了。”小姐无奈，把袖子福了一福。他便作下一揖去，半天直不起腰来。那一双贼眼，直勾勾的瞅着小姐。旁边绣红看不上眼，簇拥着小姐回绣阁去了。他就痴呆了半晌。他这一瞧直不是人，是人没有那们（那么）瞧的。

往往书上多有“眉眼传情”，又云“眉来眼去”，仔细想来，这个眉毛竟无用处，眼睛为的是瞧，眉毛在里头可搅甚么呢？不是这么说吗，要是没有他，真磕碜，就犹如笑话上说的，嘴合鼻说话：“哈，老鼻呀，你有甚么本事，竟敢居在我的上头呢？”鼻子答道：“你若不亏我闻见，你如何分的出香臭来呢？”鼻子又合眼睛说话：“哈，老眼，那你有甚么本事，竟敢居在我的上头呢？”眼睛答道：“你若不亏我瞧见，你如何知道好歹呢？”眼睛又合眉毛说话：“哈，老眉呀，你有甚么本事，竟敢居在我的上头呢？”眉毛答道：“我原没有甚么本事，不过是你的配搭儿。你若不愿意在你上头，我就挪在你的底下去，看你得样儿不得样儿？”冯君衡他这一瞧，直是把眉毛错安了位了。自那天见了小姐之后，他便谋求的狠了，恨不得立刻到手，天天来至柳家探望。

这一天刚进门来，见院内拴着一匹白马，便问家人道：“此马从何而来？”家人回道：“是武进县颜姑爷骑来的。”他一闻此言，就犹如平空的打了个焦雷（声音响亮的雷），只惊得目瞪痴呆，魂飞天外。半晌，方透过一口气来，暗想："此事却怎么处？"只得来到书房见了柳洪。见员外愁眉不展，他知道必是为此事发愁，想来颜生必然穷苦至甚。"我何不见他，看看他倒是怎么的光景。如若真不像样，就当面奚落他一场，也出了我胸中恶气。"想罢，便对柳洪言明，要见颜生。

柳洪无奈，只得将他带入幽斋。他原打算奚落一场。谁知见了颜生，不但衣冠鲜明，而且相貌俊美，谈吐风雅，反觉得跼蹐不安（形容恐惧不安。跼蹐，jú jí），自惭形秽（因为自己不如别人而感到惭愧。秽，huì），竟自无地可容，连一句整话也说不出来。柳洪在旁观瞧，也觉得妍媸（yán chī，美和丑）自分，暗道："据颜生相貌才情，堪配吾女。可惜他家道贫寒，是一宗大病。"又看冯君衡耸肩缩背，挤眉弄眼，竟不知如何是可。柳洪倒觉不好意思，搭讪着道："你二人在此攀话（互相闲谈），我料理我的事去了。"说罢，就走开了。

冯君衡见柳洪去后，他便抓头不是尾，险些儿没急出毛病来，略坐一坐，便回书房去了。一进门来，自己便对穿衣镜一照，自己叫道："冯君衡吓，冯君衡！你瞧瞧人家是怎么长来着，你是怎么长来着！我也不怨别的，怨只怨我那爹娘，既要好儿子，为何不下上点好好的工夫呢？教导教导，调理调理，真是好好儿的，也不至于见了人说不出话来。"自己怨恨一番。忽又想道："颜生也是一个人，我也是一个人，我又何必怕他呢？这不是我自损志气么？明日倒要仗着胆子与他盘桓（周旋。桓，huán）盘桓，看是如何。"想罢，就在书房睡了。

到了次日，吃毕早饭，依然犹疑了半天。后来发了一个狠儿，便上幽斋而来。见了颜生，彼此坐了。冯君衡便问道："请问你老高寿？"颜生道："念有二岁。"冯君衡听了不明白，便"念"吓"念"的尽着念。颜生便在桌上写出来。冯君衡见了，道："哦！敢则是单写的二十呀。若是这么说，我敢则是念了。"颜生道："冯兄尊齿（对人年龄的敬称）二十了么？"冯君衡道："我的牙却是二十八个，连槽牙（磨牙的通称）。我的岁数却是二十。"颜生笑道："尊齿便是岁数。"冯君衡便知是自己答应错了，便道："颜大哥，我是个粗人，你和我总别闹文。"

颜生又问道："冯兄在家作何功课？"冯君衡却明白"功课"二字，便道："我家也有个先生，可不是瞎子，也是睁眼儿先生。他教给我作甚么诗，五个字一句，说四句是一首，还有甚么韵不韵的。我那里弄的上来呢？后来作惯了，觉得顺溜了，就只能作半截儿。任凭怎么使劲儿，再也作不下去了。有一遭儿，先生出了个‘鹅群’叫我作，我如何作的下去呢？好容易作了半截儿。”颜生道：“可还记得么？”冯君衡道：“记得的狠呢。我好容易作的，焉有不记得呢？我记是：‘远看一群鹅，见人就下河。’”颜生道：“底下呢？”冯君衡道：“说过就作半截儿，如何能够满作了呢？”颜生道：“待我与你续上半截如何？”冯君衡道：“那敢则好。”颜生道：“白毛分绿水，红掌荡清波。”冯君衡道：“似乎是好，念着怪有个听头儿的。还有一遭，因我们书房院子里有棵枇杷，先生以此为题。我作的是：‘有棵枇杷树，两个大槎丫。’”颜生道：“我也与你续上罢。‘未结黄金果，先开白玉花。’”

冯君衡见颜生又续上了，他却不讲诗，便道：“我最爱对对子。怎么原故呢？作诗须得论平仄（平声和仄声，泛指由平仄构成的诗文的韵律。仄，zè）押韵，对对子就平空的想出来。若有上句，按着那边字儿一对，就得了。颜大哥，你出个对子我对。”颜生暗道：“今日重阳，而且风鸣树吼。”便写了一联道：“九日重阳风落叶。”冯君衡看了半天，猛然想起，对道：“‘八月中秋月照台’。颜大哥，你看我对的如何？你再出个我对。”颜生见他无甚行止，便写一联道：“立品修身，谁能效子游子夏（子游与子夏均是孔子的学生，二人曾就教学观念的问题发生过一场大辩论）？”冯君衡按着字儿，扣了一会，便对道：“交朋结友，我敢比刘六刘七。”颜生便又写了一联，却是明褒暗贬之意。冯君衡接来一看，写的是：“三坟（指伏羲、神农、黄帝的书）五典［指少昊、颛顼（zhuān xū）、高辛、唐、虞的书］，你乃百宝箱。”便又想了，对道：“一转两晃，我是万花筒。”他又魔着颜生出对。颜生实在不耐烦了，便道：“愿安承教你无门。”这明是说他请教不得其门。冯君衡他却呆想，忽然笑道：“可对上了。”便道：“不敢从命我有窗。”

他见颜生手中摇着扇子，上面有字，便道：“颜大哥，我瞧瞧扇子。”颜生递过来。他就连声夸道：“好字，好字，真写了个龙争虎斗。”又翻着那面，却是素纸，连声可惜，道：“这一面如何不画上几个人儿呢？颜大哥，你瞧我的扇子，却是画了一面，那一面却没有字。求颜大哥的大笔，写上几个字儿罢。”颜生道：“我那扇子是相好朋友写了送我的，现有双款（指书画的上、下款）为证，不敢虚言。我那拙笔焉能奉命，惟恐有污尊摇。”冯君衡道：“说了不闹文么，甚么‘尊摇’不‘尊摇’的呢？我那扇子也是朋友送我的，如今再求颜大哥一写，更成全起来了。颜大哥，你看看那画的神情儿颇好。”颜生一看，见有一只船，上面有一妇人摇桨，旁边跪着一个小伙拉着桨绳。冯君衡又道：“颜大哥，你看那边岸上那一人拿着千里眼镜儿，哈着腰儿瞧的，神情儿真是活的一般。”颜生便问道：“这是甚么名色？”冯君衡道：“怎么？颜大哥连次姑咙咚呛也不知道吗？”颜生道：“这话我不明白。”冯君衡道：“本名儿就叫荡湖船。千万求颜大哥把那面与我写了。我先拿了颜大哥扇子去，俟（sì，等待）写得时再换。”颜生无奈，将他的扇子插入笔筒之内。

冯君衡告辞，转身回了书房，暗暗想道：“颜生他将我两次诗不用思想，开口就续上了。他的学问哪，比我强多咧。而且相貌又好。他若在此了呵，只怕我那表妹被他夺了去，这便如何是好呢？”他也不想想人家原是许过的，他却是要图谋人家的，可见这恶贼利欲熏心，甚么天理全不顾了。他便思前想后，总要把颜生害了才合心意，翻来覆去，一夜不曾合眼，再也想不出计策来。到了次日，吃毕早饭，又往花园而来。不知后文如何，且听下回分解。

第三十六回　园内赠金丫鬟丧命　厅前盗尸恶仆忘恩

且说冯君衡来至花园，忽见迎头来了个女子。仔细看时，却是绣红，心中陡然疑惑起来，便问道：“你到花园来做甚么？”绣红道：“小姐派我来掐花儿。”冯君衡道：“掐的花儿在那里？”绣红道：“我到那边看了花儿，尚未开呢，因此空手回来。你查问我做甚么？这是柳家花园，又不是你们冯家的花园，用你多管闲事，好没来由呀！”说罢，扬长去了。气的个冯君衡直瞪瞪的一双贼眼，再也对答不出来。心中更加疑惑，急忙奔至幽斋。偏偏雨墨又进内烹（煮）茶去了，见颜生拿着个字帖儿正要开看，猛抬头见了冯君衡，连忙让坐，顺手将字帖儿掖（yē，把东西塞在口袋或夹缝里）在书内，彼此闲谈。冯君衡道："颜大哥，可有甚么浅近的诗书，借给我看看呢？"颜生因他借书，便立起身来，向书架上找书去了。冯君衡便留神，见方才掖在书内字帖儿露着个纸角儿，他便轻轻抽出，暗暗的袖了。及至颜生找了书来，急忙接过，执手告别，回转书房而来。

进了书房，将书放下，便从袖中掏出字儿一看，只唬的惊疑不止，暗道："这还了得！险些儿坏了大事。"原来此字正是前次乳母与小姐商议的，定于今晚二鼓（二更）在内角门相会，私赠银两，偏偏的被冯贼偷了来了。他便暗暗想道："今晚他们若相会了，小姐一定身许颜生，我的姻缘岂不付之流水？这便如何是好？"忽又转念一想道："无妨，无妨，如今字儿既落吾手，大约颜生恐我识破，他决不敢前去。我何不于二鼓时假冒颜生，倘能到手，岂不仍是我的姻缘？即便露出马脚，他若不依，就拿着此字作个见证。就是姑爷知道，也是他开门揖盗（开了门请强盗进来，比喻引进坏人来危害自己），却也不能奈何于我。"心中越想，此计越妙，不由的满心欢喜，恨不得立刻就交二鼓。

且说金蝉小姐虽则叫绣红寄柬与颜生，他便暗暗打点了私蓄银两并首饰衣服。到了临期，却派了绣红，持了包袱银两去赠颜生。田氏在旁边劝道："何不小姐亲身一往？"小姐道："此事已是越理之举，再要亲身前去，更失了闺阁体统，我是断断不肯去的。"

绣红无奈，提了包袱银两，刚来到角门以外，见个人伛偻（yǔ lǚ，腰背弯曲）而来，细看形色不是颜生，便问道："你是谁？"只听那人道："我是颜生。"细听话音却不对。忽见那人向前就要动手。绣红见不是势头，才嚷道"有贼"二字，冯君衡着忙，急伸手，本欲蒙嘴，不意蠢夫使的力猛，丫鬟人小软弱，往后仰面便倒。恶贼收手不及，扑跌在丫鬟身上，以至手按在绣红喉间一挤。及至强徒起来，丫鬟已气绝身亡，将包袱银两抛于地上。冯贼见丫鬟已死，急忙提了包袱，捡起银两包儿来，竟回书房去了。将颜生的扇子并字帖儿留于一旁。

小姐与乳母在楼上提心吊胆，等绣红不见回来，好生着急。乳母便要到角门一看，谁知此时巡更之人见丫鬟倒毙在角门之外，早已禀知员外安人了。乳母听了此信，魂飞天外，回身绣阁，给小姐送信。只见灯笼火把，仆妇丫鬟同定员外安人，竟奔内角门而来。柳洪将灯一照，果是小绣红，见他旁边撂着一把扇子，又见那边地上有个字帖儿。连忙俱各捡起，打开扇子却是颜生的，心中已然不悦；又将字帖儿一看，登时气冲牛斗（形容气势或怒气很盛），也不言语，竟奔小姐的绣阁。冯氏不知是何缘故，便随在后面。

柳洪见了小姐，说："干的好事！"将字帖儿就当面掷去。小姐此时已知绣红已死，又见爹爹如此，真是万箭攒心（像万支箭聚在心上。形容万分伤痛。攒，cuán，聚集），一时难以分辩，惟有痛哭而已。亏得冯氏赶到，见此光景，忙将字帖儿拾起，看了一遍，说道："原来为着此事。员外，你好糊涂，焉知不是绣红那丫头干的鬼呢？他素来笔迹原与女儿一样。女儿现在未出绣阁，他却死在角门以外。你如何不分皂白，就埋怨女儿来呢？只是这颜姑爷既已得了财物，为何又将丫鬟掐死呢？竟自不知是甚么意思？"一句话提醒了柳洪，便把一天愁恨俱搁在颜生身上。他就连忙写一张呈子，说颜生无故杀害丫鬟，并不提私赠银两之事，惟恐与自己名声不好听，便把颜生送往祥符县内。可怜颜生睡里梦里连个影儿也不知，幸喜雨墨机灵，暗暗打听明白，告诉了颜生。颜生听了，他便立了个百折不回的主意。

且说冯氏安慰小姐，叫乳母好生看顾，他便回至后边，将计就计，在柳洪跟前竭力撺掇（cuān duo，鼓动，怂恿），务将颜生置之死地，恰恰又暗合柳洪之心。柳洪等候县尹来相验了，绣红实是扣喉而死，并无别的情形。柳洪便咬定牙说是颜生谋害的，总要颜生抵命。

县尹回至衙门，立刻升堂，将颜生带上堂来。仔细一看，却是个懦弱书生，不像那杀人的凶手，便有怜惜他的意思，问道："颜查散，你为何谋害绣红？从实招上来。"颜生禀道："只因绣红素来不服呼唤，屡屡逆命。昨又因他口出不逊，一时气愤难当，将他赶至后角门。不想刚然（刚刚）扣喉，他就倒毙而亡，这也是前世冤孽做了今生的孽报。望祈老父母早早定案，犯人再也无的怨了。"说罢，向上叩头。县宰见他满口应承，毫无推诿（推托。诿，wěi），而且情甘认罪，决无异词，不由心下为难，暗暗思忖（思量。忖，cǔn）道："看此光景，决非行凶作恶之人。难道他素有疯癫不成？或者其中别有情节，碍难吐露，他情愿就死，亦未可知。此事本县倒要细细访查，再行定案。"想罢，吩咐将颜生带下去寄监（暂时关押在监狱中）。县官退堂入后，自然另有一番思索。

你道颜生为何情甘认罪？只因他怜念小姐一番好心，不料自己粗心失去字帖儿，致令绣红遭此惨祸，已然对不过小姐了；若再当堂和盘托出（比喻全部说出或拿出来，没有保留），岂不败坏了小姐名节？莫若自己应承，省得小姐出头露面，有伤闺门的风范。这便是颜生的一番衷曲。他却那里知道，暗中苦了一个雨墨呢。

且说雨墨从相公被人拿去之后，他便暗暗揣了银两赶赴县前，悄悄打听，听说相公满口应承，当堂全认了，只唬得他胆裂魂飞，泪流满面。后来见颜生入监，他便上前苦苦哀求禁子（旧时称在牢狱中看守罪犯的人），并言有薄敬奉上。禁子与牢头（旧时监狱中看守罪犯的首领）相商明白，容他在内服侍相公。雨墨便将银子交付了牢头，嘱托一切俱要看顾。牢头见了白花花一包银子，满心欢喜，满口应承。雨墨见了颜生，又痛哭，又是抱怨，说："相公不该应承了此事。"见颜生微微含笑，毫不介意，雨墨竟自不知是何缘故。

谁知此时柳洪那里俱各知道颜生当堂招认了，老贼乐的满心欢喜，仿佛去了一场大病的一般。苦只苦了金蝉小姐，一闻此言，只道颜生决无生理，仔细想来，全是自己将他害了。"他既无命，我岂独生？莫若以死相酬。"将乳母支出去烹茶，他便倚了绣阁，投缳（上吊。缳，huán，绳索的套子）自尽身亡。及至乳母端了茶来，见门户关闭，就知不好，便高声呼唤，也不见应。再从门缝看时，见小姐高高的悬起，只唬得他骨软筋酥，踉踉跄跄，报与员外、安人。柳洪一闻此言，也就顾不得了，先带领家人奔到楼上，打开绣户，上前便把小姐抱住。家人忙上前解了罗帕。此时冯氏已然赶到。夫妻二人打量还可以解救，谁知香魂（美人之魂）已缈，不由的痛哭起来。更加着冯氏数数落落，一壁里（一边）哭小姐，一壁里骂柳洪道："都是你这老乌龟，老杀才！不分青红皂白，生生儿的要了你的女儿命了！那一个刚然送县，这一个就上了吊了。这个名声传扬出去才好听呢！"

柳洪听了此言，咯噔的把泪收住，道："幸亏你提拨（提醒）我。似此事如何办理？哭是小事，且先想个主意要紧。"冯氏道："还有别的甚么主意吗？只好说小姐得了个暴病，有些不妥。先着人悄悄抬个棺材来，算是预备后事，与小姐冲冲喜。却暗暗的将小姐盛殓（把尸体装入棺材）了，浮厝（暂时把灵柩停放在地面上，周围用砖石等砌起来掩盖，以待日后正式安葬。厝，cuò，安置）在花园敞厅上。候过了三朝五日，便说小姐因病身亡，也就遮了外面的耳目，也省得人家谈论了。”柳洪听了，再也想不出别的高主意，只好依计而行，便嘱咐家人搭棺材去。“倘有人问，就说小姐得病甚重，为的是冲冲喜。”家人领命，去不多时，便搭了来了，悄悄抬至后楼。

此时冯氏与乳母已将小姐穿戴齐备，所有小姐素日惜爱的簪环首饰衣服俱各盛殓了。且不下销，便叫家人等暗暗抬至花园敞厅停放。员外、安人又不敢放声大哭，惟有呜呜悲泣而已。停放已毕，惟恐有人看见，便将花园门倒锁起来。所有家人，每人赏了四两银子，以压口舌。

谁知家人之中有一人姓牛名唤驴子。他爹爹牛三原是柳家的老仆，只因双目失明，柳洪念他出力多年，便在花园后门外盖了三间草房，叫他与他儿子并媳妇马氏一同居住，又可以看守花园。这日牛驴子拿了四两银子回来。马氏问道：“此银从何而来？”驴子便将小姐自尽、并员外安人定计，暂且停放花园敞厅，并未下销的情由，说了一遍。“这四两银子便是员外赏的，叫我们严密此事，不可声张。”说罢，又言小姐的盛殓的东西实在的是不少，甚么凤头钗，又是甚么珍珠花、翡翠环，这个那个说了一套。马氏闻听，便觉垂涎，道：“可惜了儿的这些好东西！你就是没有胆子；你若有胆量，到了夜间，只隔着一段墙偷偷儿的进去……”刚说至此，只听那屋牛三道：“媳妇，你说的这是甚么话！咱家员外遭了此事已是不幸，人人听见该当叹息，替他难受。怎么你还要就热窝儿去偷盗尸首的东西？人要天理良心，看昭彰报应要紧！驴儿呀，驴儿，此事是断断做不得的。”老头儿说罢，恨恨不已。

谁知牛三刚说话时，驴子便对着他女人摆手儿。后来又听见叫他不可做此事，驴子便赌气子道：“我知道，也不过是那们说，那里我就做了呢？”说着话，便打手式，叫他女人预备饭，自己便打酒去。少时，酒也有了，菜也得了。且不打发牛三吃，自己便先喝酒。女人一壁服侍，一壁跟着吃，却不言语，尽打手式。到吃喝完了，两口子便将家伙归着（收拾）起来。驴子便在院内找了一把板斧，掖在腰间。等到将有二鼓，他直奔到花园后门，拣了个地势高耸之处，扳住墙头纵将上去。他便往里一跳，直奔敞厅而来。未知如何，且听下回分解。

第三十七回 小姐还魂牛儿遭报 幼童侍主侠士挥金

且说牛驴子于起更时来至花园，扳住墙头，纵身上去，他便往里一跳。只听“噗咚”一声，自己把自己倒吓了一跳。但见树林中透出月色，满园中花影摇曳，仿佛都是人影儿一般。毛手毛脚，贼头贼脑，他却认得路径，一直竟奔敞厅（指两面相通的大厅堂）而来，见棺材停放中间。猛然想起小姐入殓之时形景，不觉从脊梁骨上一阵发麻灌海，登时头发根根倒竖，害起怕来，又连打了几个寒噤。暗暗说：“不好，我别要不得！”身子觉软，就坐在敞厅栏杆踏板之上，略定了定神。回手拔出板斧。心里想道：“我此来原为发财，这一上去打开棺盖，财帛便可到手。你却怕他怎的？这总是自己心虚之过。漫说无鬼，就是有鬼，也不过是闺中弱女，有甚么大本事呢？”

想至此，不觉的雄心陡起，提了板斧，便来到敞厅之上。对了棺木，一时天良难昧，便双膝跪倒，暗暗祝道：“牛驴子实在是个苦小子。今日暂借小姐的簪环衣服一用，日后充足了，我再多多的给小姐烧些纸锞（纸锭。锞，kè，小块的金锭或银锭）罢。”祝毕起来，将板斧放下，只用双手从前面托住棺盖，尽力往上一起，那棺盖就离了位了，他便往左边一跨。又绕到后边，也是用双手托住，往上一起，他却往右边一跨，那棺盖便横斜在材上。才要动手，忽听“嗳哟”一声，便吓的他把脖子一缩，跑下厅来，格嗒嗒一个整颤，半晌还不过气来。又见小姐扎挣起来，口中说道：“多承公公指引。”便不言语了。驴子喘息了喘息，想道：“小姐他会还了魂了。”又一转念：“他纵然还魂，正在气息微弱之时，我这上去将他掐住咽喉，他依然是死。我照旧发财。有何不可呢？”想至此，又煞神（迷信者所说的凶恶可怕的神。煞，shà）附体，立起身来，从老远的就将两手比着要掐的式样。尚未来到敞厅，忽有一物飞来正打在左手之上。驴子又不敢嗳哟，只疼的他咬着牙，摔着手，在厅下打转。

只见从太湖石后来了一人，身穿夜行衣服，竟奔驴子而来。瞧着不好，刚然要跑，已被那人一个健步，赶上就是一脚。驴子便跌倒在地，口中叫道："爷爷饶命！"那人便将驴子按在地上，用刀一晃，道："我且问你，棺木内死的是谁？"驴子道："是我家小姐，可是吊死的。"那人吃惊，道："你家小姐如何吊死呢？"驴子道："只因颜生当堂招认了，我家小姐就吊死了，不知是甚么缘故？只求爷爷饶命！"那人道："你初念贪财还可饶恕，后来又生害人之心，便是可杀不可留了。"说到"可杀"二字，刀已落将下来，登时驴子入了汤锅了。

你道此人是谁？他便是改名金懋（mào）叔的白玉堂。自从赠了颜生银两之后，他便先到祥符县将柳洪打听明白，已知道此人悭吝（qiān lìn，吝啬），必然嫌贫爱富。后来打听颜生到此，甚是相安，正在欢喜。忽听得颜生被祥符县拿去，甚觉诧异；故此夤夜（深夜。夤，yín）到此，打听个水落石出。已知颜生负屈含冤，并不知小姐又有自缢（上吊自杀。缢，yì）之事。适才问了驴子，方才明白。既将驴子杀了，又见小姐还魂。本欲上前搀扶，又要避盟嫂之嫌疑。猛然心生一计："我何不如此如此呢？"想罢，便高声嚷道："你们小姐还了魂了！快来救人吓！"又向那角门上噹（tāng，象声词）的一脚，连门带框，俱各歪在一边。他却飞身上房，竟奔柳洪住房去了。

且说巡更之人原是四个，前后半夜倒换。这前半夜的二人正在巡更，猛听得有人说小姐还魂之事，又听得咣嚓一声响亮。二人唬了一跳，连忙顺着声音，打着灯笼一照，见花园角门连门框俱各歪在一边。二人乍着胆子，进了花园，趁着月色，先往敞厅上一看，见棺材盖横在材上。连忙过去细看，见小姐坐在棺内，闭着双睛，口内尚在咕哝。二人见了，悄悄说道："谁说不是活了呢。快报员外安人去。"刚然回身，只见那边有一块黑忽忽的，不知是甚么。打过灯笼一照，却是一个人。内中有个眼尖的道："伙计，这不是牛驴子么？他如何躺在这里呢？难道昨日停放之后，把他落在这里了？"又听那人道："这是甚么，稀泞的踩了我一脚。嗳哟！怎么他脖子上有个口子呢？敢则是被人杀了。快快报与员外，说小姐还魂了。"

柳洪听了，即刻叫开角门。冯氏也连忙起来，唤齐仆妇丫鬟，俱往花园而来。谁知乳母田氏一闻此言，预先跑来，扶着小姐呼唤，只听小姐嘟哝道："多承公公指引，叫奴家何以报答？"柳洪、冯氏见了小姐果然活了，不胜欢喜。大家搀扶出来。田氏转身背负着小姐，仆妇帮扶，左右围随，一直来到绣阁安放妥协，又灌姜汤少许，渐渐的苏醒过来。容小姐静一静，定定神，止于乳母田氏与安人、小丫鬟等在左右看顾。柳洪就慢慢的下楼去了。只见更夫仍在楼门之外伺候。柳洪便道："你二人还不巡更，在此作甚？"二人道："等着员外回话。还有一宗事呢。"柳洪道："还有甚么事呢？不是要讨赏么？"二人道："讨赏忙甚么呢。咱们花园躺着一个死人呢。"柳洪闻听，大惊道："如何有死人呢？"二人道："员外随我们看看就知道了。不是生人，却是个熟人。"

柳洪跟定更夫进了花园，来至敞厅，更夫举起灯笼照看。柳洪见满地是血，战战兢兢看了多时，道："这不是牛驴子吗？他如何被人杀了呢？"又见棺盖横着，旁边又有一把板斧，猛然省悟（醒悟），道："别是他前来开棺盗尸罢？如何棺盖横过来呢？"更夫说道："员外爷想的不错。只是他被何人杀死呢？难道他见小姐活了，他自己抹了脖子？"柳洪无奈，只得派人看守，准备报官相验。先叫人找了地保来，告诉他此事。地保道："日前掐死了一个丫鬟，尚未结案；如今又杀了一个家人。所有这些喜庆事情，全出在尊府。此事就说不得了，只好员外爷辛苦辛苦，同我走一趟。"柳洪知道是故意的拿捏，只得进内，取些银两给他们就完了。

不料来至套间屋内，见银柜的锁头落地，柜盖已开，这一惊非同小可，连忙查对，散碎银两俱各未动，单单整封（量词，用于封起来的东西）银两短了十封。心内这一阵难受，又不是疼，又不是痒，竟不知如何是好。发了会子怔，叫丫鬟去请安人，一面平了一两六钱有零的银算是二两，央求地保呈报。地保得了银子，自己去了。柳洪急回身来至屋内，不觉泪下。冯氏便问："叫我有甚么事？女儿活了，应当喜欢，为何反倒哭起来了呢？莫不成牛驴子死了，你心疼他吗？"柳洪道："那盗尸贼，我心疼他做甚么？"冯氏道："既不为此，你哭甚么？"柳洪便将银子失去十封的话，说了一遍。"因为心疼银子，不觉泪流。这如今意欲报官，故此请你来商议商议。"冯氏听了，也觉一惊。后来听柳洪说要报官，连说："不可，不可，现在咱们家有两宗人命的大案，尚未完结。如今为丢银子又去报官。别的都不遗失，单单的丢了十封银子。这不是提官府的醒儿吗？可见咱家积蓄多金。他若往歪里一问，只怕再花上十封，也未必能结案。依我说，这十封银子只好忍个肚子疼，算是丢了罢。”柳洪听了此言，深为有理，只得罢了。不过一时时揪着心系子怪疼的。

且说马氏撺掇（cuān duo，怂恿）丈夫前去盗尸，以为手到成功，不想呆呆的等了一夜未见回来，看看的天已发晓，不由的埋怨道：“这王八蛋好生可恶！他不亏我指引明路，教他发财。如今得了手且不回家，又不知填还那个小妈儿去了。少时他瞎爹若问起来，又该无故唠叨。”正在自言自语埋怨，忽听有人敲门，道：“牛三哥，牛三哥。”妇人答道：“是谁呀？这们早就来叫门。”说罢，将门开了一看，原来是捡粪的李二。李二一见马氏，便道：“侄儿媳妇，你烦恼吓？”马氏听了，啐（cuì，用力吐出来）道：“呸！大清早起的，也不嫌个丧气。这是怎么说呢？”李二说：“敢则是丧气。你们驴子叫人杀了。怎么不丧气？”牛三已在屋内听见，便接言道：“李老二，你进屋里来，告诉明白了我，这是怎么一件事情。”

李二便进屋内，见了牛三，说：“告诉哥哥说，驴子侄儿不知为何被人杀死在那边花园子里了。你们员外报官了。少时就要来相验呢。”牛三道：“好吓！你们干的好事呀！有报应没有？昨日那们拦你们；你们不听，到底儿遭了报了。这不叫员外受累吗？李老二，你拉了我去，等着官府来了，我拦验就是了。这不是吗？我的儿子既死了，我那儿妇是断不能守（即信守节操，特指妇女在丈夫死后不再嫁）的，莫若叫他回娘家去罢。这才应了俗语儿了：‘驴的朝东，马的朝西。’”说着话，拿了明杖，叫李二拉着他，竟奔着员外宅里来。见了柳洪，便将要拦验的话说了。柳洪甚是欢喜，又教导了好些话，那个说的，那个说不的，怎么具结（旧时对官署提出表示自己负责的文件）领尸，编派停当。又将装小姐的棺木挪在闲屋，算是为他买的寿木（指生前准备的棺材）。及至官府到来，牛三拦验，情愿具结领尸。官府细问情由，方准所呈。不必细表。

且说颜生在监。多亏了雨墨服侍，不至受苦。自从那日过下堂来，至今并未提审，竟不知定了案不曾，反觉得心神不定。忽见牢头将雨墨叫将出来，在狱神庙前，便发话道：“小伙子，你今儿得出去了，我不能只是替你担惊儿。再者你们相公，今儿晚上也该叫他受用受用了。”雨墨见不是话头，便道：“贾大叔，可怜我家相公负屈含冤。望大叔将就将就。”贾牢头道：“我们早已可怜过了。我们若遇见都像你们这样打官司，我们都饿死了。你打量里里外外费用轻呢。就是你那点子银子，一哄儿就结了。俗语说：‘衙门的钱，下水的船。’这总要现了现。你总得想个主意才好呢。难道你们相公就没个朋友吗？”雨墨哭道：“我们从远方投亲而来，这里如何有相知呢。没奈何，还是求大叔可怜我家相公才好。”贾牢头道：“你那是白说。我倒有个主意，你们相公有个亲戚，他不是财主吗？你为甚不弄他的钱呢？”雨墨流泪，道：“那是我家相公的对头，他如何肯资助呢？”贾牢头道：“不是那们说。你与相公商量商量，怎么想个法子将他的亲戚咬出来。我们弄他的银钱，好照应你们相公吓。是这么个主意。”雨墨摇头道：“这个主意却难，只怕我家相公做不出来罢。”贾牢头道：“既如此，你今儿就出去。直不准你在这里！”雨墨见他如此神情，心中好生为难，急得泪流满面，痛哭不止。恨不得跪在地下哀求。

忽见监门口有人叫：“贾头儿，贾头儿，快来哟。”贾牢头道：“是了。我这里说话呢。”那人又道：“你快来，有话说。”贾牢头道：“甚么事这们忙？难道弄出钱来我一人使吗？也是大家伙儿分。”那外面说话的，乃是禁子吴头儿，他便问道：“你又驳办谁呢？”贾牢头道：“就是颜查散的小童儿。”吴头儿道：“嗳哟！我的太爷。你怎么惹他呢？人家的照应到了。此人姓白，刚才上衙门口略一点染，就是一百两呀。少时就进来了。你快快好好儿的预备着，伺候着罢。”牢头听了，连忙回身，见雨墨还在那里哭呢。连忙上前道：“老雨呀，你怎么不禁呕（òu，同“怄”，逗弄）呢？说说笑笑，嗽嗽呕呕，这有甚么呢。你怎么就认起真来？我问问你，你家相公可有个姓白的朋友吗？”雨墨道：“并没有姓白的。”贾牢头道：“你藏奸。你还恼着我呢。我告诉你，如今外面有个姓白的，瞧你们相公来了。”

说话间，只见该值（值班）的头目陪着一人进来，头戴武生巾，身穿月白（淡蓝色。古人认为月亮的颜色并不纯白，而是带着一点儿淡淡的蓝色）花氅（chǎng，外套），内衬一件桃红衬袍，足登官鞋，另有一番英雄气概。雨墨看了，很像金相公，却不敢认。只听那武生叫道：“雨墨，你敢是也在此么？好孩子！真正难为你。”雨墨听了此言，不觉的落下泪来，连忙上前参见，道：“谁说不是金相公呢！”暗暗忖（cǔn，细想）道：“如何连音也改了呢？”他却那里知道金相公就是白玉堂呢。白五爷将雨墨扶起，道：“你家相公在那里？”不知雨墨如何回答，且听下回分解。

第三十八回 替主鸣冤拦舆[1]告状 因朋涉险寄柬留刀

且说白玉堂将雨墨扶起，道：“你家相公在那里？”贾牢头不容雨墨答言，他便说：“颜相公在这单间屋内，都是小人们伺候。”白五爷道：“好。你们用心服侍，我自有赏赐。”贾牢头连连答应几个“是”。

此时雨墨已然告诉了颜生。白五爷来至屋内，见颜生蓬头垢面，虽无刑具加身，已然形容憔悴，连忙上前执手（拱手），道：“仁兄，如何遭此冤枉？”说至此，声音有些惨切。谁知颜生他却毫不动念，说道：“嗐（hài，叹词）！愚兄愧见贤弟。贤弟到此何干哪？”白五爷见颜生并无忧愁哭泣之状，惟有羞容满面，心中暗暗点头，夸道：“颜生真乃英雄也。”便问：“此事因何而起？”颜生道：“贤弟问他怎么？”白玉堂道：“你我知己弟兄，非泛泛可比。难道仁兄还瞒着小弟不成？”颜生无奈，只得说道：“此事皆是愚兄之过。”便将“绣红寄柬，愚兄并未看明柬上是何言词。因有人来，便将柬儿放在书内。谁知此柬遗失。到了夜间，就生出此事。柳洪便将愚兄呈送本县。后来亏得雨墨暗暗打听，方知是小姐一片苦心，全是为顾愚兄。愚兄自恨遗失柬约，酿成祸端。兄若不应承，难道还攀扯（牵连）闺阁弱质（指体弱的女子），坏他的清白？愚兄惟有一死而已！”

白玉堂听了颜生之言，颇觉有理，复转念一想，道：“仁兄知恩报恩，舍己成人，原是大丈夫所为。独不念老伯母在家悬念（挂念）乎？”一句话却把颜生的伤心招起，不由的泪如雨下。半晌，说道：“事成不

[1] 舆（yú）：泛指车。

改，命中所造，大料难逃。这也是前世冤孽，今生报应，奈何！奈何！愚兄死后，望贤弟照看家母，兄在九泉之下，也得瞑目（闭上眼睛。瞑，míng）。”说罢，痛哭不止。雨墨在旁也落泪。白玉堂道：“何至如此！仁兄且自宽心。凡事还要再思，虽则为人，也当为己。闻得开封府包相断事如神，何不到那里去申诉呢？”颜生道：“贤弟此言差矣。此事非是官府屈打成招的，乃是兄自行承认的，又何必向包公那里分辩去呢？”白玉堂道：“仁兄虽如此说，小弟惟恐本县详文若到开封，只怕包相就不容仁兄招认了，那时又当如何？”颜生道：“书云‘匹夫不可夺志也’，况愚兄乎？”

白玉堂见颜生毫无回转之心，他便另有个算计了，便叫雨墨将禁子（旧时称在监狱中看守罪犯的人）牢头（旧时监狱中看守犯人的首领）叫进来。雨墨刚然（刚刚）来到院中，只见禁子牢头正在那里嘁嘁喳喳，指手画脚。忽见雨墨出来，便有二人迎将上来，道：“老雨呀，有甚么吩咐的吗？”雨墨道：“白老爷请你二人呢。”二人听得此话，便狗颠屁股垂儿似的跑向前来。白五爷叫伴当（旧时指跟随着做伴的仆人或伙伴）拿出四封银子，对他二人说道：“这是银子四封，赏你二人一封，分散众人一封，余下二封便是伺候颜相公的。从此后，颜相公一切事体，全是你二人照管。倘有不到之处，我若闻知，却是不依你们的。”二人屈膝谢赏，满口应承。

白五爷又对颜生道：“这里诸事妥协，小弟要借雨墨随我几日，不知仁兄叫他去否？”颜生道：“他也在此无事。况此处俱已安置妥协，愚兄也用他不着，贤弟只管将他带去。”谁知雨墨早已领会白五爷之意，便欣然叩辞了颜生，跟随白五爷出了监中。

到了无人之处，雨墨便问白五爷道：“老爷将小人带出监来，莫非叫小人瞒着我家相公，上开封府呈控么？”一句话问的白五爷满心欢喜，道：“怪哉，怪哉！你小小年纪竟有如此聪明，真正罕有。我原有此意，但不知你敢去不敢去？”雨墨道：“小人若不敢去，也就不问了。自从那日我家相公招承之后，小人就要上京内开封府控告去。只因监内无人伺候，故此耽延至今。今日又见老爷话语之中，提拨（提醒）我家相公，我家相公毫不省悟，故此方才老爷一说要借小人跟随几天，小人就明白了是为着此事。”白五爷哈哈大笑，道：“我的意思，竟被你猜着了。我告诉你，你相公入了情魔了，一时也化解不开。须到开封府告去，方能打破迷关。你明日到开封府，就把你家相公无故招承认罪原由申诉一番，包公自有断法。我在暗中给你安置安置。大约你家相公就可脱了此灾了。”说罢，便叫伴当给他十两银子。雨墨道：“老爷前次赏过两个锞子（旧时做货币用的小金锭或银锭。锞，kè），小人还没使呢。老爷改日再赏罢。再者小人告状去，腰间也不好多带银子。”白五爷点头，道：“你说的也是。你今日就往开封府去，在附近处住下，明日好去伸冤。”雨墨连连称是，竟奔开封府去了。

谁知就是此夜，开封府出了一件诧异的事。包公每日五更上朝，包兴、李才预备伺候，一切冠带袍服、茶水羹汤俱各停当，只等包公一呼唤，便诸事整齐。二人正在静候，忽听包公咳嗽，包兴连忙执灯，掀起帘子，来至里屋内。刚要将灯往桌上一放，不觉骇目惊心（使人见到非常震惊），失声道：“哎哟！”包公在帐子内，便问道：“甚么事？”包兴道：“这是那里来的刀……刀……刀吓？”包公听见，急披衣坐起，撩（liāo，把东西垂下的部分掀起来）起帐子一看，果见是明晃晃的一把钢刀横在桌上，刀下还压着柬帖儿，便叫包兴：“将柬帖拿来我看。”包兴将柬帖从刀下抽出，持着灯递给相爷。一看，见上面有四个大字写着“颜查散冤”。包公忖度（cǔn duó，推测；揣度）了一分，不解其意，只得净面穿衣，且自上朝，俟（sì，等待）散朝后再慢慢的访查。

到了朝中，诸事已完，便乘轿而回。刚至衙门，只见从人丛中跑出个小孩子来，在轿旁跪倒，口称“冤枉”。却好王朝走到，将他获住。包公轿至公堂，落下轿，立刻升堂，便叫：“带那小孩子。”该班的传出。此时王朝正在角门外问雨墨的名姓，忽听叫：“带小孩子。”王朝嘱咐道：“见了相爷，不要害怕，不可胡说。”雨墨道：“多承老爷教导。”王朝进了角门，将雨墨带上堂去。雨墨便跪倒，向上叩头。

包公问道：“那小孩子叫甚么名字？为着何事？诉上来。”雨墨道：“小人名叫雨墨，乃武进县人。只因同我家主人到祥符县投亲，……”包公道：“你主人叫甚么名字？”雨墨道：“姓颜名查散。”包公听了“颜查散”三字，暗暗道：“原来果有颜查散。”便问道：“投在甚么人家？”雨墨道：“就是双星桥柳员外家。这员外名叫柳洪，他是小主人的姑夫。谁知小主人的姑母三年前就死了，此时却是续娶的冯氏安人

（犹夫人，对妇人的一种尊称）。只因柳洪膝下有个姑娘名柳金蝉，是从小儿就许与我家相公为妻。小人的主人原是奉母命前来投亲，一来在此读书，预备明年科考；二来又为的是完姻（完婚）。谁知柳洪将我主仆二人留在花园居住，敢则是他不怀好意。住了才四天，那日清早，便有本县的衙役前来把我主人拿去了，说我主人无故将小姐的丫鬟绣红掐死在内角门以外。回相爷，小人与小人的主人时刻不离左右，小人的主人并未出花园的书斋，如何会在内角门掐死了丫鬟呢？不想小人的主人被县里拿去，刚过头一堂，就满口应承，说是自己将丫鬟掐死，情愿抵命。不知是甚么缘故？因此小人到相爷台前，恳求相爷与小人的主人作主。”说罢，复又叩头。

包公听了，沉吟半晌，便问道：“你家相公既与柳洪是亲戚，想来出入是不避的了？”雨墨道：“柳洪为人极其固执，漫说别人，就是这个续娶的冯氏也未容我家主人相见。主仆在那里四五天，尽在花园书斋居住。所有饭食茶水，俱是小人进内自取，并未派人服侍，狠不像待亲戚的道理。菜里头连一点儿肉腥也没有。”包公又问道：“你可知道小姐那里，除了绣红还有几个丫鬟呢？”雨墨道：“听得说小姐那里，就只一个丫鬟绣红，还有个乳母田氏。这个乳母却是个好人。”包公忙问道：“怎见得？”雨墨道：“小人进内取茶饭时，他就向小人说：‘园子空落，你们主仆在那里居住须要小心，恐有不测之事。依我说，莫若过一两天，你们还是离了此处好。’不想果然就遭了此事了。”包公暗暗的踌躇（chóu chú，思考）道：“莫非乳母晓得其中原委（事情的始末）呢？何不如此如此，看是如何。”想罢，便叫将雨墨带下去，就在班房（旧时衙门里衙役当班的地方）听候。立刻吩咐差役：“将柳洪并他家乳母田氏分别传来，不许串供。”又吩咐：“到祥符县提颜查散到府听审。”

包公暂退堂，用饭毕，正要歇息，只见传柳洪的差役回来禀道：“柳洪到案。”老爷吩咐：“伺候升堂。”将柳洪带上堂来，问道：“颜查散是你甚么人？”柳洪道：“是小老儿的内侄。”包公道：“他来此作甚么来了？”柳洪道：“他在小老儿家读书，为的是明年科考。”包公道：“闻听得他与你女儿自幼联姻，可是有的么？”柳洪暗暗的纳闷道：“怨不得人说包公断事如神，我家里事他如何知道呢？”至此无奈，只得说道：“是从小儿定下的婚姻。他此来一则为读书预备科考，二则为完姻。”包公道：“你可曾将他留下？”柳洪道：“留他在小老儿家居住。”包公道：“你家丫鬟绣红，可是服侍你女儿的么？”柳洪道：“是从小儿跟随小女儿，极其聪明，又会写，又会算，实实死的可惜。”包公道：“为何死的？”柳洪道：“就是被颜查散扣喉而死。”包公道：“甚么时候死的？死于何处？”柳洪道：“及至小老儿知道已有二鼓之半。却是死在内角门以外。”包公听罢，将惊堂木一拍，道：“我把你这老狗，满口胡说！方才你说，及至你知道的时节已有二鼓之半，自然是你的家人报与你知道的。你并未亲眼看见是谁掐死的，如何就知是颜查散相害？这明明是你嫌贫爱富，将丫鬟掐死，有意诬赖颜生。你还敢在本阁跟前支吾么？”柳洪见包公动怒，连忙叩头，道：“相爷请息怒，容小老儿细细的说。丫鬟被人掐死，小老儿原也不知是谁掐死的。只因死尸之旁落下一把扇子，却是颜生的名款，因此才知道是颜生所害。”说罢，复又叩头。包公听了，思想了半晌：“如此看来，定是颜生作下不才之事了。”

又见差役回道：“乳母田氏传到。”包公叫把柳洪带下去，即将田氏带上堂来。田氏那里见过这样堂威，已然吓得魂不附体，浑身抖衣而战。包公问道：“你就是柳金蝉的乳母么？”田氏道：“婆……婆子便是。”包公道：“丫鬟绣红为何死的？从实说来。”田氏到了此时，那敢撒谎，便把如何听见员外安人私语要害颜生、自己如何与小姐商议要救颜生、如何叫绣红私赠颜生银两等话说了。“谁知颜姑爷得了财物，不知何故，竟将绣红掐死了。偏偏的又落下一把扇子，连那个字帖儿。我家员外见了气的了不得，就把颜姑爷送了县了。谁知我家的小姐就上了吊了。”

包公听至此，不觉愕然，道：“怎么柳金蝉竟自死了么？”田氏道：“死了之后又活了。”包公又问道：“如何又会活了呢？”田氏道：“皆因我家员外安人商量此事，说颜姑爷是头一天进了监，第二天姑娘就吊死了。况且又是未过门之女，这要是吵嚷出去，这个名声儿不好听的。因此就说是小姐病的要死，买口棺材来冲一冲，却悄悄的把小姐装殓了，停放后花园内敞厅上。谁知半夜里有人嚷说：‘你们小姐活了！还了魂了！’大家伙儿听见了，过去一看，谁说不是活了呢？棺材盖也横过来了，小姐在棺材里坐着呢。”包公道：“棺材盖如何会横过来呢？”田氏道：“听说是宅内的下人牛驴子偷偷儿盗尸去，他见小姐活了，不知怎么，他又抹了脖子了。”

包公听毕，暗暗思想道：“可惜金蝉一番节烈，竟被无义的颜生辜负了。可恨颜生既得财物，又将绣红掐死，其为人的品行，就不问可知了。如何又有寄柬留刀之事，并有小童雨墨替他申冤呢？”想至此，便叫：“带雨墨。”左右即将雨墨带上堂来。包公把惊堂木一拍，道：“好狗才！你小小年纪，竟敢大胆蒙混本阁，该当何罪？”雨墨见包公动怒，便向上叩头，道：“小人句句是实话，焉敢蒙混相爷。”包公一声断喝：“你这狗才，就该掌嘴！你说你主人并未离了书房，他的扇子如何又在内角门以外呢？讲！”不知雨墨回答甚么言语，且听下回分解。

第三十九回　铡斩君衡书生开罪　石惊赵虎侠客争锋

且说包公一声断喝：“哇（dōu，怒斥声）！你这狗才，就该掌嘴！你说你主人并未离了书房，他的扇子如何又在内角门以外呢？”雨墨道：“相爷若说扇子，其中有个情节。只因柳洪内侄名叫冯君衡，就是现在冯氏安人的侄儿，那一天合我主人谈诗对对子。后来他要我主人扇子瞧，却把他的扇子求我主人写，我家主人不肯写。他不依，他就把我主人的扇子拿去，他说写得了再换。相爷不信，打发人取来，现时仍在笔筒内插着。那把次姑咙咚呛的扇子，就是冯君衡的。小人断不敢撒谎。”包公因问出扇子的根由，心中早已明白此事，不由哈哈大笑，十分畅快。立刻出签，捉拿冯君衡到案。

此时祥符县已将颜查散解（jiè，押送）到。包公便叫将田氏带下去，叫雨墨跪在一旁。将颜生的招状看了一遍，已然看出破绽，不由暗暗笑道：“一个情愿甘心抵命，一个以死相酬自尽，他二人也堪称为义夫节妇了。”便叫：“带颜查散。”

颜生此时镯镣（zhuó liào，手铐和脚镣）加身，来至堂上，一眼看见雨墨，心中纳闷道："他到此何干？"左右上来去了刑具。颜生跪倒。包公道："颜查散抬起头来。"颜查散仰起面来。包公见他虽然蓬头垢面，却是形容秀美良善之人，便问："你如何将绣红掐死？"颜生便将在县内口供，一字不改，诉将上去。包公点了点头，道："绣红也真正的可恶。你是柳洪的亲戚，又是客居（在外地居住）他家，他竟敢不服呼唤，口出不逊，无怪你愤恨。我且问你，你是甚么时候出了书斋？由何路径到内角门？甚么时候掐死绣红？他死于何处？讲！"颜生听包公问到此处，竟不能答，暗暗地道："好利害！好利害！我何尝掐死绣红，不过是恐金蝉出头露面，名节攸关，故此我才招认掐死绣红。如今相爷细细的审问，何时出了书斋，由何路径到内角门，我如何说得出来？"

正在为难之际，忽听雨墨在旁哭道："相公此时还不说明，真个就不念老安人在家悬念么？"颜生一闻此言，触动肝腑，又是着急，又惭愧，不觉泪流满面，向上叩头，道："犯人实实罪该万死，惟求相爷笔下超生。"说罢，痛哭不止。包公道："还有一事问你。柳金蝉既已寄柬与你，你为何不去，是何缘故？"颜生哭道："嗳呀！相爷呀，千错万错在此处。那日绣红送柬之后，犯人刚然（刚刚）要看，恰值冯君衡前来借书，犯人便将此柬掖在案头书内。谁知冯君衡去后，遍寻不见，再也无有。犯人并不知柬中是何言词，如何知道有内角门之约呢？"包公听了，便觉了然（明白，清楚）。

只见差役回道："冯君衡拿到。"包公便叫颜生主仆下去，立刻带冯君衡上堂。包公见他兔耳莺腮，蛇眉鼠眼，已知是不良之辈，把惊堂木一拍，道："冯君衡，快将假名盗财、因奸致命，从实招来！"左右连声催吓："讲！讲！讲！"冯君衡道："没有甚么招的。"包公道："请大刑！"左右将三根木望堂上一摞。冯君衡害怕，只得口吐实情，将如何换扇，如何盗柬，如何二更之时拿了扇柬冒名前去，只因绣红要嚷，如何将他扣喉而死，又如何撇下扇柬，提了包袱银两回转书房，从头至尾，述说一遍。包公问明，叫他画了供，立刻请御刑。王、马、张、赵将狗头铡抬来，还是照旧章程，登时将冯君衡铡了。丹墀（此处指官府的红色台阶。墀，chí）之下，只吓得柳洪、田氏以及颜生主仆谁敢仰视。

刚将尸首打扫完毕，御刑仍然安放。堂上忽听包公道："带柳洪。"这一声把个柳洪吓得胆裂魂飞，筋酥骨软，好容易扎挣爬至公堂之上。

包公道："我把你这老狗！颜生受害，金蝉悬梁，绣红遭害，驴子被杀，以及冯君衡遭刑，全由你这老狗嫌贫爱富而起，致令生者、死者、死而复生者受此大害。今将你废于铡下，大概不委屈你罢？"柳洪听了，叩头碰地，道："实在不屈。望相爷开天地之恩，饶恕小老儿，改过自新，以赎前愆（qiān，罪过）。"包公道："你既知要赎罪，听本阁吩咐。今将颜生交付与你，就在你家攻书，所有一切费用，你要好好看待。俟（sì，等待）明年科考之后，中与不中，即便毕姻（完婚）。倘颜查散稍有疏虞（疏忽），我便把你拿来，仍然废于铡下。你敢应么？"柳洪道："小老儿愿意，小老儿愿意。"

包公便将颜查散、雨墨叫上堂来，道："你读书要明大义，为何失大义而全小节？便非志士，乃系腐儒（迂腐的儒生，即只知读书、不通世事的书生）。自今以后，必须改过，务要好好读书。按日期将窗课送来，本阁与你看视。倘得寸进，庶（差不多）不负雨墨一片为主之心。就是平素之间，也要将他好好看待。"颜生向上叩头，道："谨遵台命（对命令的敬称）。"三个人又从新向上叩头。柳洪携了颜生的手，颜生携了雨墨的手，又是欢喜，又是伤心，下了丹墀，同了田氏一齐回家去了。此案已结。包公退堂，来至书房，便叫包兴："请展护卫。"

你道展爷几时回来的？他却来在颜查散、白玉堂之先，只因腾不出笔来不能叙写。事有缓急，况颜生之案是一气的文字，再也间断不得，如何还有工夫提展爷呢？如今颜查散之案已完，必须要说一番。展爷自从救了老仆颜福之后，那夜便赶到家中，见了展忠，将茉花村比剑联姻之事，述说一回。彼此换剑作了定礼，便将湛卢（古代宝剑名，相传为春秋时铸剑名匠欧冶子所铸）宝剑给他看了。展忠满心欢喜。展爷又告诉他，现在开封府有一件紧要之事，故此连夜赶回家中，必须早赴东京。展忠道："作皇家官，理应报效朝廷。家中之事全有老奴照管，爷自请放心。"展爷便叫伴当（旧时指跟随着做伴的仆人或伙伴）收拾行李备马，立刻起程，竟奔开封府而来。

及至到了开封府，便先见了公孙先生与王、马、张、赵等，却不提白玉堂来京，不过略问了问："一向有甚么事故没有？"大家俱言无事，又问展爷道："大哥原告两个月的假，如何恁（nèn，那么）早回来？"展爷道："回家祭扫完了，在家无事，莫若早些回来，省得临期匆忙。"

也就遮掩过去。他却参见了相爷，暗暗将白玉堂之事回了。包公听了，吩咐严加防范，设法擒拿。展爷退回公所，自有众人与他接风掸尘（指设宴款待远来的客人，以示慰问和欢迎），一连热闹了几天。展爷却每夜防范，并不见甚么动静。不想由颜查散案中，生出寄柬留刀之事。包公虽然疑心，尚未知虚实，如今此案已经断明，果系“颜查散冤”，应了柬上之言。包公想起留刀之人，退堂后来至书房，便请展爷。展爷随着包兴进了书房，参见包公。包公便提起：“寄柬留刀之人，行踪诡密（即“诡秘”，行动、态度等隐秘不易捉摸），令人可疑，护卫须要严加防范才好。”展爷道：“卑职前日听见主管包兴述说此事，也就有些疑心。这明是给颜查散辨冤，暗里却是透信。据卑职想，留刀之人，恐是白玉堂了。卑职且与公孙策计议去。”包公点头。

展爷退出，来至公所，已然秉上灯烛。大家摆上酒饭，彼此就座。公孙便问展爷道：“相爷请吾兄，有何见谕（见教）？”展爷道：“相爷为寄柬留刀之事，叫大家防范些。”王朝道：“此事原为替颜查散明冤。如今既已断明，颜生已归柳家去了，此时又防甚么呢？”展爷此时却不能不告诉众人白玉堂来京找寻之事，便将在茉花村比剑联姻，后至芦花荡方知白玉堂进京来找御猫，“故此劣兄（愚兄）一闻此言就急急赶来。”张龙道：“原来大哥定了亲了，还瞒着我们呢。恐怕兄弟们要喝大哥的喜酒。如今既已说出来，明日是要加倍罚的。”马汉道：“喝酒是小事，但不知锦毛鼠是怎么个人？”展爷道：“此人姓白名玉堂，乃五义之中的朋友。”赵虎道：“甚么五义？小弟不明白。”展爷便将陷空岛的众人说出，又将绰号儿说与众人听了。公孙先生在旁听得明白，猛然省悟，道：“此人来找大哥，却是要与大哥合气（怄气，赌气）的。”展爷道：“他与我素无仇隙（怨恨或仇怨），与我合甚么气呢？”公孙策道：“大哥，你自想想，他们五人号称五鼠，你却号称御猫，焉有猫儿不捕鼠之理？这明是嗔（chēn，对人不满）大哥号称御猫之故，所以知道他要与大哥合气。”展爷道：“贤弟所说似乎有理。但我这‘御猫，乃圣上所赐，非是劣兄有意称猫，要欺压朋友。他若真个为此事而来，劣兄甘拜下风，从此后不称御猫，也未为不可。”

众人尚未答言，惟赵虎正在豪饮之间，听见展爷说出此话，他却有些不服气，拿着酒杯，立起身来道：“大哥，你老素昔（素来，往常）胆量过人，今日何自馁（失去自信而畏缩。馁，něi）如此？这‘御猫’二字乃圣上所赐，如何改得？倘若是那个甚么白糖咧、黑糖咧，他不来便罢；他若来时，我烧一壶开开的水把他冲着喝了，也去去我的滞气（郁积之气）。”展爷连忙摆手，说：“四弟悄言，岂不闻窗外有耳？”刚说至此，只听拍的一声，从外面飞进一物，不偏不歪，正打在赵虎擎（qíng，举）的那个酒杯之上，只听当啷啷一声，将酒杯打了个粉碎。赵爷唬了一跳，众人无不惊骇。

只见展爷早已出席，将槅（gé）扇虚掩，回身复又将灯吹灭。便把外衣脱下，里面却是早已结束停当的。暗暗的将宝剑拿在手中，却把槅扇假做一开，只听“拍”的一声，又是一物打在槅扇上。展爷这才把槅扇一开，随着劲一伏身窜将出去，只觉得迎面一股寒风，嗖的就是一刀。展爷将剑扁着往上一迎，随招随架。用目在星光之下仔细观瞧，见来人穿着簇青的夜行衣靠（指武侠所穿的密扣紧袖束腰衣装），脚步伶俐，依稀是前在苗家集见的那人。二人也不言语，惟听刀剑之声，叮当乱响。展爷不过招架，并不还手。见他刀刀逼紧，门路精奇，南侠暗暗喝采，又想道：“这朋友好不知进退。我让着你，不肯伤你，又何必赶尽杀绝，难道我还怕你不成？”暗道：“也叫他知道知道。”便把宝剑一横，等刀临近，用个鹤唳（lì，鹤、雁等的鸣叫）长空势，用力往上一削，只听噌的一声，那人的刀已分为两段，不敢进步。只见他将身一纵已上了墙头，展爷一跃身也跟上去；那人却上了耳房，展爷又跃身而上；及至到了耳房（跟正房相连的两侧的小屋，也指厢房两旁的小屋），那人却上了大堂的房上；展爷赶至大堂房上，那人一伏身越过脊去。展爷不敢紧迫，恐有暗器，却退了几步。从这边房脊刚要越过，瞥见眼前一道红光，忙说“不好”，把头一低，刚躲过面门，却把头巾打落。那物落在房上，咕噜噜滚将下去，方知是个石子。

原来夜行人另有一番眼力，能暗中视物，虽不真切，却能分别。最怕猛然火光一亮，反觉眼前一黑。犹如黑天在灯光之下，乍从屋内来，必须略站片时，方觉眼前光亮些。展爷方才觉眼前有火光亮一晃，已知那人必有暗器，赶紧把头一低，所以将头巾打落。要是些微力笨点的，不是打在面门之上，重点打下房来咧！此时展爷再往脊的那边一望，那人早已去了。此际公所之内，王、马、张、赵带领差役，灯笼火把，各执器械，俱从角门绕过，遍处搜查，那里有个人影儿呢？惟有楞爷赵虎怪叫吆喝，一路乱嚷。

展爷已从房上下来，找着头巾，同到公所，连忙穿了衣服，与公孙先生来找包兴，恰遇包兴奉了相爷之命来请二人。二人即便随同包兴一同来至书房，参见了包公，便说方才与那人交手情形。“未能拿获，实卑职之过。”包公道：“黑夜之间焉能一战成功。据我想来，惟恐他别生枝叶，那时更难拿获，倒要大费周折呢。”又嘱咐了一番：“阖（hé，全）署务要小心。”展爷与公孙先生连连答应。二人退出，来至公所，大家计议。惟有赵虎撅（juē，噘）着嘴，再也不言语了。自此夜之后，却也无甚动静，惟有小心而已。未知后事如何，且听下回分解。

第四十回 思寻盟弟遣使三雄 欲盗赃金纠合五义

且说陷空岛卢家庄那钻天鼠卢方，自从白玉堂离庄，算来将有两月，未见回来，又无音信，甚是放心不下，每日里嗐声叹气，坐卧不安，连饮食俱各减了。虽有韩、徐、蒋三人劝慰，无奈卢方实心忠厚，再也解释不开。

一日，兄弟四人同聚于待客厅上。卢方道：“自我兄弟结拜以来，朝夕相聚，何等快乐。偏是五弟少年心性，好事逞强，务必要与甚么‘御猫’较量。至今去了两月有余，未见回来，劣兄好生放心不下。”四爷蒋平道：“五弟未免过于心高气傲，而且不服人劝。小弟前次略略说了几句，险些儿与我反目（由和睦变为翻脸）。据我看来，惟恐五弟将来要从这上头受害呢。”徐庆道：“四弟再休提起。那日要不是你说他，他如何会私自赌气走了呢？全是你多嘴的不好。那有你三哥也不会说话，也不劝他的好呢。”卢方见徐庆抱怨蒋平，惟恐他二人分争起来，便道：“事已至此，别的暂且不必提了。只是五弟此去倘有疏虞（疏忽，失误。虞，yú），那时怎了？劣兄意欲亲赴东京寻找寻找，不知众位贤弟以为如何？”

蒋平道："此事又何必大哥前往。既是小弟多言，他赌气去了，莫若小弟去寻他回来就是了。"韩彰道："四弟是断然去不得的。"蒋平道："却是为何？"韩彰道："五弟这一去必要与姓展的分个上下，倘若得了上风，那还罢了；他若拜了下风，再想起你的前言，如何还肯回来。你是断去不得的。"徐庆接言道："待小弟前去如何？"卢方听了，却不言语，知道徐庆为人粗鲁，是个浑楞（愚鲁莽撞的人），他这一去，不但不能找回五弟，巧咧，倒要闹出事来。韩彰见卢方不语，心中早已明白了，便道："三弟要去，待劣兄与你同去如何？"卢方听韩彰要与徐庆同去，方答言道："若得二弟同去，劣兄稍觉放心。"蒋平道："此事因我起见，如何二哥、三哥辛苦，小弟倒安逸呢？莫若小弟也同去走一遭如何？"卢方也不等韩彰、徐庆说，便答言道："若是四弟同去，劣兄更觉放心。明日就与三位贤弟饯行（设酒食送行。饯，jiàn）便了。"

忽见庄丁进来禀道："外面有凤阳府柳家庄柳员外求见。"卢方听了，便问道："此系何人？"蒋平道："弟知此人，他乃金头太岁甘豹的徒弟，姓柳名青，绰号白面判官。不知他来此为着何事？"卢方道："三位贤弟且先回避，待劣兄见他，看是如何。"吩咐庄丁："快请。"卢方也就迎了出去。柳青同了庄丁进来，见他身量却不高大，衣服甚是鲜明，白馥馥一张面皮，暗含着恶态，叠暴着环睛（圆眼），明露着鬼计多端。彼此相见，各通姓名。卢方便执手，让至待客厅上，就座献茶。

卢爷便问道："久仰芳名，未能奉谒（拜见。谒，yè）。今蒙降临，有屈台驾。不知有何见教？敢乞明示。"柳青道："小弟此来不为别事。只因仰慕卢兄行侠尚义，故此斗胆前来，殊觉冒昧。大约说出此事，决不见责。只因敝处太守孙珍乃兵马司孙荣之子，却是太师庞吉之外孙。此人淫欲贪婪，剥削民脂（比喻人民的劳动果实），造恶多端，概难尽述。刻下为与庞吉庆寿，他备得松景八盆，其中暗藏黄金千两，以为趋奉（趋附奉承）献媚（为了讨好别人而做出某种姿态或举动）之资。小弟打听得真实，意欲将此金劫下。非是小弟贪爱此金，因敝处连年荒旱，即以此金变了价，买粮米赈济，以抒（shū，解除）民困。奈弟独力难成，故此不辞跋涉，仰望卢兄帮助是幸！"卢方听了，便道："弟蜗居山庄，原是本分人家。虽有微名，并非要结而得。至行劫窃取之事，更不是我卢方所为。足下此来，竟自徒劳。本欲款留盘桓（逗留。桓，huán）几日，惟恐有误足下正事，反为不美。莫若足下早早另为打算。”说罢，一执手，道：“请了。”柳青听卢方之言，只气的满面通红，把个白面判官竟成了红面判官了，暗道：“真乃闻名不如见面，原来卢方是这等人！如此看来，义在那里？我柳青来的不是路了。”站起身来，也说一个“请”字，头也不回，竟出门去了。

谁知庄门却是两个相连，只见那边庄门出来了一个庄丁，迎头拦住，道：“柳员外暂停贵步，我们三位员外到了。”柳青回头一看，只见三个人自那边过来。仔细留神，见三个人高矮不等，胖瘦不一，各具一种豪侠气概。柳青只得止步，问道：“你家大员外既已拒绝于我，三位又系何人？请言其详。”蒋平向前道：“柳兄不认得小弟了么？小弟蒋平。”指着二爷、三爷道：“此是我二哥韩彰，此是我三哥徐庆。”柳青道：“久仰，久仰！失敬，失敬！请了。”说罢，回身就走。

蒋平赶上前，说道：“柳兄不要如此，方才之事弟等皆知。非是俺大哥见义不为，只因这些日子心绪不定，无暇及此，诚非有意拒绝尊兄，望乞海涵（敬辞，大度包容）。弟等情愿替大哥陪罪。”说罢，就是一揖（yī，古代的拱手礼）。柳青见蒋平和容悦色，殷勤劝慰，只得止步转身，道：“小弟原是仰慕众兄的义气干云（高入云霄。干，gān），故不辞跋涉（跋山涉水，形容旅途艰苦）而来。不料令兄竟如此固执，使小弟好生的惭愧。”二爷韩彰道：“实是大兄长心中有事，言语梗直（即“耿直”，直爽），多有得罪。柳兄不要介怀。弟等请柳兄在这边一叙。”徐庆道：“有话不必在此叙谈，咱们且到那边再说不迟。”柳青只得转步，进了那边庄门，也有五间客厅。韩爷将柳青让至上面，三人陪坐，庄丁献茶。蒋平又问了一番凤阳太守贪赃受贿、剥削民膏的过恶，又问：“柳兄既有此举，但不知用何计策？”柳青道：“弟有师傅的蒙汗药断魂香。到了临期，只须如此如此，便可成功。”蒋爷、韩爷点了点头，惟有徐爷鼓掌大笑，连说：“好计，好计！”大家欢喜。

蒋爷又对徐、韩二位道：“二位哥哥在此陪着柳兄，小弟还要到大哥那边一看。此事须要瞒着大哥。如今你我俱在这边，惟恐工夫大了，大哥又要烦闷。莫若小弟去到那里，只说二哥、三哥在这里打点行装。小弟在那里陪着大哥，二位兄长在此陪着柳兄，庶乎（差不多）两便。”韩爷道：“四弟所言甚是。你就过那边去罢。”徐庆道：“还是四弟有算计。快去，快去。”蒋爷别了柳青，与卢方解闷去了。

这里柳青便问道：“卢兄为着何事烦恼？”韩爷道：“哎！说起此事来，全是五弟任性胡为。”柳青道：“可是呀。方才卢兄提白五兄进京去了，不知为着何事？”韩彰道：“听得东京有个号称御猫姓展的，是老五气他不过，特特（特意）前去会他。不想两月有余，毫无信息。因此大哥又是思念，又是着急。”柳青听至此，叹道：“原来卢兄特为五弟不耐烦。这样爱友的朋友，小弟几乎错怪了。然而大哥与其徒（白白地）思无益，何不前去找寻呢？”徐庆道：“何尝不是呢。原是俺要去找老五，偏偏的二哥、四弟要与俺同去。若非他二人耽搁，此时俺也走了五六十里路了。”韩爷道：“虽则耽延程途，幸喜柳兄前来，明日正好同往，一来为寻五弟，二来又可暗办此事，岂不是两全其美么？”柳青道：“既如此，二位兄长就打点行装，小弟在前途恭候，省得卢兄看见，又要生疑。”韩爷道：“到此焉有不待酒饭之理。”柳青笑道：“你我非酒肉朋友，吃喝是小事，还是在前途恭候的为是。”说罢，立起身来。韩爷、徐庆也不强留，定准了时刻地方，执手告别。

韩、徐二人送了柳青去后，也到这边来，见了卢方，却不提柳青之事。到了次日，卢方预备了送行的酒席，弟兄四人吃喝已毕。卢方又嘱咐了许多的言语，方将三人送出庄门，亲看他们去了，立了多时，才转身回去。他三人趱步（快步走。趱，zǎn）向前，竟赴柳青的约会去了。

他等只顾讨取孙珍的寿礼，未免耽延时日。不想白玉堂此时在东京，闹下出类拔萃的乱子来了。自从开封府夤夜（深夜。夤，yín）与南侠比试之后，悄悄回到旅店，暗暗思忖道：“我看姓展的本领果然不差。当初我在苗家集曾遇夜行之人，至今耿耿在心。今见他步法形景，颇似当初所见之人，莫非苗家集遇见的就是此人？若真是他，倒是我意中朋友。再者南侠称猫之号，原不是他出于本心，乃是圣上所赐。圣上只知他的技艺巧于猫，如何能够知道锦毛鼠的本领呢。我既到了东京，何不到皇宫内走走？倘有机缘，略略施展施展，一来使当今（指皇上）知道我白玉堂；二来也显显我们陷空岛的人物；三来我做的事，圣上知道，必交开封府。既交到开封府，再没有不叫南侠出头的。那时我再设个计策，将他诓（kuāng，骗）入陷空岛奚落他一场，是猫儿捕了耗子，还是耗子咬了猫？纵然罪犯天条，斧钺（斧与钺均为兵器，此处代指刑罚。钺，yuè）加身，也不枉我白玉堂虚生一世。那怕从此倾生，也可以名传天下。但只一件，我在店中存身不大稳便。待我明日找个狠好的去处隐了身体，那时叫他们望风捕影，也知道姓白的利害。”他既横了心，立下此志，就不顾甚么纪律了。

单说内苑万代寿山有总管姓郭名安，他乃郭槐之侄。自从郭槐遭诛之后，他也不想想所做之事，该剐（guǎ，古代一种残酷的死刑，把人的身体割成许多块）不该剐。他却自具一偏之见，每每暗想道：“当初咱叔叔谋害储君（王位或皇位的继承人），偏偏的被陈林救出，以致久后事犯被戮（lù，杀）。细细想来，全是陈林之过，必是有意与郭门作对。再者当初我叔叔是都堂，他是总管，尚且被他治倒，置之死地。何况如今他是都堂，我是总管。倘或想起前仇，咱家如何逃出他的手心里呢？以大压小，更是容易。怎么想个法子，将他害了，一来与叔叔报仇，二来也免得每日担心。”

一日晚间，正然思想，只见小太监何常喜端了茶来，双手捧至郭安面前。郭安接茶慢饮。这何太监年纪不过十五六岁，极其伶俐，郭安素来最喜欢他。他见郭安默默不语，如有所思，便知必有心事，又不敢问，只得搭讪（dā shàn，为了想跟人接近或把尴尬局面敷衍过去而找话说）着说道：“前日雨前茶，你老人家喝着没味儿。今日奴婢特向都堂那里，合伙伴们寻一瓶上用的龙井茶来，给你老人家泡了一小壶儿。你老人家喝着这个如何？”郭安道：“也还罢了。只是以后你倒要少往都堂那边去。他那里黑心人多，你小孩子家懂的甚么。万一叫他们害了，岂不白白把个小命送了么？”何常喜听了，暗暗辗转（反复不定）道：“听他之言，话内有因。他别与都堂有甚么拉拢罢？我何不就棍打腿（比喻乘便或顺势行事）探探呢！”便道：“敢则是这们着呢？若不是你老人家教导，奴婢那里知道呢。但只一件，他们是上司衙门，往往的捏个短儿，拿个错儿，你老人家还担的起。若是奴婢，那里搁的住呢？一来年轻，二来又不懂事。时常去到那里，叔叔长，大爷短，合他们鬼混，明是讨他们好儿，暗里却是打听他们的事情。就是他们安着坏心，也不过仗着都堂的威势欺人罢了。”郭安听了，猛然心内一动，便道：“你常去，可听见他们有甚么事没有呢？”何常喜道：“却倒没有听见甚么事。就是昨日奴婢寻茶去，见他们拿着一匣人参，说是圣上赏都堂的。因为都堂有了年纪，神虚气喘，嗽声不止，未免是当初操劳太过，如今百病趁虚而入。因此赏参，要加上别的药味，配甚么药酒。每日早晚喝些，最是消除百病，益寿延年。”郭安闻听，不觉发恨，道：“他还要益寿延年？恨不能他立刻倾生，方消我心头之恨。”不知郭安怎生谋害陈林，且听下回分解。

第四十一回 忠烈题诗郭安丧命 开封奉旨赵虎乔妆

且说何太监听了一怔，说：“奴婢瞧都堂为人行事，却是极好的，而且待你老人家不错，怎么这样恨他呢？想来都堂是他跟的人不好，把你老人家闹寒了心咧！”郭安道：“你小人家不懂的圣人的道理。圣人说：‘父母之仇不共戴天。’他害了我的叔叔，就如父母一般，我若不报此仇，岂不被人耻笑呢？我久怀此心，未得其便。如今他既用人参作酒，这是天赐其便。”何太监暗暗想道：“敢则与都堂原有仇隙（怨恨或仇怨）？怨不得他每每的如有所思呢。但不知如何害法？我且问明白了，再作道理。”便道：“他用人参，乃是补气养神的，你老人家怎么倒说天赐其便呢？”郭安道：“我且问你，我待你如何？”常喜道：“你老人家是最疼爱我的，真是吃虱子落不下大腿，不亚如父子一般，谁不知道呢？”郭安道：“既如此，我这一宗事也不瞒你。你若能帮着我办成了，我便另眼看待于你。咱们就认义为父子，你心下如何呢？”何太监听了，暗忖（暗中思量。忖，cǔn）道：“我若不应允，必与别人商议。那时不但我不能知道，反叫他记了我的仇了。”便连忙跪下，道：“你老人家若不憎嫌（厌恶），儿子与爹爹磕头。”郭安见他如此，真是乐的了不得，连忙扶起来，道：“好孩子，真令人可疼，往后必要提拔于你。只是此事须要严密，千万不可泄漏。”何太监道：“那是自然，何用你老人家嘱咐呢。但不知用儿子做甚么？”

郭安道：“我有个漫毒散的方子，也是当初老太爷在日，与尤奶奶商议的，没有用着。我却记下这个方子。此方最忌的是人参。若吃此药，误用人参，犹如火上浇油，不出七天，必要命尽无常。这都是‘八反’里头的。如今将此药放在酒里请他来吃。他若吃了，回去再一喝人参酒，毒气相攻，虽然不能七日身亡，大约他有年纪的人了，也就不能多延时日，又不露痕迹。你说好不好？”何太监说：“此事却用儿子做甚么呢？”郭安道：“你小人家又不明白了。你想想，跟都堂的那一个不是鬼灵精儿似的？若请他吃酒，用两壶斟酒，将来有个好歹，他们必疑惑是酒里有了毒了，那还了得么？如今只用一把壶斟酒，这可就用着你了。”何太监道：“一个壶里，怎么能装两样酒呢？这个闷杀人咧。”郭安道：“原是呀，为甚么必得用你呢？你进屋里去，在博古阁子上，把那把洋錾（zàn，在砖石上凿，在金银上刻）填金的银酒壶拿来。”

何常喜果然拿来，在灯下一看，见此壶比平常酒壶略粗些，底儿上却有两个窟窿。打开盖一瞧，见里面中间却有一层隔膜圆桶儿。看了半天，却不明白。郭安道：“你瞧不明白，我告诉你罢。这是人家送我的顽意儿。若要灌人的酒，叫他醉了，就用着这个了。此壶名叫‘转心壶’。待我试给你看。”将方才喝的茶还有半碗，揭开盖，灌入左边。又叫常喜舀了半碗凉水，顺着右边灌入。将盖盖好，递与何常喜，叫他斟。常喜接过，斟了半天，也斟不出来。郭安哈哈大笑，道：“傻孩子，你拿来罢，别呕（同“怄”，òu，怄气）我了，待我斟给你看。”常喜递过壶去，郭安接来，道：“我先斟一杯水。”将壶一低，果然斟出水来。又道：“我再斟一杯茶。”将壶一低，果然斟出茶来。

常喜看了纳闷，道：“这是甚么缘故呢？好老爷子，你老细细告诉孩儿罢。”郭安笑道：“你执着壶靶，用手托住壶底。要斟左边，你将右边窟窿堵住；要斟右边，将左边窟窿堵住，再没有斟不出来的。千万要记明白了。你可知道了？”何太监道：“话虽如此说，难道这壶嘴儿他也不过味么？”郭安道：“灯下难瞧。你明日细细看来，这壶嘴里面也是有隔舌的，不过灯下斟酒，再也看不出来的。不然，如何人家能不犯疑呢？一个壶里吃酒还有两样么？那里知道真是两样呢。这也是能人巧制，想出这蹊跷（qī qiao，奇怪）法子来。且不要说这些，我就写个帖儿，你此时就请去。明日是十五，约他在此赏月。他若果来，你可抱定酒壶，千万记了左右窟窿，好歹别斟错了，那可不是顽的。”何常喜答应，拿了帖子，便奔都堂这边来了。

刚过太湖石畔，只见柳荫中蓦然（忽然，猛然。蓦，mò）出来一人，手中钢刀一晃，光华夺目。又听那人说道："你要嚷，就是一刀！"何常喜唬的哆嗦做一团。那人悄悄道："俺将你捆缚好了，放在太湖石畔柳树之下。若明日将你交到三法司（宋代负责审判的三个司法机关的合称，即大理寺、刑部、御史台）或开封府，你可要直言申诉。倘若隐瞒，我明晚割你的首级。"何太监连连答应，束手就缚（束手就擒）。那人一提，将他放在太湖石畔柳荫之下。又叫他张口，填了一块棉絮。执着明晃晃的刀，竟奔郭安屋中而来。

这里郭安呆等小太监何常喜，忽听脚步声响，以为是他回来，便问道："你回来了么？"外面答道："俺来也。"郭安一抬头，见一人持利刃，只唬得嚷了一声"有贼"，谁知头早已落地。外面巡更太监忽听嚷了一声，不见动静，赶来一看，但见郭安已然被人杀死在地。这一惊非同小可，急去回禀了执事太监，不敢耽延，回禀都堂陈公公，立刻派人查验。又在各处搜寻，于柳荫之下救了何常喜，松了绑背，掏出棉絮，容他喘息。问他，他却不敢说，止说："捆我的那个人曾说来，叫我到三法司或开封府方敢直言实说；若说错了，他明晚还要取我的首级呢！"众人见他说的话内有因，也不敢追问，便先回禀了都堂。都堂添派人好生看守，待明早启奏便了。

次日五鼓（五更），天子尚未临朝。陈公公进内，请了圣安，便将万代寿山总管郭安不知被何人杀死，并将小太监何常喜被缚，一切言语，俱各奏明。仁宗闻奏，不由的诧异，道："朕之内苑如何敢有动手行凶之人？此人胆量也就不小呢！"就将何常喜交开封府审讯。陈公公领旨，才待转身，天子又道："今乃望日（农历每月十五），朕要到忠烈祠（cí，即祠堂）拈香，老伴伴（年老太监的别称）随朕一往。"陈林领旨出来，先传了将何常喜交开封府的旨意，然后又传圣上到忠烈祠拈香的旨意。

掌管忠烈祠太监知道圣上每逢朔望日（"朔日"，农历每月初一）必要拈香，早已预备。圣上排驾到忠烈祠，只见杆上黄幡（黄色的旗子。幡，fān）飘荡，两边鼓响钟鸣。圣上来至内殿，陈伴伴紧紧跟随。正面塑着忠烈寇承御（古代宫中侍奉君王的女子）之像，仍是宫妆打扮，却是站像；两边也塑着随侍的四个配像。天子朝上默祝拈香，虽不下拜，那一番恭敬，也就至诚的狠呢。拈香已毕，仰观金像。惟有陈公公在傍，见塑像面貌如生，不觉的滴下泪来，又不敢哭，连忙拭（擦）去。

谁知圣上早已看见，便不肯注视，反仰面瞧了瞧佛门宝幡（佛寺中悬挂的旗幡）。猛回头，见西山墙山花之内字迹淋漓，心中暗道："此处却有何人写字？"不觉移步近前仰视。老伴伴见圣上仰面看视，心中也自狐疑（怀疑）："此字是何人写的呢？"幸喜字体极大，看的真切，却是一首五言绝句诗。写的是："忠烈保君王，哀哉杖下亡。芳名垂不朽，博得一炉香。"词语虽然粗俗，笔气极其纵横，而且言简意深，包括不遗。圣上便问道："此诗何人所写？"陈林道："奴婢不知，待奴婢问来。"转身将管祠的太监唤来，问此诗的来由。这人听了，只唬得惊疑不止，跪奏道："奴婢等知道今日十五，圣上必要亲临。昨日带领多人细细掸（dǎn，用掸子或别的东西轻轻地抽或拂，去掉灰尘等）扫，拂去浮尘，各处留神，并未见有此诗句。如何一夜之间，竟有人擅敢题诗呢？奴婢实系不知。"仁宗猛然省悟，道："老伴伴，你也不必问了，朕却明白此事。你看题诗之处，非有出奇的本领之人，再也不能题写；郭安之死，非有出奇的本领之人，再也不能杀死。据朕想来，题诗的即是杀人的，杀人的就是题诗的。且将首相包卿宣来见朕。"

不多时，包公来到，参见了圣驾。天子便将题诗杀命的原由说了一番包公听了，正因白玉堂闹了开封府之后，这些日子并无动静，不想他却为在禁院来了。不好明言，只得启奏："待臣慢慢访查。"却又踏看了一番，仍无形迹。便护从圣驾还宫，然后急急乘轿回衙，立刻升堂，将何常喜审问。何太监便将郭安定计如何要谋害陈林，"现有转心壶，还有茶水为证。"并捆他那人如何形相面貌衣服，说的是何言语，一字不敢撒谎，从实诉将出来。包公听了，暂将何太监令人看守，便回转书房，请了展爷公孙策来，大家商酌一番。二人也说："此事必是白玉堂所为无疑，须要细细查访才好。"二人别了包公，来到官厅，又与四义士一同聚议。

次日包公入朝，将审何常喜的情由奏明。天子闻听，更觉欢喜，称赞道："此人虽是暗昧（愚昧），他却秉公除奸，行侠作义，却也是个好人。卿家必须细细访查。不拘时日，务要将此人拿住，朕要亲览。"包公领旨，到了开封，又传与众人。谁不要建立此功，从此后处处留神，人人小心，再也毫无影响（影子和声响，引申为踪迹）。

不料楞爷赵虎，他又想起当初扮化子访得一案实在的兴头（xìng tou，因为高兴而产生的劲头），如今何不照旧再走一趟呢！因此叫小子又备了行头。此次却不隐藏，改扮停当，他就从开封府角门内，大摇大摆的出来，招的众人无不嘲笑。他却鼓着腮帮子，当正经事办，以为是私访不可亵渎（轻慢；冒犯）。其中就有好性儿的跟着他，三三两两在背后指指戳戳（指在人背后用手指点讲说。戳，chuō）。后来这三两个人见跟的人多了，他们却煞住脚步，别人却跟着不离左右。赵虎一想："可恨这些人没有开过眼，连一个讨饭的也没瞧见过，真是可厌的狠咧！"要知端底（底细，详情），且听下回分解。

第四十二回 以假为真误拿要犯 将差就错巧讯赃金

且说赵虎扮做化子，见跟的人多了，一时性发，他便拽（zhuài，拉，迈）开大步，飞也似的跑了二三里之遥，看了看左右无人，方将脚步放缓了，往前慢走。谁知方才众人围绕着，自己以为得意，却不理会。及至剩了一人，他把一团高兴也过去了，就觉着一阵阵的风凉。先前还扎挣的住，后来便哈着腰儿，渐渐握住胸脯。没奈何，又双手抱了肩头，往前颠跑。偏偏的日色西斜，金风透体，那里还搁的住呢。两只眼睛好似黧鸡（鸟名，通体黑色。黧，lí），东瞧西望，见那壁厢（那边）有一破庙，山门倒坏，殿宇坍塌（tān tā，山坡、建筑物等倒下来），东西山墙孤立。便奔到山墙之下，蹲下身体，以避北风。自己未免后悔，不该穿着这样单寒行头，理应穿一分破烂的棉衣才是。凡事不可粗心。

正在思想，只见那边来了一人，衣衫褴褛（lán lǚ，衣服破烂），与自己相同，却夹着一捆干草，竟奔到大柳树之下，扬手将草顺在里面。却见他扳住柳枝，将身一纵，钻在树窟窿里面去了。赵虎此时见那人，觉得比自己暖和多了，恨不得也钻在里面暖和暖和才好，暗暗想道："往往到了饱暖之时，便忘却了饥寒之苦。似我赵虎每日在开封府，饱食暖衣，何等快乐。今日为私访而来，遭此秋风，便觉得寒冷之甚。见他钻入树窟，又有干草铺垫，似这等看来，他那人就比我这六品校尉强多了。”心里如此想，身上更觉得打噤儿（发抖）。

忽见那边又来一人，也是褴褛不堪，却也抱着一捆干草，也奔了这棵枯柳而来。到了跟前，不容分说，将草往里一抛。只听里面人嗳哟道：“这是怎么了？”探出头来一看，道：“你要留点神吓！为何闹了我一头干草呢？”外边那人道：“老兄恕我不知。敢则是你早来了。没奈何，匀便匀便。咱二人将就在一处，又暖和，又不寂寞，我还有话合你说呢。”说着话，将树枝扳住，身子一纵，也钻入树窟之内。只听先前那人道：“我一人正好安眠，偏偏的你又来了，说不得只好打坐功了。”又听后来那人道：“大厦千间，不过身眠七尺。咱二人虽则穷苦，现有干草铺垫，又温又暖，也算罢了，此时管保就有不如你我的。”

赵虎听了，暗道：“好小子！这是说我呢。我何不也钻进去，作个不速之客呢？”刚然（刚刚）走到树下，又听那人道：“就以开封府说吧，堂堂的首相，他竟会一夜一夜大瞪着眼睛，不能安睡。难道他老人家还短了暖床热被么？只因国事操心，日夜焦劳，把个大人愁的没有困了。”赵虎听了，暗暗点头。又听这个问道：“相爷为甚么睡不着呢？”那人又道：“怎么你不知道么？只因新近宫内不知甚么人在忠烈祠题诗，又在万代寿山杀命，奉旨把此事交到开封府查问细访。你说这个无影无形的事情，往那里查去？”忽听这个道：“此事我虽知道，我可没那们大胆子上开封府。我怕惹乱子，不是顽的。”那人道：“这怕甚么呢？你还丢甚么吗？你告诉我，我帮着你好不好？”这人道：“既是如此，我告诉你。前日咱们鼓楼大街路北，那不是吉升店吗？来了一个人，年纪不大，好俊样儿，手下带着从人，骑着大马，将那们一个大店满占了，说要等他们伙伴，声势很阔。因此我暗暗打听，只是听说此人姓孙，他与宫中有甚么拉拢（为对自己有利，用手段使别人靠拢到自己方面来），这不是这件事么？”赵爷听见，不由的满心欢喜，把冷付于九霄云外，一口气便跑回开封府，立刻找了包兴，回禀相爷，如此如此。

包公听了，不能不信，只得多派差役跟随赵虎，又派马汉、张龙一同前往，竟奔吉升店门。将差役安放妥当，然后叫开店门。店里不知为着何事，连忙开门。只见楞爷赵虎当先，便问道："你这店内可有姓孙的么？"小二含笑道："正是前日来的。"四爷道："在那里？"小二道："现在上房居住，业已安歇了。"楞爷道："我们乃开封府奉相爷钧谕（对帝王或尊长的指示、命令的敬称），前来拿人。逃走了，惟你是问。"店小二听罢，忙了手脚。楞爷便唤差役人等，叫小二来，将上房门口堵住。叫小二叫唤，说："有同事人找呢。"只听里面应道："想是伙计赶到了，快请。"只见跟从之人开了槅（gé）扇，赵爷当先来到屋内。从人见不是来头，往傍边一闪。楞爷却将软帘向上一掀，只见那人刚才下地，衣服尚在掩着。赵爷急上前一把抓住，说道："好贼吓！你的事犯了。"只听那人道："足下何人？放手，有话好说。"赵虎道："我若放手，你不跑了么？实对你说，我们乃开封府来的。"那人听了"开封府"三字，便知此事不妥。赵爷道："奉相爷钧谕，特来拿你。若不访查明白，敢拿人么？有甚么话，你只好上堂说去。"说罢，将那人往外一拉，喝声："捆了！"又吩咐各处搜寻，却无别物，惟查包袱内有书信一包。赵爷却不认得字，将书信撂在一边。此时马汉、张龙知道赵爷成功，连忙进来，正见赵爷将书信撂在一边。张龙忙拿起灯来一看，上写"内信两封"，中间写"平安家报"，后面有年月日，"凤阳府署密封"，张爷看了，就知此事有些舛错（错乱，不正确。舛，chuǎn）。当着大众不好明言，暗将书信揣起，押着此人，且回衙门再作道理。店家也不知何故，难免提心吊胆。

单言众人来到开封府，急速禀报了相爷。相爷立刻升堂。赵虎当堂交差，当面去缚。张龙却将书信呈上。包公看了，便知此事错了，只得问道："你叫何名？因何来京？讲！"左右连声催喝。那人磕头，碰地有声。他却早已知道开封府非别的衙门可比，战兢兢回道："小人乃……乃凤阳府太守孙……孙珍的家人，名唤松…松福，奉了我们老爷之命，押解寿礼给庞太师上寿。"包公道："甚么寿礼？现在那里？"松福道："是八盆松景。小人有个同伴之人名唤松寿，是他押着寿礼，尚在路上，还没到呢。小人是前站，故此在吉升店住着等候。"包公听了，已知此事错拿无疑，只是如何开放呢？此时赵爷听了松福之言，好生难受。

忽见包公将书皮往复看了，便问道："你家寿礼内，你们老爷可有甚么夹带？从实诉上来！"只此一问，把个松福唬的抖衣而战，形色（指神态和表情）仓皇（匆忙而慌张）。包公是何等样人，见他如此光景，把惊堂木一拍，道："好狗才！你还不快说么？"松福连连叩头，道："相爷不必动怒，小人实说，实说。"心中暗想道："好利害！怨的人说开封府的官司难打，果不虚传。怪道方才拿我时，说我事犯了。'若不访查明白，如何敢拿人呢？'这些话明是知道，我如何隐瞒呢？不如实说了，省得皮肉受苦。"便道："实系八盆松景，内暗藏着万两黄金，惟恐路上被人识破，故此埋在花盆之内。不想相爷神目如电，早已明察秋毫，小人再不敢隐瞒。不信，老爷看书信便知。"包公便道："这里面书信二封，是给何人的？"松福道："一封是小人的老爷给小人的太老爷的，一封是给庞太师的。我们老爷原是庞太师的外孙。"包公听了点头，叫将松福带下去，好生看守。

你道包公如何知道有夹带呢？只因书皮上有"密封"二字，必有怕人知晓之事，故此揣度必有夹带。这便是才略过人，心思活泼之处。包公回转书房，便叫公孙先生急缮（shàn，抄写）奏摺，连书信一并封入。次日进朝，奏明圣上。

天子因是包公参奏之摺，不便交开封审讯，只得着大理寺文彦博讯问。包公便将原供并松福俱交大理寺。文彦博过了一堂，口供相符，便派差役人等前去要截凤阳太守的礼物，不准落于别人之手。立刻抬至当堂，将八盆松景从板箱抬出一看，却是用松针扎成的"福如东海寿比南山"八个大字，却也做的新奇。此时也顾不的松景，先将"福"字拔出，一看里面并无黄金，却是空的。随即逐字看去，俱是空的，并无黄金。惟独"山"字盆内，有一个象牙牌子，上面却有字迹，一面写着"无义之财"，一面写着"有意查收"。文大人看了，便知此事诧异，即将松寿带上堂来，问他路上却遇何人。松寿禀道："路上曾遇四个人带着五六个伴当，说是开封府校尉王马张赵，我们一处住宿，彼此投机，同桌吃饭饮酒。不知怎么沉醉，人事不知，竟被这些人将金子盗去。"文大人问明此事，连牙牌子回奏圣上。仁宗天子又问包公，包公回奏："四勇士天天随朝，并未远去，不知是何人托言诡计。"

圣上又将此事交包公访查，并传旨内阁发抄（公文传抄、抄送各有关部门），说："凤阳府知府孙珍年幼无知，不称斯职，着立刻解职来京。松福、松寿即行释放，着无庸议。"庞太师与他女婿孙荣知道此事，不能不递摺请罪。圣上一概宽免（豁免）。惟独包公又添上一宗为难事，暗暗访查，一时如何能得。就是赵虎听了旁言误拿了人，虽不是此案，幸喜究出赃金，也可以减去老庞的威势。

谁知庞吉果因此事一烦，到了生辰之日，不肯见客，独自躲在花园先月楼中去了，所有客来，全托了他女婿孙荣照料。自己在园中，也不观花，也不玩景，惟有思前想后，叹气嗐声，暗暗道："这包黑真是我的对头。好好一桩事，如今闹的黄金失去，还带累外孙解职（解除职务）。真也难为他，如何访查得来呢？实实令人气他不过！"

正在暗恨，忽见小童上楼禀道："二位姨奶奶特来与太师爷上寿。"老贼闻听，不由的满面堆下笑来，问道："在那里？"小童道："小人方才在楼下看见，刚过莲花浦的小桥。"庞贼道："既如此，他们来时，就叫他们上楼来罢。"小童下楼，自己却凭栏而望，果见两个爱妾姹紫、嫣红，俱有丫鬟搀扶。他二人打扮的袅袅娜娜（niǎo niǎo nuó nuó，形容女子体态轻盈柔美），整整齐齐；又搭着满院中花红柳绿，更显得百媚千娇，把个老贼乐的老老家都忘了，在楼上手舞足蹈，登时心花大放，把一天的愁闷俱散在"哈密国"去了。

不多时，二妾来到楼上，丫鬟搀扶步上扶梯。这个说："你踩了我的裙子咧。"那个说："你碰了我的花儿了。"一阵咭咭呱呱（形容大声说笑。咭，jī），方才上楼来，一个个娇喘吁吁。先向太师万福（古代妇女行的敬礼，两手松松抱拳在胸前右下侧，上下移动，同时略做鞠躬的姿势，口中称"万福"），禀道："你老人家会乐呀，躲在这里来了，叫我们两个好找！让我们歇歇，再行礼罢。"老贼哈哈笑道："你二人来了就是了，又何必行甚么礼呢？"姹紫道："太师爷千秋，焉有不行礼的呢？"嫣红道："若不行礼，显得我们来的不志诚了。"说话间，丫鬟已将红毡铺下。二人行礼毕，立起身来，又禀道："今晚妾身二人在水晶楼备下酒肴，特与太师爷祝寿。务求老人家赏个脸儿，千万不可辜负了我们一片志诚。"老贼道："又叫你二人费心，我是必去的。"二人见太师应允必去，方才在左右坐了。彼此嬉笑戏谑（用有趣的引人发笑的话开玩笑。谑，xuè），弄的个老贼丑态百出，不一而足（不止一种或一次，而是很多）。正在欢乐之际，忽听小童楼下咳嗽，扶梯响亮。不知小童又回何事，且听下回分解。

第四十三回　翡翠瓶污羊脂玉秽[1]　太师口臭美妾身亡

且说老贼庞吉正在先月楼与二妾欢语，只见小童手持着一个手本（旧时门生见老师或下属见上司所用的帖子，上面写着自己的姓名、职位等），上得楼来，递与丫鬟，口中说道："这是咱们本府十二位先生特与太师爷祝寿，并且求见，要亲身觌面（见面，当面。觌，dí）行礼，还有寿礼面呈（当面呈交）。"丫鬟接来，呈与庞吉。庞吉看了，便道："既是本府先生前来，不得不见。"对着二妾道："你二人只好下楼回避。"丫鬟便告诉小童先下楼去，叫先生们躲避躲避，让二位姨奶奶走后再进来。这里姹紫、嫣红立起身来，向庞吉道："倘若你老人家不去，我们是要狠狠的咒得你老人家心神也是不定的。"老贼听了，哈哈大笑。二妾又叮嘱一回水晶楼之约。庞贼满口应承（答应承诺）："必要去的。"看着二妾下楼去远，方叫小童去请师爷们，自己也不出去迎，在太师椅上端然而坐。

不多时，只见小童引路来至楼下，打起帘栊（门窗的帘子。栊，lóng），众位先生衣冠济楚（衣帽穿戴得整齐漂亮），鞠躬而入，外面随进多少仆从虞候（宋时官僚雇用的侍从）。庞吉慢慢立起身来，执手，道："众位先生光降，使老夫心甚不安。千万不可行礼，只行常礼罢。"众先生又谦让一番，只得彼此一揖。复又各人递各人的寿礼，也有一画的，也有一对的，也有一字的，也有一扇的，无非俱是秀才人情而已。老庞一一谢了。此时仆从已将座位调开，仍是太师中间坐定，众师爷分列两傍。左右献茶，彼此叙话，无非高抬庞吉，说些寿言寿语吉祥话头。

谈不多时，仆从便放杯箸（zhù，筷子），摆上果品。众先生又要与庞吉安席，敬寿酒。还是老庞拦阻，道："今日乃因老夫贱辰（对自己生日的谦称），有劳众位台驾，理应老夫各敬一杯才是。莫若大家免了，也不

① 秽（huì）：弄脏。

用安席敬酒。彼此就座，开怀畅饮，倒觉爽快。”众人道：“既是太师吩咐，晚生等便从命了。”说罢，各人朝上一躬，仍按次序入席。酒过三巡之后，未免脱帽露顶，舒手豁拳，呼幺喝六，壶到杯干。

正饮在半酣之际，只见仆从搭进一个盆来，说是孙姑老爷孝敬太师爷的河豚鱼，极其新鲜，并且不少。众先生听说是新鲜河豚，一个个口角垂涎，俱各称赞道：“妙哉，妙哉！河豚乃鱼中至味（最美味的食品），鲜美异常。”庞太师见大家夸奖，又是自己女婿孝敬，当着众人颇有得色，吩咐：“搭下去，叫厨子急速做来，按桌俱要。”众先生听了，个个喜欢，竟有立刻杯箸不动，单等吃河豚鱼的。

不多时，只见从人各端了一个大盘，先从太师桌上放起，然后左右挨次放下。庞吉便举箸向众人让了一声：“请吓。”众先生答应如流，俱各道：“请，请。”只听杯箸一阵乱响，风卷残云，立刻杯盘狼藉。众人舔嘴咂舌，无不称妙。忽听那边咕咚一声响亮。大家看时，只见麹（qū）先生连椅儿栽倒在地，俱各诧异。又听那边米先生嚷道：“哇呀！了弗得，了弗得！河豚有毒，河豚有毒。这是受了毒了，大家俱要栽倒的，俱要丧命呀！这还了得！怎么一时吾就忘了有毒呢？总是口头馋的弗好。”傍边便有插言的道：“如此说来，吾们是没得救星的了。”米先生猛然想起，道：“还好，还好，有个方子可解，非金汁不可。如不然，人中黄（中药名，为甘草末置于竹筒内，于人粪坑中浸渍一定时间后的制成品）也可。若要速快，便是粪汤更妙。”庞贼听了，立刻叫虞候仆从：“快快拿粪汤来。”

一时间下人手忙脚乱，抓头不是尾，拿拿这个不好，动动那个不妥。还是有个虞候有主意，叫了两个仆从将大案上摆的翡翠碧玉闹龙瓶，两边兽面衔着金环，叫二人抬起；又从多宝阁上拿起一个净白光亮的羊脂白玉荷叶式的碗交付二人，叫他们到茅厕里即刻舀来，越多越好。二人问道：“要多何用？”虞候道：“你看人多吃的多，粪汤也必要多，少了是灌不过来的。”二人来到粪窖（jiào，收藏东西的地洞或坑）之内，握着鼻子，闭着气，用羊脂白玉碗连屎带尿一碗一碗舀了，往翡翠碧玉瓶里灌。可惜这两样古玩落在权奸府第，也跟着遭此污秽！真也是劫数（佛教徒所谓命中注定的灾难）使然，无可如何（没有办法）。足足灌了个八分满，二人提住金环，直奔到先月楼而来。虞候上前先拿白玉碗盛了一碗，奉与太师。

庞吉若要不喝，又恐毒发丧命；若要喝时，其臭难闻，实难下咽。正在犹豫，只见众先生各自动手，也有用酒杯的；也有用小菜碟的；儒雅些的却用羹匙；就有卤莽（鲁莽）的，扳倒瓶，嘴对嘴，紧赶一气，用了个不少。庞吉看了，不因不由（犹言无意之中），端起玉碗，一连也就饮了好几口。米先生又怜念同寅（同僚），将先倒的麹先生令人扶住，自己蹲在身旁，用羹匙也灌了几口，以尽他疾病扶持之谊。

迟了不多时，只见麹先生苏醒过来，觉得口内臭味难当，只道是自己酒醉，出而哇之，那里知道别人用好东西灌了他呢？米先生便问道："麹兄，怎么样呢？"麹先生道："不怎的。为何吾这口边粪臭得紧哪？"米先生道："麹兄，你是受了河豚毒了。是小弟用粪汤灌活吾兄，以尽朋友之情的。"那知道这位麹先生，方才因有一块河豚被人抢去吃了，自己未能到口，心内一烦恼，犯了旧病，因此栽倒在地。今闻用粪汤灌了，他爬起来道："哇呀！怪道，怪道臭得狠！臭得狠！吾是羊角疯（即"羊角风"，癫痫的通称）吓，为何用粪汤灌吾？"说罢，呕吐不止。他这一吐不打紧，招的众人谁不恶心，一张口洋溢泛滥，吐不及的逆流而上，从鼻孔中也就开了闸了。登时之间，先月楼中异味扑鼻，连虞候、伴当、仆从无不是唢呐、喇叭，齐吹出"儿儿哇哇哇儿"的不止。好容易吐声渐止，这才用凉水漱口，喷的满地汪洋。米先生不好意思，抽空儿他就溜之乎也了。闹的众人走又不是，坐又不是。

老庞终是东人（主人），磚不过脸去，只得吩咐："往芍药轩敞厅去罢。大家快快离开此地，省得闻这臭味难当。"众人俱各来在敞厅，一时间心清目朗。又用上等雨前喝了许多，方觉的心中快活。庞贼便吩咐摆酒，索性大家痛饮，尽醉方休。众人谁敢不遵。不多时，秉上灯烛，摆下酒馔（酒食。馔，zhuàn）。大家又喝起来，依然是豁拳行令，直喝至二鼓方散。

庞贼醺醺酒醉，踏着明月，手扶小童，竟奔水晶楼而来，趔趔趄趄（身体歪斜，脚步不稳。趔，liè；趄，qiè）的问道："天有几鼓了？"小童道："已交二鼓。"庞吉道："二位姨奶奶等急了，不知如何盼望呢！到了那里，不要声张，听他们说些甚么？你看那边为何发亮？"小童道："前面是莲花浦，那是月光照的水面。"说话间过了小桥。老庞又吃惊，道：

"那边好像一个人。"小童道："太师爷忘了，那是补栽的河柳，衬着月色摇曳，仿佛人影儿一般。"谁知老庞疑心生暗鬼，竟是以邪招邪了。

及至到了水晶楼，刚到楼下，见槅扇虚掩，不用窃听，已闻得里面有男女的声音，连忙止步。只听男子说道："难得今日有此机会，方能遂你我之意。"又听女子说道："趁老贼陪客，你我且到楼上欢乐片时，岂不美哉！"隐隐听的嘻嘻笑笑，上楼去了。庞吉听至此，不由气冲牛斗（形容气势或怒气很盛。气，气势；牛斗，即牵牛星和北斗星），暗叫小童将主管庞福唤来，叫他带领虞候准备来拿人。自己却轻轻推开槅扇，竟奔楼梯。上得楼来，见满桌酒肴，杯中尚有余酒。又见烛上结成花蕊，忙忙剪了蜡花。回头一看，见绣帐金钩挂起，里面却有男女二人相抱而卧。老贼看了，一把无明火往上一攻，见壁间悬挂宝剑，立刻抽出，对准男子用力一挥，头已落地。嫣红睡眼朦胧，才待起来，庞贼也挥了一剑。可怜两个献媚之人，无故遭此摧折。谁知男子之头落在楼板之上，将头巾脱落，却也是个女子，仔细看时，却是姹紫。老贼哎哟了一声，当啷啷宝剑落地。此时楼的下面，庞福带领多人俱各到了，听得楼上又是哎哟，又是响亮，连忙跑上楼来，一看见太师杀了二妾，已然哀不成音了。

这老贼乐的也不像，叫他这里哭一会儿，腾出笔来讲个理儿。姹紫、嫣红死的冤屈之中不狠冤屈，庞吉气的糊涂之中却极糊涂，何以见得呢？原来二妾因老贼不来，心中十分怨恨，以酒杀气，你推我让，盼的没有遣兴的了。这姹紫与嫣红假扮男女，来至绣帐，将金钩挂起，同上牙床，相抱而卧。姹紫又将庞吉的软巾戴上，彼此戏耍，便自昏沉沉睡去。这便是招杀的由头。至于庞吉的糊涂，虽系酒后，也不应如此冒失。你就要杀，也该想想方才来到楼下，刚听二人才上楼，如何就能够昏睡呢？不论情由，他便手起剑落，连伤二命，这岂不是他极其糊涂么？然而千不怨，万不怨，只怨这个行事之人真是促侠狠毒，又装甚么像声儿呢？所谓贼出飞智，也是老贼素日行为过于不堪，故惹的这行侠仗义之人单单的与他过不去，生生儿将他两个爱妾性命断送。

庞吉哭够多时，又气又恼又后悔，便吩咐庞福将二妾收拾盛殓。立即派人请他得意门生，乃乌台（即御史台。汉代时御史台外柏树上有很多乌鸦，故称御史台为乌台）御史（是具有监察性质的官），官名廖天成。急速前来商议此事。自己带了小童离了水晶楼，来到前边大厅之上等候门生。

及至廖天成来时，天已三鼓之半。见了庞吉，师生就座。庞吉便将误杀二妾的情由，说了一遍。这廖天成原是个谄媚（用卑贱的态度向人讨好。谄，chǎn）之人，立刻逢迎道：“若据门生想来，多半是开封府与老师作对。他那里能人极多，必是悄地差人探访。见二位姨奶奶酒后戏耍酣眠，他便生出巧智，特装男女声音，使之闻之，叫老师听见，焉有不怒之理？因此二位姨奶奶倾生。此计也就毒的狠呢。这明是搅乱太师家宅不安，暗里是与老师作对。”他这几句话说的个庞贼咬牙切齿，忿恨难当，气忿忿的问道：“似此如之奈何？怎么想个法子，以消我心头之恨？”

廖天成犯想多时，道：“依门生愚见，莫若写个摺子，直说开封府遣人杀害二命，将包黑参倒，以警将来。不知老师钧意（阁下的意思）若何？”庞吉听了，道：“若能参倒包黑，老夫生平之愿足矣！即求贤契大才代拟。此处不大方便，且到内书房去。”说罢，师弟立起身来，小童持着灯，引至书房。现成笔墨，廖天成便拈笔构思。难为他凭空立意，竟敢直陈（直接陈述）。直是糊涂人对糊涂人，办得糊涂事。不多时，已脱草稿。老贼看了，连说：“妥当结实，就劳贤契（对弟子或朋友子侄辈的敬称）大笔一挥。”廖天成又端端楷楷，缮写（誊写，抄写。缮，shàn）已毕。后面又将同党之人添上五个，算是联衔参奏。

庞吉一壁（一边）吩咐小童：“快给廖老爷倒茶。”小童领命，来至茶房，用茶盘托了两碗现烹的香茶。刚进了月亮门，只听竹声乱响，仔细看时，却见一人蹲伏在地，怀抱钢刀。这一唬非同小可，丢了茶盘，一叠连声嚷道：“有贼！”就往书房跑来，连声儿都嚷岔了。庞贼听见，连忙放下奏摺，赶出院内。廖天成也就跟了出来，便问小童：“贼在那里？”小童道：“在那边月亮门竹林之下。”庞吉与廖天成竟奔月亮门而来。

此时仆从人等已然听见，即同庞福各执棍棒赶来一看。虽是一人，却是捆绑停当，前面腰间插着一把宰猪的尖刀，仿佛抱着相似。大家向前将他提出，再一看时，却是本府厨子刘三。问他不应，止于仰头张口。连忙松了绑缚，他便从口内掏出一块布来，干呕（ǒu，吐）了半天，方才转过气来。庞福便问道：“倒是何人将你捆绑在此？”刘三对着庞吉叩头，道：“小人方才在厨房瞌睡，忽见嗖的进来一人，穿着一身青靠，年纪不过二十岁，眉清目朗，手持一把明晃晃的钢刀。他对小人说：‘你要嚷，我就是一刀！’因此小人不敢嚷。他便将小人捆了，又撕了一块搌布（擦器皿用的布，即抹布。搌，zhǎn），给小人填在口内。他把小人一提，就来在此处。临走，他在小人胸前就把这把刀插上，不知是甚么缘故？”庞贼听了，便问廖天成道：“你看此事，这明是水晶楼装男女声音之人了。”廖天成闻听，忽然心机一动，道：“老师且回书房要紧。”老贼不知何故，只得跟了回来。

进了书房，廖天成先拿起奏摺，逐行逐字细细看了，笔画并未改讹，也未沾污。看罢，说道：“还好，还好，幸喜摺子未坏。”即放在黄匣之内。庞吉在傍夸奖道：“贤契细心，想的周到。”又叫各处搜查，那里有个人影。

不多时，天已五鼓，随便用了些点心羹汤。庞吉与廖天成一同入朝，敬候圣上临轩，将本呈上。仁宗一看，就有些不悦。你道为何？圣上知道包、庞二人不对，偏偏今日此本又是参包公的，未免有些不耐烦。“何故他二人冤仇再不解呢？”心中虽然不乐，又不能不看。见开笔写着“臣庞吉跪奏，为开封府遣人谋杀二命事”，后面叙着二妾如何被杀。仁宗看到杀妾二命，更觉诧异。因此反复翻阅，见背后忽露出个纸条儿来。抽出看时，不知上面写着是何言语，且听下回分解。

第四十四回 花神庙英雄救难女 开封府众义露真名

且说仁宗天子细看纸条上面写道：“可笑，可笑，误杀反误告。胡闹，胡闹，老庞害老包。”共十八个字。天子看了，这明是自杀，反要陷害别人；又看笔迹有些熟识，猛然想起忠烈祠墙上的字体，却与此字相同。真是聪明不过帝王，暗道：“此帖又是那人写的了。他屡次做的俱是磊磊落落之事，又为何隐隐藏藏，再也不肯当面呢？实在令人不解。只好还是催促包卿便了。”想罢，便将摺子连纸条儿俱各掷下，交大理寺审讯。庞贼见圣上从摺内翻出个纸条儿来，已然唬得魂不附体。联衔（联合署名）之人，俱各暗暗担惊。

一时散朝之后，庞贼悄向廖天成道："这纸条儿从何而来？"廖乌台猛然醒悟，道："是了，是了！他捆刘三者，正为调出老师与门生来。他就于此时放在摺背后的。实是门生粗心之过。"庞吉听了，连连点首，道："不错，不错。贤契不要多心，此事如何料的到呢？"

及至到了大理寺，庞吉一力担当，从实说了，惟求文大人婉转复奏。文大人只得将他畏罪的情形代为陈奏。圣上传旨："庞吉着罚俸三年，不准抵销。联衔的罚俸一年，不准抵销。"圣上却暗暗传旨与包公，务必要题诗杀命之人，定限严拿。包公奉了此旨，回到开封，便与展爷、公孙先生计议，无法可施，只得连王、马、张、赵俱各天天出去到处访查，那里有个影响（影子和声响，引申为踪迹）？偏又值隆冬年近，转瞬间又是新春，过了元宵佳节，看看到了二月光景，包公屡屡奉旨，总无影响。幸亏圣眷（帝王的恩宠）优渥（优厚。渥，wò），尚未嗔怪（对别人的言语或行动表示不满。嗔，chēn）。

一日，王朝与马汉商议，道："咱们天天出去访查，大约无人不知；人既知道，更难探访。莫若咱二人悄悄出城，看个动静。贤弟以为何如？"马汉道："出城虽好，但不知往何方去呢？"王朝道："咱们信步行去，自然热闹丛中采访，难道反往幽僻之处去么？"二人说毕，脱去校尉的服色，各穿便衣，离了衙门，竟往城外而来。

沿路上细细赏玩艳阳景色，见了多少人带着香袋的，执着花的，不知是往那里去的。及至问人时，原来花神庙开庙，热闹非常，正是开庙正期。二人满心欢喜，随着众人来到花神庙，各处游玩。却见后面有块空地甚是宽阔，搭着极大的芦棚，内中设摆着许多兵器架子。那边单有一座客棚，里面坐着许多人。内中有一少年公子，年纪约有三旬，横眉立目，傍若无人。

王、马二人见了，便向人暗暗打听，方知此人姓严名奇。他乃是已故威烈侯葛登云的外甥，极其强梁霸道，无恶不做。只因他爱眠花宿柳（比喻狎妓），自己起了个外号，叫花花太岁。又恐有人欺负他，便用多金请了无数的打手，自己也跟着学了些，以为天下无敌。因此庙期热闹非常，他在庙后便搭一芦棚，比试棒棍拳脚。谁知设了一连几日，并无人敢上前比试，他更心高气傲，自以为绝无对手。二人正观望，只见外面多少恶奴推推拥拥、搀搀架架的进来一人，却是一个女子，哭哭啼啼，被众人簇拥着过了芦棚，进了后面敞厅去了。王、马二人心中纳闷，不知为了何事。

忽又听从外面进来一个婆子，嚷道："你们这伙强盗！青天白日，就敢抢良家女子，是何道理？你们若将他好好还我，便罢；你们若要不放，我这老命就合你们拚（pīn，即"拼"）了！"众恶奴一面拦挡，一面吆喝。忽见从棚内又出来两个恶奴，说道："方才公子说了，这女子本是府中丫鬟，私行逃走，总未找着，并且拐了好些东西。今日既然遇见，把他拿住，还要追问拐的东西呢。你这老婆子趁早儿走罢。倘若不依，公子说咧，就把你送县。"婆子闻听，只急的嚎啕痛哭，又被众恶奴往外面拖拽。这婆子如何支撑得住，便脚不沾地往外去了。

王朝见此光景，便与马汉送目（递眼色）。马汉会意，必是跟下去打听底细。二人随后也就出来，刚走到二层殿的夹道（两边都有墙壁的狭窄道路），只见外面进来一人，迎头拦住，道："有话好说。这是甚么意思？请道其详。"声音洪亮，身材高大，紫微微一张面皮，黑漆漆满部髭须（嘴周围的胡须。髭，zī），又是军官打扮，更显得威严壮健。王、马二人见了，便暗暗喝采称羡（称赞羡慕）。忽听恶奴说道："朋友，这个事你别管。我劝你有事治事，无事趁早儿请，别讨没趣儿。"那军官听了冷笑，道："天下人管天下事，那有管不得的道理。你们不对我说，何不对着众人说说？你们如不肯说，何妨叫那妈妈自己说说呢？"众恶奴闻听，道："伙计，你们听见了，这个光景他是管定了。"

忽听婆子道："军官爷爷，快救婆子性命吓！"傍边恶奴顺手就要打那婆子。只见那军官把手一隔，恶奴便倒退了好几步，呲牙咧嘴（形容疼痛难忍的样子。呲，同"龇"，zī，露），把胳膊乱摔。王、马二人看了，暗暗欢喜。又听军官道："妈妈不必害怕，慢慢讲来。"那婆子哭着，道："我姓王，这女儿乃是我街坊。因他母亲病了，许在花神庙烧香。如今他母亲虽然好了，尚未复元，因此求我带了他来还愿，不想竟被他们抢去。求军官爷搭救搭救。"说罢，痛哭。只见那军官听了，把眉一皱，道："妈妈不必啼哭，我与你找来就是了。"

谁知众恶奴方才见那人把手略略一隔，他们伙计就呲牙咧嘴，便知这军官手头儿沉。大约婆子必要说出根由，怕军官先拿他们出气，他们便一个个溜了，来到后面，一五一十，俱告诉花花太岁。这严奇一听，便气冲牛斗，以为今日若不显显本领，以后别人怎肯甘心佩服呢？便一声断喝："引路！"众恶奴狐假虎威（狐狸假借老虎的威势吓跑百兽，比喻仰仗别人的势力来欺压人），来至前面，嚷道："公子来了！公子来了！"众人见严奇来到，一个个俱替军官担心，以为太岁不是好惹的。

此时王、马二人看的明白，见恶霸前来，知道必有一番较量，惟恐军官寡不敌众。"若到为难之时，我二人助他一膀之力。"那知那军官早已看见，撇了婆子，便迎将上去。众恶奴指手画脚，道："就是他，就是他！"严奇一看，不由的暗暗吃惊道："好大身量！我别不是他的对手罢。"便发话道："你这人好生无礼，谁叫你多管闲事？"只见那军官抱拳陪笑，道："非是在下多管闲事，因那婆子形色仓皇，哭的可怜。恻隐之心（形容对人寄予同情。恻隐，对受苦难的人表示同情。恻，cè），人皆有之，望乞公子贵手高抬，开一线之恩，饶他们去罢。"说毕，就是一揖。

严奇若是有眼力的，就依了此人，从此做个相识，只怕还有个好处。谁知这恶贼见军官谦恭和蔼，又是外乡之人，以为可以欺负，竟敢拿鸡蛋往鹅卵石上碰，登时（立刻，马上）把眼一翻，道："好狗才，谁许你多管！"冷不防嗖的就是一脚，迎面踢来。这恶贼原想着是个暗算，趁着军官作下揖去，不能防备，这一脚定然鼻青脸肿。那知那军官不慌不忙，瞧着脚临切近，略一扬手，在脚面上一拂，口中说道："公子休得无礼！"此话未完，只见公子嗳呀一声，半天扎挣不起。众恶奴一见，便嚷道："你这厮竟敢动手！"一拥齐上，以为好汉打不过人多。谁知那人只用手往左右一分，一个个便东倒西歪，那个还敢上前。

忽听那边有人喊了一声："闪开！俺来也！"手中木棍高扬，就照军官劈面打来。军官见来得势猛，将身往傍边一跨。不想严奇刚刚的站起，恰恰的太岁头就受了此棍，"吧"的一声，打了个脑浆迸裂。众恶奴发了一声喊道："了不得了！公子被军汉打死了！快拿呀，快拿呀！"早有保甲地方（旧时指地方上一些小的头目）并本县官役，一齐将军官围住。只听那军官道："众位不必动手，俺随你们到县就是了。"众人齐说道："好朋友，好朋友！敢作敢当，这才是汉子呢！"

忽见那边走过两个人来，道："众位，事要公平。方才原是他用棍打人，误打在公子头上。难道他不随着赴县么？理应一同解（jiè，押送）

县才是。”众人闻听，道：“讲得有理。”就要拿那使棍之人。那人将眼一瞪，道：“俺史丹不是好惹的！你们谁敢前来！”众人唬的往后倒退。只见两个人之中有一人道：“你漫说是史丹，就是屎蛋，也要推你一推。”说时迟，那时快，顺手一掠，将那棍也就逼住。拢过来往怀里一带，又向外一推，真成了屎蛋咧，咕哩咕噜滚在一边。那人上前按住，对保甲道：“将他锁了。”你道这二人是谁？原来是王朝、马汉。

又听军官说道：“俺遭逢此事所为何来，原为救那女子。如今为人不能为彻，这便如何是好？”王、马二人听了，满口应承：“此事全在我二人身上，朋友，你只管放心。”军官道：“既如此，就仰仗二位了。”说罢，执手随众人赴县去了。

这里王、马二人带领婆子到后面。此时众恶奴见公子已死，也就一哄而散，谁也不敢出头。王、马二人一直进了敞厅（两面相通的大厅堂），将女子领出交付婆子，护送出庙，问明了住处姓名（恐有提问质对之事），方叫他们去了。二人不辞辛苦，直奔祥符县而来。到了县里，说明姓名。门上急忙回禀了县官。县官立刻请二位到书房坐了。王、马二人将始末情由，说了一遍。“此事皆系我二人目睹，贵县不必过堂，立刻解往开封府便了。”正说间，外面拿进个略节（简要的书面报告）来，却是此案的名姓：死的名严奇，军官名张大，持棍的名史丹。县官将略节递与王、马二人，便吩咐将一干人犯多派衙役，立刻解往开封。

王、马二人先到了开封府，见了展爷、公孙先生，便将此事说明。公孙策尚未开言，展爷忙问道：“这军官是何形色？”王、马二人将脸盘儿身量儿说了一番。展爷听了大喜，道：“如此说来，别是他罢？”对着公孙先生伸出大指。公孙策道：“既如此，少时此案解来，先在外班房等候，悄悄叫展兄看看。若要不是那人，也就罢了；倘若是那人冒名，展兄不妨直呼其名，使他不好改口。”众人听了，俱各称善。

王、马二人又找了包兴，来到书房，回禀了包公，深赞张大的品貌，行事豪侠。包公听了，虽不是寄柬留刀之人，或者由这人身上也可以追出那人的下落，心中也自暗暗忖度（cǔn duó，推测，揣度）。王、马又将公孙策先生叫南侠偷看，也回明了。包公点了点头，二人出来。

不多时，此案解到，俱在外班房等候。王、马二人先换了衣服，前往班房，见放着帘子。随后展爷已到，便掀起帘缝一瞧，不由的满心欢喜，对着王、马二人悄悄道："果然是他。妙极，妙极！"王、马二人连忙问道："此人是谁？"展爷道："贤弟休问。等我进去呼出名姓，二位便知。二位贤弟即随我进来，劣兄（犹愚兄）给你们彼此一引见，他也不能改口了。"王、马二人领命。

展爷一掀帘子，进来道："小弟打量是谁？原来是卢方兄到了。久违呀，久违！"说着，王、马二人进来。展爷给引见，道："二位贤弟不认得么？此位便是陷空岛卢家庄，号称钻天鼠名卢方的卢大员外。二位贤弟快来见礼。"王、马急速上前。展爷又向卢方道："卢兄，这便是开封府四义士之中的王朝、马汉两位老弟。"三个人彼此执手（拱手）作揖。

卢方到了此时，也不能说我是张大，不是姓卢的。人家连家乡住处俱各说明，还隐瞒甚么呢？卢方反倒问展爷道："足下何人？为何知道卢方的贱名。"展爷道："小弟名唤展昭。曾在茉花村芦花荡为邓彪之事，小弟见过尊兄，终日渴想（非常的想念）至甚，不想今日幸会。"卢方听了，方才知道便是号御猫的南侠。他见展爷人品气度和蔼之甚，毫无自满之意，便想起五弟任意胡为，全是自寻苦恼，不觉暗暗感叹，面上却陪着笑，道："原来是展老爷。就是这二位老爷，方才在庙上多承垂青（表示重视）看顾（照顾），我卢方感之不尽。"三人听了，不觉哈哈大笑，道："卢兄太外道了，何得以老爷相呼？显见得我等不堪为弟了。"卢方道："三位老爷太言重了。一来三位现居皇家护卫之职，二来卢方刻下（现在，目前）乃人命重犯，何敢以弟兄相称？岂不是太不知自量了么？"展爷道："卢兄过于能言了。"王、马二人道："此处不是讲话的所在，请卢兄到后面一叙。"卢方道："犯人尚未过堂，如何敢蒙如此厚待？断难从命。"展爷道："卢兄放心，全在小弟等身上。请到后面，还有众人等着要与老兄会面。"卢方不能推辞，只得随着三人来到后面公厅，早见张、赵、公孙三位降阶而迎。展爷便一一引见，欢若平生。

来到屋内，大家让卢方上坐。卢方断断不肯，总以犯人自居，"理当侍立，能够不罚跪，足见高情。"大家那里肯依。还是楞爷赵虎道："彼此见了，放着话不说，且自闹这些个虚套子（徒具形式的应酬礼节）。卢大哥，你是远来，你就上面坐。"说着，把卢方拉至首座。卢方见此光景，只得从权（采用权宜的手段）坐下。王朝道："还是四弟爽快。再者卢兄从此甚么犯人咧，老爷咧，也要免免才好，省得闹的人怪肉麻的。"

卢方道："既是众位兄台抬爱（抬举爱护），拿我卢某当个人看待，我卢方便从命了。"左右伴当（旧时指跟随着做伴的仆人或伙伴）献茶已毕。还是卢方先题起花神庙之事。王、马二人道："我等俱在相爷台前回明，小弟二人便是证见。凡事有理，断不能难为我兄。"只见公孙先生和展爷，彼此告过失陪，出了公所，往书房去了。未知相爷如何，且听下回分解。

第四十五回 义释卢方史丹抵命 误伤马汉徐庆遭擒

且说公孙先生同展爷去不多时，转来道："相爷此时已升二堂，特请卢兄一见。"卢方闻听，只打谅（同"打量"，料想，估计）要过堂了，连忙立起身来，道："卢方乃人命要犯，如何这样见得相爷？卢方岂是不知规矩的么？"展爷连声道"好"，一回头吩咐伴当："快看刑具。"众人无不点头称羡。少时，刑具拿到，连忙与卢方上好。大家围随，来至二堂以下。王朝进内禀道："卢方带到。"忽听包公说道："请。"

这一声连卢方都听见了，自己登时反倒不得主意了，随着王朝来至公堂，双膝跪倒，匍匐（pú fú，趴）在地。忽听包公一声断喝，道："本阁着你去请卢义士，如何用刑具拿到？是何道理？还不快快卸去！"左右连忙上前，卸去刑具。包公道："卢义士，有话起来慢慢讲。"卢方那里敢起来，连头也不敢抬，便道："罪民卢方身犯人命重案，望乞相爷从公判断，感恩不尽。"包公道："卢义士休如此迂直（直率而不知权变），花神庙之事本阁尽知。你乃行侠尚义，济弱扶倾。就是严奇丧命，自有史丹对抵，与你甚么相干？他等强恶助纣为虐，冤冤相报，暗有循环，本阁已有办法，即将史丹定了误伤的罪名，完结此案。卢义士理应释放无事，只管起来，本阁还有话讲。"展爷向前悄悄道："卢兄休要辜负相爷一片爱慕之心，快些起来，莫要违悖（违背。悖，bèi）钧谕（对帝王或尊长命令的敬称）。""好。"卢方到了此时，概不由己，朝上叩头。展爷顺手将他扶起。包公又吩咐看座。卢方那里敢坐，鞠躬侍立，偷眼向上观瞧，见包公端然正坐，不怒而威，那一派的严肃正气，实令人可畏而又可敬，心中暗暗夸奖。

忽见包公含笑问道："卢义士因何来京？请道其详。"一句话问的个卢方紫面上套着紫，半晌，答道："罪民因寻盟弟白玉堂，故此来京。"包公又道："是义士一人前来，还有别人？"卢方道："上年初冬之时，罪民已遣韩彰、徐庆、蒋平三个盟弟一同来京。不料自去冬至今，杳无音信（没有一点儿消息。杳，yǎo，远得看不见踪影）。罪民因不放心，故此亲身来寻。今日方到花神庙。"包公听卢方直言无隐，便知此人忠厚笃实（忠诚老实。笃，dǔ），遂道："原来众义士俱各来了。义士既以实言相告，本阁也就不隐瞒了。令弟五义士在京中做了几件出类拔萃之事，连圣上俱各知道，并且圣上还夸他是个侠义之人，钦派本阁细细访查。如今义士既已来京，肯替本阁代为细细访查么？"卢方听至此，连忙跪倒，道："白玉堂年幼无知，惹下滔天大祸，致干（触犯，冒犯）圣怒，理应罪民寻找擒拿到案，任凭圣上天恩，相爷的垂照。"包公见他应了，便叫："展护卫。""有。""同公孙先生好生款待，恕本阁不陪。留去但凭义士，不必拘束。"卢方听了，复又叩头起来，同定展爷出来。到了公所之内，只见酒肴早已齐备，却是公孙先生预先吩咐的。仍将卢方让至上座，众人左右相陪。饮酒之间，便提此事。卢爷是个豪爽忠诚之人，应了三日之内有与无必来覆信，酒也不肯多饮，便告别了众人。众人送出衙外，也无赘（zhuì，多余的）话烦言，彼此一执手（拱手），卢方便佯长（即扬长）去了。

展爷等回至公所，又议论卢方一番，为人忠厚老诚豪侠。公孙策道："卢兄虽然诚实，惟恐别人却不似他。方才听卢方之言，说那三义已于客冬之时来京，想来也必在暗中探访。今日花神庙之事，人人皆知解到开封府，他们如何知道立刻就把卢兄释放了呢？必以为人命重案，寄监（暂时关押在监狱中）收禁。他们若因此事夤夜（深夜。夤，yín）前来淘气，却也不可不防。"众人听了，俱各称"是"。"似此如之奈何？"公孙策道："说不得大家辛苦些，出入巡逻。第一保护相爷要紧。"此时天已初鼓，展爷先将里衣扎缚停当，佩了宝剑，外面罩了长衣，同公孙先生竟进书房去了。这里四勇士也就各各防备，暗藏兵刃，俱各留神小心。

单言卢方离了开封府之时，已将掌灯，又不知伴当避于何处，有了寓所不曾。自己虽然应了找寻白玉堂，却又不知他落于何处，心内思索竟自无处可归。忽见迎面来了一人，天色昏黑看不真切。及至临近一看，却是自己伴当，满心欢喜。伴当见了卢方，反倒一怔，悄悄问道："员外如何能够回来？小人已知员外解到开封，故此急急进京城内，找了下处，安放了行李，带上银两，特要到开封府去与员外安置，不想员外竟会回来了。"卢方道："一言难尽，且到下处再讲。"伴当道："小人还有一事，也要告禀员外呢。"

说着话，伴当在前引路，主仆二人来到下处。卢方掸尘净面之时，酒饭已然齐备。卢方入座，一壁（一边）饮酒，一壁对伴当悄悄说道："开封府遇见南侠，给我引见了多少朋友，真是人人义气，个个豪杰。多亏了他们在相爷跟前竭力分析，全推在那姓史的身上，我是一点事儿没有。"又言："包公相待甚好，义士长、义士短的称呼，赐坐说话。我便偷眼观瞧相爷，真好品貌，真好气度，实在是国家的栋梁，万民之福。后来问话之间，就提起五员外来了。相爷觌面（当面。觌，dí）吩咐，托我找寻，我焉有不应的呢。后来大家又在公所之内，设了酒肴。众朋友方说出五员外许多的事来，敢则他作的事不少，甚么寄柬留刀，与人辨冤，夜间大闹开封，与南侠比试。这还庶乎可以，谁知他又到皇宫内苑题甚么诗，又杀了总管太监。你说五员外胡闹不胡闹？并且还有奏摺内夹纸条儿，又是甚么盗取黄金。我也说不了许多了。我应了三日之内，找的着找不着必去覆信，故此我就回来了。你想，那知五员外下落？我往那里去找呢？你方才说还有一事，是甚么事呢？"伴当道："若依员外说来，找五员外却甚容易。"卢方听了欢喜，道："在那里呢？"伴当道："就是小人寻找下处之时，遇见了跟二爷的人。小人便问他：'众位员外在那里居住？他便告诉小人，说在庞太师花园后楼名叫文光楼，是个堆书籍之所，同五员外都在那里住着呢。小人已问明了庞太师的府第，却离此不远，出了下处，往西一片松林，高大的房子便是。"卢方听了，满心畅快，连忙用毕了饭。

此时天气已有初更，卢方便暗暗装束停当，穿上夜行衣靠，吩咐伴当看守行李，悄悄的竟奔了庞吉府的花园文光楼而来。到了墙外，他便施展飞檐走壁之能，上了文光楼，恰恰遇见白玉堂独自一人在那里。

见面之时，不由的长者之心落下几点忠厚泪来，白玉堂却毫不在意。卢方述说了许多思念之苦，方问道："你三个兄长往那里去了？"白玉堂道："因听见大哥遭了人命官司，解往开封府；他们哥儿三方才俱换了夜行衣服，上开封府了。"卢方听了，大吃一惊，暗道："他们这一去必要生出事来，岂不辜负相爷一团美意？倘若有些差池（意外的事），我卢某何以见开封众位朋友呢？"想至此，坐立不安，好生的着急。直盼到交了三鼓（三更），还不见回来。

你道韩彰、徐庆、蒋平为何去了许久？只因他等来到开封府，见内外防范甚严，便越墙从房上而入。刚来到跨所大房之上，恰好包兴由茶房而来，猛一抬头见有人影，不觉失声道："房上有人！"对面便是书房，展爷早已听见，甩去长衣，拔出宝剑，一伏身斜刺里（侧斜的方向）一个健步，往房上一望，见一人已到檐前。展爷看的真切，从囊中一伸手掏出袖箭，反背就是一箭钉去；只见那人站不稳，身体一歪掉下房来。外面王、马、张、赵已然赶进来了，赵虎紧赶一步按住那人，张龙上前帮助绑了。

展爷正要纵身上房，忽见房上一人把手一扬，向下一指。展爷见一缕寒光竟奔面门，知是暗器，把头一低，刚刚躲过。不想身后是马汉，肩头之下已中了弩箭。展爷一飞身已到房上，竟奔了使暗器之人。那人用了个风扫败叶势，一顺手就是一朴刀，一片冷光奔了展爷的下三路。南侠忙用了个金鸡独立回身势，用剑往旁边一削。只听当的一声，朴刀却短了一段。只见那人一转身，越过房脊。

又见金光一闪，却是三棱鹅眉刺，竟奔眉攒（两眉之间。攒，cuán）而来。展爷将身一闪，刚用宝剑一迎，谁知钢刺抽回，剑却使空。南侠身体一晃，几乎栽倒，忙一伏身，将宝剑一拄，脚下立住。用剑逼住面门，长起身来，再一看时，连个人影儿也不见了。展爷只得跳下房来，进了书房，参见包公。

此时已将捆缚之人带至屋内。包公问道："你是何人？为何黄夜至此？"只听那人道："俺乃穿山鼠徐庆，特为救俺大哥卢方而来，不想中了暗器遭擒。不用多言，只要叫俺见大哥一面，俺徐庆死也甘心瞑目（闭上眼睛。瞑，míng）。"包公道："原来三义士到了。"即命左右松了绑，看座。徐庆也不致谢，也不逊让，便一屁股坐下，将左脚一伸，顺手将袖箭拔出，道："是谁的暗器？拿了去。"展爷过来接去。徐庆道："你这袖箭不及俺二哥的弩箭。他那弩箭有毒，若是着上，药性一发，便不省人事。"

正说间，只见王朝进来，禀道："马汉中了弩箭，昏迷不醒。"徐庆道："如何？千万不可拔出，见血封喉，立刻即死。若不拔出，还可以多活一日，明日这时候，也就呜呼了。"包公听了，连忙问道："可有解药没有？"徐庆道："有呵！却是俺二哥带着，从不传人。受了此毒，总在十二个时辰之内用了解药，即刻复生。若过了十二个时辰，纵有解药，也不能好了。这是俺二哥独得的奇方，再也不告诉人的。"包公见他说话虽然粗鲁，却是个直爽之人，堪与赵虎称为伯仲（指弟兄排行的次序，比喻不相上下的人或事物）。徐庆忽又问道："俺大哥卢方在那里？"包公便说："昨晚已然释放，卢义士已不在此了。"徐庆听了，哈哈大笑，道："怪道人称包老爷是个好相爷，忠正为民。如今果不虚传，俺徐庆倒要谢谢了。"说罢，扑通爬在地下，就是一个头，招的众人不觉要笑。

徐庆起来，就要找卢方去。包公见他天真烂漫，不拘礼法，只要合了心就乐，便道："三义士，你看外面已交四鼓，黄夜之间那里寻找？暂且坐下，我还有话问你。"徐庆却又坐下。包公便问白玉堂所作之事，楞爷徐庆一一招承（招供承认）。"惟有劫黄金一事，却是俺与二哥、四弟并有柳青，用蒙汗药酒将那群人药倒，我们盗取了黄金。"众人听了，个个点头舒指。徐庆正在高谈阔论之时，只见差役进来禀道："卢义士在外求见。"包公听了，急着展爷请来相见。不知卢方来此为了何事，且听下回分解。

第四十六回　设谋诓药气走韩彰　遣兴济贫忻[1]逢赵庆

且说卢方又到开封府求见，你道却为何事？只因他在文光楼上盼

① 忻（xīn）：喜悦，高兴。

到三更之后，方见韩彰、蒋平回来。二人见了卢方更觉诧异，忙问道："大哥如何能在此呢？"卢方便将包相以恩相待、释放无事的情由，说了一遍。蒋平听了，对着韩、白二人道："我说不用去，三哥务必不依。这如今闹的倒不成事了。"卢方道："你三哥那里去了？"韩彰把到了开封、彼此对垒（指两军相持，也用于下棋、赛球等）的话，说了一遍。

卢方听了，只急的搓手，半晌，叹了口气，道："千不是，万不是，全是五弟不是。"蒋平道："此事如何抱怨五弟呢？"卢方道："他若不找甚么姓展的，咱们如何来到这里？"韩彰听了，却不言语。蒋平道："事已如此，也不必抱怨了。难道五弟有了英名，你我作哥哥的不光彩么？只是如今，依大哥怎么样呢？"卢方道："再无别说，只好劣兄（自谦之辞，愚兄）将五弟带至开封府，一来恳求相爷在圣驾前保奏，二来当面与南侠陪个礼儿，庶乎（几乎，差不多）事有可圆。"

白玉堂听了，登时气的双眉紧皱，二目圆睁，若非在文光楼上，早已怪叫吆喝起来，便怒道："大哥，此话从何说起？小弟既来寻找南侠，便与他誓不两立。虽不能他死我活，总得要叫他甘心拜服于我，小弟方能出这口恶气。若非如此，小弟至死也是不从的。"蒋平听了，在旁赞道："好兄弟！好志气！真与我们陷空岛争气！"韩彰在旁瞅了蒋平一眼，仍是不语。

卢方道："据五弟说来，你与南侠有仇么？"白玉堂道："并无仇隙。"卢方道："既无仇隙，你为何恨他到如此地步呢？"玉堂道："小弟也不恨他，只恨这'御猫'二字。我也不管他是有意，我也不管是圣上所赐，只是有个御猫，便觉五鼠减色，是必将他治倒方休。如不然，大哥就求包公回奏圣上，将南侠的'御猫'二字去了，或改了，小弟也就情甘认罪。"卢方道："五弟，你这不是为难劣兄么？劣兄受包相知遇之恩，应许寻找五弟。此今既已见着，我却回去求包公改'御猫'二字，此话劣兄如何说的出口来？"白玉堂听了冷笑，道："哦！敢则大哥受了包公知遇之恩？既如此，就该拿了小弟去请功候赏吓！"

只这一句，又把个卢方噎的默默无言，站起身来出了文光楼，跃身下去，便在后面大墙以外走来走去，暗道："我卢方交结了四个兄弟，不想为此事，五弟竟如此与我翻脸。他还把我这长兄放在心里么？"又转想包公相待的那一番情义，自己对众人说的话，更觉心中难受，左思右想，心乱如麻。一时间浊气上攻，自己把脚一跺，道："嗳！莫若死了，由着五弟闹去，也省得我提心吊胆。"想罢，一抬头，只见那边从墙上斜插一枝杈丫，甚是老干，自己暗暗点头，道："不想我卢方竟自结果在此地了！"说罢，从腰间解下丝绦（tāo，带子）往上一扔，搭在树上，将两头比齐。刚要解扣，只见这丝绦哧、哧、哧自己跑到树上去了。卢方怪道："可见'时衰鬼弄人'了，怎么丝绦也会活了呢？"

正自思忖（思量。忖，cǔn），忽见顺着枝干下来一人，却是蒋四爷，说道："五弟糊涂了，怎么大哥也背晦（即"悖晦"，糊涂）了呢？"卢方见了蒋平，不觉滴下泪来，道："四弟，你看适才五弟是何言语？叫劣兄有何面目生于天地之间？"蒋平道："五弟此时一味的心高气傲，难以治服。不然，小弟如何肯随和他呢？须要另设别法，折服于他便了。"卢方道："此时你我往何方去好呢？"蒋平道："赶着上开封府。就算大哥方才听见我等到了，故此急急前来陪罪，再者也打听打听三哥的下落。"卢方听了，只得接过丝绦将腰束好，一同竟奔开封府而来。

见了差役，说明来历。差役去不多时，便见南侠迎了出来，彼此相见。又与蒋平引见。随即来到书房，刚一进门，见包公穿着便服在上面端坐，连忙双膝跪倒，口中说道："卢方罪该万死，望乞恩相赦宥（shè yòu，赦免、宽恕）。"蒋平也就跪在一傍。徐庆正在那里坐着，见卢方与蒋平跪倒，他便顺着座儿一溜也就跪下了。包公见他们这番光景，真是豪侠义气，连忙说道："卢义士，他等前来，原不知本阁已将义士释放，故此为义气而来。本阁也不见罪。只管起来，还有话说。"卢方等听了，只得向上叩头，立起身来。

包公见蒋平骨瘦如柴，形如病夫，便问："此是何人？"卢方一一回禀包公，方知就是善泅水（游水。泅，qiú）的蒋泽长，忙命左右看座，连展爷与公孙策俱各坐了。包公便将马汉中了毒药弩箭、昏迷不醒的话，说了一回。依卢方就要回去向韩彰取药，蒋平拦道："大哥若取药，惟恐二哥当着五弟总不肯给的；莫若小弟使个计策将药诓（kuāng，欺骗）来，再将二哥激发走了，剩了五弟一人，孤掌难鸣，也就好擒了。"卢方听说，便问计将安（怎么）出。蒋平附耳道："如此如此，二哥焉有不走之理？"卢方听了，道："这一来，你二哥与我岂不又分散了么？"蒋平道："目下（眼下）虽然分别，日后自然团聚。现在外面已交五鼓，事不宜迟，且自取药要紧。”连忙向展爷要了纸笔墨砚，提笔一挥而就，折叠了叫卢方打上花押（旧时公文契约上的草书签名或代替签名的特定符号），便回明包公：“仍从房上回去，又近又快。”包公应允。蒋平出了书房，将身一纵，上房越脊，登时不见。众人无不称羡。

单说蒋爷来至文光楼，还听见韩彰在那里劝慰白玉堂。原来玉堂的余气还未消呢。蒋平见了二人，道：“我与大哥将三哥好容易救回，不想三哥中了毒药袖箭，大哥背负到前面树林，再也不能走了，小弟又背他不动。只得二哥与小弟同去走走。”韩爷听了，连忙离了文光楼。蒋平便问：“二哥，药在何处？”韩彰从腰间摘下个小荷包来，递与蒋平。蒋平接过，摸了摸却有两丸，急忙掏出；将衣边钮子咬下两个，咬去鼻儿，滴溜圆；又将方才写的字帖裹了裹，塞在荷包之内，仍递与韩彰。将身形略转了几转，他便抽身竟奔开封府而来。

这里韩爷只顾奔前面树林，以为蒋平拿了药去，先解救徐庆去了，那里知道他是奔了开封府呢！韩二爷来到树林，四下里寻觅，并不见大哥、三弟，不由心下纳闷；摸摸荷包，药仍二丸未动，更觉不解。四爷也不见了。只得仍回文光楼，来见了白玉堂，说了此事，未免彼此狐疑（怀疑）。韩爷回手又摸了摸荷包，道：“呀！这不像药。”连忙叫白玉堂敲着火种，隐着光亮一看，原来是字帖儿裹着钮子。忙将字儿打开观看，却有卢方花押，上面写着叫韩彰绊住白玉堂作为内应，方好擒拿。白玉堂看了，不由的设疑，道：“二哥就把小弟绑起，交付开封府就是了。”韩爷听了，急道：“五弟休出此言，这明是你四哥恐我帮助于你，故用此反间之计。好，好，好！这才是结义的好弟兄呢！我韩彰也不能作内应，也不能帮扶五弟，俺就此去也。”说罢，立起身来，出了文光楼，跃身去了。

这时蒋平诓了药，回转开封府，已有五鼓之半，连忙将药研好，一半敷伤口，一半灌将下去。不多时，马汉回转过来，吐了许多毒水，心下方觉明白。大家也就放心。略略歇息，天已大亮。到了次日晚间，蒋平又暗暗到文光楼，谁知玉堂却不在彼，不知投何方去了。

卢方又到下处，叫伴当将行李搬来。从此开封府又添了陷空岛的三义帮扶着访查此事，却分为两班：白日却是王、马、张、赵细细缉访（搜寻查访），夜晚却是南侠同着三义暗暗搜寻。

不想这一日，赵虎因包公入闱（指科举考试时考生或监考人员等进入考场），闲暇无事，想起王、马二人在花神庙巧遇卢方，暗自想道："我何不也出城走走呢？"因此扮了个客人的模样，悄悄出城，信步行走。正走着，觉得腹中饥饿，便在村头小饭铺内，意欲独酌吃些点心。刚然（刚刚）坐下，要了酒，随意自饮。只见那边桌上有一老头儿，却是外乡形景，满面愁容，眼泪汪汪，也不吃，也不喝，只是瞅着赵爷。赵爷见他可怜，便问道："你这老头儿瞅俺作甚？"那老者见问，忙立起身来，道："非是小老儿敢瞧客官。只因腹中饥饿，缺少钱钞，见客官这里饮酒，又不好启齿，望乞见怜。"赵虎听了，哈哈大笑，道："敢则是你饿了？这有何妨呢。你便过来，俺二人同桌而食，有何不可。"那老儿听了欢喜，未免脸上有些羞惭（羞愧）。

及至过来，赵爷要了点心馍馍，叫他吃。他却一壁吃着，一壁落泪。赵爷看了，心中不悦，道："你这老头儿好不晓事。你说饿了，俺给你吃，你又哭甚么呢？"老者道："小老儿有心事，难以告诉客官。"赵爷道："原来你有心事，这也罢了。我且问你，你姓甚么？"老儿道："小老儿姓赵。"赵虎道："嗳哟！原来是当家子。"老者又接着道："小老儿姓赵名庆，乃是管城县的承差（古代官府中承担书写文稿等事吏人的总称）。只因包三公子太原进香，……"赵虎听了，道："甚么包三公子？"老者道："便是当朝丞相包相爷的侄儿。"赵虎道："哦，哦！包三公子进香，怎么样？"老者道："他故意的绕走苏州，一来为游山玩景，二来为勒索州县的银两。"赵虎道："竟有这等事？你讲，你讲！"老者道："只因路过管城县，我家老爷派我预备酒饭，迎至公馆款待。谁想三公子说铺垫不好，预备的不佳，他要勒索程仪（路费）三百两。我家老爷乃是一个清官，并无许多银两。又说小人借水行舟，希图这三百两银子，将我打了二十板子。幸喜衙门上下俱是相好，却未打着。后来见了包三公子，将我吊在马棚，这一顿马鞭子打的却不轻。还是应了另改公馆，孝敬银两，方将我放出来。小老儿一时无法，因此脱逃，意欲到京寻找一个亲戚。不想投亲不着，只落得有家难奔，有国难投。衣服典当已尽，看看不能糊口，将来难免饿死，作定他乡之鬼呀！"说罢，痛哭。赵爷听至此，又是心疼赵庆，又是气恨包公子，恨不得立刻拿来出这口恶气，因对赵庆道："老人家，你负此沉冤，何不写个诉呈在上司处分诉（辩解、诉说）呢？”未知赵庆如何答对，且听下回分解。

第四十七回　错递呈权奸施毒计　巧结案公子辨奇冤

且说赵虎暗道：“我家相爷赤心为国，谁知他的子侄如此不法。我何不将他指引到开封府，看我们相爷怎么办理，是秉公呵，还是徇私（为了私利而做不合法的或错误的事。徇，xùn）呢？”想罢，道：“你正该写个呈子（民间向官方或下级向上级呈的公文）分诉。”赵庆道：“小老儿上京投亲，正为递呈分诉。”赵虎道：“不知你想在何处去告呢？”赵庆道：“小老儿闻得大理寺文大人那里颇好。”赵爷道：“文大人虽好，总不如开封府包太师那里好。”赵庆道：“包太师虽好，惟恐这是他本家之人，未免要有些袒护（对错误的思想行为无原则地支持或保护。袒，tǎn），于事反为不美。”赵虎道：“你不知道，包太师办事极其公道，无论亲疏，总要秉正除奸。若在别人手里告了，他倒可托个人情，或者官府作个人情，那倒有的。你要在他本人手里告了，他便得秉公办理，再也不能偏向的。”

赵庆听了有理，便道：“既承指教，明日就在太师跟前告就是了。”赵虎道：“你且不要忙。如今相爷现在场内，约于十五日后，你再进城，拦轿呈诉。”当下叫他吃饱了。却又在兜肚内摸出半锭银子来，道：“这还有五六天工夫呢，莫不成饿着么？拿去做盘费用罢。”赵庆道：“小老儿既蒙赏吃点心，如何还敢受赐银两？”赵虎道：“这有甚么要紧，你只管拿去。你若不要，俺就恼了。”赵庆只得接过来，千恩万谢的去了。

赵虎见赵庆去后，自己又饮了几杯，才出了饭铺。也不访查了，便往旧路归来，心中暗暗盘算，倒替相爷为难：“此事若接了呈子，生气是不消说了，只是如何办法呢？”自己又嘱咐：“赵虎吓，赵虎！你今日回开封府，可千万莫露风声，这是要紧的吓！”他虽如此想，那里知道凡事不可预料。他若是将赵庆带到开封府，倒不能错，谁知他又细起心来了，这才闹的错大发了呢。赵虎在开封府等了几天，却不见赵庆呜冤，心中暗暗辗转道："那老儿说是必来，如何总未到呢？难道他是个诓嘴吃的？若是如此，我那半锭银子花的才冤呢。"

你道赵庆为何不来？只因他过了五天，这日一早赶进城来。正走在热闹丛中，忽见两傍人一分，嚷道："闪开，闪开！太师爷来了，太师爷来了！"赵庆听见"太师"二字，便煞住脚步，等着轿子临近，便高举呈词，双膝跪倒，口中喊道："冤枉吓，冤枉！"只见轿已打杵，有人下马接过呈子，递入轿内。不多时，只听轿内说道："将这人带至府中问去。"左右答应一声，轿夫抬起轿来，如飞的竟奔庞府去了。

你道这轿内是谁？却是太师庞吉。这老奸贼得了这张呈子，如拾珍宝一般，立刻派人请女婿孙荣与门生廖天成。及至二人来到，老贼将呈子与他等看了，只乐得手舞足蹈，屁滚尿流，以为此次可将包黑参倒了。又将赵庆叫到书房，好言好语，细细的问了一番，便大家商议，缮（shàn，抄写）起奏摺，预备明日呈递。又暗暗定计，如何行文搜查勒索的银两，又如何到了临期，使他再不能更改。洋洋得意，乐不可言。

至次日，圣上临殿。庞吉出班，将摺子谨呈御览。圣上看了，心中有些不悦，立刻宣包公上殿，便问道："卿有几个侄儿？"包公不知圣意，只得奏道："臣有三个侄男，长、次俱务农；惟有第三个却是生员，名叫包世荣。"圣上又问道："你这侄儿，可曾见过没有？"包公奏道："微臣自在京供职以来，并未回家。惟有臣的大侄见过，其余二侄、三侄俱未见过。"仁宗天子点了点头，便叫陈伴伴（太监）将此摺递与包卿看。包公恭敬捧过一看，连忙跪倒，奏道："臣子侄不肖，理应严拿，押解来京，严加审讯。臣有家教不严之罪，也当从重究治（追究处理）。仰恳天恩，依律施行。"奏罢，便匍匐在地。圣上见包公毫无遮饰之词，又见他惶愧至甚，圣心反觉不安，道："卿家日夜勤劳王事，并未回家，如何能够知道家中事体？卿且平身。俟（sì，等待）押解来京时，朕自有道理。"包公叩头，平身归班。圣上即传旨意，立刻行文，着该府州县无论包世荣行至何方，立即押解，驰驿（驾乘驿马疾行）来京。

此钞一发，如星飞电转，迅速之极。不一日，便将包三公子押解来京。刚到城内热闹丛中，见那壁厢（那边）一骑马飞也似跑来，相离不远，将马收住，滚鞍下来，便在旁边屈膝禀道："小人包兴奉相爷钧谕（对帝王或尊长命令的敬称），求众押解老爷略留情面，容小人与公子微述一言，再不能久停。”押解的官员听是包太师差人前来，谁也不好意思的，只得将马勒住，道：“你就是包兴么？既是相爷有命，容你与公子见面就是了。但你主仆在那里说话呢？”那包兴道：“就在这边饭铺罢，不过三言两语而已。”这官员便吩咐将闲人逐开。此时看热闹的人山人海，谁不知包相爷的人情到了。又见这包三公子人品却也不俗，同定包兴进铺，自有差役暗暗跟随。不多会，便见出来。包兴又见了那位老爷，屈膝跪倒，道：“多承老爷厚情，容小人与公子一见，小人回去必对相爷细禀。”那官儿也只得说：“给相爷请安。”包兴连声答应，退下来，抓鬃（zōng，马、猪等颈上的长毛）上马，如飞的去了。

这里押解三公子的先到兵马司挂号，然后便到大理寺听候纶音（帝王的诏令。纶，lún）。谁知此时庞吉已奏明圣上，就交大理寺，额外添派兵马司、都察院三堂会审。圣上准奏。你道此贼又添此二处为何？只因兵马司是他女婿孙荣，都察院是他门生廖天成，全是老贼心腹。惟恐文彦博审的袒护，故此添派二处。他那里知道文老大人忠正办事，毫无徇私呢。

不多时，孙荣、廖天成来到大理寺与文大人相见。皆系钦命，难分主客。仍是文大人居了正位，孙、廖二人两旁侧坐。喊了堂威，便将包世荣带上堂来，便问他如何进香，如何勒索州县银两。包三公子因在饭铺听了包兴之言，说相爷已在各处托嘱明白，审讯之时不必推诿（推卸责任，诿，wěi），只管实说，相爷自有救公子之法，因此三公子便道：“生员奉祖母之命太原进香，闻得苏杭名山秀水极多，莫若趁此进香就便游玩。只因路上盘川（旅费）缺少，先前原是在州县借用。谁知后来他们俱送程仪（路费），并非有意勒索。”文大人道：“既无勒索，那赵显谟（mó）如何休致（古时官员年老去职为休致）？”包世荣道：“生员乃一介儒生，何敢妄干（干预）国政？他休致不休致，生员不得而知，想来是他才力不佳罢了。”孙荣便道：“你一路逢州遇县，到底勒索了多少银两？”包世荣道：“随来随用，也记不清了。”

正问至此，只见进来一个虞候，却是庞太师寄了一封字儿，叫面交孙姑老爷的。孙荣接来看了，道：“这还了得！竟有如此之多。”文大人便问道：“孙大人，却是何事？”孙荣道：“就是此子在外勒索的数目，家岳已令人暗暗查来。”文大人道：“请借一观。”孙荣便道：“请看。”递将过去。文大人见上面有各州县的销耗数目，后面又见有庞吉嘱托孙荣极力参奏包公的话头。看完了也不递给孙荣，便笼入袖内，望着来人说道：“此系公堂之上，你如何擅敢妄传书信，是何道理？本当按照搅乱公堂办理，念你是太师的虞候，权且饶恕。左右，与我用棍打出去！”虞候唬了个心惊胆怕。左右一喊，连忙逐下堂去。文大人对孙荣道：“令岳做事太率意了。此乃法堂，竟敢遣人送书，于理说不过去罢？”孙荣连连称是，字柬儿也不敢往回要了。

廖天成见孙荣理曲，他却搭讪着问包世荣道：“方才押解官回禀，包太师曾命人拦住马头要见你说话，可是有的？”包世荣道：“有的。无非告诉生员不必推诿，总要实说，求众位大人庇佑（保佑。庇，bì）之意。”廖天成道：“那人叫甚么名字？”包世荣道：“叫包兴。”廖天成立刻吩咐差役，传包兴到案，暂将包世荣带下去。

不多时，包兴传到。孙荣一肚子闷气无处发挥，如今见了包兴，却做起威来，道：“好狗才！你如何擅敢拦住钦犯，传说信息！该当何罪？讲！”包兴道：“小人只知伺候相爷，不离左右，何尝拦住钦犯，又胆敢私传信息？此事包兴实实不知。”孙荣一声断喝，道：“好狗才！还敢强辩！拉下去，重打二十。”可怜包兴无故遭此惨毒，二十板打得死而复苏，心中想道：“我跟了相爷多年，从来没受过这等重责。相爷审过多少案件，也从来没有这般的蛮打。今日活该，我包兴遇见对头了。”早已横了心，再不招认此事。孙荣又问道：“包兴，快快招上来！”包兴道：“实实没有此事，小人一概不知。”孙荣听了，怒上加怒，吩咐：“左右，请大刑！”只见左右将三根木往堂上一撂（liào，抛，扔）。包兴虽是懦弱身躯，他却是雄心豪气，早已把死付于度外。何况这样刑具，他是看惯的了，全然不惧，反冷笑道：“大人不必动怒。大人既说小人拦住钦犯，私传信息，似乎也该把我家公子带上堂来，质对（对质）质对才是。”孙荣道：“那有工夫与你闲讲。左右，与我夹起来！”文大人在上实实看不过、听不上，便叫左右把包世荣带上，当面对证。包世荣上堂，见了包兴，看了半天，道：“生员见的那人，虽与他相仿，只是黑瘦些，却不是这等白胖。”孙荣听了，自觉着有些不妥。

忽见差役禀道：“开封府差主簿公孙策赍（jī，带着）有文书，当堂投递。”文大人不知何事，便叫领进来。公孙策当下投了文书，在一傍站立。文大人当堂拆封，将来文一看，笑容满面，对公孙策道：“他三个俱在此么？”公孙策道：“是，现在外面。”文大人道：“着他们进来。”公孙策转身出去。文大人方将来文与孙、廖二人看了，两个贼登时（立刻）就目瞪痴呆，面目更色，竟不知如何是好。

不多时，只见公孙策领进了三个少年，俱是英俊非常，独有第三个尤觉清秀。三个人向上打恭。文大人立起身来，道：“三位公子免礼。”大公子包世恩、二公子包世勋却不言语，独有三公子包世荣道：“家叔多多上覆文老伯，叫晚生亲至公堂，与假冒名的当堂质对。此事关系生员的名分，故敢冒昧直陈，望乞宽宥（宽恕，饶恕。宥，yòu）。”

不料大公子一眼看见当堂跪的那人，便问道：“你不是武吉祥么？”谁知那人见了三位公子到来，已然唬的魂不附体；如今又听大爷一问，不觉的抖衣而战，那里还答应的出来呢！文大人听了，问道：“怎么，你认得此人么？”大公子道：“他是弟兄两个，他叫武吉祥，他兄弟叫武平安。原是晚生家的仆从。只因他二人不守本分，因此将他二人撵出去了。不知他为何又假冒我三弟之名前来？”文大人又看了看武吉祥，面貌果与三公子有些相仿，心中早已明白，便道：“三位公子请回衙署。”又向公孙策道：“主簿回去，多多上覆（即“复”，回复）阁台，就说我这里即刻具本复奏，并将包兴带回，且听纶音便了。”三位公子又向上一躬，退下堂来。公孙策扶着包兴，一同回开封去了。

且说包公自那日被庞吉参了一本，始知三公子在外胡为，回到衙中，又气又恨又惭愧：气的是大老爷养子不教；恨的是三公子年少无知，在外闯此大祸，恨不能自己把他拿住，依法处治；所愧者自己励精图治，为国忘家，不想后辈子侄不能恪守（谨慎而恭敬地遵守。恪，kè）家范，以致生出事来，使我在大廷之上碰头请罪，真真令人羞死。从此后，有何面目忝（tiǎn，谦辞，表示辱没他人，自己有愧）居相位呢？越想越烦恼。这些日连饮食俱各减了。后来又听得三公子解到，圣上派了三堂会审，便觉心上难安。偏偏又把包兴传去，不知为着何事。

正在跼蹐不安（形容恐惧不安。跼蹐，jú jí）之时，忽见差役带进一人，包公虽然认得，一时想不起来。只见那人朝上跪倒，道：“小人包旺，与老爷叩头。”包公听了，方想起果是包旺，心中暗道：“他必是为三公子之事而来。”暂且按住心头之火，问道：“你来此何事？”包旺道：“小人奉了太老爷太老夫人、大老爷大夫人之命，带领三位公子前来与相爷庆寿。”包公听了，不觉诧异，道：“三位公子在那里？”包旺道：“少刻就到。”包公便叫李才同定包旺在外立等：“三位公子到了，急刻领来。”二人领命去了。包公此时早已料到此事有些蹊跷了。

少时，只见李才领定三位公子进来。包公一见，满心欢喜。三位公子参见已毕。包公搀扶起来，请了父母的安好，候了兄嫂的起居。又见三人中，惟有三公子相貌清奇，更觉喜爱。便叫李才带领三位公子进内，给夫人请安。包公既见了三位公子，便料定那个是假冒名的了，立刻请公孙先生来，告诉了此事，急办文书，带领三位公子到大理寺当面质对。

此时展爷与三义士、四勇士俱各听见了，惟有赵虎暗暗更加欢喜。展南侠便带领三义、四勇来到书房，与相爷称贺。包公此时把连日闷气登时消尽，见了众人进来，更觉欢喜畅快，便命大家坐了，就此将此事测度了一番。然后又问了问这几日访查的光景，俱各回言并无下落。还是卢方忠厚的心肠，立了个主意，道：“恩相为此事甚是焦心(着急)，而且钦限又紧，莫若恩相再遇圣上追问之时，且先将卢方等三人奏知圣上，一来且安圣心，二来理当请罪。如能够讨下限来，岂不又缓一步么？”包公道：“卢义士说的也是，且看机会便了。”正说间，公孙策带领三位公子回来，到了书房参见。未知后事如何，且听下回分解。

第四十八回 访奸人假公子正法 贬佞党真义士面君

且说公孙策与三位公子回来，将文大人之言，一一禀明。大公子又将认得冒名的武吉祥也回了。惟有包兴一瘸一拐，见了包公，将孙荣蛮打的情节，述了一遍。包公安慰了他一番，叫他且自歇息将养。众人彼此见了三位公子，也就告别了。来至公厅，大家设席与包兴压惊。里面却是相爷与三位公子接风掸尘（设宴款待远来的客人，以示慰问和欢迎），就在后面同定夫人、三位公子，叙天伦之乐。

单言文大人具了奏摺，连庞吉的书信与开封府的文书，俱各随摺奏闻。天子看了，又喜又恼：喜的是包卿子侄并无此事，可见他传家有法，不愧诗书门第，将来总可以继绍（继承）簪缨（zān yīng，古代达官贵人的冠饰，后遂借以指高官显宦）。恼的是庞吉屡与包卿作对，总是他的理亏。如今索性与孙荣等竟成群党，全无顾忌，这不是有意要陷害大臣么？他真要如此，叫朕也难护庇了。便将文彦博原摺案卷人犯，俱交开封府问讯。

包公接到此旨，看了案卷，升堂。略问了问赵庆，将武吉祥带上堂来，一鞫（jū，审问）即服。又问他："同事者有多少人？"武吉祥道："小人有个兄弟名叫武平安，他原假充包旺，还有两个伴当（旧时指跟随着做伴的仆人或伙伴）。不想风声一露，他们就预先逃走了。"包公因庞吉私书上面，有查来各处数目，不得不问，果然数目相符。又问他："有个包兴曾给你送信，却在何处？说的是何言语？"武吉祥便将在饭铺内说的话，一一回明。包公道："若见了此人，你可认得么？"武吉祥道："若见了面，自然认得。"包公叫他画招，暂且收监。包公问道："今日当值的是谁？"只见下面上来二人，跪禀道："是小人江樊（fán）、黄茂。"包公看了，又添派了马步快头耿春、郑平二人，吩咐道："你四人前往庞府左右细细访查，如有面貌与包兴相仿的，只管拿来。"四个人领命去了。包公退堂来至书房，请了公孙先生来，商议具摺复奏，并定罪名处分等事，不表。

且言领了相谕的四人，暗暗来到庞府，分为两路细细访查。及至两下里四个人走个对头，俱各摇头。四人会意，这是没有的缘故。彼此纳闷，可往那里去寻呢？真真事有凑巧，只见那边来了个醉汉，旁边有一人用手相搀，恰恰的仿佛包兴。四人喜不自胜，就迎了上来。只听那醉汉道："老二吓！你今儿请了我了，你算包兴兄弟了；你要是不请我呀，你可就是包兴的儿子了。"说罢，哈哈大笑。又听那人道："你满嘴里说的是甚么？喝点酒儿混噗哧，这叫人听见是甚么意思。"说话之间，四人已来到跟前，将二人一同获住，套上铁链，拉着就走。这人唬得面目焦黄，不知何事。那醉汉还胡言乱语的讲交情过节儿，四个人也不理他。

及至来到开封府，着二人看守，二人回话。包公正在书房与公孙先生商议奏折，见江樊、耿春二人进来，便将如何拿的，一一禀明。包公听了，立刻升堂，先将醉汉带上来，问道："你叫甚么名字？"醉汉道："小人叫庞明，在庞府帐房里写帐。"包公问道："那一个他叫甚么？"庞明道："他叫庞光，也在庞府帐房里。我们俩是同手儿伙计。"包公道："他既叫庞光，为何你又叫他包兴呢？讲！"庞明说："这个……那个……他是甚么件事情，他这……那们……这们件事情呢。"包公吩咐："掌嘴！"庞明忙道："我说，我说。他原当过包兴，得了十两银子。小人才呕着他，喝了他个酒儿，就是说兄弟咧，儿子咧。我们原本玩笑，并没有打架拌嘴，不知为甚么就把我们拿来了？"

包公吩咐，将他带下去，把庞光带上堂来。包公看了，果然有些仿佛包兴，把惊堂木一拍，道："庞光，你把假冒包兴情由，诉上来！"庞光道："并无此事吓！庞明是喝醉了，满口里胡说。"包公叫提武吉祥上堂当面认来。武吉祥见了庞光，道："合小人在饭铺说话的，正是此人。"庞光听了，心下慌张。包公吩咐："拉下去，重打二十大板。"打的他叫苦连天，不能不说，便将庞吉与孙荣、廖天成在书房如何定计，"恐包三公子不应，故此叫小人假扮包兴，告诉三公子只管应承，自有相爷解救。别的小人一概不知。"包公叫他画了供，同武吉祥一并寄监（暂时关押在监狱里），俟（sì，等待）参奏下来再行释放。庞明无事，叫他去了。

包公仍来至书房，将此事也叙入折内。定了武吉祥御刑处死。"至于庞吉与孙荣、廖天成私定阴谋，拦截钦犯，传递私信，皆属挟私陷害。臣不敢妄拟罪名，仰乞圣聪明示，睿鉴（明鉴。睿，ruì，看得深远）施行。"此本一上，仁宗看毕，心中十分不悦，即明发上谕："庞吉屡设奸谋，频施毒计，挟制首相，谗害大臣，理宜贬为庶民，以惩其罪。姑念其在朝有年，身为国戚，着仍加恩赏太师衔，赏食全俸，不准入朝从政。倘再不知自励，暗生事端，即当从重治罪。孙荣、廖天成阿附（迎合依附。阿，ē）庞吉结成党类，实属不知自爱，俱着降三级调用。余依议。钦此。"此旨一下，众人无不称快。包公奉旨，用狗头铡将武吉祥正法（处决犯人）。庞光释放。赵庆也着他回去，额外赏银十两。立刻行文到管城县，赵庆仍然在役当差。

此事已结，包公便庆寿辰。圣上与太后俱有赏赉（赏赐。赉，lài，赐予，给予）。至于众官祝贺，凡送礼者俱是璧回（即璧还，用于归还原物或辞谢赠品）。众官也多有不敢送者，因知相爷为人忠梗无私。不必细述。

过了生辰，即叫三位公子回去。惟有三公子包公甚是喜爱，叫他回去禀明了祖父、祖母与他父母，仍来开封府在衙内读书，自己与他改正诗文，就是科考也甚就近。打发他等去后，办下谢恩摺子，预备明日上朝呈递。

次日入内，递摺请安。圣上召见，便问访查的那人如何。包公趁机奏道："那人虽未拿获，现有他同伙三人自行投到。臣已讯明，他等是陷空岛卢家庄的五鼠。"圣上听了，问道："何以谓之五鼠？"包公奏道："是他五个人的绰号：第一是盘桅鼠卢方，第二是彻地鼠韩彰，第三是穿山鼠徐庆，第四是混江鼠蒋平，第五是锦毛鼠白玉堂。"圣上听了，喜动天颜，道："听他们这些绰号，想来就是他们本领了。"包公道："正是，现今惟有韩彰、白玉堂不知去向，其余三人俱在臣衙内。"仁宗道："既如此，卿明日将此三人带进朝内，朕在寿山福海御审。"包公听了，心下早已明白，这是天子要看看他们的本领，故意的以御审为名。若果要御审，又何必单在寿山福海呢？再者包公为何说盘桅鼠、混江鼠呢？包公为此筹画已久，恐说出"钻天""翻江"，有犯圣忌，故此改了。这也是怜才的一番苦心。

当日早朝已毕，回到开封，将此事告诉了卢方等三人；并着展爷与公孙先生等明日俱随入朝，为照应他们三人。又嘱咐了他三人多少言语，无非是敬谨小心而已。

到了次日，卢方等绝早的就披上罪衣罪裙。包公见了，吩咐："不必，俟圣旨召见时再穿不迟。"卢方道："罪民等今日朝见天颜，理宜奉公守法。若临期再穿，未免简慢（怠慢失礼），不是敬君上之理。"包公点头，道："好，所论极是。若如此，本阁可以不必再嘱咐了。"便上轿入朝。展爷等一群英雄跟随来至朝房，照应卢方等三人，不时的问问茶水等项。卢方到了此时，惟有低头不语。蒋平也是暗自沉吟。独有楞爷徐庆东瞧西望，问了这里，又打听那边，连一点安顿气儿也是没有。忽见包兴从那边跑来，口内打唏，又点手儿。展爷已知是圣上过寿山福海那边去了，连忙同定卢方等，随着包兴往内里而来。包兴又悄悄嘱咐卢方道：“卢员外不必害怕。圣上要问话时，总要据实陈奏。若问别的，自有相爷代奏。”卢方连连点头。

刚来到寿山福海，只见宫殿楼阁，金碧交辉，宝鼎香烟，氤氲（yīn yūn，烟云弥漫的样子）结彩；丹墀（古时宫殿前的台阶，因以红色涂饰，故称。墀，chí）之上，文武排班。忽听钟磬（qìng，打击乐器）之音嘹亮，一对对提炉，引着圣上，升了宝殿。顷刻，肃然寂静。却见包公牙笏（古代君臣在朝廷上相见时手中所拿的狭长板子，用玉、象牙或竹片制成，上面可以记事，后来只有大臣使用。笏，hù）上捧定一本，却是卢方等的名字，跪在丹墀。圣上宣到殿上，略问数语。出来了老伴伴（太监）陈林，来到丹墀之上，道：“旨意带卢方、徐庆、蒋平。”此话刚完，早有御前侍卫将卢方等一边一个架起胳膊，上了丹墀。任你英雄好汉，到了此时，没有不动心的。漫说卢、蒋二人，连浑楞儿的徐庆他也觉心中乱跳。两边的侍卫又将他等一按，悄悄说道：“跪下。”三人匍匐在地。侍卫往两边一闪。圣上见他等觳觫战栗（形容恐惧得发抖。觳觫，hú sù），不敢抬头，叫卢方抬起头来，卢方秉正向上。仁宗看了，点了点头，暗道：“看他相貌出众，武艺必定超群。”因（于是）问道：“居住何方？结义几人？作何生理？”卢方一一奏罢。圣上又问他因何投到开封府。卢方连忙叩首，奏道：“罪民因白玉堂年幼无知，惹下滔天大祸。全是罪民素日不能规箴（劝勉告诫。箴，zhēn）、忠告、善导，致令酿成此事。惟有仰恳天恩，将罪民重治其罪。”奏罢叩头。

仁宗见他情甘替白玉堂认罪，真不愧结盟的义气，圣心大悦。忽见那边忠烈祠旗杆上黄旗，被风刮的忽喇喇乱响；又见两旁的飘带，有一根绕在杆上，一根却裹住滑车。圣上却借题发挥，道：“卢方，你为何叫作盘桅鼠？”卢方奏道：“只因罪民船上篷索断落，罪民曾爬桅结索，因此叫为盘桅鼠，实乃罪民末技。”圣上道：“你看那旗杆上飘带缠绕不清，你可能够上去解开么？”卢方跪着，扭项一看，奏道：“罪民可以勉力巴结。”圣上命陈林将卢方领下丹墀，脱去罪衣罪裙，来到旗杆之下。他便挽掖衣袖，将身一纵，蹲在夹杆石上。只用手一扶旗杆，两膝一拳，只听哧、哧、哧、哧犹如猿猴一般，迅速之极，早已到了挂旗之处，先将绕在旗杆上的飘带解开。只见他用腿盘旗杆，将身形一探，却把滑车上的飘带也就脱落下来。此时圣上与群臣看的明白，无不喝采。忽又见他伸开一腿，只用一腿盘住旗杆，将身体一平，双手一伸，却在黄旗一旁，又添上了一个顺风旗。众人看了，谁不替他担惊。忽又用了个拨云探月架式，将左手一甩，将那一条腿早离了杆。这一下把众人唬了一跳。及至看时，他早用左手单挽旗杆，又使了个单展翅。下面自圣上以下，无不喝采连声。猛见他把头一低，滴溜溜顺将下来，仿佛失手的一般。却把众人唬着了，齐说："不好！"再一看时，他却从夹杆石上跳将下来，众人方才放心。天子满心欢喜，连声赞道："真不愧'盘桅'二字。"陈林仍带卢方，上了丹墀，跪在旁边。

看第二的名叫彻地鼠韩彰，不知去向。圣上即看第三的名叫穿山鼠徐庆，便问道："徐庆。"徐庆抬起头来，道："有。"他连声答应的极其脆亮。天子把他一看，见他黑漆漆的一张面皮，光闪闪两个环睛，卤莽（即"鲁莽"）非常，毫无畏惧。不知仁宗看了，问出甚么话来，且听下回分解。

第四十九回 金殿试艺三鼠封官 佛门递呈双乌告状

话说天子见那徐庆卤莽非常，因问他如何穿山。徐庆道："只因我……"蒋平在后面悄悄拉他，提拨（提醒）道："罪民，罪民。"徐庆听了，方说道："我罪民在陷空岛连钻十八孔，故此人人叫我罪民穿山鼠。"圣上道："朕这万寿山也有山窟，你可穿得过去么？"徐庆道："只要是通的，就钻的过去。"圣上又派了陈林，将徐庆领至万寿山下。徐庆脱去罪衣罪裙。陈林嘱咐他道："你只要穿山窟过去，应个景儿即便下来，不要耽延工夫。"徐庆只管答应。谁知他到了半山之间，见个山窟，把身子一顺，就不见了。足有两盏茶时，不见出来。陈林着急，道："徐庆，你往那里去了？"忽见徐庆在南山尖之上，应道："唔！俺在这里。"这一声连圣上与群臣俱各听见了。卢方在一傍跪着，暗暗着急，恐圣上见怪。谁知徐庆应了一声，又不见了。陈林更自着急，等了多回，方见他从山窟内穿出。陈林连忙点手呼他下来。此时徐庆已不成模样，浑身青苔，满头尘垢。陈林仍把他带至丹墀，跪在一傍。圣上连连夸奖："果真不愧'穿山'二字。"

又见单上第四名混江鼠蒋平。天子往下一看，见他身材渺小，再搭着匍匐在地，更显葳蕤（wēi ruí，萎顿的样子）。及至叫他抬起头来，却是面黄肌瘦，形如病夫。仁宗有些不悦，暗想道："看他这光景，如何配称混江鼠呢？"无奈何，问道："你既叫混江鼠，想来是会水了？"蒋平道："罪民在水中能开目视物，能在水中整个月住宿，颇识水性，因此唤作混江鼠。这不过是罪民小巧之技。"仁宗听说"颇识水性"四字，更不喜悦，立刻吩咐备船，叫陈林进内："取朕的金蟾来。"少时，陈伴伴取到。天子命包公细看。只见金漆木桶之中，内有一个三足蟾，宽有三寸按三才，长有五寸遵五行，两个眼睛如琥珀一般，一张大口恰似胭脂，碧绿的身子，雪白的肚儿，更衬着两个金眼圈儿，周身的金点儿，实实好看，真是稀奇之物。包公看了，赞道："真乃奇宝！"天子命陈林带着蒋平上一只小船。却命太监提了木桶，圣上带领首相及诸大臣，登在大船之上。

此时陈林看蒋平光景，惟恐他不能捉蟾，悄悄告诉他道："此蟾乃圣上心爱之物。你若不能捉时，趁早言语，我与你奏明圣上，省得吃罪不起。"蒋平笑道："公公但请放心，不要多虑。有水靠（古人用鱼皮、鲨鱼皮等制作的连体潜水服）求借一件。"陈林道："有，有。"立刻叫小太监拿几件来。蒋平挑了一身极小的，脱了罪衣罪裙，穿上水靠，刚刚合体。只听圣上那边大船上太监手提木桶，道："蒋平，咱家这就放蟾了。"说罢，将木桶口儿向下，底儿向上，连蟾带水俱各倒在海内。只见那蟾在水皮之上发愣。陈林这里紧催蒋平："下去，下去，快下去！"蒋平他却不动。不多时，那蟾灵性清醒，三足一晃，就不见了。蒋平方向船头，将身一顺，连个声息也无，也不见了。

天子那边看的真切，暗道："看他入水势，颇有能为。只是金蟾惟恐遗失。"眼睁睁往水中观看，半天不见影响（影子和声响，引申为踪迹）。天子暗说："不好，朕看他懦弱身躯，如何禁得住在水中许久！别是他捉不住金蟾，畏罪自溺死了罢？这是怎么说！朕为一蟾，要人一命，岂是为君的道理！”

正在着急，忽见水中咕嘟嘟翻起泡来。此泡一翻，连众人俱各猜疑了：这必是沉了底儿了。仁宗好生难受。君臣只顾远处观望，未想到船头以前，忽然水上起波，波纹往四下一开，发了一个极大的圈儿，从当中露出人来，却是面向下，背朝上。圣上看了，不由的一怔。猛见他将腰一拱，仰起头来，却是蒋平在水中跪着，两手上下合拢。将手一张，只听金蟾在掌中呱呱的乱叫。天子大喜，道："岂但颇识水性，竟是水势精通了。真是好混江鼠，不愧其称！”忙吩咐太监将木桶另注新水。蒋平将金蟾放在里面，跪在水皮上，恭恭敬敬向上叩了三个头。圣上及众人无不夸赞。见他仍然踏水奔至小船，脱了衣靠。陈林更喜，仍把他带往金銮殿来。

此时圣上已回转殿内，宣包公进殿，道："朕看他等技艺超群，豪侠尚义。国家总以鼓励人材为重，朕欲加封他等职衔，以后也令有本领的各怀向上之心。卿家以为何如？”包公原有此心，恐圣上设疑，不敢启奏。今一闻此旨，连忙跪倒，奏道："圣上神明，天恩浩荡（上天的恩情不断，古人多指蒙受皇家的恩惠润泽不断）。从此大开进贤之门，实国家之大幸也。”仁宗大悦，立刻传旨，赏了卢方等三人也是六品校尉之职，俱在开封供职。又传旨，务必访查白玉堂、韩彰二人，不拘时日。包公带领卢方等谢恩。天子驾转回宫。

包公散朝，来到衙署。卢方等三人从新又叩谢了包公。包公甚喜，却又谆谆嘱咐："务要访查二义士、五义士，莫要辜负圣恩。”公孙策与展爷、王、马、张、赵俱各与三人贺喜。独有赵虎心中不乐，暗自思道："我们辛苦了多年，方才挣得个校尉。如今他三人不发一刀一枪，便也是校尉，竟自与我等为伍。若论卢大哥，他的人品轩昂，为人忠厚，武艺超群，原是好的。就是徐三哥直直爽爽，就合我赵虎的脾气似的，也还可以。独有那姓蒋的三分不像人，七分倒像鬼，瘦的那个样儿，眼看着成了干儿了，不是筋连着也就散了。他还说动话儿，闹雁儿孤，尖酸刻薄，怎么配与我老赵同堂办事呢？”心中老大不乐。因此每每聚谈饮酒之间，赵虎独独与蒋平不对。蒋爷毫不介意。

他等一壁里访查正事，一壁里彼此聚会，又耽延了一个月的光景。这一天，包公下朝，忽见两个乌鸦随着轿呱呱乱叫，再不飞去。包公心中有些疑惑。又见有个和尚迎轿跪倒，双手举呈，口呼“冤枉”。包兴接了呈子，随轿进了衙门。包公立刻升堂，将诉呈看毕，把和尚带上来，问了一堂。原来此僧名叫法明，为替他师兄法聪辨冤。即刻命将和尚暂带下去。

忽听乌鸦又来乱叫。及至退堂，来到书房。包兴递了一盏茶，刚然（刚刚）接过，那两个乌鸦又在檐前呱呱乱叫。包公放下茶杯，出书房一看，仍是那两个乌鸦。包公暗暗道：“这乌鸦必有事故（缘故，原因）。”吩咐李才，将江樊（fán）、黄茂二人唤进来。李才答应。不多时，二人跟了李才进来，到书房门首。包公就差他二人跟随乌鸦前去，看有何动静。江、黄二人忙跪下，禀道：“相爷叫小人跟随乌鸦往那里去？请即示下。”包公一声断喝，道：“咗（dōu，怒斥声）！好狗才！谁许你等多说？派你二人跟随，你就跟随。无论是何地方，但有形迹可疑的，即便拿来见我。”说罢，转身进了书房。

江、黄二人彼此对瞧了瞧，不敢多言，只得站起，对乌鸦道：“往那里去？走吓！”可煞作怪，那乌鸦便展翅飞起，出衙去了。二人那敢怠慢，赶出了衙门，却见乌鸦在前。二人不管别的，低头看看脚底下，却又仰面瞧瞧乌鸦，不分高低，没有理会，已到城外旷野之地。二人吁吁带喘，江樊道：“好差使！两条腿跟着带翅儿的跑。”黄茂道：“我可玩不开了，再要跑，我就要暴脱了。你瞧我这浑身汗都透了。”

忽见那边飞了一群乌鸦来，连这两个裹住。江樊道：“不好咧！完了，咱们这两个呀呀儿哟了。好汉打不过人多。”说着话，两个便坐在地下，仰面观瞧。只见左旋右舞，飞腾上下，如何分的出来呢？江、黄二人为难：“这可怎么样呢？”猛听得那边树上呱呱乱叫。江樊立起身来一看，道：“伙计，你在这里呢。好吓！他两个会顽吓，敢则躲在树里藏着呢。”黄茂道：“知道是不是呢？”江樊道：“咱们叫他一声儿，老鸦吓！该走咧！”只见两个乌鸦飞起，向着二人乱叫，又往南飞去了。江樊道：“真奇怪。”黄茂道：“别管他，咱们且跟他到那里。”二人赶步向前，刚然来至宝善庄，乌鸦却不见了。见有两个穿青衣的，一个大汉，一个后生。江樊猛然省悟，道：“伙计，二青吓。”黄茂道：“不错，双皂（黑色）吓。”二人说完，尚在游疑（游移迟疑）。

只见那二人从小路上岔走。大汉在前；后生在后，赶不上大汉，一着急却跌倒了，把靴子脱落了一只，却露出尖尖的金莲（旧时指缠足妇女的脚）来。那大汉看见，转回身来将他扶起，又把靴子拾起叫他穿上。黄茂早赶过来，道："你这汉子，要拐那妇人往那里去？"一伸手就要拿人。那知大汉眼快，反把黄茂腕子拢住，往怀里一领，黄茂难以扎挣，就顺水推舟的爬下了。江樊过来嚷道："故意的女扮男装，必有事故。反将我们伙计摔倒。你这厮有多大胆？"说罢，才要动手。只见那大汉将手一晃，一转眼间右胁里就是一拳。江樊往后倒退了几步，身不由己的也就仰面朝天的躺下了。他二人却好，虽则一个爬着，一个躺着，却骂不绝口，又不敢起来合他较量。

只听那大汉对后生说："你顺着小路过去，有一树林；过了树林，就看见庄门了。你告诉庄丁们，叫他等前来绑人。"那假后生忙忙顺着小路去了。不多时，果见来了几个庄丁，短棍铁尺，口称："主管，拿甚么人？"大汉用手往地下一指，道："将他二人捆了，带至庄中，见员外去。"庄丁听了，一齐上前，捆了就走。绕过树林，果见一个广梁大门。江、黄二人正要探听探听。一直进了庄门，大汉将他二人带至群房，道："我回员外去。"不多时，员外出来，见了公差江樊，只唬得惊疑不止。不知为了何事，且听下回分解。

第五十回 彻地鼠恩救二公差 白玉堂智偷三件宝

且说那员外迎面见了两个公差，谁知他却认得江樊，连忙吩咐家丁快快松了绑缚，请到里面去坐。

你道这员外却是何等样人？他姓林，单名一个春字，也是个不安本分的。当初同江樊他两个人原是破落户（无赖）出身，只因林春发了一注外财，便与江樊分手。江樊却又上了开封府当皂隶（旧时衙门里的差役。皂，zào），暗暗的熬上了差役头目。林春久已听得江樊在开封府当差，就要仍然结识于他。谁知江樊见了相爷秉正除奸，又见展爷等英雄豪侠，心中羡慕，颇有向上之心。他竟改邪归正，将夙日（平日。夙，sù）所为之事一想，全然不是在规矩之中，以后总要做好事当好人才是。不想今日被林春主管雷洪拿来，见了员外，却是林春。

林春连称“恕罪”，即刻将江樊、黄茂让至待客厅上。献茶已毕，林春欠身道：“实实不知是二位上差，多有得罪，望乞看当初的分上，务求遮盖一二。”江樊道：“你我原是同过患难的，这有甚么要紧，但请放心。”说罢，执手，别过头来就要起身。这本是个脱身之计。不想林春更是奸滑油透的，忙拦道：“江贤弟，且不必忙。”便向小童一使眼色。小童连忙端出一个盘子，里面放定四封银子。林春笑道：“些须薄礼，望乞笑纳。”江樊道：“林兄，你这就错了。似这点事儿有甚要紧，难道用这银子买嘱小弟不成？断难从命。”林春听了，登时放下脸来，道：“江樊，你好不知时务。我好意念昔日之情，赏脸给你银两，你竟敢推托，想来你是仗着开封府藐视（轻视，小看。藐，miǎo）于我。好，好！”回头叫声：“雷洪，将他二人吊起来，给我着实拷打！立刻叫他写下字样，再回我知道。”

雷洪即吩咐庄丁捆了二人，带至东院三间屋内。江樊、黄茂也不言语，被庄丁推到东院，甚是宽阔。却有三间屋子，是两明一暗。正中柁（tuó，木结构房架中顺着前后方向架在柱子上的横木）上有两个大环，环内有链，链上有钩。从背缚之处伸下钩来，钩住腰间丝绦（tāo，带子），往上一拉，吊的脚刚沾地，前后并无倚靠。雷洪叫庄丁搬个座位坐下，又吩咐庄丁用皮鞭先抽江樊。江樊到了此时，便把当初的泼皮施展出来，骂不绝口。庄丁连抽数下。江樊谈笑自若，道：“松小子！你们当家的惯会打算盘，一点荤腥儿也不给你们吃，尽与你们豆腐，吃的你们一点囊劲儿也没有。你这是打人呢？还是与我去痒痒呢？”雷洪闻听，接过鞭子来，一连抽了几下。江樊道：“还是大小子好，他到底儿给我抓抓痒痒，孝顺孝顺我呀。”雷洪也不理他，又抽了数下。又叫庄丁抽黄茂。黄茂也不言语，闭眼合睛，惟有咬牙忍疼而已。江樊见黄茂挨死打，惟恐他一哼出来，就不是劲儿了。他却拿话往这边领着，说：“你们不必抽他了。他的困大，抽着抽着，就睡着了。你们还是孝顺我罢。”雷洪听了，不觉怒气填胸，向庄丁手内接过皮鞭子来，又打江樊。江樊却是嬉皮笑脸，闹的雷洪无法，只得歇息歇息。

此时日已衔山（太阳已落山。衔，xián），将有掌灯时候，只听小童说道："雷大叔，员外叫你老吃饭呢。"雷洪叫庄丁等皆吃饭去。自己出来，将门带上，扣了钌铞儿（扣住门窗等的铁片，一端钉在门窗上，另一端有钩子钩在屈戌儿里，或者有眼儿套在屈戌儿上。钌铞，liào diào），同小童去了。这屋内江、黄二人，听了听外面寂静无声，黄茂悄悄说道："江大哥，方才要不是你拿话儿领过去，我有点顽不开了。"江樊道："你等着罢，回来他来了，这顿打那才够驼的呢！"黄茂道："这可怎么好呢？"

忽见从里间屋内出来一人，却看不出是甚么模样，江樊问道："你是甚么人？"那人道："小老儿姓豆。只因同小女上汴梁（宋都城。汴，biàn）投亲去，就在前面宝善庄打尖（旅途中休息停下来吃点儿东西）。不想这员外由庄上回来，看见小女就要抢掠。多亏了一位义士姓韩名彰，救了小老儿父女二人，又赠了五两银子。不料不识路径，竟自走入庄内，却就是这员外这里。因此被他仍然抢回，将我拘禁在此。尚不知我女儿性命如何？"说着，说着，就哭了。江、黄二人听了，说是韩彰，满心欢喜，道："咱们倘能脱了此难，要是找着韩彰，这才是一件美差呢！"

正说至此，忽听钌铞儿一响，将门闪开一缝，却进来了一人。火扇一晃，江、黄二人见他穿着夜行衣靠（武侠所穿的密扣紧袖束腰衣装），一色是青。忽听豆老儿说："原来是恩公到了。"江、黄听了此言，知是韩彰，忙道："二员外爷，你老快救我们才好！"韩彰道："不要忙。"从背后抽出刀来，将绳缚割断，又把铁链钩子摘下，江、黄二人已觉痛快。又放了豆老儿。那豆老儿因捆他的工夫大了，又有了年纪，一时血脉不能周流。韩彰便将他等领出屋来，悄悄道："你们在何处等等？我将林春拿住，交付你二人，好去请功。再找找豆老的女儿在何处。只是这院内并无藏身之所，你们在何处等呢？"忽见西墙下有个极大的马槽，扣在那里，韩彰道："有了，你们就藏在马槽之下，如何呢？"江樊道："叫他二人藏在里面罢，我是闷不惯的。我一人好找地方，另藏在别处罢。"说着，就将马槽一头掀起，黄茂与豆老儿跑进去，仍然扣好。

二义士却从后面上房，见各屋内灯光明亮，他却伏在檐前往下细听。有一个婆子说道："安人（犹夫人，对妇人的一种尊称），你这一片好心，每日烧香念佛的，只保佑员外平安无事罢。"安人道："但愿如此，只是再也劝不过来的。今日又抢了一个女子来，还锁在那边屋里呢。不知又是甚么主意？”婆子道：“今日不顾那女子了。”韩爷暗喜，幸而女子尚未失身。

又听婆子道：“还有一宗事最恶呢。原来咱们庄南有个锡匠叫甚么季广，他的女人倪氏合咱们员外不大清楚。只因锡匠病才好了，咱们员外就叫主管雷洪定下一计，叫倪氏告诉他男人，说他病时曾许下在宝珠寺烧香。这寺中有个后院，是一块空地，并丘着一口棺材，墙却倒塌不整。咱们雷洪就在那里等他。”安人问道：“等他作甚么？”婆子道：“这就是他们定的计策。那倪氏烧完了香，就要上后院子小解（小便），解下裙子来，搭在丘子上。及至小解完了，就不见了，因此他就回了家了。到了半夜里，有人敲门，嚷道：‘送裙子来了！’倪氏叫他男人出去，就被人割了头去了。这倪氏就告到祥符县说，庙内昨日失去裙子，夜间夫主就被人杀了。县官叫罢，就疑惑庙内和尚身上，即派人前去搜寻，却于庙内后院丘子旁边，见有浮土一堆。刨开看时，就是那条裙子，包着季广的脑袋呢！差人就把本庙的和尚法聪捉去，用酷刑审问。他如何能招呢？谁知法聪有个师弟名叫法明，募化（和尚、道士等求人施舍财物。募，mù）回来，听见此事，他却在开封府告了。咱们员外听见此信，恐怕开封府问事利害，万一露出马脚来，不大稳便，因此又叫雷洪拿了青衣小帽，叫倪氏改妆藏在咱们家里，就在东跨所，听说今晚成亲。你老人家想想，这是甚么事？平白无故的生出这等毒计。”

韩爷听毕，便绕至东跨所，轻轻落下，只听屋内说道：“那开封府断事如神。你若到了那里，三言两语包管露出马脚来，那还了得！如今这个法子，谁想的到你在这里呢？这才是万年无忧呢。”妇人说道：“就只一宗，我今日来时遇见两个公差，偏偏的又把靴子掉了，露出脚来，喜的好在拿住了。千万别把他们放走了。”林春道：“我已告诉雷洪，三更时把他们结果了就完了。”妇人道：“若如此，事情才得干净呢。”

韩二爷听至此，不由气往上撞，暗道：“好恶贼！”却用手轻轻的掀起帘栊（门窗的帘子。栊，lóng），来至堂屋之内。见那边放着软帘，走至跟前，猛然将帘一掀，口中说道：“嚷，就是一刀！”却把刀一晃，满屋明亮。林春这一唬不小，见来人身量高大，穿着一身青靠，手持明亮亮的刀，借灯光一照，更觉难看，便跪倒哀告，道："大王爷饶命！若用银两，我去取去。"韩彰道："俺自会取，何用你去。且先把你捆了再说。"见他穿着短衣，一回头看见丝绦放在那里，就一伸手拿过来，将刀咬在口中，用手将他捆了个结实；又见有一条绢子，叫林春张开口给他塞上。再看那妇人时，已经哆嗦在一堆，顺手提将过来，却把拴帐钩的绦子割下来，将妇人捆了；又割下一副飘带，将妇人的口也塞上。

正要回身出来找江樊等，忽听一声嚷，却是雷洪到东院持刀杀人去了，不见江、黄、豆老，连忙呼唤庄丁搜寻，却在马槽下搜出黄茂、豆老，独独不见了江樊，只得来禀员外。韩爷早迎至院中，劈面就是一刀。雷洪眼快，用手中刀尽力一磕，几乎把韩爷的刀磕飞。韩彰暗道："好力量！"二人往来多时。韩爷技艺虽强，吃亏了力软；雷洪的本领不济，便宜力大，所谓"一力降十会"（一个力气大的人，可以战胜十个会武艺的人）。韩爷看看不敌。猛见一块石头飞来，正打在雷洪的脖项之上，不由的向前一栽。韩爷手快，反背就是一刀背，打在脊梁骨上。这两下才把小子闹了个嘴吃屎。韩爷刚要上前，忽听道："二员外，不必动手，待我来。"却是江樊，上前将雷洪绑了。

原来江樊见雷洪呼唤庄丁搜查，他却隐在黑暗之处。后见拿了黄茂、豆老，雷洪吩咐庄丁："好生看守，待我回员外去。"雷洪前脚走，江樊却后边暗暗跟随。因无兵刃，走着，就便拣了一块石头子儿在手内拿着，可巧遇韩爷同雷洪交手，他却暗打一石，不想就在此石上成功。韩爷又搜出豆女，交付与林春之妻，吩咐候此案完结时，好叫豆老儿领去。复又放了黄茂、豆老。江樊等又求韩爷护送，韩爷便把窃听设计谋害季广、法聪含冤之事，一一叙说明白。江樊又说："求二员外亲至开封府去。"并言卢方等已然受职。韩爷听了，却不言语，转眼之间，就不见了。

江、黄二人却无奈何，只得押解三人来到开封，把二义士解救以及拿获林春、倪氏、雷洪，并韩彰说的谋害季广、法聪冤枉之事，俱各禀明了。包公先差人到祥符县提法聪到案，然后立刻升堂，带上林春、倪氏、雷洪等一干人犯，严加审讯。他三人皆知包公断事如神，俱各一一招认。包公命他们俱画招具结收禁，按例定罪。仍派江樊、黄茂带了豆老儿到宝善庄，将他女儿交代明白。

及至法聪提到，又把原告法明带上堂来，问他等乌鸦之事。两人发怔，想了多时，方才想起。原来这两个乌鸦是宝珠寺庙内槐树上的，因被风雨吹落，两个乌鸦将翎（líng，鸟的翅膀和尾巴上的长而硬的羽毛）摔伤。多亏法聪好好装在笸箩（pǒ luo，用柳条或篾条编的器物）内将养，任其飞腾自去，不意竟有鸣冤之事。包公听了点头，将他二人释放无事。

此案已结。包公来到书房，用毕晚饭。将有初鼓之际，江、黄二人从宝善庄回来，将带领豆老儿将他女儿交代明白的话，回了一遍。包公念他二人勤劳辛苦，每人赏银二十两。二人叩谢，一齐立起。刚要转身，又听包公唤道："转来。"二人连忙止步，向上侍立。包公又细细询问韩彰，二人从新细禀一番，方才出来。

包公细想："韩彰不肯来之事，是何缘故？并且告诉他卢方等圣上并不加罪，已皆受职。他听了此言应当有向上之心，如何又隐避而不来呢？"猛然省悟，道："哦！是了，是了，他因白玉堂未来，他是决不肯先来的。"正在思索之际，忽听院内拍的一声，不知是何物落下。包兴连忙出去，却拾进一个纸包儿来，上写着"急速拆阅"四字。包公看了，以为必是匿名（不写真实姓名。匿，nì）帖子，或是其中别有隐情。拆开看时，里面包定一个石子，有个字柬儿，上写着："我今特来借三宝，暂且携归陷空岛。南侠若到卢家庄，管叫御猫跑不了。"包公看罢，便叫包兴前去看视三宝，又令李才请展护卫来。

不多时，展爷来到书房，包公即将字柬与展爷看了。展爷忙问道："相爷可曾差人看三宝去了没有？"包公道："已差包兴看视去了。"展爷不胜惊骇，道："相爷中了他'拍门投石问路（原指夜间潜入某处前，先投以石子，看看有无反应，借以推测情况。后比喻先以某种行动试探）'之计了。"包公问道："何以谓之'投石问路'呢？"展爷道："这来人本不知三宝在于何处，故写此字令人设疑。若不使人看视，他却无法可施；如今已差人看视，这是领了他去了。此三宝必失无疑了。"正说到此，忽听那边一片声喧（xuān，声音大），展爷吃了一惊。不知所嚷为何，且听下回分解。

第五十一回 寻猛虎双雄陷深坑 获凶徒三贼归平县

且说包公正与展爷议论石子来由，忽听一片声喧，乃是西耳房（跟正房相连的两侧的小屋，也指厢房两旁的小屋）走了水（“走水”，即失火）了。展爷连忙赶至那里，早已听见有人嚷道：“房上有人！”展爷借火光一看，果然房上站立一人，连忙用手一指，放出一枝袖箭（藏在衣袖里暗中射出的箭，借着弹簧的力量发射），只听噗哧一声。展爷道：“不好！又中了计了。”一眼却瞧见包兴在那里张罗救火，急忙问道：“印官看视三宝如何？”包兴道：“方才看了，纹丝没动。”展爷道：“你再看看去。”正说间，三义、四勇俱各到了。

此时耳房之火已然扑灭，原是前面窗户纸引着，无甚要紧。只见包兴慌张跑来，说道：“三宝真是失去不见了！”展爷即飞身上房。卢方等闻听，也皆上房。四个人四下搜寻，并无影响（影子和声响，引申为踪迹）。下面却是王、马、张、赵，前后稽查也无下落。展爷与卢爷等仍从房上回来，却见方才用箭射的，乃是一个皮人子，脚上用鸡爪丁扣定瓦拢，原是吹膨了的。因用袖箭打透，冒了风，也就摊在房上了。楞爷徐庆看了，道：“这是老五的。”蒋爷捏了他一把。展爷却不言语。卢方听了，好生难受，暗道：“五弟做事太阴毒了。你知我等现在开封府，你却盗去三宝，叫我等如何见相爷？如何对的起众位朋友？”他那里知道相爷处还有个知照（通知）帖儿呢。四人下得房来，一同来至书房。

此时包兴已回禀包公，说三宝失去。包公叫他不用声张，恰好见众人进来参见包公，俱各认罪。包公道：“此事原是我派人瞧的不好了。况且三宝也非急需之物，有甚稀罕。你等莫要声张，俟（sì，等待）明日慢慢访查便了。”

众英雄见相爷毫不介意，只得退出，来到公所之内。依卢方还要前去追赶。蒋平道：“知道五弟向何方而去？不是望风扑影么？”展爷道："五弟回了陷空岛了。"卢方问道："何以知之？"展爷道："他回明了相爷，还要约小弟前去，故此知之。"便把方才字柬上的言语念出。卢方听了，好不难受，惭愧满面，半晌道："五弟做事太任性了。这还了得，还是我等赶了他去为是。"展爷知道卢方乃是忠厚热肠，忙拦道："大哥是断断去不得的。"卢方道："却是为何？"展爷道："请问大哥赶上五弟，合五弟要三宝不要？"卢方道："焉（yān，怎么，哪里）有不要之理。"展爷道："却又来！合他要，他给了便罢；他若不给，难道真个翻脸拒捕，从此就义断情绝了么？我想此事，还是小弟去的是理。"蒋平道："展兄，你去了恐有些不妥，五弟他不是好惹的。"展爷听了不悦，道："难道陷空岛是龙潭虎穴不成？"蒋平道："虽不是龙潭虎穴，只是五弟做事令人难测，阴毒得狠。他这一去必要设下埋伏，一来陷空岛大哥路径不熟，二来不知道他设下甚么圈套。莫若小弟明日回禀了相爷，先找我二哥。我二哥若来了，还是我等回到陷空岛将他稳住，做为内应，大哥再去，方是万全之策。"展爷听了，才待开言，只听公孙策道："四弟言之有理。展大哥莫要辜负四弟一番好意。"展爷见公孙先生如此说，只得将话咽住，不肯往下说了，惟有心中暗暗不平而已。

到了次日，蒋平见了相爷，回明要找韩彰去。并因赵虎每每有不合之意，要同张龙、赵虎同去。包公听说要找韩彰，甚合心意，因问向何方去找。蒋平回道："就在平县翠云峰。因韩彰的母亲坟墓在此峰下，年年韩彰必于此时拜扫，故此要到那里寻找一番。"包公甚喜，就叫张、赵二人同往。张龙却无可说，独有赵虎一路上合蒋平闹了好些闲话，蒋爷只是不理。张龙在中间劝阻。

这一日打尖吃饭，刚然坐下，赵虎就说："咱们同桌儿吃饭，各自会（付账）钱，谁也不必扰谁，你道好么？"蒋爷笑道："狠好，如此方无拘束。"因此各自要的各自吃，我也不吃你的，你也不吃我的。幸亏张龙惟恐蒋平脸上下不来，反在其中周旋打和儿。赵虎还要说闲话，蒋爷只有笑笑而已。及至吃完，堂官算帐，赵虎务必要分帐。张龙道："且自算算，柜上再分去。"到柜上问时，柜上说蒋老爷已然都给了。却是跟蒋老爷的伴当，进门时就把银包交付柜上，说明了如有人问，就说蒋老爷给了。天天如此，张龙好觉过意不去。蒋平一路上听闲话、受作践，不一而足（指同类的事物不止一个，无法列举齐全）。

好容易到了翠云峰，半山之上有个灵佑寺。蒋平却认得庙内和尚，因问道：“韩爷来了没有？”和尚答道：“却未到此扫墓。”蒋平听了，满心欢喜，以为必遇韩彰无疑，就与张、赵二人商议，在此庙内居住等候。赵虎前后看了一回，见云堂宽阔豁亮，就叫伴当将行李安放在云堂，同张龙住了。蒋平就在和尚屋内同居。偏偏的庙内和尚俱各吃素。赵虎他却耐不得，向庙内借了碗盏家伙，自己起灶（开伙备办饭菜），叫伴当打酒买肉，合心配口而食。

伴当这日提了竹筐，拿了银两，下山去了。不多时，却又转来。赵虎见他空手回来，不觉发怒，道：“你这厮向何方去了多时，酒肉尚未买来？”轮掌就要打。伴当连忙往后一退，道：“小人有事回爷。”张龙道：“贤弟且容他说。”赵虎掣（chè，抽）回拳来，道：“快讲！说的不是，我再打。”伴当道：“小人方才下山，走到松林之内，见一人在那里上吊。见了是救吓，是不救呢？”赵虎说：“那还用问吗？快些救去，救去！”伴当道：“小人已救下来，将他带来了。”赵虎笑道：“好小子！这才是。快买酒肉去罢。”伴当道：“小人还有话回呢。”赵虎道：“好唠叨！还说甚么？”张龙道：“贤弟且叫他说明，再买不迟。”赵虎道：“快，快快的！”伴当道：“小人问他为何上吊，他就哭了。他说他叫包旺。”赵虎听了，连忙站起身来，急问道：“叫甚么？”伴当道：“叫包旺。”赵虎道：“包旺怎么样？讲，讲，讲！”伴当说：“他奉了太老爷太夫人、大老爷大夫人之命，特送三公子上开封府衙内攻书。昨晚就在山下前面客店之中住下。因月色颇好，出来玩赏，行到松林，猛然出来了一只猛虎，就把他相公背了走了。”赵虎听到此，不由怪叫吆喝，道：“这还了得！这便怎么处？”张龙道：“贤弟不必着急，其中似有可疑。既是猛虎，为何不用口叼呢，却背了他去了？这个光景必然有诈。”叫伴当将包旺忙让进来。

不多时，伴当领进，赵虎一看果是包旺。彼此见了让坐，道受惊。包旺因前次在开封府见过张、赵二人，略为谦让，即便坐了。张、赵又细细盘问了一番，果是虎背了去了。此时包旺便说：“自开封回家，一路平安。因相爷喜爱三公子，禀明太老爷太夫人、大老爷大夫人，就命我护送赴署。不想昨晚住在山下店里，公子要踏月，走至松林，出来一只猛虎把公子背了去。我今日寻找一天，并无下落，因此要寻自尽。”说罢，痛哭。张、赵二人听毕，果是虎会背人，事有可疑。他二人便商议晚间在松林搜寻，倘然拿获，就可以问出公子的下落来了。

此时伴当已将酒肉买来，收拾妥当。叫包旺且免愁烦，他三人一处吃毕饭，赵虎喝的醉醺醺的就要走。张龙道：“你我也须装束伶便（即“灵便”），各带兵刃。倘然真有猛虎，也可除此一方之害。咱们这个样儿，如何与虎斗呢？”说罢，脱去外面衣服，将搭包（即褡包，长而宽的腰带，用布或绸做成，系在衣服外面）勒紧。赵虎也就扎缚停当。各持了利刃，叫包旺同伴当在此等候。他二人下了山峰，来到松林之下，趁着月色，赵虎大呼小叫道：“虎在那里？虎在那里？”左一刀，右一晃，混砍乱晃。忽见那边树上跳下二人，咕噜噜的就往西飞跑。

原来有二人在树上隐藏，远远见张、赵二人奔入林中，手持利刃，口中乱嚷：“虎在那里？”又见明亮亮的钢刀，在月光之下一闪一闪，光芒冷促。这两个人害怕，暗中计较道：“莫若如此如此，这般这般。”因此跳下树来，往西飞跑。张、赵二人见了，紧紧追来。却见前面有破屋二间，墙垣（yuán，墙）倒塌，二人奔入屋内去了。张、赵也随后追来。楞爷不管好歹，也就进了屋内，又无门窗户壁，四角俱空，那里有个人影。赵虎道：“怪呀！明明进了屋子，为何不见了呢？莫不是见了鬼咧？或者是甚么妖怪？岂有此理！”东瞧西望，一步凑巧，忽听哗啷一声，蹲下身一摸，却是一个大铁环钉在木板子上边。张龙也进屋内，觉得脚下咕咚、咕咚的响，就有些疑惑。忽听赵虎说：“有了，他藏在这下边呢。”张龙说：“贤弟如何知道？”赵虎说：“我揪住铁环了。”张龙道：“贤弟千万莫揭此板。你就在此看守。我回到庙内将伴当等唤来，多拿火亮，岂不拿个稳当的。”赵虎却耐烦不得，道：“两个毛贼有甚要紧，且自看看再做道理。”说罢，一提铁环，将板掀起，里面黑洞洞任甚么看不见。用刀往下一试探，却是土基台阶。“哼！里面必有蹊跷（qī qiao，奇怪，可疑），待俺下去。”张龙道：“贤弟且慢！……”此话未完，赵虎已然下去。张龙惟恐有失，也就跟将下去。谁知下面台阶狭窄，而且赵爷势猛，两脚收不住，咕噜噜竟自滚下去了，口内连说：“不好，不好！”里面的二人早已备下绳索，见赵虎滚下来，那肯容情，两人服侍一个人，登时捆了个结实。张爷在上面听见赵虎连说“不好，不好”，不知何故，一时不得主意，心内一慌，脚下一跐（cī，脚下滑动），也就溜下去了。里面二人早已等候，又把张爷捆缚起来。这且不言。

再说包旺在庙内，自从张、赵二人去后，他方细细问明伴当，原来还有蒋平，他三人是奉相爷之命前来访查韩二爷的，因问：“蒋爷现在那里？”伴当便说：“赵爷与蒋爷不睦，一路上把蒋爷欺负苦咧，到此还不肯同住。幸亏蒋爷有涵容（包容），全不计较，故此自己在和尚屋内住了。”包旺听了，心下明白。直等到天有三更，未见张、赵回来，不由满腹狐疑（一肚子的疑惑。比喻疑惑不解的神态），对伴当说：“你看已交半夜，张、赵二位还不回来，其中恐有差池（意外的事）。莫若你等随我同见蒋爷去。”伴当也因夜深不得主意，即领了包旺来见蒋爷。

此时蒋平已然歇息。忽听说包旺来到，又听张、赵二人捉虎未回，连忙起来，细问一番，方知他二人初鼓已去，自思：“他二人此来，原是我在相爷跟前撺掇（cuān duo，鼓动，怂恿）。如今他二人若有失闪，我却如何覆命呢？”忙忙束缚伶便，背后插了三棱鹅眉刺，吩咐伴当等：“好生看守行李，千万不准去寻我等。”别了包旺，来至庙外，一纵身先步上高峰峻岭，见月光皎洁，山色晶莹，万籁无声，四围静寂。

蒋爷侧耳留神，隐隐闻得西北上犬声乱吠（fèi，狗叫），必有村庄。连忙下了山峰，按定方向奔去，果是小小村庄。自己蹑足潜踪（放轻脚步，隐住身体。形容小心隐秘的样子），遮遮掩掩，留神细看，见一家门首站立二人，他却隐在一棵大树之后。忽见门开处，里面走出一人，道：“二位贤弟，夤夜（深夜。夤，yín）到此何干？”只听那二人道：“小弟等在地窖子里拿了二人，问他却是开封府的校尉。我等听了不得主意，是放好？还是不放好呢？故此特来请示大哥。”又听那人说：“嗳哟！竟有这等事！那是断断放不得的。莫若你二人回去，将他等结果，急速回来。咱三人远走高飞，趁早儿离开此地要紧。”二人道：“既如此，大哥就归着行李，我们先办了那宗事去。”说罢，回身竟奔东南。蒋泽长却暗暗跟随。二人慌慌张张的，竟奔破房而来。

此时蒋爷从背后拔出钢刺，见前面的已进破墙，他却紧赶一步，照着后头走的这一个人的肩窝就是一刺，往怀里一带；那人站不稳跌倒在地，一时扎挣不起。蒋爷却又窜入墙内，只听前面的问道：“外面甚么咕咚一响？……”话未说完，好蒋平！钢刺已到，躲不及，右胁上已然着重，嗳哟一声，翻筋斗栽倒。四爷赶上一步，就势按倒，解他腰带，三环五扣（形容捆绑结实）的捆了一回。又到墙外，见那一人方才起来，就要跑。真好泽长！赶上前窝里炮踢倒，也就捆缚好了，将他一提提到破屋之内。

事有凑巧，脚却扫着铁环。又听得空洞之中似有板盖，即用手提环，掀起木板，先将这个往下一扔。侧耳一听，只听咕噜、咕噜的落在里面，摔的嗳呀一声。蒋爷又听，无甚动静，方用钢刺试步而下。到了里面一看，却有一间屋子大小，是一个瓮洞窖儿，那壁厢（那边）点着个灯挂子。再一看时，见张、赵二人捆在那里。张龙羞见，却一言不发。赵虎却嚷道："蒋四哥，你来的正好！快快救我二人吓！"蒋平却不理他，把那人一提，用钢刺一指，问道："你叫何名？共有几人？快说！"那人道："小人叫刘豸（zhì），上面那个叫刘獬（xiè），方才邓家洼那一个叫武平安，原是我们三个。"蒋爷又问道："昨晚你等假扮猛虎背去的人呢？放在那里？"刘豸道："那是武平安背去的，小人们不知。就知昨晚上他亲姐姐死了，我们帮着抬埋的。"蒋平问明此事，只听那边赵虎嚷道："蒋四哥，小弟从此知道你是个好的了。我们两个人没有拿住一个，你一个人拿住二名。四哥敢则真有本事，我老赵佩服你了。"蒋平就过来，将他二人放起。张、赵二人谢了。蒋平道："莫谢，莫谢，还得上邓家洼呢。二位老弟随我来。"三人出了地窖，又将刘獬提起，也扔在地窖之内，将板盖又压上一块石头。

蒋平在前，张、赵在后，来至邓家洼。蒋平指与门户，悄悄说："我先进去，然后二位老弟叩门。两下一挤，没他的跑儿。"说着，一纵身体，一股黑烟，进了墙头，连个声息也无。赵虎暗暗夸奖。张龙此时在外叩门，只听里面应道："来了。"门未开时，就问："二位可将那二人结果（将人杀死）了？"及至开门时，赵虎道："结果了！"披胸就是一把，揪了个结实。武平安刚要扎挣，只觉背后一人揪住头发，他那里还能支持，立时缚住。三人又搜寻一遍，连个人也无，惟有小小包裹放在那里。赵虎说："别管他，且拿他娘的。"蒋爷道："问他三公子现在何处。"武平安说："已逃走了。"赵虎就要拿拳来打。蒋爷拦住，道："贤弟，此处也不是审他的地方，先押着他走。"三人押定武平安到了破屋，又将刘豸、刘獬从地窖里提出，往回里便走，来到松林之内，天已微明。却见跟张、赵的伴当寻下山来，便叫他们好好押解。一同来到庙中，约了包旺，竟赴平县而来。

谁知县尹已坐早堂，为宋乡宦失盗之案。因有主管宋升，声言窝主是学究方善先生，因有金镯为证。正在那里审问方善一案，忽见门上进来，禀道："今有开封府包相爷差人到了。"县尹不知何事，一面吩咐"快请"，一面先将方善收监。

这里才吩咐，已见四人到了前面。县官刚然（刚刚）站起，只听有一矮胖之人说道："好县官吓！你为一方之主，竟敢纵虎伤人，并且伤的是包相爷的侄男。我看你这纱帽，是要戴不牢的了。"县官听了发怔，却不明白此话，只得道："众位既奉相爷钧谕前来，有话请坐下慢慢的讲。"吩咐看座，坐了。包旺先将奉命送公子赴开封、路上如何住宿、因步月如何遇虎、将公子背去的话，说了一遍。蒋爷又将拿获武平安、刘豸、刘獬的话，说了一遍，并言俱已解到。

县官听得已将凶犯拿获，暗暗欢喜，立刻吩咐："带上堂来。"先问武平安将三公子藏于何处。武平安道："只因那晚无心中背了一个人来，回到邓家洼小人的姐姐家中。此人却是包相爷的三公子包世荣。小人与他有杀兄之仇，因包相审问假公子一案，将小人胞兄武吉祥用狗头铡铡死。小人意欲将三公子与胞兄祭灵。"赵虎听至此，站起来举手就要打，亏了蒋爷拦住。又听武平安道："不想小人出去打酒买纸锞（纸锭。锞，kè，小块金锭或银锭）的工夫，小人姐姐就放三公子逃走了。"赵爷听到此，又哈哈的大笑，说："放得好，放得好！底下怎么样呢？"武平安道："我姐姐叫我外甥邓九如找我，说三公子逃走了。小人一闻此言，急急回家。谁知我姐姐竟自上了吊死咧！小人无奈，烦人将我姐姐掩埋了。偏偏的我外甥邓九如，他也就死了。"未知如何，且听下回分解。

第五十二回 感恩情许婚方老丈 投书信多亏宁婆娘

且说蒋平等来至平县。县官立刻审问武平安。武平安说他姐姐因私放了三公子后，竟自自缢（上吊自杀。缢，yì）身死。众人听了已觉可惜，忽又听说他外甥邓九如也死了，更觉诧异。县官问道："邓九如多大了？"武平安说："今年才交七岁。"县官说："他小小年纪，如何也死了呢？"武平安道："只因埋了他母亲之后，他苦苦的合小人要他妈。小人一时性起，就将他踢了一顿脚，他就死在山洼子里咧。"赵虎听到此，登时（立时）怒气填胸，站将起来，就把武平安尽力踢了几脚，踢的他满地打滚。还是蒋、张二人劝住。又问了问刘豸（zhì）、刘獬（xiè），也就招认因贫起见，就帮着武平安每夜行劫度日，俱供是实，一齐寄监（暂时关押在监狱中）。县官又向蒋平等商议了一番，惟有赶急访查三公子下落要紧。

你道这三公子逃脱何方去了？他却奔至一家，正是学究（读书人的通称）方善，乃是一个饱学的寒儒。家中并无多少房屋，只是上房三间，却是方先生同女儿玉芝小姐居住，外有厢房三间做书房。那包世荣投到他家，就在这屋内居住。只因他年幼书生，自小娇生惯养，那里受的这样辛苦，又如此惊唬，一时之间就染起病来。多亏了方先生精心调理，方觉好些。

一日，方善上街给公子打药，在路上拾了一只金镯，看了看拿到银铺内去瞧成色。恰被宋升看见，讹成窝家，扭到县内，已成讼案。即有人送了信来。玉芝小姐一听他爹爹遭了官司，那里还有主意咧！便哭哭啼啼。家中又无别人，幸喜有个老街坊，是个婆子，姓宁，为人正直爽快，爱说爱笑，人人皆称他为宁妈妈。这妈妈听见此事，有些不平，连忙来到方家，见玉芝已哭成泪人相似。宁妈妈好生不忍。玉芝一见如亲人一般，就央求他到监中看视。

那妈妈满口应承，即到了平县。谁知那些衙役快头俱与他熟识，众人一见，彼此顽顽笑笑，嗽嗽呕呕，便领他到监中看视。见了方先生，又向众人说些浮情照应的话，并问官府审的如何。方先生说："自从到时，刚要过堂，不想为甚么包相爷的侄儿一事，故此未审。此时县官竟为此事为难，无暇及此。"方善又问了问女儿玉芝，就从袖中取出一封字柬递与宁妈妈，道："我有一事相求：只因我家外厢房中住着个荣相公，名唤世宝，我见他相貌非凡，品行出众，而且又是读书之人，堪与我女儿配偶，求妈妈玉成（成全，促成。敬辞）其事。"宁婆道："先生现遇此事，何必忙在此一时呢？"方善道："妈妈不知，我家中并无多余的房屋，而且又无仆妇丫鬟，使怨女旷夫（指没有配偶的成年男女）未免有瓜田李下（古诗《君子行》："瓜田不纳履，李下不正冠。"经过瓜田，不弯下身来提鞋，免得人家怀疑摘瓜；走过李树下面，不举起手来整理帽子，免得人家怀疑摘李子。后用"瓜田李下"泛指容易引起嫌疑的地方）之嫌。莫若把此事说定了，他与我有翁婿之谊，玉芝与他有夫妻之分，他也可以照料我家中，别人也就没的说了。我的主意已定，只求妈妈将此封字柬与相公看了；倘若不允，就将我一番苦心向他说明，他再无不应之理。全仗妈妈玉成。"宁妈妈道："先生只管放心，谅我这张口说了，此事必应。"方善又嘱托照料家中，宁婆一一应允。

急忙回来，见了玉芝，先告诉他先生在监之事，又悄悄告诉他许婚之意。"现有书信在此，说这荣相公人品学问俱是好的，也活该是千里婚姻一线牵。"那玉芝小姐见有父命，也就不言语了。婆婆问道："这荣相公在书房里么？"玉芝无奈，答道："现在书房，因染病才好，尚未全愈。"妈妈说："待我看看去。"

来到厢房门口，故意高声问道："荣相公在屋里么？"只听里面应道："小生在此。不知外面何人？请进屋内来坐。"妈妈来到屋内一看，见相公伏枕而卧，虽是病容，果然清秀，便道："老身姓宁，乃是方先生的近邻。因玉芝小姐求老身往监中探望他父亲，方先生却托我带了一个字柬给相公看看。"说罢，从袖中取出递过。三公子拆开看毕，说道："这如何使得！我受方恩公莫大之恩尚未答报，如何赶他遇事，却又定他的女儿。这事难以从命。况且又无父母之命，如何敢做？"宁婆道："相公这话就说差了。此事原非相公本心，却是出于方先生之意。再者他因家下无人，男女不便，有瓜李之嫌，是以（因此）托老身多多致意。相公既说受他莫大之恩，何妨应允了此事，再商量着救方先生呢？"

三公子一想："难得方老先生这番好心，而且又名分攸关，倒是应了的是。"宁婆见三公子沉吟，知他有些允意，又道："相公不必游疑。这玉芝小姐量相公也未见过，真是生的端庄美貌，赛画似的。而且贤德过人，又兼诗词歌赋，无不通晓，皆是跟他父亲学的。至于女工针黹（缝纫、刺绣等针线活。黹，zhǐ），更是精巧非常。相公若是允了，真是天配良缘哪！"三公子道："多承妈妈分心，小生应下就是了。"宁婆道："相公既然应允，大小有点聘定，老身明日也好回覆先生去。"三公子道："聘礼尽有，只是遇难逃奔，不曾带在身边，这便怎么处？"宁婆婆道："相公不必为难。只要相公拿定主意，不可食言就是了。"三公子道："丈夫一言既出，如白染皂，何况受方夫子莫大之恩呢！"

宁婆道："相公实在说的不错。俗语说的好：'知恩不报恩，枉为世上人。'再者女婿有半子之劳，想个甚么法子救救方先生才好呢？"三公子说："若要救方夫子，极其容易。只是小生病体甫愈（刚刚痊愈。甫，fǔ，刚刚），不能到县。若要寄一封书信，又怕无人敢递去，事在两难。"宁妈妈说："相公若肯寄信，待老身与你送去如何？就是怕你的信不中用。"三公子说："妈妈只管放心，你要敢送这书信，到了县内叫他开中门，要见县官，面为投递；他若不开中门，县官不见，千万不可将此书信落于别人之手。妈妈，你可敢去么？"宁妈妈说："这有甚么呢？只要相公的书信灵应，我可怕怎的？待我取笔砚来，相公就写起来。"说着话，便向那边桌上拿了笔砚，又在那书夹子里取了个封套笺纸（文书用纸），递与三公子。

三公子拈笔在手，只觉得手颤，再也写不下去。宁妈妈说："相公素日喝冷酒吗？"三公子说："妈妈有所不知，我病了两天，水米不曾进，心内空虚，如何提的起笔来？必须要进些饮食方可写，不然我实实写不来的。"宁婆道："既如此，我做一碗汤来，喝了再写如何？"公子道："多谢妈妈。"宁婆离了书房，来到玉芝小姐屋内，将话一一说了。"只是公子手颤不能写字，须进些羹汤（用肉菜等做成的汤。羹，gēng），喝了好写。"玉芝听了此话，暗道："要开中门见官府亲手接信，此人必有来历。"忙与宁妈商议，又无荤腥，只得做碗素面汤，滴上点香油儿。宁妈妈端到书房，向公子道："汤来了。"公子扎挣起来，已觉香味扑鼻，连忙喝了两口，说："狠好！"及至将汤喝完，两鬓额角已见汗，登时神清气爽，略略歇息，提笔一挥而就（一动笔就写成了。形容写字、写文章、画画快）。宁妈妈见三公子写信不加思索，迅速之极，满心欢喜，说道："相公写完了，念与我听。"三公子说："是念不得的。恐被人窃听了去，走漏风声，那还了得。"

宁妈妈是个精明老练之人，不戴头巾的男子，惟恐书中有了舛错（错乱，不正确。舛，chuǎn），自己到了县内是要吃眼前亏的。他便搭讪着，袖了书信，悄悄的拿到玉芝屋内，叫小姐看。小姐看了，不由暗暗欢喜，深服爹爹眼力不差，便把不是荣相公、却是包公子、他将名字颠倒瞒人耳目、以防被人陷害的话说了。“如今他这书上写着，奉相爷谕进京，不想行至松林，遭遇凶事，险些被害的情节。妈妈只管前去投递，是不妨事的。这书上还要县官的轿子接他呢。”婆子听了，乐的两手拍不到一块，急急来至书房，先见三公子，请罪道：“婆子实在不知是贵公子，多有简慢（怠慢失礼），望乞公子爷恕罪！”三公子说：“妈妈悄言，千万不要声张！”宁婆道：“公子爷放心。这院子内一个外人没有，再也没人听见。求公子将书信封妥，待婆子好去投递。”三公子这里封信，宁妈妈便出去了。

不多时，只见他打扮的齐整，虽无绫罗缎疋（pǐ，同“匹”），却也干净朴素。三公子将书信递与他。他仿佛奉圣旨的一般，打开衫子，揣在贴身胸前拄腰子里。临行又向公子福了福，方才出门，竟奔平县而来。

刚进衙门，只见从班房里出来了一人，见了宁婆，道：“哟！老宁，你这个样怎么来了？别是又要找个主儿罢？”宁婆道：“你不要胡说。我问你，今儿个谁的班？”那人道：“今个是魏头儿。”一壁说着，叫道：“魏头儿，有人找你，这个可是熟人。”早见魏头出来。宁婆道：“原来是老舅该班呢吗。辛苦咧！没有甚么说的，好兄弟，姐姐劳动劳动你。”魏头儿说：“又是甚么事？昨日进监探老方，许了我们一个酒儿，还没给我喝呢。今日又怎么来了？”宁婆道：“口子大小总要缝，事情也要办。姐姐今儿来，特为此一封书信，可是要觌面（当面，见面。觌，dí）见你们官府的。”魏头儿听了，道：“嗳哟！你越闹越大咧。衙门里递书信，或者使得；我们官府，也是你轻易见得的？你别给我闹乱儿了。这可比不得昨日是私情儿。”宁婆道：“傻兄弟，姐姐是做甚么的？当见的我才见呢，横竖不能叫你受热。”魏头儿道：“你只管这们说，我总有点不放心。倘或闹出乱子，那可不是顽的。”旁边有一人说：“老魏吓，你特胆小咧！他既这们说，想来有拿手，是当见的。你只管回去。老宁不是外人，回来可得喝你个酒儿。”宁婆道：“有咧，姐姐请你二人。”

说话间，魏头儿已回禀了出来，道：“走罢！官府叫你呢。”宁婆道：“老舅，你还得辛苦辛苦。这封信本人交与我时，叫我告诉衙内，不开中门不许投递。”魏头儿听了，将头一摇，手一摆，说：“你这可胡闹！为你这封信要开中门，你这不是搅么？”宁妈说：“你既不开，我就回去。”说罢，转身就走。魏头儿忙拦住，道：“你别走吓！如今已回明了，你若走了，官府岂不怪我？这是甚么差事呢！你真这么着，我了不了吓！”宁婆见他着急，不由笑道：“好兄弟，你不要着急。你只管回去，你就说我说的，此事要紧，不是寻常书信，必须开中门方肯投递。管保官府见了此书不但不怪——巧咧，咱们姐们还有点彩头儿呢。”孙书吏在旁听宁婆之话有因，又知道他素日为人再不干荒唐事，就明白书信必有来历，是不能不依着他，便道：“魏头儿，再与他回禀一声，就说他是这们说的。”魏头儿无奈，复又进去，到了当堂。

此时蒋、张、赵三位爷连包旺四个人，正与县官要主意呢。忽听差役回禀，有一婆子投书，依县官是免见。还是蒋爷机变，就怕是三公子的密信，便在旁说：“容他相见何妨。”去了半晌，差役回禀，又说：“那婆子要叫开中门方投此信，他说事有要紧。”县官闻听此言，不觉沉吟，料想必有关系，吩咐道：“就与他开中门，看他是何等书信。”差役应声开放中门，出来对宁婆道：“全是你缠不清。差一点我没吃上，快走罢！”宁婆不慌不忙，迈开半尺的花鞋，咯噔、咯噔进了中门，直上大堂，手中高举书信，来到堂前。县官见婆子毫无惧色，手擎（qíng，举）书信，县官吩咐差役将书接上来。差役将要上前，只听婆子道：“此书须太爷亲接，有机密事在内，来人吩咐的明白。”县官闻听事有来历，也不问是谁，就站起来，出了公座，将书接过。婆子退在一旁。拆阅已毕，又是惊骇，又是欢悦。蒋平已然偷看明白，便向前道：“贵县理宜派轿前往。”县官道：“那是理当如此。”此时包旺已知有了公子的下落，就要跟随前往。赵虎也要跟，蒋爷拦住，道：“你我奉相谕，各有专司，比不得包旺，他是当去的，咱们还是在此等候便了。”赵虎道：“四哥说的有理，咱们就在此等罢。”差役、魏头儿听得明白，方才放心。只见宁婆道：“婆子回禀老爷，既叫婆子引路，他们轿夫腿快，如何跟的上？与其空轿抬着，莫若婆子坐上，又引了路，又不误事，又叫包公子看着，知是太爷敬公子之意。”县官见他是个正直稳实的老婆儿，即吩咐：“既如此，你即押轿前往。”未识后文如何，且听下回分解。

第五十三回 蒋义士二上翠云峰 展南侠初到陷空岛

且说县尹吩咐宁婆坐轿去接。那轿夫头儿悄悄说："老宁吓，你太受用了。你坐过这个轿吗？"婆子说："你夹着你那个嘴罢。就是这个轿子，告诉你说罢，姐姐连这回坐了三次了。"轿夫头儿听了也笑了，吩咐摘杆。宁婆迈进轿杆，身子往后一退，腰儿一哈，头儿一低，便坐上了。众轿夫俱各笑道："瞧不起他，真有门儿。"宁婆道："唔！你打量妈妈是个怯条子（土头土脑、没见过世面的人）呢。孩子们给安上扶手，你们若走得好了，我还要赏你们稳轿钱呢。"此时包旺已然乘马，又派四名衙役跟随，簇拥着去了。

县官立刻升堂，将宋升带上，说他诬告良人，掌了十个嘴巴，逐出衙外。即吩咐带方善。方善上堂，太爷令去刑具，将话言明，又安慰了他几句。学究见县官如此看待，又想不到与贵公子联姻，心中快乐之极，满口应承："见了公子，定当替老父台分解。"县官吩咐看座，大家俱各在公堂等候。

不多时，三公子来到，县官出迎，蒋、赵、张三位也皆迎了出来。公子即要下轿，因是初愈，县官吩咐抬至当堂，蒋平等也俱参见。三公子下轿，彼此各有多少谦逊的言词。公子向方善又说了多少感激的话头。县官将公子让至书房，备办酒席，大家逊坐（让座）。三公子与方善上坐，蒋爷与张、赵左右相陪，县官坐了主位。包旺自有别人款待，饮酒叙话。县官道："敝境出此恶事，幸将各犯拿获。惟邓九如虽说已死，尚有蹊跷，经派员前往山洼勘察（实地考察或调查。勘，kān），并无尸首下落，此事还须细查。相爷跟前，还望公子善言。"公子满口应承，却又托付照应舍亲方夫子并宁妈妈。惟有蒋平等因奉相谕访查韩彰之事，说明他三人还要到翠云峰探听探听，然后再与公子一同进京，就请公子暂在衙内将养。他等也不待席终（宴席结束），便先告辞去了。

这里方先生辞了公子，先回家看视女儿玉芝，又与宁妈妈道乏。他父女欢喜之至，自不必说。三公子处自有包旺精心服侍。县官除办公事有闲暇之时，必来与公子闲谈，一切周旋，自不必细表。

且说蒋平等三人复又来到翠云峰灵佑寺庙内，见了和尚，先打听韩二爷来了不曾。和尚说道："三位来的不巧。韩二爷昨日就来与老母祭扫坟墓，今早就走了。"三人听了，不由的一怔。蒋爷道："我二哥可曾提往那里去么？"和尚说："小僧已曾问过。韩爷说：'丈夫以天地为家，焉有定踪？'信步行去，不知去向。"蒋爷听了，半晌，叹了一口气，道："此事虽是我做的不好，然而皆因五弟而起，致令二哥飘蓬（飘飞的蓬草）无定。如今闹的连一个居住之处也是无有，这便如何是好呢？"张龙说："四兄不必为难，咱们且在这邻近左右访查访查，再做理会。"蒋平无奈，只得说道："小弟还要到韩老伯母坟前看看，莫若一同前往。"说罢，三人离了灵佑寺，慢慢来到墓前，果见有新化的纸灰。蒋平对着荒丘，又叹息了一番，将身跪倒，拜了四拜，真个是"乘兴而来，败兴而返"。赵虎说："既找不着韩二哥，咱们还是早回平县为是。"蒋平道："今日天气已晚，赶不及了，只好仍在庙中居住，明早回县便了。"三人复回至庙中，同住在云堂之内。次日即回平县而去。

你道韩爷果真走了么？他却仍在庙内，故意告诉和尚："倘若他等找来，你就如此如此的答对他们。"他却在和尚屋内住了。偏偏此次赵虎务叫蒋爷在云堂居住，因此失了机会。不必细述。

且言蒋爷三人回到平县见了三公子，说明未遇韩彰，只得且回东京，定于明日同定三公子起身。县官仍用轿子送公子进京，已将旅店行李取来，派了四名衙役，却先到了方先生家叙了翁婿之情，言明到了开封禀明相爷，即行纳聘（旧俗定亲时男家给女家聘礼）。又将宁妈妈请来道乏（因为别人为自己出力而向人慰问，表示感谢），那婆子乐了个事不有余（谓达到极点）。然后大家方才动身，竟奔东京而来。

一日，来到京师，进城之时，蒋、张、赵三人一伸坐骑，先到了开封，进署见过相爷，先回明未遇韩彰，后言公子遇难之事，从头至尾，说了一遍。相爷叫他们俱各歇息去了。不多时，三公子来到，参见了包公。包公问他如何遇害。三公子又将已往情由，细述了一番。事虽凶险，包公见三公子面上毫不露遭凶逢险之态，惟独提到邓九如深加爱惜。包公察公子的神情气色，心地志向，甚是合心（合意）。公子又将方善被诬、情愿联姻、侄儿因受他大恩擅定姻盟的事，也说了一遍。包公疼爱公子，满应全在自己身上。三公子又赞“平县县官狠为侄儿费心，不但备了轿子送来，又派了四名衙役护送”。包公听了，立刻吩咐赏随来的衙役轿夫银两，并写回信道乏道谢。

不几日间，平县将武平安、刘豸（zhì）、刘獬（xiè）一同解到。包公又审讯了一番，与原供相符，便将武平安也用狗头铡铡了，将刘豸、刘獬定了斩监候。此案结后，包公即派包兴赍（jī，拿东西给人）了聘礼，即行接取方善父女，送至合肥县小包村，将玉芝小姐交付大夫人好生看待，候三公子考试之后，再行授室（娶妻）。自己具了禀帖，回明了太老爷太夫人、大兄嫂二兄嫂，联此婚姻，皆是自己的主意，并不提及三公子私定一节。三公子又叫包兴暗暗访查邓九如的下落。方老先生自到了包家村，独独与宁老先生合的来，也是前生的缘分。包公又派人查买了一顷田，纹银百两，库缎四疋（pǐ，即“匹”），赏给宁婆，以为养老之资。

且言蒋平自那日来到开封，到了公所，诸位英雄俱各见了，单单不见了南侠，心中就有些疑惑，连忙问道：“展大哥那里去了？”卢方说：“三日前起了路引（凡人员远离所居地百里之外，均需由当地政府部门发给一种类似介绍信、通行证之类的公文，叫“路引”），上松江去了。”蒋爷听了着急，道：“这是谁叫展兄去的？大家为何不拦阻他呢？”公孙先生说：“劣兄（愚兄）拦至再三，展大哥断不依从。自己见了相爷，起了路引，他就走了。”蒋平听了跌足，道：“这又是小弟多话不是了！”王朝问道：“如何是四弟多说的不是呢？”蒋平说：“大哥想前次小弟说的言语，叫展大哥等我等找了韩二哥回来做为内应，句句原是实话。不料展大哥错会了意了，当做激他的言语，竟自一人前去。众位兄弟有所不知，我那五弟做事有些诡诈，展大哥此去若有差池（差错），这岂不是小弟多说的不是了么？”王朝听了，便不言语。蒋平又说：“此次小弟没有找着二哥。昨在路上又想了个计较，原打算我与卢大哥、徐三哥，约会着展兄同到茉花村，找着双侠丁家二兄弟，大家商量个主意，找着老五，要了三宝，一同前来以了此案，不想展大哥竟自一人走了。此事倒要大费周折了。”公孙策说：“依四弟怎么样呢？”蒋爷道：“再无别的主意，只好我弟兄三人明日禀明相爷，且到茉花村，见机行事便了。”大家闻听，深以为然。这且不言。

原来南侠忍心耐性等了蒋平几天不见回来，自己暗想道："蒋泽长说话带激，我若真个等他，显见我展某非他等不行。莫若回明恩相，起个路引，单人独骑前去。"于是展爷就回明此事，带了路引，来到松江府，投了文书，要见太守。太守连忙请到书房。展爷见这太守年纪不过三旬，旁边站一老管家。正与太守谈话时，忽见一个婆子把展爷看了看，便向老管家招手儿。管家退出，二人咬耳。管家点头后，便进来向太守耳边说了几句，回身退出。太守即请展爷到后面书房叙话。展爷不解何意，只得来到后面。刚然（刚刚）坐下，只见丫鬟仆妇簇拥（很多人紧紧围着。簇，cù）着一位夫人，见了展爷，连忙纳头便拜，连太守等俱各跪下。展爷不知所措，连忙伏身还礼不迭（不及），心中好生纳闷。忽听太守道："恩公，我非别个，名唤田起元，贱内就是金玉仙，多蒙恩公搭救，脱离了大难，后因考试得中，即以外任擢（zhuó，提拔）用。不几年间，如今叨恩公福庇，已做太守，皆出于恩公所赐。"展爷听了，方才明白，即请夫人回避。连老管家田忠与妻杨氏俱各与展爷叩头，展爷并皆扶起。仍然至外书房，已备得酒席。

饮酒之间，田太守因问道："恩公到陷空岛何事？"展爷便将奉命捉钦犯白玉堂，一一说明。田太守吃惊，道："听得陷空岛道路崎岖，山势险恶，恩公一人如何去得？况白玉堂又是极有本领之人，他既归入山中，难免埋伏圈套，恩公须熟思之方好。"展爷道："我与白玉堂虽无深交，却是道义相通，平素又无仇隙（怨恨或仇怨），见了他时，也不过以'义'字感化于他。他若省悟，同赴开封府了结此案，并不是谆谆（zhūn zhūn，啰唆，絮絮不休）与他对垒，以死相拚（pīn，即"拼"）的主意。"太守听了，略觉放心。展爷又道："如今奉恳太守，倘得一人熟识路径，带我到卢家庄，足见厚情。"太守连连应允："有，有。"即叫田忠将观察头领余彪唤来。不多时，余彪来到。见此人出五旬年纪，身量高大，参见了太守，又与展爷见了礼。便备办船只，约于初鼓起身。

展爷用毕饭，略为歇息，天已掌灯（点灯。指到了点灯时分）。急急扎束停当，别了太守，同余彪登舟，撑至卢家庄，到飞峰岭下将舟停住。展爷告诉余彪说："你在此探听三日，如无音信，即刻回府禀告太守。候过旬日（十天），我若不到，府中即刻详文到开封府便了。"余彪领命。

展爷弃舟上岭。此时已有二鼓，趁着月色来至卢家庄。只见一带高墙极其坚固，有个哨门是个大栅栏关闭，推了推却是锁着。毛腰捡了一块石片，敲着栅栏，高声叫道："里面有人么？"只听里面应道："甚么人？"展爷道："俺姓展，特来拜访你家五员外。"里面说："莫不是南侠称御猫、护卫展老爷么？"展爷道："正是，你家员外可在家么？"里面的道："在家，在家，等了展老爷好些日了。略为少待，容我禀报。"展爷在外呆等多时，总不见出来，一时性发，又敲又叫。忽听得从西边来了一个人，声音却是醉了的一般，嘟嘟囔囔道："你是谁吓？半夜三更这们大呼小叫的，连点规矩也没有！你若等不得，你敢进来，算你是好的！"说罢，他却走了。

展爷不由的大怒，暗道："可恶这些庄丁们，岂有此理！这明是白玉堂吩咐，故意激怒于我。谅他纵有埋伏，吾何惧哉！"想罢，将手扳住栅栏，一翻身两脚飘起，倒垂势用脚扣住，将手一松，身体卷起，斜刺里（侧斜的方向）抓住墙头，两脚一拱上了墙头。往下窥看，却是平地。恐有埋伏，却又投石问了一问，方才转身落下，竟奔广梁大门而来。仔细看时，却是封锁，从门缝里观时，黑漆漆诸物莫睹（dǔ，看见）。又到两旁房屋看了看，连个人影儿也无。只得复往西去，又见一个广梁大门，与这边的一样。上了台阶一看，双门大开，门洞底下天花板上高悬铁丝灯笼，上面有朱红的"大门"二字。迎面影壁上挂着一个绢灯，上写"迎祥"二字。展爷暗道："姓白的必是在此了，待我进去看看如何？"一面迈步，一面留神，却用脚尖点地而行。转过影壁，早见垂花二门，迎面四扇屏风，上挂方角绢灯四个，也是红字"元""亨""利""贞"。这二门又觉比外面高了些。展爷只得上了台阶，进了二门，仍是滑步而行。正中五间厅房却无灯光，只见东角门内隐隐透出亮儿来，不知是何所在。展爷即来到东角门内，又是台阶，比二门又觉高些。展爷猛然省悟，暗道："是了，他这房子一层高似一层，竟是随山势盖的。"

上了台阶，往里一看，见东面一溜五间平台轩子，俱是灯烛辉煌，门却开在尽北头，展爷暗说："这是甚么样子？好好五间平台，如何不在正中间开门，在北间开门呢？可见山野与人家住房不同，只知任性，无论样式。"心中想着，早已来到游廊。到了北头，见开门处是一个子口风窗。将滑子拨开，往怀里一带，觉得甚紧，只听咯吱吱、咯吱吱乱响。开门时见迎面有桌，两边有椅，早见一人进里间屋去了，并且看见衣衿是松绿的花氅（chǎng，外套），展爷暗道："这必是白老五，不肯见我，躲向里间去了。"连忙滑步跟入里间，掀起软帘，又见那人进了第三间，却露了半面，颇似玉堂形景。又有一个软帘相隔，展爷暗道："到了此时，你纵然羞愧见我，难道你还跑的出这五间轩子去不成？"赶紧一步，已到门口，掀起软帘一看，这三间却是通柁（tuó，木结构屋架中顺着前后方向架在柱子上的横木），灯光照耀真切。见他背面而立，头戴武生巾，身穿花氅，露着藕色衬袍，足下官靴，俨然（形容很像。俨，yǎn）白玉堂一般。展爷呼道："五贤弟请了，何妨相见。"呼之不应，及至向前一拉，那人转过身来，却是一灯草做的假人。展爷说声："不好！吾中计也！"未知如何，且听下回分解。

第五十四回 通天窟南侠逢郭老 芦花荡北岸获胡奇

且说展爷见了是假人，已知中计，才待转身，那知早将锁簧踏着，登翻了木板，落将下去。只听一阵锣声乱响，外面众人嚷道："得咧！得咧！"原来木板之下，半空中悬着一个皮兜子，四面皆是活套。只要掉在里面往下一沉，四面的网套儿往下一拢，有一根大绒绳总结扣住，再也不能扎挣（挣扎）。

原来五间轩子犹如楼房一般，早有人从下面东明儿开了槅（gé）扇，进来无数庄丁将绒绳系下，先把宝剑摘下来，后把展爷捆缚住了。捆缚之时，说了无数的刻薄挖苦话儿。展爷到了此时，只好置若罔闻（放在一边不管，好像没有听见一样。罔，wǎng），一言不发。又听有个庄丁说："咱们员外同客饮酒，正入醉乡。此时天有三鼓，暂且不必回禀，且把他押在通天窟内收起来。我先去找着何头儿，将这宝剑交明（交割清楚），然后再去回话。"说罢，推推拥拥的往南而去。

走不多时，只见有个石门，却是由山根开錾（zàn，在砖石上凿；刻在金银上）出来的，虽是双门，却是一扇活的，那一扇是随石的假门，假门上有个大铜环。庄丁上前用力把铜环一拉，上面有消息（机关）将那扇活门撑开，刚刚进去一人，便把展爷推进去。庄丁一松手，铜环往回里一拽，那扇门就关上了。此门非从外面拉环，是再不能开的。展爷到了里面，觉得冷森森一股寒气侵入，原来里面是个嘎嘎形儿，全无抓手，用油灰抹亮，惟独当中却有一缝，望时可以见天。展爷明白叫通天窟。借着天光，又见有一小横匾，上写“气死猫”三个红字，匾是粉白地的。展爷到了此时，不觉长叹一声，道：“哎！我展熊飞枉自受了朝廷的四品护卫之职，不想今日误中奸谋，被擒在此。”

刚然说完，只听有人叫“苦”，把个展爷倒唬了一跳，忙问道：“你是何人？快说。”那人道：“小人姓郭名彰，乃镇江人氏。只因带了女儿上瓜州投亲，不想在渡船遇见头领胡烈，将我父女抢至庄上，欲要将我女儿与甚么五员外为妻。我说我女儿已有人家，今到瓜州投亲就是为完此事。谁知胡烈听了，登时翻脸，说小人不识抬举，就把我捆起来，监禁在此。”展爷听罢，怒冲牛斗，一声怪叫道：“好白玉堂吓！你作的好事，你还称甚么义士！你只是绿林（泛指聚集山林间的反抗官府或抢劫财物的集团。绿，lù）强寇一般。我展熊飞倘能出此陷阱，我与你誓不两立！”郭彰又问了问展爷因何至此，展爷便说了一遍。

忽听外面嚷道：“带刺客！带刺客！员外立等。”此时已交四鼓。早见嗯噜噜石门已开。展爷正要见白玉堂，述他罪恶，替郭老辨冤，急忙出来，问道：“你们员外可是白玉堂？我正要见他！”气忿忿的迈开大步，跟庄丁来至厅房以内。见灯烛光明，迎面设着酒筵，上面坐一人白面微须，却是白面判官柳青，旁边陪坐的正是白玉堂。他明知展爷已到，故意的大言不惭，谈笑自若。展爷见此光景，如何按纳得住，双眼一瞪，一声吆喝道：“白玉堂！你将俺展某获住，便要怎么讲？”白玉堂方才回过头来，佯（yáng，假装）作吃惊，道：“嗳呀！原来是展兄。手下人如何回我说是刺客呢？实在不知。”连忙过来，亲解其缚，又谢罪道：“小弟实实不知展兄驾到，只说擒住刺客。不料却是‘御猫’，真是意想不到之事。”又问柳青道：“柳兄不认得么？此位便是南侠展熊飞，现授四品护卫之职，好本领，好剑法，天子亲赐封号‘御猫’的便是。”展爷听了冷笑，道：“可见山野的绿林，无知的草寇，不知法纪。你非君上，也非官长，何敢妄言‘刺客’二字，说的无伦无理。这也不用苛责（过严地责备）于你。但只是我展某今日误堕于你等小巧奸术之中，遭擒被获。可惜我展某时乖运蹇（时运不好，命运不佳。乖，guāi，不顺利；蹇，jiǎn，一足偏废，引申为不顺利），未能遇害于光明磊落之场，竟自葬送在山贼强徒之手，乃展某之大不幸也！”

白玉堂听了此言，心中以为展爷是气忿的话头，他却嘻嘻笑道：“小弟白玉堂行侠尚义，从不打劫抢掠，展兄何故口口声声呼小弟为山贼盗寇？此言太过，小弟实实不解。”展爷恶唾一口，道：“你此话哄谁？既不打劫抢掠，为何将郭老儿父女抢来，硬要霸占人家有婿之女？那老儿不允，你便把他囚禁在通天窟内。似此行为，非强寇而何？还敢大言不惭，说‘侠义’二字，岂不令人活活羞死，活活笑死！”玉堂听了，惊骇非常，道：“展兄，此事从何说起？”展爷便将在通天窟遇郭老的话，说了一遍。白玉堂道：“既有胡烈，此事便好办了。展兄请坐，待小弟立剖（分析，分辨）此事。”急令人将郭彰带来。

不多时，郭彰带到，伴当对他指着白玉堂，道：“这是我家五员外。”郭老连忙跪倒，向上叩头，口称：“大王爷爷，饶命吓，饶命！”展爷在傍听了呼他大王，不由哈哈大笑，忿恨难当。白玉堂却笑着，道：“那老儿不要害怕，我非山贼盗寇，不是甚么大王寨主。”伴当在傍道：“你称呼员外。”郭老道：“员外在上，听小老儿诉禀。”便将带领女儿上瓜州投亲、被胡烈截住为给员外提亲、因未允将小老儿囚禁在山洞之内，细细说了一遍。玉堂道：“你女儿现在何处？”郭彰道：“听胡烈说，将我女儿交在后面去，不知是何去处。”白玉堂立刻叫伴当近前，道：“你去将胡烈好好唤来，不许提郭老者之事。倘有泄露，立追狗命！”伴当答应，即时奉命去了。

少时，同胡烈到来。胡烈面有得色，参见已毕。白玉堂已将郭老带在一边，笑容满面，道：“胡头儿，你连日辛苦了！这几日船上可有甚么事情没有？”胡烈道：“并无别事。小人正要回禀员外，只因昨日有父女二人乘舟过渡，小人见他女儿颇有姿色，却与员外年纪相仿。小人见员外无家室，意欲将此女留下与员外成其美事，不知员外意下如何？”说罢，满面忻然（愉快的样子。忻，xīn，同“欣”），似乎得意。白玉堂听了胡烈一片言语，并不动气，反倒哈哈大笑，道：“不想胡头儿你竟为我如此挂心。但只一件，你来的不多日期，如何深得我心呢？”原来胡烈他是弟兄两个，兄弟名叫胡奇，皆是柳青新近荐过来的。只听胡烈道：“小人既来伺候员外，必当尽心报效；倘若不秉（持）天良，还敢望员外疼爱？”胡烈说至此，以为必合了玉堂之心。他那知玉堂狠毒至甚，耐着性儿，道：“好，好！真正难为你。此事可是我素来有这个意吓？还是别人告诉你的呢？还是你自己的主意呢？”胡烈此时惟恐别人争功，连忙道：“是小人自己巴结，一团美意，不用员外吩咐，也无别人告诉。”白玉堂回头向展爷道：“展兄可听明白了？”展爷已知胡烈所为，便不言语了。

白玉堂又问：“此女现在何处？”胡烈道：“已交小人妻子好好看待。”白玉堂道：“狠好。”喜笑言开，凑到胡烈跟前，冷不防用了个冲天炮泰山势，将胡烈踢倒，急掣（chè，抽）宝剑，将胡烈左膀砍伤，疼的个胡烈满地打滚。上面柳青看了，白脸上青一块、红一块，心中好生难受，又不敢劝解，又不敢拦阻。只听白玉堂吩咐伴当：“将胡烈搭下去，明日交松江府办理。”立刻唤伴当到后面将郭老女儿增娇，叫丫鬟领至厅上，当面交与郭彰。又问他：“还有甚么东西？”郭彰道：“还有两个棕箱。”白爷连忙命人即刻抬来，叫他当面点明。郭彰道：“钥匙现在小老儿身上，箱子是不用检点的。”白爷叫伴当取了二十两银子赏了郭老，又派了头领何寿带领水手二名，“用妥船将他父女二人连夜送到瓜州，不可有误。”郭彰千恩万谢而去。

此时已交五鼓，这里白爷笑盈盈的道：“展兄，此事若非兄台被擒在山窟之内，小弟如何知道胡烈所为，险些儿坏了小弟名头。但小弟的私事已结，只是展兄的官事如何呢？展兄此来必是奉相谕叫小弟跟随入都，但是我白某就这样随了兄台去么？”展爷道：“依你便怎么样呢？”玉堂道：“也无别的。小弟既将三宝盗来，如今展兄必须将三宝盗去。倘能如此，小弟甘拜下风，情愿跟随展兄上开封府去；如不能时，展兄也就不必再上陷空岛了。”此话说至此，明露着叫展爷从此后隐姓埋名，再也不必上开封府了。展爷听了，连声道：“狠好，狠好。我须要问明，在于何日盗宝？”白玉堂道：“日期近了，少了，显得为难展兄。如今定下十日限期，过了十日，展兄只可悄地回开封府罢。”展爷道：“谁与你斗口？俺展熊飞只定于三日内就要得回三宝，那时不要改口。”玉堂道：“如此狠好。若要改口，岂是丈夫所为。”说罢，彼此击掌（双方互相拍击手掌，表示对所立誓言永不后悔，或表示鼓励、庆贺等）。白爷又叫伴当将展爷送到通天窟内。可怜南侠被禁在山洞之内，手中又无利刃，如何能够脱此陷阱。暂且不表。

再说郭彰父女跟随何寿来到船舱之内，何寿坐在船头顺流而下。郭彰悄悄向女儿增娇道：“你被掠之后，在于何处？”增娇道：“是姓胡的将女儿交与他妻子，看承的颇好。”又问：“爹爹如何见的大王，就能够释放呢？”郭老便说起在山洞内遇见开封府护卫展老爷号御猫的，“多亏他见了员外，也不知是甚么大王，分析明白，才得释放。”增娇听了，感念展爷之至。正在谈论之际，忽听后面声言：“头里船不要走了，五员外还有话说呢，快些拢住吓！”何寿听了，有些迟疑，道：“方才员外吩咐明白了，如何又有话说呢？难道此时反悔了不成？若真如此，不但对不过姓展的，连姓柳的也对不住了；漫说他等，就是我何寿，以后也就瞧不起他了。”

只见那只船弩箭一般，及至切近，见一人噗的一声，跳上船来。趁着月色看时，却是胡奇，手持利刃，怒目横眉，道：“何头儿且将他父女留下，俺要替哥哥报仇。”何寿道：“胡二哥此言差矣。此事原是令兄不是，与他父女何干！再者我奉员外之命送他父女，如何私自留下与你？有甚么话，你找员外去，莫要耽延我的事体。”胡奇听了，一瞪眼，一声怪叫道：“何寿！你敢不与我留下么？”何寿道：“不留便怎么样？”胡奇举起朴刀（是一种刀身窄长、刀柄较短的刀。朴，pō），就砍将下来。何寿却未防备，不曾带得利刃，一哈腰提起一块船板，将刀迎住。此时郭彰父女在舱内叠叠连声喊叫：“救人吓，救人！”胡奇与何寿动手，究竟跳板轮转太笨，何寿看看不敌，可巧脚下一跳，就势落下水去。两个水手一见，噗咚、噗咚也跳在水内。胡奇满心得意，郭彰五内（五脏）着急。

忽见上流头赶下一只快船，上有五六个人，已离此船不远，声声喝道：“你这厮不知规矩！俺这芦花荡从不害人。你是晚生后辈吓，如何擅敢害人，坏人名头（名声）？俺来也！你往那里跑？”将身一纵，要跳过船来。不想船离过远，脚刚踏着船边，胡奇用朴刀一搠（shuò，扎，刺），那人将身一闪，只听噗咚一声，也落下水去。船已临近，上面嗖、嗖、嗖跳过三人，将胡奇裹住，各举兵刃。好胡奇！力敌三人，全无惧怯。谁知那个先落水的，探出头来偷看热闹。见三个伙伴逼住胡奇，看看离自己不远，他却用两手把胡奇的踝子骨（踝骨。踝，huái）揪住，往下一拢，只听噗咚掉在水内。那人却提定两脚不放，忙用篙（gāo，撑船的竹竿或木杆）钩搭住，拽上船来捆好，头向下，脚朝上，且自控水。众人七手八脚，连郭彰父女船只驾起，竟奔芦花荡而来。

原来此船乃丁家夜巡船，因听见有人呼救，急急向前，不料拿住胡奇，救了郭老父女。赶至泊岸，胡奇已醒，虽然喝了两口水，无甚要紧。大家将他扶在岸上，推拥进庄。又差一个年老之人背定郭增娇，差个少年有力的背了郭彰，一同到了茉花村，先差人通报大官人、二官人去。

此时天有五鼓之半。这也是兆兰、兆蕙（huì）素日吩咐的，倘有紧急之事，无论三更半夜，只管通报，决不嗔怪（对别人的言语或行动表示不满。嗔，chēn）。今日弟兄二人听见拿住个私行劫掠谋害人命的，却在南荡境内，幸喜擒来，救了父女二人，连忙来到待客厅上。先把郭增娇交在小姐月华处，然后将郭彰带上来，细细追问情由。又将胡奇来历问明，方知他是新近来的，怨得不知规矩则例。正在讯问间，忽见丫鬟进来，道："太太叫二位官人呢。"不知丁母为着何事，且听下回分解。

第五十五回　透消息遭困螺蛳轩　设机谋夜投蚯蚓岭

且说丁家弟兄听见丁母叫他二人说话，大爷道："原叫将此女交在妹子处，惟恐夜深惊动老人家，为何太太却知道了呢？"二爷道："不用猜疑，咱弟兄进去，便知分晓了。"弟兄二人往后而来。

原来郭增娇来到月华小姐处，众丫鬟围着他问。郭增娇便说起如何被掠，如何遭逢姓展的搭救。刚说至此，跟小姐的亲近丫鬟，就追问起姓展的是何等样人。郭增娇道："听说是甚么御猫儿，现在也被擒困住了。”丫鬟听至展爷被擒，就告诉了小姐。小姐暗暗吃惊，就叫他悄悄回太太去，自己带了郭增娇来到太太房内。太太又细细的问了一番，暗自思道：“展姑爷既来到松江，为何不到茉花村，反往陷空岛去呢？或者是兆兰、兆蕙明知此事，却暗暗的瞒着老身不成。”想至此，疼女婿的心盛，立刻叫他二人。

及至兆兰二人来到太太房中，见小姐躲出去了，丁母面上有些怒色，问道：“你妹夫展熊飞来至松江，如今已被人擒获，你二人可知道么？”兆兰道：“孩儿等实实不知。只因方才问那老头儿，方知展兄早已在陷空岛呢。他其实并未上茉花村来，孩儿等再不敢撒谎的。”丁母道：“我也不管你们知道不知道。那怕你们上陷空岛跪门去呢，我只要我的好好女婿便了。我算是将姓展的交给你二人了，倘有差池（失误，疏忽），我是不依的。”兆蕙道：“孩儿与哥哥明日急急访查就是了，请母亲安歇罢。”二人连忙退出。

大爷道：“此事太太如何知道的这般快呢？”二爷道：“这明是妹子听了那女子言语，赶着回太太。此事全是妹子撺掇（cuān duo，鼓动，怂恿）的。不然，见了咱们进去，如何却躲开了呢？”大爷听了，倒笑起来了。二人来到厅上，即派妥当伴当四名，另备船只，将棕箱抬过来，护送郭彰父女上瓜州，“务要送到本处，叫他亲笔写回信来。”郭彰父女千恩万谢的去了。

此时天已黎明。大爷便向二爷商议，以送胡奇为名，暗暗探访南侠的消息。丁二爷深以为然。次日，便备了船只，带上两个伴当，押着胡奇并原来的船只，来至卢家庄内。早有人通知白玉堂。白玉堂已得了何寿从水内回庄，说胡奇替兄报仇之信；后又听说胡奇被北荡的人拿去，将郭彰父女救了，料定茉花村必有人前来。如今听说丁大官人亲送胡奇而来，心中早已明白，是为南侠，不是专专的为胡奇。略为忖度（cǔn duó，推测，揣度），便有了主意，连忙迎出门来，各道寒暄，执手让至厅房，又与柳青彼此见了。丁大爷先将胡奇交代。白玉堂自认失察之罪，又谢兆兰护送之情，谦逊了半晌，大家就座。便吩咐将胡奇、胡烈一同送往松江府究治（追究处理），即留丁大爷饮酒畅叙。兆兰言语谨慎，毫不露于形色。

酒至半酣，丁大爷问起：“五弟一向在东京，作何行止？”白玉堂便夸张起来：如何寄柬留刀，如何忠烈祠题诗，如何万寿山杀命，又如何搅扰庞太师误杀二妾，渐渐说到盗三宝回庄。“不想目下展熊飞自投罗网，已被擒获。我念他是个侠义之人，以礼相待。谁知姓展的不懂交情，是我一怒，将他一刀……”刚说至此，只听丁大爷不由的失声道：“哎哟！”虽然哎哟出来，却连忙收神，改口道：“贤弟，你此事却闹大了。岂不知姓展的乃朝廷的命官，现奉相爷包公之命前来？你若真要伤了他的性命，便是背叛，怎肯与你甘休？事体不妥，此事岂不是你闹大了么？”白玉堂笑吟吟的道：“别说朝廷不肯甘休，包相爷那里不依；就是丁兄昆仲，大约也不肯与小弟甘休罢？小弟虽然糊涂，也不至到如此田地，方才之言特取笑耳。小弟已将展兄好好看承，候过几日，小弟将展兄交付仁兄便了。”丁大爷原是个厚道之人，吃白玉堂这一番奚落，也就无的话可说了。

白玉堂却将丁大爷暗暗拘留在螺蛳轩内，左旋右转，再也不能出来。兆兰却也无可如何（没有办法），又打听不出展爷在于何处，整整的闷了一天。到了掌灯之后，将有初鼓，只见一老仆从轩后不知从何处过来，带领着小主约有八九岁，长的方面大耳，面庞儿颇似卢方。那老仆向前参见了丁大爷，又对小主说道：“此位便是茉花村丁大员外，小主上前拜见。”只见这小孩子深深打了一恭（“打恭”，弯下身子作揖。表示恭敬），口称：“丁叔父在上，侄儿卢珍拜见。奉母亲之命，特来与叔父送信。”丁兆兰已知是卢方之子，连忙还礼，便问老仆道：“你主仆到此何事？”老仆道：“小人名叫焦能。只因奉主母之命，惟恐员外不信，特命小主跟来。我的主母说道：‘自从五员外回庄以后，每日不过早间进内请安一次，并不面见，惟有传话而已。所有内外之事，任意而为，毫无商酌。’我家主母也不计较于他。谁知上次五员外把护卫展老爷拘留在通天窟内，今闻得又把大员外拘留在螺蛳轩内。此处非本庄人不能出入，恐怕耽误日期，有伤护卫展老爷，故此特派小人送信。大员外须急急写信，小人即刻送到茉花村，交付二员外，早为计较方好。”又听卢珍道：“家母多多拜上丁叔父。此事须要找着我爹爹，大家共同计议，方才妥当。叫侄儿告诉叔父，千万不可迟疑，愈速愈妙。”丁大爷连连答应，立刻修起书来，交给焦能，连夜赶到茉花村投递。焦能道：“小人须打听五员外安歇了，抽空方好到茉花村去。不然，恐五员外犯疑。”丁大爷点头，道：“既如此，随你的便罢了。”又对卢珍道：“贤侄回去，替我给母亲请安。就说一切事体（事情），我已尽知，是必赶紧办理，再也不能耽延，勿庸（无须）挂念。”卢珍连连答应，同定焦能，转向后面，绕了几个蜗角，便不见了。

且说兆蕙在家，直等了哥哥一天不见回来。到掌灯后，却见跟去的两个伴当回来，说道：“大员外被白五爷留住了，要盘桓（逗留。桓，huán）几日方回来。再者大员外悄悄告诉小人说：‘展姑爷尚然不知下落，须要细细访查。’叫告诉二员外，太太跟前就说展爷在卢家庄颇好，并没甚么大事。”丁二爷听了，点了点头，道：“是了，我知道了。你们歇着去罢。”两个伴当去后，二爷细揣此事，好生的游疑，这一夜何曾合眼。

天未黎明，忽见庄丁进来报道：“今有卢家庄一个老仆名叫焦能，说给咱们大员外送信来了。”二爷道：“将他带进来。”不多时，焦能进来，参见已毕，将丁大爷的书信呈上。二爷先看书皮，却是哥哥的亲笔；然后开看，方知白玉堂将自己的哥哥拘留在螺蛳轩内，不由的气闷。心中一转，又恐其中有诈，复又生起疑来：“别是他将我哥哥拘留住了，又来诓（kuāng，欺骗）我来了罢？”

正在胡思，忽又见庄丁跑进来，报道：“今有卢员外、徐员外、蒋员外俱各由东京而来，特来拜望，务祈一见。”二爷连声道：“快请。”自己也就迎了出来。彼此相见，各叙阔别之情，让到客厅。焦能早已上前参见。卢方便问道：“你如何在此？”焦能将投书前来，一一回明。二爷又将救了郭彰父女、方知展兄在陷空岛被擒的话，说了一遍。卢方刚要开言，只听蒋平说道：“此事只好众位哥哥们辛苦辛苦，小弟是要告病的。”二爷道：“四哥何出此言？”蒋平道：“咱们且到厅上再说。”

大家也不谦逊，卢方在前，依次来到厅上，归座献茶毕。蒋平道：“不是小弟推诿（推托。诿，wěi），一来五弟与我不对劲儿，我要露了面，反为不美；二来我这几日肚腹不调，多半是痢疾，一路上大哥、三哥尽知。漫说（不要说）我不当露面，就是众哥哥们去也是暗暗去，不可叫老五知道。不过设着法子，救出展兄，取了三宝。至于老五不定拿的住他拿不住他，不定他归服不归服。巧咧，他见事体不妥，他还会上开封府自行投首呢。要是那们一行，不但展大哥没趣儿，就是大家都对不起相爷。那才是一网打尽，把咱们全着吃了呢。”二爷道：“四哥说的不差，五弟的脾气竟是有的。”徐庆道：“他若真要如此，叫他先吃我一顿好拳头。”二爷笑道：“三哥又来了，你也要摸的着五弟呀！”卢方道：“似此如之奈何？”蒋平道：“小弟虽不去，真个的连个主意也不出么？此事全在丁二弟身上。”二爷道：“四哥派小弟差使，小弟焉敢违命。只是陷空岛的路径不熟，可怎么样呢？”蒋平道：“这倒不妨。现有焦能在此，先叫他回去，省得叫老五设疑。叫他于二鼓时在蚰蜒岭接待丁二弟，指引路径如何？”二爷道：“如此甚妙。但不知派我甚么差使？”蒋平道：“二弟，你比大哥、三哥灵便，沉重就得你担。第一先救展大哥，其次取回三宝。你便同展大哥在五义厅的东竹林等候，大哥、三哥在五义厅的西竹林等候，彼此会了齐，一拥而入。那时五弟也就难以脱身了。”大家听了，俱各欢喜。先打发焦能立刻回去，叫他知会丁大爷放心，务于二更时在蚰蜒岭等候丁二爷，不可有误。焦能领命去了。

这里众人饮酒吃饭，也有闲谈的，也有歇息的。惟有蒋平攒眉（皱眉。攒，cuán）挤眼的，说肚腹不快，连酒饭也未曾好生吃。看看天色已晚，大家饱餐一顿，俱各装束（打扮）起来。卢大爷、徐三爷先行去了。丁二爷吩咐伴当：“务要精心伺候四老爷，倘有不到之处，我要重责的。”蒋平道：“丁二贤弟只管放心前去。劣兄偶染微疾，不过歇息两天就好了，贤弟治事要紧。”

丁二爷约有初鼓之后，别了蒋平，来至泊岸，驾起小舟，竟奔蚰蜒岭而来。到了临期，辨了方向，与焦能所说无异。立刻弃舟上岭，叫水手将小船放至芦苇深处等候。兆蕙上得岭来，见蚰蜒小路（比喻曲折的小路。蚰蜒，yóu yán，类似蜈蚣的节肢动物），崎岖难行，好容易上到高峰之处，却不见焦能在此。二爷心下纳闷，暗道：“此时已有二更，焦能如何不来呢？”就在平坦之地，趁着月色往前面一望，便见碧澄澄一片清波，光华荡漾，不觉诧异，道：“原来此处还有如此的大水！”再细看时，汹涌异常，竟自无路可通，心中又是着急，又是懊悔，道：“早知此处有水，就不该在此约会，理当乘舟而入。又不见焦能，难道他们另有甚么诡计么？”

正在胡思乱想，忽见顺流而下，有一人竟奔前来。丁二爷留神一看，早听见那人道："二员外早来了么？恕老奴来迟。"兆蕙道："来的可是焦管家么？"彼此相迎，来至一处。兆蕙道："你如何踏水前来？"焦能道："那里的水？"丁二爷道："这一带汪洋，岂不是水？"焦能笑道："二员外看差了，前面乃青石潭，此是我们员外随着天然势修成的。漫说夜间看着是水，就是白昼之间远远望去，也是一片大水。但凡不知道的，早已绕着路往别处去了。惟独本庄俱各知道，只管前进，极其平坦，全是一片一片青石砌成。二爷请看，凡有波浪处全有石纹，这也是一半天然，一半人力凑成的景致，故取名叫做青石潭。"说话间，已然步下岭来。到了潭边，丁二爷慢步试探而行，果然平坦无疑，心下暗暗称奇，口内连说："有趣，有趣。"又听焦能道："过了青石潭，那边有个立峰石，穿过松林，便是上五义厅的正路。此路比进庄门近多了，员外记明白了。老奴也就要告退了，省得俺家五爷犯想生疑。"兆蕙道："有劳管家指引，请治事罢。"只见焦能往斜刺里（侧斜的方向）小路而去。

丁二爷放心前进，果见前面有个立峰石。过了石峰，但见松柏参天，黑黯黯的一望无际，隐隐的见东北一点灯光，嘞悠、嘞悠而来。转眼间，又见正西一点灯光也奔这条路来。丁二爷便测度必是巡更人，暗暗隐在树后，正在两灯对面。忽听东北来的说道："六哥，你此时往那里去？"又听正西来的道："甚么差使呢，冤不冤咧，弄了个姓展的关在通天窟内。员外说李三一天一天的醉而不醒、醒而不醉的，不放心，偏偏的派了我帮着他看守。方才员外派人送了一桌菜、一坛酒给姓展的。我想他一个人也吃不了这些，也喝不了这些。我合李三儿商量商量，莫若给姓展的送进一半去，咱们留一半受用。谁知那姓展的不知好歹，他说菜是剩的，酒是浑的，坛子也摔了，盘子碗也砸了，还骂了个河涸海干（河流干涸，大海枯竭。比喻穷尽、彻底，不留余地。涸，hé）。老七，你说可气不可气？因此我叫李三儿看着，他又醉的不能动了，只得我回员外一声儿。这个差使，我真干不来。别的罢了，这个骂，我真不能答应。老七，你这时候往那里去？"那东北来的道："六哥，再休提起。如今咱们五员外也不知是甚么咧。你才说弄了个姓展的，你还没细打听呢。我们那里还有个姓柳的呢，如今又添上茉花村的丁大爷，天天一块吃喝，吃喝完了把他们送往咱们那个瞒心昧己的窟儿里一䦆（juān，此处为方言，即把人关起来），也不叫人家出来，又不叫人家走，仿佛怕泄了甚么天机似的。六哥，你说咱们五员外脾气儿改的还了得么？目下又合姓柳的、姓丁的喝呢。偏偏那姓柳的要瞧甚么‘三宝’，故此我奉员外之命特上连环窟去。六哥，你不用抱怨了，此时差使，只好当到那儿是那儿罢。等着咱们大员外来了，再说罢。”正西的道：“可不是这么呢，只好混罢咧。”说罢，二人各执灯笼，分手散去。不知他二人是谁，且听下回分解。

第五十六回 救妹夫巧离通天窟 获三宝惊走白玉堂

且说那正西来的姓姚行六，外号儿摇晃山；那正东北来的姓费行七，外号儿叫爬山蛇。他二人路上说话，不提防树后有人窃听。姚六走的远了；这里费七被丁二爷追上，从后面一伸手将脖项掐住，按倒在地，道：“费七，你可认得我么？”费七细细一看，道：“丁二爷，为何将小人擒住？”丁二爷道：“我且问你，通天窟在于何处？”费七道：“从此往西去不远，往南一稍头，便看见随山势的石门，那就是通天窟。”二爷道：“既如此，我合你借宗东西，将你的衣服腰牌借我一用。”费七连忙从腰间递过腰牌，道：“二员外，你老让我起来，我好脱衣裳吓。”丁二爷将他一提，拢住发绺（束状的头发。绺，liǔ），道：“快脱。”费七无奈，将衣裳脱下。丁二爷拿了他的搭包（即褡包，长而宽的腰带，用布或绸做成，系在衣服外面），又将他拉到背眼的去处，拣了一棵合抱的松树，叫他将树抱住，就用搭包捆缚结实。费七暗暗着急，道：“不好！我别要栽了罢。”忽听丁二爷道：“张开口。”早把一块衣襟塞住，道：“小子，你在此等到天亮，横竖有人前来救你。”费七哼了一声，口中不能说，心里却道：“好德行！亏了这个天不甚凉，要是冷天，饶冻死了，别人远远的瞧着，拿着我还当做旱魃（古代神话传说中引起旱灾的怪物。魃，bá）呢。”

丁二爷此时已将腰牌掖起，披了衣服，竟奔通天窟而来。果然随山石门，那边又有草团瓢三间。已听见有人唱：“有一个柳迎春哪，他在那个井呵，井呵唔边哪，汲亦汲亦水哟！”丁二爷高声叫道：“李三哥，李三哥。”只听醉李道：“谁吓？让我把这个巧腔儿唱完了呵。”早见他趔趄趔趄（身子歪斜，行路不稳的样子）地出来，将二爷一看，道：“哎呀！少会吓，尊驾是谁吓？”二爷道：“我姓费行七，是五员外新挑来的。”说话间，已将腰牌取出，给他看了。醉李道：“老七，休怪哥哥说，你这个小模样子伺候五员外，叫哥哥有点不放心吓。”丁二爷连忙喝道：“休得胡说！我奉员外之命，因姚六回了员外，说姓展的挑眼将酒饭摔砸了，员外不信，叫我将姓展的带去，与姚六质对（对质）质对。”醉李听了，道：“好兄弟，你快将这姓展的带了去罢！他没有一顿不闹的，把姚六骂的不吐核儿，却没有骂我。甚么缘故呢？我是不敢上前的。再者那个门我也拉不动他。”丁二爷道：“员外立等，你不开门，怎么样呢？”醉李道：“七兄弟，劳你的驾罢！你把这边假门的铜环拿住了，往怀里一带，那边的活门就开了。哥哥喝的成了个醉泡儿，那里有这样的力气呢？你拉门，哥哥叫姓展的，好不好？”丁二爷道：“既是如此……”上前拢住铜环，往怀里一拉，轻轻的门就开了。醉李道：“老七，好兄弟！你的手头儿可以。怨得五员外把你挑上呢。”他又扒着石门，道：“展老爷，展老爷，我们员外请你老呢。”只见里面出来一人，道：“夤夜（深夜。夤，yín）之间，你们员外又请我作甚么？难道我怕他有甚么埋伏么？快走，快走！”

丁二爷见展爷出来，将手一松，那石门已然关闭。向前引路，走不多远，便煞住脚步，悄悄的道：“展兄可认得小弟么？”展爷猛然听见，方细细留神，认出是兆蕙，不胜欢喜，道：“贤弟从何而来？”二爷便将众兄弟俱各来了的话说了。又见迎面有灯光来了，他二人急闪入林后，见二人抬定一坛酒，前面是姚六，口中抱怨，道：“真真的咱们员外，也不知是安着甚么心。好酒好菜的供养着他，还讨不出好来。也没见这姓展的太不知好歹，成日价骂不绝口。”

刚说至此，恰恰离丁二爷不远。二爷暗暗将脚一钩，姚六往前一扑，口中嗳呀道：“不好！”咕咚——哾嚓——噗哧。咕咚，是姚六爬下了；哾嚓，是酒坛子砸了；噗哧，是后面的人躺在撒的酒上了。丁二爷已将姚六按住，展爷早把那人提起。姚六认得丁二爷，道：“二员外，不干小人之事。”又见揪住那人的是展爷，连忙央告，道：“展老爷，也没有他的事情。求二位爷饶恕。”展爷道：“你等不要害怕，断（绝对）不伤害你等。”二爷道：“虽然如此，却放不得他们。”于是将他二人也捆缚在树上，塞住了口。

然后展爷与丁二爷悄悄来到五义厅东竹林内，听见白玉堂又派了亲信伴当白福，快到连环窟催取三宝。展爷便悄悄的跟了白福而来。到了竹林冲要（军事或交通上的重要地方）之地，展爷便煞住脚步，竟等截取三宝。不多时，只见白福提着灯笼，托着包袱，嘴里哼哼着唱《滦州影》，又形容几句猓猓腔。末了儿，改唱了一只西皮二簧。他可一壁（一边）唱着，一壁回头往后瞧。越唱越瞧的利害，心中有些害怕，觉得身后呲拉（象声词，呲，cī）、呲拉的响。将灯往身后一照，仔细一看，却是枳荆（zhǐ jīng，落叶灌木或乔木，茎上有刺）扎在衣襟之上，口中嘟囔道：“我说是甚么响呢？怪害怕的。原来是他呀！”连忙撂下灯笼，放下包袱，回身摘去枳荆。转脸儿一看，灯笼灭了，包袱也不见了。这一惊非小，刚要找寻，早有人从背后抓住，道：“白福，你可认得我么？”白福仔细看时，却是展爷，连忙央告，道：“展老爷，小人白福不敢得罪你老，这是何苦呢？”展爷道：“好小子，你放心，我断不伤害于你。你须在此歇息歇息，再去不迟。”说话间，已将他双手背剪（两手交叉地放在背后或捆绑在背后）。白福道：“怎么？我这么歇息么！”展爷道：“你这么着不舒服，莫若爬下。”将他两腿往后一撩，手却往前一按。白福如何站得住，早已爬伏在地。展爷见傍边有一块石头，端起来，道：“我与你盖上些儿，看夜静了着了凉。”白福嗳呀道：“展老爷，这个被儿太沉！小人不冷，不劳展老爷疼爱我。”展爷道：“动一动我瞧瞧，如若嫌轻，我再给你盖上一个。”白福忙接言道：“展老爷，小人就只盖一个被的命；若是再盖上一块，小人就折受死了。”展爷料他也不能动了，便奔树根之下来取包袱，谁知包袱却不见了。展爷吃这一惊，可也不小。

正在诧异间，只见那边人形儿一晃，展爷赶步上前。只听噗哧一声，那人笑了。展爷倒唬了一跳，忙问道：“谁？”一壁问，一壁看，原来是三爷徐庆。展爷便问：“三弟几时来的？”徐爷道：“小弟见展兄跟下他来，惟恐三宝有失，特来帮扶。不想展兄只顾给白福盖被，却把包袱抛露在此。若非小弟收藏，这包袱又不知落于何人之手了。”说话间，便从那边一块石下将包袱掏出，递给展爷。展爷道："三弟如何知道此石之下，可以藏得包袱呢？"徐爷说："告诉大哥说，我把这陷空岛大小去处，凡有石块之处或通或塞，别人皆不能知，小弟没有不知道的。"展爷点头道："三弟真不愧穿山鼠了。"

二人离了松林，竟奔五义厅而来。只见大厅之上中间桌上设着酒席，丁大爷坐在上首，柳青坐在东边，白玉堂坐在西边，左胁下带着展爷的宝剑。见他前仰后合，也不知是真醉呀，也不知是假醉，信口开言道："小弟告诉二位兄长说，总要叫姓展的服输到地儿，或将他革了职，连包相也得处分，那时节小弟心满意足，方才出这口恶气。我只看将来我那些哥哥们怎么见我？怎么对的过开封府？"说罢，哈哈大笑。上面丁兆兰却不言语。柳青在旁，连声夸赞。

外面众人俱各听见。惟独徐爷心中按捺不住，一时性起，手持利刃，竟奔厅上而来，进得门来，口中说道："姓白的，先吃我一刀！"白玉堂正在那里谈的得意，忽见进来一人手举钢刀，竟奔上来了，忙取腰间宝剑，罢咧，不知何时失去。谁知丁大爷见徐爷进来，白五爷正在出神之际，已将宝剑窃到手中。白玉堂因无宝剑，又见刀临切近，将身向傍边一闪，将椅子举起往上一迎，只听拍的一声，将椅背砍得粉碎。徐爷又抡刀砍来。白玉堂闪在一傍，说道："姓徐的，你先住手，我有话说。"徐爷听了，道："你说，你说！"白玉堂道："我知你的来意，知道拿住展昭，你会合丁家兄弟前来救他。但我有言在先，已向展昭言明，不拘时日，他如能盗回三宝，我必随他到开封府去。他说只用三天，即可盗回。如今虽未满限，他尚未将三宝盗回。你明知他断不能盗回三宝，恐伤他的脸面，今仗着人多，欲将他救出，三宝也不要了，也不管姓展的怎么回复开封府，怎么腆颜（厚颜。腆，tiǎn）见我。你们不要脸，难道姓展的也不要脸么？"徐爷闻听，哈哈大笑，道："姓白的，你还作梦呢！"即回身大叫："展大哥，快将三宝拿来！"早见展爷托定三宝，进了厅内，笑吟吟的道："五弟，劣兄幸不辱命。果然未出三日，已将三宝取回，特来呈阅。"

白玉堂忽然见了展爷，心中纳闷，暗道："他如何能出来呢？"又见他手托三宝，外面包的包袱还是自己亲手封的，一点也不差，更觉诧异。又见卢大爷、丁二爷在厅外站立，心中暗想道："我如今要随他们上开封府，又灭了我的锐气（旺盛的气势）；若不同他们前往，又失却前言。”正在为难之际，忽听徐爷嚷道：“姓白的，事到如今，你又有何说？”白玉堂正无计脱身，听见徐爷之言，他便拿起砍伤了的椅子向徐爷打去。徐爷急忙闪过，持刀砍来。白玉堂手无寸铁，便将葱绿氅（chǎng，外套）脱下，从后身脊缝撕为两片，双手抡起，挡开利刃，急忙出了五义厅，竟奔西边竹林而去。卢方向前说道：“五弟且慢，愚兄有话与你相商。”白玉堂并不答言，直往西去。丁二爷见卢大爷不肯相强，也就不好追赶。只见徐爷持刀紧紧跟随。白玉堂恐他赶上，到了竹林密处，即将一片葱绿氅搭在竹子之上。徐爷见了，以为白玉堂在此歇息，蹑足潜踪，赶将上去，将身子往前一窜，往下一按，一把抓住，道：“老五呀！你还跑到那里去？”用手一提，却是半片绿氅，玉堂不知去向。此时白玉堂已出竹林，竟往后山而去。看见立峰石，又将那片绿氅搭在石峰之上，他便越过山去。这里徐爷明知中计，又往后山追来，远远见玉堂在那里站立，连忙上前。仔细一看，却是立峰石上搭着半片绿氅，已知玉堂去远，追赶不及。暂且不表。

且说柳青正与白五爷饮酒，忽见徐庆等进来，徐爷就与白五爷交手，见他二人出了大厅就不见了，自己一想：“我若偷偷儿的溜了，对不住众人；若与他等交手，断不能取胜。到了此时，说不得乍着胆子，只好充一充朋友。”想罢，将桌腿子卸下来，拿在手中。嚷道：“你等既与白五弟在神前结盟，死生共之，既有今日，何必当初？真乃叫我柳某好笑！”说罢，抡起桌腿，向卢方就打。卢方一肚子的气正无处可出，见柳青打来，正好拿他出出气。见他临近，并不招架，将身一闪躲过，却使了个扫堂腿。只听噗通一声，柳青仰面跌倒。卢爷叫庄丁将他绑了。庄丁上前将柳青绑好。柳青白馥馥一张面皮，只羞得紫巍巍满面通红，好生难看。

卢方进了大厅，坐在上面。庄丁将柳青带到厅上。柳青便将二目圆睁，嚷道：“卢方！敢将柳某怎么样？”卢爷道：“我若将你伤害，岂是我行侠尚义所为！所怪你者，实系过于多事耳。至我五弟所为之事，无须与你细谈，叫庄丁将他放了去罢。”柳青到了此时，走也不好，不走也不好。卢方道：“既放了你，你还不走，意欲何为？”柳青道：“走可不走吗？难道说我还等着吃早饭么？”说着话，搭搭讪讪的就溜之乎也。

卢爷便向展爷、丁家兄弟说道："你我仍须到竹林里寻找五弟去。"展爷等说道："大哥所言甚是。"正要前往，只见徐爷回来，说道："五弟业已过了后山，去的踪影不见了。"卢爷跌足道："众位贤弟不知，我这后山之下乃松江的江岔子。越过水面，那边松江极是捷径之路，外人皆不能到。五弟在山时，他自己练的独龙桥，时常飞越往来，行如平地。"大家听了，同声道："既有此桥，咱们何不追了他去呢？"卢方摇头道："去不得，去不得！名虽叫独龙桥，却不是桥；乃是一根大铁链，有桩二根，一根在山根之下，一根在那泊岸之上，当中就是铁链。五弟他因不知水性，他就生心暗练此桥，以为自己能够在水上飞腾越过，也是一片好胜之心。不想他闲时治下，竟为今日忙时用了。"众人听了，俱各发怔。

忽听丁二爷道："这可要应了蒋四哥的话了。"大家忙问甚么话。丁二爷道："蒋四哥早已说过，五弟不是没有心机之人。巧咧，他要自行投到，把众兄弟们一网打尽。看他这个光景，当真的他要上开封府呢。"卢爷、展爷听了，更觉为难，道："似此如之奈何？我们岂不白张了心么？怎么去见相爷呢？"丁二爷道："这倒不妨。还好，幸亏将三宝盗回，二位兄长也可以交差，盖的过脸儿去。"丁大爷道："天已亮了，莫若俱到舍下，与蒋四哥共同商量个主意才好。"

卢爷吩咐水手预备船只，同上茉花村；又派人到蚯蚓湾芦苇深处，告诉丁二爷昨晚坐的小船也就回庄，不必在那里等了；又派人到松林，将姚六、费七、白福等松放回来。丁二爷仍将湛卢宝剑交与展爷佩带。卢爷进内略为安置，便一同上船，竟奔茉花村去了。

且说白玉堂越过后墙，竟奔后山而来。到了山根之下，以为飞身越渡，可到松江，仔细看时，这一惊非小。原来铁链已断，沉落水底。玉堂又是着急，又是为难，又恐后面有人追来。忽听芦苇之中，咿呀、咿呀摇出一只小小渔船。玉堂满心欢喜，连忙唤道："那渔船快向这边来，将俺渡到那边，自有重谢。"只见那船上摇橹的却是个年老之人，对着白玉堂道："老汉以捕鱼为生，清早利市（吉利），不定得多少大鱼。如今渡了客官，耽延工夫，岂不误了生理？"玉堂道："老丈，你只管渡我过去，到了那边，我加倍赏你如何？"渔翁道："既如此，千万不可食言！老汉渡你就是了。”说罢，将船摇至山根。不知白玉堂上船不曾，且听下回分解。

第五十七回　独龙桥盟兄擒义弟　开封府恩相保贤豪

且说白玉堂纵身上船，那船就是一晃，渔翁连忙用篙点住，道：“客官好不晓事。此船乃捕鱼小船，俗名划子，你如何用猛力一趁？幸亏我用篙撑住，不然连我也就翻下水去了。好生的荒唐吓。”白玉堂原有心事，恐被人追上，难以脱身。幸得此船肯渡，他虽然叨叨数落，却也毫不介意。

那渔翁慢慢的摇起船来，撑到江心，却不动了，便发话道：“大清早起的，总要发个利市。再者俗语说的是，‘船家不打过河钱’。客官有酒资拿出来，老汉方好渡你过去。”白玉堂道：“老丈，你只管渡我过去，我是从不失信的。”渔翁道：“难，难，难，难！口说无凭，多少总要信行的。”白玉堂暗道：“叵耐（可恨。叵，pǒ）这厮可恶！偏我来的仓猝（仓促），并未带得银两。也罢，且将我这件衬袄脱下给他。幸得里面还有一件旧衬袄，尚可遮体。候渡到那面，再作道理。”想罢，只得脱下衬袄，道：“老丈，此衣足可典当几贯钱钞，难道你还不凭信么？”渔翁接过抖起来，看道：“这件衣服若是典当了，可以比捕鱼有些利息了。客官休怪，这是我们船家的规矩。”

正说间，忽见那边飞也似的赶了一只渔船来，口中说道：“好吓！清早发利市，见者有分，须要沽酒（买酒。沽，gū）请我的。”说话间，船已临近。这边的渔翁道：“甚么大利市，不过是件衣服。你看看，可典多少钱钞？”说罢，便将衣服掷过。那渔人将衣服抖开一看，道：“别管典当多少，足够你我喝酒的了。老兄，你还不口头馋么？”渔翁道：“我正在思饮，咱们且吃酒去。”只听嗖的一声，已然跳到那边船上。那边渔人将篙一支，登时飞也似的去了。

白玉堂见他们去了，白白的失去衣服，无奈何，自己将篙拿起来撑船。可煞作怪，那船不往前走，只是在江心打转儿。不多会，白玉堂累的通身是汗，喘吁不止，自己发恨，道："当初与其练那独龙桥的，何不下工夫练这渔船呢？今日也不至于受他的气了。"正在抱怨，忽见小小舱内出来一人，头戴斗笠，猛将斗笠摘下，道："五弟久违了！世上无有十全的人，也没有十全的事，你抱怨怎的？"白玉堂一看，却是蒋平，穿着水靠（古时用鱼皮、鲨鱼皮等制作的连体潜水服），不由的气冲霄汉，一声怪叫道："哎哟！好病夫！那个是你五弟？"蒋爷道："哥哥是病夫，好称呼呀！这也罢了。当初叫你练练船只，你总以为这没要紧，必要练那出奇的顽意儿。到如今，你那独龙桥那里去了？"白玉堂顺手就是一篙，蒋平他就顺手落下水去。白玉堂猛然省悟，道："不好，不好！他善识水性，我白玉堂必是被他暗算。"两眼尽往水中注视。再将篙拨船时，动也不动，只急得他两手扎煞（张开，伸张）。

忽见蒋平露出头来，把住船边，道："老五吓！你喝水不喝？"白玉堂未及答言，那船已然底儿朝天，把个锦毛鼠弄成水老鼠了。蒋平恐他过于喝多了水，不是当要（闹着玩儿）的；又恐他不喝一点儿水，也是难缠的，"莫若叫他喝两三口水，趁他昏迷之际，将就着到了茉花村，就好说了。"他左手揪住发绺，右手托定腿洼（犹腿裆），两足踏水，不多时，即到北岸，见有小船三四只在那里等候。

这是蒋平临过河拆桥时，就吩咐下的。船上共有十数人，见蒋爷托定白玉堂，大家便嚷道："来了，来了！四老爷成了功了！上这里来。"蒋爷来到切近（靠近），将白玉堂往上一举。众水手接过，便要控水。蒋爷道："不消，不消。你们大家把五爷寒鸦赴水的背剪了，头面朝下，用木杠即刻抬至茉花村。赶到那里，大约五爷的水也控净了，就苏醒过来了。"众水手只得依命而行，七手八脚的捆了，用杠穿起，扯连、扯连抬着个水淋淋的白玉堂，竟奔茉花村而来。

且说展熊飞同定卢方、徐庆，兆兰、兆蕙相陪，来到茉花村内。刚一进门，二爷便问伴当道："蒋四爷可好些了？"伴当道："蒋四爷于昨晚二员外起身之后，也就走了。"众人诧异，道："往那里去了？"伴当道："小人也曾问来，说：'四爷病着，往何方去呢？'四爷说：'你不知道，我这病是不要紧的；皆因有个约会等个人，却是极要紧的。'

小人也不敢深问，因此四爷就走了。”众人听了，心中纳闷，惟独卢爷着急，道：“他的约会，我焉有不知的？从来没有提起，好生令人不解。”丁大爷道：“大哥不用着急，且到厅上坐下，大家再作商量。”

说话间，来至厅上。丁大爷先要去见丁母。众人俱言：“代为叱名（请人转达自己姓名的谦辞。叱，chì）请安。”展爷说：“俟（sì，等待）事体消停，再去面见老母。”丁大爷一一领命，进内去了。丁二爷吩咐伴当：“快快去预备酒饭。我们俱是闹了一夜的了，又渴又饥。快些，快些！”伴当忙忙的传往厨房去了。少时，丁大爷出来，又一一的替老母问了众人的好，又向展爷道：“家母听见兄长来了，好生欢喜，言事情完了，还要见兄长呢。”展爷连连答应。早见伴当调开桌椅，安放杯箸（zhù，筷子）。上面是卢方，其次展昭、徐庆，兆兰、兆蕙在主位相陪。

刚然（刚刚）入座，才待斟酒，忽见庄丁跑进来，禀道：“蒋老爷回来了，把白五爷抬来了。”众人听了，又是惊骇，又是欢喜，连忙离座出厅，俱各迎将出来。

到了庄门，果见蒋四爷在那里吩咐，把五爷放下，抽杠解缚。此时白玉堂已然吐出水来，虽然苏醒，尚不明白。卢方见他面目焦黄，浑身犹如水鸡儿一般，不觉泪下。展爷早赶步上前，将白玉堂扶着坐起，慢慢唤道：“五弟醒来，醒来。”不多时，只见白玉堂微睁二目，看了看展爷，复又闭上，半晌，方嘟囔道：“好病夫吓！淹得我好，淹得我好！”说罢，哇的一声，又吐出许多清水，心内方才明白了。睁眼往左右一看，见展爷蹲在身旁，卢方在那里拭（shì，擦）泪，惟独徐庆、蒋平二人，一个是怒目横眉，一个是嬉皮笑脸。白玉堂看见蒋爷，便要扎挣（挣扎）起来，道：“好病夫吓！我是不能与你干休的。”展爷连忙扶住，道：“五弟且看愚兄薄面，此事始终皆由展昭而起。五弟如有责备，你就责备展昭就是了。”丁家弟兄连忙上前扶起玉堂，说道：“五弟且到厅上去沐浴更衣后，有甚么话再说不迟。”白玉堂低头一看，见浑身连泥带水好生难看，又搭着处处皆湿，遍体难受的狠，到此时也没了法子了，只得说：“小弟从命。”

大家步入庄门，进了厅房。丁二爷叫小童掀起套间软帘，请白五爷进内。只见澡盆、堂布、香肥皂、胰子（肥皂）、香豆面。床上放着洋布汗遢（即“汗褟”，一种贴身穿的中式小褂。遢，同“褟”，tā）中衣、月白洋绉

（zhòu，古代一种精细的葛布）套裤、靴、袜、绿花氅（chǎng，外套）、月白衬袄、丝绦（丝编的带子。绦，tāo）、大红绣花武生头巾，样样俱是新的。又见小童端了一瓷盆热水来，放在盆架之上，请五老爷坐了，打开发纂（发髻。纂，zuǎn），先将发内泥土洗去，又换水添上香豆面洗了一回，然后用木梳通开，将发纂挽好，扎好网巾。又见进来一个小童，提着一桶热水注在澡盆之内，请五老爷沐浴。两个小童就出来了。白玉堂即将湿衣脱去，坐在矮凳之上，周身洗了，用堂布擦干，穿了中衣（又称里衣，是汉服的衬衣）等件。又见小童进来，换了热水，请五老爷净面。然后穿了衣服，戴了武生巾。其衣服靴帽尺寸长短，如同自己一样，心中甚为感激丁氏弟兄，只是恼恨蒋平，心中忿忿。

只见丁二爷进来，道："五弟沐浴已毕，请到堂屋中谈话饮酒。"白玉堂只得随出，见他仍是怒容满面。卢方等立起身来，说："五弟这边坐，叙话。"玉堂也不言语，见方才之人皆在，惟不见蒋爷，心中纳闷。只见丁二爷吩咐伴当摆酒。片时工夫，已摆得齐整，皆是美味佳肴。丁大爷擎（qíng，举）杯，丁二爷执壶，道："五弟想已饿了，且吃一杯暖一暖寒气。"说罢，斟上酒来，向玉堂说："五弟请用。"白玉堂此时欲不饮此酒，怎奈腹中饥饿，不作脸的肚子咕噜噜的乱响，只得接杯一饮而尽。又斟了门杯。又给卢爷、展爷、徐爷斟了酒。大家入座。

卢爷道："五弟已往之事，一概不必提了。无论谁的不是，皆是愚兄的不是。惟求五弟同到开封府，就是给为兄的作了脸（"作脸"，争气）了。"白玉堂闻听，气冲斗牛，不好向卢方发作，只得说："叫我上开封府，万万不能！"展爷在傍插言道："五弟不要如此，凡事必须三思而后行，还是大哥所言不差。"玉堂道："我管甚么'三思''四思'，横竖我不上开封府去。"展爷听了玉堂之言，有许多的话要问他，又恐他有不顺情理之言，还是与他闹是不闹呢？

正在思想之际，忽见蒋爷进来，说："姓白的，你别过于任性了。当初你向展兄言明盗回三宝，你就同他到开封府去；如今三宝取回，就该同他前往才是。即或你不肯同他前往，也该以情理相求，为何竟自逃走？不想又遇见我救了你的性命，又亏丁兄给你换了衣服，如此看待，为的是成全朋友的义气。你如今不到开封府，不但失信于展兄，而且对不住丁家弟兄。你义气何在？"白玉堂听了，气的喊叫如雷，说：

"好病夫呀！我与你势不两立了！"站起来，就奔蒋爷拚命。丁家弟兄连忙上前拦住，道："五弟不可，有话慢说。"蒋爷笑道："老五吓，我不与你打架。就是你打我，我也不还手。打死我，你给我偿命。我早已知道你是没见过大世面的，如今听你所说之言，真是没见过大世面。"白玉堂道："你说我没见过大世面，你倒要说说我听。"

蒋爷笑道："你愿听，我就说与你听。你说你到过皇宫内院，忠义祠题诗，万寿山前杀命，奏折内夹带字条，大闹庞府杀了侍妾。你说这都是人所不能的。这原算不了奇特，这不过是你仗着有飞檐走壁之能，黑夜里无人看见，就遇见了皆是没本领之人。这如何算的是大能干呢？如何算得见过大世面呢？如若是见过世面，必须在光天化日之中，瞻仰（恭敬地看）过天子升殿。先是金钟声响，后见左右宫门一开，带刀护卫一对一对的按次序而出，雁翼排班侍立，一个个真似天神一般。然后文武臣工步上丹墀（古时宫殿前的石阶，因以红色涂饰，故称。墀，chí），分文东武西而立。丹墀下，御林军俱佩带绿皮鞘腰刀，一个个雄抖抖，气昂昂，按班而立。又听金鞭三下响，正宫门开处，先是提炉数对，见八人肩舆（即轿子）上坐天子，后面龙凤扇二柄紧紧相随，再后是御前太监蜂拥跟随。天子升殿真是鸦雀无声，那一番骨软筋酥。且慢说天子升殿，就是包相爷升堂问事，那一番的威严，令人可畏。未升堂之时，先是有名头的皂班、各项捕快、各项的刑具、各班的皂役，一班一班的由角门而进，将铁链夹棍各样刑具往堂上一放。又有王、马、张、赵将御铡请出。喊了堂威，左右排班侍立。相爷从屏风后步入公座。那一番赤胆忠心、为国为民，一派的正气，姓白的，你见了也就骨软筋酥，也就威风顿减。这些话仿佛我薄你。皆因你所为之事都是黑夜之间，人皆睡着，由着你的性儿，该杀的就杀，该偷的就偷拿了走了。若在白昼之间，这样事全是不能行的。我说你没见过大世面，所以不敢上开封府去，就是这个缘故。"

白玉堂不知蒋爷用的是激将法，气的他三尸神暴出，五陵豪气飞空，说："好病夫！你把白某看作何等样人？慢说是开封府，就是刀山箭林，也是要走走的。"蒋爷笑嘻嘻道："老五哇，这是你的真话呀？还是乍着胆子说的呢？"玉堂嚷道："这也算不了甚么大事，也不便与你撒谎。"蒋爷道："你既愿意去，我还有话问你。这一起身虽则同行，你万一故意落在后头，我们可不能等你。你若逃了，我们可不能找你。还有一件事更要说明，你在皇宫内院干的事情，这个罪名非同小可。到了开封府，见了相爷必须小心谨慎，听包相爷的钧谕（对帝王或尊长指示、命令的敬称），才是大丈夫所为。若是你仗着自己有飞檐走壁之能，血气之勇，不知规矩，口出胡言大话，就算不了行侠尚义英雄好汉，就是个浑小子，也就不必上开封府去了。你就请罢，再也不必出头露面了。”白玉堂是个心高气傲之人，如何能受得这些激发之言，说：“病夫！如今我也不合你论长论短。俟（sì，等待）到了开封府，叫你看看白某是见过大世面，还是没有见过大世面，那时再与你算帐便了。”蒋爷笑道：“结咧！看你的好好劲儿了。好小子！敢作敢当，才是好汉呢！”

兆兰等恐他二人说翻了，连忙说道：“放着酒不吃，说这些不要紧的话作甚么呢？”丁大爷斟了一杯酒，递给玉堂；丁二爷斟了一杯酒，递与蒋平，二人一饮而尽。然后大家归座，又说了些闲话。白玉堂向着蒋爷道：“我与你有何仇何恨？将我翻下水去，是何缘故？”蒋爷道：“五弟，你说话太不公道。你想想你作的事那一样儿不利害，那一样儿留情分，甚至说话都叫人磨不开。就是今儿，难道不是你先将我一篙打下水去么？幸亏我识水性，不然我就淹死了。怎么你倒恼我？我不冤死了么？”说的众人都笑起来了。丁二爷道：“既往之事，不必再说。莫若大家喝一回，吃了饭，也该歇息歇息了。”说罢，才要斟酒。

展爷道：“二位贤弟且慢，愚兄有个道理。”说罢，接过杯来，斟了一杯，向玉堂道：“五弟，此事皆因愚兄而起。其中却有区别。今日当着众位仁兄贤弟俱各在此，小弟说一句公平话，这件事实系五弟性傲之故，所以生出这些事来。如今五弟既愿到开封府去，无论何事，我展昭与五弟荣辱共之。如五弟信的及，就饮此一杯。”大家俱称赞道：“展兄言简意深，真正痛快。”白玉堂接杯一饮而尽，道：“展大哥，小弟与兄台本无仇隙，原是义气相投的。诚然是小弟少年无知不服气的起见。如到开封府，自有小弟招承，断不累及吾兄。再者小弟屡屡唐突冒昧，蒙兄长的海涵（包涵），小弟也要敬一杯，陪个礼才是。”说罢，斟了一杯，递将过来。大家说道：“理当如此。”展爷连忙接过，一饮而尽，复又斟上一杯，道：“五弟既不挂怀劣兄，五弟与蒋四兄也要对敬一杯。”蒋爷道：“甚是，甚是。”二人站起来，对敬了一杯。众人俱各大乐不止。然后归座，依然是兆兰、兆蕙斟了门杯，彼此畅饮。又说了一回本地风光的事体，到了开封府应当如何的光景。

酒饭已毕，外面已备办停当。展爷进内与丁母请安禀辞，临别时留下一封谢柬（谢帖），是给松江府知府的，求丁家弟兄派人投递。丁大爷、丁二爷送至庄外，眼看着五位英雄带领着伴当数人，蜂拥去了。一路无话。

及至到了开封府，展爷便先见公孙策商议，求包相保奏白玉堂；然后又与王、马、张、赵彼此见了。众人见白玉堂少年英雄，无不羡爱。白玉堂到此时也就循规蹈矩（遵守规则，不敢违反），诸事仗卢大爷提拨（提醒）。

展爷与公孙先生来到书房，见了包相，行参已毕，将三宝呈上。包公便吩咐李才送至后面收了。展爷便将自己如何被擒、多亏茉花村双侠打救，又如何蒋平装病、悄地里拿获白玉堂的话，说了一遍。“惟求相爷在圣上面前递折保奏。”包公一一应允，也不升堂，便叫将白玉堂带至书房一见。展爷忙至公所道：“相爷请五弟书房相见。”白玉堂站起身来就要走。蒋平上前拦住，道：“五弟且慢，你与相爷是亲戚？是朋友？”玉堂道：“俱各不是。”蒋爷道：“既无亲故，你身犯何罪，就是这样见相爷，恐于理上说不去。”白玉堂猛然省悟，道：“亏得四哥提拨，险些儿误了大事。”未知如何，且听下回分解。

第五十八回　锦毛鼠龙楼封护卫　邓九如饭店遇恩星

且说白玉堂听蒋平之言，猛然省悟，道：“是呀！亏得四哥提拨，不然我白玉堂岂不成了叛逆了么？展兄快拿刑具来。”展爷道：“暂且屈尊（客套话，指降低身份做某事）五弟。”吩咐伴当（旧时跟随着做伴的仆人或伙伴）：“快拿刑具来。”不多时，不但刑具拿来，连罪衣罪裙俱有。立刻将白玉堂打扮起来。此时卢方同着众人，连王、马、张、赵俱随在后面。展爷先至书房，掀起帘栊（泛指门窗的帘子。栊，lóng），进内回禀。

不多时，李才打起帘子，口中说道："相爷请白义士。"只一句弄得白玉堂欲前不前，要退难退，心中反倒不得主意。只见卢方在那边打手式，叫他屈膝。他便来至帘前，屈膝肘进，口内低低说道："罪民白玉堂有犯天条，恳祈相爷笔下超生。"说罢，匍匐在地。包公笑容满面，道："五义士不要如此，本阁自有保本。"回头吩咐展爷去了刑具，换了衣服，看座。白玉堂那里肯坐。包相把白玉堂仔细一看，不由的满心欢喜。白玉堂看了包相，不觉的凛然敬畏。包相却将梗概略为盘诘（盘问。诘，jié），白玉堂再无推诿，满口应承。包相点了点头，道："圣上屡屡问本阁要五义士者，并非有意加罪，却是求贤若渴之意。五义士只管放心。明日本阁保奏，必有好处。"

外面卢方等听了，连忙进来，一齐跪倒。白玉堂早已的跪下。卢方道："卑职等仰赖相爷的鸿慈（大恩）。明日圣上倘不见怪，实属万幸；如若加罪时，卢方等情愿纳还职衔以赎弟罪，从此作个安善良民，再也不敢妄为了。"包公笑道："卢校尉不要如此，全在本阁身上，包管五义士无事。你等不知圣上此时励精图治，惟恐野有遗贤（指有才能的人还未受到任用），时常的训示（上级、长辈对下级、晚辈的训导）本阁，叫细细访查贤豪俊义，焉有见怪之理？只要你等以后与国家出力报效，不负圣恩就是了。"说罢，吩咐众人起来。又对展爷道："展护卫与公孙主簿，你二人替本阁好好看待五义士。"展爷与公孙先生一一领命，同定众人，退了出来。

到了公厅之内，大家就座。只听蒋爷说道："五爷，你看相爷如何？"白玉堂道："好一位为国为民的恩相！"蒋爷笑道："你也知是恩相了。可见大哥堪称是我的兄长，眼力不差，说个'知遇之恩'，诚不愧也。"几句话说的个白玉堂脸红过耳，瞅了蒋平一眼，再也不言语了。傍边公孙先生知道蒋爷打趣白玉堂，惟恐白玉堂年幼脸急，连忙说道："今日我等虽奉相谕款待五弟，又算是我与五弟预为贺喜。候明日保奏下来，我们还要吃五弟喜酒呢。"白玉堂道："只恐小弟命小福薄，无福消受皇恩。倘能无事，弟也当备酒与众位兄长酬劳。"徐庆道："不必套话，大家也该喝一杯了。"赵虎道："我刚要说，三哥说了。还是三哥爽快。"回头叫伴当，快快摆桌子端酒席。

登时进来几个伴当，调开桌椅，安放杯箸。展爷与公孙先生还要让白玉堂上坐，却是马汉、王朝二人拦住，说："住了，卢大哥在此，五弟焉肯上坐。依弟等愚见，莫若还是卢大哥的首座，其下挨次而坐，倒觉爽快。"徐庆道："好！还是王、马二兄吩咐的是。我是挨着赵四弟一处坐。"赵虎道："三哥，咱两个就在这边坐，不要管他们。来，来，来，且喝一杯。"说罢，一个提壶，一个执盏（小杯子），二人就对喝起来。众人见他二人如此，不觉大笑，也不谦让了，彼此就座，饮酒畅谈，无不倾心。

及至酒饭已毕，公孙策便回至自己屋内写保奏摺底，开首先叙展护卫一人前往陷空岛，拿获白玉堂，皆是展昭之功；次说白玉堂所作之事虽暗昧小巧之行，却是光明正大之事，仰恳天恩，赦宥（赦免、宽恕。宥，yòu）封职，广开进贤之门等语。请示包相看了，缮写（誊写，抄写。缮，shàn）清楚，预备明日五鼓，谨呈御览。

至次日，包公派展爷、卢大爷、王爷、马爷随同白玉堂入朝。白五爷依然是罪衣罪裙，预备召见。到了朝房，包相进内递折。仁宗看了，龙心大悦，立刻召见包相。包相又密密保奏一番。天子即传旨，派老伴伴（太监）陈林晓示白玉堂，不必罪衣罪裙，只要平人服色带领引见。陈公公念他杀害郭安，有暗救自己之恩，见了白玉堂，又致谢了一番；然后明发上谕，叫白玉堂换了一身簇新（极新。簇，cù）的衣服，更显得少年英俊。及至天子临朝，陈公公将白玉堂领至丹墀之上。仁宗见白玉堂一表人物，再想起他所作之事，真有人所不能的本领、人所不能的胆量，圣心欢喜非常，就依着包卿的密奏，立刻传旨："加封展昭实受四品护卫之职。其所遗四品护卫之衔，即着白玉堂补授，与展昭同在开封府供职，以为辅弼（fǔ bì，辅佐，辅助）。"白玉堂到了此时，心平气和，惟有俯首谢恩。下了丹墀，见了众人，大家道喜，惟卢方更觉欢喜。

至散朝之后，随到开封府。此时早有报录之人报到，大家俱知白五爷得了护卫，无不快乐。白玉堂换了服色，展爷带到书房，与相爷行参（行参见问候之礼）。包公又勉励了多少言语，仍叫公孙先生替白护卫具谢恩折子，预备明早入朝代奏谢恩。一切事宜完毕。

白玉堂果然设了丰盛酒席，酬谢知己。这一日群雄豪聚：上面是卢方，左有公孙先生，右有展爷，这壁厢王、马、张，那壁厢赵、徐、蒋，白玉堂却在下面相陪。大家开怀畅饮，独有卢爷有些愀然（形容神色变得严肃或不愉快。愀，qiǎo）不乐之状。王朝道：“卢大哥，今日兄弟相聚，而且五弟封职，理当快乐，为何大哥郁郁不乐呢？”蒋平道：“大哥不乐，小弟知道。”马汉道：“四弟，大哥端的（到底，究竟）为着何事？”蒋平道：“二哥，你不晓得。我弟兄原是五人，如今四个人俱各受职，惟有我二哥不在座中，大哥焉有不想念的呢？”蒋平这里说着，谁知卢爷那里早已落下泪来，白玉堂便低下头去了。

众人见此光景，登时的都默默无言。半晌，只听蒋平叹道：“大哥不用为难，此事原是小弟作的，我明日便找二哥去如何？”白玉堂忙插言道：“小弟与四哥同去。”卢方道：“这倒不消。你乃新受皇恩，不可远出。况且找你二哥，又不是私访缉捕，要去多人何用？只你四哥一人足矣。”白玉堂说：“就依大哥吩咐。”公孙先生与展爷又用言语劝慰了一番，卢方才把愁眉展放。大家豁拳行令（古代民间饮酒时一种助兴取乐的游戏。豁，huá），快乐非常。到了次日，蒋平回明相爷去找韩彰，自己却扮了个道士行装，仍奔丹凤岭翠云峰而来。

且说韩彰自扫墓之后，打听得蒋平等由平县已然起身，他便离了灵佑寺竟奔杭州而来，意欲游赏西湖。一日，来到仁和县，天气已晚，便在镇店找了客寓住了。吃毕晚饭后，刚要歇息，忽听隔壁房中有小孩啼哭之声，又有个山西人唠哩唠叨，不知说甚么，心中委决不下（迟疑而决定不下来）。只得出房来到这边，悄悄张望，见那山西人左一掌、右一掌，打那小孩子，叫那小孩子叫他父亲，偏偏的那小孩子却又不肯。韩二爷看了，心中纳闷，又见那小孩子捱（ái，同“挨”）打可怜，不由的迈步上前，劝道：“朋友，这是为何？他一个小孩子家，如何禁的住你打呢？”那山西人道：“克（客）官，你不晓得。这怀（个）小娃娃是哦（我）前途花了五两蝇（银）子买来作干儿的。一炉（路）上哄着他迟（吃），哄着他哈（喝），他总叫哦（我）大收（叔）。哦就说他：‘你不要叫哦大收，你叫哦乐（老）子。大收与乐子没有甚么坟（分）别。’可奈这娃娃到了店里，他不但不叫哦乐子，连大收也不叫了，竟管着哦叫一蹭（声）儿克官，你想这一蹭儿是怀甚么敦希（东西）呢？”

韩爷听了，不由的要笑。又见那小孩子眉目清秀，瞅着韩爷，颇有望救之意。韩爷更觉不忍，连忙说道：“人生各有缘分。我看这小孩子，狠爱惜他。你要将他转卖于我，我便将原价奉还。”那山西人道：“既如此，微赠些利息，哦便卖给克官。”韩二爷道：“这也有限之事。”即向兜肚内摸出五六两一锭，额外又有一块不足二两，托于掌上，道：“这是五两一锭，添上这块算作利息，你道如何？”那山西人看着银子眼中出火，道：“求（就）是折（这）样罢！哦没有娃娃赘累，哦还要赶炉呢。咱蒙（们）仍（人）蝇两交，各无反悔。”说罢，他将小孩子领过来交与韩爷，韩爷却将银子递过。这山西人接银在手，头也不回，佯长（即“扬长”，大模大样）出店去了。

韩爷反生疑忌。只听小孩子道：“真便宜他，也难为他。”韩爷问道：“此话怎讲？”小孩子道：“请问伯伯，住于何处？”韩爷道：“就在隔壁房内。”小孩子道：“既如此，请到那边再为细述。”韩爷见小孩子说话灵变，满心欢喜，携着手来到自己屋内，先问他吃甚么。小孩子道：“前途已然用过，不吃甚么了。”韩爷又给他斟了半盏茶，叫他喝了，方慢慢问道：“你姓甚名谁？家住那里？因何卖与山西人为子？”小孩子未语先流泪，道：“伯伯听禀，我姓邓名叫九如，在平县邓家洼居住。只因父亲丧后，我与母亲娘儿两个度日。我有一个二舅名叫武平安，为人甚属不端（不正经，不正直）。一日，背负一人寄居我们家中，说是他的仇人，要与我大舅活活祭灵。不想此人是开封府包相爷的侄儿，我母亲私行将他释放，叫我找我二舅去，趁空儿我母亲就悬梁自尽了。”说至此，痛哭起来。

韩爷闻听，亦觉惨然，将他劝慰多时，又问以后的情节。邓九如道：“只因我二舅所作之事无法无天，况我们又在山环居住，也不报官，便用棺材盛殓，于次日烦了几个无赖之人帮着，抬在山洼掩埋。是我一时思念母亲死的苦情，向我二舅啼哭。谁知我二舅不加怜悯，反生怨恨，将我踢打一顿。我就气闷在地，不知魂归何处。不料后来苏醒过来，觉得在人身上，就是方才那个山西人。一路上多亏他照应吃喝，来到此店，这是难为他。所便宜他的缘故，他何尝花费五两银子，他不过在山洼将我捡来，折磨我叫他父亲，也不过是转卖之意。幸亏伯伯搭救，白白的叫他诈去银两。”

韩爷听了，方知此子就是邓九如，见他伶俐非常，不由的满心欢喜，又是叹息。当初在灵佑寺居住时，听的不甚的确；如今听九如一说，心内方才明白。只见九如问道："请问伯伯贵姓？因何到旅店之中？却要往何处去？"韩爷道："我姓韩名彰，要往杭州，有些公干。只是道路上带你不便，待我明日将你安置个妥当地方，候我回来，再带你上东京便了。"九如道："但凭韩伯伯处置。使小侄不至漂泊，那便是伯伯再生之德了。"说罢，流下泪来。韩爷听了，好生不忍，道："贤侄放心，休要忧虑。"又安慰了好些言语，哄着他睡了，自己也便和衣而卧。

到次日天明，算还了饭钱，出了店门。惟恐九如小孩子家吃惯点心，便向街头看了看，见路西有个汤圆铺，携了九如，来到铺内，拣了个座头坐了，道："盛一碗汤圆来。"只见有个老者端了一碗汤圆，外有四碟点心，无非是糖耳朵、蜜麻花、蜂糕等类，放在桌上，手持空盘，却不动身，两只眼睛直勾勾地瞅着九如，半晌，叹了一口气，眼中几乎落下泪来。韩二爷见此光景，不由的问道："你这老儿为何瞅着我侄儿？难道你认得他么？"那老者道："小老儿认却不认得，只是这位相公有些厮像……"韩爷道："他像谁？"那老儿却不言语，眼泪早已滴下。韩爷更觉犯疑，连忙道："他到底像谁？何不说来？"那老者拭了泪，道："军官爷若不怪时，小老儿便说了。只因小老儿半生乏嗣（没有子嗣，没有后代。嗣，sì），好容易生了一子，活到六岁上。不幸老伴死了，撂下此子，因思娘也就呜呼哀哉了。今日看见小相公的面庞儿颇颇的像我那……"说到这里，却又咽住不言语了。

韩爷听了，暗暗忖度（cǔn duó，推测，揣度）道："我看此老颇觉诚实，而且老来思子；若九如留在此间，他必加倍疼爱小孩子，断不至于受苦。"想罢，便道："老丈，你贵姓？"那老者道："小老儿姓张，乃嘉兴府人氏，在此开汤圆铺多年。铺中也无多人，只有个伙计看火，所有座头俱是小老儿自己张罗。"韩爷道："原来如此。我告诉你，他姓邓名叫九如，乃是我侄儿。只因目下我到杭州有些公干，带着他行路甚属不便，我意欲将这侄儿寄居在此，老丈你可愿意么？"张老儿听了，眉开目笑，道："军官爷既有公事，请将小相公留居在此。只管放心，小老儿是会看承的。"韩爷又问九如道："侄儿，你的意下如何？我到了杭州，完了公事，即便前来接你。"九如道："伯伯既有此意，就是这样罢，又何必问我呢？"韩爷听了，知他愿意，又见老者欢喜无限。真是两下情愿，事最好办。韩爷也想不到如此的爽快，回手在兜肚内掏出五两一锭银子来，递与老者：“老丈，这是些须薄礼，聊算我侄儿的茶饭之资，请收了罢。”张老者那里肯受。不知说些甚么话来，且听下回分解。

第五十九回　倪生偿银包兴进县　金令赠马九如来京

且说张老见韩爷给了一锭银子，连忙道：“军官爷，太多心了。就是小相公每日所费无几，何用许多银两呢？如怕小相公受屈，留下些须银两也就够了。”韩爷道：“老丈不要推辞，推辞便是嫌轻了。”张老道：“既如此说，小老儿（老人谦称自己，多为平民百姓用）就从命了。”连忙将银接过。韩爷又说道：“我这侄儿烦老丈务要分心的。”又对九如道：“侄儿耐性在此，我完了公事即便回来。”九如道：“伯父只管放心料理公事，我在此与张老伯盘桓，是不妨事的。”韩爷见九如居然大方，全无小孩子情态。不但韩二爷放心，而且张老者听见邓九如称他为张老伯，乐得他心花俱开，连称：“不敢，不敢！军官爷只管放心，小相公交付小老儿，理当分心，不劳吩咐的。”韩二爷执了执手，邓九如又打了一恭。韩爷便出了汤圆铺，回头屡屡，颇有不舍之意。从此韩二爷直奔杭州，邓九如便在汤圆铺安身，不表。

且说包兴自奉相谕送方善与玉芝小姐到合肥县小包村，诸事已毕，在太老爷太夫人前请安叩辞，赏银五十两；又在大老爷大夫人前请安禀辞（告辞），也赏了三十两；然后又替二老爷二夫人请安禀辞，无奈何，赏了五两银子。又到宁老先生处禀了辞，便吩咐伴当，扣备鞍马，牢拴行李，出了合肥县，迤逦（yǐ lǐ，曲折连绵）行来。

一日，路过一庄，但见树木丛杂，房屋高大，极其凶险，包兴暗暗想道：“此是何等样人家，竟有如此的楼阁大厦？又非世胄（世家子弟），又非乡宦，到底是个甚么人呢？”正在思索，不提防咕咚的响了一枪。坐下马是极怕响的，嘫的一声往前一窜，包兴也未防备，身不由己，掉下马来。那马咆哮着，跑入庄中去了。幸喜包兴却未跌着，伴当连忙下马搀扶。包兴道："不妨事，并未跌着。你快进庄去将马追来，我在此看守行李。"伴当领命，进庄去了。

不多时，喘吁吁跑了回来，道："了不得，了不得！好厉害！世间竟有如此不讲理的。"包兴问道："怎么样了？"伴当道："小人追入庄中，见一人肩上担着一杆枪，拉着咱的马。小人上前讨取，他将眼一瞪，道：'你这厮如何的可恶！俺打的好好树头鸟，被你的马来，将俺的树头鸟俱各惊飞了，你还敢来要马！如若要马时，须要还俺满树的鸟儿，让俺打的尽了，那时方还你的马。'小人打谅他取笑儿，向前陪礼央告（央求，恳求），道：'此马乃我主人所乘，只因闻枪怕响，所以惊窜起来，将我主人闪落，跑入贵庄。爷上休要取笑，尚乞赐还是恳！'谁知那人道：'甚么恳不恳，俺全不管。你打听打听，俺太岁庄有空过的么？你去回覆你主人，如要此马，叫他拿五十两银子来此取赎。'说罢，他将马就拉进去了。想世间那有如此不说理的呢？"包兴听了，也觉可气，便问："此处系何处所辖？"伴当道："小人不知。"包兴道："打听明白了，再作道理。"说罢，伴当牵了行李马匹先行，包兴慢慢在后步行。走不多路，伴当覆道："小人才已问明，此处乃仁和县地面，离衙有四里之遥。县官姓金名必正。"

你道县官是谁？他便是颜查散的好友，自服阕（守丧期满除服。阕，què）之后归部铨选（选才授官。古代的一种选官制度，一般由吏部按照规定选补某种官缺。铨，quán），选了此处的知县。他已曾查访此处有此等恶霸，屡屡要剪除（铲除，消灭）他，无奈吏役舞弊欺瞒，尚未发觉。不想包兴今日为失马，特特（特意）的要拜会他。

且说包兴暂时骑了伴当所乘之马，叫伴当牵着马垛子，随后慢慢来到县衙相见。果然走了三里来路，便到镇市之上，虽不繁华，却也热闹。只见路东巷内路南，便是县衙。包兴一伸马进了巷口，到了衙前下马。早有该值的差役，见有人在县前下马，迎将上去，说了几句。只听那差役唤号里接马，恭恭敬敬将包兴让进，暂在科房略坐，急速进内回禀。不多时，请至书房相见。

只见那位县官有三旬（三十岁）年纪，见了包兴，先述未得迎接之罪，然后彼此就座。献茶已毕，包兴便将路过太岁庄将马遗失、本庄勒措（lēi ken，刁难，强迫）不还的话，说了一遍。金令听了，先陪罪道：“本县接任未久，地方竟有如此恶霸，欺侮上差，实乃下官之罪。”说罢，一揖。包兴还礼。金令急忙唤书吏，派马快前去要马。书吏答应下来。金公却与包兴提起颜查散是他好友。包兴道：“原来如此。颜相公乃是相爷得意门生，此时虽居翰苑（翰林院的别称），大约不久就要提升。”金相公又要托包兴寄信一封，包兴一一应允。

正说话间，只见书吏去不多时，复又转来，悄悄的请老爷说话。金公只得暂且告罪失陪。不多时，金爷回来，不等包兴再问，便开口道：“我已派人去了。诚恐到了那里，有些耽搁，贻误（耽误。贻，yí）公事，下官实实吃罪不起。如今已吩咐，将下官自己乘用之马备来，上差暂骑了去。俟（sì，等待）将尊骑要来，下官再派人送去。”说罢，只见差役已将马拉进来，请包兴看视。包兴见此马比自己骑的马胜强百倍，而且鞍鞯（ān jiān，指马鞍子和马鞍下面的垫子）鲜明，便道：“既承贵县美意，实不敢辞。只是太岁庄在贵县地面容留恶霸，恐于太爷官声是不相宜的。”金令听了，连连称是，道：“多承指教，下官必设法处治。恳求上差到了开封，在相爷跟前代下官善为说辞。”包兴满口应承。又见差役进来，回道：“跟老爷的伴当牵着行李垛子，现在衙外。”包兴立起身来，辞了金公。差役将马牵至二堂之上。金令送至仪门（旧时官府大门之内的门），包兴拦住，不许外送。

到了二堂之上，包兴伴当接过马来，出了县衙，便乘上马。后面伴当拉着垛子。刚出巷口，伴当赶上一步，回道：“此处极热闹的镇店。从清早直到此时，爷还不饿么？”包兴道：“我也有些心里发空，咱们就在此找个饭铺打尖（旅途中休息下来吃点儿东西）罢。”伴当道：“往北去路西里，会仙楼是好的。”包兴道：“既如此，咱们就到那里去。”

不一时，到了酒楼门前。包兴下马，伴当接过去拴好。伴当却不上楼，就在门前走桌上吃饭。包兴独步登楼，一看见当门一张桌空闲，便坐在那里。抬头看时，见那边靠窗，有二人坐在那里，另具一番英雄气概，一个是碧睛紫髯（rán，两腮的胡子，泛指胡子），一个是少年英俊，真是气度不凡，令人好生的羡慕。

你道此二人是谁？那碧睛紫髯的，便是北侠，复姓欧阳名春，因是紫巍巍一部长须，人人皆称他为“紫髯伯”。那少年英俊的，便是双侠的大官人丁兆兰，奉母命与南侠展爷修理房屋，以为来春毕婚。丁大官人与北侠原是素来闻名、未曾见面的朋友，不期途中相遇，今约在酒楼吃酒。

包兴看了。堂官过来问了酒菜，传下去了。又见上来了主仆二人，相公有二十年纪，老仆却有五旬上下，与那二人对面坐了。因行路难以拘礼（拘泥礼节），也就叫老仆打横儿（围着方桌坐时，坐在末座）坐了。不多时，堂官端上酒来，包兴慢慢的消饮。

忽听楼梯声响，上来一人，携着一个小儿。却见小儿眼泪汪汪，那汉子怒气昂昂，就在包兴坐的座头斜对面坐了。小儿也不坐下，在那里拭泪。包兴看了，又是不忍，又觉纳闷。早已听见楼梯响处，上来了一个老头儿，眼似銮铃（旧时车马上的铃铛），一眼看见那汉子，连忙上前跪倒，哭诉道：“求大叔千万不要动怒。小老儿虽然短欠银两，慢慢的必要还清，分文不敢少的。只是这孩子，大叔带他去不得的。他小小年纪又不晓事，又不能干，大叔带去怎么样呢？”那汉子端坐，昂然不理，半晌，说道：“俺将此子带去作个当头（dàng tou，抵押品），俟你将帐目还清，方许你将他领回。”那老头儿着急，道：“此子非是小老儿亲故，乃是一个客人的侄儿，寄在小老儿铺中的。倘若此人回来，小老儿拿甚么还他的侄儿？望大叔开一线之恩，容小老儿将此子领回。缓至三日，小老儿将铺内折变，归还大叔的银子就是了。”说罢，连连叩头。只见那汉子将眼一瞪，道：“谁耐烦这些！你只管折变你的去，等三日后，到庄取赎此子。”

忽见那边老仆过来，对着那汉子道：“尊客，我家相公要来领教。”那汉子将眼皮儿一撩，道：“你家相公是谁？素不相识，见我则甚？”说至此，早有位相公来到面前，道：“尊公请了。学生姓倪名叫继祖。你与老丈为着何事？请道其详。”那汉子道：“他拖欠我的银两，总未归还。我今要将此子带去，见我们庄主，作个当头。相公，你不要管这闲事。”倪继祖道：“如此说来，主管是替主索帐了。但不知老丈欠你庄主多少银两？”那汉子道：“他原借过银子五两，三年未还，每年应加利息银五两，共欠纹银二十两。”那老者道：“小老儿曾归还过二两银，如何欠的了许多？”那汉子道：“你总然归还过二两银，利息是照旧的。岂不闻‘归本不抽利’么？”只这一句话，早惹起那边两个英雄豪侠，连忙过来道：“他除归还过的，还欠你多少？”那汉子道：“尚欠十八两。”

倪继祖见他二人满面怒气，惟恐生出事来，急忙拦道：“些须小事，二兄不要计较于他。”回头向老仆道：“倪忠，取纹银十八两来。”只见老仆向那边桌上打开包袱，拿出银来，连整带碎约有十八两之数，递与相公。倪继祖接来，才待要递给恶奴，却是丁兆兰问道：“且慢！当初借银两时，可有借券？”恶奴道：“有，在这里。”回手掏出，递给相公。相公将银两付给，那人接了银两，下楼去了。此时包兴见相公代还银两，料着恶奴不能带去小儿，忙过来将小儿带到自己桌上，哄着吃点心去了。

这边老者起来，又给倪继祖叩头。倪继祖连忙搀起，问道：“老丈贵姓？”老者道：“小老儿姓张，在这镇市之上开个汤圆铺生理（生意）。三年前曾借到太岁庄马二员外银五两，是托此人的说合（从中介绍，促成别人的事）。他名叫马禄。当初不多几月就归还他二两，谁知他仍按五两算了利息，生生的诈去许多，反累的相公妄费去银两，小老儿何以答报？请问相公竟欲何往？”倪相公道：“些须小事，何足挂齿。学生原是欲上东京预备明年科考，路过此处打尖，不想遇见此事。这也是事之偶然耳。”又见丁兆兰道：“老丈，你不吃酒么？相公既已耗去银两，难道我二人连个东道（请客的主人）也不能么？”说罢，大家执手（拱手），道了个“请”字，各自归座。张老儿已瞧见邓九如在包兴那边吃点心呢，他也放了心了，就在这边同定欧阳春三人坐了。丁大爷一壁吃酒，一壁盘问太岁庄。张老儿便将马刚如何倚仗总管马朝贤的威势、强梁霸道、无所不为、每每竟有造反之心。丁大爷只管盘诘（盘问。诘，jié），北侠却毫不介意，置若罔闻（放在一边不管，好像没有听见一样。形容不关心）。此时倪继祖主仆业已用毕酒饭，会（付账）了钱钞，又过来谦让北侠二人，各不相扰。彼此执手，主仆下楼去了。

这里张老儿也就辞了二人，向包兴这张桌上而来。谁知包兴早已问明了邓九如的原委，只乐得心花俱开，暗道：“我临起身时，三公子谆谆（反复告诫、再三叮咛的样子）嘱咐于我，叫我在邓家洼访查邓九如，务必带到京师，偏偏的再也访不着。不想却在此处相逢。若非失马，焉能到了这里。可见凡事自有一定的。”正思想时，见张老过来道谢。包兴连忙让坐，一同吃毕饭，会钞下楼，随到汤圆铺内。包兴悄悄将来历说明：“如今要把邓九如带往开封，意欲叫老人家同去，不知你意下如何？”要知张老儿说些甚么，且听下回分解。

第六十回 紫髯伯有意除马刚 丁兆兰无心遇莽汉

且说包兴在汤圆铺内问张老儿：“你这买卖一年有多大的来头？”张老道：“除火食人工，遇见好年头，一年不过剩上四五十吊钱。”包兴道：“莫若跟随邓九如上东京，见了三公子。那时邓九如必是我家公子的义儿，你就照看他，吃碗现成的饭如何？”张老儿听了，满心欢喜，又将韩爷将此子寄居于此的原因说了：“因他留下五两银子，小老儿一时宽裕，卸了一口袋面，被恶奴马禄看在眼里，立刻追索欠债。再也想不到有如此的奇遇。”包兴连连称“是”，又暗想道：“原来韩爷也来到此处了。”一转想道：“莫若仍找县令叫他把邓九如打扮打扮，岂不省事么？”因对张老道：“你收什起身的行李，我到县里去去就来。”说罢，出了汤圆铺上马，带着伴当，竟奔县衙去了。

这里张老儿与伙计合计，作为两股生理（生意），年齐算帐。一个本钱，一个人工，却很公道。自己将积蓄打点起来。不多时，只见包兴带领衙役四名赶来的车辆，从车上拿下包袱一个。打开看时，却是簇新（极新。簇，cù）的小衣服、大衫、衬衫，无不全备。是金公子的小衣服，因说是三公子的义儿，焉有不尽心的呢？何况又有太岁庄留马一事，借此更要求包兴在相爷前遮盖遮盖。登时将九如打扮起来，真是人仗衣帽，更显他粉妆玉琢，齿白唇红，把张老儿乐得手舞足蹈。伙计帮着把行李装好，然后叫九如坐好，张老儿却在车边。临别又谆嘱了伙计一番：“倘若韩二爷到来，就说在开封府恭候。”包兴乘马，伴当跟随，外有衙役护送，好不威势热闹，一直往开封去了。

且说欧阳爷与丁大爷在会仙楼上吃酒，自张老儿去后，丁大爷便向北侠道："方才眼看恶奴的形景，又耳听豪霸的强梁，兄台心下以为何如？"北侠道："'善有善报，恶有恶报。'贤弟，咱们且吃酒，莫管他人的闲事。"丁大爷听了，暗道："闻得北侠武艺超群，豪侠无比。如今听他的口气，竟是置而不论了。或者他不知我的心迹，今日初遇，未免的含糊其词，也是有的。待我索性说明了，看是如何。"想罢，又道："似你我行侠尚义，理当济困扶危，剪恶除奸。若要依小弟主意，莫若将他除却，方是正理。"北侠听了，连忙摆手，道："贤弟休得如此。岂不闻窗外有耳？倘漏风声，不大稳便（妥当）。难道贤弟醉了么？"丁大爷听了，便暗笑道："好一个北侠！何胆小到如此田地？真是'闻名不如见面'！惜乎我身边未带利刃；如有利刃，今晚马到成功，也叫他知道知道我双侠的本领人物。"又转念道："有了，今晚何不与他一同住宿，我暗暗盗了他的刀且去行事。俟成功后，回来奚落他一场，岂不是件快事么？"主意已定，便道："果然小弟力不胜酒，有些儿醉了。兄台还不用饭么？"北侠道："劣兄（愚兄）早就饿了，特为陪着贤弟。"丁大爷暗道："我何用你陪呢。"便回头唤堂官，要了饭菜点心来。不多时，堂官端来，二人用毕，会钞（付钱）下楼。

天刚正午，丁大爷便假装醉态，道："小弟今日懒怠行路，意欲在此住宿一宵，不知兄台意下如何？"北侠道："久仰贤弟，未获一见。今日幸会，焉有骤然就别之理。理当多盘桓（逗留。桓，huán）几日为是，劣兄惟命是听。"丁大爷听了，暗合心意道："我岂愿意与你同住，不过要借你的刀一用耳。"正走间，来到一座庙宇门前。二人进内，见有个跛足（瘸腿。跛，bǒ）道人，说明暂住一宵，明日多谢香资（即香钱）。道人连声答应，即引到一小院，三间小房，极其僻静。二人俱道："甚好，甚好。"放下行李，北侠将宝刀带着皮鞘（qiào，装刀剑的套子）子挂在小墙之上，丁大爷用目注视了一番，便彼此坐下，对面闲谈。丁大爷暗想道："方才在酒楼上，惟恐耳目众多，或者他不肯吐实。这如今在庙内，又极僻静，待我再试探他一回，看是如何。"因又提起马刚的过恶，并怀造反之心。"你若举此义，不但与民除害，而且也算与国除害，岂不是件美事？"北侠笑道："贤弟虽如此说，马刚既有此心，他岂不加意防备呢？俗言'知己知彼，百战百胜'，岂可唐突（莽撞，冒失）？倘机不密，反为不美。”丁大爷听了，更不耐烦，暗道：“这明是他胆怯，反说这些以败吾兴。不要管他，俟夜间人静，叫他瞧瞧俺的手段（本领）。”

到了晚饭时，那瘸道人端了几碗素菜，馒首米饭，二人灯下囫囵（hú lún，整个儿，完整）吃完。道人撤去。彼此也不谦让。丁大爷因瞧不起北侠，有些怠慢，所谓“话不投机半句多”了。谁知北侠更有讨厌处，他闹了个吃饱了食困，刚然（刚刚）喝了点茶，他就张牙咧嘴的哈气起来。丁大爷看了，更不如意，暗道：“这样的酒囊饭袋之人，也敢称个‘侠’字，真真令人可笑！”却顺口儿道：“兄台既有些困倦，何不请先安歇呢？”北侠道：“贤弟若不见怪，劣兄就告罪了。”说罢，枕了包裹，不多时，便呼声振耳。丁大爷不觉暗笑，自己也就盘膝打坐，闭目养神。

及至交了二鼓（二更），丁大爷悄悄束缚，将大衫脱下来。未出屋子，先显了个手段，偷了宝刀，背在背后。只听北侠的呼声益发（越发）大了，却暗笑道：“无用之人，只好给我看衣服。少时事完成功，看他如何见我？”连忙出了屋门，越过墙头，竟奔太岁庄而来。一二里路，少刻就到。看了看墙垣（yuán，墙）极高，也不用软梯，便飞身跃上墙头。看时原来此墙是外围墙，里面才是院墙。落下大墙，又上里面院墙。这院墙却是用瓦摆就的古老钱，丁大爷窄步而行。到了耳房，贴墙甚近。意欲由房上进去，岂不省事。两手扳住耳房的边砖，刚要纵身，觉得脚下砖一跐（cī，脚下滑动）。低头看时，见登的砖已离位。若一抬脚，此砖必落，心中暗道：“此砖一落，其声必响，那时惊动了人反为不美。”若要松手，却又赶不及了，只得用脚尖轻轻的碾力，慢慢的转动，好容易将那块砖稳住了。这才两手用力，身体一长，便上了耳房。又到大房，在后坡里略为喘息。只见仆妇丫鬟往来行走，要酒要菜，彼此传唤。丁大爷趁空儿到了前坡，爬伏在房檐窃听。

只听众姬妾卖俏争宠，道：“千岁爷，为何喝了捏捏红的酒，不喝我们挨挨酥的酒呢？奴婢是不依的。”又听有男子哈哈笑道：“你放心！你们八个人的酒，孤家挨次儿都要喝一杯。只是慢着些儿饮，孤家是喝不惯急酒的。”丁大爷听了，暗道：“怨不得张老儿说他有造反之心，果然，他竟敢称孤道寡起来。这不除却（铲除），如何使得！”即用倒垂势，把住椽（chuán，放在檩子上架着屋顶的木条）头，将身体贴在前檐之下，却用两手捏住椽头，倒把两脚撑住凌空，换步到了檐柱，用脚登定。将手一撒，身子向下一顺，便抱住大柱，两腿一抽，盘在柱上。头朝下，脚向上，哧、哧、哧顺流而下，手已扶地。转身站起，瞧了瞧此时无人，隔帘往里偷看。见上面坐着一个人，年纪不过三旬向外，众姬妾围绕着，胡言乱语。丁大爷一见，不由“怒从心上起，恶向胆边生”，回手抽刀。罢咧！竟不知宝刀于何时失去，只剩下皮鞘。猛然想起要上耳房之时，脚下一跐，身体往前一栽，想是将刀甩出去了。自己在廊下手无寸铁，难以站立。又见灯光照耀，只得退下。见迎面有块太湖石，暂且藏于后面，往这边偷看。

只见厅上一时寂静。见众姬妾从帘下一个一个爬出来，方嚷道：“了不得了！千岁爷的头被妖精取了去了！”一时间，鼎沸起来。丁大爷在石后听的明白，暗道：“这个妖精有趣。想是此贼恶贯已满，遭此凶报。倒是北侠说着了，恶有恶报，丝毫不爽（差错，失误）。我也不必在此了，且自回庙再作道理。”想罢，从石后绕出，临墙将身一纵，出了院墙。又纵身上了外围墙，轻轻落下。脚刚着地，只见有个大汉奔过来，嗖的就是一棍。丁大爷忙闪身躲过。谁知大汉一连就是几棍。亏得丁大爷眼快，虽然躲过，然而也就吃力的狠。正在危急，只见墙头坐着一人，掷下一物，将大汉打倒。丁大爷赶上一步按住。只见墙上那人飞身下来，将刀往大汉面前一晃，道：“你是何人？快说！”

丁大爷细瞧飞下这人，不是别个，却是那胆小无能的北侠欧阳春，手内刀就是他的宝刀，心中早已明白，又是欢喜，又是佩服。只听大汉道：“罢了，罢了！花蝶呀，咱们是前生的冤孽，不想俺弟兄皆丧于你手！”丁大爷道：“这大汉好生无礼，那个是甚么花蝶？”大汉道：“难道你不是花冲么？”丁大爷道：“我叫兆兰，却不姓花。”大汉道：“如此说来，是俺错认了。”丁大爷也就将他放起。大汉立起，掸了尘土，见衣裳上一片血迹，道：“这是那里的血呀？”丁大爷一眼瞧见那边一颗首级，便知是北侠取的马刚之首，方才打倒大汉，就是此物，连忙道：“咱们且离此处，在那边说去。”

三人一壁（一边）走着，大爷丁兆兰问大汉道：“足下何人？”大汉道：“俺姓龙名涛。只因花蝴蝶花冲将俺哥哥龙渊杀害，是俺怀仇在心，时刻要替兄报仇。无奈这花冲形踪诡秘，谲诈多端（形容狡猾奸诈无比。谲诈，juézhà），再也拿他不着。方才是我们伙计夜星子冯七告诉于我，说有人进马刚家内。俺想马刚家中姬妾众多，必是花冲又相中了那一个，因此持棍前来，不想遇见二位。方才尊驾提‘兆兰’二字，莫非是茉花村丁大员外么？”兆兰道：“我便是丁兆兰。”龙涛道：“俺久要拜访，未得其便，不想今日相遇。又险些儿误伤了好人。”又问：“此位是谁？”丁大爷道：“此位复姓欧阳名春。”龙涛道：“哎呀！莫非是北侠紫髯（rán，两腮的胡子，泛指胡子）伯么？”丁大爷道：“正是。”龙涛道：“妙极！俺要报杀兄之仇，屡欲拜访，恳求帮助，不期今日幸遇二位。无甚么说的，求恳二位帮助小人则个（见于早期白话，句末助词）。”说罢，纳头（低头）便拜。

丁大爷连忙扶起，道：“何必如此。”龙涛道：“大官人不知，小人在本县当个捕快差使。昨日奉县尊之命，要捉捕马刚。小人昨奉此差，一来查访马刚的破绽；二来暗寻花蝶的形踪，与兄报仇。无奈自己本领不济，恐不是他的对手，故此求二位官人帮助帮助。”北侠道：“既是这等，马刚已死，你也不必管了。只是这花冲，我们不认得他，怎么样呢？”龙涛道：“若论花冲的形景，也是少年公子模样，却是武艺高强。因他最爱采花，每逢夜间出入，鬓边必簪（zān，插，戴）一枝蝴蝶，因此人皆唤他是‘花蝴蝶’。每逢热闹场中，必要去游玩，若见了美貌妇女，他必要下工夫，到了人家采花。这厮造孽多端，作恶无数，前日还闻得他要上灶君祠去呢。小人还要上那里去访他。”北侠道：“灶君祠在那里？”龙涛道：“在此县的东南三十里，也是个热闹去处。”丁大爷道：“既如此，这时离开庙的日期尚有半个月的光景，我们还要到家中去。倘到临期，咱们俱在灶君祠会齐。如若他要往别处去，你可派人到茉花村给我们送个信，我们好帮助于你。”龙涛道：“大官人说的极是。小人就此告别，冯七还在那里等我听信呢。”

龙涛去后，二人离庙不远，仍然从后面越墙而入，来到屋中，宽了衣服。丁大爷将皮鞘交付北侠，道：“原物奉还。仁兄何时将刀抽去？”北侠笑道：“就是贤弟用脚稳砖之时，此刀已归吾手。”丁大爷笑道：“仁兄真乃英雄，弟弗如也！”北侠道：“岂敢，岂敢。”丁大爷又问道：“姬妾何以声言妖精取了千岁之头？此是何故？小弟不解。”北侠道：“凡你我侠义作事，不要声张，总要机密，能够隐讳（有所顾忌而隐瞒不说），宁可不露本来面目。只要剪恶除强，扶危济困就是了，又何必谆谆（zhūn zhūn，啰唆，絮絮不休）叫人知道呢。就是昨夕酒楼所谈及庙内说的那些话，以后劝贤弟再不可如此，所谓‘临事而惧，好谋而成’，方于事有裨益（益处。裨，bì）。”丁兆兰听了，深为有理，连声道：“仁兄所言最是。”又见北侠从怀中掏出三个软搭搭的东西，递给丁大爷道：“贤弟请看妖怪。”兆兰接来一看，原是三个皮套做成皮脸儿，不觉笑道：“小弟从今方知仁兄是两面人了。”北侠亦笑道：“劣兄虽有两面，也不过逢场作戏，幸喜不失本来面目。”丁大爷道：“嗳呀！仁兄虽是作戏呀，然而逢着的也不是当耍的呢。”北侠听罢，笑了一笑，又将刀归鞘搁起，开言道：“贤弟有所不知，劣兄虽逢场作戏，杀了马刚，其中还有一个好处。”丁大爷道：“其中还有甚么好处呢？小弟请教，望乞说明，以开茅塞。”未知北侠说出甚么话来，且听下回分解。

第六十一回　大夫居饮酒逢土棍　卞家疃偷银惊恶徒

且说欧阳爷、丁大爷在庙中彼此闲谈。北侠说：“逢场作戏，其中还有好处。”丁大爷问道：“其中有何好处？请教。”北侠道：“那马刚既称孤道寡（比喻自称为王），不是没有权势之人。你若明明把他杀了，他若报官说他家员外被盗寇持械戕命（伤人性命。戕，qiāng，杀害），这地方官怎样办法？何况又有他叔叔马朝贤在朝，再连催几套文书，这不是要地方官纱帽么？如今改了面目，将他除却。这些姬妾妇人之见，他岂不又有枝添叶儿，必说这妖怪青脸红发，来去无踪，将马刚之头取去。况还有个胖妾唬倒，他的痰向上来，十胖九虚，必也丧命。人家不说他是痰，必说是被妖怪吸了魂魄去了。他纵然报官，你家出了妖怪，叫地方官也是没法的事。贤弟想想，这不是好处么？”丁大爷听了，越想越是，不由的赞不绝口。

二人闲谈多时，略为歇息，天已大亮，与了痴道香资，二人出庙。丁大爷务必请北侠同上茉花村暂住几日，俟（sì，等待）临期再同上灶君祠会齐，访拿花冲。北侠原是无牵无挂之人，不能推辞，同上茉花村去了。这且不言。

单说二员外韩彰，自离了汤圆铺，竟奔杭州而来。沿路行去，闻的往来行人尽皆笑说，以“花蝶设誓”当做骂话。韩二爷听不明白，又不知花蝶为谁。一时腹中饥饿，见前面松林内酒幌（酒店门外的旗子或招牌物）儿，高悬一个小小红葫芦。因此步入林中，见周围芦苇的花障，满架的扁豆秧儿勤娘子。正当秋令，豆花盛开，地下又种着些儿草花，颇颇有趣。来到门前上悬一匾，写着“大夫居”三字。韩爷进了门前，院中有两张高桌，却又铺着几领芦席，设着矮座。那边草房三间，有个老者在那里打盹。韩爷看了一番光景，正惬（qiè，满足）心怀，便咳嗽一声。那老者猛然惊醒，拿了代手（即抹布），前来问道：“客官吃酒么？”韩爷道：“你这里有甚么酒？”老者笑道：“乡居野况，无甚好酒，不过是白干烧酒。”韩爷道：“且暖一壶来。”老者去不多时，暖了一壶酒，外有四碟：一碟盐水豆儿，一碟豆腐干，一碟吹甭麻花，一碟薄脆。韩爷道：“还有甚么吃食？”老者道：“没有别的，还有卤煮斜尖豆腐合热鸡蛋。”韩爷吩咐：“再暖一角（古代酒器）酒来。一碟热鸡蛋，带点盐水儿来。”

老者答应，刚要转身，见外面进来一人，年纪不过三旬，口中道：“豆老丈，快暖一角酒来，还有事呢。”老者道：“吓！庄大爷往那里去，这等忙？”那人叹道：“嗳！从那里说起！我的外甥女巧姐不见了，我姐姐哭哭啼啼，叫我给姐夫送信去。”韩爷听了，便立起身来让坐。那人也让了。三言两语，韩爷便把那人让到一处。那人甚是直爽，见老儿拿了酒来，他却道：“豆老丈，我有一事。适才见屋外有几只雏鸡（刚孵出的小鸡），在那里刨食吃。我与你商量，你肯卖一只与我们下酒么？”豆老笑道：“那有甚么呢？只要大爷多给几钱银子就是了。”那人道：“只管弄去，做成了，我给你二钱银子如何？”老者听说二钱银子，好生欢喜的去了。

韩爷却拦道：“兄台又何必宰鸡呢。”那人道：“彼此有缘相遇，实是三生有幸，况我也当尽地主之谊。”说毕，彼此就座，各展姓字。原来此人姓庄名致和，就在村前居住。韩爷道：“方才庄兄说还有要紧事，不是要给令亲送信呢么？不可因在下耽搁了工夫。”庄致和道：“韩兄放心，我还要在就近处访查访查呢。就是今日赶急送信与舍亲，他也是没法子，莫若（不如）我先细细访访。”

正说至此，只见外面进来了一人，口中嚷道：“老豆吓！咱弄一壶热热的。”他却一溜歪斜坐在那边桌上，脚登板凳，立楞着眼，瞅着这边。韩爷见他这样形景，也不理他。

豆老儿拧着眉毛，端过酒去。那人摸了一摸，道：“不热呀，我要热热的。”豆老儿道：“狠热了，吃不到嘴里，又该抱怨小老儿了。”那人道：“没事，没事，你只管烫去。”豆老儿只得重新烫了来，道：“这可热的狠了。”那人道：“热热的狠好，你给我斟（往杯盏里倒）上晾着。”豆老儿道：“这是图甚么呢？”那人道：“别管！大爷是这们个脾气儿。我且问你，有甚么荤腥儿拿一点我吃？”豆老儿道：“我这里是大爷知道的，乡村铺儿，那里讨荤腥来。无奈何，大爷将就些儿罢。”那人把醉眼一瞪，道：“大爷花钱，为甚么将就呢？”说着话，就举起手来。豆老儿见势头不好，便躲开了。

那人却趔趄趔趄（身子歪斜，行路不稳的样子。趔，liè；趄，qiè）的来至草房门前，一嗅，觉得一股香味扑鼻，便进了屋内一看，见柴锅内煮着一只小鸡儿，又肥又嫩。他却说道：“好吓！现放着荤菜，你说没有。老豆，你可是猴儿拉稀——坏了肠子咧。”豆老忙道：“这是那二位客官花了二钱银子，煮着自用的。大爷若要吃时，也花二钱银子，小老儿再与你煮一只就是了。”那人道：“甚么二钱银子！大爷先吃了，你再给他们煮去。”说罢，拿过方盘来，将鸡从锅内捞出，端着往外就走。豆老儿在后面说道：“大爷不要如此，凡事有个先来后到，这如何使得。”那人道：“大爷是嘴急的，等不得，叫他们等着去罢。”

他在这里说，韩爷在外面已听明白，登时（顿时）怒气填胸，立起身来，走到那人跟前，抬腿将木盘一踢，连鸡带盘全合在那人脸上。鸡是刚出锅的，又搭着一肚子滚汤，只听那人嗳呀一声，撒了手，栽倒在地，登时满脸上犹如尿泡里串气儿，立刻开了一个果子铺，满脸鼓起来了。韩爷还要上前，庄致和连忙拦住。韩爷气忿忿的坐下。那人却也知趣，这一烫酒也醒了，自己想了一想也不是理；又见韩爷的形景，估量着他不是个儿，站起身来就走，连说：“结咧，结咧！咱们再说再议。等着，等着！”搭讪着走了。这里庄致和将酒并鸡的银子会（付账）过，饶没吃成，反多与了豆老儿几分银子，劝着韩爷，一同出了大夫居。

这里豆老儿将鸡捡起来，用清水将泥土洗了去，从新放在锅里煮了一个开，用水盘捞出，端在桌上，自己暖了一角酒，自言自语："一饮一啄，各有分定。好好一只肥嫩小鸡儿，那二位不吃，却便宜老汉开斋。这是从那里说起。"才待要吃，只见韩爷从外面又进来。豆老儿一见，连忙说道："客官，鸡已熟了，酒已热了，好好放在这里。小老儿（老年人谦称自己）却没敢动，请客官自用罢。"韩爷笑道："俺不吃了。俺且问你，方才那厮，他叫甚么名字？在那里居住？"豆老儿道："客官问他则甚？好鞋不粘臭狗屎，何必与他呕气（即"怄气"，生闷气）呢。"韩爷道："我不过知道他罢了，谁有工夫与他呕气呢。"豆老道："客官不知，他父子家道殷实，极其悭吝（qiān lìn，吝啬），最是强梁。离此五里之遥，有一个卞家疃（tuǎn，村庄），就是他家。他爹爹名叫卞龙，自称是'铁公鸡'，乃刻薄成家，真是一毛儿不拔。若非怕自己饿死，连饭也是不吃的。谁知他养的儿子更狠，就是方才那人，名叫卞虎，他自称外号'癞皮象'。他为甚么起这个外号儿呢？一来是无毛可拔；二来他说当初他爹没来由，起手立起家业来，故此外号止于'鸡'。他是生成的胎里红，外号儿必得大大的壮门面，故此称'象'。又恐人家拿他当了秧子手儿，因此又加上'癞皮'二字，言其他是家传的啬吝，也不是好惹的。自从他父子如此，人人把个卞家疃改成'扁加团'了。就是他来此吃酒，也是白吃白喝，尽赊帐，从来不知还钱。老汉又惹他不起，只好白填嗓他罢了。"韩爷又问道："他那疃里可有店房么？"豆老儿道："他那里也不过是个村庄，那有店房。离他那里不足三里之遥，有个桑花镇，却有客寓。"

韩爷问明底细，执手别了豆老，竟奔桑花镇而来，找了寓所。到了晚间，夜阑人静，悄悄离了店房，来到卞家疃。到了卞龙门前，跃墙而入，施展他飞檐走壁之能，爬伏在大房之上，偷睛往下观看。见个尖嘴缩腮的老头子，手托天平在那里平银子，左平右平，却不嫌费事，必要银子比砝码微低些方罢。共平了二百两，然后用纸包了四封，用绳子结好，又在上面打了花押（旧时公文契约上的草书签名或代替签名的特定符号）；方命小童抱定，提着灯笼，往后面送去。

他在那里收拾天平，韩爷趁此机会，却溜下房来，在卡子门（在今南京市秦淮区）垛子边隐藏。小童刚迈门槛，韩爷将腿一伸，小童往前一扑，唧哩咕咚，栽倒在地，灯笼也灭了。老头子在屋内声言道："怎么了？栽倒咧！"只见小童提着灭灯笼来对着了，说道："刚迈门槛，不防就一交倒了。"老头子道："小孩子家，你到底留神吓！这一栽，管保把包儿栽破，洒了银渣儿，如何找寻呢？我不管，拿回来再平，倘若短少分两，我是要扣你的工钱的。"说着话，同小童来至卡子门，用灯一照，罢咧！连个纸包儿的影儿也不见了。老头子急的两眼冒火，小童儿唬的二目如灯，泪流满面。老头子暴躁道："你将我的银子藏于何处了？快快拿出来。如不然，就活活要了你的命。"

正说着，只见卞虎从后面出来，问明此事。小童哭诉一番。卞虎那里肯信，将眼一瞪，道："好囚攮的（骂人的话。攮，nǎng）！人小鬼大，你竟敢弄这样的戏法。咱们且向前面说来。"说罢，拉了小童，卞龙反打灯笼在前引路，来到大房屋内。早见桌上用砝码押着个字帖儿，上面字有核桃大小，写道："爷爷今夕路过汝家，知道你刻薄成家，广有金银，又兼俺盘费短少，暂借银四封，改日再还。不可误赖好人。如不遵命，爷爷时常夜行此路，请自试爷爷的宝刀。免生后悔！"卞龙见了此帖，登时浑身乱抖。卞虎将小童放了，也就发起愣来。父子二人无可如何（没有办法），只得忍着肚子疼，还是性命要紧，不敢声张，惟有小心而已。要知后文如何，且听下回分解。

第六十二回 遇拐带松林救巧姐 寻奸淫铁岭战花冲

且说韩二爷揣了四封银子回归旧路，远远听见江西小车吱吱扭扭的奔了松林而来。韩爷急中生智，拣了一株大树，爬将上去，隐住身形。不意小车子到了树下，咯噔的歇住，听见一人说道："白昼将货物闷了一天，此时趁着无人，何不将他过过风呢？"又听有人说道："我也是如此想。不然闷坏了，岂不白费了工夫呢！"答言的却是妇人声音。只见他二人从小车上开开箱子，搭出一个小小人来，叫他靠在树木之上。

韩爷见了，知他等不是好人，暗暗的把银两放在槎（chá）丫之上，将朴刀（是一种刀身窄长、刀柄较短的刀。朴，pō）拿在手中，从树上一跃而下。那男子猛见树上跳下一人，撒腿往东就跑。韩爷那里肯舍，赶上一步，从后将刀一搠（shuò，扎，刺）。那人嗳呀了一声，早已着了利刃，栽倒在地。韩爷撤步回身，看那妇人时，见他哆嗦在一堆儿，自己打的牙山响，犹如寒战一般。韩爷用刀一指，道："你等所做何事？快快实说！倘有虚言，立追狗命。讲！"那妇人道："爷爷不必动怒，待小妇人实说。我们是拐带（指用欺骗手段把妇女或小孩儿携带远走）儿女的。"韩爷问道："拐来男女置于何地？"妇人道："爷爷有所不知，只因襄阳王爷那里要讲演优伶（旧时称戏曲演员）歌妓，收录幼童弱女，凡有姿色的总要赏五六百两。我夫妻因穷所迫，无奈做此暗昧（不可告人的隐私）之事。不想今日遇见爷爷识破，这也是天理昭彰，只求爷爷饶命。"

韩爷又细看那孩儿，原来是个女孩儿，见他愣愣㤉㤉的，便知道其中有诈，又问道："你等用何物迷了他的本性？讲！"妇人道："他那泥丸宫有个药饼儿，揭下来，少刻就可苏醒。"韩爷听罢，伸手向女子头上一摸，果有药饼，连忙揭下，抛在道傍，又对妇人道："你这恶妇，快将裙绦（tāo，带子）解下来。"妇人不敢不依，连忙解下，递给韩爷。韩爷将妇人发髻一提，拣了一棵小小的树木，把妇人捆了个结实。翻身窜上树去，揣了银子，一跃而下。才待举步，只听那女孩儿嗳哟了一声，哭出来了。韩爷上前问道："你此时可明白了？你叫甚么？"女子道："我叫巧姐。"韩爷听了惊骇，道："你母舅可是庄致和么？"女子道："正是，伯伯如何知道？"韩爷听了，想道："无心中救了巧姐，省我一番事。"又见天光闪亮，惟恐有些不便，连忙说道："我姓韩，与你母舅认识。少时若有人来，你就喊'救人'，叫本处地方送你回家就完了。拐你的男女，我俱已拿住了。"说罢，竟奔桑花镇去了。

果然，不多日路上已有行人，见了如此光景，问了备细（详细情况），知是拐带，立刻找着地方保甲，放下妇人，用铁锁锁了，带领女子同赴县衙。县官升堂，一鞫（通"鞠"，jū，审问）即服。男子已死，着地方掩埋，妇人定案寄监（暂时关押在监狱中）。此信早已传开了。庄致和闻知，急急赴县，当堂将巧姐领回。路过大夫居，见了豆老，便将巧姐已有的话说了，又道："是姓韩的救的。难道就是昨日的韩客官么？"豆老听见，好生欢喜，又给庄爷暖酒作贺，因又提起："韩爷昨日复又回来，问卞家的底里（底细）。谁知今早闻听人说，卞家丢了许多的银两。庄大爷，你想这事诧异不诧异？老汉再也猜摸不出这位韩爷是个甚么人来。"

他两个只顾高谈阔论，讲究此事。不想那边坐着一个道人，立起身来，打个稽首（古时候行的一种跪拜礼。稽，qǐ），问道："请问庄施主，这位韩客官可是高大身躯，金黄面皮，微微的有点黄须么？"庄致和见那道人骨瘦如柴，仿佛才病起来的模样，却又目光如电，炯炯有神，声音洪亮，另有一番别样的精神，不由的起敬道："正是，道爷何以知之？"那道人道："小道素识此人，极其侠义，正要访他。但不知他向何方去了？"豆老儿听到此，有些不耐烦，暗道："这道人从早晨要了一角酒，直耐到此时，占了我一张座儿，仿佛等主顾的一般。如今听我二人说话，他便插言，想是个安心哄嘴吃的。"便没有好气的答道："我这里过往客人极多，谁耐烦打听他往那里去呢。你既认得他，你就趁早儿找他去。"那道人见豆老儿说的话倔强，也不理他，索性就棍打腿（比喻乘便或顺势行事），便对庄致和道："小道与施主相遇，也是缘分，不知施主可肯布施小道两角酒么？"庄致和道："这有甚么？道爷请过来，只管用，俱在小可身上。"那道人便凑过来。庄致和又叫豆老暖了两角酒来。豆老无可奈何，瞅了道人一眼，道："明明是个骗酒吃的，这可等着主顾了。"嘟嘟囔囔的温酒去了。

原来这道人就是四爷蒋平。只因回明包相访查韩彰，扮做云游道人模样，由丹凤岭慢慢访查至此。好容易听见此事，焉肯轻易放过。一壁（一边）吃酒，一壁细问昨日之事，越听越是韩爷无疑。吃毕酒，蒋平道了叨扰（tāo rǎo，客套话，打扰）。庄致和会了钱钞，领着巧姐去了。

蒋平也就出了大夫居，逢村遇店，细细访查，毫无下落。看看天晚，日色西斜，来到一座庙宇前，匾上写着"铁岭观"三字，知是道士庙宇，便上前。才待击门，只见山门放开，出来一个老道，手内提定酒葫芦；再往脸上看时，已然喝的红扑扑的似有醉态。蒋平上前稽首，道："无量寿佛，小道行路天晚，意欲在仙观借宿一宵，不知仙长肯容纳否？"那老道乜斜（miē xie，眼睛略眯而斜着看）着眼，看了看蒋平，道："我看你人小瘦弱，倒是个不生事的。也罢，你在此略等一等，我到前面沽（gū，买）了酒回来，自有道理。"蒋平接口道："不瞒仙长说，小道也爱杯中之物。这酒原是咱们玄门中当用的。乞将酒器付与小道，待我沽来，奉敬仙长如何？"那老道听了，满面堆下笑来，道："道友初来，如何倒要叨扰？"说着话，却将一个酒葫芦递给四爷。四爷接过葫芦，又把自己的渔鼓简板以及算命招子交付老道。老道又告诉他卖酒之家。蒋平答应，回身去不多时，提了满满的一葫芦酒，额外又买了许多的酒菜。老道见了，好生欢喜，道："道兄初来，却破许多钱钞，使我不安。"蒋平道："这有甚要紧。你我皆是同门，小弟特敬老兄。"

那老道更觉欢喜，回身在前引路，将蒋平让进，关了山门，转过影壁，便看见三间东厢房。二人来到屋内，进门却是悬龛（kān，供奉佛像的小阁子）供着吕祖，也有桌椅等物。蒋爷倚了招子，放下渔鼓简板，向上行了礼。老道掀起布帘，让蒋平北间屋内坐。蒋平见有个炕桌上面放着杯壶，还有两色残肴。老道开柜拿了家伙，把蒋爷新买的酒菜摆了。然后暖酒添杯，彼此对面而坐。

蒋爷自称姓张，又问老道名姓，原来姓胡名和。观内当家的叫做吴道成，生的黑面大腹，自称绰号铁罗汉，一身好武艺，惯会趋炎附势（奉承和依附有权有势的人。趋，奔走；炎、势，比喻权势）。这胡和见了酒如命的一般，连饮了数杯，却是酒上加酒，已然醺醺。他却顺口开河，道："张道兄，我有一句话告诉你，少时当家的来时，你可不要言语，让他们到后面去，别管他们做甚么。咱们俩就在前边给他个痛喝，喝醉了，就给他个闷睡，甚么全不管他。你道如何？"蒋爷道："多承胡大哥指示。但不知当家的所做何事？何不对我说说呢？"胡和道："其实告诉你也不妨事。我们这当家的，他乃响马（旧时称在路上抢劫旅客的强盗，因抢劫时先放响箭而得名）出身，畏罪出家，新近有他个朋友找他来，名叫花蝶，更是个不尴不尬（比喻左右为难，不好处理）之火，鬼鬼祟祟不知干些甚么。昨晚有人追下来，竟被他们拿住，锁在后院塔内，至今没放。你说，他们的事管得么？"蒋爷听了，心中一动，问道："他们拿住是甚么人呢？"胡和道："昨晚不到三更，他们拿住人了。是如此如彼，这般这样。"蒋爷闻听，唬了个魂不附体，不由惊骇非常。

你道胡和说甚么"如此如彼，这般这样"？原来韩二爷于前日夜救了巧姐之后，来到桑花镇，到了寓所，便听见有人谈论花蝶。细细打听，方才知道是个最爱采花的恶贼，是从东京脱案逃走的大案贼，怨不得人人以花蝶起誓（立誓）。暗暗的忖度（cǔn duó，思量，推测）了一番，到了晚间，托言玩月，离了店房，夜行打扮，悄悄的访查。偶步到一处有座小小的庙宇，借着月光初上，见匾上金字，乃“观音庵”三字，便知是尼庵。刚然（刚刚）转到那边，只见墙头一股黑烟落将下去。韩爷将身一伏，暗道：“这事奇怪！一个尼庵，我们夜行人到此做甚么？必非好事，待我跟进去。”一飞身跃上墙头，往里一望，却无动静。便落下平地，过了大殿，见角门以外路西，单有个门儿虚掩，挨身而入，却是三间茅屋，惟有东间明亮。

早见窗上影儿是个男子，巧在鬓边插的蝴蝶，颤巍巍的在窗上摇舞。韩爷看在眼里，暗道：“竟有如此的巧事！要找寻他，就遇见他。且听听动静，再做道理。”稳定脚尖，悄悄蹲伏窗外。只听花蝶道：“仙姑，我如此衷恳，你竟不从。休要惹恼我的性儿，还是依了好。”又听有一女子声音道：“不依你，便怎样？”又听花蝶道：“凡妇女人入花蝶之眼，再也逃不出去，何况你这女尼。我不过是爱你的容颜，不忍加害于你。再若不识抬举，你可怨我不得了。”又听女尼道：“我也是好人家的女儿，只因自幼多灾多病，父母无奈，将我舍入空门。自己也要忏悔，今生修个来世。不想今日遇到你这邪魔，想是我的劫数到了。好，好，好！惟有求其速死而已。”说着，说着，就哭起来了。

忽听花蝶道：“你这贱人竟敢以死吓我，我就杀了你！”韩爷听至此，见灯光一晃，花蝶立起身来，起手一晃，想是抽刀。韩爷一声高叫道：“这花蝶！休得无礼，俺来擒你！”屋内花冲猛听外面有人叫他，吃惊不小，噗的一声，将灯吹灭，掀软帘奔至堂屋，刀挑帘栊（门窗的帘子。栊，lóng），身体往斜刺里（侧斜的方向）一纵。只听拍，早有一枝弩箭钉在窗棂（窗格子。棂，líng）之上。花蝶暗道：“幸喜不曾中了暗器。”二人动起手来。因院子窄小，不能十分施展，止于彼此招架。

正在支持，忽见从墙头跳下一人，咕咚一声，其声甚重。又见他身形一长，是条大汉，举朴刀（一种刀身窄长、刀柄较短的刀。朴，pō）照花蝶劈来。花蝶立住脚，望大汉虚搠一刀。大汉将身一闪，险些儿栽倒。花蝶抽空跃上墙头，韩爷一飞身跟将出去。花蝶已落墙外，往北飞跑。韩爷落下墙头，追将下去。这里大汉出角门，绕大殿，自己开了山门，也就顺着墙往北追下去了。

韩爷追花蝶有三里之遥。又见有座庙宇，花蝶跃身跳进，韩爷也就飞过墙去。见花蝶又飞过里墙，韩爷紧紧跟随。追到后院一看，见有香炉角三座小塔，惟独当中的大些。花蝶便往塔后隐藏，韩爷步步跟随。花蝶左旋右转，韩爷前赶后拦。二人绕塔多时，方见那大汉由东边角门赶将进来，一声喊叫："花蝶！你往那里走？"花蝶扭头一看，故意脚下一跐（cī，脚下滑动），身体往前一栽。韩爷急赶一步，刚然伸出一手，只见花蝶将身一翻，手一撒。韩爷肩头已然着了一下，虽不甚疼，觉得有些麻木，暗说："不好！必是药标。"急转身跃出墙外，竟奔回桑花镇去了。

这里花蝶闪身计打了韩彰，精神倍长，迎了大汉，才待举手，又见那壁厢来了个雄伟胖大之人，却是吴道成。因听见有人喊叫，连忙赶来，帮着花蝶，将大汉拿住，锁在后院塔内。

胡和不知详细，他将大概略述一番，已然把个蒋爷惊的目瞪痴呆。未知如何，且听下回分解。

第六十三回　救莽汉暗刺吴道成　寻盟兄巧逢桑花镇

且说蒋四爷听胡和之言，暗暗说道："怨不得我找不着我二哥呢，原来被他们擒住了。"正在思索，忽听外面叫门。胡和答应着，却向蒋平摆手，随后将灯吹灭，方趔趄趔趄（身子歪斜，行路不稳的样子）出来开放山门。只听有人问道："今日可有甚么事么？"胡和道："甚么事也没有。横竖也没有人找，我也没有吃酒。"又听一人道："他已醉了，还说没有吃酒呢。你将山门好好的关了罢。"说着，二人向后边去了。

胡和关了山门，从新点上灯来，道："兄弟，这可没了事咧。咱们喝罢，喝醉了给他个睡，甚么事全不管他。"蒋爷道："狠好。"却暗暗算计胡和。不多时，将老道灌了个烂醉，人事不知。蒋爷脱了道袍，扎缚停当，来到外间，将招子拿起，抽出三棱鹅眉刺（一种兵器名），熄灭了灯，悄悄出了东厢房，竟奔后院而来。果见有三座砖塔，见中间的极大。刚然走到跟前，忽听嚷道："好吓！你们将老爷捆缚在此，不言不语，到底是怎样呵？快快给老爷一个爽利呀！"蒋爷听了不是韩爷的声音，悄悄道："你是谁？不要嚷！我来救你。"说罢，走至跟前，把绳索挑去，轻轻将他二臂舒回。

那大汉定了定神，方说道："你是甚么人？"蒋爷道："我姓蒋名平。"大汉失声道："嗳哟！莫不是翻江鼠蒋四爷么？"蒋平道："正是，你不要高声。"大汉道："幸会，幸会。小人龙涛，自仁和县灶君祠跟下花蝶来到此处，原要与家兄报仇，不想反被他们拿住。以为再无生理，谁知又蒙四爷知道搭救。"蒋爷听了，便问道："我二哥在那里？"龙涛道："并不曾遇见甚么二爷。就是昨晚也是夜星子冯七给小人送的信，因此得信到观音庵访拿花蝶，爬进墙去，却见个细条身子的与花蝶动手。是我跳下墙去帮助。后来花蝶跳墙，那人比我高多了，也就飞身跃墙，把花蝶追至此处。及至我爬进墙来帮助，不知那人为甚么反倒越墙走了。我本不是花蝶对手，又搭上个黑胖老道，如何敌得住，因此就被他们擒住了。"蒋爷听罢，暗想道："据他说来，这细条身子的倒像我二哥。只是因何又越墙走了呢？走了又往何处去呢？"又问龙涛道："你方才可见二人进来么？往那里去了？"龙涛道："往西一面竹林之后，有一段粉墙，想来有门，他们往那里去了。"蒋爷道："你在此略等一等，我去去就来。"

转身形来到林边一望，但见粉壁光华，乱筛竹影，借着月光浅淡，翠荫萧森，碧沉沉竟无门可入。蒋爷暗忖（cǔn，细想）道："看此光景，似乎是板墙。里面必是个幽僻之所，且到临近看看。"绕过竹林，来到墙根，仔细留神，踱来踱去。结构斗榫（sǔn，榫头，器物或物件上利用凹凸方式相接处凸出的部分）处，果然有些活动。伸手一摸，似乎活的。摸了多时，可巧手指一按，只听咯噔一声，将消息（机关）滑开，却是个转身门儿。蒋爷暗暗欢喜，挨身而入，早见三间正房，对面三间敞厅，两旁有抄手游廊。院内安设着白玉石盆，并有几色上样的新菊花，甚觉清雅。正房西间内灯烛明亮，有人对谈。

泽长蹑足潜踪，悄立窗外。只听有人嗐声叹气。旁有一人劝慰，道："贤弟，你好生想不开，一个尼姑有甚么要紧？你再要如此，未免叫愚兄笑话你了。"这说话的却是吴道成。又听花蝶道："大哥，你不晓得，自从我见了他之后，神魂不定，废寝忘餐。偏偏的他那古怪性儿，决不依从。若是别人，我花冲也不知杀却了多少。惟独他，小弟不但舍不得杀他，竟会不忍逼他。这却如何是好呢？"说罢，复又长叹。吴道成听了，哈哈笑道："我看你竟自着了迷了。兄弟，既如此，你请我一请，包管此事必成。"花蝶道："大哥果有妙计，成全此事，漫说请你，就是叫我给你磕头，我都甘心情愿的。"说着话，咕咚一声，就跪下了。

蒋爷在外听了，暗笑道："人家为媳妇拜丈母，这小子为尼姑拜老道。真是无耻，也就可笑呢。"只听吴道成说："贤弟请起。不要太急，我早已想下一计了。"花蝶问道："有何妙计？"吴道成道："我明日叫我们那个主儿假做游庙，到他那里烧香。我将蒙汗药叫他带上些。到了那里，无论饮食之间下上些，须将他迷倒，那时任凭贤弟所为。你道如何？"花冲失声大笑，道："好妙计，好妙计！大哥，你真要如此，方不愧你我是生死之交。"又听吴道成道："可有一宗，到了临期，你要留些情分，千万不可连我们那个主儿清浊不分，那就不成事体了。"花冲也笑道："大哥放心。小弟不但不敢，从今后，小弟竟把他当嫂子看待。"说罢，二人大笑。

蒋爷在外听了，暗暗切齿咬牙，道："这两个无耻无羞、无伦无礼的贼徒，又在这里铺谋定计，陷害好人。"就要进去，心中一转想："不可，须要用计。"想罢，转身躯来到门前，高声叫道："无量寿佛！"他便抽身出来，往南赶行了几步，在竹林转身形隐在密处。此时屋内早已听见。吴道成便立起身来，到了院中，问道："是那个？"并无人应。却见转身门已开，便知有人，连忙出了板墙，左右一看，何尝有个人影，心中转省道："是了，这是胡和醉了，不知来此做些甚么。看见此门已开，故此知会我们，也未见得。"心中如此想，脚下不因不由（无意之中）的往南走去。也是这恶道恶贯已满，可巧正在蒋爷隐藏之处，撩（把东西垂下的部分掀起来）开衣服，腆（tiǎn，凸出或挺出）着大肚，在那里小解。蒋爷在暗处看的真切，暗道："活该小子前来送死。"右手攥（zuàn，握）定钢刺，复用左手按住手腕。说时迟，那时快，只听噗哧一声，吴道成腹上已着了钢刺，小水淋淋漓漓。蒋爷也不管他，却将手腕一翻，钢刺在肚子里转了一个身。吴道成那里受得，嗳哟一声，翻斤斗栽倒在地。蒋爷趁势赶步，把钢刺一阵乱捣，吴道成这才成了道了。蒋爷抽出钢刺，就在恶道身上搽抹（揩拭）血渍，交付左手，别在背上，仍奔板墙门而来。

到了院内，只听花蝶问道："大哥，是甚么人？"蒋爷一言不发，好大胆！竟奔正屋。到了屋内软帘北首，右手二指轻轻掀起一缝，往里偷看。却见花蝶立起身来，走到软帘前一掀。蒋爷就势儿接着，左手腕一翻，明晃晃的钢刺，竟奔花蝶后心刺将下来。只听哧的一声响，把背后衣服划开，从腰间至背，便着了钢刺。花蝶负痛难禁，往前一挣，登时跳到院内。也是这厮不该命尽，是蒋爷把钢刺别在背后，又是左手，且是翻起手腕，虽然刺着，却不甚重，止于划伤皮肉。蒋爷蹍步（犹踏步。蹍，zhǎn）跟将出来。花蝶已出板墙，蒋爷紧紧追赶。花蝶却绕竹林，穿入深密之处。蒋爷有心要赶上，猛见花蝶跳出竹林，将手一扬。蒋四爷暗说"不好"，把头一扭，觉的冷嗖嗖从耳边过去，板墙上拍的一声响。蒋爷便不肯追赶，眼见花蝶飞过墙去了。

蒋爷转身来到中间，往前见龙涛血脉已周，伸腰舒背，身上已觉如常，便将方才之事，说了一遍。龙涛不胜称羡（颂扬羡慕）。蒋爷道："咱们此时往何处去方好？"龙涛道："我与冯七约定在桑花镇相见。四爷何不一同前往呢？"蒋爷道："也罢，我就同你前去。且到前面，取了我的东西，再走不迟。"二人来到东厢房内，见胡和横躺在炕上，人事不知。蒋爷穿上道袍，在外边桌上拿了渔鼓简板，傍边拿起算命招子，装了钢刺。也不管胡和明日如何报官，如何结案，二人离了铁岭观，一直竟奔桑花镇而来。

及至到时，红日已经东升。龙涛道："四爷辛苦了一夜，此时也不觉饿吗？"蒋爷听了，知他这两日未曾吃饭，随答道："狠好，正要吃些东西。"说着话，正走到饭店门前，二人进去，拣了一个座头（首席）。刚然坐下，只见堂官从水盆中提了一尾欢跳的活鱼来。蒋爷见了，连夸道："好新鲜鱼！堂官，你给我们一尾。"走堂的摇手，道："这鱼不是卖的。"蒋爷道："却是为何？"堂官道："这是一位军官爷病在我们店里，昨日交付小人的银两，好容易寻了数尾，预备将养他病的，因此我不敢卖。"

蒋爷听了，心内辗转道：“此事有些蹊跷。鲤鱼乃极热之物，如何反用他将养病呢？再者我二哥与老五最爱吃鲤鱼，在陷空岛时往往心中不快，吃东西不香，就用鲤鱼汆汤（是一种烹饪方法。汆，tǔn，把食物放在开水里煮一煮），拿它开胃。难道这军官就是我二哥不成？但只是我二哥如何扮做军官呢？又如何病了呢？”蒋爷只顾犯想。傍边的龙涛也不管三七二十一，他先要了点心来，一上口就是五六碟，然后才问：“四爷，吃酒要甚么菜？”蒋爷随便要了，毫不介意，总在得病的军官身上。

少时，见堂官端着一盘热腾腾、香喷喷的鲤鱼，往后面去了。蒋爷他却悄悄跟在后面，多时转身回来，不由笑容满面。龙涛问道：“四爷酒也不喝，饭也不吃，如何这等发笑？”蒋爷道：“少时你自然知道。”便把那堂官唤近前来，问道：“这军官来了几日了？”堂官道：“连今日四天了。”蒋爷道：“他来时可曾有病么？”堂官道：“来时却是好好的。只因前日晚上出店赏月，于四鼓方才回来，便得了病。立刻叫我们伙计三两个到三处打药，惟恐一个药铺赶办不来。我们想着军官爷必是紧要的症候，因此挡槽儿的（旧时店铺的小二）、更夫（旧时打更巡夜的人），连小人分为三下里，把药抓了来。小人要与军官爷煎，他却不用。小人见他把那三包药中拣了几味，先噙（qín，含在嘴里）在口内，说道：‘你们去罢。有了药，我就无妨碍了。明早再来，我还有话说呢。’到了次日早起，小人过去一看，见那军官爷病就好了，赏了小人二两银子买酒吃。外又交付小人一个锞（kè，小块的金锭或银锭）子，叫小人务必的多找几尾活鲤鱼来，说：‘我这病非吃活鲤鱼不可。’因此昨日出去了二十多里路，方找了几尾鱼来。军官爷说：‘每日早饭只用一尾，过了七天后，便隔两三天再吃，也就无妨了。’也不知这军官爷得的甚么病。”

蒋爷听了，点了点头，叫堂官且温酒去，自己暗暗踌躇（chóu chú，思量，考虑）道：“据堂官说来，我二哥前日夜间得病。不消说了，这是在铁岭观受了暗器，赶紧跑回来了。怨得龙涛他说：‘刚赶到，那人不知如何越墙走了。’只是叫人两三处打药，难道这暗器也是毒药喂的么？不然，如何叫人两三处打药。这明是秘不传方之意。二哥吓，二哥！你过于多心了，一个方儿甚么要紧，自己性命也是当要的。当初大哥劝了多少言语，说：‘为人不可过毒了。似乎这些小家伙称为暗器，已然有个“暗”字，又用毒药喂饱，岂不是狠上加狠呢？如何使得！’

谁知二哥再也不听，连解药儿也不传人。不想今日临到自己头上，还要细心，不肯露全方儿。如此看来，二哥也太深心了。”又一转想，暗说：“不好！当初在文光楼上我诓（kuāng，骗）药之时，原是两丸全被我盗去。如今二哥想起来，叫他这般费事，未尝不恨我、骂我，也就未必肯认我罢。”想到此，只急的汗流满面。

龙涛在傍，见四爷先前欢喜，到后来沉吟纳闷，此时竟自手足失措，便问道：“四爷，不吃不喝，到底为着何事？何不对我说说呢？”蒋爷叹气，道：“不为别的，就只为我二哥。”龙涛道：“二爷在那里？”蒋爷道：“就在这店里后面呢。”龙涛忙道：“四爷，大喜！这一见了二爷，又完官差，又全朋友义气，还犹豫甚么呢？”说着话，堂官又过来。蒋爷唤住，道：“伙计，这得病的军官可容人见么？”堂官开言说道：“爷若不问，小人也不说。这位军官爷一进门，就嘱咐了，他说：‘如有人来找，须问姓名。独有个姓蒋的，他若找来，就回覆他说我不在这店里。’”四爷听了，便对龙涛道：“如何？”龙涛闻听，便不言语了。蒋爷又对堂官道：“此时军官的鲤鱼大约也吃完了。你作为取家伙去，我悄悄的跟了你去。到了那里，你合军官说话儿，我做个不期而遇。倘若见了，你便溜去，我自有道理。”堂官不能不应。蒋爷别了龙涛，跟着堂官，来至后面院子之内。不知二人见了如何，且听下回分解。

第六十四回　论前情感化彻地鼠　观古迹游赏诛龙桥

且说蒋爷跟了堂官来到院子之内，只听堂官说道：“爷上吃着这鱼可配口么？如若短（缺）甚么调和（调味品），只管吩咐，明早叫灶上的多精点心。”韩爷道：“狠好，不用吩咐了，调和的甚好。俟（sì，等待）我好了，再谢你们罢。”堂官道：“小人们理应伺候，如何担的起‘谢’字呢。”

刚说至此，只听院内说道：“嗳哟！二哥呀！你想死小弟了。”堂官听罢，端起盘子，往外就走。蒋四爷便进了屋内，双膝跪倒。韩爷一见，翻转身，面向里而卧，理也不理。蒋爷哭道："二哥，你恼小弟，小弟深知。只是小弟委屈也要诉说明白了，就死也甘心的。当初五弟所做之事，自己逞强逞能，不顾国家法纪，急的大哥无地自容。若非小弟看破，大哥早已缢（yì，上吊）死在庞府墙外了。二哥，你老知道么？就是小弟离间二哥，也有一番深心。凡事皆是老五作成，人人皆知是锦毛鼠的能为，并不知有姓韩的在内。到了归结，二哥却跟在里头打这不明不白的官司，岂不弱了彻地鼠之名呢？再者小弟附和着大哥，务必要拿获五弟，并非忘了结义之情，这正是救护五弟之意。二哥难道不知他做的事么？若非遇见包恩相与诸相好，焉能保的住他毫无伤损，并且得官授职？又何尝委屈了他呢。你我弟兄五人自陷空岛结义以来，朝夕聚首，原想不到有今日。既有今日，我四人都受皇恩，相爷提拔，难道就忘却了二哥么？我兄弟四人在一处已经哭了好几场。大哥尤为伤怀，想会二哥。实对二哥说罢，小弟此番前来，一来奉旨钦命，二来包相钧谕（对帝王或尊长的指示、命令的敬称），三来大哥的分派。故此装模作样，扮成这番光景，遍处找寻二哥。小弟原有一番存心（某种念头），若是找着了二哥固好；若是寻不着时，小弟从此也就出家，做个负屈含冤的老道罢了。"说到此，抽抽噎噎的哭了起来。他却偷着眼看韩彰，见韩爷用巾帕抹脸，知是伤了心了，暗道："有点活动了。"

复又说道："天从人愿。不想今日在此遇见二哥，二哥反恼小弟，岂不把小弟一番好心倒埋没了？总而言之，好人难作。小弟既见了二哥，把曲折衷肠（出于内心的话）诉明，小弟也不想活着了，隐迹山林，找个无人之处，自己痛哭一场，寻个自尽罢了。"说到此，声咽音哑，就要放声。韩爷那里受得，由不得转过身来，道："你的心，我都知道了。你言我行事太毒，你想想，你做的事未尝不狠。"蒋爷见韩爷转过身来，知他心意已回，听他说"做事太狠"，便急忙问道："不知小弟做甚么狠事了？求二哥说明。"韩爷道："你诓我药，为何将两丸俱各拿去？致令我昨日险些儿丧了性命。这不是做事太狠么？"蒋爷听了，噗哧一声笑了，道："二哥若为此事恼我恨我，这可错怪小弟了。你老自想想，一个小荷包儿有多大地方，当初若不将二丸药掏出，如何装的下那封字柬呢？再者小弟又不是未卜先知，能够知道于某年某月某日某时，我二哥受药标，必要用此解药。若早知道，小弟偷时也要留个后手儿，预备给二哥救急儿，也省的你老恨我咧！”韩爷听了也笑了，伸手将蒋爷拉起来，问道：“大哥、三弟、五弟可好？”蒋爷道：“均好。”说毕，就在炕边上坐了。

彼此提起前情，又伤感了一回。韩爷便把与花蝶比较，“他用闪身计，是我一时忽略，故此受了他的毒标，幸喜不重。赶回店来，急忙配药，方能保得无事。”蒋爷听了，念佛道：“这是吉人天相。”也将铁岭观遇见胡道泄机，小弟只当是二哥被擒，谁知解救的却是龙涛；如何刺死吴道成，又如何反手刺伤了花蝶，他在钢刺下逃脱的话，说了一遍。韩爷听了，欢喜无限，道：“你这一刺，虽未伤他的性命，然而多少划他一下，一来惊他一惊，二来也算报了一标之仇了。”

二人正在谈论，忽听外面进来一人，扑翻身就给韩爷叩头，倒把韩爷唬了一跳。蒋爷连忙扶起，道：“二哥，此位便是捕快头目龙涛龙二哥。”韩二爷道：“久仰，久仰。恕我有贱恙（对自己病的谦称），不能还礼（对别人敬礼的回敬）。”龙涛道：“小人今日得遇二员外，实小人之万幸。务恳你老人家早早养好贵体，与小人报了杀兄之仇，这便是爱惜龙涛了。”说罢，泪如雨下。蒋爷道：“龙二哥，你只管放心，俟我二哥好了，身体强健，必拿花贼与令兄报仇。我蒋平也是要助拿此贼的。”龙涛感谢不已。从此蒋爷服侍韩爷，又有龙涛帮着，更觉周到。闹了不多几日，韩爷伤痕已愈，精神复原。

一日，三人正在吃饭之时，却见夜星子冯七满头是汗，进来说道：“方才打二十里堡赶到此间，已然打听明白，姓花的因吃了大亏，又兼本县出票捕缉甚紧，到处有线，难以住居，他竟逃往信阳，投奔邓家堡去了。”龙涛道：“既然如此，只好赶到信阳，再作道理。”便叫冯七参见了二员外，也就打横儿（围着方桌坐时，坐在末座）坐了，一同吃毕饭。韩爷问蒋爷道：“四爷，此事如何区处？”蒋爷道：“花蝶这厮万恶已极，断难容留。莫若二哥与小弟同上信阳将花蝶拿获，一来除了恶患，二来与龙兄报了大仇，三来二哥到开封也觉有些光彩。不知意下如何？”韩爷点头，道：“你说的有理。只是如何去法呢？”蒋泽长道：“二哥仍是军官打扮，小弟照常道士形容。”龙涛道：“我与冯七做个小生意，临期看势作事。还有一事，我与欧阳爷、丁大官人原有旧约，如今既上信阳，须叫冯七到茉花村送信才是，省得他们二位徒往灶君祠奔驰。”

夜星子听了，满口应承，定准在诛龙桥西河神庙相见。龙涛又对韩、蒋二人道："冯七这一去尚有几天工夫，明日我先赶赴信阳，容二员外多将养几日。就是你们二位去时，一位军官，一位道者，也不便同行，只好俱在河神庙会齐便了。"蒋爷深以为是。计议已定，夜星子收什（收拾）收什，立刻起身，竟奔茉花村而来。

且言北侠与丁大爷来到茉花村，盘桓（逗留。桓，huán）了几日，真是义气相投，言语投机。一日，提及花蝶，三人便要赴灶君祠之约。兆兰、兆蕙进内禀明了老母。丁母关碍着北侠，不好推托。老太太便立了一个主意，连忙吩咐厨房预备送行的酒席，明日好打发他等起身。北侠与丁氏弟兄欢天喜地，收什行李，分派人跟随，忙乱了一天。

到了掌灯时，饮酒吃饭。直至二鼓（二更），刚然（刚刚）用完了饭，忽见丫鬟报来，道："老太太方才说身体不爽，此时已然歇下了。"丁氏弟兄闻听，连忙跑到里面看视，见老太太在帐子内，面向里和衣而卧（穿着衣服躺下睡觉）问之不应，半晌，方说："我这是无妨的，你们干你们的去。"丁氏弟兄那里敢挪寸步。伺候到四鼓之半，老太太方解衣安寝（安稳地熟睡。寝，qǐn）。二人才暗暗出来，来至待客厅。

谁知北侠听说丁母欠安，也不敢就睡，独自在那里呆等音信，见了丁家弟兄出来，便问："老伯母因何欠安？"大爷道："家母有年岁之人，往往如此，反累吾兄挂心，不得安眠。"北侠道："你我知己兄弟，非比外人家，这有甚么呢。"丁二爷道："此时家母业已安歇，吾兄可以安置罢。明日还要走路呢。"北侠道："劣兄（愚兄）方才细想，此事也没甚要紧，二位贤弟原可以不必去。何况老伯母今日身体不爽呢。就是再迟三两日，也不为晚。总是老人家要紧。"丁氏昆仲（对别人兄弟的称呼）连连称："是，且到明日再看。"彼此问了安置，弟兄二人仍上老太太那里去了。到了次日，丁大爷先来至厅上，见北侠刚然梳洗。欧阳爷先问道："伯母后半夜可安眠否？"兆兰道："托赖兄长庇荫，老母后半夜颇好。"正说话间，兆蕙亦到，便问北侠："今日可起身么？"北侠道："尚在未定。俟（sì，等待）伯母醒时，看老人家的光景，再做道理。"

忽见门上庄丁进来，禀道："外面有个姓冯的，要求见欧阳爷、丁大爷。"北侠道："他来的狠好，将他叫进来。"庄丁回身，不多时，见一人跟庄丁进来，自说道："小人夜星子冯七参见。"丁大爷问道："你从何处而来？”冯七便将龙涛追下花蝶，观中遭擒；如何遇蒋爷搭救，刺死吴道成，惊走花蝶；又如何遇见韩二爷，现今打听明白，花冲逃往信阳，大家俱定准在诛龙桥西河神庙相见的话，述说了一回。北侠道：“你几时回去？”冯七道：“小人特别前来送信，还要即刻赶到信阳，同龙二爷探听花蝶的下落呢。”丁大爷道：“既如此，也不便留你。”回头吩咐庄丁，取二两银子来赏与冯七。冯七叩谢道：“小人还有盘费，大官人如何又赏许多。如若没有甚么吩咐，小人也就要走了。”又对北侠道：“爷们去时，就在诛龙桥西河神庙相见。”北侠道：“是了，我知道了。那庙里方丈慧海我是认得的，手谈（围棋对局的别称）是极高明的。”冯七听了，笑了一笑，告别去了。

谁知他们这里说话，兆蕙已然进内看视老太太出来。北侠问道：“二弟，今日伯母如何？”丁二爷道：“方才也替吾兄请了安了。家母说：‘多承挂念。’老人家虽比昨日好些，只是精神稍减。”北侠道：“莫怪劣兄说，老人家既然欠安，二位贤弟断断不可远离，况此事也没甚要紧。依我的主意，竟是我一人去到信阳，一来不至失约，二来我会同韩、蒋二人，再加上龙涛帮助，也可以敌的住姓花的了。二位贤弟以为何如？”兆兰、兆蕙原因老母欠安，不敢远离，今听北侠如此说来，连忙答道：“多承仁兄指教，我二人惟命是从。俟老母大愈后，我二人再赶赴信阳就是。”北侠道：“那也不必。即便去时，也不过去一人足矣，总要一位在家伺候伯母要紧。”丁家弟兄点头称是。早见伴当搽（chá，抹）抹桌椅，调开座位，安放杯箸（zhù，筷子），摆上丰盛的酒席。这便是丁母吩咐预备饯行（设酒食送行。饯，jiàn）的。酒饭已毕，北侠提了包裹，彼此珍重了一番，送出庄外，执手（拱手）分别。

不言丁氏昆仲回庄，在家奉母。单说北侠出了茉花村，上了大路，竟奔信阳而来。沿途观览山水。一日，来到信阳境界，猛然想起人人都说诛龙桥下有诛龙剑。“我虽然来过，并未赏玩。今日何不顺便看看，也不枉再游此地一番。”想罢，来到河边泊船之处雇船。船家迎将上来，道：“客官要上诛龙桥看古迹的么？待小子伺候爷上赏玩一番何如？”北侠道：“狠好，但不知要多少船价？须要说明。”船家道：“有甚要紧。只要客官畅快喜欢了，多赏些就是了。请问爷上是独游，还是要会客呢？可要火食不要呢？”北侠道：“也不会客，也不要火食，独自一人要游玩游玩，把我渡过桥西，河神庙下船，便完事了。”船家听了，没有甚么想头，登时怠儿慢儿的道：“如此说来，是要单座儿了。我们从早晨到此时，并没开张，爷上一人，说不得走这一遭儿罢。多了也不敢说，破费爷上四两银子罢。”俗语说的，“车船店脚牙”，极是难缠的。他以为拿大价儿把欧阳爷难住，就拉了倒了。不知北侠如何，且听下回分解。

第六十五回　北侠探奇毫无情趣　花蝶隐迹别有心机

且说北侠他乃挥金似土之人，既要遣兴（抒发情怀，解闷散心）赏奇，漫说是四两，就是四十两也是肯花的。想不到这个船家要价儿，竟会要在圈儿里头了。北侠道：“四两银子有甚要紧。只要俺看了诛龙剑，俺便照数赏你。”船家听了，又立刻精神百倍，满面堆下笑来，奉承道：“小人看爷上是个慷慨怜下的，只要看看古迹儿，那在我们穷小子身上打算盘呢。伙计，快搭跳板，搀爷上船。到底灵便着些儿呀，吃饱了就发呆。”北侠道：“不用忙，也不用搀，俺自己会上船。”看跳板搭平稳了，略一垫步，轻轻来到船上。船家又嘱咐道：“爷上坐稳了，小人就要开船了。”北侠道：“俺晓得。只是纤绳要拉的慢着些儿，俺还要沿路观看江景呢。”船家道：“爷上放心。原为的是游玩，忙甚么呢。”说罢，一篙（gāo，撑船的竹竿或木杆）撑开，顺流而下，奔到北岸。纤夫套上纤板，慢慢牵曳。船家掌舵，北侠坐在舟中。清波荡漾，芦花飘扬，衬着远山耸翠（高耸苍翠），古木撑青。一处处野店乡村，炊烟直上；一行行白鸥秋雁，掠水频翻。北侠对此三秋之景，虽则心旷神怡，难免几番浩叹（大声叹息），想人生光阴迅速，几辈英雄，而今何在？

正在观览叹惜之际，忽听船家说道：“爷上请看，那边影影绰绰（模模糊糊，不真切。绰，chuò）便是河神庙的旗杆，此处离诛龙桥不远了。”北侠听了，便要看古人的遗迹。“不知此剑是何宝物？不料我今日又得瞻仰瞻仰。”早见船家将篙一撑荡开，悠悠扬扬，竟奔诛龙桥而来。到此水势急溜，毫不费力，已从桥孔过去。北侠两眼左顾右盼，竟不见宝剑悬于何处。

刚然（刚刚）要问，只见船已拢住，便要拉纤上河神庙去。北侠道："你等且慢！俺原为游赏诛龙剑而来，如今并没看见剑在那里，如何就上河神庙呢？"船家道："爷上才从桥下过，宝剑就在桥的下面，如何不玩赏呢？"北侠道："方才左瞧右瞧，两旁并没有悬挂宝剑，你叫我玩赏甚么呢？"船家听了，不觉笑道："原来客官不知古迹所存之处。难道也没听见人说过么？"北侠道："实实没有听见过。到了此时，倒要请教。"船家道："人人皆知：'诛龙桥，诛龙剑。若要看，须仰面。'爷上为何不往上看呢？"北侠猛省，也笑道："俺倒忘了，竟没仰面观看。没奈何，你等还将船拨转。俺既到此，再没有不看看之理。"船家便有些作难道："此处水急溜，而且回去是逆水，我二人又得出一身汗，岂不费工夫呢？"北侠心下明白，便道："没甚要紧，俺回来加倍赏你们就是了。"船家听了，好生欢喜，便叫："伙计，多费些气力罢，爷上有加倍赏呢。"二人踊跃非常，用篙将船往回撑起。

果然逆水难行，多大工夫，方到了桥下。北侠也不左右顾盼，惟有仰面细细观瞧。不看则可，看了时未免大扫其兴。你道甚么诛龙剑？原来就在桥下石头上面刻的一把宝剑，上面有模模糊糊几个蝌蚪篆（zhuàn，汉字形体的一种）字，真是耳闻不如眼见。

往往以讹传讹（把本来不正确或不符合实际情况的话又不正确地传出去，越传越错。讹，é），说的奇特而又奇特，再遇个探奇好古的人，恨不得登时就要看看。及至身临其境，只落得"原来如此"四个大字，毫无一点的情趣。即如京师玉蛛金鳌，真是天造地设的美景，四时春夏秋冬，各有佳景，岂是三言两语说的尽的呢？比如春日，绿波初泛，碧柳依依，白鹭群飞，黄鹂对对；夏日，则荷花馥郁，莲叶亭亭；秋日，则鸥影翩翻，蝉声嘒嘒；冬日，则池水结冰，再遇着瑞雪缤纷，真个是银妆世界一般。况且楼台阁殿、亭榭桥梁，无一不佳，然而每日走着，时常看着，习以为常，也就不理会了。就是北侠，他乃行侠作义之人，南北奔驰，甚么美景没有看过。今日为个诛龙剑，白白的花了八两头，他算开了眼了，可瞧见石头上刻的暗八仙了。你说可笑不可笑？

又遇船家纤夫不懂眼，使着劲儿撑住了船，动也不动。北侠问道：

“为何不走？”船家道：“爷上赏玩尽兴，小人听吩咐方好开船。”北侠道：“此剑不过一目了然，俺已尽兴了。快开船罢！咱们上河神庙去罢。”他二人复又拨转船头，一直来到河神庙下船。北侠在兜肚内掏出一个锞子，又加上多半个，合了八两之数，赏给船家去了。

北侠来到庙内，见有几个人围绕着一个大汉。这大汉地下放着一个笸箩（pǒluo，常用柳条或篾条编成的篮子），口中说道：“俺这煎饼，是真正黄米面的，又有葱，又有酱，咬一口，喷鼻香。赶热吓，赶热！”满嘴的怯话儿（外乡口音）。傍边也有买着吃的。再细看大汉时，却是龙涛。北侠暗道：“他敢则早来了。”便上前故意的问道：“伙计，借光问一声。”龙涛抬头见是北侠，他却笑嘻嘻的说道：“客官爷问甚么？”北侠道：“这庙内可有闲房？俺要等一个相知的朋友。”龙涛道：“巧咧，对劲儿。俺也是等乡亲的，就在这庙内落脚儿。俺是知道的，这庙内闲房多着咧。好体面屋子，雪洞儿似的，俺就是住不起。俺合庙内的老道在厨房里打通腿儿。没有甚么营生，就在柴锅里摊上了几张煎饼，作个小买卖。你老趁热，也闹一张尝尝，包管喷鼻香。”北侠笑道：“不用。少时你在庙内，摊几张新鲜的我吃。”龙涛道：“是咧！俺卖完了这个，再给你老摊几张去。你老要找这庙内当家的，他叫慧海，是个一等一的人儿，好多着咧。”北侠道：“承指教了。”转身进庙，见了慧海，彼此叙了阔情（久别想念之情）。本来素识，就在东厢房住下。

到了下晚，北侠却暗暗与龙涛相会，言花蝶并未见来。就是韩、蒋二位也该来了，俟他们到来再做道理。

这日北侠与和尚在方丈里下棋，忽见外面进来一位贵公子，衣服华美，品貌风流，手内提定马鞭，向和尚执手。慧海连忙问讯。小和尚献茶，说起话来。原是个武生，姓胡，特来暂租寓所，访探相知的。北侠在傍细看，此人面上一团英气，只是二目光芒甚实不佳，暗道：“可惜这样人物，被这一双眼带累坏了。而且印堂带煞，必是不良之辈。”

正在思索，忽听外面嚷道：“王弟二的，王弟二的。”说着话，扒着门，往里瞧了瞧北侠，看了看公子。北侠早已看见是夜星子冯七。小和尚迎出来，道：“你找谁？”冯七道：“俺姓张行三，找俺乡亲王弟二的。”小和尚说：“你找卖煎饼的王二呀？他在后面厨房里呢。你从东角门进去，就瞧见厨房了。”冯七道：“没狗吓？”小和尚道：“有狗，也不怕，锁着呢。”冯七抽身往后去了。

这里贵公子已然说明，就在西厢房暂住，留下五两定银，回身走了，说：“迟会儿再来。”慧海送了公子回来，仍与北侠终局（也作“终盘”，围棋术语，指弈棋时一局终了）。北侠因记念着冯七，要问他花蝶的下落，胡乱下完。那盘棋却输与慧海七子。站起身来，回转东厢房，却见龙涛与冯七说着话，出庙去了。

北侠连忙做散步的形景，慢慢的来到庙外，见他二人在那边大树下说话。北侠一见，暗暗送目，便往东走，二人紧紧跟随。到了无人之处，方问冯七道：“你为何此时才来？”冯七道：“小人自离了茉花村，第三日就遇见了花蝶。谁知这厮并不按站走路，二十里也是一天，三十里也是一天。他到处拉拢，所以迟至今日。他也上这庙里来了。”北侠道：“难道方才那公子，就是他么？”冯七道：“正是。”北侠说：“怨不的！我说那样一个人，怎么会有那样的眼光呢？原来就是他呀！怨不的说姓胡，其中暗指着蝴蝶呢。只是他也到此何事？”冯七道：“这却不知。就是昨晚在店内，他合店小二打听小丹村来着，不知他是甚么意思？”北侠又问韩、蒋二位。冯七道：“路上却未遇见，想来也就该到了。”龙涛道：“今日这厮既来到此，欧阳爷想着如何呢？”北侠道：“不知他是甚么意思，大家防备着就是了。”说罢，三人漫散（分散），仍然归到庙中。

到了晚间，北侠屋内却不点灯，从暗处见西厢房内灯光明亮。后来忽见灯影一晃，仿佛蝴蝶儿一般。又见噗的一声，把灯吹灭了。北侠暗道：“这厮又要闹鬼（捣鬼，暗中使用诡计）了，倒要留神。”迟不多会，见槅（gé）扇略起一缝，一条黑线相似，出了门，背立片时。原来是带门呢。见他脚尖滑地，好门道，好伶便，窦、窦往后面去了。

北侠暗暗夸奖：“可惜这样好本事！为何不学好？”连忙出了东厢房，由东角门轻轻来到后面。见花蝶已上墙头，略一转身，落下去了。北侠赶到，飞身上墙，往下一望，却不见人。连忙纵下墙来，四下留神，毫无踪迹，暗道：“这厮好快腿！果然本领不错。”见那边树上落下一人，奔向前来。北侠一见，却是冯七。又见龙涛来道：“小子好快腿，好快腿！”三人聚在一处，再也测度不出花蝶往那里去了。北侠道：“莫若你我仍然埋伏在此，等他回来。就怕他回来不从此走。”冯七道："此乃必由之地，白昼已瞧明白了。不然，我与龙二爷怎会专在此处等他呢？"北侠道："既如此，你仍然上树。龙头领，你就在桥根之下，我在墙内等他。里外夹攻，再无不成功之理。"冯七听了，说："狠好，就是如此。我在树上瞭高（从高处远望），如他来时，抛砖为号。"三人计议已定，内外埋伏。

谁知等了一夜，却不见花冲回来。天已发晓，北侠来到前面，开了山门，见龙涛与冯七来了。彼此相见，道："这厮那里去了？"于是同到西厢房，见槅扇虚掩。到了屋内一看，见北间床上有个小小包裹，打开看时，里面只一件花氅（chǎng，外套）官靴与公子巾。北侠叫冯七拿着奔方丈（佛寺中住持的房间，因其居室四方各一丈，故名）而来。

早见慧海出来，迎面问道："你们三位如何起的这般早？"北侠道："你丢了人了。你还不晓得吗？"和尚笑道："我出家人吃斋念佛，恪守清规，如何会丢人？别是你们三位有了甚么故典了罢？"龙涛道："真是师傅丢了人咧。我三人都替师傅找了一夜。"慧海道："王二，你的口音如何会改了呢？"冯七道："他也不姓王，我也不姓张。"和尚听了，好生诧异。北侠道："师傅不要惊疑，且到方丈细谈。"大家来到屋内，彼此就座。北侠方将龙涛、冯七名姓说出。"昨日租西厢房那人，也不姓胡，他乃作孽的恶贼花冲，外号花蝴蝶。我们俱是为访拿此人，到你这里。"就将夜间如何埋伏，他自从二更去后至今并未回来的话，说了一遍。慧海闻听，吃了一惊，连忙接过包裹，打开一看，内有花氅一件、官靴、公子巾，别无他物。又到西厢房内一看，床边有马鞭子一把，心中惊异非常，道："似此如之奈何（怎么办）？"未知后文，且听下回分解。

第六十六回　盗珠灯花蝶遭擒获　救恶贼张华窃负逃

且说紫髯伯听和尚之言，答道："这却无妨。他决不肯回来了，只管收起来罢。我且问你，闻得此处有个小丹村，离此多远？”慧海道：“不过三四里之遥。”北侠道：“那里有乡绅富户以及庵观娼妓无有呢？”和尚道：“有庵观，并无娼妓。那里不过是个庄村，并无镇店。若论乡绅，却有个勾乡宦。因告终养在家，极其孝母，家道殷实。因为老母吃斋念佛，他便盖造了一座佛楼，画栋雕梁，壮观之甚。慢说别的，就只他那宝珠海灯，便是无价之宝。上面用珍珠攒（cuán，聚在一起）成缨络（yīng luò，同“璎珞”，古代用珠玉串成的装饰），排穗俱有宝石镶嵌。不用说点起来照彻明亮，就是平空看去也是金碧交辉，耀人二目。那勾员外只要讨老母的喜欢，自己好善乐施，连我们庙里一年四季皆是有香资布施（把财物等施舍给人）的。”北侠听了，便对龙涛道：“听师傅之言却有可疑。莫若冯七你到小丹村暗暗探听一番，看是如何？”冯七领命，飞也似的去了。龙涛便到厨房收什饭食。北侠与和尚闲谈。

忽见外面进来一人，军官打扮，金黄面皮，细条身子，另有一番英雄气概，别具一番豪杰精神。和尚连忙站起相迎。那军官一眼看见北侠，道：“足下莫非欧阳兄么？”北侠道：“小弟欧阳春，尊兄贵姓？”那军官道：“小弟韩彰，久仰仁兄，恨不一见，今日幸会。仁兄几时到此？”北侠道：“弟来三日了。”韩爷道：“如此说来，龙头领与冯七他二人也早到了。”北侠道：“龙头领来在小弟之先，冯七是昨日才来。”韩爷道：“弟因有小恙（yàng，病），多将养了几日，故尔来迟，叫吾兄在此耐等，多多有罪。”说着话，彼此就座。却见龙涛从后面出来，见了韩爷，便问：“四爷如何不来？”韩爷道：“随后也就到了。因他道士打扮，故在后走，不便同行。”

正说之间，只见夜星子笑吟吟回来，见了韩彰，道：“二员外来了么？来的正好，此事必须大家商议。”北侠问道：“你打听的如何？”冯七道：“欧阳爷料事如见。小人到了那里细细探听，原来这小子昨晚真个到小丹村去了。不知如何被人拿住，又不知因何连伤二命，他又逃脱走了。早间勾乡宦业已呈报到官，还未出签缉捕呢。”大家听了，测摸不出，只得等蒋爷来再做道理。

你道花蝶因何上小丹村？只因他要投奔神手大圣邓车，猛然想起邓车生辰已近，素手前去，难以相见。早已闻得小丹村勾乡宦家有宝珠灯，价值连城。“莫若盗了此灯，献与邓车，一来祝寿，二来自觉有些光彩。”这全是以小人待小人的形景。他那里知道此灯有许多的蹊跷。

二更离了河神庙，一直奔到小丹村，以为马到成功，伸手就可拿来。谁知到了佛楼之上，见宝灯高悬，内注清油，明晃晃明如白昼。却有一根锁链，上边檩（lǐn，架跨在房梁上托住椽子的小梁）上有环，穿过去，将这一头儿压在鼎炉的腿下。细细端详，须将香炉挪开，方能提住锁链，系下宝灯。他便挽袖掖衣，来至供桌之前，舒开双手，攥住炉耳，运动气力往上一举。只听吱的一声，这鼎炉竟跑进佛龛（kān，供奉佛像的小阁子）去了。炉下桌子上却露出一个窟窿。系宝灯的链子也跑上房柁（木结构房架中顺着前后方向架在柱子上的横木。柁，tuó）去了。花蝶暗说：“奇怪！”正在发呆，从桌上窟窿之内探出两把挠钩，周周正正将两膀扣住。花蝶一见，不由的着急，两膀才待扎挣。又听下面吱、吱、吱、吱连声响亮，觉的挠钩约有千斤沉重，往下一勒。花贼再也不能支持，两手一松，把两膀扣了个结实。他此时是手儿扶着，脖儿伸着，嘴儿拱着，身儿探着，腰儿哈着，臀儿蹶着，头上蝴蝶儿颤着，腿儿躬着，脚后跟儿跷着，膝盖儿合着，眼子是撅着，真是福相样儿，有顽笑的小子必要栽。

谁知花蝶心中正在着急，只听下面哗啷、哗啷铃铛乱响，早有人嚷道：“佛楼上有了贼了！”从扶梯上来了五六个人，手提绳索，先把花蝶拢住。然后主管拿着钥匙，从佛桌傍边入了簧，吱噔、吱噔一拧，随拧随松。将挠钩解下。七手八脚，把花蝶捆住了，推拥下楼。主管吩咐道：“夜已深了，明早再回员外罢。你等拿贼有功，俱各有赏。方才是谁的更班儿？”却见二人说道：“是我们俩的。”主管一看，是汪明、吴升，便道：“狠好。就把此贼押在你们更楼之上，好好看守。明早我单回员外，加倍赏你们两个。”又吩咐帮拿之人道：“你们一同送到更楼，仍按次序走更巡逻，务要小心。”众人答应，俱奔东北更楼上安置妥当，各自按拨走更去了。

原来勾乡宦庄院极大，四角俱有更楼。每楼上更夫四名，轮流巡更，周而复始。如今汪明、吴升拿贼有功，免其坐更（夜间警卫），叫他二人看贼。他二人兴兴头头，喜欢无限，看着花蝶道：“看他年轻轻的，甚么干不得，偏要做贼，还要偷宝灯。那个灯也是你偷的？为那个灯，我们员外费了多少心机，好容易安上消息（机关），你就想偷去咧！”

正在说话，忽听下面叫道："主管叫你们去一个人呢。"吴升道："这必是先赏咱们点酒儿吃食。好兄弟，你辛苦辛苦去一趟罢。"汪明道："我去，你好生看着。"他回身便下楼去了。吴升在上面，忽听噗咚一声，便问道："怎么咧？栽倒咧。没喝就醉，……"话未说完，却见上来一人，凹面金腮，穿着一身皂衣（黑衣，下级官吏的服装），手持钢刀。吴升才要嚷，只听哧嚓，头已落地。那人忽的一声，跳上炕来，道："朋友，俺乃病太岁张华，奉了邓大哥之命，原为珠灯而来。不想你已入圈套，待俺来救你。"说罢，挑开绳索，将花蝶背在身上，逃往邓家堡邓车那里去了。

及至走更人巡逻至此，见更楼下面躺着一人，执灯一照，却是汪明被人杀死。这一惊非小，连忙报与主管，前来看视，便问："吴升呢？"更夫说："想是在更楼上面呢。"一叠连声唤道："吴升！吴升！"那里有人答应。大家说："且上去看看。"一看，罢咧！见吴升真是无生了，头在一处，尸在一处。炕上挑的绳索不少，贼已不知去向。

主管看了这番光景，才着了慌，也顾不得夜深了，连忙报与员外去了。员外闻听，急起来看，又细问了一番，方知道已先在佛楼上拿住一贼，因夜深未敢禀报。员外痛加申饬（斥责。饬，chì），言"此事焉得不报？纵然不报，也该派人四下搜寻一回，更楼上多添人看守，不当如此粗心误事"。主管后悔无及，惟有伏首认罪而已。勾乡宦无奈，只得据实禀报：如何拿获鬓边有蝴蝶的大盗，如何派人看守，如何更夫被杀、大盗逃脱的情节，一一写明，报到县内。

此事一吵嚷，谁人不知，那个不晓。因此冯七来到小丹村，容容易易把此事打听回来。大家听了，说："等四爷蒋平来时，再做道理。"果然是日晚间，蒋爷赶到。大家彼此相见了，就把花蝶之事，述说一番。蒋泽长道："水从源流树从根。这厮既然有投邓车之说，还须上邓家堡去找寻。谁叫小弟来迟，明日小弟就到邓家堡探访一番。可有一层，如若掌灯时小弟不回来，说不得众位哥哥们辛苦辛苦，赶到邓家堡方妥。"众人俱各应允（答应、允许）。饮酒叙话，吃毕晚饭，大家安息，一宿不提。

到了次日，蒋平仍是道家打扮，提了算命招子，拿上渔鼓简板，竟奔邓家堡而来。谁知这日正是邓车生日。蒋爷来到门前，踱来踱去，恰好邓车送出一人来，却是病太岁张华。因昨夜救了花蝶，听花蝶说，近来霸王庄马强与襄阳王交好，极其亲密，意欲邀同邓车前去。邓车听了，满心欢喜，就叫花冲写了一封书信，特差张华前去投递。不想花蝶也送出来，一眼瞧见蒋平，兜的心内一动，便道："邓大哥，把那唱道情的叫进来，我有话说。"邓车即吩咐家人，把那道者带进来。蒋四爷便跟定家丁进了门，见厅上邓车、花冲二人上坐。花冲不等邓车吩咐，便叫家人快把那老道带来。邓车不知何意。

少时，蒋四爷步上台阶，进入屋内，放下招子渔鼓板儿，从从容容的稽首（古时候行的一种跪拜礼。稽，qǐ），道："小道有礼了。不知施主唤进小道，有何吩咐？"花冲说："我且问你，你姓甚么？"蒋平道："小道姓张。"花冲说："你是自小儿出家？还是半路儿呢？还是故意儿假扮出道家的样子，要访甚么事呢？要实实说来。快讲！快讲！"邓车在傍听了，甚不明白，便道："贤弟，你此问却是为何？"花冲道："大哥有所不知，只因在铁岭观小弟被人暗算，险些儿丧了性命。后来在月光之下，虽然看不真切，见他身材瘦小，脚步伶便，与这道士颇颇（犹很是）相仿，故此小弟倒要盘问盘问他。"说毕，回头对蒋平道："你到底说呀，为何迟疑呢？"

蒋爷见花蝶说出真病，暗道："小子真好眼力，果然不错，倒要留神。"方说道："二位施主攀说，小道如何敢插言说话呢。小道原因家寒，毫无养赡，实实半路出家，仗着算命弄几个钱吃饭。"花蝶道："你可认得我么？"蒋爷假意笑道："小道刚到宝庄，如何认得施主？"花冲冷笑，道："俺的性命险些儿被你暗算，你还说不认得呢。大约束手问你，你也不应。"站起身走进屋内。

不多时，手内提着一把枯藤鞭子来，凑到蒋平身边，道："你敢不说实话么？"蒋爷知他必要拷打，暗道："小子，你这皮鞭，量也打不动四太爷。瞧不的你四爷一身干肉，你觌面（当面。觌，dí）来试，够你小子喑个酒儿的。"这正是艺高人胆大，蒋爷竟不慌不忙的，答道："实是半路出家的，何必施主追问呢？"花冲听了，不由气往上撞，将手一扬，刷、刷、刷、刷就是几下子。蒋四爷故意的嗳哟道："施主，这是为何？平空把小道叫进宅来，不分青红皂白（借指是非、情由等），就把小道乱打起来。我乃出家之人，这是甚么道理？嗳哟！嗳哟！这是从那里说起？”邓车在傍看不过眼，向前拦住，道：“贤弟，不可，不可！”不知邓车说甚么话来，且听下回分解。

第六十七回　紫髯伯庭前敌邓车　蒋泽长桥下擒花蝶

且说邓车拦住花冲，道：“贤弟不可。天下人面貌相同的极多，你知他就是那刺你之人吗？且看为兄分上，不可误赖好人。”花蝶气冲冲的坐在那里。邓车便叫家人带道士出去。蒋平道：“无缘无故，将我抽打一顿，这是那里晦气（不吉利，倒霉）。”花蝶听说“晦气”二字，站起身来又要打他，多亏了邓车拦住。傍边家人也向蒋平劝道：“道爷，你少说一句罢，随我快走罢。”蒋爷说：“叫我走，到底拿我东西来，难道硬留下不成？”家人道：“你有甚么东西？”蒋爷道：“我的鼓板招子。”家人回身，刚要拿起渔鼓简板，只听花冲道：“不用给他，看他怎么样！”邓车站起，笑道：“贤弟既叫他去，又何必留他的东西，倒叫他出去说混话，闹的好说不好听的做甚么！”一壁（一边）说着，一壁将招子拿起。

邓车原想不到招子有分两的，刚一拿，手一脱落，将招子摔在地下，心下转想道：“吓！他这招子如何恁般沉重？”又拿起仔细一看，谁知摔在地下时，就把钢刺露出一寸有余。邓车看了，顺手往外一抽，原来是一把极锋芒的三棱鹅眉钢刺，一声嗳呀：“好恶道吓！快与我绑了。”花蝶早已看见邓车手内擎（qíng，举）着钢刺，连忙过来，道：“大哥，我说如何？明明是刺我之人，大约就是这个家伙。且不要性急，须慢慢的拷打他，问他到底是谁？何人主使，为何与我等作对。”邓车听了，吩咐家人拿皮鞭来。

蒋爷到了此时，只得横了心，预备挨打。花冲把椅子挪出，先叫家人乱抽一顿，只不要打他致命之处，慢慢的拷打他。打了多时，蒋爷浑身伤痕已然不少。花蝶问道：“你还不实说么？”蒋爷道：“出家人没有甚么说的。”邓车道：“我且问你，你既出家，要这钢刺何用？”蒋爷道：“出家人随遇而安，并无庵观寺院，随方（不拘何方）居住。若是行路迟了，或起身早了，难道就无个防身的家伙么？我这钢刺是防范歹人的，为何施主便迟疑了呢？”邓车暗道：“是呀！自古吕祖尚有宝剑防身，他是个云游道人，毫无定止，难道就不准他带个防身的家伙么？此事我未免莽撞了。”

花蝶见邓车沉吟，惟恐又有反悔，连忙上前，道：“大哥请歇息去，待小弟慢慢的拷他。”回头吩咐家人，将他抬到前面空房内，高高吊起，自己打了，又叫家人打。蒋爷先前还折辩（争辩，分辩。折，zhé），后来知道不免，索性不言语了。花蝶见他不言语，暗自想道：“我与家人打的工夫也不小了，他却毫不承认。若非有本领的，如何禁的起这一顿打？”他只顾思索，谁知早有人悄悄的告诉邓车，说那道士打的不言语了。

邓车听了，心中好生难安，想道：“花冲也太不留情了。这又不是他家，何苦把个道士活活的治死。虽为出气，难道我也不嫌个忌讳么？我若十分拦他，又恐他笑我，说我不担事，胆特小了。也罢，我须如此，他大约再也没有说的。”想罢，来到前面，只见花冲还在那里打呢。再看道士时，浑身抽的衣服狼藉不堪，身无完肤。邓车笑吟吟上前，道：“贤弟，你该歇息歇息了。自早晨吃了些寿面，到了此时，可也饿了。酒筵已然摆妥。非是劣兄给他讨情，今日原是贱辰，难道为他耽误咱们的寿酒吗？”一番话把个花冲提醒，忙放下皮鞭，道：“望大哥恕小弟忘神。皆因一时气忿，就把大哥的千秋（敬辞，指人的寿辰）忘了。”转身随邓车出来，却又吩咐家人：“好好看守，不许躲懒贪酒，候明日再细细的拷问。若有差错，我可不依你们，惟你们几个人是问。”二人一同往后面去了。

这里家人也有抱怨花蝶的，说他无缘无故，不知那里的邪气；也有说给他们添差使，还要充二号主子，尽装蒜；又有可怜道士的，自午间揉搓（róucuo，折磨）到这时，浑身打了个稀烂，也不知是那葫芦药。便有人上前，悄悄的问道：“道爷，你喝点儿罢。”蒋爷哼了一声。旁边又有人道：“别给他凉水喝，不是顽的。与其给他水喝，现放着酒热热的给他温一碗，不比水强么？”那个说：“真个的。你看着他，我就给他温酒去。”不多时，端了一碗热腾腾的酒。二人偷偷的把蒋爷系下来，却不敢松去了绳绑，一个在后面轻轻的扶起，一个在前面端着酒喂他。蒋爷一连呷（xiā，小口喝）了几口，觉得心神已定，略喘息喘息，便把余酒一气饮干。

此时天已渐渐的黑上来了。蒋爷暗想道："大约欧阳兄与我二哥差不多的也该来了。"忽听家人说道："二兄弟，你我从早晨闹到这咱晚了，我饿的受不得了。"那人答道："大哥，我早就饿了。怎么他们也不来替换替换呢？"这人道："老二，你想想，咱们共总多少人？如今他们在上头打发饭，还有空儿替换咱们吗？"蒋爷听了便插言，道："你们二位只管吃饭。我四肢捆绑，又是一身伤痕，还跑的了么？"两个家人听了，道："慢说你跑不了，你就是真跑了，这也不是我们正宗差使，也没甚要紧。你且养着精神，咱们回来再见。"说罢，二人出了空房，将门倒扣，往后面去了。

谁知欧阳春与韩彰早已来了。二人在房上瞭望，不知蒋爷在于何处。欧阳春便递了暗号，叫韩彰在房上瞭望，自己却找寻蒋平。找到前面空房之处，正听见二人嚷饿。后来听他二人往后面去了，北侠便进屋内。蒋爷知道救兵到了。北侠将绳绑挑开，蒋爷悄悄道："我这浑身伤痕却没要紧，只是四肢捆的麻了，一时血脉不能周流，须把我夹着，安置个去处方好。"北侠道："放心，随我来。"一伸臂膀，将四爷夹起，往东就走。过了夹道，出了角门（城墙或整个建筑物的靠近角上的小门，泛指小的旁门），却是花园。四下一望，并无可以安身的去处。走了几步，见那边有一葡萄架，幸喜不甚过高。北侠悄悄道："且屈四弟在这架上罢。"说罢，左手一顺，将蒋爷双手托起，如举小孩子一般，轻轻放在架上，转身从背后皮鞘内将七宝刀抽出，竟奔前厅而来。

谁知看守蒋爷的二人吃饭回来，见空房子门已开了，道士也不见了，一时惊慌无措，忙跑到厅上，报与花蝶、邓车。他二人听了，就知不好，也无暇细问。花蝶提了利刃；邓车摘下铁靶弓，跨上铁弹子袋，手内拿了三个弹子。刚出厅房，早见北侠持刀已到。邓车扣上弹子，把手一扬，嗖的就是一弹。北侠知他弹子有工夫，早已防备，见他把手一扬，却把宝刀扁着一迎，只听当的一声，弹子落地。邓车见打不着来人，一连就是三弹，只听当、当、当响了三声，俱各打落在地。邓车暗暗吃惊说："这人技艺超群。"便顺手在袋内掏出数枚，连珠发出，只听叮当、叮当犹如打铁一般。

旁边花蝶看的明白，见对面只一个人并不介意。他却脚下使劲，一个健步，以为帮虎吃食，可以成功。不想忽然脑后生风，觉着有人。一回头，见明晃晃的钢刀劈将下来，说声“不好”，将身一闪，翻手往上一迎。那里知道韩爷势猛刀沉，他是翻腕迎的不得力。刀对刀只听咯当一声，他的刀早已飞起数步，当啷啷落在尘埃（地上）。花蝶那里还有魂咧，一伏身奔了角门，往后花园去了。慌不择路，无处藏身，他便到葡萄架根下将身一蹲，以为他算是葡萄老根儿。他如何想的到架上头还有个人呢！

蒋爷在架上四肢刚然（刚刚）活动，猛听脚步声响，定眼细看，见一人奔到此处不动，隐隐头上有黑影儿乱晃，正是花蝶。蒋爷暗道：“我的钢刺被他们拿去，手无寸铁。难道眼瞅着小子藏在此处，就罢了不成？有了，我何不砸他一下子，也出一出拷打的恶气。”想罢，轻拳两腿，紧抱双肩，往下一翻身，噗哧的一声，正砸在花蝶的身上，把花蝶砸的往前一扑，险些儿嘴按地。幸亏两手扶住，只觉两耳嘤的一声，双眼金星乱迸，说声：“不好！此处有了埋伏了。”一挺身，踉里踉跄，奔那边墙根去了。

此时韩彰赶到，蒋爷爬起来道：“二哥，那厮往北跑了。”韩彰嚷道：“好贼！往那里走？”紧紧赶来，看看追上。花蝶将身一纵，上了墙头。韩爷将刀一搠（shuò，刺，扎），花蝶业已跃下，咕嘟、咕嘟往东飞跑。跑过墙角，忽见有人嚷道：“那里走？龙涛在此！”嗖的就是一棍。好花蝶！身体灵便，转身复往西跑。谁知早有韩爷拦住。南面是墙，北面是护庄河，花蝶往来奔驰许久，心神已乱，眼光迷离，只得奔板桥而来。刚刚到了桥的中间，却被一人劈胸抱住，道：“小子！你不洗澡吗？”二人便滚下桥去。花蝶不识水性，那里还能扎挣。

原来抱花蝶的就是蒋平，他同韩彰跃出墙来，便在此桥埋伏。到了水中，虽然不深，他却掐住花蝶的脖项，往水中一浸，连浸了几口水，花蝶已然人事不知了。此时韩爷与龙涛、冯七俱各赶上。蒋爷托起花蝶，龙涛提上木桥，与冯七将他绑好。蒋爷窜将上来，道：“好冷！”韩爷道：“你等绕到前面，我接应欧阳兄去。”说罢，一跃身跳入墙内。

且说北侠刀磕铁弹。邓车心慌，已将三十二子打完，敌人不退，正在着急。韩爷赶到，嚷道："花蝶已然被擒，谅你有多大本领。俺来也！"邓车闻听，不敢抵敌，将身一纵，从房上逃走去了。北侠也不追赶，见了韩彰，言花蝶已擒，现在庄外。

说话间，龙涛背着花蝶，蒋爷与冯七在后，来到厅前，放下花蝶。蒋爷道："好冷，好冷！"韩爷道："我有道理。"持着刀往后面去了。不多时，提了一包衣服来，道："原来姓邓的并无家小，家人们也藏躲了。四弟来换衣服。"蒋平更换衣服之时，谁知冯七听韩爷说后面无人，便去到厨房将柴炭抱了许多，登时点着烘起来。蒋平换了衣服出来，道："趁着这厮昏迷之际，且松了绑。那里还有衣服，也与他换了。天气寒冷，若把他噤（jìn，因寒冷而打哆嗦）死了，反为不美。"龙涛、冯七听说有理，急忙与花蝶换妥，仍然绑缚。一壁（一边）控他的水，一壁向着火，小子闹了个"水火既济"。

韩爷又见厅上摆着盛筵，大家也都饿了，彼此就座，快吃痛饮。蒋爷一眼瞧见钢刺，急忙佩在身边。只听花蝶呻吟道："淹死我也！"冯七出来，将他搀进屋内。花蝶在灯光之下一看，见上面一人碧睛紫髯；左首一人金黄面皮；右首一人形容枯瘦，正是那个道士；下面还有个黑脸大汉，就是铁岭观被擒之人。看了半日，不解是何缘故。

只见蒋爷斟了一杯热酒，来到花蝶面前，道："姓花的，事已如此，不必迟疑。你且喝杯热酒暖暖寒。"花蝶问道："你到底是谁？为何与俺作对？"蒋爷道："你做的事，你还不知道么？玷污妇女，造孽多端，人人切齿，个个含冤，因此我等抱不平之气，才特别前来拿你。若问我，我便是陷空岛四鼠蒋平。"花蝶道："你莫非称翻江鼠的蒋泽长么？"蒋爷道："正是。"花蝶道："好，好！名不虚传。俺花冲被你拿住，也不凌辱于我。快拿酒来！"蒋爷端到他唇边，花冲一饮而尽，又问道："那上边的又是何人？"蒋爷道："那是北侠欧阳春，那边是我二哥韩彰，这边是捕快头目龙涛。"花蝶道："罢了，罢了！也是我花冲所行不正，所以惹起你等的义愤。今日被擒，正是我自作自受。你们意欲将我置于何地？"蒋爷道："大丈夫敢作敢当，方是男子。明早将你解（jiè，押送）到县内，完结了勾乡宦家杀死更夫一案，便将你解赴东京，任凭开封府发落。"花冲听了，便低头不语。

此时天已微明，先叫冯七到县内呈报去了。北侠道："劣兄有言奉告，如今此事完结，我还要回茉花村去，一来你们官事，我不便混在里面；二来因双侠之令妹于冬底还要与展南侠毕姻（完婚），面恳至再（一而再），是以（因此）我必须回去。"韩、蒋二人难以强留，只得应允。

不多时，县内派了差役，跟随冯七前来，起解花冲到县。北侠与韩、蒋二人出了邓家堡，彼此执手（拱手）分别。北侠仍回茉花村。韩、蒋二人同到县衙。惟有邓车悄悄回家，听说花冲被擒，他恐官司连累，忙忙收什收什，竟奔霸王庄去了。后文再表。不知花冲到县如何，且听下回分解。

第六十八回 花蝶正法展昭完姻 双侠饯行静修测字

且说蒋、韩二位来到县前，蒋爷先将开封的印票拿出，投递进去。县官看了，连忙请至书房款待，问明底细，立刻升堂。花冲并无推诿（推卸责任。诿，wěi），甘心承认。县官急速办了详文，派差跟随韩、蒋、龙涛等，押解花冲起身。一路上小心防范，逢州过县，皆是添役护送。

一日，来至东京，蒋爷先到公厅，见了众位英雄，彼此问了寒暄（见面时谈天气冷暖之类的应酬话。暄，xuān）。卢方先问："我的二弟如何？"蒋平便将始末，述说了一遍。"现今押解着花冲，随后就到。"大家欢喜无限。卢方、徐庆、白玉堂、展昭相陪，迎接韩彰。蒋爷连忙换了服色，来到书房，回禀包公。包公甚喜，即命包兴传出话来："如若韩义士到来，请到书房相见。"

此时卢方等已迎着韩彰，结义弟兄彼此相见了，自是悲喜交集。南侠见了韩爷，更觉亲热。暂将花冲押在班房。大家同定韩爷来到公所，各道姓名相见。独到了马汉，徐庆道："二哥，你老弩箭误伤的，就是此人。"韩爷听了，不好意思，连连谢罪。马汉道："三弟，如今俱是一家人了，你何必又提此事。”赵虎道：“不知者不作罪，不打不成相与（朋友）。以后谁要忌妒谁，他就不是好汉，就是个小人了。”大众俱各大笑，公孙先生道：“方才相爷传出话来，如若韩兄到来，即请书房相见。韩兄就同小弟，先到书房要紧。”韩彰便随公孙先生去了。

这里南侠吩咐备办酒席，与韩、蒋二位接风（请刚从远道来的人吃饭）。不多时，公孙策等出来，刚到茶房门前，见张老儿带定邓九如在那里恭候。九如见了韩爷，向前深深一揖，口称：“韩伯伯在上，小侄有礼。”韩爷见是个宦家公子，连忙还礼，一时忘怀，再也想不起是谁来。张老儿道：“军官爷，难道把汤圆铺的张老儿忘了么？”韩爷猛然想起，道：“你二人为何在此？”包兴便将在酒楼相遇、带至开封、他家三公子奉相谕将公子认为义子的话，说了一遍。韩爷听了欢喜，道：“真是福随貌转，我如何认得。如此说，公子请了。”

大家笑着，来至公所之内，见酒筵业已齐备。大家谦逊，彼此就座。卢方便问：“见了相爷如何？”公孙策道：“相爷见了韩兄，甚是欢喜，说了好些渴想（非常想念）之言。已吩咐小弟速办折子，就以拿获花冲、韩兄押解到京为题，明早启奏。大约此折一上，韩兄必有好处。”卢方道：“全仗贤弟扶持。”韩爷又叫伴当，将龙涛请进来，大家见了。韩爷道：“多承龙兄一路勤劳，方才已回禀相爷，待事毕之后，回去不迟。所有护送差役，俱各有赏。”龙涛道：“小人仰赖二爷、四爷拿获花冲，只要报仇雪恨，龙涛生平之愿足矣。”话刚至此，只见包兴传出话来，道：“相爷吩咐，立刻带花冲二堂听审。”公孙先生、王、马、张、赵等听了，连忙到二堂伺候去了。

这里无执事的，暂且饮酒叙话。南侠便问花蝶事体。韩爷便述说一番，又深赞他人物本领。惜乎一宗大毛病，把个人带累坏了。正说之间，王、马、张、赵等俱各出来。赵虎连声夸道：“好人物！好胆量！就是他所做之事不端，可惜了。”众人便问：“相爷审的如何？”王朝、马汉道：“何用审问，他自己俱各通说了，实实罪在不赦。招已画了。此时相爷与公孙先生拟他的罪名，明日启奏。”不多时，公孙策出来，道：“若论他杀害人命实在不少，惟独玷污妇女一节较重，理应凌迟（古代一种残酷的死刑，将人的身体割成许多块）处死。相爷从轻，改了个斩立决（立刻执行死刑的刑罚）。”龙涛听了，心内畅快。大家从新饮酒，喜悦非常。饮毕，各自安歇。

到了次日，包公上朝递折，圣心大悦，立刻召见韩彰，也封了校尉之职。花冲罪名依议。包相就派祥符县监斩，仍是龙涛、冯七带领衙役押赴市曹（指市内商业集中之处。古代常于此处决人犯）行刑。回来到了开封，见众英雄正与韩彰贺喜。龙涛又谢了韩、蒋二人，他要回去。韩爷、蒋爷二位赠了龙涛百金，所有差役俱各赏赐，各回本县。龙涛从此也不在县内当差了。

这里众英雄欢喜，聚在一处，快乐非常。除了料理官事之外，便是饮酒作乐。卢方等又在衙门就近处置了寓所，仍是五人同居。自闹东京，弟兄分手，至此方能团聚。除了卢方一年回家几次，收取地租，其余四人就在此处居住，当差供职，甚是方便。

南侠原是丁大爷给盖的房屋，预备毕姻（完婚）。因日期近了，也就张罗起来。不多几日，丁大爷同老母妹子来京，南侠早已预备了下处。众朋友俱各前来看望，都要会会北侠。谁知欧阳春再也不肯上东京，同丁二爷在家看家，众人也只得罢了。到了临期，所有迎妆嫁娶之事，也不必细说。南侠毕姻之后，就将丁母请来同居，每日与丁大爷会同众朋友欢聚。刚然（刚刚）过了新年，丁母便要回去。众英雄与丁大爷义气相投，恋恋难舍，今日你请，明日我邀，这个送行，那个饯别（设酒食为人送行），聚了多少日期，好容易方才起身。

丁兆兰随着丁母回到家中，见了北侠说起："开封府的朋友人人羡慕大哥，恨不得见面，抱怨小弟不了。"北侠道："多承众位朋友的爱惜，实是劣兄不惯应酬。如今贤弟回来，诸事已毕，劣兄也就要告辞了。"丁大爷听了，诧异道："仁兄却是为何？难道小弟不在家时，舍弟有甚么不到之处么？"北侠笑道："你我岂是那样的朋友？贤弟不要多心。劣兄有个贱恙（对自己病的谦称），若要闲的日子多了便要生病。所谓劳人不可多逸（安逸），逸则便不消受（忍受）了。这些日见贤弟不来，已觉焦心烦躁。如今既来了，必须放我前行，庶（但愿）免灾缠病绕。"兆兰道："既如此，小弟与仁兄同去。"北侠道："那如何使得。你非劣兄可比，现在老伯母在堂，而且妹子新嫁，更是二位贤弟不时的在膝下承欢，省得老人家寂寞。再者劣兄出去闲游，毫无定所，难道贤弟就忘了'游必有方'吗？"兆兰、兆蕙听见北侠之言是决意的要去，只得说道："既如此，再屈留仁兄两日，俟（sì，等待）后日起身如何？"北侠只得应允。这两日的欢聚，自不必说。到了第三日，兆兰、兆蕙备了酒席，与北侠饯行，并问："现欲何往？"北侠道："还是上杭州一游。"饮酒后提了包裹，双侠送到庄外，各道珍重，彼此分手。

北侠上了大路，散步逍遥，逢山玩山，遇水赏水，凡有古人遗迹，再没有不游览的。一日，来到仁和县境内，见一带松树稠密，远远见旗杆高出青霄（青天，高空）。北侠想道："这必是个大寺院，何不瞻仰瞻仰。"来到庙前一看，见匾额上镌着"盘古寺"三字，殿宇墙垣（yuán，墙），极其齐整。北侠放下包裹，拂去尘垢，端正衣襟，方携了包裹步入庙中。上了大殿，瞻仰圣像，却是"三皇"（说法不一，通常称伏羲、燧人、神农为三皇）。才礼拜毕，只见出来一个和尚，年纪不足三旬（三十岁），见了北侠问讯。北侠连忙还礼，问道："令师可在庙中么？"和尚道："在后面。施主敢是找师父么？"北侠道："我因路过宝刹（敬辞，称僧尼所在的寺庙。刹，chà），一来拜访令师，二来讨杯茶吃。"和尚道："请到客堂待茶。"说罢，在前引路。

来到客堂，真是窗明几净，朴而不俗，和尚张罗煮茶。不多一会儿，茶已烹到。早见出来个老和尚，年纪约有七旬，面如童颜，精神百倍。见了北侠，问了姓名。北侠一一答对，又问："吾师上下（问谢世者或释家名讳）？"和尚答道："上静下修。"二人一问一答，谈了多时，彼此敬爱。看看天已晚了，和尚献斋，北侠也不推辞，随喜（佛教语。犹言因别人欣喜而欣喜）吃了。和尚更觉欢喜，便留北侠多盘桓（逗留。桓，huán）几日。北侠甚合心意，便住了。晚间无事，因提起手谈（围棋对局的别称），谁知静修更是酷好。二人就在灯下较了一局，不相上下。萍水相逢，遂成莫逆（指彼此情投意合，非常相好）。北侠一连住了几日。

这日早晨，北侠拿出一锭银来，交与静修，作为房金。和尚那里肯受，道："我这庙内香火极多，客官就是住上一年半载，这点薪水之用足以供的起，千万莫要多心。"北侠道："虽然如此，我心甚是不安。权作香资，莫要推辞。"静修只得收了。北侠道："吾师无事，还要领一局，肯赐教否？"静修道："争奈老僧力弱，恐非敌手（对手）。"北侠道："不吝教足矣，何必太谦。"

二人放下棋枰（棋盘），对弈多时，忽见外面进来一个儒者，衣衫褴褛（lán lǚ，形容衣服破烂），形容枯瘦，手内持定几幅对联，望着二人一揖。北侠连忙还礼，道："有何见教？"儒者道："学生贫困无资，写得几幅对联，望祈居士资助一二。"和尚听了，便立起身来，接过对联，打开一看，不由的失声叫好。未知静修说出甚么话来，且听下回分解。

第六十九回 杜雍课读[1]侍妾调奸 秦昌陪罪丫鬟丧命

且说静修和尚打开对联一看，见写的笔法雄健，字体遒媚（苍劲妩媚。遒，qiú，雄健有力），不由的连声赞道："好书法，好书法！"又往儒者脸上一望，见他虽然穷苦，颇含秀气，而且气度不凡，不由的慈悲心一动，便叫儒者将字放下，吩咐小和尚带到后面梳洗净面，款待斋饭。儒者听了，深深一揖，随着和尚后面去了。北侠道："我见此人颇颇（犹很是）有些正气，决非假冒斯文。"静修道："正是，老僧方才看他骨格清奇，更非久居人下之客。"说罢，复又下棋。

刚然终局，只见进来一人，年约四旬以外。和尚却认得是秦家庄员外秦昌，连忙让坐，道："施主何来？这等高兴。"秦员外道："无事不敢擅造（擅自造访）宝刹，只因我这几日心神有些不安，特来恳求吾师一卜。"和尚笑道："此话从何说起？老僧是不会占卜的，员外听谁说来？"秦昌道："出家人不该打诳语（骗人的话。诳，kuáng）。曾记那年敝庄有个王老儿，为孙子得病愁烦，是吾师问他因何愁烦，他说出缘故，吾师道：'你说一个字来，我与你测一测。'他因常看古人词上有简笔字，他就写了个'鸳央'（宋代市语，指女鞋。夗，yuàn）的'夗'字。刚然写完，吾师正在测度之际，忽然一阵风将纸条飞起，他忙用镇纸一押，不偏不正，押在'夗'字头上。吾师就长叹一声道：'你这小孙儿是不能活的了。你快回去罢。'王老儿听了，即刻回家，谁知他那孙子就死

[1] 课读：进行教学活动，传授知识。

了。因此，他就传扬开了，说吾师神卜，谁人不知。如何单单的瞒我呢？”静修笑道：“这是一时的灵机，不过测测字，如何算得会卜呢？”秦昌道：“吾师既能测字，何妨给我测个字呢？”

静修没法儿，只得说道：“既如此，这倒容易。员外就说一个字，待老僧测测看。说的是了，员外别喜欢；说的不是了，员外也别恼。”秦昌道：“君子问祸不问福。方才吾师说‘容易’，就是这个‘容’字罢。”静修写出来，端详了多时，道：“此字无偏无倚，却是个端正字体。按字意说来，‘有容德乃大’‘无欺心自安’。员外作事光明，毫无欺心，这是好处。然凡事须有涵容（包容），不可急躁。未免急则生变，与事就不相宜了。员外以后总要涵容，遇事存在心里，管保转祸为福。老僧为何说这个话呢？只因此字拆开看，有些不妙。员外请看，此字若拆开看，是个穴下有人口。若要不涵容，惟恐人口不利。这也是老僧妄说，员外休要见怪。”员外道：“多承吾师指教，焉有见怪之理。”

北侠在傍听了，颇有意思，连忙说：“吾师也替我测一字。”静修道：“善哉善哉！今日老僧如何造起口孽来了。快请说字罢。”北侠道：“就是‘善’字罢。”静修思索了一番，道：“此字也是端正字体。善乃人之本性，作善降之百祥，作不善降之百殃（yāng，灾）。善是随在皆有，处处存心。为善济困扶危，剪恶除强。瞧着行事狠毒，细细想来却是一片好心。这方是真善。再按此字拆开，居士平生多义气，廿（niàn，二十）载入空门。将来二十年后，也不过老僧而已。”北侠听了，连连称是：“承教，承教，佩服，佩服。”

说话间，秦昌屡盼桌上的对联。见静修将字测完，方立起身来，把对联拉开一看，连声夸赞：“好字，好字！这是吾师的大笔么？”静修道：“老僧如何写的来，这是方才一儒者卖的。”秦昌道：“此人姓甚名谁？现在何处？”静修道：“现在后面。他原是求资助的，并未问他姓名。”秦昌道：“如此说来，是个寒儒（指贫寒的读书人）了。我为小儿屡欲延师（聘请教师）训诲，未得其人。如今既有儒者，吾师何不代为聘请，岂不两便么？”静修笑道：“延师之道，理宜恭敬，不可因他是寒士，便藐视于他。似如此草率，非待读书人之理。”秦昌立起身来，道：“吾师责备的甚是。但弟子惟恐错过机会，不得其人，故此觉得草率了。”连忙将外面家童唤进来，吩咐道：“你速速到家，将衣衫帽靴取来，并将马快快备两匹来。”静修见他延师心盛，只得将儒者请来。谁知儒者到了后面，用热水洗去尘垢，更觉满面光华，秀色可餐（形容女子姿容非常美丽或景物非常优美）。秦昌一见，欢喜非常，连忙延至上座，自己在下面相陪。

原来此人姓杜名雍，是个饱学儒流，一生性气刚直，又是个落落寡合（形容跟别人合不来）之人。静修便将秦昌延请之意说了。杜雍却甚愿意，秦昌乐不可言。少时家童将衣衫帽靴取来，秦昌恭恭敬敬奉与杜雍。杜雍却不推辞，将通身换了，更觉落落大方。秦昌别了静修、北侠，便与杜雍同行。出了山门，秦昌便要坠镫（向下拉正马镫，伺候尊长上马。镫，dèng，挂在马鞍两旁的金属脚踏），杜雍不肯，谦让多时，二人乘马，来到庄前下马。家童引路，来到书房，献茶已毕，即叫家人将学生唤出。

原来秦昌之子名叫国璧，年方十一岁。安人（犹夫人）郑氏，三旬以外年纪。有一妾，名叫碧蟾。丫鬟仆妇不少，其中有个大丫鬟名叫彩凤，服侍郑氏的；小丫鬟名叫彩霞，服侍碧蟾的。外面有执事四人：进宝、进财、进禄、进喜。秦昌虽然四旬年纪，还有自小儿的乳母白氏，年已七旬。算来人丁也有三四十口。家道饶余（指富裕）。员外因一生未能读书，深以为憾，故此为国璧谆谆延师，也为改换门庭之意。

自拜了先生之后，一切肴馔（yáo zhuàn，丰盛的饭菜）甚是精美。秦昌虽未读过书，却深知敬先生，也就难为他。往往有那不读书的人，以为先生的饭食随便俱可，漫不经心的狠多。那似这秦员外拿着先生当天神敬的一般，每逢自己讨取帐目之时，便嘱咐郑氏安人：“先生饭食要紧，不可草率，务要小心。”即或安人不得暇，就叫彩凤照料，习以为常。谁知早已惹起侍妾的疑忌来了。

一日，员外又去讨帐，临行嘱咐安人与大丫头：“先生处务要留神，好好款待。”员外去后，彩凤照料了饭食，叫人送至书房。碧蟾也便悄悄随至书房，在窗外偷看，见先生眉清目秀，三旬年纪，儒雅之甚。不看则已，看了时邪心顿起。

也是活该有事。这日偏偏员外与国璧告了半天假，带他去探亲。碧蟾听了此信，暗道：“许他们给先生做菜，难道我就不许么？”便亲手做了几样菜，用个小盒盛了，叫小丫头彩霞送到书房。不多时回来了，他便问：“先生做甚么呢？”彩霞道：“在那里看书呢。”碧蟾道：“说甚么没有？”丫鬟道：“他说：‘往日俱是家童送饭，今日为何你来？快回去罢！’将盒放在那里，我就回来了。”碧蟾暗道：“奇怪！为何不吃呢？”便叫彩霞看了屋子，他就三步两步来到书房，撕破窗纸，往里窥看，见盒子依然未动。他便轻轻咳嗽。杜先生听了，抬头看时，见窗上撕了一个窟窿，有人往里偷看，却是年轻妇女，连忙问道：“甚么人？”窗外答道：“你猜是谁？”杜先生听这声音有些不雅，忙说道：“这是书房，还不退了！”窗外答道：“谅你也猜不着。我告诉你，我比安人小，此丫鬟大。今日因员外出门，家下无人，特来相会。”先生听了，发话道：“不要唠叨，快回避了！”外面说道：“你为何如此不知趣？莫要辜负我一片好心。这里有表记（作为纪念品或信物而赠送给人的东西）送你。”杜雍听了，登时紫涨面皮，气往上冲，嚷道：“满口胡说！再不退，我就要喊叫起来。”一壁嚷，一壁拍案大叫。正在愤怒，忽见窗外影儿不见了。先生仍气忿忿的坐在椅子上面，暗想道：“这是何说！可惜秦公待我这番光景，竟被这贱人带累坏了。我须得便点醒他，庶（差不多，大概）不负他待我之知遇。”

你道碧蟾为何退了？原来他听见员外回来故此急忙退去。且言秦昌进内更换衣服，便来到书房，见先生气忿忿坐在那里，也不为礼。回头见那边放着一个小小元盒，里面酒菜极精，纹丝儿没动。刚要坐下问话，见地下黄澄澄一物，连忙毛腰捡起，却是妇女戴的戒指。一声儿没言语，转身出了书房。仔细一看，却是安人之物，不由的气冲霄汉，直奔卧室去了。你道这戒指从何而来？正是碧蟾隔窗抛入的表记。杜雍正在气忿喊叫之时，不但没看见，连听见也没有。

秦昌来到卧室之内，见郑氏与乳母正在叙话，不容分说，开口大骂，道：“你这贱人，干的好事！”乳母不知为何，连忙上前解劝。彩凤也上来拦阻。郑氏安人看此光景，不知是那一葫芦药。秦昌坐在椅上，半晌，方说道：“我叫你款待先生，不过是饮馔（zhuàn，饭食）精心，谁叫你跑到书房，叫先生瞧不起我，连理也不理。这还有个闺范（封建时代指妇女应遵守的道德规范）么？”安人道：“那个上书房来？是谁说的？”秦昌道：“现有对证。”便把戒指一扔，郑氏看时果是自己之物，连忙说道：“此物虽是我的，却是两个，一个留着自戴，一个赏了碧蟾了。”秦昌听毕，立刻叫彩凤去唤碧蟾。

不多时，只见碧蟾披头散发，彩凤哭哭啼啼，一同来见员外。一个说："彩凤偷了我的戒指，去到书房，陷害于我。"一个说："我何尝到姨娘屋内。这明是姨娘去到书房，如今反来讹我。"两个你言我语，分争不休。秦昌反倒不得主意，竟自分解不清。自己却后悔，不该不分青红皂白，把安人辱骂一顿，忒莽撞了。倒是郑氏有主意，将彩凤唬呼住了。叫乳母把碧蟾劝回屋内。

秦昌不能分析此事，坐在那里发呆，生暗气。少时，乳母过来，安人与乳母悄悄商议，此事须如此如此，方能明白。乳母道："此计甚妙。如此行来，也可试出先生心地如何了。"乳母便一一告诉秦昌。秦昌深以为是。

到了晚间，天到二鼓之后，秦昌同了乳母来到书房，只见里面尚有灯光，杜雍业已安歇。乳母叩门，道："先生睡了么？"杜雍答道："睡了，做甚么？"乳母道："我是姨娘房内的婆子。因员外已在上房安歇了，姨娘派我前来请先生到里面，有话说。"杜雍道："这是甚么道理！白日在窗外聒絮（guō xù，唠叨，啰唆）了多时，怪道他说比安人小，比丫鬟大，原来是个姨娘。你回去告诉他，若要如此的闹法，我是要辞馆（旧称塾师辞职）的了。岂有此理吓，岂有此理！"

外面秦昌听了，心下明白，便把白氏一拉，他二人抽身回到卧室。秦昌道："再也不消说了，也不用再往下问。只这'比安人小，比丫鬟大'一语，却是碧蟾贱人无疑了。我还留他何用！若不及早杀却他，难去心头之火。"乳母道："凡事不可急躁。你若将他杀死，一来人命关天，二来丑声传扬，反为不美。"员外道："似此如之奈何呢？"乳母道："莫若将他锁禁在花园空房之内，或将他饿死，或将他囚死，也就完了事了。"秦昌深以为是。

次日黎明，便吩咐进宝将后花园收什（收拾）出了三间空房，就把碧蟾锁禁，吩咐不准给他饭食，要将他活活饿死。不知碧蟾如何，且听下回分解。

第七十回　秦员外无辞甘认罪　金琴堂有计立明冤

且说碧蟾素日原与家人进宝有染（指男女间有不正当的关系），今将他锁禁在后花园空房，不但不能挨饿，反倒遂了二人私欲。他二人却暗暗商量计策。碧蟾说："员外与安人虽则住在上房，却是分寝，员外在东间，安人在西间。莫若你夤夜（深夜。夤，yín）持刀，将员外杀死，就说安人怀恨，将员外谋害。告到当官，那时安人与员外抵了命。我掌了家园，咱们二人一生快乐不尽，强如我为妾，你是奴呢。"说的进宝心活，半夜里持刀来杀秦昌。

且说员外自那日错骂了安人，至今静中一想，原是自己莽撞。如今既将碧蟾锁禁，安人前如何不陪罪呢？到了夜静更深，自己持灯来至西间，见郑氏刚然（刚刚）歇下，他便进去。彩凤见员外来了，不便在跟前，只得溜出来。他却进了东间，摸了摸卧具，铺设停当，暗自想道："姨奶奶碧蟾，他从前原与我一样是丫头。员外拣了他，收作二房，我曾拟陪一次。如今碧蟾既被员外锁禁，此缺已出，不消说了，理应是我坐补。"妄想得缺，不觉神魂迷乱，一歪身躺在员外枕上，竟自睡去。他却那里知道进宝持刀前来，轻轻的撬门而入，黑暗之中，摸着脖项，狠命一刀。可怜把个要即补缺的彩凤，竟被恶奴杀死。

进宝以为得意，回到本屋之中，见一身的血迹，刚然脱下要换，只听员外那里，一叠连声叫"进宝"。进宝听了，吃惊不小，方知员外未死，一壁（一边）答应，一壁穿衣，来到上房。只因员外由西间陪罪回来，见彩凤已被杀在卧具之上，故此连连呼唤。见了进宝，便告诉他彩凤被杀一节。进宝方知把彩凤误杀了。此时安人已知，连忙起来，大家商议。郑氏道："事已如此，莫若将彩凤之母马氏唤进告诉他，多多给他银两，将他女儿好好殡殓（bìn liàn，入殓和出殡）就是了。"秦昌并无主意，立刻叫进宝告诉马氏去。谁知进宝见了马氏就挑唆（调唆），说他女儿是秦昌因奸不遂愤怒杀死的，叫马氏连夜到仁和县报官。

金必正金大老爷因是人命重案，立刻前来相验。秦昌出其不意，只得迎接官府。就在住房廊下，设了公案。金令亲到东屋看了，问道："这铺盖（pū gai，褥子和被子）是何人的？"秦昌道："就是小民在此居住。"金令道："这丫头他叫甚么？"秦昌道："叫彩凤。"金令道："他在这屋里住么？"秦昌道："他原是服侍小民妻子，在西屋居住的。"金令道："如此说来，你妻子住在西间了。"秦昌答应："是。"金令便叫仵作（旧时官府检验命案死尸的人。仵，wǔ）前来相验，果系刀伤，金令吩咐将秦昌带到衙中听审，暂将彩凤盛殓。

转到衙中，先将马氏细问了一番。马氏也供出秦昌与郑氏久已分寝，东西居住，他女儿原是服侍郑氏的。金令问明，才带上秦昌来，问他为何将彩凤杀死。谁知秦昌别的事没主意，他遇这件事倒有了主意，回道："小民将彩凤诱至屋内，因奸不遂，一时忿恨，将他杀死。"

你道他如何恁（nèn，如此，这样）般承认？他想："我因向与妻子东西分住，如何又说出与妻子陪罪呢？一来说不出口；二来惟恐官府追问因何陪罪，又叨顿出碧蟾之事。那时闹得妻妾当堂出丑，其中再连累上一个先生，这个声名传扬出去，我还有个活头么？莫若我把此事应起，还有个辗转。大约为买的丫头因奸致死，也不至抵偿。纵然抵偿，也是前世冤孽。总而言之，前次不该合安人急躁，这是我没有涵容处。彼时若有涵容，慢慢访查，也不必陪罪，就没有这些事了。可见静修和尚是个高僧，怨得他说人口不利，果应其言。"他虽如此想，不思索思索，若不陪罪，他如何还有命呢？

金令见他满口应承，反倒疑心，便问他："凶器藏在何处？"秦昌道："因一时忙乱，忘却掷于何地。"其词更觉浑含（含蓄）。金令暗想道："看他这光景，又无凶器，其中必有缘故，须要慢慢访查。"暂且悬案寄监（暂时关押在监狱中）。此时郑氏又派进喜暗里安置，秦昌在监不至受苦。他因家下无人，仆从难以靠托，仔细想来，惟有杜先生为人正直刚强，便暗暗写信托付杜雍，照管外边事体，一切内务全是郑氏料理。监中叫进宝四人，轮流值宿服侍。

一日，静修和尚到秦员外家取香火银两，顺便探访杜雍。刚然来到秦家庄，迎头遇见进宝。和尚见了，问道："员外在家么？杜先生可好？”进宝正因外面事务如今是杜先生料理，比员外在家加倍严紧，一肚子的气无处发泄，听静修和尚问先生，他便进谗言道：“师傅还提杜先生呢！原来他不是好人，因与主母（婢妾、仆役等对女主人的敬称）调奸（通奸），被员外知觉，大闹了一场。杜先生怀恨在心，不知何时暗暗与主母定计，将丫头彩凤杀死，反告了员外因奸致命，将员外掐在南牢。我此时便上县内，瞧我们员外去。”说罢，扬长去了。

和尚听了，不胜惊骇诧异，大骂杜雍不止。回转寺中，见了北侠，道：“世间竟有这样得鱼忘筌（捕到了鱼，忘掉了筌。比喻事情成功以后就忘了本来依靠的东西。筌，quán，捕鱼用的竹器）、人面兽心之人，实实可恶！”北侠道：“吾师为何生嗔（生气，发怒。嗔，chēn）？”静修和尚便将听得进宝之言，一一叙明。北侠道：“我看杜雍决不是这样人，惟恐秦员外别有隐情。”静修听了，好生不乐，道：“秦员外为人，老僧素日所知，一生原无大过，何得遭此报应？可恨这姓杜的竟自如此不堪，实实可恶！”北侠道：“我师还要三思。既有今日，何必当初。难道不是吾师荐的么？”这一句话问得个静修和尚面红过耳。所谓“话不投机半句多”，一言不发，站起来向后面去了。

北侠暗想道：“据我看来，杜雍去了不多日期，何得骤（zhòu，突然）与安人调奸？此事有些荒唐。今晚倒要去探听探听。”又想：“老和尚偌大年纪，还有如此火性，可见贪嗔痴爱的关头，是难跳的出的。他大约因我拿话堵塞于他，今晚决不肯出来。我正好行事。”想罢，暗暗装束（整理行装），将灯吹灭，虚掩门户，仿佛是早已安眠，再也想不到他往秦家庄来。

到了门前，天已初鼓。先往书房探访，见有两个更夫要蜡，书童回道：“先生上后边去了。”北侠听了，又暗暗来到正室房上。忽听乳母白氏道：“你等莫要躲懒（偷懒），好好烹下茶。少时奶奶回来，还要喝呢。”北侠听了，暗想：“事有可疑。为何两个人俱不在屋内？且到后面看看再作道理。”刚然来到后面，见有三间花厅，槅（gé）扇虚掩。忽听里面说道：“我好容易得此机会，千万莫误良宵。我这里跪下了。”又听妇人道：“真正便宜了你，你可莫要忘了我的好处吓！”北侠听到此，杀人心陡起，暗道：“果有此事！且自打发他二人上路。”背后抽出七宝刀。说时迟，那时快，推开槅扇，手起刀落。可怜男女二人刚得片时欢娱，双魂已归地府。北侠将二人之头挽在一处，挂在槅扇屈戌儿（qū qur，铜制或铁制的带两个脚的小环儿，钉在门窗边上或箱、柜正面，用来挂上钌铞儿或锁，或者成对地钉在抽屉正面或箱子侧面，用来固定U字形的环儿）之上，满腔恶气全消，仍回盘古寺。他以为是杜雍与郑氏无疑，那里知道他也是误杀了呢。

你道方才书童答应更夫，说先生往后边去了，是那个后边？就是书房的后边。原来是杜先生出恭（排泄大小便）呢。杜雍出恭回来，问道："你方才合谁说话？"书童道："更夫要蜡来了。"杜雍道："他们如何这么早就要蜡？昨夜五更时拿去的蜡，算来不过点了半支，应当还有半支，难道还点不到二更么？员外不在家，我是不能叫他们赚。如要赚，等员外回来，爱怎么赚，我是全不管的。"

正说时，只见更夫跑了来道："师老爷，师老爷！不好了！"杜雍道："不是蜡不够了？犯不上这等大惊小怪的。"更夫道："不是，不是。方才我们上后院巡更，见花厅上有两人扒着槅扇往外瞧。我们怕是歹人，拿灯笼一照，谁知是两个人头。"杜先生道："是活的？是死的？"更夫道："师老爷可唬糊涂了。既是人头，如何会有活的呢？"杜雍道："我不是害怕，我是心里有点发怯。我问的是男的？是女的？"更夫道："我们没有细瞧。"杜先生道："既如此，你们打着灯笼在前引路，待我看看去。"更夫道："师老爷既要去看，须得与我换蜡了。这灯笼里剩了个蜡头儿了。"杜先生吩咐书童拿几支蜡交与更夫，换好了，方打着灯笼，往后面花厅而来。

到了花厅，更夫将灯笼高高举起。杜先生战战哆嗦看时，一个耳上有环，道："唯呀！是个妇人。你们细看是谁？"更夫看了半晌，道："好像姨奶奶。"杜雍便叫更夫："你们把那个头往外转转，看是谁？"更夫窄着胆子，将头扭一扭，一看，这个说："这不是进禄儿吗？"那个道："是不错，是他，是他！"杜先生道："你们要认明白了。"更夫道："我认的不差。"杜先生道："且不要动。"更夫道："谁动他做甚么呢。"杜先生道："你们不晓得，这是要报官的，你们找找四个管家，今日是谁在家？"更夫道："昨日是进宝在监该班（值班），今日应当进财该班。因进财有事去了，才进禄给进宝送信去叫他连一班。不知进禄如何被人杀了？此时就剩进喜在家。"杜先生道："你们把他叫来，我在书房等他。”更夫答应。一个去叫进喜，一个引着先生来到书房。

不多时，进喜来到。杜先生将此事告诉明白，叫他进内启知主母。进喜急忙进去。禀明了郑氏。郑氏正从各处检点回来，唬的没了主意，叫问先生，此事当如何办理。杜先生道：“此事隐瞒不得的，须得报官。你们就找地方去。”进喜立刻派人找了地方来，到后园花厅看了，也不动，道：“这要即刻报官，耽延（耽误）不得了。只好管家你随我同去。”进喜唬的半晌无言。还是杜先生有见识，知是地方勒索，只得叫进喜从内要出二两银子来，给了地方，他才一人去了。

至次日，地方回来，道：“少时太爷就来，你们好好预备了。”不多时，金令来到，进喜同至后园。金令先问了大概情形，然后相验，记了姓名，叫人将头摘下。又进屋内去，看见男女二尸下体赤露，知是私情。又见床榻上有一字柬，金令拿起细看，拢在袖中。又在床下搜出一件血衣裹着鞋袜，问进喜道：“你可认得，此衣与鞋袜是谁的？”进喜瞧了瞧，回道：“这是进宝的。”金令暗道：“如此看来，此案全在进宝身上。我须如此如此，方能了结此事。”吩咐暂将男女盛殓，即将进喜带入衙中，立刻升堂。且不问进喜，也不问秦昌，吩咐：“带进宝。”两傍衙役答应一声，去提进宝。

此时进宝正在监中服侍员外秦昌，忽然听见衙役来说：“太爷现在堂上，呼唤你上堂，有话吩咐。”进宝不知何事，连忙跟随衙役，上了大堂。只见金令坐在上面，和颜悦色，问道：“进宝，你家员外之事，本县现在业已访查明白。你既是他家的主管，你须要亲笔写上一张诉呈来。本县看了，方好从中设法，如何出脱你家员外的罪名。”进宝听了，有些不愿意，原打算将秦昌谋死。如今听县官如此说，想是受了贿赂，无奈何，说道：“既蒙太爷恩典，小人下去写诉呈就是了。”金令道：“就要递上来，本县立等（短时间等待）。”回头吩咐书吏：“你同他去，给他立个稿儿，叫他亲笔誊写（抄写），速速拿来。”书吏领命下堂。

不多时，进宝拿了诉呈，当堂呈递。金令问道：“可是你自己写的？”进宝道：“是，求先生打的底儿，小人誊写的。”金令接来，细细一看，果与那字柬笔迹相同，将惊堂木一拍，道：“好奴才！你与碧蟾通奸设计，将彩凤杀死，如何陷害你家员外，还不从实招上来！”进宝一闻此言，顶梁骨上嘤的一声，魂已离壳，惊慌失色，道：“此……

此……此事小……小……小人不知。”金令吩咐：“掌嘴！”刚然一边打了十个，进宝便嚷道：“我说呀，我说！”两边衙役道：“快招！快招！”进宝便将碧蟾如何留表记被员外捡着，错疑在安人身上；又如何试探先生，方知是碧蟾，将他锁禁花园；原是小人素与姨娘有染，因此暗暗定计要杀员外，不想秦昌那日偏偏的上西间去了，这才误杀了彩凤，一五一十述了一遍。金令道：“如此说来，碧蟾与进禄昨夜被人杀死，想是你愤奸不平，将他二人杀了。”进宝碰头，道：“此事小人实实不知。昨夜小人在监内服侍员外，并未回家，如何会杀人呢？老爷详情（审察实情）。”金令暗暗点头道：“他这话却与字柬相符。只是碧蟾、进禄却被何人所杀呢？”

你道是何字柬？原来进禄与进宝送信，叫他多连一夜。进宝恐其负了碧蟾之约，因此悄悄写了一柬，托进禄暗暗送与碧蟾。谁知进禄久有垂涎（比喻看见别人的好东西想得到。涎，xián）之意，不能得手，趁此机会，方才入港（指男女行欢、交媾）。恰被北侠听见，错疑在杜雍、郑氏身上，故此将二人杀死。至于床下搜出血衫鞋袜，金令如何知道就在床下呢？皆因进宝字柬上，前面写今日不能回来之故；后面又嘱咐千万，前次血污之物，恐床下露人眼目，须改别处隐藏方妥。有此一语，故而搜出。是进喜识认，说出进宝。金令已知是进宝所为，又恐进禄栽赃陷害别人，故叫进宝写诉呈，对了笔迹，然后方问此事。以为他必狡赖，再用字柬衣衫鞋袜质证。谁知小子不禁打，十个嘴巴，他就通说了，却倒省事。不知金令如何定罪，且听下回分解。

第七十一回 杨芳怀忠彼此见礼 继祖尽孝母子相逢

且说金公审明进宝，将他立时收监（关押在监狱中），与彩凤抵命（抵偿性命）；把秦昌当堂释放；惟有杀奸之人，再行访查缉获另结，暂且悬案。论碧蟾早就该死；进禄因有淫邪之行，便有杀身之报。他二人既死所当死，也就不必深究。

且说秦昌回家，感谢杜雍不尽，二人遂成莫逆（彼此情投意合，非常相好）。又想起静修之言，杜雍也要探望，因此二人同来至盘古寺。静修与北侠见了，彼此惊骇。还是秦昌直爽，毫无隐讳，将此事叙明。静修、北侠方才释疑，始悟进宝之言尽是虚假。四人这一番亲爱快乐，自不必言。盘桓了几日，秦昌与杜雍仍然回庄。

北侠也就别了静修，上杭州去了。沿路上闻人传说道："好了！杭州太守可换了，我们的冤枉可该伸了。"仔细打听，北侠却晓得此人。

你道此人是谁？听我慢慢叙来。只因春闱（指在春季举行的会试。闱，wéi）考试，钦命包大人主考，到了三场已毕，见中卷内并无包公侄儿，天子便问："包卿，世荣为何不中？"包公奏道："臣因钦命点为主考，臣侄理应回避，因此并未入场。"天子道："朕原为拣选人才，明经取士，为国求贤。若要如此，岂不叫包世荣抱屈（受屈）么？"即行传旨，着世荣一体殿试（科举制度中最高一级的考试，在皇宫内大殿上举行，由皇帝亲自主持）。此旨一下，包世荣好生快乐。到了殿试之期，钦点包世荣的传胪（科举考试称二甲第一名），用为翰林院庶吉士（官职名，由通过科举考试中取得进士的人当中选择有潜质者担任，为皇帝近臣，负责起草诏书等）。包公叔侄碰头谢恩。赴琼林宴之后，包公递了一本，给包世荣告假，还乡毕姻（完婚），三个月后仍然回京供职。圣上准奏，赏赉（赏赐。赉，lài，赐予）了多少东西。包世荣别了叔父，带了邓九如，荣耀还乡。至于与玉芝毕姻一节，也不必细述。

只因杭州太守出缺（职位出现空缺），圣上钦派了新中榜眼（科举考试殿试考取第二名的人）、用为编修的倪继祖。倪继祖奉了圣旨，不敢迟延，先拜老师，包公勉励了多少言语，倪继祖一一谨记，然后告假还乡祭祖。奉旨："着祭祖毕，即赴新任。"你道倪继祖可是倪太公之子么？就是仆人可是倪忠么？其中尚有许多的原委（事情的始末），直仿佛白罗衫的故事，此处不能不叙出。

且说扬州甘泉县有一饱学儒流，名唤倪仁，自幼与同乡李太公之女定为妻室。甚么聘礼呢？有祖传遗留的一枝并梗玉莲花，晶莹光润无比，拆开却是两枝，合起来便成一朵。倪仁视为珍宝，与妻子各佩一枝。只因要上泰州探亲，便雇了船只。这船户一名陶宗，一名贺豹，外有一个雇工帮闲的名叫杨芳。不料这陶宗、贺豹乃是水面上作生涯（生计）的，但凡客人行李辎重（此处指外出的人携带的包裹行李。辎，zī）露在他眼里，再没有放过去的。如今见倪仁雇了他的船，虽无沉重行李，却见李氏生的美貌，淫心陡起。贺豹暗暗的与陶宗商量，意欲劫掠了这宗买卖。他别的一概不要，全给陶宗，他单要李氏作个妻房。二人计议停当，又悄悄的知会了杨芳。杨芳原是雇工人，不敢多言。

一日，来在扬子江，到幽僻之处，将倪仁抛向水中淹死。贺豹便逼勒（逼迫，强迫。勒，lè）李氏。李氏哭诉道："因怀孕临迩（ěr，近），待分娩后再行成亲。"多亏杨芳在傍解劝，道："他丈夫已死，难道还怕他飞上天去不成？"贺豹只得罢了。杨芳暗暗想道："他等作没天良之事，将来事犯，难免扳拉于我。再者看这妇人哭的可怜，我何不如此如此呢？"想罢，他便沽酒（买酒。沽，gū）买肉，庆贺他二人一个得妻，一个发财。二人见他殷勤，一齐说道："何苦要叫你费心呢。你以后真要好时，我等按三七与你股分，你道好么？"杨芳暗暗道："似你等这样行为，慢说三七股分，就是全给老杨，我也是不稀罕的。"他却故意答道："如若二位肯提携（比喻提拔、扶植别人）于我，敢则是好。"便殷勤劝酒。不多时，把二人灌的酩酊大醉（形容醉得很厉害。酩酊，mǐng dǐng），横卧在船头之上。杨芳便悄悄地告诉了李氏，叫他上岸，一直往东，过了树林，有个白衣庵，他姑母在这庙出家，那里可以安身。

此时天已五鼓，李氏上岸不顾高低，拼命往前奔驰。忽然一阵肚痛，暗说："不好！我是临月身体，若要分娩，可怎么好？"正思索时，一阵疼如一阵，只得勉强奔至树林，暗暗祝告道："我李氏仅存倪氏一脉，倘蒙皇天怜念，生得一男，也可以继续香烟。"祝罢，存身树下。不多时，果分娩了。喜得是个男儿。连忙脱下内衫，将孩儿包好，胸前就别了那半枝莲花。不敢留恋，难免悲戚，急将小儿放在树木之下。自己恐贼人追来，忙忙往东奔逃，上庙中去了。

且说杨芳放了李氏，心下畅快，一歪身也就睡了。刚然（刚刚）睡下，觉得耳畔有人唤道："你还不走，等待何时？"杨芳从梦中醒来，看了看四下无人，但见残月西斜，疏星几点，自己想道："方才明明有人呼唤，为何竟自无人呢？"再看陶、贺二人酣睡如雷，又转念道："不好！他二人若是醒来，不见了妇人，难道就罢了不成？不是埋怨于我，就是四下搜寻。那时将妇人访查出来，反为不美。有了，莫若我与他个溜之乎也。及至他二人醒来，必说我拐了妇人远走高飞，也免得他等搜查。”主意已定，东西一概不动，只身上岸，一直竟往白衣庵而来。

到了庵前，天已微明，向前扣门，出来了个老尼，隔门问道：“是那个？”杨芳道：“姑母请开门，是侄儿杨芳。”老尼开了山门。杨芳来至客堂，尚未就座，便悄悄问道：“姑母，可有一个妇人投在庵中么？”老尼道：“你如何知道？”杨芳便将灌醉二贼、私放李氏的话，说了一遍。老尼合掌念一声“阿弥陀佛”，道：“救人一命，胜造七级浮屠。惜乎你为人不能为彻（帮助人不能帮助彻底）。错舛（错误。舛，chuǎn）你也没什么错舛，只是他一点血脉失于路上，恐将来断绝了他祖上的香烟。”杨芳追问情由。老尼便道：“那妇人已投在庙中，言于树林内分娩一子，若被人捡去，尚有生路；倘若遭害，便绝了香烟，深为痛惜。是我劝慰再三，应许与他找寻，他方止了悲啼，在后面小院内将息。”杨芳道：“既如此，我就找寻去。”老尼道：“你要找寻，有个表记。他胸前有枝白玉莲花，那就是此子。”杨芳谨记在心，离了白衣庵，到了树林，看了一番，并无踪迹；暗暗访查了三日，方才得了实信。

离白衣庵有数里之遥，有一倪家庄。庄中有个倪太公。因五更赶集，骑着个小驴儿来到树林，那驴便不走了。倪太公诧异，忽听小儿啼哭，连忙下驴一看，见是个小儿放在树木之下，身上别有一枝白玉莲花。这老半生无儿，见了此子好生欢喜，连忙打开衣襟将小儿揣好，也顾不得赶集，连忙乘驴转回家中。安人（犹夫人，对妇人的一种尊称）梁氏见了此子，问了情由。夫妻二人欢喜非常，就起名叫倪继祖。他那里知道小儿的本姓却也姓倪呢。这也是天缘凑巧，姓倪的根芽就被姓倪的捡去。

俗言：“若要人不知，除非己莫为。”那日倪太公得了此子，早已就有人知道，道喜的不离门。又有荐乳母的。今日你来，明日我往，俱要给太公作贺。太公难以推辞，只得备了酒席请乡党父老。这些乡党父老也备了些须薄礼，前来作贺。

正在应酬之际，只见又来了两个乡亲，领一人，约有三旬年纪。倪太公却不认得，问道：“此位是谁？”二乡老道：“此人是我们素来熟识的。因他无处安身，闻得太公得了小相公，他情愿与太公作仆人。就是小相公大了，他也好照看。他为人最是朴实忠厚的。老乡亲看我二人分上，将他留下罢。”倪太公道：“他一人所费无几，何况又有二位老乡亲美意，留下就是了。”二乡老道：“还是老乡亲爽快。过来见了太公。太公就给他起个名儿。”倪太公道：“仆从总要忠诚，就叫他倪忠罢。”

原来此人就是杨芳。因同他姑母商量，要照应此子，故要投到倪宅。因认识此庄上的二人，就托他们趁着贺喜，顺便举荐。杨芳听见倪太公不但留下，而且起名倪忠，便上前叩头，道：“小人倪忠与太公爷叩头道喜。”倪太公甚是欢喜。倪忠便殷勤张罗诸事，不用吩咐，这日倪太公就省了好些心。从此倪忠就在倪太公庄上，更加小心留神。倪太公见他忠正朴实，诸事俱各托付于他，无有不尽心竭力的。倪太公倒得了个好帮手。

一日，倪忠对太公道：“小人见小官人年纪七岁，资性聪明，何不叫他读书呢？”太公道：“我正有此意。前次见东村有个老学究，学问颇好。你就拣个日期，我好带去入学。”于是定了日期，倪继祖入学读书。每日俱是倪忠护持接送。倪忠却时常到庵中看望，就只瞒过倪继祖。

刚念了有二三年光景，老学究便转荐了一个儒流秀士，却是济南人，姓程名建才。老学究对太公道：“令郎乃国家大器，非是老汉可以造就的。若是从我敝友训导训导，将来必有可成。”倪太公尚有些犹疑，倒是倪忠撺掇（chuān duo，鼓动，怂恿），道：“小官人颇能读书。既承老先生一番美意，荐了这位先生，何不叫小官人跟着学学呢？”太公听了，只得应允，便将程先生请来训诲继祖。继祖聪明绝顶，过目不忘，把个先生乐的了不得。

光阴荏苒（rěn rǎn，指时间渐渐过去），日月如梭，转眼间倪继祖已然十六岁。程先生对太公说，叫倪继祖科考。太公总是乡下人形景，不敢妄想成人。倒是先生着了急了，不知会太公，就叫倪继祖递名去赴考，高高的中了生员。太公甚喜，酬谢程先生。自然又是贺喜，应接不暇。

一日，先生出门。倪继祖也要出门闲游闲游，禀明了太公，就叫倪忠跟随。信步行来，路过白衣庵，倪忠道：“小官人，此庵有小人的姑母在此出家，请进去歇歇吃茶。小人顺便探望探望。”倪继祖道：“从不出门，今日走了许多的路，也觉乏了，正要歇息歇息。”倪忠向前叩门。老尼出来迎接，道：“不知小官人到来，未能迎接，多多有罪。”连忙让至客堂待茶。

原来倪忠当初访着时，已然与他姑母送信。老尼便告诉了李氏，李氏暗暗念佛。自弥月（婴儿出生满一个月）后便拜了老尼为师，每日在大士前虔心（做事专心，一丝不苟）忏悔，无事再也不出佛院之门。这一日正从大士前礼拜回来，忘记了关小院之门。恰好倪继祖歇息了片时，便到各处闲游，只见这院内甚是清雅，信步来到院中。李氏听得院内有脚步声响，连忙出来一看。不看时则已，看了时不由的一阵痛彻心髓，登时落下泪来。他因见了倪继祖的面貌举止，俨然与倪仁一般。谁知倪继祖见了李氏落泪，可煞作怪，他只觉的眼眶儿发酸，扑簌簌（形容眼泪纷纷落下的样子。簌，sù）也就泪流满面，不能自解。正在拭（擦）泪，只见倪忠与他姑母到了。倪忠道：“官人你为何啼哭？”倪继祖道：“我何尝哭来？”嘴内虽如此说，声音尚带悲哽。倪忠又见李氏在那里呆呆落泪，看了这番光景，他也不言不语，拂袖拭起泪来。

只听老尼道：“善哉！善哉！此乃天性，岂是偶然。”倪继祖听了此言诧异，道：“此话怎讲？”只见倪忠跪倒道：“望乞小主人赦宥（shè yòu，赦免、宽恕）老奴隐瞒之罪，小人方敢诉说。”好倪继祖，见他如此，惊的目瞪痴呆。又听李氏悲切切道：“恩公快些请起，休要折受了他。不然，我也就跪了。”倪继祖好生纳闷，连忙将倪忠拉起，问道：“此事端的（究竟）如何？快些讲来。”倪忠便把怎么长、怎么短，述说了一遍。

他这里说，那里李氏已然哭了个哽气难噎。倪继祖听了，半晌，还过一口气来，道：“我倪继祖生了十六岁，不知生身父母受如此苦处！”连忙向前抱住李氏，放声大哭。老尼与倪忠劝慰多时，母子二人方才止住悲声。李氏道：“自蒙恩公搭救之后，在此庵中一十五载，不想孩儿今日长成。只是今日相见，为娘的如同睡里梦里，自己反倒不能深信。问吾儿，你可知当初表记是何物？”倪继祖听了此言，惟恐母亲生疑，连忙向那贴身里衣之中，掏出白玉莲花，双手奉上。李氏一见莲花，哎哟了一声，身体往后一仰。未知如何，且听下回分解。

第七十二回 认明师学艺招贤馆 查恶棍私访霸王庄

且说李氏一见了莲花，睹物伤情（指看到东西就因想起它的主人而伤感动情），复又大哭起来。倪继祖与倪忠商议，就要接李氏一同上庄。李氏连忙止悲，说道："吾儿休生妄想！为娘的再也不染红尘了。原想着你爹爹的冤仇，今生再世也不能报了，不料苍天有眼，倪氏门中有你这根芽。只要吾儿好好攻书，得了一官半职，能够与你爹爹报仇雪恨，为娘的平生之愿足矣。"倪继祖见李氏不肯上庄，便哭倒跪下，道："孩儿不知亲娘便罢，如今既已知道，也容孩儿略尽孝心。就是孩儿养身的父母不依时，自有孩儿恳求哀告。何况我那父母也是好善之家，如何不能容留亲娘呢？"李氏道："言虽如此，但我自知罪孽深重，一生忏悔不来。倘若再堕俗缘，惟恐不能消受，反要生出灾殃（灾祸。殃，yāng），那时吾儿岂不后悔？"倪继祖听李氏之言，心坚如石，毫无回转，便放声大哭道："母亲既然如此，孩儿也不回去了，就在此处侍奉母亲。"李氏道："你既然知道读书要明理，俗言'顺者为孝'，为娘的虽未抚养于你，难道你不念劬劳之恩（指父母辛劳养育子女之恩。劬，qú），竟敢违背么？再者你那父母哺乳三年，好容易养的你长大成人，你未能答报于万一（万分之一，表示极小的部分），又肯作此负心之人么？"一席话说的倪继祖一言不发，惟有低头哭泣。

李氏心下为难，猛然想起一计来："须如此如此，这冤家方能回去。"想罢，说道："孩儿不要啼哭。我有三件，你若依从，诸事办妥，为娘的必随你去如何？"倪继祖连忙问道："那三件？请母亲说明。"李氏道："第一件，你从今后须要好好攻书（读书），务须要得了一官半职。第二件，你须将仇家拿获，与你爹爹雪恨。第三件，这白玉莲花乃祖上遗留，原是两个合成一枝，如今你将此枝仍然带去，须把那一枝找寻回来。三事齐备，为娘的必随儿去。三事之中倘缺一件，为娘的再也不能随你去。”说罢，又嘱咐倪忠道：“恩公一生全仗忠义，我也不用饶舌（唠叨）。全赖恩公始终如一，便是我倪氏门中不幸之大幸了。你们速速回去罢！省得你那父母在家盼望。”李氏将话说完，一摔手（一甩手）回后去了。

这里倪继祖如何肯走，还是倪忠连搀带劝，真是一步九回头，好容易搀出院子门来。老尼后面相送。倪继祖又谆嘱了一番，方离了白衣庵，竟奔倪家庄而来。主仆在路途之中，一个是短叹长吁，一个是婉言相劝。倪继祖道：“方才听母亲吩咐三件，仔细想来，作官不难，报仇容易，只是那白玉莲花却往何处找寻？”倪忠道：“据老奴看来，物之隐现，自有定数，却倒不难。还是做官难，总要官人以后好好攻书要紧。”倪继祖道：“我有海样深的仇，焉有自己不上进呢？老人家休要忧虑。”倪忠道：“官人如何这等呼唤？惟恐折了老奴的草料。”倪继祖道：“你甘屈人下，全是为我而起。你的恩重如山，我如何以仆从相待！”倪忠道：“言虽如此，官人若当着外人还要照常，不可露了形迹。”倪继祖道：“逢场作戏，我是晓得的。还有一宗，今日之事，你我回去千万莫要泄漏。俟功成名就之后，大家再为言明，庶乎彼此有益。”倪忠道：“这不用官人嘱咐，老奴十五年光景皆未泄漏，难道此时倒隐瞒不住么？”二人说话之间，来至庄前。倪继祖见了太公、梁氏，俱各照常。

于是倪继祖一心想着报仇，奋志攻书。迟了二年，又举（举荐，推举）于乡，益发高兴，每日里讨论研求（研究探求）。看看的又过了二年。明春是大比（泛指科举考试）之年，倪继祖与先生商议，打点行装，一同上京考试。太公跟前俱已禀明。谁知到了临期，程先生病倒，竟自呜呼哀哉（指死了）了。因此倪继祖带了倪忠，悄悄到白衣庵，别了亲娘，又与老尼留下银两，主仆一同进京。这才有会仙楼遇见了欧阳春、丁兆兰一节。

自接济了张老儿之后，在路行程非止一日，来至东京，租了寓所，静等明春赴考。及至考场已毕，倪继祖中了第九名进士；到了殿试，又钦点了榜眼，用为编修（古代官名，负责编纂国史书籍）。可巧杭州太守（古代官名，一郡的最高行政长官）出缺，奉旨又放了他。主仆二人好生欢喜。又拜别包公，包公又嘱咐了好些话。主仆衣锦还乡，拜了父母，禀明认母之事。太公、梁氏本是好善之家，听了甚喜，一同来到白衣庵，欲接李氏在庄中同住。李氏因孩儿即刻赴任，一来庄中住着不便；二来自己心愿不遂（不如愿），决意不肯，因此仍在白衣庵与老尼同住。倪继祖无法，只得安置妥协，且去上任。“俟接任后，倘能二事如愿，那时再来迎接，大约母亲也就无可推托了。”即叫倪忠束装就道，来至杭州。刚一接任，就收了无数的词状，细细看来，全是告霸王庄马强的。

你道这马强是谁？原来就是太岁庄马刚之宗弟。他倚仗朝中总管马朝贤是他叔父，他便无所不为。他霸田占产，抢掠妇女。家中盖了个招贤馆，接纳各处英雄豪杰，因此无赖光棍投奔他家的不少。其中也有一二豪杰，因无处可去，暂且栖身（居住。栖，qī），看他的动静。现时有名的便是黑妖狐智化、小诸葛沈仲元、神手大圣邓车、病太岁张华、赛方朔方貂（diāo），其余的无名小辈不计其数。每日里舞剑抡（lūn，手臂用力旋动）枪，比刀对棒，鱼龙混杂，闹个不了。一来二去，声气大了，连襄阳王赵爵都与他交结往来。

独独有一个小英雄，心志高傲，气度不俗，年十四岁，姓艾名虎，就在招贤馆内作个馆童。他见众人之中，惟独智化是个豪杰，而且本领高出人上，便时刻小心，诸事留神，敬奉智化为师。真感得黑妖狐欢喜非常，便把他暗暗的收作徒弟，悄悄传他武艺。谁知他心机活变，一教便会，一点就醒，不上一年光景，学了一身武艺。他却时常悄悄的对智化道：“你老人家以后不要劝我们员外，不但白费唇舌，他不肯听，反倒招的那些人背地里抱怨，说你老人家特胆小了：‘抢几个妇女甚么要紧。要是这们害起怕来，将来还能干大事么？’你老人家自想想，这一群人都不成了亡命之徒了么？”智化道：“你莫多言，我自有道理。”他师徒只顾背地里闲谈。谁知招贤馆早又生出事来。

原来马强打发恶奴马勇前去讨账回来，说债主翟（zhái）九成家道艰难，分文皆无。马强将眼一瞪，道：“没有就罢了不成？急速将他送县官追。”马勇道：“员外不必生气，其中却有个极好的事情。方才小人去到他家，将小人让进去，苦苦的哀求。不想炕上坐着个如花似玉的女子，小人问他是何人，翟九成说是他外孙女，名叫锦娘。只因他女儿女婿亡故，留下女儿毫无倚靠，因此他自小儿抚养，今年已交十七岁。这翟九成全仗着他作些针线，将就度日。员外曾吩咐过小人，叫小人细细留神打听，如有美貌妇女立刻回禀。据小人今日看见这女子，真算是少一无二的了。”一句话说的马强心痒难挠，登时乐的两眼连个缝儿也没有了，立刻派恶奴八名，跟随马勇到翟九成家将锦娘抢来，抵销欠账。

这恶贼在招贤馆立等，便向众人夸耀道：“今日我又大喜了。你等只说前次那女子生的美貌，那里知道比他还有强的呢。少时来时，叫你众人开开眼咧。”众人听了，便有几个奉承道：“这都是员外福田造化（福分），我们如何敢比。这喜酒是吃定了。”其中就有听不上的，用话打趣他：“好虽好，只怕叫后面知道了，那又不好了。”马强哈哈笑道：“你们吃酒时，作个雅趣，不要吵嚷了。”

说话间，马勇回来禀道：“锦娘已到。”马强吩咐：“快快带上来。”果见个袅袅婷婷女子，身穿朴素衣服，头上也无珠翠，哭哭啼啼来到厅前。马强见他虽然啼哭，那一番娇柔妩媚，真令人见了生怜，不由的笑逐颜开，道：“那女子不要啼哭。你要好好依从于我，享不尽荣华，受不尽富贵。你只管向前些，不要害羞。”忽听见锦娘娇沥沥道：“你这强贼，无故的抢掠良家女子，是何道理？奴今到此，惟有一死而已，还讲甚么荣华富贵！我就向前些。”谁知锦娘暗暗携来剪子一把，将手一扬，竟奔恶贼而来。马强见势不好，把身子往傍一闪，刷的一声，把剪子扎在椅背上。马强嗳哟一声，“好不识抬举的贱人！”吩咐恶奴将他掐在地牢。恶贼的一团高兴登时扫尽，无可释闷，且与众人饮酒作乐。

且说翟九成因护庇锦娘，被恶奴们拳打脚踢，乱打一顿，仍将锦娘抢去，只急得跺脚捶胸，嚎啕不止。哭够多时，检点了检点，独独不见了剪子，暗道：“不消说了，这是外孙女去到那里，一死相拼了。”忙到那里探望了一番，并无消息。又恐被人看见，自己倒要吃苦，只得垂头丧气的回来。见路旁有柳树，他便席地而坐，一壁（一边）歇息，一壁想道：“自我女儿女婿亡故，留下这条孽根。我原打算将他抚养大了，将他聘嫁，了却一生之愿。谁知平地生波，竟有这无法无天之事。再者锦娘他一去，不是将恶贼一剪扎死，他也必自戕（自杀。戕，qiāng）其生。他若死了，不消说了，我这抚养勤劳付于东流；他若将恶贼扎死，难道他等就饶了老汉不成？”越思越想，又是着急，又是害怕。忽然把心一横，道：“哎！眼不见，心不烦，莫若死了干净！”站起身来，找了一株柳树，解下丝绦（丝编的带子。绦，tāo），就要自缢（上吊自杀。缢，yì）而死。

忽听有人说道："老丈休要如此，有甚么事何不对我说呢？"翟九成回头一看，见一条大汉碧眼紫髯（rán，胡须），连忙上前哭诉情由，口口声声说自己无路可活，难以对去世的女儿女婿。北侠欧阳春听了，道："他如此恶霸，你为何不告他去？"翟九成道："我的爷！谈何容易。他有钱有势，而且声名在外，谁人不知，那个不晓。纵有呈子（旧时民间向官方上呈的公文），县里也是不准的。"北侠道："不是这里告他，是叫你上东京开封府去告他。"翟九成道："哎呀呀！更不容易了。我这里到开封府，路途遥远，如何有许多的盘费呢？"北侠道："这倒不难。我这里有白银十两，相送如何？"翟九成道："萍水相逢，如何敢受许多银两。"北侠道："这有甚么要紧呢？只要你拿定主意，若到开封，包管此恨必消。"说罢，从皮兜内摸出两个银锞（一种小型银锭。锞，kè），递与翟九成。翟九成便扑翻身拜倒，北侠搀起。

只见那边过来一人，手提马鞭，道："你何必舍近而求远呢？新升太守极其清廉，你何不到那里去告呢？"北侠细看此人有些面善（面熟），一时想不起来。又听这人道："你如若要告时，我家东人（主人）与衙中相熟，颇颇的可托。你不信，请看那边树林下坐的就是他。"北侠先挺身往那边一望，见一儒士坐在那里，傍边有马一匹。不看则可，看了时倒抽了口气，暗暗说："这不好！他如何这般形景？霸王庄能人极多，倘然识破，那时连性命不保。我又不好劝阻，只好暗中助他一臂之力。"想罢，即对翟九成道："既是新升太守清廉，你就托他东人便了。"说罢，回身往东去了。

你道那儒士与老仆是谁？原来就是倪继祖主仆。北侠因看见倪继祖，方想起老仆倪忠来。认明后，他却躲开，倪忠带了翟九成，见了倪继祖。太守细细的问了一番，并给他写了一张呈子。翟九成欢天喜地回家，五更天预备起身赴府告状。

谁知冤家路儿窄，马强因锦娘不从，掐在地牢，饮酒之后，又带了恶奴出来，骑着高头大马，迎头便碰见了翟九成。翟九成一见，胆裂魂飞，回身就跑。马强一叠连声叫"拿"。恶贼抖起威风，追将下去。翟九成上了年纪之人，能跑多远，早被恶奴揪住，连拉带扯，来到马强的马前。马强问道："我骂你这老狗！你叫你外孙女用剪子刺我，我已将他掐在地牢，正要差人寻你。见了我，不知请罪，反倒要跑，你也就可恶的狠呢！"恶贼原打算拿话威吓威吓翟九成，要他陪罪，好叫他劝他外孙女依从之意，不想翟九成喘吁吁道："你这恶贼，硬抢良家之女，还要与你请罪。我恨不能立时青天报仇雪恨，方遂我心头之愿。"马强听了，圆瞪怪眼，一声呵叱："嗳哟，好老狗！你既要青天，必有上告之心，想来必有冤状。"只听说了一声"搜"，恶奴等上前扯开衣襟，便露出一张纸来，连忙呈与马强。恶贼看了一遍，一言不发，暗道："好利害状子！这是何人与他写的？倒要留神访查访查。"吩咐恶奴二名将翟九成送至县内，立刻严追欠债。正然吩咐，只见那边过来了一个也是乘马之人，后面跟定老仆。恶贼一见心内一动，眉一皱，计上心来。未知如何，且听下回分解。

第七十三回 恶姚成识破旧伙计 美绛贞私放新黄堂

且说马强将翟九成送县，正要搜寻写状之人，只见那边来了个乘马的相公，后面跟定老仆。看他等形景，有些疑惑，便想出个计较来，将丝缰（丝制的马缰绳）一抖，迎了上来，双手一拱，道："尊兄请了！可是上天竺进香的么？"原来乘马的就是倪继祖，顺着恶贼的口气答道："正是，请问足下何人？如何知道学生进香呢？"恶贼道："小弟姓马，在前面庄中居住。小弟有个心愿，但凡有进香的，必要请到庄中待茶，也是一片施舍好善之心。"说着话，目视恶奴。众家人会意，不管倪继祖依与不依，便上前牵住嚼环（嚼子），拉着就走。倪忠见此光景，知道有些不妥，只得在后面紧紧跟随。

不多时，来至庄前，过了护庄桥，便是庄门。马强下了马，也不谦让，回头吩咐道："把他们带进来。"恶奴答应一声，把主仆蜂拥而入。倪继祖暗道："我正要探访，不想就遇见他。看他这般权势，惟恐不怀好意。且进去看个端的（究竟）怎样。”

马强此时坐在招贤馆，两傍罗列坐着许多豪杰光棍。马强便说：“遇见翟九成搜出一张呈子，写的甚是利害，我立刻派人将他送县。正要搜查写状之人，可巧来了个斯文秀才公，我想此状必是他写的，因此把他诓（kuāng，骗）来。”说罢，将状子拿出，递与沈仲元。沈仲元看了，道：“果然写的好。但不知是这秀才不是？”马强道：“管他是不是，把他吊起拷打就完了。”沈仲元道：“员外不可如此。他既是读书之人，须要以礼相待，用言语套问他。如若不应，再行拷打不迟，所谓先礼而后兵也。”马强道：“贤弟所论甚是。”吩咐请那秀士。

此时恶奴等俱在外面候信，听见说请秀士，连忙对倪继祖道：“我们员外请你呢，你见了要小心些。”倪继祖来至厅房，见中间廊下悬一匾额，写着“招贤馆”三字，暗暗道：“他是何等样人，竟敢设立招贤馆，可见是不法之徒。”及至进了厅房，见马强坐在上位，昂不为礼。两傍坐着许多人物，看上去俱非善类。却有两个人站起，执手让道：“请坐。”倪继祖也只得执手，回答道：“恕坐。”便在下首坐了。

众人把倪继祖留神细看，见他面庞丰满，气度安祥，身上虽不华美，却也齐整。背后立定一个年老仆人。只听东边一人问道：“请问尊姓大名？”继祖答道：“姓李名世清。”西边一人问道：“到此何事？”继祖答道：“奉母命前往天竺进香。”马强听了，哈哈笑道：“俺要不提进香，你如何肯说进香呢？我且问你，既要进香，所有香袋钱粮，为何不带呢？”继祖道：“已先派人挑往天竺去了，故此单带个老仆，赏玩途中风景。”马强听了，似乎有理。

忽听沈仲元在东边问道：“赏玩风景，原是读书人所为；至于调词告状（写状词打官司），岂是读书人干得的呢？”倪继祖道：“此话从何说起？学生几时与人调词告状来？”又听智化在西边问道：“翟九成，足下可认得么？”倪继祖道：“学生并不认得姓翟的。”智化道：“既不认得，且请到书房少坐（短时间坐一会儿）。”便有恶奴带领主仆出厅房，要上书房。

刚刚的下了大厅，只见迎头走来一人，头戴沿毡大帽，身穿青布箭袖，腰束皮带，足登薄底靴子，手提着马鞭，满脸灰尘。他将倪继祖略略的瞧了一瞧，却将倪忠狠狠的瞅了又瞅。谁知倪忠见了他，登时面目变色，暗说："不好！这是对头来了。"

你道此人是谁？他姓姚名成，原来又不是姚成，却是陶宗。只因与贺豹醉后醒来，不见了杨芳与李氏，以为杨芳拐了李氏去了。过些时，方知杨芳在倪家庄作仆人，改名倪忠，却打听不出李氏的下落。后来他二人又劫掠一伙客商，被人告到甘泉县内，追捕甚急。他二人便收什（收拾）了收什，连夜逃至杭州，花费那无义之财，犹如粪土，不多几时精精光光。二人又干起旧营生来，劫了些资财。贺豹便娶了个再婚老婆度日。陶宗却认得病太岁张华，托他在马强跟前说了，改名姚成。他便趋炎附势的，不多几日，把个马强哄的心花俱开，便把他当作心腹之人，作了主管。因阅朝中邸报（封建朝廷的官报，专门用于朝廷传知朝政的文书和政治情报的新闻文抄。邸，dǐ），见有奉旨钦派杭州太守，乃是中榜眼用为编修的倪继祖，又是当朝首相的门生（学生）。马强心里就有些不得主意，特派姚成扮作行路之人，前往省城细细打听明白了回来，好作准备。因此姚成行路模样回来，偏偏的刚进门，迎头就撞见倪忠。

且说姚成到了厅上，参拜了马强，又与众人见了。马强便问："打听的事体如何？"姚成道："小人到了省城，细细打听，果是钦派榜眼倪继祖作了太守。自到任后，接了许多状子，皆与员外有些关碍（牵连）。"马强听了，暗暗着慌，道："既有许多状子，为何这些日并没有传我到案呢？"姚成道："只因官府一路风霜，感冒风寒，现今病了，连各官禀见俱各不会。小人原要等个水落石出，谁知再也没有信息，因此小人就回来了。"马强道："这就是了。我说呢，一天可以打两个来回儿，你如何去了四五天呢？敢则是你要等个水落石出。那如何等得呢？你且歇歇儿去罢。"

姚成道："方才那个斯文主仆是谁？"马强道："那是我遇见诓了来的。"便把翟九成之事，说了一遍。"我原疑惑是他写的呈子。谁知我们大伙盘问了一回，并不是他。"姚成道："虽不是他，却别放他。"马强道："你有甚么主意？"姚成道："员外不知，那个仆人我认得，他本名叫做杨芳。只因投在倪家庄作了仆人，改名叫作倪忠。"沈仲元在旁听了，忙问道："他投在倪家庄有多少年了？"姚成道："算来也有二十多年了。"沈仲元道："不好了！员外，你把太守诓了来了。"马强听罢此言，只唬得双睛直瞪，阔口一张，呵呵了半晌，方问道：

"贤……贤……贤弟，你如何知……知……知道？"小诸葛道："姚主管既认明老仆是倪忠，他主人焉有不是倪继祖的？再者问他姓名，说姓李名世清，这明明自己说我办理事情要清之意，这还有甚么难解的？"

马强听了，如梦方觉，毛骨悚然（身上毛发竖起，脊梁骨发冷。形容十分害怕的样子。悚，sǒng）。"这可怎么好？贤弟，你想个主意方好。"沈仲元道："此事须要员外拿定主意。既已诓来，便难放出，暂将他等锁在空房之内。等到夜静更深，把他请至厅上，大家以礼相求，就说明知是府尊太守，故意的请府尊大老爷到庄，为分析案中情节。他若应了人情，说不得员外破些家私，将他买嘱，要张印信甘结，将他荣荣耀耀送到衙署。外人闻知，只道府尊接交员外，不但无人再敢告状，只怕以后还有些照应呢。他若不应时，说不得只好将他处死，暗暗知会襄阳王举事便了。"智化在傍听了，连忙夸道："好计！好计！"马强听了，只好如此，便吩咐将他主仆锁在空房。

虽然锁了，他却踽蹐不安（恐惧不安。踽蹐，jújí），坐立不宁。出了大厅，来至卧室，见了郭氏安人，嗐声叹气。原来他的娘子，就是郭槐的侄女，见丈夫愁眉不展，便问："又有甚么事了？这等烦恼。"马强见问，便把已往情由，述说一遍。郭氏听了，道："益发（越发）闹的好了，竟把钦命的黄堂太守弄在家内来了。我说你结交的全是狗朋狗友，你再不信。我还听见说，你又抢了个女孩儿来，名叫锦娘，险些儿没被人家扎一剪子。你把这女子掐在地窖里了，这如今又把个知府关在家里，可怎么样呢？"口里虽如此说，心里却也着急。马强又将沈仲元之计说了，郭氏方不言语了。此时天已初鼓，郭氏知丈夫忧心，未进饮食，便吩咐丫鬟摆饭，夫妻二人对面坐了饮酒。

谁知这些话竟被服侍郭氏的心腹丫头听了去了。此女名唤绛（jiàng）贞，年方一十九岁，乃举人朱焕章之女。他父女原籍扬州府仪征县人氏，只因朱先生妻亡之后，家业凋零，便带了女儿上杭州投亲。偏偏的投亲不遇（没有碰到），就在孤山西泠（líng）桥租了几间茅屋，一半与女儿居住，一半立塾课读（进行教学活动）。只因朱先生有端砚（中国四大名砚之一）一方，爱如至宝，每逢惠风和畅之际、窗明几净之时，他必亲自捧出赏玩一番，习以为常。不料半年前有一个馆童，因先生养赡不起，将他辞出，他却投在马强家中，无心中将端砚说出。登时的萧墙祸起，恶贼立刻派人前去拍门硬要，遇见先生迂阔性情，不但不卖，反倒大骂一场。恶奴等回来枝上添叶，激得马强气冲牛斗，立刻将先生交前任太守，说他欠银五百两，并有借券为证。这太守明知朱先生被屈，而且又是举人（科举考试中乡试考取的人），不能因账目加刑，因受了恶贼重贿，只得交付县内管押。马强趁此时便到先生家内，不但搜出端砚，并将朱绛贞抢来，意欲收纳为妾。谁知作事不密，被郭氏安人知觉，将陈醋发出，大闹了一阵，把朱绛贞要去，作为身边贴己的丫鬟。马强无可如何（没有办法），不知暗暗陪了多少不是，方才讨得安人欢喜。自那日起，马强见了朱绛贞，慢说交口接谈，就是拿正眼瞅他一瞅，却也是不敢的。朱绛贞暗暗感激郭氏。他原是聪明不过的女子，便把郭氏哄的犹如母女一般，所有簪环首饰、衣服古玩并锁钥，全是交他掌管。今日因为马强到了，他便隐在一边，将此事俱各窃听去了，暗自思道："我爹爹遭屈已及半年，何日是个出头之日。如今我何不悄悄将太守放了，叫他救我爹爹，他焉有不以恩报恩（用恩惠回报恩惠）的？"

想罢，打了灯笼，一直来到空房门前，可巧竟自无人看守。原来恶奴等以为是斯文秀士与老仆人，有甚本领，全不放在心上，因此无人看守。也是吉人天相，暗中自有默佑（暗中保佑）。朱绛贞见屈戌儿（qū qur，铜制或铁制的带两个脚的小环儿，钉在门窗边上或箱、柜正面，用来挂上钌铞儿或锁，或者成对地钉在抽屉正面或箱子侧面，用来固定U字形的环儿）倒锁（反锁，即从外面锁上门），连忙将灯一照，认了锁门，向腰间掏出许多钥匙，拣了个恰恰投簧，锁已开落。倪太守正与倪忠毫无主意，看见开门，以为恶奴前来陷害，不由的惊慌失色。忽见进来个女子将灯一照，恰恰与倪太守对面，彼此觑视（眯缝着眼睛仔细看），各自惊讶。朱绛贞又将倪忠一照，悄悄道："快随我来。"一伸手，便拉了倪继祖往外就走。倪忠后面紧紧跟随。

不多时，过了角门，却是花园。往东走了多时，见个随墙门儿，上面有锁，并有横闩（横插在门后使门推不开的木棍或铁棍。闩，shuān）。朱绛贞放下灯笼，用钥匙开锁。谁知钥匙投进去，锁尚未开，钥匙再也拔不出来。倪太守在傍着急，叫倪忠寻了一块石头，猛然一砸，方才开了，忙忙去闩开门。朱绛贞方说道："你们就此逃了去罢。奴有一言奉问，你们到底是进香的？还是真正太守呢？如若果是太守，奴有冤枉。"好一个聪明女子！他不早问，到了此时方问，全是一片灵机。何以见得？若在空房之中问时，他主仆必以为恶贼用软局套问来了，焉肯说出实话呢？再者朱绛贞他又惟恐不能救出太守，幸喜一路奔至花园并未遇人，暗暗念佛。及至将门放开，这已救人彻了，他方才问此句。你道是聪明不聪明？是灵机不是？

倪太守到了此时，不得不说了，忙忙答道："小生便是新任的太守倪继祖。姐姐有何冤枉？快些说来。"朱绛贞连忙跪倒，口称："大老爷在上，贱妾朱绛贞叩头。"倪继祖连忙还礼，道："姐姐不要多礼，快说冤杠。"朱绛贞道："我爹爹名唤朱焕章，被恶贼误赖欠他纹银五百两，现在本县看押，已然半载（半年）。将奴家抢来，幸而马强惧内，奴家现在随他的妻子郭氏，所以未遭他手。求大老爷到衙后，务必搭救我爹爹要紧。别不多言，你等快些去罢！"倪忠道："姑娘放心，我主仆俱各记下了。"朱绛贞道："你们出了此门直往西北，便是大路。"主仆二人才待举步，朱绛贞又唤道："转来，转来。"不知有何言语，且听下回分解。

第七十四回 淫方貂误救朱烈女 贪贺豹狭逢紫髯伯

且说倪继祖又听朱烈女唤转来，连忙说道："姐姐还有甚么吩咐？"朱绛贞道："一时忙乱，忘了一事。奴有一个信物，是自幼佩戴不离身的。倘若救出我爹爹之时，就将此物交付我爹爹，如同见女儿一般。就说奴誓以贞洁自守，虽死不辱，千万叫我爹爹不必挂念。"说罢，递与倪继祖，又道："大老爷务要珍重。"倪继祖接来，就着灯笼一看，不由的失声道："哎哟！这莲花……"刚说至此，只见倪忠忙跑回来，道："快些走罢！"将手往胳肢窝（gā zhi wō，腋窝）里一夹，拉着就走。倪继祖回头看来，后门已关，灯火已远。

且说朱绛贞从花园回来，芳心乱跳，猛然想起，暗暗道："一不作，二不休，趁此时我何不到地牢将锦娘也救了，岂不妙哉？”连忙到了地牢。恶贼因这是个女子，不用人看守。朱小姐也是配了钥匙，开了牢门，便问锦娘有投靠之处没有。锦娘道：“我有一姑母离此不远。”朱绛贞道：“我如今将你放了，你可认得么？”锦娘道：“我外祖时常带我往来，奴是认得的。”朱绛贞道：“既如此，你随我来。”两个人仍然来至花园后门。锦娘感恩不尽，也就逃命去了。

朱小姐回来静静一想，暗说：“不好！我这事闹的不小。”又转想：“自己服侍郭氏，他虽然嫉妒，也是水性杨花。倘若他被恶贼哄转，要讨丈夫欢喜，那时我难保不受污辱。哎！人生百岁，终须一死。何况我爹爹冤枉已有太守搭救，心愿已完，莫若自尽了，省得耽惊受怕。但死于何地才好呢？有了！我索性缢（yì，上吊）死在地牢。他们以为是锦娘悬梁，及至细瞧，却晓得是我。也叫他们知道是我放的锦娘，由锦娘又可以知道那主仆也是我放的。我这一死，也就有了名了。”主意已定，来到地牢之中，将绢巾解下，拴好套儿，一伸脖颈，觉得香魂缥缈，悠悠荡荡，落在一人身上。渐渐苏醒，耳内只听说道：“似你这毛贼，也敢打闷棍，岂不令人可笑。”

这话说的是谁？朱绛贞如何又在他身上？到底是上了吊了，不知是死了没死？说的好不明白，其中必有缘故，待我慢慢叙明。

朱绛贞原是自缢来着。只因马强白昼间在招贤馆将锦娘抢来，众目所观，早就引动了一人，暗自想道：“看此女美貌非常，惜乎便宜了老马。不然时，我若得此女，一生快乐，岂不胜似神仙？”后来见锦娘要刺马强，马强一怒，将他掐在地牢，却又暗暗欢喜道：“活该这是我的姻缘。我何不如此如此呢？”

你道此人是谁？乃是赛方朔方貂。这个人且不问他出身行为，只他这个绰号儿，便知是个不通的了。他不知听谁说过东方朔偷桃，是个神贼，他便起了绰号叫赛方朔。他又何尝知道复姓东方名朔呢。如果知道，他必将“东”字添上，叫“赛东方朔”。不但念着不受听，而且拗口；莫若是赛方朔罢，管他通不通，不过是贼罢了。

这方貂因到二更之半，不见马强出来，他便悄悄离了招贤馆，暗暗到了地牢，黑影中正碰在吊死鬼身上，暗说：“不好！”也不管是锦娘不是，他却右手揽定，听了听喉间尚然作响，忙用左手顺着身体摸到项下，把巾帕解开，轻轻放在床上。他却在对面将左手拉住右手，右手拉住左手，往上一扬，把头一低，自己一翻身，便把女子两胳膊搭在肩头上；然后一长身，回手把两腿一拢，往上一颠，把女子背负起来，迈开大步，往后就走。谁知他也是奔花园后门，皆因素来瞧在眼里的。及至来到门前，却是双扇虚掩（门窗未关紧），暗暗道："此门如何会开了呢？不要管他，且自走路要紧。"一气走了三四里之遥，刚然（刚刚）背到夹沟，不想遇见个打闷棍的，只道他背着包袱行李，冷不防就是一棍。方貂早已留神，见棍临近，一侧身把手一扬，夺住闷棍往怀里一带；又往外一耸，只见那打闷棍的将手一撒，咕咚一声，栽倒在地，爬起来就跑，因此方貂说道："似你这毛贼，也敢打闷棍，岂不令人可笑！"可巧朱绛贞就在此时苏醒，听见此话。

谁知那毛贼正然跑时，只见迎面来了一条大汉拦住，问道："你是作甚么的？快讲！"真是贼起飞智（快速地想出可行的办法），他就连忙跪倒，道："爷爷救命吓！后面有个打闷棍的，抢了小人的包袱去了。"原来此人却是北侠，一闻此言，便问道："贼在那里？"贼说："贼在后面。"北侠回手抽出七宝钢刀，迎将上来。

这里方貂背着朱绛贞往前，正然走着，迎面来了个高大汉子，口中吆喝着："快将包袱留下！"方貂以为是方才那贼的伙计，便在树下将身体一蹲，往后一仰，将朱绛贞放下，就举起那贼的闷棍打来。北侠将刀只一磕，棍已削去半截。方貂道："好家伙！"撒了那半截木棍，回手即抽出朴刀（是一种刀身窄长、刀柄较短的刀。朴，pō），斜刺里（侧斜的方向）砍来。北侠一顺手，只听噌的一声，朴刀分为两段。方貂哎呀一声，不敢恋战，回身逃命去了。北侠也不追赶。

谁知这贼在傍边看热闹儿，见北侠把那贼战跑了，他早已看见树下黑黝黝（因光线昏暗而看不清楚。黝，yǒu）一堆，他以为是包袱，便道："多亏爷爷搭救。幸喜他包袱撂（liào，放，搁）在树下。"北侠道："既如此，随我来，你就拿去。"那贼满心欢喜，刚刚走到跟前，不防包袱活了，连北侠也唬了一跳，连忙问道："你是甚么人？"只听道："奴家是遇难之人，被歹人背至此处。不想遇见此人，他也是个打闷棍的。"北侠听了，一伸手将贼人抓住，道："好贼！你竟敢哄我不成？"贼人央告，道："小人实实出于无奈。家中现有八旬老母，求爷爷饶命。"北侠道："这女子从何而来？快说！”贼人道：“小人不知，你老问他。”北侠揪着贼人，问女子道：“你因何遇难？”朱绛贞将已往情由，述了一遍。“原是自己上吊，不知如何被那人背出。如今无路可投，求老爷搭救搭救。”

北侠听了，心中为难：“如何带着女子黑夜而行呢？”猛然省悟，道：“有了！何不如此如此。”回头对贼人道：“你果有老母么？”贼人道：“小人再不敢撒谎。”北侠道：“你家住在那里？”贼人道：“离此不远，不过二里之遥，有一小村，北上坡就是。”北侠道：“我对你说，我放了你，你要依我一件事。”贼人道：“任凭爷爷吩咐。”北侠道：“你将此女背到你家中，我自有道理。”贼人听了，便不言语。北侠道：“你怎么不愿意？”将手一拢劲。贼人嗳呀道：“我愿意，我愿意。我背，我背。”北侠道：“将他好好背起，不许回首，背的好了，我还要赏你。如若不好生背时，难道你这头颅，比方才那人朴刀还结实么？”贼人道：“爷爷放心，我管保背的好好的。”便背起来。北侠紧紧跟随，竟奔贼人家中而来。一时来在高坡之上，向前叩门。暂且不表。

再说太守被倪忠夹了胳膊，拉了就走。太守回头看时，门已关闭，灯光已远，只得没命的奔驰。一个懦弱书生，一个年老苍头，又是黑夜之间，瞧的是忙，脚底下迈步却不能大。刚走一二里地，倪太守道：“容我歇息歇息。”倪忠道：“老奴也发了喘了。与其歇息，莫若款款而行（慢慢地行走）。”倪太守道：“老人家说的真是。只是这莲花从何而来？为何到了这女子手内？”倪忠道：“老爷说甚么莲花？”倪太守道：“方才那救命姐姐说，他父亲有冤枉，恐不凭信，他给了我这一枝白玉莲花，作为信物。彼时就着灯光一看，合我那枝一样颜色一样光润。我才待要问，就被你夹着胳膊跑了。我心中好生纳闷。”倪忠道：“这也没有甚么可闷的。物件相同的颇多，且自收好了，再作理会。只是这位小姐搭救我主仆，此乃莫大之恩。而且老奴在灯下看这小姐，生得十分端庄美貌。老爷呀！为人总要知恩报恩，莫要因门楣（门第），辜负了他这番好意。”倪太守听了此话，叹道：“嗐！你我性命尚且顾不来，还说甚么门楣不门楣，报恩不报恩呢。”

谁知他主仆絮絮叨叨，奔奔波波，慌不择路，原是往西北，却忙忙误走了正西。忽听后面人马声嘶，猛回头见一片火光燎亮。倪忠着急，道：“不好了！有人追了来了。老爷且自逃生，待老奴迎上前去，以死相拼便了。”说罢，他也不顾太守，一直往东，竟奔火光而来。刚刚的迎了有半里之遥，见火光往西北去了。原来这火光走的是正路，可见他主仆方才走的岔了。

倪忠喘息了喘息，道：“敢则不是追我们的。”（何尝不是追你们的。若是走大路，也追上了。）他定了定神，仍然往西，来寻太守。又不好明明呼唤，他也会想法子，口呼：“同人！同人！同人在那里？同人在那里？”只见迎面来了一人，答道：“那个唤同人？”却也是个老者声音。倪忠来至切近，道：“我因有个同行之人失散，故此呼唤。”那老者道：“既是同人失散，待我帮你呼唤。”于是也就“同人、同人”呼唤多时，并无人影。倪忠道：“请问老丈，是往何方去的？”那老者叹道：“嗐，只因我老伴儿有个侄女被人陷害，是我前去探听并无消息，因此回来晚了。又听人说前面有夹沟子有打闷棍的，这怎么处呢？”倪忠道：“我与同人也是受了颠险（困顿危难）的，偏偏的到此失散。如今我这两腿酸疼，再也不能走了，如何是好？我还没问老丈贵姓。”那老者道：“小老儿姓王名凤山。动问（请问）老兄贵姓？”倪忠道：“我姓李。咱们找个地方，歇息歇息方好。”凤山道：“你看那边有个灯光，咱们且到那里。”

二人来到高坡之上，向前叩门，只听里面有妇人问道：“甚么人叩门？”外面答道：“我们是遇见打闷棍的了，望乞方便方便。”里头答道：“等一等。”不多时，门已开放，却是一个妇人，将二人让进，仍然把门闭好。来至屋中，却是三间草屋，两明一暗。将二人让至床上坐了。倪忠道：“有热水讨杯吃。”妇人道：“水却没有，倒有村醪（láo，浊酒）酒。”王凤山道：“有酒更妙了。求大嫂温的热热的，我们全是受了惊恐的了。”不一时，妇人暖了酒来，拿两个茶碗斟（往杯盏里倒）上。二人端起就喝。每人三口两气，就是一碗。还要喝时，只见王凤山说：“不好了！我为何天旋地转？”倪忠说：“我也有些头迷眼昏。”说话时，二人栽倒床上，口内流涎（口水）。妇人笑道：“老娘也是服侍你们的？这等受用，还叫老娘温的热热的。你们下床去罢，让老娘歇息歇息。”说罢，拉拉拽拽，拉下床来。他便坐在床上，暗想道：“好天杀忘八！看他回来如何见我？”他这样害人的妇人，比那救人的女子真有天渊之别。

妇人正自暗想，忽听外面叫道："快开门来！快开门来！"妇人在屋内答道："你将就着，等等儿罢。来了就是这时候。要忙，早些儿来呀。不要脸的忘八！"北侠在外听了，问道："这是你母亲么？"贼人道："不是，不是，这是小人的女人。"忽又听妇人来到院内，埋怨道："这是你出去打杠子（用棍子打人，指拦路抢劫）呢！好嘛，把行路的赶到家里来。若不亏老娘用药将他二人迷倒，孩儿吓，明日打不了的官司呢。"北侠外面听了有气，道："明是你母亲，怎么说是你女人呢？"贼人听了着急，恨道："快开开门罢！爷爷来了。"

北侠已听见药倒二人，就知这妇人也是个不良之辈。开开门时，妇人将灯一照，只见丈夫背了个女子。妇人大怒道："好吓！你敢则闹这个儿呢，还说爷爷来了。"刚说到此，忽然瞧见北侠身量高大，手内拿着明晃晃的钢刀，便不敢言语了。北侠进了门，顺手将门关好，叫妇人前面引路。妇人战战兢兢引到屋内，早见地下躺着二人。北侠叫贼人将朱绛贞放在床上。只见贼夫贼妇俱各跪下，说道："只求爷爷开一线之路，饶我二人性命。"北侠道："我且问你，此二人何药迷倒？"妇人道："有解法，只用凉水灌下，立刻苏醒。"北侠道："既如此，凉水在那里？"贼人道："那边坛子里就是。"北侠伸手拿过碗来，舀了一碗，递与贼人道："快将他二人救醒。"贼人接过去灌了。

北侠见他夫妇俱不是善类，已定了主意，道："这蒙汗酒只可迷倒他二人，若是我喝了决不能迷倒。不信，你等就对一碗来试试看如何？"妇人听了，先自欢喜，连忙取出酒与药来，加料的合了一碗，温了个热。北侠对贼妇说道："与人方便，自己方便。你等既可药人，自己也当尝尝。"贼人听了慌张，道："别人吃了，用凉水解。我们吃了，谁给凉水呢？"北侠道："不妨事，有我呢。纵然不用凉水，难道药性走了，便不能苏醒么？"贼人道："虽则苏醒，是迟的。须等药性发散尽了，总不如凉水醒的快。"

正说间，只见地下二人苏醒过来，一个道："李兄，何得一碗酒就醉了。"一个道："王兄，这酒别有些不妥当罢？"说罢，俱各坐起来揉眼。北侠一眼望去，忙问道："你不是倪忠么？"倪忠道："我正是倪忠。"一回头看见了贼人，忙问道："你不是贺豹么？"贼人道："我正是贺豹。杨伙计，你因何至此？"王凤山便问倪忠道："李兄，你到底姓甚么？如何又姓杨呢？”北侠听了，且不追问，立刻催逼他夫妇将药酒喝了。二人登时迷倒在地。方问倪忠：“太守那里去了？”倪忠就把诓（kuāng，骗）到霸王庄被陶宗识破，多亏一个被抢的女子名唤朱绛贞这位小姐搭救他主仆逃生，不想见了火光只道是有人追来，却又失散的话，说了一遍。

北侠尚未答言，只听床上的朱绛贞说道：“如此说来，奴是枉用了心机了。”倪忠听此话，往床上一看，道：“哎呀！小姐如何也到这里？”朱绛贞便把地牢又释放了锦娘，自己自缢的话，也说了一遍。王凤山道：“这锦娘可是翟九成的外孙女么？”倪忠道：“正是。”王凤山道：“这锦娘就是小老儿的侄女儿。小老儿方才说打听遇难之女，正是锦娘，不料已被这位小姐搭救。此恩此德，何以报答！”北侠在傍听明此事，便道：“为今之计，太守要紧。事不宜迟，我还要上霸王庄去呢。等候天明，务必雇一乘小轿，将朱小姐就送在王老丈家中。倪主管，你须要安置妥协了，即刻赶到本府，那时自有太守的下落。”倪忠与王凤山一一答应。

北侠又将贺豹夫妇提至里间屋内。惟恐他们苏醒过来，他二人又要难为倪忠等，那边有现成的绳子，将他二人捆绑了结实。倪忠等更觉放心。北侠临别，又谆谆（zhūn zhūn，反复告诫、再三叮咛的样子）嘱咐了一番，竟奔了霸王庄而来。要知后文如何，且听下回分解。

第七十五回 倪太守途中重遇难 黑妖狐牢内暗杀奸

且说北侠与倪忠等分别之后，竟奔霸王庄而来。

再表前文。倪太守因见火光，倪忠情愿以死相拚（pīn，即“拼”），已然迎将上去，自己只得找路逃生。谁知黑暗之中，见有白亮亮一条蚰蜒小路（比喻曲折的小路。蚰蜒，yóu yán，类似蜈蚣的节肢动物）儿，他便顺路行去。出了小路，却正是大路。见道傍地中有一窝棚（矮小简陋的屋子），内有灯光，他却慌忙奔到跟前，意欲借宿。谁知看窝棚之人不敢存留，道："我们是有家主，天天要来稽查的。似你夤夜（深夜。夤，yín）至此，知道是甚么人呢？你且歇息歇息，另投别处去罢，省得叫我们跟着担不是。"倪太守无可如何（没有办法），只得出了窝棚，另寻去处。刚刚才走了几步，只见那边一片火光，有许多人直奔前来。倪太守心中一急，不分高低，却被道埂绊倒，再也扎挣不起来了。此时火光业已（已经）临近，原来正是马强。

只因恶贼等到三鼓（三更）之时，从内出来到了招贤馆，意欲请太守过来，只见恶奴慌慌张张走来，报道："空房之中门已开了，那主仆二人竟自不知何处去了。"马强闻听，这一惊不小。独有黑妖狐智化与小诸葛沈仲元暗暗欢喜，却又纳闷："不知何人所为，竟将他二人就放走了。"马强呆了半晌，问道："似此如之奈何？"其中就有些光棍各逞能为（各自显示自己的能力），说道："大约他主仆二人也逃走不远，莫若大家骑马分头去赶；赶上拿回，再作道理。"马强听了，立刻吩咐备马，一面打着灯笼火把，从家内搜查一番。却见花园后门已开，方知道由内逃走。连忙带了恶奴光棍等，打着灯笼火把，乘马追赶，竟奔西北大路去了。

追了多时，不见踪影，只得勒马（拉紧马缰绳。勒，lè）回来。不想在道傍土坡之上有人躺卧，连忙用灯笼一照，恶奴道："有了，有了！在这里呢！"伸手轻轻慢慢提在马强的马前。马强问道："你如何竟敢开了花园后门，私自逃脱了？"倪太守听了，心中暗想："若说出朱绛贞来，岂不又害了难女，恩将仇报么？"只得厉声答道："你问我如何脱逃么？皆因是你家娘子怜我，放了我的。"恶贼听了，不由的暗暗切齿，骂道："好个无知贱人！险些儿误了大事。"吩咐带到庄上去。众恶奴拥护而行。

不多时，到了庄中，即将太守掐在地牢，吩咐众恶奴："你们好好看着，不可再有失误。不是当耍的。"且不到招贤馆去，气忿忿的一直来到后面，见了郭氏，暴躁如雷的道："好吓！你这贱人，不管事情轻重，竟敢擅放太守！是何道理？"只见郭氏坐在床上，肘打磕膝，手内拿着耳挖剔着牙儿，连理也不理，半晌，方问道："甚么太守？你合我嚷！"马强道："就是那斯文秀士与那老苍头（指奴仆）。"郭氏啐（cuì，用力吐出来）道："瞎扯臊！满嘴里喷屁！方才不是我合你一同吃饭么，谁又动了一动儿？你见我离了这个窝儿了吗？"马强听了，猛然省悟

（醒悟），道："是吓，自初鼓吃饭直到三更，他何尝出去了呢。"只得回嗔作喜（转怒为喜。嗔，chēn，怒），道："是我错怪你了。"回身就走。郭氏道："你回来。你就这样胡吹乱嚷的闹了一阵就走吓，还说点子甚么？"马强笑道："是我暴躁了。等我们商量妥当，回来再给你陪不是。"郭氏道："你不用合（和）我闹米汤（灌米汤，用甜言蜜语奉承别人）。我且问你，你方才说放了太守，难道他们跑了么？"马强拍拍手道："何尝不是呢。是我们骑马四下追寻，好容易单单的把太守拿回来了。"郭氏听了冷笑，道："好吗！哥哥儿，你提防着官司罢。"马强问道："甚么官司？"郭氏道："你要拿，就该把主仆同拿回来呀。你为甚么把苍头放跑了？他这一去不是上告，就是调兵。那些巡检、守备、千把总听说太守被咱们拿了来，他们不合咱们要人呀？这个乱子才不小呢！"马强听了，急的搓搓手，道："不好，不好！我须合他们商量去。"说罢，竟奔招贤馆去了。郭氏这里叫朱绛贞拿东西，竟不见了朱绛贞，连所有箱柜上钥匙都不见了，方知是朱绛贞把太守放走。他还不知连锦娘都放了。

且说马强到了招贤馆，便将郭氏的话对众人说了。沈仲元听了，并不答言。智化佯（yáng，假装）为不理，仿佛惊呆了的样子。只听众光棍道："兵来将挡。事到头来，说不得了。莫若将太守杀掉，以灭其口。明日纵有兵来，只说并无此事，只要牙关咬的紧紧的，毫不应承，也是没有法儿的。太守怎的？员外，你老要把这场官司滚出来，那才是一条英雄好汉！既不然，还有我等众人齐心努力，将你老救出来，咱们一同上襄阳举事，岂不妙哉？"马强听了，登时豪气冲空，威风叠起，立刻唤马勇，付与钢刀一把，前到地牢将太守杀死，把尸骸（尸体。骸，hái）撂（liào，丢，抛弃）于后园井内。黑妖狐听了，道："我帮着马勇前去。"马强道："贤弟若去更好。"

二人离了招贤馆，来到地牢。智化见有人看守，对着众恶奴道："你们只管歇息去罢。我们奉员外之命来此看守，再有失闪，有我二人一面承管。"众人听了，乐得歇息，一哄而散。马勇道："智爷为何叫他们散了？"智化道："杀太守这是机密事，如何叫众人知得的呢？"马勇道："倒是你老想的到。"进了地牢，智化在前，马勇在后。智化回身道："刀来。"马勇将刀递过。智化接刀，一顺手先将马勇杀了，回头对倪太守道："略等一等，我来救你。"说罢，提了马勇尸首，来到后园，撂入井内。急忙忙转到地牢一看，罢咧！太守不见了。智化这一急非小，猛然省悟道："是了，这是沈仲元见我随了马勇前来，暗暗猜破，他必救出太守去了。"后又一转想道："不好！人心难测，焉知他不又献功去了？且去看个端的（究竟）。"

即跃身上房，犹如猿猴一般，轻巧非常，来到招贤馆房上，偷偷儿看了，并无动静，而且沈仲元正与马强说话呢。黑妖狐道："这太守往那里去了？且去庄外看看。"抽身离了招贤馆。窜身越墙来到庄外，留神细看，却见有一个影儿，奔入树林中去了。智化一伏身追入树林之中，只听有人叫道："智贤弟，劣兄（愚兄）在此。"黑妖狐仔细一看，欢喜道："原来是欧阳兄么？"北侠道："正是。"黑妖狐道："好了，有了帮手了。太守在那里？"北侠道："那树木之下就是。"智化见了。三人计议，于明日二更拿马强，叫智化作为内应（隐藏在对方内部做策应的人）。倪太守道："多承二位义士搭救。只是学生昨日起直至五更，昼夜辛勤，实实的骨软筋酥，而且不知道路，这可怎么好？"

正说时，只听得嗒嗒马蹄声响，来到林前，窜下一个人来，悄悄说道："师父，弟子将太守马盗得来在此。"智化听了是艾虎的声音，说道："你来的正好，快将马拉过来。"北侠问道："这小孩子是何人？如何有此本领？"智化道："是小弟的徒弟，胆量颇好。过来见过欧阳伯父。"艾虎唱了一个喏（"唱喏"，一边面揖，一边出声致敬。喏，rě）。北侠道："你师徒急速回去，省得别人犯疑。我将太守送到衙署便了。"说罢，执手（拱手）分别。

智化与小爷艾虎回庄，便问艾虎道："你如何盗了马来？"艾虎道："我因暗地里跟你老到地牢前，见你老把马勇杀了，就知要救太守。弟子惟恐太守胆怯力软，逃脱不了，故此偷偷的备了马来。原打算在树林等候，不想太守与师父来的这般快。"智化道："你还不知道呢，太守还是你欧阳伯父救的呢。"艾虎道："这欧阳伯父，不是师父常提的紫髯伯么？"智化道："正是。"艾虎跌足，道："可惜黑暗之中，未能瞧见他老的模样儿。"智化悄悄道："你别忙。明晚二更，他还来呢。"艾虎听了，心下明白，也不往下追问。说话间，已到庄前。智化道："自寻门路，不要同行。"艾虎道："我还打那边进去。"说罢，飕的一声，上了高墙，一转眼就不见了。智化暗暗欢喜，也就越墙来到地牢，从新往招贤馆而来，说马勇送尸骸往后花园井内去了。

且说北侠护送倪太守，在路上已将朱绛贞、倪忠遇见了的话，说了一遍。一个马上，一个步下，走个均平（平均，平衡）。看看天亮，已离府衙不远，北侠道："大老爷前面就是贵衙了，我不便前去。"倪继祖连忙下马，道："多承恩公搭救。为何不到敝衙，略申酬谢？"北侠道："我若随到衙门，恐生别议。大老爷只想着派人，切莫误了大事。"倪太守道："定于何地相会？"北侠道："离霸王庄南二里有个瘟神庙，我在那里专等。至（最）迟，掌灯总要会齐。"倪太守紧记在心。北侠转身，就不见了。

太守复又扳鞍上马，迤逦（yǐlǐ，曲折连绵）行来，已至衙前。门上等连忙接了马匹，引到书房，有书房小童余庆参见。倪太守问："倪忠来了不曾？"余庆禀道："尚未回来。"伺候太守净面更衣吃茶时，余庆请示："老爷，在那里摆饭？"太守道："饭略等等，候倪忠回来再吃。"余庆道："老爷先用些点心，喝点汤儿罢。"倪太守点了点头。余庆去不多时，捧了大红漆盒，摆上小菜，极热的点心，美味的羹汤。太守吃毕，在书房歇息，盼望倪忠，见他不回来，心内有些焦躁。

好容易到了午刻，倪忠方才回来，已知主人先自到署，心中欢喜。及至见面时，虽则别离不久，然而皆从难中脱逃出来，未免彼此伤心，各诉失散之后的情由。倪忠便说："送朱绛贞到王凤山家中，谁知锦娘先已到他姑母那里。娘儿两个见了朱绛贞，千恩万谢，就叫朱小姐与锦娘同居一室。王老者有个儿子极其儒雅，那老儿恐他在家不便，却打发他上县，一来与翟九成送信，二来就叫他在那里照应。老奴见诸事安置停当，方才回来。偏偏雇的骡儿又慢，要早到是再不能的，所以来迟，叫老爷悬心（担心）。"太守又将与北侠定于今晚捉拿马强的话也说了。倪忠快乐非常。

此时余庆也不等吩咐，便传了饭来，安放停当。太守就叫倪忠同桌儿吃饭毕，然后倪忠出来问："今日该值（值班）头目是谁？"上来二人答道："差役王恺、张雄。"倪忠道："随我来，老爷有话分派。"倪忠带领二人来至书房。差役跪倒报名。太守吩咐道："特派你二人带领二十名捕快，暗藏利刃，不准同行，陆续散走，全在霸王庄南二里之遥，有个瘟神庙那里聚齐。只等掌灯时，有个碧睛紫髯（rán，两腮的胡子，泛指胡子）的大汉来时，你等须要听他调遣。如有敢违背者，回来我必重责。此系机密之事，不可声张，倘有泄露，惟你二人是问。”王恺、张雄领命出来，挑选精壮捕快二十名，悄悄的预备了。

且说马强虽则一时听了众光棍之言，把太守杀害，却不见马勇回来，暗想道：“他必是杀了太守，心中害怕逃走了，或者失了脚也掉在井里了。”胡思乱想，总觉不安，惟恐官兵前来捉捕要人，这个乱子实在闹的不小，未免短叹长吁，提心吊胆。无奈叫家人备了酒席，在招贤馆大家聚饮。众光棍见马强无精打彩的，知道为着此事，便把那作光棍、闯世路的话头各各提起，甚么“生而何欢，死而何惧”咧；又是甚么“敢作敢当，才是英雄好汉”咧；又是甚么“砍了脑袋去，不过碗大疤瘌（bā la，伤口平复以后留下的痕迹）”咧；又是甚么“不受苦中苦，焉能为人上人”咧；但是受了刑咬牙不招，方算好的，称的起人上人。说的马强漏了气的干尿泡（膀胱的俗称。尿，suī）似的，那么一臌（gǔ，鼓胀）一臌的，却长不起腔儿来。

正说着，只见恶奴前来道：“回员外。”马强打了个冷战。“怎么，官兵来了？”恶奴道：“不是，南庄头儿交粮来了。”马强听了，将眼一瞪，道：“收了就是了，这也值的大惊小怪！”复又喝酒。偏偏的今儿事情多。正在讲交情，论过节，猛抬头见一个恶奴在那边站着，嘴儿一拱一拱的，意思要说话。马强道：“你不用说，可是官兵到了不是？”那家人道：“不是，小人才到东庄取银子回来了。”马强道：“嗐！好烦吓！交到账房里去就结了，这也犯的上挤眉弄眼的。”这一天似此光景，不一而足。不知到底如何，且听下回分解。

第七十六回 割帐绦①北侠擒恶霸 对莲瓣太守定良缘

且说马强担了一天惊怕，到了晚间，见毫无动静，心里稍觉宽慰，

①绦（tāo）：用丝纺织的带子。

对众人说道："今日白等了一天，并没见有个人来，别是那老苍头也死了罢？"众光棍道："员外说的是。一个老头子有多大气脉，连唬带累，准死无疑，你老可放心罢。"众人只顾奉承恶贼欢喜，也不想想朝廷家平空的丢了一个太守，也就不闻不问，焉有是理。其中独有两个人明白，一个是黑妖狐智化，心内早知就里（底细），却不言语；一个是小诸葛沈仲元，瞧着事情不妥，说肚腹不调，在一边躲了。剩了些浑虫糊涂浆子浑吃浑喝，不说理，顺着马强的竿儿往上爬，一味的抱粗腿，说的恶贼一天愁闷都抛于九霄云外，端起大杯来，哈哈大笑，左一巡，右一盏，不觉醺醺（形容人喝醉的样子。醺，xūn），便起身往后边去了。见了郭氏，未免讪讪（不好意思、难为情的样子。讪，shàn）的没说强说，没笑强笑，哄的郭氏脸上下不来，只得也说些安慰的话儿，又提拨（提醒）着叫他寄信与叔父马朝贤暗里照应。马强更觉欢喜，喝茶谈话。

不多时，已交二鼓（二更），马强将大衫脱去，郭氏也把簪环卸了，脱去裙衫。二人刚要进帐安歇，忽见软帘嗯的一响，进来一人，光闪闪碧睛暴露，冷森森宝刀生辉。恶贼一见，骨软筋酥，双膝跪倒，口中哀求："爷爷饶命！"北侠道："不许高声。"恶贼便不敢言语。北侠将帐子上丝绦割下来，将他夫妇捆了，用衣襟塞口。回身出了卧室，来至花园，将双手拍、拍、拍一阵乱拍，见王恺、张雄带了捕快俱各出来。他等众人都是在瘟神庙会齐，见了北侠。北侠引着王恺、张雄，认了花园后门，叫他们一更之后俱在花园藏躲，听拍掌为号。一个个雄赳赳，气昂昂（指人雄壮威武，情绪高昂），跟了北侠来至卧室。北侠吩咐道："你等好生看守凶犯，待我退了众贼，咱们方好走路。"

说话间，只听前面一片人声鼎沸。原来有个丫鬟从窗下经过，见屋内毫无声响，撕破窗纸一看，见马强、郭氏俱各捆绑在地，只唬的胆裂魂飞，忙忙的告诉了众丫鬟，方叫主管姚成到招贤馆请众寇。神手大圣邓车、病太岁张华听了，带领众光棍，各持兵刃，打着亮子，跟随姚成往后面而来。

此时北侠在仪门（旁门）那里持定宝刀，专等退贼。众人见了，谁也不敢向前。这个说："好大身量！"那个说："瞧那刀有多亮，必是锋镭儿快（俗语，形容刀锋利）。"这个叫："贤弟，我一个儿不是他的对手，你帮帮哥哥一把儿。"那个唤："仁兄，你在前面虚招架，我绕到后面给他个冷不防。”邓车道：“你等不要如此，待我来。”伸手向弹囊中掏出弹子，扣上弦，拽开铁靶弓。北侠早已看见，把刀扁着。只见发一弹来，北侠用刀往回里一磕。只听哨啷一声，那边众贼之中有个先嗳哟了一声，道：“打了我了！”邓车连发，北侠连磕。此次非邓家堡可比，那是黑暗之中，这是灯光之下，北侠看的尤其真切，左一刀，右一刀，磕的弹子，就如打嘎的一般，也有打在众贼身上的，也有磕丢了的。

病太岁张华以为北侠一人可以欺负，他从傍边溜湫过去，嗖的就是一刀。北侠早已提防，见刀临近，用刀往对面一削，噌的一声，张华的刀飞起去半截，可巧落在一个贼人头上，外号儿叫做铁头浑子徐勇。这一下子把小子戳了一个窟窿。众贼见了，乱嚷道：“了不得了！祭（使用）起飞刀来了。这可不是顽的呀！我可了不了！不是他的个儿，趁早儿躲开罢，别叫他做了活。”七言八语，只顾乱嚷，谁肯上前。哄的一声，俱各跑回招贤馆，就把门窗户壁关了个结实，连个大气儿也不敢出。要咳嗽，俱用袖子握着嘴，膝子（食管下端盛食物的囊。膝，sù）里憋着。不敢点灯，全在黑影儿里坐着。

此时黑妖狐智化已叫艾虎将行李收什妥当了，师徒两个暗地里瞭高（在高处瞭望），瞧到热闹之处，不由暗暗叫好。艾虎见北侠用宝刀磕那弹子，迅速之极，只乐得他抓耳挠腮，暗暗夸道：“好本事！好目力！”后来见宝刀削了张华的利刃，又乐的他手舞脚蹈，险些儿没从房上掉下来。多亏智化将他揪住了。见众人一哄而散，他师徒方从房上跃下，与北侠见了，问马强如何。北侠道：“已将他夫妻拿获。”智爷道：“郭氏无甚大罪，可以免其到府，单拿恶贼去就是了。”北侠道：“吾弟所论甚是。”即吩咐王恺、张雄等单将马强押解到府。智化又找着姚成，叫他备快马一匹，与员外乘坐。姚成不敢违拗（违背。拗，ào），急忙备来。艾虎背上行李，跟定智化、欧阳春一同出庄，仿佛护送员外一般。

此时天已五鼓，离府尚有二十五六里之遥。北侠见艾虎甚是伶俐，且少年一团英气（英武豪迈的气概），一路上与他说话，他又乖滑的狠，把个北侠爱的个了不得。而且艾虎说他无父无母，孤苦之极，幸亏拜了师父，蒙他老人家疼爱，方学习了些武术，这也是小孩子的造化（福气）。北侠听了此话，更觉可怜他，回头便对智爷道：“令徒狠好，劣兄甚是爱惜。我意欲将他认为义子螟蛉［螟蛉（míng líng）是一种绿色的小虫，蜾蠃（guǒ luǒ）是一种寄生蜂。蜾蠃常捕捉螟蛉存放在窝里，产卵在它们身体里，卵孵化后就拿螟蛉做食物。古人误认为蜾蠃不产子，喂养螟蛉为子，因此用“螟蛉”比喻义子］，贤弟以为何如？”智化尚未答言，只见艾虎扑翻身拜倒，道：“艾虎原有此意。如今伯父既有此心，这更是孩儿的造化了。爹爹就请上受孩儿一拜。”说罢，连连叩首在地。北侠道：“就是认为父子，也不是这等草率的。”艾虎道：“甚么草率不草率，只要心真意真，比那虚文套礼强多了。”说的北侠、智爷二人都乐了。艾虎爬起来，快乐非常。智化道：“只顾你磕头认父，如今被他们落远了，快些赶上要紧。”艾虎道：“这值甚么呢。”只见他一伏身，突、突、突、突登时不见了。北侠、智化又是欢喜，又是赞美，二人也就往前趱步（快走。趱，zǎn）。

看看天色将晓，马强背剪（指将手放在背部捆绑起来）在马上，塞着口，又不能言语，心中暗暗打算：“所做之事，俱是犯款的情由，说不得只好舍去性命，咬定牙根，全给他不应，那时也不能把我怎样。”急的眼似銮铃（古代帝王车驾上悬挂的铃铛，此处形容眼睛因着急而睁得又圆又大。銮，luán），左观右看，就见智化跟随在后，还有艾虎随来，肩头背定包裹。马强心内叹道：“招贤馆许多宾朋，如今事到临头，一个个畏首畏尾（前也怕，后也怕。形容胆子小，疑虑重重），全不想念交情，只有智贤弟一人相送。可见知己朋友是难得的。可怜艾虎小孩子天真烂漫，他也跟了来，还背着包袱，想是我应换的衣服。若能够回去，倒要多疼他一番。”他那里知道他师徒另存一番心呢。

北侠见离府衙不远，便与智爷、艾虎煞住脚步。北侠道：“贤弟，你师徒意欲何往？”智爷道：“我等要上松江府茉花村去。”北侠道：“见了丁氏昆仲（对别人兄弟的称呼），务必代劣兄致意（表示问候之意）。”智爷道：“欧阳兄何不一同前往呢？”北侠道：“刚从那里来的不久，原为到杭州游玩一番，谁知遇见此事。今已将恶人拿获，尚有招贤馆的余党，恐其滋事。劣兄只得在此耽延几时，等结案无事，我还要在此处游览一回，也不负我跋涉之劳。后会有期，请了。”智化也执手告别。艾虎从新又与北侠行礼叩别（告别，拜别），恋恋不舍，几乎落下泪来。北侠从此就在杭州。

再言招贤馆的众寇听了些时毫无动静，方敢掌灯，彼此查看，独不见了智化；又呼馆童艾虎，也不见了。大家暗暗商量，就有出主意：“莫若上襄阳王赵爵那里去。”又有说：“上襄阳去缺少盘川（即“盘缠”，旅费），如何是好？”又有说：“向郭氏嫂嫂借贷去。”又有说：“他丈夫被人拿去，还肯借给咱们盘川，叫奔别处去的么？”又有说阴功话的：“依我，咱们如此如此，抢上前去。”众人听了，俱各欢喜，一个个登时抖起威风，出了招贤馆，到了仪门，呐一声喊道：“我等乃北侠带领在官人役，因马强陷害平民，刻薄成家，理无久享，先抢了他的家私泄众恨。”说到“抢”字，一拥齐入。

此时郭氏多亏了丫鬟们松了绑缚，哭够多时，刚入帐内安歇。忽听此言，那里还敢出声，只用被蒙头，乱抖在一处。过一会儿不听见声响，方敢探出头来一看，好苦！箱柜抛翻在地。自己慢慢起来，因床下有两个丫鬟藏躲，将他二人唤出，战战兢兢，方将仆妇婆子寻来。到了天明，仔细查看，所丢的全是金银簪环，首饰衣服等物，别样一概没动。立刻唤进姚成。那知姚成从半夜里逃在外边巡风，见没甚么动静，等到天亮方敢出头，仍然溜进来。恰巧唤他，他便见了郭氏，商议写了失单，并声明贼寇自称北侠，带领官役，明火执仗（点着火把，拿着武器，公开活动。多指抢劫）。姚成急急报呈县内。郭氏暗想丈夫事体吉少凶多，须早早禀知叔父马朝贤，商议个主意，便细细写了书信一封，连被抢一节并失单，俱各封妥，就派姚成连夜赴京去了。

且说王恺、张雄将马强解（jiè，押送）到，倪太守立刻升堂，先追问翟九成、朱焕章两案。恶贼皆言他二人欠债不还，自己情愿以女为质（人质），并无抢掠之事。又问他：“为何将本府诓（骗）到家中，掐在地牢？讲！”马强道：“大老爷乃四品黄堂（古代太守衙门中的正堂，此处借指为太守），如何能到小人庄内？既是大老爷被小民诓去，又说下在地牢，如何今日大老爷仍在公堂问事呢？似此以大压小的问法，小人实实吃罪不起。”倪太守大怒，吩咐打这恶贼。一边掌了二十嘴巴，鲜血直流。问他不招，又吩咐拉下去，打了四十大板。他是横了心，再也不招。又调翟九成、朱焕章到案，与马强当面对质。这恶贼一口咬定是他等自愿以女为质，并无抢掠的情节。

正在审问之间，忽见县里详文呈报马强家中被劫，乃北侠带领差役，明火执仗，抢去各物，现有原递失单呈阅。太守看了，心中纳闷：

"我看义士欧阳春决不至于如此，其中或有别项情弊（情况）。"吩咐暂将马强收监，翟九成回家听传，原案朱焕章留在衙中，叫倪忠传唤王恺、张雄问话。

不多时，二人来到书房。太守问道："你等如何拿的马强？"他二人便从头至尾，述说一遍。太守又问道："他那屋内物件，你等可曾混动？"王恺、张雄道："小人们当差多年，是知规矩的。他那里一草一木，小人们是断不敢动的。"太守道："你等固然不能，惟恐跟去之人有些不妥。"王、张二人道："大老爷只管放心。就是跟随小人们当差之人，俱是小人们训练出来的。但凡有点毛手毛脚的，小人决不用他。"太守点头，道："只因马强家内失盗，如今县内呈报前来。你二人暗暗访查，回来禀我知道。"王、张领命去了。

太守又叫倪忠请朱先生。不多时，朱焕章来到书房，太守以宾客相待，先谢了朱绛贞救命之恩，然后把那枝玉莲花拿出。朱焕章见了，不由的泪流满面。太守将朱绛贞誓以贞洁自守的话说了，朱焕章更觉伤心。太守又将朱绛贞脱离了仇家、现在王凤山家中居住的话，说了一回，朱焕章反悲为喜。太守便慢慢问那玉莲花的来由。朱焕章道："此事已有二十多年。当初在仪征居住之时，舍间后门便临着扬子江的江岔。一日，见漂来一男子死尸，约有三旬年纪，是我心中不忍，惟恐暴露，因此备了棺木，打捞上来。临殡葬时，学生给他整理衣服，见他胸前有玉莲花一枝，心中一想，何不将此物留下，以为将来认尸之证，因此解下交付贱荆（对自己妻子的谦称）收藏。后来小女见了爱惜不已，随身佩带，如同至宝。太尊何故问此？"倪太守听了，已然落下泪来。朱焕章不解其意。只见倪忠上前，道："老爷何不将那枝对对，看是如何？"太守一边哭，一边将里衣解开，把那枝玉莲花拿出。两枝合来，恰恰成为一朵，而且精润光华，一丝也是不差。太守再也忍耐不住，手捧莲花，放声大哭。朱焕章到底不解是何缘故。倪忠将玉莲花的原委（事情的始末），略说梗概（大概，大略的内容）。朱先生方才明白，连忙劝慰太守，道："此乃珠还璧返，大喜之兆。且无心中又得了先大人的归结下落，虽则可悲，其实可喜。"太守闻言，才止悲痛，复又深深谢了。就留下朱先生在衙内居住。

倪忠暗暗一力撺掇（cuān duo，怂恿，鼓动），说："朱小姐有救命之恩，而且又有玉莲花为媒，真是千里婚姻一线牵定。”太守亦甚愿意。因此倪忠就托王凤山为冰人（媒人），向朱先生说了。朱公乐从，慨然允许。王凤山又托了倪忠，向翟九成说合锦娘与儿子联姻，亲上作亲。翟九成亦欣然应允，霎时间都成了亲眷，更觉亲热。太守又打点行装，派倪忠接取家眷，把玉莲花一对交老仆好好收藏，到白衣庵见了娘亲，就言二事已齐备，专等母亲到任所，即便迁葬父亲灵柩（装着尸体的棺材。柩，jiù），拿获仇家报仇雪恨。俟（sì，等待）诸事已毕，再与绛贞完姻。未知后文如何，且听下回分解。

第七十七回 倪太守解任赴京师 白护卫乔妆逢侠客

且说倪忠接取家眷去后，又生出无限风波，险些儿叫太守含冤。你道如何？只因由京发下一套文书，言有马强家人姚成进京上告太守倪继祖私行出游，诈害（欺诈陷害）良民，结连大盗，明火执仗。今奉旨：“马强提解（押送人犯。解，jiè）来京，交大理寺严讯；太守倪继祖暂行解任，一同来京，归案备质。”倪太守遵奉来文，将印信事件交代委署官员，即派差役押解马强赴京。倪太守将众人递的状子案卷俱各带好，止于派长班二人跟随来京。

一日，来至京中，也不到开封府，因包公有师生之谊，理应回避，就在大理寺报到。文老大人见此案人证到府，便带马强过了一堂。马强已得马朝贤之信，上堂时一味口刁，说太守不理民词，残害百姓；又结连大盗，夤夜（深夜。夤，yín）打抢，现有失单报县尚未弋获（射得。后也称缉获盗贼为“弋获”。弋，yì）等词。文大人将马强带在一边，又问倪太守此案的端倪原委。倪太守一一将前事说明：如何接状；如何私访被拿两次，多亏难女朱绛贞、义士欧阳春搭救；又如何捉拿马强恶贼，他家有招贤馆窝藏众寇，至五更将马强拿获立刻解到；如何升堂审讯，恶贼狡赖不应。“如今他暗暗使家人赴京呈控，望乞大人明鉴详查，卑府不胜感幸。”文彦博听了，说：“请太守且自歇息。”倪太守退下堂来。

老大人又将众人冤呈看了一番，立刻又叫带马强，逐件问去，皆有强辞狡展（强词夺理地狡辩）。文大人暗暗道：“这厮明仗着总管马朝贤与他作主，才横了心不肯招承。惟有北侠打劫一事真假难辨，须叫此人到案作个硬证，这厮方能服输。”吩咐将马强带去收禁。又叫人请太守，细细问道：“这北侠又是何人？”太守道：“北侠欧阳春，因他行侠尚义，人皆称他为北侠，就犹如展护卫有南侠之称一样。”文彦博道：“如此说来，这北侠决非打劫大盗可比。此案若结，须此人到案方妥。他现在那里？”倪继祖道：“大约还在杭州。”文彦博道：“既如此，我明日先将大概情形复奏，看圣意如何。”就叫人将太守带至岳神庙好好看待。

次日，文大人递折之后，圣旨即下，钦派四品带刀护卫白玉堂访拿欧阳春，解京归案审讯。锦毛鼠参见包公。包公吩咐了许多言语，白玉堂一一领命。辞别出来，到了公所，大家与玉堂饯行（以酒食送行，表示惜别和祝福。饯，jiàn）。饮酒之间，四爷蒋平道：“五弟此一去见了北侠，意欲如何？”白玉堂道：“小弟奉旨拿人，见了北侠，自然是秉公办理，焉敢徇情。”蒋平道：“遵奉钦命，理之当然。但北侠乃尚义之人，五弟若见了他，公然以钦命自居，惟恐欧阳春不受欺侮，反倒费了周折。”白玉堂听了，有些不耐烦，没奈何，问道：“依四哥怎么样呢？”蒋爷道：“依劣兄的主意，五弟到了杭州，见署事的太守，将奉旨拿人的情节与他说了，却叫他出张告示，将此事前后叙明；后面就提五弟，虽则是奉旨，然因道义相通，不肯拿解（逮捕），特来访请。北侠若果在杭州，见了告示，他必自己投到。五弟见了他，以情理相感，他必安安稳稳随你来京，决不费事。若非如此，惟恐北侠不肯来京，倒费了事了。”五爷听了，暗笑蒋爷软弱，嘴里却说道：“承四哥指教，小弟遵命。”饮酒已毕，叫伴当（旧时跟随着做伴的仆人或伙伴）白福备了马匹，拴好行李，告别众人。卢方又谆谆（反复告诫、再三叮咛的样子）嘱咐：“路上小心。到了杭州，就按你四哥主意办理。”五爷只得答应。展爷与王、马、张、赵等俱各送出府门。白五爷执手道：“请。”慢慢步履而行。

出了城门，主仆二人方扳鞍上马，竟奔杭州而来。在路行程，无非“晓行夜宿，渴饮饥餐”八个大字。沿途无事可记。这一日来至杭州，租了寓所，也不投文，也不见官，止于报到，一来奉旨；二来相谕要访拿钦犯，不准声张。每日叫伴当出去暗暗访查，一连三四日不见消息。只得自己乔妆改扮了一位斯文秀才模样，头戴方巾，身穿花氅（chǎng，外套），足下登一双厚底大红朱履，手中轻摇泥金折扇，摇摇摆摆，出了店门。

时值残春，刚交初夏，但见农人耕于绿野，游客步于红桥，又见往来之人不断。仔细打听，原来离此二三里之遥，新开一座茶社，名曰玉兰坊，此坊乃是宦宦的花园，亭榭桥梁，花草树木，颇可玩赏。白五爷听了，暗随众人前往，到了那里，果然景致可观。有个亭子，上面设着座位，四面点缀些巉岩（险峻的山岩。巉，chán）怪石，又有新篁（huáng，竹林，泛指竹子）围绕。白玉堂到此，心旷神怡，便在亭子上泡了一壶茶，慢慢消饮，意欲喝点茶再沽酒（买酒。沽，gū）。

忽听竹丛中淅沥有声，出了亭子一看，霎时天阴，淋淋下起雨来。因有绿树撑空，阴晴难辨。白五爷以为在上面亭子内对此景致，颇可赏雨。谁知越下越大，游人俱已散尽，天色已晚。自己一想：“离店尚有二三里，又无雨具，倘然再大起来，地下泥泞，未免难行，莫若冒雨回去为是。”急急会钞下亭，过了板桥，用大袖将头巾一遮，顺着柳树行子冒雨急行。猛见红墙一段，却是整齐的庙宇。忙到山门下避雨，见匾额上题着“慧海妙莲庵”。低头一看，朱履已然踏的泥污，只得脱下。才要收什收什，只见有个小童手内托着笔砚，口呼“相公、相公”，往东去了。忽然见庙的角门开放，有一年少的尼姑悄悄答道：“你家相公在这里。”白五爷一见，心中纳闷。谁知小童往东，只顾呼唤相公，并没听见。这幼尼见他去了，就关上角门进去。

五爷见此光景，暗暗忖（cǔn，细想）道：“他家相公在他庙内，又何必悄悄唤那小童呢？其中必有暗昧。待我来。”站起身来，将朱履后跟一倒，他拉脚儿穿上，来到东角门，敲户道：“里面有人么？我乃行路之人，因遇雨天晚，道路难行，欲借宝庵避雨，务乞方便。”只听里面答道：“我们这庙乃尼庵，天晚不便容留男客，请往别处去罢。”说完，也不言语，连门也不开放。白玉堂听了，暗道：“好呀！他庙内现有相公，难道不是男客么？既可容得他，如何不容我呢？这其中必有缘故了。我倒要进去看看。”转身来到山门，索性把一双朱履脱下，光着袜底，用手一搂衣襟，飞身上墙，轻轻跳将下去。在黑影中细细留神，见有个道姑，一手托定方盘，里面热腾腾的菜蔬；一手提定酒壶，进了角门。有一段粉油的板墙也是随墙的板门，轻轻进去。白玉堂也就暗暗随来，挨身而入，见屋内灯光闪闪，影射幽窗。五爷却悄悄立于窗外。

只听屋内女音道："天已不早，相公多少用些酒饭，少时也好安歇。"又听男子道："甚的酒饭！甚的安歇！你们到底是何居心，将吾拉进庙来，又不放我出去，成个甚么规矩，像个甚么体统！还不与我站远些。"又听女音说道："相公不要固执，这也是天缘凑合。难得今日'油然作云，沛然下雨'。上天尚有云行雨施，难道相公倒忘了云情雨意（指男女欢会之情）么？"男子道："你既知'油然作云，沛然下雨'，为何忘了'男女授受不亲'呢？吾对你说，'读书人持躬如圭璧'，又道'心正而后身修'。似这无行之事，我是'大旱之云霓'，想降时雨是不能的。"

白五爷窗外听了，暗笑："此公也是书痴，遇见这等人还合他讲甚么书？论甚么文呢？"又听一个女尼道："云霓也罢，时雨也罢，且请吃这杯酒。"男子道："唔呀！你要怎么样？"只听呰啷一声，酒杯落地砸了。尼姑嗔（chēn，生气）道："我好意敬你酒，你为何不识抬举？你休要咬文咂字（即咬文嚼字，形容死扣字眼而不注意实质）的。实告诉你说，想走不能！不信，给你个对证看。现在我们后面，还有一个卧病在床的，那不是榜样么？"男子听了着急，道："如此说来，你们这里是要害人的，吾要嚷了呢！"尼姑道："你要嚷，只要有人听的见。"男子便喊道："了弗得了！他们这里要害人呢。救人吓，救人！"

白玉堂趁着喊叫，连忙闯入，一掀软帘，道："兄台为何如此喉急？想是他们奇货自居（商人把难得的货物囤积起来，等待高价出售。也比喻凭借某种独特的技能或成就，作为要求名利地位的本钱），物抬高价了。"把两个女尼吓了一跳。那人道："兄台请坐。他们这里不正经，了弗得的。"白五爷道："这有何妨。人生及时行乐，也是快事。他二人如此多情，兄台何如此之拘泥？请问尊姓。"那人道："小弟姓汤名梦兰，乃扬州青叶村人氏，只因探亲来到这里，就在前村居住。可巧今日无事，要到玉兰坊闲步闲步，恐有题咏（题写在名山、寺庙、园林、字画、酒肆等上的诗歌楹联），一时忘记了笔砚，因此叫小童回庄去取。不想落下雨来，正在踌躇，承他一番好意，让我庙中避雨。吾还不肯，他们便再三拉吾到这里，不放吾动身，甚的云咧雨咧，说了许多的混话。”白玉堂道：“这就是吾兄之过了。”汤生道：“如何是吾之过？”白玉堂道：“你我读书人，接物待人，理宜从权达变（采用机宜的手段随机应变），不过随遇而安，行云流水，过犹不及（事情做得过头，就跟不够一样，都是不好的），其病一也。兄台岂不失于中道（中庸之道）乎？”汤生摇头，道：“否，否。吾宁失于中道，似这样随遇而安，我是断断乎不能为也！请问足下安乎？”白玉堂道：“安。”汤生嗔怒，道：“汝安，则为之。吾虽死不能相从！”白玉堂暗暗赞道：“我再三以言试探，看他颇颇正气，须当搭救此人。”

谁知尼姑见玉堂比汤生强多了，又见责备汤生，以为玉堂是个惯家，登时就把柔情都移在玉堂身上。他也不想想玉堂从何处进来的，可见邪念迷心，竟忘其所以。白玉堂再看那两个尼姑，一个有三旬，一个不过二旬上下，皆有几分姿色。只见那三旬的连忙执壶，满斟了一杯，笑容可掬，捧至白五爷跟前，道：“多情的相公，请吃这杯合欢酒。”玉堂并不推辞，接过来一饮而尽，却哈哈大笑。那二旬的见了，也斟一杯近前，道：“相公喝了我师兄的，也得喝我的。”白玉堂也便在他手中喝了。汤生一旁看了，道：“岂有此理呀，岂有此理！”二尼一边一个伺候玉堂。玉堂问他二人却叫何名，三旬的说：“我叫明心。”二旬的说：“我叫慧性。”玉堂道：“明心明心，心不明则迷；慧性慧性，性不慧则昏。你二人迷迷昏昏，何时是了？”说着话，将二尼每人握住一手，却问汤生道：“汤兄，我批的是与不是？”汤生见白五爷合二尼拉手，已气的低了头，正在烦恼；如今听玉堂一问，便道：“谁呀？呀！你还来问吾。吾看你也是心迷智昏了。这还了得，放肆！岂有呀，岂有此……”话未说完，只见两个尼姑口吐悲声，道：“哎哟哟！疼死我也。放手，放手！禁不起了。”只听白玉堂一声断喝，道：“我把你这两个淫尼！无端引诱人家子弟，残害好人，该当何罪！你等害了几条性命？还有几个淫尼？快快讲来！”二尼跪倒央告（央求，恳求），道：“庵中就是我师兄弟两个，还有两个道婆，一个小徒。小尼等实实不敢害人性命。就是后面的周生，也是他自己不好，以致得了弱症。若都似汤相公这等正直，又焉敢相犯，望乞老爷饶恕。”

汤生先前以为玉堂是那风流尴尬之人，毫不介意；如今见他如此，方知他也是个正人君子，连忙敛容起敬。又见二尼哀声不止，疼的两泪交流，汤生一见，心中不忍，却又替他讨饶。白玉堂道："似这等的贼尼，理应治死。"汤生道："'恻隐之心，人皆有之'。请放手罢。"玉堂暗道："此公《孟子》真熟，开口不离书。"便道："明日务要问明周生家住那里，现有何人，急急给他家中送信，叫他速速回去，我便饶你。"二尼道："情愿，情愿，再也不敢阻留了。老爷快些放手，小尼的骨节都碎了。"五爷道："便宜了你等。后日俺再来打听，如不送回，俺必将你等送官究办（追究查办）。"说罢，一松手。两个尼姑扎煞两只手，犹如卸了拶子（旧时夹手指的刑具。拶，zǎn）的一般，踉踉跄跄，跑到后面藏躲去了。汤生又从新给玉堂作揖，二人复又坐下攀话（互相闲谈）。

忽见软帘一动，进来一条大汉，后面跟着一个小童，小童手内托着一双朱履。大汉对小童道："那个是你家相公？"小童对着汤生道："相公为何来至此处？叫我好找。若非遇见这位老爷，我如何进得来呢？"大汉道："既认着了，你主仆快些回去罢。"小童道："相公穿上鞋走罢。"汤生一抬腿，道："我这里穿着鞋呢。"小童道："这双鞋是那里来的呢？怎么合相公脚上穿着的那双一样呢？"白玉堂道："不用犹疑，那双鞋是我的。不信，你看。"说毕，将脚一抬，果然光着袜底儿呢。小童只得将鞋放下。汤生告别，主仆去了。未知大汉是谁，且听下回分解。

第七十八回 紫髯伯艺高服五鼠 白玉堂气短拜双侠

且说白玉堂见汤生主仆已然出庙去了，对那大汉执手（拱手），道："尊兄请了。"大汉道："请了。请问尊兄贵姓？"白玉堂道："不敢，小弟姓白名玉堂。"大汉道："哎哟！莫非是大闹东京的锦毛鼠白五弟么？"玉堂道："小弟绰号锦毛鼠，不知兄台尊姓？"大汉道："劣兄复姓欧阳名春。"白玉堂登时双睛一瞪，看了多时，方问道："如此说来，人称北侠号为紫髯伯的就是足下了。请问到此何事？"北侠道："只因路过此庙，见那小童啼哭，问明，方知他相公不见了。因此我悄悄进来一看，原来五弟在这里窃听，我也听了多时。后来五弟进了屋子，劣兄就在五弟站的那里，又听五弟发落两个贼尼。劣兄方回身，开了庙门，将小童领进，使他主仆相认。”玉堂听了，暗道：“他也听了多时，我如何不知道呢？再者我原为访他而来，如今既见了他，焉肯放过。须要离了此庙，再行拿他不迟。”想罢，答言：“原来如此。此处也不便说话，何不到我下处一叙？”北侠道：“狠好，正要领教。”

二人出了板墙院，来到角门。白玉堂暗使促狭（捉弄人的伎俩），假作逊让（谦让），托着北侠的肘后，口内道：“请了。”用力往上一托，以为能将北侠搡（sǎng，用力推）出。谁知犹如蜻蜓撼石柱一般，再也不动分毫。北侠却未介意，转一回手，也托着玉堂肘后，道：“五弟请。”白玉堂不因不由（犹无意之中），就随着手儿出来了，暗暗道：“果然力量不小。”二人离了慧海妙莲庵。

此时雨过天晴，月明如洗，星光朗朗，时有初鼓之半。北侠问道：“五弟到杭州何事？”玉堂道：“特为足下而来。”北侠便住步问道：“为劣兄何事？”白玉堂就将倪太守与马强在大理寺审讯、供出北侠之事，说了一遍，“是我奉旨前来，访拿足下。”北侠听玉堂这样口气，心中好生不乐，道：“如此说来，白五老爷是钦命了。欧阳春妄自高攀，多多有罪。请问钦命老爷，欧阳春当如何进京，望乞明白指示。”北侠这一问，原是试探白爷懂交情不懂交情。白玉堂若从此拉回来，说些交情话，两下里合而为一，商量商量，也就完事了。不想白玉堂心高气傲，又是奉旨，又是相谕（对相爷的命令的敬称），多大的威风，多大的胆量；本来又仗着自己的武艺，他便目中无人，答道：“此乃奉旨之事，既然今日邂逅（xiè hòu，不期而遇，偶然相遇）相逢，只好屈尊足下，随着白某赴京便了，何用多言。”欧阳春微微冷笑，道：“紫髯伯乃堂堂男子，就是这等随你去，未免贻笑于人（被人耻笑。贻，yí）。尊驾还要三思。”北侠这个话虽是有气，还是耐着性儿，提拨（提醒）白玉堂的意思。谁知五爷不辨轻重，反倒气往上撞，说道：“大约合你好说，你决不肯随俺前去，必须较量个上下。那时被擒获，休怪俺不留情分了。”北侠听毕，也就按捺不住，连连说道：“好，好，好！正要领教领教。”

白玉堂急将花氅脱却，摘了儒巾（古时读书人戴的一种头巾），脱下朱履

（红色的鞋。显贵者所穿。履，lǚ），仍然光着袜底儿，抢到上首，拉开架式。北侠从容不迫，也不赶步，也不退步，却将四肢略为腾挪，止于招架（抵挡）而已。白五爷抖擞精神，左一拳，右一脚，一步紧如一步。北侠暗道："我尽力让他，他尽力的逼勒（逼迫），说不得叫他知道知道。"只见玉堂拉了个回马势，北侠故意的跟了一步。白爷见北侠来的切近，回身劈面就是一掌。北侠将身一侧，只用二指看准胁下轻轻的一点。白玉堂倒抽了一口气，登时经络闭塞，呼吸不通，手儿扬着落不下来，腿儿迈着抽不回去，腰儿哈着挺不起身躯，嘴儿张着说不出话语，犹如木雕泥塑一般，眼前金星乱滚，耳内蝉鸣，不由的心中一阵恶心迷乱，实实难受得狠。那二尼禁不住白玉堂两手，白玉堂禁不住欧阳春两指。这比的虽是贬玉堂，然而玉堂与北侠的本领究有上下之分。北侠惟恐工夫大了，必要受伤，就在后心陡然击了一掌。白玉堂经此一震，方转过这口气来。北侠道："恕劣兄莽撞，五弟休要见怪。"白玉堂一语不发，光着袜底，呱咭、呱咭竟自佯长而去。

白玉堂来到寓所，他却不走前门，悄悄越墙而入，来至屋中。白福见此光景，不知为着何事，连忙递过一杯茶来。五爷道："你去给我烹一碗新茶来。"他将白福支开，把软帘（用布等柔软的东西做成的遮蔽门窗的帘子）放下，进了里间，暗暗道："罢了，罢了！俺白玉堂有何面目回转东京？悔不听我四哥之言！"说罢，从腰间解下丝绦，登着椅子，就在横楣之上拴了个套儿。刚要脖项一伸，见结的扣儿已开，丝绦落下，复又结好，依然又开。如是者三次。暗道："哼！这是何故？莫非我白玉堂不当死于此地？"话尚未完，只觉后面一人手拍肩头，道："五弟，你太想不开了。"只这一句，倒把白爷吓了一跳。忙回身一看，见是北侠，手中托定花鳖，却是平平正正，上面放着一双朱履，惟恐泥污沾了衣服，又是底儿朝上。玉堂见了，羞的面红过耳，又自忖（cǔn，思考）道："他何时进来，我竟不知不觉。可见此人艺业（武艺）比我高了。"也不言语，便存身坐在椅凳之上。

原来北侠算计玉堂少年气傲，回来必行短见，他就在后跟下来了。及至玉堂进了屋子，他却在窗外悄立。后听玉堂将白福支出去烹茶，北侠就进了屋内。见玉堂要行短见（指自杀），正在他仰面拴套之时，北侠就从椅傍挨入，却在玉堂身后隐住。就是丝绦连开三次，也是北侠解的。连白玉堂久惯飞檐走壁的人，竟未知觉，于此可见北侠的本领。

当下北侠放下衣服，道："五弟，你要怎么样？难道为此事就要寻死，岂不是要劣兄的命么？如果你要上吊，咱们俩就搭连搭罢。"白玉堂道："我死我的，与你何干？此话我不明白。"北侠道："老弟，你可真糊涂了。你想想，你若死了，欧阳春如何对的起你四位兄长？又如何去见南侠与开封府的众朋友？也只好随着你死了罢。岂不是你要了劣兄的命了么？"玉堂听了，低头不语。

北侠急将丝绦拉下，就在玉堂旁边坐下，低低说道："五弟，你我今日之事，不过游戏而已，有谁见来？何至于轻生？就是叫劣兄随你去，也该商量商量。你只顾你脸上有了光彩，也不想想把劣兄置于何地。五弟，岂不闻'己所不欲，勿施于人'；又道'我不欲人之加诸我者，吾也欲无加诸人'。五弟不愿意的，别人他就愿意么？"玉堂道："依兄台怎么样呢？"北侠道："劣兄倒有两全其美的主意。五弟明日何不到茉花村，叫丁氏昆仲出头，算是给咱二人说合的。五弟也不落无能之名，劣兄也免了被获之丑，彼此有益。五弟以为如何？"白玉堂本是聪明特达之人，听了此言，登时豁然（一下子彻底晓悟。豁，huò），连忙深深一揖，道："多承吾兄指教。实是小弟年幼无知，望乞吾兄海涵（包容）。"北侠道："话已言明，劣兄不便久留，也要回去了。"说罢，出了里间，来到堂屋。白五爷道："仁兄请了，茉花村再见。"北侠点了点头，又悄悄道："那顶头巾合泥金折扇，俱在衣服内夹着呢。"玉堂也点了点头，刚一转眼，已不见北侠的踪影。五爷暗暗夸奖："此人本领胜我十倍，我真不如也。"

谁知二人说话之间，白福烹了一杯茶来，听见屋内悄悄有人说话，打帘缝一看，见一人与白五爷悄语低言。白福以为是家主途中遇见的夜行朋友，恐一杯茶难递。只得回身又添一盏。用茶盘托着两杯茶，来到里间，抬头看时，却仍是玉堂一人。白福端着茶，纳闷道："这是甚么朋友呢？给他端了茶来，他又走了。我这是甚么差使呢？"白玉堂已会其意，便道："将茶放下，取个灯笼来。"白福放下茶托，回身取了灯笼。白玉堂接过，又把衣服朱履夹起，出了屋门，纵身上房，仍从后面出去。

不多时，只听前边打的店门山响。白福迎了出去，叫道："店家快开门，我们家主回来了。”小二连忙取了钥匙，开了店门。只见玉堂仍是斯文打扮，摇摇摆摆进来。小二道：“相公怎么这会才回来？”玉堂道：“因在相好处避雨，又承他待酒，所以来迟。”白福早已上前接过灯笼，引至屋内。茶尚未寒，玉堂喝了一杯，又吃了点饮食，吩咐白福于五鼓备马起身，上松江茉花村去。自己歇息，暗想：“北侠的本领，那一番和蔼气度（气魄风度），实然别人不能的。而且方才说的这个主意，更觉周到，比四哥说的出告示访请又高一筹。那出告示众目所睹，既有‘访请’二字，已然自馁（因失去自信而畏缩。馁，něi），那如何对人呢？如今欧阳兄出的这个主意，方是万全之策。怨的展大哥与我大哥背地里常说他好，我还不信，谁知果然真好。仔细想来，全是我自作聪明的不是了。”他翻来覆去，如何睡的着。到了五鼓，白福起来，收什行李马匹，到了柜上，算清了店帐，主仆二人上茉花村而来。话休烦絮（絮絮叨叨）。

到了茉花村，先叫白福去回禀，自己乘马随后。离庄门不远，见多少庄丁伴当分为左右，丁氏弟兄在台阶上面立等。玉堂连忙下马，伴当接过。丁大爷已迎接上来。玉堂抢步，口称：“大哥，久违了，久违了。”兆兰道：“贤弟一向可好？”彼此执手。兆蕙却在那边垂手，恭敬侍立，也不执手，口称：“白五老爷到了，恕我等未能远迎虎驾，多多有罪。请老爷到寒舍待茶。”玉堂笑道：“二哥真是好顽，小弟如何担的起。”连忙也执了手。三人携手来到待客厅上，玉堂先与丁母请了安，然后归座。

献茶已毕，丁大爷问了开封府众朋友好，又谢在京师叨扰（打扰）盛情。丁二爷却道：“今日那阵香风儿，将护卫老爷吹来，真是蓬荜生辉（谦辞，表示由于别人到自己家里来而使自己非常荣光。荜，bì），柴门有庆。然而老爷此来，还是专专的探望我们来了，还是有别的事呢？”一席话说的玉堂脸红。丁大爷恐玉堂脸上下不来，连忙瞅了二爷一眼，道：“老二，弟兄们许久不见，先不说说正经的，只是嗽呕作甚么？”玉堂道：“大哥不要替二哥遮饰。本是小弟理短，无怪二哥恼我。自从去岁被擒，连衣服都穿的是二哥的。后来到京受职，就要告假（请假）前来，谁知我大哥因小弟新受职衔，再也不准动身。”丁二爷道：“到底是作了官的人，真长了见识了。惟恐我们说，老爷先自说了。我问五弟，你纵然不能来，也该写封信、差个人来，我们听见也喜欢（欢喜）喜欢。为甚么连一纸书也没有呢？”玉堂笑道：“这又有一说。小弟原要写信来着。后来因接了大哥之信，说大哥与伯母送妹子上京与展大哥完姻。我想迟不多日，就可见面，又写甚么信呢？彼时若真写了信来，管保二哥又说白老五尽闹虚文假套了，左右都是不是。无论二哥怎么怪小弟，小弟惟有伏首认罪而已。”丁二爷听了，暗道：“白老五，他竟长了学问，比先前乖滑多了。且看他目下这宗事怎么说法。”回头吩咐摆酒。玉堂也不推辞，也不谦让，就在上面坐了。丁氏昆仲左右相陪。

饮酒中间，问玉堂道：“五弟此次是官差？还是私事呢？”玉堂道：“不瞒二位仁兄，实是官差。然而其中有许多原委，此事非仁兄贤昆玉相助不可。”丁大爷便道：“如何用我二人之处？请道其详。”玉堂便将倪太守、马强一案供出北侠，小弟奉旨特为此事而来，说了一遍。丁二爷问道：“可见过北侠没有？”玉堂道：“见过了。”兆蕙道：“既见过，便好说了。谅北侠有多大本领，如何是五弟对手？”玉堂道：“二哥差矣！小弟在先原也是如此想，谁知事到头来不自由，方知人家之末技俱是自己之绝技。惭愧的狠（即“很”），小弟输与他了。”丁二爷故意诧异，道：“岂有此理！五弟焉能输与他呢！这话愚兄不信。”玉堂便将与北侠比试，直言无隐，俱各说了。“如今求二位兄台将欧阳兄请来，那怕小弟央求他呢，只要随小弟赴京，便叨爱多多矣。”丁兆蕙道：“如此说来，五弟竟不是北侠对手了。”玉堂道：“诚然。”丁二爷道：“你可佩服呢？”玉堂道：“不但佩服，而且感激。就是小弟此来，也是欧阳兄教导的。”丁二爷听了，连声赞扬叫好，道：“好兄弟！丁兆蕙今日也佩服你了。”便高声叫道：“欧阳兄，你也不必藏着了，请过来相见。”

只见从屏后转出三人来。玉堂一看，前面走的就是北侠，后面一个三旬之人，一个年幼小儿，连忙出座，道：“欧阳兄几时来到？”北侠道：“昨晚方到。”玉堂暗道：“幸亏我实说了，不然这才丢人呢。”又问：“此二位是谁？”丁二爷道：“此位智化，绰号黑妖狐，与劣兄世交通家相好。”原来智爷之父，与丁总镇是同僚（同官署做官的人），最相契（相交深厚。契，qì）的。智爷道：“此是小徒艾虎。过来，见过白五叔。”艾虎上前见礼。玉堂拉了他的手，细看一番，连声夸奖。彼此叙座。北侠坐了首座，其次是智爷、白爷，又其次是丁氏弟兄，下首是艾虎，大家欢饮。玉堂又提请北侠到京，北侠慨然（形容慷慨的样子）应允。丁大爷、丁二爷又嘱咐白玉堂照应北侠。大家畅谈，彼此以义气相关，真是披肝沥胆（比喻开诚相见），各明心志。惟有小爷艾虎与北侠有父子之情，更觉关切。酒饭已毕，谈至更深，各自安寝。到了天明，北侠与白爷一同赴京去了。未知后文如何，且听下回分解。

第七十九回 智公子定计盗珠冠 裴老仆改妆扮难叟①

且说智化、兆兰、兆蕙与小爷艾虎送了北侠、玉堂回来，在厅下闲坐，彼此闷闷不乐。艾虎一傍短叹长吁。只听智化道："我想此事关系非浅。倪太守乃是为国为民，如今反遭诬害（捏造事实来陷害。诬，wū）。欧阳兄又是济困扶危（救济贫困的人，扶助有危难的人），遇了贼扳。似这样的忠臣义士负屈含冤，仔细想来，全是马强叔侄过恶。除非设法先将马朝贤害倒，剩了马强，也就不难除了。"丁二爷道："与其费两番事，何不一网打尽呢？"智化道："若要一网打尽，说不得却要作一件欺心的事，生生的讹在他叔侄身上，使他赃证俱明，有口难分。所谓'奸臣贼子，人人得而诛之'。我虽想定计策，只是题目太大，有些难作。"丁大爷道："大哥何不说出，大家计较计较呢？"

智化道："当初劣兄上霸王庄者，原为看马强的举动，因他结交襄阳王，常怀不轨之心。如今既为此事闹到这步田地，何不借题发挥，一来与国家除害，二来剪却襄阳王的羽翼。话虽如此说，然而其中有四件难事。"丁二爷道："那四件？"智化道："第一，要皇家紧要之物。这也不必推诿（推托。诿，wěi），全在我的身上。第二，要一个有年纪之人，一个或童男或童女随我前去，诓（kuāng，骗）取紧要之物回来。要有胆量，又要有机变，又要受得苦。第三件，我等盗来紧要之物，还

①叟（sǒu）：年老的男人。

得将此物送到马强家，藏在佛楼之内，以为将来的真赃实犯。”丁二爷听了，不由的插言道：“此事小弟却能够。只要有了东西，小弟便能送去。这第三件算是小弟的了。第四件又是甚么呢？”智化道：“惟有第四件最难，必须知根知底之人前去出首（检举别人的犯罪行为）；不但出首，还要单上开封府出首去。别的事情俱好说，惟独这第四件是最要紧的，成败全在此一举。此一着若是错了，满盘俱空。这个人竟难得的狠呢！”口里说着，眼睛却瞟着艾虎。

艾虎道：“这第四件莫若徒弟去罢。”智化将眼一瞪，道：“你小孩家懂得甚么，如何干得这样大事！”艾虎道：“据徒弟想来，此事非徒弟不可。徒弟去了有三益。”丁二爷先前听艾虎要去，以为小孩子不知轻重。此时又见他说出三益，颇有意思，连忙说道：“智大哥不要拦他。”便问艾虎道：“你把三益说给我听听。”艾虎道：“第一，小侄自幼在霸王庄，所有马强之事小侄尽知。而且三年前马朝贤告假回家一次，那时我师父尚未到霸王庄呢。如今盗了紧要东西来，就说三年前马朝贤带来的，于事更觉有益。这是第一益。第二，别人出首，不如小侄出首。甚么缘故呢？俗语说的好：‘小孩嘴里讨实话。’小侄若到开封府举（举报）出来，叫别人再想不到这样一宗大事，却是个小孩子作个硬证。此事方是千真万真，的确无疑。这是第二益。第三益却没有甚么，一来为小侄的义父，二来也不枉师父教训一场。小侄儿若借着这件事，也出场出场，大小留个名儿，岂不是三益么？”丁大爷、丁二爷听了，拍手大笑，道：“好！想不到他竟有如此的志向。”

智化道：“二位贤弟且慢夸他。他因不知开封府的利害，他此时只管说。到了身临其境，见了那样的威风，又搭着问事如神的包丞相，他小孩子家有多大胆量，有多大智略，何况又有御赐铜铡（zhá，铡刀），倘若话不投机，白白地送了性命，那时岂不耽误了大事？”艾虎听了，不由的双眉倒竖（形容眉头皱起来），二目圆翻，道：“师父特把弟子看轻了！难道开封府是森罗殿不成？他纵然是森罗殿，徒弟就是上剑树、登刀山，再也不能改口，是必把忠臣义士搭救出来，又焉肯怕那个御赐的铜铡呢！”兆兰、兆蕙听了，点头咂嘴（舌尖抵住上腭的前部发出吸气音，表称赞、羡慕等），啧啧称羡。智化道：“且别说你到开封府。就是此时我问你一句，你如果答应的出来，此事便听你去；如若答应不来，你只好隐姓埋名，从此再别想出头了。”艾虎嘻嘻笑道：“待徒弟跪下，你老就审，看是如何。”说罢，他就直挺挺的跪在当地。

兆兰、兆蕙见他这般光景，又是好笑，又是爱惜。只听智爷道：“你员外家中犯禁之物，可是你太老爷亲身带来的么？”艾虎道：“回老爷，只因三年前小的太老爷告假还乡，亲手将此物交给小人的主人，小人的主人叫小人托着，收在佛楼之上，是小人亲眼见的。”智爷道：“如此说来，此物在你员外家中三年了。”艾虎道：“是三年多了。”智爷用手在桌上一拍，道：“既是三年，你如何今日才来出首？讲！”丁家弟兄听了这一问，登时发怔（发呆），暗想道：“这当如何对答呢？”

只听艾虎从从容容道：“回老爷，小人今年才十五岁。三年前小人十二岁，毫无知觉，并不知道知情不举的罪名。昨因我们员外犯罪在案，别人向小人说：‘你提防着罢，多半要究出三年前的事来。你就是隐匿不报的罪，要加等的；若出首了，罪还轻些。因此小人害怕，急急赶来出首在老爷台下。”兆蕙听了，只乐得跳起来，道：“好对答！好对答！贤侄，你起来罢。第四件是要你去定了。”丁大爷也夸道：“果然对答的好。智大哥，你也可以放心。”智爷道：“言虽如此，且到临期再写两封信，给他也安置安置，方保无虞。如今算起来，就只第二件事不齐备，贤弟且开出个单儿来。”

丁二爷拿过笔砚，铺纸提笔。智爷念道：“木车子一辆，大席篓子两个，旧布被褥大小两份，铁锅勺、黄磁大碗、粗碟家具俱全，老头儿一名，或幼男幼女俱可——一名，外有随身旧布衣服行头三份。”丁大爷在旁看了，问道：“智大哥，要这些东西何用？”智爷道：“实对二位贤弟说，劣兄要到东京盗取圣上的九龙珍珠冠呢。只因马朝贤他乃四值库的总管，此冠正是他管理。再者此冠乃皇家世代相传之物，轻易动不着的。为甚么又要老头儿幼孩儿合这些东西呢？我们要扮作逃荒的模样，到东京安准了所在。劣兄探明白了四值库，盗此冠，须连冠并包袱等全行盗来。似此黄澄澄的东西，如何满路上背着走呢？这就用着席篓子了。一边装上此物，上用被褥遮盖，一边叫幼女坐着。人不知不觉，就回来了。故此必要有胆量能受苦的老头儿，合那幼女。二位贤弟想想，这二人可能有么？”丁大爷已然听得呆了。

丁二爷道：“却有个老头儿名叫裴（péi，姓氏）福。他乃随着先父在镇时，多亏了他有胆量，又能受苦。只因他为人直性正气，而且当初出过力，到如今给弟等管理家务。如有不周不备（不周全），连弟等都要让他三分。此人颇可去得。”智化道：“伺候过老人家的，理应容让他几分。如此说来，这老管家却使得。”丁二爷道：“但有一件，若见了他切不可提出盗冠，须将马强过恶述说一番；然后再说倪太守、欧阳兄被害，他必愤恨。那时再说出此计来，他方没有甚么说的，也就乐从（乐于接受）了。”智化听了，满心欢喜，即吩咐伴当将裴福叫来。

不多时，见裴福来到，虽则六旬年纪，却是精神百倍。先见了智爷，后又见了大官人，又见二官人。智爷叫伴当在下首预备个座儿，务必叫他坐了。裴福谢坐，便问：“呼唤老奴，有何见谕（见教）？”智爷说起马强作恶多端，欺压良善，如何霸占田地，如何抢掠妇女。裴福听了，气的他擦拳摩掌。智爷又说出倪太守私访遭害，欧阳春因搭救太守如今被马强京控，打了罣误（即“诖误”，被别人牵连而受到处分或损害。罣，guà）官司，不定性命如何。

裴福听到此，便按捺不住，立起身来，对丁氏弟兄道：“二位官人终朝行侠尚义，难道侠义竟是嘴里空说的么？似这样的恶贼，何不早早除却（铲除）！”丁二爷道：“老人家不要着急。如今智大爷定了一计，要烦老人家上东京走一遭，不知可肯去否？”裴福道：“老奴也是闲在这里。何况为救忠臣义士，老奴更当效劳了。”智爷道：“必须扮作逃荒的样子，咱二人权作父子，还得要个小女孩儿，咱们父子祖孙三辈儿逃荒。你道如何？”裴福道：“此计虽好。只是大爷受屈，老奴不敢当。”智爷道：“这有甚么，逢场作戏罢咧。”裴福道：“这个小女儿却也现成，就是老奴的孙女儿，名叫英姐，今年九岁，极其伶俐，久已磨着老奴要上东京逛了，莫若就带了他去。”智爷道：“狠好，就是如此罢。”

商议已定，定日起身。丁大爷已按着单子，预备停当，俱各放在船上。待客厅备了饯行酒席，连裴福、英姐不分主仆，同桌而食。吃毕，智爷起身，丁氏弟兄送出庄外，瞧着上了船，方同艾虎回来。

智爷不辞劳苦，由松江奔至镇江，再往江宁，到了安徽，过了长江，至河南境界弃舟登岸，找了个幽僻去处，换了行头。英姐伶俐非常，一教便会，坐在席篓之中。那边篓内装着行李卧具，挨着靶的横小筐内装着家伙，额外又将铁锅扣在席篓旁边，用绳子拴好。裴福跨绊推车，智爷背绳拉纤。一路行来，到了热闹丛中镇店集场，便将小车儿放下。智爷赶着人要钱，口内还说："老的老，小的小，年景儿（年成）不济，实在的没有营生，你老帮帮吧！"裴福却在车子傍边一蹲，也说道："众位爷们可怜吧！俺们不是久惯要钱的，那不是行好呢。"英姐在车上也不闲着，故意揉着眼儿，道："怪饿的，俺两天没吃麻儿呢。"口里虽然说着，他却偷着眼儿瞧热闹儿。真正三个人装了个活脱儿（相貌、举止跟脱胎一样十分相像）。

在路也不敢耽搁。一日，到了东京，白昼间仍然乞讨。到了日落西山，便有地面上官人对裴福道："老头子，你这车子这里搁不住吓，趁早儿推开。"裴福道："请问太爷，俺往那里推吓？"官人道："我管你吓，你爱往那里推，就往那里推。"傍边一人道："何苦吓，那不是行好呢。叫他推到黄亭上去罢。那里也僻静，也不碍事。"便对裴福道："老头子你瞧，那不是鼓楼么？过了鼓楼，有个琉璃瓦的黄亭子，那里去好。"裴福谢了。智爷此时还赶着要钱。裴福叫道："俺的儿吓，你不用跑，咱走罢。"智爷止步，问道："爹爹吓，咱往那去？"裴福道："没有听见那位太爷说呀，咱上黄亭子那行行儿去。"智爷听了，将纤绳背在肩头拉着，往北而来。走不多时，到了鼓楼，果见那边有个黄亭子，便将车子放下。将英姐抱下来，也教他跑跑，活动活动。

此时天已昏黑，又将被褥拿下来，就在黄亭子台阶上铺下。英姐困了，叫他先睡。智爷与裴福那里睡得着，一个是心中有事，一个是有了年纪。到了夜静更深，裴福悄悄问道："大爷，今已来至此地，可有甚么主意？"智爷道："今日且过一夜。明日看个机会，晚间俺就探听一番。"正说着，只听那边当当锣声响亮，原来是巡更的二人。智爷与裴福便不言语。只听巡更的道："那边是甚么？那里来的小车子？"又听有人说道："你忘了，这就是昨日那个逃荒的，地面上张头儿叫他们在这里。"说着话，打着锣，往那边去了。智爷见他们去了，又在席篓里面揭开底屉，拿出些细软（指珠宝、首饰等易于携带的贵重物品）饮食，与裴福二人吃了，方和衣而卧（穿着衣服躺下睡觉）。

到了次日，红日尚未东升，见一群人肩头担着铁锨镢头（均为农具。锨，xiān；镢，jué），又有抬着大筐绳杠，说说笑笑，顺着黄亭子而来。他便迎了上去，道："行个好罢，太爷们舍个钱罢。"其中就有人发话道："大清早起，也不睁开眼瞧瞧，我们是有钱的吗？我们还不知合谁要钱呢？"又有人说："这样一个小伙子，甚么干不得，却手背朝下合人要钱，也是个没出息的。"又听有人说道："倒不是没出息儿，只因他叫老的老，小的小累赘了。你瞧他这个身量儿，管保有一膀子好活。等我合他商量商量。"你道这个说话的是谁？且听下回分解。

第八十回 假作工御河挖泥土 认方向高树捉猴狲

话说智爷正向众人讨钱，有人向他说话，乃是个工头（带领、指挥工人劳动的人）。此人姓王行大（排行老大。行，háng）。因前日他曾见过有逃难的小车，恰好作活的人不够用，抓一个是一个，便对智爷道："伙计，你姓甚么？"智爷道："俺姓王行二，你老贵姓？"王大道："好，咱们是当家子（本家，同宗族的人）。有一句话对你说，如今紫禁城内挖御河，我瞧你这个样儿怪可怜的，何不跟了我去作活呢？一天三顿饭，额外还有六十钱，有一天算一天。你愿意不愿意？"智爷心中暗喜，尚未答言（回答）。只见裴福过来道："敢则好，甚么钱不钱的，只要叫俺的儿吃饱了就完了。"王大把裴福瞧了瞧，问智爷道："这是谁？"智爷道："俺爹。"王大道："算了罢，算了罢！你不用说了，我的怯哥哥。"对着裴福道："告诉你，皇上家不使白头工，这六十钱必是有的，你若愿意，叫你儿子去。"智爷道："爹吓，你老怎么样呢？"裴福道："你只管干你的去。身去口去，俺与小孙女哀求哀求，也就够吃的了。"王大道："你只管放心。大约你吃饱了，把那六十钱拿回来买点子饽饽（bōbo，方言，馒头）饼子，也就够他们爷儿俩吃的了。"智爷道："就是这么着，咱就走。"王大便带了他，奔紫禁城而来。

一路上这些作工的人欺负他是怯坎儿（指土头土脑的人），这个叫："王第二的！"智爷道："怎么？"这个说："你替我扛着这六把锹。"智爷道："使得。"接过来扛在肩头。那个叫："王第二的！"智爷道："怎么？"那个说："你替我扛着这五把镢头（刨土用的一种农具。镢，jué）。"智爷道："使得。"接过来也扛在肩头。大家捉呆子，你也叫扛，我也叫扛。不多时，智爷的两肩头犹如铁锹镢头山一般。王大猛然回头一看，发话道："你们这是怎么说呢？我好容易找了个人来，你们就欺负。赶到明儿，你们挤跑了他，这图甚么呢？也没见王第二的你这么傻，这堆的把脑袋都夹起来了。这是甚么样儿呢？"智爷道："扛扛罢咧！怕咱的！"说的众人都笑了，才各自把各自的家伙拿去。

一时来到紫禁门，王头儿递了腰牌，注了人数，按名点进。到了御河，大家按档儿做活。智爷拿了一把铁锹，撮（cuō，用工具把散碎的东西收集起来）的比人多，掷的比人远，而且又快。傍边作活的道："王第二的！"智爷道："甚么？"傍边人道："你这活计不是这么做。"智爷道："怎么？挖的浅咧？做的慢咧？"傍边人道："这还浅！你一锹，我两锹也不能那样深。你瞧，你挖了多大一片，我才挖了这一点儿。俗语说的：'皇上家的工，慢慢儿的蹭。'你要这们做，还能吃的长么？"智爷道："做的慢了，他们给饭吃吗？"傍边人道："都是一样慢了，他能不给谁吃呢？"智爷道："既是这样，俺就慢慢的。"傍边人道："是了。来罢，你先帮着我撮撮啵。"智爷道："俺就替你撮撮。"

哈下腰替那人正撮时，只见王头儿叫道："王第二的！"智爷道："怎么？"王大道："上来罢，吃饭了。你难道没听见梆子响么？"智爷道："没大理会。怎么刚作活就吃饭咧？"王大道："我告诉你，每逢梆子响是吃饭，若吃完了一筛锣（shāi luó，敲锣），就该做活了。天天如此，顿顿如此。"智爷道："是了，俺知道了。"王大带他到吃饭的所在，叫他拿碗盛饭。智爷果然盛了碗饭，大口小口的吃了个喷鼻儿香。细想智爷他乃公子出身，如何吃过这样的粗粝淡饭（即粗茶淡饭。粝，lì），做过这样的辛苦活计？只因他为了忠臣义士，乔妆（改变装扮以隐藏自己的身份）至此，也就说不得了。再者，有造化之人自有另外的福气，虽然是粗粝淡饭，他吃着也如同珍馐（珍奇贵重的食物。馐，xiū）美味。

王大在傍见他尽吃空饭，便告诉他道："王第二的，你怎么不吃咸菜呢？"智爷道："怎么还吃那行行儿，不刨工钱吓？"王大道："你只管吃，那不是卖的。"智爷道："俺知不道呢，敢则也是白吃的。哼！

有咸菜，吃的更香。”一日三顿，皆是如此。

到晚散工时，王头儿在紫禁门按名点数，出来一人给钱一分。智化随着众人，回到黄亭子，拿着六十钱，见了裴福，道：“爹吓，俺回来了，给你这个，短三天就是二百钱。”裴福道：“吃了三顿饭还得钱，真是造化咧。”王头道：“明早我还从此过，你仍跟了我去。”智爷道：“是咧。”裴福道：“叫你老分心，你老行好得好罢。”王头道：“好说，好说。”回身去了。智爷又问道：“今日如何乞讨？”裴福告诉他：“今日比昨日容易多了。见你不在跟前，都可怜我们，施舍的多。”彼此欢喜。到了无人之时，又悄悄计议，说这一做工倒合了机会，只要探明了四值库便可动手了。

一宿晚景已过。到了次日，又随着进内做活。到了吃晌饭时，吃完了，略略歇息。只听人声一阵一阵的喧哗，智化不知为着何事，左右留神。只见那边有一群人都仰面往上观看。智爷也凑了过去，仰面一看，原来树上有个小猴儿，项带锁链，在树上跳跃。又见有两个内相（宫中太监）公公，急的只是搓手，道：“可怎么好？算了罢，不用只是笑了。你们只顾大声小气的嚷，嚷的里头听见了，叫咱家担不是，叫主子瞧见了，那才是个大乱儿呢。这可怎么好呢？”

智爷瞧着，不由的顺口儿说道：“那值吗呢，上去就拿下来了。”内相听了，刚要说话，只见王头儿道：“王第二的，你别呀！你就只做你的活就完了，多管甚么闲事呢。你上去万一拿跑了呢？再者倘或摔了那里呢？全不是玩的。”刚说至此，只听内相道：“王头儿，你也别呀！咱家待你洒好儿的。这个伙计，他既说能上去拿下来，这有甚么呢？难道咱家还难为他不成？你要是这么着，你这头儿也就提防着罢。”王头儿道：“老爷别怪我。我惟恐他不能拿下来，那时拿跑了，倒耽误事。”内相道：“跑了就跑了，也不与你相干。”王头儿道：“是了，老爷。你老只管支使他罢，我不管了。”内相对智化道：“伙计，托付你上树给咱家拿下来罢。”智爷道：“俺不会上树吓。”内相回头对王头儿道：“如何？全是你闹的！他立刻不会上树咧。今晚上散工时，你这些家伙别想拿出去咧！”王头儿听了着急，连忙对智爷道：“王第二的，你能上树，你上去给他老拿拿罢。不然，晚上我的铁锹镢头不定丢多少，我怎么交的下去呢？”智爷道：“俺先说下，上去不定拿的住拿不住，你老不要见怪。”内相说：“你只管上去，跑了也不怪你。”

智爷原因挖河，穿着双大曳拔靸鞋（一种鞋帮纳得很密的布鞋。靸，sǎ），来到树下，将靸鞋脱下，光着脚儿，双手一搂树木，把两腿一拳，哧、哧、哧犹如上面的猴子一般。谁知树上的猴子见有人上来，他连窜带跳已到树梢之上。智爷且不管他，找了个大杈丫坐下，明是歇息，却暗暗的四下里看了方向。众人不知用意，却说道：“这可难拿了。那猴儿蹲的树枝儿多细儿，如何禁得住人呢？”王头儿捏着两把汗，又怕拿不住猴儿，又怕王第二的有失闪（闪失），连忙拦说：“众位瞧就是了，莫乱说。越说，他在上头越不得劲儿。”拦之再三，众人方压静了。

智爷在上面见猴子蹲在树梢，他却端详，见有个斜槎丫（树木的枝杈。槎，chá），他便奔到斜枝上面。那树枝儿连身子乱晃。众人下面瞧着，个个耽惊（担受惊吓）。只见智爷喘息了喘息，等树枝儿稳住，他将脚丫儿慢慢的一抬，够着搭拉的锁链儿，将指头一扎煞（张开，伸张），拢住锁链。又把头上的毡帽摘下来作个兜儿，脚指一拳，往下一沉。猴子在上面蹲不住，咭溜、咭溜一阵乱叫，掉将下来。他把毡帽一接，猴儿正掉在毡帽里面。连忙将毡帽沿儿一折，就用铁链捆好，衔在口内，两手倒爬顺流而下，毫不费力。众人无不喝采。

智爷将猴儿交与内相。内相眉开眼笑道：“叫你受乏（受累）了。你贵姓吓？”智爷道：“俺姓王行二。”内相回手在兜肚内掏出两个一两重的小元宝儿，递与智爷道：“给你这个，你别嫌轻，喝碗茶罢。”智爷接过来一看，道：“这是吗行行儿？”王头道：“这是银锞儿。”智爷道：“要他干吗耶？”王头儿道：“这个换得出钱来。”智爷道：“怎么这铅块块儿也换的出钱来？”内相听了，笑道：“真是怯条子（没见过世面的人）。那不是铅，是银子，那值好几吊钱呢。”又对王头儿道：“咱家看他真诚实。明日头儿给他找个轻松档儿，咱家还要单敬你一杯呢。”王头儿道：“老爷吩咐，小人焉敢不遵，何用赏酒呢。”内相道：“说给你喝酒，咱家再不撒谎。你可不许分他的。”王头道：“小人不至于那么下作（卑鄙，下流）。他登高爬梯，耽惊受怕的得的赏，小人也忍得分他的！”内相点了点头，抱着猴子去了。这里众人仍然作活。

到了散工，王头同他到了黄亭子，把得银之事对裴福说了。裴福欢天喜地，千恩万谢。智化又装傻道：“爹吓，咱有了银子咧，治他二亩地，盖他几间房，买他两只牛咧。”王头儿忙拦住，道：“够了，够了。算了罢！你这二两来的银子，干不了这些事，怎么好呢？没见过世面。治二亩地，几间房子，还要买牛咧买驴的，统共拢儿（总共）够买个草驴旦子的，尽搅（扰乱）么！明日我还是一早来找你。”智爷道：“是了，俺在这里恭候。”王头道：“是不是，刚吃了两天饱饭，有了二两银子的家当儿，立刻就撇起京腔来了，你又恭候咧！”说笑着，就去了。

到了次日，一同进城。智爷仍然拿了铁锹，要作活去。王头道：“王第二的，你且搁下那个。”智爷道：“怎么你不叫俺奏了？”王头道：“这是甚么话！谁不叫你奏了！连前儿个，我吃了你两三个乌涂的了。你这里来看堆儿罢。”智爷道：“俺看着这个不做活，也给饭吃耶？”王头道：“照旧吃饭，仍然给钱。”智爷道：“这倒好了，任吗儿不干，吃饱了，竟墩膘（养膘。膘，biāo），还给钱儿。这倒是钟鼓上雀儿成了乐鸽子咧。”王头道：“是不是，又说傻话了。我告诉你说，这是轻松档儿，省得内相老爷来了……”

刚说至此，只见他又悄悄的道：“来了，来了。”早见那边来的，恰是昨日的小内相，捧着一个金丝累就、上面嵌着宝石蟠桃式的小盒子，笑嘻嘻的道：“王老二，你来了吗？”智爷道：“早就来咧。”内相道：“今日甚么档儿？”智爷道：“叫俺看着堆儿。”内相道：“这就是了。我们老爷怕你还作活，一来叫我来瞧瞧，二来给你送点心，你自尝尝。”智爷接过盒子，道：“这挺硬的怎么吃耶？”内相哈哈笑道：“你真呕人！你到底打开呀，谁叫你吃盒子呢？”智爷方打开盒子，见里面皆是细巧炸食，拿起来掂了掂，又闻了闻，仍然放在盒内，动也不动，将盒盖儿盖上。内相道：“你为甚么不吃呢？”智爷道：“咱有爹，这样好东西，俺拿回去给咱爹吃去。”内相此时听了，笑着点头儿，道：“咱爹不咱爹的倒不挑你。你是好的，倒有孝心。既是这样，连盒子先搁着，少时咱家再来取。”

到了午间，只见昨日丢猴儿的内相，带着送吃食的小内相，二人一同前来。王头看见，连忙迎上来。内相道：“王头儿，难为你。咱家听说叫王第二的看堆儿，狠好。来，给你这个。”王头儿接来一看，也是两个小元宝儿。王头儿道：“这有甚么呢，又叫老爷费心。”连忙谢了。

内相道："甚么话呢，说给你喝，焉有空口说白话的呢。王第二的呢？"王头儿道："他在那里看堆儿呢。"连忙叫道："王第二的！"智爷道："做吗耶？俺这里看堆儿呢。"王头儿道："你这里来罢。那些东西不用看着，丢不了。"智爷过来。内相道："听说你狠有孝心。早起那个盒子呢？"智爷道："在那里放着没动呢。"内相道："你拿来，跟了我去。"

智爷到那里拿了盒子，随着内相，到了金水桥上，只听内相道："咱家姓张，见你洒好的。咱家给你装了一匣子小炸食，你拿回去给你爹吃。你把盒子里的先吃了罢。"小内相打开盒子，叫他拿衣襟兜着吃。智爷一壁（一边）吃，一壁说道："好个大庙！盖的虽好，就只门口儿短（缺）个戏台。"内相听了，笑的前仰后合，道："你呀，怯的都不怯了。难道你在乡下就没听见说过皇宫内院么？竟会拿着这个当大庙！要是大庙，岂止短戏台，难道门口就不立旗杆么？"智爷道："那边不是旗杆吗？"内相笑道："那是忠烈祠合双义祠的旗杆。"智爷道："这个大殿呢？"内相道："那是修文殿。"智爷道："那后稿阁呢？"内相道："甚么后稿阁呢，那是耀武楼。"智爷道："那边又是吗去处呢？"内相道："我告诉你，那边是宝藏库，这是四值库。"智爷道："这是四值库？"内相说："哦。"智爷道："俺瞧着这房子全是盖的四直吓，并无有歪的呀，怎么单说他四值呢？"内相笑道："那是库的名儿，不是盖的四直。你瞧那边是缎匹库，这边是筹备库。"智爷暗暗将方向记明，又故意的说道："这些房子盖的虽好，就只短了一样儿。"内相道："短甚么？"智爷道："各房上全没有烟筒，是不是？"内相听了，笑个不了，道："你真呕（逗弄）死人，笑的我肚肠子都断了。你快拿了匣子去罢，咱家也要进宫去了。"

智爷见内相去后，他细细的端详了一番，方携了匣子回来。到了晚间散工，来至黄亭子，见了裴福，又是欢喜，又是担惊。及至天交二鼓（二更），智爷扎缚（同"抠"）停当，带了百宝囊，别了裴福，一直竟奔内苑而来。不知后文如何，且听下回分解。

第八十一回 盗御冠交托丁兆蕙 拦相轿出首[1]马朝贤

且说黑妖狐来到皇城，用如意绦（tāo，用丝线编织成的花边或扁平的带子）越过皇墙，已至内围。他便施展生平武艺，走壁飞檐。此非寻常房舍墙垣（墙壁。垣，yuán）可比：墙呢是高的，房子是大的，到处一层层皆是殿阁琉璃瓦盖成，脚下是滑的，并且各所在皆有上值（值班）之人，要略有响动，那是顽的吗？好智化！轻移健步，跃脊窜房，所过处皆留暗记，以便归路熟识。嗖、嗖、嗖一直来到四值库的后坡，数了数瓦垅（lóng），便将瓦揭开，按次序排好，把灰土扒在一边。到了锡被四围，用利刃划开望板，也是照旧排好，早已露出了椽（chuán）子来。又在百宝囊中取出连环锯，斜岔儿锯了两根，将锯收起。用如意绦上的如意钩搭住，手握丝绦，刚倒了两三把，到了天花板，揭起一块，顺流而下。脚踏实地，用脚尖滑步而行，惟恐看出脚印儿来。

刚要动手，只见墙那边墙头露出灯光，跳下人来，道："在这里，有了。"智爷暗说："不好！"急奔前面坎墙（不高且不承重的矮墙），贴伏身体，留神细听。外边却又说道："有了三个了。"智化暗道："这是找甚么呢？"忽又听说道："六个都有了。"复又上了墙头，越墙去了。原来是隔壁值宿之人，大家掷骰子（tóu zi，即色子，古代民间娱乐用来投掷的赌具），耍急了，隔墙儿把骰子扔过来了。后来说合了，大家圆场儿，故此打了灯笼，跳过墙来找。"有了三个"，又"六个全有了"，说的是骰子。

且言智爷见那人上墙过去了，方引着火扇一照，见一溜朱红槅（gé）子上面有门儿，俱各粘贴封皮，锁着镀金锁头。每门上俱有号头，写着"天字一号"，就是九龙冠。即伸手掏出一个小皮壶儿，里面盛着烧酒，将封皮印湿了，慢慢揭下。又摸锁头儿，锁门是个"工"字儿的，

①出首：检举别人的犯罪行为。

即从囊中掏出掖子，配了皮钥匙，将锁轻轻开开。轻启朱门，见有黄包袱包定冠盒，上面还有象牙牌子，写着“天字第一号九龙冠一顶”，并有“臣某跪进”。也不细看，智爷兢兢业业（小心谨慎，认真负责）请出，将包袱挽手打开，把盒子顶在头上，两边挽手往自己下巴底下一勒，系了个结实。然后将朱门闭好，上了锁，恐有手印，又用袖子搽（chá，涂，抹）搽。回手百宝囊中掏出个油纸包儿，里面是糨子（糨糊。糨，jiàng），仍把封皮粘妥。用手按按，复用火扇照了一照，再无形迹。脚下却又滑了几步，弥缝脚踪，方拢了如意绦，倒爬而上。到了天花板上，单手拢绦，脚下绊住，探身将天花板放下安稳。翻身上了后坡，立住脚步，将如意绦收起。安放斜岔儿椽子，抹了油腻子，丝毫不错。搭了望板，盖上锡被，将灰土俱各按拢堆好，挨次儿稳了瓦。又从怀中掏出小笤帚（tiáo zhou，扫把）扫了一扫灰土，纹丝儿也是不露。收什已毕，离了四值库，按旧路归来，到处取了暗记儿。此时已五鼓天了。

他只顾在这里盗冠，把个裴福急的坐立不安，心内胡思乱想。由三更盼到四更，自四更盼到五更，盼的老眼欲穿。好容易见那边影影绰绰似有人影，忽听锣声震耳，偏偏的巡更的来了，裴福唬的胆裂魂飞。只见那边黑影一蹲，却不动了。巡更的问道：“那是甚么人？”裴福忙插口道：“那是俺的儿子出恭（排泄大小便）呢，你老歇歇去罢。”更夫道：“巡逻要紧，不得工夫。”哨、哨、哨打着五更，往北去了。裴福赶上一步。智爷过来，道：“巧极了。巡更的又来了，险些儿误了大事。”说罢，急急解下冠盒。裴福将席篓子底屉儿揭开，智化安放妥当，盖好了屉子。自己脱了夜行衣，包裹好了，收藏起来，上面用棉被褥盖严。此时英姐尚在睡熟未醒。裴福悄悄问道：“如何盗冠？”智化一一说了，把个裴福唬的半天做声不得。智爷道：“功已成了，你老人家该装病了。”

到了天明，王头儿来时，智化假意悲啼，说：“俺爹昨晚偶然得病，闹了一夜，不省人事，俺只得急急回去。”王头儿无奈，只得由他。英姐不知就里（内情），只当他祖父是真病呢，他却当真哭起来了。智爷推着车子，英姐跟步而行，哭哭啼啼。一路上有知道他们是逃荒的，无不嗟叹（长叹）。出了城门，到了无人之处，智化将裴福唤起，把英姐抱上车去，背起绳绊，急急赶路。离了河南，到了长江，乘上船，一帆风顺。

一日，来到镇江口，正要换船之时，只见那边有一只大船出来了三人，却是兆兰、兆蕙、艾虎。彼此见了，俱各欢喜。连忙将小车搭跳上船，智爷等也上了大船。到了舱中，换了衣服，大家就座。双侠便问："事体如何？"智爷说明原委，甚是畅快。趁着顺风，一日，到了本府，在停泊之处下船，自有庄丁伴当（旧时指跟随着做伴的仆人或伙伴）接待，推小车。一同进庄，来至待客厅，将席篓搭下来，安放妥当。自然是饮酒接风。智化又问丁二爷如何将冠送去。兆蕙道："小弟已备下钱粮筐了，一头是冠，一头是香烛钱粮，又洁净，又灵便。就说奉母命天竺进香，兄长以为何如？"智爷道："好！但不知在何处居住？"二爷道："现有周老儿名叫周增，他就在天竺开设茶楼，小弟素来与他熟识，且待他有好处。他那里楼上极其幽雅，颇可安身。"智爷听了，甚为放心。

饮酒吃饭之后，到了夜静更深，左右无人，方将九龙珍珠冠请出供上。大家行了礼，打开瞻仰了瞻仰。此冠乃赤金累龙，明珠镶嵌。上面有九条金龙：前后卧龙，左右行龙，顶上有四条搅尾龙，捧着一个团龙。周围珍珠不记其数，单有九颗大珠，晶莹焕发，光芒四射。再衬着赤金明亮，闪闪灼灼，令人不能注目。大家无不赞扬，真乃稀奇之宝。好好包裹，放在钱粮筐内，遮盖严密。到了五鼓（五更），丁二爷带了伴当，离了茉花村，竟奔中天竺而去。

迟不几日回来，大家迎到厅上，细问其详。丁二爷道："到了中天竺，就在周老茶楼居住。白日进了香，到了晚间，托言身体乏困，早早上楼安歇。周老惟恐惊醒于我，再也不敢上楼。因此趁空儿到了马强家中佛楼之上，果有极大的佛龛（供奉佛像、神位的小阁子。龛，kān）三座。我将宝冠放在中间佛龛左边槅扇的后面，仍然放下黄缎佛帘，人人不能理会。安放妥当，回到周家楼上，已交五鼓。我便假装起病来，叫伴当收什起身。周老那里肯放，务必赶作羹汤暖酒。他又拿出四百两银子来要归还原银，我也没要，急急的赶回来了。"大家听了，欢喜非常。惟有智爷瞅着艾虎，一语不发。

但见小爷从从容容道："丁二叔既将宝冠放妥，侄儿就该起身了。"兆兰、兆蕙听了此言，倒替艾虎为难，也就一语不发。只听智化道：

“艾虎吓，我的儿，此事全为忠臣义士起见，我与你丁二叔方涉深行险，好容易将此事作成。你若到了东京，口齿中稍有含糊，不但前功尽弃，只怕忠臣义士的性命也就难保了。”丁氏弟兄极口（指竭尽口舌）答道：“智大哥此话是极，贤侄你要斟酌。”艾虎道：“师父与二位叔父但请放心。小侄此去，此头可断，此志不能回！此事再无不成之理。”智爷道：“但愿你如此。这有书信一封你拿去，找着你白五叔，自有安置照应。”

小侠接了书信，揣在里衣之内，提了包裹，拜别智爷与丁大爷、丁二爷。他三人见他小小孩童于此关系重大之事，又是耽心（担心），又是爱惜，不由的送出庄外。艾虎道：“师父与二位叔父不必远送，艾虎就此拜别了。”智化又嘱咐道：“金冠在佛龛中间左边槅扇的后面，要记明了！”艾虎答应，背上包裹，头也不回，佯长（即扬长）去了。请看艾虎如此的光景，岂是十五岁的小儿，差不多有年纪的也就甘拜下风。他人儿虽小，胆子极大，而且机变谋略俱有。这正是“有智不在年高，无智空活百岁”。

这艾虎在路行程，不过是饥餐渴饮。一日，来到开封府，进了城门，且不去找白玉堂，他却先奔开封府署，要瞧瞧是甚么样儿。不想刚到衙门前，只见那边喝道之声，撵逐闲人，说：“太师来了。”艾虎暗道：“巧咧！我何不迎将上去呢？”趁着忙乱之际，见头踏已过，大轿看看切近，他却从人丛中钻出来，迎轿跪倒，口呼：“冤枉吓！相爷，冤枉！”

包公在轿内见一个小孩子拦轿鸣冤，吩咐带进衙门。左右答应一声，上来了四名差役，将艾虎拢住，道：“你这小孩子淘气的狠，开封府也是你戏耍的么？”艾虎道：“众位别说这个话，我不是顽来了，我真要告状。”张龙上前道：“不要惊唬于他。”问艾虎道：“你姓甚么？今年多大了？”艾虎一一说了。张龙道：“你状告何人？为着何事？”艾虎道：“大叔，你老不必深问。只求你老带我见了相爷，我自有话回禀。”张龙听了此言，暗道：“这小孩子竟有些意思。”

忽听里面传出话来：“带那小孩子。”张龙道：“快快走罢，相爷升了堂了。”艾虎随着张龙，到了角门（整个建筑物的靠近角上的小门，泛指小的旁门），报了门，将他带至丹墀（古时宫殿前的石阶，因以红色涂饰，故称。墀，chí）上，当堂跪倒。艾虎偷偷往上观瞧，见包公端然正坐，不怒自威。两傍罗列衙役，甚是严肃，真如森罗殿一般。只听包公问道："那小孩子姓甚名谁？状告何人？诉上来。"艾虎道："小人名叫艾虎，今年十五岁，乃马员外马强的家奴。"包公听说马强的家奴，便问道："你到此何事？"艾虎道："小人特为出首一件事。小人却不知道甚么叫出首。只因这宗事小人知情，听见人说'知情不举，罪加一等'，故此小人前来在相爷跟前言语一声儿，就完了小人的事了。"包公道："慢慢讲来。"艾虎道："只因三年前，我们太老爷告假（请假）还乡……"包公道："你家太老爷是谁？"艾虎伸出四指，道："就是四指库的总管马朝贤，他是我们员外的叔叔。"包公听了，暗想道："必是四值库（宫殿专门存放皇帝的各类服饰等物的地方）总管马朝贤了。小孩子不懂得四值，拿着当了四指库。"又问道："告假还乡，怎么样了？"艾虎道："小人的太老爷坐着轿到了家中，抬至大厅之上，下了轿，就叫左右回避了。那时小人跟着员外，以为是个小孩子，却不忌讳。只见我们太老爷从轿内捧出一个黄龙包袱来，对着小人的员外悄悄说道：'这是圣上的九龙冠，咱家顺便带来，你好好的供在佛楼之上。将来襄阳王爷举事，就把此冠呈献，千万不可泄露。'我家员外就接过来了，叫小人托着。小人端着沉甸甸的，跟着员外，上了佛楼。我们员外就放在中间龛的左边槅扇后面了。"

包公听了，暗暗吃惊，连两傍的衙役无不骇然（惊惧的样子）。只听包公问道："后来便怎么样？"艾虎道："后来也不怎么样。到一来二去，我也大些了，常听见人说'知情不举，罪加一等'，小人也不理会。后来又有人知道了，却向小人打听，小人也就告诉他们。他们都说：'没事便罢，若有了事，你就是知情不举。'到了新近，小人的员外拿进京来，就有人合小人说：'你提防着罢！员外这一到京，若把三年前的事儿说出来，你就是隐匿不报的罪名。'小人听了害怕。比不得三年前，人事不知、天日不懂的。如今也觉明白些了，越想越不是顽的。因此小人赶到京中，小人却不是出首，止于把此事说明了，就与小人不相干了。"包公听毕，忖度（cǔn duó，揣测）了一番，猛然将惊堂木一拍，道："我骂你这狗才！你受了何人主使，竟敢在本阁跟前陷害朝中总管与你家主人？是何道理？还不与我从实招上来！"左右齐声吆喝，道："快说！快说！"未知艾虎如何答对，且听下回分解。

第八十二回 试御刑小侠经初审 遵钦命内宦会五堂

且说艾虎听包公问他是何人主使，心中暗道："好利害！怪道人人说包相爷断事如神，果然不差。"他却故意惊慌道："没有甚么说的。这倒为了难了，不报罢，又怕罪加一等；报了罢，又说被人主使。要不，就算没有这宗事，等着我们员外说了，我再呈报如何？"说罢，站起身来，就要下堂。两边衙役见他小孩子不懂官事，连忙喝道："转来，转来！跪下，跪下！"艾虎复又跪倒。包公冷笑道："我看你虽是年幼顽童，眼光却甚诡诈。你可晓得本阁的规矩么？"艾虎听了，暗暗打个冷战，道："小人不知甚么规矩。"包公道："本阁有条例，每逢以小犯上者，俱要将四肢铡去。如今你既出首你家主人，犯了本阁的规矩，理宜铡去四肢。来哦！请御刑！"只听两傍发一声喊，王、马、张、赵将狗头铡抬来，撂在当堂，抖去龙袱，只见黄澄澄、冷森森一口铜铡，放在艾虎面前。

小侠看了虽则心惊，暗暗自己叫着自己："艾虎吓，艾虎！你为救忠臣义士而来，漫说（不要说）铡去四肢，纵然腰断两截，只要成了名，千万不可露出马脚来。"忽听包公问道："你还不说实话么？"艾虎故意颤巍巍（抖动摇晃的样子）的道："小人实实害怕，惟恐罪加一等，不得已呈诉吓。相爷呀！"包公命去鞋袜。张龙、赵虎上前，左右一声呐喊，将艾虎丢翻在地，脱去鞋袜。张、赵将艾虎托起双足，入了铡口。王、马掌住铡刀，手拢鬼头靶，面对包公。只等相爷一摆手，刀往下落，不过咙吱一声，艾虎的脚丫儿就结了。张龙、赵虎一边一个架着艾虎，马汉提了艾虎的头发，面向包公。包公问道："艾虎，你受何人主使？还不快招么？"艾虎故意哀哀的道："小人就知害怕，实实没有甚么主使的。相爷不信，差人去取珠冠，如若没有，小人情甘认罪。"包公点头，道："且将他放下来。"马汉松了头发，张、赵二人连忙将他往前一搭，双足离了铡口。王朝、马汉将御刑抬过一边。此时漫说艾虎心内落实，就是四义士等无不替艾虎侥幸的。

包公又问道："艾虎，现今这顶御冠还在你家主佛楼之上么？"艾虎道："现在佛楼之上。回相爷，不是玉冠，小人的太老爷说是珍珠九龙冠。"包公问实了，便吩咐将艾虎带下去。该值的听了，即将艾虎带下堂来。

早有禁子（旧时称在监狱中看守罪犯的人）郝头儿接下差使，领艾虎到了监中单间屋里，道："少爷，你老就这里坐罢，待我取茶去。"少时取了新泡的盖碗茶来。艾虎暗道："他们这等光景，别是要想钱罢？怎么打着官司的称呼少爷，还喝这样的好茶，这是甚么意思呢？"只见郝头儿悄悄与伙计说了几句话，登时摆上菜蔬，又是酒，又是点心，并且亲自殷勤斟酒，闹的艾虎反倒不得主意了。

忽听外面有人嗤、嗤的声音。郝头儿连忙迎了出来，请安道："小人已安置了少爷，又孝敬了一桌酒饭。"又听那位官长说道："好，难为你了。赏你十两银子，明日到我下处去取。"郝头儿叩头谢了赏。只听那位官长吩咐道："你在外面照看，我合你少爷有句话说，呼唤时方许进来。"郝禁子连连答应，转身在监口拦人，凡有来的，他将五指一伸，努努嘴，摆摆手，那人见了急急退去。

你道此位官长是谁？就是玉堂白五爷。只因听说有个小孩子告状，他便连忙跑到公堂之上细细一看，认得是艾虎，暗道："他到此何事？"后来听他说出原由，惊骇（惊慌害怕。骇，hài）非常。又暗暗揣度了一番，竟是为倪太守、欧阳兄而来，不由的心中踌躇道："这样一宗大事，如何搁在小孩子身上呢？"忽听公座上包公发怒，说："请御刑！"白五爷只急的搓手，暗道："完了！完了！这可怎么好？"自己又不敢上前，惟有两眼直勾勾瞅着艾虎。及至艾虎一口咬定，毫无更改，白五爷又暗暗夸奖道："好孩子！真是强将手下无弱兵。这要是从铡口里爬出来，方是男儿。"后来见包公放下艾虎，准了词状，只乐得心花俱开（形容内心非常高兴。心花，指精神、心思、情绪），便从堂上溜了下来，见了郝禁子，嘱咐道："堂上鸣冤的是我的侄儿，少时下来，你要好好照应。"郝禁子那敢怠慢，故此以少爷称呼，伺候茶水酒饭，知道白五爷必来探监，为的是当好差使，又可于中取利。果然，白五爷来了，就赏了十两银子，叫他在外瞭望。

五爷便进了单屋。艾虎抬头见是白玉堂，连忙上前参见。五爷悄悄道："贤侄，你好大胆量！竟敢在开封府弄玄虚，这还了得！我且问你，这是何人主意？因何贤侄不先来见我呢？"艾虎见问，将始末情由（事情的经过及缘由），述了一遍，道："侄儿临来时，我师父原给了一封信，叫侄儿找白五叔。侄儿一想，一来恐事不密，露了形迹；二来可巧遇见相爷下朝，因此侄儿就喊了冤了。"说着话，将书信从里衣内取出，递与玉堂。玉堂接来拆看，无非托他暗中调停，不叫艾虎吃亏之意。将书看毕，暗自忖道："这明是艾虎自逞胆量，不肯先投书信。可见高傲，将来竟自不可限量呢。"便对艾虎道："如今紧要关隘（关卡。隘，ài）已过，也就可以放心了。方才我听说你的口供，打了折底，相爷明早就要启奏了。且看旨意如何，再做道理。你吃了饭不曾？"艾虎道："饭倒不消，就只酒……"说至此，便不言语。白五爷问道："怎么没有酒？"艾虎道："有酒，那点点儿刚喝了五六碗就没了。"白玉堂听了，暗道："这孩子敢则（大概）爱喝，其实五六碗也不为少。"便唤道："郝头儿呢？"只听外面答应，连忙进来。五爷道："再取一瓶酒来。"郝禁子答应去了。白五爷又嘱咐道："少时酒来，撙节而饮（有节制地饮酒。撙，zǔn，节制），不可过于贪杯。知道明日是甚么旨意呢，你也要留神提防着。"艾虎道："五叔说的是，侄儿再喝这一瓶，就不喝了。"白玉堂也笑了。郝头儿取了酒来，白五爷又嘱咐了一番，方才去了。

果然，次日包公将此事递了奏折。仁宗看了，将折留中，细细揣度，偶然想起："兵部尚书金辉曾具折（备拟奏折）二次，说朕的皇叔有谋反之意，是朕一时之怒将他谪贬（古代官吏因罪被降职并调至边远之地。谪，zhé），如何今日包卿折内又有此说呢？事有可疑。"即宣都堂陈林密旨派往稽查四值库。老伴伴（太监）领旨，带领手下人等，传了马朝贤，宣了圣旨。

马朝贤不知为着何事，见是都堂奉钦命而来，敢不懔遵（因畏惧、害怕而遵守。懔，lǐn），只得随往一同上库，验了封，开了库门。就从朱槅天字一号查起，揭开封皮，开了锁，拉开朱门一看，罢咧！却是空的。陈公公问道："这九龙珍珠冠那里去了？"谁知马朝贤见没了此冠，已然唬的面目焦黄。如今见都堂一问，那里还答应的上来，张着嘴，瞪着眼，半晌（半天），说了一句："不……不……不知道。"陈公公见他神色惊慌，便道："本堂奉旨查库者，就是为查此冠。如今此冠既不见，本堂只好回奏，且听旨意便了。"回头吩咐道："孩儿们，把马总管好好看起来。"陈公公即时覆奏。圣上大怒，即将总管马朝贤拿问，就派都堂审讯。陈公公奏道："现有马朝贤之侄马强在大理寺审讯。马朝贤既然监守自盗（盗取公务上自己看管的财物），他侄儿马强必然知情，理应归大理寺质对（对质）。"天子准奏，将原折并马朝贤俱交大理寺。天子传旨之后，恐其中另有情弊（作弊情况），又特派刑部尚书杜文辉、都察院（官署名，主掌监察、弹劾及建议）总宪范仲禹、枢密院（官署名，宋代分掌军政大权）掌院颜查散，会同大理寺文彦博隔别严加审讯。

此旨一下，各部院堂官俱赴大理寺。惟有枢密院颜查散颜大人刚要上轿，只见虞候手内拿一字柬，回道："白五老爷派人送来，请大人即升。"颜查散接过拆阅，原来是白玉堂托付照应艾虎。颜大人道："是了，我知道了，叫来人回去罢。"虞候传出话去。颜大人暗暗想道："此系奉旨交审的案件，难以徇情（徇私），只好临期看机会便了。"上轿来到大理寺。众位堂官会了齐，大家俱看了原折，方知马朝贤监守自盗，其中有襄阳王谋为不轨的话头。个个骇目惊心，彼此计议，范仲禹道："少时都堂到来，固然先问这小孩子，真伪莫辨。莫若如此如此，先试探他一番如何？"大家深以为然。又都向文大人问了问马强一案，审的如何。文大人道："这马强强梁霸道，俱已招承。惟独一口咬定倪太守结连大盗，抢掠他的家私一节，已将北侠欧阳春拿到。原来是个侠客义士，倪太守多亏他救出。至于抢掠之事，概不知情，坚不承认。下官问过几堂，见他为人正直，言语豪爽，决非劫掠大盗。下官已派人暗暗访查去了。如今既有艾虎，他是马强家奴，他家被劫，他自然知道的。此事也可以问他。"大家称是。

忽见禀道："都堂到了。"众大人迎至丹墀（古时宫殿前的石阶，因其以红色涂饰，故称。墀，chí）。只见陈公公下轿，抢行几步，与众位大人见了，说道："众位大人早到了，恕咱家（我。咱，zá）来迟。只因圣上为此震怒，懒进饮食，还是我宛转进谏，圣上方才进膳。咱家伺候膳毕，急急赶到，所以来迟。"彼此到了公堂之上，见设着五堂公位，大家挨次而坐。陈公公道："众位大人还没有问问吗？"众人道："等都堂大人。

我等已计议了一番。”便将方才商酌的话说了。陈公公道：“众位大人高见不差。狠好，就是如此罢。”吩咐先带艾虎。左右一声喊，接连不断：“带艾虎！带艾虎！”

小爷在开封府经过那样风波，如今到了大理寺，虽则是五堂会审，他却毫不介意，上得堂来，双膝跪倒，两只眼睛滴溜嘟噜东瞧西看。陈公公先就说道：“哎哟！咱家只道甚么艾虎呢，原来是个小孩子。看他浑浑实实，却倒伶伶俐利的。你今年多大了？”艾虎道：“小人十五岁了。”陈公公道：“你小小年纪有甚冤屈，竟敢告状呢？大着点声儿，说给众位大人听。”艾虎将昨日在开封府的口供，说了一遍，又说道：“包相爷要将小人四肢铡去，小人实在是畏罪之故，并不敢陷害主人，因此蒙相爷施恩，方准了小人的状子。”说罢，向上叩头。

陈公公听了，对着众人说道：“众位大人俱各听明了，有甚么问的只管问。咱家虽是奉旨钦派，然而咱家只知进御当差，这案子上头甚不明白。”只听杜大人问道：“艾虎，你在马强家几年了？”艾虎道：“小人自幼就在那里。”杜大人道：“三年前你家太老爷交给你主人的九龙冠，是你亲眼见的么？”艾虎道：“亲眼见的。小人的太老爷先给小人的主人，小人的主人就叫小人捧着，一同到了佛楼，放在中间龛的左边槅扇后面。”杜大人道：“既是三年前之事，你为何今日才来出首？讲！”陈公公道：“是呀，三年前马总管告假，咱家还依稀记得，大约是为修理坟茔（坟地，墓地。茔，yíng），告了三个月的假，我们这里还有底帐可考。既是那时候的事情，为何这时候才说出来呢？你说！”艾虎道：“小人三年前方交十二岁，天日不懂，人事不知。小人今年十五岁，到底明白点了。又因小人主人目下（眼下）遭了官事，惟恐说出这件事情来，小人如何担的起知情不举、隐匿不报的罪名呢？”范大人道：“这也罢了。我且问你，当初你太老爷交付你主人九龙冠时，说些甚么？”艾虎道：“小人就听我太老爷说：‘此冠好好收藏，等着襄阳王举事（发动武装暴动）时，就把此冠献上，必得大大的爵位。’小人也不知举甚么事。”范大人道：“如此说来，你家太老爷你自然是认得的了？”一句话问的艾虎张口结舌。未知如何，且听下回分解。

第八十三回 矢口[1]不移心灵性巧 真赃实犯理短情屈

且说艾虎听范大人问他可认得他家太老爷这一句话，艾虎暗暗道："这可罢了我咧！当初虽见过马朝贤，我并未曾留心，何况又别了三年呢。然而又说不得我不认得。但这位大人如何单问我认得不认得，必有甚么缘故罢？"想罢，答道："小人的太老爷，小人是认得的。"范大人听了，便吩咐："带马朝贤。"左右答应一声，朝外就走。

此时颜大人旁观者清，见艾虎沉吟后方才答应认得，就知艾虎有些恍惚，暗暗着急担惊，惟恐年幼一时认错了，那还了得。急中生智，便将手一指，大袍袖一遮，道："艾虎，少时马朝贤来时，你要当面对明，休得袒护。"嘴里说着话，眼睛却递眼色，虽不肯摇头，然而纱帽翅儿也略动了一动。艾虎本因范大人问他认得不认得，心中有些疑心，如今见颜大人这番光景，心内更觉明白。

只听外面锁镣之声，他却跪着偷偷往外观看，见有个年老的太监，虽然项带刑具，到了丹墀之上，面上尚微有笑容，及至到了公堂，他才敛容息气。而且见了大人们，也不下跪报名，直挺挺站在那里，一语不发。小爷更觉省悟（觉醒明白）。只听范大人问道："艾虎，你与马朝贤当面对来。"艾虎故意的抬头望了一望那人，道："他不是我家太老爷，我家太老爷小人是认得的。"陈公公在堂上笑道："好个孩子，真好眼力！"又望着范大人道："似这等光景，这孩子真认得马总管无疑了。来呀！你们把他带下去，就把马朝贤带上来罢。"左右将假马朝贤带下。

不多时，只见带上了个欺心背反、蓄意谋奸、三角眼含痛泪、一片心术不端的总管马朝贤来。左右当堂打去刑具，朝上跪倒。陈公公见这番光景，未免心生恻隐（对受苦难的人表示同情），无奈说道："马朝贤，

① 矢（shǐ）口：一口咬定。

今有人告你三年前告假回乡时，你把圣上九龙珍珠冠擅敢私携至家，你要从实招上来。”马朝贤唬得胆裂魂飞，道：“此冠实是库内遗失，犯人概不知情吓！”只听文大人道：“艾虎，你与他当面对来。”艾虎便将口供述了一回，道：“太老爷，事已如此，也就不用推诿（推托。诿，wěi）了。”马朝贤道：“你这小厮，着实可恶！咱家何尝认得你来？”艾虎道：“太老爷如何不认得小人呢？小人那时才十二岁，伺候了你老人家多少日子，太老爷还时常夸我很伶俐，将来必有出息，难道太老爷就忘了么？可见是‘贵人多忘事’。”马朝贤道：“我纵然认得你，我几时将御冠交给马强了呢？”

文大人道：“马总管，你不必抵赖。事已如此，你好好招了，免得皮肉受苦；倘若不招，此乃奉旨之件，我们就要动大刑了。”马朝贤道：“犯人实无此事。大人如若赏刑，或夹或打，任凭吩咐。”颜大人道：“大约束手问他，决不肯招。左右，请大刑来！”两旁发一声喊，刚要请刑，只见艾虎哭着，道：“小人不告了！小人不告了！”陈公公便问道：“你为何不告了？”艾虎道：“小人只为害怕，怕担罪名，方来出首。不想如今害得我太老爷偌大年纪受如此苦楚，还要用大刑审问，这不是小人活活的把太老爷害了么？小人实实不忍，小人情愿不告了。”陈公公听了，点了点头，道：“傻孩子！此事已经奉旨，如何由的你呢。”只见杜大人道：“暂且不必用刑，左右将马总管带下去。艾虎也下去。不可叫他们对面交谈。”左右分别带下。

颜大人道：“下官方才说请刑者，不过威吓而已。他有了年纪之人，如何禁得起大刑呢？”杜大人道：“方才见马总管不认得艾虎，下官有些疑心，焉知艾虎不是被人主使出来的呢？”颜大人听了，暗道：“此言利害。但是白五弟托我照应艾虎，我岂可坐视（坐着看，指对该管的事故意不管或漠不关心）呢？”连忙说道：“大人虑的虽是，但艾虎是个小孩子，如何担的起这样大事呢？且包太师已然测到此处，因此要用御刑铡他的四肢。他若果真被人主使，焉有舍去性命，不肯实说的道理呢？”杜大人道：“言虽如此，下官又有一个计较，莫若将马强带上堂来，如此如此追问一番，如何？”众人齐声说是。吩咐：“带马强，不许与马朝贤对面。”左右答应。

不多时，将马强带到。杜人人道：“马强，如今有人替你鸣冤，你认得他么？”马强道：“但不知是何人？”杜大人道：“带那鸣冤的当面认来。”只见艾虎上前跪倒。马强一看，暗道：“原来是艾虎这孩子，倒有为主之心，真是好！”连忙禀道：“他是小人的家奴，名叫艾虎。”杜大人道：“他有多大岁数了？”马强道：“他十五岁了。”杜大人道：“他是你家世仆么？”马强道：“他自幼就在小人家里。”恶贼只顾说出此话，堂上众位大人无不点头，疑心尽释。杜大人道：“既是你家世仆，你且听他替你鸣的冤。艾虎，快将口供诉上来。”艾虎便将口供诉完，道：“员外休怪，小人实实担不起罪名。”马强喝道：“我骂你这狗才！满嘴里胡说！太老爷何尝交给我甚么冠来？”陈公公喝道：“此乃公堂之上，岂是你喝呼家奴的所在？好不懂好歹，就该掌嘴！”

马强跪爬了半步，道：“回大人，三年前小人的叔父回家，并未交付小人九龙冠，这都是艾虎的谎言。”颜大人道：“你说你叔父并未交付于你，如今艾虎说你把此冠供在佛楼之上；倘若搜出来时，你还抵赖么？”马强道：“如果从小人家中搜出此冠，小人情甘认罪，再也不敢抵赖。”颜大人道：“既如此，具结（旧时对官署提出表示自己负责的文件）上来。”马强以为断无此事，欣然具结。众位大人传递看了，叫把马强仍然带下去。又把马朝贤带上堂来，将结念与他听，问道：“如今你侄儿已然供明，你还不实说么？”马朝贤道：“犯人实无此事。如果从犯人侄儿家中搜出此冠，犯人情甘认罪，再无抵赖。”也具了一张结。将他带下去，吩咐寄监（暂时关押在监狱中）。

文大人又问艾虎道：“你家主人被劫一事，你可知道么？”艾虎道：“小人在招贤馆服侍我们主人的朋友。”文大人道：“甚么招贤馆？”艾虎道：“小人的员外家大厅就叫招贤馆，有好些人在那里住着，每日里耍枪弄棒，对刀比武，都是好本事。那日因我们员外诓（kuāng，骗）了个儒流秀士带着一个老仆人，后来说是新太守，就把他主仆锁在空房之内。不知甚么工夫，他们主仆跑了。小人的员外知道了，立刻骑马赶去，又把那秀士一人拿回来，就掐在地牢里了。”文大人道：“甚么地牢？”艾虎道：“是个地窖子，凡有紧要事情，都在地牢。回大人，这个地牢之中，不知害了多少人命。”陈公公冷笑道：“他家竟敢有地牢，这还了得么！这秀士必被你家员外害了。”艾虎道：“原要害来着，不知甚么工夫，那秀士又被人救了去了，小人的员外就害起怕来。那些人劝我们员外说没事，如有事时，大伙儿一同上襄阳去。就是那天晚上有二更多天，忽然来了个大汉，带领官兵，把我们员外合安人在卧室内就捆了。招贤馆众人听见，一齐赶到仪门前救小人的主人。谁知那些人全不是大汉的对手，俱各跑回招贤馆藏了。小人害怕，也就躲避了，不知如何被劫。”文大人道：“你可知道甚么时候，将你家员外起解到府？”艾虎道：“小人听姚成说有五更多天。”

文大人听了，对众人道：“如此看来，这打劫之事与欧阳春不相干了。”众大人问道：“何以见得？”文大人道：“他原失单上报的是黎明被劫。五更天大汉随着官役押解马强赴府，如何黎明又打劫了呢？”众位大人道：“大人高见不差。”陈公公道：“大人且别问此事，先将马朝贤之事复旨要紧。”文大人道：“此案与御冠相连，必须问明一并复旨，明日方好搜查提人。”说罢，吩咐带原告姚成。谁知姚成听见有九龙冠之事，知道此案大了，他却逃之夭夭了。差役去了多时，回来禀道：“姚成惧罪，业已脱逃，不知去向。”文大人道：“原告脱逃，显有情弊（弊端），这九龙冠之事益发（越发）真了，只好将大概情形复奏圣上便了。”大家共同拟了折底，交付陈公公，先行陈奏。

到了次日，奉旨立刻行文到杭州捉拿招贤馆的众寇，并搜查九龙冠，即刻赴京归案备质。过了数日，署事太守用黄亭子抬定龙冠，派役护送进京，连郭氏一并解到。你道郭氏如何解来？只因文书到了杭州，立刻知会巡检、守备带领兵弁（旧时称低级武官。弁，biàn），以为捉拿招贤馆的众寇必要厮杀，谁知到了那里，连个人影儿也不见了，只得追问郭氏。郭氏道：“就于那夜俱各逃走了。”署事官先查了招贤馆，搜出许多书信，俱是与襄阳王谋为不轨的话头。又叫郭氏随同来到佛楼之上，果在中间龛的左边槅扇后面，搜出御冠帽盒来。署事官连忙打开验明，依然封好妥当，立刻备了黄亭子请了御冠，因郭氏是个要犯硬证，故此将他一同解京。

众位大人来到大理寺，先将御冠请出，大家验明，供在上面。把郭氏带上堂来，问他：“御冠因何在你家中？”郭氏道：“小妇人实在不知。”范大人道：“此冠从何处搜出来的？”郭氏道：“从佛楼中间龛内搜出。”杜大人道：“是你亲眼见的么？”郭氏道：“是小妇人亲眼见的。”杜大人叫他画招画供，吩咐带马强。

马强刚至堂上，一眼瞧见郭氏，吃了一惊，暗说："不好！他如何来到这里？"只得向上跪倒。范大人道："马强，你妻子已然供出九龙冠来，你还敢抵赖么？快与郭氏当面对来。"马强听了，战战兢兢问郭氏道："此冠从何处搜出？"郭氏道："佛楼之上中间龛内。"马强道："果是那里搜出来的？"郭氏道："你如何反来问我？你不放在那里，他们就能从那里搜出来么？"文大人不容他再辩，大喝一声，道："好逆贼！连你妻子都如此说，你还不快招么？"马强只唬的目瞪痴呆，叩头碰地，道："冤孽！罢了！小人情愿画招。"左右叫他画了招。

颜大人吩咐将马强夫妻带在一旁，立刻带马朝贤上堂，叫他认明此冠并郭氏口供，连马强画的招俱各与他看了。只唬得他魂飞魄散，又当面问了郭氏一番，说道："罢了，罢了！事已如此，叫我有口难分，犯人画招就是了。"左右叫他画了招。众位大人相传看了，把他叔侄分别带下去。文大人又问郭氏被劫一事。

忽听外面嘈杂，有人喊冤，只见衙役跪倒禀道："外面有一老头子手持冤状，前来伸诉。众人将他拦住，他那里喊声不止，小人不敢不回。"颜大人道："我们是奉旨审问要犯，何人胆大，擅敢在此喊冤？"差役禀道："那老头子口口声声说是替倪太守鸣冤的。"陈公公道："巧极了。既是替倪太守鸣冤的，何妨将老头儿带上来，众位大人问问呢？"吩咐："带老头儿。"

不多时，见一老者上堂跪倒，手举呈词，泪流满面，口呼："冤枉。"颜大人吩咐将呈子接上来，从头至尾，看了一遍，道："原来果是为倪太守一案。"将此呈传递众位大人看了，齐道："此状正是奉旨应讯案件。如今虽将马朝贤监守自盗讯明，尚有倪太守与马强一案未能质讯。今既有倪忠补呈伸诉，理应将全案人证提到当堂审问明白，明白一并复旨。"陈公公道："正当如此。"便往下问道："你就叫倪忠么？"倪忠道："是，小人叫倪忠，特为小人主人倪继祖前来伸冤。"陈公公道："你不必啼哭，慢慢的诉上来。"未识说些甚么，且听下回分解。

第八十四回 复原职倪继祖成亲 观水灾白玉堂捉怪

且说倪忠在公堂之上，便说起奉旨上杭州接太守之任，如何暗暗私访，如何被马强拿去两次。“头一次多亏了一个难女，名叫朱绛贞，乃朱举人之女，被恶霸抢了去的，是他将我主仆放走。慌忙之际，一时失散，小人遇见个义士欧阳春，将此事说明。义士即到马强家中，打听小人的主人下落。谁知小人的主人又被马强拿去下在地牢，多亏义士欧阳春搭救出来。就定于次日，义士帮助捉拿马强，护送到府。我家主人审了马强几次，无奈恶霸总不招承。不想恶霸家中被劫，他就一口咬定，说小人的主人结连大盗，明火执仗，差遣恶奴进京呈控（上告）。可怜小人的主人、堂堂太守，因此解任，遭这不明不白的冤枉。望乞众位大人明镜高悬（指官员判案公正严明），细细详查是幸。”

范大人道：“你主人既有此冤枉，你如何此时方来伸诉呢？”倪忠道：“只因小人奉家主之命，前往扬州接取家眷（家属）。及至到了任所，方知此事，因此急急赶赴京师，替主鸣冤。”说罢，痛哭不止。陈公公点头道：“难为这老头儿。众位大人当怎么办呢？”文大人道：“倪忠的呈词正与太守倪继祖、义士欧阳春、小童艾虎所供俱各相符。惟有被劫一案，尚不知何人，须问倪继祖、欧阳春，便见明白。”吩咐带倪太守与欧阳春。

不多时，二人上堂。文大人问太守道：“你与欧阳春定于何时捉拿马强？又于何时解到本府？”倪继祖道：“定于二更带领差役捉拿马强，于次日黎明方才到府。”文大人又问欧阳春道：“既是二更捉拿马强，为何于次日黎明到府呢？”欧阳春道：“原是二更就把马强拿住，只因他家招募了许多勇士与小人对垒，小人好容易将他等杀退，于五更时方将马强驮在马上。因霸王庄离府衙二十五六里之遥，小人护送到府时，天已黎明。”

文大人又叫带郭氏上来，问道：“你丈夫被何人拿住？你可知道么？”郭氏道：“被个紫髯大汉拿住，连小妇人一同捆缚（捆绑）的。”文大人道：“你丈夫几时离家的？”郭氏道：“天已五鼓。”文大人道：“你家被劫是甚么时候？”郭氏道：“天尚未亮。”文大人道：“我看失单内劫去许多物件，非止一人，你可曾看见么？”郭氏道：“来的人不少，小妇人唬的以被蒙头，那里还敢瞧呢。后来就听贼人说：‘我们乃北侠欧阳春带领官役前来抢掠。’因此小妇人失单上有北侠的名字。”文大人道：“你丈夫结交招贤馆的朋友，如何不见？”郭氏道：“就是那一夜的早起，小妇人因查点东西，不但招贤馆内无人，连那里的东西也短（少）了许多。回大人，我丈夫交的这些朋友，全不是好朋友。”文大人听了，笑对众人道：“列位听见了，这明是众寇打劫，声言北侠与官役，移害于人（加害他人）之意无疑了。”众人道：“大人高见不差。欧阳春五鼓护送马强，焉有黎明从新带领人役打劫之理？此是众寇打劫无疑了。”又把马强带上来，与倪忠当面质对。马强到了此时再无折辩（争辩，分辩），就一一招了。

文大人吩咐将太守主仆、北侠、艾虎另在一处候旨，其余案内之人分别收监。共同将复奏折子拟定，连招供并往来书信，预备明早谨呈御览。天子看了大怒，却将折子留中。你道为何？皆因仁宗为君，以孝治天下。其中关碍着皇叔赵爵不肯深究，止于发上谕，说：“马朝贤监守自盗，理应处斩。马强抢掠妇女，私害太守，也定了斩立决。郭氏着勿庸（同“毋庸”，无须）议。”所有襄阳王之事，一概不提。“倪继祖官复原职。欧阳春义举无事。艾虎虽以小犯上，薄有罪名，因为御冠出首，着宽免。”

倪继祖具折谢恩。旨意问朱绛贞释放一节，倪继祖一一陈奏；又随了一个夹片，是叙说倪仁被害，李氏含冤，贼首陶宗、贺豹，义仆杨芳即倪忠，并有祖传并梗玉莲花，如何失而复得的情由，细细陈奏。天子看了，圣心大悦，道：“卿家有许多的原委（事情的始末），可称一段佳话。”即追封倪仁五品官衔，李氏封诰随之。倪太公倪老儿也赏了六品职衔，随任养老。义仆倪忠赏了七品承义郎（官职名，虚职），仍随任服役。朱绛贞有玉莲花联姻之谊，奉旨毕姻（完婚）。朱焕章恩赐进士。陶宗、贺豹严缉拿获，即行正法（执行死刑）。倪继祖磕头谢恩，复又请训，定日回任，又到开封府拜见包公。此时北侠父子却被南侠请去，众英雄俱各欢聚一处。倪太守又到展爷寓所，一来拜望，二来敦请北侠、小侠务必随同到任。北侠难以推辞，只得同艾虎到了杭州。倪太守从新接了任后，即拜见了李氏夫人与太公夫妇。李氏夫人依然持斋，另在静室居住。倪太守又派倪忠随了朱焕章同去，迁了倪仁之柩（灵柩），立刻提出贺豹正法祭灵后，安葬立茔（yíng，坟墓）。白事已完，又办红事，即与朱老先生定了吉日，方与朱绛贞完姻。自然是热闹繁华，也不必细述。北侠父子在任，太守敬如上宾。俟（sì，等待）诸事已毕，他父子便上茉花村去了。

且说仁宗天子自从将马朝贤正法之后，每每想起襄阳王来，圣心忧虑。偏偏的洪泽湖水灾连年为患，屡接奏折，不是这里淹了百姓，就是那里伤了禾苗，尽为河工消耗国课（国家税收）无数，枉自劳而无功。

这日单单召见包相，商酌此事。包相便举保颜查散才识（才能和见识）谙练（熟练；有经验。谙，ān），有守有为，堪胜此任。圣上即升颜查散为巡按，稽查水灾，兼理河工民情。颜大人谢恩后，即到开封府，一来叩辞，二来讨教治水之法。包公说了些治水之法，“虽有成章，务必随地势之高低，总要堵泄合宜，方能成功。”颜查散又向包公要公孙策、白玉堂，“同门生前往帮办一切。”包公应允。次日早朝，包公奏明了主簿公孙策、护卫白玉堂随颜查散前去治水。圣上久已知道公孙策颇有才能，即封六品职衔；白玉堂的本领更是圣上素（向来）所深知之人，准其二人随往。颜巡按谢恩请训，即刻起程。

一日，来至泗（sì）水城，早有知府邹嘉迎接大人。颜大人问了问水势的光景，忽听衙外百姓喧哗，原来是赤堤墩的百姓控告水怪。颜大人吩咐把难民中有年纪的唤几个来问话。不多时，带进四名乡老，但见他等形容（形体和容貌）憔悴（形容人面色不好看），衣衫褴褛，苦不可言，向上叩头，道：“救命吓！大人。”颜大人问道：“你们到此何事？”乡老道：“小民连年遭了水灾，已是不幸，不想近来水中生了水怪，时常出来现形伤人。如遇腿快的跑了，他便将窝棚拆毁，东西掠尽，害得小民等时刻不能聊生，望乞大人捉拿水怪要紧。”颜大人道：“你等且去，本院自有道理。”众乡老叩头出衙去了，知会了众人，大家散去。颜大人与知府谈了多时，定于明日登西虚山观水。知府退后，颜大人又与公孙先生、白五爷计议了一番。

到了次日，乘轿至西虚山下，知府早已伺候。换了马匹，上至半山，连马也不能骑了，只得下马步行。好容易到了山头，但见一片白茫茫沸腾澎湃，由赤堤湾浩浩荡荡漫至赤墩，顺流而下，过了横塘，归于杨家庙。一路冲浸之处，不可胜数。漫说房屋四分五落，连树木也是七歪八扭。又见赤堤墩的百姓，全在水浸之处，搭了窝棚（矮小简陋的房屋）栖身，自命名曰“舍命村”。他等本应移在横塘，因路途遥远，难以就食，故此舍命在此居住。那一番惨淡（凄凉；萧条）形景，令人不堪注目。

旁边的白五爷早动了恻隐之心，暗想道：“黎民遭此苦楚，连个准窝棚没有，还有水怪侵扰，可见是祸不单行。但只一件，他既不伤人，如何拆毁窝棚，抢掠东西呢？事有可疑。俺今日夜间倒要看个动静。”他却悄悄的知会了颜巡按，带领四名差役，暗暗来至赤堤墩，假作奉命查验的光景。众百姓俱各上前叩头诉苦。白玉堂叫他们腾出一个窝棚，进去坐下。又叫几个老民，大家席地而坐，又细细问了水怪的来踪去迹。“可有甚么声息没有？”众百姓道：“也没有甚么声息，不过呕呕乱叫。”白玉堂道：“你们仍在各窝棚内隐藏。我就在这窝棚内存身，夜间好与你们捉拿水怪。你们切不可声张，惟恐水怪通灵，你们嚷嚷的他要知道了，他就不肯出来了。”众百姓听了，登时连个大气儿也不敢出，立刻悄语低言，努嘴，打手势。

白玉堂看了，又要笑又可怜，想是被水怪唬的胆都破了。白玉堂回手在兜肚内摸出两个锞子（小块的金锭或银锭），道：“你们将此银拿去，备些酒来，余下的你们籴（dí，买进）米买柴。大家吃饱了，夜间务必警醒。倘若水怪来时，你们千万不可乱跑。只要高声一嚷，就在窝棚内稳坐，不要动身，我自有道理。”众百姓听了，欢天喜地，选脚快的寻找酒食去，腿慢的整理现成的鱼虾，七手八脚，登时的你拿这个，我拿那个。白五爷看了，也觉有趣，仍叫这几个有年纪的同自己吃酒，并问他水势凶猛的情形，问他如何埽坝（sào bà，用秫秸、树枝、芦苇、石头等修成的临时性堤坝或护堤）再也打叠不起。众乡老道：“惟有山根之下水势逆，到了那里是个旋窝，那点儿地方不知伤害了多少性命。虽有行舟来往，到了那里，没有不小心留神的。”白五爷道：“旋窝那边是甚么地方？”

众乡老道："过了旋窝，那边二三里之遥，便是三皇庙了。"白老五暗记在心。

吃毕酒饭，早见一轮明月涌出，清光皎洁，趁着这满湖荡漾，碧浪茫茫，清波浩浩，真是月光如水水如天，大家闭气息声。锦毛鼠五爷踱来踱去，细细在水内留神。约有二鼓之半，只听水面唿喇喇一声响，白玉堂将身躯一伏，回手将石子掏出，见一物跳上岸来，是披头散发，面目不分，见他竟奔窝棚而去。白五爷好大胆，也不管妖怪不妖怪，有何本领，会甚么法术，他便悄悄尾在后面。

忽听窝棚内嚷了一声，道："妖怪来了！"白玉堂在那物的后面吼了一声，道："妖怪往那里走！"嗖的一声，就是一石子，正打在那物后心之上。只听噗哧一声，那物往前一栽。猛见那物一回头，白五爷又是一石子飞来，不偏不歪，又打在那物面门之上。只听"拍"的一声响，那怪嗳哟了一声，咕咚栽倒在地。白五爷急赶上前，将那妖怪按住。早有差役从窝棚出来，一齐涌上，将妖怪拿住，抬在窝棚一看，见他哼哼不止，原来是个人，外穿外套。急将皮套扯去，见他血流满面，口吐悲声，道："求爷爷饶命吓！"刚说到此，只听那边窝棚嚷道："水怪来了！"白玉堂连忙出来，嚷道："在那里？一并拿来审问。"只听那边喊道："跑了！跑了！"白五爷这里叱咤（chì zhà，怒斥，呼喝）道："速速追上拿来，莫要叫他跑了。"早已听见水面上扑通、扑通跳下水去了。

众乡老聚在一处来看水怪，方知是人假扮水怪抢掠，一个个摩拳擦掌，全要打水怪，以消忿恨（愤怒、怨恨）。白五爷拦道："你等不要如此，俺还要将他带到衙门，按院大人要亲审呢。你等既知是假水怪，以后见了务必齐心努力捉拿，押解到按院衙门，自有赏赉（赏赐。赉，lài，赐予，给予）。"众乡民道："甚么赏不赏的，只要大人与民除害，难民等就感恩不浅了。今日若非老爷前来识破，我等焉知他是假的呢？如今既知他是假的，还怕他甚么！倒要盼他上来，拿他几个。"说到高兴，一个个精神百倍。就有沿岸搜寻水怪的，那里有个影儿呢，安安静静过了一夜。

到了天明，众乡民又与白五爷叩头："多亏老爷前来除害，众百姓难忘大恩。"白五老爷又安慰了众人一番，方带领差役，押解水贼，竟奔巡按衙门而来。未知后文审办如何，且听下回分解。

第八十五回 公孙策探水遇毛生 蒋泽长沿湖逢邬寇[1]

且说白玉堂到了巡按衙门，请见大人。颜大人自西虚山回来，甚是耽心（担心），一夜未能好生安寝，如今听说白五爷回来，心中大喜，连忙请进相见。白玉堂将水怪说明。颜大人立刻升堂。审问了一番，原来是十三名水寇，聚集在三皇庙内，白日以劫掠客船为生，夜间假装水怪要将赤堤墩的众民赶散，他等方好施为作事。偏偏这些难民惟恐赤墩的堤岸有失，故此虽无房屋，情愿在窝棚居住，死守此堤，再也不肯远离。白玉堂又将乡老说的旋窝说了。公孙策听了，暗想道："这必是别处有壅塞（yōng sè，堵塞）之处，发泄不通，将水攻激于此，洋溢泛滥，埽坝（sào bà，用秫秸、树枝、芦苇、石头等修成的临时性堤坝或护堤）不能垒成。必须详查根源，疏浚（清除淤塞或挖深河槽使水流通畅。浚，jùn）开了，水势流通，自无灾害。"想罢，回明按院，他要明日亲去探水。颜大人应允。玉堂道："既有水寇，我想水内本领，非我四哥前来不可。必须急速具折写信，一面启奏，一面禀知包相，方保无虞（没有忧虑）。"颜大人连忙称是，即叫公孙策先生写了奏折，具了禀帖，立刻拜发起身。

到了次日，颜大人派了两名千总（旧时指职位较低的武官），一名黄开、一名清平，带了八名水手，两只快船，随了公孙先生前去探水。知府又来禀见。颜大人请到书房相见，商议河工之事。忽见清平惊惶失色，回来禀道："卑职跟随公孙先生前去探水，刚至旋窝，卑职拦阻，不可前进。不想船头一低，顺水一转，将公孙先生与千总黄开俱各落水不见了。卑职难以救援，特来在大人跟前请罪。"颜大人听了，心里着忙，便问道："这旋窝可有往来船只么？"清平道："先前本有船只往来，如今此处成了汇水之所，船只再也不从此处走了。"颜大人道："难道黄

① 邬（wū）寇：姓邬的贼匪。

开他不知此处么？为何不极力的拦阻先生呢？”清平道：“黄开也曾拦阻再三，无奈先生执意不听，卑职等也是无法的。”颜大人无奈，叱退了清平，吩咐知府多派水手前去打捞尸首。知府回去派人，去了半天，再也不见踪影，回来禀知按院。颜大人只急得嗐声叹气。白玉堂道：“此必是水寇所为，只可等蒋四哥来了，再做道理。”颜大人无法，只好静听消息罢了。

过了几天，果然蒋平到了，见了按院。颜大人便将公孙策先生与千总黄开溺水之事，说了一遍。白玉堂将捉拿水怪一名、供出还有十二名水寇在旋窝那边三皇庙内聚集、作了窝巢的话，也一一说了。蒋平道：“据我看来，公孙先生断不至死。此事须要访查个水落石出，得了实迹，方好具折启奏。”即吩咐预备快船一只，仍叫清平带到旋窝。

蒋爷上了船，清平见他身躯瘦小，形如病夫，心中暗道：“这样人从京中特特（特意）调了来，有何用处？他也敢去探水？若遇见水寇，白白送了性命。”正在胡思，只见蒋爷穿了水靠（古时用鱼皮、鲨鱼皮等制作的连体潜水服），手提鹅眉钢刺，对清平道：“千总，将我送到旋窝。我若落水，你等只管在平坦之处，远远等候。纵然工夫大了，不要慌张。”清平不敢多言，惟有喏喏（答应声）而已。水手摇撸（lǔ，拨水使船前进的工具）摆桨，不多时，看看到了旋窝，清平道：“前面就是旋窝了。”蒋爷立起身来，站在船头上，道：“千总站稳了。”他将身体往前一扑，双脚把船往后一蹬。看他身虽弱小，力气却大。又见蒋爷侧身入水，仿佛将水刺穿了一个窟窿一般，连个大声气儿也没有，更觉罕然（罕见，少见）。

且说蒋平到了水中，运动精神，睁开二目。忽见那边来了一人，穿着皮套，一手提着铁锥，一手乱摸而来。蒋爷便知他在水中不能睁目，便将钢刺对准那人的胸前哧的一下，可怜那人在水中连个嗳哟也不能嚷，便就哑巴呜呼了。蒋爷把钢刺往回里一抽，一缕鲜血，顺着钢刺流出，咕嘟一股水泡翻出水面，尸首也就随波浪去了。话不重叙。

蒋爷一连杀了三个，顺着他等来路搜寻下去，约有二三里之遥，便是堤岸。蒋平上得堤岸来，脱了水靠，拣了一棵大树，放在槎丫（树木的枝丫。槎，chá）之上。迈步向前，果见一座庙宇，匾上题着“三皇庙”。蒋爷悄悄进来一看，连个人影儿也是没有，左寻右寻，又找到了厨下，只听里面呻吟之声。蒋爷向前一看，是个年老有病僧人。那僧人一见蒋爷，连忙说道："不干我事，这都是我徒弟将那先生与千总放走，他却也逃走了，移害于我，望乞老爷见怜。"

蒋爷听了，话内有因，连忙问道："俺正为搭救先生而来。他等端的（究竟）如何？你要细细说来。"老和尚道："既是为搭救先生与千总的，想来是位官长了，恕老僧不能为礼了。只因数日前有二人在旋窝落水，众水寇捞来，将他二人控水救活。其中有个千总黄大老爷，不但僧人认得，连水寇俱各认得。追问那人，方知是公孙策老爷，是帮助按院奉旨查验水灾修理河工的。水寇听了着忙，大家商量，私拿官长不是当耍（闹着玩儿）的，便将二位老爷交与我徒弟看守，留下三人仍然劫掠行船。其下的俱各上襄阳王那里报信，或将二位官长杀害，或将二位官长解到军山，交给飞叉太保钟雄。自他等去后，老僧与徒弟商议，莫若将二位老爷放了。叫徒弟也逃走了，拚着僧家这条老命，又是疾病的身体不能脱逃，该杀该剐（guǎ，古时候的一种酷刑，把人的身体割成许多块），任凭他等，虽死无怨。"

蒋平连连点头："难得这僧人一片好心。"连忙问道："这头目叫甚么名字？"老僧道："他自称镇海蛟（jiāo）邬泽。"蒋爷又问道："你可知那先生合千总往那里去了？"老僧道："我们这里极荒凉幽僻，一边临水，一边靠山，单有一条路崎岖难行，约有数里之遥，地名螺蛳（luó sī）湾。到了那里，便有人家。"蒋爷道："若从水路到螺蛳湾，可能去得么？"老僧道："不但去得，而且极近，不过二三里之遥。"蒋爷道："你可晓得水寇几时回来？"老僧道："大约一二日间就回来了。"蒋平问明来历，道："和尚你只管放心，包管你无事。明日即有官兵到来捉拿水寇，你却不要害怕。俺就去也。"说罢，回身出庙，来到大树之下，穿了水靠，窜入水中。

不多时，过了旋窝，挺身出水，见清平在那边船上等候，连忙上了船，悄悄对清平道："千总急速回去禀见大人。你明日带领官兵五十名，乘舟到三皇庙暗暗埋伏，如有水寇进庙，你等将庙团团围住，声声呐喊，不要进庙。等他们从庙内出来，你们从后杀进。倘若他等入水，你等只管换班巡查，俺在水中自有道理（办法）。"清平道："只恐旋窝难过，如何能到得三皇庙呢？"蒋爷道："不妨事了，先前难以过去，只因水内有贼，用铁锥凿船。目下我将贼人杀了三名，平安无事了。”清平听了，暗暗称奇，又问道：“蒋老爷此时往何方去呢？”蒋平道：“我已打听明白，公孙先生与黄千总俱有下落，趁此时我去探访一番。”清平听说公孙先生与黄千总有了下落，心中大喜。只见蒋爷复又窜入水内，将头一扎，水面上瞧，只一溜风波，水纹分左右，直奔西北去了。清平这才心服口服，再也不敢瞧不起蒋爷了，吩咐水手拨转船头，连忙回转按院衙门，不表。

再说蒋爷在水内，欲奔螺蛳庄，连换了几口气，正行之间，觉得水面上刷的一声，连忙挺身一望，见一人站在筏子（水上行驶的竹排或木排。筏，fá）上，撒网捕鱼。那人只顾留神在网上面，反把那人唬了一跳。回头见蒋爷穿着水靠，身体瘦小，就如猴子一般，不由的笑道：“你这个模样，也敢在水内为贼作寇，岂不见笑于人？我对你说，似你这些毛贼，俺是不怕的。何况你这点点儿东西，俺不肯加害于你，还不与我快滚么？倘再延捱（延挨，拖延），恼了我性儿，只怕你性命难保。”蒋爷道：“俺看你不像在水面上作生涯（犹生意）的，俺也不是那在水内为贼作寇的。请问贵姓？俺是特来问路的。”那人道：“你既不是贼寇，为何穿着这样东西？”蒋爷道：“俺素来（向来）深识水性，因要到螺蛳湾访查一人，故此穿了水靠，走这捷径路儿，为的是近而且快。”那人道：“你姓甚名谁？要访何人？细细讲来。”蒋爷道：“俺姓蒋名平。”那人道：“你莫非是翻江鼠蒋泽长么？”蒋爷道：“正是，足下如何知道贱号呢？”那人哈哈大笑，道：“怪道，怪道。失敬，失敬。”连忙将网拢起，从新见礼，道：“恕小人无知，休要见怪。小人姓毛名秀，就在螺蛳庄居住。只因有二位官长现在舍下居住，曾提尊号，说不日就到，命我捕鱼时留心访问。不想今日巧遇，曷（hé，何）胜幸甚。请到寒舍领教。”蒋爷道：“正要拜访，惟命是从。”毛秀回篙，将筏子拢岸拴好，肩担鱼网，手提鱼篮。蒋爷将水靠脱下，用钢刺也挑在肩头，随着毛秀来到螺蛳庄中。举目看时，村子不大，人家不多，一概是草舍篱墙，柴扉（fēi，门）竹牖（yǒu，窗户），家家晾着鱼网，狠觉幽雅之甚。

毛秀到门前，高声唤道：“爹爹开门，孩儿回来了。有贵客在此。”只见从里面出来一位老者，须发（胡须和头发）半白，不足六旬光景，开了柴扉，问道：“贵客那里？”蒋爷连忙放下挑的水靠，双手躬身道：

"蒋平特来拜望老丈（对老年男子的尊称。多用于民国前），恕我造次不恭。"老者道："小老儿不知大驾降临，有失远迎，多多有罪。请到寒舍待茶（以茶招待客人）。"他二人在此谦逊说话，里面早已听见。公孙策与黄开就迎出来，大家彼此相见，甚是欢喜。一同来到茅屋，毛秀后面已将蒋爷的钢刺水靠带来，大家彼此叙坐，各诉前后情由。蒋平又谢老丈收留之德。公孙先生代为叙明老丈名九锡，是位高明隐士，而且颇晓治水之法。蒋平听了，心中甚觉畅快。不多时，摆上酒席，虽非珍馐（珍奇名贵的食物。馐，xiū），却也整理的精美。团团围坐，聚饮谈心。毛家父子高雅非常，令人欣羡。蒋平也在此住了一宿。

次日，蒋平惦记着捉拿水寇，提了钢刺，仍然挑着水靠，别了众人，言明剿除（用武力消灭）水寇之后，再来迎接先生与千总，并请毛家父子。说毕，出了庄门，仍是毛秀引到湖边，要用筏子渡过蒋爷去。蒋爷拦阻，道："那边水势汹涌，就是大船尚且难行，何况筏子。"说罢，跳上筏子，穿好水靠，提着钢刺，一执手（拱手），道："请了。"身体一侧，将水面刺开，登时不见了。毛秀暗暗称奇，道："怪不得人称翻江鼠，果然水势精通，名不虚传！"赞羡（称赞）了一番，也就回庄中去了。

再说这里蒋四爷水中行走，直奔了旋窝而来。约着离旋窝将近，要往三皇庙中去打听打听清平，水寇来否，再作道理。心中正然思想主意，只见迎面来了二人，看他身上并未穿着皮套，手中也未拿那铁锥，却各人手中俱拿着钢刀。再看他两个穿的衣服，知是水寇，心中暗道："我要寻找他们，他们赶着前来送命。"手把钢刺，照着前一人心窝刺来。说时迟，那时快，这一个已经是倾生丧命。抽出钢刺，又将后来的那人一下，那一个也就呜呼哀哉（死了）了。可怜这两个水寇，连个手儿也没动，糊里糊涂的都被蒋爷刺死，尸首顺流去了。蒋爷一连杀了二贼之后，刚要往前行走，猛然一枪顺水刺来。蒋爷看见也不磕迎拨挑，却把身体往斜刺里（侧斜的方向）一闪，便躲过了这一枪。

原来水内交战，不比船上交战，就是兵刃来往，也无声息。而且水内俱是短兵刃来往，再没有长枪的。这也有个缘故。原来迎面之人就是镇海蛟邬泽，只因带了水冠八名仍回三皇庙，奉命把公孙先生与黄千总送至军山。进得庙来，坐未暖席，忽听外面声声呐喊："拿水寇吓！拿水寇吓！好歹别放走一个吓！务要大家齐心努力。"众贼听了，那里还有魂咧，也没个商量计较，各持利刃，一拥的往外奔逃。清平原命兵弁（旧时称低级武官。弁，biàn）不许把住山门，容他们跑出来，大家追杀。清平却在树林等候，见众人出来，迎头接住。倒是邬泽还有些本领，就与清平交起手来。众兵一拥上前，先擒了四个，杀却两个。那两个瞧着不好，便持了利刃，奔到湖边，跳下水去。蒋爷才杀的就是这两个。后来邬泽见帮手全无，单单的自己一人，恐有失闪，虚点一枪，抽身就跑到湖边，也就跳下水去，故此提着长枪，竟奔旋窝。

他虽能够水中开目视物，却是偶然，见蒋爷从那边而来，顺手就是一枪。蒋爷侧身躲过，仔细看时，他的服色不比别个，而且身体雄壮，暗道："看他这样光景，别是邬泽罢。倒要留神，休叫他逃走了。"邬泽一枪刺空，心内着忙，手中不能磨转长枪，立起重新端平方能再刺。只这点工夫，蒋爷已贴立身后，扬起左手，拢住网巾，右手将钢刺往邬泽腕上一点。邬泽水中不能嗳哟，觉得手腕上疼痛难忍，端不住长枪，将手一撒，枪沉水底。

蒋爷水势精通，深知诀窍，原在他身后拢住网巾，却用磕膝盖猛在他腰眼上一拱，他的气往上一凑，不由的口儿一张。水流线道，何况他张着一个大乖乖呢，焉有不进去点水儿的呢？只听咕嘟儿的一声，蒋爷知道他呛了水了。连连的咕嘟儿、咕嘟儿几声，登时把个邬泽呛的迷了，两手扎撒，乱抓乱挠，不知所以（不知道什么原因）。蒋爷索性一翻手，身子一闪，把他的头往水内连浸了几口。这邬泽活该遭了报了，每日里淹人不当事，今日遇见硬对儿，也合他顽笑顽笑。谁知他不禁顽儿，不大的工夫，小子也就灌成水车一般。蒋爷知他没了能为，要留活口，不肯再让他喝了，将网巾一提，两足踏水，出了水面。邬泽嘴里还吸溜滑拉往外流水。忽听岸上嚷道："在这里呢！"蒋爷见清平带领兵弁，果是沿岸排开。蒋爷道："船在那里？"清平道："那边两只大船就是。"蒋爷道："且到船上接人。"清平带领兵弁数人，将邬泽用挠钩搭在船上，即刻控水。

蒋爷便问擒拿的贼人如何。清平道："已然擒了四名，杀了二名，往水内跑了二名。"蒋爷道："水内二名俺已了却（了结）。但不知拿获这人，是邬泽不是？"便叫被擒之人前来识人，果是头目邬泽。蒋爷满心欢喜，道："不肯叫千总在庙内动手者，一来恐污佛地，二来惟恐玉石俱焚。若都杀死，那是对证呢？再者他既是头目，必然他与众不同，故留一条活路，叫他等脱逃。除了水路，就近无路可去，俺在水内等个正着。俺们水旱皆兵，令他等难测。”清平深为佩服，夸赞不已。吩咐兵弁，押解贼寇一同上船，俱回按院衙门而来。要知详细，且听下回分解。

第八十六回 按图治水父子加封 好酒贪杯叔侄会面

且说蒋四爷与千总清平押解水寇上船，直奔按院衙门而来。此刻颜大人与白五爷俱各知道蒋四爷如此调度（调动安排），必然成功，早已派了差人在湖边等候瞭望。见他等船只过了旋窝，荡荡洋洋回来，连忙跑回衙门禀报。白五爷迎了出来，与蒋爷、清千总见了，方知水寇已平，不胜大喜。同至书房，早见颜大人阶前立候。蒋爷上前见了，同至屋中坐下，将拿获水寇之事叙明；并提螺蛳庄毛家父子极其高雅，颇晓治水之道，公孙先生叫回禀大人，务要备礼聘请出来，帮同治水。颜大人听见了甚喜，即备上等礼物，就派千总清平带领兵弁二十名，押解（押运。解，jiè）礼物，前到螺蛳庄，一来接取公孙先生，即请毛家父子同来。清平领命，带领兵弁二十名，押解礼物，只用一只大船，竟奔螺蛳湾而去。

这里颜大人立刻升堂，将镇海蛟邬泽带上堂来审问。邬泽不敢隐瞒，据实说了。原来是襄阳王因他会水，就派他在洪泽湖搅扰，所有拆埽毁坝（“埽坝”，sào bà，用秫秸、树枝、芦苇、石头等修成的临时性堤坝或护堤），俱是有意为之，一来残害百姓，二来消耗国帑（国库里的钱财。帑，tǎng）。复又假装水怪，用铁锥凿漏船只，为的是乡民不敢在此居住，行旅不敢从此经过，那时再派人来占住了洪泽湖，也算是一个咽喉要地。可笑襄阳王无人！既有此意，岂是邬泽一人带领几个水寇就要成功？可见将来不能成其大事。

且说颜大人立时取了邬泽的口供，又问了水寇众人。水寇四名虽然不知详细，大约所言相同，也取了口供，将邬泽等交县寄监（暂时关押在监狱中）严押，候河工竣（jùn，完工）时一同解送（押送犯人）京中，归部审讯。刚将邬泽等带下，只见清平回来，禀说："公孙先生已然聘请得毛家父子，少刻就到。"颜大人吩咐备马，同定蒋四爷、白五爷迎至湖边。

不多时，船已拢岸，公孙先生上前参见，未免有才不胜任的话头。颜大人一概不提，反倒慰劳了数语。公孙策又说毛九锡因大人备送厚礼，心甚不安。早有备用马数匹，大家乘骑，一同来到衙署。进了书房，颜大人又要以宾客礼相待。毛九锡迓（yà，迎接）让至再至三（一而再，再而三），仍是钦命大人上面坐了，其次是九锡，以下是公孙先生、蒋爷、白爷，末座方是毛秀。千总黄开又进来请安请罪。颜大人不但不罪，并勉励了许多言语。"待河工报竣，连你等俱要叙功的。"黄开闻听，叩谢了，仍在外面听差（听候差遣）。

颜大人便问毛九锡治水之道。毛九锡不慌不忙，从怀中掏出一幅地理图来，双手呈献。颜大人接来一看，见上面山势参差，水光荡漾，一处处崎岖周折（曲折），一行行字迹分明，地址阔隘远近不同，水面宽窄深浅各异，何方可用埽坝，那里应当发泄，界画极清，宛然在目。颜大人看了，心中大喜，不胜夸赞。又递与公孙先生看了，更觉心清目朗，如获珍宝一般。就将毛家父子留在衙署，帮同治水，等候纶音（帝王的诏令。纶，lún）。公孙先生与黄千总又到了三皇庙与老和尚道谢，布施了百金，令人将他徒弟找回，酬报他释放之恩。

不多几日，圣旨已下，即刻动工，按着图样，当泄当坝，果无差谬（差错谬误）。不但国币不能妄消，就是工程也觉省事。算来不过四个月光景，水平土平，告厥（jué，其）成功。颜大人工完回京，将镇海蛟邬泽并四名水寇俱交刑部审问。颜大人递折请安，额外随了夹片，声明毛九锡、毛秀并黄开、清平功绩。圣上召见，颜大人面奏叙功。仁宗甚喜，赏了毛九锡五品顶戴，毛秀六品职衔。黄开、清平俟（sì，等待）有守备（官职名，负责镇守城市、管理营务、职掌粮饷）缺出，尽先补用。刑部尚书欧阳修审明邬泽果系襄阳王主使，启奏当今。原来颜查散升了巡按之后，枢密院的掌院就补放刑部尚书杜文辉；所遗刑部尚书之缺，就着欧阳修补授。

天子见了欧阳修的奏章，立刻召见包相计议，襄阳王已露形迹，须要早为剿除。包相又密奏道："若要发兵，彰明较著，惟恐将他激起，反为不美。莫若派人暗暗访查，须剪了他的羽翼，然后一鼓擒之，方保无虞。"天子准奏，即加封颜查散为文渊阁大学士，特旨巡按襄阳，仍着公孙策、白玉堂随往。加封公孙策为主事，白玉堂实授四品护卫之职。所遗四品护卫之衔，即着蒋平补授，立即驰驿（chí yì，驾乘驿马疾行）前往。

谁知襄阳王此时已然暗里防备，左有黑狼山金面神蓝骁（xiāo）督率旱路，右有飞叉太保钟雄督率水寨，与襄阳成了鼎足之势（比喻三方面对立的局面），以为羽翼，严密守汛。

且说圣上因见欧阳修的本章，由"欧阳"二字猛然想起北侠欧阳春，便召见包相，问及北侠。包相将北侠为人正直豪爽、行侠尚义，一一奏明。天子甚为称羡。包公见此光景，下朝回衙，来到书房，叫包兴请展护卫来，告诉此事。南侠回至公所，对众英雄述了一番。只见四爷蒋平说道："要访北侠，还是小弟走一趟，庶（差不多）不负此差。甚么缘故呢？现今开封府内王、马、张、赵四位是再不能离了左右的，公孙兄与白五弟上了襄阳了。这开封府必须展大哥在此料理一切事务，如有不到之处，还有俺大哥可以帮同协办。至于小弟原是清闲无事之人，与其闲着，何不讨了此差，一来访查欧阳兄，二来小弟也可以疏散疏散，岂不是两便（对两者都方便）么？"大家计议停当，一同回了相爷。包公心中甚喜，即时吩咐起了开封府的龙边信票（旧时政府发放的通行凭证），交付蒋爷，用油纸包妥，贴身带好。别了众人，意欲到松江府茉花村。

行了几日，不过是饥餐渴饮。一日，天色将晚，到了来峰镇悦来店，住了西耳房（跟正房相连的两侧的小屋，也指厢房两旁的小屋）单间。歇息片时，饮酒吃饭毕，又泡了一壶茶，觉得味香水甜，未免多喝了几碗。到了半夜，不由的要小解起来。刚刚的来至院内，只见那边有人以指弹门，却不声唤。蒋爷将身一隐，暗里偷瞧，见开门处那人扭身而入，仍将门儿掩闭。蒋爷暗道："事有可疑，倒要看看。"也不顾小解，飞身上墙，轻轻跃下。原来是店东居住之所。

只听有人说道："小弟求大哥帮助帮助。方才在东耳房我已认明，正是我们员外的对头，如何放得他过！"又听一人答道："言虽如此，怎么替你报仇呢？"那人道："小弟已见他喝了个大醉，莫若趁醉将他勒死，撇在荒郊，岂不省事？”又听答道：“索性等他睡熟了，再动不迟。”

蒋爷听至此，抽身越墙出来，悄悄奔到东耳房，见挂着软布帘儿，屋内尚有灯光。从帘缝儿往里一看，见灯花结蕊，有一人头向里面而卧，身量却不甚大。蒋爷侧身来至屋内，剪了灯花，仔细看时，唬了一跳，原来是小侠艾虎，见他烂醉如泥，呼声震耳，暗道：“这样小小年纪，贪杯误事。若非我今日下在此店，险些儿把小命儿丧了。但不知那要害他的是何人？不要管他，俺且在这里等他便了。”噗，将灯吹灭，屏息而坐。偏偏的小解又来了，再也支持不住，无可如何（没有办法），将单扇门儿一掩，就在门后小解起来。因工夫等的大了，他就小解了个不少，流了一地。

刚然（刚刚）解完，只听外面有些个声息，他却站在门后，只见进来一人，脚下一跳，往前一扑。后面那人紧步跟到，正撞在前面身上。蒋爷将门一掩，从后转出，也就压在二人身上，却高声先嚷道：“别打我！我是蒋平。底下的他俩才是贼呢！”

艾虎此时已醒，听是蒋爷，连忙起身。蒋爷抬身叫艾虎按住了二人。此时店小二听见有人嚷贼，连忙打着灯笼前来。蒋爷就叫他将灯点上一照，一个是店东（旅店的主人），一个是店东朋友。蒋爷就把他拿的绳子捆了他二人。底下的那人衣服湿了好些，却是蒋爷撒的溺（尿）。

蒋爷坐下，便问店东道：“你为何听信奸人的言语，要害我侄儿？是何道理？讲！”店东道：“老爷不要生气。小人名叫曹标，我这个朋友名叫陶宗，因他家员外被人害却（谋害），事不随心，投奔我来。皆因这位小客人下在我店内，左一壶，右一壶，喝了许多的酒。是陶宗心内犯疑，一个小客官为何喝了许多的酒呢？况且又在年幼之间呢。他就悄悄的前来偷看，不想被他认出，说是他家员外的仇人。因此央烦（烦劳）小人陪了他来，作个帮手。”蒋爷道：“作帮手是叫你帮着来勒人，你就应他？”曹标道：“并无此事，不过叫小人帮着拿住他。”蒋爷道：“你们的事，如何瞒的过我呢？你二人商议明白，将他勒死，撇在荒郊。你还说：‘等他睡了，再动不迟。’你岂是尽为做帮手呢？”一席话说的曹标再也不敢言语，惟有心中纳闷而已。蒋爷道：“我看你决非良善之辈，包管也害的人命不少。”说着话，叫：“艾虎，把那个拉过来，我也问问。”

艾虎上前，将那人提起一看："嗳呀！原来是你么？"便对蒋爷道："四叔，他不叫陶宗，他就是马强告状、脱了案的姚成。"蒋爷听了，连忙问道："你既是姚成，如何又叫陶宗呢？"陶宗道："我起初名叫陶宗，只因投在马员外家，就改名叫姚成。后来知道员外的事情闹大，惟恐连累于我，因此脱逃，又复了本名，仍叫陶宗。"蒋爷道："可见你反复不定，连自己姓名都没有准主意。既是如此，我也不必问了。"回头对店小二道："你快去把地方保甲（旧时代统治者通过户籍编制来统治人民的制度。若干家设一甲，若干甲编作一保。保设保长，甲设甲长）叫了来。我告诉你，此乃是脱了案的要犯。你家店东却没有甚么要紧。你就说我是开封府差来拿人，叫他们快些来见，我这里急等。"店小二听了，那敢怠慢。

不多时，进来了二人，朝上打了个千儿（"打千儿"，古时男子下对上请安时所通行的礼节，右手下垂，左腿向前屈膝，右腿略弯曲），道："小人不知上差老爷到来，实在眼瞎，望乞老爷恕罪。"蒋爷道："你们俩谁是地方（甲长、地保）？"只听一人道："小人王大是地方。他是保甲，叫李二。"蒋爷道："你们这里属那里管？"王大道："此处地面皆属唐县管。"蒋爷道："你们官姓甚么？"王大道："我们太爷姓何，官名至贤。请问老爷贵姓？"蒋爷道："我姓蒋，奉开封府包太师的钧谕（对命令的敬称），访查要犯，可巧就在这店内擒获，我已捆缚好了在这里。说不得你们辛苦看守，明早我与你们一同送县。见了你们官儿，是要即刻起解（押送罪犯上路。解，jiè）的。"二人同声说道："蒋老爷只管放心，请歇息去罢，就交给小人们，是再不敢错的。别说是脱案要犯，无论甚么事情，小人们断不敢徇私。"蒋爷道："狠好。"说罢，立起身，携着艾虎的手，就上西耳房去了。要知后文如何，且听下回分解。

第八十七回　为知己三雄访沙龙　因救人四义撇艾虎

且说蒋爷吩咐地方保甲好好看守，二人连声答应，说了许多的小心话。蒋爷立起身来，携着艾虎的手，一步步就上西耳房而来。爷儿俩个坐下，蒋爷方问道："贤侄，你如何来到这里？你师傅往那里去了？"艾虎道："说起来话长。只因我同着我义父在杭州倪太守那里住了许久，后来义父屡次要走，倪太守断不肯放。好容易等他完了婚之后，方才离了杭州，到茉花村给丁家二位叔父并我师傅道乏（道辛苦，对别人的疲劳表示慰问）道谢，就在那里住下了。不想丁家叔父那里早已派人上襄阳打听事情去了，不多几日回来，说道：'襄阳王已知朝廷有些知觉，惟恐派兵征剿（征讨），他那里预为防备，左有黑狼山安排下金面神蓝骁把守旱路，右有军山安排下飞叉太保钟雄把守水路。这水旱两路皆是咽喉紧要之地，倘若朝廷有甚么动静，即刻传檄（xí，即檄文，古代官府用以征召或声讨的文书，特指声讨敌人或叛逆的文书）飞报。'因此我师傅与我义父听见此信，甚是惊骇。甚么缘故呢？因有个至好的朋友姓沙名龙，绰号铁面金刚，在卧虎沟居住。这卧虎沟离黑狼山不远，一来恐沙伯父被贼人侵害，二来又怕沙伯父被贼人诓（kuāng，骗）去入伙。大家商量，我师父与义父还有丁二叔，他们三位俱各上卧虎沟去了，就把我交与丁大叔了。侄儿一想，这样的热闹不叫侄儿开开眼，反倒蠲（juān，关）家里，我如何受得来呢！一连闷了好几日。偏偏的丁大叔时刻不离左右，急的侄儿没有法儿。无奈何，悄悄的偷了丁大叔五两银子，做了盘费（旅费），我要上卧虎沟看个热闹去。不想今日住在此店，又遇见了对头。"

蒋爷听了，暗暗点头道："好小子！拿着厮杀对垒（指两军相持）当热闹儿。真好胆量，好心胸！但只一件，欧阳兄、智贤弟既将他交给丁贤弟，想来是他去不得；若去得时，为甚么不把他带了去呢？其中必有个缘故。如今我既遇见他，岂可使他单人独往呢！"正在思索，只听艾虎问道："蒋叔父今日此来，是为拿要犯，还是有甚么别的事呢？"蒋爷道："我岂为要犯而来，原是为奉相谕，派我找寻你义父。只因圣上想起，相爷惟恐一时要人没个着落，如何回奏呢？因此派我前来。不想在此先得了姚成。"艾虎道："蒋叔父如今意欲何往呢？"蒋爷道："我原要上茉花村来着。如今既知你义父上了卧虎沟，明日只好将姚成送县起解之后，我也上卧虎沟走走。"艾虎听了欢喜，道："好叔叔！千万把侄儿带了去！若见了我师父与义父，就说叔父把侄儿带了去的，也省得他二位老人家嗔怪（对别人的言语或行动表示不满。嗔，chēn）。"蒋平听了，笑道："你倒会推干净儿。难道久后你丁大叔也不告诉他们二人么？"艾虎道："赶到日子多了，谁还记得这些事呢？即使丁大叔告诉了，事已如此，我师父与义父也就没有甚么怪的了。"

蒋爷暗想道："我看艾虎年幼贪酒，而且又是私逃出来的，莫若我带了他去，一来尽了人情，二来又可找欧阳兄。只是他这酒，必须如此如此。"想罢，对艾虎道："我带虽把你带去，你只是要依我一件事。"艾虎听说带了他去，好生欢喜，便问道："四叔，你老只管说是甚么事，侄儿无有不应的。"蒋爷道："就是你的酒，每顿只准你吃三角，多喝一角都是不能的，你可愿意么？"艾虎听了，半晌，方说道："三角就是三角，吃荤强如吃素。到底有三角可以解解馋，也就是了。"叔侄两个整整的谈了半夜。不一时，到东耳房照看，惟听见曹标抱怨姚成不了，姚成到了此时一言不发，不过垂头叹气而已。

到了天色将晓，蒋爷与艾虎梳洗已毕，打了包裹。艾虎不用蒋爷吩咐，他就背起行李，叫地方保甲押着曹标、姚成，竟奔唐县而来。到了县衙，蒋爷投了龙边信票。不多时，请到书房相见。蒋爷面见何县令，将始末说明，因还要访查北侠，就着县内派差役押解赴京。县官即刻办了文书，并申明护卫蒋爷上卧虎沟，带了一笔。蒋爷辞了县官，将龙票仍用油纸包好，带在贴身，与艾虎竟自起身。

这里文书办妥起解到京，来至开封，投了文书。包公升堂，用刑具威唬的姚成一一供招，原是水贼，曾害过倪仁夫妇。又追问马强交通（勾结，结交）襄阳之事，姚成供出马强之兄马刚曾在襄阳交通信息。取了招供，即将姚成毙于铡下，曹标定罪充军（古代的一种流行，把罪犯押送到边远地方当兵或服劳役）。此案完结，不表。

再说蒋平、艾虎自离了唐县，往湖广进发。果然，艾虎每顿三角酒。一日，来至濡口（地名。濡，rú）雇船，船家富三，水手二名。蒋爷在船上赏玩风景，心旷神怡，颇觉有趣。只见艾虎两眼朦胧，不似坐船，仿佛小孩子上了摇车儿，睡魔就来了。先前还前仰后合，扎挣着坐着打盹，到后来放倒头便睡。惟独到喝酒之时，精神百倍，又是说，又是笑。只要三角酒一完，咯噔（gē dēng，象声词）的就打起哈气来了，饭也不能好生吃。蒋爷看了这番光景，又怕他生出病来，想了想在船上无妨，也只好见一半不见一半，由他去便了。

这日刚交申时（下午三点至五点）光景，正行之间，忽见富三说道："快些撑船，找个避风的所在，风暴来了！"水手不敢怠慢，连忙将船撑在鹅头矶下。此处却是珍玉口，极其幽僻（幽静、偏僻），将船湾住，下了铁锚。整顿饭食吃毕，已有掌灯之时，却是风平浪静，毫无动静。蒋爷暗道："并无风暴，为何船家他说有风呢？哦，是了，想是他心怀不善，别是有甚么意思罢？倒要留神。"只听呼噜噜呼声振耳，原来是艾虎饮后食困，他又睡着了。蒋爷暗道："他这样贪杯好睡，焉有不误事的呢！"正在犯想，又听忽喇喇一阵乱响，连船都摆起来，万籁皆鸣。果然大风骤起，波涛汹涌，浪打船头。蒋爷方信富三之言不为虚谬（虚假荒谬）。幸喜乱刮了一阵，不大工夫，天开月霁（月色澄朗。霁，jì），衬着清平波浪荡漾，夜色益发皎洁，不肯就睡，独坐船头，赏玩多时。

约有二鼓（二更），刚要歇息，觉得耳畔有人声唤："救人吓，救人！"顺着声音，细着眼往西北一观，隐隐有个灯光闪闪灼灼。蒋爷暗道："此必有人暗算，我何不救他一救呢。"忙迫之中也不顾自己衣服，将鞋脱在船头，跳在水内，踏水面而行。忽见一人忽上忽下，从西北顺流漂来。蒋爷奔到跟前让他过去，从后将发揪住往上一提。那人两手乱抓乱挠，蒋爷却不叫他揪住。

这就是水中救人的绝妙好法子。但凡人落了溺水，漫说道是无心落水，就是自己情愿淹死，到了临危之际，再无有不望人救之理。他两手扎煞（张开，伸张），见物就抓；若被抓住，却是死劲，再也不得开的。往往从水中救人，反被溺水的带累倾生，皆是救的不得门道之故。再者凡溺水的两手必抓两把淤泥，那就是挣命之时乱抓的。

如今蒋爷提住那人，容他乱抓之后，方一手提住头发，一手把住腰带，慢慢踏水奔到崖岸之上。幸喜工夫不大，略略控水，即便苏醒，哼哼出来。蒋爷方问他名姓。原来此人是个五旬以外的老者，姓雷名震。蒋爷听了，便问道："现今襄阳王殿前站堂官雷英可是本家么？"雷震道："那就是小老儿的儿子，恩公如何知道？"蒋爷道："我是闻名，有人常提，却未见过。请问老丈（旧时对老年男子的尊称）家住那里？意欲何往？"雷震道："小老儿就在襄阳王的府衙后面，有二里半之遥，在八宝村居住。因女儿家内贫寒，是我备了衣服簪珥（zān ěr，发簪和耳饰），前往陵县探望，因此雇了船只。谁知水手是弟兄二人，一个米三，一个米七。他二人不怀好意，见我有这衣服箱笼（竹编的盛衣器具），他说有风暴船不可行，便藏在此处。他先把我跟的人杀了，小老儿喊叫‘救人’，他却又来杀我。是我一急将船窗撞开，跳在水中，自己也就不觉了。多亏恩公搭救。”蒋爷道：“大约船尚未开。老丈在此略等，我给你瞧瞧箱笼去。”雷震听了，焉有不愿意的呢，连忙说道：“敢则是好，只是又要劳动（劳烦）恩公。”蒋爷道：“不打紧，你在此略等，俺去去就来。”

说罢，跳在水内，一个猛子，来至有灯光的船边，只听二贼说道：“打开箱笼看看，包管兴头的。”蒋爷把住船边，身体一跃，道：“好贼！只顾你们兴头，却不管别人晦气了。”说着话，到船上。米七猛听见一人答言，提了刀钻出舱来，尚未立稳，蒋爷抬腿就是一脚。虽然未穿鞋，这一脚儿踢了个正着，恰恰踢在米七的腮颊之上，如何禁得起，身体一歪，栽在船上，手松刀落。蒋爷跟步，抢刀在手，照着米七一搠（shuò，扎，刺），登时了账（立即结果了性命）。米三在船上看的明白，说声“不好”，就从雷老者破窗之处，窜入水内去了。蒋爷如何肯放，纵身下水，捉住贼的双脚往上一提，出了水面，犹如捣碓一般，立刻将米三串了个老满儿，然后提到船上，进舱找着绳子，捆缚好了，将他脸面向下控起水来。蒋爷复又跳在水内，来到崖岸，背了雷震送上船去，告诉他道：“此贼如若醒来，老丈只管持刀威唬他，不要害怕，已然捆缚好好的了。俟天亮时，另雇船只便了。”说罢，翻身入水，来到自己湾船之处一看，罢了！踪影全无，敢则是富三见得了顺风，早已开船去了。

蒋爷无奈，只得仍然踏水面到雷震那里船上。正听雷老者颤巍巍的声音道：“你动一动，我就是一刀！”蒋爷知道他是害怕，远远就答言道：“雷老丈，俺又回来了。”雷震听了，一抬头见蒋爷已然上船，心中好生欢喜，道：“恩公为何去而复返？”蒋爷道：“只因我的船只不见，想是开船走了，莫若我送了老丈去如何？”雷震道：“有劳恩公，何以答报？”蒋爷道：“老丈有衣服，借一件换换。”雷震应道：“有，有，有，却是四垂八卦（形容衣服下垂）的。”蒋爷用丝绦束腰，将衣襟拽起。等到天明，用篙撑开，一脚将米三踢入水中。倒把老者吓了一跳，道：“人命关天，这还了得！”蒋爷笑道：“这厮在水中做生涯，不知劫了多少客商，害了多少性命。如今遇见蒋某，却是他的恶贯已满，理应除却，还心疼他怎的？”雷震嗟叹（叹息）不已。

且不言蒋爷送雷震上陵县。再说小爷艾虎整整的睡了一夜，猛然惊醒，不见了蒋平，连忙出舱问道："我叔叔往那里去了？"富三道："你二人同舱居住，如何问我？"艾虎听了，慌忙出舱看视，见船头有鞋一双，不觉失声道："哎哟！四叔掉在水内了。别是你等有意将他害了罢？"富三道："你这小客官，说话好不晓事。昨晚风暴将船湾住，我们俱是在后艄安歇的，前舱就是你二人。想是那位客官夜间出来小解（小便），失足落水，或者有的，如何是我们害了他呢？"水手也说道："我们既有心谋害，何不将小客官一同谋害？为何单单害那客官一人呢？"又一水手道："别是你这小客官见那客官行李沉重，把他害了，反倒诬赖我们罢？"小爷听了，将眼一瞪，道："岂有此理！满口胡说！那是我叔父，俺如何肯害他？"水手道："那可难说。现在包裹行李都在你手内，你还赖谁呢？"

小爷听了，揎拳掠袖（捋袖子露出手臂。揎，xuān），就要打他们水手。富三忙拦道："不要如此。据我看来，那位客官也不是被人谋害的，也不是失脚落水的，竟是自投在水内的。大家想想，若是被人谋害，或者失足落水，焉有两只鞋好好放在一边之理呢？"一句话说的众人省悟（醒悟），水手也不言语了。艾虎也不生气，连忙回转舱内，见包裹未动，打开时衣服依然如故，连龙票（旧时政府颁发的执照，因其上有龙形图纹，故称）也在其内；又把兜肚内看了一看，尚有不足百金，只得仍然包好，心中纳闷道："蒋四叔往何处去了呢？难道夤夜（深夜。夤，yín）之间摸鱼去了？"正在思索，只听富三道："小客官，已到停泊之处了。"艾虎无奈，束兜肚，背了包裹，搭跳上岸，迈步向前去了。船价是开船付给了，所谓"船家不打过河钱"。不知后文如何，且听下回分解。

第八十八回　抢鱼夺酒少弟拜兄　谈文论诗老翁择婿

且说艾虎下船之后，一路上想起："蒋爷在悦来店救了自己，蒙他一番好意，带我上卧虎沟。不想竟自落水，如今弄得我一人踽踽（jǔjǔ，形容一个人走路孤零零的样子）凉凉（形容冷冷清清的样子）。”不由的凄惨落泪。正在哭啼，猛然想起蒋爷颇识水性，绰号翻江鼠，焉有淹死的呢。想到此，又不禁大乐起来。走着，走着，又转想道：“不好，不好！俗语说的好：‘惯骑马的惯跌跤，河里淹死是会水的。’焉知他不是艺高人胆大，阳沟里会翻船，也是有的。可怜一世英名，却在此处倾生。”想到此，不由的又痛哭起来。哭了多时，忽又想起那双鞋来，别是真个的下水摸鱼去了罢？若果如此，还有相逢之日。想到此，不禁又狂笑起来。他哭一阵，笑一阵。傍人看着皆以为他有疯魔之症，远远的躲开，谁敢招惹于他。

艾虎此时千端万绪，萦绕（萦回环绕。萦，yíng）于心，竟自忘饥，因此过了宿头。看看天色已晚，方觉得饥饿，欲觅饭食，无处可求。忽见灯光一闪，急忙奔到临近一看，原来是个窝铺（供睡觉的窝棚），见有二人对面而坐，并听有豁拳（即“划拳”，饮酒时的一种游戏。豁，huá）之声。他却赶至跟前。一人刚叫了个“八马”，艾虎也把手一伸，道：“三元。”谁知豁拳的却是两个渔人，猛见艾虎进来，不分青红皂白硬要豁拳，便发话道：“你这后生好生无理，我们在此饮酒作乐，你如何前来混搅？”艾虎道：“实不相瞒，俺是行路的，只因过了宿头，一时肚中饥饿，没奈何将就将就，留个相与罢。”说着话，他就要端酒碗。那渔人忙拦道：“你要吃食，也等我们吃剩下了，方好周济于你。”艾虎道：“俺又不是乞儿化子，如何要你周济。俺有银两，买你几碗酒，你可肯卖么？”渔人道：“俺这里又不是酒市。你要买，前途买去，我这里是不卖的。”说罢，二人又脑袋摘巾儿豁起拳来。

一人刚叫了个“对手”，艾虎又伸一拳，道：“元宝。”二渔人大怒，道：“你这小厮好生惫懒（bèi lǎn，涎皮赖脸）！说过不卖，你却歪厮缠则甚？”艾虎道：“不卖，俺就要抢了。”渔人冷笑，道：“你说别的罢了。你说要抢，只怕我们此处不容你放抢。”说罢，站起身来，出了窝棚，揎拳掠袖（起袖子露出手臂。揎，xuān），道：“小厮，你抢个样儿我看！”艾虎将包袱放下，笑哈哈的道：“你不要忙，俺先与你说明。俺要输了，任凭你等；俺若赢了，不消说了，不但酒要够，还要管俺一饱。”那渔人也不答应，扬手就是一拳。艾虎也不躲闪，将手接住，往傍边一领，那渔人不知不觉爬伏在地。这渔人一见，气忿忿的道："好小厮！竟敢动手！"抽后就是一脚。艾虎回身将脚后跟往上一托，好渔人仰巴叉栽倒在地。二人爬起来，一拥齐上。小侠只用两手左右一分，二人复又跌倒。一连三次，渔人知道不是对手，抱头鼠窜而去。

艾虎见他等去了，进了窝棚，先端起一碗饮干。又要端那碗酒时，方看见中间大盘内是一尾鲜氽（tǔn，把食物放在开水里煮一煮）鲤鱼，刚吃了不多，满心欢喜。又饮了这碗酒，也不用筷箸（筷子。箸，zhù），抓了一块鱼放在口内。又拿起酒瓶来斟酒，一碗酒，一块鱼，霎时间杯盘狼藉。正吃的高兴，酒却没了，他便端起大盘来，囫囵吞的连汤都喝了。虽未尽兴，也可搪（táng，抵挡）饥。回首见有现成的鱼网，将手擦抹了擦抹。

站起身来刚要走时，觉有一物将头碰了一下。回头看时，原来是个大酒葫芦，不由的满心欢喜，摘将下来。复又回身就灯一看，却是个锡盖。艾虎不知是转螺蛳的，左打不开，右打不开，一时性起，用力一掰，将葫芦嘴撅下来。他就嘴对嘴匀了四五气饮干，一松手，拍叉的一声，葫芦正落在大盘子上，砸了个粉碎。艾虎也不管他，提了包裹，出了窝铺，也不管东西南北，信步（随意走走）行去。

谁知冷酒后犯，一来是吃的空心酒，二来吃的太急，又着风儿一吹，不觉的酒涌上来。晃里晃荡，才走了二三里的路，再也扎挣不来。见路旁有个破亭子，也不顾尘垢，将包袱放下，做了枕头，放倒身躯，呼噜噜酣睡如雷，真是"一觉放开心地稳，不知日出已多时"。

正在睡浓之际，觉得身上一阵乱响，似乎有些疼痛。慢闪二目，天已大亮，见五六个人各持木棒，将自己围绕，猛然省悟，暗道："这是那两个渔人调了兵来了。"再一回想："原是自己的不是，莫若叫他们打几下子出出气，也就完了事了。"谁知这些人俱是鱼行生理，因那两个渔人被艾虎打跑，他俩便知会了众渔人各各擎（qíng，举）木棍奔了窝棚而来。大家看时，不独鱼酒皆无，而且葫芦掰了，盘子碎了，一个个气冲两胁（xié，从腋下到腰上的部分），分头去赶。只顾奔了大路，那知小侠醉后混走，倒岔在小路去了。众人追了多时不见踪影，俱说："便宜他！"只得大家分散了。

谁知有从小路回家的，走到破亭子，忽听呼声振耳。此时天已黎明，看不真切，似乎是个年幼之人，急忙令人看守；复又知会就近的，凑了五六个人。其中便有窝棚中的渔人看了，道："就是他。"众人就要动手。有个年老的道："众位不要混打，惟恐伤了他的致命之处，不大稳便。须要将他肉厚处打，只是戒他下次就是了。"因此一阵乱响，又是打艾虎，又是棒磕棒。打了几下，见艾虎不动，大家犹疑，恐怕伤了性命。

那知艾虎故意的不语，叫他打几下子出气呢。迟了半天，见他们不打了，方睁开眼，道："你们为甚么不打了？"一翻身爬起，提了包裹，掸了掸尘垢，拱了拱手，道："请了，请了。"众人围绕着，那里肯放。艾虎道："你们为何拦我？"众人道："你抢了我们的鱼酒，难道就罢了不成？"艾虎道："你们不打我吗？打几下子出了气也就是了，还要怎么？"渔人道："你掰了我的葫芦，砸了我的大盘，好好的还我。不然，想走不能。"艾虎道："原来坏了你的葫芦盘子。不要紧，俺给你银另买一份罢。"渔人道："只要我的原旧东西，要银子作甚么？"艾虎道："这就难了。人有生死，物有毁坏。业已（已经）破了，还能整的上么？你不要银子，莫若再打几下，与你那东西报报仇，也就完了事了。"说罢，放下包裹，复又躺在地下，闹顽皮子。（俗语谓之皮子，又谓之魔驼子。）闹的众人生气不是，要笑不是，再打也不是。年老的道："真这后生实在呕人（同"怄人"，让人生气、不愉快），他倒闹起魔来了。"渔人道："他竟敢闹魔。我把他打死，给他抵命。"年老的道："休出此言，难道我们众人瞅着你在此害人不成？"

正说间，只见那边来了个少年的书生，向着众人道："列位请了。不知此人犯了何罪，你等俱要打他？望乞看小生薄面，饶了他罢。"说罢，就是一揖。众人见是个斯文相公，连忙还礼，道："叵耐（可恨。叵，pǒ）这厮饶抢了嘴吃，还把我们的家伙毁坏，实实可恶。既是相公给他讨情，我们认个晦气罢了。"说罢，大家散去。

年少后生见众人散去，再看时，见他用袖子遮了面，仍然躺着不肯起来，向前将袖子一拉。艾虎此时臊（sào，害羞）的满面通红，无可搭讪，噗哧的一声，大笑不止。书生道："不要发笑。端的（究竟）为何？有话起来讲。"艾虎无奈站起，掸去尘垢，向前一揖，道："惭愧，惭愧，实在是俺的不是。"便将抢酒吃鱼以及毁坏家伙的话，毫无粉饰，和盘托出（全部说出来）。说罢，又大笑不止。

书生听了，暗暗道："听他之言，倒是个率真豪爽之人。"又看了看他的相貌，满面英风，气度不凡，不由的倾心羡慕，问道："请问尊兄贵姓？"艾虎道："小弟姓艾名虎。尊兄贵姓？"那书生道："小弟施俊。"艾虎道："原来是施相公。俺这不堪的形景，休要见笑。"施俊道："岂敢，岂敢。'四海之内，皆兄弟也。'焉有见笑之理。"艾虎听了"皆兄弟也"，以"皆"字当作"结"字，答道："俺乃粗鄙之人，焉敢与斯文贵客结为兄弟。既蒙不弃，俺就拜你为兄。"施俊听了甚喜，知他是错会意了，以为他鲠直（即"耿直"）可交，便问："尊兄青春几何（年龄是多少）？"艾虎道："小弟今年十六岁了。哥哥，你今年多大了？"施俊道："比你长一岁，今年十七岁了。"艾虎道："俺说是兄长，果然不差。如此，哥哥请上，受小弟一拜。"说罢，趴在地下就磕头。施俊连忙还礼。二人彼此搀扶。

小侠提了包裹，施俊一伸手携了艾虎，离了破亭，竟奔树林而来。早见一小童拉定两匹马在那里瞭望。施俊来至小童跟前，唤道："锦笺（jiān）过来，见过你二爷。"小童锦笺先前见二人说话，后来又见二人对磕头，心中早就纳闷。如今听见相公如此说，不敢怠慢，上前跪倒，道："小人锦笺与二爷叩头。"艾虎从来没受过人的头，没听见人称呼过二爷，今见锦笺如此，喜出望外，不知如何是好，连忙说道："起来，起来！"回身在兜肚内掏出两个锞子，递与锦笺道："拿去买果子吃。"锦笺却不敢受，两眼瞅着施俊。施俊道："二爷既赏你，你收了就是。"锦笺接过，复又叩头谢赏。艾虎心中暗道："为何他又叩头？哦，是了，想是不够用的，还合我再讨些回手。"又向兜肚内要掏。（艾虎当初也是馆童，皆因在霸王庄上并没受过这些排场礼节，所以不懂，并非前后文不对。）施俊道："二弟赏他一锭足矣，何必赏他许多呢？请问二弟，意欲何往？"一句话方把艾虎岔开，答道："小弟要上卧虎沟，寻我师父与义父。请问兄长意欲何往呢？"施俊道："愚兄要上湘阴县金伯父那里，一来看文章，二来就在那里用功。你我二人不能盘桓（逗留。桓，huán）畅叙，如何是好？"艾虎道："既然彼此有事，莫若各奔前程，后会有期。兄长请乘骑，待小弟送你一程。"施俊道："贤弟不要远送。我是骑马，你是步下，如何赶的上？不如就此拜别了罢。"说罢，二人彼此又对拜了。锦笺拉过马来，施俊谦让多时，扳鞍上马。锦笺因艾虎在步下，他不肯骑马，拉着步行。艾虎不依，务必叫他骑上马，跟了前去。目送他主仆已远，自己方扛起包裹，迈开大步，竟奔大路去了。

且说施俊父名施乔，字必昌，曾作过一任知县，因害目疾失明，告假还乡。生平有两个结义的朋友，头一个便是兵部尚书金辉，因参襄阳王遭贬在家；第二个便是新调长沙太守邵邦杰。三个人虽是结义的朋友，却是情同骨肉。施老爷知道金老爷有一位千金小姐，自幼儿见过好几次，虽有联姻之说，却未纳聘（旧时定亲时男家给女家聘礼）。如今施俊年已长成，莫若叫施俊去到那里，明是托金公看文章；暗暗却是为结婚姻。

这日施俊来到湘阴县九云山下九仙桥边，问着金老爷的家，投递书信。金老爷即刻请至书房，见施俊品貌轩昂（人品相貌不凡），学问渊博，那一派谦让和蔼，令人羡慕。金公好生欢喜，而且看了来书，已知施乔之意，便问施俊道："令尊目力可觉好些？不然，如何能写书信呢？"施俊鞠躬答道："家严（在别人面前谦称自己的父亲）止于通彻三光，别样皆不能视。此信乃家严谆嘱小侄代笔，望伯父海涵勿哂（shěn，讥笑）。"金辉道："如此看来，贤侄的书法是极妙的了。这上面还要叫老拙改正文章，如何当的起。学业久已荒疏（荒废），拈笔犹如马箠（马鞭。箠，chuí），还讲甚么改正。只好贤侄在此用功，闲时谈谈讲讲，彼此教正，大家有益罢了。"

说到此处，早见家人禀告："饭已齐备，请示在那里摆？"金公道："在此摆。我同施相公一处用，也好说话。"饮酒之间，金公盘问了多少书籍，施俊一一对答如流，把个金辉乐的了不得。吃毕饭，就把施俊安置在书房下榻，自己洋洋得意往后面而来。不知见了夫人有何话讲，且听下回分解。

第八十九回 憨锦笺暗藏白玉钗 痴佳蕙遗失紫金坠

且说金辉见了夫人何氏，盛夸施俊的人品学问。夫人听了，也觉欢喜。原来何氏夫人就是唐县何至贤之妹，膝下生得两个儿女，女名牡丹，今年十六岁；儿名金章，年方七岁。老爷还有一妾，名唤巧娘。

且说夫人见老爷夸施俊不绝口，知有许婚之意，便问："施贤侄到此何事？"金老爷道："施公双目失明，如今写信前来，叫施俊在此读书，从我看文章。虽是如此，书中却有求婚之意。"何氏道："老爷意下如何呢？"金公道："当初施贤弟也曾提过，因女儿尚幼，并未聘定（犹婚约）。不想如今施贤侄年纪长成，不但品貌端好，而且学问渊博，堪与我女儿匹配。"何氏道："既如此，老爷何不就许了这头亲事呢？"金公道："且不要忙。他既在此居住，我还要细细看看他的行止（品行）如何。如果真好，慢慢再提亲不迟。"

老爷夫人只顾讲论此事，谁知有跟小姐的亲信丫头名唤佳蕙，是自幼儿服侍小姐的。因他聪明伶俐，而且模样儿生的俏丽，又跟着小姐读书习字，文理颇通，故此起名用个"蕙"字，上面又加上个"佳"字，言他是香而且美。佳蕙既然如此，小姐的容颜学问可想而知了。

这日他正到夫人卧室，忽听见老夫妻讲论施俊才貌双全，有许婚之意，他便回转绣房，嘻嘻笑笑道："小姐大喜了！"牡丹小姐道："你道的甚么喜？"佳蕙道："方才我从太太那里来，老爷正然讲究。原来施老爷打发小官人来在我们这里读书，从着老爷看文章。老爷说他不但学问好，而且品貌极美。老爷太太乐得了不得，有意将小姐许配与他，难道小姐不是大喜么？"牡丹正看书，听说至此，把书一放，嗔（chēn，生气）道："你这丫头，益发（越发）愚顽了！这些事也是大惊小怪，对我说的么？越大越没出息了。还不与我退下！"

佳蕙一团高兴，被小姐申饬（斥责。饬，chì）了一顿，脸上觉的讪讪的，羞答答回转自己屋内，细细思索道："我与小姐虽是主仆，却是情同骨肉。为何今日听了此话，不但不喜，反倒嗔怪呢？哦，是了，往往有才的必不能有貌，有貌的必不能有才，如何能够才貌兼全呢？小姐想来不能深信。仔细想来，倒是我莽撞了。理应替他探个水落石出，方不负小姐待我的深情。"想至此，踟蹰不安（形容恐惧不安。踟蹰，jú jí），他便悄悄偷到书房。把施俊看了个十分仔细，回来暗道："怨得老爷夸他，果然生的不错。据我看来，他既有如此的容貌，必有出奇的才情。小姐不知，若要固执起来，岂不把这样的好事耽搁了么？嗳！我何不如此如此，替他们成全成全，岂不是好？”想罢，连忙回到自己屋内，拿出一方芙蓉手帕，暗道：“这也是小姐给我的，我就拿它作个引线。”立刻提笔，在手帕上写了“关关雎鸠，在河之洲”二句，折叠了折叠，藏在一边。

到了次日，午间无事，抽空儿袖了手帕，来到书房。可巧施俊手倦抛书，午梦正长，锦笺也不在跟前。佳蕙悄悄的临近桌边，把手帕一丢，转身时又将桌子一靠。施俊惊醒，朦胧二目，翻身又复睡了。谁知锦笺从外面回来，见相公在外面瞌睡，腕下却露着手帕，慢慢抽出，抖开一看，异香扑鼻，上面还有字迹，却是两句《诗经》，心中纳闷道：“这是甚么意思？此帕从何来呢？不要管他，我且藏起来。相公如问我时，我再问相公，便知分晓。”及至施俊睡醒，也不找手帕，也不问锦笺。锦笺心中暗道：“看此光景，这手帕必不是我们相公的。若是我们相公的，焉有不找不问之理呢？但只一件，既不是我们相公的，这手帕从何而来呢？倒要留神查看。”

到了次日，锦笺不时的出入来往，暗里窥探。果然佳蕙从后面出来，到了书房，见相公正在那里开箱找书，不便惊动，抽身回来。刚要入后，只见一人迎面拦住，道：“好吓！你跑到书房作甚么来了？快说！不然，我就嚷了。”佳蕙见是个小童，问道：“你是谁？”小童道：“我乃自幼服侍相公、时刻不离左右、说一是一、说二是二、言听计从的锦笺。你是谁？”佳蕙笑道：“原来是锦兄弟么。你问我，我便是自幼服侍小姐、时刻不离左右、说一是一、说二是二、言听计从的佳蕙。”锦笺道：“原来是佳姐姐么。”佳蕙道：“甚么佳咧锦咧，叫着怪不好听的。莫若我叫你兄弟，你叫我姐姐，咱们把‘佳锦’二字去了，好不好？我问兄弟，昨日有块手帕，你家相公可曾瞧见了没有？”锦笺想道：“原来手帕是他的，可见他人大心大。我何不嘲笑他几句。”想罢，说道：“姐姐不要性急，事宽则圆（遇事只要从容对待，就能圆满解决）。姐姐终久总要有女婿的，何必这们忙呢。”佳蕙红了脸，道：“兄弟休要胡说。只因我家小姐待我恩深义重，又有老爷太太愿意联婚之言，故此我才拿了手帕来知会你家相公，叫他早早求婚，莫要耽误了大事。难道《诗经》二句诗在手帕上写的，你还不明白么？那明是韫玉待价（把玉暂时收藏起来以待好的价格出售，比喻怀才待用或怀才隐退。韫，yùn）之意。”锦笺道："姐姐原来为此，我倒错会了意了。姐姐还不知道呢，我们相公此来原是奉老爷之命到此求婚。惟恐这里老爷不愿意，故此恳恳切切写了一封信，叫我们相公在此读书，是叫这里老爷知道知道我们相公的人品学问。如今姐姐既要知恩报恩，那手帕是不中用的，何不弄了真实著见的表记来？我们相公那里有我一面承管。坏事在此一句，所谓'一言丧邦'。"佳蕙听了，道："兄弟放心，我们小姐那里有我一面承管，咱二人务必将此事作成，庶（差不多）不负主仆的情意一场。"说罢，佳蕙往后面去了，锦笺也就回转书房。

凡事有一定的道理，不是强求的，不是混谋的。事不当成，你纵然强求混谋，冥冥中自有舛错（错乱，不正确。舛，chuǎn），终久不成。若是事有可成，只用略为谋求，用不着"强混"二字，不因不由（无意之中）的便成了。至于婚姻一节，更不是强求混谋的。俗语说的"千里姻缘一线牵"，又云"是婚姻棒打不散"，原是有一定的道理。谁知遇见了佳蕙、锦笺两个，不能听其自然，无心中生出波澜，闹了个天翻地覆，险些儿性命难保。非是他二人安着坏心，有意陷害，道是一派天真烂漫，不知事体轻重，一个为感情，一个为逞能。及至事情叨登（dāo deng，重提旧事）出来，他二人谁也不敢吐实，只落的后悔而已。

且说佳蕙自与锦笺说明之后，处处留神，时刻在念。不料事有凑巧，牡丹小姐叫他收什镜妆，他见有精巧玉钗一对，暗暗袖了一枝，悄悄递与锦笺。锦笺回转书房，得便开了书箱，瞧瞧无物可拿，见有一把扇子拴的个紫金鱼的扇坠，连忙解下来，就势儿将玉钗放在箱内，却把前次的芙蓉手帕打开，刚要包上紫金鱼，见帕上字迹分明，他又卖弄起才学来，急忙提笔写上"窈窕淑女，君子好逑"二句；然后将扇坠包裹，得意洋洋，来见佳蕙，道："我说事成在我，姐姐不信。你看如何？"说罢，打开给佳蕙看了。佳蕙等的工夫大了，已然着急，见有个回礼，忙忙碌碌接了过来。"兄弟，改日听信罢。"回手向衣襟一掖，转身就去了。

刚走了不多时，只见巧娘的杏花儿年方十二岁，极其聪明，见了佳蕙，问道："姐姐那里去了？"佳蕙道："我到花园掐花儿去来。"杏花儿道："掐的花在那里？给我几朵儿。"佳蕙道："花尚未开，因此空手而回。"杏花儿道："我不信，可巧一朵儿没有吗？我要搜搜。"说罢，拉住佳蕙不放。佳蕙藏藏躲躲，道："你这丫头，岂有此理！漫说没花儿，就是有花儿，也犯不上给你。难道你怕走大了脚，不会自己掐去么？拉拉扯扯甚么意思！”说罢，将衣服一顿，佯长（扬长）去了。

杏花儿觉得不好意思，红涨了脸，发话道：“这有甚么呢！明儿我们也掐去，单希罕你的咧！”说着话，往地下一看，见有一个包儿，连忙捡起，恰正是芙蓉手帕包着紫金鱼儿，急忙拢在袖内，气忿忿回转姨娘房内而来。

巧娘问道：“你往那里去来？又合谁呕了气了？因为甚么撅着嘴？”杏花儿道：“可恶佳蕙，他掐了花来，我向他要一两朵，饶不给，还摔打我。姨娘自想想，可气不可气？偏偏的他掉了一个包儿，我是再也不给他的了。”巧娘听了，忙问道：“你捡了甚么了？拿来我看。”杏花儿将包儿递将过来。不想巧娘一看，便生出许多是非来了。

你道为何？只因金辉自从遭贬之后，将宦途看淡了，每日间以诗酒自娱。但凡有可以消遣处，不是十天，就是半月，乐而忘返。家中多亏了何氏夫人调度（安排）的井井有条。惟有巧娘水性杨花（水性流动，杨花轻而随风飘扬。形容妇女作风轻浮，用情不专一），终朝尽盼老爷回来。谁知金公是放浪形骸（指行为放纵，不受世俗礼法约束）之外，又不在妇人身上用工夫的，他便急的犹如热地蚂蚁一般，如何忍耐得住，未免有些饥不择食，悄地里就与幕宾（幕僚或幕友）先生刮拉上了。俗语说：“色胆大来，难保机关不泄。”一日，正与幕宾在花园厅上，刚然（刚刚）入港（指男女行欢、交媾），恰值小姐与佳蕙上花园烧香，将好事冲散。偏这幕宾是个胆小的，惟恐事要发觉，第二日收什（收拾）收什，竟自逃走了。巧娘失了心上之人，他既不思己过，反把小姐与佳蕙恨入骨髓，每每要将他二人陷害，又是无隙可乘。

如今见了手帕，又有紫金鱼，正中心怀，便哄杏花儿：“这个包儿既是捡的，你给我罢。我不白要你的，我给你作件衫子如何？”杏花儿道：“罢哟！姨娘前次叫我给先生送礼送信，来回跑了多少次，应许给我作衫子，到如今何尝作了呢？还提衫子呢！没的尽叫我担个名儿罢了。”巧娘道：“往事休提。此次一定要与你作衫子的，并且两次合起来，我给你作件夹衫子如何？”杏花道：“果真那样，敢则是好。我这里先谢谢姨娘。”巧娘道：“不要谢。我还告诉你，此事也不可对别人说，只等老爷回来，你千万不要在跟前。我往后还要另眼看待于你。”

杏花儿听了欢喜，满口应承。

一日，金公因与人会酒，回来过晚，何氏夫人业已安歇。老爷怜念夫人为家计操劳，不忍惊动，便来到巧娘屋内。巧娘迎接就座，殷勤献茶毕，他便双膝跪倒，道："贱妾有一事禀老爷得知。"金公道："你有何事？只管说来。"巧娘道："只因贱妾捡了一宗东西，事关重大。虽然老爷知道，必须访查明白，切不可声张。"说着话，便把手帕拿出，双手呈上。金公接过来一看，见里面包着紫金鱼扇坠儿；又见手帕上字迹分明，写着诗经四句，笔迹却不相同，前二句写的轻巧妩媚，后二句写的雄健草率。金辉看毕，心中一动，便问："此物从何处拾来？"巧娘道："贱妾不敢说。"金辉道："你只管说来，我自有道理。"巧娘道："老爷千万不要生气。只因妾给太太请安回来，路过小姐那里，拾得此物。"金辉听了，登时苍颜改变，无名火起，暗道："好贱人！竟敢作出这样事来。这还了得！"即将手帕金鱼包好，拢在袖内。巧娘又加言道："老爷，此事与门楣（门第）有关，千万不要声张，必须访查明白。据妾看来，小姐决无此事，或者是佳蕙那丫头也未可知。"老爷听了，点了点头，一语不发，便上内书房安歇去了。不知后来金公如何办理，且听下回分解。

第九十回 避严亲[1]牡丹投何令 充小姐佳蕙拜邵公

且说金辉听了巧娘的言语，明是开脱（推卸或解除）小姐，暗里却是葬送佳蕙。佳蕙既有污行，小姐焉能清白呢？真是"君子可欺以其方"（语出《孟子·万章上》："君子可欺以其方，难罔以非其道。"意思是君子可以用合于常理的方法来欺骗他，却很难用不合常理的方法欺骗他）。那知后来金公见了玉钗，便把佳蕙抛开，竟自追问小姐，生生的把个千金小姐弄成布裙荆钗（粗布为裙，荆条做钗。形容妇女装束朴素），险些儿丧了性命，可见他的计谋狠毒。言

① 严亲：指父母。

虽如此，巧娘说“焉知不是佳蕙那丫头”这句话，说的何尝不是呢？他却有个心思，以为要害小姐，必先剪除了佳蕙。佳蕙既除，然后再害小姐就容易了。偏偏的遇见个心急性拗（niù，固执，任性）的金辉，不容分说，又搭着个纯孝的小姐不敢强辩，因此这件事倒闹的蒙混了。

且说金辉到了内书房安歇，一夜不曾合眼。到了次日，悄悄到了外书房一看，可巧施俊今日又会文去了。金公便在书房搜查，就在书箱内搜出一枝玉钗，仔细留神，正是给女儿的东西。这一气非同小可，转身来到正室，见了何氏，问道：“我曾给过牡丹一对玉钗，现在那里？”何氏道：“既然给了女儿，必是女儿收着。”金辉道：“要来我看。”何氏便叫丫鬟到小姐那里去取。去不多时，只见丫鬟拿了一枝玉钗回来，禀道：“奴婢方才到小姐那里取钗，小姐找了半天，在镜箱内找了一枝。问佳蕙时，佳蕙病的昏昏沉沉，也不知那一枝那里去了。小姐说：‘待找着那一枝，即刻送来。’”金辉听了，哼了一声，将丫鬟叱退，对夫人道：“你养的好女儿！岂有此理！”何氏道：“女儿丢了玉钗，容他慢慢找去，老爷何必生气？”金公冷笑，道：“再要找时，除非到书房找这一枝去。”何氏听了诧异，道：“老爷何出此言？”金公便将手帕扇坠掷与何氏，道：“这都是你养的好女儿作的！”便在袖内把那一枝玉钗取出，道：“现有对证，还有何言支吾（用含混的话搪塞）？”何氏见了此钗，问道：“此钗老爷从何得来？”金辉便将施生书箱内搜出的话说了，又道：“我看父女之情，给他三日限期，叫他寻个自尽，休来见我！”说罢，气忿忿的上外面书房去了。

何氏见此光景，又是着急，又是伤心，忙忙来到小姐卧室，见了牡丹，放声大哭。牡丹不知其详，问道：“母亲，这是为何？”夫人哭哭啼啼，将始末原由（事情从头到尾的经过），述了一遍。牡丹听毕，只唬的粉面焦黄，娇音软颤，也就哭将起来。哭了多时，道：“此事从何说起！女儿一概不知。叫乳母梁氏追问佳蕙去。”谁知佳蕙自那日遗失手帕扇坠，心中一急，登时病了，就在那日告假，躺在自己屋内将养。此时正在昏愦（头脑昏乱神志不清。愦，kuì）之际，如何答应得上来。梁氏无奈，回转绣房，道：“问了佳蕙，他也不知。”何氏夫人道：“这便如何是好！”复又痛哭起来。牡丹强止泪痕，说道：“爹爹既然吩咐孩儿自尽，孩儿也不敢违拗（有意不依从，违背。拗，ào）。只是母亲养了孩儿一场，未能答报，孩子虽死也不瞑目（闭上眼睛。瞑，míng）。”夫人听至此，上前抱住牡丹，道：“我的儿吓！你既要死，莫若为娘的也同你死了罢。”牡丹哭道：“母亲休要顾惜女儿。现在我兄弟方交七岁，母亲若死了，叫兄弟倚靠何人？岂不绝了金门之后么？”说罢，也抱住夫人，痛哭不止。

傍边乳母梁氏猛然想起一计，将母女劝住，道：“老奴倒有一事回禀。我家小姐自幼稳重，闺门不出，老奴敢保断无此事。未免是佳蕙那丫头干的也未可知，偏偏他又病的人事不知。若是等他好了再问，惟恐老爷性急，是再不能等的。若依着老爷逼勒（逼迫）小姐，又恐日后事明，后悔也就迟了。”夫人道：“依你怎么样呢？”梁氏道：“莫若叫我男人悄悄雇上船一只，两口子同着小姐带佳蕙，投到唐县舅老爷那里暂住几时。俟（sì，等待）佳蕙好了，求舅太太将此事访查，以明事之真假，一来暂避老爷的盛怒，二来也免得小姐倾生。只是太太担些干系，遇便再求老爷便了。”夫人道：“老爷跟前，我再慢慢说明。只是你等一路上，叫我好不放心。”梁氏道：“事已如此，无可如何（没有办法）了。”牡丹道：“乳娘此计虽妙，但只一件，我自幼儿从未离了母亲，一来抛头露面，我甚不惯；二来违背父命，我心不安，还是死了干净。”何氏夫人道：“儿吓，此计乃乳母从权之道。你果真死了，此事岂不是越发真了么？”牡丹哭道：“只是孩儿舍不得母亲奈何？”乳娘道：“此不过解燃眉之急（像火烧眉毛那样紧急。形容事情非常急迫）。日久事明，依然团聚，有何不可？小姐如若怕出头露面，我更有一计在此。就将佳蕙穿了小姐的衣服，一路上说小姐卧病，往舅老爷那里就医养病。小姐却扮作丫鬟模样，谁又晓得呢？”何氏夫人听了，道：“如此狠好。你们就急急的办理去罢，我且安置安置老爷去。”牡丹此时心绪如麻，纵有千言万语，一字却也道不出来，只是说道：“孩儿去了，母亲保重要紧！”说罢，大哭不止。夫人痛彻心怀，无奈何，狠着心去了。

这里梁氏将他男子汉找来，名叫吴能。既称男子汉，可又叫吴能，这说明是无能的男子汉。他但凡有点能为，如何会叫老婆作了奶子呢？可惜此事交给他，这才把事办坏了。（他不及他哥吴燕能有本事，打的狠好的刀。）到了河边，不论好歹，雇了船只；然后又雇了小轿三乘（辆），来到花园后门。奶娘梁氏带领小姐与佳蕙乘轿到河边上船，一篙（用竹竿或杉木制成的撑船工具）撑开，飘然而去。

且说金辉气忿忿离了上房，来到了书房内。此时施生已回，见了金公，上前施礼。金辉洋洋不睬。施俊暗道："他如何这等慢待于我？哦，是了，想是嗔我在这里搅他了。可见人情险恶，世道浇薄（指社会风气不淳厚），我又非倚靠他的门楣（门第）觅生活，如何受他的厌气！"想罢，便道："告禀大人得知，小生离家日久，惟恐父母悬望（挂念），我要回去了。"金辉道："狠好，你早就该回去。"施俊听了这样口气，登时羞的满面红涨，立刻唤锦笺备马。锦笺问道："相公往那里去？"施俊道："自有去处，你备马就是了。谁许你问！狗才，你仔细，休要讨打。"锦笺见相公动怒，一声儿也不敢言语，急忙备了马来。施生立起身来，将手一拱，也不拜揖，说声"请了"。金辉暗道："这畜生如此无礼，真正可恶！"又听施生发话道："可恶吓，可恶！真正岂有此理！"金辉明明听见，索性不理他了，以为他少年无状。又想起施老爷来，他如何会生出这样子弟，未免叹息了一番。然后将书籍看了看，依然照旧。又将书籍打开看了看，除了诗文之外，止有一把扇儿，是施生落下的，别无他物。

可惜施生忙中有错，来时原是孤然一身，所有书籍典章全是借用这里的。他只顾生气，却忘了扇儿放在书籍之内。彼时若是想起，由扇子追问扇坠，锦笺如何隐瞒？何况当着金辉再加一质证，大约此冤立刻即明。偏偏的施生忘了此扇，竟遗落在书籍之内。扇儿虽小，事关重大。凡事当隐当现，自有一定之理。若是此时就明白此事，如何又生出下文多少的事来呢？

且说金辉见施俊赌气走了，便回至内室，见何氏夫人哭了个泪人一般，甚是凄惨。金辉一语不发，坐在椅上叹气。忽见何氏夫人双膝跪倒，口口声声："妾身在老爷跟前请罪。"老爷连忙问道："端的（究竟）为何？"夫人将女儿上唐县情由，述了一遍，又道："老爷只当女儿已死，看妾身薄面，不必深究了。"说罢，哭瘫在地。金辉先前听了，急的跺脚，惟恐丑声播扬。后来见夫人匍匐（俯卧）不起，究竟是老夫老妻，情分上过意不去，只得将夫人搀起来，道："你也不必哭了。事已如此，我只好置之度外便了。"

金辉这里不究，那知小姐那里生出事来。只因吴能忙迫雇船，也不留神，却雇了一只贼船。船家弟兄二人，乃是翁大、翁二，还有一个帮手王三。他等见仆妇男女二人带领着两个俊俏女子，而且又有细软包袱，便起了不良之意，暗暗打号儿。

走不多时，翁大忽然说道："不好了！风暴来了。"急急将船撑到幽僻之处，先对奶公道："咱们须要祭赛（祭祀酬神）祭赛方好。"吴能道："这里那讨香蜡纸马（祭神用品）去？"翁二道："无妨，我们船上皆有，保管预备的齐整，只要客官出钱就是了。"吴能道："但不知用多少钱？"翁二道："不多，不多，只要一千二百钱足够了。"吴能道："用甚么，要许多钱？"翁二道："鸡鱼羊头三牲，再加香蜡纸锞，这还多吗？敬神佛的事儿，不要打算盘。"吴能无奈，给了一千二百钱。

不多时，翁大请上香。奶公出船一看，见船头上面放的三个盘子，中间是个少皮无脑的羊脑袋，左边是只折脖缺膀的鸡嫁妆，右边是一尾飞鳞凹目的鲤鱼干；再搭上四零五落的一挂元宝，还配着滴溜搭拉的几片千张。更可笑的，是少颜无色的三张黄钱；最可怜的，七长八短的一束高香。还有一高一矮的一对瓦灯台上，插的不红不白的两个蜡头儿。吴能一见，不由的气往上撞，道："这就是一千二百钱办的么？"翁二道："诸事齐备，额外还得酒钱三百。"吴能听了发急，道："你们不是要讹吓！"翁大道："你这人祭赛不虔（虔诚），神灵见怪，理应赴水（投水），以保平安。"说罢，将吴能一推，噗咚一声，落下水去。

乳母船内听着不是话头，刚要出来，正见他男子汉被翁大推下水去，心中一急，连嚷道："救人吓，救人！"王三奔过来就是一拳。乳母站立不稳，摔倒船内，又嚷道："救人吓，救人吓！"牡丹此时在船内知道不好，极力将竹窗撞下，随身跳入水中去了。翁大赶进舱来，见那女子跳入水内，一手将佳蕙拉住，道："美人不要害怕，俺合你有话商量。"佳蕙此时要死不能死，要脱不能脱，只急的通身是汗，觉的心内一阵清凉，病倒好了多一半。外面翁二合王三每人一枝篙将船撑开。佳蕙在船内被翁大拉着，急的他高声叫喊："救人吓，救人！"忽见那边飞也似的来了一只快船，上面站着许多人，道："这船上害人呢，快上船进舱搜来。"翁二、王三见不是势头，将篙往水内一拄（zhǔ，撑），嗖的一声，跳下水去。翁大在舱内见有人上船，说进舱搜来，他惟恐被人捉住，便从窗户窜出，赴水逃生去了。可恨他三人贪财好色，枉劳心机，白白的害了奶公并小姐落水，也只得赤手空拳赴水而去。

且言众人上船，其中有个年老之人道："你等莫忙。大约贼人赴水脱逃，且看船内是甚么人。"说罢，进舱看时，谁知梁氏藏在床下，此时听见有人，方才从床下爬出。见有人进来，他便急中生智，道："众位救我主仆一命。可怜我的男人被贼人陷害，推在水内淹死；丫鬟着急，窜出船窗投水也死了；小姐又是疾病在身，难以动转，望乞众位见怜。"说罢，泪流满面。这人听了，连说道："不要啼哭，待我回老爷去。"转身去了。梁氏悄悄告诉佳蕙，就此假充小姐，不可露了马脚。佳蕙点头会意。

那人去不多时，只见来了仆妇丫鬟四五个搀扶假小姐，叫梁氏提了包裹，纷纷乱乱一阵，将祭赛的礼物踏了个稀烂。来到官船之上，只见有一位老爷坐在大圈椅上面，问道："那女子家住那里？姓甚么？慢慢讲来。"假小姐向前万福（古代妇女对人行礼，两手松松抱拳在胸前右下侧，上下移动，同时略做鞠躬的姿势，口中称"万福"），道："奴家金牡丹，乃金辉之女。"那老爷问道："那个金辉？"假小姐道："就是作过兵部尚书的。只因家父连参过襄阳王二次，圣上震怒，将我父亲休致（官吏年老去职）在家。"只见那老爷立起身来，笑吟吟的道："原来是侄女到了。幸哉，幸哉，何如此之巧耶！"假小姐连忙问道："不知老大人为谁？因何以侄女呼之？请道其详。"那老爷笑道："老夫乃邵邦杰，与令尊有金兰（指结义的兄弟姐妹）之谊。因奉旨改调长沙太守，故此急急带了家眷前去赴任。今日恰好在此停泊，不想救了侄女，真是天缘凑巧。"假小姐听了，复又拜倒，口称叔父。邵老爷命丫鬟搀起，设座坐了，方问道："侄女为何乘舟？意欲何往？"不知假小姐说出甚么话来，且听下回分解。

第九十一回 死里生千金认张立 苦中乐小侠服史云

且说假小姐闻听邵公此问，身体多病、奉父母之命、前往唐县就医养病的话，说了一遍。邵老爷道："这就是令尊的不是了。你一个闺中弱质（弱女子），如何就叫奶公奶母带领去赴唐县呢？”假小姐连忙答道：“平素时常往来。不想此次船家不良，也是侄女命运不济（差，不好）。”邵老爷道：“理宜将侄女送回，奈因钦限（皇帝亲自规定的期限）紧急，难以迟缓。与其上唐县，何不随老夫到长沙？现有老荆（旧时老人对人谦称自己的妻子）同你几个姊妹，颇不寂寞。俟你病体好时，我再写信与令尊，不知侄女意下如何？”假小姐道：“既承叔父怜爱，侄女敢不从命。但不知婶母在于何处？待侄女拜见。”邵老爷满心欢喜，连忙叫仆妇丫鬟搀着小姐，送到夫人船上。

原来邵老爷有三个小姐，见了假小姐，无不欢喜。从此佳蕙就在邵老爷处将养身体。她原没有甚么大病，不多几日，也就好了。夫人也曾背地里问过他，有了婆家没有。他便答道：“自幼与施生结亲。”夫人也悄悄告诉了老爷。自那日开船行至梅花湾的双岔口，此处却是两条路：一股往东南，却是上长沙；一股往东北，却是绿鸭滩。

且说绿鸭滩内有渔户十三家，内中有一人年纪四旬开外，姓张名立，是个极其本分的，有个老伴儿李氏。老两口儿无儿无女，每日捕鱼为生。

这日，张老儿夜间撒下网去，往上一拉，觉得沉重，以为得了大鱼，连唤：“妈妈，快来，快来！”李氏听了，出来问道：“大哥，唤我做甚么？”（这老两口子素来就是这等称呼，男人管着女人叫妈妈，女人管着男人叫大哥。当初不知是怎么论的，如今惯了，习以为常。）张立道：“妈妈，帮我一帮，这个行货子可不小。”李氏上前帮着拉上船来，将网打开，看时却是一个女尸，还有竹窗一扇托定（托住）。张立连连啐（cuì，用力吐出来）道：“晦气，晦气！快些掷下水去。”李氏忙拦道：“大哥不要性急，待我摸摸，还有气息没有。岂不闻‘救人一命，胜造七级浮屠（又作“浮图”，佛塔）吗？”果然摸了摸，胸前兀的乱跳，说道：“还有气息，快些控水。”李氏又舒掌揉胸。不多时，清水流出不少，方才渐渐苏醒，哼哼出来。婆子又扶他坐起，略定定神，方慢慢呼唤，细细问明来历。

原来此女就是牡丹小姐。自落水之后，亏了竹窗托定，顺水而下，不计里数，漂流至此。自己心内明白，不肯说出真情，答言：“是唐县宰的丫鬟，因要接金小姐去，手扶竹窗，贪看水面。不想竹窗掉落，自己随窗落水，不知不觉漂流至此。请问妈妈贵姓？”李氏一一告诉明白，又悄悄合张立商量道：“你我半生无儿无女。我今看见此女生的十分俏丽，言语聪明，咱们何不将他认为女儿，将来岂不有靠么？”张立道：“但凭妈妈区处。”李氏便对牡丹说了。牡丹自叹命运乖蹇（guāi jiǎn，命运不好），情愿做田妇村姑，连声应允。李氏见牡丹应了，欢喜非常。登时疼女儿的心盛，也不顾捕鱼，急急催大哥快快回庄，好与女儿换衣服。张立撑开船，来到庄内。李氏搀着牡丹进了茅屋，找了一身干净衣服，叫小姐换了。本是珠围翠绕（形容妇女妆饰华丽），如今改了荆钗布裙（荆条做钗，粗布做裙。形容妇女穿着朴素）。

李氏又寻找茶叶烧了开水，将茶叶放在锅内，然后用瓢和弄个不了，方拿过碗来，擦抹净了，吹开沫子，舀了半碗，擦了碗边，递与牡丹，道：“我儿喝点热水，暖暖寒气。”牡丹见他殷勤，不忍违却，连忙接过来，喝了几口。又见他将叶掏出，从新刷了锅，舀上一瓢水，找出小米面，做了一碗热腾腾的白水小米面的疙瘩汤，端到小姐面前，放下一双黄油四棱竹箸（zhù，筷子），一个白沙碟儿腌萝卜条儿。牡丹过意不去，端起碗来，喝了点儿，尝着有些甜津津的，倒没有别的味儿，于是就喝了半碗；咬了一点萝卜条儿，觉着扎口的咸，连忙放下了。他因喝了半碗热汤，登时将寒气散出，满面香汗如沈。婆子在傍看见，连忙掀起衣襟，轻轻给牡丹拂拭（擦拭），更露出本来面目，鲜妍（鲜艳。妍，yán）非常。婆子越瞧越爱，越爱越瞧，如获至宝一般。

又见张立进来，问道：“闺女这时好些了？”牡丹道：“请爹爹放心。”张立听小姐的声音改换，不像先前微弱，而且活了不足五十岁，从来没听见有人叫他“爹爹”二字。如今听了这一声，仿佛成仙了道，醍醐灌顶（指灌输智慧，使人彻底觉悟。醍醐，tí hú），从心窝里发出一股至性达天的乐来，哈哈大笑，道：“妈妈，好一个闺女呀！”李氏道：“正是，正是。”说罢，二人大笑不止。

此时天已发晓。李氏便合张立商议，说：“女儿在县宰处，必是珍馐（珍奇美味的食物。馐，xiū）美味惯了，千万不要委屈了他。你卖鱼回来时，千万买些好吃食回来。”张立道：“既如此，我多秤些肥肉，再带些豆腐白菜，你道好不好？”李氏道：“狠好，就是如此。”

乡下人不懂的珍馐，就知肥肉是好东西，若动了豆腐白菜便是开斋，这都是轻易不动的东西。其实所费几何？他却另有个算盘。他道有了好菜，必要多吃；既多吃，不但费菜，连饭也是费的。仔细算来，还是不吃好菜的好。如今他夫妻乍得了女儿，一来怕女儿受屈，二来又怕女儿笑话瞧不起，因此发着狠儿，才买肉买菜，调着样儿收拾出来。牡丹不过星星点点（形容少许或细碎）的吃些就完了。

一来二去，人人纳罕（诧异，惊奇）儿，说张老者老两口儿想开了，无儿无女，天天弄嘴吃。就有搭讪过来闻闻香味的意思，遇巧就要尝尝。谁知到了屋内一看，见床上坐着一位花枝招展，犹如月殿嫦娥、瑶池仙女似的一位姑娘。这一惊不小，各各追问起来，方知老夫妻得了义女，谁不欢喜，谁敢怠慢，登时传扬开了。十二家渔户俱各要前来贺喜。

其中有一人姓史名云，会些武艺，且胆量过人，是个见义敢为男子。因此这些渔人们皆器重他，凡遇大小事儿，或是他出头，或是与他相商。他若定了主意，这些渔户们没有不依的。如今要与张老儿贺喜，这十二家三一群、五一伙，陆陆续续俱各找了他去，告诉他张老儿得女儿的情由。史云听了，拍手大乐，道："张大哥为人诚实，忠厚有余，如今得了女儿，将来必有好报。这是他老夫妻一片至诚所感。列位到此何事？"

众人道："因要与他贺喜，故此我等特来计较。"史云道："狠好，咱们庄中有了喜事，理应作贺。但只一件，你我俱是贫苦之人，家无隔宿（隔夜）之粮，谁是充足的呢？大家这一去，人也不少，岂不叫张大哥为难么？既要与他贺喜，总要大家真乐方好。依我倒有个主意。咱们原是鱼行生理（生意），乃是本地风光。大家以三日为期，全要辛苦辛苦，奋勇捕了鱼来，俱各交在我这里出脱（货物卖出去；脱手）。该留下咱们吃的留下吃，该卖的卖了钱买调和沽酒（买酒。沽，gū），全有我呢。"又对一人道："弟老的，这两天你要常来。你到底认得几个字，也拿的起笔来，有可以写的须要帮着我记记方好。"原来这人姓李，满口应承道："我天天早来就是了。"史云道："更有一宗要紧的，是日大家去时，务必连桌凳俱要携了去方好。不然，张大哥那里，如何有这些凳子家伙桌子呢？咱们到了那里，大家动手，索性不用张大哥张罗，叫他夫妻安安稳稳乐一天。只算大家凑在一处，热热闹闹的吃喝一天就完了。

别的送礼送物，皆是虚文（毫无意义的礼节），一概不用。众位以为何如？”众人听罢，俱各欢喜，道：“好极，好极！就是这样罢。但只一件，其中有人口多的，有少的，这怎么样呢？”史云道：“全有我呢，包管平允（公平允当），谁也不能吃亏，谁也不能占便宜。其实乡里乡亲何在乎这上头呢，然而办事心得要公。大家就辛苦辛苦罢，我到张大哥那里给他送信去。”众人散了。

史云便到了张立的家中，将此事说明，又见了牡丹，果真是如花似玉的女子，快乐非常。张立便要张罗起事来。史云道：“大哥不用操心，我已俱各办妥。老兄就张罗下烧柴就是了，别的一概不用。”张立道：“我的贤弟，这个事不容易，如何张罗下烧柴就是了呢？”史云道：“我都替老兄打算下了，样样俱全，就短柴火，别的全有了。我是再不撒谎的。”张立仍是半疑半信的，只得深深谢了。史云执手回家去了。

众渔人果然齐心努力，办事容易的狠。真是争强赌胜，竟有出去二三十里地捕鱼去的，也有带了老婆孩儿去的，也有带了弟男子侄去的。刚到了第二天，交至史云处的鱼虾真就不少。史云裁夺（考虑决定）着，各家平匀了，估量着够用的，便告诉他等道：“某人某人交的多，明日不必交了。某人某人交的少，明日再找补些来。”他立刻找着行头，公平交易，换了钱钞，沽酒买菜，全送到张立家中。张立见了这些东西，又是欢喜，又是着急：欢喜的是得了女儿，如此风光体面；着急的是这些东西，可怎么措置（安排，料理）呢？史云笑道：“这有何难。我只问你，烧柴预备下了没有？”张立道：“预备下了。你看，靠着篱笆那两垛（duò，量词，用于成垛的东西），可够了么？”史云瞧了瞧，道：“够了，够了，还用不了呢。烧柴既有，老兄，你就不必管了。今夜五鼓（五更）咱们乡亲都来这里，全是自己动手。你不用张心（犹劳神），尽等着喝喜酒罢。”张立听了，哈哈大笑，道：“全仗贤弟分心，劣兄（愚兄）如何当得？”史云笑道：“有甚要紧，一来给老兄贺喜，二来大家凑个热闹，畅快畅快，也算是咱们渔家乐了。”

正说间，只见有许多人扛着桌凳的，挑着家伙的，背着大锅的，又有倒换挑着调和的，还有合伙挑着菜蔬的，纷纷攘攘送来，老儿接迎不暇，登时放满一院子。也就是绿鸭滩，若到别处，似这样行人情的也就少少儿的。全是史云张罗帮忙。却好李弟老的也来了，将东西点明记账，一一收下。张老儿惟恐错了，还要自己记了暗记儿。来一个，史云嘱咐一个，道："乡亲，明日早到，不要迟了。千万，千万！"至黄昏时，俱已收齐，史云方同李弟老的回去了。

次日四鼓（四更）时，史云与李弟老的就来了。果是五鼓时，众乡亲俱各来到。张老儿迎着道谢。史云便分开脚色（角色），谁挖灶烧火，谁做菜蔬，谁调座位，谁抱柴挑水，俱不用张立操一点心。乐的个老头儿出来进去，这里瞧瞧，那里看看，犹如跳圈猴儿一般，一会儿又进屋内问妈妈道："闺女吃了甚么没有？"李氏道："大哥不用你张罗，我与女儿自会调停。"张立猛见李氏，笑道："嗳呀！妈妈今日也高了兴了，竟自洗了脸，梳了头了。"李氏笑道："甚么话呢。众乡亲贺喜，我若黑摸乌嘴的，如何见人呢？你看我这头还是女儿给我梳的呢。"张立道："显见得你有了女儿，就支使我那孩子梳头。再过几时，你吃饭还得女儿喂你呢。"李氏听了，啐道："呸！没的瞎说白道的了。"张立笑吟吟的出去了。

不多时，天已大亮，陆陆续续田妇村姑俱各来了。李氏连忙迎出，彼此拂袖道喜道谢，又见了牡丹，一个个咂嘴吐舌，无不惊讶。牡丹到了此时，也只好随乡入乡，接待应酬，略为施展，便哄的这些人挤眉弄眼，拱肩缩背，不知如何是好，真是丑态百出。

到了饭得之时，座儿业已（已经）调好。屋内是女眷，所有桌凳俱是齐全的，就是家伙也是挑秀气的。外面院子内是男客，也有高桌，也有矮座，大盘小碗，一概不拘。这全是史云的调度，真真也难为他。大家不论亲疏，以齿（年龄）为序。我拿凳子，你拿家伙，彼此嘻嘻哈哈，团团围住，真是爽快。霎时杯盘狼藉。虽非嘉肴美味，却是鲜鱼活虾，荤素俱有，左添右换，以多为盛。大家先前慢饮，后来有些酒意，便呼么喝六豁起拳来。张立叫了个"七巧"，史云叫了个"全来"。

忽听外面接声道："可巧俺也来了，可不是全来吗？"史云便仰面往外侧听。张立道："听他则甚？咱们且豁拳。"史云道："老兄且慢。你我十三家俱各在此，外面谁敢答言？待我出去看来。"说罢，立起身来，启柴扉（柴门。扉，fēi）一看，见是个年幼之人，背着包裹，正在那里张望。

史云咄（duō，呵斥）的一声，道："你这后生窥探怎的？方才答言的敢则是你么？”年幼的道：“不敢，就是在下。因见你们饮酒热闹，不觉口内流涎，俺也要沽（gū，买）饮几杯。”史云道：“此处又非酒肆（酒馆。肆，sì）饭铺，如何说‘沽饮’二字？你妄自答言，俺也不计较于你，快些去罢。”说毕，刚要转身，只见少年人一伸手将史云拉住，道：“你说不是酒肆，如何有这些人聚饮？敢是你欺负我外乡人么！”史云听了，登时喝道：“你这小厮好生无礼！俺饶放你去，你反拉我不放。说欺负你，俺就欺负你，待怎么！”说着，扬手就是一掌打来。年少之人微微一笑，将掌接住往怀里一带，又往外一搡（sǎng，用力推）。只听咕咚一声，史云仰面栽倒在地，心中暗道：“好大力量！倒要留神。”急忙起来，复又动手。

只见张立出来劝道：“不要如此，有话慢说。”问了原由，便对年幼的道：“老弟休要错会了意。这真不是酒肆饭铺，这些乡亲俱是给老汉贺喜来的。老弟如要吃酒，何妨请进，待老汉奉敬三杯。”年幼的听见了酒，便喜笑颜开的道：“请问老丈（古时对老年男人的尊称）贵姓？”张立答了姓名。他又问史云，史云答道：“俺史云，你待怎么？”年幼的道：“史云大哥恕小弟莽撞，休要见怪。”说罢，一揖到地。未知如何，且听下回分解。

第九十二回 小侠挥金贪杯大醉 老葛抢雉[1]惹祸着伤

且说史云见年幼之人如此，闹的倒不好意思的了，连忙问道：“足下贵姓？”年幼的道：“小弟艾虎。只因要上卧虎沟，从此经过，见众位在此饮酒作乐，不觉口渴。既蒙赐酒，感领厚情。请了。”说罢，迈步就进了柴门。

你道艾虎如何来到此处？只因他与施俊结拜之后，每日行程五里也是一天，十里也算一站。若遇见好酒，不定住三天五天，喝醉了就

①雉（zhì）：一种鸟，俗称野鸡。

睡，睡醒了又喝。左右是蒋平不心疼的银子，由着他的性儿花罢了。

当下众渔户见张立、史云同了个年幼之人进来，大家都不认得，止于一拱手而已。史云便将艾虎让在自己一处。张立拿起壶来，满满斟了一杯，递与艾虎。艾虎也不谦让，连忙接过来一饮而尽。史云接过来也斟上一杯，艾虎也就喝了。他又复与二人各斟一杯，自己也陪了一杯，然后慢慢问道："方才老丈说府上贺喜，不知为着何事？"史云代为说明。艾虎哈哈大笑，道："原来如此，理当贺的。"说罢，回手向兜肚内掏出两锭银子来，递与张立道："些须薄礼，望乞笑纳。"张立如何肯接。艾虎强扭强捏的，揣在他怀内。

张立无奈，谢了又谢，转身来到屋内，叫声："妈妈，这是方才一位小客官给女儿的贺礼，好好收了。"李氏接来一看，见是两锭五两的锞子，不由吃惊道："嗳哟！如何有这样的重礼呢？"正说间，牡丹过来，问道："母亲，甚么事？"张立便将客官送贺礼的事说了。牡丹道："此人可是爹爹素来认得的么？"张立道："并不认得。"牡丹道："既不认得，萍水相逢（比喻素不相识的人偶然相遇），就受他如此厚礼，此人就令人难测，焉知他不是恶人暴客呢？据孩儿想来，还是不受他的为是。"李氏道："女儿说的是，大哥趁早儿还他去。"张立道："真是闺女想的周到，我就还他去。"仍将银子接过，出外面去了。

此时，那些田妇村姑已皆看得呆了，一个个黑漆漆的眼珠儿瞅着那白花花的银子，觉得心里扑腾扑腾乱跳，脸上嗯哒嗯哒的冒火，暗想道："这张老夫妻何等造化，又得女儿又发财，谁能赶的上他呢？"后见牡丹说了几句，他老两口子连连称是，竟把那们大的两锭银子滴溜圆的好东西又还回人家去了，都说可惜了儿的。也有说："找上门来送礼，竟会不收？"也有说："张老夫妻乍得女儿，太由性了。"大家纷纷议论个不休。

张立当下拿回银子，见了艾虎，说道："方才老汉与我老伴并女儿一同言明，他母女说客官远道而来，我等理宜尽地主之情，酒食是现成的，如何敢受如此厚礼。仍将原银奉还，客官休要见怪。"艾虎道："这有甚要紧。难道今日此举，老丈就不耗费资财么？权当做薪水之资就是了。"张立道："好叫客官得知，今日此举全是破费众乡亲的。不信，只管问我们史乡亲。"史云在傍答道："此话千真万真，决不欺哄

(欺骗，哄骗)。”艾虎道：“俺的银子已经拿出，如何又收回呢？也罢，俺就烦史大哥拿此银两，明日照旧预备。今日是俺扰了众乡亲，明日是俺作东，回请众位乡亲。如若少了一位，俺是不依史大哥的。”史云见此光景，连忙说道：“我看艾客官是个豪爽痛快人，莫若张大哥从实收了罢，省得叫客官为难。”张立只得又谢了。

史云便陪着艾虎，左一碗，右一碗，把个史云也喝的愣了，暗道：“这样小小年纪，却有如此大量。”就是别人也往这边瞅着。喝来喝去，小侠渐渐醉了，前仰后合，身体乱晃，就靠着桌子，垂眉闭眼。史云知他酒深，也不惊动他。不多时，只听呼声振耳，已入梦乡。艾虎既是如此，众渔人也就醺醺(形容人喝醉的样子。醺，xūn)，独有张立、史云喝的不多。张立是素来不能多饮的；史云酒量却豪，只因与张老儿张罗办事，也就不肯多喝了。张立仍是按座张罗(接待)。

忽听外面有人唤道：“张老儿在家么？”张立忙出来一看，不由的吃了一惊，道：“二位请了。到此何事？”二人道：“怎么你倒问我们？今日是谁的班儿了？”你道此二人是谁？原来是黑狼山的喽罗。自从蓝骁占据了此山，知道绿鸭滩有十三家渔户，定了规矩，每日着一人值日。所有山上用的鱼虾，皆出在值日的身上。这日正是张立值日，他只顾贺喜，就把此事忘了。今日喽罗来了，方才想起，连忙告罪，道：“是老汉一时忽略，望乞二位在头领跟前方便方便，明日我多备鱼虾补还上就是了。”二喽罗道：“你这话竟是胡说！明日补还，今日大王先空一顿吗？我们全不管，你今日只好跟了我们去见头领，有甚么说的，你自己去说罢。”

此时史云已然出来，连忙插言道：“二位不要如此，委是张伙计今日有事，务求包容包容。”就把他得女儿贺喜的话，说了一遍。二喽罗听了，道：“既是如此，我们瞧瞧你这闺女，回去见了头领，也好回话。”说罢，不容张立依不依，硬往里走。到了屋内见了牡丹，暗暗喝彩。转身出来，一眼瞧见了艾虎，在那里端坐不动。原来众人见喽罗进来，知有事故，胆大的站起来在一傍听着，胆小的怕有连累也就溜了，独有艾虎坐在那里。这喽罗如何知道他是沉醉酣睡呢，大声嗔喝(喝骂。嗔，chēn)道：“他是甚么人？竟敢见了我傲不为礼，这等可恶！快快与我绑了，解(jiè，押送)上山去。”张立忙上前分解，道：“他不是本庄之人，而且沉醉了，求爷们宽恕。”史云在傍，也帮着说话。二喽罗方气忿忿的去了。

众人见喽罗去了，嘈嘈杂杂，议论不休。史云便合张立商议：“莫若将这客官唤醒，叫他早些去罢，省得连累了他。”张立听了，急急将艾虎唤醒，说明原由。艾虎不听则可，听了时一声怪叫道：“嗳哟哟！好山贼野寇。俺艾虎正要寻他，他反来捋虎须（捋老虎的胡须，比喻触犯有权势的人或做冒险的事情。捋，luō）。待他来时，俺自对付他。”张立着急，只好苦劝。

忽听得人喊马嘶，早有渔户跑的张口结舌（因紧张而口齿不清）道：“不……不好了！葛头领带领人马入庄了。”张立听了，只唬得浑身乱抖。艾虎道：“老丈不要害怕，有俺在此。”说罢，将包袱递与张立，回头叫道：“史大哥，随俺来。”刚然（刚刚）出了柴扉，只见有二三十名喽罗簇拥着一个贼头骑在马上，声声叫道：“张老儿，闻得你有个如花似玉的女儿，正好与俺匹配，俺如今特来求亲。”艾虎听了，一声咤叱（zhà chì，怒斥，吼叫）道：“你这厮叫甚么？快些说来！”马上的道：“谁不晓得俺葛瑶明、绰号蛤蜊蚌子（gé lí bàng zi）吗？你是何人，竟敢前来多事？”艾虎道：“我只当是蓝骁那厮，原来是个无名的小辈。俺艾虎爷爷在此，你敢怎么？”葛瑶明听了，喝道：“好小厮！满口胡说！”吩咐喽罗将他绑了。嗯的上来了四五个。艾虎不忙不慌，两只臂膀往左右一分，先打倒了两个；一转身抬腿，又踢倒了一个。众喽罗见小爷勇猛，又上来了十数个，心想以多为胜。那知小侠指东打西，窜南跃北，犹如虎荡羊群，不大的工夫，打了个落花流水。

史云在傍，见小爷英勇非常，不由喝彩，自己早托定五股鱼叉，猛然喊了一声，一个健步（指轻快而有力的脚步），竟奔葛瑶明而来。原来这些喽罗以为渔户好欺负，并未防备，皆是赤手而来。独葛瑶明腰间系着一把顺刀（铁质刀，形如短剑，通常一尺一寸），见众喽罗不是艾虎对手，刚然拔刀，要上前相助，史云鱼叉已到，连忙用刀一迎。史云把叉往回里一抽，谁知叉上有倒挂钩儿，早把顺刀拢住。史云力猛，葛瑶明在马上一晃，手不吃劲，噹啷啷顺刀落地，说声“不好”，将马一带，哧留的往庄外就跑。众喽罗见头领已跑，大家也抱头鼠窜而去。艾虎打的高兴，那里肯放，上前将葛瑶明的刀捡起就追。史云也便大喊“赶吓”，手内托定五股鱼叉，也追下去了。

艾虎追出庄外，见贼人前面乱跑，他便撒脚紧紧追赶。俗云：“归师勿掩，穷寇莫追（出自《孙子·军事》，不能袭击撤退的军队，也不能追杀走投无路的敌人。指特定情况下要防止敌人拼死反击，以免不测的牺牲）。”如今小侠真是初生的犊儿不怕虎，又仗着自己的本领，那把这一群山贼放在眼里？又搭着史云也是一勇之夫，随后紧赶。看看来至山环之内，只见艾虎平空的栽倒在地，两边跑出多少喽罗，将艾虎按住，捆绑起来。史云见了，说声“不好”，急转身往回里就跑，给庄中送信去了。

你道艾虎如何栽倒？只因葛贼骑马跑的快，先进了山环，便有把守的喽兵，他就吩咐暗暗埋伏绊脚绳。小侠那里理会，他是跑开了，冷不防，焉有不栽倒之理呢！众喽罗拿了艾虎。葛瑶明业已（已经）看见，忙将喽兵分为两路，着十五人押着艾虎同自己上山，着十五人回转庄中到张老儿家抢亲。葛贼洋洋得意将马驮了艾虎，忙忙的入山。

正走之间，只见一只野鸡打空中落下。葛瑶明上前捡起一看，见鸡胸流血，知是有人打的。复往前面一看，早见有人嚷道：“快些将山鸡放下！那是我们打的。”葛贼仔细一看，原来是一个极丑的女子，约有十五六岁。葛瑶明道：“这鸡是你的么？”丑女子道：“是我的。”葛贼道：“你休要哄我。既是你的，你手无寸铁，如何会打下野鸡来？”丑女子道：“原是我姐姐打的。不信，你看那树下站的不是？”葛贼转脸一看，见一女子生的美貌非常，果然手握弹弓，在那里站着。

葛贼暗暗欢喜道：“我老葛真是红鸾星（中国神话中的吉星，主婚配等喜事）照命。张老儿那里有了一个，如今又遇见一个，这才是双喜临门呢！”想罢，对丑女子道：“你说你姐姐打的，我不信。叫你姐姐跟了我去，我们山后头有鸡，叫他打一个我看看。”说罢，两只贼眼直勾勾的瞅着那边女子。丑女子大怒：“你若不还，只怕你姑娘不容你过去。”说毕，拉开架式，就要动手。

只听葛瑶明哎哟一声，仰面栽倒在地，扎挣着爬起来，早见两眉攒中流下血来。丑女子已知是姐姐用铁丸打的，不容他站稳，嗖的一声，飞起二七的金莲，照后心噔的就是一脚。葛瑶明他倒听教训，噗哧的一声，嘴吃屎（指头先着地仆倒）又躺下了。众喽罗一拥齐上。丑女子微微冷笑，抬了抬手，一个个东倒西歪；动了动脚，一个个呲牙咧嘴（即“龇牙咧嘴”，张着嘴巴，露出牙齿。形容凶狠的样子。呲，同“龇”，zī）。此时葛贼知道女子利害，不敢抵敌，爬起来就跑。众人见头领跑了，谁还敢怠慢，也就唧溜咕噜的一齐跑了。丑女子正在赶打喽卒，忽听有人高声喝彩叫好。不知后文如何，且听下回分解。

第九十三回 辞绿鸭渔猎同合伙 归卧虎姊妹共谈心

且说丑女子将众喽卒打散，单单剩下了捆绑的艾虎在马上驮着，又高阔，又得瞧，见那丑女子打这些人，犹如捕蝶捉蜂，轻巧至甚，看到痛快处，不由的高声叫好喝彩，扯开嗓子，哈哈大笑道："打的好！打的妙！"正在快乐，忽听丑女子问道："你是甚么人？"艾虎方住笑，说道："俺叫艾虎，是被他们暗算拿住的。"丑女子道："有个黑妖狐与北侠，你可认得么？"艾虎道："智化是我师傅，欧阳春是我义父。"丑女子道："如此说来，是艾虎哥哥到了。"连忙上前解了绳缚（绑绳）。艾虎下马，深深一揖，道："请问姐姐贵姓？"丑女子道："我名秋葵。沙龙是我义父。"艾虎道："方才用弹弓打贼人的，那是何人？"秋葵道："那就是我姐姐凤仙，乃我义父的亲女儿。"说话间，便招手道："姐姐这里来。"凤仙在树下见秋葵给艾虎解缚，心甚不乐，暗暗怪说："妹子好不晓事，一个女儿家不当近于男子，这是甚么意思！"后来见秋葵招手，方慢慢过来道："甚么事？"秋葵道："艾虎哥哥到了。"凤仙听了"艾虎"二字，不由的将艾虎看了一看，满心欢喜，连忙向前万福（古代妇女行的敬礼，两手松松抱拳在胸前右下侧，上下移动，同时略做鞠躬的姿势，口中称"万福"）。艾虎还了一揖。

忽听半山中一声咤叱道："好两个无耻的丫头，如何擅敢与男子见礼！"凤仙、秋葵抬头一看，见山腰里有三人，正是铁面金刚沙龙，与两个义弟，一名孟杰，一名焦赤。秋葵便高声唤道："爹爹与二位叔父这里来，艾虎哥哥在此。"右边的焦赤听了，道："嗳呀！艾虎侄儿到了，大哥快快下山吓！"说着话，他就突、突、突、突跑下山来，嚷道："那个是艾虎侄儿？想煞俺也！"

你道焦赤为何说此言语？只因北侠与智公子、丁二官人到了卧虎沟，叙话说到盗冠拿马朝贤一节，其中多亏了艾虎，如何年少英勇，如何胆量过人，如何开封首告亲身试铡，五堂会审，救了忠臣义士，从此得了个小侠之名。说得个孟杰、焦赤一壁（一边）听着，一壁乐了个手舞足蹈。惟有焦赤性急，恨不得立刻要见艾虎。自那日起，心里时刻在念。如今听说到了，他如何等得，立时要会，先跑下山来，乱喊乱唤，说："想煞俺也！"艾虎听了，也觉纳闷道："此人是谁呢？我从来未见过，他想我作甚么？"

及至来到切近，焦赤扔了钢叉，双关子抱住艾虎，右瞧左看，左观右瞧。艾虎不知为何，挺着身躯，纹丝儿不动。只听焦赤哈哈大笑，道："好吓！果然不错，这亲事做定了。"说着话，沙龙、孟杰俱各到了，焦赤便嚷道："大哥，你看看相貌，好个人品，不要错了主意，这门亲事做定了。"沙龙忙拦道："贤弟太莽撞了，此事也是乱嚷的么？"

原来北侠与智公子听见沙员外有个女儿名叫凤仙，一身的武艺，更有绝技是金背弹弓，打出铁丸百发百中。因此一个为义儿，一个为徒弟，转托丁二爷在沙员外跟前求亲。沙龙想了一想："既是黑妖狐的徒弟，又是北侠的义儿，大约此子不错。"也就有些愿意了，彼时对丁二爷说道："既承欧阳兄与智贤弟愿结秦晋（春秋时秦、晋两国国君几代都互相通婚，后用"秦晋"指两姓联姻），劣兄无不允从。但我有个心愿：秋葵乃劣兄受了托孤重任，认为义女。我疼他比凤仙尤甚，一来怜念他无父无母，孤苦伶仃；二来爱惜他两膀有五六百斤的膂力（体力，力气。膂，lǚ），不过生的丑陋些。须将秋葵之事完结后，方能聘嫁凤仙，求贤弟与他二人说明方好。"丁二爷就将此事，暗暗告诉了北侠、智爷。二人听了，深为器重沙龙，说："你我做事，理应如此。"又道："艾虎年纪尚小，再过几年，也不为晚。"便满口应承了。谁知后来孟、焦二人听见有求亲之说，他俩便极力撺掇（cuān duo，怂恿，鼓动）沙龙，道："有这样好事，为何不早早的应允？"沙龙因他二人粗鲁，不便细说，随意答道："愚兄从来没有见过艾虎，知他品貌如何，儿女大事，也有这样就应得的么？"孟、焦二人无的可说，也就罢了。

故此今日焦赤见了艾虎，先端详了品貌，他就嚷"这亲事做定了"。

他只顾如此说，旁边把个凤仙羞的满面通红，背转身去了。秋葵方对艾虎道："这是我爹爹，这是孟叔父与焦叔父。"艾虎一一见了。沙龙见艾虎年少英雄，满心欢喜，便问道："贤侄为何来到此处？"艾虎一一说了，又道："他等又派人仍去抢亲，小侄还得回去搭救（解救）张老者的女儿。"焦赤听了，舒出大指，道："好的！正当如此，待俺同你走走。"从那边拾起钢叉。沙龙见艾虎赤着双手，便把自己的齐眉棍（棍的一种。棍竖直与人的眉毛高度齐平，故名）递与小爷。

他二人迈开大步，转身迎来。方到山环，只见抢牡丹的喽罗抬定一个四方的东西，周围裹着布单，上面盖着一块似红非红的袱子，敢则是个没顶儿的轿子。里面隐隐有哭泣之声。艾虎见了，抡开大棍，吼了一声，一路好打。焦赤托定钢叉，左右一晃，叉环乱响，喽罗等那里还有魂咧，赶着放下轿子，四散的逃命去了。艾虎过来扯去红袱一看，原来是张桌子，腿儿朝上。再细看时，见里面绑着个女子，已然唬的人事不省，呼之不应。

正在为难，只见山口外哭进一个婆子来，口中嚷道："天杀的吓！好好的还我女儿。如若不然，我也不活着了，我这老命合你们拚了罢！"正是李氏。艾虎唤道："妈妈不要啼哭，我已将你女儿截下了。"又见张立从那边踉里踉跄（形容走路不稳的样子）来了。彼此见了，好生欢喜。此时李氏将牡丹的绳绑松了，苏醒过来。

恰好沙龙父女与孟杰不放心，大家迎了上来，见将女子截下，喽罗逃脱。艾虎又带了张立，见过沙龙；李氏带了牡丹，见过凤仙、秋葵，也是前生缘法，彼此倾心爱慕。凤仙道："姐姐何不随我们上卧虎沟呢？大料山贼决不死心，倘若再来，怎生是好？"牡丹听了，甚是害怕。秋葵心直口快，转身去见沙龙，将此事说了。沙龙道："我也正为此事踌躇（chóu chú，犹豫）。"便问张立道："闻得绿鸭滩有渔户十三家，约有多少人口？"张立道："算来男妇老幼不足五六十口。"沙龙道："既是如此，老丈你急急回去告诉众人，陈说利害，叫他等暗暗收什收什，俱各上卧虎沟便了。"艾虎道："小侄同张老丈回去，我还有个包袱要紧。"孟杰道："俺也随了去。"焦赤也要去，被沙龙拦住，道："贤弟随我回庄，且商议安置众人之处。"便向秋葵道："这母女二人就交给你姐儿两个，我们先回庄去了。"

谁知牡丹受了惊恐，又绑了一绳，如何转动得来。秋葵道："无妨，我背着姐姐。"凤仙道："妹子如何背的了这么远呢？"秋葵道："姐姐忘了，前面树上还拴着驮姐夫的马呢。"说罢，噗哧的一声笑了。凤仙脸一红，一声儿也不言语了。秋葵背起牡丹去了。

走不多时，见那马仍拴在那里，秋葵放下牡丹。牡丹却不会骑马。凤仙过去将马拉过来，认镫（脚踏马镫，指上马。镫，dèng）乘上，走了几步，却无毛病，说道："姐姐只管骑上，我在旁边照拂（照顾，照料）着，包管无事。"还是秋葵将牡丹抱上马去。凤仙拢住嚼环，慢慢步行。牡丹心甚不安，只听秋葵道："妈妈走不动，我背你几步儿。"李氏笑道："婆子如何敢当？告诉姑娘说，我那一天不走一二十里路呢？全是方才这些天杀的乱抢混夺，我又是急又是气，所以跑的两条腿软了。走了几步儿，溜开了就好了。姑娘放心，我是走的动的。"一路上说着话儿，竟奔卧虎沟而来。

你道卧虎沟的沙龙，为何不怕黑狼山的蓝骁呢？其中有个缘故。卧虎沟内原是十一家猎户，算来就是沙龙的年长，武艺超群，为人正直，因此这十家皆听他的调度（调派）。自蓝骁占据了黑狼山，他便将众猎户叫来，传受武艺，以防不测。后来又交结了孟杰、焦赤，更有了帮手。暗暗打听，知道绿鸭滩众渔户已然轮流上山，供给鱼虾。"焉知那贼不来合我们要野兽呢？俺卧虎沟既有沙龙，断断不准此例。众位入山，大家留神，倘有信息，自有俺应候他，你等不要惊慌。"众人遵命，谁也不肯献兽与山贼。

不料蓝骁那里，已知卧虎沟有个铁面金刚沙龙。他却亲身来至卧虎沟，明是索取常例（常例钱，按惯例送的钱），暗里要会会沙龙。及至见面，蓝骁责备为何不上山纳兽。沙龙破口大骂，所有十一家猎户俱是他一人承当。蓝骁听了大怒，彼此翻脸，动起手来。一个步下，一个马上，走了几合，只听咔哧一声，沙龙一刀砍在蓝骁的马镫之上。沙龙道："俺手下留情，山贼你要明白。"蓝骁回马，一执手，道："沙员外，你的本领蓝骁晓得了。"说毕，竟自回山去了，暗暗写信与襄阳王，说沙龙本领高强，将来可做先锋。他有意要结交沙龙，所有猎户入山，一提"卧虎沟"三字，喽罗再也不敢惹，因此沙龙英名远振。如今又把绿鸭滩十三家渔户也归卧虎沟来，从此黑狼山交鱼虾的例也就免了。

再说沙龙同焦赤先到庄中，将西院数间房屋腾出安顿男子，又将里间跨所安顿妇女，俱是暂且存身。即日鸠工（聚集工匠。鸠，jiū），随庄修盖房屋，等告成时，再按各家分住。

不多时，牡丹母女与凤仙姐妹一同来到，听说在里间跨所安顿妇女，姐儿两个大喜。秋葵道："这等住法狠好，咱们可热闹了。"凤仙道："就是将来房屋盖成，别人俱各挪出，使得；惟独张家的姐姐不许搬出去，就同张老伯仍住跨所（跨屋。正屋两边的厢房），一来他是个年老之人，二来咱们姊妹也不寂寞。你说好不好？"牡丹道："只是搅扰府上，心甚不安。"凤仙道："姐姐以后千万不要说这些客套话，只求姐姐诸事包涵就完了。"秋葵听了一扭头，道："瞧你们这个俗气法，叫我听着怪牙碜（yǎchen，比喻言语粗鄙，不堪入耳）的。走罢，咱们先见见爹爹去。"说着话，俱各来至厅上，见了沙龙。

沙龙正然吩咐杀猪宰羊，预备饭食。只见他姐妹前来，后边跟定李氏、牡丹，上前从新见礼。沙龙还揖不迭（不及）。仔细瞧了牡丹，举止安详，礼数周到，而且与凤仙比并起来，尤觉秀美，心中暗忖（cǔn，思考）道："看此女气度体态，决非渔家女子，必是大家的小姐。"笑盈盈说道："侄女到此，千万莫要见外。如若有应用的，只管合小女说声，千万不必拘束。"秋葵将房屋盖好、不许张家姐姐搬出去的话也说了。沙龙一一应允。李氏也上前致谢。凤仙方将他母女领到后边去了。原来沙员外并无妻室，就只凤仙姐妹同居。如今同定牡丹，且不到跨所，就在正室闲谈叙话。未识后文如何，且听下回分解。

第九十四回　赤子居心寻师觅父　小人得志断义绝情

且说艾虎同了孟杰、张立回到庄中。史云正在那里与众商议，忽见艾虎等回来了，便问事体（事情）如何。张立一一说了。艾虎又将大家上卧虎沟避兵的话，说了一遍。众渔户听了，谁不愿躲了是非，一个个忙忙碌碌，俱各收什衣服细软（指珠宝、首饰等便于携带的贵重物品），所有粗重家伙都抛弃了，携男抱女，搀老扶少，全都在张立家会齐。此时张立已然收什妥协（停当，完毕）。艾虎背上包裹，提了齐眉棍，在前开路。孟杰与史云做了合后，保护众渔户家口，竟奔卧虎沟而来。可怜热热闹闹的渔家乐，如今弄成冷冷清清的绿鸭滩！可见凡事难以预料，若不如此，后来如何有渔家兵呢？

一路上嘈嘈杂杂，纷纷乱乱，好容易才到了卧虎沟。沙员外迎至庄门，焦赤相陪。艾虎赶步上前相见，先交代了齐眉棍。沙员外叫庄丁收起，然后对着众渔户道："只因房屋窄狭，不能按户居住，暂且屈尊（客套话，指降低身份做某事）众位乡亲。男客俱在西院居住，所有堂客俱在后面与小女同居。待房屋造完时，再为分住。"众人同声道谢。

沙龙让艾虎同张立、史云、孟、焦等，俱各来至厅上。艾虎先就开言问道："小侄师傅、义父、丁二叔在于何处？"沙员外道："贤侄来晚了些，三日前他三人已上襄阳去了。"艾虎听了，不由的顿足（以脚跺地，多形容情绪激昂），道："这是怎么说！"提了包裹，就要趱路（赶路。趱，zǎn）。沙龙拦道："贤侄不要如此。他三人已走了三日，你此时即便去了，追不上了。何必忙在一时呢？"艾虎无可如何（没有办法），只得将包裹仍然放下，原是兴兴头头而来，如今垂头丧气。自己又一想，全是贪酒的不好，路上若不耽延（耽搁）工夫，岂不早到了这里，暗暗好生后悔。

大家就座献茶。不多时，调开座位，放了杯箸（zhù，筷子），上首便是艾虎，其次是张立、史云，孟、焦二人左右相陪，沙员外在主位打横儿（指围着方桌坐时，坐在末座）。饮酒之间，叙起话来。焦赤便先问盗冠情由，艾虎述了一回，乐的个焦赤狂呼叫好。然后沙员外又问："贤侄如何来到这里？"艾虎止于答言："特为寻找师傅、义父。"又将路上遇了蒋平、不意半路失散的话，说了一遍。只听史云道："艾爷为何只顾说话，却不饮酒？"沙龙道："可是呀，贤侄为何不饮酒呢？"艾虎道："小侄酒量不佳，望伯父包容。"史云道："昨日在庄上喝的何等痛快，今日为何吃不下呢？"艾虎道："酒有一日之长。皆因昨日喝的多了，今日有些害酒，所以吃不下。"史云方不言语了。这便是艾虎的灵机巧辩，三五语就遮掩过去。

你道艾虎为何的忽然不喝酒了呢？他皆因方才转想之时，全是贪酒误事，自己后悔不迭，此其一也；其次他又有存心，皆因焦赤声言这亲事做定了，他惟恐新来乍到，若再贪杯喝醉了，岂不被人耻笑么？因此他宁心耐性，忍而又忍，暂且断他两天儿再做道理。

酒饭已毕，沙龙便叫庄丁将众猎户找来，吩咐道："你等明日入山，要细细打听蓝骁有甚么动静，急急回来禀我知道。"又叫庄丁将器械预备手下，惟恐山贼知道绿鸭滩渔户俱归在卧虎沟，必要前来厮闹（相互打闹）。

等了一日，不见动静。到了第二日，猎户回来，说道："蓝骁那里并无动静。我等细细探听，原来抢亲一节皆是葛瑶明所为，蓝骁一概不知。现今葛瑶明禀报山中，说绿鸭滩渔户不知为何俱各逃匿（逃跑并躲藏起来）了，蓝骁也不介意。"沙龙听了，也就不防备了。

独有艾虎一连两日不曾吃酒，委实难受，决意要上襄阳。沙龙阻留不住，只得定于明日饯行（设酒食送行）起身。至次日，艾虎打开包裹，将龙票拿出交给沙龙，道："小侄上襄阳不便带此，恐有遗失。此票乃蒋叔父的，奉的相谕，专为寻找义父而来。倘小侄去后，我那蒋叔父若来时，求伯父将此票交给蒋叔父便了。"沙龙接了，命人拿到后面，交凤仙好好收起。

这里众人与艾虎饯行。艾虎今日却放大了胆，可要喝酒了。从沙龙起，每人各敬一杯，全是杯到酒干，把个焦赤乐的拍手大笑，道："怨得史乡亲说贤侄酒量颇豪（大），果然，果然。来，来，来，咱爷儿两个单喝三杯。"孟杰道："我陪着。"执起壶来，俱各溜溜斟上酒。这酒到唇边，吱的一声，将杯一照，"干！"沙龙在傍，不好拦阻。三杯饮毕，艾虎却提了包裹，与众人执手拜别。大家一齐送出庄来。史云、张立还要远送，艾虎不肯，阻之再三。彼此执手，目送艾虎去远了，大家方才回庄。

艾虎上襄阳，算是书中节目交代明白。然而仔细想来，其中落了笔。是那一笔呢？焦赤刚见艾虎，就嚷这亲事做定了，为何到了庄中，艾虎一连住了三日，焦赤却又一字不提？列位不知书中有明点，有暗过，请看前文便知。艾虎同张立回庄取包裹，孟杰随去，沙龙独把焦赤拦住，道："贤弟随我回庄。"此便是沙龙的用意。知道焦赤性急，惟恐他再提此事，故此叫他一同回庄。在路上就合他说明，亲事是定了，只等北侠等回来，觌面（见面，当面。觌，dí）一说就结了，所以焦赤他才一字不提了，非是编书的落笔忘事。这也罢了。既说不忘事，为何蒋平总不提了？这又有一说。书中有缓急，有先后。叙事难，斗榫（sǔn，榫头，竹、木、石制器物或物件上利用凹凸方式相接处凸出的部分）尤难。必须将通身（整个物体）理清，那里接着这里，是丝毫错不得的。稍一疏神，便说的驴唇不对马口，那还有甚么趣味呢？编书的用心最苦，手里写着这边，眼光却注着下文。不但蒋平之事未提，就是颜大人巡按（巡行按察）襄阳，何尝又提了一字呢？只好是按部就班，慢慢叙下去，自然有个归结。

如今既提蒋平，咱们就把蒋平叙说一番。蒋平自救了雷震，同他到了陵县。雷老丈心内感激不尽，给蒋平做了合体衣服，又赠了二十两银子盘费。蒋平致谢了，方告别起身。临别时，又谆谆嘱问雷英好。彼此将手一拱，道："后会有期，请了。"蒋平便奔了大路趱行（快行。趱，zǎn）。

这日天色已晚，忽然下起雨来，既无镇店，又无村庄，无奈何冒雨而行。好容易道旁有个破庙，便奔到跟前。天已昏黑，也看不出是何神圣，也顾不得至诚行礼，只要有个避雨之所。谁知殿宇颓朽（tuí xiǔ，毁坏腐朽），仰面可以见天，处处皆是渗漏。转至神圣背后，看了看尚可容身，他便席地而坐，屏气歇息。

到了初鼓之后，雨也住了，天也晴了，一轮明月照如白昼。刚要动身，看看是何神圣。忽听脚步响，有二人说话，一个道："此处可以避雨，咱们就在这里说话罢。"一个道："我们亲弟兄有甚么讲究呢，不过他那话说的太绝情了。"一个道："老二，这就是你错了。俗语说的好，'久赌无胜家'。大哥劝你的好话，你还不听说，拿话堵他，所以他才着急，说出那绝情的话来。你如何怨的他呢？"一人道："丢了急的说快的，如今三哥是甚么主意？该怎么样就怎么样，兄弟无不从命。"一人道："皆因大哥应了个买卖颇有油水，叫我来找你来，请兄弟过去。前头勾了，后头抹了，任甚么不用说，哈哈儿一笑就结了。张罗买卖要紧。"一人道："甚么买卖，这么要紧？"一人道："只因东头儿玄月观的老道找了大哥来，说他庙内住着个先生，姓李名唤平山，要上湘阴县九仙桥去，托付老道雇船；额外还要找个跟役（随从，仆役），为的是路上服侍服侍。大哥听了，不但应了船，连跟役也应了。”一人道：“大哥这就胡闹！咱们张罗咱们的船就完了，那有那们大工夫替他雇人呢？”一人道：“老二，你到底不中用，没有大哥有算计。大哥早已想到了，明儿就将我算做跟役人，叫老道带了去。他若中了意，不消说了，咱们三人合了把儿更好；倘若不中意，难道老哥俩连个先生也服侍不住么？故此大哥叫我来找你去。打虎还得亲兄弟，老二，你别傻咧！”说罢，哈哈大笑的去了。

你道此二人是谁？就是害牡丹的翁二与王三。所提的大哥就是翁大。只因那日害了奶公，未能得手，俱各赴水逃脱；但逃在此处，恶心未改，仍要害人。那知被蒋四爷听了个不亦乐乎呢？

到了黎明，出了破庙，访到玄月观中，口呼：“平山兄在那里？平山兄在那里？”李先生听了，道：“那个唤吾吓？”说着话，迎了出来，道：“那位？那位？”见是个身量矮小、骨瘦如柴、年纪不过四旬之人，连忙彼此一揖，道：“请问尊兄贵姓？有何见教？”蒋爷听了，是浙江口音，他也打着乡谈，道：“小弟姓蒋，无事不敢造次（鲁莽，轻率），请借一步如何？”说话间，李先生便让至屋内对面坐了。蒋爷道：“闻得尊兄要到九仙桥公干（办理公事），兄弟是要到湘阴县找个相知（互相了解、感情深厚的朋友），正好一路同行，特来附骥（fù jì，蚊蝇附在好马的尾巴上，可以远行千里，比喻依附名人而出名），望乞尊兄携带如何？”李先生道：“满好个。吾这里正愁一人寂寞，得尊兄来到，你我二子乘舟是极妙的了。”蒋爷听了，暗道：“开口就丧气，甚么说不的，单说‘二子乘舟’呢，他算是朔，我可不是寿，我倒是长寿儿。”

二人正议论之间，只见老道带了船户来见，说明船价，极其便宜。老道又说：“有一人颇颇（犹很是）能干老成，堪以服侍先生。”李平山道：“带来吾看。”蒋爷答道：“李兄，你我乘舟，何必用人。到了湘阴县，那里还短了人么？”李平山道：“也罢，如今有了尊兄，咱二人路上相帮，可以行得。到了那里，再雇人也不为晚。”便告诉老道，服役之人不用了。蒋爷暗暗欢喜道：“少去了一个，我蒋某少费些气力。”言明于明日急速开船。蒋爷就在李先生处住了。李先生收什（收拾）行李，蒋爷帮着捆缚，甚是妥当。李先生大乐，以为这个伙计搭着了。

到了次日黎明，搬运行李下船，全亏蒋爷。李先生心内甚是不安，连连道乏称谢。诸事已毕。翁大兄弟撑起船来，往前进发。沿路上蒋爷说说笑笑，把个李先生乐的前仰后合，赞扬不绝，不住的摇头儿，咂嘴儿，拿脚画圈儿，酸不可耐。

忽听哗喇喇连声响亮。翁大道："风来了！风来了！快找避风所在呀！"蒋爷立起身来，就往舱门一看，只当翁大等说谎，谁知果起大风。便急急的拢船，藏在山环的去处，甚是幽僻。李平山看了，惊疑不止，悄悄对蒋爷说道："蒋兄，你看这个所在好不怕人嘻！"蒋爷道："遇此大风，也是无法，只好听天由命罢了。"

忽听外面噹、噹、噹锣声大响。李平山唬了一跳，同蒋爷出舱看时，见几只官船从此经过，因风大难行，也就停泊在此。蒋爷看了，道："好了，有官船在这里，咱们是无妨碍的了。"果然，二贼见有官船，不敢动手，自在船后安歇了。李平山同蒋爷在这边了望，猛见从那边官船内出来了一人，按船吩咐道："老爷说了，叫你等将铁锚下的稳稳的，不可摇动。"众水手齐声答应。

李平山见了此人，不由的满心欢喜，高声呼道："那边可是金大爷么？"那人抬头往这里一看，道："那边可是李先生么？"李平山急答道："正是，正是，请大爷往这边些。请问这位老爷是那个？"那人道："怎么先生不知道么？老爷奉旨升了襄阳太守了。"李平山听了，道："嗳呀！有这等事，好极，好极。奉求大爷在老爷跟前回禀一声，说吾求见。"那人道："既如此……"回头吩咐水手搭跳板，把李平山接过大船去了。蒋爷看了，心中纳闷，不知此官是李平山的何人。

原来此官非别个，却正是遭过贬的、正直无私的兵部尚书金辉。因包公奏明圣上，先剪去襄阳王的羽翼（翅膀，比喻辅佐的人或力量。多含贬义）。这襄阳太守是极要紧的，必须用个赤胆忠心之人方好。包公因金辉连上过两次奏章，参劾（cān hé，上奏章揭发官吏的过失或罪状）襄阳王，在驾前极力的保奏。仁宗天子也念金辉正直，故此放了襄阳太守。那主管便是金福禄。

蒋爷正在纳闷，只见李平山从跳板过来，扬着脸儿，鼓着腮儿，摇着膀儿，扭着腰儿，见了蒋平也不理，竟进舱内去了。蒋爷暗道："这小子是甚么东西！怎么这等的酸！"只得随后也进舱，问道："那边官船，李兄可认得么？”李平山半晌，将眼一翻，道：“怎么不认得！那是吾的好朋友。”蒋爷暗道：“这酸是当酸的。”又问道：“是那位呢？”李平山道：“当初作过兵部尚书，如今放了襄阳太守金辉金大人，那个不晓得呢。吾如今要随他上任，也不上九仙桥了。明早就要搬行李到那边船上，你只好独自上湘阴去罢。”小人得志，立刻改样，就你我相称，把“弟兄”二字免了。

蒋爷道：“既如此，这船价怎么样呢？”李平山道：“你坐船，自然你给钱了，如何问吾呢？”蒋爷道：“原说是帮伙，彼此公摊，我一人如何拿得出来呢？”李平山道：“那白合吾说，吾是不管的。”蒋爷道：“也罢，无奈何，借给我几两银子就是了。”李平山将眼一翻，道：“萍水相逢，吾合你啥个交情，一借就是几两头。你不要闹魔（胡闹）好不好？现有太守在这里，吾把你送官究治（追究处理），那时休生后悔！”蒋爷听了，暗道：“好小子！翻脸无情，这等可恶！”忽听走的跳板响，李平山迎了出来。蒋爷却隐在舱门槅扇后面，侧耳细听。不知说些甚么，且听下回分解。

第九十五回　暗昧人偏遭暗昧害　豪侠客每动豪侠心

却说蒋爷在舱门侧耳细听，原来是小童（就是当初服侍他的），手中拿的个字简，道：“奉姨奶奶之命，叫先生即刻拆看。”李平山接过，映着月光看了，悄悄道：“吾知道了。你回去上复姨奶奶说夜阑（将尽）人静，吾就过去。”原来巧娘与幕宾（幕僚或幕友）相好就是他。蒋爷听在耳内，暗道：“敢则（莫非）这小子，还有这等行为呢。”又听见跳板响，知道是小童过去。他却回身歪在床上，假装睡着。李平山唤了两声不应。他却贼眉贼眼在灯下将字简又看了一番，乐的他抓耳挠腮，坐立不安。无奈何也歪在床上装睡，那里睡得着，呼吸之气不知怎样才好。蒋爷听了，不由的暗笑，自己却呼吸出入，极其平匀，令人听着，直是真睡一般。

李平山耐了多时，悄悄的起来奔到舱门，又回头瞧了瞧蒋爷，犹疑了半晌，方才出了舱门。只听跳板咯噔、咯噔乱响。蒋爷这里翻身起来，脱了长衣，出了舱门，只听跳板咯噔一响跳上去。到了大船之上，将跳板轻轻扶起，往水内一顺。他方到三船上窗板外细听，果然听见有男女淫欲之声，悄悄说："先生，你可想煞我也！"蒋爷却不性急，高高的嚷了两声："三船上有了贼了！有了贼了！"他便刺开水面下水去了。

金福禄立刻带领多人，各船搜查。到了第三船，正见李平山在那边着急，因没了跳板，不能够过在小船之上。金福禄见他慌张形景，不容分说，将他带到头船，回禀老爷。金公即叫带进来。李平山战战哆嗦，哈着腰儿，进了舱门，见了金公，张口结舌，立刻形景难画难描。金公见他哈着腰儿，不住的将衣襟儿遮掩，又用手紧捏着开褉，仔细看时，原来他赤着双脚。

金公已然会意，忖度（cǔn duó，推测，揣度）了半晌，主意已定，叫福禄等看着平山。自己出舱，提了灯笼，先到二船，见灯光已熄；即往三船一看，却有灯光，忽然灭了。金公更觉明白，连忙来到三船，唤道："巧娘睡了么？"唤了两声，里面答道："敢则（莫非）是老爷么？"仿佛是睡梦初醒之声。金公将舱门一推，进来用灯一照，见巧娘云鬓蓬松，桃腮（形容女子粉色的脸颊）带赤，问道："老爷为何不睡？"金公道："原要睡来，忽听有贼，只得查看。"随手把灯笼一放，却好床前有双朱履。巧娘见了，只唬得心内乱跳，暗说："不好！怎么会把他忘了呢！"

原来巧娘一知将平山拿到船上，就怕有人搜查，他急急忙忙将平山的裤袜护膝等俱各收藏。真是忙中有错，他再也想不到平山是光着脚跑的，独独的把双鞋儿忘了。如今见金公照着鞋，好生害怕。谁知金公视而不见，置而不问，转说道："你如何独自孤眠？杏花儿那里去了？"巧娘略定了定神，随机献媚搭讪，过来说道："贱妾惟恐老爷回来不便，因此叫他后舱去了。"上面说着话，下面却用脚把鞋儿向床下一踢。金公明明知道，却也不问，反言一句道："难为你细心，想的到。我同你到夫人那边，方才嚷有贼，你理应问问安，回来我也就在这里睡了。”说罢，携了巧娘的手，一同出舱，来到船头。金公猛然将巧娘往下一挤，噗咚的一声，落在水内，然后咕嘟嘟冒了几个泡儿。金公容他沉底，方才嚷道：“不好了！姨娘落在水内了！”众人俱各前来叫水手，救已无及。

金公来到头船，见了平山道：“我这里人多，用你不着，你回去罢。”叫福禄：“带他去罢。”带到三船，谁知水手正为跳板遗失，在那里找寻。后来见水中漂浮，方从水中捞起，仍然搭好，叫平山过去，即将跳板撤了。

金公如何不处治平山，就这等放了平山呢？这才透出金公“忖度半晌、主意拿定”的八个字。他想：“平山夤夜（深夜。夤，yín）过船，非奸即盗。若真是盗，却倒好办；看他光景，赤着下部，明露着是奸。”因此独自提了灯笼，亲身查看，见三船灯明复灭，已然明白。不想又看见那一双朱履，又瞧见巧娘手足失措的形景。“此事已真，巧娘如何留得？”故诓（kuāng，骗）出舱来，溺于水中。转想：“平山倒难处治，惟恐他据实说出，丑声播扬，脸面何在？莫若含糊其词。”说：“我这里人多，用你不着，你回去罢。”虽然便宜他，其中省却多少口舌，免得众人知觉倒是正题。

且说李平山就如放赦（被释放）一般，回到本船之上。进舱一看，见蒋平床上只见衣服，却不见人，暗道：“姓蒋的那里去了？难道他也有甚么外遇么？”忽听后面嚷道：“谁？谁？谁？怎么掉在水里头了？到底留点神吓！这是船上，比不得下店，这是顽的么？来罢，我搀你一把儿。这是怎么说呢！”然后方听战战哆嗦的声音，进了舱来。平山一看，见蒋平水淋淋的一个整战儿，问道：“蒋兄怎么样了？”蒋爷道：“我上后面去小解（小便），不想失足落水。多亏把住了后舵，不然险些儿丧了性命。”平山见他哆嗦乱战，自己也觉发起噤来了。猛然想起，暗暗道：“怪道，怪道。吾下半截是光着的，焉有不冷的呢？”连忙站起拿过包袱来，找出裤袜等件，又拣出了一份旧的给蒋平，叫他：“换下湿的来晾干了，然后换了还吾。”他却拿出一双新鞋来。二人彼此穿的穿，换的换。蒋爷却将湿衣拧了，抖了抖，晾起来，只顾自己收拾衣服。猛回头见平山愣愣呵呵坐在那里，一会儿搓手，一会儿摇头，一会儿拿起巾帕来拭泪。蒋平知他为那葫芦子药，也不理他。

原来李平山在那里得命思财，怕人生痛。又是害怕，又是可惜，又是后悔，又是伤心。害怕者，方才那个样儿见金公，他要翻了脸来，吾将何言答对，不定闹出甚么事来，幸儿还好，他竟会善为我辞焉。可惜者，难得这样好机会，而且觌面（当面。觌，dí）见了，应许带吾上任。这一去，焉知发多少财，不定弄到甚么田地。至没能耐，也可以捐个从九品、末八流。后悔者，姨奶奶打发人来，吾不该就去，何妨写个字儿回复他，俟（sì，等待）我到了那边船上，慢慢的觑便（qù biàn，瞅个方便的机会），再会佳期。即不然，就应他明日晚上也好，吾到底到了他那边船上，有何不可的呢？偏偏的一时性急，按纳（即按捺，忍耐）不住，如今闹的这个样儿，可怎么好呢？伤心者，细想巧娘的模样儿、恩情儿，只落的溺于水中，果于鱼腹，生生儿一朵鲜花被吾糟蹋了，岂不令人伤心么？想到此，不由的又落下泪来。

蒋爷晾完了衣服，在床上坐下，见他这番光景，明知故问道："先生为着何事伤心呢？"平山道："吾有吾的心事，难以告诉别人。吾问蒋兄到湘阴县，甚么公干（公事）？"蒋爷道："原先说过，吾到湘阴县找个相知的，先生为何忘了呢？"平山道："吾此时精神恍惚，都记不得了。蒋兄既到湘阴县找相知，吾也到湘阴找个相知。"蒋爷道："先生昨晚不是说跟了金太守上任么？为何又上湘阴呢？"平山道："蒋兄为何先生、先生称起来呢？你吾还是弟兄，不要见外。吾对你说，他那里人吾看着有些不相宜，所以昨晚上吾又见了金主管，叫他告诉太守，回复了他，吾不去了。"蒋爷暗笑道："好小子，他还合我撇大腔儿呢。似他这样反复小人，真正可杀不可留的。"复又说道："如此说来，这船价怎么样呢？"平山道："自然是公摊的了。"蒋爷道："狠好，吾这才放了心了。天已不早了，咱们歇息歇息罢。"平山道："蒋兄只管睡，吾略略坐坐，也就睡了。"蒋爷说了一声"有罪了"，放倒头，不多时，竟自睡去。平山坐了多时，躺在床上，那里睡得着，翻来复去，整整的一夜不曾合眼。后来又听见官船上鸣锣开船，心里更觉难受。蒋爷也就惊醒，即唤船家收拾收拾，这里也就开船了。

这一日平山在船上唉声叹气，无精打彩，也不吃不喝，只是呆了的一般。到了日暮之际，翁大等将船藏在芦苇深处。蒋爷夸道："好所在！这才避风呢。"翁大等不觉暗笑。平山道："吾昨夜不曾合眼，今日有些困倦，吾要先睡了。”蒋爷道：“尊兄就请安置罢，包管今夜睡的安稳了。”平山也不答言，竟自放倒头睡了。

蒋平暗道：“按理应当救他。奈因他这样行为，无故的置巧娘于死地；我要救了他，叫巧娘也含冤于地下。莫若叫翁家弟兄把他杀了与巧娘报仇，我再杀了翁家弟兄与他报仇，岂不两全其美么？”正在思索，只听翁大道：“弟兄，你了？我了？”翁二道：“有甚要紧，两个脓包，不管谁了都使得。”蒋平暗道：“好了，来咧！”他便悄地出来，爬伏在舱房之上。见有一物风吹摆动，原来是根竹杆，上面晾着件绵袄。蒋爷慢慢的抽下来，拢在怀内，往下偷瞧。见翁二持刀进舱，翁大也持刀把守舱门。

忽听舱内竹床一阵乱响，蒋爷已知平山了结了。他却一长身将棉袄一抖，照着翁大头上放下来。翁大出其不意，不知何物，连忙一路混撕。也是活该，偏偏的将头裹住。蒋爷挺身上来，夺刀在手。翁大刚然（刚刚）露出头来，已着了利刃。蒋爷复又一刀，翁大栽下水去。翁二尚在舱内找寻瘦人，听得舱门外有响动，连忙回身出来，说：“大哥，那瘦蛮子不见了。”话未说完，蒋爷道：“吾在这里！”哧，就将刀一颤，正戳在翁二咽喉之上。翁二哎哟了一声，他就两手一扎煞（zhā sha，张开，伸开），一半截在舱内，一半截在舱外。蒋爷哈腰将发绺一揪，拉到船头一看，谁知翁二不禁戳，一下儿就死了。蒋爷将手一松，放在船头，便进舱内将灯剔亮，见平山扎手舞脚于竹床之上。

蒋平暗暗的叹息了一番，便将平山的箱笼拧开，仔细搜寻，却有白银一百六十两。蒋平道声“惭愧”，叫道：“平山吓，平山。这银子我却不是白使了你的，我到底给你报了仇了，你也应当谢我。”说罢，将银放在兜肚之内。算来蒋爷颇不折本（亏本。折，shé），艾虎拿了他的一百两，他如今得了一百六十两，再加上雷震赠了二十两，里外里倒多了八十两。这才算是好利息呢。

且说蒋爷重新将灯照了，通身并无血迹。他又将雷老儿给做的大衫折叠了，又把自己的湿衣——也早干了折好，将平山的包袱拿过来，拣可用的打了包裹。收什停当，出舱，用篙撑起船来。出了芦苇深处，奔到岸边，连忙提了包裹，套上大衫，一脚踏定泊岸，这一脚往后尽力一蹬。只见那船哧的滴溜一声，离岸有数步多远，飘飘荡荡，顺着水面去了。

蒋爷迈开大步，竟奔大路而行。此时天光一亮，忽然刮起风来，扬土飞沙，难睁二目。又搭着蒋爷一夜不曾合眼，也觉得乏（疲惫）了，便要找个去处歇息。又无村庄，见前面有片树林。及至赶到跟前一看，原来是座坟头，院墙有倒塌之处。蒋爷心内想着："进了围墙可以避风。"刚刚转过来往里一望，只见有个小童面黄肌瘦，满脸泪痕，正在那小树上拴套儿呢。蒋平看了，嚷道："你是谁家小厮（未成年的男性仆从），跑到我坟地里上吊来？这还了得吗？"那小童道："我是小童，可怕甚么呢？"蒋爷听了，不觉好笑，道："你是小童原不怕。要是小童上吊，也就可怕了。"小童道："若是这么说，我可上那树上死去才好呢？"说罢，将丝绦（丝编的带子或绳子。绦，tāo）解下，转身要走。蒋平道："那小童，你不要走。"小童道："你这茔地（坟地。茔，yíng）不叫上吊，你又叫我做甚么？"蒋爷道："你转身来，我有话问你。你小小年纪，为何寻自尽？来，来，来，在这边墙根之下，说与我听。"小童道："我皆因活不得了，我才寻死呀。你要问，我告诉你。若是当死，你把这棵树让给我，我好上吊。"蒋爷道："就是这等，你且说来我听。"小童未语，先就落下泪来，把已往情由，滔滔不断，述了一遍。说罢，大哭。

蒋爷听了，暗道："看他小小年纪，倒是个有志气的。"便道："你原来如此，我如今赠你盘费（路费，旅费），你还死做甚么呢？"小童道："若有了盘费，我还死？我就不死了。真个的我这小命儿是盐换来的吗？"蒋爷回手在兜肚内摸出两个锞子（小块的金锭或银锭。锞，kè），道："这些可以够了么？"小童道："足已够了，只有使不了的。"连忙接过来，爬在地下磕头，道："多谢恩公搭救，望乞留下姓名。"蒋平道："你不要多问，急早快赴长沙要紧。"小童去后，蒋爷竟奔卧虎沟去了。不知小童是谁，且听下回分解。

第九十六回 连升店差役拿书生 翠芳塘县官验醉鬼

且说蒋爷救了小童，竟奔卧虎沟而来，这是甚么原故？小童到底说的甚么？蒋爷如何就给银子呢？列位不知，此回书是为交代蒋平。这回把蒋平交代完了，再说小童的正文，又省得后来再为叙写。

蒋爷到了卧虎沟，见了沙员外，彼此言明。蒋爷已知北侠等上了襄阳，自己一想："颜巡按同了五弟前赴襄阳，我正愁五弟没有帮手。如今北侠等既上襄阳，焉有不帮五弟之理呢？莫若我且回转开封，将北侠现在襄阳的话回禀相爷，叫相爷再为打算。"沙龙又将艾虎留下的龙票当面交付明白。蒋爷便回转东京，见了包相，将一切说明。

包公即行奏明圣上，说欧阳春已上襄阳，必有帮助巡按颜查散之意。圣上听了大喜，道："他行侠尚义，实为可嘉。"又钦派南侠展昭同卢方等四人陆续前赴襄阳，俱在巡按衙门供职，俟襄阳平定后，务必邀北侠等一同赴京，再为升赏（提职受奖）。此是后话，慢慢再表。

蒋平既已交代明白，翻回头来再说小童之事。你道这小童是谁？原来就是锦笺。自施公子赌气离了金员外之门，乘在马上，越想越有气，一连三日，饮食不进，便病倒旅店之中。小童锦笺见相公病势沉重，即托店家请医生调治，诊了脉息，系郁闷不舒，受了外感，竟是夹气伤寒（评书中常见的病，类似重感冒）之症。开方用药。锦笺衣不解带，昼夜服侍，见相公昏昏沉沉，好生难受。又知相公没多余盘费，他又把艾虎赏的两锭银子换了，请医生，抓药。好容易把施俊调治的好些了，又要病后的将养。偏偏的马又倒了一匹，正是锦笺骑的。他小孩子家心疼那马，不肯售卖，就托店家雇人掩埋。谁知店家悄悄的将马出脱（商品卖出）了，还要合锦笺要工饭钱，这明是欺负小孩子。再加这些店用房钱，草料麸子（fū zi，小麦磨成面粉后剩下的麦皮和碎屑），七折八扣，除了两锭银子之外，倒该（欠）下了五六两的账。锦笺连急带气，他也病了。先前还扎挣着服侍相公。后来施俊见他那个形景，竟是中了大病，慢慢的问他，他不肯实说；问的急了，他就哭了。施俊心中好生不忍，自己便扎挣起来，诸事不用他服侍，得便倒要服侍服侍锦笺。一来二去，锦笺竟自伏头不起。施俊又托店家请医生。医生道："他这虽系传染，却比相公沉重，而且症候耽误了，必须赶紧调治方好。"开了方子却不走，等着马钱。施俊向柜上借。店东道："相公账上欠了五六两，如何还借呢？狠多了，我们垫不起。"施俊没奈何，将衣服典当了，开发了马钱并抓药。到了无事，自己到柜上从新算账，方知锦笺已然给了两锭银子，就知是他的那两锭赏银，又是感激，又是着急。因瞧见马工饭银，便想起他自己骑的那匹马来了，就合店东商量要卖马还账。店东乐得的赚几两银子呢，立刻会了主儿，将马卖了。除了还账，刚刚的剩了一两头。施俊也不计较，且调治锦笺要紧。

这日自己拿了药方出来抓药，正要回店，却是集场（集市）之日，可巧遇见了卖粮之人，姓李名存，同着一人姓郑名申，正在那里吃酒。李存却认识施俊，连声唤道："施公子那里去？为何形容消减（消瘦）了？"施俊道："一言难尽。"李存道："请坐，请坐。这是我的伙计郑申，不是外人。请道其详。"施俊无奈，也就入了座，将前后情由，述了一番。李存听了，道："原来公子主仆都病了。却在那个店里？"施俊道："在西边连升店。"李存道："公子初愈，不必着急。我这里现有十两银子，且先拿去，一来调治尊管，二来公子也须好生将养。如不够了，赶到下集，我再到店中送些银两去。"施生见李存一片志诚，赶忙站起，将银接过来，深深谢了一礼，也就提起药包要走。

谁知郑申贪酒有些醉了。李存道："郑兄少喝些也好，这又醉了。别的罢了，你这银褡裢（dā lian，长方形的口袋，中间开口，两端各成一个袋子，装钱物用，一般分大小两种，大的可以搭在肩上，小的可以挂在腰带上）怎么好呢？"郑申醉言醉语道："怕甚么！醉了人，醉不了心。就是这一头二百两银子，算了事了！我还拿的动。何况离家不远呢。"施生问道："在那里住？"李存道："远却不远，往西去不足二里之遥，地名翠芳塘就是。"施生道："既然不远，我却也无事，我就送送他何妨。"李存道："怎敢劳动公子？偏偏的我要到粮行算账——莫若还是我送了他回去，再来算账。"郑申道："李贤弟，你胡闹么！真个的我就醉了么？瞧瞧我能走不能走？”说着话，一溜歪斜往西去了。李存见他如此，便托咐施生道：“我就烦公子送送他罢，务必，务必！俟下集，我到店中再道乏去。”施生道：“有甚要紧，只管放心，俱在我的身上。”说罢，赶上郑申，搭扶着郑申一同去了。真是“是非只为多开口，烦恼皆因强出头”。千不合，万不合，施生不应当送郑申。只顾觌面（当面。觌，dí）应了李存，后来便脱不了干系。

且说郑申见施生赶来，说道：“相公你干你的去，我是不相干的。”施生道：“那如何使得。我既受李伙计之托，焉有不送去之理呢。”郑申道：“我告诉相公说，我虽醉了，心里却明白，还带着都记得。相公，你不是与人家抓药吗？请问病人等着吃药，要紧不要紧？你只顾送我，你想想那个病人受得受不得？这是一。再者我家又不远，常来常去是走惯了的。还有一说，我那一天不醉？天天要醉，天天得人送，那得用多少人呢。到咧，这不是连升店吗？相公请，你要不进店，我也不走了。”正说间，忽见小二说道：“相公，你家小主管找你呢。”郑申道：“巧咧，相公就请罢。”施生应允。郑申道：“结咧，我也走咧。”

施生进了店，问问锦笺，心内略觉好些。施生急忙煎了药，服侍锦笺吃了，果然夜间见了点汗，到了次日清爽好些。施生忙又托咐店家请医生去。锦笺道：“业已好了，还请医生做甚么？那有这些钱呢？”施生悄悄的告诉他道：“你放心，不用发愁，又有了银两了。”便将李存之赠，说了一遍。锦笺方不言语。不多时，医生来看脉开方，道：“不妨事了，再服两帖也就好了。”施生方才放心，仍然按方抓药，给锦笺吃了，果然见好。

过了两日，忽见店家带了两个公人进来，道：“这位就是施相公。”两个公人道：“施相公，我们奉太爷之命，特来请相公说话。”施生道：“你们太爷请我做甚么呢？”公人道：“我们知道吗？相公到了那里，就知道了。”施生还要说话。只见公人哗啷一声，掏出索来，捆上了施生，拉着就走了。把个锦笺只唬的抖衣而战，细想：“相公为着何事，竟被官人拿去？”说不得只好扎挣起来，到县打听打听。

原来郑申之妻王氏因丈夫两日并未回家，遣人去到李存家内探问。李存说：“自那日集上散了，郑申拿了二百两银子已然回去了。”王氏听了，不胜骇异（惊讶，惊异），连忙亲自到了李存家，面问明白。“现今人银皆无，事有可疑。”他便写了一张状子，此处攸县所管，就在县内击鼓鸣冤，说：“李存图财害命，不知把我丈夫置于何地。”县官即把李存拿在衙内，细细追问。李存方说出原是郑申喝醉了，他烦施相公送了去了，因此派役前来将施生拿去。

到了衙内，县官方九成立刻升堂，把施生带上来一看，却是个懦弱书生，不像害人的形景，便问道：“李存曾烦你送郑申么？”施生道：“是。因郑申醉了，李存不放心，烦我送他，我却没送。”方令道：“他既烦你送去，你为何又不送呢？”施生道：“皆因郑申拦阻再三，他说他醉也是常醉，路也是常走，断断不叫送，因此我就回了店了。”方令道：“郑申拿的是甚么？”施生道：“有个大褡裢肩头搭着，里面不知是甚么。李存见他醉了，曾说道：‘你这银褡裢要紧。’郑申还说：‘怕甚么，就是这一头二百两银子算了事了。’其实并没有见褡裢内是甚么。”方令见施生说话诚实，问甚么说甚么，毫无狡赖推诿（推卸责任。诿，wěi），不肯加刑，吩咐寄监（暂时关押在监狱中），再行听审。

众衙役散去。锦笺上前问道：“拿我们相公为甚么事？”衙役见他是个带病的小孩子，谁有工夫与他细讲，只是回答道：“为他图财害命。”锦笺唬了一跳，又问道：“如今怎么样呢？”衙役道：“好唠叨呵，怎么样呢，如今寄了监了。”锦笺听了寄监，以为断无生理，急急跑回店内，大哭了一场，仔细想来：“必是县官断事不明。前次我听见店东说，长沙新升来一位太守，甚是清廉，断事如神，我何不去到那里给他鸣冤呢？”想罢，看了看又无可典当的，只得空身出了店，一直竟奔长沙。不料自己病体初愈，无力行走，又兼缺少盘费，偏偏的又遇了大风，因此进退两难。一时越想越窄，要在坟茔（坟墓。茔，yíng）上吊。可巧遇见了蒋平，赠他的银两锭。真是“钱为人之胆”，他有了银子，立刻精神百倍。好容易赶赴长沙，写了一张状子，便告到邵老爷台下。

邵老爷见呈子上面有施俊的姓名，而且叙事明白清顺，立刻升堂，将锦笺带上来细问，果是盟弟（结拜兄弟中年幼者）施乔之子。又问：“此状是何人所写？”锦笺回道：“是自己写的。”邵老爷命他背了一遍，一字不差，暗暗欢喜。便准了此状，即刻行文到攸县，将全案调来。就过了一堂，与原供相符。

县宰方公随后乘马来到禀见。邵老爷面问：“贵县审的如何？”方九成道："卑职因见施俊不是行凶之人，不肯加刑，暂且寄监。"邵太守道："贵县此案当如何办理呢？"方公道："卑职意欲到翠芳塘查看，回来再为禀复。"邵老爷点头，道："如此甚好。"即派差役仵作（旧时官府中检验命案死尸的人。仵，wǔ）跟随方公到攸县。来至翠芳塘，传唤地方。方令先看了一切地势，见南面是山，东面是道，西面有人家，便问："有几家人家？"地方道："八家。"方公道："郑申住在那里？"地方道："就是西头那一家。"方公指着芦苇，道："这北面就是翠芳塘了？"地方道："正是。"方公忽见芦苇深处乌鸦飞起，复落下去。方公沉吟良久，吩咐地方下芦苇去看来。地方拉了鞋袜，进了芦苇。

不多时出来，禀道："芦苇塘之内有一尸首，小人一人弄他不动。"方公又派差役下去二名，一同拉上来，叫仵作相验。仵作回道："尸首系死后入水，脖项有手扣的伤痕。"县宰即传郑王氏厮认（相互认识），果是他丈夫郑申。方公暗道："此事须当如此。"吩咐地方将那七家主人不准推诿，即刻同赴长沙候审。方公先就乘马到府，将郑申尸首禀明，并将七家邻舍带来，俱各回了。邵太守道："贵县且请歇息。候七家到齐，我自有道理。"邵老爷将此事揣度（推测，估量）一番，忽然计上心来。

这一日七家到齐，邵老爷升堂入座，方公将七家人名单呈上。邵老爷叫："带上来，不准乱跪。"一溜排开，按着名单跪下。邵老爷从头一个看起，挨次看完，点了点头，道："这就是了。怨得他说，果然不差。"便对众人道："你等就在翠芳塘居住么？"众人道："是。"邵老爷道："昨夜有冤魂告到本府案下，名姓已然说明。今既有单在此，本府只用朱笔一点，便是此人。"说罢，提起朱笔，将手高扬，往下一落，虚点一笔，道："就是他，再无疑了。无罪的只管起去，有罪的仍然跪着。"众人俱各起去。独有西边一人起来复又跪下，自己犯疑，神色仓皇。邵老爷将惊堂木一拍，道："吴玉，你既害了郑申，还想逃脱么？本府纵然宽你，那冤魂断然不放你的。快些据实招上来！"左右齐声喝道："快招！快招！"不知吴玉招出甚么话来，且听下回分解。

第九十七回 长沙府施俊纳丫鬟 黑狼山金辉逢盗寇

话说邵老爷当堂叫吴玉据实招上来。吴玉道：“小……小……小人没有招……招的。”邵老爷吩咐：“拉下去打。”左右呐了一声喊，将吴玉拖翻在地，竹板高扬，打了十数板。吴玉嚷道：“我招吓，我招！”左右放他起来，道：“快说！快说！”吴玉道：“小人原无生理（生意），以赌为事。偏偏的时运（一时的运气）不好，屡赌屡输。不用说别的，拿着打十湖（古代民间的一种游戏，类似麻将的纸牌戏）说罢。我圆湖会抓过张子，满不了，倒中了别人碰漂湖。掷骰子（tóu zi，色子），明明坐住了三么两六，那一个骰子乱转。我赶着叫‘六’，可巧来了个六，却把么碰了个二，倒成个黑鼻子了。总说罢，东干东不着，西干西不着，要账堆了门，小人白日不敢出门来。那日天色将晚，小人刚然（刚刚）出来，就瞧见郑申晃里晃荡由东而来。我就追上前去，见他肩头扛着个褡裢，里面鼓鼓囊囊的。小人就合他借贷，谁知郑申他不是个酒后开包的，他饶不借，还骂小人。小人一时气忿，将他尽力一推，噗哧、咕咚就栽倒了。一个人栽倒了怎么两声儿呢？敢则郑申喝成酒泡儿了，栽在地下，噗哧的一声。倒是那大褡裢摔在地下，咕咚的一声。小人听的声音甚是沉重，知道里面必是财资，我就一屁股坐在郑申胸脯之上。郑申才待要嚷，我将两手向他咽喉一扣，使劲在地下一按。不大的工夫，郑申就不动了。小人把他拉入苇塘深处，以为此财是发定了，再也无人知晓，不想冤魂告到老爷台前。回老爷，郑申醉魔咕咚（方言，形容人喝醉的样子）的，说的全是醉话，听不的呢。小人冤枉吓！”邵老爷问道：“你将银褡裢放在何处？”吴玉道：“那是二百两银子。小人将褡裢理好，埋在缸后头了，分文没动。”

邵老爷命吴玉画了招，带下去，即请县宰方公，将招供给他看了。叫方公派人将赃银起来，果然未动，即叫尸亲郑王氏收领。李存与翠芳塘住的众街坊释放回家。独有施生留在本府。吴玉定了秋后处决，派役押赴县内监收。方公一一领命，即刻禀辞，回本县去了。

邵老爷退堂，来到书房，将锦笺唤进来，问道："锦笺，你在施宅是世仆吓？还是新去的呢？"锦笺道："小人自幼就在施老爷家。我们相公念书，就是小人伴读（陪伴读书）。"邵老爷道："既如此，你家老爷相知朋友有几位，你可知道么？"锦笺道："小人老爷有两位盟兄，是知己莫逆（指彼此情投意合，非常相好）的朋友。"邵老爷道："是那两位？"锦笺道："一位是做过兵部尚书的金辉金老爷，一位是现任太守邵邦杰邵老爷。"傍边书童将锦笺衣襟一拉，悄悄道："太老爷的官讳（旧时指尊长的名字），你如何浑说（胡说，乱说）？"锦笺连忙跪倒："小人实实不知，求太老爷饶恕。"邵老爷哈哈笑道："老夫便是新调长沙太守的邵邦杰。金老爷如今已升了襄阳太守。"锦笺复又磕头。邵老爷吩咐："起来，本府原是问你，岂又怪你。"即叫书童拿了衣巾，同锦笺到外面与施俊更换。锦笺悄悄告诉施俊，说："这位太守就是邵老爷。方才小人已听邵老爷说，金老爷也升任襄阳府太守了。相公如若见了邵老爷，不必提与金老爷呕气（即"怄气"，生闷气，闹别扭）一事，省的彼此疑忌。"施生道："我提那些做甚么，你只管放心。"就随了书童，来至书房。锦笺跟随在后。

施生见了邵公，上前行礼参见。邵公站起相搀。施生又谢为案件多蒙庇佑。邵公吩咐看座，施生告坐。邵公便问已往情由。施生从头述了一遍，说到与金公呕气一节，改说："因金公赴任不便在那里，因此小侄就要回家。不想行至攸县，我主仆便病了，生出这节事来。"邵公点了点头。说话间，饭已摆妥。邵公让施生用饭，施生不便推辞。饮酒之间，邵公盘诘（盘问。诘，jié）施生学问，甚是渊博，满心欢喜，就将施生留在衙门居住，无事就在书房谈讲。因提起亲事一节，施生言："家父与金老伯提过，因彼此年幼，尚未纳聘（旧俗定亲时男家给女家聘礼）。"此句暗暗与佳蕙之言相符。邵公听了大乐，便将路上救了牡丹的话，一一说了。"如今有老夫作主，一个盟兄之女，一个盟弟之子，可巧侄男侄女皆在老夫这里，正好成其美事。"施俊到了此时，也就难以推辞。

邵公大高其兴，来到后面与夫人商量，叫夫人办理牡丹的内务，算是女家那边；邵公办理施生的外事，算是男家那边的。夫人也自欢喜，连三位小姐也替假小姐忙个不了。惟有佳蕙暗暗伤感，到了无人时，想起小姐溺水之苦，不由的泪流满面。夫人等以为他父母不在跟前，他伤心也是情理当然，倒可怜他，劝慰了多少言语，并嘱咐三位小姐不准要笑打趣（拿人开玩笑）他。

到了佳期已近，本府阁署官员皆知太守有此义举，无不钦敬，俱各备礼来贺喜。邵公难以推辞，只得斟酌收礼，当受的受，当璧（璧还，归还原物或退还别人赠送的礼物）的璧。是（这）日，却大排筵宴，请众官员吃喜酒，热闹非常。把个施生打扮的花团锦簇，众官员见了，无不称赞。就在衙门的东跨所做了新房，到了吉时，将二人双双送了过去，成就百年之好。诸事已毕之后，邵老爷亲笔写了两封书信，差两人送信：一名丁雄，送金公之信；一名吕庆，送施老爷之信，务必觌面（当面。觌，dí）投递。二人分投送信去了。

这日，施生正在书房看书，叫锦笺去后面取东西。锦笺来至后面，心中暗道："那日随着众人道喜，我却没瞧见新奶奶甚么模样，今日倒要留神瞧瞧。"谁知丫鬟正给新娘子烹茶去了，锦笺唤了一声，无人，他便来在院内。可巧佳蕙却在廊下用扇儿斗鹦鹉呢，猛见了锦笺，他把扇子一遮，连忙要转回屋内。

那知锦笺眼快，早认出是佳蕙来，暗道："好吓，敢则是他吓！见了我竟把扇子算个小围幕，他如今有了官话了。"便高声说了一个"佳"字，新娘已将扇子撤下，连连摆手，道："兄弟不要高声。"锦笺便问："你如何来到这里？"佳蕙便将做事不密，叫老爷知道了，如何逼勒（逼迫）小姐自尽，如何奶母定计上唐县，如何遇了贼船，生生的把个小姐投水死了，自己如何被邵老爷搭救，就冒了小姐之名。"如今闹的事已做成，求兄弟千万不要泄漏。只要你暗暗打听，倘或小姐投水未死，作姐姐的必要成全他二人之事，决不负主仆的情义。我如今虽居此位，心实不安，不过虚左以待（空着左边的位置以待宾客，表示恭敬。古人以左为尊）之意。"

锦笺见他如此，笑道："言虽如此，如今名分攸关，况且与你磕头见礼，你就腆然（犹厚颜。腆，tiǎn）受之，未免太过。"佳蕙道："事已如此，叫我无可如何（没有办法）。再者你是兄弟，我是姐姐。难道受不起你一拜么？你若不依，我再给你拜上两拜。"就福了两福，锦笺再也没的说了。又见丫鬟烹茶而来，佳蕙连忙进屋内去了。锦笺向丫鬟要了东西，回到书房，见了施生，他却一字不提。从此知道新娘是假小姐，他就暗暗访查真小姐的下落。

且说丁雄与金公送信，从水面迎来，已见有官船预备，问时，果是迎接襄阳太守的。丁雄打听了仔细，听说金太守由枯梅岭起旱而来，他便弃舟乘马，急急赶至枯梅岭。先见有驮轿（由骡马等驮着的轿子。驮，tuó）行李过去，知是金太守的家眷（家属），后面方是太守乘马而来。丁雄下马，抢步上前请安，禀道："小人丁雄奉家主邵老爷之命，前来投书。"说罢，将书信高高举起。金太守将马拉住，问了邵老爷起居。丁雄站起，一一答毕，将书信递过。金太守伸手接书，却问道："你家太太好？小姐们可好？"丁雄一一回答。金公道："管家乘上马罢。俟（sì，等待）我到驿，再答回信。"丁雄退后，一抖丝缰（丝制的马缰绳）上了马，就在金公后面跟随。见了金福禄等，彼此各道辛苦，套叙言语，俱不必细表（细细叙述）。

且说金公因是邵老爷的书信，非比寻常，就在马上拆看，见前面无非请安想念话头，看到后面有施俊与牡丹完婚一节，心中一时好生不乐，暗道："邵贤弟做事荒唐！儿女大事，如何硬作主张？倒遂了施俊那畜生的私欲。此事太欠斟酌。"却又无可如何，将书信折叠折叠，揣在怀内。丁雄虽在后面跟随，却留神瞧，以为金公见了书信，必有话面问。谁知金公不但不问，反觉得有些不乐的光景。丁雄暗暗纳闷。

正走之间，离赤石崖不远，见无数的喽罗排开，当中有一个人，黄面金睛，浓眉凹脸，颔（hàn，下巴）下满部绕丝的黄须（无怪绰号金面神），坐下骑着一匹黄骠马（一种黄毛夹杂着白点子的马。骠，biāo），手中拿着两根狼牙棒，雄赳赳，气昂昂，在那里等候。金公早已看见，不知山贼是何主意。猛见丁雄伏身撒马过去。话语不多，山贼将棒一举，连晃两晃，上来了一群喽罗，鹰拿燕雀（比喻捉拿毫不费力），将丁雄拖翻下马捆了。金公一见，暗说："不好！"才待拨转马头，只见山贼忽喇喇纵马跑过来，一声叱咤道："俺蓝骁特来请太守上山叙话。"说罢，将棒往后一摆，喽罗蜂拥上前，拉住金公坐下嚼环，不容分说，竟奔山中去了。金福禄等见了，谁敢上前，嗯的一声，大家没命的好跑。

且说蓝骁邀截（阻拦袭击）了金公，正然回山，只见葛瑶明飞马近前来禀道："启大王，小人奉命劫掠驮轿，已然到手。不想山凹窜出一只白狼，后面有三人追赶，却是卧虎沟的沙员外，带领孟杰、焦赤。三人见小人劫掠驮轿，心中大忿（怒），急急上前，将喽罗赶散，仍将驮轿夺去，押赴庄中去了。"蓝骁听了大怒，道："沙龙欺吾太甚！"吩咐葛瑶明押解金公上山，安置妥协（妥当），急急带喽罗前来接应。葛瑶明领命，只带数名喽罗，押解金公、丁雄上山。其余俱随蓝骁来至赤石崖下。

早见沙龙与孟杰二人迎将上来。蓝骁道："沙员外，俺待你不薄，你如何管俺的闲事？"沙龙道："非是俺管你的闲事。只因听见驮轿内哭的惨切（悲惨凄切），母子登时全要自尽，俺岂有不救死之理？"蓝骁道："员外不知，俺与金太守素有仇隙，知他从此经过，特特（特意）前来邀截，方才已然擒获上山。忽听葛瑶明说，员外将他家眷抢夺回庄，不知是何主意？"沙龙道："这就是你的不是了。金太守乃国家四品黄堂，你如何擅敢邀截？再者你与太守有仇，却与他家眷何干？依俺说，莫若你将太守放下山来，交付与俺。俺与你在太守跟前说个分上，置而不理，免得你吃罪不起。"蓝骁听了，一声怪叫："嗳哟！好沙龙！你真欺俺太甚，俺如今合你誓不两立！"说罢，催马抡棒打来。沙龙扯开架式抵敌，孟杰帮助相攻。蓝骁见沙、孟二人步下窜跃，英勇非常。他便使个暗令将棒往后一摆，众喽罗围裹上来。沙龙毫不介意，孟杰漠不关心，一个东指西杀，一个南击北搠（shuò，扎，刺）。二人杀够多时，谁知喽罗益发（越发）多了，笸箩（pǒ luo）圈将沙龙、孟杰困在当中。二人渐渐的觉得乏了。

原来葛瑶明将金公解入山中，招呼众多喽罗下山。他却指拨喽罗层层叠叠的围裹，所以人益发多了。正在分派，只见那边来了个女子，仔细打量，却是前次打野鸡的。他一见了邪念陡起，一催马迎将上来，道："娇娘，往那里走？"这句话刚然（刚刚）说完，只听弓弦响处，这边葛瑶明眼睛内咕唧的一声，一个铁丸打入眼眶之内，生生把个眼珠儿挤出。葛瑶明哎哟的一声，栽下马来。

原来焦赤押解驮轿到庄，叫凤仙、秋葵迎接进去，告诉明白，说"蓝骁现领喽罗在山中截战"。凤仙姐妹听了，甚不放心，就托张妈妈在里头照料，他等随焦赤前来救应沙龙。在路上言明，焦赤从东杀进，凤仙姐妹从西杀进。不料刚然上山，就被葛瑶明看见，伸马迎来。秋葵眼快嘴急，叫声："姐姐，前日抢野鸡的那厮又来了。"凤仙道："妹妹不要忙，待我打发他。前次手下留情，打在他眉攒（两眉之间。攒，cuán）中间，是个'二龙戏珠'。如今这厮又来，可要给他个'唤虎出洞'了。"列位自想想，葛瑶明眉目之间有多大的地方，搁的住闹个龙虎斗么？这也是他贪淫好色之报。从马上栽了下来，秋葵赶上将铁棒一扬，只听拍的一声，葛瑶明登时了账（指死了），琉璃珠儿砸碎了。未知他姐妹如何，且听下回分解。

第九十八回 沙龙遭困母女重逢 智化运筹弟兄奋勇

且说凤仙、秋葵从西杀来。只见秋葵抡开铁棒，乒乒梆梆一阵乱响，打的喽罗四分五落；凤仙拽开弹弓，连珠打出，打的喽罗东躲西藏。忽又听东边呐喊，却是焦赤杀来，手托钢叉，连嚷带骂。里面沙龙、孟杰见喽罗一时乱散，他二人奋勇往外冲突，里外夹攻，喽罗如何抵挡得住，往左右一分，让开一条大路。却好凤仙、秋葵接住沙龙，焦赤却也赶到，彼此相见。沙龙道："凤仙，你姐妹到此做甚？"秋葵道："闻得爹爹被山贼截战，我二人特来帮助。"沙龙才要说话，只听山岗上咕噜噜鼓声如雷，所有山口外噹、噹、噹锣声振耳，又听人声呐喊："拿吓！别放走了沙龙吓！大王说咧：'不准放冷箭吓！务要生擒吓！姓沙的，你可跑不了吓！各处俱有埋伏吓！快些早些投降！"沙龙等听了，不由的骇目惊心。

你道如何？原来蓝骁暗令喽罗围困沙龙，只要诱敌，不准交锋，心想把他奈何乏了，一鼓而擒之，将他制伏，作为自己的膀臂，故此他在高山岗上瞭望。见沙龙二人有些乏了，满心欢喜。惟恐有失，又叫喽罗上山，调四哨头领按山口埋伏，如听鼓响，四面锣声齐鸣，一齐呐喊，惊吓于他。那时再为劝说，断无不归降之理。猛又见东西一阵披靡（形容军队溃散），喽罗往左右一分，已知是沙龙的接应。他便擂起鼓来，果然各山口响应，呐喊扬威，声声要拿沙龙。他在高岗之上挥动令旗，沙龙投东，他便指东；沙龙投西，他便指西。沙龙父女、孟焦二人跑够多时，不是石如骤雨，就是箭似飞蝗（能远距离飞行的蝗虫），毫无一个对手厮杀之人。跑来跑去，并无出路，只得五人团聚一处，歇息商酌。

且不言沙龙等被困。再说卧虎庄上自从焦赤押驮轿进庄，所有渔猎众家的妻女皆知救了官儿娘子来，谁不要瞧瞧官儿娘子是甚么模样，全当做希罕儿一般。你来我去，只管频频往来，却不敢上前，止于偷偷摸摸扒扒窗户，或又掀掀帘子。及到人家瞧见他，他又将身一撤，真是偷油吃的耗子一般。倒是张立之妻李氏受了凤仙之托，极力的张罗，却又一人张罗不过来，应酬了何夫人，又应酬小相公金章，额外还要应酬丫鬟仆妇，觉得累的狠，出来便向众妇人道："众位大妈婶子，你们与其在这里张的望的，怎的不进去看看，陪着说说话儿呢？我也有个替换。"众人也不答言，也有摆手的，也有摇头的，又有扭扭捏捏躲了的，又有咭咭咕咕笑了的。李氏见了这番光景，赌气子转身进了角门。

原来角门以内，就是跨所（跨屋，正屋两边的厢房）。当初凤仙、秋葵曾说过，如若房屋盖成，也不准张家姐姐搬出，故此张立夫妇带同牡丹仍在跨所居住。李氏见了牡丹，道："女儿，今有员外救了官儿娘子前来，妈妈一人张罗不过来，别人都不敢上前，女儿敢去也不敢呀？你若敢去，妈妈将你带过去，咱娘儿两个也有个替换。你不愿意，就罢。"牡丹道："母亲，这有甚么呢，孩儿就过去。"李氏欢喜道："还是女儿大方。你把那头儿抿抿，把大褂子罩上。我这里烹茶（煮茶或沏茶），你就端过去。"牡丹果然将头儿整理整理，换衣系裙。

不多时，李氏将茶烹好，用茶盘托来，递与牡丹。见牡丹抿的头儿光光油油的，衬着脸儿红红白白的，穿着件翠森森的衫儿，系着条青簇簇的裙儿，真是娇娇娜娜，袅袅婷婷（形容女子走路姿态轻盈柔美）。虽是布裙荆钗（粗布做的裙，荆条做的钗。形容旧时贫家女子服饰简朴），胜过珠围翠绕。李氏看了，乐的他眉花眼笑，随着出了角门。众妇女见了，一个个低言悄语，接耳交头。这个道："大妗子（jìn zi，妻兄、妻弟的妻子。此处是称呼跟自己年龄差不多的妇女），你看哟，张奶奶又显摆他闺女呢。"那个道："二娘儿，你听罢，看他见了官儿娘子说些吗耶，咱们也学些见识。"

说话间，李氏上前将帘掀起。牡丹端定茶盘，到屋内慢闪秋波（秋水之波，比喻美女的眼睛或眼神）一看，觉得肝连胆一阵心酸。忽听小金章说道："嗳哟！你不是我牡丹姐姐么？想煞兄弟了！"跑过来，抱膝跪倒。牡丹到了此时，手颤腕软，当啷啷茶杯落地，将金章抱住，瘫软在地。何氏夫人早已向前搂住牡丹，儿一声，肉一声，叫了半日，哇的一声，方哭出来了。真是"悲从中心出"。漫说（不要说，别说）他三人泪流满面，连仆妇丫鬟无不拭泪，在傍劝慰。窗外的田妇村姑不知为着何事，俱各纳闷。独有李氏张妈愣呵呵的劝又不是，不劝又不是，好容易将他母女三人搀起。

何氏夫人一手拉住牡丹，一手拉住了金章，哀哀切切的一同坐了，方问与奶公奶母赴唐县如何。牡丹哭诉遇难情由。刚说至张公夫妇捞救，猛听的李氏放声哭道："嗳哟！可坑了我了！"他这一哭，比方才他母女姐弟相识犹觉惨切。他想："没有儿女的怎生这样的苦法，索性没有也倒罢了。好容易认着一个，如今又被本家认去，这以后可怎么好？"越想越哭，越哭越痛，咧着瓢大的嘴，扯着喇叭似的嗓子，好一场大哭。何氏夫人感念他救女儿之情，将他搀了过来，一同坐了，劝慰多时。牡丹又说："妈妈只管放心，决不辜负厚恩（称对方对自己的大恩）。"李氏方住了声。

金章见他姐姐穿的是粗布衣服，立刻磨着何氏夫人要他姐姐的衣服。一句话提醒了李氏，即到跨所取衣服。见张立拿茶叶要上外边去，李氏道："大哥那是给人家的女儿预备茶叶，你如何拿出去？"张立道："外面来了多少二爷们，连杯茶也没有。说不得只好将这茶叶拿出，你如何又说人家女儿的话呢？"李氏便将方才母女相认的话说了。张立听了，也无可如何，且先到外面张罗。张立来至厅房，众仆役等见了道谢。张立急忙烹茶。

忽见庄客进来，说道："你等众位在此厅上坐不得了，且到西厢房吃茶罢，我们员外三位至厚（特别要好，感情至深）的朋友到了。"众仆役听了，俱各出来躲避。只见外面进来了三人，却是欧阳春、智化、丁兆蕙。

原来他三人到了襄阳，探听明白：赵爵立了盟书，恐有人盗取，关系非浅。因此盖了一座冲霄楼，将此书悬于梁间，下面设了八卦铜网阵，处处设了消息（机关），时时有人看守。原打算进去探访一番，后来听说圣上钦派颜大人巡按襄阳，又是白玉堂随任供职。大家计议，莫若仍回卧虎沟与沙龙说明，同去辅佐巡按，帮助玉堂，又为国家，又尽朋情（朋友之情），岂不两全其美？因此急急赶回来了。

来至庄中，不见沙龙，智化连忙问道："员外那里去了？"张立将救了太守的家眷，蓝骁劫战赤石崖。"不但员外与孟、焦二位去了，连两位小姐也去了，打算救应，至今未回。"智化听了，说道："不好！此事必有舛错（错乱，不正确。舛，chuǎn），不可迟疑。欧阳兄与丁贤弟务要辛苦辛苦。"丁二爷道："叫我们上何方去呢？"智化道："就解赤石崖之围。"丁二爷道："我与欧阳兄都不认得，如何是好？"张立道："无妨，现有史云，他却认得。"丁二爷道："如此，快唤他来。"张立去不多时，只见来了七人，听说要上赤石崖，同史云全要去的。智化道："狠好，你等随了二位去罢。不许逞强好勇，只听吩咐就是了。欧阳兄专要擒获蓝骁，丁贤弟保护沙兄父女，我在庄中防备贼人分兵抢夺家属。"北侠与丁二官人急急带领史云七人，直奔赤石崖去了。

这里智化叫张立进内，安慰众女眷人等不必惊怕，惟恐有着急欲寻自尽等情，又吩咐："众庄客前后左右，探听防守。倘有贼寇来时，不要声张，暗暗报我知道，我自有道理（办法）。"登时（立时）把个卧虎庄安排的井井有条。可见他料事如神，机智严密。

且说北侠等来至赤石崖的西山口，见有许多喽罗把守。这北侠招呼众人道："守汛喽罗听真，俺欧阳春前来解围，快快报与你家山主知道。"西山口的头领不敢怠慢，连忙报与蓝骁。蓝骁问道："来有多少人？"头领道："来了二人，带领庄丁七人。"蓝骁暗道："共有九人，不打紧。好便好，如不好时，连他等也困在山内，索性一网打尽。"想罢，传于头领，叫把他等放进山口。早见沙龙等正在那里歇息，彼此相见，不及叙话。北侠道："俺见蓝骁去，丁贤弟小心吓！"说罢，带了七人，奔至山岗。

蓝骁迎了下来，问道："来者何人？"北侠道："俺欧阳春特来请问山主，今日此举是为金太守吓？还是为沙员外呢？"蓝骁道："俺原是为擒拿太守金辉，却不与沙员外相干。谁知沙员外从我们头领手内将金辉的家眷抢去不算，额外还要合我要金辉，这不是沙员外欺我太甚么？所以将他困住，务要他归附方罢。"北侠笑道："沙员外何等之人，如何肯归附于你？再者你无故的截了皇家的四品黄堂，这不成了反叛了么？”蓝骁听了大怒，道：“欧阳春，你今此来，端的（究竟）为何？”北侠道：“俺今特来拿你。”说罢，抡开七宝刀照腿砍来。蓝骁急将铁棒一迎。北侠将手往外一削，噌的一声，将铁棒狼牙削去。蓝骁暗说“不好”，又将左手铁棒打来。北侠尽力往外一磕，又往外一削。迎的力猛，蓝骁觉的从手内夺的一般，嗖的一声，连磕带削，棒已飞出数步以外，蓝骁身形晃了两晃。北侠赶步，纵身上了蓝骁的马后，一伸左手攥住他皮鞓带（皮腰带。鞓，tīng），将他往上一提，蓝骁已离鞍心（指马鞍）。北侠将身一转，连背带扛，往地下一跳，右肘把马跨一捣。那马咴（huī，象声词，形容马叫的声音）的一声，往前一窜。北侠提着蓝骁，一松手，咕咚一声，栽倒尘埃。史云等连忙上前擒住，登时捆缚起来。

此一段北侠擒蓝骁，迥（jiǒng，远）与别书不同，交手（交战）别致（特别），迎逢各异。至于擒法更觉新奇，虽则是失了征战的规矩，却正是侠客的行藏，一味的巧妙灵活，决不是卤莽灭裂（言行粗疏草率）、好勇斗狠那一番的行为。

且说丁兆蕙等早望见高岗之上动手，趁他不能挥动令旗，失却眼目，大家奋勇杀奔西山口来。头领率领喽罗，如何抵挡的住一群猛虎，吵发了一声喊，各自逃出去了。丁兆蕙独自一人擎（qíng，举）刀把住山口，先着凤仙、秋葵回庄，然后沙龙与兆蕙复又来到高岗。

此时北侠已追问蓝骁，金太守在于何处。蓝骁只得说出已解山中，即着喽罗将金辉、丁雄放下山来。北侠就着史云带同金太守先行回庄。到西山口，叫孟、焦二人也来押解蓝骁，上山剿灭巢穴去了。要知后文如何，且听下回分解。

第九十九回　见牡丹金辉深后悔　提艾虎焦赤践前言

且说史云引着金辉、丁雄来到庄中，庄丁报与智化。智化同张立迎到大厅之上。金太守并不问妻子下落如何，惟有致谢搭救自己之恩。

智化却先言夫人公子无恙，使太守放心。略略吃茶，歇息歇息，即着（令）张立引太守来到后面，见了夫人公子。此时凤仙姊妹已知母女相认，正在庆贺，忽听太守进来，便同牡丹上跨所去了。

这些田妇村姑谁不要瞧瞧大老爷的威严。不多时，见张立带进一位戴纱帽的，翅儿缺少一个；穿着红袍，襟子搭拉半边；玉带系腰，因揪折闹的里出外进；皂靴（黑色高帮白色厚底的鞋子，旧时官绅所穿）裹足，不合脚弄的底绽（zhàn，绽开）帮垂；一部苍髯（白色的胡子。髯，rán，胡子），揉得上头扎煞下头卷；满面尘垢，抹的左边添黑右边黄。初见时只当做走会（指一种传统的民俗歌舞表演）的杠箱官，细瞧来方知是新印的金太守。众妇女见了这狼狈的形状，一个个握着嘴儿嘻笑。

夫人公子迎出屋来，见了这般光景，好不伤惨。金章上前请安，金公拉起，携手来至屋内。金公略述山主邀截（阻拦袭击）的情由。何氏又说恩公搭救的备细（详细）。夫妻二人又是嗟叹，又是感激。忽听金章道："爹爹，如今却有喜中之喜了。"太守问道："此话怎讲？"何氏安人（犹夫人，对妇人的一种尊称）便将母女相认的事说出。太守诧异，道："岂有此理？难道有两个牡丹不成？"说罢，从怀中将邵老爷书信拿出，递给夫人看了。何氏道："其中另有别情。当初女儿不肯离却闺阁，是乳母定计将佳蕙扮做女儿，女儿改了丫鬟。不想遇了贼船，女儿赴水倾生（轻生）。多亏张公夫妇捞救，认为义女。老爷不信，请看那两件衣服，方才张妈妈拿来，是当初女儿投水穿的。"金公拿起一看，果是两件丫鬟服色，暗暗忖度（cǔn duó，推测）道："如此看来，牡丹不但清洁，而且有智，竟能保金门的脸面，实属难得。"再一转想："当初手帕金鱼原从巧娘手内得来，焉知不是那贱人作弄（捉弄）的呢？就是书箱翻出玉钗，我看施生也并不惧怕，仍然一团傲气，仔细想来，其中必有情弊。是我一时着了气恼，不辨青红皂白（青、红、黑、白四色，比喻事情的是非或原因），竟把他二人委屈了。"再想起逼勒牡丹自尽一节，未免太狠，心中愧悔难禁，便问何氏道："女儿今在那里？"何氏道："方才在这里，听说老爷来了，他就上他干娘那边去了。"金公道："金章，你同丫鬟将你姐姐请来。"

金章去后，何氏道："据我想来，老爷不见女儿倒也罢了，惟恐见了时，老爷又要生气。"金公知夫人话内有讥诮（jī qiào，冷言冷语地讥嘲）

之意，也不答言，止于付之一笑。只见金章哭着回来道：“我姐姐断不来见爹爹，说惟恐爹爹见了又要生气。”金公哈哈笑道：“有其母必有其女，无奈何，烦夫人同我走走如何？”何氏见金公如此，只得叫张妈妈引路，老夫妻同进了角门，来到跨所之内。凤仙姐妹知道太守必来，早已躲避。

只见三间房屋，两明一暗，所有摆设颇颇的雅而不俗，这俱是凤仙在这里替牡丹调停的。张李氏将软帘掀起，道：“女儿，老爷亲身看你。”金公便进屋内，见牡丹面里背外，一言不答。金公见女儿的梳妆打扮，居然的布裙荆钗，回想当初珠围翠绕，不由的痛彻肺腑，道：“牡丹我儿，是为父的委屈了你了。皆由当初一时气恼，不加思索，无怪女儿着恼。难道你还嗔怪（对别人的言语或行动表示不满。嗔，chēn）爹爹不成？你母亲也在此，快些见了罢。”张妈妈见牡丹端然（端正的样子）不动，连忙上前，道：“女儿，你乃明理之人，似此非礼，如何使得？老爷太太是你生身父母，尚且如此；若是我夫妻得罪了你，那时岂不更难乎为情了么？快些下来，叩拜老爷罢。”此时牡丹已然泪流满面，无奈下床，双膝跪倒，口尊：“爹爹，儿有一言告禀，孩儿不知犯了何罪，致令爹爹逼孩儿自尽？如今现为皇家太守，倘若遇见孩儿之事，爹爹断理不清，逼死女子是小事，岂不于德行有亏？孩儿无知顶撞，望乞爹爹宽宥（宽容，饶恕。宥，yòu）。”金公听了，羞的面红过耳，只得陪笑，将牡丹搀起，道：“我儿说的是，以后爹爹诸事细心了。以前之事全是爹爹不是，再休提起了。”又向何氏道：“夫人，快些与女儿将衣服换了。我到前面致谢致谢恩公去。”说罢，抽身就走。

张立仍然引至大厅。智化对金公道：“方才主管带领众役们来央求于我，惟恐大人见责（受到责备），望乞大人容谅。”金公道：“非是他等无能，皆因山贼凶恶，老夫怪他们则甚。”智化便将金福禄等唤来，与老爷磕头。众人又谢了智爷，智爷叫将太守衣服换来。

只见庄丁进来报道：“我家员外同众位爷们到了。”智化与张立迎到庄门。刚到厅前，见金公在那里立等，见了众人，连忙上前致谢。沙龙见了，便请太守与北侠进厅就座。智化问剿灭巢穴如何。北侠道：“我等押了蓝骁入山，将辎重（行军时由运输部队携带的物资）俱散与喽罗，所有寨栅全行放火烧了。现时把蓝骁押来交在西院，叫众人看守，特请太守老爷发落（处理）。”太守道：“多承众位恩公的威力。既将贼首擒获，下官也不敢擅专。俟（sì，等待）到任所（任职办公的处所），即行具折（备拟奏折），连贼首押赴东京，交到开封府包相爷那里，自有定见。”智化道：“既如此，这蓝骁倒要严加防范，好好看守，将来是襄阳的硬证。”复又道：“弟等三人去而复返者，因听见颜大人巡按襄阳，钦派白五弟随任供职。弟等急急赶回来，原欲会同兄长齐赴襄阳，帮助五弟，共襄（完成）此事。如今既有要犯在此，说不得必须耽迟几日工夫。沙兄长、欧阳兄、丁贤弟，大家俱各在庄，留神照料蓝骁。惟恐襄阳王暗里遣人来盗取，却是要紧的。就是太守赴任，路上也要仔细。若要小弟保护随同前往，一到任所，急急具折。俟折子到时，即行将蓝骁押赴开封。诸事已毕，再行赶到襄阳，庶乎（差不多）于事有益。不知众位兄长以为如何？”众人齐声道：“好，就是如此。”金公道：“只是又要劳动恩公，下官心甚不安。”说话间，酒筵摆设齐备，大家入座饮酒。

只见张立悄悄与沙龙附耳。沙龙出席来到后面，见了凤仙、秋葵，将牡丹之事，一一叙明。沙龙道：“如何？我看那女子举止端方，决不是村庄的气度，果然不错。”秋葵道：“如今牡丹姐姐不知还在咱们这里居住？还是要随任（指旧时长辈做官晚辈随在衙署生活）呢？”沙龙道：“自然是要随任，跟了他父母去，岂有单单把他留在这里之理呢？”秋葵道：“我看牡丹姐姐他不愿意去，如今连衣服也不换，仿佛有甚么委屈，搽（chá，涂抹）眼抹泪的。莫若爹爹问问太守，到底带他去不带他去，早定个主意为是。”沙龙道：“何必多此一问。那有他父母既认着了，不带了去，还把女儿留在人家的道理？这都是你们贪恋难舍、心生妄想之故。我不管，你牡丹姐姐如若不换衣服，我惟你们二人是问。少时我同太守还要进来看呢。”说罢，转身上厅去了。

凤仙听了，低头不语。惟有秋葵，将嘴一咧，哇的一声哭着，奔到后面，见了牡丹，一把拉住，道：“嗳哟！姐姐吓，你可快走了！我们可怎么好吓！”说罢，放声痛哭。牡丹也就陪哭起来了。众人不知为着何故。随后凤仙也就来了，将此事说明。大家这才放了心了。何氏夫人过来拉住秋葵，道：“我的儿，你不要啼哭。你舍不得你的姐姐，那知我心里还舍不得你呢。等着我们到了任所，急急遣人来接你。实对你说，我狠爱你这实心眼儿，为人憨厚。你若不憎嫌（厌恶），我就认你为干女儿，你可愿意么？”秋葵听了，登时止住泪，道：“这话果真么？”何氏道：“有甚么不真呢？”秋葵便立起身来，道：“如此，母亲请上，待孩儿拜见。”说罢，立时拜下去。何氏夫人连忙搀起。凤仙道：“牡丹姐姐，你不要哭了，如今有了傻妹子了。”牡丹噗哧的一声也笑了。凤仙道：“妹子，你只顾了认母亲。方才我爹爹说的话，难道你就忘了么？”秋葵道：“我何尝忘了呢。”便对牡丹道：“姐姐，你将衣服换了罢。我爹爹说了，如若不换衣服，要不依我们俩呢。你若拿着我当亲妹妹，你就换了；若你瞧不起我，你就不换。”张妈妈也来相劝。凤仙便吩咐丫鬟道：“快拿你家小姐的簪环（发簪和耳环）衣服来。”彼此撺掇（cuān duo，怂恿，鼓动），牡丹碍不过脸去，只得从新梳洗起来。不多时，梳妆已毕，换了衣服，更觉鲜艳非常。牡丹又将簪珥（发簪和耳饰）赠了凤仙姊妹许多，二人深谢了。

且说沙龙来到厅上，复又执壶斟酒，刚然（刚刚）坐下，只见焦赤道：“沙大哥，今日欧阳兄、智大哥俱在这里，前次说的亲事今日还不定规么？”一句话说的也有笑的，也有怔（zhèng，愣）的。怔的因不知其中之事体，此话从何说起；笑的是笑他性急，粗莽之甚。沙龙道：“焦贤弟，你忙甚么？为女儿之事，何必在此一时呢？”焦赤道：“非是俺性急。明日智大哥又要随太守赴任，岂不又是耽搁呢？还是早些规定了的是。”丁二爷道：“众位不知，焦二哥为的是早些定了，他还等着吃喜酒呢。”焦赤道：“俺单等吃喜酒。这里现放着酒，来，来，来，咱们且吃一杯。”说罢，端起来一饮而尽。大家欢笑快饮。酒饭已毕，金公便要了笔砚来，给邵邦杰细细写了一信，连手帕并金鱼玉钗俱各封固停当，当面交与丁雄，叫他回去，就托邵邦杰将此事细细访查明白。匆忙之间，金公只说起牡丹投河自尽，却忘了说明牡丹已经遇救，以及父女重逢。赏了丁雄二十两银子，即刻起身，赶赴长沙去了。

沙龙此时已到后面，秋葵将何氏夫人认为干女儿之事说了；又说起牡丹小姐已然换了衣服，还要请太守与爹爹一同拜见。沙龙便来到厅上，请了金公，来到后面。牡丹出来，先拜谢了沙龙。沙龙见牡丹花团锦簇，真不愧千金的态度，满心欢喜。牡丹又与金公见礼。金公连忙搀起，见牡丹依然是闺阁妆扮，虽然欢喜，未免有些凄惨。牡丹又带了秋葵与义父见礼，金公连忙叫牡丹搀扶。沙龙也叫凤仙见了。金公又致谢沙龙："小女在此打搅，多蒙兄长与二位侄女照拂（照料）。"沙龙连说："不敢。"

他等只管亲的干的，见父认女，傍边把个张妈妈瞅的眼儿热了，眼眶里不由的流下泪来，用绢帕左搽右搽。早被牡丹看见，便对金公道："孩儿还有一事告禀。"金公道："我儿有话，只管说来。"牡丹道："孩儿性命，多亏干爹干娘搭救，才有今日。而且老夫妻无男无女，孤苦只身，求爹爹务必将他老夫妻带到任上，孩儿也可以稍为报答。"金公道："正当如此，我儿放心。就叫他老夫妻收拾收拾，明日随行便了。"张妈妈听了，这才破涕为笑（停止哭泣，露出笑容。形容转悲为喜）。

沙龙又同金公来到厅上，金公见设筵（酒席）盛丰，未免心甚不安。沙龙道："今日此筵，可谓四喜俱备。大家坐了，待我说来。"仍然太守首座，其次北侠、智公子、丁二官人、孟杰、焦赤，下首却是沙龙与张立。焦赤先道："大哥快说四喜。若说是了，有一喜俺喝一碗如何？"沙龙道："第一，太守今日一家团聚，又认了小姐，这个喜如何？"焦赤道："好！可喜可贺，俺喝这一碗。快说第二。"沙龙道："这第二就是贤弟说的了。今日凑着欧阳兄、智贤弟在此，就把女儿大事定规了，从此咱三人便是亲家（两家儿女相婚配的亲戚关系。亲，qìng）了。一言为定，所有纳聘的礼节再说。"焦赤道："好吓！这才痛快呢。这二喜俺要喝两碗，一碗陪欧阳兄、智大哥，一碗陪沙兄长。你三人也要换盅（zhōng，饮酒或喝茶用的没有把儿的杯子）儿才是。"说的大众笑了。果然北侠、智公子与沙员外彼此换杯。焦赤已然喝了两碗。沙龙道："三喜是明日太守荣任高升，这就算饯行（设酒食送行。饯，jiàn）的酒席如何？"焦赤道："沙兄长会打算盘，一打两副成。也倒罢了，俺也喝一碗。"孟杰道："这第四喜不知是甚么，倒要听听。"沙龙道："太守认了小女为女，是干亲家；欧阳兄与智贤弟定了小女为媳，是新亲家；张老丈认了太守的小姐为女，是干亲家。通盘算来，今日乃我们三门亲家大会齐儿，难道算不得一喜么？"焦赤听了，却不言语，也不饮酒。丁二爷道："焦二哥，这碗酒为何不喝？"焦赤道："他们亲家闹他们的亲家，管俺甚么相干？这酒俺不喝他。"丁二爷道："焦二哥，你莫要打不开算盘（指不会算账），将来这里的侄女儿过了门时，他们亲家爹对亲家爷，咱们还是亲家叔叔呢。”说的大家全笑了。彼此欢饮。饭毕之后，大家歇息。

到了次日，金太守起身，智化随任，独有凤仙、秋葵与牡丹三人痛哭，不忍分别，好容易方才劝止。智化又谆谆（言语恳切、再三嘱咐的样子。谆，zhūn）嘱咐：“好生看守蓝骁，俟折子到时即行押解进京。”北侠又提拨智化，一路小心。大家珍重，执手分别。上任的上任，回庄的回庄，俱各不表。要知后文何事，且听下回分解。

第一百回 探形踪王府遣刺客 赶道路酒楼问书童

且说小侠艾虎自从离了卧虎沟，要奔襄阳。他因在庄三日未曾饮酒，头天就饮了个过量之酒，走了半天就住了。次日也是如此。到了第三日，猛然省悟，道：“不好！若要如此，岂不又像上卧虎沟一样么？倘然再要误事，那就不成事了。从今后酒要检点（注意约束）才好。”自己劝了自己一番。因心里惦着走路，偏偏的起得早了，不辨路径，只顾往前进发。及至天亮，遇见行人问时，谁知把路走错了：理应往东，却岔到东北，有五六十里之遥。幸喜此人老成，的的确确告诉他由何处到何镇，再由何镇到何堡，过了何堡几里方是襄阳大路。艾虎听了，躬身道谢，执手（拱手）告别，自己暗道：“这是怎么说！起了个五更，赶了个晚集，这半夜的工夫白走了。仔细想来，全是前两日贪酒之过。若不是那两天醉了，何至有今日之忙，何至有如此之错呢？可见酒之误事不小。”自己悔恨无及。

那知他就在此一错上，便把北侠等让过去了，所以直到襄阳全未遇见。这日好容易到了襄阳，各处店寓询问，俱各不知。他那知道北侠等三人再不住旅店，惟恐怕招人的疑忌，全是在野寺古庙存身。小侠寻找多时，心内烦躁，只得找个店寓住了。

次日便在各处访查，酒也不敢多吃了。到处听人传说：“新升来一位巡按大人姓颜，是包丞相的门生，为人精明，办事鲠直（即"耿直"）。倘若来时，大家可要把冤枉伸诉伸诉。"又有悄悄低言讲论的，他却听不真切。他便暗暗生智，坐在那里，仿佛瞌睡，前仰后合，却是闭目合睛，侧耳细听，渐渐的听在耳内。原来是讲究如何是立盟书，如何是盖冲霄楼，如何设铜网阵。一连探访了三日，到处讲究的全是这些，心内早得了些主意。因知铜网阵的利害，不敢擅入，他却每日在襄阳王府左右暗暗窥觑（kuī qù，从小孔、缝隙或隐蔽处偷看），或在对过酒楼瞭望。

这日正在酒楼之上饮酒，却眼巴巴的瞧着对过，见府内往来行人出入，也不介意。忽然来了二人，乘着马，到了府前下马，将马拴在桩上，进府去了。有顿饭的工夫，二人出来，各解偏缰，一人扳鞍上马，一人刚才认镫（脚踏马镫，指上马。镫，dèng）。只见跑出一人一招手，那人赶到跟前，附耳说了几句，形色甚是仓皇（匆忙而慌张）。小侠见了，心中有些疑惑，连忙会钞（付钱）下楼，暗暗跟定二人，来到双岔路口，只听一人道："咱们定准在长沙府关外十里堡镇上会齐。请了。"各自加上一鞭，往东西而去。他二人只顾在马上交谈，执手告别，早被艾虎一眼看出，暗道："敢则是他两个呀！"

你道此二人是谁？原来俱是招贤馆的旧相知。一个是陡起邪念的赛方朔方貂（diāo）。自从在夹沟被北侠削了他的刀，他便脱逃，也不敢回招贤馆，他却直奔襄阳投在奸王府内。那一个是机谋百出的小诸葛沈仲元。只因捉拿马强之时，他却装病不肯出头。后来见他等生心抢劫，不由的暗笑："这些没天良之人，甚么事都干的出来。"又听见大家计议投奔襄阳，自己转想："赵爵久怀异心，将来国法必不赦宥（shè yòu，赦免、宽恕）。就是这些乌合之众（指无组织纪律的一群人），也不能成其大事。我何不将计就计，也上襄阳投在奸王那里，看个动静。倘有事关重大的，我在其中调停，暗暗给他破格，一来与朝廷出力报效，二来为百姓剪恶除奸（铲除凶恶与奸邪），岂不大妙？"

但凡侠客义士行止不同。若是沈仲元尤难，自己先担个从奸助恶之名，而且在奸王面前还要随声附和，逢迎献媚，屈己从人（委屈自己，顺从别人），何以见他的侠义呢？殊不知他仗着自己聪明，智略过人。他把事体看透，犹如掌上观文，仿佛逢场作戏。从游戏中生出侠义来，这才是真正侠义。即如南侠、北侠、双侠，甚至小侠，处处济困扶危（救济贫困的人，扶助有危难的人)，谁不知是行侠尚义呢？这是明露的侠义，却倒容易。若沈仲元决非他等可比。他却在暗中调停，毫不露一点声色，随机应变，谲诈（奸诈。谲，jué）多端，到了归期，恰在侠义之中，岂不是个极难的事呢！他的这一番慧心灵机，真不愧“小诸葛”三字。

他这一次随了方貂同来，却有一件重大之事。只因蓝骁被人擒拿之后，将辎重分散喽罗。其中就有无赖之徒，恶心不改，急急赶赴襄阳，禀报奸王。奸王听了，暗暗想道：“事尚未举，先折了一只臂膀，这便如何是好？”便来至集贤堂与大众商议，道：“孤家原写信一封与蓝骁，叫他将金辉邀截（阻拦袭击）上山，说他归附。如不依从，即行杀害，免得来到襄阳，又要费手。不想蓝骁被北侠擒获。事到如今，列位可有甚么主意？”其中却有明公说道：“纵然害了金辉，也不济事（不管用）。现今圣上钦派颜查散巡按襄阳，而且长沙又改调了邵邦杰。这些人都有虎视眈眈之意。若欲加害，索性全然害了，方为稳便（稳安方便）。如今却有一计害三贤的妙策。”奸王听了，满心欢喜，问道：“何谓‘一计害三贤’？请道其详。”这明公道：“金辉必由长沙经过。长沙关外十里堡，是个迎接官员的去处。只要派个有本领的去到那里，夤夜（深夜。夤，yín）之间，将金辉刺死。倘若成功，邵邦杰的太守也就作不牢了。金辉原是在他那里住宿，既被人刺死了，焉有本地太守无罪之理？咱们把行刺之人深藏府内，却办一套文书，迎着颜巡按呈递。他做襄阳巡按，襄阳太守被人刺死，他如何不管呢？既要管，又无处缉拿行刺之人。事要因循（迟延拖拉）起来，圣上必要见怪，说他办理不善。那时慢说他是包公的门生，就是包公也就难以回护（袒护）了。”奸王听毕，哈哈大笑，道：“妙极，妙极！”就派方貂前往。

傍边早惊动了一个大明公沈仲元，见这明公说的得意扬扬，全不管行得行不得，不由的心中暗笑，惟恐“万一事成，岂不害一忠良？莫若我也走走”。因此上前说道：“启上千岁，此事重大，方貂一人惟恐不能成功，待微臣帮他同去如何？”奸王更加欢喜。方貂道：“为日有限，必须乘马，方不误事。”奸王道：“你等去到孤家御厩（jiù，马棚）中，自己拣选马匹去。”二人领命，就到御厩选了好马，备办停当。又到府内，见奸王禀辞（指官员赴外地任所前，谒见长官请示辞行）。奸王嘱咐了许多言语，二人告别出来。刚要上马，奸王又派亲随之人出来，吩咐道："此去成功不成功，务要早早回来。"二人答应，骑上马，各要到下处收什（收拾）行李，所以来至双岔口，言明会齐儿的所在，这才分东西，各回下处去了。

所以艾虎听了个明白，看了个真切，急急回到店中，算还了房钱，直奔长沙关外十里堡而来。一路上酒也不喝，恨不得一步迈到长沙，心内想着："他们是骑马，我是步行，如何赶的过马去呢？"又转想道："他二人分东西而走，必然要带行李，再无有不图安逸的。图安逸的，必是夜宿晓行。我不管他，我给他个昼夜兼行，难道还赶不上他么？"

真是"有志者事竟成"，却是艾虎预先到了。歇息了一夜，次日必要访查那二人的下落。出了旅店，在街市闲游，果然见个镇店之所，热闹非常。自己散步，见路东有接官所，悬花结彩。仔细打听，原来是本处太守邵老爷与襄阳太守金老爷是至相好，皆因太守上襄阳赴任，从此经过，故此邵老爷预备的这样整齐。艾虎打听这金老爷几时方能到此，敢则（正是）是后日才到公馆。艾虎听在心里，猛然省悟，道："是了，大约那两个人必要在公馆闹甚么悬虚（即玄虚，用使人迷惑的形式来掩盖真相的欺骗手段），后日我倒要早早的应候他。"

正在揣度之间，忽听耳畔有人叫道："二爷那里去？"艾虎回头一看，瞧着认得，一时想不起来，连忙问道："你是何人？"那人道："怎么二爷连小人也认不得了呢？小人就是锦笺。二爷与我家爷结拜，二爷还赏了小人两锭银子。"艾虎道："不错，不错，是我一时忘记了。你今到此何事？"锦笺道："哎！说起来话长。二爷无事，请二爷到酒楼，小人再慢慢细禀（仔细禀告）。"

艾虎即同锦笺上了路西的酒楼，拣个僻静的桌儿坐了。锦笺还不肯坐，艾虎道："酒楼之上何须论礼，你只管坐了，才好讲话。"锦笺告坐，便在横头儿坐了。博士（旧时称从事某些服务行业的人）过来，要了酒菜。艾虎便问施公子。锦笺道："好，现在邵老爷太守衙门居住。"艾虎道："你主仆不是上九仙桥金老爷那里，为何又到这里呢？"锦笺道："正因如此，所以话长。"便将投奔九仙桥始末原由说了一遍，后来如何病在攸（yōu）县，"若不亏二爷赏了两个锞子（小块的金锭或银锭），我家相公如何养病呢？"艾虎说："些须小事，何必提他。你且说，后来怎么样？"

锦笺初见面何以就提赏了小人两锭银子？只因艾虎给的银两恰恰

与锦笺救了急儿，所以他深深感激，时刻在念。俗语说的好：“宁给饥人一口，不送富人一斗。”是再不错的。锦笺又说起遇了官司，如何要寻自尽，却好遇见一位蒋爷，赏了两锭银子，方能奔到长沙。艾虎听到此，便问道：“姓蒋的是甚么模样？”锦笺说了形状。艾虎不胜大喜，暗道：“蒋叔父也有了下落了。”

又听锦笺说邵老爷如何与我家爷完婚一节，艾虎不由的拍手笑道：“好，这位老爷办事爽快，如今俺有了盟嫂了。”锦笺道：“二爷不知这其中又有了事了。”艾虎道：“还有甚么事？”锦笺又将如何派丁雄，“昨因丁雄回来，金老爷那里写了一封信来，说他小姐因病上唐县就医，乘舟玩月，误堕水中。现时小人的这位主母（婢妾、仆役称女主人为主母）是假冒的。”艾虎听了诧异，道：“这假的又是那个呢？”锦笺又将以前自己同佳蕙做的事，一五一十的说了。艾虎摇头道：“你们这事做的不好了，难道邵老爷见了此书就不问么？”锦笺道：“焉有不问的呢？将我家爷叫了过去，把书信给他看了，额外还有一包东西。我家爷便到卧室见了假主母，将这东西给他看了，这假主母才哭了个哽气倒噎（上气不接下气）。”艾虎道：“见了甚么东西，就这等哭？”锦笺道：“就是芙蓉帕金鱼和玉钗。我家爷因见帕上有字，便问是谁人写的。假主母方才道，这前面是他写的。”艾虎道：“到底是谁？”锦笺笑道：“二爷，你道这假主母是谁，敢则就是佳蕙。”艾虎问道：“佳蕙如何冒称小姐呢？”锦笺又将对换衣服说了。艾虎说：“这就是了。后来怎么样呢？”锦笺道：“这佳蕙说：‘前面字是妾写的，这后边字不是老爷写的么？’一句话倒把我家爷提醒了，仔细一看，认出是小人笔迹。立刻将小人叫进去，三曹对案，这才都说了，全是佳蕙与小人彼此对偷的，我家爷与金小姐一概不知。我家爷将我责备一番，便回明了邵老爷。邵老爷倒乐了，说小人与佳蕙两小无猜，全是一片为主之心，倒是有良心的。只可惜小姐薄命倾生。谁知佳蕙自那日起痛念小姐，饮食俱废。我家爷也是伤感。因此叫小人备办祭礼，趁着明日邵老爷迎接金老爷去，他二人要对着江边遥祭（向远处致祭行礼）。”艾虎听了，不胜悼叹（哀伤叹息。悼，dào）。他那知道绿鸭滩给张公贺得义女之喜，那就是牡丹呢。锦笺说毕，又问小侠意欲何往。艾虎不肯明言，托言往卧虎沟去，又转口道：“俺既知你主仆在此，俺倒要见见。你先去备办祭礼，我在此等你，一路同往。”锦笺下楼，去不多时回来。艾虎会了钱钞下楼，竟奔衙署。相离不远，锦笺先跑去了，报知施生。施生欢喜非常，连忙来至衙外，将艾虎让至东跨所之书房内。彼此欢叙，自不必说。

到了次日，打听邵老爷走后，施生见了艾虎，告过罪，暂且失陪。艾虎已知为遥祭之事，也不细问。施生同定佳蕙、锦笺，坐轿的坐轿，骑马的骑马，来到江边，设摆祭礼，这一番痛哭，不想却又生出巧事来了。欲知端底（底细）如何，且听下回分解。

第一百一回　两个千金真假已辨　一双刺客妍媸[1]自分

且说施生同锦笺乘马，佳蕙坐了一乘小轿，私自来到江边，摆下祭礼，换了素服。施生拜奠，锦笺、佳蕙跟在相公后面行礼。佳蕙此时哀哀戚戚的痛哭至甚，施生也是惨惨凄凄泪流不止，锦笺在傍恳恳切切百般劝慰。痛哭之后，复又拈香。候香烬（jìn，物体燃烧后剩下的东西）的工夫，大家观望江景。只见那边来了一帮官船，却是家眷行囊，船头上舱门口一边坐着一个丫鬟，里面影影绰绰（模糊不真切）有个半老的夫人同着一位及笄（指女子满十五岁。古代女子满十五岁把头发绾起来，戴上簪子，也指到了结婚的年龄。笄，jī）的小姐，还有一个年少的相公。船临江近，不由的都往岸边瞭望，见施生背着手儿远眺江景，瞧佳蕙手持罗帕，仍然拭泪。小姐看了多时，搭讪着对相公说道：“兄弟，你看那夫人的面貌好似佳蕙。”小相公尚未答言，夫人道：“我儿悄言，世间面貌相同者颇多。他若是佳蕙，那厢（那边）必是施生了。”小姐方不言语，惟有秋水凝眸（目不转睛地看）而已。

原来此船就是金太守的家眷，何氏夫人带着牡丹小姐、金章公子。何氏夫人早已看见岸边有素服祭奠之人，仔细看来，正是施生与佳蕙。施生是自幼儿常见的，佳蕙更不消说（不用说）了，心中已觉惨切之至。

① 妍媸（yán chī）：美和丑。

一来惟恐小姐伤心，现有施生，不大稳便；二来又因金公脾气，不敢造次（鲁莽）相认，所以说了一句“世间面貌相同者多”。

船已过去，到了停泊之处，早有丁雄、吕庆在那里伺候迎接。吕庆已从施公处回来，知是金公家眷（家属，有时专指妻子）到了，连忙伺候。仆妇丫鬟上前搀扶着，弃舟乘轿，直奔长沙府衙门去了。不多时，金老爷也到，丁雄、吕庆上前请安，说：“家老爷备的马匹在此，请老爷乘用。”金公笑吟吟的道：“你家老爷在那里呢？”丁雄道：“在公馆恭候老爷。”金公忙接丝缰（丝制的马缰绳），吕庆坠镫（向下拉正马蹬。镫，dèng，挂在马鞍两旁的金属脚踏），上了坐骑。丁雄、吕庆也上了马。吕庆在前引路，丁雄策着马在金公旁边。金公问他：“几时到的长沙？你家老爷见了书信说些甚么？”丁雄道：“小人回来时极其迅速，不多几日就到了。家老爷见了老爷的书信，小人不甚明白。俟（sì，等待）老爷见了家老爷，再为细述。”金公点了点头。说话间，丁雄一伏身，叭喇喇马已跑开。

又走了不多会，只见邵太守同定阖（hé，全，总）署官员，俱在那里等候。此时吕庆已然下马，急忙过来伺候。金公下马，二位太守彼此相见，欢喜不尽。同到公厅之上，众官员又从新参见。金公一一应酬了几句，即请安歇去罢。众官员散后，二位太守先叙了些彼此渴想的话头，然后摆上酒肴，方问及完婚一节。邵老爷将锦笺、佳蕙始末原由，述了一遍。金公方才大悟，全与施生、小姐毫无相干。二人畅饮阔叙。酒饭毕后，金老爷请邵老爷回署。邵老爷又陪坐多时，方才告别，坐轿回衙。

此时施生早已回来了，独独不见了艾虎，好生着急，忙问书童。书童说：“艾爷并未言语，不知向何方去了。”施生心中懊悔，暗自揣度道：“想是贤弟见我把他一人丢在此处，他赌气的走了。明日却又往何方找寻去呢？”回身来至卧室，却又不见了佳蕙。不多时，丫鬟来回道：“奶奶叫回老爷：知道方才接得金太守家眷，谁知金小姐依然无恙。奶奶在那里伺候小姐呢。俟诸事已毕，回来再禀。”施生临了，不觉诧异，却又暗暗欢喜。

忽听邵老爷回衙，连忙迎接，相见毕。邵老爷也不进内，便来至东跨所（跨屋）之内安歇，施生陪坐。邵老爷道：“我今日面见金兄，俱已说明。你金老伯不但不怪你，反倒后悔，还说明日叫贤侄随到任上与牡丹完婚。明日必到衙署回拜于我，贤侄理应见见为是。”施生喏喏连声，又与邵公拜揖，深深谢了。

叙话多时，方才回转卧室。却好佳蕙回来，施生便问牡丹小姐如何死而复生。佳蕙一一说了，又言：“夫人视如儿女，小姐情同姊妹。贱妾受如此大恩，实实不忍分离。今日回明老爷，明日贱妾就要随任所。俟完婚之日，再为伺候老爷。”说罢，磕下头去。施生连忙搀起，道：“理应如此。适才邵老爷已向我说明，明日金老爷还要叫我随赴任上完婚。我想，离别父母日久，我还要到家中探望探望。俟禀明父母，再赴任所也不为迟。”佳蕙道：“正是。”收什行装已毕，服侍施生安寝。

且说金公在公馆大厅之内，请了智公子来谈了许久。智化惟恐金公劳乏（疲倦，劳累），便告退了。原来智化随金公前来，处处留神，每夜人静，改换行装，不定内外巡查几次。此时天已二鼓，智爷扎抹停当，从公馆后面悄悄的往前巡来。

刚至卡子门（现位于南京市秦淮区，因清代在此设卡收货物税而得名）旁，猛抬头见倒厅有个人影往前张望。智爷一声儿也不言语，反将身形一矮，两个脚尖儿沾地，突、突、突顺着墙根，直奔倒座（四合院中跟正房相对的房屋）东耳房（跟正房相连的两侧的小屋，也指厢房两旁的小屋）而来。到了东耳房，将身一躬，脚尖儿垫劲儿，嗖，便上了东耳房。

抬头见倒座北耳房高着许多，也不惊动倒座上的人，且往对面观瞧。见厅上有一人爬伏，两手把住椽头，两脚撑住瓦陇（即瓦垄，屋顶上用瓦铺成的凹凸相间的行列），倒垂势往下观瞧。智爷暗道：“此人来的有些蹊跷（奇怪，可疑），倒要看着。”忽见脊后又过来一人，短小身材，极其灵便。见他将爬伏那人的左脚登的砖一抽，那人脚下一松，猛然一跐（cī，脚下滑动），急将身形一长，重新将脚按了一按，复又爬伏，本人却不理会，这边智化看得明白，见他将身一长，背的利刃已被那人抽去。智爷暗暗放心，只是防着对面那人而已。

转眼之间，见爬伏那人从正房上翻转下来，赶步进前，回手刚欲抽刀，谁知剩了皮鞘，暗说：“不好！”转身才待要走，只见迎面一刀砍来，急将脑袋一歪，身体一侧，噗哧左膀着刀，嗳呀一声，栽倒在地。艾虎高声嚷道：“有刺客！”早又听见有人接声，说道：“对面上房还有一个呢！”艾虎转身竟奔倒座，却见倒座上的人跳到西耳房，身形一晃，已然越过墙去。艾虎却不上房，就从这边一伏身，蹿上墙头，随即落下，脚底尚未站稳，觉得耳边凉风一股。他却一转身，将刀往上一迎。只听咯当一声，刀对刀，火星乱迸。只听对面人道：“好！真正灵便。改日再会，请了。”一个健步，脚不沾地，直奔树林去了。

艾虎如何肯舍，随后紧紧追来。到了树林，左顾右盼，不见个人形。忽听有人问道：“来的可是艾虎么？有我在此。”艾虎惊喜道：“正是，可是师傅么？贼人那里去呢？”智爷道：“贼已被擒。”艾虎尚未答言，只听贼人道：“智大哥，小弟若是贼，大哥你呢？”智爷连忙追问，原来正是小诸葛沈仲元，即行释放，便问一问现在那里。沈仲元将在襄阳王处说了。艾虎早已过来见了智爷，转身又见了沈仲元。沈仲元道：“此是何人？”智化道：“怎么贤弟忘了么？他就是馆僮（书童）艾虎。”沈爷道：“嗳呀！敢则（莫非）是令徒呀？怪道，怪道。所谓‘强将手下无弱兵’，好个伶俐身段。只他那抽刀的轻快与越墙的躲闪，真正灵通之至。”智化道：“好是好，未免还有些卤莽（鲁莽），欠些思虑。幸而树林之内是劣兄在此，倘若贤弟令人在此埋伏，小徒岂不吃了大亏么？”说的沈爷也笑了。艾虎却暗暗佩服。智爷又问道：“贤弟，你在襄阳王那里作甚？”沈爷道：“有的没的几个好去处，都被众位哥哥兄弟们占了，就剩了个襄阳王，说不得小弟任劳任怨罢了。再者他那里一举一动，若无小弟在那里，外面如何知道呢？”智化听了，叹道：“似贤弟这番用心，又在我等之上了。”沈爷道：“分甚么上下。你我不能致君泽民（对上能辅佐君主，对下能造福人民），止于借‘侠义’二字，了却终身而已，有甚讲究！”智爷连连点头称是，又托沈爷倘有事关重大，务祈帮助。沈爷满口应承。彼此分手，小诸葛却回襄阳去了。

智化与艾虎一同来到公馆。此时已将方貂捆缚，金公正在那里盘问。方貂仗着血气之勇（凭一时感情冲动产生的勇气），毫无畏惧，一一据实说来。金公诓（kuāng，骗）了口供，将他带下去，令人看守。然后智爷带了小侠拜见了金公，将来历说明。金公感激不尽。

等到了次日，回拜邵老爷，入了衙署（古代官吏办理公务的场所），二位相见就座。金公先把昨夜智化、艾虎拿住刺客的话说了。邵老爷立刻带上方貂，略问了一问，果然口供相符，即行文到首县寄监（暂时关押在监狱中），将养伤痕，严加防范，以备押解（押送）东京。邵老爷叫请智化、艾虎相见。金老爷请施俊来见。不多时，施生先到，拜见金公。金公甚觉赧颜（因惭愧而脸红。赧，nǎn），认过不已，施生也就谦逊了几句。

刚刚说完，只见智爷同着小侠进来，参见邵老爷。邵公以客礼相待。施生见了小侠，欢喜非常，道："贤弟，你往那里去来？叫劣兄好生着急。"大家便问："你二位如何认得？"施生先将结拜的情由述了一遍，然后小侠道："小弟此来，非是要上卧虎沟，是为捉拿刺客而来。"大家骇异（惊讶，惊异），问道："如何就知有刺客呢？"小侠将私探襄阳府，遇见二人说的话，"因此急急赶来，惟恐预先说了，走漏风声。再者又恐兄长担心，故此不告辞而去，望祈兄长莫怪。"大家听了，漫说金公感激，连邵老爷与施生俱各佩服。

饮酒之际，金公就请施生随任完婚。施生道："只因小婿离家日久，还要到家中探望双亲。俟禀明父母后，再赴任所。今日且叫佳蕙先随到任，不知岳父大人以为何如？"金公点点头，也倒罢了。智化道："公子回去，难道独行么？"施生道："有锦笺跟随。"智化道："虽有锦笺，也不济事。我想公子回家固然无事，若禀明令尊令堂（敬辞，称对方的父亲和母亲）之后，赶赴襄阳，这几日的路程恐有些不便。"一句话提醒了金公，他乃屡次受了惊恐之人，连连说道："是吓！还是恩公想的周到。似此如之奈何（怎么办）？"智化道："此事不难，就叫小徒保护前去，包管无事。"艾虎道："弟子愿往。"施生道："又要劳动贤弟，愚兄甚是不安。"艾虎道："这劳甚么。"大家计议（商议）已定。还是女眷先行起身，然后金公告别。邵老爷谆谆要送，金老爷苦苦拦住，只得罢了。

此时锦笺已备了马匹。施生送岳父送了几里，也就回去了。回到衙署的东院书房，邵老爷早吩咐丁雄备下行李盘费，交代明白，刚要转后，只见邵老爷出来，又与他二人饯别（准备酒食为人送行。饯，jiàn），谆谆嘱咐路上小心。施、艾二人深深谢了，临别叩拜。二人出了衙署，锦笺已将行李扣备停当，丁雄帮扶伺候。主仆三人乘马，竟奔长洛县施家庄去了。

金牡丹事好容易收煞（收拾，交待）完了。后面虽有归结（结局），也不过是施生到任完婚，牡丹、佳蕙，一妻一妾，三人和美非常。再要叙说那些没要紧之事，未免耽误正文。如今就得由金太守提到巡按颜大人，说紧要关节为是。

想颜巡按起身在太守之先，金太守既然到任，颜巡按不消说了，固然是早到了。自颜查散到任，接了呈子（民间向官方或下级向上级上呈的公文）无数，全是告襄阳王的：也有霸占地亩的；也有抢夺妻女的；甚至有稚子（幼子，小孩）弱女之家无故被搜罗入府，稚子排演优伶，弱女教习歌舞。黎民遭此惨害，不一而足。颜大人将众人一一安置，叫他等俱各好好回去，不要声张，也不用再递催呈。“本院必要设法将襄阳王拿获，与尔等报仇雪恨。”众百姓叩头谢恩，俱各散去。谁知其中就有襄阳王那里暗暗派人前来，假作呈词告状，探听巡按言词动静。如今既有这样的口气，他等便回去，启知（禀告）了襄阳王。不知奸王如何，且听下回分解。

第一百二回　锦毛鼠初探冲霄楼　黑妖狐重到铜网阵

且说奸王听了探报之言，只气得怪叫如雷，道：“孤乃当今皇叔，颜查散他是何等样人，擅敢要捉拿孤家与百姓报仇雪恨！此话说的太大了，实实令人可气！他仗的包黑子的门生，竟敢藐视孤家（古代君主的自称）。孤家要是叫他好好在这里为官，如何能够成其大事？必须设计将他害了，一来出了这口恶气，二来也好举事。”因此转想起：“俗言：‘捉奸要双，拿贼要赃。’必是孤家声势大了，朝廷有些知觉。孤家只用把盟书放好，严加防范，不落他人之手，无有对证，如何诬赖孤家呢！”想罢，便吩咐集贤堂众多豪杰光棍，每夜轮流看守冲霄楼。所有消息线索，俱各安放停当。额外又用弓箭手、长枪手。倘有动静，鸣锣为号。“大家齐心努力，勿得稍为懈弛（懈怠，松懈）。”

奸王这里虽然防备，谁知早有一人暗暗探听了一番，你道是谁？就是那争强好胜不服气的白玉堂。自颜巡按接印到任以来，大人与公孙先生料理公事，忙忙碌碌，毫无暇晷（xiá guǐ，空闲的时日），而且案件中多一半是襄阳王的。白玉堂却悄地里访查，已将八卦铜网阵听在耳内。到了夜间人静之时，改扮行装，出了衙署，直奔襄阳府而来。先将大概看了，然后越过墙去，处处留神。在集贤堂窃听了多时，夜静无声。从房上越了几处墙垣（墙壁。垣，yuán），早见那边有一高楼，直冲霄汉（云霄和天河，指天空），心中暗道："怪道起名冲霄楼，果然巍耸（wēi sǒng，高耸），且自下去看看。"回手掏出小石子轻轻问路，细细听去却是实地，连忙飞身跃下，蹑足潜踪（放轻脚步，隐住身体。形容小心隐秘的样子。蹑，niè），滑步而行。来至切近一立身，他却摸着木城板做的围城，下有石基，上有垛口，垛口上面全有锋芒。中有三门紧闭，用手按了一按，里面关的纹丝儿不能动。只得又走了一面，依然三个门户，也是双扇紧闭。一连走了四面，都是如此，自己暗道："我已去了四面，大约那四面也不过如此。他这八面每面三门，想是从这门上分出八卦来。闻得奇门上有个'八门逢阖，三奇入木'。惜乎（可惜），我不晓得今夜是甚么日子。看此光景，必是逢阖之期，所以各门紧闭。各门俱都紧紧关闭，我今日来的不巧了，莫若暂且回去，改日再来打探，看是如何。"想罢，刚要转身，只听那边既有锣声，又是梆响，知是巡更的来了。他却留神一看，见那边有座小小更棚，连忙隐到更棚的后面，侧耳细听。

不多时，只听得锣梆齐鸣，到了更棚歇了。一人说道："老王吓，你该当走走了，让我们也歇歇。"一人答道："你们只管进来歇罢，今日没事。你忘了咱们上次该班（值班），不是遇见了这么一天么。各处门全关着，怕甚么呢？今儿又是如此。咱们仿佛是个歇班日子，偷点懒儿狠使得。"又一人道："虽然如此，上头传行的紧，锣梆不响，工夫大了，头儿又要问下来了，何苦呢？说不得王第八的你二位辛苦辛苦，回来我们再换你。"又一人道："你别顽笑闹巧话儿。他姓王行三，我姓李行八。你要再称姓，索性都称姓；要叫排行，都叫排行。方才你叫他老王，叫我老八，已然不受听了。这时候叫起王第八来了，你怎么想来着？你们俩凑起来，更不够一句呢。你的小名叫小儿，他的小名叫大头。我也把你两个掐到一块儿，叫你们两人小脑袋瓜儿，咱们看谁便宜，谁吃亏。"说罢，笑着就巡更去了。白玉堂趁着锣梆声音，暗暗离了更棚，窜房跃墙，回到署中，天已五鼓，悄悄进屋安歇。

到了次日，便接了金辉的手本（旧时门生见老师或下属见上司所用的帖子，上面写着自己的姓名、职位等)。颜大人即刻相见。金辉就把赤石崖提了盗首蓝骁，现在卧虎沟看守；十里堡拿了刺客方貂，交到长沙府监禁。“此二人系赵爵的硬证(强力证据)，必须解赴东京。”颜大人吩咐赶紧办了奏折，写了禀帖，派妥当差官先到长沙起了方貂，沿途州县俱要派役护送；后到卧虎沟押了蓝骁，不但官役护送，还有欧阳春、丁兆蕙暗暗防备。丁二爷因要到家中探看，所以约了北侠，俟诸事已毕，仍要同赴襄阳。后文再表。

且说黑妖狐智化自从随金公到任，他乃无事之人，同张立出府闲步。见西北有一去处，山势巉岩(指高而险的山岩。巉，chán)，树木葱郁，二人慢慢顺步行去。询之土人(当地人)，此山名叫方山。及至临近细细赏玩，山上有庙，朱垣碧瓦，宫殿巍峨(形容山或建筑物高大雄伟)；山下有潭，曲折回环，清水涟漪(lián yī，细小的波纹)。水曲之隈(wēi，山、水等弯曲的地方)有座汉皋台(山名，位于今湖北襄阳西北。皋，gāo)，石径之畔又有解珮(pèi)亭，乃是郑交甫(传为周朝人)遇仙之处。这汉皋就是方山的别名，而且房屋楼阁不少，虽则倾倒，不过略为修补，即可居住。似此妙境，却不知当初是何人的名园。

智化端详了多时，暗暗想道：“好个藏风避气的所在！闻得圣上为襄阳之事，不肯彰明较著(非常明显，容易看清)，要暗暗削去他的羽翼，将来必有乡勇义士归附。倘是聚集人也不少，难道俱在府衙居住么？莫若回明金公，将此处修理修理，以备不虞(指意料不到)，岂不大妙？”想罢，同张立回来，见了太守，回明此事。金公深以为然，又禀明按院，便动工修理。智化见金公办事骾直(即“耿直”)，昼夜勤劳，心中暗暗称羡不已。

这日，智化猛然想起：“奸王盖造冲霄楼，设立铜网阵，我与北侠、丁二弟前次来时，未能探访。如今我却闲在这里，何不悄地前去走走。”主意已定，便告诉了张立：“我找个相知，今夜惟恐不能回来。”暗暗带了夜行衣百宝囊，出了衙署，直奔襄阳王的府第而来，找了寓所安歇。到了二鼓(二更)之时，出了寓所，施展飞檐走壁之能，来至木城之下。留神细看，见每面三门，有洞开的，有关闭的，有中间开两边闭的，有两边开中间闭的，有两门连开单闭一头的，又有单开的连闭两门的，其中还有开着一扇，掩着一扇的，八面开闭，全然不同，与白玉堂探访时全不相同。

智化略定了定神，辨了方向，心中豁然明白，暗道："是了，他这是按乾、坎、艮、震、巽、离、坤、兑（八卦之数，分别代表天、水、山、雷、风、火、地、泽。艮，gèn；巽，xùn）的卦象排成。我且由正门进去，看是如何。"及至来到门内，里面又是木板墙，斜正不一，大小不同。门更多了，曲折弯转，左右往来。本欲投东，却是向西；及要往南，反倒朝北。而且门户之内，真的假的，开的闭的，迥不相同。就是夹道之中，通的塞的，明的暗的，不一而足（不止一种，而是很多）。智化暗道："好利害法子！幸亏这里无人隐藏，倘有埋伏，就是要跑，却从何处出去呢？"

正在思索，忽听拍的一声，打在木板之上，呱哒又落在地下。仿佛有人掷砖瓦，却是在木板子那边。这边左右留神细看，又不见人。智化纳闷，不敢停步，随弯就弯。转了多时，刚到一个门前，只见嗖的一下，连忙一存身。那边木板之上拍的一响，一物落地。智化连忙捡起一看，却是一块石子，暗暗道："这石子乃五弟白玉堂的技艺，难道他也来了么？且进此门看看去。"一伏身进门，往旁一闪，是提防他的石子。抬头看时，见一人东张西望，形色仓皇，连忙悄悄唤道："五弟，五弟，劣兄（愚兄）智化在此。"只见那人往前一凑，道："小弟正是白玉堂。智兄几时到来？"智化道："劣兄来了许久。叵耐（不可容忍，可恨。叵，pǒ）这些门户闹得人眼迷心乱，再也看不出方向来。贤弟何时到此？"白玉堂道："小弟也来了许久了。果然的门户曲折，令人难测。你我从何处出去方好？"智化道："劣兄进来时，心内明明白白。如今左旋右转，闹的糊里糊涂，竟不知去向了。这便怎么处？"

只听木板那边有人接言道："不用忙，有我呢。"智化与白玉堂转身往门外一看，见一人迎面而来。智化细细留神，满心欢喜，道："原来是沈贤弟么？"沈仲元道："正是，二位既来至此——那位是谁？"智化道："不是外人，乃五弟白玉堂。"彼此见了。沈仲元道："索性随小弟看个水落石出。"二人道："好。"沈仲元在前引路，二人随后跟来。又过了好些门户，方到冲霄楼。只见此楼也是八面朱窗玲珑，周围玉石栅栏，前面丹墀（宫殿前的台阶，因以红色涂饰，故称。墀，chí）之上，一边一个石象驮定宝瓶，别无他物。沈仲元道："咱们就在此打坐。此地可远观，不可近玩。"说罢，就在台基之上拂拭了拂拭，三人坐下。

沈爷道："今日乃小弟值日之期。方才听得有物击木板之声，便知是兄弟们来了，所以才迎了出来。亏得是小弟，若是别位，难免声张起来。"白玉堂道："小弟因一时性急，故此飞了两个石子，探探路径。"沈爷道："二位兄长莫怪小弟说，以后众家兄弟千万不要到此，这楼中消息（机关）线索利害非常。奸王惟恐有人盗去盟书，所以严加防范，每日派人看守楼梯，最为要紧。"智化道："这楼梯却在何处？"沈爷道："就在楼底后面，犹如马道（指建于城台内侧的漫坡道，一般为左右对称）一般。梯底下面有一铁门，里面仅可存身（容身）。如有人来，只用将索簧上妥，尽等拿人。这制造的底细，一言难尽。二位兄长回去，见了众家兄弟，谆嘱一番，千万不要到此。倘若入了圈套，惟恐性命难保。休怪小弟言之不早也。"白玉堂道："他既设此机关，难道就罢了不成？"沈仲元道："如何就罢了呢？不过暂待时日。俟有机缘，小弟探准了诀窍，设法破了索簧，只要消息不动，那时就好处治了。"智化道："全仗贤弟帮助。"沈仲元道："小弟当得效劳，兄长只管放心。"智化道："我等从何处出去呢？"沈仲元道："随我来。"三人立起身来，下了台基。

沈仲元道："今日乃戊（wù，天干第五位）午日干，'震（八卦之一，代表雷）为长男，兑（八卦之一，代表泽）为少阴'，内卦入'兑为泽'，左转行去，便到了外边'震为雷'。若往右边走错，门户皆闭，是再也出不去的。他这制造的，外有八卦，内分六十四爻（yáo，组成八卦中每一卦的长短横道），所以有六十四门。这其中，按着奇门休、生、伤、杜、景、死、惊、开的部位安置，一爻一个样儿，'周而复始，剥复往来'，是再不能重的。"说着话，已然过了无数的门户，果然俱是从左转。

不多时，已看见外边的木城。沈仲元道："二位兄长出了此门，便无事了。以后千万不要到此！恕小弟不送了。"智化二人谢了沈仲元，暗暗离了襄阳王府。智化又向白玉堂谆嘱了一番，方才分手。白玉堂回转按院衙门。智化悄地里到了寓所，到次日方回太守衙门，见了张立，无非托言找个相知未遇，私探一节毫不提起。

且说白玉堂自从二探铜网阵，心中郁郁不乐，茶饭无心。这日颜大人请到书房，与公孙先生静坐闲谈，雨墨烹茶伺候。说到襄阳王，所有收的呈词至今并未办理，奸王目下严加防范，无隙可乘。颜大人道："办理民词（百姓的诉状），却是极易之事，只是如何使奸王到案呢？"公孙策道："言虽如此，惟恐他暗里使人探听，又恐他别生枝节搅扰。他那里既然严加防范，我这里时刻小心。"白玉堂道："先生之言甚是。第一做官以印为主。"便吩咐雨墨道："大人印信要紧，从今后你要好好护持（保护维持），不可忽略（疏忽）。"雨墨领命，才待转身，白玉堂唤住，道："你往那里去？"雨墨道："小人护印去。"白玉堂笑道："你别性急，提起印来，你就护印去；方才要不提起，你也就想不起印来了。何必忙在此时呢？再者还有一说，隔墙须有耳，窗外岂无人。焉知此时奸王那里不有人来窥探。你这一去，提拨（提醒）他了。曾记当初俺在开封盗取三宝之时，原不知三宝放于何处，因此用了个拍门投石问路之计，多亏郎官包兴把俺领了去，俺才知三宝所在。你今若一去，岂不是'前车之鉴'么？不过以后留神就是了。"雨墨连连称是。白玉堂又将诓诱南侠入岛、暗设线网拿住展昭的往事，述了一番。彼此谈笑至二鼓之半，白玉堂辞了颜大人，出了书房，前后巡查。又吩咐更夫等，务要殷勤，回转屋内去了。不知后来如何，且听下回分解。

第一百三回　巡按府气走白玉堂　逆水泉搜求黄金印

且说白五爷回到屋内，总觉心神不定，坐立不安，自己暗暗诧异，道："今日如何眼跳耳鸣起来？"只得将软靠（古代武将所穿的轻型铠甲）扎缚停当，跨上石袋，仿佛预备厮杀的一般。一夜之间，惊惊恐恐，未能好生安眠。到了次日，觉的精神倦怠，饮食懒进，而且短叹长吁，不时的摩拳擦掌。及至到了晚间，自己却要早些就寝（qǐn，睡觉）。谁知躺在床上千思万虑，一时攒（cuán，聚，凑集）在心头，翻来覆去，反倒焦急不宁。索性赌气子起来，穿好衣服，跨上石袋，佩了利刃，来到院中，前后巡逻。

由西边转到东边，猛听得人声嘈杂，嚷道："不好了！西厢房失了火了！"白玉堂急急从东边赶过来，抬头时见火光一片，照见正堂之上，有一人站立。回手从袋内取出石子，扬手打去，只听噗哧一声，倒而复立。白玉堂暗说："不好！"此时众差役俱各看见，又嚷有贼，又要救火。白玉堂一眼看见雨墨在那里指手画脚，分派众人，连忙赶向前来，道："雨墨，你不护印，张罗这些做甚么？"一句话提醒了雨墨，跑到大堂里面一看，哎呀道："不好了！印匣（印章盒）失去了！"

白玉堂不暇细问，转身出了衙署，一直追赶下去，早见前面有二人飞跑。白玉堂一壁（一边）赶，一壁掏出石子随手掷去，却好打在后面那人身上。只听咯当一声，却是木器声音。那人往前一扑，可巧跑的脚急，收煞不住，噗咚嘴吃屎，趴在尘埃（地上）。白玉堂早已赶至跟前，照着脑后连脖子凹的一下，跺了一脚。忽然前面那人抽身回来，将手一扬，弓弦一响，白玉堂跺脚伏身，眼光早已注定前面，那人回身扬手弦响，知有暗器，身体一蹲，那人也就凑近一步。好白玉堂！急中生智，故意的将左手一握脸。前面那人只打量白玉堂着伤，急奔前来。白玉堂觑定（瞄准，看准。觑，qù），将右手石子飞出。那人忙中有错，忘了"打人一拳，防人一脚"。只听拍，面上早已着了石子，嗳哟了一声，顾不得救他的伙计，负痛逃命去了。白玉堂也不追赶，就将爬伏那人按住，摸了摸脊背上却是印匣，满心欢喜。随即背后灯笼火把，来了多少差役，因听雨墨说白五爷追赶贼，故此随后赶来帮助。见白五爷按住贼人，大家上前解下印匣，将贼人绑缚起来。只见这贼人满脸血渍，鼻口皆肿，却是连栽带跺的。差役捧了印匣，押着贼人，白五爷跟随在后，回到衙署。

此时西厢房火已扑灭，颜大人与公孙策俱在大堂之上，雨墨在旁乱抖。房上之人已然拿下，却是个吹气的皮人儿。差役先将印匣安放在公堂之上，雨墨一眼看见，咯噔的，他也不抖了。然后又见众人推拥着一个满脸血渍矮胖之人，到了公堂之上。颜大人便问："你叫甚么名字？"那人也不下跪，声音洪亮，答道："俺号钻云燕子，又叫坐地炮申虎。那个高大汉子，他叫神手大圣邓车。"公孙策听了，忙问道："怎么，你们是两个同来的么？"申虎道："何尝不是，他偷的印匣却叫我背着的。"公孙策叫将申虎带将下去。

说话间，白五爷已到，将追贼情形，如何将申虎打倒，又如何用石子把邓车打跑的话说了。公孙策摇头，道："如此说来，这印匣须要打开看看，方才放心。"白五爷听了，眉头一皱，暗道："念书人这等腐气（迂腐之气）。共总有多大的工夫，难道他打开印匣，单把印拿了去么？若真拿去，印匣也就轻了，如何还能够沉重呢？就是细心，也到不了如此的田地。且叫他打开看了，我再奚落他一番。"即说道："俺是粗莽人，没有先生这样细心，想得周到，倒要大家看看。"回头吩咐雨墨将印匣打开。雨墨上前解开黄袱，揭起匣盖，只见雨墨又乱抖起来，道："不……不好咧！这……这是甚么？"白玉堂见此光景，连忙近前一看，见黑漆漆一块东西，伸手拿起，沉甸甸的却是一块废铁，登时连急带气，不由的面目变色，暗暗叫着自己："白玉堂吓，白玉堂！你枉自聪明，如今也被人家暗算了。可见公孙策比你高了一筹，你岂不愧死？"颜查散惟恐白玉堂脸上下不来，急向前道："事已如此，不必为难。慢慢访查，自有下落。"公孙策在傍，也将好言安慰。无奈白玉堂心中委实难安，到了此时一语不发，惟有愧愤而已。公孙策请大人同白玉堂且上书房："待我慢慢诱问申虎。"颜大人会意，携了白玉堂的手，转后面去了。公孙策又叫雨墨将印匣暂且包起，悄悄告诉他："第一白五爷要紧，你与大人好好看守，不可叫他离了左右。"雨墨领命，也就上后面去了。

公孙策吩咐差役带着申虎，到了自己屋内，却将申虎松了绑缚，换上了手镯脚镣，却叫他坐下，以朋友之礼相待，先论交情，后讲大义，嗣后（以后，然后。嗣，sì）替申虎抱屈，说："可惜你这样一个人，竟受了人的欺哄了。"申虎道："此差原是奉王爷的钧谕（对帝王或尊长的指示、命令的敬称）而来，如何是欺哄呢？"公孙先生笑道："你真是诚实豪爽人，我不说明，你也不信。你想想同是一样差使，如何他盗印，你背印匣呢？果然真有印，也倒罢了。人家把印早已拿去请功，却叫你背着一块废铁，遭了擒获，难道你不是被人欺哄了么？"申虎道："怎么印匣内不是印么？"公孙策道："何尝是印呢。方才共同开看，只有一块废铁，印信早被邓车拿去。所以你遭擒时，他连救也不救，他乐得一个人去请功呢。"几句话说得申虎如梦方醒，登时（立时）咬牙切齿，恨起邓车来。

公孙先生又叫人备了酒肴，陪着申虎饮酒，慢慢探问盗印的情由。申虎深恨邓车，便吐实说道："此事原是襄阳王在集贤堂与大家商议，要害按院大人，非盗印不可。邓车自逞其能，就讨了此差，却叫我陪了他来。我以为是大家之事，理应帮助。谁知他不怀好意，竟将我陷害。我等昨晚就来了，只因不知印放在何处。后来听见白五爷说，叫雨墨防守印信，我等听了，甚是欢喜。不想白五爷又吩咐雨墨不必忙在一时，惟恐隔墙有耳。我等深服白五爷精细，就把雨墨认准了，我们就回去了，故此今晚才来。可巧雨墨正与人讲究护印之事，他在大堂的里间，我们揣度印匣必在其中。邓车就安设皮人，叫我在西厢房放火，为的是惑乱众心，匆忙之际，方好下手。果然不出所料，众人只顾张罗救火，又看见房上有那皮人，登时鼎沸（形容喧闹、混乱）起来。趁此时，邓车到了里间，提了印匣，越过墙垣。我随后也出了衙署，寻觅了多时，方见邓车，他就把印匣交付于我。想来就在这个工夫，他把印拿去了，才放上废铁。可恨他为甚么不告诉我呢？我若早知是块废铁，早已掷去，也不至于遭擒了。越想越是他有意捉弄我，实实令人可气可恨！"

公孙策又问道："他们将印盗去，意欲何为？"申虎道："我索性告诉先生罢。襄阳王已然商议明白，如若盗了印去，要丢在逆水泉内。"公孙策暗暗吃惊，急问道："这逆水泉在那里？"申虎道："在洞庭湖的山环之内，单有一泉，水势逆流，深不可测。若把印丢下去，是再也不能取出来的。"公孙策探问明白，饮酒已毕，叫人看守申虎。自己即来到书房见了颜大人，一五一十，将申虎的话说了。颜大人听了，虽则惊疑，却也无可如何（无可奈何）。

公孙策左右一看，不见了白玉堂，便问："五弟那里去了？"颜大人道："刚才出去，他说到屋中换换衣服就来。"公孙策道："嗐！不该叫他一人出去。"急唤雨墨："你到白五爷屋中，说我与大人有紧要事相商，请他快来。"雨墨去不多时，回来禀道："小人问白五爷伴当（旧时跟随着做伴的仆人或伙伴），说五爷换了衣服就出去了，说上书房来了。"公孙策摇头，道："不好了！白五弟走了。他这一去，除非有了印方肯回来；若是无印，只怕要生出别的事来。"颜大人着急，道："适才狠该叫雨墨跟了他去。"公孙策道："他决意（拿定主张；决计）要去，就是派雨墨跟了去，他也要把他支开。我原打算问明了印的下落，将五弟极力的开导一番，再设法将印找回，不想他竟走了。此时徒急无益，只好暗暗访查，慢慢等他便了。”

自此日为始，颜大人行坐不安，茶饭无心，白日盼到昏黑，昏黑盼到天亮。一连就是五天，毫无影响（影子和声响，指踪迹），急的颜大人叹气嗐声，语言颠倒，多亏公孙策百般劝慰，又要料理官务。这日，只见外班进来，禀道：“外面有五位官长到了，现有手本呈上。”公孙先生接过一看，满心欢喜，原来是南侠同定卢方四弟兄来了，连忙回了颜大人，立刻请至书房相见。外班转身出去，公孙策迎了出来，彼此各道寒暄。独蒋平不见玉堂迎接，心中暗暗辗转（思量）。及至来到书房，颜大人也出公座见礼。展爷道：“卑职等一来奉旨，二来相谕，特来在大人衙门供职。”要行属员（旧时指长官所统属的官吏）之礼。颜大人那里肯受，道：“五位乃是钦命，而且是敝老师衙署人员，本院如何能以属员相待。”吩咐看座，“只行常礼罢了。”五人谢了坐。只见颜大人愁眉不展，面带赧颜（因惭愧而脸红。赧，nǎn）。

卢方先问：“五弟那里去了？”颜大人听此一问，不但垂头不语，更觉满面通红。公孙策在傍答道：“提起话长。”就将五日前邓车盗印情由，述了一遍。“五弟自那日不告而去，至今总未回来。”卢方等不觉大惊失色，道：“如此说来，五弟这一去别有些不妥罢？”蒋平忙拦道：“有甚么不妥呢。不过五弟因印信丢了，脸上有些下不来，暂且躲避几时，俟有了印，也就回来了。大哥不要多虑。请问先生，这印信可有些下落？”公孙策道：“虽有下落，只是难以求取。”蒋平道：“端的（究竟）如何？”公孙策又将申虎说出逆水泉的情节说了。蒋平说道：“既有下落，咱们先取印要紧。堂堂按院，如何没得印信？但只一件，襄阳王那里既来盗印，他必仍然暗里使人探听，又恐他别生事端，须要严加防备方妥。明日我同大哥、二哥上逆水泉取印，展大哥同三哥在衙署守护。白昼间还好，独有夜间更要留神。”计议已定，即刻排宴（设宴）饮酒，无非讲论这节事体，大家喝得也不畅快。囫囵吃毕饭后，大家安歇。展爷单住了一间，卢方四人另有三间一所，带着伴当居住。

展爷晚间无事，来到公孙先生屋内闲谈，忽见蒋爷进来，彼此就座。蒋爷悄悄道：“据小弟想来，五弟这一去凶多吉少。弟因大哥忠厚，心路儿窄；三哥又是卤莽，性子儿太急，所以小弟用言语儿岔开。明日弟等取印去后，大人前公孙先生须要善为解释。到了夜间，展兄务要留神。我三哥是靠不得的。再者五弟吉凶，千万不要对三哥说明。五弟倘若回来，就求公孙先生与展兄将他绊住，断不可再叫他走了；如若仍不回来，只好等我们从逆水泉回来，再作道理。”公孙先生与展爷连连点头应允，蒋平也就回转屋内安歇。

到了次日，卢方等别了众人，蒋爷带了水靠（古人用鱼皮、鲨鱼皮等制成的连体潜水服），一直竟奔洞庭湖而来。到了金山庙，蒋爷惟恐卢方跟到逆水泉瞅着害怕着急，便对卢方道：“大哥，此处离逆水泉不远了，小弟就在此改装。大哥在此专等，又可照看了衣服包裹。”说着话，将大衣服脱下，折了折，包在包裹之内，即把水靠穿妥，同定韩彰，前往逆水泉而去。这里卢爷提了包裹，进庙瞻仰了一番。原来是五显财神庙。将包裹放在供桌上，转身出来，坐在门槛之上，观看山景。不知后文如何，且听下回分解。

第一百四回 救村妇刘立保泄机 遇豪杰陈起望探信

且说卢方出庙观看山景，忽见那边来了个妇人慌慌张张，见了卢方，说道：“救人吓，救人吓！”说着话，迈步跑进庙去了。卢方才待要问，又见后面有一人穿着军卒服色，口内胡言乱道，追赶前来。卢方听了，不由的气往上冲，迎面将掌一晃，脚下一踢，那军卒栽倒在地。卢方赶步，脚踏胸膛，喝道：“你这厮擅自追赶良家妇女，意欲何为？讲！”说罢，扬拳要打。

那军卒道：“你老爷不必动怒，小人实说。小人名叫刘立保，在飞叉太保钟大王爷寨内做了四等的小头目。只因前日襄阳王爷派人送来一个坛子，里面装定一位英雄的骨殖（gǔ shi，尸骨），说此人姓白名叫玉堂。襄阳王爷恐人把骨殖盗去，因此交给我们大王。我们大王说，这位姓白的是个义士好朋友，就把他埋在九截松五峰岭下。今日又派我带领一十六个喽罗抬了祭礼（祭奠或祭祀用的礼品）前来，与姓白的上坟。小人因出恭（排泄大小便），落在后面，恰好遇见这个妇人。小人以为幽山荒僻，欺负他是个孤行的妇女，也不过是臊皮（戏弄，乱开玩笑）打哈哈儿，并非诚心要把他怎么样。就是这么一件事情，你老听明白了？”刘立保一壁说话，一壁偷眼瞅卢方，见卢方愣愣呵呵，不言不语，仿佛出神，忘其所以，后面说的话大约全没听见。刘立保暗道：“这位别有甚么症候罢？我不趁此时逃走，还等甚么？”轻轻从卢方的脚下滚出，爬起来就往前追赶喽罗去了。

到了那里，见众人祭礼摆妥，单等刘立保。刘立保也不说长，也不道短，走到祭桌跟前，双膝跪倒。众人同声道：“一来奉上命差遣，二来闻听说死者是个好汉。来，来，来，大家行个礼儿，也是应当的。”众人跪倒，刚磕下头去，只听刘立保哇的一声，放声大哭。众人觉得诧异，道：“行礼使得，哭他何益？”刘立保不但哭，嘴里还数数落落的道：“白五爷吓！我的白五爷！今日奉大王之命前来与你老上坟，差一点儿没叫人把我毁了。焉知不是你老人家的默佑保护，小人方才得脱。若非你老的阴灵显应，大约我这刘立保保不住，叫人家奏了活了。嗳呀！我那有灵有圣的白五爷吓！”众人听了，不觉要笑，只得上前相劝，好容易方才住声。众人原打算祭奠完了，大家团团围住，一吃一喝，不想刘立保余恸（tòng，极悲哀）尚在。众人见头儿如此，只得仍将祭礼装在食盒里面，大家抬起，也有抱怨的，辛苦了这半天，连个祭余（祭祀剩下的食物等）也没尝着；也有纳闷的，刘立保今儿受了谁的气，来到这里借此发泄呢？俱各猜不出是甚么缘故。

刘立保眼尖，见那边来了几个猎户，各持兵刃，知道不好，他便从小路儿溜之乎也。这里喽罗抬着食盒，冷不防劈叉拍叉一阵乱响，将食盒家伙砸了个稀烂。其中有两个猎户，一个使棍，一个托叉，问道：“刘立保那里去了？”众喽罗中有认的二人的，便说道：“陆大爷、鲁二爷，这是怎么说？我等并没敢得罪尊驾（对对方的尊称），为何将家伙俱各打摔？我们如何回去销差（交差）呢？”只听使棍的说：“你等休来问俺。俺只问你，刘立保在那里？”喽罗道：“他早已从小路逃走，大爷找他则甚？”使棍的冷笑，道：“好吓！他竟逃走了，便宜这斯。你等回去上复你家大王，问他这洞庭之内，可有无故劫掠良家妇女的规矩么？而且他敢邀截俺的妻小，是何道理？”众喽罗听了，方明白刘立保所做之事，大约方才恸哭（放声痛哭），想来是已然受了委屈了，便向前央告（央求，恳求），道：“大爷、二爷不要动怒，我们回去必禀知大王，将他重处，实实不干小人们之事。”使叉的还要抡叉动手，使棍的拦住，道：“贤弟休要伤害他等，且见钟大王素日情面。”又对众喽罗道：“俺若不看你家大王的分上，将你等一个也是不留。你等回去，务必将刘立保所做之恶说明，也叫你家大王知道俺等并非无故厮闹（吵闹）。且饶恕尔等去罢。”众喽罗抱头鼠窜而去。

原来此二人乃是郎舅，使棍的姓陆名彬，使叉的姓鲁名英。方才那妇人便是陆彬之妻、鲁英之姊，一身好武艺，时常进山搜罗禽兽。因在山上就看见一群喽罗上山，他便急急藏躲，惟恐叫人看见，不甚雅像，俟众喽罗过去，他才慢慢下山，意欲归家。可巧迎头遇见刘立保胡言乱语，鲁氏故意惊慌，将他诱下，原要用袖箭打他，以戒下次。不想来到五显庙前，一眼看见卢方，倒不好意思，只得嚷道：“救人吓，救人吓！”卢大爷方把刘立保踢倒，这妇人也就回家告诉陆、鲁二人，所以二人提了利刃，带了四个猎户前来，要拿刘立保出气。谁知他早已脱逃，只得找寻那紫面大汉，先到庙中寻了一遍，见供桌上有个包裹，却不见人。又吩咐猎户四下搜寻，只听那边猎户道：“在这里呢。”陆、鲁二人急急赶到树后，见卢方一张紫面，满部髭髯（zī rán，胡须），身材凛凛，气概昂昂，不由的暗暗羡慕，连忙上前致谢，道：“多蒙恩公救拔，我等感激不尽，请问尊姓大名？”谁知卢方自从听了刘立保之言，一时恸彻心髓，迷了本性，信步出庙，来到树林之内，全然不觉。如今听陆、鲁二人之言，猛然还过一口气来，方才清醒，不肯说出名姓，含糊答道：“些须小事，何足挂齿。请了。”陆、鲁二人见卢方不肯说出名姓，也不便再问，欲邀到庄上酬谢。卢方答道：“因有同人在山下相等，碍难久停，改日再为拜访。”说罢，将手一拱，转身竟奔逆水泉而来。

此时已有薄暮之际。正走之间，只见前面一片火光，旁有一人往下注视。及至切近，却是韩彰，便悄悄问道：“二弟，怎么样了？”韩彰道：“四弟已然下去二次，言下面极深极冷，寒气彻骨，不能多延时刻。所以用于柴烘着，一来上来时可以向火暖寒，二来借火光以作水中眼目。大哥脚下立稳着，再往下看。”卢方登住顽石，往泉下一看，但见碧澄澄回环来往，浪滚滚上下翻腾，那一股冷飕飕寒气侵人的肌骨。卢方不由的连打几个寒噤（打寒战），道：“了不得，了不得！这样寒泉逆水，四弟如何受得，寻不成印信，性命却是要紧。怎么好，怎么好！四弟吓，四弟！摸的着、摸不着，快些上来罢！你若再不上来，劣兄先就禁不起了。”嘴里说着，身体已然打起战来，连牙齿咯、咯、咯抖的山响。韩彰见卢方这番光景，惟恐有失，连忙过来搀住，道：“大哥且在那边向火去，四弟不久也就上来了。”卢方那里肯动，两只眼睛直勾勾的往水里紧瞅。

半晌，只听忽喇喇水面一翻，见蒋平刚刚一冒，被逆水一滚，打将下去。转来转去，一连几次，好容易扒住沿石，将身一长，出了水面。韩彰伸手接住，将身往后一仰，用力一提，这才把蒋平拉将上来，搀到火堆烘烤暖寒。迟了一会，蒋平方说出话来，道：“好利害！好利害！若非火光，险些儿心头迷乱了。小弟被水滚的已然力尽筋疲了。”卢方道：“四弟吓，印信虽然要紧，再不要下去了。”蒋平道：“小弟也不下去了。”回手在水靠内掏出印来，道：“有了此物，我还下去做甚么？”

忽听那边有人答道：“三位功已成了，可喜可贺。”卢方抬头一看，不是别人，正是陆、鲁弟兄，连忙执手（拱手），道：“二位为何去而复返？”陆彬道：“我等因恩公竟奔逆水泉而来，甚不放心，故此悄悄跟随，谁知三位特为此事到此。果然这位本领高强，这泉内没有人敢下去的。”韩彰便问：“此二位是何人？”卢方就把庙前之事，说了一遍。蒋平此时却将水靠脱下，问道：“大哥，小弟狠冷，我的衣服呢？”卢方道：“哟！放在五显庙内了。这便怎处？贤弟且穿愚兄的。”说罢，就要脱下。蒋平拦道：“大哥不要脱，你老的衣服，小弟如何穿得起来？莫若将就到五显庙再穿不迟。”只见鲁英早已脱下衣服来，道：“四爷且穿上这件罢，那包袱弟等已然叫庄丁拿回庄去了。”陆彬道：“再者天色已晚，请三位同到敝庄略为歇息，明早再行如何呢？”卢方等只得从命。蒋平问道：“贵庄在那里？”陆彬道：“离此不过二里之遥，名叫陈起望，便是舍下。”说罢，五人离了逆水泉，一直来到陈起望。

相离不远，早见有多少灯笼火把迎将上来。火光之下看去，好一座庄院，甚是广阔齐整，而且庄丁人烟不少。进了庄门，来在待客厅上，极其宏敞煊赫（xuān hè，形容气势很盛）。陆彬先叫庄丁把包袱取出，与蒋平换了衣服。转眼间已摆上酒肴，大家叙座。方才细问姓名，彼此一一说了。陆、鲁二人本久已闻名，不能亲近，如今见了，曷（hé，同“何”）胜敬仰。

陆彬道：“此事我弟兄早已知道。只因五日前来了个襄阳王府的站堂官，此人姓雷，他把盗印之事，述说一番，弟等不胜惊骇。本要拦阻，不想他已将印信撂（liào，搁）在逆水泉内，才到敝庄。我等将他埋怨不已，陈说利害。他也觉的后悔，惜乎事已做成，不能更改。自他去后，弟等好生的替按院大人忧心。谁知蒋四兄有这样的本领，弟等真不胜拜服（佩服）之至！”蒋爷道：“岂敢，岂敢。请问这姓雷的，不是单名一个英字，在府衙之后二里半地八宝庄居住，可是么？”陆彬道：“正是，正是。四兄如何认得？”蒋平道：“小弟也是闻名，却未会面。”卢方道：“请问陆兄，这里可有九截松五峰岭么？”陆彬道：“有，就在正南之上，卢兄何故问他？”卢方听见，不由的落下泪来，就将刘立保说的言语叙明。说罢，痛哭。韩、蒋二人听了，惊疑不止。蒋平惟恐卢方心路儿窄，连忙遮掩道：“此事恐是讹传，未必是真。若果有此事，按院那里如何连个风声也没有呢？据小弟看来，其中有诈。俟明日回去，小弟细细探访就明白了。”陆、鲁二人见蒋爷如此说，也就劝卢方道：“大哥不要伤心。此一节事我弟兄就不知道，焉知不是讹传呢？俟四兄打听明白，自然有个水落石出。”卢方听了，也就无可如何（无可奈何），而且新到初交的朋友家内，也不便痛哭流涕的，只得止住泪痕。

蒋平就将此事岔开，问陆、鲁如何生理（生活）。陆彬道：“小弟在此庄内以渔猎为生。我这乡邻有捕鱼的，有打猎的，皆是小弟二人评论市价。”三人听了，知他二人是丁家兄弟一流人物，甚是称羡。酒饭已毕，大家歇息。三人心内有事，如何睡得着。到了五鼓，便起身别了陆、鲁弟兄，离了陈起望。那敢耽延，急急赶到按院衙门，见了颜大人，将印呈上。不但颜大人欢喜感激，连公孙策也是夸奖佩服。更有个雨墨暗暗念佛，殷殷勤勤，尽心服侍。卢方便问：“这几日五弟可有信息么？”公孙策道：“仍是毫无影响（消息）。”卢方连声叹气，道：

"如此看来，五弟死矣！"又将听见刘立保之言，说了一遍。颜大人尚未听完，先就哭了。蒋平道："不必犹疑，我此时就去细细打听一番，看是如何。"要知白玉堂的下落，且听下回分解。

第一百五回 三探冲霄玉堂遭害 一封印信赵爵担惊

且说蒋平要去打听白玉堂下落，急急奔到八宝庄找着了雷震。恰好雷英在家，听说蒋爷到了，父子一同出迎。雷英先叩谢了救父之恩。雷震连忙请蒋爷到书房献茶，寒暄叙罢，蒋爷便问白玉堂的下落，雷英叹道："说来实在可惨可伤。"便一长一短说出。蒋爷听了，哭了个哽气倒噎，连雷震也为之掉泪。

这段情节不好说，不忍说，又不能不说。你道白玉堂端的（究竟）如何？自那日改了行装，私离衙署，找了个小庙存身，却是个小天齐庙，自己暗暗思索道："白玉堂英名一世，归结却遭了别人的暗算，岂不可气可耻。按院的印信别人敢盗，难道奸王的盟书我就不敢盗么？前次沈仲元虽说铜网阵的利害，他也不过说个大概，并不知其中的底细，大约也是少所见而多所怪的意思，如何能够处处有线索，步步有消息（机关）呢？但有存身站脚之处，我白玉堂仗着一身武艺，也可以支持得来。倘能盟书到手，那时一本奏上当今，将奸王参倒（弹劾使之下台），还愁印信没有么？"越思越想，甚是得意。

到了夜间二鼓之时，便到了木城之下。来过二次，门户已然看惯，毫不介意。端详了端详，就由坎门而入。转了几个门户，心中不耐烦，在百宝囊中掏出如意绦（tāo）来。凡有不通闭塞之处，也不寻门，也不找户，将如意绦抛上去，用手理定绒绳，便过去。一连几次，皆是如此，更觉爽快无阻，心中畅快，暗道："他虽然设了疑阵，其奈我白玉堂何！"越过多少板墙，便看见冲霄楼。仍在石基之上歇息了歇息，自己犯想道："前次沈仲元说过，楼梯在正北，我且到楼梯看看。"顺着台基，绕到楼梯一看，果与马道相似。才待要上，只见有人说道：“甚么人？病太岁张华在此！”嗖的一刀砍来。白玉堂也不招架，将身一闪，刀却砍空。张华往前一扑，白玉堂就势一脚。张华站不稳栽将下来，刀已落地。白玉堂赶上一步，将刀一拿，觉着甚是沉重压手，暗道：“这小子好大力气，不然如何使这样的笨物呢！”他那知道张华自从被北侠将刀削折，他却打了一把厚背的利刃，分量极大。他只顾图了结实，却忘了自己使他不动。自从打了此刀之后，从未对垒（指两军相持）厮杀，不知兵刃累手。今日猛见有人上梯，出其不意，他尽力的砍来，却好白爷灵便，一闪身，他的刀砍空。力猛刀沉，是刀把他累的，往前一扑。再加上白爷一脚，他焉有不撒手掷刀，栽下去的理呢？

且说白爷提着笨刀，随后赶下，照着张华的哽嗓（咽喉），将刀不过往下一按，真是兵刃沉重的好处，不用费力，只听噗哧的一声，刀会自己把张华杀了。白玉堂暗道：“兵刃沉了也有趣，杀人真能省劲儿。”

谁知马道之下铁门那里，还有一人，却是小瘟瘟徐敞，见张华丧命，他将身一闪，进了铁门，暗暗将索簧上妥，专等拿人的。白玉堂那里知道，见楼梯无人拦挡，携着笨刀，就到冲霄楼上。从栏杆往上观瞧，其高非常，又见楼却无门，依然八面窗棂（旧式房屋的窗格子。棂，líng），左寻右找，无门可入。一时性起，将笨刀顺着窗缝往上一撬一撬，不多的工夫，窗户已然离槽。白爷满心欢喜，将左手把住窗棂，右手再一用力，窗户已然落下一扇，顺手轻轻的一放。楼内已然看见，却甚明亮，不知光从何生。回手掏出一块小小石子，往楼内一掷。侧耳一听，咕噜噜石子滚到那边不响了，一派木板之声。白爷听了放心，将身一纵，上了窗户台儿，将笨刀往下一探，果是实在的木板。轻轻跃下，来到楼内，脚尖滑步，却甚平稳。往亮处奔来一看，又是八面小小窗棂，里面更觉光亮，暗道：“大约其中必有埋伏。我既来到此处，焉有不看之理。”又用笨刀将小窗略略的一撬，谁知小窗随手放开。白玉堂举目留神，原来是从下面一缕灯光照彻上面一个灯球，此光直射至中梁之上，见有绒线系定一个小小的锦匣，暗道：“原来盟书在此。”这句话尚未出口，觉得脚下一动，才待转步，不由将笨刀一扔，只听咕噜一声，滚板一翻。白爷说声“不好”，身体往下一沉，觉得痛彻心髓。登时从头上至脚下，无处不是利刃，周身已无完肤。

只听一阵锣声乱响，人声嘈杂，道："铜网有了人了。"其中有一人高声道："放箭！"耳内如闻飞蝗骤雨，铜网之上犹如刺猥（刺猬）一般，早已动不的了。这人又吩咐："住箭！"弓箭手下去，长枪手上来，打来火把照看，见铜网之内血渍淋漓，漫说面目，连四肢俱各不分了。小瘟癀徐敞满心得意，吩咐："拔箭！"血肉狼藉，难以注目。将箭拔完之后，徐敞仰面觑视（眯缝着眼睛看。觑，qū），不防有人把滑车一拉，铜网往上一起，那把笨刀就落将下来，不歪不斜正砍在徐敞的头上，把个脑袋平分两半，一张嘴往两下里一咧，一边是嗳，一边是呀，连乖乖也给了他了，身体往后一倒，也就呜呼哀哉（死了）了。

众人见了，不敢怠慢，急忙来到集贤堂。此时奸王已知铜网有人，大家正在议论，只见来人禀道："铜网不知打住何人。从网内落下一把笨刀来，将徐敞砍死。"奸王道："虽然铜网打住一人，不想倒反伤了孤家两条好汉。又不知此人是谁？孤家倒要看看去。"众人来到铜网之下，吩咐将尸骸抖下来，已然是块血饼，如何认得出来。傍边早有一人看见石袋，道："这是甚么物件？"伸手拿起，里面尚有石子。这石袋未伤，是笨刀挡住之故。沈仲元骇目惊心，暗道："五弟吓，五弟！你为何不听我的言语，竟自遭此惨毒？好不伤感人也！"只听邓车道："千岁爷万千之喜！此人非别个也，乃大闹东京的锦毛鼠白玉堂，除他并无第二个用石子的，这正是颜查散的帮手。"奸王听了，心中欢喜，因此用坛子盛了尸首，次日送到军山，交给钟雄掩埋看守。

前次刘立保说的原非讹传（错误的传说。讹，é），如今蒋爷又听雷英说的伤心惨目，不由的痛哭。雷震在傍拭泪，劝慰多时。蒋爷止住伤心，又问道："贤弟，如今奸王那里作何计较？务求明以告我，幸勿吝教（不要吝惜赐教）。"雷英道："奸王虽然谋为不轨，每日以歌童舞女为事，也是个声色货利之徒。他此时刻刻不忘的，惟有按院大人，总要设法将大人陷害了，方合心意。恩公回去禀明大人，务要昼夜留神方好。再者恩公如有用着小可（对人谦称自己）之时，小可当效犬马之劳，决不食言。"蒋爷听了，深深致谢，辞了雷英父子，往按院衙门而来，暗暗忖（cǔn，细想）道："我这回去，见了我大哥，必须如此如此，索性叫他老死心塌地的痛哭一场，省得悬想出病来，反为不美。就是这个主意。"

不多时，到了衙中。刚到大堂，见雨墨从那边出来，便忙问道：

"大人在那里？"雨墨道："大人同众位俱在书房，正盼望四爷。"蒋爷点头，转过二堂，便看见了书房，他就先自放声大哭，道："哎呀！不好了！五弟叫人害了！死得好不惨苦吓！"一壁（一边）嚷着，一壁进了书房，见了卢方，伸手拉住，道："大哥，五弟真个死了也。"卢方闻听，登时（立时）昏晕过去。韩彰、徐庆连忙扶住，哭着呼唤。展爷在傍，又是伤心，又是劝慰。不料颜查散那里瞪着双睛，口中叫了一声："贤弟呀！"将眼一翻，往后便仰，多亏公孙先生扶住。却好雨墨赶到，急急上前，也是乱叫。此时书房就如孝棚（在灵堂前临时搭起的供吊唁用的帐篷）一般，哭的叫的，忙在一处。

好容易卢大爷哭了出来，蒋四爷等放心。展爷又过来照看颜大人，幸喜也还过气来。这一阵悲哭，不堪入耳。展爷与公孙先生虽则伤心，到了此时，反要百般的解劝。卢大爷痛定之后，方问蒋平道："五弟如何死的？"蒋平道："说起咱五弟来，实在可怜。这也是他素日阴毒刻苦，所以遭此惨亡。"便将误落铜网阵遭害的缘由说了。说了又哭，哭了又说，分外的比别人闹的利害。后来索性要不活着了，要跟了老五去，急的个实心的卢方，倒把他劝解了多时。徐庆粗豪直爽人，如何禁得住揉磨（折磨），连说带嚷道："四弟，你好胡闹！人死不能复生，也是五弟命短，只是哭他，也是无益。与其哭他，何不与他报仇呢？"众人道："还是三弟想的开。"此时颜大人已被雨墨搀进后面歇息去了。

忽见外班拿进一角文书，是襄阳王那里来的官务。公孙先生接来，拆开看毕，道："你叫差官略等一等，我这里即有回文答覆。"外班回身出去传说。公孙策对众人道："他这文书不是为官务而来。"众人道："不为官事却是为何？"公孙策道："他因这些日不见咱们衙门有甚么动静，故此行了文书来，我这里必须答覆。他明是移文（指行于不相统属的官署间的公文。也泛指平行文书），暗里却打听印信消息而来。"展爷道："这有何妨。如今有了印信，还愁甚么答覆么？"蒋平道："虽则如此，他若看见有了印信，只怕又要生别的事端了。"公孙策点头，道："四弟虑的是极。如今且自答了回文，我这里严加防备就是了。"说罢，按着原文答覆明白，叫雨墨请出印来用上，外面又打了封口，交付外班，即交原差领回。

官务完毕之后，大家摆上酒饭，仍是卢方首座，也不谦逊，大家团团围坐。只见卢方无精打彩，短叹长吁，连酒也不沾唇，却一汪眼泪泡着眼珠儿，何曾是个干。大家见此光景，俱各闷闷不乐。惟独徐庆一言不发，自己把着一壶酒，左一杯，右一盏，仿佛拿酒煞气的一般。不多会，他就醉了，先自离席，一边躺着去了。众人因卢方不喝不吃，也就说道："大哥如不耐烦，何不歇息歇息呢？"卢方顺口说道："既然如此，众位贤弟，恕劣兄不陪了。"也就回到自己屋内去了。

这里公孙策、展昭、韩彰、蒋平四人饮酒之间，商议事体（事情）。蒋平又将雷英说奸王刻刻不忘要害大人的话说了。公孙策道："我也正为此事踌躇（chóu chú，犹豫不决）。我想今日这套文书回去，奸王见了必是惊疑诧异，他如何肯善罢干休呢？咱们如今有个道理，第一，大人处要个精细有本领的，不消说了，是展大哥的责任。甚么事展兄全不用管，就只保护大人要紧。第二，卢大哥身体欠爽，一来要人服侍，二来又要照看，此差交给四弟。我与韩二兄、徐三弟今晚在书房，如此如此。倘有意外之事，随机应变，管保诸事不至遗漏。众位弟兄想想如何呢？"展爷等听了，道："狠（很）好，就是如此料理罢。"酒饭已毕，展爷便到后面看了看颜大人，又到前面瞧了瞧卢大爷，两下里无非俱是伤心，不必细表。

且说襄阳王的差官领了回文，来至衙中，问了问奸王正同众人在集贤堂内，即刻来到厅前。进了厅房，将回文呈上。奸王接来一看，道："嗳呀！按院印信既叫孤家盗来，他那里如何仍有印信？岂有此理？事有可疑。"说罢，将回文递与邓车。邓车接来一看，不觉的满面通红，道："启上千岁，小臣为此印信原非容易，难道送印之人有弊么？"一句话提醒了奸王，立刻吩咐："快拿雷英来。"未知如何，且听下回分解。

第一百六回　公孙先生假扮按院　神手大圣暗中机谋

且说襄阳王赵爵因见回文上有了印信，追问邓车。邓车说："必是送印之人舞弊（使用欺骗的方式做违法的事情）。"奸王立刻将雷英唤来，问道："前次将印好好交代托付于你，你送往那里去了？"雷英道："小臣奉千岁密旨，将印信小心在意撂（liào，搁）在逆水泉内；并见此泉水势汹涌，寒气凛冽（lǐn liè，刺骨地寒冷）。王爷因何追问？"奸王道："你既将印信撂在泉内，为何今日回文仍有印信？"说罢，将回文扔下。雷英无奈，从地下拾起一看，果见印信光明，毫无错谬（错误；差错），惊的无言可答。奸王大怒，道："如今有人扳你送印作弊，快快与我据实说来！"雷英道："小臣实实将印送到逆水泉内，如何擅敢作弊？请问千岁，是谁说来？"奸王道："方才邓车说来。"

雷英听了，暗暗发恨，心内一动，妙计即生，不由的冷笑道："小臣只道那个说的，原来是邓车。小臣启上千岁，小臣正为此事心中犯疑。我想按院乃包相的门生，智略过人，而且他那衙门里能人不少，如何能够轻易的印信叫人盗去？必是将真印藏过，故意的设一方假印，被邓车盗来。他以为干了一件少一无二的奇功，谁知今日真印现出，不但使小臣徒劳无益，额外还担个不白之冤，兀的（这）不委屈死人了。"一席话说得个奸王点头不语。邓车羞愧难当，真是羞恼便成怒，一声怪叫道："哎哟！好颜查散！你竟敢欺侮俺么！俺和你誓不两立！"雷英道："邓大哥不要着急，小弟是据理而论。你既能以废铁倒换印信，难道不准人家提出真的换上假的么？事已如此，须要大家一同商议方好。"邓车道："商议甚么！俺如今惟有杀了按院（巡按御史的别称），以泄欺侮之恨，别不及言。有胆量的随俺走走吓！"只见沈仲元道："小弟情愿奉陪。"奸王闻听，满心欢喜，就在集贤堂摆上酒肴，大家畅饮。

到了初鼓之后，邓车与沈仲元俱各改扮停当，辞了奸王，竟往按院衙门而来。路途之间计议明白：邓车下手，沈仲元观风（望风）。及至到了按院衙门，邓车往左右一看，不见了沈仲元，并不知他何时去的，心中暗道："他方才还和我说话，怎么转眼间就不见了呢？哦，是了，想来他也是个畏首畏尾（怕这怕那，形容疑虑过多）之人，瞧不得素常夸口，事到头来也不自由了。且看邓车的能为。俟成功之后，再将他极力的奚落一场。"想罢，纵身越墙，进了衙门。急转过二堂，见书房东首那一间灯烛明亮。蹑足潜踪，悄到窗下，湿破窗纸，觑（qū，把眼睛合成一条缝儿）眼偷看。见大人手执案卷，细细观看，而且时常掩卷犯想。虽然穿着便服，却是端然正坐，傍边连雨墨也不伺候。

邓车暗道："看他这番光景，却像个与国家办事的良臣，原不应将他杀却。奈俺老邓要急于成功，就说不得了。"便奔到中间门边一看，却是四扇槅扇，边槅有锁锁着，中间两扇关闭。用手轻轻一撼，却是竖着立拴，回手从背后抽出刀来，顺着门缝将刀伸进，右腕一挺劲，刀尖就扎在立拴之上。然后左手按住刀背，右手只用将腕子往上一拱，立拴的底下已然出槽，右手又往旁边一摆，左手往下一按，只听咯当的一声，立拴落实。轻轻把刀抽出，用口衔住，左右手把住了槅扇，一边往怀里一带，一边往外一推，微微有些声息，吱溜溜便开开了一扇。邓车回手拢住刀把，先伸刀，后伏身，斜胯而入，即奔东间的软帘，用刀将帘一挑，呼的一声，脚下迈步，手举钢刀，只听咯哨的一声。邓车口说"不好"，磨转身往外就跑。早已听见哗啷一声，又听见有人道："三弟放手，是我！"噗哧的一声，随后就追出来了。

你道邓车如何刚进来就跑了呢？只因他撬拴之时，韩二爷已然谆谆注视，见他将门推开，便持刀下来，尚未立稳，邓车就进来了。韩二爷知他必奔东间，却抢步先进东间。及至邓车掀帘迈步举刀，韩二爷的刀已落下。邓车借灯光一照，即用刀架开，咯哨转身出来，忙迫中将桌上的蜡灯哗啷碰在地下。此时三爷徐庆赤着双足仰卧在床上，酣睡（熟睡。酣，hān）不醒，觉得脚下后跟上有人咬了一口，猛然惊醒，跳下地来就把韩二爷抱住。韩二爷说："是我！"一摔身，恰好徐三爷脚踏着落下蜡灯的蜡头儿一滑，脚下不稳，噗哧趴伏在地。谁知看案卷的不是大人，却是公孙先生。韩爷未进东间之先，他已溜了出来，却推徐爷，又恐徐爷将他抱住，见他赤着双足，没奈何才咬了他一口，徐爷这才醒了。因韩二爷摔脱追将出去，他却跌倒的快当，爬起来的剪绝（敏捷），随后也就呱咭、呱咭追了出来。

且说韩二爷跟定邓车，窜房越墙，紧紧跟随，忽然不见了。左顾右盼，东张西望，正然纳闷，猛听有人叫道："邓大哥！邓大哥！榆树后头藏不住，你藏在松树后头罢。"韩二爷听了，细细往那边观瞧，果然有一棵榆树，一棵松树，暗暗道："这是何人呢？明是告诉我这贼在榆树后面，我还发呆么？"想罢，竟奔榆树而来。果真邓车离了榆树，又往前跑。韩二爷急急垫步紧赶，追了个嘴尾相连，差不了两步，再也赶不上。

又听见有人叫道："邓大哥！邓大哥！你跑只管跑，小心着暗器呀！"这句话却是沈仲元告诉韩彰防着邓车的铁弹，不想提醒了韩彰，暗道："是呀！我已离他不远，何不用暗器打他呢？这个朋友真是旁观者清。"想罢，左手一撑，将弩箭（nǔ jiàn，用弩弓发射的箭）上上，把头一低，手往前一点，这边噌，那边拍，又听嗳呀。韩二爷已知贼人着伤，更不肯舍。谁知邓车肩头之上中了弩箭，觉得背后发麻，忽然心内一阵恶心，暗说："不好！此物必是有毒。"又跑了有一二里之遥，心内发乱，头晕眼花，翻筋斗栽倒在地。韩二爷已知药性发作，贼人昏晕过去，脚下也就慢慢的走了。

只听背后呱咭、呱咭的乱响，口内叫道："二哥！二哥！你老在前面么？"韩二爷听声音是徐三爷，连忙答道："三弟！劣兄在此。"说话间，徐庆已到，说："怪道那人告诉小弟，说二哥往东北追下来了，果然不差。贼人在那里？"韩二爷道："已中劣兄的暗器栽倒了，但不知暗中帮助的却是何人？方才劣兄也亏了此人。"二人来到邓车跟前，见他四肢扎煞（张开，伸开），躺在地下。徐爷道："二哥将他扶起，小弟背着他。"韩彰依言，扶起邓车，徐庆背上，转回衙门而来。走不多几步，见有灯光明亮，却是差役人等前来接应。大家上前，帮同将邓车抬回衙去。

此时公孙策同定卢方、蒋平俱在大堂之上立等（立着等候），见韩彰回来，问了备细（详尽），大家欢喜。不多时，把邓车抬来。韩二爷取出一丸解药，一半用水研开灌下，并立即拔出箭来，将一半敷上伤口。公孙先生即吩咐差役拿了手镯（此处指手铐）脚镣，给邓车上好，容他慢慢苏醒。迟了半晌，只听邓车口内嘟囔道："姓沈的！你如何是帮俺来了，你直是害我来了。好吓！气死俺也！"哎呀了一声，睁开二目往上一看，上面坐着四五个人，明灯亮烛，照如白昼。即要转动，觉着甚不得力。低头看时，腕上有镯，脚下有镣。自己又一犯想："还记得中了暗器，心中一阵迷乱，必是被他们擒获了。"想至此，不由的五内往上一翻，咽喉内按捺不住，将口一张，哇的一声，吐了许多绿水涎痰（xián tán，唾沫和痰），胸膈虽觉乱跳，却甚明白清爽。他却闭目，一语不发。

忽听耳畔有人唤道："邓朋友，你这时好些了？你我作好汉的，决无儿女情态，到了那里说那里的话。你若有胆量，将这杯暖酒喝了！

如若疑忌害怕，俺也不强让你。”邓车听了，将眼睁开看时，见一人身形瘦弱，蹲在身旁，手擎（qíng，举）着一杯热腾腾的黄酒，便问道：“足下何人！”那人答道：“俺蒋平特来敬你一杯，你敢喝么！”邓车笑道：“原来是翻江鼠。你这话欺俺太甚！既被你擒来，刀斧尚且不怕，何况是酒！纵然是砒霜毒药，俺也要喝的，何惧之有！”蒋平道：“好朋友！真正爽快。”说罢，将酒杯送至唇边。邓车张开口，一饮而尽。

又见过来一人，道：“邓朋友，你我虽有嫌隙（因彼此不满或猜疑而发生的恶感），却是道义相通，各为其主。何不请过来大家坐谈呢？”邓车仰面看时，这人不是别人，就是在灯下看案卷的假按院，心内辗转道：“敢则（莫非）他不是颜按院？如此看来，就是遭了他们圈套了。”便问道：“尊驾何人？”那人道：“在下公孙策。”回手又指卢方道：“这是钻天鼠卢方卢大哥，这是彻地鼠韩彰韩二哥，那边是穿山鼠徐庆徐三哥。还有御猫展大哥在后面保护大人，已命人请去了，少刻就到。”邓车听了，道：“这些朋友俺都知道，久仰，久仰！既承抬爱（抬举爱护），俺倒要随喜随喜了。”蒋爷在旁伸手将他搀起，唧溜哗啷蹭到桌边，也不谦逊，刚要坐下，只见展爷从外面进来，一执手（拱手），道：“邓朋友，久违了！”邓车久已知道展昭，无可回答，止于说道：“请了。”展爷与大众见了，彼此就座，伴当添杯换酒。邓车到了此时，讲不得砢碜（kē chen，方言，意思是丑陋、难看），只好两手捧杯，缩头而饮。

只听公孙先生问道：“大人今夜睡得安稳么？”展爷道：“略觉好些，只是思念五弟，每每从梦中哭醒。”卢方听了，登时落下泪来。忽见徐庆瞪起双睛，擦摩两掌，立起身来，道：“姓邓的！你把俺五弟如何害了？快快说来！”公孙策连忙说道：“三弟，此事不关邓朋友相干，休要错怪了人。”蒋平道：“三哥，那全是奸王设下圈套。五弟争强好胜，自投罗网，如何抱怨得别人呢？”韩爷也在旁拦阻。展爷知道公孙先生要探问邓车，惟恐徐庆搅乱了事体，不得实信，只得张罗换酒，用言语岔开。徐庆无可如何（无可奈何），仍然坐在那里，气忿忿的一语不发。展爷换酒斟毕，方慢慢与公孙策你一言、我一语套问邓车，打听襄阳王的事件。邓车原是个卑鄙之人，见大家把他朋友相待，他便口不应心的说出实话来，言：“襄阳王所仗的是飞叉太保钟雄为保障，若将此人收伏，破襄阳王便不难矣。”公孙策套问明白，天已大亮，便派人将邓车押至班房，好好看守。大家也就各归屋内，略为歇息。

且说卢方回至屋内，与三个义弟说道："愚兄有一事与三位贤弟商议。想五弟不幸遭此荼毒（毒害。荼，tú），难道他的骨殖（gǔ shi，尸骨）就搁在九截松五峰岭不成？劣兄意欲将他骨殖取来，送回原籍。不知众位贤弟意下如何？"三人听了，同声道："正当如此，我等也是这等想。"只见徐庆道："小弟告辞了。"卢方道："三弟那里去？"徐庆道："小弟盗老五的骨殖去。"卢方连忙摇头，道："三弟去不得。"韩彰道："三弟太莽撞了。就去，也要大家商议明白，当如何去法。"蒋平道："据小弟想来，襄阳王既将骨殖交付钟雄，钟雄必是加意防守。事情若不预料，恐到了临期有了疏虞（疏忽，失误），反为不美。"卢方点头，道："四弟所论甚是。当如何去法呢？"蒋平道："大哥身体有些不爽，可以不去，叫二哥替你老去。三哥心急性躁，此事非冲锋打仗可比，莫若小弟替三哥去。大哥在家也不寂寞，就是我与二哥同去，也有帮助。大哥想想如何？"卢方道："狠（很）好，就这样罢。"徐庆瞅了蒋平一眼，也不言语。只见伴当拿了杯箸（zhù，筷子）放下，弟兄四人就座。卢方又问："二位贤弟几时起身？"蒋平道："此事不必匆忙，后日起身也不为迟。"商议已毕，饮酒用饭。不知他等如何盗骨，且听下回分解。

第一百七回　愣徐庆拜求展熊飞　病蒋平指引陈起望

且说卢方自白玉堂亡后，每日茶饭无心，不过应个景儿而已。不多时，酒饭已毕，四人闲坐。卢方因一夜不曾合眼，便有些困倦，在一旁和衣而卧。韩彰与蒋平二人计议如何盗取骨殖，又张罗行李马匹。独独把个愣爷撇在一边，不瞅不睬，好生气闷，心内辗转道："同是结义弟兄，如何他们去得，我就去不得呢？难道他们尽弟兄的情长，单不许我尽点心么？岂有此理！我看他们商量的得意，实实令人可气。"

站起身来，出了房屋，便奔展爷的单间而来。

刚然（刚刚）进屋，见展爷方才睡醒，在那里搽脸。他也不管事之轻重，扑翻身跪倒，道："嗳呀！展大哥呀！委屈煞小弟了，求你老帮扶帮扶吓！"说罢，痛哭。倒把展爷唬了一跳，连忙拉起他道："三弟，这是为何？有话起来说。"徐庆更会撒泼，一壁（一边）抽泣着，一壁说道："大哥，你老若应了帮扶小弟，小弟方才起来；你老若不应，小弟就死在这里了！"展爷道："是了，劣兄帮扶你就是了，三弟快些起来讲。"徐庆又磕了一个头，道："大哥应了，再无翻悔。"方立起身来，拭去泪痕，坐下道："小弟非为别事，求大哥同小弟到五峰岭走走。"展爷道："端的（到底）为着何事？"徐庆便将卢方要盗白玉堂的骨殖，说了一遍。"他们三个怎么拿着我不当人，都说我不好。我如今偏要赌赌这口气，没奈何，求大哥帮扶小弟走走。"展爷听了，暗暗思忖（思量。忖，cǔn）道："原来为着此事。我想蒋四弟是个极其精细之人，必有一番见解。而且盗骨是哑密（秘密）之事，似他这卤莽（鲁莽）性烈，如何使得呢？若要不去，已然应了他，又不好意思。而且他为此事屈体下礼，说不得了，好歹只得同他走走。"便问道："三弟几时起身？"徐庆道："就在今晚。"展爷道："如何恁般忙呢？"徐庆道："大哥不晓得，我二哥与四弟定于后日起身。我既要赌这口气，须早两天。及至他们到时，咱们功已成了，那时方出这口恶气。还有一宗，大哥千万不可叫二哥、四弟知道，晚间我与大哥悄悄的一溜儿，急急赶向前去方妙。"展爷无奈何，只得应了。徐庆立起身来，道："小弟还到那边照应去，大哥暗暗收什行李器械马匹，起身以前，在衙门后墙专等。"展爷点头。

徐庆去后，展爷又好笑，又后悔。笑是笑他粗卤（粗暴鲁莽），悔是不该应他。事已如此，无可如何，只得叫过伴当来，将此事悄悄告诉他，叫他收什行李马匹。又取过笔砚来，写了两封字儿藏好，然后到按院那里看了一番，又同众人吃过了晚饭。看天已昏黑，便转回屋中，问伴当道："行李马匹俱有了？"伴当道："方才跟徐爷的伴当来了，说他家爷在衙门后头等着呢，将爷的行李马匹也拢在一处了。"展爷点了点头，回手从怀中掏出两个字柬（信件）来，道："此柬是给公孙老爷的，此柬是给蒋四爷的。你在此屋等着，候初更之后再将此字送去，就交与跟爷们的从人，不必面递。交代明白，急急赶赴前去，我们在途中慢慢等你。这是怕他们追赶之意，省得徐三爷抱怨于我。”伴当一一答应。

展爷却从从容容出了衙门，来至后墙，果见徐庆与伴当拉着马匹，在那里张望，上前见了。徐庆问道：“跟大哥的人呢？”展爷道：“我叫他随后来，惟恐同行叫人犯疑。”徐庆道：“狠好。小弟还忘了一事，大哥只管同我的伴当慢慢前行，小弟去去就来。”说罢，回身去了。

且说跟展爷的伴当，在屋内候到起更，方将字柬送去。蒋爷的伴当接过字柬，来到屋内一看，只见卢方仍是和衣而卧，韩彰在那里吃茶，却不见四爷蒋平。只得问了问同伴，说在公孙先生那里。伴当即来到公孙策屋内，见公孙策拿过字柬，正在那里讲论，道：“展大哥嘱咐小心奸细刺客，此论甚是。然而不当跟随徐三弟同去。”蒋平道：“这必是我三哥磨着展大哥去的。”刚说着，又见自己的伴当前来，便问道：“甚么事件？”伴当道：“方才跟展老爷的人，给老爷送了个字柬来。”说罢，呈上。蒋爷接来打开看毕，笑道：“如何？我说是我三哥磨着展大哥去的，果然不错。”即将字帖递与公孙策。公孙策从头至尾看去，上面写着：“徐庆跪求，央及劣兄，断难推辞，只得暂时随去。贤弟见字，务于明日急速就到，共同帮助。千万不要追赶，惟恐识破了，三弟面上不好看……”云云。公孙策道：“言虽如此，明日二位再要起身，岂不剩了卢大哥一人，内外如何照应呢？”蒋平道：“小弟回去，与大哥、二哥商量。既是展大哥与三哥先行，明日小弟一人足已够了，留下二哥如何？”公孙策道：“甚好，甚好。”

正说间，只见看班房（监牢）的差人慌慌张张进来道：“公孙老爷，不好了！方才徐老爷到了班房，吩咐道：‘你等歇息，俺要与姓邓的说句机密话。’独留小人伺候。徐老爷进屋，尚未坐稳，就叫小人看茶去。谁知小人烹了茶来，只见屋内漆黑，急急唤人掌灯看时，哎呀！老爷呀！只见邓车仰卧在床上，昏迷不省，满床血渍。原来邓车的双睛，被徐老爷剜（wān，用刀子等挖）去了。现时不知邓车的生死，特来回禀二位老爷知道。”公孙策与蒋平二人听了，惊骇非常，急叫从人掌灯，来至外面班房看时，多少差役将邓车扶起，已然苏醒过来，大骂徐庆不止。公孙策见此惨然形景，不忍注目。蒋平吩咐差人好生服侍将养，便同公孙策转身来见卢方，说了详细，不胜骇然，大家计议了一夜。

至次日天明，只见门上的进来，拿着禀帖递与公孙先生一看，欢喜道："好，好，好。快请，快请。"原来是北侠欧阳春、双侠丁兆蕙，自从解押金面神蓝骁、赛方朔方貂之后，同到茉花村，本欲约会了兆兰同赴襄阳，无奈丁母欠安，双侠只得在家侍奉，俟丁母老太太痊愈之后，北侠就告辞。丁家弟兄苦苦相留，北侠也是无事之人，权且（暂且）住下。后来丁母痊愈，双侠商议，老母是有了年岁之人，为人子者不可远离膝下，又恐北侠踽踽（jǔ jǔ，形容一个人走路孤零零的样子）凉凉（形容冷冷清清的样子）一人上襄阳，不好意思，而且因老母染病，晨昏问安，耽搁了多少日期，左右为难。只得仍叫丁二爷随着北侠同赴襄阳，留下丁大爷在家奉亲（侍奉双亲），又可以照料家务。因此北侠与丁二爷起身。

在路行程，非止一日，来到襄阳太守衙门。可巧门上正是金福禄，上前参见，急急回禀了老爷金辉，立刻请至书房，暂为少待。此时黑妖狐智化早已接出来，彼此相见，快乐非常。不多时，金太守更衣出来，北侠与丁二官人要以官长见礼，金公那里肯受，口口声声以恩公呼之。大家谦让多时，仍是以宾客相待。左右献茶已毕，寒温叙过，便提起按院衙门近来事体如何。黑妖狐智化连声叹气，道："一言难尽！好叫仁兄贤弟得知，玉堂白五弟遭了害了。"北侠听了，好生诧异，丁二爷不胜惊骇，同声说道："竟有这等事！请道其详。"智化便从访探冲霄楼说起，如何遇见白玉堂，将他劝回；后来又听得按院失去印信，想来白五弟就因此事拚（pīn，即"拼"）了性命，误落在铜网阵中倾生丧命，滔滔不断，说了一遍。北侠与丁二爷听毕，不由的俱各落泪叹息。所谓"方以类聚，物以群分"（出自《周易·系辞上》，原指各种方术因种类相同聚在一起，各种事物因种类不同而区分开。后指人或事物按其性质分门别类各自聚集），原是声应气求的弟兄，焉有不伤心的道理。因此也不在太守衙门耽搁，便约会了智化急急赶至按院衙门而来。

早见公孙策在前，卢方等随在后面，彼此相见。虽未与卢方道恼，见他眼圈儿红红的，面庞儿比先前瘦了好些，大家未免欷歔（xī xū，同"嘘唏"，哭泣后不由自主地急促呼吸；抽搭）一番。独有丁兆蕙拉着卢方的手，由不得泪如雨下。想起当初陷空岛与茉花村不过隔着芦花荡（浅水湖），彼此义气相投，何等的亲密，想不到五弟却在襄阳丧命，而且又在少年英勇之时，竟是如此寿夭，尤为可伤。二人哭泣多时，还亏了智化用言语劝慰。北侠也拦住丁二爷，道："二弟，卢大哥全仗你我开导解劝，你如何反招大哥伤起心来呢？"说罢，大家来至卢方的屋内，就座献茶。北侠等三人又问候颜大人的起居，公孙策将颜大人得病的情由，述了一番，三人方知大人也是为念五弟欠安，不胜浩叹（大声叹息）。

智化便问衙门近来事体如何。公孙策将已往之事，一一叙说，渐渐说到拿住邓车。蒋平又接言道："不想从此又生出事来。"丁二爷问道："又有何事？"蒋平便说："要盗五弟的骨殖。谁知俺三哥暗求展大哥帮助，昨晚已然起身。起身也罢了，临走时俺三哥把邓车二目剜去。"北侠听了皱眉，道："这是何意？"智化道："三哥不能报仇，暂且拿邓车出气，邓车也就冤的狠了。"丁二爷道："若论邓车的行为伤天害理，失去二目也就不算冤。"公孙策道："只是展大哥与徐三弟此去，小弟好生放心不下。"蒋平道："如今欧阳兄、智大哥、丁二弟俱各来了，妥当的狠，明日我等一同起身。衙中留下我二哥服侍大哥，照应内外。小弟仍是为盗五弟骨殖之事，欧阳兄三位另有一宗紧要之事。"智化问道："还有甚么事？"蒋平道："只因前次拿获邓车之时，公孙先生与展大哥探访明白，原来襄阳王所仗者飞叉太保钟雄，若能收伏此人，则襄阳不难破矣。如今就将此事托付三位弟兄，不知肯应否？"智化、丁兆蕙同声说道："既来者则安之。四弟不必问我等应与不应，到了那里，看势（看形势）做事就是了，何能预为定准？"公孙先生在旁称赞道："是极！是极！"说话间，酒席早已摆开，大家略为谦逊，即便入席。却是欧阳春的首座，其次智化、丁兆蕙，又其次公孙策、卢方，下首是韩彰、蒋平。七位爷把酒谈心，不必细表。

到了次日，北侠等四人别了公孙策与卢、韩二人，四人在路行程。偏偏的蒋平肚泄起来，先前还可扎挣，到后来连连泄了几次，觉得精神倦怠，身体劳乏。北侠道："四弟既有贵恙（敬辞，对对方的病的敬称），莫若找个寓所暂为歇息，明日再做道理，有何不可呢。"蒋平道："不要如此，你三位有要紧之事，如何因我一人耽搁？小弟想起来了，有个去处颇可为聚会之所。离洞庭湖不远，有个陈起望，庄上有郎舅二人，一人姓陆名彬，一人姓鲁名英，颇尚侠义。三位到了那里，只要提出小弟，他二人再无不扫榻相迎（把床打扫干净迎接客人，对客人表示欢迎之意）之理。咱们就在那里相会罢。”说着，拧眉攒目（拧着眉，两只眼睛往一起聚。攒，cuán，聚），又要肚泄起来。北侠等三人见此光景，只得依从。蒋平又叫伴当随去，沿途好生服侍，不可怠慢。伴当连连答应，跟随去了。

蒋爷这里左一次，右一次，泄个不了。看看的天色晚了，心内好生着急，只得勉强认镫（脚踏马镫，指上马。镫，dèng），上了坐骑，往前进发。心急嫌马慢，又不敢极力的催他，恐自己气力不加，乘控不住，只得缓辔而行（信马由缰地慢走。辔，pèi，驾驭牲口用的嚼子和缰绳）。此时天已昏黑，满天星斗，好容易来到一个村庄，见一家篱墙之上，高高挑出一个白纸灯笼。及至到了门前，又见柴门之旁，挂着个小小笊篱（zhào li，用竹篾、柳条或铁丝等编成的，能漏水的用具），知是村庄小店，满心欢喜，犹如到了家里一般。连忙下马，高声唤道：“里面有人么？”只听里面颤巍巍的声音答应。不知果是何人，且听下回分解。

第一百八回 图财害命旅店营生 相女配夫闺阁本分

且说蒋平听得里面问道：“甚么人？敢则（莫非）是投店的么？”蒋平道：“正是。”又听里面答道：“少待。”不多时，灯光显露，将柴扉（fēi，门）开放，道：“客官请进。”蒋平道：“我还有鞍马在此。”店主人道：“客官自己拉进来罢。婆子不知尊骑（对对方坐骑的尊称）的毛病，恐有失闪。”蒋平这才留神一看，原来是个店妈妈，只得自己拉进了柴扉。见是正房三间，西厢房三间，除此并无别的房屋。蒋平问道：“我这牲口在那里喂呢？”婆子道：“我这里原是村庄小店，并无槽头马棚。那边有个碾子（niǎn zi，轧碎谷物或去掉谷物皮的石制工具），在那碾台儿上就可以喂了。”蒋平道：“也倒罢了，只是我这牲口就在露天地里了。好在夜间还不甚凉，尚可以将就。”说罢，将坐骑拴在碾台子桩柱上，将镫扣好，打去嚼子，打去后鞦（即后鞧，套车时拴在驾辕牲口屁股周围的皮带、帆布带等。鞦，qiū），把皮鞊拢起，用稍绳捆好；然后解了肚带，轻轻将鞍子揭下，屈却不动，恐鞍心有汗。

此时店婆已将上房掸扫，安放灯烛。蒋爷抱着鞍子，到了上房，放在门后，抬头一看，却是两明一暗。掀起旧布单帘，来到暗间，从腰间解下包裹，连马鞭俱放在桌子上面，掸（dǎn，用掸子等轻轻地拂或抽）了掸身上灰尘，只听店妈妈道："客官是先净面后吃茶，是先吃茶后净面呢？"蒋平这才把店妈妈细看，却有五旬年纪，甚是干净利便，答道："脸也不净，茶也不吃。请问妈妈贵姓？"店婆道："婆子姓甘。请问客官尊姓？"蒋爷道："我姓蒋。请问此处是何地名？"甘婆子道："此处名叫神树岗。"蒋爷道："离陈起望尚有多远？"婆子道："陈起望在正西，此处却是西北。从此算起，要到陈起望，足有四五十里之遥。客官敢则（莫非）是走差了路了？"蒋爷道："只因身体欠爽（舒服），又在昏黑之际，不料把道路走错了。请问妈妈，你这里可有酒么？"甘婆子道："酒是有的，就只得村醪（láo，浊酒），并无上样（像样）名酒。"蒋爷道："村醪也好，你与我热热的暖一角（jué，古代酒器）来。"甘婆子答应，回身去了。

多时，果然暖了一壶来，倾在碗内。蒋爷因肚泄口燥，那管好歹，端起来一饮而尽。真真是"沟里翻船"，想蒋平何等人物，何等精明，一生所作何事，不想他在妈妈店，竟会上了大当。可见为人艺高是胆大不得的。此酒入腹之后，觉得头眩目转。蒋平说声"不好"，尚未说出口，身体一晃，咕咚栽倒尘埃（地上）。

甘婆子笑道："我看他身材瘦弱，是个不禁酒的，果然。"伸手向桌子上拿起包裹一摸，笑容可掬。正在欢喜，忽听外面叫门，道："里面有人么？"这一叫不由的心里一动，暗道："忙中有错。方才既住这个客官，就该将门前灯笼挑了。一时忘其所以（忘乎所以），又有上门的买卖来了。既来了，再没有往外推之理。且喜还有两间厢房，莫若让到那屋里去。"心里如此想，口内却应道："来了，来了。"执了灯笼，来开柴扉，一看却是主仆二人。只听那仆人问道："此间可是村店么？"甘婆道："是便是，却是乡村小店，惟恐客官不甚合心（合意）。再者并无上房，只有厢房（在正房前面两侧的房屋）两间，不知可肯将就么？"又听那相公道："既有两间房屋，已足够了，何必务要正房呢？"甘婆道："客官说的是，如此请进来罢。"主仆二人刚然（刚刚）进来，甘婆子却又出去，将那白纸灯笼系下来，然后关了柴扉，就往厢房导引。忽听仆人说道："店妈妈，你方才说没有上房，那不是上房么？"甘婆子道："客官不知，这店并无店东主人，就是婆子带着女儿过活。这上房是婆子住家，止于厢房住客。所以方才说过，恐其客官不甚合心呢。"这婆子随机应变，对答得一些儿马脚不露。这主仆那里知道上房之内，现时迷倒一个呢。

说话间，来至厢房，婆子将灯对上。这主仆看了看，倒也罢了，干干净净可以住得。那仆人将包裹放下，这相公却用大袖掸去灰尘。甘婆子见相公形容俏丽，肌肤凝脂（凝固了的油脂，多比喻肌肤洁白润泽），妩媚之甚，便问道："相公用甚么？趁早吩咐。"相公尚未答言，仆人道："你这里有甚么，只管做来，不必问。"甘婆道："可用酒么？"相公道："酒倒罢了。"仆人道："如有好酒，拿些来也可以使得。"

甘婆听了笑了笑，转身出来，执着灯笼，进了上房，将桌子上包裹拿起，出了上房，却进了东边角门。原来角门以内仍是正房、厢房以及耳房，共有数间。只听屋内有人问："母亲，前面又是何人来了？"婆子道："我儿休问，且将这包裹收起，快快收拾饭食。又有主仆二人到了，老娘看这两个也是雏儿，少时将酒预备下就是了。"忽听女子道："母亲，方才的言语难道就忘了么？"甘婆子道："我的儿吓，为娘的如何忘了呢。原说过就做这一次，下次再也不做了。偏他主仆又找上门来，叫为娘的如何推出去呢？说不得，这叫做'一不做，二不休'。好孩子，你帮着为娘再把这买卖做成了，从此后为娘的再也不干这营生（工作）了。可是你说的咧，伤天害理做甚么。好孩子，快着些儿罢！为娘的安放小菜去。"说着话，又出去了。

原来这女子就是甘婆之女，名叫玉兰，不但女工针黹（缝纫、刺绣等针线活。黹，zhǐ）出众，而且有一身好武艺，年纪已有二旬，尚未受聘。只因甘婆作事暗昧，玉兰每每规谏，甘婆也有些回转。就是方才取酒药蒋平时，也央及了个再三，说过就作这一次，不想又有主仆二人前来。玉兰无奈何将菜蔬做妥，甘婆往来搬运，又称赞这相公极其俊美。玉兰心下踌躇。后来甘婆拿了酒去，玉兰就在后面跟来，在窗外偷看，见这相公面如傅粉（形容男子美貌），白而生光，唇似涂朱，红而带润，惟有双眉紧蹙（cù，皱），二目含悲，长吁短叹，似有无限的愁烦。玉兰暗道："看此人不是俗子村夫，必是贵家公子。"再看那仆人坐在横头，粗眉大眼，虽则丑陋，却也有一番娇媚之态。只听说道："相公早间打尖（指旅途中休息下来吃点儿东西），也不曾吃些甚么。此时这些菜蔬虽则清淡，却甚精美，相公何不少用些呢？"又听相公呖呖莺声（原形容黄莺清脆的叫声，这里形容相公说话声音好听）说道："酒肴虽美，无奈我吃不下咽。"说罢，又长叹了一声。忽听甘婆道："相公既懒进饮食，何不少用些暖酒，开开胃口，管保就想吃东西了。"玉兰听至此，不由的发恨，道："人家愁到这步田地，还要将酒害人，我母亲太狠心了！"忿忿回转房中去了。

不多时，忽听甘婆从外角门进来，拿着包裹，笑嘻嘻地道："我的儿呀，活该我母女要发财了。这包裹比方才那包裹尤觉沉重，快快收起来，帮着为娘的打发他们上路。"口内说着，眼儿却把玉兰一看，见玉兰面向里，背朝外，也不答言，也不接包裹。甘婆连忙将包裹放下，赶过来将玉兰一拉，道："我的儿，你又怎么了？"谁知玉兰已然哭的泪人儿一般。婆子见了，这一惊非小，道："哎哟！我的肉儿，心儿，你哭的为何？快快说与为娘的知道，不是心里又不自在了？"说罢，又用巾帕与玉兰拭泪。玉兰将婆子的手一推，悲切切的道："谁不自在了呢！"婆子道："既如此，为何啼哭呢？"玉兰方说道："孩儿想爹爹留下的家业，够咱们娘儿两个过的了。母亲务要作这伤天害理的事作甚么？况且爹爹在日，还有三不取：僧道不取，囚犯不取，急难之人不取。如今母亲一概不分，只以财帛（金钱布帛，泛指财物）为重。倘若事发，如何是好？叫孩儿怎不伤心呢？"说罢，复又哭了。婆子道："我的儿，原来为此。你不知道为娘的也有一番苦心，想你爹爹留下家业，这几年间坐吃山空，已然消耗了一半，再过一二年也就难以度日了。再者你也不小了，将来陪嫁妆奁（女子梳妆打扮时所用的镜匣，借指嫁妆。奁，lián），那不用钱呢？何况我偌大（这么大，如此大。偌，ruò）年纪，也不弄下个棺材本儿么？"玉兰道："妈妈也是多虑。有说有的话，没说没的话。似这样损人利己，倒难永享。而且人命关天的，如何使得？"婆子道："为娘的就做这一次，下次再也不做了。好孩子！你帮了妈妈去。"玉兰道："母亲休要多言，孩儿就知恪遵（严格遵守。恪，kè）父命。那相公是急难之人，这样财帛是断取不得的。"甘婆听了，犯想道："闹了半天，敢则是为相公，可见他人大心大了。"便问道："我儿，你如何知那相公是急难之人呢？”玉兰道：“实对妈妈说知，方才孩儿已然悄到窗下看了，见他愁容满面，饮食不进，他是有急难之事的，孩儿实实不忍害他。孩儿问母亲将来倚靠何人？”甘婆道：“嗳哟！为娘的又无多余儿女，就只生养了你一个，自然靠着你了，难道叫娘靠着别人不成么？”玉兰道：“虽然不靠别人，难道就忘了半子之劳么？”一句话提醒了甘婆，心中恍然大悟，暗道：“是呀，我正愁女儿没有人家，如今这相公生的十分俊美，正可与女儿匹配。我何不把他作个养老女婿，又完了女儿终身大事，我也有个倚靠，岂不美哉？可见利令智昏（因贪图私利使头脑发昏，丧失理智），只顾贪财，却忘了正事。”便嘻嘻笑道：“亏了女儿提拨（提醒）我，险些儿错了机会。如此说来，快快把他救醒，待为娘的与他慢慢商酌——只是不好启齿（开口）。”玉兰道：“这也不难。莫若将上房的客官也救醒了，只认做合他戏耍，就烦那人替说，也免得母亲碍日，岂不两全其美么？”甘婆哈哈笑道：“还是女儿有计算。快些走罢，天已三鼓了。”玉兰道：“母亲还得将包裹拿着，先还了他们。不然，他们醒来时不见了包裹，那不是有意图谋了么？”甘婆道：“正是，正是。”便将两个包裹抱着，执了灯笼，玉兰提了凉水。

母女二人出了角门，来至前院，先奔西厢房，将包裹放下，见相公伏几而卧，却是饮的酒少之故。甘婆上前轻轻扶起，玉兰端过水来，慢慢灌下，暗将相公着实的看了一番，满心欢喜。然后见仆人已然卧倒在地，也将凉水灌下。甘婆依然执灯笼，又提了包囊。玉兰拿着凉水，将灯剔亮了，临出门时，还回头望了一望，见相公已然动转。连忙奔到上房，将蒋平也灌了凉水。玉兰欢欢喜喜，回转后面去了。

且说蒋平饮的药酒工夫大了，已然发散，又加灌了凉水，登时苏醒，拳手伸腿，揉了揉眼，睁开一看，见自己躺在地下。再看桌上灯光明亮，旁边坐着个店妈妈，嘻嘻的笑。蒋平猛然省悟，爬起来道：“好吓！你这婆子不是好人，竟敢在俺跟前弄悬虚（玄虚），也就好大胆呢！”婆子噗哧的一声，笑道：“你这人好没良心，饶把你救活了，你反来嗔（chēn，对人不满）我。请问你既知悬虚，为何入了圈套呢？你且坐了，待我细细告诉你。老身的丈夫名唤甘豹，去世已三年了，膝下无儿，只生一女。”蒋平道：“且住！你提甘豹，可是金头太岁甘豹么？”甘婆道：“正是。”蒋平连忙站起，深深一揖，道：“原来是嫂嫂，失敬了。”甘婆道：“客官如何如此相称？请道其详。”蒋平道：“小弟翻江鼠蒋平。甘大哥曾在敝庄盘桓（逗留。桓，huán）过数日。后来又与白面判官柳青劫掠生辰黄金，用的就是蒙汗药酒。他说还有五鼓鸡鸣断魂香，皆是甘大哥的传授。不想大哥竟自仙逝，有失吊唁（diào yàn，祭奠死者并慰问其家属），望乞恕罪。”说罢，又打一躬。

甘婆连忙福了一福，道：“惭愧，惭愧！原来是蒋叔叔到了。恕嫂嫂无知，休要见怪。亡夫在日，曾说过陷空岛的五义，实实令人称羡不尽。方才叔叔提的柳青，他是亡夫的徒弟。自从亡夫去世，多亏他殡殓（bìn liàn，入殓和出殡）发送，如今还时常的资助银两。”蒋平道：“方才提膝下无儿，只生一女，侄女有多大了？”甘婆道：“今年十九岁，名唤玉兰。”蒋平道：“可有婆家没有？”甘婆道：“且无婆家。嫂嫂意欲求叔叔作个媒妁（即媒人。妁，shuò），不知可肯否？”蒋平道：“但不知要许何等样人家？”甘婆道：“好叫叔叔得知，远在天涯，近在咫尺。”就将投宿主仆已然迷倒的事说了。“是女儿不依，劝我救醒。看这相公甚是俊美，女儿年纪相仿。嫂嫂不好启齿，求叔叔作个保山（旧称保人或媒人）如何？”蒋平道：“好呀！若不亏侄女劝阻，大约我等性命休矣。如今看着侄女分上，且去说说看。但只一件，小弟自进门来，蒙嫂嫂赐了一杯闷酒，到了此时也觉饿了，可还有甚么吃的没有呢？”甘婆道：“有，有，有。待我给你收什饭食去。”蒋平道：“且说下，说的事成与不成，事在两可。好歹别因不成了，嫂嫂又把那法子使出来了，那可不是玩的。”甘婆哈哈笑道：“岂有此理！叔叔只管放心罢。”甘婆子上后面收什饭去了。不知亲事说成与否，且听下回分解。

第一百九回　骗豪杰贪婪一万两　作媒妁认识二千金

且说甘婆去后，谁知他二人只顾在上房说话，早被厢房内主仆二人听了去了，又是欢喜，又是愁烦：欢喜的是认得蒋平，愁烦的是机关泄露。你道此二人是谁？原来是凤仙、秋葵姊妹两个，女扮男妆，来到此处。

自从沙龙沙员外拿住金面神蓝骁（xiāo），后来起解（旧时指犯人被押送）了，也就无事了。每日与孟杰、焦赤、史云等游田射猎，甚是清闲。一日，本县令尹忽然来拜，声言为访贤而来，襄阳王特请沙龙作个领袖，督率（监督率领）乡勇操演军务。沙员外以为也是好事，只得应允。到了县内，令尹（县令）待为上宾，优隆（优厚的待遇）至甚，隔三日设一小宴，十日必是一大宴。慢说是沙员外自以为得意，连孟杰、焦赤俱是望之垂涎，真是"君子可欺以其方"，那知这令尹是个极其奸猾的小人。皆因襄阳王知道沙龙本领高强，情愿破万两黄金，拿获沙龙，与蓝骁报仇。偏偏的遇见了这贪婪的赃官，他道："拿沙龙不难，只要金银凑手（方便），包管事成。"奸王果然如数交割，他便设计将沙龙诓（kuāng，骗）上圈套。

这日正是大宴之期，他又暗设牢笼，以殷勤劝酒为题，你来敬三杯，我来敬三杯。不多的工夫，把个沙龙喝的酩酊（mǐng dǐng，形容大醉）大醉，步履皆难，便叫伴当回去，说："你家员外多吃了几杯，就在本县堂斋安歇，明早还要操演军务。"又赏了伴当几两银子，伴当欢欢喜喜回去。就是焦、孟二人也皆以为常，全不在意。他却暗暗将沙龙交付来人，连夜押解（押送犯人。解，jiè）襄阳去了。

后来焦、孟二人见沙龙许多日期不见回来，便着史云前去探望几次，不见信息，好生设疑。一时惹恼了焦赤性儿，便带了史云猎户人等闯至公堂厮闹。谁知人人皆说县宰因亲老告假还乡，已于三日前起了身了。又问沙龙时，早已解到襄阳去了。焦赤听了，急得两手扎煞，毫无主意。纵要闹，正头乡主已走，别人全不管事的，只得急急回庄，将此情节告诉孟杰。孟杰也是暴跳如雷。登时传扬，里面皆知。凤仙、秋葵姊妹哭个不了。幸亏凤仙有主意，先将孟杰、焦赤二人安置，恐他二人粗卤，生出别的事来，便对二人说道："二位叔父不要着急。襄阳王既与我父作对，他必暗暗差人到卧虎沟前来图害，此庄却是要紧的。我父亲既不在家，全仗二位叔父支持，说不得二位叔父操劳，昼夜巡察，务要加意的防范，不可疏懈（疏忽松懈）。"孟、焦二人满口应承，止知昼夜保护此庄，再也不生妄想了。

后来凤仙却暗暗使得用之人，到襄阳打听。幸喜襄阳王爱沙龙是一条好汉，有意收伏，不肯加害，惟有囚禁而已。差人回来将此情节说了，凤仙姊妹心内稍觉安慰，复又思忖（思量。忖，cǔn）道："襄阳王作事这等机密，大约欧阳伯父与智叔父未必尽知其详，莫若我与妹子亲往襄阳走走，倘能见了欧阳伯父与智叔父，那时大家商议，搭救父亲便了。"主意已定，暗暗与秋葵商议。秋葵更是乐从，便说道："狠好。咱们把正事办完了，顺便到太守衙门再看看牡丹姐姐，我还要与干娘请请安呢。"凤仙道："只要到了那里，那就好说了。但咱如何走法呢？"秋葵道："这有何难呢！姐姐扮作相公，充作姐夫，就算艾虎；待妹子扮作个仆人跟着你，岂不妥当么？"凤仙道："好是好，只是妹妹要受些屈了。"秋葵道："这有甚么呢。为救父亲，受些屈也是应当的，何况是逢场作戏呢。"

二人商议明白，便请了孟、焦二位，一五一十，俱各说明，托他二人好好保守庄园。又派史云急急赶到茉花村，惟恐欧阳伯父还在那里，尚未起身，约在襄阳会齐。诸事分派停妥，他二人改扮起来，也不乘马，惟恐犯人疑忌，仿佛是闲游一般。亏得他姐妹二人虽是女流，却是在山中行围射猎惯的，不至于鞋弓袜小，寸步难行。在路行程，非止一日。这天恰恰行路迟了，在妈妈店内，虽被甘婆用药酒迷倒，多亏玉兰劝阻搭救。

且说凤仙饮水之后，即刻苏醒，睁眼看时，见灯光明亮，桌上菜蔬犹存，包裹照旧，自己纳闷道："我喝了两三口酒，难道就喝醉了不成？"正在思索，只见秋葵张牙欠口，翻身起来，道："姐姐，我如何醉倒了呢？"凤仙摆手道："你满口说的是甚么！"秋葵方才省悟，手把嘴一握，悄悄道："幸亏没人。"凤仙将头一点，秋葵凑到跟前。凤仙低言道："我醉的有些奇怪，别是这酒有甚么缘故罢？"秋葵道："不错。如此说来，这不是贼店么？"凤仙道："你听！上房有人说话。咱们悄地听了，再做道理。"因此姊妹二人来至窗下，将蒋平与甘婆的说话，听了个不亦乐乎。急急回转厢房，又是欢喜，又是愁烦。忽听窗外脚步声响，是蒋爷与马添草料，奔了碾台儿（碾盘）去了。凤仙道："等蒋叔父回来，便唤住，即速请进。"秋葵即倚门而待。

少时，蒋平添草回来，秋葵便唤道："蒋叔请进内屋坐。"只这一句，把个蒋平唬了一跳，只得进屋。又见一个后生，迎头拜揖，道："侄儿艾虎拜见。"蒋爷借灯光一看，虽不是艾虎，却也面善（面熟），更觉发起怔来了。秋葵在旁道："他是凤仙，我是秋葵，在道上冒了艾虎的名儿来的。"蒋爷在卧虎沟住过，俱是认得的，不觉诧异，道："你二人如何来到此处呢？"说罢，回身往外望一望。凤仙叫秋葵在门前站立，如有人来时咳嗽一声，方对蒋爷将父亲被获情节略说梗概（大略的内容），未免的泪随语下。蒋平道："且不必啼哭。侄女仍以艾虎为名，同我到上房。"说毕，和凤仙来到明间坐下。秋葵一同来到上房。

忽见甘婆从后面端了小菜杯箸（zhù，筷子）来，见蒋爷已将那厢房主仆让到上屋明间，知道为提亲一事，便嘻嘻笑道："怎么叔叔在明间坐么？"蒋爷道："明间宽阔豁亮。嫂嫂且将小菜放下，过来见了。这是我侄儿艾虎，他乃紫髯伯的义儿，黑妖狐的徒弟。"甘婆道："呀！真是'大水冲了龙王庙，一家人不认得一家人'。就是欧阳爷、智公子，亡夫俱是好相识。原来是他二位义儿高徒，怪道这样的英俊呢。相公休要见怪，恕我无知，失敬了！"说罢，福（旧时妇女行的"万福"礼）了一福。凤仙只得还了一揖，连称："好说！不敢！"秋葵过来，将桌子帮着往前搭了一搭。甘婆安放了小菜，却是两分杯箸，原来是蒋爷一分，自己陪的一分。如今见这相公过来，转身还要取去。蒋爷道："嫂嫂不用取了，厢房中还有两分，拿过来岂不省事。不过是嫂嫂将酒杯洗净了，就不妨事了。"甘婆瞅了蒋平一眼，道："多嘴讨人嫌吓！"蒋平道："嫂嫂嫌我多嘴，回来我就一句话也不说了。"甘婆笑道："好叔叔，你说罢，嫂嫂多嘴不是了。"笑着，端菜去了。这里蒋爷悄悄的问了一番。

不多时，甘婆端了菜来，果然带了两分杯箸，俱各安放好了。蒋爷道："贤侄，你这尊管，何不也就叫他一同坐了呢？"甘婆道："真个的又没有外人，何妨呢。就在这里打横儿（围着方桌坐时，坐在末座），岂不省了一番事呢！"于是蒋平上座，凤仙次座，甘婆主座相陪，秋葵在下首打横。甘婆先与蒋爷斟了酒，然后挨次斟上，自己也斟上一杯。蒋平道："这酒喝了，大约没有事了。"甘婆笑道："你喝罢，不怪人家说你多嘴。你不信，看嫂嫂喝个样儿你看。"说着，端起来，吱的一声就是半杯子。蒋平笑道："嫂嫂，你不要喉急，小弟情愿奉陪。"又让那主仆二人，端起杯来一饮而尽。凤仙、秋葵俱各喝了一口，甘婆复又斟上。

这婆子一壁（一边）殷勤，一壁注意在相公面上，把个凤仙倒瞅的不好意思了。蒋平道："嫂嫂，我与艾虎侄儿相别已久，还有许多言语细谈一番。嫂嫂不必拘泥，有事请自尊便。"甘婆听了，心下明白，顺口说道："既是叔叔要与令侄攀话（互相闲谈），嫂嫂在此反倒搅乱清谈。我那里还吩咐你侄女作的点心羹汤，少时拿来，外再烹上一壶新茶如何？"蒋平道："狠好。"甘婆又向凤仙道："相公，夜深了，随意用些酒饭，休要作客。老身不陪了。"凤仙道："妈妈请便，明日再为面谢（当面道谢）。"甘婆道："好说，好说！请坐罢。"秋葵送出屋门。甘婆道："管家，让你相公多少吃些，不要饿坏了。"

秋葵答应，回身笑道："这婆子竟有许多唠叨。"蒋爷道："你二人可知他的意思么？"秋葵道："不用细言，我二人早已俱听明白了。"凤仙努嘴道："悄言，不要高声。"蒋平道："既然听明，我也不必絮说。侄女的意下如何呢？"凤仙道："侄女是个女子，怎么成呢？"蒋平道："若论此女，我知道的。当初甘大哥在日，我们时常盘桓（游乐。桓，huán），提起此女来，不但品貌出众，而且家传的一口飞刀，甚是了得。原要与卢大哥攀亲，无奈卢珍侄儿岁数太小，因此也就罢了。如今他将此事谆谆（zhūn zhūn，恳切的样子）的托我，侄女若要是个男子，倒好说了，似此我倒为了难了。"秋葵插言道："依我说，此事颇可做的，人家三房四妾的多着呢。我姐姐也不是争大论小的人，再者，将来过门时多了一位新人，难道艾虎哥哥还抱怨不成？我乐得的多一个姐姐，又热闹些。"说的蒋平、凤仙也笑了。

正在谈论，果然甘婆端了羹汤点心来，又是现烹的一壶新茶，还问："要甚么不要？"蒋爷道："已足够了，嫂嫂歇歇罢。"甘婆方转身回到后面去了。蒋爷又将此事斟酌（考虑事情是否可行）了一番。凤仙也是愿意，因问蒋平因何到此，蒋爷将往事说了一遍，又言："与侄女在此，遇得狠巧。明日同赴陈起望，你欧阳伯父、智叔父、丁二叔父等俱在那里，大家商议搭救你父亲便了。"凤仙、秋葵深深谢了，真是事多话长，整整说了一夜。

天光发晓，甘婆早已出来张罗。蒋平却与凤仙商议明白，俟（sì，等待）到陈起望，禀过欧阳春、智化，即来纳聘（旧俗定亲时男家给女家聘礼）。甘婆听见事成，不胜欣喜。又见蒋爷打开包囊，取出了二十两银，道："大哥仙逝，未能吊唁，些须薄意，聊以代楮（chǔ，旧俗祭祀时焚化的纸钱）。"甘婆不能推辞，欣然受了。凤仙叫秋葵拿出白银一封，道："妈妈将此银收下，作为日用薪水之资，以后千万不要做此暗昧（愚昧）之事了。"一句话说得甘婆满面通红，无言可答，止于说道："贤婿放心。如此厚贶（kuàng，赠，赐），却之不恭，受之有愧，权且存留就是了。"说罢，就福了一福。此时蒋平已将坐骑备妥，连凤仙的包裹俱各扣备停当，拉出柴扉。彼此叮咛一番。甘婆又指引路径，蒋平等谨记在心，执手告别，直奔陈起望的大路而来。未知后文如何，且听下回分解。

第一百十回 陷御猫削城入水面 救三鼠盗骨上峰头

且说蒋平因他姊妹没有坐骑，只得拉着马一同步行。刚走了数里之遥，究竟凤仙柔弱，已然香汗津津，有些娇喘吁吁。秋葵却好，依然行有余力。蒋平劝着凤仙骑马歇息。凤仙也就不肯推辞，搂过丝缰，上马缓辔（放松缰绳，骑马缓行。辔，pèi）而行。蒋爷与秋葵慢慢随后步履。又走了数里之遥，秋葵步下也觉慢了。蒋爷是昨日泄了一天肚，又熬了一夜，未免也就出了扎达汗了。因此找了个荒村野店，一壁（一边）打尖（指旅途中休息下来吃点儿东西），一壁歇息。问了问陈起望，尚有二十多里。随意吃了些饮食，喂了坐骑，歇息足了，天将挂午，复又起身，仍是凤仙骑马。及至到了陈起望，日已斜西。来到庄门，便有庄丁问了备细（详细情况），连忙禀报。

只见陆彬、鲁英迎接出来，见了蒋平，彼此见礼。鲁英便问道："此位何人？"蒋爷道："不必问，且到里面自然明白。"于是大家进了庄门，早见北侠等正在大厅的月台之上恭候。丁二爷问道："四哥如何此时才来？"蒋爷道："一言难尽。"北侠道："这后面是谁？"蒋爷道：

"兄试认来。"只见智化失声道："嗳哟！侄女儿为何如此装束？"丁二爷又说道："这后面的也不是仆人，那不是秋葵侄女儿么？"大家诧异。陆、鲁二人更觉愕然（形容吃惊的样子）。蒋爷道："且到厅上，大家坐了好讲。"进了厅房，且不叙座，凤仙就把父亲被获、现在襄阳王那里囚禁，"侄女等特特（特意）改装来寻伯父叔父，早早搭救我的爹爹要紧。"说罢，痛哭不止。大家惊骇非常，劝慰了一番。陆彬急急到了后面，告诉鲁氏，叫他预备簪环衣服。又叫仆妇丫鬟将凤仙姊妹请至后面，梳洗更衣。

这里众人方问蒋爷道："如何此时方到？"蒋平笑道："更有可笑事，小弟却上了个大当。"大家问道："又是甚么事？"蒋爷便将妈妈店之事，述说一番，众人听了，笑个不了。其中多有认得甘豹的，听说亡故了，未免又叹息一番。蒋爷往左右一看，问道："展大哥与我三哥怎么还没到？"智化道："并未曾来。"

正说之间，只见庄丁进来，禀道："外面有二人说是找众位爷们的。"大家说道："他二人如何此时方到呢？快请。"庄丁转身去不多时，众人才要迎接，谁知是跟展爷、徐爷的伴当，形色仓皇（匆忙而慌张）。蒋爷见了，就知不妥，连忙问道："你家爷为何不来？"伴当道："四爷，不好了！我家爷们被钟雄拿去了。"众人问道："如何会拿了去呢？"展爷的伴当道："只因昨晚徐三爷要到五峰岭去，是我家爷拦之再三，徐三爷不听，要一人单去。无奈何，我家爷跟随去了，却暗暗吩咐叫小人二人暗暗瞧望：'倘能将五爷骨殖盗出，事出万幸；如有失错之时，你二人收什马匹行李，急急奔陈起望便了。'谁知到了那里，徐三爷不管高低，硬往上闯，我家爷再也拦挡不住。刚然（刚刚）到了五峰岭上，徐三爷往前一跑，不想落在堑坑（陷坑。堑，qiàn）里面。是我家爷心中一急，原要上前解救，不料脚下一跐（cī，脚下滑动），也就落下去了。原来是梅花堑坑。登时出来了多少喽兵，用挠钩套索将二位爷搭将上来，立刻绑缚了。众喽兵声言必有余党，快些搜查。我二人听了，急跑回寓所，将行李马匹收什收什，急急来至此处。众位爷们早早设法搭救二位爷方好。"众人听了，俱各没有主意。智化道："你二人且自歇息去罢。"二人退了下来。

此时厅上已然调下桌椅，摆上酒饭，大家入座，一壁饮酒，一壁计议。智化问陆彬道："贤弟，这洞庭水寨广狭可有几里？"陆彬道："这水寨在军山内，方圆有五里之遥。虽称水寨，其中又有旱寨，可以屯积粮草。似这九截松五峰岭，俱是水寨之外的去处。"智化又问道："这水寨周围可有甚么防备呢？"陆彬道："防备得甚是坚固。每逢通衢（四通八达的道路。衢，qú）之处，俱有碗口粗细的大竹栅一座竹城。此竹见水永无损坏，纵有枪炮，却也不怕，倒是有纯钢利刃可削的折，余无别法。"蒋平道："如此说来，丁二弟的宝剑却是用着了。"智化点了点头，道："此事须要偷进水寨，探个消息方好。"蒋平道："小弟同丁二弟走走。"陆彬道："弟与鲁二弟情愿奉陪。"智化道："好极。就是二位贤弟不去，劣兄还要劳烦。甚么缘故呢？因你二位地势熟识。"陆彬道："当得，当得。"回头吩咐伴当预备小船一只，水手四名，于二鼓（二更）起身。伴当领命，传话去了。蒋平又道："还有一事，沙员外又当怎么样呢？"智化道："据我想来，奸王囚禁沙大哥，无非使他归服之意，绝无杀害之心。我明日写封书信暗暗差人知会沈仲元，叫他暗中照料，俟有机缘，得便救出，也就完事了。"大家计议已定。饮酒吃饭已毕，时已初鼓之半。

丁、蒋、陆、鲁四位收什停当，别了众人，乘上小船。水手摇桨，荡开水面，竟奔竹城而来。此时正在中秋，淡云笼月，影映清波，寂静至甚，越走越觉幽僻，水面更觉宽了。陆彬吩咐水手往前摇，来到了竹城之下。陆彬道："住桨。"水手四面撑住。陆彬道："蒋四兄，这外面水势宽阔，竹城以内却甚狭隘（宽度小）。不远即可到岸，登岸便是旱寨的境界了。"鲁英向丁二爷要过剑来，对着竹城抡（lūn，手臂用力旋动）开就劈，只听喀嚓一声。鲁二爷连声称："好剑，好剑！"蒋爷看时，但见大竹斜岔儿已然开了数根。丁二爷道："好是好，但这一声真是爆竹相似，难道里面就无人知觉么？"陆彬笑道："放心，放心。此处极其幽僻的所在，里面之人轻易不得到此的。"蒋平道："此竹虽然砍开，只是如何拆法呢？"鲁二爷道："何用拆呢，待小弟来。"过去伸手将大竹拢住，往上一挺。一挺，上面的竹梢儿就比别的竹梢儿高有三尺，底下却露出一个大洞来。鲁英道："四兄请看，如何？"蒋平道："虽则开了便门，只是上下斜尖锋芒，有些不好过。又恐要过时，再落下一根来，扎上一下，也就不轻呢。"陆彬道："不妨事，此竹落不下来。竹梢之上有竹枝，彼此攀绕（盘绕），是再也不能动的。实对四兄说，我们渔户往往要进内偷鱼，就用此法，万无一失。”

蒋爷听了，急急穿了水靠（古人用鱼皮、鲨鱼皮制作的连体潜水衣），又将丁二爷的宝剑掖在背后，说声“失陪”，一伏身，嗖的一声，只见那边噗通的一响，就是一个猛子（游泳时头朝下钻入水中的动作）。不用换气，便抬起头来一看，已然离岸不远，果然水面狭窄。急忙奔到岸上，顺堤行去。只见那边隐隐有个灯光，忽忽悠悠而来。蒋爷急急奔至树林，跃身上树，坐在槎丫之上，往下觑视。

可巧那灯也从此条路经过，却是两个人。一个道：“咱们且商量商量。刚才回了大王，叫咱们把那黑小子带了去。你想想他那个样子，咱们服侍的住么？告诉你说，我先不了贺儿。”那一个道：“你站站，别推干净吓！你要不了贺儿，谁又了贺儿呢？就是回，不是你要回的吗？怎么如今叫带了去，你就不管了呢？这是甚么话呢？”这一个道：“我原想着，他要酒要菜闹得不像，回回大王，或者赏下些酒菜来，咱们也可以润润喉，抹抹嘴头子。不想要带了去，要收什。早知叫带了去，我也就不回了。”那人道：“我不管。你既回了，你就带了去。我全不管。”这一个道：“好兄弟，你别着急，我倒有个主意。你得帮着我说。见了黑小子，咱们就说替他回了，可巧大王正在吃酒。听说他要喝酒，甚是欢喜，立刻请他去，要与他较较酒量。他听见这话，包管欢欢喜喜，跟着咱们走。只要诓（kuāng，骗）到水寨，咱们把差事交代了，管他是怎么着呢。你想好不好？”那人道：“这倒使得，咱们快着去罢。”二人竟奔旱寨去了。

蒋爷见他们去远，方从树上下来，暗暗跟在后面，见路旁有一块顽石颇可藏身，使隐住身体等候。不多时，见灯光闪烁而来。蒋爷从背后抽出剑来，侧身而立。见灯光刚到跟前，只将脚一伸，打灯笼的不防栽倒在地。蒋爷回手一剑，已然斩讫（qì，完结，终了）。后面那人还说：“大哥走的好好的，怎么躺下了？……”话未说完，钢锋已到，也就呜呼哀哉了。此时徐庆却认出是四爷蒋平，连声唤道：“四弟！四弟！”蒋爷见徐庆锁铐加身，急急用剑砍断。徐庆道：“展大哥现在水寨，我与四弟救他去。”蒋平闻听，心内辗转暗道：“水寨现有钟雄，如何能够救的出来？若说不去救，知道徐爷的脾气，他是决意不肯一人出去的，何况又是他请来的呢。”只得扯谎，道：“展大哥已然救出，先往陈起望去了。还是听见展大哥说三哥押旱寨，所以小弟特特前来。”徐庆道：“你我从何处出去？”蒋爷道：“三哥随我来。”他仍然绕到河堤。可巧那边有个小小的划子，并且有个招子，是个打鱼小船。蒋爷道：“三哥少待。”他便跳下水去，上了划子摇起招子，来到堤下，叫徐庆坐好。奔到竹洞之下，先叫徐庆窜出，自己随后也就出来，却用脚将划子登开。陆彬且不开船，叫鲁英仍将大竹一根一根按斜岔儿对好。收什已毕，方才开船回庄，此时已有五鼓之半了。

大家相见。徐庆独独不见展熊飞，便问道：“展大哥在那里？”蒋爷已悄悄的告诉丁二爷了。丁二爷见问，即接口道：“因听见沙员外之事，急急回转襄阳去了。”真是粗鲁之人好哄，他听了此话，信以为真，也就不往下问了。

到了次日，智爷又嘱陆、鲁二人派精细渔户数名，以打鱼为由，前到湖中探听，这里众人便商量如何收伏钟雄之计。智化道：“怎么能够身临其境，将水寨内探访明白，方好行事。似这等望风捕影，实在难以预料。如今且商量盗五弟的骨殖要紧。”正在议论，只见数名渔户回来，禀道：“探得钟雄那里因不见了徐爷，各处搜查，方知杀死喽兵二名，已知有人暗到湖中。如今各处添兵防守，并且将五峰岭的喽兵俱各调回去了。”智化听了，满心欢喜，道：“如此说来，盗取五弟的骨殖不难了。”便仍嘱丁、蒋、鲁、陆四位道：“今晚务将骨殖取回。”四人欣然愿往。智化又与北侠等商议，备下灵幡（旧俗出殡时孝子打的幡儿）祭礼，俟取回骨殖，大家共同祭奠一番，以尽朋友之谊。众人见智化处事合宜，无不乐从。

且说蒋、丁、陆、鲁四人到了晚间初鼓之后，便上了船，却不是昨日晚间去的径路。丁二爷道：“陆兄为何又往南去呢？”陆彬道：“丁二哥却又不知，小弟原说过这九截松五峰岭不在水寨之内，昨日偷进水寨，故从那里去；今晚要上五峰岭，须向这边来。再者他虽然将喽兵撤去，那梅花堑坑必是依然埋伏。咱们与其涉险（冒着危险），莫若绕远。俗语说的好：‘宁走十步远，不走一步险。’小弟意欲从五峰岭的山后上去，大约再无妨碍。”丁、蒋二人听了，深为佩服。

一时来到五峰岭山后，四位爷弃舟登岸。陆彬吩咐水手留下两名看守船只，叫那两名水手扛了锹镢（qiāo jué，均为农具），后面跟随。大家攀藤附葛，来到山头。原来此山有五个峰头，左右一边两个俱各矮小，独独这个山头高而大。趁着这月朗星稀（皓月当空，星星稀少），站在峰头往对面一看，恰对着青簇簇、翠森森的九株松树。丁二爷道："怪道唤作九截松五峰岭，真是天然生成的佳景。"蒋平到了此时，也不顾细看景致，且向地基寻找埋玉堂之所。才下了峻岭，走未数步，已然看见一座荒丘，高出地上。蒋平由不得痛彻肺腑，泪如雨下，却又不敢放声，惟有悲泣而已。陆、鲁二人便吩咐水手动手。片刻工夫，已然露出一个磁坛。蒋平却亲身扶出土来。丁二爷即叫水手小心运到船上，才待转身，却见一人在那边啼哭。不知此人是谁，且听下回分解。

第一百十一回　定日盗簪逢场作戏　先期祝寿改扮乔妆

且说丁、蒋、陆、鲁四位将白玉堂骨殖盗出，又将埋葬之处仍然堆起土丘，收什已毕，才待回身，只听那边有人啼哭。蒋爷这里也哭道："敢则（莫非）是五弟含冤，前来显魂么？"说着话，往前一凑，仔细看来，是个樵夫（打柴的人。樵，qiáo）。虽则明月之下，面庞儿却有些个熟识，一时想不起来，心内思忖（思量。忖，cǔn）道："五弟在日并未结交樵夫，何得夤夜（深夜。夤，yín）来此啼哭呢？"再细看时，只见那人哭道："白五兄为人一世英名，志略过人，惜乎你这一片血心，竟被那忘恩负义之人欺哄了。甚么叫结义，甚么叫立盟，不过是虚名具文而已。何能似我柳青三日一次乔妆，哭奠于你。哎呀！白五兄吓，你的那阴灵有知，大约妍媸（yán chī，美和丑。媸，丑陋）也就自明了。"蒋爷听说柳青，猛然想起果是白面判官，连忙上前，劝道："柳贤弟少要悲痛。一向久违了。"柳青登时住声，将眼一瞪，道："谁是你的贤弟！也不过是陌路（陌生人）罢了。"蒋爷道："是，是！柳员外责备的甚是。但不知我蒋平有甚么不到处，倒要说说。"

鲁英在旁，见柳青出言无状（说话放肆，没有礼貌），蒋平却低声下气，心甚不平。刚要上前，陆彬将他一拉，丁二爷又暗暗送目，鲁英只得忍住。又听柳青道：“你还问我！我先问你，你们既结了生死之交，为何白五兄死了许多日期，你们连个仇也不报，是何道理？”蒋平笑道：“员外原来为此。这‘报仇’二字岂是性急的呢？大丈夫作事，当行则行，当止则止。我五弟既然自作聪明，轻身丧命，他已自误，我等岂肯再误？故此今夜前来，先将五弟骨殖取回，使他魂归原籍，然后再与他慢慢的报仇，何晚之有？若不分事之轻重，不知先后，一味的邀虚名儿，毫无实惠，那又是徒劳无益了。所谓‘运筹帷幄，决胜千里’（出自《史记·高祖本纪》，意思是在军帐之内做出正确的部署，能决定千里之外战场上的胜负），员外何得怪我之深耶？”柳青听了此言大怒，而且听说白玉堂自作聪明、枉自轻生，更加不悦，道：“俺哭奠白五兄是尽俺朋友之谊，要那虚名何用？俺也不和你巧辩饶舌（多嘴）。想白五兄生平作了多少惊天动地之事，谁人不知，那个不晓。似你这畏首畏尾，躲躲藏藏，不过作鼠窃狗盗之事，也算得运筹与决胜，可笑吓，可笑吓！”

旁边鲁英听到此，又要上前。陆彬拦道：“贤弟，人家说话，又非拒捕，你上前作甚？”丁二爷也道：“且听四兄说甚么。”鲁英只得又忍住了。蒋爷道：“我蒋平原无经济（经世济民，指治理国家）学问，只这鼠窃狗盗，也就令人难测。”柳青冷笑，道：“一技之能，何至难测呢。你不过行险，一时侥幸耳。若遇我柳青，只怕你讨不出公道。”蒋平暗想道：“若论柳青，原是正直好人，我何不将他制伏，将来以为我用，岂不是个帮手？”想罢，说道：“员外如不相信，你我何不戏赌一番，看是如何？”柳青道：“这倒有趣。”即回手向头上拔下一枝簪来，道：“就是此物，你果能盗了去，俺便服你。”蒋爷接来，对月光细细看了一番，却是玳瑁（dài mào，爬行动物，外形像龟）别簪，光润无比，仍递与柳青，道：“请问员外定于何时？又在何地呢？”柳青道：“我为白五兄设灵遥祭，尚有七日的经忏（指请道士或僧人念经拜忏、祈福超生的仪式）。诸事完毕，须得十日工夫。过了十日后，我在庄上等你。但只一件，以三日为期。倘你若不能，以后再休要向柳某夸口（说大话，自夸），你也要甘拜下风了。”蒋平笑道：“好极，好极！过了十日后俺再到庄，问候员外便了。请。”彼此略一执手（拱手），柳青转身下岭而去。

这里陆彬、鲁英道："蒋四兄如何就应了他？知他设下甚么埋伏呢？"蒋平道："无妨，我与他原无仇隙，不过同五弟生死一片热心。他若设了埋伏，岂不怕别人笑话他么？"陆彬又道："他头上的簪儿，吾兄如何盗得呢？"蒋平道："事难预料，到他那里还有甚么刁难（故意使人为难）呢，且到临期再作道理。"说罢，四人转身下岭。此时水手已将骨殖坛安放好了，四人上船，摇起桨来。

不多一会，来到庄中，时已四鼓，从北侠为首，挨次祭奠，也有垂泪的，也有叹息的。因在陆彬家中，不便放声举哀。惟有徐庆咧着个大嘴痛哭，蒋平哽咽悲泣不止。众人奠毕，徐庆、蒋平二人深深谢了大家。从新又饮了一番酒，吃夜饭，方才安歇。

到了次日，蒋爷与大众商议，即着徐爷押着坛子先回衙署，并派两名伴当沿途保护而去。这里众人调开桌椅饮酒，丁二爷先说起柳青与蒋爷赌戏。智化问道："这柳青如何？"蒋爷就将当日劫掠黄金，述说一番。"因他是金头太岁甘豹的徒弟，惯用蒙汗药酒，五鼓鸡鸣断魂香。"智化道："他既有这样东西，只怕将来倒用得着。"

正说之间，只见庄丁拿着一封字柬，向陆大爷低言说了几句。陆彬即将字柬接过，拆开细看。陆彬道："是了，我知道了。告诉他修书（写信）不及，代为问好。这些日如有大鱼，我必好好收存。等到临期，不但我亲身送去，还要拜寿呢。"庄丁答应，刚要转身，智化问道："陆大弟，是何事？我们可以共闻否？"陆彬道："无甚大事，就是钟雄那里差人要鱼。"说着话，将字柬递与智化。智化看毕，笑道："正要到水寨探访，不想来了此柬，真好机会也。请问陆贤弟，此时可有大鱼？"陆彬道："早间渔户报到，昨夜捕了几尾大鱼，尚未开篷。"智化道："妙极。贤弟吩咐管家，叫他告诉来人，就说大王既然用鱼，我们明日先送几尾，看看以为如何。如果使得，我们再照样捕鱼就是了。"陆彬向庄丁道："你听明白了？就照着智老爷的话告诉来人罢。"庄丁领命，回复那人去了。

这里众人便问智化有何妙策。智化道："少时饭毕，陆贤弟先去到船上拣大鱼数尾，另行装篗（huò，捕鱼的竹器）。俟明日我与丁二弟改扮渔户二名，陆贤弟与鲁二弟仍是照常，算是送鱼。额外带水手二名，只用小船一只足矣。咱们直入水寨，由正门而入，劣兄好看他的布置如何。到了那里，二位贤弟只说：‘闻得大王不日千秋（对人寿辰的敬称），要用大鱼。昨接华函，今日捕得几尾，特请大王验看。如果用得，我等回去告诉渔户，照样搜捕。大约有数日工夫，再无有不敷之理。’不过说这冠冕言语，又尽人情，又叫他不怀疑忌，劣兄也就可以知道水寨大概情形了。”众人听了，欢喜无限，饮酒用饭。陆、鲁二人下船拣鱼。这里众人又细细谈论了一番。当日无事。

到了次日，智爷叫陆爷问渔户要了两身衣服，不要好的，却叫陆、鲁二人打扮齐整，定于船上相见。智爷与丁二爷惟恐众人瞧看发笑，他二人带着伴当，携了衣服，出了庄门，找了个幽僻之处改扮起来。脱了华衣，抹了面目，带了斗笠，穿了渔服，拉去鞋袜，将裤腿卷到磕膝之上。然后穿上裤叉儿，系上破裙，登上芒鞋（草鞋），腿上抹了污泥。丁二爷更别致，发边还插了一枝野花。二人收拾已毕，各人的伴当已将二位爷的衣服鞋袜包好，问明下船所在。到了那里，却见陆、鲁二人远远而来，见他二人如此妆束，不由的哈哈大笑。鲁英道：“猛然看来，直仿佛怯王二与俏皮李四。”智化道：“狠好，我就是王二，丁二弟就是俏皮李四，你们叫着也顺口。”吩咐水手，就以王二、李四相称。陆、鲁二人先到船上。智、丁二人随后上船，却守着鱼篗，一边一个，真是卖艺应行，干何事，司何事，是再不错的。陆、鲁二人只得在船头坐了，依然是当家的一般。水手开船，直奔水寨而来。

一叶小舟，悠悠荡荡。一时过了五孔大桥，却离水寨不远，但见旌旗（旗帜的总称。旌，jīng）密布，剑戟（jǐ，古代一种长柄兵器）森严。又到切近看时，全是大竹扎缚（捆绑），上面敌楼，下面瓮门，也是竹子做成的水栅。小船来到寨门，只听里面隔着竹栅问道：“小船上是何人？快快说明。不然，就要放箭了。”智化挺身来到船头，道：“住搭（拉）罢，你放麻（吗）箭吓，难（俺）们陈起望的，难当家的弟兄斗（都）来了，特特给你家大王送鱼来了。官儿还不打送礼的呢，你又放箭做嘛呢？”里面的道：“原来是陆大爷、鲁二爷么？请少待，待我回禀。”说罢，乘着小船不见了。

这里智化细细观看寨门，见那边挂着个木牌，字有碗口大小，用目力觑视（眯缝着眼睛仔细看。觑，qū），却是一张招募贤豪的榜文。智化暗暗道：“早知有此榜文，我等进水寨多时矣，又何必费此周折。”正在犯想，忽听鼓楼咕噜、咕噜的一阵鼓响，下面接着噹噹噹几棒锣鸣，立刻落锁抬拴，吱喽喽门分两扇。从里面冲出一只小船，上面有个头目，躬身道："我家大王请二位爷进寨。"说罢，将船一拨，让出正路。只见左右两边却有无数船只一字儿排开，每船上有二人带刀侍立，后面隐隐又有弓箭手埋伏。

船行未到数武，只见路北有接官厅一座，摆设无数的兵器利刃，早有两个头目迎接上来，道："请二位爷到厅上坐。"陆、鲁二人只得下船，到厅上逊座（让座）献茶。头目道："二位到此何事？"陆彬道："只因昨日大王差人到了敝庄，寄去华函一封，言不日就是大王寿诞之期，要用大鱼。我二人既承钧命（对命令的敬称），连夜叫渔户照样搜捕。难道头领不知，大王也没传行么？"那头目道："大王业已传行。这是我们规矩，不得不问，再者也好给跟从人的腰牌，二位休要见怪。"

原来此厅是钟雄设立，盘查往来行人的。虽是至亲好友进了水寨，必要到此厅上。虽不能挂号，他们也要暗暗记上门簿，记上年月日时，进寨为着何事，总要写个略节（简要的书面报告）。今日陆、鲁之来，钟雄已然传令知会了。他们非是不知道，却故意盘查盘查，一来好登门簿，二来查看随从来几名，每人给腰牌一个。俟事完回来时，路过此处，再将腰牌缴回。一个水贼竟有如此这样规矩！

且说头目问明了来历，此时水手渔户既然给了腰牌，又有一个头目陪着陆、鲁二人重新上了船，这才一同来到钟雄住居之所。好大一所宅子，甚是煊赫，犹如府第一般，竟敢设立三间宫门，有多少带刀虞候（宋代官僚雇用的侍从）两旁侍立。头目先跑上台阶，进内回禀，陆、鲁二人在阶下恭候。智爷与丁二爷抬着鱼篓，远远而立，却是暗暗往四下偷看。见周围水绕住宅，惟中间一条直路却甚平坦，正南面一座大山正是军山，正对宫门，其余峰岭不少，高低不同。原来这水寨在军山山环之间，真是山水汇源之地。再往那边看去，但见树木丛杂，隐隐的旗幡招展，想来那就是旱寨了。

此时却听见传梆击点（打锣报时），已将陆、鲁弟兄请进。迟不多会，只见跑出三四人来，站在台阶上点手，道："将鱼抬到这里来。"智爷听见，只得与丁二爷抬过来，就要上台阶儿，早有一人跑过来道："站住！你们是进不去的。"智化道："怎么，难（俺）们是麻（吗）行子，进不去呢？”有一人道：“朋友，别顽笑，告诉你，这个地方大王传行得紧，闲杂人等是进不去的了。”智化道：“怎么着？难（俺）们是闲杂人？你们是干麻（吗）的呢？”那人道：“我们是跟着头目当散差使，俗名叫作打杂儿的。”智爷道：“哦！这就是了。这们说起来，你们是不闲尽杂了。”那人听了，道：“好吓！真正怯快。”又有一个道：“你本来胡闹，张口就说人家闲杂人，怎么怨得人家说呢？快着罢。忙忙接过来，抬着走罢。”说罢，二人接过来，将鱼篓抬进去了。不知后文如何，且听下回分解。

第一百十二回 招贤纳士准其投诚 合意同心何妨结拜

且说智爷、丁爷见他等将鱼篓抬进去了，得便又望里面望了一望，见楼台殿阁，画栋雕梁，壮丽非常，暗道：“这钟雄也就僭越（jiàn yuè，超越本分，冒用在上的人的名义或器物）的狠呢！”二人在台基之上等候。又见方才抬鱼那人出来，叫：“怯（俗气）哥哥，怯哥哥，在那里呢？”智爷道：“怎么，难（俺）姓王，不姓怯，你别合难（俺）闹巧法儿。”那人笑道：“我是爱顽儿呀。”智爷道：“你顽儿，叫人家笑话。”那人道：“好的，你真会吃个巧儿。我告诉你，这是两包银子，每包二两，大王赏你们俩的。”智爷接过道：“回去替俺俩谢赏。”又将包儿颠了一颠。那人道：“你颠他做甚么？”智爷道：“这是麻（吗）平吓？难（俺）掂着，好吗有一两，你可别打难（俺）们的脖子拐呀。”那人笑道：“岂有此理！你也太知道的多了。你看你们伙计，怎么不言语呢？”智爷道：“你还知不道他呢，他叫俏皮李四。他要闹起俏皮来，只怕你是二姑娘顽老雕，你更架不住。”

刚说到此，只见陆、鲁二人从内出来，两旁人俱各垂手侍立。仍是那头目跟随，下了台阶。智、丁二人也就一同来到船边，乘舟摇桨，依然由旧路回来。到了接官厅，将船拢住。那头目还让厅上待茶，陆、鲁二人不肯。那人纵身登岸，复又执手。此时早有人将智、丁与水手的腰牌要去。水手摇桨，离寨门不远，只见方才迎接的那只小船，有个头目将旗一展，又是一声锣鼓齐鸣，开了竹栅。小船上的头目送出陆、鲁的船来，即拨转船头，进了竹栅，依然锣鼓齐鸣，寨门已闭。真是法令森严，甚是齐整。智化等深加称赞。

及至过了五孔桥，忽听丁二爷噗哧的一笑，然后又大笑起来。陆、鲁二人连忙问道："丁二哥，笑甚么？"兆蕙道："实实憋得我受不的了。这智大哥装甚么像甚么，真真呕人。"便将方才的那些言语，述了一遍，招的陆、鲁二人也笑了。丁二爷道："我彼时如何敢答言呢，就只自己忍了又忍。后来智大哥还告诉那人说我俏皮，那知我俏皮的都不俏皮了。"说罢，复又大笑。智化道："贤弟不知，凡事到了身临其境，就得搜索枯肠，费些心思，稍一疏神，马脚毕露。假如平日原是你为你，我为我，若到今日，你我之外又有王二、李四，他二人原不是你我；既不是你我，必须将你之为你、我之为我俱各撇开，应是他之为他。既是他之为他，他之中绝不可有你，也不可有我。能够如此设身处地的做去，断无不像之理。"丁二爷等听了，点头称是，佩服之至。

说话间，已到庄中。只见北侠等俱在庄门瞭望，见陆、鲁等回来，彼此相见。忽见智化、兆蕙这样形景，大家不觉大笑。智化却不介意，回手从怀中掏出两包儿银子，赏了两个水手，叫他不可对人言讲。众人说说笑笑，来到客厅上。智爷与丁爷先梳洗改装，然后大家就座，方问探的水寨如何。智爷将寨内光景说了，又道："钟雄是个有用之材，惜乎缺少辅佐，竟是用而不当了。再者他那里已有招贤的榜文，明日我与欧阳兄先去投诚（敌人、叛军等归附），看是如何。"蒋平失惊，道："你二位如何去得？现今展大哥尚且不知下落，你二人再若去了，岂不是自投罗网呢？"智化道："无妨，既有招贤的榜，决无陷害之心。他若怀了歹意，就不怕阻了贤路么？而且不入虎穴，焉能伏得钟雄？众位弟兄放心，成功直在此一举，料得定的是真知。"计议已定，大家饮酒吃饭。是日无话。

到了次日，北侠扮作个赳赳的武夫，智化扮作个翩翩（piān piān，形容举止洒脱。多指青年男子）公子，各自佩了利刃一把，找了个买卖渡船，从上流头慢慢的摇曳，到了五孔桥下。船家道：“二位爷往那里去？”智爷道：“从桥下过去。”船家道：“那里到了水寨了。”智爷道：“我等正要到水寨。”船家慌道：“他那里如何去得？小人不敢去的。”北侠道：“无妨，有我们呢，只管前去。”船家尚在犹疑，智化道：“你放心，那里有我的亲戚朋友，是不妨事的。”船家无奈何，战战哆嗦，撑起篙（gāo，撑船的竹竿或木杆）来。过了桥，更觉的害起怕来。

好容易刚到寨门，只听里面吱的一声，船家就堆缩了一块。又听得里面道：“甚么人到此？快说！不然，就要放箭了。”智化道：“里面听真，我们因闻得大王招募贤豪，我等特来投诚。若果有此事，烦劳通禀一声；如若挂榜是个虚文（空话），你也不必通报，我们也就回去了。”里面的答道：“我家大王求贤若渴，岂是虚文。请少待，我们与你通禀去。”不多时，只听敌楼一阵鼓响，又是三棒锣鸣，水寨竹栅已开。从里面冲出一只小船，上面有个头目道：“既来投诚，请过此船，那只船是进去不得的。”这船家听了，犹如放赦一般，连忙催道：“二位快些过去罢。”智化道：“你不要船价么？”船家道：“爷，改日再赏罢，何必忙在一时呢。”智爷笑了一笑，向兜肚中摸出一块银子，道：“赏你吃杯酒罢。”船家喜出望外。二位爷跳在那边船上，这船家不顾性命的连撑几篙，直奔五孔桥去了。

且说北侠、黑妖狐进了水寨，门就闭了。一时来到接官厅，下来两个头目，智化看时却不是昨日那两个头目。而且昨日自己未到厅上，今日见他等迎了上来，连忙弃舟登岸，彼此执手。到了厅上，逊座献茶（让座上茶）。这头目谦恭和蔼的问了姓名，以及来历备细（详细情况），着一人陪坐，一人通报。不多时，那头目出来，笑容满面，道：“适才禀过大王。大王闻得二位到来，不胜欢喜，并且问欧阳爷可是碧睛紫髯（rán，两腮的胡子，泛指胡子）的紫髯伯么？”智化代答道：“正是，我这兄长就是北侠紫髯伯。”头目道：“我家大王言欧阳爷乃当今名士，如何肯临贱地，总有些疑似之心。忽然想起欧阳爷有七宝刀一口，堪作实验。意欲借宝刀一观，不知可肯赐教否？”北侠道：“这有何难。刀在这里，即请拿去。”说罢，从里衣取下宝刀，递与头目。头目双手捧定，恭恭敬敬的去了。迟不多时，那头目转来道：“我家大王奉请二位爷相见。”智化听头目之言，二位下面添了个“爷”字，就知有些意思，便同北侠下船，来到泊岸，到了宫门。北侠袒（tǎn，脱去或敞开上衣，露出身体的一部分）腹挺胸，气昂昂英风满面；智化却是一步三扭，文绉绉（形容人言谈、举止文雅的样子。绉，zhōu）酸态周身。

进了宫门，但见中间一溜花石甬路（过道），两旁嵌着石子直达月台。再往左右一看，俱有配房五间，衬殿七间，俱是画栋雕梁，金碧交辉。而且有一块闹龙金匾，填着洋蓝青字，写着“银安殿”三字。刚至廊下，早有虞候高挑帘栊（泛指门窗的帘子。栊，lóng），只见有一人身高七尺，面如獬豸（xiè zhì，古代神话传说中的异兽，能辨曲直），头戴一顶闹龙软翅绣盖巾，身穿一件闹龙宽袖团花紫氅（chǎng，外套），腰系一条香色垂穗如意丝绦（tāo，带子），足登一双元青素缎时款官靴。钟雄略一执手，道：“请了。”吩咐看座献茶。北侠也就执了一执手，智爷却打一躬，彼此就座。钟雄又将二人看了一番，便对北侠道：“此位想是欧阳公了。”北侠道：“岂敢。仆欧阳春闻得寨主招贤纳士，特来竭诚奉谒（拜见。谒，yè）。素昧平生，殊深冒渎（冒犯亵渎。渎，dú）。”钟雄道：“久仰英名，未能面晤，曷（hé，何）胜怅望（惆怅地想望）。今日幸会，实慰鄙怀。适才瞻仰宝刀，真是稀世之物，可羡吓可羡！”

智化见他二人说话，却无一语道及自己，未免有些不自在。因钟雄称羡宝刀，便说道：“此刀虽然是宝，然非至宝也。”钟雄方对智化道：“此位想是智公了。如此说来，智公必有至宝。”智化道：“仆孑然一身（孤孤单单一个人。孑，jié）之外，并无他物，何至宝之有？”钟雄道：“请问至宝安（哪里）在？”智爷道：“至宝在在（到处）皆有，处处皆是。为善以为宝，仁亲以为宝，土地、人民、政事又是三宝。寨主何得舍正路而不由，啧啧以刀为宝乎？再者仆等今日之来，原是投诚，并非献刀。寨主只顾称羡此刀，未免重物轻人。惟望寨主贱货而贵德，庶不负招贤的那篇文字。”钟雄听智化咬文嚼字的背书，不由的冷哂（冷笑。哂，shěn），道：“智公所论虽是，然而未免过于腐气（迂腐之气）了。”智化道：“何以见得腐气？”钟雄道：“智公所说的全是治国为民道理。我钟雄原非三台卿相，又非世胄功勋，要这些道理何用？”智化也就微微冷哂，道：“寨主既知非三台卿相，又非世胄功勋，何得穿闹龙服色（指与皇家服饰颜色相撞），坐银安宝殿？此又智化所不解也。”一句话说的钟雄哑口无言，半晌，忽然向智化一揖，道：“智兄大开茅塞，钟雄领教多多矣。”从新复又施礼，将北侠、智化让到客位，分宾主坐了。即唤虞候等看酒宴伺候，又悄悄吩咐了几句。虞候转身不多时，拿了一个包袱来，连忙打开。钟雄便脱了闹龙紫氅，换了一件大领天蓝花氅，除去闹龙头巾，戴一顶碎花武生头巾。北侠道：“寨主何必忙在一时呢？”钟雄道：“适才听智兄之言，觉得背生芒刺（背上生刺，形容坐立不安的样子），是早些换的好。”

此时酒宴已摆设齐备。钟雄逊让再三，仍是智爷、北侠上座，自己下位相陪。饮酒之间，钟雄又道：“既承智兄指教，我这殿上……”刚说至此，自己不由的笑了，道：“还敢忝颜（无耻而厚颜。忝，tiǎn）称殿。我这厅上匾额应当换个名色方好。”智爷道：“若论匾额名色极多，若是晦了不好，不贴切也不好，总要雅俗共赏，使人一见即明，方觉恰当。”仰面想了一想，道：“却倒有个名色，正对寨主招募贤豪之意。”钟雄道：“是何名色？”智化道：“就是‘思齐堂’三字，虽则俗些，却倒现成。‘见贤思齐焉’（语出《论语·里仁》，意思是见到有才德的人就想着与他齐平），此处原是待贤之所，寨主却又求贤若渴。既日思齐，是已见了贤了。必思与贤齐，然后不负所见，正是说寨主已得贤豪之意。然而这‘贤’字弟等却担不起。”钟雄道：“智兄太谦了。今日初会，就教导弟归于正道，非贤而何？我正当思齐，好极，好极！清而且醒，容易明白。”立刻吩咐虞候即到船场，取木料改换匾额。三人传杯换盏，互相议论，无非是行侠尚义，把个钟雄乐的手舞足蹈，深恨相见之晚，情愿与北侠、智化结为异姓兄弟。智化因见钟雄英爽，而且有意收伏他，只得应允。那知钟雄是个性急人，登时叫虞候备了香烛，叙了年庚（指人出生的年、月、日、时），就在神前立盟。北侠居长，钟雄次之，智化第三。结拜之后，复又入席，你兄我弟，这一番畅快，乐不可言。钟雄又派人到后面把世子唤出来。原来钟雄有一男一女，女名亚男，年方十四岁；子名钟麟，年方七岁。

不多时，钟麟来到厅上。钟雄道：“过来拜了欧阳伯父。”北侠躬身还礼，钟雄断断不依。然后又道：“这是你智叔父。”钟麟也拜了。智化拉着钟麟细看，见他方面大耳，目秀眉清，头戴束发金冠，身穿立水蟒袍；问了几句言语，钟麟应答如流。智化暗道：“此子相貌非凡，我今既受了此子之拜，将来若负此拜，如何对得过他呢！”便叫虞候送入后面去了。钟雄道：“智贤弟，看此子如何？”智化道：“好则好矣。小弟又要直言了。方才侄儿出来，唬了小弟一跳，真不像吾兄的儿郎，竟仿佛守缺的太子，似此如何使得？再者世子之称，也属越礼，总宜改称公子为是。”钟雄拍手大乐，道：“贤弟见教，是极，是极！劣兄从命。”回头便吩咐虞候等人，从此改称公子。

你道钟雄既能言听计从，说甚么就改甚么，智化何不劝他弃邪归正，岂不省事，又何必后文费许多周折呢？这又有个缘故。钟雄占据军山非止一日，那一派的骄侈（骄纵奢侈）倨傲（高傲自大。倨，jù），同流合污，已然习惯性成，如何一时能够改得来呢？即或悛改（悔改。悛，quān），稍不如意，必至依然照旧，那不成了反复小人了么？就是智化今日劝他换了闹龙服色，除了银安匾额，改了世子名号，也是试探钟雄服善不服善。他要不服善，情愿以贼寇叛逆终其身，那就另有一番剿灭的谋略。谁知钟雄不但服善，而且勇于改悔。知时务者，呼为俊杰。他既是好人，智化焉有不劝他之理。所以后文智化委曲婉转，务必叫钟雄归于正道，方见为朋友的一番苦心。是日三人饮酒谈心，至更深夜静方散。北侠与智爷同居一处。智爷又与北侠商议如何搭救沙龙、展昭，便定计策，必须如此如此方妥。商议已毕，方才安歇。不知如何救他二人，且听下回分解。

第一百十三回 钟太保贻[1]书招贤士 蒋泽长冒雨访宾朋

且说北侠、智化二人商议已毕，方才安歇。到了次日，钟雄将军务料理完时，便请北侠、智爷在书房相会。今日比昨日更觉亲热了。闲话之间，又提起当今之世谁是豪杰，那个是英雄。北侠道：“劣兄却知一个人，惜乎他为宦途羁绊（缠住不能脱身。羁，jī），再也不能到此。”钟雄道：“是何等人物？姓甚名谁？”北侠道：“就是开封府的四品带刀

① 贻（yí）：遗留，留下。

护卫展昭字熊飞，为人行侠尚义，济困扶危，人人都称他为南侠，敕封号为御猫，他乃当世之豪杰也。”钟雄听了，哈哈大笑，道：“此人现在小弟寨中，兄长如何说他不能到此？”北侠故意吃惊，道：“南侠如何能够到此地呢？劣兄再也不信。”钟雄道：“说起来话长。襄阳王送了一个坛子来，说是大闹东京锦毛鼠白玉堂的骨殖（gǔ shi，尸骨），交到小弟处。小弟念他是个英雄，将他葬在五峰岭上，小弟还亲身祭奠一回。惟恐有人盗去此坛，就在那坟冢（坟墓。冢，zhǒng）前刨了个梅花堑（qiàn，沟）坑，派人看守，以防不虞。不料迟不多日，就拿了二人，一个是徐庆，一个是展昭。那徐庆已然脱逃。展昭弟也素（一向）所深知，原要叫他作个帮手，不想他执意不肯，因此把他囚在碧云崖下。”北侠暗暗欢喜，道：“此人颇与劣兄相得，待明日作个说客，看是如何。”智化接言道：“大哥既能说南侠，小弟还有一人，也可叫他投诚。”钟雄道：“贤弟所说之人为谁呢？”智化道：“说起此人也是有名的豪杰。他就在卧虎沟居住，姓沙名龙。”钟雄道：“不是拿蓝骁（xiāo）的沙员外么？”智化道：“正是，兄何以知道？”钟雄道：“劣兄想此人久矣！也曾差人去请过，谁知他不肯来。后来闻得黑狼山有失，劣兄还写一信与襄阳王，叫他把此人收伏，就叫他把守黑狼山，却是人地相宜。至今未见回音，不知事体（事情）如何。”智化道：“既是兄长知道此人，小弟明日就往卧虎沟便了。大约小弟去了，他没有不来之理。”钟雄听了大乐。三个人就在书房饮酒用饭，不必细表。

至次日，智化先要上卧虎沟。钟雄立刻传令开了寨门，用小船送出竹栅（用竹子编造的栅栏。栅，zhà），过了五孔桥。他却不奔卧虎沟，竟奔陈起望而来。进了庄中，庄丁即刻通报。众人正在厅上，便问投诚事体如何。智爷将始末原由，说了一遍，深赞钟雄是个豪杰，“惜乎错走了路头，必须设法将这朋友提出苦海方好。”又将与欧阳兄定计搭救展大哥与沙大哥之事说了。蒋平道：“事有凑巧，昨晚史云到了。他说因找欧阳兄，到了茉花村，说与丁二爷起身了。他又赶到襄阳，见了张立，方知欧阳兄、丁二弟与智大哥俱在按院那里。他又急急赶到按院衙门，卢大哥才告诉他说，咱们都上陈起望了。他从新又到这里来，所以昨晚才到。”智化听了，即将史云叫来，问他按院衙门可有甚么事。史云道：“我也曾问了。卢大爷叫问众位爷们好，说衙门中甚是平安，颜大人也好了，徐三爷也回去了，诸事妥当，请诸位爷们放心。”智化道：“你来得正好。歇息两日，即速回卧虎沟，告诉孟、焦二人，叫他将家务派妥当人管理，所有渔户猎户人等，凡有本领的，齐赴襄阳太守衙门。”丁二爷道：“金老爷那里如何住得许多人呢？”智化笑道：“劣兄早已预料，已在汉皋（gāo）那里修葺（修理建筑物。葺，qì）下些房屋。”陆彬道：“汉皋就是方山，在府的正北上。”智化道：“正是此处，张立尽知。到了那里，见了张立，便有居住之处了。”

说罢，大家入席饮酒。蒋平问道：“钟雄到底是几时生日？”智化道：“前者结拜时已叙过了，还早呢，尚有半月的工夫。我想要制服他，就在那生日，趁着忙乱之时，必要设法把他请到此处。你我众兄弟以大义开导他，一来使他信服，二来把圣旨相谕说明，他焉有不倾心向善之理？”丁二爷道：“如此说来，不用再设别法，只要四哥到柳员外庄上赢了柳青，就请带了断魂香来。临期如此如此，岂不大妙？”智化点头，道：“此言甚善，不知四弟几时才去？”蒋平道：“原定于十日后，今刚三日。再等四五天，小弟再去不迟。”智化道：“狠好，我明日回去，先将沙大哥救出，然后暗暗探他的事件，掌他的权衡（喻指权力），那时就好说了。”这一日，大家聚饮欢呼，至三鼓方散。

第二日智化别了众人，驾一小舟，回至水寨，见了钟雄。钟雄问道：“贤弟为何回来的这等快？”智化道：“事有凑巧，小弟正往卧虎沟进发，恰好途中遇见卧虎沟来人。问沙员外，原来早被襄阳王拿去，囚在王府了。因此急急赶回，与兄长商议。”钟雄道：“似此如之奈何？”智化道：“据小弟想来，襄阳王既囚沙龙，必是他不肯顺从。莫若兄长写书一封，就说咱们这里招募了贤豪，其中颇有与沙龙至厚的；若要将他押到水寨，叫这些人劝他归降，他断无不依的。不知兄长意下如何？”钟雄道：“此言甚善，就求贤弟写封书信罢。”智化立刻写了封恳切书信，派人去了。

智化又问：“欧阳兄说的南侠如何？”钟雄道：“昨日去说，已有些意思。今日又去了。”正说间，虞候报：“欧阳老爷回来了。”钟雄、智化连忙迎出来，问道：“南侠如何不来？”北侠道：“劣兄说至再三，南侠方才应允，务必叫亲身去请，一来见贤弟诚心，二来他脸上觉得光彩。”智化在旁帮衬道：“兄长既要招募贤豪，理应折节下士（屈己下人，尊重有见识有能力的人)，此行断不可少。”钟雄慨然应允，于是大家乘马到了碧云崖。这原是北侠作就活局。从新给他二人见了，彼此谦逊了一番，方一同回转思齐堂。四个人聚饮谈心，欢若平生。

再说那奉命送信之人到了襄阳王那里，将信投递府内。谁知襄阳王看了此书，暗暗合了自己心意，恨不得沙龙立时归降自己，好作帮手，急急派人押了沙龙送到军山。送信人先赶回来，报了回信。智化便对钟雄道：“沙员外既来了，待小弟先去迎接。仗小弟舌上纯锋，先与他陈说利害，再以交谊规劝，然后述说兄长礼贤下士。如此谆谆(zhūn zhūn，恳切的样子)劝勉，包管投诚无疑矣。”钟雄听了大悦，即刻派人备了船只，开了竹栅。他只知智化迎接沙龙递信，那知他们将圈套细说明白。

一同进了水寨，把沙龙安置在接官厅上。他却先来，见了钟雄道：“小弟见了沙员外，说到再三。沙员外道，他在卧虎沟虽非簪缨(古代达官贵人的冠饰，后借指高官显宦)，却乃清白的门楣(门第)。只因误遭了赃官骗局，以致被获遭擒，已将生死置于度外。既不肯归降襄阳王，如何肯投诚钟太保呢？”钟雄道：“如此说来，这沙员外是断难收伏的了。”智化道：“亏了小弟百般的苦劝，又述说兄长的大德，他方说道：‘为人要知恩报恩。既承寨主将俺救出囹圄(líng yǔ，牢狱)之中，如何敢忘大德。话要说明了，俺若到了那里，情愿以客自居，所有军务之事概不与闻，止于是相好朋友而已。倘有急难之处用着俺时，必效犬马之劳，以报今日之德。’小弟听他这番言语，他是怕堕了家声，有些留恋故乡之意。然而既肯以朋友相许，这是他不肯归伏之归伏了。若再谆谆，又恐怕他不肯投诚。因此安置他在接官厅上，特来禀兄长得知。”北侠在傍答道：“只要肯来便好说了，甚么客不客呢，全是好朋友罢了。”钟雄笑道：“诚哉是言也！还是大哥说的是。”南侠道：“咱们还迎他不迎呢？”智化道：“可以不必远迎，止于在宫门接接就是了。小弟是先要告辞了。”

不多时，智化同沙龙到来，上了泊岸，望宫门一看，见多少虞候侍立宫门之下，钟太保与南、北两侠等候。智化导引在前，沙龙在后，登台阶，两下彼此迎凑。智化先与钟雄引见。沙龙道：“某一介鲁夫，承寨主错爱(谦辞，表示感谢对方对自己的厚爱)，实实叨恩(承受恩惠。叨，tāo)不浅。”钟雄道：“久慕英名，未能一见。今日幸会，何乐如之！”智化道："此位是欧阳兄，此位是展大哥。"沙龙一一见了，又道："难得南、北二侠俱各在此，这是寨主威德所致，我沙龙今得附骥（蚊蝇附在好马的尾巴上，可远行千里，比喻依附名人而出名。一般用作谦辞），幸甚呀，幸甚！"钟雄听了，甚为得意。彼此来到思齐堂，分宾主坐定。钟雄又问沙龙，如何到了襄阳王那里。沙龙便将县宰的骗局说了。"若不亏寨主救出囹圄，俺沙某不复见天，实实受惠良多，改日自当酬报。"钟雄道："你我作豪杰的，乃是常事，何足挂齿。"沙龙又故意地问了问南、北二侠，彼此攀话。酒宴已摆设下，钟雄让沙龙，沙龙谦让再三，寨主长、寨主短。钟雄是个豪杰，索性叙明年庚（指人出生的年、月、日、时），即以兄长呼之，真是英雄的本色。沙龙也就磊磊落落，不闹那些虚文。

饮酒之间，钟雄道："难得今日沙兄长到此，足慰平生。方才智贤弟已将兄长的豪志大度说明，沙兄长只管在此居住，千万莫要拘束，小弟决不有费清心（纯正之心）。惟有欧阳兄、展兄小弟还要奉托（拜托），替小弟操劳。从今后水寨之事求欧阳兄代为管理；旱寨之事原有妻弟姜铠料理，恐他一人照应不来，求展兄协同经理（经营管理）；智贤弟作个统辖，所有两寨事务全要贤弟稽查。众位兄弟如此分劳，小弟就可以清闲自在，每日与沙大哥安安静静的盘桓（逗留。桓，huán）些时，庶不负今日之欢聚，素日之渴想（非常想念）。"智化听了，甚合心意，也不管南、北二侠应与不应，他就满口应承。是日四人尽欢而散。

到了次日，钟雄传谕大小头目：所有水寨事务俱回北侠知道；旱寨事务俱回南侠与姜爷知道；倘有两寨不合宜之事，俱各会同智化参酌。不上五日工夫，把个军山料理得益发整齐严肃，所有大小头目兵丁无不欢呼颂扬。钟雄得意洋洋，以为得了帮手，乐不可言。那知这些人全是算计他的呢！

且说蒋平在陈起望，到了日期，应当起身，早别了丁二爷与陆、鲁二人，竟奔柳家庄而来。此时正在深秋之际，一路上黄花铺地，落叶飘飘，偏偏阴云密布，淅淅泠泠下起雨来。蒋爷以为深秋没有甚么大雨，因此冒雨前行。谁知细雨濛濛，连绵不断，刮来金风瑟瑟，遍体清凉。低头看时，浑身皆湿。再看天光，已然垂暮（天将晚的时候）。又算计柳家庄尚有四十五里之遥，今日断不能到。幸亏今日是十日之期，就是明日到，也不为迟。因此要找个安身之处，且歇息避雨。

往前又趱行（赶路，快行。趱，zǎn）了几里，好容易看见那边有座庙宇，急急奔到山门，敲打声唤，再无人应。心内甚是踌躇，更兼浑身皆湿，秋风吹来，冷不可当，自己说道："利害！真是'一场秋雨一场寒'。这可怎么好呢？"只见那边柴扉（fēi，门）开处，出来一老者，打着一把半零不落的破伞。见蒋平瘦弱身躯，犹如水鸡儿一般唏唏呵呵的，心中不忍，便问道："客官，想是走路远了，途中遇雨。如不憎嫌，何不到我豆腐房略为避避呢？"蒋平道："难得老丈（旧时对老年男子的尊称）大发慈悲。只是小可素不相识，怎好搅扰？"老丈道："有甚要紧。但得方便地，何处不为人。休要拘泥，请吓。"蒋平见老丈诚实，只得随老丈进了柴扉。不知老丈是谁，且听下回分解。

第一百十四回　忍饥挨饿进庙杀僧　少水无茶开门揖盗①

且说蒋平进了柴扉一看，却是三间茅屋，两明间有磨与屉板罗槅（gé）等物，果然是个豆腐房。蒋平将湿衣脱下，拧了一拧，然后抖晾。这老丈先烧了一碗热水，递与蒋平。蒋平喝了几口，方问道："老丈贵姓？"老丈道："小老儿姓尹，以卖豆腐为生，膝下并无儿女，有个老伴儿，就在这里居住。请问客官贵姓？要往何处去呢？"蒋平道："小可（对自己的谦称）姓蒋，要上柳家庄找个相知，不知此处离那里还有多远？"老丈道："算来不足四十里之遥。"说话间，将壁灯点上，见蒋平抖晾衣服，即回身取了一捆柴草来，道："客官就在那边空地上将柴草引着，又向火，又烘衣，只是小心些就是了。"蒋平深深谢了，道："老丈放心，小可是晓得的。"尹老儿道："老汉动转一天也觉乏了，客官烘干衣服也就歇息罢，恕老汉不陪了。"蒋平道："老丈但请尊便。"尹老儿便向里屋去了。

蒋平这里向火烘衣，及至衣服快干，身体暖和，心里却透出饿来

① 开门揖盗：开了门请强盗进来，比喻引进坏人来危害自己。

了，暗道：“自我打尖（旅途中休息下来吃点儿东西）后只顾走路，途中再加上雨淋，竟把饿忘了，说不得只好忍一夜罢了。”便将破床掸了掸，倒下头，心里想着要睡，那知肚子不作劲儿，一阵阵咕噜噜的乱响，闹得心里不得主意，突、突、突的乱跳起来，自己暗道：“不好！索性不睡的好。”将壁灯剔了一剔，悄悄开了屋门，来到院内，仰面一看，见满天星斗，原来雨住天晴。

正在仰望之间，耳内只听兵兵梆梆犹如打铁一般。再细听时，却是兵刃交架的声音，心内不由的一动，思忖（思量。忖，cǔn）道：“这样荒僻去处，如何夤夜（深夜。夤，yín）比武呢？倒要看看。”登时把饿也忘了，纵身跳出土墙，顺着声音一听，恰好就在那边庙内。急急紧行几步，从庙后越墙而过，见那边屋内灯光明亮，有个妇人啼哭，连忙挨身而入。妇人一见，吓得惊慌失色。蒋爷道：“那妇人休要害怕。快些说明，为何事来，俺好救你。”那妇人道：“小妇人姚王氏，只因为与兄弟回娘家探望，途中遇雨，在这庙外山门下避雨，被僧人开门看见，将我等让到前面禅堂。刚刚坐下，又有人击户（敲门），也是前来避雨的，僧人道：‘前面禅堂男女不便。’就将我等让在这里。谁知这僧人不怀好意，到了一更之后，提了利刃进来时，先将我兄弟踢倒，捆缚起来，就要逼勒（逼迫，强迫）于我。是小妇人着急喊叫，僧人道：‘你别嚷！俺先结果了前面那人，回来再和你算账。’因此提了利刃，他就与前面那人杀起来了，望乞爷爷搭救搭救。”蒋爷道：“你不必害怕，待俺帮那人去。”

说罢，回身见那边立着一根门闩（指门关上后，插在门内使门推不开的木棍或铁棍。闩，shuān），拿在手中，赶到跟前，见一大汉左右躲闪，已不抵敌；再看和尚，上下翻腾，堪称对手。蒋爷不慌不忙将门闩端了个四平，仿佛使枪一般，对准那僧人的胁下，一言不发尽力的一戳。那僧人只顾赶杀那人，那知他身后有人戳他呢，冷不防觉得左胁痛彻心髓，翻筋斗栽倒尘埃（地上）。前面那人见僧人栽倒，赶上一步，抬脚往下一跺，只听的拍的一声，僧人的脸上已然着重。这僧人好苦，临死之前先挨一戳，后挨一跺，哎哟一声，手一扎煞，刀已落地。蒋爷撇了门闩，赶上前来，抢刀在手，往下一落，这和尚登时了账（死了）。叹他身入空门，只因一念之差，枉自送了性命。

且说那人见蒋平杀了和尚，连忙过来施礼，道："若不亏恩公搭救，某险些儿丧在僧人之手。请问尊姓大名？"蒋平道："俺姓蒋名平。足下何人？"那人道："嗳呀！原来是四老爷么。小人龙涛。"说罢，拜将下去。蒋四爷连忙搀起，问道："龙兄为何到此？"龙涛道："自从拿了花蝶与兄长报仇，后来回转本县缴（交出）了回批，便将捕快告退不当，躲了官人的辖制（管束；控制），自己务了农业，甚是清闲。只因小人有个姑母别了三年，今日特来探望，不料途中遇雨，就到此庙投宿。忽听后面声嚷救人，正欲看视，不想这个恶僧反来寻找小人，与他对垒，不料将刀磕飞。可恶僧人好狠，连搠（shuò，扎，刺）几刀，皆被我躲过，正在危急，若不亏四老爷前来，性命必然难保，实属再生之德。"蒋平道："原来如此。你我且到后面，救那男女二人要紧。"

蒋平提了那僧人的刀在前，龙涛在后跟随，来到后面，先将那男人释放，姚王氏也就出来叩谢。龙涛问道："这男女二人是谁？"蒋爷道："他是姊弟二人，原要回娘家探望，也因避雨，误被恶僧诓（kuāng，骗）进。方才我已问过，乃是姚王氏。"龙涛道："俺且问你，你丈夫他可叫姚猛么？"妇人道："正是。"龙涛道："你婆婆可是龙氏么？"妇人道："益发（越发）是了。不幸婆婆已于去年亡故了。"龙涛听说他婆婆亡故了，不觉放声大哭，道："嗳呀！我那姑母吓！何得一别三年，就作了故人了。"姚王氏听如此说，方细看了一番，猛然想起，道："你敢是龙涛表兄哥哥么？"龙涛此时哭得说不上话来，止于点头而已。姚王氏也就哭了。蒋爷见他等认了亲戚，便劝龙涛止住哭声。龙涛便问道："表弟近来可好？"叙了多少话语。龙涛又对蒋爷谢了，道："不料四老爷救了小人，并且救了小人的亲眷（亲戚），如此恩德，何以答报！"蒋爷道："你我至契（意气极相投合。契，qì）好友，何出此言？龙兄，你且同我来。"

龙涛不知何事，跟着蒋爷左寻右找，到了厨房，现成的灯烛，仔细看时，不但菜蔬馒首，而且有一瓶好烧酒。蒋爷道："妙极，妙极！我是实对龙兄说罢，我还没吃饭呢。"龙涛道："我也觉得饿了。"蒋爷道："来罢，来罢，咱们搬着走。大约他姐儿两个也未必吃饭呢。"龙涛见那边有个方盘，就拿出那当日卖煎饼的本事来了，端了一方盘。蒋爷提了酒瓶，拿了酒杯碗碟筷子等，一同来到后面。他姐儿两个果然未进饮食，却不喝酒，就拿了菜蔬点心在屋内吃。蒋爷与龙涛在外间，一壁（一边）饮酒，一壁叙话。

龙涛便问蒋爷何往？蒋爷便叙述已往情由，如今要收伏钟雄、特到柳家庄找柳青要断魂香的话，说了一遍。龙涛道："如此说来，众位爷们俱在陈起望。不知有用小人处没有？"蒋爷道："你不必问那。明日送了令亲去，你就到陈起望去就是了。"龙涛道："既如此，我还有个主意。我这表弟姚猛，身量魁梧（形容身体强壮高大），与我不差上下，他不过年轻些。明日我与他同去如何？"蒋平道："那更好了。到了那里，丁二爷你是认得的，就说咱们遇着了。还有一宗，你告诉丁二爷，就求陆大爷写一封荐书，你二人直奔水寨，投在水寨之内。现有南、北二侠，再无有不收录（吸收任用）的。"龙涛听了，甚是欢喜。

二人饮酒多时，听了听已有鸡鸣，蒋平道："你们在此等候我，我去去就来。"说罢，出了屋子，仍然越过后墙，到了尹老儿家内。又越了土墙，悄悄来到屋内，见那壁上灯点得半明不灭的，从新剔了一剔，故意的咳嗽。将尹老儿惊醒，伸腰欠口，道："天是时候了，该磨豆腐了。"说罢，起来，出了里屋，见蒋爷在床上坐着，便问道："客官起来的恁（nèn，如此，这样）早？想是夜静有些寒凉。"蒋平道："此屋还暖和，多承老丈挂心。天已不早了，小可要赶路了。"尹老儿道："何必忙呢？等着热热的喝碗浆，暖暖寒，再去不迟。"蒋爷道："多承美意，改日叨扰（客套话，打扰。叨，tāo）罢，小可还有要紧事呢。"说着话，披上衣服，从兜肚中摸出一块银子，足有二两重，道："老丈，些须薄礼，望乞笑纳（客套话，用于请客人收下礼物）。"老丈道："这如何使得？客官在此屈尊一夜，费了老汉甚么，如何破费许多呢？小老儿是不敢受的。"蒋爷道："老丈休要过谦。难得你一片好心，再要推让，反觉得不诚实了。"说着话，便掖在尹老儿袖内。尹老儿还要说话，蒋爷已走到院内，只得谢了又谢，送出柴扉。彼此执手（拱手）。那尹老儿还要说话，见蒋爷已走出数步，只得回去，掩上柴扉。

蒋爷仍然越墙进庙。龙涛便问："上何方去了？"蒋平将尹老儿留住的话，说了一遍。龙涛点头，道："四老爷作事真个周到。"蒋平道："咱们也该走了。龙兄送了令亲之后，便与令表弟同赴陈起望便了。"龙涛答应。四人来到山门，蒋爷轻轻开了山门，往外望了一望，悄悄道：

"你三人快些去罢。我还要关好山门，仍从后面而去。"龙涛点头，带领着姊弟二人扬长去了。

蒋爷仍将山门闭妥，又到后面检点了一番，就撂下这没头脑的事儿让地面官办去罢了。他仍从后墙跳出，溜之乎也。一路观看清景，走了二十余里，打了早尖（早上在旅途中用便饭）。及至到了柳家庄，日将西斜，自己暗暗道："这们早到那里作甚么，且找个僻静的酒肆（酒馆。肆，sì）沽（gū，买）饮几杯。知他那里如何款待呢？别像昨晚饿得抓耳挠腮。若不亏那该死的和尚预备下，我如何能够吃到十二分。"心里想着，早见有个村居酒市，仿佛当初大夫居一般，便进去，拣了座头坐下。酒保儿却是个少年人，暖了酒。蒋爷慢慢消饮，暗听别的座上三三两两，讲论柳员外这七天的经忏（指请道士或僧人念经拜忏、祈福超生的仪式）费用了不少。也有说他为朋友尽情，真正难得的；也有说他家内充足，耗财买脸儿的；又有那穷小子苦混混儿说："可惜了儿的！交朋友不过是了就是了。人在人情在，那里犯的上呢。若把这七天费用帮了苦哈哈，包之够过一辈子的。"蒋爷听了暗笑，酒饮够了，又吃了些饭。

看看天色已晚，会了钱钞，离了村居，来到柳青门首已然掌灯，连忙击户（敲门）。只见里面出来了个苍头，问道："甚么人？"蒋爷道："是我，你家员外可在家么？"苍头将蒋爷上下打量一番，道："俺家员外在家等贼呢。请问尊驾贵姓？"蒋爷听了苍头之言有些语辣，只得答道："我姓蒋，特来拜望（探望）。"苍头道："原来是贼爷到了，请少待。"转身进去。蒋爷知道这是柳青吩咐过了，毫不介意，只得等候。

不多时，只见柳青便衣便帽出来，执手道："姓蒋的，你竟来了！也就好大胆呢！"蒋平道："劣兄既与贤弟定准日期，劣兄若不来，岂不叫贤弟呆等么？"柳青说："且不要论兄弟。你未免过于不自量了。你既来了，只好叫你进来。"说罢，也不谦让，自己却先进来。蒋爷听了此话，见此光景，只得忍耐。刚要举步，只见柳青转身奉了一揖，道："我这一揖你可明白？"蒋爷笑道："你不过是'开门揖盗'罢了，有甚难解。"柳青道："你知道就好。"说着，便引到西厢房内。

蒋爷进了西厢房一看，好样儿，三间一通连，除了一盏孤灯，一无所有，止于迎门一张床，别无他物。蒋爷暗道："这是甚么意思？"只听柳青道："姓蒋的，今日你既来了，我要把话说明了。你就在这屋内居住，我在对面东屋内等你。除了你我，再无第三人，所有我的仆妇人等早已吩咐过了，全叫他们回避。就是前次那枝簪子，你要偷到手内，你便隔窗儿叫一声，说：‘姓柳的，你的簪子我偷了来了。’我在那屋里在头上一摸，果然不见了，这是你的能为。不但偷了来，还是送回去。再迟一回，你能够送去，还是隔窗叫一声：‘姓柳的，你的簪子我还了你了。’我在屋内向头上一摸，果然又有了。若是能够如此，不但你我还是照旧的弟兄，而且甘心佩服，就是叫我赴汤蹈火，我也是情愿的。”蒋爷点头，笑道：“就是如此。贤弟到了那时，别又后悔。”柳青道：“大丈夫说话，焉有改悔？”蒋爷道：“狠好，狠好！贤弟请了。”不知果能否，且听下回分解。

第一百十五回 随意戏耍智服柳青 有心提防交结姜铠

且说柳青出了西厢房，高声问道：“东厢房炭烛茶水酒食等物，俱预备妥当了没有？”只听仆从应道：“俱已齐备了。”柳青道：“你们俱各回避了，不准无故的出入。”又听妇人声音说道：“婆子丫鬟，你们惊醒些！今晚把贼关在家里，知道他净偷簪子，还偷首饰呢！”早有个快嘴丫鬟接言道：“奶奶请放心罢，奴婢将裤腿带子都收什过了，外头任吗儿也没有了。”妇人嗔（chēn，对别人不满）道：“多嘴的丫头子！进来罢，不要混说了。”这说话的原来是柳娘子。蒋爷听在心内，明知是说自己，置若罔闻（放在一边不管，好像没听见一样。形容不重视，不关心）。

此时已有二鼓（二更）。柳青来到东厢房内，抱怨道：“这是从那里说起！好好的美寝不能安歇，偏偏的这盆炭火也不旺了，茶也冷了，这还要自己动转。也不知是甚么时候才偷，真叫人等的不耐烦。”忽听外面他拉、他拉的声响，猛见帘儿一动，蒋爷从外面进来，道：“贤弟不要抱怨。你想你这屋内，又有火盆，又有茶水，而且裱糊的严紧，铺设的齐整。你瞧瞧我那屋子，犹如冰窖一般，八下里冒风，连个铺垫也没有，方才躺了一躺，实在的难受。我且在这屋里暖和暖和。”柳青听了此话，再看蒋爷头上只有网巾（用丝结成的网状的头巾，用来拢住头发），并无头巾，脚下他拉着两只鞋，是躺着来着，便说道：“你既嚷冷，为甚么连帽子也不戴？”蒋爷道：“那屋里甚么全没有。是我刚才摘下头巾枕着来，一时寒冷，只顾往这里来，就忘了戴了。”柳青道：“你坐坐，也该过去了。你有你的公事，早些完了，我也好歇息。”蒋爷道：“贤弟，你真个不讲交情了。你当初到我们陷空岛，我们是何等待你！我如今到了这里，你不款待也罢了，怎么连碗茶也没有呢？”柳青笑道：“你这话说得可笑。你今日原是偷我来了。既是来偷我，我如何肯给你预备茶水呢？你见世界上有给贼预备妥当了，再等着他来偷的道理么？”蒋平也笑道：“贤弟说的也是。但只一件，世界上有这们明灯蜡烛等贼偷的么？你这不是‘开门揖盗’，竟是‘对面审贼’了。”柳青将眼一瞪，道：“姓蒋的，你不要强辩饶舌（多嘴）。你纵能说，也不能说了我的簪子去。你趁早儿打主意便了。”蒋爷道：“若论盗这簪子原不难，我只怕你不戴在头上那就难了。”柳青登时生起气来，道：“那岂是大丈夫所为！”便摘下头巾，拔下簪子，往桌上一掷，道：“这不是簪子？说还哄你不成！你若有本事，就拿去！”蒋平老着脸儿，伸手拿起，揣在怀内，道：“多谢贤弟。”站起来就要走。柳青微微冷哂（冷笑。哂，shěn），道：“好个翻江鼠蒋平！俺只当有甚么深韬广略，原来只会猥琐惫懒！可笑吓，可笑！”蒋平听了，将小眼一瞪，瘦脸儿一红，道：“姓柳的，你不要信口胡说！俺蒋平堂堂男子，要惫懒则甚？”回手将簪子掏出，也往桌上一掷，道：“你提防着，待我来偷你。”说罢，转身往西厢房去了。

柳青自言自语道：“这可要偷了，须当防备。”连忙将簪子别在头上，戴上头巾，两只眼睛睁睁的往屋门瞅着，以为看他如何进来，怎么偷法。忽听蒋爷在西厢房说道：“姓柳的，你的簪子我偷了来了。”柳青吓了一跳，急将头巾摘下，摸了一摸，簪子仍在头上，由不的哈哈大笑，道：“姓蒋的，你是想簪子想疯了心了。我这簪子好好还在头上，如何被你偷去？”蒋平接言道：“那枝簪子是假的，真的在我这里。你不信，请看那枝簪子背后没有暗‘寿’字儿。”柳青听了，拔下来仔细一看，宽窄长短分毫不错，就只背后缺少“寿”字儿。柳青看了暗暗吃惊，连说“不好”，只得高声嚷道：“姓蒋的，偷算你偷去，看你如何送来？”蒋爷也不答言。

柳青在灯下赏玩那枝假簪，越看越像自己的，心中暗暗罕然（恍然，突然明白）道：“此簪自从在五峰岭上，他不过月下看了一看，如何就记得恁般真切？可见他聪明至甚。而且方才他那安安详详的样儿行所无事，想不到他抵换如此之快。只他这临事好谋，也就令人可羡。”复又一转念，猛然想起：“方才是我不好了！绝不该和他生气，理应参悟他的机谋，看他如何设法儿才是。只顾暴躁，竟自入了他的术中。总而言之，是我量小之故。且看他将簪子如何送回。千万再不要动气了！”等了些时不见动静，便将火盆拨开，温暖了酒，自斟自饮，怡然自得。

忽听蒋爷在那屋张牙欠口打哈气，道：“好冷！夜静了，更觉凉了。”说着话，他拉、他拉又过来了，恰是刚睡醒了的样子，依然没戴帽子。柳青拿定主意，再也不动气，却也不理蒋爷。蒋爷道：“好吓，贤弟会乐吓！屋子又暖和，又喝着酒儿，敢则好吓！劣兄也喝盅儿，使得使不得呢？”柳青道：“这有甚么呢？酒在这里，只管请用，你可别忘了送簪子。”蒋爷道：“实对贤弟说，我只会偷，不会送。”说罢，端起酒盅一饮而尽，复又斟（zhēn，往杯盏里倒）上，道：“我今日此举不过游戏而已，劣兄却有紧要之事奉请贤弟。”柳青道：“只要送回簪子来，叫我那里去，我都跟了去。”蒋爷道：“咱们且说正经事。”他将大家如何在陈起望聚义，欧阳春与智化如何进的水寨，怎么假说展昭、智诓沙龙，又怎么定计在他生辰之日收伏钟雄，特着我来请贤弟用断魂香的话，哩哩啰啰，说个不了。柳青听了，唯唯喏喏，毫不答言。蒋爷又道：“此乃国家大事。我等钦奉圣旨，谨遵相谕，捉拿襄阳王，必须收伏了钟雄，奸王便好说了。说不得贤弟随劣兄走走。”柳青听了这一番言语，“这明是提出圣旨相谕押派着，叫我跟了他去”，不由的气往上撞。忽然转念道：“不可，不可！这是他故意的惹我生气，他好于中取事，行他的谲诈（奸诈）。我有道理。”便嘻嘻笑道：“这些事都是你们为官做的，与我这草民何干？不要多言，还我的簪子要紧。”蒋爷见说不动，赌气带上桌上头巾，他拉、他拉出门去了。

柳青这里又奚落他道：“那帽子当不了被褥，也挡不了寒冷。原来是个抓帽子贼，好体面哪！”蒋爷回身进来，道：“姓柳的，你不要嘲笑刻薄，谁没个误心中呢！这也值得说这些没来由的话？”说罢，将他的帽子劈面摔来。柳青笑嘻嘻，双手接过，戴在头上，道：“我对你说，我再也不生气的。慢说将我的帽子摔来，就是当面唾我，我也是容他自干，决不生气。看你有甚么法子？”蒋爷听了此言，无奈何的样儿，转回西厢房内去了。

柳青暗暗欢喜，自以为不动声色，是绝妙的主意了。又将酒温了一温，斟上刚要喝，只听蒋爷在西厢房内说道：“姓柳的，你的簪子我还回去了。”柳青连忙放下酒盅，摘去头巾，摸了一摸，并无簪子。又见那枝假的仍在桌上放着。又听蒋爷在那屋内说道：“你不必犹疑（犹豫），将帽子里儿看看就明白了。”柳青听了，即将帽子翻过看时，那枝簪子恰好别在上面，不由的倒抽了一口气，道：“好吓！真真令人不测。”再细想时，更省悟了。“敢则他初次光头过来，就为二次还簪地步。这人的智略机变，把我的喜怒全叫他体谅透了，我还和他闹甚么？”

正在思索，只见蒋爷进来，头巾也戴上了，鞋也不他拉着了，早见他一躬到地。柳青连忙站起，还礼不迭。只听蒋爷道：“贤弟，诸事休要挂怀（挂念，挂心）。恳请贤弟跟随劣兄走走，成全朋友要紧。”柳青道：“四兄放心！小弟情愿前往。”于是把蒋爷让到上位，自己对面坐了。蒋爷将：“钟雄为人豪侠，是个男子，因众弟兄计议，务要把他劝化回头，方是正理。”柳青道：“他既是好朋友，原当如此。但不知几时起身？”蒋爷道：“事不宜迟，总要在他生日之前赶到方好。”柳青道：“既如此，明早起身。”蒋平道：“妙极！贤弟就此进内收拾去，劣兄还要歇息歇息。实对贤弟说，劣兄昨日一夜不曾合眼，此时也觉乏的狠了。”柳青道：“兄长只管歇着，天还早呢，足可以睡一觉。恕小弟不陪了。”柳青便进内去了。

到了天亮，柳青背了包裹出来，又预备羹汤点心吃了。二人便离了柳家庄，竟奔陈起望而来。

且说智化作了军山的统辖（统帅），所有水旱二寨之事俱各料理的清清楚楚。这日，忽见水寨头目来，报道：“今有陈起望陆大爷那里来了二人，投书信一封。”说罢，将书呈上。智爷接来拆阅毕，吩咐道：“将他二人放进来。”头目去不多时，早见两个大汉晃里晃荡而来，见了智爷，参见道：“小人龙涛、姚猛，望乞统辖老爷收录。”智爷见他二人循规蹈矩（遵守规矩），颇有礼教，便知是丁二爷教的。不然，他两个卤莽之人，如何懂得“统辖”与“收录”呢？内心甚是欢喜，却又故意问了几句，二人应答得颇好，智爷更觉放心，便将二人带到思齐堂。智爷将书呈上，说明来历，钟雄便要看看来人，智化即唤龙涛、姚猛，二人答应，声若巨雷。及至到了厅上，参见大王，那一番腾腾杀气，凛凛威风，真个是“方相”一般。钟雄看了大乐，道：“难得他二人的身材体态竟能一样，狠好。我这厅上正缺两个领班头目，就叫他二人充当此差，妙不可言。”龙涛、姚猛听了，连忙叩谢，甚是恭谨（恭敬谨慎）。旁边北侠早已认得龙涛，见他举止端详，言语得当，心内也就明白了。是日沙龙等同钟雄把酒谈心，尽一日之长，到晚方散。

智化、北侠暗暗与龙涛打听，如何能够到此。龙涛将避雨遇见蒋爷一节说了，又道：“蒋爷不日也就要回来了。自从小人送了表弟妹之后，即刻同着姚猛上路，前日赶到陈起望。丁二爷告诉我等备细（详细情况），教导了言语。陆大爷写了荐书，所以今日就来了。”智爷道：“你二人来的正好，而且又在厅上，更就近了。到了临期，自有用处，千万不要多言，惟有小心谨慎而已。”龙涛道：“我等晓得。倘有用我等之处，自当效力。”智化点头，叫他二人去了；然后又与北侠计议一番，方才安歇。

到了次日，他又不惮（dàn，怕）勤劳，各处稽查。但有不明不知的，必要细细询问。因此这军山之内，由那里到何处，至何方，俱已晓得。他见大小头目虽有多人，皆没甚要紧。惟有姜夫人之弟姜铠甚是了得，极其梗直（即“耿直”，正直），生得凹面金腮，两道浓眉，一张阔口，微微有些髭须（胡子。髭，zī），绰号小二郎。他单会使一般器械，名叫三截棍，中间有五尺长短，两头俱有铁叶打就、铁环包定，两根短棒足有二尺多。每逢对垒（两军相持），施展起来，远近都可打得，英勇非常。智化把他看在眼里。又因他是钟雄的亲戚，因此待他甚好，极其亲近。这二郎见智化志广才高，料事精详（精细周详），更加喜悦。除了姜铠之外，还有钟雄两个亲信之人，却是同族兄弟武伯南、武伯北。此二人专管料理家务，智化也时常的与他等亲密。

他又算计钟雄生日，不过三日就到了。他便托言查阅，悄悄的又到陈起望。恰好蒋爷正与柳青刚到，彼此见了，各生羡慕，喜爱非常。

蒋爷便问："龙涛、姚猛到了不曾？"丁二爷道："不但到了，谨遵兄命，已然进了水寨门了。"智化道："昨日他二人去了，我甚忧心。后来见他等的光景甚是合宜，我就知是二弟的传授了。"智化又问蒋爷道："四弟，前次所论之事，想柳兄俱已备妥了。今日我就同柳兄进水寨。"柳青道："小弟惟命是从。但不知如何进水寨法？"智化道："我自有道理。"不知用何计策，且听下回分解。

第一百十六回 计出万全极其容易 算失一着甚是为难

且说智化要将柳青带入水寨，柳青因问如何去法。智化便问柳青可会风鉴（相面术），柳青道："小弟风鉴不甚明白，却会谈命（算命）。"智化道："也可以使得。柳兄扮作谈命的先生，到了那里，不过奉承几句，只要混到他的生辰，便完了事了。"柳青依允。

智化又向陆、鲁二人道："二位贤弟，大鱼可捕妥了？"陆彬道："早已齐备，俱各养在那里。"智化道："狠好。明日就给他送去，只用大船一只，带了渔户去。到那里二位贤弟自然是住下的，却将船只泊在幽僻（幽静偏僻）之处。到了临期，如此如此。"又对丁二爷、蒋四爷说道："二位贤弟务于后日夜间，要快船二只，每船水手四名，就在前次砍断竹城之处专等，千万莫误！"

计议已定。智化与柳青来至水寨，见了钟雄，说柳青是算命先生，笔法甚好。"小弟因一人事繁，难以记载，故此带了他来，帮着小弟作个记室（帮忙记录的人）。"钟雄见柳青人物轩昂（形容精神饱满，气度不凡），意甚欢喜。

至次日，陆彬、鲁英来至水寨送鱼，钟雄迎到思齐堂，深深谢了。陆彬、鲁英又提写信荐龙涛、姚猛二人。钟雄笑道："难得他二人身体一般，雄壮一样，我已把他二人派了领班头目。"陆彬道："多蒙大王收录。"也就谢了。陆、鲁二人又与沙龙、北侠、南侠、智化见了，彼此欢悦。就将他二人款留住下，为的明日好一同庆寿。

到了次日，智爷早已办的妥协，各处结彩悬花，点缀灯烛，又有笙箫鼓乐，杂剧声歌，较比往年生辰不但热闹，而且整齐。所有头目兵丁，俱有赏赐，并传令今日概不禁酒，纵有饮醉者也不犯禁。因此人人踊跃，个个欢欣，无有不称羡统辖之德的。思齐堂上排开花筵，摆设寿礼，大家衣冠鲜明（色彩明亮），独有展爷却是四品服色，更觉出众。及至钟雄来到，见众人如此，不觉大乐，道："今日小弟贱辰，敢承诸位兄弟如此的错爱、如此的费心，我钟雄何以克当（能承当，敢当）！"

说话间，阶下奏起乐来。就从沙龙让起，不肯受礼，彼此一揖。次及欧阳春，也是如此。再又次就是展熊飞，务要行礼。钟雄道："贤弟乃皇家栋梁，相府的辅弼（辅佐之人），劣兄如何敢当？还是从权行个常礼罢了。"说毕，先奉下揖（"奉揖"，作揖，行礼）去。展爷依旧从命，连揖而已。只见陆彬、鲁英二人上前相让。钟雄道："二位贤弟是客，劣兄更不敢当。"也是常礼，彼此奉揖不迭。此时智化谆谆（zhūn zhūn，恳切的样子）要行礼。钟雄托住，道："若论你我兄弟，劣兄原当受礼；但贤弟代劣兄操劳，已然费心，竟把这礼免了罢。"智化只得行个半礼，钟雄连忙搀起。忽见外面进来一人，扑翻身跪下，向上叩头，原来是钟雄的妻弟姜铠。钟雄急急搀起，还揖不迭。姜铠又与众人一一见了。然后是武伯南、武伯北与龙涛、姚猛，率领大小头目，一起一起，拜寿已毕。复又安席入座，乐声顿止。堂上觥筹交错（酒杯和酒筹交叉错杂，形容许多人聚会喝酒时的热闹场景。觥，gōng，古代酒器），阶前彩戏俱陈。智爷吩咐放了赏钱。早饭已毕，也有静坐闲谈的，也有料理事务的。独有小二郎姜铠却到后面与姜夫人谈了多时，便回旱寨去了。

到了午酒之时，大家俱要敬起寿星酒来。从沙龙起，每人三杯。钟雄难以推却（推辞），只得杯到酒干，真是大将必有大量。除了姜铠不在座，现时座中六人俱各敬毕。然后团团围住，刚要坐下，只见白面判官柳青从外面进来，手持一卷纸札（纸张），道："小可不知大王千秋华诞，未能备礼。仓促之间，无物可敬，方才将诸事记载已毕，特特（特意）写得条幅对联，望乞大王笑纳。"说罢，高高奉上。钟雄道："先生初到，如何叨扰（客套话，打扰。叨，tāo）厚赐？"连忙接过，打开看时，是七言的对联，乃："惟大英雄能本色，是真名士自风流。"写的颇好，满口称赞道："先生真好书法也！"说罢，奉了一揖。柳青还要拜寿，钟雄断断不肯。智化在旁道："先生礼倒不消，莫若敬酒三杯，岂不大妙！"柳青道："统辖吩咐极是。但只一件，小可理应早间拜祝，因事务冗繁（rǒng fán，繁杂），须要记载，早间是不得闲的。而且条幅对联俱未能写就，及至得暇写出，偏又不干，所以迟到此时，未免太不恭敬。若要敬酒，须要加倍，方见诚心。小可意欲恭敬三斗，未知大王肯垂鉴（犹言俯察）否？"钟雄道："适才诸位兄弟俱已赐过，饮的不少了，先生赐一斗罢。"柳青道："酒不喝单，小可奉敬两斗如何？"沙龙道："这却合中，就是如此罢。"欧阳春命取大斗来。柳青斟酒，双手奉上。钟雄匀了三气饮毕。复又斟上，钟雄接过来也就饮了。大家方才入座，彼此传壶告干。七个人算计一个人，钟雄如何敌的住。天未二鼓，钟雄已然酩酊（mǐng dǐng，形容大醉）大醉，先前还可支持，次后便坐不住了。

智化见此光景，先与柳青送目，柳青会意去了。此时展爷急将衣服头巾脱下，转眼间出了思齐堂，便不见了。智化命龙涛、姚猛两个人将太保钟雄搀到书房安歇。两个大汉一边一个，将钟雄架起，毫不费力，搀到书房榻上。此时虽有虞候伴当，也有饮酒过量的，也有故意偷闲的。柳青暗藏了药物来到思齐堂一看，见座中只有沙龙与欧阳春，连陆、鲁二人也不见了。刚要问时，只见智化从后边而来，看了看左右无人，便叫沙龙、欧阳春道："二位兄长少待，千万不可叫人过去。"即拿起南侠的衣服头巾，便同柳青来到书房，叫龙涛、姚猛把守门口，就说："统辖吩咐，不准闲人出入。"柳青又给了每人两丸药，塞住鼻孔；然后进了书房，二人也用药塞住鼻孔；柳青便点起香来。

你道此香是何用法？原来是香子面。却有一个小小古铜造就的仙鹤，将这香面装在仙鹤腹内，从背后下面有个火门，上有螺蛳（luó sī，即螺丝）转的活盖，拧开点着，将盖盖好。等腹内香烟装足，无处发泄，只见一缕游丝，从仙鹤口内喷出。人若闻见此烟，香透脑髓，散于四肢，登时体软如绵，不能动转。须到五鼓鸡鸣之时，方能渐渐苏醒，所以叫作"鸡鸣五鼓断魂香"。

彼时柳青点了此香，正对钟雄鼻孔。酒后之人呼吸之气是粗的，呼的一声已然吸进，连打两个喷嚏，钟雄的气息便微弱了。柳青连忙将鹤嘴捏住，带在身边，立刻同智化将展昭衣服与钟雄换了。龙涛背起，姚猛紧紧跟随，来到大厅。智化、柳青也就出来，会同沙龙、北侠，护送到宫门。智化高声说道：“展护卫醉了，你等送到旱寨，不可有误。”沙龙道：“待我随了他们去。”北侠道：“莫若大家走走，也可以散酒。”说罢，下了台阶。这些虞候人等，一来是黑暗之中不辨真假，二来是大家也有些酒意，三来白日看见展昭的服色，他们如何知道飞叉太保竟被窃负而逃呢。

且说南侠原与智化定了计策，特特的穿了护卫服色，炫人眼目，为的是临期人人皆知，不能细查。自脱了衣巾之后，出了厅房，早已踏看了地方，按方向从房上跃出，竟奔东南犄角（角落。犄，jī）。正走之间，猛听得树后悄声道：“展兄这里来，鲁英在此。”展爷问道：“陆贤弟呢？”鲁二爷道：“已在船上等候。”展爷急急下了泊岸。陆彬接住，叫水手摇起船来，却留鲁英在此等候众人。水手摇到砍断竹城之处，击掌为号，外面应了，只听大竹嗤、嗤、嗤全然挺起。丁二爷先问道：“事体如何？”陆爷道：“功已成了。今先送展兄出去，少时众位也就到了。”外面的即将展爷接出。陆彬吩咐将船摇回，刚到泊岸之处，只见姚猛背了钟雄前来。自从书房到此，都是龙涛、姚猛倒换背来。欧阳春、沙龙先跳在船上，接下钟雄，然后柳青、龙涛、姚猛俱各上船。鲁英也要上船，智化拉住，道：“二弟，咱们仍在此等。”鲁英道：“众兄弟俱在此，还等何人？”智化道：“不是等人，是等船回来。你我同陆贤弟，还是出水寨为是。”鲁英只得煞住脚步。不多工夫，船回来了。鲁二爷与智化跳到船上，也不细问，便招动令旗，开了竹栅，出了水寨，竟奔陈起望而来。

及至到了庄门，那两只船早已到了。三个人下船进庄，早见沙龙等迎出来，道：“方才何不一同来呢？务必绕了远儿则甚？”智化道：“小弟若不出水寨，少时如何进水寨呢？岂不自相矛盾么？”丁二爷道：“智大哥还回去作甚么？”智化道：“二弟极聪明之人，如何一时忘起神来？我等只顾将钟太保诓（kuāng，骗）来，他们那里如何不找呢？别人罢了，现有钟家嫂嫂、两个侄儿侄女，难道他们不找么？若是知道被咱们诓来，这一惊骇，不定要生出甚么事来。咱们原为收伏钟太保，要叫妻子儿女有了差池（意外的事），只怕他也就难乎为情了。”众人深以为然。智化来到厅上，见把钟雄安放在榻上，却将展爷衣服脱了，又换了一身簇新（极新。簇，cù）的渔家服色。智爷点头，见诸事已妥，便对沙龙、北侠道："如到五更大哥苏醒之后，全仗二位兄长极力的劝谏，以大义开导，保管他倾心佩服。天已不早了，小弟要急急回去。"又对众人嘱咐一番："务必帮衬（帮助）着，说降了钟雄要紧。"智爷转身出庄，陆彬送到船上。智爷催着水手赶进水寨，时已三鼓之半。

这一回去不甚紧要，智爷险些儿性命难保。你道为何？只因姜氏夫人带领着儿女在后堂备了酒筵，也是要与钟雄庆寿。及至天已二鼓，不见大王回后，便差武伯南到前厅看视，得便请来。武伯南领命，来至大厅一看，静悄悄寂无人声。好容易找着虞候等，将他们唤醒，问："大王那里去了？"这虞候酒醉醺醺，睡眼朦胧，道："不在厅上，就在书房，难道还丢了不成？"武伯南也不答言，急急来到书房，但见大王的衣冠在那里，却不见人。这一惊非同小可，连忙拿了衣冠，来到后堂禀报。姜夫人听了，惊的目瞪痴呆。这亚男、钟麟听说父亲不见了，登时（立即）哭了起来。姜夫人定了定神，又叫武伯南到宫门问问："众位爷们出来不曾？"武伯南到了宫门，方知展护卫醉了，俱各送入旱寨。武伯南立刻派人到旱寨迎接，转身进内回禀。姜夫人心内稍安。迟不多时，只见上旱寨的回来，说道："不但众位爷们不见，连展爷也未到旱寨。现时姜舅爷已带领兵丁（士兵的旧称），各处搜查去了。"姜夫人已然明白了八九，暗道："南侠他乃皇家四品官员，如何肯归服大王？如此看来，不但南侠，大约北侠等都是故意前来，安心设计，要捉拿我夫主的。我丈夫既被拿去。岂不绝了钟门之后？"思忖（思量。忖，cǔn）至此，不由的胆战心惊。正在害怕，忽见姜铠赶来，说道："不好了！兄弟方才到东南角上，见竹城砍断，大约姐夫被他等拿获，从此逃走的。这便如何是好？"

谁知姜铠是一勇之夫（指只凭勇气而不会使用计谋的人），毫无一点儿主意。姜夫人听了，正合自己心思，想了想再无别策，只好先将儿女打发他们逃走了，然后自己再寻个自尽罢。就叫姜铠把守宫门，立刻将武伯南、武伯北兄弟唤来，道："你等乃大王亲信之人。如今大王遭此大变，我也无可托付，惟有这双儿女交给你二人，趁早逃生去罢！"亚男、钟麟听了，放声大哭，道："孩儿舍不得娘吓！莫若死在一处罢。"姜夫人狠着心，道："你们不要如此，事已紧急，快些去罢！若到天亮，官兵到来围困，想逃生也不能了。”武伯南急叫武伯北备一匹马。姜夫人问道：“你们从何处逃走？”武伯南道：“前面走着，路远费事。莫若从后寨门逃去，不过荒僻些儿。”姜夫人道：“事已如此，说不得了。快去！快去！”武伯南即将亚男搀扶上马，叫武伯北保护，自己背了钟麟。奔到后寨门，开了封锁，主仆四人竟奔山后逃生去了。未知后文如何，且听下回分解。

第一百十七回 智公子负伤追儿女 武伯南逃难遇豺狼[1]

且说姜铠把守宫门。他派人到接官厅上，打听有何人出去。不多时，回来说道：“就只二鼓之半，智统辖送出陆、鲁二人去未回。”姜铠心内思忖（思量。忖，cǔn）道：“当初投诚时，原是欧阳春、智化一同来的，为何他们做此勾当，他也在其内呢？事有可疑。”正在思忖，忽有人报道：“智统辖回来了。”姜铠听了，不分好歹，手提三截棍迎了上来；智化刚上台阶，不容分说，哗啷的一声，他就是一棍。智爷连忙将身闪开，刚刚躲过，尚未立稳；姜铠的棍梢落地也不抽回，顺势横着一扫。智化腾开右脚，这左脚略慢了些，已被棍上的短棒撩了一下。这一棍错过，若非智爷伶便，几几乎丧了性命。智化连声嚷道：“姜贤弟，不要动手！我是报紧急军情的。”姜铠听了“军情”二字，方将三截棍收住，道：“报何军情？快说！”智化道：“此事机密，须要面见夫人，方好说得。”姜铠听说要见夫人，这必是大王有了下落。他这才把棍放下，过来拉着智化，道：“可是大王有了信息了么？”智化道：“正是，为何贤弟见面就是一棍？幸亏是我，若是别人，岂不登时毙于棍下？”姜铠道：“我只道大哥也是他们一党，不料是个好人。恕小弟卤莽，莫怪，莫怪。可打着那里了？”智化道：“无妨，幸喜不重。快见夫人要紧。”二人开了宫门，来至后面。姜铠先进去通报。

①豺（chái）狼：豺和狼，比喻凶恶残忍的人。

姜夫人正在思念儿女落泪，自己横了心，要悬梁自缢（上吊自杀。缢，yì）。听说智化求见，必是丈夫有了信息，连忙请进，以叔嫂之礼相见。智化到了此时，不肯隐瞒，便将始末原由，据实说出。“原为大哥是个豪杰，惟恐一身淹埋污了美名，因此特特定计救大哥，脱离了苦海，全是一番好意，并无陷害之心。倘有欺负，负了结拜，天地不容！请嫂嫂放心。”姜夫人道：“请问叔叔，此时我丈夫是在何处？”智化道：“现在陈起望，所有众相好全在那里。务要大哥早早回头，方不负我等一番苦心。”姜夫人听了，如梦方醒，却又后悔起来，不该打发儿女起身，便对智化道：“叔叔，是嫂嫂一时不明，已将你侄儿侄女交付武伯南、武伯北带往逃生去了。”智化听了，急的跌足（跺脚），道：“这可怎么好？这全是我智化失于检点。我若早给嫂嫂送信，如何会有这些事？请问嫂嫂，可知武家兄弟领侄儿侄女往何方去了呢？”姜夫人道：“他们是出后寨门，由后山去的。”智化道：“既如此，待我将他等追赶回来。”便对姜铠道：“贤弟送我出寨。”站起身来，一瘸一点（一瘸一拐），别了姜氏，一直到了后寨门。又嘱咐姜铠：“好好照看嫂嫂。”

好智化，真是为朋友尽心，不辞劳苦，出了后寨门，竟奔后山而来。走了五六里之遥，并不见个人影，只急的抓耳挠腮。猛听的有小孩子说话道：“伯南哥，你我往那里去呢？”又听有人答道：“公子不要着急害怕。这沟是通着水路的，待我歇息歇息再走。”智化听的真切，顺着声音找去，原来是个山沟，音出于下，连忙问道：“下面可是公子钟麟么？”只听有人应道：“正是，上面却是何人？”智化应道：“我是智化，特来寻找你等。为何落在山沟之内？”钟麟道：“上面可是智叔父么？快些救我姐姐去要紧。”智化道：“你姐姐往何处去了？”又听应道：“小人武伯南背着公子，武伯北保护小姐。不想伯北陡起不良之心，欲害公子小姐，我痛加谴责。不料正走之间，他说沟内有人说话，仿佛大王声音。是我探身觑视（眯缝着眼睛仔细看。觑，qū），他却将我主仆推落沟中，驱着马往西去了。”智化问道：“你主仆可曾跌伤没有？”武伯南道：“幸亏苍天怜念，这沟中腐草败叶极厚，棉软非常，我主仆毫无损伤。”钟麟又说道：“智叔父不必多问了，快些搭救我姐姐去罢。”

智爷此时把脚疼付于度外，急急向西而去。又走三五里，迎头遇见二人采药的，从那边愤恨而来。智化向前执手（拱手），问道：“二位因何不平？”采药的人道：“实实可恶！方才见那边有一人将马拴在树上，却用鞭子狠狠的打那女子。是我二人劝阻，他不但不依，反要拔刀杀那女子。天下竟有这样狠毒人，岂有此理！”智化连忙问道：“现在那里？待我前去。”采药的人听了甚喜，道：“我二人情愿导引。相离不远，快走快走。”智化手无利刃，随路拣了几块石头拿着。只听采药人道：“那边不是么？”智化用目力留神，却见武伯北手内执刀在那里威唬亚男，不由的杀人心陡起。赶行几步，来的切近，将手一扬，喊了一声。武伯北刚要扭头，拍的一声，这块石头不歪不偏，正打在脸上。武伯北嗳哟一声，往后便倒。智化赶上一步，夺过刀来，连搠(shuò，扎，刺)了几下。采药人在旁看见，是个便宜，二人抽出药锄，就帮着一阵好刨。

智化连忙扶起亚男，叫道：“侄女苏醒，苏醒。”半晌，亚男方哭了出来。智爷这才放心了，便问伯北毒打为何。亚男道：“他要叫我认他为父亲，前去进献襄阳王。侄女一闻此言，刚要嗔责(对人不满加以责怪。嗔，chēn)，他便打起来了。除了头脸，已无完肤。侄女拚着一死，再也不应，便拔刀要杀。不想叔父赶到，救了性命。侄女好不苦也！”说罢，又哭。智化劝慰多时，便问：“侄女还可以乘马不能呢？”亚男说道：“请问叔父，往那里去？”智化道：“往陈起望去。”即便将大家为劝谏你父亲、今日此举都是计策的话说了。亚男听见爹爹有了下落，便道：“侄女方才将生死付于度外，何况身子疼痛，没甚要紧。而且又得了爹爹信息，此时颇可扎挣骑马。”采药人听了，在旁赞叹称羡不已。

智化将亚男慢慢扶在马上，便问采药二人道：“你二人意欲何往？”采药人道：“我等虽则采药为生，如今见这姑娘受这苦楚，心实不忍，情愿帮着爷上送到陈起望，心里方觉安贴。”智爷点头，暗道：“山野之处竟有这样好人。”连忙说道：“有劳二位了。但不知从何方而去？”采药人道：“这山中僻径(偏僻的小路)，我们却是晓得的。爷上放心，有我二人呢。”智爷牵住马，拉着嚼环(马嚼子)，慢慢步履，跟着采药人，弯弯曲曲，下下高高，走了多少路程，方到陈起望。智爷将亚男抱下马来，取出两锭银来，谢了采药人。两个感谢不尽，欢欢喜喜而去。智爷来到庄中，暗暗叫庄丁请出陆彬，嘱将亚男带到后面，与鲁氏、凤仙、秋葵相见，俟（sì，等待）找着钟麟时，再叫他姊弟与钟太保相会。慢慢再表。

且说武伯南在沟内歇息了歇息，背上公子，顺沟行去。好容易出了山沟，已然力尽筋疲。耐过了小溪桥，见有一只小船上，有二人捕鱼。一轮明月，照彻光华（明亮的光辉）。连忙呼唤，要到神树岗。船家摆过舟来。船家一眼看见钟麟，好生欢喜，也不计较船资，便叫他主仆上船。偏偏钟麟觉得腹中饥饿，要吃点心。船家便拿出个干馒首。钟麟接过，啃了半天，方咬下一块来。不吃是饿，吃罢咬不动，眼泪汪汪，囫囵吞（整个咽下去，不加咀嚼。囫囵，hú lún）的咽了一口，噎的半晌还不过气来。武伯南在旁观瞧，好生难受，却又没法。只见钟麟将馒首一掷，嘴儿一咧。武伯南只当他要哭，连忙站起。刚要赶过来，冷不防的被船家用篙（撑船的竹竿或木杆）一拨，武伯南站立不稳，扑通一声，落下水去。船家急急将篙撑开，奔到停泊之处，一人抱起钟麟，一人前去扣门。只见里面出来一个妇人，将他二人接进，仍把双扉（fēi，门）紧闭。

你道此家是谁？原来船上二人，一人姓怀名宝，一人姓殷名显。这殷显孤身一口，并无家小，吃喝嫖赌，无所不为，却与怀宝脾气相合。往往二人搭帮（许多人结伴）赚（zuàn，骗）人，设局诓骗，弄了钱来，也不干些正经事体，不过是胡抡（乱干，胡来）混闹，不二不三地花了。其中怀宝又有个毛病，处处爱打个小算盘，每逢弄了钱来，他总要绕着弯子，多使个三十五十一百八十的；偏偏殷显又是个马马虎虎的人，这些小算盘上全不理会，因此二人甚是相好，他们也就拜了把子了。怀宝是兄，殷显是弟。这怀宝却有个女人陶氏，就在这小西桥西北娃娃谷居住。自从结拜之后，怀宝便将殷显让到家中，拜了嫂嫂，见了叔叔。怀陶氏见殷显为人虽则谲诈（奸诈），幸银钱上不甚悭吝（qiān lìn，吝啬），他就献出百般殷勤的愚哄，不多几日工夫，就把个殷显刮搭上了。三个人便一心一计地过起日子来了。可巧的这夜捕鱼，遇见倒运的武伯南背了钟麟，坐在他们船上。殷显见了钟麟，眼中冒火，直仿佛见了元宝一般，暗暗与怀宝递了暗号。先用馒头迷了钟麟，顺手将武伯南拨下水去，急急赶到家中。怀陶氏迎接进去，先用凉水灌了钟麟，然后摆上酒肴。怀宝、殷显对坐，怀陶氏打横儿，三人慢慢消饮家中随便现成的酒席。

不多时，钟麟醒来，睁眼看见男女三人在那里饮酒，连忙起来，问道："我伯南哥在那里？"殷显道："给你买点心去了。你姓甚么？"钟麟道："我姓钟名叫钟麟。"怀宝道："你在那里住？"钟麟道："我在军山居住。"

殷显听了，登时唬的面目焦黄，暗暗与怀宝送目，叫陶氏哄着钟麟吃饮食，两个人来至外间。殷显悄悄的道："大哥，可不好了。你才听见了他姓钟，在军山居住。不消说（不用说）了，这必是山大王钟雄儿郎，多半是被那人拐带（用欺骗手段把妇女小孩或贵重物品携带远走）出来，故此他夤夜（深夜。夤，yín）逃走。"怀宝道："贤弟你害怕做甚么？这是老虎嘴里落下来，叫狼吃了。咱们得了个狼葬儿，岂不是大便宜呢？明日你我将他好好送入水寨，就说夤夜捕鱼，遇见歹人背出世子，是我二人把世子救下。那人急了，跳在河内，不知去向，因此我二人特特将世子送来。难道不是一件奇功？岂不得一份重赏？"殷显摇头，道："不好，不好！他那山贼形景，翻脸无情。倘若他合咱们要那拐带之人，咱们往何处去找呢？那时无人，他再说是咱们拐带的，只怕有性命之忧。依我说个主意，与其等着铸钟，莫若打现钟。现成的手到拿银子，何不就把他背到襄阳王那里？这样一个银娃娃的孩子，还怕卖不出一二百银子么？就是他赏，也赏不了这些。"怀宝道："贤弟的主意，甚是有理。"殷显道："可有一宗，咱们此处却离军山甚近。若要上襄阳，必须要趁这夜静就起身，省得白日招人眼目。"怀宝道："既如此，咱们就走。"便将陶氏叫出，一一告诉明白。

陶氏听说卖娃娃，虽则欢喜，无奈他二人都去，却又不乐，便悄悄儿的将殷显拉了一把。殷显会意，立刻攒眉挤眼（挤眉弄眼，用眉眼示意。攒，cuán），道："了不得！了不得！肚子疼的狠，这可怎么好？"怀宝道："既是贤弟肚腹疼痛，我背了娃娃先走。贤弟且歇息，等明日慢慢再去。咱们在襄阳会齐儿。"殷显故意哼哼，道："既如此，大哥多辛苦辛苦罢。"怀宝道："这有甚么呢，大家饭大家吃。"说罢，进了屋里，对钟麟道："走呀，咱们找伯南哥去。怎么他一去就不来了呢？"转身将钟麟背起，陶氏跟随在后，送出门外去了。不知后来如何，且听下回分解。

第一百十八回 除奸淫错投大木场 救急困赶奔神树岗

且说陶氏送他二人去后，瞅着殷显，笑道："你瞧这好不好？"殷显笑嘻嘻的道："好的，你真是个行家。我也不愿意去，乐得的在家陪着你呢。"陶氏道："你既愿陪着我，你能够常常儿陪着我么？"殷显道："那有何难，我正要与你商量。如今这宗买卖要成了，至少也有一百两。我想有这一百两银子，还不够你我快活的吗？咱们设个法儿，远走高飞如何？"陶氏道："你不用合我含着骨头、露着肉的。你既有心，我也有意。咱们索性把他害了，你我做个长久夫妻，岂不死心塌地么？"

两个狗男女正在说的得意之时，只见帘子一掀，进来一人，伸手将殷显一提，摔倒在地，即用裤腰带捆了个结实。殷显还百般哀告："求爷爷饶命。"此时陶氏已然吓的哆嗦在一处。那人也将妇人绑了，却用那衣襟塞了口，方问殷显道："这陈起望却在何处？"殷显道："陈起望离此有三四十里。"那人道："从何处而去？"殷显道："出了此门往东，过了小溪桥，到了神树岗往南，就可以到了陈起望。爷爷若不认得去，待小人领路。"那人道："既有方向，何用你领。俺再问你，此处却叫甚么地名？"殷显道："此处名唤娃娃谷。"那人笑道："怨得你等要卖娃娃，原来地名就叫娃娃谷。"说罢，回手扯了一块衣襟，也将殷显口塞了。一手执灯，一手提了殷显，到了外间一看，见那边放着一盘石磨，将灯放下，把殷显安放在地，端起磨来，那管死活，就压在殷显身上。回手进屋，将妇人提出，也就照样的压好。那人执灯看了一看，见那边桌上放着个酒瓶，提起来复进屋内。拿大碗斟（zhēn，往杯盏中倒）上酒，也不坐下，端起来一饮而尽。见桌上放着菜蔬，拣可口的就大吃起来了。

你道此人是谁？真真令人想拟不到（想不到），原来正是小侠艾虎。

自从送了施俊回家，探望父亲，幸喜施老爷施安人俱各安康。施老爷问："金伯父那里可许联姻（两家由婚姻关系结成亲戚）了？"施俊道："姻虽联了，只是好些原委。"便将始末情由，述了一番。又将如何与艾虎结义的话，俱各说了。施老爷立刻将艾虎请进来相见。虽则施老爷失明，看不见艾虎，施安人却见艾虎年幼，英风（英武的气概）满面，甚是欢喜。施老爷又告诉施俊道："你若不来，我还叫你回家；只因本县已有考期，我已然给你报过名。你如今来的正好，不日也就要考试了。"施生听了，正合心意，便同艾虎在书房居住。

迟不多日，到了考试之日，施生高高中了案首（古代童生参加县试、府试、院试，名列第一者称为案首），好生欢喜，连艾虎也觉高兴。本要赴襄阳去，无奈施生总要过了考期，或中或不中，那时再为定夺起身。艾虎没法儿，只得依从。每日无事，如何闲得住呢，施生只好派锦笺跟随艾虎出外游玩。这小爷不吃酒时还好，喝起酒来，总是尽醉方休。锦笺不知跟着受了多少的怕。好容易盼望府考，艾虎不肯独自在家，因此随了主仆到府考试。及至揭晓，施俊却中了第三名的生员（即秀才），满心欢喜。拜了老师，会了同年（科举时代称同榜考中的人）；然后急急回来，祭了祖先，拜过父母，又是亲友贺喜，应接不暇。诸事已毕，方商议起身赶赴襄阳，俟（sì，等待）毕姻（完婚）之后，再行赴京应试，因此耽误日期。及至到了襄阳，金公已知施生得中，欢喜无限，便张罗施生与牡丹完婚。

艾虎这些事他全不管，已问明了师傅智化在按院衙门，他便别了施俊，急急奔到按院那里，方知白玉堂已死。此时卢方已将玉堂骨殖安置妥协，设了灵位，待平定襄阳后，再将骨殖送回原籍。艾虎到灵前大哭一场，然后参见大人与公孙先生、卢大爷、徐三爷，问起义父合师傅来，始知俱已上了陈起望了。

他是生成的血性，如何耐的，便别了卢方等，不管远近，竟奔陈起望而来。只顾贪赶路程，把个道儿走差了，原是往西南，他却走到正西。越走越远，越走越无人烟，自己也觉乏了，便找了个大树之下歇息。因一时困倦，枕了包裹，放倒头便睡。及至一觉睡醒，恰好皓月（明亮的月亮。皓，明亮）当空，亮如白昼。自己定了定神，只觉的满腹咕噜噜乱响，方想起昨日不曾吃饭，一时饥渴难当（忍耐）。又在夜阑人静之时，那里寻找饮食去呢？无奈何，站起身来，掸了掸土，提了包裹，一步捱一步，慢慢行来。猛见那边灯光一晃，却是陶氏接进怀、殷二人去了。艾虎道："好了！有了人家，就好说了。"趱行（快走。趱，zǎn）几步，来到跟前，却见双扉紧闭，侧耳听时，里面有人说话。艾虎才待击户，又自忖道："不好！半夜三更，我孤身一人，他们如何肯收留呢？且自悄悄进去看来，再做道理（打算）。"将包裹斜扎在背上，飞身上墙，轻轻落下，来到窗前，他就听了个不亦乐乎。后来见怀宝走了，又听殷显与陶氏定计要害丈夫，不由的气往上撞，因此将外屋门撬开，他便掀帘硬进屋内，这才把狗男女捆了，用石磨压好，他就吃喝起来了。酒饭已毕，虽不足兴，颇可充饥。执灯转身出来，见那男女已然翻了白眼，他也不管，开门直往正东而来。

走了多时，不见小溪桥，心中纳闷道："那厮说有桥，如何不见呢？"趁月色往北一望，见那边一堆一堆，不知何物，自己道："且到那边看看。"那知他又把路走差了。若往南来便是小溪桥，如今他往北去，却是船场堆木料之所。艾虎暗道："这是甚么所在？如何有这些木料？要他做甚？"正在纳闷，只见那边有个窝棚（矮小简陋的屋子），灯光明亮。艾虎道："有窝棚必有人，且自问问。"连忙来到跟前，只听里面有人道："你这人好没道理，好意叫你向火，你如何磨我要起衣服来？我一个看窝棚的，那里有敷余（余下）衣服呢？"艾虎轻轻掀起席缝一看，见一人犹如水鸡儿一般，战兢兢说道："不是俺合你要，只因浑身皆湿，纵然向火，也解不过这个冷来。俺打量你有衣服，那怕破的烂的呢，只要俺将湿衣服换下拧一拧，再向火，俺缓过这口气来，即便还你。那不是行好呢。"看窝棚的道："谁耐烦这些，你好好的便罢，再要多说时，连火也不给你向了。搅的我连觉也不得睡，这是从那里说起。"艾虎在外面答言道："你既看窝棚，如何又要睡觉呢？你真睡了，俺就偷你。"说着话，嗯的一声，将席帘掀起。

看窝棚的吓了一跳，抬头看时，见是个年幼之人，胸前斜绊着一个包袱，甚是雄壮，便问道："你是何人？夤夜到此何事？"艾虎也不答言，一存身将包袱解下打开，拿出几件衣服来，对着那水鸡儿一般的人道："朋友，你把湿衣脱下来，换上这衣服。俺有话问你。"那人连连称谢，急忙脱去湿衣，换了干衣。又与艾虎执手（拱手），道："多谢恩公一片好心。请略坐坐，待小可（对人谦称自己）稍为暖暖，即将衣服奉还（归还）。”艾虎道：“不打紧，不打紧。”说着话，席地而坐，方问道：“朋友，你为何闹的浑身皆湿？”那人叹口气，道：“一言难尽。实对恩公说，小可乃保护小主人逃难的，不想遇见两个狠心的船户，将小可一篙拨在水内。幸喜小可素（向来）习水性，好容易奔出清波，来到此处。但不知我那小主人落于何方？好不苦也！”艾虎忙问道：“你莫非就是甚么‘伯南哥哥’么？”那人失惊，道：“恩公如何知道小可的贱名？”艾虎便将在怀宝家中偷听的话，一五一十的说了一遍。武伯南道：“如此说来，我家小主人有了下落了。倘若被他们卖了，那还了得！须要急急赶上方好。”

他二人只顾说话，不料那看窝棚的浑身乱抖，仿佛他也落在水内一般，战兢兢（因恐惧而发抖。兢，jīng）的就势儿跪下来，道：“我的头领武大爷！实是小人瞎眼，不知是头领老爷，望乞饶恕。”说罢，连连叩首。武伯南道：“你不要如此。咱们原没见过，不知者不做罪，俺也不怪你。”便对艾虎道：“小可意欲与恩公同去追赶小主，不知恩公肯慨允否？”艾虎道：“好，好，好，俺正要同你去。但不知由何处追赶？”武伯南道：“从此斜奔东南，便是神树岗，那是一条总路，再也飞不过去的。”艾虎道：“既如此，快走，快走。”

只见看窝棚的端了一碗热腾腾的水来，“请头领老爷喝了，赶一赶寒气。”武伯南接过来，呷（xiā，小口喝）了两口，道：“俺此时不冷了。”放下黄砂碗，对着艾虎道：“恩公，咱们快走罢。”二人立起，躬着腰儿出了窝棚。看窝棚的也就随了出来。武伯南回头，道：“那湿衣服暂且放在你这里，改日再取。”看窝棚的道：“头领老爷放心。小人明日晒晾干了，收什好好的，即当送去。”他二人迈开大步，往前奔走。

此时武伯南方问艾虎：“贵姓大名？意欲何往？”艾虎也不隐瞒，说了名姓，便将如何要上陈起望寻找义父、师傅，如何贪赶路途迷失路径、方听见怀宝家中一切的言语，因问武伯南：“你为何保护小主私逃？”武伯南便将如何与钟太保庆寿，如何大王不见了等话说了。“俺主母（对女主人的称呼）惟恐绝了钟门之后，因此叫小可同着族弟武伯北，保护着小姐公子私行逃走。不想武伯北天良泯灭（丧失天良。泯，mǐn），将我推入山沟。幸喜小可背着公子，并无伤损。从山沟内奔到小溪桥，偏偏的就遇见他娘的怀宝了，所以落在水内。”艾虎问道：“你家小姐呢？”武伯南道：“已有智统辖追赶搭救去了。”艾虎道：“甚么智统辖？”武伯南道：“此人姓智名化，号称黑妖狐，与我家大王八拜之交。还有个北侠欧阳春，人皆称他为紫髯伯。他三人结义之后，欧阳爷管了水寨，智爷便作了统辖。”艾虎听了，暗暗思忖道：“这话语之中大有文章。”因（于是）又问道：“山寨还有何人？”武伯南道：“还有管理旱寨的展熊飞。又有个贵客，是卧虎沟的沙龙沙员外。这些人俱是我们大王的好朋友。”艾虎听到此，猛然省悟（醒悟），哈哈大笑，道：“果然是好朋友！这些人俺全认的。俺实对你说了罢，俺寻找义父、师傅，就是北侠欧阳爷与统辖智爷。他们既都在山寨之内，必要搭救你家大王，脱离苦海。这是一番好心，必无歹意。倘有不测之时，有我艾虎一面承管，你只管放心。”武伯南连连称谢。

他二人说着话儿，不知不觉，就到了神树岗。武伯南道：“恩公暂停贵步。小可这里有个熟识之家，一来打听小主的下落，二来略略歇息吃些饮食，再走不迟。”艾虎点头，应道：“狠好，狠好。”武伯南便奔到柴扉（柴门。扉，fēi）之下，高声叫道：“老甘开门来！甘妈妈开门来。”里面应道：“甚么人叫门？来了，来了！”柴门开处，出来个店妈妈，这是已故甘豹之妻。见了武伯南，满脸陪笑，道：“武大爷一向少会，今日为何黄夜到此呢？”武伯南道：“妈妈快掌灯去，我还有个同人在此呢。”甘妈妈忙转身掌灯。这里武伯南将艾虎让到上房。甘妈妈执灯将艾虎打量一番，见他年少轩昂（形容精神饱满，气度不凡），英风满面，便问道：“此位贵姓？”武伯南道：“这是俺的恩公，名叫艾虎。”甘妈妈听了“艾虎”二字，由不的一愣，不觉的顺口失声道：“怎么也叫艾虎呢？”艾虎听了诧异，暗道：“这婆子失惊有因，俺倒要问问。”才待开言，只听外面又有人叫道：“甘妈妈，开门来。”婆子应道：“来了，来了！”不知叫门者谁，且听下回分解。

第一百十九回 神树岗小侠救幼子 陈起望众义服英雄

且说甘妈妈刚要转身，武伯南将他拉住，悄悄道："倘若有人背着个小孩子，你可千万把他留下。"婆子点头会意，连忙出来，开了柴扉一看，谁说不是怀宝呢！

他因背着钟麟甚是吃力，而且钟麟一路哭哭喊喊，合他要定了伯南哥哥咧。这怀宝百般的哄诱，惟恐他啼哭被人听见，背不动时，放下来哄着走。这钟麟自幼儿娇生惯养，如何夤夜（深夜。夤，yín）之间走过荒郊旷野呢，又是害怕，又是啼哭，总是要他伯南哥哥。把个怀宝磨了个吐天哇地，又不敢高声，又不敢嗔唬（吓唬），因此耽延了工夫。所以武伯南、艾虎后动身的倒先到了，他先动身的倒后到了。这也是天网恢恢，疏而不漏，冥冥之中自有道理。

甘婆道："你又干这营生（职业）！"怀宝道："妈妈不要胡说。这是我亲戚的小厮，被人拐去，是我将他救下，送还他家里去。我是连夜走的乏了，在妈妈这里歇息歇息，天明就走。可有地方么？"甘婆道："上房有客，业已歇下。现有厢房闲着，你可要安安顿顿的，休要招的客人犯疑（起疑心）。"怀宝道："妈妈说的是。"说罢，将钟麟背进院来。甘婆闭了柴扉，开了厢房，道："我给你们取灯去。"怀宝来至屋内，将钟麟放下。甘婆掌上了灯。

只听钟麟道："这是那里？我不在这里，我要我的伯南哥哥呢。"说罢，哇的一声又哭了。急的怀宝连忙悄悄哄道："好相公，好公子，你别哭，你伯南哥哥少时就来。你若困了，只管睡。管保醒了，你伯南哥哥就来了。"真是小孩子好哄，他这句话倒说着了，登时钟麟张牙欠口，打起哈欠来。怀宝道："如何！我说困了不是！"连忙将衣服脱下，铺垫好了。钟麟也是闹了一夜，又搭着哭了几场，此时也真就乏了，歪倒身便呼呼睡去。甘婆道："老儿，你还吃甚么不吃？"怀宝道："我不吃甚么了。背着他累了个骨软筋酥，我也要歇歇了。求妈妈黎明时就叫我，千万不要过晚了。”甘婆道：“是了，我知道了，你挺尸（像尸体一样直挺挺地躺着睡觉。骂人的话）罢。”熄了灯，轻身出了厢房，将门倒扣好了。他悄悄的又来到上房。

谁知艾虎与武伯南在上房悄悄静坐，侧耳留神，早已听了个明白。先听见钟麟要伯南哥哥，武伯南一时心如刀搅，不觉的落下泪来。艾虎连忙摆手，悄悄道：“武兄不要如此。他既来到这里，俺们遇见，还怕他飞上天去不成？”后来又听见他们睡了，更觉放心。只见甘婆笑嘻嘻的进来，悄悄道：“武大爷恭喜，果是那话儿。”武伯南问道：“他是谁？”甘婆道：“怎么大爷不认得？他就是怀宝呀。认了一个干兄弟，名叫殷显，更是个混账行了，合他女人不干不净的。三个人搭帮过日子，专干这些营生。大爷怎么上了他的贼船呢？”武伯南道：“俺也是一时粗心，失于检点。”复又笑道：“俺刚脱了他的贼船，谁知却又来到你这贼店。这才是躲一棒槌，挨一榔头（谚语，意思是说祸不单行，刚躲了一灾，又来了一难）呢。”甘婆听了，也笑道：“大爷到此，婆子如何敢使那把戏儿？休要凑趣。请问二位，还歇息不歇息呢？”艾虎道：“我们救公子要紧，不睡了。妈妈这里可有酒么？”甘婆道：“有，有，有。”艾虎道：“如此狠好。妈妈取了酒来，安放杯箸（zhù，筷子），还有话请教呢。”甘婆转身，去了多时，端了酒来。艾虎上座，武伯南与甘婆左右相陪。

艾虎先饮了三杯，方问道：“适才妈妈说甚么也叫‘艾虎’？这话内有因，倒要说个明白。”甘婆道：“艾爷若不问，婆子还要请教呢。艾爷可认得欧阳春与智化么？”艾虎道：“北侠是俺义父，黑妖狐是俺师傅，如何不认得呢？”甘婆道：“这又奇了，怎么与前次一样呢？艾爷可有兄弟么？”艾虎道：“俺只身一人，并无手足（兄弟）。这是何人冒了俺的名儿，请道其详。”甘婆便将有主仆二人投店，蒋四爷为媒的话，滔滔不断，说了一遍。艾虎更觉诧异，道：“既有蒋四爷为媒，此事再也不能舛错（错乱，不正确。舛，chuǎn）。这个人却是谁呢？真真令人纳闷。”甘婆道：“纳闷不纳闷，只是我的女儿怎么样呢？那个艾虎曾说到了陈起望，禀明了义父、师傅，即来纳聘（旧俗定亲时男家给女家聘礼），至今也无影响。这是甚么事呢？”说罢，瞅着艾虎。武伯南道：“俺倒有个主意，那个艾爷既无影响，现放着这个艾爷，莫若就许了这个艾爷，岂不省事么？”艾虎道：“武兄，这是甚么说话？那有一个女儿许两家的道理？何况小弟已经定了亲呢？”

甘婆听了，又是一愣。你道为何？原来甘婆早已把个艾虎看中了意了，他心里另有一番意思。他道那个艾虎虽然俊美，未免过于腼腆懦弱，不似这个艾虎英风满面，豪气怡人，是个男子汉样儿。仔细看来，这个艾虎比那个艾虎强多了。忽然听见艾虎说出已然定了亲了，打了他的念头，所以为之一愣。半晌，发恨道：“嗐，这全是蒋平做事不明，无故叫人打这样闷葫芦，岂不误了我女儿的终身么？我若见了病鬼，决不依他。”

艾虎道：“妈妈不要发恨着急。俺们明日就到陈起望，蒋四叔现在那里，妈妈何不写一信去问问，到底是怎么样，也就有个水落石出了。如不能写信，俺一人也可以带个信去，觌面（当面。觌，dí）问明了，或给妈妈寄信来，或俺们再到这里。此事也就明白了。”甘婆道：“写信倒容易，不瞒二位说，女儿笔下颇能，待我合（和）他商议去。”说罢，起身走了。

这里武伯南便问艾虎道：“恩公，厢房之人，咱们是这里下手？还是拦路邀截（阻拦袭击）呢？”艾虎道：“这里不好。他原是村店，若沾污了，以后他的买卖怎么作呢？莫若邀截为是。”武伯南笑道：“恩公还不知道呢，这老婆子也是个杀人不眨眼的母老虎。当初有他男人在世，这店内不知杀害了多少呢。”刚说至此，只见甘婆手持书信，笑嘻嘻进来，说道：“书已有了。就劳动艾爷，千万见了蒋四爷当面交付。婆子这里着急等回信。”说罢，福了一福。艾爷接过书来，揣在怀中，也还了一揖（古代的拱手礼）。

甘婆问道：“厢房那人怎么样？”武伯南道：“方才我们业已（已经）计议（商议）。艾爷惟恐连累了你这里，俺们上途中邀截去。”甘婆道：“也倒罢了，待我将他唤醒。”立时来至厢房，开了门，对上灯，才待要叫，只听钟麟说道：“我要我伯南哥哥呀！”却从梦中哭醒。怀宝是贼人胆虚，也就惊醒了。先唤钟麟，然后穿上衣服，将钟麟背上，给甘婆道了谢，说：“等回来再补覆（补加回复）罢。”甘婆道：“你去你的罢，谁望你的补覆呢。但愿你这一去永远可别来了，我就念了佛了。”

一壁（一边）说，一壁开了柴扉，送到门外，见他由正路而去。

甘婆急转身来到上房，道："他走的是正路。你二位从小路而去，便迎着了。"武伯南道："不劳费心，这些路途我都是认得的。恩公随我来。"武伯南在前，艾虎随后，别了甘婆，出了柴扉，竟奔小路而来。二人复又商议，叫武伯南抢钟麟好好保护，艾虎却动手，了结怀宝。说话间，已到要路。武伯南道："不必迎了上去，就在此处等他罢。"

不多时，只听钟麟哭哭啼啼，远远而来。武伯南先迎了去，也不扬威，也不呐喊，惟恐唬着小主，只叫了一声："公子，武伯南在此，快跟我来。"怀宝听了，咯噔的一声，打了个冷战儿。刚要问是谁，武伯南已到身后，将公子扶住。钟麟哭着，说道："伯南哥，你想煞我了！"一挺身早已离了怀宝的背上，到了伯南的怀中。这恶贼一见，说声"不好"，往前就跑。刚要迈步，不防脚下一扫，噗哧嘴按地，爬倒尘埃（地上）。只听当的一声，脊背上早已着了一脚，怀宝哎哟了一声，已然昏过去了。艾虎对着伯南道："武兄抱着公子先走，俺好下手收拾这厮。"武伯南也恐小主害怕，便抱着往回路去了。艾虎背后，拔刀在手，口说："我把你这恶贼……"一刀斩去，怀宝了账（死，结果了性命）。小侠不敢久停，将刀入鞘，佩在身边，赶上武伯南，一同直奔陈起望而来。

且说钟雄到了五鼓鸡鸣时，渐渐有些转动声息，却不醒，因昨日用的酒多了的缘故。此时欧阳春、沙龙、展昭带领着丁兆蕙、蒋平、柳青与本家陆彬、鲁英，以及龙涛、姚猛等，大家环绕左右。惟有黑妖狐智化就在卧榻旁边静候。这厅上点的明灯蜡烛，照如白昼（白天）。虽有多人，一个个鸦雀无声。又迟了多会，忽听钟雄嘟囔道："口燥得紧，快拿茶来。"早已有人答应，伴当（旧时指跟随着做伴的仆人或伙伴）将浓浓的温茶捧到。智爷接过来，低声道："茶来了。"钟雄朦胧二目，伏枕而饮，又道："再喝些。"伴当急又取来，钟雄照旧饮毕，略定了定神，猛然睁开二目，看见智化在旁边坐着，便笑道："贤弟为何不安寝？劣兄昨日酒深，不觉得沉沉睡去，想是贤弟不放心。"说着话，复又往左右一看，见许多英雄环绕，心中诧异。一骨碌身爬起来看时，却不是水寨的书房。再一低头，见自己穿着一身渔家服色，不觉失声道："哎哟！这是那里？"欧阳春道："贤弟不要纳闷，我等众弟兄特请你到此。”沙龙道：“此乃陈起望陆贤弟的大厅。”陆彬向前道：“草舍不堪驻足(停止脚步)，有屈大驾。”钟雄道：“俺如何来到这里？此话好不明白。”

智化方慢慢的道：“大哥，事已如此，小弟不得不说了。我们俱是钦奉圣旨，谨遵相谕，特为平定襄阳，访拿奸王赵爵而来。若论捉拿奸王，易如反掌，因有仁兄在内，惟恐到了临期，玉石俱焚（美玉和石头一齐烧毁了，比喻好的和坏的一同毁掉），实实不忍。故此我等设计投诚水寨，费了许多周折，方将仁兄请至此处，皆因仁兄是个英雄豪杰。试问天下至重者莫若君父，大丈夫作事，焉有弃正道，愿归邪党的道理？然而人非圣贤，孰能无过。这也是仁兄雄心过豪，不肯下气，所以我等略施诡计，将仁兄诓（kuāng，骗）到此地，一来为匡扶（匡正扶持）社稷（土神和谷神的总称，指国家），二来为成全朋友，三来不愧你我结拜一场。此事都是小弟的主意，望乞仁兄恕宥（饶恕，原谅）。”说罢，便屈膝跪于床下。展爷带着众人，谁不抢先，嘫的一声，全都跪了。这就是为朋友的义气。钟雄见此光景，连忙翻身下床，也就跪下，说道：“俺钟雄有何德能，敢劳众位弟兄的过爱，费如此的心机，实在担当不起！钟雄乃一鲁夫（鲁莽之人），皆因闻得众位仁兄贤弟英名贯耳，原有些不服气，以为是恃（shì，凭借）力欺人。不想是义重如山，俺钟雄渺视贤豪，真真愧死。如今既承众位弟兄的训诲，若不洗心改悔，便非男子。众位仁兄贤弟请起。”大家见钟雄豪爽梗直，倾心向善，无不欢喜之至。彼此一同站起，大家再细细谈心。未知后文如何，且听下回分解。

第一百二十回 安定军山同归大道 功成湖北别有收缘

且说钟雄听智化之言，恍然大悟。又见众英雄义重如山，欣然向善。所谓“同声相应，同气相求”者也。

世间君子与小人原是冰炭不同炉的。君子可以立小人之队，小人再不能入君子之群。甚么缘故呢？是气味不能相投，品行不能同道。即如钟雄，他原是豪杰朋友，皆因一时心高气傲，所以差了念头。如今被众人略略规箴（劝勉告诫。箴，zhēn），登时清浊立辨，邪正分明，立刻就离了小人之队，入了君子之群，何等畅快，何等大方。他既说出洗心改悔，便是心悦诚服，决不是那等反覆小人，今日说了，明日不算；再不然闹矫强（矫情），斗经济，怎么没来由怎么好，那是何等行为。

又有一比：君子如油，小人如水。假如一锅水坐在火上，开了时滚上滚下，毫无停止，比着就是小人胡抡混搅。你来我往，自称是正人君子；及至见了君子，他又百般的欺侮，说人家酸，说人家不肯容留。那知道那君子更不把他们放在眼里，理也不理，善善的躲开，由着他们闹去。仿佛一锅开水，滴上一点油儿，那油止于在水的浮皮儿，决不淆混（混杂）。那水开的厉害了，这油不过往锅边一溜儿，坐观成败而已。这是君子可以立小人之队。

若小人入了君子之群则不然：假如一锅油，虽热不显，平平无奇，正是君子修品立行的高贵处，无声无臭，和蔼至甚。小人看见，以为可以附和，不管好歹，飞身跳入。他那知那正气利害，真是"如见其肺肝然"。自己觉得踽蹐不安（形容恐惧不安。踽蹐，jújí，十分恐慌的样子），坐立难定，熬煎的受不得了，只落得他逃之夭夭。仿佛油已热了，滴了一点儿水。这水一到油内，见他们俱是正道，由自己瞧自己不知是那一道。实在的不合群儿，只得噼哩吧啦，一阵混爆，连个渣儿皆不容留。多咱爆完了，依然一锅清油，照旧的和平宁静而已。所以君子小人犹如冰炭，是再不能同炉的。如今钟雄倾心归服，他原是油，止于是未化之油，加上众英雄陶熔（比喻给人的思想、性格以有益的影响）陶熔，将他锻炼的也成了清油。油见油，自然混合一处，焉有不合式（合适）的道理呢？

闲话休提。再说众位英雄立起身来，其中还有二人不认得。及至问明，一个是茉花村的双侠丁兆蕙，一个是那陷空岛四义蒋泽长。钟雄也是素日闻名，彼此各相见了。此时陆彬早已备下酒筵，调开桌椅，安放杯箸（zhù，筷子），大家团团围住。上首是钟雄，左首是欧阳春，右首是沙龙。以下是展昭、蒋平、丁兆蕙、柳青，连龙涛、姚猛、陆彬、鲁英等共十一筹好汉。陆彬执壶，鲁英把盏，先递与钟雄。钟雄笑道："怎么，又喝酒么？劣兄再要醉了，又把劣兄弄到那里去？"众人听了，不觉大笑。陆彬笑着道：“仁兄再要醉了，不消说了，一定是送回军山去了。”钟雄一壁（一边）笑，一壁接酒，道：“承情，承情。多谢，多谢。”陆彬挨次斟毕，大家就座。

钟雄道：“话虽如此说，俺钟雄到底如何到了这里？务要请教。”智化便将：“起初展兄与徐三弟落在堑坑（陷坑），被仁兄拿去，是蒋四兄砍断竹城，将徐三弟救出。”说至此，钟雄看了蒋四爷一眼，暗想：“这样瘦弱，竟有如此本领！”智爷又道：“皆因仁兄要鱼，是小弟与丁二弟扮作渔户，混进水寨，才瞧了招贤榜文。”钟雄又瞅了丁二爷一眼，暗暗佩服。智化又道：“次是小弟与欧阳春兄进寨投诚（敌人、叛军等归附）。那时已知沙大哥被襄阳王拿去。因仁兄爱慕沙大哥，所以小弟假奔卧虎沟，却叫欧阳兄诈说展大哥，以及合襄阳王将沙大哥要来。这全是小弟的计策，哄诱仁兄。”钟雄连连点头，又问道：“只是劣兄如何来到此呢？”智化道：“皆因仁兄的千秋（敬辞，称人寿辰），我等计议，一来庆寿，二来奉请（恭请，多作邀人宴饮之词），所以先叫蒋四弟聘请柳贤弟去。因柳贤弟有师傅留下的断魂香。”钟雄听到此，已然明白，暗暗道：“敢则俺着了此道了。”不由的又瞧了一瞧柳青。智化接着道：“不料蒋四弟聘请柳贤弟时，路上又遇见了龙、姚二位。小弟因他二位身高力大，背负仁兄断无失闪，故此把仁兄请至此地。”钟雄道：“原来如此。但只一件，既把劣兄背出来，难道无人盘问么？”智化道：“仁兄忘了么？可记得昨日展大哥穿的服色，人人皆知，个个看见。临时给仁兄更换穿了，口口声声‘展大哥醉了’，谁又问呢？”钟雄听毕，鼓掌大笑，道：“妙吓！想的周到，做的机密。俺钟雄真是醉里梦里，这些事俺全然不觉。亏了众位仁兄贤弟成全了钟雄，不致叫钟雄出丑，钟雄敢不佩服？能不铭感（深深地记在心中，感激不忘）？如今众位仁兄贤弟欢聚一堂，把往日的豪强自雄，侮慢英贤，不觉的可耻又可笑了。”众人见钟雄自怨自艾（悔恨自己的错误并自己改正。艾，yì），悔过自新，无不称羡（称赞羡慕）：“好汉子！好朋友！”各各快乐非常。惟有智化半点不乐。

钟雄问道：“贤弟，今日大家欢聚，你为何有些闷闷呢？”智化半晌道：“方才仁兄说小弟想的周到，做的机密，那知竟有不周到之处。”钟雄问道：“还有何事不周到呢？”智化叹道：“皆因小弟一时忽略，忘记知会。嫂嫂只当有官兵捕缉，立刻将侄儿侄女着人带领逃走了。”真是英雄气短，儿女情长，钟雄听了此句话，惊骇非常，忙问道："交与何人领去？"智化道："就交与武伯南、武伯北了。"钟雄听见交与武氏兄弟，心中觉得安慰，点了点头，道："还好，他二人可以靠得。"智化道："好甚么！是小弟见了嫂嫂之后，急忙从山后赶去，忽听山沟之内有人言语，问时却是武伯南，背负着侄儿落将下去。又问明了，幸喜他主仆并无损伤。仁兄，你道他主仆如何落在山沟之内？"钟雄道："想是夤夜（深夜，夤，yín）逃走，心忙意乱，误落在山沟。"智化摇头，道："那里是误落。却是武伯北将他主仆推下去的，他便驱着马上侄女往西去了。"钟雄忽然改变面皮，道："这厮意欲何为？"众人听了，也为之一惊。智化道："是小弟急急赶去，又遇见两个采药的将小弟领去，谁知武伯北正在那里持刀威吓侄女。"钟雄听至此，急的咬牙搓手。鲁英在旁，高声嚷道："反了！反了！"龙涛、姚猛二人早已立起身来。智化忙拦道："不要如此，不要如此，听我往下讲。"钟雄道："贤弟快说，快说。"智化道："偏偏的小弟手无寸铁，止于拣了几个石子。第一石子就把那厮打倒，赶步抢过刀来，连连搠（shuò，扎，刺）了几下。两个采药人又用药锄刨了个不亦乐乎。"鲁英、龙涛、姚猛哈哈大笑，道："好吓！这才爽快呢！"众人也就欢喜非常，钟雄脸上颜色略为转过来。智化道："彼时侄女已然昏迷过去，小弟上前唤醒。谁知这厮用马鞭，将侄女周身抽的已然体无完肤。亏得侄女勇烈，扎挣乘马，也就来到此处。"钟雄道："亚男现在此处么？"陆彬道："现在后面，贱内（对自己妻子的谦称）与沙员外两位姑娘照料着呢。"钟雄便不言语了。智化道："小弟忧愁者，正为不知侄儿下落如何。"钟雄道："大约武伯南不至负心。只好等天亮时，再为打听便了。只是为小女，又叫贤弟受了多少奔波，多少惊险，劣兄不胜感激之至。"智化见钟雄说出此话，心内更觉难受，惟有盼望钟麟而已。大家也有喝酒的，也有喝汤的，也有静坐闲谈的。

不多时，天已光亮。忽见庄丁进来禀道："外面有一位少爷名叫艾虎，同着一个姓武的带着公子回来了。"智化听了，这一乐非同小可，连声说道："快请，快请！"智化同定陆彬、鲁英连龙涛、姚猛俱各迎了出来。只见外面进来了三人：艾虎在前，武伯南抱着公子在后。艾虎连忙参见智化。智化伸手搀起来，道："你从何处而来？"艾虎道：

"特为寻找你老人家，不想遇见武兄，救了公子。"此时武伯南也过来了，先问道："统辖老爷，俺家小姐怎么样了？"智化道："已救回在此。"钟麟听见姐姐也在这里，更喜欢了，便下来与智化作揖见礼。智化连忙扶住，用手拉着钟麟，进了大厅。钟麟一眼就看见爹爹坐在上面，不由的跪倒跟前，哇的一声哭了。钟雄此时也就落下几点英雄泪来了，便忙说道："不要哭，不要哭，且到后面看姐姐去。"陆彬过来，哄着进内去了。

此时艾虎已然参见了欧阳春与沙龙。北侠指引道："此是你钟叔父，过来见了。"钟雄连忙问道："此位何人？"北侠道："他名艾虎，乃劣兄之义子，沙大哥之爱婿，智贤弟之高徒也。"钟雄道："莫非常提小侠，就是这位贤侄么？好呀！真是少年英俊，果不虚传。"艾虎又与展爷、丁二爷、蒋四爷一一见了。就只柳青、姚猛不认得，智化也指引了。大家归座。智化便问艾虎："如何来到这里？"艾虎从保护施俊说起，直说到遇见武伯南救了公子、杀了怀宝，始末原由，说了一遍。钟雄听到后面，连忙立起身来，过来谢了艾虎。

此时武伯南从外面进来，双膝跪倒，匍匐尘埃，口称："小人该死！"钟雄见武伯南如此，反倒伤心起来，长叹一声，道："俺待你弟兄犹如子侄一般，不料武伯北竟如此的忘恩负义！他已处死，俺也不计较了。你为吾儿险些儿丧了性命，如今保全回来，不绝俺钟门之后。这全是你一片忠心所致，何罪之有？"说罢，伸手将武伯南拉起。众位英雄见钟太保如此，各各夸奖，说他恩怨分明，所行甚是。

钟雄复又叹一口气，道："好叫众位兄弟得知，仔细想来，都是俺钟雄的罪孽，几乎报应在儿女身上；若非急早回头，将来祸几不测。从此打破迷关（打掉思想上的迷惘），这身衣服正合心意，俺钟雄直欲与渔樵过此生了。"众人听钟雄大有退隐之意，才待要劝，只见沙龙将钟雄拉住，道："贤弟，你我同病相怜，不要如此。劣兄若非奸王囚禁，你两个侄女如何也能够来到此处呢？可见人生聚散，冥冥中自有道理。千万不要灰了壮志，妄打迷关，将来是要入魔呢。"众人听了，不觉大笑，钟雄也就笑了。

于是复又入座。智化道："事不宜迟，就叫武头领急回军山，快快报与嫂嫂知道，好叫嫂嫂放心。"钟雄道："莫若将贱内悄悄接来。劣兄既脱离了苦海，还回去做甚？”智化道：“仁兄又失于算计了。仁兄若不回军山，难免走漏风声，奸王又生别策。莫若仁兄仍然占住军山，按兵不动，以观襄阳的动静如何。再者小弟等也要同回襄阳去。”便将方山居址说明，“现有卧虎沟的好汉俱在那里。”钟雄听了欢喜，道：“既如此，劣兄就派姜铠保护家小，也赴襄阳。劣兄一人在此虚守寨栅，方无挂碍。”智化连连称善，依然叫武伯南先回军山送信。到傍晚，钟雄方才回去。

此时艾虎已将甘妈妈的书信给蒋四爷看了。蒋平便将凤仙情愿联姻的话说了，又与欧阳春、智化、沙龙三门亲家说明。大家欢喜，俱各说道：“俟（sì，等待）回襄阳时，就烦姜氏嫂嫂将此事做成，就叫玉兰母女收信启程，同赴襄阳方山居住，更当妥当。”这一日，大家欢聚，快乐非常。又计议定了，女眷（女性眷属）先行起身。就求姜氏夫人带领着凤仙、秋葵、亚男、钟麟，却派姜铠、龙涛、姚猛跟随护送。其余大家随后起身。到了晚间，用两只大船，除了陆彬、鲁英在家料理，所有众英雄俱到军山。钟雄见了姜氏，悲喜交集，说明了缘故，即刻收什（收拾）细软（指珠宝、首饰等易于携带的贵重物品），乘船到陈起望，暗暗起身。这里众英雄欢聚了两日，告别了钟太保，也就赴襄阳去了。

这便是《忠烈侠义传》收缘。要知群雄战襄阳，众虎遭魔难，小侠到陷空岛、茉花村、柳家庄三处飞报信，柳家五虎奔襄阳，艾虎过山收服三寇，柳龙赶路结拜双雄，卢珍单刀独闯阵，丁蛟、丁凤双探山，小弟兄襄阳大聚会，设计救群雄；直至众虎豪杰脱难，大家共议破襄阳，设圈套捉拿奸王，施妙计扫除众寇，押解奸王，夜赶开封府，肃清（彻底清除坏人、坏事、坏思想）襄阳郡；又叙铡斩襄阳王，包公保众虎，小英雄金殿同封官，紫髯伯辞官出家，白玉堂灵魂救按堂，颜查散奏事封五鼠，包太师闻报哭双侠，众英雄开封大聚首，群侠义公厅同结拜：多少热闹节目，不能一一尽述。也有不足百回，俱在《小五义》书上，便见分明。

词曰：

日日深杯酒满，朝朝小圃花开。自歌自舞自开怀，且喜无拘无碍。青史几番春梦？红尘多少奇才？不须计较与安排，领取而今现在。